Anonymus

Privegiorum in Persona Sancti Petri Romano Pontifici a Christo Domino collatorum Vindiciae

Anonymus

Privegiorum in Persona Sancti Petri Romano Pontifici a Christo Domino collatorum Vindiciae

ISBN/EAN: 9783742821041

Manufactured in Europe, USA, Canada, Australia, Japa

Cover: Foto ©Andreas Hilbeck / pixelio.de

Manufactured and distributed by brebook publishing software
(www.brebook.com)

Anonymus

Privegiorum in Persona Sancti Petri Romano Pontifici a Christo Domino collatorum Vindiciae

PRIVILEGIORUM
IN PERSONA
SANCTI PETRI
ROMANO PONTIFICI
A CHRISTO
DOMINO
COLLATORVM
VINDICIÆ
PARS III. TOMVS VI.
SIVE DE POTESTATE ECCLESIASTICA
APPENDIX.
AVCTORE
FR. HIEREMIA A BENNETTIS
CAPPUCCINO.

ROMÆ MDCCLXI.
TYPIS HÆREDUM JO: LAURENTII BARBIELLINI

SVPERIORVM FACVLTATE.

APPROBATIONES.

FR. SERAPHINUS CAPRICOLLENSIS
Totius Ordinis FF. Minorum S. FRANCISCI
Capuccinorum Minister Generalis
(*licet immeritus* .)

CUm Opus , cui Titulus eſt *Privilegiorum in Perſona S. Pe-*
tri Romano Pontifici a Chriſto Domino collatorum Vindiciæ .
Pars III. Tomus VI. ſive *De Poteſtate Eccleſiaſtica Appendix* : a
R. P. *Hieremia a Bennettis* ; Ordinis noſtri ex Lectore ; ac Pede-
montanæ Provinciæ Cuſtode elucubratum , a duobus ex Ordine
noſtro Theologis de mandato noſtro ſedulo , luculenterque revi-
ſum , approbatum , præloque omnino dignum exiſtimatum fuerit:
Hinc præfato Ejuſdem Operis Auctori permittimus, ut illud, ſer-
vatis ſervandis , Typis mandare valeat .

In quorum fidem præſentes noſtras ſolito Officij noſtri Sigillo munitas dedimus Romæ die 25. Novembris 1760.

F. SERAPHINUS , *qui ſupra* .

DE Mandato Reverendiſſimi Patris SERAPHINI CAPRICOLLENSIS
totius Ordinis noſtri Capuccinorum Generalis Miniſtri. Nos infraſcripti
ejuſdem Ordinis Exprovinciales, ac Generales Deffinitores, Opus perlegimus
a R. P. Hieremia à Bennettis Capuccino S. Theolegiæ olim Lectore , ac Pede-
montanæ Provinciæ Cuſtode elaboratum , atque hoc titulo inſignitum : *Pri-*
vilegiorum in Perſona S. Petri Romano Pontifici a Chriſto Domino collatorum
Vindiciæ . *Pars III. Tomus VI,* ſive *De Poteſtate Eccleſiaſtica Appendix* .
Quumque nihil in eo prorſus offenderimus , quo ſive Morum pietas, ſive Catholicæ Religionis Doctrina lædi vel leviter poſſit , dignum Prælo , quomodo
priores quinque Tomos , perinde cenſemus .
Romæ e Conventu Capuccinorum 3. Kalend. Decembris anno 1760.

Fr. Hilarius d Ferolето Exprovincialis , & *Deffinitor*
Generalis Capuccinus .

Fr. Joſeph. Maria a Savoriano Exprovincialis , & *Deffinitor*
Generalis Capuccinus .

a 3   Juſſu

IV

Juſſu Reverendiſſimi P. Magiſtri Sac. Pal. Apoſtol. legi Partem Tertiam Tomi Sexti continentis *Vindicias Privilegiorum in Perſona S. Petri Romani Pontificis a Chriſto Domino collatorum &c.* Auctore Admod. Rever. P. Hieremia a Bennettis Theologo Ordinis Fratr. Minorum Sancti Franciſci Capuccinorum. Opus eſt eruditum, ac ſolidum; nihilque in eo reperire potui, quod a Fide Catholica, aut bonis Moribus alienum ſit.

Ex Aracœli 5. Decembris 1760.

Fr. *Johannes de Luca Epiſcoporum Examinator.*

IMPRIMATUR,

Si videbitur Reverendiſſ. Patri Sac. Pal. Apoſt. Magiſtro.

D. *Archiep. Nicomedia Viceſgerens.*

IMPRIMATUR.

Fr. Thomas Auguſt. Ricchinius Sac. Pal. Apoſtol. Magiſt. Ordinis Prædicatorum.

ELEN-

ELENCHUS

PARTIS TERTIÆ

VINDICIARUM,

SEU

APPENDICIS.

PRÆFATIO.

Uinque superioribus Tomis, iis, quæ Romani propius interesse Pontificis, atque penitius ad ejus pertingere Jura videri poterant, expeditis, & per me fieri quatenus licuit, ad umbilicum ductis, abundantiori velut ex messe, multa supererant oppido, silentio nec utique sepelienda., ceteris per Orbem cum Episcopis ipsi communia Pontifici, quibus hocce proinde Sexto Tomo locus erat faciendus; &Tomo quidem priorum quinque servandus Titulus ideo, quod communia, quæ cum Episcopis facta heic exponenda suscipio, in eumdem demum Rom. refundi Pontificem, eique accepta referri debeant. Ita de Operis inscriptione obiter. Jam ad rem ipsam prope quod attinet, quid animo plane, huic argumento adplicando, infixum gesserim, quove anxius jamdiu torquerer, ita paucis aperio. In id portò gravissimi studii genus ingenii nervos potius intendere, quam in ea frustra, in quibus curiositatis utique multum, utilitatis vero modicum admodum inest, aciem terere, ac otium, arctè mihi propositum jugiter hæsit, quo præcipua cum Fidei Catholicæ dogmata, tum Ecclesiasticæ Disciplinæ capita, quels idest Ecclesiæ solido ceu fundamento moles incumbit, ac pulcherrima veluti forma compages explicatur, & luce perfundere, & quatenus suppeterent vires, loco ponere mihi susciperem. Quod ut susciperem, & gravior altera valdequam urgebat me ratio, jamque sollicito injiciebat aculeos. Ea nempe ita tristia jam nobis incidisse tempora eundo, experiundoque didiceram, ut perexiguam, quæ adhuc Ecclesiæ reliqua fuerat, Potestatis olim amplissimæ partem in frusta nefarie discerpi & oculis jam quotidie usurpare cogerer, & animo præ dolore jam sufferre nequirem. Eò nempe cæco, furentique Protestantes impetu ferri, confertoque velut agmine Pseudo-Politicos ruere, ut quantum de Ecclesiastica deripere per ipsos potestate fas sit, Civili tantumdem adjungere serventissime ahelent: quasi nempe Principum Jura per ipsos integra stare loco nequeant, nisi suo Episcopi gradu cadant, suisque Ecclesia Juribus

pror-

prorfus exfpolietur . Hac igitur & mentis , & animi & contentio,
& acies homini Minorita dirigenda erat , & conferenda, ut , fi per
Superos demum fieri liceret , Ecclefiaftica in priftinum gradum ,
atque decus erigeretur Poteftas: quod ita tamen caute rentandum
cognofcebam , ut interim nullam omnino in Civilem ab me invidiam quæri , eique fuo de Jure nihil prorfus auferri conftaret . Sed
enim quatenus id conformiter fieret , hoc opus , hic labor . Quo-
tus enim quifque eft , qui de Ecclefiaftica bene cogitet , optimeque merere fe ftudeat , ut non quantocius in Civilis injuriam , &
offenfam incurrendi difcrimen fubeat ? Qui Ecclefiafticam inter ,
& Civilem ita difcernere fciat , juftos , æquofque utriufque ita di-
fcriminare confines , ac veluti circino dimetiri , ut dolere de injuria deinceps neutra queat ? In hac itaque perdifficili, aleaque plena difputatione eam mihi ineundam , tenendamque viam propofui , qua tuta incedere , rectaque queat , nedum uni tota fe im-
pendit , alteri defuiffe parti , aut derogaffe videri poffit , nempe fi
nihil rationi confiderem , ingenii viribus deferrem nihil , fed tota in tractatione ifta unius Scripturæ , ac Traditionis ductum fe-
querer , & ita Patrum , & ita Principum quoque relegerem veftigia, preffeque infifterem placitis, ut meo nihil ex penu depromptum adpareret . Ita fiet , aut ego fallor , ut mihi prorfus definant indignari , qui erga Patres , qui erga Principes & animo , &
religione probe comparati fint , & adfecti . Atque ita de Operis
argumento , fcopo , & propofito .

Ad Operis partitionem modo quod pertinet , Articulis Sex
comprebenditur totum , quot videlicet Poteftatis Civilis , & Ecclefiafticæ præcipua capita diu , multumque divexata Proteftantibus , falfifque Politicis in æmulatione funt , & invidia , quæ mihi
pro viribus ideo vindicanda propofui. Atque principio quidem ut
feliciori progreffu, ordineque profpere fuo difputatio procederet,
eam a Poteftatis utriufque plane Civilis , & Ecclefiafticæ origini-
bus aufpicandam duxi , indeque ad earumdem difcurrendum officia , unde lata pateret , quæ inter utramque differentia intercedit , in eo utique pofita , quod ejus, cujus Divina fit origo , & a
Deo officia fuerint diftributa , præire fit , ac præeffe , ejufque viciffim , cui ortum una fecerit Humana voluntas, & ab Hominibus
offi-

officia prolluxerint; fubfequi fit plane; ac fubefse. Inde vero prono velut alveo lluebat, Ecclefiam libera, plena, & a Laica prorfus independente fuas & in Perfonas, fua & in Loca, fuas & in Res poteftate gaudere. Quorfum enim, amabo, foifset Eccle-fia fic a Deo conftituta, fic & a Deo inftituta, ut fe fola fubfifte-ret, unaque fibi fufficeret, dum interea ab hominibus ea mutuare, in eifque dependere indigeret, fine quibus neque fubfiftere, fibi-que neque fufficere dici, poffet? Sed enim id evidentius iterum evadebat ex forma ipfa Regiminis, five Poteftatis fpecie, quæ in Ecclefiam fuerat a Chrifto D. inducta. Quam inductam optimam utique, qualis eft Monarchica diverfos in Hierarchicos deinde gradus diffufa, expeditiori nempe pro Ecclefiæ regimine, obvia, & in oculos velut infiliens fuadebat ratio. Suadebatque a Chri-fto D. Ecclefiæ Jurifdictionis, & Imperii faculatem ideo factam ampliffimam, qua nempe potis evaderet & in Fideles jus dicere, & pro Fide leges ferre. Quam perinde faculatem ad Laicas etiam qua Lites, qua Leges extendi oportebat, ut Ecclefia videlicet & iftas valeret infringere, quoties Divinis, aut Canonicis adverfari contingeret, & illas finire, ut quæ Divina abfque offenfa Ethnicos apud Judices exagitari difficile potuiffent. Ecclefiæ denique fua vindicari Majeftas, & fuis manere legibus debebat vigor: ideoque in utriufque confortium, opemque Coactiva pariter advocanda Poteftas erat, qua pœnis nempe five Spiritualibus, five Corpora-libus animadvertere potis fieret, atque Fideles in officio, prout oporteret, cohibere. Viden hinc igitur, ut Poteftatis Ecclefia-fticæ partes arcte cohæreant, interque fe fe connexæ fint ita, in-vicemque contexæ, ut elegantiffima indidem Ecclefiæ forma coa-lefceret, ea nempe, quam primis faltem defcribendam lineis, pro-priifque adumbrandam luminibus ftatim adgredior:

DE POTESTATIS

ECCLESIASTICÆ, & CIVILIS

Originibus, & Officiis.

ARTICULUS PRIMUS.

X quo ad Christianos, una cum Religione Civilis Imperii summa translata est, tum primùm quidem ad æqui, justique formam Imperandi ratio componi visa est, non ita tamen omnem ad numerum, & amussim, ut nihil deinceps Imperatorum nemini de veteri Ethnicorum superstitione, & superbia labio adhæserit. Ut enim de iis nunc taceam, si qui tamen fuere, qui de retinendo Pontificis M. ambitioso nomine, (cujus de affectatione tamen in culpam ad unum omnes vocare nolim), præ fastu plus æquo fuere solliciti, quis adeo in Ecclesiastica hospes historia, qui ignoret quot, & quam falsa opinione de propriæ dignitatis, potestatisque excellentia non tam decepti, quam delectati eam Sacræ anteferre superbe exambierint? Atque omnium primis Græcis quidem Imperatoribus insana hæc supra Ecclesiasticæ apicem efferendi se se, eamque in se transferendi prurigo adhæsit; quam ideo depectere Patrum, & Pontificum curæ, laboriosoque officio cessit. Constantio nempe, quem idcirco asperrime increpitum scimus a Liberio P. M., a Lucifero Calar.,

ab Ofio Cordub., a S. Hilario Pictav., & a S. Athanasio in epist.
ad Solit. Valenti, & Valentiniano, quorum prior a S. Gregorio
Nazian. Orat. 9, posterior a S. Ambrosio lib.5. epist.33. digna pro
ausu promeruere. In sacri juris quoque rationes irrumpere, spi-
ritualisque rei summam ad se rapere Zeno molitus legitur: tanta
insuper, tamque intolerabili se supra Sacerdotii fastigium superbia extollere ausus est Anastasius, ut Ennodio Ticinensi S. Hormisdæ ad eum mandata referenti hæc arrogantiæ plena rependere
verba non expaverit apud Trithemium cap.103. *Quid nobis mandata porrigitis, qui sub nullius ditione sumus? Oportet Romanum Pontificem nobis obedire, non etiam præcipere.* Sed enim proprio
uterque periculo SS. Simplicii, Felicis III, Gelasii, Anastasii II,
Symmachi, & Hormisdæ justissimas expertus est iras. Pari superbiæ perciti æstu Justinianus, Mauritius, Heraclius, & Constans de rebus fidei leges ferre, Religionisque se implicare negotiis, ab ipsorum cognitione longe sepositis, gestivere. Nihil inde
laudis tamen, multum imo dedecoris, & reprehensionis a Vigilio, a S. Gregorio M., a Severino, a Johanne IV, a S. Martino I.
retulere. Præ fastus, ambitionisque furore impotentes perinde
Leo Isaurus semet Imperatorem, ac Pontificem jactare, & inscribere, Alexius vero senior Pontificatu Imperium longe præpol-
lere dicere, & scribere non extimuere: sed utriusque frangendæ
superbiæ, deprimendæque præsto fuere, prioris illius quidem
S. Gregorius II, posterioris istius vero Innocentius III. apud Raynaldum ad an. 1199. num. 64. E Græcis in Latinos, aliis multis
cum erroribus, commigravit insania ista, atque ex Germaniæ
quidem Regibus intime pervasit Henricum IV, qui propterea iu-
fensissimum expertus est S. Gregorium VII. Cujus Pontificis optimam plane agendi rationem in tuto ponendam, atque ab obtre-
ctatorum insultibus vindicandam suscepere ultrocitroque Viri doctrina, dignitateque conspicui, atque plurimos inter alios, de
quibus me dicere abunde Tom.3.pag.633, seq.memini, Althman-
nus Patavien., Geberhardus Salisburg., Herimannus Metens.,
Hugo Diensis, Stephanus Halberstad. apud Dodechinum ad an.
num 1090, ac Tengnagelium in Monum.contra Schismaticos editis Ingolst. an. 1612, Venericus Vercell. lib. de unit. Eccl., & de
Schis-

Schifmate edito a Simone Schardio inter Scriptor. de Jurifd. Imper. Bafil. 1566: de quibus adeundus etiam Norifius hift. Inveftic. capp. 4, & 7. Pervafit & Henricum V, quem ideo fanius fapere docuit Pafchalis II, legendus in epift. 22. edit. Harduini ad ipfum, 24. ad Guidonem Vien., & 49. ad Rothardum Mogunt., quam in rem præterea conferendi, fi placet, Helmoldus in Chron. Slav. lib. 1. cap. 70, & feq., ac Johannes Cardin. Tufculanus in epift. ad Richardum Alban., de qua Norifius capp. 3, 11, 13, & feq. Fridericum Ænobarbum deinde eadem inceffit ambitio, quam ad perfringendam ferreum induit pectus Alexander III, multa præfatus eft in Synodo Turonenfi an. 1163. Arnulphus Lexov., fcriptifque non pauca demandarunt Philippus Abbas Bonæfpei, S. Ælredus Rievelen. ferm. 231, & Johannes Sarisber. epift. 89. inter Epift. S. Thomæ Cantuar. lib. 2. edit. Lupi. Hæreditaria veluti lues ad Othonem IV. cum Imperio tranfiit vefana cupido ifta In capite, fortunifque Sacerdotum dominandi. Sed qui fe beneficiis afficientem ingratus revereri Innocentium III. P.M. renuit, ingenti cum damno juftiffimam ejufdem in fe vindictam experiri compulfus eft. Ut rem denarrent omnem, videndi Albertus Staden., Urfpergenfis Abb., Godefridus, Rigordus, Stero apud Canifium Antiq. lect. Tom. 1. p. 244, Richardus a S. Germano, Chronographus roffæ novæ Script. Rer. Ital. Tom. 7. p. 887 & 983, & Nangius apud Raynaldum ad an. 1210. n. 1, ac Manfium ibid. in Not. A Friderico II. hanc perinde labem detergere pro officii munere fufcepere Gregorius IX, & Innocentius IV, quorum de opera late Albertus Staden., Matthæus Parif., Albericus Monachus, Auctor Chron. Auguftani apud Freherium Tom. 1. ad annum 1245, Scriptor hift. Lantgrav. Thuring. apud Piftorium c. 50, & Auctor Compilat. Chronolog. apud eumdem Piftorium To. 1. ad an. 1249. Infano fuperbiæ ifto fpiritu inflatus fupra modum, aliofque, Ludovicus Bavarus Ecclefiaftico Principatui laicum præferre haud veritus, dignum fe præbuit, qui a Johanne XXII, a Benedicto XII, & a Clemente VI. ignominia, probroque operiretur, cuique dicam confcriberent perinde Villanius lib. 10. cap. 115, feqq., Alvarus Pelagius de planct. Eccl. lib. 1. cap. 68, Ptolomæus Lucen. lib. 24. cap. 43, Simon Saltarelli in apolog.,

A 2   Hæc

Hetvvarcus Tom. 2. ad an. 1336, aliique . Civili Principatu haud
contenti , nisi & Ecclesiasticæ rei partem occuparent ex Francor.
Regibus Philippus I , atque Homonymus cognomento Pulcher ,
Sacerdotio fasces submittere , abstinereque a Sacris edocti sunt ,
ille quidem a S. Gregorio VII. lib 1. epist. 75 , & lib. 2. epist. 5.
ad Galliar. Episcopos , atque ab Urbano II. in Synodis Placenti-
na , & Claromontana an. 1095, qua de re fuse Norisius in histor.
Invest. cap. 9, iste vero a Bonifacio VIII, cujus vindicias adversus
Puteanum , Bailletum in Europa Sap. Mens. Sept. num. 67, Richerium , Natalem ad Sæculum XIV. dissert. 9, D. Choysi histor.
Eccl. tom. 7, Felicem Osium in Not. ad Muffatum Tom. 6. The-
faur. Ital. Burman. par. 2. pag. 607, & seqq., aliosque veteres obtrectatores in actis dissid. Parif. 1614. editis , & apud Jacobum
le Long in Bibl. hist. Gall. pag. 363. relatos , adornandas egregie suscepere post S. Antonium part. 3. tit. 20. cap. 8. §. 21, Baronius , Guido Baisius apud Mansium Suppl. Tom. 3. pag. 129,
Gentilis de Montellorum in Apolog. , Richardus Petronus Card.
S. Eustachii , Joh. Rubeus &c. , videndus etiam Conradus Verce-
rius de rebus gest. Henrici VII. Juribus sacris itidem Angliæ Reges inhiantes Henricus I, & II. Sacerdotale sub imperium redigi a
Paschali II. epist. 93, & 103, quibus cohærent epist. 3, 41, 95 ,
& seq., a S. Anselmo , de quo Eadmerus in ejus vita apud Surium,
& Henschenium ad 21. April., ab Alexandro III. epist. 10, 19,
26, & seqq. usque ad 30, cum quibus conferendæ epist. 5, 6, 7,
11, & seqq., a S. Thoma lib. 1. epist. 64, cui jungendi ejus Ami-
cus lib. 3. epist. 6, & Willelmus Senon. lib. 5. ep. 82, passi demum
funt . Atqui Henrico VIII, Elizabethæ, Jacobo I. &c. adeo frons
periit , ut oleum cum ipsis, operamque perdiderint Leo X, Clemens VII, Paulus III, S. Pius V, Paulus V. &c.

Intoleranda utcumque insania hæc videri potuerit , quo tamen non dignos supplicio dedere se se profligatæ Religionis , pu-
dorifque Scriptores illi , qui sæculi Potestatibus superba, perver-
saque in hac opinione detinendis , fovendisque consilio , & calamo statim adsuere ? Tulit hoc jugiter triste infortunium temporum iniquitas , ut ambitione , & avaritia foede laborarent homines , hominumque perversum fecit ingenium , plusquam Reli-
gio-

gioni, veritatique, propriis inservientium affectibus, & impendiis, ut ad Potentum loqui faftum, adblandirique superbiæ, nec ignaviæ habeatur, nec ignominiæ. Quo factum demum, ut prorfum rurfum Divina, humanaque ferri, profana facris, fufque deque Cælum, terramque mifceri oculis jamdiu ufurpemus. Ut vero de Veteribus illis non loquar, quibus præ Religione quæftum ex adulatione quærere cordi fuit, peffimæque ideo cauffæ patrocinium impendere haud probro ceffit, quofque fane longo retexere catalogo Goldaftus in Monarch., & Schardius in Syntag. tract. de Imper. Jurifd. curarunt, Principi, ac Magiftratui politico fummam poteftatem circa Sacra, & circa Sacerdotes adferendam fibi fumpfere, ac præfumpfere, ex Proteftantium grege præfertim, Jacobus Heerbrandus in refutat. Sotici fcripti, Carolus Molinæus in Monarchia Francor. p. 101., & feqq., (contra quem Pontificis M., Cardinal., & Epifcop. defenfionem adornavit Raymundus Ruffus Parif. an. 1553.) M. Antonius de Dominis de Republ. Eccl. lib. 6. cap. 5, & feqq., Witelbochius in tract. de auct. Princip. in negot. Ecclef., Hugo Grotius de Imper. Sum. Poteft. circa Sacra, Blondellus de Jure Plebis in regim. Ecclef., Anonymus de Officio Magift. Chrift. una cum Blondelli Opufculo præfato Grotii libro fubjectus in edit. Francof. 1690, Thomas Eraftus in Thefibus adverf. Excomm., & Clavium poteftatem, Francifcus Budeus in Ifag. hift. Theolog. Tom. 2. lib. 2, Melchior Goldaftus in Monarch., Georgius Hornius in differt. hiftor., ac Polit., Thomas Leydecherus ad ejufdem Hornii hift. Ecclef., Francifcus Villierius de ftatu primit. Ecclef., Jo. Utenbogaert de Offic., & auct. Magift. in rebus Ecclef., Ludovicus Molinæus lib. adv. Voetium infcripto *Papa Ultrajectinus, five Myfterium iniquitatis*, Samuel Strychius in differt. de Jure Papali Princip., Antonius Walæus de auctor. Magift. in rebus Ecclef., Nicolaus Vedelius in differt. de Magiftratu adv. Bellarminum, & de Epifcopatu Conftantini M., Jacobus Triglandus de Civil., & Eccl. poteft., Gilbertus Burnetus in hift. Juris Principum circa Beneficia Ecclef., Maccovius apud Bocchartum in epift. ad Morlejum licere ab Ecclefia ad Magiftratum provocare afferens, Jo. Abrahamus Chromajerus in Comment. Theolog. de poteft. Ecclef., Albertus

Ri-

Ripetus in libro inscripto: *Moyses, & Aaron*, sive de potest: j & officio Principum in Sacris, Fridericus Spanhemius Oper.T.2: pag. 1240,& seq., Jo. Georgius Reinhardus in Meditat. de Jure Princip. German., Henricus Henninges de Sum. Imperat. Rom. potest.circa Sacra,Thomas Hobbes de Cive cap.6,11,13.& seqq., & in Leviathan cap.14,& seqq., idest de materia, forma,& potest. Civitat. Eccles., & Civil., (quem oppugnavit Cumberlandus,) Miltonus de potestat. Civil. in re Eccles., (in quem calamum exacuit Morus,alia vero de caussa Salmasius etiam), SimonSchardIus de Jurisd., auctorit., & præemin. Imper., Andrevvs Lancellettus in tortura Torti, sive respons.ad Bellarmini librum contra Apolog. Jacobi Reg. pro Juramento fidelit., Theodorus Reinchingius de Regim. sæcul., & Eccles., Auctor Gallus de potestate Regia, & Sacerd., Richardus Harris de Primatu Eccles. Regio advers. Beccanum, Robertus Abbot de supr.Regum potest.adverl. Bellar., & Suatez, Thomas Barlovv pro eadem caussa, Hermannus Schelius de Jure Imperii, Omphalius de officio, & potestate Princip., Matthæus Larroquanus de Regaliæ jure, Irenæus Philadelphus de Controv. circa Religion. adverl. Jo. Hall de Episcopatu Jure Divino, Petrus Rival in differt. hist.Crit. differt.2. adv. Maimburgum, Jo. Hoorneech in examine Bullæ Papal Innocentii X. contra pacem Germaniæ, Rolandus Vajerus de Auctor. Regis in regim. Eccles., qui Tractatus falso tribuitur Tallonio, Barbeyracius in præfat. ad Puffendorfium de Jure Nat., & Gent., Hartmannus Philippus de Gestis Christian. sub Apostolis, Henricus Coccejus in disput. de Jure potest. §. 7, & seq., quem laudat Samuel Coccejus filius ad Grotium lib. 1.cap. 3. §. 6, Idemque in novo Systemate Justit. natur. & Rom. lib. 6.cap. 2. §.628, Justus Henningus Boehemetus in Not.ad Petrum de Marca de Concor. edit. Lips.1708, Auctor de conjunctione Principatus, & Sacerdotii in una persona edit. Upsal. 1725, Johan. Gottliebus Heineccius in Prælect. Academ. ad Puffendorfium de offic. hom. & Civ. lib. 2. cap. 7. §. 8, Bellisomus de Auctor. Imperat. in regim. exter. caussar. Eccles., aliique hujusce genus innumeri, quibus facem veluti prætulisse ex nostris quidem videntur Radulphus Præslæus Caroli V. Gall. Regis consiliarius in tract. de potest.

teſt. Pontiſ., & Regia, in Monarch. Goldaſti Tom. 1. pag. 39, Gregorius ab Heimburgo Syndicus Norimberg. in Antilogia Papæ apud Gratium Tom. 2. Faſcic. rer. expet., & Goldaſſum Tom. 1. p.557, ac Tom. 2. p. 1576. &c., (quem refutavit Theodorus Lælius Feltrenſis Epiſcopus,) Antonius Roſellus Juriſc. Patav. in lib. de poteſt. Imperat., & Pap. apud eumdem Goldaſſum tom. 1. pag. 252., & 556 , (cui Henricus Inſtitor librum de plenaria poteſtate Pontiſ. oppoſuit ,) Stephanus Gardinerus lib. de vera Obedientia in gratiam Henrici VIII, (quem libris quatuor de Unitate Eccleſiæ a Reginaldo Polo elucubratis objectum falſo ſcribit Burnetus hiſt. Angl. lib. 3, ſiquidem Gardineri liber an. 1535. Londini in dias luminis auras prodiit , Poli vero libri non ante an. 1536. privatim ad Regem miſſi ſunt,) Franciſcus Marty, & Villadamor in Hiſp. defenſ. auctor. Regiæ in perſonas Eccleſ., aliique nonnulli , de quibus alibi ; preſſo vero quaſi pede ſequuti ſunt Paulus Petrot contra Sixtum V. pro Rege Navarræo, De la Mothe le Vajer de pot. Regia circa profeſſ. Relig., Michael Rouſſellus in hiſt. Pontiſ. juriſd. ex antiquo, medio, & novo uſu, Claudius Gouſtæus de poteſt. Regia in Eccleſiis , Franciſcus Duarenus de Sac. Eccl. miniſtris lib. 1. cap. 5. ſeq., & in defenſ. pro libert. Eccleſ. Gallic., Pithœus de libert. Eccl. Gallic., earumque Probat., Van-Eſpenius in tract. de Recurſu ad Principem Lovan. 1725, Jannonus hiſt. Regni Neapol. lib. 1. cap. ult., ſeqq., ac lib. 22. cap. ult., quo loci poteſtatis Civilis adverſus Eccleſiaſticam paraſtatas ſequi , & laudare non veretur Dantem Alighierium in tribus lib. de Monarchia, Guillelmum Ochamum in tract. de poteſt. Eccleſ., & Civili , Johannem Pariſienſ. in tract. de poteſt. Reg., & Papal., Arnaldum Villanovan. , Marſilium Patav. , & Joh. Jandunum ; (quos tres poſtremos tamen modum prætergreſſos fatetur) Radulphum Columnam Camot., Lupoldum Bamberg., Radulphum Præslænm , Philippum de Mezieres , Petrum Cunerium , eiſque adnectere Alvarum Pelagium , Theodoricum Niemum, Nicolaum Cuſanum , Franciſcum Zabarellam, Æneam Silvium &c., Auctores Galli Tract. *De l'Autorité du Pape, e les Principes des Libertès de l'Eglife Gallicaine juſtifiez*,& Tract. *De la Puiſſance Eccleſ., e Temporelle*, Scriptor vindiciarum Juriſd. Sæcul., & Imper. &c.,

alter-

alterque Gallus auctor historiæ Juris publ. Ecclef. Gallic., quem
refellendum egregie fumpfit nuper Michael Cafalis in Vindiciis
Jur. Ecclef. &c.; quibus omnibus magno fe fe numero jungunt
Politici, Aulici favoris afflatu fafcinati, ideo ut liberius utramque paginam faciant. Proh Superos! Adeo nempe lethæo adula-
tionis poculo tot hominum mentes perfufæ funt, ut quæ primæ
fint Religionis partes, aut ignorare prorfus, aut pofthabere quin
imo præ ingenio præpoftero illos non depudeat!

Atqui me valde reficit caufiæ, quam propugnandam adfumpfi,
tam gravitas, quam veritas; quæ non eft alia fane, quam Catholicæ
Ecclefiæ caufia: quam in tuto ut recte ponam, fuoque firmiter
collocem loco, falfam adverfariorum opinionem à fundamentis
evertendam adgredior. Itaque fi femel conftituatur Poteftatis
Ecclefiafticæ Divinam effe originem, Principali vero nonnifi hominum voluntatem ortum fecifie, confecla probe res eft, indeque confequi quis adeo obftupidus non percipiat, Civili poteftati
Ecclefiafticam longe præcellere, neque illi fas effe in hujufce fines ingredi, inque Jura temere prorumpere? Age vero, fi Deus
me adjuvet, ita rem profecto fe habere demonftrandum fufcipio.
Non me fugit equidem quæftionem hanc invidiæ, aleæque plenam effe, difficileque quammaxime Poteftati utrique juftos præfinire terminos. Unde confilium erat filentio potius eam præte-
rire, ne dum Ecclefiafticæ patrocinium quæro, Civili minus pro-
pitius viderer. Sed enim fcrupulus, quo tot nefarios haud detineri Scriptores confpicio, quin pedibus, manibufque in partem
adverfam defcendant, mihi magis eximendus erat, qui ita mihi
Ecclefiæ caufiam tuendam propofui, ut Imperio ne leve quidpiam
detractum velim; atque e re Ecclefiæ, e reque Imperii magis exi-
ftimo, quid juris fit utriufque, quæque utriufque inftitutio, fine utriufque injuria inquirere, non privatam utique meam proferendo, fed quæ potius Juris utriufque peritiffimis infederit,
opinionem exponendo. Æmulis itaque, obtrectatoribufque abunde fecifie me fatis opinor, Pafchalis II. verba libenter ufurpans,
animumque intime, & affectum induens ad Bafilium Hierofolymo-
rum Regem ep. 29. fcribentis: *Nec enim volumus aut pro Principum potentia Ecclefiafticam minui dignitatem; aut pro Ecclefiafti-*

:a dignitate Principum potentiam mutilari : Atque principio non
opus eſt multis de Eccleſiaſticæ poteſtatis Divina inſtitutione diſ-
putare : eadem enim indubia iis eſſe profeſto debet , quibus non
dubium ſit Evangelium . Inde nempe facile datur intelligi ab illo
utique , qui & Epiſcopus , & Pontifex in epiſt. ad Hebr. cap. 7.
v. 26, & 1. Petri cap. 2. v. 25. dicitur , in Petrum, & Apoſtolos,
inde in Pontificem M. , & Epiſcopos tranſmigrandam , Eccleſiaſticam derivari poteſtatem , qui dixit Matth. cap.28. v. 18. *Data
eſt mihi omnis poteſtas &c.*, cui plane loco congruunt, quæ habentur Joh. cap. 17. v. 2, Epheſ. cap. 1. v. 20, & ſeqq. , Philipp.
cap. 11. v. 9, & ſeqq. , Hebr. cap.2. v.8, ac 1. Petri cap.3. v.22.
Ab illo ſane Miniſtros conſecrandi , Sacramenta adminiſtrandi ,
relaxandi peccata , intligendi cenſuras , ferendi leges &c. poteſtate iidem ipſi induti ſunt , qui cum poteſtatis ejuſdem plenitudine ſe a Patre miſſum , ab ſeque illos mitti prædicat Johan. c.20.
v.21. *Sicut miſit me Pater, & Ego mitto vos &c.* Ab illo rurſus ampliſſima profecta in Apoſtolos , eorumque ideo ſucceſſores Eccleſiarum Antiſtites, poteſtas intelligi debet , qui Orbem univerſum
judicaturos ſupra duodecim eos Sedes , ſive Thronos conſtituiſſe
confirmat Matth. cap. 19. v. 28. *Sedebitis & vos ſuper Sedes duodecim , judicantes &c.* Atque hiſce quidem locis, quibus apprime
reſpondent Matth. cap. 10. v. 1, cap. 16. v. 19, cap. 18. v. 18.
& cap. 19. v. 28, Marci cap. 3. v. 14, & cap. 6. v. 7, Luc. cap. 9,
v. 1, & cap. 22. v. 30, ac Johan. cap. 20. v. 23, & cap. 21. v.26,
ſeq., hanc utique ineſſe vim, ampliſſimamque Apoſtolis factam deſignari poteſtatem non videre, & fateri non potuere, ut noſtræ Communionis longe plures præteream Interpretes, ex Proteſtantibus
ipſis, quibus alioqui mens fuit admodum læva, Camero in Matth.
cap. 19. v.28. Critic. Sacr. Tom. 4. pag.591. edit. Francof. 1696,
Grotius in Matth. cap. 28. v. 18. Crit. Sacr. ibid. p. 316, Pearſonius in Symbol. , ac Thomas Stackhouſe in tract. Theolog. ſpe-
cul., & pract. Tom. 4. cap. 5. pag.461, & ſeq. Quorſum vero , rogo, pulcherrimæ ſpectant illæ ſpecies *Corporis* Epheſ. cap.4. v.16,
Ovilis Johan. cap. 10. v.16, *Domus* 1. Timoth. cap. 3. v. 15, *Civitatis* Hebr. cap.12. v.22, & *Regni* Matth. cap.13. v.24, & ſeqq.,
quibus Eccleſia comparatur , niſi & ſimilis in Eccleſia deſignetur

potestas ejus, qua Caput in Corpus , Paftor in Oves, Pater in Familiam , Rector in Cives , Rex in Populum defungitur , & potitur , velut etiam perfuafum habuere apud Stackhoufe loco cit. Eduardus in Theolog. tom.1 , Wottonus in ferm. de Jurib. Cleri, & Potter de gubern. Ecclef. ? Faciunt & huc profecto regendi , pafcendi , & difponendi formulæ , quibus Epifcoporum officium denotatur Actor. cap. 20. v. 28 , 1. Petri cap. 5. v. 2 , & ad Tit. cap. 1. v 5 : quod abfque poteftate adimpleri plane , fuifque abfolvi numeris nequit : qua de poteftate explicite perinde loquitur S. Paulus 2. Corinth. cap. 13. v. 10 , velut etiam agnovere Grotius ibid. Crit. Sacr. Tom. 5. p. 454, & Beaufobrius in Obfervat. hift. Crit. & Philolog. ad hunc locum Tom. 1. pag. 443. Quis demum ita mente defipiat, ut cogitando affequi poffit, abfque poteftate & Præfides, & Miniftros, & Præpofitos effe in Ecclefia , agereque , de quibus eloquitur Apoftolus ad Rom.cap.12. v. 8, 1. ad Corinth. cap. 3. v. 5 , & cap. 4. v. 5 ; ac ad Hebr. cap. 13. v. 7 ? Fruftra fim vero , fi liquidiffima cæteroqui loca hæc plurimis adhuc , locupletibufque Patrum confirmare teftimoniis fatagam , qui rem plane hanc fufius Attic. feq. perfequuturus fum. Viden interea , ut de his docte , riteque differat Cl. Lamy Comment. in Harmon. Evang. lib. 4. cap. 28 , & lib. 5. cap. 21.

In id igitur mihi nunc magis incumbendum , ut propius , quoad ejus fieri poterit , ad fontem pertingam,ex quo proxime in Reges tota,qua defunguntur,poteftas,& quanta profluit. Enim vero an Principum fæcularis poteftas a Deo immediate promanet , dubium eft, ac lis adhuc fub judice,de qua in utramque docti partem difputant. Ludovicus Bavarus Conftitutione die 8. Aug. an. 1338. edita, quam referunt Hieronymus Balbus lib. de Coronatione ad Carolum V , & Joh. Georgius Hervvartus in Ludovico adv. Bzovium defenfo , Imperialem poteftatem , ac dignitatem immediate a Deo folo derivari, ex Principum, Electorumque confenfu , declaraffe legitur , non fecus atque in Proceffu, ac fententia , aufu temerario , inauditoque , lata contra Johannem XXII , ex Chronico Siculo in Thefauro Anecd. edito a Martenio Tom.3. pag. 5. a Muratorio translato in Rer. Ital. Script.Tom.10. p.8. o, cap. 96. pag. 901. defcripta. Sed enim quis tam bardus , & excors

cors, qui homini Divina, & humana non tam putide infcienti,
quam perverfe interturbanti potius, quam doctifl. Pontificum tri-
gæ, Johanni XXII, Benedicto XII, & Clementi VI, a quibus vice plus fimplici hominis in devia abreptt tam pravam agendi rationem, quam ἀσυλλόγισευ opinandi licentiam profligatam tradunt apud Baluzium in Vit. Pap. Avenionen. Bernardus Guido,
Auctor Append. ad Ptolomeum Lucen., ac Scriptor vitæ 1. Clementis VI. apud eumdem Baluzium, Muratorium Rer. Ital. Script:
Tom. 11. par. 2. p. 491, 510, & 552, ac Raynaldum ad an. 1343.
n. 43, & feqq., ac 1346. n. 3, & feqq. Legenda Johannis XXII.
Conftitutio relata Cap. *Si Fratrum* inter Extravag. Comm. tit. 5.
Ne Sede vacante, ac conferenda cum Clementina Cap. *Romani
Principes* lib. 2. tit. 9. *De Jurejurando*. Extant etiam ejufdem
Pontificis ad Ludovicum Bavar. Monitoria apud Raynaldum ad
an. 1323. n. 30, & Hervvartum Tom. 1. pag. 194, Sententia, &
proceffus in eumdem Imperat. apud eumdem Annaliftam ad an.
1327. n. 20, & feqq., Damnationis itidem fententia adverfus
Marfilium Patav., & Johannem Jandunum, a quibus Ludovici
errores fuffulciebantur, ibid. n. 27. Legere quoque præftabit ejufdem Ludovici proteftationis, fuco alioqui plenæ, formulam apud
Hervvartum, qua Pontifici *Obedientiam*, *Devotionem*, *& Reverentiam* defpondet; Leges pacis eidem Ludovico propofitas a
Johanne Bohemiæ Rege, ab Othone Auftriæ Duce, & a Balduino Trevir. Archiepifcopo apud Raynaldum ad an. 1330. n. 28,
& feqq., quibus inter alia impie cogitata adverfus Pontificiam
dignitatem, auctoritatemque revocare tenebatur; Litteras ejuf.
dem Ludovici, ad fallendum quidem compofitas, quæ tamen de-
votiffimum, quali revera mente affectum effe oportebat, obfequium referebant, ad Johannem XXII. apud Hervvartum Tom. 2.
p. 389, & feqq.; item ad Benedictum XII. apud Ptolomeum Lucen. lib. 24. hift. Eccl. cap. 43, Hervvartum, & Raynaldum ad
an. 1335. n. 3, & ad an. infeq. n. 17, feqq., & n. 30, feqq.; ad
Clementem VI. demum apud Rebdorfium, Albertum Argent. in
Chron., & Raynaldum ad an. 1344. n. 10. Sed & Ludovici deterrimum errorem hunc, una cum aliis, a duumviris Marfilio, &
Janduno viribus omnibus fuftentatum refellendum alacriter fu-

ícepere Alvarus Pelagius de planc. Eccl. cap. 66 , Alexander ɺ
S. Elpidio de Jurifdiſt. Imper. , & Auſt. Pontiſ. , Petrus de Palu-
de de cauſſa immed. Ecclef. poteſt. , ac ſubinde Albertus Pighius
lib. 5. de Hier. Eccleſ. Dantes Alighierius antehac opuſculum *De
Imperio ſuperiore Ecclefiis , etiam Romana , & pendente non a Papa , fed a Deo ,* odio in Bonifacium VIII. animatus , elucubrare
ſuerat auſus , quod primus edidit Simon Schardius in Sylloge
Scriptor. de Imper. juriſd. , & poteſt. Ecclef. Baſil. 1566. p. 237.
Sed ideo peſſime Dantes audivit, atque poſt obitum hæreticis ad
cenſitus legitur apud Bartholum in L. 1. *Divi* §. *Præſides* D. 48.
17. *De requirendis reis ,* apud Arcimboldum Archiep. Mediol. in
Catalogo hæretic. , de quo Poſſevinus in Appar. Tom. 1. p. 413,
& apud S. Antoninum in Sum. Chron. par. 3. tit. 21. cap. 5. §. 2.
Johannes Savaronus in tract. de ſuprema auctor. Regis , & Regni
Idem ſaxum revolvendum adſumens , contendit Reges nihil Juris
a Populis accepiſſe , ſed Regiam omnem poteſtatem a Deo immediate obtinere, eorumque proinde in temporalibus Juriſdiſtionem
legibus prorſus omnibus eſſe abſolutam . Sed his nec hilum profecit , quin oppugnandum ſe dedit Perronio in Exam. tract. ejuſdem Savar. , & Coquæo in Antidoto contra inſcript. Myſter. iniq.
pag. 3, quo loci vir doſtus oſtendere adverſus Mornæum adgreditur
non a Catholicis Principum laedi , labefaſtarique poteſtatem ,
dum Pontificiæ obnoxiam faciunt, quinimo ſtrenue adſtrui contra
Waldenſes apud Prateolum a. 35; contra Wicleffiſtas , & Huſſitas ,
de quibus Concilium Conſtantienſe ſeſſ. 8, & 12, ajentes poteſtatem omnem tam Laicam, quam Eccleſiaſticam peccato mortali de
perdi ; contra Lutherum , a quo Chriſtiana libertas in independentia a legibus nefarie conſtituitur ; contra Knoxium , qui Genevæ impio libello edito licuiſſe Anglis docuit de Regina Maria
ſupplicium ſumere ; contra Goodmannum , qui libro altero con-
tribules ſuos ad arma adverſus Reges , ac Magiſtratus , ſiqui dem
Calviniſmo adverſarentur, capeſſenda incitare inſtituit . In hanc
denique de Regum poteſtate a Deo immediate proficiſcente opinionem manibus , pedibuſque deſcendunt Franciſcus Viſtoria in
Releſt. de poteſt. Civili , Duarenus de Sacr. Eccl. Miniſt. lib. 1.
cap. 1, Duvallius de ſupr. Rom. Pontiſ. poteſt. q. 1 , Petrus de

Marca de Concord. lib.1. cap.2, Choppinus de facr. Polit. lib.1.
tit.7. §.9, Cevallos in fpeculo Opinion. commun. Tom.2. q.739.
n.75, & feq., Salgadus de Regia protect. par. 1. cap. 1. præl.1.
n. 47, & feqq., & de Supplicat. , ac Retent. Bullar. part.r. cap.1.
n.18, & feqq., Natalis Alex. hift. Ecclef. ad Sæcul. XIII, & XIV.
cap. 9. art. 5. &c. , ex Acatholicis vero , ut de M. Antonio de
Dom. in Oftenf. error. Suarezii cap.3. p.918, & de Republ. lib.6.
cap. 2. n. 33. nihil dicam , Zieglerus de Jur. Majeft. lib. 1. cap.1.
§. 46, Coccejus in Leviathane refutato , Grafvinckelius de Jur.
Majeft. cap. 1, feq. , Vandalinus de Jur. Reg. lib.2. cap. 5, Strau-
chius in fpecim. Jur. Publ. lib. 1. tit. 2. §. 3 , Hornius de Civit.
lib.2. cap.1, Ofiander obfervat. in Grotium de Jure B. & P. lib.1.
cap. 3. §. 7. &c. , Fravendorfius de Divina Majeftatis orig. , aliique plures , quos longius perfequi nec vacat , nec intereft . Contra quos adverfa fronte , defixoque velut in pulvere utroque pede , depugnandum fibi fumpfere , Principum auctoritatem a Deo
immediate profectam conftantiffime pernegantes , Almainus de
fupr. Eccl. poteft. cap. 1 , Ferdinandus Miranus tract. 2. de Pontif. Jurifd. q. 6 , Bellarminus lib. 3. de Laic. cap. 6 , Suarez de
Legib. lib. 3. cap. 2. n.3, Nicolaus Schaten in Carolo M. Catholico adv. Nifanium lib. 2. cap. 3 , Caftropalao difp.1. punc. 22.
n. 2 , Gravina de Jur. Nat. , & Gent. §.18, Charlafius de Libert.
Ecclef. Gallic. to.2. lib.7. cap.4, Bolfuetius Defenf. declar. par.1.
lib. 1. cap. 3 , Schmier Jurifp. Publ. univ. lib. 2. cap. 1. fect. 3.
§. 1, & Jurifp. Canon. Civil. lib. 1. tract. 1. cap. 7. fect. 2. §. 1 ,
& apud ipfum Stadlmayr de Legib. cap.3. th. 2, Petrfchacher de
Leg. q.4. art.2. Concl.1, Wenzl de Leg. q.4. §.1. refol.7, Gletle
Jurifp. fundam. tit. 2. cap. 2. §. 3. n. 8 , Ill. Ttia de polit. Eccl.
lib. 1.c.1. §.1, Blancus de poteft., & polit Eccl. tom.3. lib.1. cap.1.
&c., ex Proteftantibus vero Grotius de Jure B., & P. lib.1. cap.4.
§. 7 , Puffendorfius de Jure N., & G. lib. 7. cap. 3. §. 1 , Nood-
us de poteft. Princip. ex interpret. Barbeyracci , Schefferus de
Reg. , & Princip. inftit. par. 1. §. 2. in Not. , Huberus Jur. publ.
univ. lib.1. cap. 7. §.13, feqq. , Claffenius compend. polit. lib.3.
cap. 1. §.5 , Hertius de modo conftit. Civit. fect. 2. §. 3. Oper.
Vol. 1. tom.1. p. 301 , feqq. , Heineccius Antiq. Roman. ad Inftit.

ſtit. lib. 1. tit. 2. §. 61 , & ſeqq. , in præfat. ad Leg. Jul. , & Pap. Pop. , & in Puffend. de offic. hom. & Civ. lib. 2. cap. 6. §. 14 , Budeus Inſtit. Theolog. Dogm. lib. 5. cap. 4. §. 11 , Samuel Coccejus in Syſtem. Juſtit. Nat., & Rom. lib. 6. cap. 2. §. 617, & ſeqq., plureſque alii , de quibus infra recurret ſermo .

Qui hac igitur in poſteriori opinione verſantur , principio obſervant Politicam poteſtatem generice acceptam , veluti Scholæ loquuntur , eſſe immediate quidem a Deo , non item acceptam ſpecifice , ut eſt Monarchia , vel Ariſtocratia , vel Democratia . Poteſtas enim politica in genere quum de jure naturæ ſit, quippe poteſtate regi , ac dirigi homines opus eſt, ne ſingulis proprio relictis arbitrio , totum humanum genus certo pateat diſcrimini , Jus autem naturæ in Jure Divino ſtatuatur , ſeu juris Divini quædam ſit ſpecies , ac particula, a Jure proinde Divino politica manare poteſtas recte dicitur , veluti Naturæ humanæ neceſſaria appendix , ab eo utique originem ſortita , qui humanam naturam condidit . Ut vero Politica poteſtas in ſpecie ſumitur , eam immediate a Deo non eſſe ſtatuunt : quandoquidem neque ratione ſui , neque ratione ſubjecti jure naturæ immediate , vel talis in ſpecie conſtituta ſit , aut in ſpecie tali ſubjecto collata . Politica igitur poteſtas in genere accepta naturali juri congenita , ac veluti coagmentata , in natura ipſa primum immediate ſubſidet : quumque Natura humana in tota, qua late patet , hominum multitudine , ſive collectione ſubſiſtat , inde ſit , ut Politicæ poteſtatis immediatum ſubjectum ſit tota hominum collectio , ſeu multitudo . Sicut enim unus præ alio homo non eſt , ſic uni præ alio jus regendi homines non ineſt ; ſed ita unicuique hominum jus regendi primum ſeipſum , deinde pariter alios competit , ſicut in unoquoque homine una cum humana natura jus naturale inſitum eſt . Quod jus quum a ſingulis exerceri nequeat, neque ſit , cur ab uno potius , quam altero exerceatur , reſtat , ut a ſingulorum collectione ſit exercendum : in qua ſiquidem æquales ſint ſinguli , æquæque liberi , & ingenui , proinde ſit , ut domini , & ſervi , ſuperioris , & inferioris nomina ſint apud ipſos a primæva origine prorſus ignota . Sequitur itaque , ut immediate tota in hominum collectione poteſtas integra reſideat politica . Quoniam vero a multi-

multitudine ipsa neque facile, neque cum effectu potestas isthæc exerceri potest, factum est ideo, ut ab ipsa multitudine ea potestas transferretur, mox in unum, unde Monarchia, mox in plures, eosque præcipuos, unde Aristocratia, mox in plures generis promiscui, unde Democratia ortum habuit, sive ex his conflata quælibet alia Reipublicæ species; quas ad quinque dinumerat Aristoteles Polit. lib. 4. cap. 7., Polybius vero ad septem lib. 6. de Milit., ac domest. Roman. disciplina, cui posteriori adstipulantur Dionysius Halicarn., & M. Tullius in fragm. de Republ., post quem abeunt Thomas Morus, Gaspar Contarenus &c., qua de re etiam Bodinus de Republ. lib. 1. cap. 1. Quæ quum ita se habeant, patet inde, quod Potestas politica in specie, scilicet Monarchia, Aristocratia, & Democratia, de Jure Naturæ, ac Divino non immediate descendit, sed de jure Gentium, quippe quæ ab humano genere in alium, vel alios a genere ipso discretum, vel distinctos translata est. Mediate vero a Natura, & a Deo esse dici ideo debet, quod ipsi Naturæ ingenita in peculiare alterius jus demum translata fuerit.

Eôdem recidit expositio, quam adhibent ejusdem opinionis patroni alii, ut Coccejus uterque ad Grotium lib. 1. cap. 3. §. 5, in Prodromo Jur. Gent. exercit. 2. §. 17, & seq., ac de Justitia Natur., & Roman. lib 6 cap. 2. §. 621, & seqq., ut Gravina in Specim. prisci Jur. § Virtus, & de Legib., & SC. cap. 4, ut Vicus de uno univ. Jur. princip., & fine uno §. 60, ut Puffendorfius de Offic. hom., & Civ. lib. 2. cap. 6., ut Heineccius in prælect. Acad ad hunc locum, ubi Hobbesium, & Titium refellit §. 9, ut Metastasius de Lege Regia cap. 23. Nempe indubium est Deum Naturæ auctorem Leges humano dedisse generi, eique necessitatem juxta leges illas agendi imposuisse. Ideo qui jus quodpiam a Deo Naturæ insitum negare non extimuere, Glauco apud Platonem de Republ. lib. 2., Epicurus apud Stanlejum in hist. vet. Philosoph. par. 12, Horatius lib 1. satir. 3, & Lucianus in Dialogo *Jupiter* inscripto, quos presso sequi vestigio Spinosam, Thomasium de Jure N., & G. lib. 1. cap. 5. §. 337, & Observ. To. 6. observ. 27, Hobbesium de Cive cap. 1. §. 7, & seqq. non depuduit, viden, ut profligentur ab Heineccio in Proleg. ad Puffendorfium de offic.

hom.

hom., & Civ. §. 1, a Ripero de Legib., a Budeo Theolog. mor.
par. 2, cap. 1. §. 10, a Canzio Philosoph. Leibnit. To. 1. cap. 13.
de Legib. divin., a Samuele Coccejo in Grotium differt. 8. proœm.
cap. 4 §. 7, seqq., & in novo Systern. Just. Nat., & Rom. lib. 1.
cap. 4. §. 40. seqq., ubi Veteribus illis, ac recentibus Philosophis, qui juris naturalis existentiam inficiari non sunt veriti, A-
ristippum, Democritum, Pyrrhonem, Diogenem, Archelaum,
Trasimachum, Adimantum, Carneadem &c. adjungit, Machiavellum etiam, & Auctorem *Aloisiæ Sigeæ*, obscœnissimæ nempe
Satyræ Sotadicæ, sub nomine Aloysiæ Sygææ, Hispanæ videlicet
fœminæ tam genere, quam doctrina, & moribus illustris, de
qua Joh. Vasæus in Chron. Hisp. cap. 9, Nicolaus Antonius in Bibl. Hisp. &c., cujusque fœdissimi libri parentem Joh. Westrenium
JC. Hagiensem in Batavia tradunt Christ. Thomasius in Cogitatis
circa libros recent. p. 586, & Daniel Georg. Morhofius in Poly-
hist. Lit., Philos., & pract. To. 1. par. 1. lib. 1. cap. 8. p. 75. Quoniam vero frustra leges illæ conditæ fuissent, nisi superior existe-
ret aliquis, qui earundem observationem urgeret, transgresso-
resque coerceret, necessario consequitur Imperium aliquod a natura constitutum esse, ne sine imperio libera unicuique maneat
agendi, quidquid lubet, & plusquam licet, facultas, impuneque
leges posthabendi. Videsis L. 2. §. 15. ff. de Origin. Juris. Inde
patet iterum potestatem hanc a Deo utique esse, a quo Natura est,
Roman. cap. 13. v. 1, quippe quæ ipsamet est potestas exsequen-
dæ, tuendæque Divinæ ipsius voluntatis, quæve Dei ipsius vice
exercetur. Unde heic locum habet egregium illud S. Augustini lib.
22. contra Faustum cap. 14: *Lex æterna est ratio Divina, vel volontas Dei ordinem naturalem conservari jubens, perturbari ve-
tans.* Qua de re fusius Henricus Coccejus in cit. Prodromo Jur.
Gent. exercit. 2. §. 17, & seq. Patet item in sola Natura integra
positum Imperium, solamque positi Imperii caussam esse, ut Naturæ jura salva inter homines, & integra sint. Atque ideo extra
dubium evadit omne hos intra fines potestatem superioris omnem
ita constringi, quos si superior excedat, impotentia fiat, esseque
desinat Imperium. Quo in principio, quod nempe juris tuendi
caussa Imperia sint constituta, omnes convenire Gentes multis con-

firmat

firmat Guevara in horolog. Princip. lib. 3. cap. 1, notatque Wanchelius . Videndi & Aristoteles Moral. lib. 8. cap. 12 , & Cicero lib. 1. de Legib. cap 42. Ad tuendum igitur commune jus Naturæ totum concurrere Genus humanum oportuit , suamque a quoque voluntatem contribui , ac in medium proprias cujusque conferri facultates , ut ex omnium & volontatibus , & facultatibus eòdem confluentibus publica volontas exsurgeret , summaque conflaretur potestas: quarum altera exinde dicta Lex est , sive communis Ratio , aut civilis Sapientia , aut etiam publica Philosophia ; altera vero Imperium, sive universalis Virtus, sive facultas Universorum . Videndi Gravina, Vicus, ac Metastasius loc. ind. Ad summam rursus potestatem constituendam tergemina concurrere pars necessario debuit . 1. Legislatoria , qua tum jus Naturæ vetus , siquidem in obscuro latere videatur , in lucem explicatur , atque ad præsentem rerum statum , prout opus fuerit , applicatur , tum novum pro rerum vicissitudine , necessitateque sancitur , atque iis , quæ de novo quotidie emergunt , temporum , hominumque incommodis remedium apponitur : 2. Judiciaria , qua Jus exercetur , de hominum factis cognoscendo , suum unicuique impartiendo , &c. 3. Deliberativa , qua effectus ejus , felicitasque defenditur , inque tuto ponitur : quo pertinent Monetæ, Commercia &c.; de quibus fuse Coccejus in Autonomia Jur. Gent. cap. 6. §. 9 , & seq. , cap. 7. §. 2 , & seqq. , ac in Jure publ. cap. 4. §. 18.

Sequitur hinc , quod summæ Potestatis subjectum naturâ unum sit Genus ipsum humanum. Tum quod omnibus hominibus æquale Jus suas in actiones inest , neutri in alterius , omnesque homines natura liberi nascuntur , nullus sub alterius potestate , adeo proinde , ut nonnisi a toto demum humano Genere in singulos exerceri Imperium debuerit . Quare ad Scythismum , sive barbariem eorum amandandam docet Coccejus opinionem , qui dicunt Imperium natura competere fortiori , in qua fuisse Germanos ex Mela Geogr. lib. 3. cap. 3 , Ansivarios , & Tenchteros ex Tacito hist. lib. 4. capp. 62 , & 64, Camillum ex Plutarcho in Camil. cap. 26 , & Polybium ex hist. lib. 6. cap. 2. observat . Tum quod , uti dicebam , nonnisi ex uno omnium voluntatum , & facultatum eòdem concursu una suprema ratio constitui potuit, quæ

vinculum effet humanæ focietatis : Homo enim , velut obfervat
Scaliger de cauf. lat. ling. , deducitur ab Ὁμοῦς, vel ὁμοῦ , Ideſt
fimul , quia homo fit τὸ ζῶον πολιτικόν, hoc eſt *animal fociale*. Quia
vero multitudo univerfa hominum in focietatem coacta ad imperandum tota fimul inepta erat , ad fimul ideſt cogendas in unum
omnium volontates : quia etiam multiplicato ultramodum humano genere , dividi inter fe familias , gentefque neceffe fuit , Inde
factum , ut poteſtas a fingulis avulfa, & in commune familiarum,
aut gentis collata a fingulis Civitatibus vel per plures ex digni-
oribus , vel per Populum promifcue , creatis ex ipfo , & ab ipfo
Magiſtratibus , exerceretur : in quibus perinde fuprema refideret
poteſtas . Quæ poteſtas demum , five poteſtatis forma bello , &
pactis mutari , in que fingulares perfonas , five Principes transferri potuit : Jure belli nempe , quo victor Reipublicæ in fe poteſtatem transfert , victifque deinceps eam regiminis formam tribuere
poteſt , qualem mavult , de quo Grotius lib. 1. cap. 3 , & lib. 3.
cap. 8 : Jure pacti vero, quo in alterius poteſtatem Civitas libera
fe tranfcribit ; qui jure deinde vel electionis , vel fucceffionis imperium adipifcetur , de quo Lipfius Polit. lib. 2. cap 4. Quo cum
Syſtemate integre ſtat. 1. , quod fingulis jus naturalis defenfionis
comperit: 2, quod Patrifamilias jus pariter in uxorem , & filios
incumbit: 3, quod Familiæ , & gentes vel futuræ , vel alió mi-
grantes , neque de Imperio alteri conferendo ut deliberare poffint , neceffe eſt ; neque Imperium alteri quæfitum facto fuo poffint auferre . Sermo enim folummodo eſt nobis de poteſtate publica , non de privata , aut patria . Neque Familiæ futuræ impedimento effe poffunt , quominus legitime a Patribusfamilias ante
poteſtas publica in alium , vel alios transferri potuerit ; quæ demum legitime translata ab advenis , vel alienigenis poteſt trans-
formari . Qua refponfione evanefcunt protinus , quæ dubitandi
de Grotii Syſtemate occafionem , & fcrupulum Samueli Coccejo
differt. 8. proœm. capp. 2, & 3. injecerant .

   Occafione tamen dicti de Jure pacti, quo transferri Regni
jus in Principem poteſt , duo occurrunt dubia, paucis, quoad ejus
fieri poterit , refolvenda , ex quorum refolutione præfenti quæ-
ſtioni de poteſtatis laicæ origine haud parva lux affundetur . In
du-

dubium fane ex dictis evadit poteftatem laicam, in quocumque refideat, intra fines Juris Divini, Naturalis, & Gentium cohiberi. Cujus rei manifefta eft ratio, qua dicebamus a Deo O.M. Jus humanæ naturæ infitum, totoque in genere humano conftitutum. Unde Principem, utcumque liberum, & abfolutum triplici præcepto de honefte vivendo, de altero non lædendo, de Jure fuo unicuique tribuendo adftrictum ire perpetuus eft In docendo S. Thomas part. 2. quæft. 90. art. 1. Ante ipfum vero Jam pridem S. Auguftinus de lib. Arbit. lib. 1, quæft. 67. in Exod., & lib. de vera Relig. cap. 3. de legum conditoribus loquens, ab iis æternam, juxta quam fuas deinde proferre rite leges queant, ante confulendam legem docui: *Ut fecundum ejus incommutabiles re- gulas, quid fit pro tempore jubendum, vitandumque difcernant*. Quo pacto recte Prov. 8, & Roman. 13. per Deum Reges regnare, & jufta decernere intelliguntur, rectaque decernendi auctoritatem a Deo accipere. Confer & Cumberlandum de Legib. Nat. cap. 5, Seldenum de Jure Nat. lib. 1. cap. 4, & Samuelem Coccejum de Inftit. natur., & Rom. lib. 1. cap. 6, ubi Juris naturalis obligationi adjunctum pœnæ metum volunt, qno illud in quocumque factum magis, tectumque maneat. Dubitare eft tamen, an præterea Princeps obligari pactis, ac promiffis queat. Sed enim, quamvis probanda indiscriminatim ex parte omni non fit Ariftotelis opinio lib. 3. Polit., qua *Regem ex Populi voluntate impera- re* fimpliciter afferit, eumdemque ideo in Tyrannum actutum abire, ut a Populi voluntate defcifcere œperit: hoc enim effet non Regem Populo, fed Populum Regi præficere: ubi tamen de Regni legibus res fit, deque pactis cum Rege transactis, iifdem obligari Regem indubium habetur: quæ pariter obligatio ex ipfo pro- fluit jure, quo Principatum adquifivit, quem nempe cum hono- re æque perinde, atque cum onere ab eo adquifitum docent mul- tis Grotius lib. 1. cap. 3. §. 16, Gronovius, & Coccejus ibid. in Not., Moferus infra citan., &c. quod multis etiam confirmant exemplis. Nam ita Perfarum Reges, qui alioqui Plutarcho tefte de tribus Rerum publ. gener. αὐτοκράτις κỹ ἀνυπεύθυνος, idett *Summo cum Imperio erant*, jurabant, antequam Regnum adirent, atque leges certa quadam forma latas immutare eifdem nefas

erat:

erat : quæ leges etiam Regni dici folebant , teftibus Jofepho Antiq. Jud. lib. 11. cap. 6, Xenophonte Cyrop. lib. 8. cap. 5, Diodoro Sicul. lib. 17, & Plutarcho in Themift., & in Artaxerfe . Confer
& Jacchidem ad Daniel. cap. 2. v. 13, & Briffonium de Regno Per-
far. lib. 1. §. 130. pag 476. edit. Lugd. Batav. 1749. Ad multa-
rum etiam rerum obfervationem obligatos Reges cum Ægyptiorum tradit idem Diodorus lib. 1., tum Æthiopum lib. 3. Epiri
quoque Reges jurare folitos regnaturos fe juxta Regni leges ex
Plutarcho in vita Pyrrhi difcimus. Certis etiam legibus adftrictos
SabæorumReges referunt Agatharchides apud Photium Cod. 250,
& Artemidorus apud Strabonem Geogr. lib. 16. De Heroica Regum apud Græcos fpecie , iis , fcilicet , qui ante , & poft bellum
Trojanum , publica de re benemeriti, communibus Populi fuffragiis Reges (cum tota aliquando pofteritate) defignari folebant ,
verba faciens Ariftoteles lib. 3. Polit. cap. 14. receptis eos legibus , ac moribus obftringi juramento (quod per fceptri elevatio-
nem præftabatur) confueviffe teftatur . Memoriæ quoque prodidit Xenophon de Repub. Lacedæm. apud Spartanos Jusjurandum
Regis fuiffe , fecundum conditas Reipublicæ leges fe imperatu-
rum . De Thefmothetis apud Athenienfes Julius Pollux Onom.
lib. 8. cap. 9, de aliis vero Nicolaus de moribus Gent., ac Pfeifferus Antiq. Græc. lib. 2. cap. 7. Sic item Heraclidarum Reges intra præfcriptarum legum modum imperare obligatos legas apud
Platonem de Legib. lib. 3. Regum univerfim Græciæ valde coarcta-
tam Populi voluntate fuife poteftatem, cujus a fuffragiis majoris res momenti pendebant, tradunt Homerus Odyff. lib. 3. v. 127,
& lib. 8. init., Iliad. lib. 2. v. 53, Euftathius ad Iliad. lib. 1. v. 144,
Ariftoteles Moral. lib. 3. cap. 5, & Dionyfius Halic., lib. 2. p. 86.
Paria de Germaniæ Regum limitata a Populo auctoritate fcribit
Tacitus de morib. Germ. cap. 11. Atque ita de Trajano Imp. tradit Plinius in Paneg. caput fuum, fuamque dexteram, fi fcienter
fefelliffet, Deorum iræ confecraffe . Adrianus perinde juramenti
religione fe devinxiffe fe nunquam in Senatorum aliquem, nifi ex
Senatus fententia, animadverfurum, legitur . Similia de Regibus obligationis vinculis obftrictis legere paffim eft, de Gothis
apud Caffiodorum Variar. lib. 10. cap. 16, & feq., de Gallis apud

Clau-

Claudium Seyſellum de Republica Gall., de Hiſpanis apud Marianam lib. 20. cap. 3, de Polonis apud Chromerum lib. 19, & 21
ac Cranzium lib. 9, de Svecis apud Pontanum lib. 8, de Bavaris
apud Moſerum Introduct. in Jus publ. Bavar. cap. 11. §. 60. &c.

Longe difficilior eſt, quæ ſecundo occurrit loco, quæſtio de
lege Regia nempe, qua Populus Romanus fertur Jus omne ſuum
Imperii in Cæſares contuliſſe, de qua inter Juriſconſultos non
convenit. Id equidem diſerte affirmant Ulpianus in Leg. 1. *Quod
Principi ff.* De Conſtit. Princip., & L. 31. ff. De Legibus, eumque ſequutus Tribonianus in præfat. Digeſt. §. 7, & in dictam L. 1.
ff. De Conſt. Princip. Quin legis hujus meminit Alexander Imp.
L. 3. C. De Teſtam.; Atque ad hanc pariter legem Regiam paſſim Juſtinianus provocat in §. 6. *Sed & quod* Inſtit. De Jure nat.,
gent., & Civili: *Populus*, inquiens de Rom. Imperatore, *ei, &
in eum omne Imperium ſuum, & poteſtatem conceſſit*: ideſt etiam
in ſe, velut interpretatur Theophilus, cui conſentit Duarenus
lib. 2. diſput. cap. 19. Quam tamen interpretationem explodit
Gerardus Noodtus Obſerv. lib. 1. cap. 3, & diſſertat. de Jure Sum.
Imp., & lege Regia. Idem rurſus Juſtinianus in L. 1. §. 7. C. Veter. Jur. enucl. *Quum lege, repetit, antiqua, quæ Regia vocatur,
omne Jus, omniſque poteſtas in Imperatoriam tranſlata ſint pote-
ſteſtatem &c.* Qui demum hujus vi legis Imperatores legibus eſſe
ſolutos denuntiat L. 3. C. de Teſt., cui jungendæ L. 4. C. de Legib., L. 31. ff., & L. un. §. 14. C. de Caduc. toll. Eamdem vero
legem acrius defendendam ſuſcepere plerique, ac præſertim poſtquam in lucem prodiit ipſius fragmentum ope Tabulæ ænæ Capitolinæ, quinque fere ab hinc ſæculis repertæ inſignem toto Orbe
prope Baſilicam, ubi celebres olim Lateranenſes ædes erant,
Gregorii XIII. deinde juſſu in Capitolium tranſlatæ: ex qua legis Regiæ nomine fragmentum tranſcriptum legitur apud Ful-
vium Urſinum in Not. ad LL., & S. C., Manutium de legib. c. 2,
Pighium Annal. Rom. Tom. 1. p. 17, Roſinum Antiq. Rom. lib. 7.
cap. 22, Coraſium Miſcell. lib. 6. cap. 8, Antonium Auguſtinum de
Legib. cap 18, Georgium Fabricium Antiq. lib. 1, Marium Salomonem lib. 6. de Princip., Hottomannum Antiq. Rom. lib. 1. cap. 1,
Gutherum de Offic. Domus Aug. lib. 1. cap. 31, Briſſonium de

                                                    For-

Formul. lib. 2. cap.27, Gravinam in Origin. Jur. Civil. de Rom.
Imper. §. 24, Gruterum Inscript. p. 242, Noodtum de Jure Sum.
Imper., Pitiscum Lex. Antiq. Tom. 2. p. 440. edit. Ven. 1719,
Heineccium in Antiq.Rom. Syntag. ad Inftit. lib. 1. de Jure Nat.,
gent., & Civil. tit. 2. §. 6, Erneftum in Excurfu ad Tacitum hift.
lib. 4 cap. 3, ac nuper apud Leopoldum Metaftafium de lege Regia p. XIII. Legem porro hanc Hottomannus infud. Leg. Roman.
eamdem effe putavit cum ea, qua fub Regno Romuli lata fuerat ,
quam Regiam etiam vocavit Livius lib. 34. cap.6. Cujacius vero
Inftit. lib. 1. tit. 2. de Jure nat., gent., & civ. §. 6. cenfuit eam in
Urbe fub primis Regibus revera natam , ac poft ad Cæfares revocatam. Goveanus etiam var. lect. lib. 2. cap. 30, nuperque Marius Campianus in Regio Taurinenfi Athenæo anteceffor IIb. de
Jurifd., ac Magiftrat, Roman. exiftimant lata revera lege a Populo Romano poteftatem fuam omnem in Principes fuiffe transfu-
fam . Aft contra a Triboniano confictam, adfictamque Ulpiano
opinantur Martinus Schookius in Diatriba de lege Regia , Cyria-
cus Lentulus in Aula Tib. p. 214, & 255, Connanus Comment.
lib. 1. cap. 16. §. 3, & Vultejus ad cit. §. 6. Inftit. lib. 1. tit. 2.
Contra legitimam effe , prout faltem extat in Tabula Capitolina,
pugnant Scipio Gentilis Orat. de lege Regia,Conringius ad Lam-
pad. p 71, feq., Sutholtus de Jurifd. §.69. feq., Huberus digreff.
lib. 1. cap.16. feq., Raphael Fabretus epift. ad Gravinam in Orig.
Jur. p. 231. Bocclerus ad Grotii lib. 1. p. 214, Francifcus Blanchinius , Juftus Eccardus , Erneftus &c.

Verum enim vero a Populo Romano in Cæfares Imperium
non jure proprietatis , fed jure dumtaxat adminiftrationis fuiffe
tranfatum,ideoque Imperii ftatum manfiffe Popularem,folumque
io Imperatores tranfmiffum exercitium , atque ideo commenti-
tiam effe legem Regiam , qua parte Imperii proprium jus Imperatoribus fuiffe collatum fingitur , receptior opinio eft , quam
plurimis fuftentant documentis Janus Vinc. Gravina lib. de Rom.
Imper. §. 24., Gronovius de lege Regia , Schuhart de fatis Jurifp. Roman. excutfu 3. cap. 40. , feqq., Noodtus de jure fumm.
Imper., & lege Reg.Oper. T. 1. in fine,& Obfervat. lib.1. cap.3;
Heineccius in Antiq.Rom. Syntag. ad Inftit. lib.1. tit. 2. §.62. ;
                                                                    feqq.,

seqq. , Tobias Paurmeister de Jurisp. Imp. Rom. lib. 1. cap. 19. ,
Cocceius uterque ad Grotium lib. 1. cap. 3. §. 8. , Metastasius
de lege Reg. , aliique hisce duci momentis . Equidem ubi Imperium bellis Civilibus inter Syllam , & Marium , inter Cæsarem , & Pompeium , inter Octavium , & Antonium exagitatum ,
discerptum , & lacessitum rapinis , cædibus , proscriptionibus ,
omnique genus flagitiis innotuit , a Senatu , Populoque Romano expedire judicatum est , ut pro eo afflictarum rerum statu Respublica ab uno dumtaxat administraretur ; reque ipsa Cæsari ejus
administratio commissa , in successores continuata est : quo plane
de Romanæ statu Reipublicæ , necessitateque se unius administra-
tioni demandandæ Pomponius in L. 2. 9., & 11. ff. de Orig. Jur.,
Dio lib. 52., & seq., Svetonius in Augusto cap. 18., & Van-Echius
de princip. Jur. lib. 1. tit. 2. §. 32. Procul inde tamen abfuit , ut
proprio administranda susciperetur a Cæsaribus jure , ut potius ex
decreto Populi , quo in Cæsares translata fuerant Magistratuum
jura , Reipublicæ administratio ab ipsis adsumpta sit : ut proinde
fiduciaria velut potestate diversa pro diversis Magistratibus obi-
rent munia , puta Militare imperium Consulatu ; Proconsulatu ,
Censoriaque potestate cognitionem fortunarum , & morum , ani-
madversionem in Civium capita , ac jus supplendi Senatus, aut minus idoneos a Senatu movendi ; Jus Sacrorum Pontificatu M. ; ac
Tribunicia potestate Jus tuendi Populum contra injuriam, ac Magistratus in vincula conjiciendi. Hisce modis, quibus multorum
aliorum ex favore , indulgentiaque Populi accessio subinde facta
est, imperasse primo Julium refert Dio lib. 42., decreto Populi eundem plurimis adauctum privilegiis subjungens lib. 43. , & seq. Quibus in locis ideo eum vocat *Reipublica Præsidem, & Procuratorem*,
vocatumque tradit *Urbis , Imperiique Præfectum* ; atque leges ,
non proprio quidem consilio , sed re prius cum Senatus primori-
bus communicata, tulisse testatur . Qui ideo parum sibi cohæret,
dum tam Julio , quam deinde Octavio summum Imperium delatum asserit . Sed ei danda hac in re venia, qui hæc litteris deman-
dabat, postquam ab Imperatoribus proprium in jus Rempublicam
jam raptam perspiciebat . Ad hæc defuncto Cæsare , Imperii tam
administratio, quam jus plenum, & integrum ad Populum rediit .

                                          Testis.

Teſtis eſt enim Dio ab eo lege cautum, ne Dictator impoſterum crearetur lib. 44. Conſulem creatum Antonium, Octavium Tribunum lib. 45. Ne ullus anno diutius Imperio defungeretur, diſtricte veritum . Octavio, ob contractas privato conſilio copias, Judicium intentatum, denegatumque Conſulatum lib. 46. Leges a Triumviris opera Tribunorum ſancitas lib. 47. Rerum ab ſe præclare geſtarum rationem Populo ab Octavio redditam : ob quas varios ei fuiſſe decretos honores lib. 49. Duumviros Octavium, & Antonium mutuo ſe ſe apud Senatum, Populumque accuſaſſe, poſteriorique omni cum poteſtate Conſulatum ademptum lib. 50. Apud Actium devicto Antonio, decretos victori Octavio a Populo honores, Tribuniciam poteſtatem eidem perpetuam delatam, cum poteſtate ferendi omnibus in Judiciis ſuffragii lib. 51. Eundem Conſulem factum, Cenſoremque Provinciarum adminiſtrationem cum Senatu, Populoque diviſiſſe. Imperium decennale dumtaxat, quod continuatis decenniis ad obitum perduxit, decreto Populi in Provincias voluiſſe : neque Regis nomine, neque Dictatoris audiri ſuſtinuiſſe lib. 53. Veniam legis Voconiæ ſupra juſtam portionem Liviæ relinquendam petiiſſe a Senatu: quam certe non petiiſſet, ſi leges in ſua habuiſſet poteſtate, lib. 56., ac videndus Cujacius Obſervat. lib. 15. cap. 30. Populum igitur penes ſub Auguſto Reipublicæ ſtetiſſe Imperii ſummam inde ſit evidens : quod probat etiam Bodinus de Republ. lib. 2. cap. 1.

Quo in ſtatu perinde eamdem ſub ſequentibus Imperatoribus manſiſſe Rempublicam facile ex Dione, Svetonio, & Tacito docentibus paſſim Senatum penes judicia ſtetiſſe, ex Senatus vero decreto Magiſtratum, Imperiumque geſſiſſe illos, demonſtrari poſſet. Quibus tamen prætermiſſis, luculenter id probat Tabulæ Capitolinæ fragmentum, in quo ex Senatus decreto Veſpaſiano, ſub variis officiorum titulis, Imperium, quomodo ex deceſſoribus ſuis pleriſque, delatum legitur, cujuſque decreti ſequentia diſtinguuntur ſummatim capita. 1. Ut ei fœdus, cum quibus volet, facere liceat. 2. Ut ei Senatum habere, relationem facere, remittere, Senatus conſulta per relationem, diſceſſionemque peragere fas ſit. 3. Ut quidquid ejus voluntate, juſſuque, præſente eo, a Senatu decretum eſſet, id pro jure habe-

retur,

retur, ac si 'e lege Senatus edictum fuisset. 4. Ut eorum, quos
ipse ad obtinendos Magistratus commendasset Senatui, Populoque Romano, in Comitiis extra ordinem ratio haberi deberet. 5.
Ut ei fines pomœrii liceret proferre. 6. Ut omnia, quæ ex usu
Reipublicæ esse censebit, ei agere fas sit. 7. Ut eisdem legibus,
ac Plebiscitis, quibus Julius, Octavius, Tiberius, & Claudius soluti fuerant, idem absolutus quoque sit; quæque rogatione Augustum, Tiberium, & Claudium facere oportuit, id totum eidem
pariter omnino facere liceat. 8. Ut omnia, quæ ante hoc decretum
gessit, rata sint, perinde ac si Populi jussu acta fuissent. Cui decreto addita sanctio, ut si quis Civis jussu Principis contra leges
aliquid fecerit, id hujus legis ergo fraudi ei esse non debeat, neque actio in eum sit. Atque hoc ex decreto quidem argumenta,
quæ neque plane levia visa sunt Petratchæ lib. Epist. ep. 4, contra Regiam potestatem olim duxisse Nicolaum de Laurentiis Romæ sub Clemente VI. Populum ad veteris Imperii formam instau-
randam sollicitantem liquet ex Bartholomaeo Ferrar. in Polybi-
storia cap. 31. Script. rer. Ital. Tom. 24. p. 798, & seq. Jam, quæso, vero, quid hoc decreto Julio, Octavio, Tiberio, & Claudio,
quos duos posteriores ab Imperatoris prænomine abstinuisse
memorant Svetonius cap. 26, & Dio lib. 57, collatum dicitur, eorumque exemplo Vespasiano confertur, quod ex Senatus, Populique voluntate, potestateque totum non proficiscatur? Quod autem Caligulæ, & Neronis hoc in decreto nulla occurrat mentio,
in caussa fuit denegata utrique par facultas, & potestas: prioris
quippe acta fuisse rescissa refert Dio lib. 60.; posterioris vero,
tamquam Patriæ hostis, damnata memoria legitur apud Svetonium in Nerone. Caji quoque memoria Infamia fuisset aspersa, nisi Claudius potestate Tribunitia intercessisset, Dione teste. Gal-
bæ vero, Othonis, & Vitellii ideo pariter mentio præterita est,
quod brevi admodum tempore pro adipiscendo potius Imperio di-
micarint, quam illud legitimis adepti fuerint votis: e quibus insuper Galba a Senatu Populi Romani hostibus fuerat adnumeratus, teste Plutarcho in ejus Vita. Vespasianum autem viden, ut
hoc ex decreto Imperium titulo officiorum Consulatus, Censuræ
&c. administrandum accepit! Qua de re Gravina de Rom. Imp.

§. 16, & feqq. Viden etiam, ut fpeciali privilegio Legibus , ac Plebifcitis fuerit folutus , non quidem omnibus , fed iis dumtaxat , quibus Auguftum , Tiberium, & Claudium haud teneri fuerat declaratum? Qua de re Coccejus in Grotium lib. 1. cap. 3. §. 8. Suprema igitur poteftas Imperii cum adhuc penes Senatum ftabat . Ad hæc Militare nequidem imperium fola voluntate Militum in Imperatorum perfona conftitiffe fine Senatus Confulto , quo totius Reipublicæ confenfus proferebatur , tam ex Jure Gentium , quam ex jure Romano comprobat eodem loci Gravina. §. 28, & feqq., ac poft ipfum Metaftafius cap. 38, & feqq. Sic enim Galba fibi delatum a Militibus imperium , antequam a Senatu probaretur , unius fe Legati Senatus , Populique Romani titulo profitebatur , teftibus Svetonio cap. 10, Dione lib. 63, & Plutar. cho in Galba. Otho perinde a Senatu imperium impetrare voluit, notantibus Svetonio cap. 7, Tacito lib. 1, & Plutarcho ibid. De Vitellio tradit Tacitus hift. lib. 2. cap. 55, ei a Senatu tributa, quæ Imperatoribus aliis fuerant decreta . Pari Domitianum ignominia Senatus affeciffe , cujus a conjuratis occifi nomen , ac memoriam damnaverit , imaginibus ubique deletis , legitur apud Svetonium in Domitiano cap. 23. Avidium quoque Caffium a Senatu velut hoftem damnatum auctor eft Vulcatius Gallicanus ejus vitæ cap. 7, feu verius Lampridius Spartianus , qui Avidii Caffii vitæ fcriptor habendus eft . Nervam Senatus confenfu ad Imperium elatum , & ab eo Trajanum in Imperii confortium adfcitum difcimus ex Dione lib. 67 , & Aurelio Victore in epitome . Hadrianus oblatum a Militibus Imperium tum demum adjit , quum adeundi veniam a Senatu fibi factam agnovit , ut eft apud Dionem lib. 69 , & Spartianum cap. 6. Antonino Pio ex Senatus confulto Proconfulare Imperium , Tribunitiamque poteftatem adhæfiffe teftatam rem faciunt Capitolinus cap. 5 , & feqq. , ac Dio lib. 69. Qui apud Herodianum etiam fateri , & profiteri non dubitavit Principatus dumtaxat adminiftrationem fe cum Senatu fufcepiffe . De Marco Aurelio memoriæ prodidit Capitolinus capp. 16 , ac 27 , eidem invito a Senatu delatum Imperium , cujus in confortium admitti deinde Commodum facile impetravit: quem in pofteriorem acriter poft mortem a Senatu fævitum liquet ex Dione lib. 73.

Hero-

Herodiano lib. 1, & Lampridio in Commodo cap. 18. Precibus
etiam Senatorum Pertinax *imperium* admisit, Dione lib. 73, &
Capitolino cap. 4, & seq. testibus. Similiter non absque Senatus
assensu Imperatores inauguratos Didium Julianum ex Dione
lib. 73, & Spartiano cap. 3, Severum ex Spartiano in Juliano cap. 5,
& seq., ac Herodiano lib. 2. cap. 41, Caracallam ex Spartiano in
Severo cap. 16, & Dione lib. 74, Macrinum ex Capitolino cap. 7,
& Herodiano lib. 5. cap. 2. ostendunt cit. Gravina, & Metastasius.
Heliogabali porro, qui nondum consulto Senatu, sola Militum
volontate, se Imperatorem inscripserat, ab eodem Senatu devotam memoriam tradunt Lampridius in Alexandro cap. 7, & Dio
lib. 79. Quo adhuc vivente, Alexander Severus decreto Senatus
Imperator renuntiatus est, referentibus Lampridio in Heliog., &
& Herodiano lib. 5. cap. 18. Pari modo Imperium non absque Patrum indulto adgressos Maximinum ex Zonara Tom. 2., Æmilia-
num ex Aurelio Vict., (quos ambos postea a Senatu damnatos scitum est), Gordianum ex Capitolino cap. 10., Philippum Arabem
ex eodem Capitolino in Gordiano cap. 31, Marcum ex Zonara
To. 3. in Gord., Severum Hostilianum ex eodem, Gallum, &
Perpennam ex Aurelio Vict. de Cæsar. n. 31, & Auctore hist. Miscellæ, Decium ex eodem Aurelio n. 25, Valerianum ex Trebellio
Poll., & Zosimo, Gallienum ex Eutropio, & Aurelio Vict., Claudium II. ex Zosimo lib. 1, & Trebellio, Quintillium ex Eutropio
lib. 9, & Zonara To. 2, Aurelianum ex Zosimo lib. 1, Zonara, &
Vopisco in Aureliano cap. 41, (qui & notat Florianum Taciti
fratrem Cæsarum numero nunquam habitum, ideo quod Imperium præ se tanquam hæreditarium sumpsisset), Probum ex Vopisco cap. 11. iidem Duumviri demonstrant: non secus atque publica judicia Senatus fuisse propria, legesque ferendi potestatem,
adeoque ut ab ipso ad Imperatorem provocare nefas foret ex L 3.
C. *Qui manumitti*, L. 4. ff. *De accus.*, L. 2. in princip. ff. *Here-
dit. petit.*, L. 1. §. 1. ff *De fugit.*, L. 1. C. *De Compens.*, L. 64.
in princip. ff. eodem, L. 52. in princ. ff. *Donat. inter vir.*, &
uxor., L. un. §. 1. ff. *De libertat. univer.*, L. 7. §. 1. ff. *De Oper. publ.*,
L. un. C. *De Senatu*, & L. 8. C. *De Legib.*, L. *Quominus* ff. *De
flumin.*, L. 2. *Si Servus* ff. *De Custod. reor.*, L. *Quum quidam* 12.

ff. *De*

ff. De his, quibus, L. Amissione §. 1. ff. De Capit. dimin ., L. Non
tantum 17. §. 1. ff De excusat., aliisque longe plurimis confirmant.
Quibus junge Brissonium Antiq. lib. 1. cap. 16, ubi adnotat sententias in Senatu dictas a Juris interpretibus passim accipi pro Senatus Consultis consuevisse, & cap. 15. praeced. ex Svetonio cap.
12. observat Claudium jus nundinarum in sua praedia a Consuli-
bus petiisse, seu verius a Senatu ope. Consulum, ut advertit ibid.
Trekellius ; Cujacium Observ. lib. 1. cap. 18., quo loci Orationes
etiam Principum Senatus Consultis confirmari solitas observat,
Noodtum Comment. ad Pandect. pag. 62, Gerardum Arnaldum
Conject. lib. 11. cap. 20, a quibus tam Principum Orationibus,
quam Senatus Consultis legum nomen saepius inditum adnotatur,
& Coccejum ad Grotii lib. 1. cap. 3. S. 8, ubi hoc plane modo penes Senatum Imperii potestatem stetisse perinde ducentos post annos, quam Vespasiano tam ampla fuisset collata, late demonstrat,
ideoque legem Regiam nullam extare, qua ex parte Imperii potestas jure proprietatis in Imperatores translata fuerit, sed eam
ad proprium jus praesumptum adstruendum perperam fuisse intor-
tam . Denique ex Christianis omnium primo Imperatori Constantino M. etiam primas imperandi partes, Maxentio posthabito, a
Senatu fuisse tributas fide affirmat sua Lactantius de Mortib. Persecut. cap. 44, ac videndus Tillemontius Art. 17. Vicissim autem
Senatui pristina, quae turbata Maxentii crudelitate fuerant, jura
a Constantino restituta fuisse auctor est vetus ejus Panegyr. Na-
zarius editus a Levinejo Antuerp. 1599. p. 137, aliisque subinde,
de quibus fuse Fabricius Bibl. Latin. T. 1. lib. 2. cap. 12. p. 617.
Quae denique Senatus jura sub Graecis adhuc Imperatoribus clara, & illustria mansisse ostendere conatur Merastasius cap. 41. Atque hinc primo quidem repetundum jus, quo demum sub Leone
Isauro in Rom. Pontificem Imperii suprema potestas translata est,
nemo probe non intelligit .

Juxta haec igitur, ut sermoni jam vela contrahantur, Civilis potestatis summam penes Populum ab initio stetisse patet, a quo
in personam deinde aliam transferri legitime potuit . Atque manifestum fit amplius istud Populi jus ex S. Scriptura : nam 1. Reg.
cap. 8. Samuelis loco regendo Populo Judicis nomine a Deo ipso
cen-

conflituto, Judæis poftulantibus Regem adnuere Samuelem Deus
ipfe juffit , Rege defignato , electoque Saule . Quo loci quidem an
Deo potius , quam Populo tam Regia inftitutio , quam Jus Regis
ibidem a Samuele defcriptum accepta fint referenda , haud levis
interDoctos intercedit difputatio. Priori fententiæ adhærent quidem Pineda de Rebus Salom. lib. 1. cap. 2., Puffendorfius in Ana.
lect. Polit. p.68, Carpzovius in Not. ad Schikardum de Jure Reg.,
Salmafius in defenf. Regia , Calovius ad cit. S. Script. locum ,
Marshamus in Can. Chron. p. 238, aliique apud Wandalinum
lib. 1. de Jure Regio cap. 3, feq. Contra vero pofteriorem fententiam præferunt, atque tam Populi fuffragiis Samuelis electionem
deberi, quam eidem Populo a Deo permiffum dumtaxat Regis jus
docent S.Cyprianus epift.65.ad Rogat. *Iratus Dominus,*inquiens,
dixit: Non te fpreverunt. *Et ut hoc ulcifceretur , · excitavit
ipfis Saul Regem , qui illos injuriis gravibus affligeret &c.*, Clemens Alexand. Pædag. lib. 3. cap. 4. *Petenti* , fcribens , *Regem
Populo non humanum pollicetur Dominum , fed quondam infolen-
tem ipfis minatur Tyrannum*, S. Hieronymus in Ofeæ cap.7. *Saul,*
inquiens, *non ex voluntate Dei, fed ex Populi errore Rex factus eft,*
S. Gregorius M., Sulpitius, V. Beda, aliique laudati a Wandalino
lib. 1. de Jur.Reg.cap.2,ad quos acceffere deinde Sigonius de Rep.
Hebr. lib. 7. cap. 3., ejufdemque adnotator Laurentius Abbas Maffejus in Not. 82. , & 83. lib. 1. , & in lib. 7. Not. 10. , &
11., Procopius apud Pinedam.loc. cit. , Leydecherus de Republ.
Hebr. p. 432.,Gisbertus Voetius Tom. 4.difsert.felect. p. 214.,
Joh. Miltonus in defenf. Pop. Anglic., Sidnejus de Regim. , Bar.
clajus lib. 3. contra Monarchomachos cap. 2. , aliique , quibus
aperte fuffragari Scriptura.ipfa videtur 1. Reg.cap. 11. v. 14. , &
cap. 12. v. 13.,ubi Populo Sauli electio tribuitur. Eodem lib. 1.
Reg. cap. 16. Saule abdicato., Regem eligere Davidem Samuel
a Deo jubetur :qui nihilominus nonnifi quindecim poft annos ab
univerfo Populo electus eft 2. Reg. cap. 5.,qui eo ufque in Regem fufceperat Isbofeth 2. Reg. cap. 2.v. 8, feqq. Davidem excepit Salomon,non absque tamen Populi confenfu 3. Reg. cap. 1.
v. 39., hunc vero Roboam , a quo tamen.fubinde Ifraelitæ undecim conflantes Tribus,fecessione facta , in Jeroboamum. Regni
                                                              jus

jus transferre non dubitarunt, Deo ipso translationem istiusmodi adprobante, 3. Reg. cap. 12. v. 20., seqq. Atque hæc quidem
Monarchica regiminis forma apud Hebræos integra per annos
fere quingentos, ad Captivitatem usque idest,permansit, qua post
annos septuaginta laxata, novam subinde per annos quadringen-
tos ferme rationem induit Democraticam,in Pontifices rerum Civilium summa translata : de qua Josephus Antiq. lib. 20. cap. 8.
Donec Macchabæi insigni fortitudinis miraculo excusso Syriæ
Regum Imperio, in propriam se efferre, assertereque potestatem,
ac libertatem adsumpsere lib. 1. Macchab. cap. 2., & seqq. ; e
quibus demum Aristobulus Regiam instaurare dignitatem adgressus est ; quæ item post annos quadraginta quinque circiter desiit
tandem, in Romanos Imperio translato. Videndi Lamy Introd.,
Pridæus hist. Jud. par. 2. lib. 15., Levvis antiq. Reipub. Hebr.,
Joh. Eberhardus Rau de Synag. Magna par. 1. cap. 3, & par. 2.
sect. 1. cap. 1., Thomas Stackohuse Theolog. speul., & præd.
Tom. 3. cap. 4. sect. 3. Junge, quod Hebræorum Regnum aliqui
vi, ac tyrannide occuparunt, ut Regnum Judæ Athalia 4. Reg.
11., Israel vero Zambri 3. Reg. 16., Sellum 4. Reg. 15., Maoa-
hen, Phacee, & Osee ibid., alii vero a Regibus Ethnicis Judæorum Regno præfecti sunt, ut Joachim a Pharaone Rege Ægypti,
& Sedecias a Nabuchodonosore Babylonis Rege 4. Reg. 23., &
seq. Quod non est aliud, quam Juris humani Regiam institutionem esse : de qua Beccanus etiam in Analogia Vet.,& Novi Test.
cap. 17.q. 5.De concursu etiam Populi in electione Roboami clarus est textus 3. Reg. 12. v. 1., Jeroboami ibid. v. 20., Ocha-
ziæ 2. Paralip. 22. v. 1., Oziæ 2. Paralip. 26. v. 1., Josiæ 2. Paralip. 33. v. 25.,& Joachaz eod.lib. 36.v.1. Etsi vero daretur Judæorum Populo datos a Deo Reges, non ita dandum etiam Christianorum Regum institutionem Divino inniti jure, de quo ne γρ̕
quidem, nihilque vel levis vestigii in novo Testamento adparet,
neque de medio quopiam a Christo D. instituto constat, ex quo
illorum Divina institutio deprehendatur : quum e converso ex
Sacramenti OrdinisDivina institutione statim adEcclesiasticæ potestatis a Deo instituiæ cognitionem adsurgimus. Omne vero extra dubium manet Ethnicorum Regum institutionem uni hominum

num volontati referri acceptam deberi,nihilque in ipsa proprium
quidpiam Deum habuisse . Ante Diluvium utique , & quidem a
Caino Regiam imperandi rationem inductam opinatus videtur S.
Augustinus de Civit. lib. 15. cap 10. Ut tamen monumenta defunt, quibus vel conjectando , qualis tum fuerit Regiminis ratio,
assequi possimus, verior opinio est, & Patria familias , & Patriar-
chali gentes in Reipublicæ societatem coeuntes potestate regi ante diluvium consuevisse . Post diluvium Reges ubique terratum,
usque ad Ninum , qui imperii summam administrarent , communibus gentium suffragiis eligi suevisse auctor est Justinus hist.
initio . Quem etiam morem apud Sinenses ab exordio imperii obtinuisse usque ad Yuvo, a quo prima Dynastia cepit , observat
Martinius in Atlan. Sinico . Horum vero Regum nimis arctos
intra confines potestatem fuisse constrictam docent Justinus hist.
lib. 1. cap. 1.,Dionysius Halic. lib. 5. p. 336. seq.,Diodorus Sic.
lib. 1. p. 80.,& lib. 3. p.177.,ac Tacitus de mor. Germ. capp.7.,
& 11. , ac inde adparet , quod sub ætatem Abrahami in universa
Sodomæ Valle quinque imperabant Reges Gen. 14. v. 8.,in Palæstina a Josue 31. Reges profligati sunt Josv. 12. v. 24. , & ab Ado-
nibezeco Reges 70. devicti leguntur Jud. 1. v. 7. Plures in domi-
nationes partitas Ægyptum super., & infer. tradunt Eusebius
præp. Evang. lib. 9. c. 27. , & Marshamus in Canon. 25 . , & 29.,
Sinas , & Japponiam legitur in antiq.relat. Ind. , & Sin-p. 186.,
& Journal des Scav. Jun. 1688. p. 15.,ac Jul. 1689. p. 319., Africam , & Americam ostendit Goguet Orig. leg. Art. , & Scient.
To. 2. lib. 1., Mexicum Acosta lib. 7. fol. 333, Græciam quam
maxime Goguet ibid., de cujus Regum potestate valde Populi
volontate coarctata Vet. Scriptorum documentis ostendit part.1.
lib. 1. cap. 4. Art. 7. Itaque non ante sæculum Mundi XX. Monarchicam regendi formam inductam fuisse concors Eruditorum
fert opinio : atque hanc quidem apud Æthiopes , & Ægyptios in-
latam a Osiride,Græcis Dionysio, Latinis Baccho, Hebræis Mis-
raim filio Ammonis, sive Chami, de quo Herodotus lib. 3.,Dio-
dorus lib. 2. , & 3. , & Plutarchus de Iside , & Osiride . Apud
Babylonios, & Assyrios vel a Belo juxta Servium in Æneid. 1.,vel
a Nino juxta Eusebium in Chron. : Belus vero is est Chus ; alias
                                                      Jupi.

Jupiter , Ninus autem idem eſt cum Nembroto , de quo Diodorus lib. 1. , & Chronicon Alexand. pag. 84. Apud Græcos vel ab
Egialeo Sicyoniorum primo Rege , juxta Caſtorem apud Euſebium
in Chron , vel a Patre Phoroneo Inachi primi filio , primique Argivorum Regis , juxta Hyginum lib. 1. Fabul. 143. , de quibus
Apollodorus lib. 3. cap. 1. , Pauſanias lib. 2. cap. 15. , Plinius
lib. 7, Plato in Timeo, Clemens Alexand. Strom. lib. 1: p. 321. , Euſebius in prœem. , Scaliger ibid. , Vives ad S. Auguſt. de Civit.
lib. 18. cap. 3. , Pichenas ad Tertulliani Apolog. cap. 19. n. 6. ,
& Havercampus in fragmentum Tertull. ad hoc ipſum caput pertinens in Append. Apud Sinenſes ab Yuvo, a quo prima Dynaſtia
Hiaa dicta cœpit , de quo Riccius apud Bartholum hiſt. Chin.
lib. 1. , Martinius hiſt. Sinic: lib. 2. p. 48. , & D. Bruzen la Marti-
nlere introd. in hiſt. Aſiæ tom. 1. cap. 2. Videndi & Petavius in
Rat. Temp. , Marſhamus in Canon. Chron. , Voſſius de Idolol.
lib. 1. capp: 24., & 27. , Nevvtonus in Chronolog. veter. Regnor.
emend. , Franciſcus Blanchinius hiſt. univ. capp. 20: 22., & 30.
Pezronius Antiq. temp. reſt. , Ducheſnius in comp. hiſt. vet. lib. 1.,
& 4: , Souciet in Faſtis Mundi , Perizonius in antiq. Ægypt. ,
Tourneminus diſſert. 9. de Chronolog. Aſſyr. , D. Sevinus in diſſert. inſerta Monum. Acad. Tom. 5. pag. 331. , D. Goguet Origin.
Leg. Art. , & Scient. Tom. 1. lib. 1. ac Fourmontius Reflex. Critiq.
Tom. 2. lib. 3. capp. 6. , 10. , 13. , 16. , 17. , & 20.

Tam vero humana eſt Laicæ poteſtatis origo, atque humanis Reipublicæ legibus obligantur Legumlatores , quam humani
extra juris fines latæ a poteſtate laica leges non egrediuntur: quod
primum Imperii haberi debet officium , ad quod velut ad caput
ſupremum cetera facile rediguntur, veluti pœnas infligendi poteſtas, poteſtas judiciaria, belli, ac fœderum jus, jus conſtituendi Miniſtros , ac Magiſtratus , ac jus vectigalia , & etributa imperandi:
quæ intra quinque ferme Imperii Majeſtas conſtringitur , de quibus diſerte præ aliis Puffendorfius de Officio hom. , & Civis lib. 2.
cap. 7: , Heineccius in prælect. Academ. ad hunc librum §. 2. , &
ſeqq. , Thomaſius in Juriſp. divin. lib. 3. cap. 6. , Henricus Coccejus in Jure publ. cap. 23. , ac filius Samuel de Juſtit. Nat. , &
Rom. lib. 6. cap. 2. §. 631. &c. Tam vero nimis ſuo in ſenſu abundat ,

dat, quam to·o a veritate abhorret oftio Hobbefius, five dum
de Cive cap. 6. §. 16. docet Principum effe crimina pro lubitu
definire, five dum cap. 14. §. 10. definit ipfe juris effe naturæ,
quæcumque Princeps præceperit: cujufmodi plane doctrinæ ab-
furditatem fequentia demonftrant. Porro legum .latores inter
plurimos, de quibus luculenter fcripfere Theophraftus, & Apollodorus apud Laertium, Callimachus apud Athenæum lib. 13.
p. 585:, Heraclides Ponticus apud cit. Laertium lib. 5. p. 87.,
& Plutarchum in Solone, Hermippus apud Pollucem lib. 10.
cap. 16., Athenæum lib. 4. p. 154., & lib. 14. p. 619, Porphyrium lib. 4. περί αποχής, & Origenem lib. 1. contra Celfum, quos
omnes temporum iniquitas nobis invidit, inter legum, inquam,
latores, quorum memoria fuperfuit, quofque viciffim, unum ab
altero, Latinos a Græcis, Græcos a Phœniciis, Phœnices ab Ægyptiis, Ægyptios, Chaldæos, & Affyrios ab Hebræis leges mu-
tuaffe docent Philo Byblius apud Eufebium præp. Evang. lib. 1.,
Herodotus lib. 2, Diodorus Sic. lib. 1, Strabo lib. 17, Ammianus Marcellinus lib. 22. cap. 16., multifque prolatis documentis oftendunt Huetius demonft. Evang. prop. 4. capp. 8, & 11, Tho-
mafinus de Poet., Auctor Homeri Judaizantis, Claffenius in Theolog. gentili, Lavaur in præfat. hift. Fabul. to. 1, Morhofius in Po-
lyflhore lit. Philof. lib. 1. cap. 10, & lib. 2. cap. 4, Fourmount
in Reflexion. Critic. ad hift. veter. Popul. lib. 2, feqq., Tob.
Eckardus de antiq. Philof., & Theolog. Hebr. To. 8. Mifcel. Lipf.
p. 246, Bannier Mytholog. lib. 1, feqq., Goguet in Origin. Leg.,
art., & fcient par. 1, & 2. lib. 1, & feqq., aliique, adeo ut
Spencerus de legib. Hebr. ritual., & Marfhamus in Can. Chron.
Hebraicarum legum originem ab Ægyptiis potius repetere conati oppugnandos fe ultra dedere Witfio in Ægyptiacis, Fraffenio
difquif. Biblic. lib. 1. cap. 4, & feq., Natali Alex. in Ætate IV. Vet.
Teft., Weyennio in Var. Sacr., Ludovico Ferrando par. 4 Obferv. de Relig. Chrift., Jac. Triglandio de Origine, & Cauff. Rit.
Mofaic., Weidlero differt. de corruptis legum Hebr. rationibus,
Eduardo Bernhardo ad Jofephi libb. 3, & 4. Antiq. Judaic., Outra-
mo lib. de Sacrific., Cloppenburgio in Schola Sacrif., Wolfan-
go Franzio de Sacrif., Puffendorfio de Jure feciali, & Divino,

Joh. Dan. Jacobo de Legib. Mosaic. To. 1. Miscel. Lips. p. 455.
Muhlio in Apodixi prophetica &c. , inter legum latores , inquam
omnium princeps leges hominibus dedisse fertur Ceres apud Virgilium Æneid. 4. v. 57., Ovidium Metam. v. 343, Callimachum
hymno in Cererem , & Plinium hist. lib. 7. cap. 56. : quæ ideo in
majorum Deorum , quos Cabiros vocabant , quibusque celebre
Templum in Ægypto dicatum extabat, a Cambyse postea eversum,
teste Herodoto lib. 3., numerum relata ab Ægyptiis fertur , eique in agro Thebano Templum sub Caberiæ Cereris nomine exstructum refert Pausanias; quamque ideo Thesmophoriam dictam
observat Servius ad Virgil. Æn. 4. v. 57. : qua de nomenclatione
Diodorus Sic. etiam lib. 5. p. 201., Vossius de Idol. lib. 2. cap. 59,
de la Chausse de Deor. Simul. tab. 6. , & Kippingius antiq. Rom.
lib. 1. cap. 1. §. 15. Quamquam eamdem apud Ægyptios Cererem,
atque Isidem suisse , a qua primum leges Ægyptii acceperint , ex
Diodoro lib. 5. p. 201 , & 232. notat Gregorius Gyraldus hist.
Deor. syntag. 12. p. 384., & syntag. 14. p 427. To. 1. edit. Lugd.
Batav. 1696. Babyloniis , Assyriis, & Persis leges tulisse Zoroa-
strum indicat Eusebius præp. Evang. lib. 1. p. 42., tradit vero
Auctor libri Sadder e Zoroastri libris congesti apud Thomam
Hyde in Append. hist. Relig. Persar. Unus ne porro Zoroaster,
qui Arabibus est Zerdusht , fuerit, an plures, dubitavit olim Pli-
nius lib. 30. cap. 1, ac disputant Scriptores apud Fabricium Bibl.
Græc. T. 1. lib. 1. cap. 36. p. 243., ex Arnobio adv. Gentes lib. 1.
n. 36. quatuor Naudæus in apolog. magn. Viror. cap. 8. , tres
Salmasius exercit. in Plinium p. 855., duos Ursinus lib. de Zoroas.,
Hermete, & Sanchim., Eutychius in Annal. T. 1. p. 63 , & 263.,
& Abulfaragius apud Herbellorum Bibl. Orient. p. 931. quintum
ex Plinio loc. cit. , & Suidas in Aristeæ T. 1. p. 323., quin etiam
sextum ex Apulejo in *Floridis* , de quibus Bochartus in Phaleg.
lib. 4. cap. 1., Stanlejus de Chald. Philosoph. sect. 1. cap. 2. ,
Historia univers. Angl. To. 4. p. 51. , & seq., Bælius in Dict.
Art. *Zoroaster* , unum dumtaxat verius colligunt Goropius Becanus in Orig. Antuerp. , Thomas Hyde de Relig. vet. Persar.
cap. 24 , Jo. Franc. Budeus hist. Eccles. Vet. Test. To. 1. p. 438,
Isaacus Beausobrius hist. Manich. To. 1. p. 361, Humfridus Pridæus

dæus hist. Judæor. &c. T. 1. p. 384,edit. Ven. T. 2. p. 29, seqq.
In eadem fuisse opinione Agathiam lib. 2, Abulfaragium, Abul-
fedam, Sharestanum, aliosque Orientales confirmans, Historiæ
Univerf. Angli Scriptores T. 4. p. 51, & Jacob. Georg. Chausse-
pié in Dict. hist. Crit. T. 4. V. *Zoroaster* p. 832. Quis vero fub
Zoroastris nomine latuerit, ingens etiam inter doctos lis est.
Nam Adamus visus est Cluverio, Chamus Pseudoclementi Recog.
lib. 4. cap. 27, & homil. 9. cap. 3, Cassiano, Petro Comestori,
Kirchero in arca Noe, Scipioni Sgambato in Archivo Vet. Test.,
Clerico hist. Medicin. p. 9; Chus S. Gregorio Turon., Nembro-
dus Auctori Recogn. Clem. lib. 1. cap. 30, Victori Massil. Car.3.
in Genef., & Saidio Ebn-Batrik in Annal. Alexand., Misraimus
Auctori Chronic. Alexand., Assur Procopio Gazæo, & S. Epiphanio, Abrahamus aliis apud Fabricium Bibl. Græc. To. 1.
p. 243, Bileamus Moysi memoratus Georgio Hornio hist. Philo.
soph. lib. 2. cap. 6, Moyses Huetio demonst. Evang. prop. 4.
cap. 5., Pamphylius Er, seu Erus Armenius, Platoni memoratus de Republ. lib. 10, Clementi Alexand: Strom. lib. 5. p 598,
ab Abrahamo edoctus, Jo. Jessenius in *Zoroastro*, Discipulus Eliæ
Abulfaragio hist. Dynast. 5. pag. 54, Famulus Jeremiæ Bandaro
ex Abu-Japhar Taberita historico Arabe apud Hyde Relig. Vet.
Perf. cap. 34. p. 314, Esdræ famulus Abu Mohamedi Mustaphæ
historico Arabi ibid. p. 313, Famulus Ezechielis, aut potius
Danielis Pridæo hist. Jud. par. 1. lib. 4. p. 31. edit. Ven., Osiris
Abunephio, Mithras Kirchero in Oedip. Ægypt. p. 216, aliusque
aliis, de quibus adeundi Herbellotus Bibl. Orient. VV. *Abraham*,
Abesta, *Zoroaster*, Otho Heurnius in Barbaricæ Philof. antiquir.
lib. 1. p. 28, & lib. 2. cap. 1, Fabricius Cod. apocr. vet. Test.
T. 1. p. 299. in Not., & Bibl. Græc. T. 1. cap. 36, Huetius dem.
Evang. prop. 4. cap: 5, Pridæus hist. Jud. par. 1. lib. 4., & Jacobus Brukerus hist. Crit. Philosoph. T. 1: lib. 2. cap. 2. §. 10. p. 118,
& seqq. De tempore quoque, quo Zoroaster vitam traduxisse
fertur, in diversissimas sententias apud Veteres, & Recentiores
itum est. Eum Platone sex millibus annorum vetustiorem finxe-
re Eudoxus apud Plinium lib. 30. cap. 1, & Aristoteles apud
Huetium loc. cit. Annorum quinque millibus Trojanum bellum

　　　　　　　　　　　　　　　　præ-

præcefsiſſe tradidere Hermodorus apud Laertium in proœm., & Hermippus apud Plinium loc. cit., a quo confutantur, eo bello annis ſexcentis Plutarchus de Iſide,& Oſiride, ac dumtaxat quingentis, non etiam millibus quinque, ut ei Huetius affingit, antiquiorem eum ſacit Suidas V. *Zoroaſter* To: 2. p. 15. edit: Cantabrig. 1705. Sunt, qui Abrahamo paullo anteriorem, ac Nini æqualem faciunt, ut Perſæ aliqui apud Pocockium ad Abulſaragium p. 147. A Zoroaſtre ad Xerſis tranſitum ſexcentos annos numerat Xanthus ydius apud Laertium in proœm.:quo in loco tamen erratum,ac pro sξακόσια poſitum in duobus MSS. έξακισχίλια contendit Menagiuſ. Xerſis porro Diabaſin mille circiter annis Moyſis obitus anteceſsit. Homero longe juniorem faciunt al i, atque vel Cyri Reg. Avum fuiſſe volunt,velut Iſmael Abulſeda in hiſt. cap. de Perſis, vel Cambyſis æqualem ponunt, veluti Said Ebn - Batrik , & Gregorius Abulfaragius hiſt. Dynaſt. 5., poſt Apulejum in Florid.,qui eo Magiſtro uſum Pythagoram affirmat, & Eutychium in Annal. Alex. T. 1. p. 263, vel denique ſub Dario Hyſtaſpe collocant, uti Perſæ recentiores apud Agathiam lib. 2. p. 62 , quibus adſtipulantur Pocockius in Abulfarag. de morib. Arab. p. 147, Hyde cap. 24, & Pridæus loc. cit., ſed contra multis Darium hunc ſæculis Zoroaſtrum antevertiſſe oſtendere conatur Moylius in epiſt., qua etiam de re præter Scriptores mox memoratos, adeundi, ſi placet, Briſſonius de Regno Perſar. lib. 2. §. 57., & ſeq., Schroetter in diatriba de Juriſp: Perſar. Vet: cap. 1, n. 5., & ſeq., & Morhofius in Polyſthore liter. To. 1. lib. 1. cap. 10: num. 9. Sed enim, hæc utcumque ſe habeant, a Ninia Semiramidis filio, quem Regem an. 1699. ante Chriſt. Æram ſacit Goguet Origin. leg. Art.,& Scient. T. 1. lib. 1. art. 3. , leges Aſsyriis datas fide affirmant ſua Diodorus lib. 2., Juſtinus lib. 1. cap. 2., & Nicolaus Damaſcen. apud Valeſium in Excerpt. p. 425.

Ad gentes proficiſcendo nunc alias, ab Hermete Græcis, Latinis Mercurio, Taaut Phœnicibus, Alexandrinis Thoot, Thoyt, vel Theut Ægyptiis , quibus de notionibus fuſius Philo Byblius, & Porphyrius apud Euſebium præp. Evang. lib. 1 , Lilius Gyraldus hiſt. Deor. lib. 10, & Natalis Comes Mytholog. lib. 5. cap 5,

Ægy-

Ægyptios leges accepisse tradunt Plato in *Protbagora*, qui eidem
literarum etiam tribuit inventionem in *Phædro* , & *Philebo* , cuique adhæret Plinius lib. 7. cap. 56, Diodorus Sic. lib. 1. p. 94, qui
addit ab ipso leges Ægyptiis promulgandas accepisse Mnevem ,
scriptoque tradidisse , cuique adstipulatur Joh. Henr. Ursinus de
Zoroastro , Mercurio , & Sanchun. exerc. 2. sect. 2. p. 80, seqq. ,
Cicero de Nat. Deor. lib 3 , & Ælianus lib. 14. cap. 34. Quinque
porro hoc Hermetis nomine, seu Mercurii nuncupatos, tres Græcos , duos Ægyptios memorat Cicero loc. cit. , quo tamen loci
eum lapsum notat Marshamus in Can. Chron. sect. 1. p. 35. Plures etiam distinguere videntur Arnobius , Lactantius Grammaticus in Thebaid. lib. 4 , Servius, aliique apud Gyraldum Syntag. 9.
p. 302. Duos tantum verius , ac posteriorem literarum gramma-
ticarum instauratorem , Trismegistum ideo dictum , ac Moyse
juniorem , ponunt Manetho apud Syncellum p. 40, Eusebius apud
Marshamum p. 241, S. Augustinus etiam de Civit. lib. 17. c. 37,
ac videndi , si lubet , Vitsius in Ægypt. lib. 2. cap. 5, Borrichius
de Hetru., & Ægypt sap., Moshemius ad Cudvvorthi Systema intellect cap. 4, & Brukerus hist. Crit. Philosop. Tom. 1. lib. 2. cap. 7.
§. 4. Hæc de nomine quidem , ac de numero : quæ vero de Hermetis natura circumferuntur opiniones , tam inter se distant ,
quam ut probabilis quidpiam statui prudenter queat . Hunc non
hominem , sed Deum ipsum , seu Divinam Sapientiam ita deno-
minatam existimarunt Goropius Beccanus, & Cluverius in antiq.
German. E Cabiris Diis unum tradit Diodorus lib. 5, atque Cas-
millum quidem, sive Cadmillum denominat Plutarchus in *Numa*,
eique templum Memphi vetustissime exstructum scribit Herodotus lib. 3. cap. 37. Eum cum Saturno , seu Cælo confudit Varro
de ling. latin. lib. 4. cap. 9. Deum Pastorum ex Homero Iliad.
deduxit Pausanias in Corinth. lib. 4. Deorum tantum minister ,
qualis veteri Etruscorum lingua Casmillus denotabatur , Romanis eadem quoque notione , in Sacris quammaxime , usurpatus , visus est Dionysio Halicar. lib. 1 , Festo in Fragm., Macrobio Satur. lib. 3. cap. 8, & Servio ad Æn. 11. Scribam itaque sta-
tuerunt vel Saturni, ut Sauchuniaton apud Eusebium præp. Evang.
lib. 1. cap. 9, vel Osiridis , ut Diodorus lib. 5, & Lucianus in
Dia-

Dialog. , vel magis Regis alicujus Ægypti Confiliarium , ut Brukerus hift. Crit. Philof. lib. 2. cap. 7. §. 3. Eo nomine occultam
naturæ vim dumtaxat denotaram contendit Conrigius de Herme-
tica Medicina cap. 7. Cum ipfo Adamo confufus eft , vel cum Jofepho Patriarcha a Theophilo Galeo lib.de Philofop. gener.cap.1.
§.6, Scipione Sgambato in Archiv. vet. Teft. p.203, & de Lavaur
hift. fabul. in præf.; cum Henocho a Kirchero in Oedipo Ægypt.
To.1. p.67, 79, & 114; cum Chanaamo a Joh. Chr. Kriegfmanno
in Conjeclaneis ad Tacitum de morib. Germ., & a Bocharto in
Phaleg p. 1. lib. 1. cap. 2; cum Moyfe ab Artapano apud Eufebium præp. Evang. lib. 9. cap. 27, ab Auctore Chronici Alex., ab
Auctore Hypomnematis , five Comment. in Hexamer. fub Eufta-
thii Antioch. nomine, ab Hermanno in Act. Philofop. T.2. p 687,
feqq. , & ab Huetio demonft. Evang. prop. 4. capp. 3, & 4; cum
Fauno Italiæ Rege ab Auctore Chronici Pafchal. p. 44, & feq.;
cum Vulcano, Helio , & Ofiride a Diodoro lib. 1., & ab Auctore
Chron. Alex. p. 43. Denique puram , putumque figmentum effe,
quidquid de Thot ifto ferunt Ægyptii , five de Hermete Græci ,
contendit Urfinus exerc. 2. de Zor., Merc., & Sanch. fect.2. p.80,
& feqq. Sed & ejufdem nomine tandiu jactata fcripta nedum non
Moyfe , fed ne Homero quidem antiquiora effe , fabulifque con-
farcinata viris doctiffimis jamdiu perfuafum eft Marshamo , Cafaubono exerc. 1, Urfino, Contingio, Borrichio, Heineccio Elem.
Philof. part. 1. cap. 2. §. 19, Fabricio Bibl. Græc. Tom.1. lib. 1.
cap.7. p.47, & feq.; tametfi iifdem aliqua immixta, quæ ab Ægyptiis tribui Hermeti folebant , haud inficias eant Cudvvorthus
Syft. intellect. cap. 4. §. 18, Moshemius in hunc locum , & Brukerus hift. Crit. Philof. lib. 2. cap.2. §. 5. Leges itaque Ægyptiis
tuliffe Mnevem , Sazichem, Sefoftrim, Bocchorim , & Amafim
fcribit Diodorus lib. 1. p. 106, qui p. 17, & feq. ante Mnevem leges jam Ægyptios a Vulcano, Helio , & Ofiride accepiffe tradit,
cuique fimilia habet Chronicon Alex. p. 45. Sed hofce Triumvi-
ros ab Hermete indiftinctos mox adnotabamus , Mnevem autem
cum Mifraimo Chami filio confundit Marshamus p. 24. Æque incerta , quæ de Saziche memoriæ reliquit Diodorus . Aft enim
Sefoftrim indubium Ægyptiorum legislatorem habendum aucto-

les

res funt cum Diodoro loc. cit. Ælianus var. hiſt. lib. 12. cap. 4,
Ariſtoteles Polit. lib. 7. cap. 10. Ipſum ab an. 1659. ante Chr.
Ær Regnum adeptum conjicit Tourneminius diſſert. 5. Chron. ad
calcem Menochii T. 2. De Bocchori an. 762. ante Chr. Ær. juxta
ejuſdem Tourneminii calculum legislatore altero præter Diodorum
lib. 1. p. 75. ſeqq. affirmat Plutarchus To. 2. p. 529, & in Solone
p. 86, ac videndus Syncellus Chronog. p. 184. Ei Azychim adjungit Herodotus, de cujus lege quadam loquitur lib. 2. num. 136.
Cæteris, qui leges Ægyptiis tulerint, illuſtrior haberi debet Ama-
ſis, qui an. 569. ante Chr. Ær. Regnum exorſus a Tourneminio
creditur : nam leges octo deſcriptas libris Ægyptiis tradidiſſe, atque Tribunal ex triginta Judicibus, quibus unus auctoritate præcellebat, conſtituiſſe auctor eſt Diodorus lib. 1. p. 106, de quibus, aliiſque Ægyptiorum legislatoribus, adeundi, ſi libet, Syncellus, Kircheras in Oedip. Ægypt. Tom. 1. p. 113, ſeq., Marſhamus, Spencerus de legib. Hebr. ritual., Witſius in Ægypt., Joh.
Nicolai de Synedrio Ægypt., Ludovicus Praſchius in Collect. leg.
Ægypt. inter Boecleri diſſertationes T. 2. p. 665, ſeqq., & Goguetius Origin. leg., Scient., & Art. T. 3. par. 3. lib. 1. cap. 4.

Ab Ægyptiis leges mutuaſſe Græcos, horumque inſigniores
ſe in Ægyptum transferre, gentis illius diſciplinis ſe imbuendi
gratia, neque labore, neque invidia fuiſſe gravatos referunt paſſim Diodorus lib. 1. p. 79, 80, 100, ſeqq., Iſocrates in Buſirid.
p. 329, Strabo lib. 10. p. 738, & Plutarchus To. 1. p. 41. Atque
primum ex iis quidem privatis, qui diſciplinæ addiſcendæ cauſſa
in Ægyptum profecti ſunt, Orpheum genere Thracem, cujus co-
gnomines ab aliis ſeptem, ab aliis quinque apud Suidam T. 2.
p. 718, ſed probabilius duo dumtaxat ab Herodoto poſiti ſunt,
quemque generationibus, ſive ætatibus undecim (quo γενεά nomine annorum 30. ſpatium ponunt Plutarchus in Dialog. de Orac.
defect., Herodotus lib. 2, Euſtathius in Iliad. A, ex Heracliti ſententia Plinius lib. 7, & Suidas : ſed ex Grammaticis aliis ſeptem
tantum annorum ſpatium intelligendum inde recte monet Gyraldus de Poet. hiſt. Dialog. 11. p. 72, quod eodem loci Suidas Orpheum 9. ætates vixiſſe ſcribit) ætatibus, in quam, undecim
bellum anteverti ſſe Trojanum affirmat Suidas, Huetius vero ejus

ætatem in Josue, ac Judicum tempora incidisse putat Demonst. Evang. prop. 4. cap. 8. §. 19, generationem nempe accipiens pro spatio 30. annorum, Orpheum, inquam, sacras præter, ac profanas litteras, quibus ipse ab Ægyptiis fuerat imbutus, imbutumque quinimo ab Hebræis scribit S. Justinus de Monar., a Moyse quoque pleraque suisse mutuatum conjicit Suidas, Græcos perinde moribus adhuc efferatos informandos, ac molliter efformandos suscepisse, leges etiam ligno incisas Græcis dedisse memorant Euripides in Alcesti, & Horatius de arte poet., adeo ut apud Græcos eum fere, quem apud Persas Zoroaster, & apud Ægyptios Thouthus obtinuerunt, locum adeptus sit. Etsi vero non desint, qui Ciceronis de Nat. Deor. lib. 1. Aristotelis testimonium referentis (refert id autem dumtaxat Poetam Orpheum suisse nullum) auctoritate freti, Orpheum in rerum extitisse natura constanter negent, ut Vossius de arte poet. cap. 13, ut Huetius cir. §. 19. eum cum Moyse confundens, ut Natalis Alex. hist. Eccl. Vet: Test. cap. 8, ut Ursinus analect. SS. lib. 4 p. 219, seqq. Davidem Regem sub Orpheo latere opinatus, ut Clericus Bibl. Selec. To. 27. part. 2. art. 4: sunt tamen, qui verius affirmare non dubitant veterum Scriptorum fide suffulti Burnetius Archæolog. Philos. lib. 1. cap. 9, Cudworth System. intellect. cap. 4. §. 14, Moshemius in hunc loc., Budeus Observ. Halens. T. 6. observ. 29. §. 4, Olaus Borrichius de Poetis dissert. 1. §. 17, Fabricius Bibl. Græc. To. 1. lib. 1. cap. 18, Bruckerus hist. Crit. Philosoph. par. 2. lib. 1. cap. 1. §. 5, aliique, a quibus copiose de Orphei rebus, scriptisque disputatur. Contra Onomacrito potius Atheniensi, quem Pisistrati temporibus vixisse affirmat Herodotus lib. 7. c. 6, a quove scripta pleraque Orpheo, ac præsertim τελετάς, & χρησμολίας, Hymnos, & Oracula suisse supposita tradit Suidas, qua etiam de re Heringa Observat. Crit. cap. 11, primam legum institutionem deberi scribere videtur Aristoteles lib. 2. Polit. cap. 10, quod stare tamen cum temporis ratione nequit. His igitur haud liquidis dimissis, memorare jam licet eos, quos leges Græcis tulisse non dubium est. Atque inter hos quidem, qui apud Græcos legislatorum familiam duxere, primi, qui ex Ægypto, Phœniciaque Coloniis in Græciam traductis, Regna Sicionun, &

Argi.

Argivorum infliruifse , ac utrique genti leges dedifse leguntur
Egialæus , & Phoronæus apud Homerum Iliad. T. v. 571, Hyginum lib. 1. fab. 143, Apollodorum lib. 3. capp. 1, & 6, Tatianum
p. 274, Clementem Alex. Protrept. p. 67, & S. Ifidorum Orig.
lib. 5. cap. 1: quorum ætatem in annum Mundi 2150. conjicit Duchefnius comp. hiſt. Antiq. lib. 4, in tempora Samuelis Nevvtonus in Chronolog. veter. Regnor. cap. 1. Argivis deinde novas
Apim dedifse leges fcribit Theodoretus lib. 9. de curan. Græcor.
affeƈt. Sub hac tempeſtate , qua Regna pariter fundabant , leges
tulifse Laconiis Lelegem , Theſſalis Deucalionem , & Arcadibus
Pelafgum memorat Paufanias lib. 8. capp. 1, & 2. Ex Ægypto perinde inferiori gentes in Græciam transvexifse Cecropem , cujus
ætatem ufque ad Creontem Archontum primum ad annos ferine
900. numerat Corfinus in Faſt. Attic. p. 1. diſſ. 1. n. 3 , cum Samuelis temporibus componit loc-cit. Nevvtonus, in annum Mundi 2450. retrotrahit Duchefnius , ac in an. 1582. ante Chr. æram
Tourneminius , quem fequitur Goguetius , Athenienfi Regno
ortum fecifse , ac legibus , quas ab Ægyptiis acceperat , gentiles
informafse fuos memorant Diodorus lib. 1. p. 33 , & Africanus
apud Eufebium præp. Evang. lib. 10. cap. 10. Poſt hunc Athenienfibus leges dedifse fertur Triptolemus , e quibus tres Eleufinæ
de honorandis Diis, colendis Parentibus , & a Carnibus abſtinen-
tia memorantur a Xenocrate apud Porphyrium lib. 4. περὶ ἀποχῆς
ἐμψύχων p. 431, & apud S. Hieronymum lib. 2. adv. Jovin. Am-
pliotes deinde leges alias , feveriorefque Athenienfibus tulifse
Draco circa Olymp. 39. legitur apud Ariſtotelem Polit lib. 2.
cap. 10, Plutarchum in Solone , Aulum Gellium lib. 1. cap. 18,
& Clementem Alex. lib. 1. Strom. p. 309. Sed ei ingenti vitio jure vertitur a Maximo Tyrio diſſ. 39, quod de Deo, Divinis rebus,
deque virtute nihil omnino præceperit . Adeundi Pratejus in Jurifp vet. , Meurfius in Solone cap. 13, Thyfius in frag. legum Dra-
con. To. 5. Thefau. Gronov., Marfhamus in Can Chron. p. 639,
feq., ac Frider. Janus in differt. de Dracone edit Lipf. 1707. Draconis igitur legibus fublatis, Athenienfibus datas alias , partim
ab Ægyptiis , & partim a Cretenfibus mutuatas , a Solone circa
Olyn. p 46. teſtantur Diodorus, Herodotus lib. 1. n. 29, Ælianus

lib. 8 cap. 10, Plutarchus, & Laertius in *Solone*, Dio Chryfoff.
diff. 80. p 666, & Ammianus Marcell. lib. 22. cap. 16: quibus de
legibus confulendi, fi placet, Meurfius in Solone cap. 2, feq.,
& in Themide Attica T. 5. Thef. Gronov., Petitus in Comment.
ad leges Atticas, Potterus in Archæolog. Græc. lib. 3. cap. 12.
Thef Gronov. To. 5, & 12, Pratejus de Jurifp. vet. Drac., & Solon., Heraldus ad Jus Attic., & Rom., Forfterus de Solonis legib., Schmidius in Diatriba de Solone, Woldenbergius in princip.
Juris Roman., Thyfius in Colled. leg. Attic., & Rom. To 5. Thef.
Gron., & Pfeifferus Antiq. Græc. lib. 2. cap. 34. Eamdem poftea
Rempublicam Pififtratidarum tyrannide diffolutam, a quibus novas Athenienfibus leges traditas memorant Theophraftus, & Plutarchus, iis expulfis, novifque Solonis additis legibus, compo-
fuiffe Cliftenes, Ariftophanes, & Diocles leguntur apud Plutarchum, Themiftium Orat.23, Maximum Tyrium difs 9, Theodoretum &c. Demetrius item Phalaræus, dum rerum potiretur
Athenis, apud Laertium, & Suidam in Σmαφφφ̣ω. Græcorum
aliis præterea leges alii tulifse feruntur, veluti Critias a Dione
Chryf. difs.21.p.270, Hipparchus, & Ion Chius a Plutarcho contra Colotem p. 1125, Lycurgus Orator, Pericles, Sophocles ab
eodem in *Solone* p. 96, Lacritus ab eodem in Ifocrate, & a Photio Cod. 260, Demofthenes a Libanio To. 1. p. 449, &c.

Antequos attamen longe illuftriores legum haberi latores
meruere tergemini fratres Minos, Æacus, & Rhadamanthus: a
priore namque, quem fuis in condendis legibus Jove præceptore
ufum ferunt Homerus, Maximus Tyrius difs.22. apud Eufebium,
& Ephorus apud Strabonem lib. 10, & a quo deinde leges ex parte expreffifse fuas Lycurgum tradit Strabo eodem loci, Solonem
quoque, & Platonem liquet ex Platone ipfo lib.1. de leg., & Ariftotele lib. 2. Polit., Pythagoram etiam profeciffe tradit Jamblicus in vita c.5, a Minoe, inquam, Cretenfibus leges latas auctores
funt Plato in Minoe, Diodorus lib.7. p.224, feqq., Solinus c.11,
& S. Ifidorus Orig. lib. 14. cap. 6, qua de re videndi Meurfius in
Creta lib. 3. cap. 3, & lib. 8. cap. 14, & Goguetius Orig. leg.,
Art., & Scient part. 2. T 2. lib. 1. cap. 4 art. 9. A fecundo vero,
fcilicet Æaco leges Æginenfibus conditas tradit Tzetzes Chiliad. 7.

liad 7 hift. 133. A poftremo denique, feu Rhadamantho, cujus
ex Oriente petendam nominis originationem, ex *Rada* fcilicet,
quod eft *Præcipio*, & *Mons*, quod eft *Terreo*, itaut ex *Raduith*,
& *Maneth*, quod eft *Præceptor terribilis*, conflatus fit Rhadamanthus, cenfet Huetius dem. Evang. prop. 4. cap 8. §. 12, eumdem
cum Moyfe confundens, Lyciæ Rege, qui apud Rhodum ab Ilien-
fibus diligenter inftitutus, diligentiffime juftitiæ ftudium exco-
luerit, gentilibus fuis leges, quas fe a Jove tuliffe perinde jactaba-
bat, traditas, in quibus, ne in jurejurando Deos nominare fas effet, diftricte indixerit, referunt Plinius lib. 7. cap 56, Strabo
lib 10, & Suidas To 3. p 249. Inde Rhadamantheum judicium de
incorrupto, & fevero dici obfervat Erafmus, five de judicio,
quod juramento finitur, de quo Euftathius in Odyff. T., five quod
incorrupte, & abfque mora terminatur, velut ex Platone adnotavit Alciatus. Ideo quoque Plato apud Gyraldum Syntag. 7.
p. 216. Rhadamanthum una cum Æaco, & Minoe inferorum
conftitutum Judicem prædicat, de quo etiam Virgilius Æn. 6, ita
quod ab ipfo Afiani, quemadmodum Europæi ab Æaco, judicium
fubire cogantur; de rebus vero ambiguis judicium penes Minoem
fit. Poft hos a Thalete Cretenfi, a nonnullis cum Zamolxi con-
fufo, leges traditas Lacedæmoniis memorant Plutarchus in Lycurgo, Strabo lib. 10. p. 480, Svidas in Ναυσίτας, & Ariftoteles lib. 2. Polit. cap. 10, eique primos inter Atticarum legum auctores Æfchylum adjicit Suidas. Thaletis auditor Lycurgus, atque a Cretenfibus, five a Minoe, & ab Ægyptiis, five
a Mercurio leges multas imitatus, ac mutuatus, quod oftendere
conatur Nicolaus Cragius lib. 3. de Republ. Laconica cap. 1.
Thef. Gronov. Tom. 5, quibus ut auctoritatem conciliaret, aliorum more veterum, eas ad Apollinem retulit, teftibus Diodoro
lib. 1. p. 48., Libanio To. 2. p. 479, Polyæno Stratag. lib. 1.
p. 16, & Theodoreto de cur. Græc. affect. lib. 10. p. 140, opti-
mis Spartanos legibus, in quibus tamen nonnulla reperere, quæ
reprehenfione digna æftimarent, imbuiffe fertur a Platone de legib. lib. 1, ab Ariftotele Polit. lib. 2. cap. 7, a Plutarcho in Lycurgo, & a Polybio lib. 6. : quibus adjungendi ex recentioribus
Vandalæus de orig. Idol. p. 314, Baylius T. 3. Art. *Lycurgus*,

Mo-

Moshemius Theolog. mor. par. 2. p. 313, feqq., Brukerus hift. Crit. Philof. par. 2. lib. 1. cap. 3. §. 2. p. 437, & Zimermannus in Opufc. Theolog., Hift., & Philof. to. 1. par. 1. medit. 1. de Cauffis Incred., a quibus tribus jure, optimeque reprehenditur Albertus Radicati Com. de Pafs., quod in Opufc. de profeff. Sacerd. antiq., & nov. Rotterod. 1736. effreni impudentia neque cnm Lycurgo Chriftum D. Legiflatorem, neque cum Spartanorum legibus Chriftianorum leges conferri ulla pofse ratione fcripturire non abftinuit. Denique Lycurgi legum fragmenta nobis fervata debemus Suidæ in Λυκύργω, Xenophonti lib. de Republ. Laced., & Juftino lib. 3 cap. 2., feq., quas demum tabulis duodecim complexus eft Cragius. Lacedæmoniis leges quoque dedifse legitur Agatharchides, de quo Fabricius Bibl. Græc. T. 1 pag. 346. Ad Pythagoram nunc referendo pedem, a Phœnicibus, & Ægyptiis, referentibus Herodoto lib. 2. p. 172, Diodoro lib. 1., Laertio lib. 8., Porphyrio in ejus vita n. 3., Jamblico in vita Pythag. cap. 4:, & Clemente Alex. Strom. lib. 1. p. 302, quin etiam a Judæis in Perfide, fi fides adhibenda Hermippo apud Jofephum contra Appionem lib. 1. p. 1046., & Originem contra Celfum lib. 1. p. 13., Ariftobulo apud Clementem Alex. Strom. lib. 1. p. 342., & Eufebium præp. Evang. lib 9. cap. 6, quos magno fequuntur numero Huetius demonf. Evang. prop. 4. cap. 3. §. 8, Seldenus de Diis Syris, & lib. 1. de Jure nat cap. 2., Wendelinus epift. de Tetraby Pythagoræ, Voigtius in Imagine Trinitatis p. 69, feq., Budeus in differt. de peregrin. Pythag., Syrbius in Pythagora intra findonem nofcendo, Winderus de vita funct. ftatu fect. 5. p. 83., Pfanner in Syftem. Theol. gent. cap. 22. §. 17., Scheffer de Philof. Ital. cap. 4. n. 5., Vitringa Obfervat. lib. 1. obf. 2. p. 120., & 130., Ufserius Annal: p. 131., Stanlejus Philof. par. 8. p. 666., Voffius de Sect. cap. 6. §. 5., Bafnagius hift. Judæor. lib. 3 cap. 20. §. 9., Cudvvorth Syft. intell. cap. 4., §. 20., Lehmannus hift. Philof. Pythag. p. 348, aliique, contra quos pedibus, manibufque pugnant Vandalxus lib. de Ariftea cap. 27., Clericus Bibl. Selec. To. 10. p. 163., feq, epift. Crit. 7., Gundlingius hift. Philof. par. 1. p. 75, feq., Mayerus Exercitat. in Pythag., Fabricius Bibl. Græc. T. 1. lib. 2.

cap.

cap..12. p. 457., Loydius de Chronolog. Pythag. , Bentlejus in
diſſert. de Epiſtolis Phalaridis,Budeus hiſt.Eccl. Vet. Teſt. to.2.
p. 1077., Heineccius Elem. hiſt. Philoſ. par. 1. cap. 2. §. 15.,
Auctor Gallus hiſt. Crit. Philoſ. To. 2. p. 50., Brukerus hiſt.
Crit. Philoſ. To. 1. par. 2. lib. 2. cap. 10. ſect. 1. §. 7., aliique
Philoſophos veter es de Prophetarum fonte haud potaſſe credentes cum Tertulliano Apolog. cap. 27., Pythagoram, inquam,
leges, quas ibidem affatim imbiberat, ad Crotoniatas, una cum
Philoſophicis , Theologiciſque diſciplinis, tranſtuliſſe memorant
in ejus vita Porphyrius n. 20 , ſeq. , & Jamblicus capp. 5, & 6 ;
a cujus deinde Diſcipulis ad finitimos Populos traductas fuiſſe ,
e quibus duo præ aliis celebriores prodiiſſe legum latores Zaleuchum , & Charondam adjungunt : quod ipſum confirmant Diodorus lib. 12. p. 84., Seneca epiſt. 90, Suidas, & Laertius lib. 8.
ſect. 16. Quamquam Duumviros hos ætate Pythagoræ longe
ſuperiores fuiſſe oſtendunt Demoſthenes in Orat. adverſus Timocratem p. 469,& Euſebius in Chron., a quo Zaleuchus ad Olymp.
29. refertur : qua de re Bentlejus in apologia diſſert. de Epiſt.
Phalaridis . Ut hæc vero ſe habeant, Zaleuchum utique leges ex
non ſcriptis Cretenſium , Lacedæmoniorum , & Athenienſium
expreſſas, quas a Minerva per inſomnium ſe accepiſſe , more veterum legislatorum, jactare non deſinebat, Clemente Alex. referente Strom. lib. 1. p. 352, ſcripto Locris Epizephyriis , qui in
magna Italia , ut oſtendit Gregoras lib. 23. p. 695 , non Locris,
qui Phocidi proximi ſunt , ut falſo putavit Theodoretus de cur.
Græc. affect. lib. 9. p. 124, Sybaritis quoque, ſive Thuriis, ut
affirmant Athenæus lib. 11. p. 508, Scymnus Chius v. 345, ſeq.,
& Ephorus apud Strabonem lib. 6. p. 260, quibus adſtipulatur
Bentlejus , nam contra Thuriis leges a Charonda latas tradunt
Diodorus lib. 12. pag. 84. Valerius M. lib. 6. cap. 5 , & Themi-
ſtius Orat. 2. p. 31,leges tradidiſſe legitur apud Strabonem lib. 6.
p. 259, ſeq. , Suidam in Ἐλεύθερος, Proclum in Timæum lib. 1.
pag. 22 , Pindari Scholiaſtem ad Od. 10. Olympionic. p. 97, Valerium M. lib. 1. cap. 2 , Ciceronem lib. 2. de Legib. , & lib. 6.
ad Atticum ep. 1, ac Clementem Alex. Strom. lib. 1. p. 309.
A Charonda vero legibus inſtitutos Cives ſuos Catanæos , Ma-
                                                      zace-

zacenos , Rheginos , aliofque Chalcidicos Italiæ , atque Siciliæ,
Incolas , communi tradunt confenfu Ariftoteles Polit. lib. 2.
cap. 10 , Jamblicus in vita Pythag. capp. 7 , & 30 , Ælianus Var.
hift. lib. 3 cap. 17, Scymnus Chius v. 280 , feq., Strabo lib. 12.
p. 539 , Theodoretus loc. cit. p. 124 , aliique . Quarum legum
fragmenta nobis fervarunt Diodorus lib. 12. p. 79 , feqq. , &
Stobæus ferm. 42, eafque demum fingulari differtatione illuftra-
vit Samuel Sknnk Upfalenfis , de quibus etiam Daniel Colber.
gius in Diatriba de legislatoribus Græcor. Mofaizantibus, & Petrus a S. Romualdo Thefau. Chronolog., & hift. To. 1. ad An.
M. 3503. p. 515.

   E Pythagoræ Schola Difcipuli fimiliter alii profecti , qua
rudes adhuc Populos alios legibus erudiendos fufcepiffe, qua eifdem legibus , ubi Populi defueviffent , inftaurandis operam impendiffe leguntur;quorum longum, diligentemque texuit catalogum Fabricius Bibl. Græc. To. 1. p. 490, & 346. Itaque Taren-
tinis leges fcripfiffe traditur Archytas , de quo Ælianus lib. 3.
cap. 17 ; Crotoniatis Salæthos, de quo Lucianus in apolog. pro
mercede conduétis To. 1. p. 486 ; Chalcidenfibus Androdamas ,
& Phaleas apud Ariftotelem lib. 2. Polit. cap.7;Cnidiis Archias,
& Eudoxus , de quibus Theodoretus cit. lib. 9 , & Menagius ad
Laertium p. 390;Eleatis Parmenides , & Zeno apud Laertium in
proœm. feét. 15 , ac lib. 9. cap. 23 , Plutarchum contra Colotem p. 1126 , & Photium Cod. 259 ; Hippodamus Milefiis , Ti-
maratus Locrenfibus , Syraéufis Diocles , Siculis Helianax , de
quibus Jamblicus in vita Pythag. cap. 30 , & Suidas ; Ariftocra-
tes , Helicaon , Phytius , & Thætetus Kheginis apud Jamblicum
ibid. Verum omnium illuftriorem legislatores inter veteres locum
habere meruit Zamolxis,qui a Porphyrio quidem in vita Pythag.
cum Thalete Cretenfi confufus eft , cum Saturno ab Herodoto
lib. 4 cap. 95 , & cum Hercule ab eodem Porphyrio, qua de re
Menagius ad Laertium lib. 8. feé. 2 , & Biblioth. Germ. To. 29.
p. 321. Hunc Pythagoræ difcipulum, ac fervum faciunt Laertius
lib. 8. feé. 2 , Jamblicus capp. 23, & 30. vitæ, Pythag., Porphyrius pag. 9 , Strabo lib. 7. p. 297 , & lib. 16. p. 762 , Origenes
lib. 3. contra Celfum p. 144 ; & S. Cyrillus contra Julian. lib. 6.
p. 208. ,

p. 208. quos in gratiam Pythagoræ ita fecisse observat Vossius de
sect. Philosoph. cap. 3. §. 1. Contra vero Zamolxim multis Py-
thagoram annis præcessisse tradunt Herodotus lib. 4. pag. 96,
Etymologus, de quo Menagius ad Laertii loc. cit., ac Suidas V.
Ζάμολξις T. 2. p. 2., quos sequitur Brukerus hist. Crit. Philos.
To. 1. lib. 2. cap. 11. §. 7. Primus hic porro gentiles suos Thra-
ces, Getasque feritate exuisse, legibusque instituisse fertur apud
Herodotum loc. cit., Diogenem Photio memoratum Cod. 166,
Laertium lib. 1. sect. 1, Clementem Alex. Strom. lib. 4. p. 497,
& Æneam Gazæum Theophrasti p. 43. Ex hujus vero legibus,
quas a communi Vesta se accepisse jactabat, fertur Diodoro lib. 1.
p. 48, profecisse deinde, multaque hausisse Pythagoram, ac
Druidas scribunt Pseudo-Origenes in Philosopho cap. 25, quem
in locum videndus Wolfius, & ante ipsum Hermippus apud Josephum lib. 1. contra Appion., cujus tamen fidem elevat Schefferus de Philos. Ital. cap. 4. Videndi etiam, qui de Zamolxis legibus, ac disciplinis Philosophicis fusius disputant speciali libro
Upsaliæ edito 1687, & in Act. Lips. To. 2. Suppl. p. 282. recensito, Carolus Lundius, & Jacobus Brukerus loc. cit. Quamvis
Jornandes de rebus Geticis cap. 5. Script. Ital. rer. Murat. To. 1.
p. 194. ante Zamolxim Thracibus, Getisque leges tulisse Zeutam
& Dicenum auctor est. Leges Samothracibus deinde Saonem
dedisse scribit Diodorus lib. 5. p. 223; Scythis vero Anacharsim
Suidas in Σχύϑαι Οἴνω T. 3. p. 339. Celebriores denique Nomo-
thetas, qui leges conscripsisse perhibentur, ut catalogo com-
prehendam, tulisse commemorantur Epirotis Arribas a Justino
lib. 17. cap. 3; Abderitanis, & Stagiritis Aristoteles a Plutarcho
contra Color. p. 1125, & ab Æliano lib. 3. cap. 46; Cyclopibus,
quos ita Siculos Occidentalem Insulæ oram, sive Pithecusam in-
colentes, a Græcis denominatos probat Bochartus in Chanaan
lib. 1. cap. 30, quosque suo tempore exleges egisse, una patriæ
contentos potestate, affirmat Homerus Odyss. 9. v. 106, seq.,
leges primo dedisse Cephalus, ac Dionysius subinde referuntur a
Plutarcho in *Timoleonte* p. 248; Arcadibus Lycaon, & Cercidas
a Suida V. Λυχάων, & ab Eustathio ad Iliad. B. p. 1991 Avaris
Cremus a Suida V. Βύλαχρος T. 1. p. 445; Cyrenæis Demonax

a Theo-

a Theodoreto lib. *9.* de cur. Græcor. affect.; Mantinenfibus Dia-
goras ille Atheus, & Nicodorus ab Æliano lib. 3. cap. 22, feq.;
Ætolis Dorymachus a Polybio in Excerp. Peiresc. p. 58.; Lesbiis
Macareus a Diodoro lib. 5. p. 240; Pyliis Neftor a Theodoreto
loc. cit.; Phocenfibus Mnefion, de quo Lambecius lib. 3 p. 66.;
Pagondas, & Polybius Achæis a Theodoreto ibid., & a Paufania
in Arcad. p. 663, deque pofteriori etiam Fabricius Bibl. Græc.
Tom. 2. lib. 3. cap. 32. p. 712; Philolaus Thebanis ab Ariftotele
Polit. lib. 2. cap. ult., Corinthiis Phido apud Fabricium To. 1.
p. 549, Pittacus Mytilænis ab Ariftotele loc. cit., a Laertio lib. 1.
fect. 79, a Suida V. χελετά To. 3. p. 649, & a Clemente Alex.
Strom. lib. 1. p. 300; Thuriis Protagoras ab Heraclide apud
Laertium lib. 9. fect. 50; Cyrenæis Lucullus a Plutarcho in Lucul.
p. 492; Cunetibus in Hifpania Bœtica Habis a Juftino lib. 44.
cap. 4, Sinenfibus ab Téo, de quo Acad. Infcript. To. 10. p. 391;
& Goguetius Orig. leg., Art., & Scient. lib. 1. art. 2; Peruvia-
nis a Manco-Capac, de quo *Hiftor. des Incas* To. 1. p. 21, & 31 ?
de quibus omnibus fufe Fabricius Bibl. Græc. To. 1. lib. 2. cap. 14:
p. 530., feqq.

Ad Latinos nunc progrediendo noftros, Italofque, quorum
a principio ftetiffe loco Aborigines, Græci ex Achaja genere, Pe-
lafgi e Theffalia, Arcades, Lacones, Sicani, Aurunci, Rutuli,
Aufones, Trojani &c. feruntur a Dionyfio Halicar. libb. 1, & 2,
ab Arcadibus litteras in Italiam translatas affirmante, a Plinio
lib. 3. cap. 9, & lib. 7. cap. 56. a Pelafgis magis litteras didiciffe
Latinos adferente, a Livio lib. 1, Strabone lib. 5, Macrobio Saturn. lib. 1. capp. 5, 7, 10, & feq., Virgilio Æn. 1, Aulo Gellio
Noct. Attic. lib. 1. cap. 10. &c., poft quos adeundi, fi placet, Sigonius de Nomin. Roman. cap. 4, & de Antiq. Jure Ital. lib. 1.
cap. 3, Panvinius defcript. Urb. Rom. To. 3. Thef. Græv. p. 108,
Ferrarius de Orig. Rom. Thef. Græv. Tom. 1. p. 6, Kircherus in
Latio Vet., & Nov., Cluverius Ital. Antiq. lib. 1. cap. 1, feqq,
Pighius Annal. Rom. To. 1. p. 43; Granaea de Origin. Rom. præ-
miffa To. 1. hift. Rom. Catruvii, Ryckius differt. de primis Italiæ
Colonis cap. 1, feqq. ad calcem Lucæ Holftenii in Not., & Cafti-
gat. ad Stephanum Byzant., & Corradinus Vet. Latii prof., & Sacri

cri T. 1. cap. 2, Aboriginibus rudibus, agrestibusque leges primum
tulisse Saturnum, qui a Jove filio fugatus, e Cretensi Regno in
Campaniam venit, latitansque apud Janum primum Regionis Regem Latii nomen huic Italiae parti indiderit (quod juxta Syncellum in Chronog. p. 69, & P. Zachariam in manuali legend. rer.
Roman. Script. in procem. contigisse fertur circa an. Mundi 2722,
ante Urbem conditam 580.) tradunt Virgilius Æn. 8, Servius
ibid., & Auctor Orig. gent Rom apud Corradinum vet. Lat. lib 1.
cap. 10. Quamvis hanc legibus Aborigines erudiendi gloriam primo Regi Jano referendam indicant Macrobius lib. 1. capp. 7, & 9,
& Plutarchus Problem. cap. 40. Novis in dies, prout temporum
exposceret necessitas, deinde legibus eidem genti excolendae, In-
stituendaeque incubuisse Evandrum, & Herculem, Faunum, &
Latinum I, ex quo genti nomen an. M. 2838, ante Urb. cond. 463,
ex veteribus Scriptoribus rerum Latinarum arguit Scriptor Orig.
gent. Rom., quae tamen omnia dubia manent, & obscura. Neque magis sunt liquida, quae de legibus Albanis, Latinisque tra-
ditis ab Ascanio ejus Urbis conditore sub annum M. 2092, ante
Romam an. 399, a Sylvio, a Proca, ab Amulio, a Numitore &c.
feruntur apud Corradinum cit. cap. 10, quibus proinde dimissis,
ad certiora documenta revolvendus est sermo, atque propius ad
Romanae Urbis attingendam originem. Proprio itaque, peculia-
rique jure Romani eo, quo caepere, principio uti sub Regibus in-
choarunt, a quibus, Romulo nempe, de cujus duodecim legibus
conferendus Andreas Cirinus lib. de Urbe Roma cap. 58. Thesau.
Sallengri To. 2. p. 643, seq., Numa, & Servio Tullio de Sacro,
de Publico, deque Privato jure late sunt leges : quas omnes in
unum volumen contulit, teste Dionysio Halic. Antiq. Rom. lib. 3.
p. 178, Publius, sive Sextus Papyrius, dictus etiam Papisius,
ante nempe, quam Appius Claudius Caecus circa an. V. C. 405.
litteram R reperisset ; seu verius in quibusdam dumtaxat vocabu-
lis, in quibus ipsa euphonia R pro S exigere videbatur, litteram
hanc caninam invexisset, ut observant Funcius de pueri. Lat.
ling. capp. 1, & 3, & Heineccius lib. 1 hist. Jur. Rom. cap 3. § 115,
quo ex tempore pro Papysio, Fusio, Valesio dici coepere Papyrius,
Furius, Valerius, qua de re Pomponius L. 2. §. 3. 6. ff. de Orig.

Jur., & ibidem Bynkershoek in prætermiffis, & Petrus Faber Se-
ineft. lib. 1. cap. 11. p. 52. Hinc ea Papyrii Collectio, tefte §. 2.
Pomponio, dicta eft Jus Papyrianum, de quo librum integrum
confcripfiffe Granium Flaccum auctor eft Paullus L. 144. ff. de
Verbor. fignif; qua de te Dakerus de Latinitat. Veter. Jurifconf.
p. 156, & Heineccius in procem. Antiq. Rom. §. 1. Dudum vero,
præter fragmentum e Granii Flacci Commentario decerptum, ut
autumat Weffelingius Obfer. lib.1. cap.4, quod ab injuria temporum immune fervavit Macrobius Satur. lib. 3. cap. 11, Papyriana
Collectio illa periit. Quod infortunium demum viris doctis Ful-
vio Urfino, Ant. Auguftino, Steph. Vin. Pighio, Antonio Sylvio,
Francifco Modio, Guillelmo Forftero, Pandulpho Pratejo &c.
defiderium intulit leges Regias diligenter colligendi : quod præ
aliis ex parte fucceffit Paulo Merulæ de legib. Roman c. 2, feqq.,
ac Franc. Balduino Jurifp. Rom., & Attic. T. 1. p. 23, qui ex Tabula Capitolina Romuli leges complecti conatus eft; quarum
etiam plerafque ex vet.Scriptoribus indicat Heineccius lib.1.hift.
Jur. Rom. cap. 1. §. 8, feqq. Regibus an. M. 3545, V. C. 244,
quo die 6. Kal. Mart. confignari Regifugium folet, a quove Con-
fulare Imperium per annos 483, ufque ad an.M.4027, V. C.726.
duraturum, perque Confules 482. adminiftrandum incepit, Regibus, inquam, exactis, Leges etiam illæ tam defuetudine exo-
levere, quam lege vel Terentia, ut cenfet Hottomannus Obferv.
lib. 1. cap. 1, vel Junia, ut mavult Heineccius Antiq. Rom. in
procem. §. 3, abrogatæ funt, velut indicat Pomponius L. 2. §. 8.
ff. de Orig. Jur. Quamquam Sigonius lege hac a Junio Bruto Tri-
buno adhuc Celerum eas tantum leges Regias fublatas cenfet,quæ
ad Regiam dumtaxat ftabiliendam dominationem conferebant;
Jofeph Scaliger vero in Not ad Feftum V. *Nuptias* ex Livio lib.6.
cap. L putat leges Regias in tres priores XII. Tabulas fuiffe con-
jectas. Qua in opinione funt etiam Cujacius Obferv. lib. 3. c.40.
Dionyfii Halic. lib. 2, & 10. auctoritate confifus, Guillelmus
Maranus ad L.2. ff.de Orig. Jur. p. 07,&120,&Heineccius Antiq.
Rom. in procen. cit, & hift. Jur. Rom. lib.1. cap.2. §. 15, & feq.,
ex Dionyfio Halic. lib. 2. p. 95, & lib 10. p 681, ex Servio ad
Æn. 6. v. 623, & Fefto VV. *Pellices, Murrata, & Parricida* id col-

li-

ligentes : quam opinionem fusius quoque Janus Vinc. Gravina de
Jure nat., gent., & 12.Tabul. §. 22. ex Festo, Plinio, Aulo Gellio, & Marcello I..2. ff. *De mortuo inferendo* confirmat. Sed enim
tam novis in dies, ob exundantem negotiorum copiam, Civium-
que numerum crescentem, emergentibus necessitatibus, quam asperrimis Patricios inter, & Plebem simultatibus exardescentibus,
anno demum V. C. 301. tres Legati Sp. Albus, A. Manlius Vulso,
& Ser. Sulpicius Camerinus per Italiam, & Graeciam petitum leges missi, quae utiliores prae aliis videbantur, descriptas Romam
attulere, testibus Livio lib. 3. cap. 31, Dionysio Halic. lib. 10.
p. 676, A. Gellio Noct. Att lib.20 cap.1, Aurelio Victore cap 21
de vir. Illust., Symmacho lib. 3. ep. 11, Ammiano Marcel. lib.16.
cap.5, & Athenaeo Deipnosof. lib.6. cap. 21. p.273. An porro ad
Magnae dumtaxat Graeciae Urbes leges postulatum tres illi profecti sint, dubium est. Id videtur adfirmare Dionysius Halic., sed
probabilius ab aliis Graeciae Urbibus praeterea leges ab illis peti-
tas, & ab Athenis praesertim tradit Livius, ex Solonis nempe libris descriptas. Quae Livii opinio eo probabilior evadit, quod
jampridem Romanos Valerii Publicolae opera, auctoritateque ad-
ductos plurimas Solonis leges admississe perhibet Plutarchus in
compar. Solon.,& Public., de quo etiam Huetius demonst.Evang.
prop. 4. cap. 11. §. 4. An etiam a Lacedaemone flagitatae, ex Lycurgo nempe leges fuerint, lis adhuc sub Judice. Adfirmant quidem Plinius lib. 8. ep. 24, Athenaeus, & Ammianus Marcel. loc.
cit. Contra tamen negant S. Augustinus de Civit. lib. 2. cap. 16,
& Aurelius Galvanus de Usufr. lib. 6. cap. 5: quorum sententia
ideo veri similior visa est Everardo Ottoni praefat Tom.3. Thesauri Jur. p. 6., & Heineccio Juris Rom. hist. lib. 1. cap.2. §.24, quod
Lycurgi leges litteris mandatae non essent, testibus Plutarchio in
Lycurgo p. 47, & Scholiaste Graeco in Lucianum Tom. 1. p 26.
Decem ergo viri, familiam ducente Appio Claudio, & interprete
adjuncto Hermodoro Ephesio, referente Plinio hist. nat. lib. 34.
cap.5, ferendarum legum causa, creati tam ex legibus Regiis antiquis, quam .ex novis allatis decem initio Tabulas, ac paullo
post, altero idest post primam promulgationem anno, XVviris ad
id creatis, duodecim compilarunt, quas deinde Populus in Co-

mitiis Centuriatis bis probavit an. V. C. 303. decem, & in seq.
304, duodecim, ceu fide affirmant sua, Livius lib. 3, capp. 31,
34, 37, & 57, ac Dionysius Halic. lib. 10. p. 681, & seqq. Hæ
porro Tabulæ Anno V. C. 368. Gallico incendio cum ipsa Urbe
conflagratæ paullatim, conquisitis undique fragmentis, apogra-
phisque, restitutæ sunt, teste Livio lib. 6. cap. 1; ærique incisæ
S. Cypriani adhuc ætate, ipsomet teslante lib.2. ep.2, extabant.
Quin etiam sæculo adhuc Justiniani, cui ex Caji Dodecadelto,
sive Commentario, cui integer XII. Tabularum insertus textus
erat, fragmenta passim in Digestis referre licuit, nempe L. 1,
Nempe L. 1. De orig. Jur., LL. 18, 20, 22. De in Jus voc., L.6.
Si quis caut. in Jud. sist., LL.2, & 4. Arbor. furt. cæs., L.48. De
Pact., L. 43. ad leg. Jul. de Adult., L. 9. De Incen. ruin. naufr.,
L. ult. De Colleg., L. ult. Fin. regun., L. De litigios., L. 19. De
Usucap., LL. 233. usque ad 238. inclus. De Verb. signif., velu-
ti diligenter adnotat Heineccius lib. 1. hist. Jur. Rom. cap. 2.
§. 32. Atque in basce quidem Tabulas, qui aliquid scripsere, ex
Veteribus illustriores habentur Sextus Ælius, M. Porcius Cato,
Servius Sulpicius, L. Acilius, L. Ælius, Valerius Messala, An-
tistius Labeo, Titus Cajus, Sextus Pompejus Festus, M. Tullius-
Cicero, qui duo posteriores multa ex XII. Tabulis libris suis in-
seruere, Atejus Capito &c. Quibus adjungendi veteres alii Juris
Consulti celebriores : atque quidem ante Augustum Cajus Papyrius, Appius Claudius Cæcus, Tiberius Coruncanus, L. Cincius
Alimentus, Scipio Nasica, Q. Max. Fabius, P. Ælius Pœtus Ca-
tus, Publ. Atilius, Servius Fabius, Q. Fabius Labeo, T. Manlius
Torquatus, C. Marcius Figulus, Junius Gracchanus, M. Porcius
Cato filius, C. Livius Drusus, P. Mucius Scævola, M. Junius
Brutus, M. Manilius, Q. Mucii filius, P. Rutilius Rufus, Cælius Antipates, Paulus Virginius, Sex. Pompejus, Q. Ælius Tubero, C. Cornelius Maximus, P. Licinius Crassus, Q. Mucius Scævola a præced. alter, Cn. Aquilius Gallus, Lucilius Balbus, Sext.
Apitius, Cajus Juventius: sub Augusto M. Labeo Antistius, C. Atejus Capito, P. Alfenus Varus, C. Aulus Ofilius, T. Cæsius, Aufidius Tucca, Aufidius Namusa, Flavius Priscus, C. Atejus Pacu-
vius, Cinna, Publicius Gellius, Caetillius, C. Trebatius Testa,
A. Ca-

A. Cafcellius , Q. Ælius Tubero : fub Tiberio Mafurius Sabinus ,
M. Coccejus Nerva : fub Nerone Sempronius Proculus , Urfejus
Ferox , Vitellius , C. Caffius Longinus , Atilianus , Caffius Longinus Junior , M. Coccejus Nerva filius : fub Vitellio Caffius :
fub Vefpafiano Cælius Sabinus , Pegafus, Fufidius, Salvius Julianus, Plautius , Octaveaus, Valerius Severus : fub Trajano P. Juventius Celfus , Neratius Prifcus , T. Arifto , Arrianus a Nico-
medienfi alter , Servilius , Vivianus , Minucius Natalis , Lælius
Felix : fub Hadriano Prifcus Javolenus, Salvius Julianus, Abur-
nus Valens , Tufcianus , Cajus , five Gajus : fub Antoninis Sex.
Cæcilius Africanus , Terentius Clemens , Vinidius Verus, Junius
Mauricianus , Taruntenus Paternus, Papyrius Juftus , Sextus
Pomponius , L. Volufius Mæcianus , Q. Cervidius Scævola , Ul-
pius Marcellus : fub Septimio Severo Æmilius Papianus , Tertullianus a Q. Septimio diverfus , Claudius Tryphonius , Arrius
Menander , Sext. Pedius , Pactumæjus Clemens, Papyrius Fronto , Furius Anthianus , Claudius Saturninus, Q. Saturninus, Rutilius Maximus , Domitius Ulpianus , Julius Paullus , Calliftra-
tus : fub Alexandro Severo Ælius Marcianus , Florentinus , Ve-
nulejus Saturninus, Licinius Rufinus, Julius Gallus Aquila, Æmilius Macer , Herennius Modeftinus, Flaccus, Fulcinius : fub Diocletiano Aurelios Arcadius Charifius &c., quorum mentio occurrit in Indice Græco Juftinianeo Pandectis Florentinis præfixo , &
apud Pomponium L. 2. ff. de Orig. Jur. §. 36, feqq , firque uberri-
ma a Guillelmo Grotio de Jurifconf. lib. 1, a Fabricio Bibl. Lat.
To. 2. lib. 4. cap. 9, Heineccio lib. 1. hift. Jur. Rom. cap 3. §. 113,
feq., & cap. 4. §. 179, feqq., aliifque longe plurimis apud ipfos ,
quos modo recenfere non vacat . Poft fæculum VI. denique, quo
fato prorfus nefcitur , XII. Tabulæ illæ periere : donec collatis
viribus , ac fragmentis undique conquifitis, eifdem reftituendis
ingentem dederunt operam Aymarus Rivallius , Joh. Oldendor-
pius , Joh. Guill. Forfterus, Ant. Auguftinus , Fulvius Urfinus ,
Franc. Balduinus , Ant. Contius , Franc. Hottomannus , Jacob.
Rævardus , Cælius Calcagninus, Joh. Crifpinus, Steph. Vinandus
Pighius , Theodorus Marcilius , Franc. Pithœus , Dionyfius Gothofredus , Juftus Lipfius , Paulus Merula , Conradus Ritterhu-
                                                          fius ,

fius , Ludovicus Charondas , Bafinflochius , Pandulphus Pratejus , Adrian. Turnebus , Barth. Marlianus , Frider. Sylburgius ,
Jacob. Cujacjus , Julius Pacius , Carolus Sigonius , Ant. Clarus
Sylvius , Richar. Vitus , Jacob. Gothofredus , Janus Vin. Gravina &c. Videndi & Dempflerus Paralip. in Bofini Antiq. Rom. lib. 8.
cap. 6, Pitifcus in Lexico T. 3. V. *Tabula*, Everardus Otto præf.
To. 3. Thefau. Jur. p. 25, feqq., Joh. Nicol. Funcius in legibus
XII. Tabul. illuftr., Heineccius Antiq. Rom. in procem. §. 2; feqq.,
& hift. Jur. Rom. lib. 1. cap. 2. §. 33, Marius Guarnaccius in differt. Italica ad XII. Tabulas To. 1. differt. Societ. Columbariæ ,
Francifcus Maria Ganafsoni de Legib. XII. Tab. e Legibus Solonis defcrip. in Syllog. Calogeriana Tom. 49.

    Ex hac porro Legum poteftate , & interpretatione deducti
funt deinde certi , diverfique exercendi Juris ritus , actionefque ,
ideoque certæ quædam inductæ Formulæ artificio confectæ. Quibus adjuncti Fafti , a Numa Pompilio primum confecti, Livio tefte lib. 1. cap. 9, ideft confignationes dierum , quibus lege agere
licebat , vel non , unde dicti dies Fafti , vel Nefafti , vel Intercifi .
Tam vero Formularum , quam Faftorum notitia penes folos Patricios , ac Pontifices erat : unde egregiam Populo operam fe na-
vare putavit Cn. Flavius , quum arcanas formulas iftas, Faftofque
ab Appio Claudio Cæco in librum collectos an. V. C. 449. evulgavit : unde natum Jus Flavianum , de quo Pomponius L. 2. §. 7.
de Orig. Jur., Cicero de Orat. lib. 1. cap. 40, pro Muræna cap. 11,
& epift. ad Attic. lib. 6. ep. 1, Livius lib. 9. cap. 46, Plinius hift.
nat. lib. 33 cap. 1, Aulus Gellius Noct. Attic. lib. 6. cap. 9, & Valerius M. lib. 2. c. 5. Sed enim a Patriciis novæ fubinde excogitatæ
funt formulæ , quæ , ne in vulgus manarent , occultioribus quibufdam notis confignatæ funt . Eas vero demum evulgavit Sex .
Ælius Catus an. circiter V. C. 553, unde enatum Jus Ælianum ,
de quo Pomponius loc. cit., & Cicero Orat. pro Muræna cap. 11.
Collectio utraque magno Jurifprudentiæ damno periit : nifi quod
Formulas diligentia fumma undique conquifitas colligere inftituerunt Hottomannus de Form., Sigonius de Judic. , Brifonius de
Formul. , Pitifcus Lex. Tom. 2. p. 174. edit. Ven. 1719, aliique
quamplures apud ipfum . Faftorum quoque exemplar diligentiffime

fime ex antiquis Marmoribus fervavit Gruterus Infcript. p. 133,
Sibr. Siccama in Faft. Kalend. Rom., Thefau. Græv. Tom. 8, ac
videndus Pitifcus præf. T. 1. p. 196. Veterum denique Notarum
Juridicarum fpecimina poft Valerium Probum, Petrum Diacon.,
Magnonem, & Aldum Manutium, apud Dionyf. Gothofredum
Anct. ling. Lat. p. 1451, feqq., aliofque, de quibus Fabricius
Bibl. Lat. T. 2. lib. 4. cap.6. p.446. edit. Ven. 1728, Joh. Pret-
tenius de Not., ac Sigil. Antiq., Sertorius Urfatus de Not. Roman, Scaliger in Not. ad Manil. p.287, Cujacius Obferv.lib.13.
cap. 40, Joh. Nicolai lib. de Siglis Vet. Lugd. Batav. 1706, &
Grævius ad Cicer. Orat. pro Muræna cap.11. Poft hæc multæ perinde latæ funt Leges, Plebifcita multa, Prætorum Edicta quam-
plura, Ædiliumque prodierunt; Jurifprudentum Refponfa, Senatus Confulta, Edicta perpetua, & Imperatorum Refcripta prolata funt: ex quibus de Jure univerfali Romano colligendo plerique cogitarunt utique, ut Cicero apud Gellium lib. 1. cap. 22,
ut Cn. Pompejus apud S. Ifidorum Origin. lib. 5. cap. 1. relatum
a Gratiano Can. 2. Leges dift.7, ut Julius Cæfar apud Svetonium
cap.44, fed perficere nemini datum. Id laude tamen dignum præftitit Salvius Julianus, quod fub Hadriano Imp., an. V.C. 883,
æræ Chrift.131, teftibus Eutropio lib.8.cap.9, Eufebio in Chron.
n. 2147, & Juftiniano L. 2. §.18. C.De vet. Jur. enucl., & L.10.
C. De Condit. indeb., Prætorum Edicta, quæ tum adhuc temporis
multa extabant, ac maxime in Bibliotheca Ulpia a Trajano collecta, initio in Trajani Templo collocata, ac deinde in Thermas
Diocletianeas tranflata, qua fe Bibliotheca ufum refert Vopifcus
in Tacito cap. 8, & Aureliano cap. 8, atque ubi Prætorum Edi-
torum volumen integrum fe perluftrafle teftatur Gellius lib. 11.
cap. 17, Prætorum, inquam, Edicta collegerit, five potius ex
multis unum confecerit: quod Edictum publica Oratione in Senatu ab Hadriano adprobatum, velut habetur in Conftit. Græca
de confirm.Digeft.§.18, Perpetuum a Diocletiano, & Maximiano L. 5. Cod. De Appellat. dictum eft, non fecus atque a Spartiano in vita Juliani, a Gellio Noct. Attic. lib. 10. cap. 15, & ab
Eutropio epit. hift. Rom. lib. 8. cap. 9, variis quin etiam honoris, Jurifque titulis in Codice legum adfectum, ceu diligenter
                                                      obfer.

obſervat Heineccius lib. 1. hiſt. Jur. Rom. cap. 4. §. 273: quo de Ediƈto plura dabunt Petrus Pittenius in Oeconomia Ediƈti perp., Guillelmus Baachions ad calcem lib. 3. var. Leƈt., Joh. Herman. Schminchius in Syntag. Critico , Simon Van-Leevven de Ediƈto Salvii Jul.,Guillelmus Grotius de Vitis Juriſconſ. lib. 2. c.6, Joh. Bertrandus de Juriſp.lib. 1,c. 1, Ægidius Menagius Amænit. Jur. c.24,Dodvvellus in Præleƈt. Camdenianis 8.p.333, Jacob.Gothoſredus in Manual. Jur.3.p.14, & ſeq. , ac Laur. Andreas Hambergerus in diſſert.de Ediƈto perp.Jenæ1714. Parum ab hoc Ediƈto diverſum prodiit vel ſub eodem Hadriano, ceu putat Dodvvellus ad Spartianum cap. 2 , vel ſub M. Antonino, ut placuit magis Spanheinio Orb. Rom. exercit. 2. cap. 12 , Ediƈtum aliud *Provinciale* diƈtum , quod unum , idemque cum *Perpetuo* , ſive *Pretorio ,* de quo modo , idque *Provincialis* nomen tuliſſe in Provinciis , quod in Urbe *Pretorium* , aut *Urbanum* , ſeu *Urbicum* adpellabatur , conjicit Heineccius lib. 1. hiſt. Jur. Rom. cap. 4. §. 275: ubi &obſervat cum Spanhemio cit. exerc. cap. 7 , & Pagio ad an. 131. n. 2 , ex Ariſtide Orat. in Romam p. 395. edit. Guill. Canteri , Ediƈto Perpetuo Civitates omnes Urbis Romanæ leges ſequi juſſas ſuiſſe , opinione vero ſua falli Pagium , dum Ediƈtum illud , & hodie.entare exiſtimat : præter enim fragmenta pleraque in Digeſtis reliqua , utrumque Ediƈtum (ſi non unum fuit , idemque) fata nobis inviderunt . Ex Principum quoque Reſcriptis duobus Codicibus collegere Gregorius , & Hermogenes , diƈti aliis Gregorianus , & Hermogenianus ; atque Gregorius quidem ſub Conſtantino M. , ut cenſet Gothoſredus Proleg. Cod. Theod. cap. 2 , vel ſub Valente , & Gratiano , ut vult Pancirolus de Clar. Leg. interpr. lib. 1. cap. 63, ſeq. , Conſtitutiones ab Hadriano uſque ad Diocletianum , & Maximianum collegiſſe videtur . Hermogenes vero vel ſub Diocletiano , ut Pancirolo viſum , vel ſub Conſtantino M. , ut placuit Menagio Amæn. Jur. c. 11 ,& Heineccio loc.cit. §. 358. cap. 5. Conſtitutiones a Gregorio prætermiſſas ſuppleviſſe , atque Diocletiani , Maximiani , Succeſſorumque inſuper uſque ad an. 312. complexus ſuiſſe videtur : qua de re Schultingius in Juriſp. vet. Antejuſt. p.709 , & Heineccius Antiq.Rom. procem. §.37. ſeqq., & lib. 1. hiſt. Jur. Rom.

Rom. c. 5. §. 370. feqq. Eadem fata perpeſſus uterque Codex eſt, præter fragmenta, quæ ex Aniano præfertim, edita fuere a Petro Gregorio Tholoſano, a Sichardo, a Cujacio, a Schultingio. Tribunitiarum quoque legum, Senatuſque Conſultorum fragmenta collecta debemus Ant. Auguſtino lib. de Leg., & Senatus Conſ., Aldo Manutio lib. de Legib., Franc. Philelpho lib. de Leg. Rom., Carolo Sigonio de antiq. Jur. Rom. &c. Conferendi & Georgius Schubartius de fatis Jurifp. Rom., & Ulricus Zaſius in Catalogo Leg. Roman. Quibus demum infortuniis, multoque magis prifci Juris nævis abolendis, de quibus libros integros duos compingere Chriſt. Thomaſio licuit, obviam ire ſedulo inſtituit primum Theodoſius Junior, a quo Jurifperitis octo adhibitis, in quibus præcellebat Antiochus, anno 438. Codex, inde Theodoſianus dictus, prodiit, quem, & fingulari Conſtitutione, quæ inter Theodoſianas primum occupat locum, confirmavit. Quamquam & ipfe Codex haud integer ad nos ufque pervenerit, fiquidem Conſtitutiones 320. circiter, quæ in Codice Juſtinianeo habentur, fruſtra in Theodoſiano quæſiveris. Poſt editum præterea Theod. Codicem, Legum Mofaicarum, & Romanarum Collatio adparuit in Titulos 16. tributa, qua Leges Romanæ ex integris Papiniani, Paulli, Ulpiani, Caii, Modeſtini, Gregorii, Hermogenis, aliorumque veterum Juris Interpretum commentariis defumptæ cum Mofaicis conferuntur. Ejus auctor fertur apud Bertrandum, & Cujacium Obſerv. lib. 7. cap. 7, Licinius Rufinus, minus vere tamen, fiquidem Licinius Rufinus ſub Alexandro Severo tranfegit, Pariator ille vero, quum ex Codicibus Gregoriano, & Hermogeniano non modo, fed ex ipfo Theodoſiano Tit. 5. §. 3. Conſtitutiones defcripferit, Theodoſii ætatem faltem attigit: qua de re Gothofredus in Proleg. Cod. Theod. cap. 3, & Manual. Jur. lib. 2. cap. 10, Menagius Amœnit. Jur. Civil. cap. 7, & Heineccius lib. 1. hiſt. Jur. Rom. cap. 4. §. 347. Auctorem potius Judæum quempiam exiſtimavit Marquardus Freherus lib. 1. Parergon Juris cap. 9. Eamdem primus edidit Petrus Pithoeus, notis illuſtravit Henricus Stephanus, deinde Anton. Schultingius Jurifp. antejuſtin. p. 727. feq., legereque præterea eſt Crit. Sacr. To. 6. p. 150. edit. Francof. 1696.

infertam . En deinde Theodofiano Codice perfecto, novellæ tum
ipfius Theodofii II., cum Valentiniani III., Martiani, Majoria-
ni, Severi, Leonis, & Anthemii Conftitutiones editæ funt : quas
dias in luminis auras protraxere idem Pithœus, Rittershufius,
& Gothofredus ad calcem Cod. Theod. Infortuniis igitur, fa-
tifque Jurifprudentiæ optima, quoad ejus fieri poffet, confultu-
rus ratione Juftinianus, diligentiffimam ad id doctiffimorum, qui
tum hoc haberentur nomine, operam fibi adhibendam ftatuit,
quorumque delectum habitum, & catalogum, nempe Triboni-
ni ceterorum familiam ducentis, Theophili, Cratini, Dorothei,
Anatolii, Theodori, Ifidori, Thalelæi, Salaminii, Conftantini, Stephani, Mennæ, Profdocii, Eutolmii, Timothei, Leoni-
dis, Leontii, Platonis, Jacobi, Johannis, Diofcuri, & Præfen-
tini, videre eft L. 2. §. 9. 11.,L. 3.§. 9. Cod. *De vet. Jure enucl.*,
Conft. *Hæc, quæ neceffario* §. 1. *De novo Cod. fac.*, Conft. *Summa Reip.* §. 2. *De Juftin. Cod. conf.*, Conft. *Cordi nobis* §. 2. *De
emend. Cod. Juftin.*, & §. 3. Proœm. Inft. Ejus itaque aufpiciis,
Xvirorum opera an. 528. *Codex Juftinianus Prior* ex tribus, qui
tum extabant, Codicibus defloratus,in lucem prodiit, fed imper-
lectus valde,ideoque triennio poft a XVII. viris ad id negotii de-
fectis confecta *Digefta*, five *Pandectæ* funt; tumque fequutæ *Inftitutiones* a Triumviris Dorotheo, Theophilo, & Triboniano
elaboratæ. Siquidem autem tam prior ille Codex parum diligenter fuiffet concinnatus, quam ab illo plerumque difcederent
Pandectæ, factum denuo, ut emendatio Vviris commendaretur,
quorum labore an. 534. demum prodiit *Codex repetitæ prælectio-
nis*. Quibus tandem omnibus, multis in locis qua mutatis, qua
deletis, novæ Conftitutiones, *Novellæ* inde denominatæ, ex Tiberio, ex Juftino, ex Juftiniano acceflerunt; ex Novellis autem
defumptæ *Authenticæ* Codici demum jam fæculo VI. adjectæ. Ex
Græca deinde Inftitutionum, Pandectarum, & Codicis verfione
a Theophilo, & Thalelæo procurata (nam Juftiniani nomine Latine confcripti ii libri fuerant) atque ex Novellis Græce editis
(quas deinde an. 570. Latinitate donavit Julianus Patriclus, &
Conftantinop.Anteceffor,ediditque primum Franc.Pithœus)Edi-
ctis præterea tredecim,quin etiamex Jurifperitorum quorumdam
Græca-

Græcorum Paratitlis, aliiſque libris, atque ex Patrum imo operibus, Conciliorumque ſanctionibus conſecti ſunt Baſilicorum
libri opera primum, auctoritateque Baſilii Macedonil an. 838,,
Leonis Sapientis deinde an. 886, ac demum Conſtantini Porphyrogenetæ ſub initium ſæculi X., quoſque in ſexaginta libros di-
viſos cum Gloſſis Latinis, Græciſque Volum. 7. fol. edidit Carolus Annibal Fabrottus. De quibus omnibus, aliiſque deinde
acceſſionibus minus conſpicuis, quales Authenticæ, & Feuda-
lium libri, adeundi, qui præ aliis hiſce illuſtrandis operam impenderunt, Paulus Manutius, Guido Pancirolus, Ant. Auguſtinus, Paulus Merula, Franc. Hottomannus, Carolus Annibal Fabrottus, Jacob. Gothofredus, Jan. Vinc. Gravina, Joſephus M.
Suareſius, Georgius Beyerus, Henr. Bergerus, Ant. Schultingius, Georg. Schubartus, Ægid. Menagius, Cornel. Bynskerſ-
hoek, Chriſtfridus Waechterus, Herm. Schminckius, Everardus Otto, Joh. Gottl. Heineccius, Joh. Schilterus, Carolus
And. Duckerus, Michael Schumannus, Henr. Brenkmannus,
aliique plures apud Fabricium Bibl. Lat. To. 2. lib. 4. cap. 10.

Juxta hæc igitur, quæ ſortaſſe pluſquam oporteret, præter-
que, quos mihi præſtitui, fines, atque operis ſcopum, fuſius
perſequutus ſum, (quamvis neque tantum ſuperfuerit otium,
ut de particularium Regnorum legibus, quæ poſtmodum inductæ ſunt, puta Germaniæ, Angliæ, Galliæ, Hiſpaniæ, Poloniæ,
Hungariæ &c., dicendi licentiam mihi ſumerem) Poteſtatis Laicæ tam originem, quam ordinationem, atque officium rem mere humanam eſſe liquido adparet. Eamdem quoque poteſtatem
Juſtiſſimos intra fines Juris Divini, Naturalis, & Gentium con-
ſtringi certum eſt, & conſtans, quia etiam pactis affici, promiſ-
ſiſque. Humanam præterea Regum a prima, ac deinceps ætate
inſtitutionem eſſe, hominum videlicet inductam voluntate; atque
humanam perinde legum a Poteſtate laica profectarum originem,
quas nempe hominum ſtudium, neceſſitaſque comparavit, & pe-
perit. Quamvis enim Legislatorum pleriſque, quo major latis
ab ſe legibus vis, & dignitas conciliaretur, ejuſmodi conſilium
inſederit leges ſuas ſupremis Diis acceptas referendi, uti Zoroa-
ſtri apud Hyde, & Chauſepié Dict. hiſt. Crit. To. 4. p. 835. in

Not. G ; uti Minoi, teſtibus Libanio To. 1. p. 479, Maximo
Tyrio diſſ. 22., & Dione Chryſoſt. Orat. 1. de Regno ; ceu Rhadamantho, affirmante Ephuro apud Strabonem lib. 10. Geogr.
p. 476.; ceu Lycurgo, auſtoribus Diodoro lib. 1. p. 48., Libanio loc. cit., & Ariſtide Orat. 1 ; uti Zaleuco, tradentibus Ariſtotele de Republ. Locrorum apud Clementem Alex. Strom. lib. 1.
p. 352., & Valerio M. lib. 1. cap. 2.; uti Zamolxi, referente
Diodoro loco cit., ceu Lycaoni, memorante veteri Scriptore
apud Svidam V. Λυκάων To. 2. p. 467., quem & conſuleſis V.
Νόμμα p. 827 ; ceu Romulo, & Numæ, ſcribentibus Livio lib. 1.
cap. 19, Dionyſio Halic. lib. 2. p. 122, Dione Chryſ. Or. 25.
p. 283, & Plutarcho in *Numa*: Quin etiam Populos ea olim
ſtulta inceſſerit ambitio, ut Deos eſſe, a quibus ſuas accepiſſe
leges gloriabantur, confingere delectarentur, veluti de Cerere
tradunt Herodotus lib. 3, & Diodorus lib. 5. p. 201, de Vulcano Laertius lib. 1, de Hermete Diodorus lib. 5, Herodotus
lib. 3. cap. 53, Varo lib. 4. cap. 9, & Proclus lib. de Anima,
qua etiam de re Steuchus Eugub. de peren. Philoſoph. lib. 1.
cap. 25, de Minerva Plato in Timæo, de Saturno Virgilius Æn. 8,
& Servius ibid., de Jano Macrobius Satur. lib. 1. capp. 7, & 9,
ac Plutarchus Probl. cap. 40.: quorum, ſimiliumque exempla
collegit Balthaſſar Boniſacius hiſt. Ludricæ lib. 19. cap. 1, deque
horum plurimis dictum eſt paullo ſuperius ; ſabulas eſſe tamen,
ac puta figmenta, vel ad ſucum Populis ſaciendum, vel ad ſallendam
ignaras apud Gentes ſidem, ex ipſis Ethnicis ſagaciores perſuaſum habuere. Contra vero Eccleſiaſticæ poteſtatis originem Divinam prorſus eſſe, eamque potiſſimum, qua leges ſerendi pollet,
Deo reſerri acceptam debere particulam, luce pomeridiana clarius ex utraque Verbi tam ſcripti, quam traditi pagina maniſe-
ſtum ſecimus : adeo ut vere, optimeque Chriſtianæ Eccleſiæ eum,
qui Judaicæ Reipublicæ a Joſepho Antiq. Jud. lib. 4. cap. 8. p. 164.
& contra Appion: lib. 2. p. 1376, tributus legitur regiminis titulus Θεοκρατίας, convenire non dubium ſit ; adeoque ut ex Catholicis nemo, nemoque ex Acatholicis hucuſque id unquam in
dubium vertere auſus ſit, veluti ſcite animadvertit Cl. Scriptor
de Juribus Apoſt. Sedis To. 1. p. 2. cap. 2. de *Regio exequatur*.

Atque

Atque utroqne ex hoc ideo capite fequitur , tum qnod Laica poteftas Ecclefiæ legibus obligetur, atque ad obediendum profeſto
ab Ecclefia obſtringi poſſit ; tum quod viciſſim a Poteſtate laica
immunis prorſus , liberaque ſit Ecclefia, eademque gaudeant immunitate , libertateque Ecclefiæ Loca, Res , ac Perſonæ : ideſt,
quod eàdem recidit , pleniſſimo Ecclefia potiatur jure tanquam
proprio Conventus Synodicos celebrandi , Cauſſas Ecclefiaſticas cognoſcendi , quæ duo fuſe , ſolideque , opinor , demonſtrata
jam ſunt To. 3. Art. 2. §. 1. ſeqq., Art. 4. §. 1. ſeqq., Art. 5.
Proleg. , & To. 4. Art. 9. §. 1 , eamdemque In Templis ad Dei
cultum exſtruendis , inque Rebus ſuis temporalibus adminiſtrandis ſibi ſufficere, neque a Laicis Tribunalibus ejus dependere
Perſonas ; de quibus aſtatim ſeq: Articulo, poſtquam heic adver-
ſæ opinionis patronis ſatis ſuerit paucis , quoad ejus fieri poſſit ,
factum , eorumque argumentis, ſiqua videatur ineſſe, vis prorſus
omnis erepta .

Inter ea igitur , eaque levioris utique momenti omnia , quæ
ſui in erroris deſenſionem congerere ſolent cum Proteſtantibus
falſi Politici, ac poſt Vigorium , Maimburgum, Barclajum , Vid-
ringihonum , Fevretum Richerius præſertim de Eccl. , & Polit.
poteſt. , ac in hiſt. gener. Concil. lib. 4. cap. 1 , Launojus in
epiſt. ad Vallantium, Raymundus Carron adverſ. Cenſur. Lovan.,
Dupinius de antiq. Eccl. diſcipl. differt: 6. cap. 1 , Quatuor Epiſcopi appellantes Inſtrum. Appel. p.7., Natalis Alex. ad ſæcul. XI.
diſſ. 2. art. 9. , & ad ſæcul. XVI. diſſ. 5 , Boſſuetius Deſen. Decl:
lib. 1 , Jannonus hiſt. Rega. Neapol. lib. 2. cap. ult. §. 3 , &c.
gravius illud eſt principio , quod ſi ita Poteſtatis laicæ cauſſa eſt ,
ut a Deo haud immediate proficiſci dicatur, neque a Deo in Pontificem M. immediate profecta Ecclefiaſtica poteſtas dici poſſit ;
ſed ea immediate Ecclefiæ collata , atque ab ea deinde in Pontificem translata, dicenda ſit . Cæterum Regum poteſtatem immediate a Deo eſſe congeſtis e S. Scriptura paſſim locis evinci contendunt , velut ex illo Proverb. cap. 8. v. 15 : *Per me Reges regnant &c.* , ex Sap. cap. 6. v. 3. : *Data eſt a Domino poteſtas vobis* (de Regibus ſermo eſt) , *& virtus ab Altiſſimo* , ex Daniel.
cap. 2. v. 37: *Deus Cæli Regnum, & fortitudinem, & Imperium,*
& glo-

& gloriam dedit tibi , cui subjungunt ex Hieremiæ cap. 27. v. 6 ;
ex S. Pauli epist. ad Rom. cap. 13. v. 1 : *Non est potestas , nisi a
Deo . . . Qui resistit potestati , Dei ordinationi resistit*, & ex S. Petri epist. 1. cap. 2. v. 13 : *Subjecti estote omni humanæ Creaturæ propter Deum ; sive Regi , quasi præcellenti &c.* Veteris vero
Testamenti, ac Novi paginis concordare SS. Ecclesiæ Patres sibi
persuadent, inter quos proferunt Auctorem Constit. Apostol. sub
S. Clementis nomine , qui lib. 7. cap. 16 : vers. Cotel. id cunctis
suppeditabat consilii : Τὸν Βασιλέα φοβαθήσῃ , εἰδὼς ὅτι τοῦ κυρίου
ἐστὶ ἡ χειροτονία , *Regem vereberis , sciens a Domino esse electionem* ; Similia habet lib. 4. cap. 13 ; S. Irenæum , qui lib. 5. de
Hæres. cap. 24. propriam Apostoli faciens sententiam , *Quæ
sunt* , inquit, *Potestates , a Deo ordinatæ sunt . . . Cujus enim jussu homines nascuntur , hujus jussu & Reges constituuntur* ; Tertullianum , qui Apolog. cap. 30. non tam suam , quam tum quæ
omnium esset , de Imperatoriæ potestatis origine , opinionem ex-
promens , *Inde Imperator* , ait , *unde & homo , antequam Imperator . Inde potestas illi , unde & Spiritus* ; cap. 34. eumdem a
Domino electum , & lib. ad Scapulam cap. 2. solo Deo minorem
adfirmat ; S. Epiphanium, qui Hær. 40. hæc in eamdem rem habet : *Ubi vides ne , ut hæc Mundi potestas a Deo stabilita sit , gladiique jus obtineat ? Neque vero id aliunde , quam a Deo ad vindicandum accipit* ; S. Joh. Chrysostomum , qui hom. 23. in epist.
ad Rom., & S. Isidorum Pelus. , qui lib. 2. ep. 216. ad Dionysium
ab hac se profecto ne hilum quidem abfuisse opinione patefaciunt ;
S. Optatum , qui lib. 3. adv. Parmen. p. 65. edit. Albasp. solum
Deum supra Imperatorem statuit : *Quum super Imperatorem ,
scribens , non sit , nisi solus Deus , qui fecit Imperatorem &c.* ;
S. Augustinum, qui de Civit. lib. 5. cap. 21. de Deo O. M. Imperii
largitore supremo sic loquitur : *Qui Augusto , ipse & Neroni .
Qui Vespasiani , vel Patri , vel Filio . . . ipse & Domitiano . . .
Qui Constantino , ipse & Apostatæ Juliano dedit* , Imperium scilicet ; S. Gregorium Turon. , qui lib. 5. hist. Franc., quæ sibi de
Regia potestate hæreret opinio , hisce, quibus Francorum Regem
affatur , verbis explicat : *Si quis de nobis , o Rex , justitiæ trami-
tes transcendere voluerit , a te corripi potest : Si vero Tu excesseris,*
quis

quis te corripiet ? *Loquimur enim tibi, sed si volueris , audis , si*
autem nolueris , quis te damnabit , nisi is , qui se pronuntiavit esse
Justitiam ? SS. Patribus adstipulari Sacros Canones suadere conantur . Ita Can. 8. *Quoniam* Dist. 10. ex epistola 7. S. Nicolai I. , non vero ex S. Cypriano , uti perperam , quod frequenter
solet , eidem tribuit Gratianus , quo habetur a Christo Deo-Ho-
mine actibus propriis , dignitatibusque distinctis officia potestatis.
utriusque (Regiæ scilicet,& Pontificiæ) fuisse discreta . Can. 10.
Duo sunt Dist. 96. ex epist. 4. S. Gelasii , quo adfirmatur duas esse Potestates , quibus adspectabilis Mundus hic regitur , Pontificiam , & Regiam ; Divina quoque dispositione Imperium Regi
esse collatum . Can. 5, & 8. Synodi Parisiensis V. au. 829. lib.3.
apud Harduinum To. 4. p. 1338 , & 1342 , quo loci testimoniis
Proverb. cap. 8. v. 15 , Hierem. cap. 17. v. 5 , seq., ac Daniel.
cap. 4. v. 14 , & cap. 5. v. 21. innixi Patres in hanc de Regiæ
potestatis origine prodiere sententiam : *Nemo Regum a progeni-*
toribus Regnum sibi administrari , sed a Deo veraciter , atque hu-
militer credere debet dari &c. Quorum similia habent Synodi
Lauriacensis an. 843. Can. 3 , apud Jvonem par. 16. cap. 23 , &.
Troslejana an. 909. Can. 2. apud Hard. To. 6. par. 1. p. 507 ,
seq. Sacris Canonibus adsociari Imperatorum effata , legesque
ostendere demum instituunt . Ita Titi Imperatoris fuisse dictum
apud Aurelium Victorem Epitom. cap. 10: *Potestates sato dari .*
Ita M. Antonini nobile ἀπόφθεγμα referri a Xiphilino in ipsius.
vita p. 271. : *Nemo, nisi solus Deus , Judex Principis esse potest.*
Ita M. Aurelii , qui apud Balthasarem ab Ayala lib. 1. de Jure
Belli cap. 2. pag. 26. dicere solebat : solum *Deum de Principi-*
pus judicare . Ita Justiniani Imp. Novel. 6. Collat. 1. tit. 6. eximium illud effatum legi : *Maxima in hominibus sunt dona Dei ,*
a superna collata Clementia , Sacerdotium , & Imperium ; &. il-
lud quidem Divinis ministrans, hoc autem humanis præsidens . Ita
Vitigis Gothorum Regis apud Cassiodorum Variar. lib. 10. cap. 31:
Caussa Regiæ potestatis, inquientis, *supernis est applicanda judiciis :*
quandoquidem illa e Cælo petita est, & solo Cælo debet innocentiam.
Ita & in Formula Præfect. Urbanæ lib. 6. cap. 4. : *Rex alteri, di-*
cere solebat, subdi non possumus, quia Judices non habemus. . Hinc
& Ho-

& Homerus Iliad. lib. 1. v. 197. : τιμὴ δ'ἐκ Διός ἐσιιαb *Jove sum-*
mus bonos . Hinc & inter Essenorum placita Josephus de Bello
Jud. lib. 2. cap. 8. §. 7. edit. Hudson. , & Porphyrius de Absti-
nent. lib. 4. p. 389. memorant : *Non sine Divina quadam provi-*
dentia pervenisse Reges ad summam de omnibus potestatem . Hinc
& Plinius in panegyr. ad Trajanum eum indubitanter *Divinitus*
constitutum, non occulta potestate Fatorum, sed ab Jove ipso palam
electum pronuntiare non dubitavit . His itaque , similibusque su-
co plenis quidem , sed pondere vaciiis verbis pro Divina Imperatoriæ potestatis origine pugnant , eoque perverso sane consilio ,
ut potestatem deinde laicam in superiorem erigant locum .

Verumtamen quod primo ad utriusque potestatis Regiæ , ac
Pontificiæ comparationem spectat , longum , latumque inter
utramque discrimen intercedere consestim advertet , qui captus
oculis prorsus non sit , in eo positum , quod Ecclesiastica potestas
immediate , atque plenissime a Deo collata fuit S. Petro , ejusque
ex asse successoribus , a quibus in potestatis ejusdem partem vocantur Episcopi : Unde tota in genere, ceu Scholæ loquuntur, est
in Romano Pontifice , in specie vero, particulatimque transmissa
in Episcopos . Qua de re abunde, invicteque, si mea non me fallit
opinio , disputatum Vind. Par. 2. To. 4. Art. 8.§. 1 p. 302, seqq.
Politicam econtra in genere quidem a Deo esse immediate in con-
fesso est , sed ab eo toti Generis humani universitati ab initio collatam , a quo deinde in specie vel in unum , vel in plures translata fuerit , indeque subortas diversas Regiminis formas , speciei-
que , hactenus disputata evincunt . Unde sit evidens Potestatem
laicam in specie quidem e Jure Gentium proficisci , Ecclesiasticam vero Pontificii esse Juris particulam . Atque hoc utique sensu accipi S. Scripturæ loca , sicubi Reges ex Deo regnare dicantur , tam recte possunt , quam probe debent . Ita nempe , velut
apposite Bellarminus explicat in respons. ad Theologi cujusdam
epist. super Censuris a Paulo V. adversus Venetos latis , ut Regibus
immediate quidem a Deo collata potestas non fuerit, bene vero mediate , medio nempe titulo vel Electionis , vel Hæreditatis , vel
Donationis, vel justi Belli, quorum alterutro Regnum illi adquisi-
verint . Enim vero si hominibus fas vivere absque Rege fuisset, non
fuis-

fuisset utique, cur se Regibus commisissent regendos. Sed quoniam
neque pace frui, neque felicitate potiri secure, facile sibi permissum eundo, experiundoque didicerant, propterea quod ambitio,
quod avaritia, quod invidia, quod incontinentia, quod ira, quod
inconstantia, aliaque multa hujusce genus mala vitam traducere
incommodam, miseriisque affectam innumeris cogerent, factum
inde, ut satius, consultiusque ducerent uni se se Regi, vel pluribus a Republica delectis in potestatem concedere, a quo, vel a
quibus tam suis praesentissime iretur cautum malis, quam provi-
dentissime bonis consultum suis. Atque hoc utique sensu a S. Petro Civilis potestas, non Divina institutio, sed Humana ordinatio
epist. 1. c. 2. v. 13. verbis illis vocata est: *Subjecti estote omni humanae Creaturae*: ubi Graecus textus habet: πάσῃ ἀνθρωπίνῃ κτίσει,
omni humanae Ordinationi; cui plane lectioni suffragantur Graeca Scholia, Didymus, ac S. Augustinus, eamque tuentur ex
Heterodoxis Zegerus, & Grotius ad hunc locum Critic. Sacr.
Tom. 5. pag. 2688, & 1694. edit. Francof., κτίσις enim Crea-
turam nedum, sed etiam Ordinationem significat. In Scripturis igitur ea Reges a Deo esse dicuntur ratione, qua & leges humanae dicuntur esse a Deo: quatenus nempe Deo accepta ea
refertur potestas, qua se regendi, legesque condendi hominum
universitas in Reges transtulit. Quis enim alioqui cum Divinis
humanas commisceat leges, atque ad Divinum legum humanarum ordinem transferat? Laicis ergo Potestatibus, legibusque in
iis, quae Civilis quidem ordinis sunt, nec Ecclesiasticis contra-
eunt institutis, obedientiam, etiam a Clericis, impendendam
eisque obligari vi coactiva non utique, siquidem a Foro civili exemptos ostendemus Clericos, sed directiva, ex S. Scriptura Nostrates
quoque homines docent, inter quos adeundi Bellarminus lib. 1.
de Cleric. c. 28, Suarez de Legib. lib. 3. c. 33. n. 13, Stadlmayr
de Leg. cap. 4, Mezger disp. 35. art. 5. n. 18, Petschacher de Leg.
Q. 4. art. 11. §. 4, Engel de Conflit. n. 35, Kunigh ibid. n. 11, Gletle
Jurisp. fund. lib. 2. c. 4, §. 5. n. 14, quibus adstipulantur Schmier
Jurisp. Can. Civ. lib. 1. tra?. 1. c. 7. §. 2, Concl. 3, Gabriel Antoine
de Leg. c. 4. q. 4. &c. Non sequitur hinc tamen, quod laicae vicissim
Potestati las sit negotiis, legibusque Ecclesiasticis se implicare,

multoque minus Ecclefiafticæ propriam exæquare , aut præferre ,
quafi fupra Ecclefiafticas perfonas loco fuperiori laica poteflas fit
pofita . Pofitos enim , non Principes , fed Epifcopos regere Ecclefiam Dei docet Apoftolus Act. cap. 20. v. 28, & Epifcopis obediendum ab omnibus Hebræor. cap. 13. v. 17. Sed hac de re fufius
fuo infra loco . Nequę vero ab hac mens altera SS. Patribus inerat . Regibus , poft Apoftolorum par SS. Petrum , & Paulum ,
timorem , honorem , tributum deberi jure optimeque docuit Auctor Conft. Apoftol., quis id , nifi Monarchomachus , invideat ?
A Deo vero electos ideo Reges dixit , quod non abfque prævio
Dei nutu Regnum adepti fint , ut mox uberius explicandum erit .
S. Irenæi aliud erat inftitutum : ut enim oftenderet Diabolum
mendaciis femper affuetum , eum fpendide mentitum adfirmat ,
dum Chrifto D. temere dixit : *Hæc omnia mihi tradita funt , &*
cui volo , do illa Luc. cap. 4. v. 6. Regna enim a Deo effe determi-
nata , a Deoque pro voluntate diftribui dicit : at immediate a Deo
inftituta non dicit . Nec erat fane , cur diceret vir intelligens hominum pactis Imperia ftabiliri , mutari , transferri . Id ergo dumtaxat intellexit Deo probata Imperia ire , Deique providentia ita
difponi , quomodo Imperium ipfum probatum fuiffet, difpofitum-
que , fi penes hominum univerfitatem integrum perpetuo ftetif-
fet . Tertullianus adverfus Ethnicos difputans in id incumbebat ,
ut efficeret non Diis gentium , Dæmoniifque , prout ipfi putabant
apud Martialem lib. 7. Epigr. 59, pro Imperatoribus litandum
fore , precefque fundendas , fed uni Deo vero Generis humani conditori , a quo , non ab illis , Imperium dari , fub cujufque , non
fub illorum , poteftate degere Imperatores dicebat : ab eo , inquam , effe Imperia , ac fub eo Imperatores effe , a quo funt , &
fub quo funt homines ; ideft eadem Dei voluntate fieri Imperatores , qua facti funt homines . Ex quibus ineptum eft plane , Ini-
quumque conficere Juris Divini effe Imperium . Nam ita concludere perinde liceret , nihil non effe Divini Juris , nihil fiquidem
fit , quod a Deo non proveniat , dependeatque - Ea vero ratione
lib. ad Scapul. Imperatorem folo Deo minorem , & a Deo fecundum adfirmat , quod in rebus mere Civilibus fuperiorem non agno-
fcas , quin adfirmet tamen eumdem legibus pariter Ecclefiafticis
effe

esse absolutum, quinve de immediata, vel mediata Imperatoriæ potestatis origine cogitaverit. S. Johannis Chrysostomi, ac S.Isidori Pelusiotæ, qui eumdem pene exscripsit, plana, nihilque obscura sententia est Principatum quidem, seu Civilem potestatem, non quosque Principes, a Deo constitui, seu Divinæ sapientiæ opus esse, unde loco cit. sic loquitur: *Quod Principatus sunt, quodque nec fluÆrum instar Populi huc, atque illuc circumaguntur, Divinæ sapientiæ opus esse dico. Propterea non dicit* (S. Paulus): *Non enim Princeps est, nisi a Deo, sed de re ipsa disserit dicens: Non enim potestas est, nisi a Deo.* Quod eodem recidit, ac si dixisset, sicut humana cetera non fato, non casu fiunt, sed Dei voluntate, ac providentia, sic Civilem potestatem fuisse dispositam, ordinatamque. S. Epiphanius adversus Archonticos disputans, qui Dei veri dominationem contemptui habentes, septimi Cæli supremo loco Principem Sabaoth collocabant, eique summam potestatis tribuebant, ad terrenas eos Potestates provocabat, quas ab uno Deo vero stabilitas, gladiique jus obtinuisse demonstrat. Donatistas similiter disputatione adgressus S. Optatus, qui tum adversus Imperatoriam potestatem super bas erigentes cervices nihil ipsi cum Ecclesia esse jactabant, quorumque antesignanus Donatus super Imperatorem semet extollens, ipsius eleemosynas pauperibus erogandas recipi prohibuerat, Imperatorem suprema in Civilium administratione frui, defungique potestate dicebat, quod & libenter largiuntur, atque pro ipso, velut Apostolus præcipit, orandum fore, sub ipso siquidem quietam vitam degere Christianis jam tum fas esset. Quin ei tamen menti succurreret cogitandi de Imperatoriæ potestatis Divina institutione, aut de Juris Ecclesiastici convellendi potestate Imperatori insita. Sed de S. Optati sententia adhuc apertius seq. Articulo. Quia vero alii neque deerant Hæretici, quales Manichæi, quos postea Anabaptistæ presso sequuti sunt vestigio, de quibus agit S. Augustinus lib. de Natura boni, & mali cap. 32, qui non a bono Deo, sed a malo Dæmone Civilem potestatem ortum duxisse, eamque ideo non bonam, sed malam esse dicebant: & quia vicissim Ethnicis Imperia a falsis Diis impartiri persuasum erat, ideo S. Doctori mens erat demonstrare ab uno Deo vero Civilem potestatem descen-

I 2

scen-

fcendere , Divinaque providentia Imperia diſtribui . Nihil interea cogitans de aliquo præterea quopiam Divini juris Imperatoribus largiendo , id unum piorum Imperatorum perpetuam eſſe
munus docebat , Eccleſiam tueri , ſeveriſque legibus , ac pœnis
Hæreticos , Schiſmaticos , & blaſphemos ab Eccleſia damnatos
coercere epiſt. 48, 50, & 165. S. Gregorii Turon. denique loquu-
tio eò ſpectat dumtaxat , ut Regum potentiam eo loco poſitam
indicet , quo vim pati , ſubigique pœnis nequeat , quin tamen
Eccleſiæ poteſtatem adimat , qua illos corripere , & ad recti , juſtique tramitem revocare inſtituat . Confer , quæ hoc de S. Gregorii loco diſputat illuſt.Comes de Boulainvilliers hiſt.vet.Regim.
Francor. To.1. p 52. ſeqq. edit. Lugd. Batav. Neque magis vero
Canonum urgemur auctoritate . Nam ex S. Nicolao depromptus
alia quidem Imperatoris , alia Pontificis officia a Chriſto D. fuiſſe diſtincta inſinuat , quin vel leviter indicet a Deo Imperium
fuiſſe inſtitutum . Ex S.Gelaſio vero prolatus contrarium potius
ſuadet , non ad Imperatoriam Pontificiam, ſed e converſo ad Pontificiam Imperatoriam accommodandam eſſe auctoritatem admonens , & oſtendens . Utriuſque igitur ſententia ab Imperatoribus
Religionis defenſio utique ſuſcipienda eſt , quin tamen ſas eiſdem
ſit in Religionis ſe ſe cauſſas ingerere . Qua in ſententia pariter
concordant Can. 3. *Certum* , Can. 6. *Suſcipitis* Diſt. 10, Can. 2.
Bene quidem , Can. 11. *Si Imperator* diſt. 96, Cap. 6. *Solita* Decret. lib. 1. tit. 33. *de Majorit.*, & *Obed.* ex Innocentio III, &
Extravag. 1. *Unam Sanctam* eodem titulo ex Bonifacio VIII; pa-
reſque ſtetere SS. Anaſtaſius II. in epiſt. ad homonymum Imperat. , Gregorius M. lib. 4. epiſt. 44. ad Leontiam Aug. , &
lib. 9. epiſt. 60. ad Regem Angl. , & Agatho in epiſt. ad Conſtantinum . Nihil amplius ex Synodo Parifienſi extundi poteſt ,
quam eo demum optimo dictum jure a Progenitoribus non accipi Regnum , quod immediate Populi conſenſui acceptum referri debeat , ideoque mediate Deo ipſi , a quo Populo ab initio
conceſſum fuerat , atque ab iſto in Reges ſubinde translatum .
Quo plane ſenſu intelligendum fore objectum Canonem ex iis ,
quæ ſtatim poſt ſequuntur , ſit manifeſtum , quæ ſic habent :
Multi namque munere Divino , multi etiam Dei permiſſu re-
gnant :

gnant . *Qui pie , & jufte , & miferitorditer regnant , fine dubio per Deum regnant* . *Qui vero fecus , non ejus munere , fed
permiffu tantum regnant* . Ubi vides fermonem inftitui non de
Regiæ poteftatis origine , fed de bono , maloque ejufdem poteftatis ufu . Atque hoc ipfo facili loquuti profecto fenfu intelligendi funt Patres Synodi tam Lauriacenfis , quam Troslejanæ :
quibus adjungendæ Aquifgranenfis II. an. 836. tit. *De Perfona
Regis* &c. cap. 1 , feqq., ac Mantalenfis an. 879. in legat. ad Bu-
fonem Reg. , ubi graviffimis verbis officii , religionifque erga Ecclefiam Reges admonentur , aliæque quamplures , in quibus frequens adverfus laicas Poteftates animadverfum feqq. Articulis
planum fiet . Quod ad Imperatorum , ac Regum effata , legefque
poftremo fpectat , parum hac in re negotii faceffunt : fiquidem
illorum non fit de Imperii inftitutione , Divina fit , an humana ,
decernere . Sed enim quo demum fenfu Imperatorum dicta de Imperio fibi Divinitus tradito accipi debeant , abunde fuperius eft
demonftratum . Nempe a Deo immediate minime Imperium proficifci, fed ex Populi confenfu, a quo in Imperatores fuerit tranflatum , quod Deus probavit . Atque ita celebriores Jurifperiti
ultrocitroque fateri non dubitarunt , velut Pomponius ff. lib. 1.
tit. 2. cap. 2. §. 9 : *Quia* , inquiens, *difficile Plebs convenire cœpit , neceffitas ipfa curam Reipublica ad Senatum deduxit* . Ita
de Regimine primum Ariftocratico , & §. 11. ita perinde de Mo-
narchico : *Sicut ad pauciores,* fubjungens, *Juris conftituendi via
tranfiffe , ipfis rebus dictantibus , videbatur , per partes evenit , ut
neceffe effet Reipublica per unam confuli* ... *Igitur conftitut9 Principe , datum eft ei Jus , ut quod conftituiffet , ratum effet* . Velut
etiam Ulpianus lib. eod. tit. 4. De Conftit. Princip. cap. 1. , ubi
Populi voluntate adquifitum a Principe Imperium diftincte hifce
adfirmat verbis : *Quod Principi placuit , legis habet vigorem* :
u s pote quum lege Regia (de qua tamen contra Ulpiani interpretationem fuperius eft difputatam) *quæ de Imperio ejus lata eft, Populus ei , & in eum omne fuum Imperium , & poteftatem contule-
rit* . Qua denique ratione accipi debeant Principum Sanctiones
circa res Ecclefiafticas , abunde , opinor , dictum eft Vind. To. 5.
Art. 5. in Proleg. , ut non opus propterea fit dicta refingere . Qui
fi præ-

fi præterea facultatis propriæ fines aliquando transgressi leguntur, quid inde ? Exinde certe non est concludere, ideo fieri licuisse , quod facilitatum quandoque fuerit : fiquidem pessimi sit argumenti genus ex perperam factis , perque nefas , jus faciendi exsculpere . Sed enim verius si qua præcepta , si qua pœnas circa
Ecclesiasticas caussas decrevisse Principes leguntur , velut in Codice utroque passim Theodos. , & Justin. , non id proprio arbitratu, sed ex Ecclesiæ præscripto totum actum est . Quocirca Petrus,
& Franciscus Pithœi Fratres in Not. ad LL. 42. , & seqq. Cod.
Just. De Episcopis , Clericis &c. recte observarunt ex Synodorum
Statutis , ac SS. Patrum , & Pontificum dictis , decretisque eas
utplurimum leges expressas fuisse:ut proinde non aliud egisse Imperatores videri debeant , quam ut ab Ecclesia rite , sanctæque
sancita , quod persemet non semper, quod non ubique , quod non
penes omnes præstare ipsa valebat , vindicarent , ac sarta , rectaque servari curarent . Quod ob egregium præstitum Ecclesiæ officium, ingentibus persæpe laudum elogiis ab ipsa mactatos Principes ignorat nemo , qui Ecclesiastica in historia omnino hospes
non sit . Atque hoc de argumento hactenus .

De Potestatis Ecclesiasticæ a Civili independentia ,
quinimo supra Civilem præstantia .

ARTICULUS II.

SEquitur ex his , quod Ecclesiastica potestas, sicuti præ Civili
Divinam sortita est originem , ita supra Civilem gradu , dignitateque fuerit exaltata. Quamquam etsi Civilis potestas a
Deo immediate profecta concederetur , nec alter deesset titulus,
quo sub Ecclesiasticæ jugo degere ipsam oporteret , veluti res inferioris ordinis , ejusdem originis etsi , superioris rei ordinis subordinari debet : sicut in simili de Episcopali , etsi speciei ejusdem, Pontificiæ subordinata, subjectaque dicebamus Vind. Par.2.
To. 4. Art. 8. §. 1. Quam igitur perperam agunt , qui Potestati
laicæ in re , ac regimine Ecclesiæ partes , aut imo primas tribuere
partes pro sua vel erga Principes κολακείᾳ , vel erga Pontifices
ἀντιπαθείᾳ non verentur , tam ii profecto imprudentissime Sacerdotium

dotium cum Imperio committunt, infanoque confilio Sacerdotii
cauſſam non modo, ſed & Imperii, ut videre debebant, elevant,
& evertunt. Loco enim ſuo, ut ſtet utrumque ſecure, fines intra ſuos cohibere ſe utriuſque Jura debent, quo ſi excedant, ut
unum alterius locum occupet, inque ipſius limites irrumpat, vel
ab ſuo idem ipſum dilabi conſequens eſt, & neceſſe. Deinde intelligere demum illos velim, eo ipſo quo Poteſtas aliqua ſuprema eſt, non continuo ſequi, ut altera ſit ſuperior, quum una par
alteri, ac utraque ſuo in genere ſuprema eſſe poſſit: quod locum
in poteſtatibus tam Regiis, quam Epiſcopalibus invicem comparatis habere nemo non perſpicit. Quid vero, quod Imperialis, ac
Regia etſi ſuo in genere ſuprema ſit, origine tamen, ac natura
humana eſt, ac temporalis, Eccleſiaſtica vero Divina eſt, ac ſpiritualis, quo fit, ut illa præſtantior ſit, ac ſuperior? Ego igitur
eo uno affectus conſilio, ut quibus præſto, infirmis valdequam
etſi, viribus, Sacerdotii, Imperiique concordiam in tuto collocatam velim, in hac tractatione mihi ſic temperabo, ut Eccleſiaſticæ poteſtatis excellentiam Poteſtatibus etiam laicis reveren-
dam, ſuſpiciendamque exponam utique, quin interea poſtremis
hiſce vel leve quidpiam derogatum velim: unde cum Principalium
jurium patronis ſic congrediar, agamque, ut horum quidem of-
fucias depellere inſtituam, illorum vero legitimis juribus inferre vim, injuriamque ſummopere caveam. Age vero eorum in
anteceſſum, qui collato veluti pede, acieque inſtructa ſuperiori
de loco poteſtatem deturbare Eccleſiaſticam, Civilemque ſufficere adgrediuntur, cum quibuſque conferenda pugna eſt, præſtat
habere delectum, brevemque exhibere elenchum. Et Græcorum
porro, & Latinorum perinde Imperatores quamplures eam olim
pervaſiſſe inſaniam Articulo ſuperiori obſervatum eſt, ut Civili
Principatu haud contenti, Eccleſiaſticum pariter occupare, po-
tioreſque Spiritualis poteſtatis ad ſe rapere partes auſi fuerint.
Jam vero pervaſionem iſtam, ac præoccupationem ſententia ut
ſubſiſterent ſui Proteſtantes, iniquo pro ingenio tam capiendæ
Principum auræ, quam odii pluſquam vatiniani in Eccleſiam ef-
fundendi, quo Principalibus amplificandis juribus ſibi incumbendum, eo Eccleſiaſticæ coarctandæ juriſdictioni animum caterva-

tim

tim admovendum inftituerunt . Atque in his primo quidem loco
Anglo-Presbyteriani fic ftatuunt : Ecclefiæ nullum regimen, nullam jurifdictionem , nullum forum , nullam facultatem condenli
leges, cenfuras ferendi, infligendi pœnas a Chrifto D. fuiffe concreditam, fed unam factam Clavium poteftatem, quæ in fola Verbi prædicatione confiftat ; ac proinde Civili Ecclefiam Magiftratui effe fubjectam, a Magiftratus vero Chriftiani mera delegatio-
ne , ac indulgentia omnem, quam exercet, auctoritatem dependere ; ideoque omnium in Chriftiana Republica fupremum Tribunal
Magiftratum effe laicum , in quem a Principe derivatur poteftas .
Anglo-Epifcopales viciffim Epifcoporum quidem auctoritatem
Divina inftitutione niti perfuafum habent, Regem tamen ita obfervant, quafi ex ipfo omnis in Epifcopos promanet jurifdictio :
Principi fummam itidem poteftatem de Sacris etiam rebus tribuere non dubitant, Ecclefiæ docere tantummodo , non imperare ,
permittentes , Confeffioniftæ Belgici, Helvetici, Bafileenfes , Auguftani &c. , quos preffo fequuti funt pede , præter eos quamplures , de quibus fuperiori dicto articulo eft , Brentius, Hamel-
mannus , Bucerus , Mufculus , Ivellus , Witacherus , Reinoldus,
Cafaubonus, Paraeus, Burhillus , Tocherus , Heerbrandus, Grotius , Eraftus , Budeus , Wilierius , Leydecherus , Utenbogeer-
tius , Ludov. Molinæus , Goldaftus , Strychius , Walæus , Maccovius , Vedelius, Chromajerus , Riperus, Reinhardus , Henninges , in Anglia quidam alii, qui ibi Highfliers appellantur, Hobbefius , Limborchius Theolog. Chrift. lib. 5. cap. 63. §. 32 , Zimermannus Opufc. Theolog. , Hift. , & Philofoph. Argumenti
To. 1. par. 1. medit. 12. n. 14. feqq. ac To. 2. par. 2. differt. de
Crimine hæretificat., par. 4. §. 9. , par. 6. §. 7. , & in Orat. de
Imagine Theologi contentiofi , ubi Magiftratui laico circa Religionis publicum regimen Jus tribuit integrum quidem , in Con-
fcientias tamen negat, quin etiam poft Heiddegerum in Theolog.
& Werenfelfium de Jure Magift. in Confcient. , ftatuit non ei
fummppere curandum de fingulis Confeffionis articulis, deque
Controverfiis haud capitalibus , ne videlicet ob his fac le inter-
turbetur pax , & tranquilitas ; quo modo factum inter Tigurinos
ipfos doluiffe Bullingerum refert , in Belgio Coccejanos inter ,
                               & Voe-

& Voetianos ex Witſio memorat, inter Remonſtrantes ex Clerico eradit, & in Boruſſia inter Miniſtros Stargardienſes, ideo a Friderico III. Rege graviſſimis objurgatos. Quibus adſtipulari non erubuere Anonymi Galli duo, Auctor nempe libelli inſcripti: *Examen du precis de ce, qui s'eſt paſſè à l' Aſſemblée general du Clergé du* 1755. p. 41., ubi ab Eccleſia leges ſerri non poſſe, ſed ad Regis id officium pertinere obgannit, alterqoe In Opuſc. inſcripto: *Diſcours ſur la puiſſance du Pape, ou ſur l'biſtoire Eccleſ. Pariſ.* 1756., ubi p. 24. ſeqq. Imperatoribus Pontifices, & Epiſcopos obnoxios agere non eſt veritus. Mediam vero tenuere viam, ac Epiſcopis ſuam adſerentes poteſtatem, non omnem Magiſtratui detulere Beza lib. de Hæreticis a Magiſtratu punien., qui Eraſtum reſellit, Epiſcopius in diſſert. de Jure Magiſtr. circa Sacra, Joh. Brown in libris adverſ. Wolzogeninm, & Velthuſium, ſive adverſ. Latinos, & Eraſtianos Amſtel. 1670, Guillel. Apollonius de Jure Majeſt. circa Sacra adv. Vedelium Mediobutgi 1642., Burnetus hiſt. Regn. Angl. par. 1. lib. 2, Triglandius in ° Antapol. adverſ. Remonſtrantes, qui Vedelium etiam oppugnavit &c. Ad Catholicorum vero ſententiam magis accedere viſi ſunt Joh. Gerardus Voſſius in epiſt. inter epiſt. Eccleſ. Theolog. Doctor. Viror. edit. Colomeſii, & Limborchii, a quo reſutatus Valæus eſt, Thorndicius in orig. Eccleſ., ſive de Jure, & poteſt. Eccleſ., Samuel Bochartus in epiſt. ad Motlejum To. 2. Oper., Richardus Hooker lib. de regim. Eccleſ., qui Gualtherum Traverſium ſecta Puritanum reſutavit, Eduardus Pocok, qui Jurare in independentiam, & ſuprematiam noluit, Guillelmus Sacroſ Archiep. Cantuar., qni Willelmo Regi fidelitatis ſacramento ſe obſtringere pariter abnuit an. 1694, Guillelmns Laudos Cantuar. etiam Archiep. pro Eccl. Gallic. adverſus Fiſherum Soc. J., Thomas Bennet de Juribus Cleri in Eccl. Chriſ. in 8. Lond. 1711, in apolog. Eccleſ. Angl. art. 20. &c., Hammondus diſſert. 4 de Epiſcopatus Juribus adverſ. Blondellum, alioſque, Guſpar Schioppius in Eccleſiaſtico auctoritati Jacobi Angl. Regis oppoſito, & in Collyrio Regio, ac ſyntagmate de cultu, & honore 1611., Richardus Cumberlandus de legib. natur. cap 7. §. 13, ubi locum a Bentlejo abraſum reſtimie Barbeyraccius ibid. in Not., Henricus

Dodvvellus in parænesi de nupero Schismate Anglic.,qua Episcoporum a Magistratu Sæculari independentiam adstruit, aliique,
quos recensere ad unum omnes res esset tædio plena . Præ quibus
tamen Ecclesiasticam potestatem loco suoLaica quacumque præstantiori collocare, stabilireque conati sunt Theologi nostrates,
quorum familiam duxere S.Anselmus Lucen. in Apologetico Contra eos, qui dicunt Regali potestati Christi Ecclesiam subjacere, cum
aliis edito a Wadingo Romæ 1657, Jacobus de Ancharano lib.
de Monarchia Papæ, quem ideo blasphemum impie dicere ausus
est Carolus Mulinæus, Reginaldus Polus in libris 4. pro defensione unitatis Ecclesiæ adversus Richardum Sampsonem, a quo
postea liber contra Papæ Primatum editus Henrici VIII. jussu
retractatus est, Petrus Soto in assert. Cathol. fidei circa Articulos Confess. Ducis Wirtenberg. nomine oblatæ in Concil. Trid.,
& in defens. ejusdem Cathol.Confess., & Scholior., Albertus Pighius de Hier. Eccles., Baronius ad an. 752. n. 8., Coeffetellus
in resp. ad Jacobum I. Angl. Reg., Bellarminus de Rom. Pontif.
lib. 1. cap. 7, Michael Walpolus Soc. J. in admonit. ad Catholicos Angl. circa Edictum Jacobi Reg., Thomas Fitzherbertus
ejusdem Societ. de Politia, & Relig., & de Juram. fidelit. adversus Andream Lancellotum, & Robertum Widringthonum, Antonius Capellus advers. prætensum Primatum Ecclesiæ Regiæ
Angl., de captioso Juram. proposito Anglis Cathol., & de usurpata spirit. Jurisd. ejusdem Regni Paris. 1625, Franciscus Aven-
portus Ord. Min. in Apolog. Episcop. Colon. 1640., Stephanus
Austerius de potestate Eccles. super laicam, Nicolaus Petitpied
Senior de Jure Eccles. in admin. Just. Sæcul., Bossuetius defens.
Decl. par. 1. lib. 11.cap. 33,Blancus de potest., & polit. Eccles.
Tom. 1. lib. 1, Mamachius antiq. Christ. lib. 4. par. 1. cap. 2.
§. 3, aliique plures, quibus recensendis supersedeo. De potestate Ecclesiastica supra Laicam multa passim disserens Gratianus,
ideoque inique redargutus a Gilberto viden., ut recte vindicetur
a Michaele a S. Joseph Bibliograph. Crit. To. 2. p. 142., seqq.

Sed enim quænam præpostera est ista, & perversa Protestantium agendi ratio, dum aliud dictis, aliud factis docent ? Dum
nempe pro laica Potestate, cui primas in Ecclesiæ regimine tribuunt,

buunt, adversus Ecclesiasticam pugnam instituere haud dubitant,
contra vicissim Potestates ipsas laicas pro Sacris suis, si quando illas infensas persentiscant , arma, virumque canere minime exhor-
rescunt , veluti fuse ostenderunt Erasmus hyperaspist. lib. 1. fol.
109, & in epist. ad Vulturium Neocomum, ac Bossuetius hist. Variat. lib. 1. n. 1, lib. 8. n. 1. seq., lib. 10. n. 24, seqq., & in de.
fenf. Variat. adversus Basnagium ê Istius sane specimen insaniæ in
fœdere Smalchaldico adversus Carolum V. intueri licet , quod
opus fuisse excogitatum , promotumque a Luthero , a Zuvinglio,
a Bucero, ab Urbano Regis testimoniis Melanchthonis , Bezæ , &
Sleidani ostendunt Raynaldus ad an. 1537. n. 14, & Bossuetius
Va riat. lib. 4. n. 1, seqq. Eodem Sleidano referente lib. 16 , adversus Principes, quos suis adversos Sectis sentirent, arma capes-
senda furore quodam perciti docere non destitere Lutherus in
disput. an. 1540. prop. 59 , seqq. , Calvinus in Daniel. cap. 6 ,
& Joh. Knoxus in admonit. ad Nobil. , & Popul. Scotiæ . In Co.
mitiis Parisiis habitis an. 1562. a Calvinistis conspiratum in
Galliæ Regem testatur Beza hist. Eccl. lib. 6, qui ejusmodi conspirationis præcipuus incentor , promotorque fuit : qua de re edita Parif. eodem anno 1562. *Defensio prima Religionis , & Regis
adversus exitiosas factiones Calvini , Bezæ , & Hostomanni* . Eodem anno , ab eisdem Calvinistis tum in Comitiis Aureliani habitis , teste Castelnavo Memor. lib. 3, tum in Comitiis ad Johannis
Fanum , tum in Synodo Mediolani in Santonibus , teste Thuano
hist. To. 3. lib. 30. p. 278, seqq., deliberatum, licere utique adversus Reges pro Religionis defensione pugnare . Quis vero Castelnavo, ac Thuano duumviris e Protestantium grege hac in re
fidem deneget? Testis oculatus accedit Santacrucius Pii IV. Nun-
cius , Parisiis tum degens, ac deinde S.R. Ecclesiæ Cardinalis am-
pliss. in epist. die 13, & 17. April. an. 1562, die 23. Febr. 1563, ac
19. Mart. 1572 ad S. Carolum Borromæum, quas suæ Synodorum
a Calvinistis habitarum in Gallia Collectioni præfigere non dubitavit Joh. AymoCraveta, & ipse sursuris ejusdem, edit. Hagæ Comit. 1710, referens idcirco Calvinistas in Galliar. Regem insur-
rexisse , quod sibi hæresis de prædicandæ licentiam eripuisset . Sed
non opus est partium nostrarum hac in re testes , etsi fide dignissi-

mos , accerfere : auctoribus Beza , Hottomanno , & Spifanio , conſciis, qui in Gallia degebant, Calviniſtis , Genevæ in Galliar. Regem , Principes , Magiſtratus , Proceres , ac Magnates , Catholicæ Religioni quotquot addictiſſimi forent, conſpiratum fuiſſe, dilucide tradit Bolſecus in vita Calvini cap. 21. Calviniſtis in. ſitam univerſim hanc perſuaſionem , quam palam deinde facere non dubitarunt ſub Carolo IX., licere adverſus Principales laicas poteſtates ob Religionis cauſſam decertare, auctor eſt Davila hiſt. Civil. Gall. lib. 4. Qua etiam de perverſa opinione explicitiſſima ſunt placita a Calviniſtis ſuſcepta, deliberataque in Pſeudoſynodo Lugduni habita an. 1563. Art. 47. Quibus ſententia anteceſſerant jam an. 1561. Valdenſes Vallium Angruinæ , vicinaruinque incolæ , nempe licere adverſus Sabaudiæ Duces , avitæ Religionis Catholicæ ſuis in Dominiis retinentiſſimos , ad arma concurrere , teſte Thuano hiſt. lib. 27. Atque hanc perpetuo Calviniſtis in Gallia ſententiam adhæſiſſe adfirmat Auctor libri Gallice inſcripti : *Avis important auxRefugiez* (in Hollandiam) Amſtel. edit. 1690: quod opus Pelizzonio tribuitur a Domino de la Baſtide; Larroquio ab Abbate d' Olives, verius tamen Baylio a Juriæo , a Mezaaco , ab Abbate des Fontaines &c., qua de re fuſe Chauſepié Dict. hiſt. Crit. To. 1. p. 145., ſeq. in Not. , in qua eoſdem confirmare non deſtitere Franc. Hottomannus in *Bruto fulmine* , in *Franco Gallia* &c. , Umbertus Paquet in libro inſcripto *Junius Brutus*, Petrus Juriæus tract. de Eccleſ., contra quem pugnans D. Nicole lib. de unit. Eccleſ., ſive in reſutat. novi Syſtem. Juriæi lib. 3. cap. 10. longe aliam inivit viam , ut ajeret Regum jura a Deo immediate deſcendere , non ſecus ac Illuſt. Boſſuetius To. 4. Oper. Edit. Ven. 1736. Quam doctrinam iſa propriam dumtaxat Calviniſtarum in Gallia eſſe non permiſere , quin ubique gentium Lutheranis quoque , aliiſque ſectariis aſſerent, communemque facerent Helvetis , Germanis, Anglis, Batavis &c., eoſdem ſæculi adverſus Poteſtates inſurgere docentes , adhortanteſque Magdeburgenſes in tract. de Iure Magiſt. in ſubditos an. 1550. Germanice, & 1577. Gallice edito, Proteſtantes Scotia deputati ad Angliæ Aulam an. 1571 , teſte Camdeno Annal. par. 2. ad cit. an., de quibus etiam Jacobus Rex

in Ba.

in Basilico Doro lib. 2. p. 41., Presbyteriani, & Independentes,
Salmasio teste in defens. Regia p. 375, & ipsis ex Anglis, de quibus etiam Bateus de Morib. Angl. p. 76, seqq., tantum non omnes,
qui Republicani nominantur, iique, qui *Levellers*, sive *Com-
planatores* ab omnimoda inter omnes æqualitate dicti sunt, quibusque ortum dedisse Cromvvelum refert Eduar. Clarendonius
hist. Ang., & Acta Lips. Suppl. T. 5. sect. 3. Quibus jungendi Mun-
cerus, & Pfeifferus, & Hoenonius, & Joh. Goodvvinus, Joh.
Miltonus in *Tenure*, sive tract. de Jure Reg., & Magist. ; in Desens. 1, & 2, in Εικονοκλαςη, sive respons. ad Εικων Βασιλικι, &
in tract. de potest. Civili in reb. Ecclef., cui ingens propterea
negotium facessitum est a Gaudentio, a Salmasio, a Petro Moli-
næo, ab Alexandro Moro, a Jacobo Harringtonho, a Rocherio
Lestrangio, aliisque, de quibus Chausepié Dict. hist. Crit. To. 3.
p. 89, seqq. Regnat ubique doctrina hæc Monarchomachica in
Operibus Joh. Audoeni in serm., & Apolog., Davidis Paræi
in Comment. epist. ad Roman., quem pessimum librum manu
carnificis Oxoniæ an. 1622. Universitatis decreto, & Regis jussu combustum refert Grotius in Voto pro pace ad Artic. 16. Confess. August., Philippi ejus filii apud Auctorem Apologiæ pro
Catholicis par. 1. cap. 3, seq., Goodmanni in lib. de Obedient.
p. 25, & 99, ac in Apoleg. p. 14, & 85, Buchanani de Jure Regni Scot. p. 13, & 62, Joh. Althusii in Politica cap. 38, Stephani Jun. Bruti in Vindic. adv. Tyran., (sub quo latere nomine Theodorus Beza videtur Valckenierio in disquisit. de Auctore vind. adv.
Tyran., Philip. Mornæus Duplexius vero Grotio Append. epist.
641. ad Fratrem, & Daubignæo To. 7. lib. 2. cap. 15. p. 91);
Eusebii Philadelphi de Jure Magist. in subditos, in quem Notas
dedit Heylinus lib. 2. *Aerii redivivi*, Anonymi in *Postillone*,
Guillelmi Allen in tract. Polit., quem Cromvvelo inscripsit, Kar-
bodé Schelii de Jure Imperii, Vander - Mullen in differr. de
San ct. sum. Imper. Civil. p. 70, seqq., Rechenbergii in differr.
de Religione armis defensa, Noodto de Religione ab Imperio
Jure gent. libera, Hobbesii Systematis Cromvvelliani acerrimi
fautoris, & defensoris, Casauboni Exercit. 1. n. 4, contra quem
pagnans Andreas Cidonius id obtrudebat, longe periculosius esse

                                                              mul-

multitudini judicium de Regum vita permittere, quam illad Pontifici M. refervare . Sive igitur in Religionem , five in Rempublicam delinquant Imperatores , Regesque, a Populis gradu dejici , quin e medio tolli licite poffe fatis communis eft Proteftantium impia perfuafio, quam calculo confirmate fuo non dubitarunt Conringius Oper. To. 2. §. 13. de Juftitia belli Smalchal diei p. 458, ubi Danis , Svecis , Polonis , Anglis , Germanis, Belgis , Gallis, Lufitanis &c. (e Proteftantium nempe genere) non dubium effe fidenter adfirmat , quin Reges abdicandi poteftas defit Populis , quod facto, (Regum videlicet, in quos hoftiles inferre manus atrocibus Populis religio non fuit , quorum exempla paffim etiam recenfent Nauclerus par. 2. gen. 30, Glaffius hift. Bohem. cap. 33, Mariana lib. 27. rer. Hifp. cap. 8 , Leslæus de reb. , & morib. Scotor. , Petrus Greg. Tholofanus de Republ. lib. 6. cap. 19 , lib. 8. cap. 1, lib. 22. cap. 7 , & lib. 26. capp. 4 , & 6 , Paris de Puteo de Syndic. , de Reg. exceff. , Azorius Inft. moral. To. 2. lib. 11. cap. 5. q. 9, aliique , facto , inquam , quod etiam rationibus adjuvare ex noftris vifi funt Vafquefius Controv. lib. 1. capp. 44, & 47, Boffuetius &c.) confirmatum oftendit; Vitriarius Inft. Jur. publ. lib. 1. tit. 9. n. 4, & Pfeffingerus in Not. p. 915, qui eadem in perfuafione intima effe Arumæum , Buxtorfium , Arnifæum , Lampadium , Reichingium , Carpzovium , Limnæum , Svederum , Hornium &c. fcribit. Perpetuos fe quoque peftilentiffimo in hoc dogmate dedere doctores Henricus Hœnnonius in difput. Polit. difp. 9, Lambertus Danæus in Polit. Chrift. lib. 5. cap. 2 , & lib. 6. cap. 3, Clemens Simplerus Polit. lib. 5. cap. 3. q. 10, Thomas Obrechtus de bello difp. 1 , Bartholom. Kechermannus Syftem. polit. lib. 1. cap. 22, præcit. Theodorus Reichingius de Regim. fæcul. , & Ecclef. lib. 1. claf. 1. cap. 5 , Algernonius Sidney in ferm. de Regimine , & in Cogitatis liberis pro defen. Status &c.; Gronovius in Not. ad Grotium de Jure B. , & P. lib. 1. cap. 4, ubi oppofitam Grotii opinionem exagitat, Coccejus uterque Pater , & filius ibid., & in Syft. Juft. nat., & Rom. lib. 6. cap. 2. §. 638. n. 8, & cap. 3. §. 639. feqq., Barbeyraccius Not. 7. ad lib. 8. Puffendorfii de Jure N., & G. , cap. 8. §. 3, Heineccius ad Puffendorf. de offic. hom., & Civ. lib. 2. cap. 9. §. 4. &c. Con-

tra

tra quos acriter pugnant , Regefque a Populis, aut Regni Comitiis in ordinem redigi , aut Regno privari , exuique non poſſe invicte propugnant Bodinus de Republ. lib. a. cap. 5, Freitas.
de Imperio Aſiar. cap. 15,Albericus Gentilis in diſput. Regalib.,
Barclajus de Regno , & Regali poteſt. lib. 3. cap. 6 , Daniel Ot-
tonus in diſſert. de Jure publ. cap. 10 , Henningius Arniſſæus de
Jure Majeſt. lib. 1. cap. 6 , Irvinus de Jure Regni , Petrus Greg.
Tholoſanus de Republ. lib. 26. cap. 5 , Cunerus Leovardienſis
Epiſcop de offic. Princip. cap. 7, Prynnius , & Gaudenus in defenſ. Reg. Angl.,Ninianus Winzetus in vellitat. contra Buchana-
num, & in flagello Sectariorum, Adamus Blacvodæus in apolog.
pro Regib. , & lib. 2. de Conjunct. Relig., & Imp., Bochartus in
epiſt. ad Morlejum q. 3 , Joh. Beccarius in reſut. Anonymi de
Jure Magiſt. in ſubditos , Grasvinkelius de Jure Majeſt. cap. 9,
Naaman Benſen de ſubjecto ſum. poteſt., Alex. Carrerius de poteſt. Rom. Pontiſ. lib. a cap. 3, Joh. de Turrecremata de Eccleſ.
lib. 2. cap. 114 , Suarez contra Regem Angl. cap. 6 , Bannez
in 2. 2. q. 64. art. 3 , etſi Reipublicæ defenſionis jus a tyrannidem exercente non negent , Aurius To. 2. Inſt. moral. lib. 11.
cap. 4. q. 9, Balthaſſar Ayala de Jure belli lib. 1. cap. 2 , Salſe-
dus de Legib. Polit. lib. 3. cap. 4,Diana in Dogmat. tract. 10. reſolut. 5 , Hertius Luther. bomo. de Summa rerum apud Popul.
Vol. 1. To. 1. p. 307, ſeqq., aliique apud ipſos, quorum ſententiæ utroque, velut ajant, pollice ſubſcribo , pro ea , qua Principum dignitatem , poteſtatem , vitamque periculo ab omni prorſus immunem ſervandi religione feror , aſliciorque , ut eam Populorum auctoritati permitti , ſi Deus me adjuvet , paſurus ſim
nunquam . Qua de re adeundus præ aliis Illuſt. Boſſuetius in.
Polit. par. 1. lib. 6. art. 2. prop. 5. To. 4. Oper. edit. Argent. 2,
ſeu Venet. 1738.

Atqui Proteſtantibus ſua in hac impietate dimiſſis , præſtat
jam veram , probamque Catholicorum doctrinam loco ſtabili-
lire ſuo . Quod ut rite perficiatur, obſervare pro recto dicendorum ordine non pœnitebit , 1. Reipublicæ Chriſtianæ res alias ad
Religionis ſubſtantiam , alias ad Religionis ſtatum attinere, ideſt
alias ad fidei dogmata , morumque leges ; alias ad Eccleſiaſticam.
                                                          diſci-

disciplinam , Ecclesiasticorumque ordinem , gradus , officia , dignitates , immunitates , censuras &c. , de quibus omnibus singil.
Latim heic agere nec vacat, nec animus est , eo vel maxime , quod
abunde vel abs me alibi , vel a Viris Doctiss. praeoccupata sparta
haec jampridem, adornataque fuerit . Sane, quod quemlibet , qui
Catholico glorietur nomine , suffundere pudore debet , utraque
hac potestate tam in rebus ad Religionis substantiam , quam ad
Religionis statum respicientibus unam potiri Ecclesiam , laica
quacumque procul exclusa , fateri vel ipsimet faciliotis Ingenii
Protestantes non dubitarunt . E quibus Mico Oecolampadii suc-
cessor , ac Basileæ Minister , *Laici* , valdequam dolens inquiebat,
omnia sibi tribuunt, & Magistratus se in Pontificem erigit . Quod
profecto malum malorum omnium originem in novis Sectis extitisse observavit Illust. Bossuetius hist. Variat. Tom. 1. p. 241 , &
243. Pro cunctis vero produxisse sufficiat Samuelem Bochartum,
qui Oper. To. 2. in epist. ad Morlejum Regis Angl. Sacelanum
p. 988 , seqq. q. 2, postquam Ecclesiasticam potestatem juxta
diversus respectus discriminasset in eam , quæ objective tantum ,
& in eam , quæ formaliter Ecclesiastica est , ita subjungit : *Poste-*
rior potestas non solum est Ecclesiastica ratione objecti , quia versa-
tur circa res Ecclesiæ , sed & ratione modi , quia circa eas versa-
tur modo Ecclesiastico non Politico . *Ea potestas non convenit , nisi*
personis Ecclesiasticis , quorum est fidei dogmata publice pro concio-
ne docere , Controversias ex Dei Verbo decidere , Sacramenta ad-
ministrare , Pastores ordinare , & deponere , disciplinam Eccle-
siasticam in Greges suos exercere , Ritus præscribere , & Spiritua-
les leges condere &c. Quam deinde sententiam comprobat decretis
Synodorum apud Symmistas suos habitarum Montalbanensis sact.
gener. att. 54 , Privatensis att. 5 , Lugdunensis art. 28 , Alelen-
sis art. 23, Alenconiensis art. 10, Carentoniensis II, & III. art. 1 ,
& 11 , Rupellensis art. 6 , Vitreensis art. 19 , & 20 , Alesensis
art. 28 , ac Disciplinæ Gallic. cap. 5. att. 28 , seq. , & cap. 13.
art. 11. Quibus adjungere facile poterat Synodos quoque habitas Vitriaci 1617 , Alenconii 1637 , & Lugduni 1660 , cui pos-
tremæ adfuit Dallæus , To. 2. Synod. Eccles. Reform. , quas collegit Joh. Aymo Craveta , atque Synodum præterea Anglo-
                                                    Episco-

Epiſcopalium an. 1562 , in qua de Regia poteſtate , velut habetur lib. de Doctrina, & Polit. Eccl. Angl., ſtatutum eſt in hæc verba : *Quum Regiæ Majeſtati ſummam gubernationem tribuimus omnium Statuum, ſive illi Eccleſiaſtici ſint, ſive Civiles, & in omnibus cauſſis, non damus Regibus noſtris aut Verbi Dei, aut Sacramentorum adminiſtrationem ... Sed eam tantum prærogativam .. Ut omnes Status, atque Ordines fidei ſuæ commiſſos , ſive illi Eccleſiaſtici ſint , ſive Civiles , in officio contineant , & contumaces , & deliquentes gladio civili coerceant .* Dum nempe , juxta Catholicorum doctrinam , illos Eccleſia legibus ſuis juſtos, æquoſque intra obedientiæ limites cohibere non valet . Quamquam, ut Hæ: reticis ſibimet haud cohærere frequens eſt , ac familiare , tam Anglo - Epiſcopales, quæ Regiæ poteſtati in Pſeudo-Synodo detracta voluere , eadem , & ampliora poſtea tradere non detrectariunt in Formula juramenti, quo ſuam Regi fidem obligare coguntur , quam Calviniſtæ, qui in cauſſis mixtis, ut ipſi putant, ſed revera pure Eccleſiaſticis , quales de Matrimoniorum Juribus , vinculis , & impedimentis, de Feſtorum dierum ritibus , de Clericorum, & Monachorum cælibatu, de Decimis, de Appellationibus, de Pœnis Eccleſiaſticis &c., ampliſſimam laico Magiſtratui facere non dubitant facultatem in Synodis Carentonienſi I. arr. 1., S. Fidei art. 18, Vitreenſi art. 9, Figeacenſi art. 12 , Pariſienſi I. & II. art. 38, & 22, Alenconienſi not. 7. reſp. ad Deleg , & in Diſciplina Eccleſ. Gallican. cap. 13. art. 1, 5, 6, 7, 11, 13, 21, 22, 23, 31, 32 , 38, & cap. 14. art. 8, & 20. Quin etiam Magiſtratus præterea laici partes eſſe procurare , quæ ad externum Eccleſiæ ordinem pertinent , quale eſt Synodos convocare , Scholas erigere , Conſtitutiones condere ad eos continendos , qui turbas in Eccleſia movent, pœnaſque decernere in Paſtores ipſos , qui deſides ſint , officioque deſint ſuo , ultrocitroque admittere Bochartus ipſe n. 60 , & ſeq. p. 991. non veretur . Proteſtantium itaque plurium opinione , quibus adſtipulari ex noſtris Pſeudo-Politicos compluſres non depuduit , in privato regimine , ſive pure interno , ac conſcientiæ tutò Religio , totaque Religionis ſumma conſiſtit : publicum vero, ſive externum, ac juriſdictionis, quo nomine quidem illud intelligitur , quod Dei cultum omnium oculis veluti

subjicit in excitandis Templis , in Fidelibus congregandis , in
cogendis Synodis, in Dei verbo prædicando, in promulgandis Legibus , in Controverſiis dirimendis, in conferendis Dignitatibus ,
in Pœnis infligendis , inque ſimilibus peragendis negotiis , quæ
extrinſecus patent , iſtud publicum , inquam, Ecclefiæ regimen ,
five Religionis exercitium , a Chriſto D. minime inſtitutum puzant , aut juſſum , ideoque Principum ſæcularium poteſtati integrum fuiſſe permiſſum, atque ſubjectum: utpote quod ad Religionis ſubſtantiam , quæ una Divinæ inſtitutioni accepta referenda
ſit , minime pertinere dignoſcatur ; atque ideo Principi Chriſtiano par eſse Chriſtianæ Religionis publica munia aut permittere , aut prohibere , prout e publicæ quietis re eſse cognoſcat .
Itaque aut pares , aut imo priores in externo , publicoque Eccleſiæ regimine Principi Chriſtiano partes incumbere concludunt .
Quam vero perperam concludant , peſſimeque, leberide cæcioſem illum eſse oportet , qui ex dicendis non intelligat .

Priuſquam vero dicendi exordium capiam , obſervare 2. præſtat , quod Eccleſiaſtica poteſtas a Civili non diſtinguitur ratione
objecti , ita ut Civilis objectum ſint res ſenſibiles , Eccleſiaſticæ
vero ſpirituales dumtaxat : nam utriuſque objectum idem eſt ,
tam materiale , ut ajunt , ideſt homo vivens , quam formale ,
ideſt hominis felicitas : alioquin enim Eccleſiaſtica ſocietas deberet eſse ſpirituum , Civilis vero belluarum . Deinde Chriſtiana Eccleſia corpus eſt viſibile , ideoque ejuſdem objectum etiam
ſenſibile , cujuſmodi exemplum in Sacramentis extat , quæ ex
ſpirituali re , ſignoque ſenſibili conſtant . Diſtinguitur igitur una
ab altera cum ratione effectuum , tum ratione finis : ratione effectuum, ſiquidem Eccleſiaſticæ ſunt bona ſpiritualia , & æterna ,
Civilis temporalia , ac tranſeuntia : ratione finis , quippe Civilis
poteſtatis finis eſt temporalis felicitas , teſte Ariſtotele Polit.
lib. 3. cap. 6 , Eccleſiaſticæ vero felicitas æterna : ideoque Poteſtas utraque in genere quidem ſuo eſt ſuprema , ſed uni altera ,
Spirituali nempe Civilis , eſt ſubordinata . Quum enim temporа-
lis felicitas non ſit finis hominis ultimus , bene vero ſpiritualis,
æternaque , ea propter Eccleſiaſticæ poteſtati , ſpiritualique , utpote quæ ad felicitatem æternam perducit , Civilem ſubordinari
opor-

oportet : fiquidem juxta Ariftotelem 1. Ethic. cap. 1. inter fe
fubordinantur facultates , quarum fines fubordinati funt . Eo vel
maxime , quod ambæ ejufmodi facultates in eadem ipfa Ecclefia
fint , five in ejufdem membris Ecclefiæ collocatæ. Quo fit , ut
non duæ Chriftianæ Refpublicæ fint diftinguendæ , quarum una
fit Civilis , Ecclefiaftica altera , fed una dumtaxat ex utraque
poteftate Civili , Ecclefiafticaque coalefcens, unaque alteri , Ecclefiafticæ Civilis, fubordinata , non fecus atque corpus animæ :
quæ fimilitudo eft olim adhibita ab Auctore Conftit. Apoftol.
lib. 2. cap. 34 , a S. Gregorio Nazian. Orat. 1. n. 9 , & Orat. 17.
n. 15 , a S. Joh. Chryfoftomo hom. 4. de Verbis Ifajæ , hom. 15.
in 2. ad Corinth. , & lib. 3. de Sacerd. cap. 1 , a S. Ifidoro Pelu-
fiota lib. 3. epift. 249 , a S. Nilo apud Damafcenum Parall. lib. 2.
cap. 21 , ab Ivone Carnot. epift. 61. ad Henricum Angl. Reg. ,
ab Hugone Victor. de Sacram. lib. 2. par. 2. cap. 4 , ab Innocentio III. Cap *Solite* de Majorit. , & Obed. , ab Alexandro Halen-
fi par. 3. q. 40. memb. 2, a S. Thoma 2 2. q. 60. art. 3. ad 6 , a
Bellarmino , quem immerito propterea carpit Boffuetius Defenf.
declar. par. 2. lib. 5. cap. 35. Quo plane fenfu , fi bene video ,
S. Optatus lib. 3. adverf. Parm. pag. 64. edit. Albafp. Ecclefiam
in Republica effe docuit, rogandumque ideo pro Regibus , juxta
S. Pauli præceptum , quatenus ex Regio, & Sacerdotali regimine
non duplex, fed una Chriftiana exfurgit Refpublica. Quod expli-
catius, difertiufque exponens S. Ifidorus Peluf. cit epift. 249. ad
Cognominem Diaconum, *Ex Sacerdotio* , inquit , *& Regno rerum*
adminiftratio, una Chriftiana videlicet Refpublica , *conflata eft* :
quam unitatem ex unitate finis utriufque repetit. Atque, ne longius abeam , facit & huc apprime præclara illa, qua Edgarus
Angliæ Rex in Orat. ad S. Dunftanum Cantuar. Archiep., Ofvval-
dum, Wigorn. , ac Ethelvvaldum Wentan. Epifcopos alloquutus
legitur apud Harduinum To. 6. par 1. pag. 675. *Ego Conftantini,*
vos Petri gladium babetis in manibus . Jungamus dexteras , gla-
dium gladio copulemus &c., qua ex utriufque poteftatis copulatio-
ne, fieri nequit profecto , quin optima , qualifque plane a Chrifto D. inftituta fuit, Refpublica exfurgat. Junge quod mediis præterea fenfibilibus, ac temporalibus Chriftianus utitur homo , ac

dirigitur ad felicitatem assequendam spiritualem, æternamque:
quo fit, ut media quoque sensibilia, ac temporalia hac ratione
potestati Ecclesiasticæ subsint, eademque ratione Ecclesiasticæ
Civilis potestas subordinetur. Quæ quum ita se habeant, patet
hinc pessime argumentari cum Jannono Politicos illos, qui ex
Johan. cap. 18. v. 36. arguunt Ecclesiasticam potestatem circa res
temporales haud obversari. Non enim eo loci Christus D. dixit:
Regnum meum non est hic, idest in hoc Mundo, sed *Non est hinc*,
idest *de hoc Mundo*, ut significaret in Mundo quidem Regnum
suum existere, idest visibile esse, ideoque a Vicario suo Rom.
Pontifice in Mundo, idest visibili modo administrandum: non
esse tamen de hoc Mundo, idest visibile dumtaxat, sed spirituale quammaxime, atque spirituali potissimum ratione a Rom. Pontifice gubernandam. Quare Pontificis Rom. potestas, inquiunt
alibi Theologi, etiam in temporalia spiritualis est equidem, &
indirecta, in temporalia tamen ipsa exerceri, quum opus fuerit,
ac Religionis bonum postulaverit, ab ipso tuto potest. Nos vero
hinc ajmus, esto Religionis, & Ecclesiæ res, & causæ temporalibus admixtæ sint, sive adjunctæ, unius tamen Ecclesiæ jurisdictioni subsunt. Vide - sis S. Joh. Chrysostomum homil. in Joh.
cap. 18, & S. Augustinum tract. 115. in Joh., ubi nostram in rem
ita locum illum S. Johan. mire interpretantur, ac Junge Petrum
Bertrandum Augustod., sive juxta alios Durandum Melden. de
Origine Jurisd. q. 3. in resp. ad rationem 3. Petri Cunerii.

    Quibus ita præjactis, jam fundamenti loco, quo Ecclesia-
stica deinde supra Civilem potestas fastigium erigere facile
queat, illud ponendum: Rempublicam absque Religione statui,
integramque stare non posse: *Et in his duobus inseparabiliter con-*
nexis, veluti loquitur Divin. Inst. lib. 3. cap. 1. Lactantius, *Et*
Officium hominis, & Veritas omnis inclusa est. Quod principium
subvertere adgressus Bossuetius desens. Declar. par. 1. lib. 5.
cap. 35, & lib. 6. cap. 35, reprehensione se valdequam dignum
præbuit, quod imprudens in systema impegerit eorum, qui tam
indifferentismum Religionis in Rempublicam, quam Reipublicæ
independentiam a Religione prorsus omni inducere, statuereque
non dubitarunt. Impio systemati huic ex Atheismi, Naturalis-
                                                        mi,

mi, Epicurreismi, Pyrrhonismi, Manicheismi &c. confusione
conflato mirum quantam pravo de ingenio suo conferendo, con-
firmandoque contulerint operam Joh. Bodinus de Abditis rerum
sublimium arcanis, quo libro, de quo Ancillonius *Melange Cri-*
tique de literat. To. 2. p. 2, perpetuam inter Religiosas quascum-
que sectas in qualibet Republica pugnam ita instituit, ut Natu-
ralistæ tandem palmam referant, oppugnatus ideo a Joh. Diec-
manno in dissert. inaugurali de Naturalismo Joh. Bodini &c. y
Gothofredus a Valle in arte nihil credendi apud Voetium in disput. de Atheismo; Bonaventura de Perierez in Cymbalo Mundi
apud eumdem Voetium, Henr. Stephanum in tract. præparatorio
ad Apolog. Herodori cap. 26., & Mersennum Comment. in Genes.
p. 689; Baro de Hontan, qui homines absque legibus, & absque
Magistratibus feliciores fore impie effutiebat; Knusen, e quo
Conscientialium secta, uni Conscientiæ auscultandum affirman-
tium, qui Deo abnegato, inutiles ideo Magistratus statuit in
Dialogo, de quo Mollerus Cimb. litter. To. 1. p. 304, La Croze *Entretien sur diverses sujets d' histoire* p. 400, & Joh. Muscus
in ejusdem refutat.; Benedictus Spinosa in Tract. Theolog. polit.
cap. 16. contendens homines in statu naturæ a Religionis obli-
gatione liberos, absolutosque, quem refutarunt abunde præ aliis
Franciscus Lamy, Joh. Bredenbourgius, Jaquelot, Vassor &c.;
Thomas Hobbesius cum in Leviathan, tum de Cive, qui sibi propterea infestos expertus est Robertum Filmerum in Observat. circa Regimin. orig. &c., Georgium Lavvsonium in Exam. polit.
Leviathan, Thomam Thenisonium in exam. Symboli Hobbes,
Eduard. Clarendonium in expositione errorum adv. Relig., &
Rempub. in Leviathan &c., quamquam veritate demum victus
Hobbesius apologia postmodum edita Systema hoc suum in Le-
viathan, & Cive stabilitum devovit, qua de re Moshemius hist.
Ecclef. Sæculi XVII., & Bentelius de stultitia, & irrationab. Atheismi; Joh. Tolandus in Aisedæmone, & in Pantheisticon &c.,
valide refutatus ab Huetio, a Faye in defens. Relig, a D. Bene-
dicto in Miscell. Observ. Critic. Hist. Philos. Theolog. &c.; Jo-
nathas Svvist in libro inscripto: *Le Conte du Tonneau* laudato ab
Auctore Apologiæ Epistolæ cujusdam Peruanæ p.103. eodem sur-

sure

fure imbuto ; Baelius , qui in Dict. VV. *Abdas* , *Arcefillas* , *Dia-*
goras , *Epicurrus* , *Nicole* , *Pellizzonius* , *Pomponatius* , *Pyrrhon* ,
Saducæi , *Theon* &c. , in *Pensées diverses* art. 113 , feqq. To. 3.
Oper. in *Continuations des Pensées diverses* art. 118, feqq. To. 2,
& in Refponf. ad Quæft. cujufdam Provincialis, nempe Jacobi •
Berhnardi, To. 3. egregium femet Atheifmi, Epicurreifmi , Pyrrhonifmi &c. advocatum , ac propugnatorem exhibet , dignus ,
qui multis vapularet a Renaudotio , a Jurizo in *Jugement du*
Public, e de *M. l' Abbè Renaudot fur le Dictionaire Critique* &c.,
ac in Philofopho Roterodamenfi accufato, & convicto, a Joh.
Clerico in Parrhafianis To. 1., & Bibl. Select. To. 10 , a Saurl-
no de Concordia Relig. , & Politicæ , ab Hartis , a Jacobo Berh-
nardo *Novelle de la Republ. des Lett.* 1705, & 1707, ab Elere ,
ab Ifaaco Jaquelotio in defenf. Relig. , in Exam. Theologiæ Bæ-
lii , & in refponf. ad ejufdem Colloq. , a Croufazio in examine
Pyrrhonifmi vet. , & novi paffim, fed quammaxime par. 3 fect.14.
§. 4. , feqq. Irreligiofos hofce preffo fequuti funt pede Antonius
Collins in *Difcours fur la liberté de penfer* , in *Pensées libres* , in
Difcours fur les fondemens , & les raifons de la Religion &c. , pro-
fligatus ideo a GuillelmoWiftono in Reflexion.ad ferm. de libert.
cogitan. Lond. 1713 , a Benjamino Hoadley in Quæftionibus ad
Auctorem ferm. de libert. cogit. , a Francifco Harris in Gratia-
rum actione ad Phileleutherum ob fuasObfervat. ad ferm. de libert. cog. ,a Richardo Bentlejo inObfervat. mox laudatis ab Harris , a Joh. Rogerio de neceffitate Revelat. Divinæ , ac Veritate
Relig. Chrift. in 8. Lond. 1727; Abbas de Villars fub nomine
Comitis Caballi de Arte Cabal., laudatus ideo ab Auctore defenf.
Epift. Peruanæ ; Voltaire Mifcell. Liter., & Philofoph.p. 49. &c.
Atqui Rempublicam abfque Religione ftare nequire , præter hos ,
quos modo indicavimus , late demonftrandum fufcepere Lipfius
in lib. adverfus Dialogiftam , Grotius de Jure B. , & P. lib. 2.
cap. 20. §. 44 , Puffendorfius de Jure N. , & G. lib. 2. cap. 3 ,
& feq. , ac lib. 3. cap. 4. , ubi poft Cumberlandum valide Hob-
befium , & Spinofam refellit , Barbeyracius ibid. in Not. , ubi
Bælium oppugnat , non fecus atque Thomafium in Jurifp. divin.
lib. 11. cap. 1. §. 11. contendentem Religionis erga Deum fub-

ftan-

ftantiam integram in folo cultu interiori confiftere, Crousazius
Fyrrhon. par. 3. fect. 14. cit., Jacobus Berhnardus *Novel. de la*
Republ. des Lett. an. 1705. Mart. p. 320. adverfus Bælium ex
fermonibus Tillotfoni, & Sharpii nihil Religione Chriftiana magis ad Societatis Civilis bonum conferre oftendens; fed præfertim ex noftris Johan. Ant. Blancus de poteft., & polit. Ecclef.
To. 1. lib. 2. §. 17., & lib. 3. §. 7., Almici in Not. ad cit. Puf-
fendofii loca &c.

Atque horum quidem ea fundamentalis, ac potiffima ratio
eft, quod fiquidem Refpublica confiftat præcipue in honeftate,
ac juftitia maxime diftributiva, qua boni remunerentur, punian-
tur mali, & in legum obfervantia, quibus homines dirigantur in
bonum, a malo cohibeantur, palam inde fit abfque Religione,
quæ fupremi Numinis, & amorem, & timorem infpiret, nihil
horum rite, tutoque confiftere poffe, neque perinde Rempublicam. Quæ propterea apud Nationes omnes quoad officia in Sacerdotes, & Magiftratus ita dividi confuevit, ut primus Sacris
locus fieret: unde Ariftoteles Polit. lib. 7. cap. 12: *Multitudo*
Civium, inquit, *divifa eft in Sacerdotes, & Magiftratus*; & Ulpianus L. 1. ff. de Juft., & Jure, *Publicum jus*, ait, *in Sacris, &*
Sacerdotibus, & Magiftratibus confiftit. Atque hæc quidem intime, arctæque inerat perfuafio Ethnicis, Hebræis, Chriftianif-
que, cujus proinde argumenti tanta vis eft; ut nulla prorfus infringi, hebetarique ratione poffit. Enim vero antiquiffimos legum Satores ad Rempublicam fapienter gubernandam a Religione bene, optimeque ftatuenda, a Numinum ideft reventi metu
in hominum animis infculpendo, aufpicium, operæque pretium
feciffe, fcite animadvertit NatalisComesMythologiæ lib. 9. p. 265,
feq. edit. Ven. 1577, atque hanc utique cauffam fuiffe, cur Fulmen Jovi, & Ægidem attribuerint pro armis, Tridentem Neptuno, Cupidini Sagittas, Faces Erynnibus, Palladi Dracones, &
Diis ceteris arma diverfa concefferint: quibus nempe non tam
erga Divos Religio, quam inter homines Reipublicæ leges fartæ,
tectæque fervarentur. Ita etiam effectum, ut magna reverentia,
& Deorum Sacris, & Sacerdotibus ipfis accefferit, utque ii videlicet apud Græcos e nobiliffimis eligerentur familiis, publicis

omni-

omnibus interessent consiliis, nec ulla magni ponderis auspicarentur negotia, ante quam Sacerdotum ope Numinum explorata
fieret voluntas , nec illum , nisi locis in Sacris , legitimum haberetur Senatus consultum , nec aliis demum , nisi Diis ipsis auctoribus leges referrentur acceptæ : quod scilicet lex omnis levis , &
inanis , nulliusque haberetur pretii , quæ Deorum immortalium
auctoritate , voluntateque non suffulciretur. Sane Diodorus Si-
culus sub ætatem Julii Cæsaris , & Augusti in Bibl. hist. lib. 1.
par. 2. cap. 59. de Legum antiquis latoribus verba faciens, qui se
Deorum munére acceptas leges Popularibus suis constituisse si-
mularunt : *Apud Judæos quoque Moysem finxisse Deum illum ,
qui Jao (supremum Numen) cognominatur , leges ipsi tradidisse scribit ,* Παρὰ δὲ τοῖς Ἰυδαίοις Μωσῆν ὴ Ἰαὼ Επικαλύμενον Θεὸν
Προσποιήσασθαι τὰς νόμᾳς αὐτῷ διδόναι : quo sane de nomine Jao
Græcorum , qui Jupiter est Latinis , Hebræis vero Jehova , videndi Gyraldus in hist. Deorum syntag. 1. p. 2. edit. Lugd. Batav. 1696, Nicolaus Fullerus Miscell. sacr. lib. 2 cap. 6. Critic.
Sacr. To. 7. p. 75. edit. Francos. 1695 , & Huetius Demonst.
Evang. prop. 4. cap. 10. n. 1 , quo loci ex Plutarcho lib. de Iside , & Osiride adnotat idemmet Numen omnium supremum di-
verse pro tempestatum diversitate Græcis denominari, Jao nempe Autumno , Æstate Solem , Jovem ineunte Vere , & Plutonem
Hyeme . Sed enim verius de Moyse affirmat Flavius Josephus
adv. Appion., & post ipsum Petrus Cunæus de Republ. Hebræor.
lib. 1. cap. 1 , quod Rempublicam conditurus , quæ in terris sicut
omnium prima , sic omnium probatissima foret , summam rerum
potestatem , legumque lationem, non homini , sed supremo Numini detulit, eamque non Oligarchiam, non Democratiam , non
Monarchiam appellatam voluit , sed Theocratiam , velut eam
nempe , cujus non alius Præses , Rector , ac Legifer esset , nisi
Deus O. M. , atque ita fieret demum , ut Legum firmissima maneret stabilitas, earumdemque rigidissima incumberet omnibus ob-
servatio . Quod plane contrarium aliis Rebuspublicis evenit ,
quæ ab hominibus , legibusque humanis fundatæ , legibus pede-
tentim aut pro libitu Dominantium mutatis , aut pro libidine
Populorum ad libertatem prona obsoletis, eversæ sunt . Præter
eos

eos complures aut Populos, qui leges fuas Diis immediate acceptas referre gloriabantur , aut Principes , qui ex Deorum in-
fpiratione , aut juffu leges procudiffe fuas, aut promulgaffe jactabant, fuperiori Atticulo memoratos, a Zoroaftre Sacerdotum,
Sacrorumque potiffimam , ac primam indutam fuiffe curam , atque ita, ut Sacerdotibus in tres diftributos claffes ; feu ordines ,
quibus omnibus unus Pontificis vice præeffet , & feveras morum
regulas , & diftincta circa Sacra officia fingulis adfignaverit , ex
antiquis Perfarum monumentis referunt Thomas Hyde Relig.
Vet. Perf. capp. 28 , & 30 , Pridæus hift Judæor. To. 2. par. 1.
lib. 4. p. 44. , feqq. edit. Ven. 1738, Angli Scriptores hift. Univerf. To. 3. p. 438 , & Chaufepié Dict. hift. Crit. To. 4. p. 841,
feq. Perfarum deinde Reges , ne quidquam de veteri a Zoroaftre
tradita Religione deperiret , ideoque ne pariter Refpublica in difcrimen adduceretur, unam, fummamque feciffe Regni curam, atque ideo poft Zoroaftris fata de Religione dubiis exortis, ac diffi-
diis convocatum fub Rege Arfdefhir Bebecan generale Magorum
fuiffe Concilium, in eoque Magi cujufdam Erdaviraph, ceteris arte fallendi præftantioris, fententiam prævaluiffe, refert Hyde cap.
21. Quin, ut quo fortius, en facilius in officio Perfas continerent,
legibufque ab fe latis arctiffi ne obftringerent , politica ufos Reges arte , ut fe Diis æquarent , ut tanquam Deos adorari fe vellent, Imagines etiam fuas adorandas exponerent, Regeque defuncto, ignis, utpote Perfis Divinus, perpetuis alendus focis ,
extingueretur , ut cognofcerent nempe fubditi parem Regis cum
Diis effe majeftatem , teftata res eft apud Philoftratum in vita
. Apollonii lib. 1. cap. 19 , & Diodorum Sicul. lib. 17. p. 633. Videfis & Jacobum Gronovium in differt. de Imagin. , & Statuis
Princip. Atque hoc ipfum in cauffa fuit utique , cur apud Perfas
maximo in honore Magi, qui Sacerdotii defungebantur munere,
haberentur ; quorum ideo erat Sacrorum curam gerere , Sacrificiis præeffe , rerum Divinarum profiteri notitiam , ac futura
præfagire : quorum ideo ad illud faftigium excreverat auctoritas,
ut a Regibus in confilium adlegerentur , nec ab aliis , nifi a Ma- •
gis in Reges diadematis impofitione inaugurarentur , ut tam privatis , quam publicis adeffent , & præeffent judiciis , nec quid.

Pars III. Tom. VI.   M   quam

quam prorſus legitimum , æquumque videretur , quod non a Magis confirmatum , ſtabiLcumque fuiſſet . Patent hæc ex Herodoto lib. 1. p. 132 , Strabone lib. 15. p. 133 , Ammiano Marcellino lib. 23. p. 687. edit. Baſil. 1533 , & Agathia lib. 2. p. 65 , de
quibus etiam ſuſe Euſebius in Chron. , Hyde de Relig. vet. Perſ.
cap. 28 , 30 , & ſeq. , Balth. Stolbergius in exercit. Philolog. de
Magis , Joachim Olearius in ſeptem adſert. Philolog. de hiſt.
Magor. , Thomas Stackhouſe in Tract. Theolog. Specul. , &
pract. To. 3. cap. 6. ſect. 4. p. 547 , ſeqq. , ac recens Franc Ferdinandus Schroetier in diatriba de Juriſp. vet. Perſar. ſect. 1.
cap. 3 , & ſect. 2. cap. 3. Inter Orientales Sinenſes , ſicut ab
origine ad Confucium , qui ſæculo ante Chriſti D. adventum
ſexto in vivis agebat , longius ab Idololatricis ſuperſtitionibus
abhorruere , ſed in unius Dei Mundi conditoris , ab ipſis cogno-
minati *Xam - Ti* , manſerunt integri, ita ex ejuſdem cultu proſ-
pera Reipublicæ ut cuncta ſuccederent , tertius eorum Imperator nomine *Hoam . Ti* ad ejus cultum promovendum ipſi Templum a fundamentis erigendum curavit : quod omnium primum
Deo O. M. excitatum videtur . Videndus Traductor Moral. Con-
fucii p. 7. in præfat. Ob ingens Religionis ideo ſtudium apud Sinenſes , ut habetur in ipſorum *King* , hoc eſt de Religione libro , Imperatores etiam Pontifices erant , ſicuti Patriarchæ in
veteri Lege, ac pro Populo ſtatis diebus Sacrificium offerebant:
qua de re Auctor Gallus Collect. Obſervat. circa Mores, Linguas,
Regimina , Mytholog. , Chronolog. &c. Oriental. To. 3. cap. 9.
Quorſum hæc vero, tamque ſollicita de Religione cura , niſi quia
hinc Reipublicæ quammaxima obveniebat utilitas , ac ſtabilitas ?.
Apud Ægyptios Oſiridem primam de Sacris legem curaſſe , & ab
Iſide Sacerdotibus ideo tertiam poſſeſſionum , fundorumque partem tributam tradit Diodorus Sic. lib. 1. p. 19 , & 35. Sed & ab
Ægyptiis Religionem pro bonorum omnium prora , & puppi fuiſſe reputatam , adeoque ut Sacerdotes primis Civitatis dignitatibus præpoſiti eſſent , Populi Judices agerent, vectigalium impo-
ſitioni eſſent præfecti , monetæ , ponderibus , ac menſuris præeſ-
ſent , teſtes accedunt Diodorus lib. 1. p. 84 , Ælianus Var. hiſt.
lib. 14. cap. 34 , & Clemens Alex. Strom. lib. 6. p. 758. Viden.

dus & Calmetius in Exod. To. 2. p. 468. Quin Sacerdotum censuræ, consiliis, & curæ ita subjectos Ægypti Reges, ut imò ex
Sacerdoti bus ipsis Reges eligi, aut ex Militibus electos in Sacerdotum cooptari Collegium oporteret, auctores sunt Diodorus
loc. cit., Plato in Polit. p. 350, & Plutarchus To. 2. p. 354:
qua etiam de re Goguetius origin. Leg., Art., Scient. To. 3. par. 3.
lib. 1. cap. 4. p. 17, seq. Quin imo Sacerdotes Religionis administros primo post Deos, quorum habitum quodammodo, ac præ-
textam induebant, quorumque vice Mundi imperitabant potestatibus, honore, locoque habitos, adversus Porphyrium ostendit
Jamblicus de Myster. Ægypt. segm. 4. cap. 8, segm. 6. cap. 6,
& segm. 10. cap. 1. vers. Scutellii. Quamquam in eo postea reprehensione se quammaxime dignos exhibuere Reges Ægyptii,
(quos postremo imitatum Julianum Apostatam tradit Ammianus
Marcellinus, testantur etiam S. Optatus lib. 2. adv. Parm. p. 54,
& S. Augustinus epist. 148, & 166, ac lib. 2: contra Petilian.
capp. 83, & 92, illum nempe Donatistis favore non defuisse suo,
cujusce specimen etiam exhibetur in Rescripto ab eodem Juliano
pro Donatistis lato, de quo Honorius Imp. loquitur lib. 16. Cod.
Theod. tit. 5. cap. 37.), quod variam, miscellamque Religionem, stabiliendo, ceu putabant, Regno, induxerint, &ne unquam
conspirare inter se Ægyptii omnes possent: Καὶ ὅπως μηδίποτε
μονοῆσαι δύναιται οἱ κατ, Αἴγυπτον, uti loquitur Diodorus Sicul.
lib. 11. Ita enim se impios nedum, qui subditos in dissidia, &
odia conjicere amabant, ut ipsi quietiores, securioresque dege-
rent, sed etiam improvidos ostendebant, quod quietem, & secu-
ritatem a dissidiis, & odiis quærerent. Vide Lipsium lib. adv.
Dialog. cap. 2, ubi & observat Japonios ob diversa Religionum
genera, (novem enim ad minus numerantur in Epist. Japon.,) frequenter armis, & seditionibus inter se decertare, dum quisque
suam alteri Religionem anteferre conatur: quod subinde exemplum ad alias perinde gentes trahit. Vicissim illud valdequam dignum in Ægyptiis adnotant Diodorus lib. 1. p. 31, & Ælianus
Var. hist. lib. 14. cap. 34, quod a prima antiquitate, qui Sacerdotibus de rebus etiam Civilibus judicantibus præerat, inque omnes jus proferebat, veluti Pontifex, is in justitiæ signum de collo

M 2   gere-

gerebat imaginem ex faphiro , quæ *Veritas* dicebatur . Quod fi-
mulacrum Judiciorum Principi aptatum cauffas cognofcendi aufpicium erat. Æthiopes Sacerdotibus etiam rerum Civilium fummam detuliffe,ratos videlicet tum Reipublicæ bono tutius profpi-
ci , quum potiffima Religionis habetur ratio, tradit Strabo lib.17:

Apud Græcos , qui Rempublicam bene inftituere , & bene
curare geftivere , a Religione erga Deos aufpicium feciffe , non
dubium ei effe poteft , qui eorum antiquitates vel a primo limine falutaverit . Cecropi fane primo Athenienfium Regi , Urbis
Conditori, & Areopagi, legumque fatori cordi primo fuiffe Sacrorum Religionem , Numinumque cultum, teftatam rem faciunt
Paufavias in Atticis lib.8.cap.2,Macrobius Saturn. lib. 1. cap.10,
Eufebius præpar. Evang. lib. 10. cap. 9 , & S. Ifidorus Origin.
lib. 8. cap. 11: qua de re Meurfius de Regno Athen. lib. 1.cap.9.
Mydam quoque Gordii primi Phrygum Regis filium rem Civilem
a Sacris aufpicandam duxiffe teftantur Conon apud Photium
Narrat. lib. 1. p. 424 , Juftinus lib. 11. cap. 7 , & Ovidius Metam. lib. 11. v. 93. Græcis univerfim cum operis cujufcumque
initium a Diis facere , tum Reipublicæ quam maxime bene , riteque gerendæ rationem a rebus Sacris , Religioneque aufpicari
cordi fummopere fuiffe, tam fide affirmant fua Hefiodus Oper. , &
dierum v. 334,& 337 , Plato in Timeo poft. init. , Aratus apud
Auctorem Conft. Apoft. lib.2. cap. 60 , Theocritus Idyllio 17 ,
Xenophon lib.5. memorab.,Ifocrates in Areopagit. in exord.&c.,
quam clare oftendit legum XII. Tabularum , quas a Græcis deinde mutuatos fuiffe Romanos fcitum eft , pars prima , quæ de Religione fuit,fecunda de Jure publico , deque privato tertia. Hinc
Religionem Judicibus ad recta proferenda Judicia quammaxime
neceffariam exiftimabant , ut auctor eft Demofthenes Orat. adverf. Ariftocratem ; atque ideo ex religiofis , juftis , probatifque
viris maxime conftare Senatum Areopagiticum oportebat,veluti
viderunt S. Maximus in Prologo ad libros S. Dionyfii Areop. ,
Theophanes hymno in eumdem fcripto , qui extat in Menæis
Græcor. , & Michael Syncellus in Encomio ejufdem S. Dionyfii.
Ideo Areopagum omnibus Græciæ Conciliis præftitiffe affirmat
Ifocrates loc. cit., & Areopagi judicia omnium maxime religio-

fiſſima, juſtiſſima, reverendaque prædicant Demoſthenes mox
laud., Lyſias in Andocidem, Valerius M. lib. 2. cap. 6, &
Seneca de tranquill. cap. 3: ideoque ad Senatus Areopagitici imi-
zationem, Γερυσίας Spartanorum quoque a Lycurgo fuiſse inſtitutam admonet Iſocrates in Panathenaica. Conſer & Joh. Meur-
fium in Areop. cap. 4, & Joh. Philip. Pfeiſſerum Antiq. Græcar.
lib. 1. cap. 2, & lib. 2. cap. 33. Hinc Sacerdotibus etiam rerum
Civilium ſummam commendatam ab Athenienſibus, ac litium,
Sæcularium delata judicia tradit Joſephus Antiq. Jud. lib. 14.
cap. 19. Atque ideo Sacerdotum apud Græcos multa erant nomina, quorum meminit Julius Pollux in Onomaſt. lib. 1. cap. 1.
ſegm. 16. p. 11. edit. Anſtel. 1706, quo loci præcipua hæc ferme
collegit: Ἱερεῖς, Νεωκόροι, Ζάκοροι, Προφῆται, Ὑποφῆται, Θύται,
Τελεσται, Ἱερουργοί, καθαρταί, Μάντεις, Θεομάντεις, χρησμῳδοί,
χρησμολόγα, χρησμοδόται, Παράγυεῖς, Πυρφόραι, Ἱπυρίαι,
Θεωργοί &c., a Miniſterio, a Templo, ab Officio, a Prophetia, a Vaticinio, a Sacrificio, ab Initiatione, a Sacris, a Purgatione, ab
Omine, a Sortilegio, a Divinatione, ab Auſpicio, a Divina
operatione &c. ſic dicti, quibus ideo multa de cauſſa rerum etiam
Civilium cognitio, ac Judiciorum ratio commendari ſolebat.
Videndus & Gyraldus hiſt Deor. Syntagm. 17. de Sacri ſ. p. 477.
Cum Religione Latinam Rempublicam fuiſse fundatam non dubium eſt. Qui primi enim Latium incoluere, Saturno, uti putant Virgilius Æneid. lib. 8, & ibid, Servius, aut Jano, ut placuit Macrobio Saturn. lib. 1. capp. 7, & 9, ac Plutarcho Problem: cap. 40, leges ſuas, ideo videlicet ut quò religioſius, eó
tutius obſervarentur, acceptas referre Aborigenes conſuebant.
De Ænea quoque fertur apud Auctorem Orig. Gent. Roman.,
quod & indicare videtur Varro lib. 4. de ling. lat., quum Ilii pars
inferior oppugnaretur, ipſum, qui Arcem tenebat, ubi a Darda-
no, Templo, & adyto condito, Penates, & Palladium, quæ ſibi divinitus miſsa jactabat, collocata fuerant, atque maxima religione ſervabantur, quippe ex illis publicam ſalutem pendere credebant, inde magnos Samothraciæ Deos ſecum in Italiam, ac La-
vinium tranſportaſſe, ut ex eorum Religione nempe novo, quod
meditabatur, Latino Regno auſpicium faceret. Videſis & Petrum

Mar-

Marcellinum Corradinum de Vet. Latio prof. , & facro lib. 1.
cap. 9. Romanos quod propius attingit , apud ipfos cym ipfa Republica cœpit etiam Religio , cujus ftrenuos curatores ftatim 60.
Sacerdotes , binos ideft ex fingulis 30. Curiis delectos, effe voluit
Romulus , qui & ipfe a Religionis officiis erga Deos Regnum fuerat aufpicatus, referente Dionyfio Halicar. lib. 2. capp. 19, & 68.
edit. Bafil. 1549. Sed enim , qui proxime eum excepit, longe poft
fe Romulum in hac parte a tergo reliquit Numa Pompilius . Nam
procellis jactatam Rempublicam meliori reparandam, erigendam-
que ratione non duxit , quam fi a Religione erga Deos exordium
faceret . Cujus rei gratia , ne quem Deum inhonoratum fineret ,
multis excitatis Templis , & Aris , attributoque fuo cuique Numini feflo , & affignatis , qui cujufque Sacra curarent , Sacerdotibus , latifque legibus de Deorum cultu, purificationibus , expia-
tionibus , cæterifque Sacris , ac Cæremoniis , Rempublicam tum
demum in tuto fe collocaffe confidit: quæ tandem omnia ad Religionem pertinentia octo ipfemet libris, juxta totidem Sacerdotum
genera , complexus eft , de quibus fufe Dionyfius Halicar. p. 90,
feqq. Qui & illud laude digniffimum in Numa celebrat p. 96. cum
Livio hift. lib. 1. cap. 20, quod Sacris cunctis , ceterifque Sacerdotibus præeffe Pontifices voluerit poteftate fumma præditos,
quos rerum etiam Divinarum , & humanarum arbitros , ac Judices conftitutos obfervat Feftus . Qui nempe de caufiis omnibus ad
Sacra pertinentibus judicarent tam inter Magiftratus Sacrificos ,
quam privatos inter Cives : novas, prout opus foret , de Sacris
leges arbitratu fuo conderent , ficubi deftituerentur fcriptis , de
Magiftratibus , penes quos Cæremoniæ erant , & Sacrificia , deque Sacerdotibus omnibus diftrictum inftituerent examen ; Sacrorum adminiftros in officio continerent , ac de cultu Numinum
confulerentur ; quique demum præfcripta fua contemnentes mul-
ctandi pro delicti magnitudine plenam haberent poteftatem . Ipfi
viciffim nullius poteftati effent obnoxii , nec ad reddendam factorum rationem Senatui , vel Populo tenerentur. In defuncti
tandem locum alius fubrogaretur , non Populi fuffragiis utique ,
fed qui Sacerdotum Collegio maxime videretur idoneus ex omni
Civium numero. Penes Pontificium Collegium fuiffe quoque Le-

gis actiones docet Pomponius lib. 2. §. 6. de Orig. Jur. Quo tamen loci monet Heineccius in Antiq.Roman. Syntagm. ad Instit. lib. 1. tit. 2. §. 31. ex Cicerone de Legib. lib. 2. capp. 19, & 21. id haud de omnibus Legis actionibus intelligendum, sed de his dumtaxat, quæ cum Religione essent conjunctæ, uti de Sacris, de Votis, de Feriis, de Sepulcris &c. Hinc eorum erat etiam dies judiciorum designare, & litigantibus indicare, quibus Lege agere vel fas, vel nefas esset,testibus Livio lib. 1. cap. 19,ac CiceroneOrat. pro Murena cap. 11.Respondere item de Juribus domus, nam & domi Sacra privata erant, deque aliis decernere, de quibus paullo post.Confer interea Georgium Schubartium de Fatis Jurisp. Rom. lib. 2. cap. 59, seq. p. 296. De Pontificibus speciatim loquendo,quatuor porro a Numa institutis ex Patriciis, alios quatuor ex Plebe delectos anno V. C. 454. sub M. Valerio, & Q. Appulejo Coss. additos memorat Livius lib. 10. cap. 6. Quorum Pontificium Collegium deinde septem adjectis ampliavit an. 673. Sulla Dictator, ut essent quindecim: ita tamen, ut ex his octo Majores, reliqui septem Minores vocarentur. Effectum id etiam sub annum 650, ut Pontifices in Comitiis tributis a Populo designarentur, a Collegio postea cooptandi, uti referunt Svetonius in Nerone cap. 2, Cicero Agrar. 11. cap. 7, & Vellejus lib. 11. cap. 12, 3. Qua de re adeundi, si placet, Gyraldus hist. Deorum Syntag. 17. de Sacrif. p. 477, Panvinius de Civ. Rom. cap. 33, Gruterus de vet. Jure Pontif. lib. 1. cap. 17, Struvius Antiq. Rom. cap. 12, Notisius in Cenotaph. Pisan. dissert. 1. cap. 5, Gruchius de Comit. lib. 1. cap. 2, & BlondusTriump. Rom. 11. p. 30. Potuisse aliquando Pontifices a Tribunis Plebis, ut Sacris interessent, vel peragerent illa, cogi, insinuare videtur Cicero pro Domo cap. 45. Quò illud demum spectat, quod de Alexandro Severo tradit Lampridius: eum *Pontificibus tantum detulisse, XVviris, & Auguribus, ut quasdam causas Sacrorum a se finitas iterari, & aliter distingui pateretur.* Ad hæc, ut quò Religionis potior haberetur ratio, eò quoque major Pontificum adpateret potestas, omnibus Magistratuum majorum insignibus decorari consuebant : eis ideo dati Apparitores, Scribæ, Librarji, Præcones, Architecti, Lictores, Pullarii, ceterique Mi-

niftri,

niftri, qui Magiftratibus aliis debebantur. Quod Collegium uf.
que ad Theodofii Senioris tempora Romæ perduravit. Hoc porro e Collegio Pontificum in Comitiis a Populo Pontifex M. eli-
gebatur, qui Livio tefte lib. 1. cap. 20. ideo antiquo inftituto
pars Senatus Romani magna, præcipuumque Urbis membrum
erat;quique referente Fefto V. *Ordo Sacerd. Judex, atque Arbiter
babebatur rerum Divinarum, humanarumque* . Cui fimilia habet Paullus in Pontifice M. fubjungens : *Judex, Vindexque
contumaciæ privatorum, Magiftratuumque erat* . Quibus nec
abludit Cicero de Aurufp. refp. cap. 7. Sacra vero habebantur ,
quæ Pontificis auctoritate Diis fuperis confecrata folemniter
erant, tefte Fefto V. *Sacer* ; Sancta viciffim,quæ fanctione a Pontifice erant munita, ut auctor eft Aulus Gellius Noct. Attic.
lib. 4. cap. 9. Ejus officium erat igitur 1. Religionis fe interpretem dare, providerequæ diligenter, ne quid Religio detrimenti pateretur, atque fiquid contra Religionis jus a Senatu,
Populoque fancitum fuiffet, intercedere, ut habet Livius lib. 1.
cap. 20, & lib. 9. cap. 46. Libros item Sacros, fi Religioni no-
xii, aut inutiles, tollere ejufdem curæ incumbebat, tefte Svetonio in *Augufto* cap. 31. Ejus erat 2. fedulo cuftodire cum Sacra
Veftæ, & Ignem Æternum, tum Virgines Veftales eligere, capere, & caftigare, qua de re Aulus Gellius lib. 1. cap. 12,
Plutarchus in *Numa* p. 66, & Ovidius Faft. lib. 3. v. 417. Tenebatur 3. actibus quibufdam intereffe folemnibus ad Religio.
nem attinentibus, ut in Votis nuncupandis, Livius lib. 31.
cap. 9 ; Obfecrationibus, Svetonius in *Claudio* cap. 22 ; Dedi-
cationibus, Livius lib. 9. cap. 46; Comitiis etiam, quibus
creandi Sacerdotes effent, eofque capere, & inaugurare ad ipfum fpectabat, Livius lib. 27. cap. 8, & lib. 40. cap. 42, ac
Gellius lib. 15. cap. 27; Arrogationibus item five Adoptionibus lege Curiata factis, Cicero pro Domo capp. 10,& 13,Gellius
lib. 5. cap. 19, Tacitus hift. lib. 1.cap. 15, & Ulpianus L. 1.
§. 2. 3, & L. 17. princip ff. *De Adopt*. De Matrimonialibus quibufdam etiam cognofcebat, Tacitus lib. 1. cap. 10, & Nuptiis per
Confarreationem contractis præfentia aderat fua,Servius in
fragm. apud Lipfium ad Taciti Aunales lib. 4. n. 37, ac Elmen-
horftius

horſtius in Arnobium lib. 4. p. 168. Officio Pontificis cedebat
4. Annum ſedulo curare, quod docent Julii, & Auguſti Imp.
exempla, Annales item, de quibus Cicero de Orat. lib. 11.
cap. 12., & Servius in cit. fragm. Ad Pontificem M. pertinebat
5. ſumma poteſtas flagitia graviora quædam, ut inceſtum, ſupplicio puniendi ſupremo, Cicero de Legib. lib. 2. cap. 9, Perſonas Sacras mulcta afficiendi, Livius lib. 40. cap. 42, & Epit. 19,
De Cæremoniis diſpenſandi, Plutarchus Quæſt. Rom. 49, &
A. Gellius lib. 10. cap. 15, Comitia indicendi, & Exercitum imperandi, Gellius lib. 15. cap. 17, in quem videndus Oizelius,
Boſius etiam de Pontif. M. Vet. Rom. cap. 5. §. 5, & Gronovius
Obſerv. lib. 1. cap. 1, Ludos item edendi, Svetonius in *Auguſto*
cap. 44, & in eum Caſaubonus, & Gutherus de vet. Jur. Pontif.
lib. 3. cap. 20. Ad hæc privilegiis inſignibus decorabatur Pontifex M., nam neque Senatul, neque Populo factorum rationem
reddere tenebatur, nullique pœnæ erat obnoxius; quinimo ne
litem quidem habere cum eo cuipiam licebat, teſte Livio epit. 47,
ubi videndus Gronovius, & Boſius cap. 6. §. 1, ac Struvius Antiq. Rom. cap. 12. p. 577: atque ab hac dignitate quidem, officioque, quoad viveret, dejici nullo poterat modo, ut habent
Caſſiodorus Var. lib. 6. cap. 2, & Codex Theodoſ. lib. 1. cap. 122.
De Decurion. Prætexta Magiſtratus inſigni præterea utebatur, teſte Lampridio in *Alexandro Severo* cap. 40, Sella quoque, & Li-
ctoribus, quibus de inſignibus, officiis, juribuſque aliis Boſius
cap. 4, Gutherus lib. 1. cap. 28, Alexander ab Alexandro genial. Dier., & Tiraquellus ibid., Dempſterus Antiq Rom. lib. 3.
cap. 22, Struvius p. 579, & Pitiſcus in Lex. Antiq. Rom. To. 3.
V. *Pontifex* p. 118, ſeqq. edit. Ven. 1719. Rerum Civilium item
cognitioni, judiciis, & curæ ſe ſe immiſcuiſſe cum apud Gallos
Druidas, tum apud Burgundiones Sacerdotes, atque his unum
dignitate præcipuum Pontificis M. nomine præfuiſſe teſtatam rem
faciunt Julius Cæſar in Comm. de Bello Gall. lib. 6, & Ammianus Marcell. lib. 28. cap. 5. Atqui quantum ab Ethnicis vel ru-
dioribus, ingenioque hebetioribus ad Reipublicæ bonum, &
quietem conferre Religio putaretur, & probat, & in aperto ponit ea celebratiſſima, quæ de Sevarambibus, Populis ideſt Ter-

ræ Auftralis incolis, circumfertur hiftoria . Ejus quidem auctor
Ifaacus Voffius dicitur Morhofio Polyhift. Litter. , Philofoph.,
& Pract. lib. 1. cap. 8. p. 74, & Mollero in Struvii introduct. in
Notit. litter. p. 812, Leibnitius videtur Struvio , & Reimanno
hift. Atheifmi p. 480, feqq., Sidneyus Clavellio in Catalogo
p. 2, Auctori Bibl. Bodlejanæ To. 2. p. 508, Beughemio Bibl.
hiftor. p. 458, ac Fabricio Bibliograph. antiq. cap. 14: §. 16.
p. 502. edit. Lipf. 1716, Delonius, five Devefius Auctoribus
Collect. litter. p. 43, ac Diàrii Gall. litter. To. 16. p. 231., fed
verus auctor Veirafius genere Alefius in Occitania habendus
oftenditur Chriftiano Thomafio in Cogitatis menf. Novemb.
1689. p. 963 , Chriftophoro Augufto Heumanno in Schediafma-
te de libris Anonymis , & Pfeudonym. p. 163 , Joh. Clerico Bibl.
felect. To. 25. p. 402 , & To 26. p. 460, feq., Morerio Suppl.
Dict. V. Sevarambes, Auctori Bibl. German. To. 23. p. 196.
feqq., & Marchandio Dict. hift. To. 1. V. Allais p. 11 , feqq.
in Not. Non ut vera quidem hiftoria, fed pure, puteque commen-
titia haberi ea debet, qua nempe ingeniofe Sevarambum Religio,
ac Refpublica confingitur, fufeque diverfis fub affumptis fpeciebus
defcribitur: qua imo par. 4, & 5. To 2. p. 101, feqq. edit. Amft. 1716.
fictionibus potiffimum cum de Omiga, five Stroukara, cujus pleraque conficta miracula ad imitationem factorum a Moyfe , ab Elia,
a Chrifto D., ab Apoftolis referuntur, & p. 213. feqq. de Scromena
Impoftore altero , qui de Religione mere naturali loquens inducitur, ac ceteras inReligionem inductas deindeCærimonias velut ex
ambitione , & avaritia derivatas, & in Idololatriam abducentes
reprehendens, eo impie tendi videtur demum, ut mera Religio naturalis (cujus Princeps habetur Eduardus Herbertus in tribus libris de Veritate, de Cauffis errorum, & de Religione Gentif.) ad-
ftruatur , Judaica vero , & Chriftiana irrifioni tradatur , velut
obfervant Morhofius , & Fabricius loc. citat., Heumannus de
Anonym. , & Pfeudonymis p. 165, qui tamen fubinde in Confpectu Reipub. litter. p. 320. in Not. 2. Auctori huic hift. Sevaramb.
non fuiffe mentem de Religionis Chriftianæ Divinitate dubiam
affirmat , Auguftinus Pfeifferus apud Chrift. Thomafium in Cogitat. menft. cit. p. 1000 , feq. , a quo Veirafius cum Francifco

Rablae-

Rablaeſo, Bonav. Pereſio, Andrea Beverlandio &c., quos omnes
Atheiſino laborare non dubitat, conſertur, Reimaunus hiſt.
Atheiſmi p. 481, quo loci Atheiſmi ſuſpectum Auctorem hunc
etiam habet, & Marchandius Dict. hiſt. To. 1. pag. 18. in Not.,
qui Deiſmum hoc in Opere ſe detegere haud imprudenter putat.
Quamquam Veiraſium a Naturaliſmo, & Atheiſino vindicare, &
abſtergere poſt Heumannum ſibi ſumpſere Chriſt Thomaſius loc.
cit. p. 561, ſeqq., & Auctores Diarii Germanici edit. Hano-
ver. 1700, & 1702. p. 5. Ut ut vero, & de Auctore, deque
Operis ſcopo ſit, negari tamen nequit ab hujus hiſtoriæ Auctore
par. 2. To. 2. p. 194, ſeqq. egregie neceſſariam Religionis cum
Republica bene inſtituta, morataque conjunctionem oſtendi, &
exponi: Nam Sevarambum inſtitutor Sevarias, genere Perſa
anno 1375. natus, & an. 1407. in Terram Auſtralem appulſus,
cum primo fingitur legum ſuarum exordium, Regiminiſque formam a Religione feciſſe, atque incepiſſe, Reipublicæ firmiter ſtatuendæ fundamenti loco ponens Deum unum eſt, ſum-
mum, independentem, inviſibilem, æternum, infinitum, ju-
ſtiſſimum &c., cujus id nomen *Khodimbas*, ſive *Rex ſpirituum*.
Ab eo in Mundo univerſo cuncta recte diſponi, ac ſapientiſſime
gubernari, ideoque cultum eidem, & obſervantiam a cunctis deberi quammaximam. Ejus adminiſtrum eſſe Solem, cui ideo nomen inditum *Erimbas*, ideſt *Rex lucis*, & *Phodarieſtas*, ideſt
Fons vitæ, & *Antemikondas*, ideſt *Dei ſpeculum*, ſeque perinde ſolis proregem inſcribit, cui Soli leges ab ſe latas referat integre acceptas. Junge, quod hac in Sevarambum hiſtoria tam
egregia, quam revera expreſſa imago exhibetur Religionis,
quam olim apud Peruvianos, quos primus inſtituiſſe fertur Man-
co - Capac, a quo eadem prorſus Religionis dogmata Populis illis tradita, inque iis fundatam præcipue Rempublicam videre
eſt apud Garcilaſſium de Vega hiſt. Incarum lib. 2. capp. 1, ſeqq.
p 109, ſeqq., obtinuiſſe rite obſervat cit. loco Marchandius,
ubi & ſuſpicatur inde forſan Veiraſium Sevarambum hiſtoriam
fingendi occaſionem ſumpſiſſe, ideoque rite Ramſajum refellit,
qui To. 1 *Voſages de Cyrus* p. 159. tam inepte, quam falſo ima-
ginatur, eò totam ingenioſam hanc de Sevarambibus fabulam

colli-

collineare, ut omnem prorsus regiminis bene statuti formam
evertat, ac Populi in libertatem ab omni penitus legis jugo ad-
ferantur. Denique, ut verbo dicam, tam vetus, quam recens
Populorum est persuasio de Religione tutandæ, stabiliendæque
Reipublicæ necessaria, ut olim, & hodiedum apud Orientales,
Occidentalesque penes Sacerdotes rei Civilis summa stet integra,
iidemque Religionis administri Reipublicæ juribus pariter administrandis applicentur. Qua de re ex veteribus adeundi Cæsar de
bello Gall. lib. 6. cap. 13, Dionysius Halic. lib. 2. p. 132, Strabo lib. 1. p. 43, & lib. 4. p. 302, Tacitus de Moribus German.
capp. 7, & 11, Ælianus Var. hist. lib. 14. cap. 34, ex recentioribus vero Perizonius in Not. ad Ælianum, Pyrardus Itiner.
cap. 14. p. 144, seq., Calmerius in Comment. To. 2. p. 430, &
To. 3. p. 5, & 659, Histor. gener. Itiner. To. 4. p. 396, Char-
dinus To. 6. p. 16, Collect. Itiner. ad Septent. To. 8. p. 403,
& Goguetius Orig. Leg., Art., Scient To. 1. par. 1. lib. 1.
art. 1. p. 28.

Insita hæc ipsa de Religione a bene instituta, morataque
Republica indivisa Veteribus tam Philosophis, quam Politicis
erat sententia. Judæorum sane veterum justitiam ex ipsorum Religione laudandi ex Trogo lib. 36. cap. 2. argumenta sumpsit Justinus, sicut & Strabo lib. 16. Geogr. p. 761. Sed placet auscul-
tare magis Philoni, cujus hoc præclarum elogium est de vita
Abrahami p. 378 : *Ejusdem est naturæ religiosum esse, & homi-*
num amantem : apud eumdem spectantur pietas in Deum, & in
homines justitia. Qui perinde de Monarch. p. 818 : *Efficacissi-*
mum, amatorium, & vinculum indissolubile benevolæ amicitiæ
unius Dei cultum vocat. Similia habet de Fortitud. p. 741, ac
Josephus contra Appion. lib. 11. cap. 19. Ideo apud Xenophontem
Instit. lib. 8. cap. 1. Cyrus subditos Populos hoc sibi addictiores
fore confidebat, quo Dei metuentiores faceret. Et certe initi,
fractaque cervice subditi facile humanum ferre jugum discunt,
qui semel Divino ferendo haud ægri humeros submiserunt. Hinc
Diotogenes Pythagoreus in Rege perfecto desiderabat, ut *Ju-*
dex, & Sacerdos idem esset, ut Religione videlicet justitia cu-
stodiretur. Religionem quoque potestatis certum propugnacu-
lum,

culum, ac legum, honeſtæque diſciplinæ indiſſolubile vinculum
vocabat Plato de Republ. lib. 2, & in Dialogo de Sanctitate:
Si quis, inquiens, grata Diis loqui, & agere novit ... hæc
Sancta ſunt, atque hæc officia ſunt Domus propria, tum Civitates conſervant &c. Quam in rem pariter, in omni Republica,
ajebat Ariſtoteles Polit. lib. 7. cap. 8, Πρῶτον ἡ Περι γείαν ται-
μέλεια, Primum eſt Curatio rerum Divinarum. Cujus rei certe
evidens argumentum eſt, quod Epicurrus apud Laertium lib. 10.
S. 130, ſeq., & Senecam epiſt. 97. quum Dei providentiam ſu-
ſtuliſſet, juſtitiæ quoque, abſque qua Reſpublica nulla ſubſiſtit,
nihil fecit reliquum. Pietate ſublata, recte ajebat Cicero lib. 1.
de Nat. Deor. cap. 2, Fides etiam, & Societas humani generis,
& una excellentiſſima virtus Juſtitia tollitur: quod reperit de Fi-
nib. lib. 4. cap. 5, cuique jungendus Polybius hiſt. lib. 5. cap. 54.
Quare ad firmandum Auguſto imperium ſalubrius ei ſuppeditare
conſilium nequivit Mæcenas apud Dionem Caſſ. lib. 52, quam
de Religione ſedulo prius curanda: Divinum, inquiens, Numen
omni modo, omni tempore ipſe cole juxta leges patrias, & alii ut
colant, effice. Subjungens non tollerandos utique, qui diver-
ſam Religionem invehere inſtituerent: Quia nova quædam Nu-
mina introducentes, multos impellunt ad mutationem rerum.
Unde conjurationes, ſeditiones, conciliabula exiſtunt; res profecto
minime conducibiles Principi ſui. Quam in rem plura dabit Lip-
ſius Polit. lib. 4. cap. 2, in Not. ad lib. 1. cap. 3, & lib. adv.
Dialog. cap. 2, ubi inter alia illud advertit, ex Joſepho contra
Appion. lib. 11. Judæos, & Græcos, & ex Livio lib. 39. Romanos, & Italos, quibus jungendi Sinenſes Ethnici, & Chriſtiani in Hiſpania, quod liquet ex Concilio Toletano VI., pro
ſummo, quo Reſpublica ne loco dimoveretur ſuo, ſatagebant
ſtudio, nequa diverſa, ac nova induceretur Religio, pariter ſtu-
duiſſe. Ideo quoque Jure, optimeque Plutarchus contra Colo.
tem p. 1125. Religionem vocabat συντικον ἁπάσης κοινωνίας, καὶ
νομοθεσίας Epeισμα, Vinculum, ſive Coagulum omnis Societatis,
& Legislationis firmamentum. Ex Q. Curtio, & Perſio, quibus
addendus Martialis de Arte aman. lib. 1. prope fin. Expedit eſſe
Deos, & ut expedit, eſſe putemus, etiam ad Rempublicam bene
                                                              geren-

gerendam necessariam Religionem ostendit adversus Bælium Jacobus Bethnardus, quin etiam Atheis ipsis affirmantibus Religionem Politicorum excogitatam esse, ad retinendos in officio ho.
mines, inde recte arguit Societatis bono, quietique Religionem
conferre quammaxime apud Bælium *Pensées divers* art. 81, &
in Respons. ad Quæst. Provinc. cap. 17. To. 3, & cap. 23. To 4,
cui argumento frustra respondere conatum Bælium observat
Crousazius Pyrrhon. Vet., & Nov. §. 109. p. 706. Junge his S. Justinum, qui in Apolog. 2. cap. 8. ad rerum Divinarum cognitionem erigens, & accersens Βασιλικὸν ὤκαι Τῦτο ἔργον εἰ, idest,
Erit hoc opus sane Regium ; Lactantium, qui lib. de Ira Dei
cap. 8. Religionis vinculo ablato, *Vita hominum*, inquit, *stul-
litia, scelere, immanitate complebitur*: & cap. 12 salva vicissim
Religione, futurum spondet, ut omnia in Republica integra, &
salva sint: *Religio, & timor Dei solus est, qui custodit hominum
inter se Societatem* ; Synesium Orat. de Regno, quo loci Religionem basim, ac fundamentum Reipublicæ ponit: Ευσέβεια δὲ
πρῶτον ὑποβεβῆσθαι, κρητίζεισφαλὲς, ἐφεστηξει τὸ ἀγαλμαῖμα-
δωτὸς Βασιλείας, *Pietas primum substernitur, fulcrum, & cre-
pido, cui firmiter insistit simulacrum hoc Regni* ; S. Augustinum
lib. de vera Relig. cap. 31, ubi legum conditores ad leges Divinas respicere, si recta decernere velint, jubet ; S. Isidorum Pelus. lib. 3. epist. 249, cui similia ante scripserat S. Epiphanius
hær. 29, quæ est Nazaræorum, n. 3, seq., ubi mutuam Sacerdotii, & Regni unionem hominum Societati adeo utilem, ac necessariam esse contendit, ut sublato Sacerdotio Regnum etiam
concidere necesse sit: cujus rei hanc adsignat rationem : *Sublato enim, ac prorsus deleto eo, quod caput erat, majorisque momenti, ne aliud quidem quicquam consistere poterat* . *Nam Regni
quoque basis pietas erga Deum erat, quæ in Dei cultu posita cen-
sebatur*. Loquitur de Judæorum Regno, ac Sacerdotio post
Christi necem funditus everso, & deleto. Confer S. Thomam
22. q. 66. art. 8. ad 3, Covarruviam in C. *Peccatum* par. 2.
§. 10, Puffendorfium de Jure N., & G. lib. 2. cap. 4. §. 3, &
Barbeyracium ibid. in Not. 4, de Offic. hom., & Civ. lib. 1.
cap. 4. §. 9., & cap. 5. §. 3, ac Barbeyracium in Not. ad cap. 3.
§. 23,

§. 13 , ubi primum Naturalis Juris principium ſtatuitur Religio ,
eademque adverſus Atheos , Epicurreos , ac Stoicos ultimum ,
ac firmiſſimum humanæ Societatis vinculum oſtenditur . Confer
& Corn. Bynkershoek differt. 2. de Religione Peregrina Opuſc.
To. 2. p. 185 , ſeqq. , ubi pleraque hanc in rem diſputat.

Jam vero ſequitur hinc , quod poteſtati Sacræ , quatenus
Religionem reſpicit , Civilis , quæ circa Rempublicam obverſa-
tur , tam ratione objecti , & finis ſubordinetur , quam ratione
ſubjecti , ac juris ſubjaceat . Porro ſiquidem ita propria Reipublicæ , ac proxima Religio ſit , intimeque hæc illi conglutinata ,
effectum eſt equidem facile , ut olim pleraſque apud veteres Gentes ambæ Poteſtates hæ in una , eademque perſona copulatæ fuerint , Sacerdotium , inquam , & Imperium . Atque iſta utique
mens fuit Diotogenis Pythagorei apud Stobæum de Regno , ut
Rex nempe , & Judex , & Sacerdos eſſet , a quo parum diſtitit
Tacitus Annal. lib. 3. Et ſane , qui apud Ægyptios olim Imperii
ſummam gerebant , eoſdem Pontificis M. nomine delectatos pariter , officioque defunctos tradit Plutarchus , qua de conjunctione dignitatis utriuſque Syneſius etiam epiſt. 57 , & 121 , Petavius ibid. in Not. p. 36, & Marshamus in Can. Chron. p. 538.
Quod ipſum de Æthiopibus memorat Diodorus , de Athenienſibus teſtatur Plato , de Lacedæmoniis Herodotus apud Grotium de Imp. ſum. Poteſt. cap. 2. n. 4. , de Sycioniis Syncellus in
Chronog. p. 97. Attalicis quoque apud Vitruvium lib. 1. cap. 9.
illud in more poſitum erat , ut Trallibus Regia domus ad inhabi-
tandum ei daretur , qui Urbis gerebat Sacerdotium . Utroque
ſimul etiam officio Sacerdotis , & Regis defuncti Reges Zelæ , geminæ Comagenæ in Ponto , & Cappadocia , atque Olbæ leguntur , qui ideo Αρχιερεις dicebantur . Vide Monum. Acad. Inſcript.
To. 7. p. 203. Atque ab initio quidem ad hanc uſque ætatem
apud Orientales , Indos , Americanos &c. morem obtinuiſſe ,
ut qui Sacris præſunt , rei Civilis pariter ſummam teneant , obſervat Ferd. Lopez hiſt. Ind. lib. 1. cap. 14. Confer , & Grotium
de Imp. ſum. Poteſt. circa Sacra cap. 9 , & Caſaubonum ad Stra-
bonis lib. 14. p. 333 , & ad Svetonium in Auguſto cap. 31, Nicolaum Petitpied de Jur. , & prærog. Eccleſ. in admin. Juſt. Sæ-
                                                                cul. 2

cul. , & Ludov. Burghefium in hift. Crit. Melchifedechi Reg. , &
Sacerd. cap. 10. Quamvis autem Livio tefte lib. 1. cap. 20. a Numa
Pompilio utriufque Sacerdotii, Regnique officia difcreta fuerint ,
& quæ Sacra, Sacerdoribus attribuva, fibi, quæ Civilia, refervatis,
non obfuit id tamen, quominus iterum Auguftus, eumdemque fe-
qouti Imperatores Pontificatum M. non quidem ex delatione
Senatus , ut perperam habet Eufebius in Chron. , fed a Sacerdotum Collegio delatum, ut ex Dionyfio Halic. lib. 2. p. 183.
obfervat Bafnagius Annal. Polit. To. 1. ad an. 13. ante Chr. æt.
n. 3, Imperio junxerint: qua de re Cicero de Divin. , Dio lib. 54.
p. 540, Servius ad Æn. 3, Germonjus de Sacror. immunit. lib. 1.
cap. 9. n. 3, & Seldenus de Syned. lib. 1. cap. 10. p. 228 , feqq.
Quamvis, contra quam Harduino perfuafum fuerat, Pontificis M.
dignitatem ab Auguftis ufurpatam ita Illorum propriam fuiffe
femper , ac peculiarem , ut alterum ejufdem facere participem
nunquam fint paffi , eodem tempore M. Aurelium , & Commodum , atque duos Philippos Patrem , & Filium Pontificis M. titulo fuiffe infignitos pugnant Fabricius , & Muratorius : atque
de M. Aurelio , & Commodo quidem conftat ex Numis Commo-
di, de quo videndus tamen Tillemontius hift. Imp. To. 3. Not. 11.
in Septim. Severum. , de duobus vero Philippis id liquido oftendit Infcriptio an. 247. dedicata , qua Pater fub Imperii initio
Filium , & Cæfaris , & Pontificis M. dignitate condecoraffe legitur , quæ Neapoli integra extans in lamina ærea refertur a
Sponio in Mifcell. Erudit. antiq. p. 244 , & a Pagio ad an. 244.
n. 3. Apud Dionem præterea lib. 44. inter honores a Senatu Cæfari decretos ille etiam refertur , ut Filius ejus , qui nafceretur ,
aut adoptivus , Pontifex M. evaderet . Quin etiam Pontificis M.
titulo , ac poteftate tam infignitos , quam ufos paffim , & Duumviros , quales in Cod. Theodof. , qualifque Didymus in Africa ,
de quo in Geftis Cæciliani , ac Valefius , & Afiæ Proconfules ,
indelicti Ασιαρχαι, & Αρχιερεις, quales Philippus in epift. Ecclefiæ Smyrnenfis de S. Polycarpi Martyrio, Claudius Bians in
Nummo Cianorum Urbis Bithyniæ , Samius Eutyches in Nummo Laodicenfium , M. Aurelius Alexander in Nummo Apamen-
fium , Hephæftio in Nummo Daldianorum , M. Lucius Aurelius
in Num.

in Nummo Cyzicenorum , M. Aurelius in Nummo Smyrnæorum,
Marcus in Nummo Cebeffi Urbis Lyciæ , aliique in Thef. M. Ducis , Reginæ Svec. , & Grutberi , quales Palæſtræ Xyſtarchæ ,
ſive Præfecti , de quibus in Infcript. Athleticis , ceu de M. Ul-
pio Domeſtico apud Gruiherum Infcrip. p. 315, feq. , qualefque
Aſiæ Principes, & Sacerdotales Præfides, de quibus Actor. cap.19.
v.31, Tertullianus de Spectac. , & Philoſtratus in vitis Sophiſt.,
& in Marm. Arundel. , pluribus oſtendit Ezechiel Spanhemius in
diſſert. de Præſt. , & uſu Numifm. p. 240. edit. Rom. 1664. Jam
vero ad Imperatores reflectendo fermonem, an cum Imperii dignitate Pontificis M. titulus ab Ethnicis in Chriſtianos fuerit
translatus, lis eſt inter Eruditos. Affirmant Baronius ad an. 312.
n. 93, feqq., a ſententia decedens, quam tenuerat in Not. ad
Martyr. Rom. die 21. Aug. , Andreas Boſius in diſſert. de Pontificatu M. Imperat. Chriſt. Grævii Tom. 5. Antiq. Rom., Spanhemius p. 240, Goldaſtus in epiſt. dedicat. ad Jacobum Angl.
Reg. Tom. 3. Receſſuum Imperat. , Vandalæus in diſſert. de Ora-
cul. p. 53, & diſſert. 2. ad Antiq. ex Marmor. illuſt. , Fabricius
Bibliograph. antiq. cap. 13. S. 2. p. 444 , feq. , Nieuportius de
Ritib. vet. Rom. fect. 4. cap. 2. S. 2 , aliique cum Zofimi lib. 4.
p. 249. edit. Oxon. ducti , tum Infcriptionibus veter. innixi , ex
quibus eo titulo Imperatores Chriſtianos infignitos, vel ufque ad
Gratianum exiſtimant , vel imo ufque ad Juſtinum Senior. , velut
Goldaſtus , & Vandalæus . Negant viciſſim Gretzerus in refut.
impoſturæ Calviniſticæ cap. 3, Goldaſtum refellens , Jacobus Gothofredus in epiſtola ad Rivernm de interdicta Chriſtianorum cum
Gentil. Commun., deque Pontificatu M., Pagius ad an 312.
n. 17, feqq., Tillemonrius hiſt. Imperat. Tom. 4. p. 580, feq. ;
Jacutius hiſtor. Viſion. Conſtantini M. cap. 2. p. 42, feqq., aliique , ea potiſſimum ratione permoti , quod Imperatores Chriſtiani quò religiofe fibi a nomine unius Pontificis Romani jam proprio abſtinendum duxere, eó fummopere ab eo impio, fuperſti-
tiofuque abhorrendum fibi propofuere ritu , quo dum Imperatores Ethnici Pontificis M. titulum , amictumque fumebant , tum
alta fcrobe fubtus terram demerfi, defluentem ita in fe ipfos ma-
ctati in facrificio Tauri cruorem excipientes, Taurobolium age-

bant, de quo Maternus Firmicus cap. 28. in Bibl. PP., Prudentius in Romano n. 1046, Montfauconus Antiq. Tom. 1. p. 1, Gorius in Miscell. Etrusc. Tom. 2, & 3, Vandalæus de Taurob. dissert. 1., Pitiscus in Lex. Tom. 3. p. 544, seq. edit. Ven. 1719,
aliique apud ipsum. Quod vero ad Zosimum attinet, ejus au&o-
ritate se minime premi, moverique profitentur, velut ejus, quem
insignis mendacii redarguunt tum vetera Monumenta, in quibus
nihil hujusmodi de Titulo adparet, tum Sozomeni testimonium
lib. 5. cap. 1, quo loci eo novo titulo primum usum Julianum,
postquam Christianam ejurasset Religionem, tum immane, ac plusquam vatinianum, quo in Christianos Imperatores, signatimque
in Constantinum, & Gratianum odio idem Zosimus effervescebat,
de quo Gothofredus ad Philostorg. lib. 10. cap. 5, & Pagius loco
cit. Neque magis veter. Inscriptionum urgeri se testimonio subte-
xunt, in quibus Christianorum Imperatorum Titulis & ille
Pontificis M. additus legitur, velut in Constantini M. apud Grutherum p. 283. n. 1, & 3, ac p. 159. n. 6, Valentis p. 386. n. 3,
Gratiani p. 159. n. 7, ac p. 1082. n. 13, Valentiniani apud Baronium ad an. 312. n. 95, Gratiani rursus ibid., Marciani, Anastasii, & Justini apud Goldastum loc. cit., ac Justini Sen'or. iterum
apud Grutherum p. 164. n. 5, & Vandalæum de Orac. p. 153.
Nam primo respondent non Imperatores hunc sibi titulum vindicasse, sed ipsis ultrocitroque ab Ethnicis tributum ibidem exhiberi: quo sensu Servius sub Arcadio, & Honorio in vivis agens
in Æneid. 3. p. 268. scripsit: *Unde hodieque Imperatores dicimus
Pontifices*. Quomodo etiam ab Ethnicis pro Christianorum Imperatorum salute hostias cædi quoque consuevisse discimus ex Ammiano Marcell. lib. 25. cap. 6, ubi de Joviano verba facit: atque
in Deos referre Imperatores etiam Christianos eisdem Gentilibus,
ipsisque Apotheosim apponere in more positum docet Panvinius
de Civit. Rom. cap. 28. in Grævii Thes. Antiq. Tom. 1, & apud
Nieuportium de Ritib. vet. Rom. se&. 4. cap. 1. §. 27. Cujusmodi forsan genus est Constantini M. Apotheosis in quodam Nummo
spe&ata ab Isaaco Vossio, ut ipse refert in Not. ad Svetonium in
Claudio, in quo ejus Anima linteo velata, quadrigis in Cælum
ve&a, & a brachio cælitus porre&o excepta conspicitur, cum
subje-

subjecta epigraphe *Consecratio*. Etsi hanc ipse Christiano accipere sensu maluerit, quod probat etiam doctiss. Monelia differt. 2.
de Relig. utriusque Philippi cap. 6. n, 13. Atque de Inscriptione
speciatim Justini loquendo, in verbis illis *Pont. Max.* legendum
non Pontificem Maximum, sed *Ponticum Maximum* observant
Reincsius, & Spanhemius de Præst. Num. p.240. Ad hæc Inscrip-
tiones plerasque in Gentilium pridem gratiam factas, eorumdem postea erasis nominibus, ac Christianorum Imperatorum suf-
fectis, eisdem fuisse consecratas advertunt. Cujus rei exemplum
profert illustre Baronius in Inscriptione Constantini M. Romæ
erecta, cujus in basis latere dextero ante Constantini nomen legitur nomen C. Val. Aurel., quæ sane prænomina nequaquam
Constantino M., cui Flavii prænomen fuit, neque Diocletiano,
ut falso putavit Baronius, sed Maximiano Herculeo data observant Pagius, & Jacutius cit. loco; in sinistro vero latere dedicata legitur Kal. Jan. Diocletiano III, & Maximiano Coss., qui
tertius Diocletiani Consulatus in an. Christi 287. incidens ostendit eam Inscriptionem annis 25, aut 27. anteriorem esse Constantini M. Consulatu III, sub quo dedicata eadem dicitur, qui incidit in an. 312, aut 314. Ejusmodi mutationis genus usurpatum
etiam in Nummis, Imaginibus, & Statuis, quæ in aliorum dein
honorem, capite tantum, vel titulis mutatis, translatæ plus
vice simplici sunt, discimus ex Svetonio in *Tiberio* cap. 58, & in
Cajo cap. 22, ex Dione Chrysost. Orat. Rhod. 31, & Corinth.
37, ex Pausania in Attic., & Corinth., & ex S. Hieronymo
Comm. in Habacuc.

Ut autem ista de Sacerdotii, & Imperii conjunctione se habeant, utque hominum instituto factum sit, negari tamen nequit,
Divina institutione Reipublicæ quidem adglutinatam Religionem fuisse, adeout Exodi cap. 19. v. 6. *Regnum Sacerdotale* Judæorum Respublica nuncupari meruerit, utriusque tamen Sacerdotes inter, & Magistratus, Pontifices inter, & Principes accurate discreta officia, dignitates, & Jura. Ita plane inspirante
Deo, jubenteque Moyses Politiæ Ecclesiasticæ a Civili discretæ
formam constituisse legitur tam in personis, & gradibus, quam
in Sacrificiis, & Cæremoniis. Atque quod ad personas attinet,

Sacer-

Sacerdotes, & Levitas inſtituit, ita ut in Sacerdoribus eſſet Sacerdos ſummus, qualis Aaron, eſſent & Sacerdotes ſecundarii,
in quibus duo præſertim eminebant, unus, qui totius Levitici
ordinis, ideoque Princeps etiam cujuſque familiæ Leviticæ, caput erat, & Præſes, qualis vivente Aarone ſuit Eleazar, Sa-
doel &c., alter, qui hujus veluti legatus in inferiorum Levita-
rum provinciam, ac diligentiam inquirebat, qualis fuit Ithamar,
Zabdiel &c. Conſule Numer. cap. 3. v. 32, & cap. 4. v. 16, 28,
& 33. Inde ex duobus Aaronis filiis Eleazare, & Ithamare duas
ſubinde conſtitutas Sacerdotum ſtirpes novimus. Et a Moyſe quidem octo Claſſes, ſive Διαιρίσεις, aut Ε'τιϛλιψεις, ſive Χληρυς,
aut Ε'φημιρίας ordinatas, ex Eleazare ideſt quatuor, totidemque
ex Ithamare, eaſque deinde a Samuele ad ſexdecim, æqua parti-
tione, adauctas ſuiſſe, opinio Judæorum eſt apud R. David Kimchi in Comm. ad 1. Chron. 24. 4. Sed enim a Davide in Epheme-
rias, ſive Claſſes 24. Sacerdotes ſuiſſe diſtributos, ut quælibet
per vices qualibet hebdomada ſacris in Templo defungeretur,
ex quibus 16. fuerint Eleazaridæ, 8. autem Ithamaridæ, liquet
ex lib. 1. Chron. cap. 24. v. 4; atque ita quidem, ut cuilibet
Ephemeriæ Sacerdos præeſſet dignitate, auctoritateque cæteris
potior, cunctis vero Sacerdos ſummus, ſive Pontifex. Quæ par-
titio ſane manſit ſub Salomone 2. Chron. 8, v. 14, inſtaurataque
deinde eſt ex quatuor dumtaxat Jeddaja, Harim, Paſchur, & Im-
mer, quæ e Babylonica captivitate regreſſæ Ephemeriæ fuerant,
cum a Nehemia 2. Eſdr. 7, 37, cap. 12, 1, & cap. 13, 3, tum a
Juda Machabæo 1. Machab. 4, 42. De quibus fuſe Sigonius de
Repub. Heb. lib. 5. cap. 3; Seldenus de Succeſ. in Pontif. cap.1;
Ligfootus in bor. Hebr. ad Luc. 1, 5, & in Harmon. Evang. ad
eumdem loc., Heberlinus in diſput. ſingul., Witſius Exercit 15.
de vita S. Joh. Bapt. §. 5. Tom. 2. Miſcell. Sacr., & Carpzovius
ad Goodvvini Antiq. Cod. Sacri lib 1. cap. 5. §§. 18, & 20. p. 100,
ſeqq. Levitas quoque in tres Ordines, juxta tres Levi filios Gerſom, Kahat, & Merari, diſpertitos fuiſſe, ideſt in Gerſomitas,
Kahathitas, & Meraritas, diſcimus ex 1. Chron. 6, 1, ſeqq., &
cap. 24, 20, ſeqq. Ubi advertendum ex Kahathitis alios fuiſſe
Sacerdotes ex Aarone oriundos, de quibus Joſve 21, 4, & 9, alios
vero

vero Levitas, de quibus dictum mox, ex Levi defcendentes.
Imn utata poftmodum eft Politia ifthæc apud Judæos Ecclefiaftica. Nam poft Hierofolymitanum excidium inducti leguntur Patriarchæ, qui Eπαροῖς, five Aπιδασμοῖς præerant, quæque majoris in Republica momenti effent, ftudiofe curare debebant : de
quibus Origenes de Princip. lib. 4. cap. 3. verf. Ruff., S. Epiphanius Hær. 39, S. Hieronymus lib.1. adv. Ruffin., S. Cyrillus Catech. 12, Theodoretus Dialog. 1, Arcadius, & Honorius LL. 4,
8, 9, 10, 13, 14, & 15, atque Theodofius, & Valentinianus
LL. 17, & ult. De Judæis Cod. Theod., de quibus adeundi Petavius in not. ad S.Epiphan.,& Gothofredus Cod.Theod.Tom. 6.
p. 213. Patriarchis a confiliis erant Apoftoli, qui, ab illis poteftate accepta, Magiftratu, dignitateque movendi Primates, aliofque inferioris ordinis jure, officioque defungebantur, de quibus
S. Epiphanius κατὰ τὸ ῤβωραίων. Qui his fuccedebant, Primates,
Archifynagogi, five Archiperecitæ, Hierei, five Didafcalli,
Presbyteri, & Azamitæ Provinciis fingulis præerant, aut Pro-
feuchis; Legis interpretationi, ac lectioni incumbebant, cete-
raque præftabant munia, quæ proxime ad Synagogarum difciplinam, Rituumque Judaicorum obfervantiam conferebant : de quibus fingillatim Samuel Petitus var. Lect. cap. 24, ubi ex L. 17.
an. 40*, & LL. 18. & ult. Cod. Theod. de Judæis an. 429. latis,
intra breve illud annor. 25. intervallum Patriarchas apud Judæos
defiife colligit, Campegius Vitringa de Decem otiofis p. 240,
feqq., Rhenferdius in fimili Opufculo p. 224, feqq., & Cherubinus à S. Jofeph Bibl. Critic. Tom. 3. difput. 2. de Syned. art. 4.

Quod ad poteftatem, & officia pertinet, ex Sacerdotibus,
& Levitis, Senioribus ex Populo adjunctis, omnibus fimul 70,
unde Synedrii M. nomen adhæfit, a Moyfe primum, a Davide
poftea, ac Jofaphato conftituti leguntur Judices partim ad Judicium Domini, ideft Ecclefiafticum, partim etiam ad Litem,
ideft Judicium Civile. Supremum hoc erat Tribunal, veluti liquet ex Num. cap. 11. v. 16, feqq., Deuteron. cap. 17. v. 9,
feqq., & 2. Chron. cap. 19 v. 8, feqq., quibus locis jungendi
Hieremias cap. 19. v. 1, cap 26. v. 11, & cap. 38. v. 4, feq.,
& Ezechiel cap. 8. v. 11. videndique Sigonius de Republ. Hebr.
lib. 6.

lib. 6. capp. 4 , & 7 , Grotius in Matth cap. 5. v 22 , & Sparhe-
mius Dub. Evang. par. 2. dub. 139. §. 3 Atque ad huc quitem Dicasterium quidquid a ceteris in Palæstina Magistratibus , ac Judicibus decidi nequiret , deferri , ibique definiri , eidem graviores
etiam caussas , ac maxime Criminales , & ad Religionem spectan-
tes reservari consuevisse , nec ab eo provocationem fuisse pluribus
docent Seldenus de Syned. lib. 2. cap. 4 , & lib. 3. cap. 1 , seqq.,
& Petrus Cunæus de Republ. Hebr. lib. 1. cap. 12 , qui cap. seq.
ex Maimonide in *Halacha Sanhedrim* cap. 1 , seq. duo alia præterea distinguit Collegia Hierosolymis constituta, unum ex 23. conflatum , qui de Capite , fortunisque Civium Judices sedebant ,
alterum ex 3. Viris , qui de injuriis , pecuniis , aliisque mobili-
bus sententiam dicebant . Synedrium porro Senioribus illis 70.
in operæ subsidium a Moyse adhibitis natales utrum suos debeat ,
negant quidem, aut dubitant Joh. Clericus in differt. de 72. Viror.
Synedrio , Joh. Vorstius apud eumdem , & Christianus Ludovicus
de spiritu Moysis in 70. Sen. posito n. 31, seqq. ad Numer. cap. 11.
v. 16 , & 25. Thes. Philolog. novissima. Tom. 1. p. 420, seq. edit.
Amstel. 1732 , quin dubitet tamen a Judæis ex exfilio Babylonico
reducibus istud ex 70. Senioribus Tribunal fuisse constitutum.
Adfirmant vicissim, præfatis Numer. , Deuter. , ac Paralip. innixi
locis , ex Judæis passim Doctores omnes , ac præcipue in Mischna
Tract. Sanhedr. cap. 1. n. 6 , & Maimonides ibid. , quibus suffra-
gatur Josephus Antiq. Judaic. lib. 14. cap. 17; ex Christianis vero tantum non omnes , ac diffuse præ ceteris Marius in Num. 11,
Seldenus lib. de Syned. , Ligfootus in Harm. Chron. Vet. Test.
p. 34 , & Tom. 1. p. 608 , Buxtorfius in Lex. Maj. , & in Abbre-
viat. Hebraic. , Zeltnerus in Schilo nodis soluto §. 6. ad Genes.
cap. 49 , v. 10. Thes. Philolog. novissimo. ad vet. Test. Tom. 1. p. 248,
seq. , aliique longe plures mox referendi . Sed & Synedrii M. duo
fuisse Capita, qualia Annas , & Caiphas in Evangelio notati , non
respectu quidem Sacræ functionis , sed Civilis dumtaxat administrationis , quorum unus , isque primarius , *Princeps* esset , Judæis dictus *Rosce hiscibab , Caput Scholæ , & Nascia becol moqom,*
Princeps in omni loco , alter secundarius , auctoritateque inferior,
Pater domus Judicii denominatus , Judæis *Ab-Beth Din*, tradunt

Judæo-

Judæorum Doctores in Cod. *Moed Katon* fol. 22. p. 1, in Tract.
Horajoth cap. 3. p. 162, Maimonides in Tract. de Judicibus cap. 1,
&c., ac observant Huetius Demonst. Evangel. prop. 9. cap. 4. n. 3,
Seldenus de succeff. in Pontif. lib. 2. cap. 1, Binzus de Christi
morte lib. 2. cap. 4. §. 4, Saubertus de Sacerd. Hebr. cap. 5, &
Carpzovius ad Goodwini lib. 1. cap. 5. §. 17. p. 99, feq., & ad
Lib. 5. cap. 1. §. 6. p. 552, feqq. Confer & Cherubinum a S. Jofeph in Bibl. Crit. difp. 2. art. 3. fect. 2. §. 1, feqq. Tom. 1. p. 740,
feqq. A Synedrio præterea diversa an fuerit Synagoga M., quin hæc
an fuerit in rerum unquam natura, ac fi revera fuit aliquando, quo
demum cœperit tempore, quove defierit, lis altera inter Doctos
eft. Curiam ejusmodi fub Synagogæ M. nomine ad Platonis Rem.
publicam, de qua Livius lib. 26. cap. 22, vel ad Thomæ Mori
Utopiam, five, ut Erasmus, Nusquamam, vel ad Baconis Veru-
lamii Novam Atlantem, vel ad Josue Glanvillii Antifanaticam,
vel ad Thomæ Campanellæ Civitatem Solis, Mercurii Britannici
Terram Auftralem, Alberici Gentilis Mundum alterum, Joh. Bif-
felii Icariam, Jacobi Bidermanni Utopiam, Gasparis Stiblini
Eudæmonenfium Rempublicam, Verafii Rempublicam Sevarambum, Sullii Monarchiam universalem, five ad Sambathionæi flu-
minis oras, ad pura ideft, putaque figmenta amandandam fore
argumentis quidem haud contemnendis pugnant Jacobus Altin-
gius in epift. ad Perizonium Tom. 5. Oper. p 382, Franc. Burmannus Synopf. Theolog. lib. 4. cap. 37. §. 7, feq., Hermannus
Witfius Miscell. Sacr. lib. 2. differt. 3 §. 29, Campegius Vitringa Hypotip. hift. Sac. Period. 6. §. 80, feqq., Valent. Erneftus
Loefcherus de cauff. ling. Hebr. lib. 1. cap. 5. §. 17, Joh. Franc.
Buddeus hift. Eccl. Vet. Teft. Tom. 2. period. 2. fect. 6. § 12,
fusiufque Joh. Eberhardus Rau in Diatriba de Synag. M. par. 2.
fect. 1. cap. 1, feqq. Trajecti ad Rhen. 1726, ad quos acceffit Ri-
cardus Simonius in Crit. Vet. Teft. lib. 1. cap. 8, eifdem vero præ-
ceffere in hac de Synagogæ M. veritate dubitatione Joh. Morinus
in Exercit. Bibl. p. 279, & Joh. Vorftius in Obfervat. ad *Zemach*
David p. 245, hifce firme ducti mon-entis 1. Quod eo de Tribunali alte fileant Efdras, Nehemias, Scriptorefque ætate proximi,
quales Hiftoriæ Machabæorum Scriptor uterque, Flavius Jofephus,

phus , Siracides Evergetæ II. Ægypti Regi ætate suppar , Julius
Africanus , Philo , Josephus Goronides , Auctores Majoris, &
Minoris Chronici Jud. , vulgo *Seder Olam Rabba* , & *Seder Olam
Zuta* , qui Talmudis Babylonici ætatem facile superant . 2. Quod
Synagogæ M. omnium primi mentionem invexerint Karæi , secta
Pharisæis admodum infensi , pro quorum hac de re opinionem se-
questrem se exhibet Mardochæus ejusdem sectæ vir in Comment.
in dias lucis edito a Joh. Christophero Wolfio , quibus hac in re
quidem neque litem intenderunt Rabbanistæ , quin etiam ad eorum deinde baraitham , sive opinionem symbolas contulisse leguntur Amoræi alii , & ipsi ætate suppares , uti R. Levi Bar-Sisi ,
R. Jonathan , R. Jehuda Bar-Ezechiel &c. Sed Karæis hac in traditione fidem non dandam facile , ut quorum nullus hodie prostet
Scriptor , qui sæculum a Christo nato nonum superet , unde fide
valdequam laborare seu Karaismi hyperaspistas, instauratoresque,
e Rabbinorum schola multa ad se derivantes , manifestum evadit:
quum imo Synedrium 70virale nec agnovisse R. Japhetus Zairides
Karæus videatur apud Mardochæum cap. 9. Unde ex Pirke Abboth , Gemaræ ætate superiore , statimque post excidium Templi conscripto , veluti figmentorum primo omnium fonte hoc Synagogæ M. idolum in Scholas , ac scripta Judæorum dimanasse
censet Rau cap. 2 , quem ideo Synagogæ M. promum condum facit . 3. Quod Josephus Antiq. Judaic. lib. 2. cap. 8. auctor sit locuples post exactum Babylonicæ captivitatis septuaginta annorum spatium a Jesu Josedechi filio , posterisque ejus quindecim
Pontificibus , usque ad Antiochum Eupatorem (sub quo rerum
potiti Asmonæi sunt) , per annos hoc est 413. Civilis etiam
Reipublicæ statum administratum fuisse , eosdemque penes , tanquam Gentis totius Principes , rei totius tam Religiosæ , quam
Politicæ summam stetisse. Quin etiam de Johanne Machabæo lib. 1.
Antiq. cap. 2. loquens Principales Civilis , sacrique Regiminis eum partes egisse scribit ; quomodo Regnum perinde ab
Alexandro , & Hircano cum Pontificatu administratum memorat . Quamquam parum sibi constans sub idem tempus , quo Pontificibus totam fecerat potestatem , rem Judæorum ad Optimatum
Statum adductam idem scribit lib. 13. cap. 4. Καὶ ἤδη πρότερον
ἐν τοῖς

ἐν τοῖς Ἱεροσολύμοις, πολιτεία χρώμενοι Ἀριστοκρατικῷ μετ᾽ ὀλιγαρχίας: *Atque illi* (e Babylone reduces Judæi) *incoluerunt Hierosolymam, instituta Reipublicæ forma Aristocratica, qua rerum summa ad paucos defertur* ; Mox vero de Sacerdotibus in Templi Ministerio insignioribus subjungit eisdem Magistratus quoque Civilis partem obtigisse non parvam: Οἱ γὰρ Ἀρχιερεῖς προεστήκεσαν τῶν πραγμάτων, *Sacerdotes enim primarii rebus præerant*. Quare utroque collato invicem loco, dicere præstat Josephi opinione a Pontificibus Ita Rempublicam administratam fuisse, ut in consilii tamen societatem, regiminisque subsidium alii quoque præcipuæ dignitatis, auctoritatisque Sacerdotes adsciti fuerint. Igitur extitisse Curiam ejusmodi sub Synagogæ M. nomine non dubium est Judæorum universitati in *Pirke Abboth* cap. 1, in *Juchasin* fol. 13, Maimonidi in præfat. *Manus fortis*, Abarbaneli præfat. in *Nachalat Abboth*, R. Davidi Gantzio in *Zemach David* ad an. 3413, &c., ac ingenti Christianorum numero, Genebrardo in Chron. ad an. M. 3638, Huetio Demonst. Evang. prop. 4. cap. 14. de Can. lib. Sacr. n. 3, Meyero in *Seder Olam* p. 1076, Joh. Drusio Observat. Sacr. lib. 16. cap. 23, Joh. Buxtorfio in Tiberiade cap. 10, Hottingero Thes. Philolog. lib. 1. cap. 2, Seldeno de Syned. lib. 2. cap. 16. §. 6, aliisque longe plurimis. Et negari certe nequit, quin & ab Esdra, & a Nehemia ad Ecclesiasticam disciplinam restaurandam, reformandosque Mosaicæ legis ritus, in adjutorium, laborisque societatem alii fuerint adhibiti, dignitate, sapientiaque præstantiores viri, ac præsertim Familiarum Principes, quorum alioqui consilio in administranda Republica res magni cujuspiam momenti gestas fuisse discimus ex Esd. cap. 9, v. 1, & Nehem. cap. 5, v. 7, & cap. 8, v. 13 ; Magistratus etiam, ac Judices oppidatim ab Esdra constitutos adparet Esd. cap. 10, v. 14, multoque minus dubitare fas est, quin post Esdræ, ac Nehemiæ fata Judaicum aliquod substiterit Forum, ac Tribunal, in quo caussæ cum Ecclesiasticæ, tum Civiles dijudicarentur, & a quo belli, ac pacis decernerentur fœdera. Et sane Dicasterium ejuscemodi ex Sacerdotibus, ac Senioribus adhuc sub ætatem Christi D. obtinuisse liquet ex Matth. cap. 26, v. 14, & 59, Marci cap. 14, v. 53, & cap. 15, v. 1, Lucæ cap. 22, v. 66, Johan. cap. 11,

v. 47, & Actor. cap. 4, v. 5, 15, cap. 5, v.31, 27, 34 , 41, cap. 6,
v. 15 , cap. 22 , v. 30 , & cap. 23 , v. 1, aliiſque ſeqq. Ex quibus ,
& illud patet ſicuti Synagogam , ſive Synodum , ſic & Synedrium
ex Sacerdotibus , & Laicis olim coaluiſſe , ita tamen , ut potiſſi-
ma apud Sacerdotes poteſtas ſtaret , velut etiam docet Maimonides in Sanhedrin cap. 2, aliique in Gemara Codicis *Megilla* ſol.
2 , & in Pirke Abhoth cap. 1. §. 1 , oſtenduntque Schickardus de
Jure Reg. Hebr. cap. 1. Theor. 2, Seldenus de Syned. lib. 1. cap. 8,
ac Ligſoothus in Horis hebr. To. 2. p. 371, non vero ex ſolis dun-
taxat Sacerdotibus , ut viſum eſt Goodvvino in *Moyſe* , *& Aaron*
lib. 5. cap. 1. p. 389, Ravanello in Bibliot. V. *Synedrium* , Leuſ-
deno in Philolog. hebr. diſſ. 50. p. 338, ac Stephano Moynio in
Not. ad Varia Sacra p. 98, & 337. geminum diſtinguenti apud Judaeos Tribunal , rebuſque ſeorſim praefuiſſe qua Synedrium , qua
Synagogam opinanti, qua de re etiam Rau in Diatriba de Synag. M.
part. 1. cap. 1. §. 16, & par. 2. ſeÆ. 3. cap. 1. §. 6, cujus mitto cetera levioris momenti , quae part. 3. ſeÆ. 3. magno verborum apparatu contra Synagoga M. exiſtentiam ἱπικερμανγα perſequitur ; Carpzovius item ad Goodvvini lib. 1. cap. 5. §. 17. p. 99 ,
ſeq., ad lib. 5. cap. 1. §. 6 p. 352, ſeqq., & in Critica Sacr. par t.
cap. 5. §. 9, exiſtimans a Synedrio graviores Religionis cauſſas ,
belli, & pacis ſœdera, Regiminis quoque publici rationes traÆa-
tas fuiſſe , liteſque per appellationem ad ipſum translatas , a Synagoga vero in Religionis dumtaxat puritatem inſpeÆum fuiſſe ,
in Codicis Sacri integritatem , in Vitae SanÆimoniam, morumque
cenſuram inquiſitum .

     Sicuti vero de re ipſa, officioque Synedrii, & Synagogae cer-
ta ſtatui nequit ſententia , ſic neque de aetate, numeroque Adſeſſo-
rum utriuſque inter Doctos ſatis convenit, nec expeditum eſt definire . Synedrium igitur a Moyſe inſtitutum , a Joſaphato Inſtauratum , ſub ipſa Babylonica captivitate manſiſſe, donec facta a Perſarum Regibus redeundi poteſtate , aut prima vice, Duce Zorobа-
bele, Judaeorum parti magnae ad lares patrios referre pedem, Tem-
ploque denuo reſuſcitando manum apponere licuit , aut poſterius
ſub Eſdra Hieroſolymam translatum, ſub Synagogae M. nomine
fuiſſe redintegratum tenent univerſim Judaei in Talmud Hieroſolym.

lym. *Megilla* fol. 2, & ibid. Kefchius, in Targo Cantici Cant.
cap. 6. v. 1, in Traȼt. *Sanhedrin* cap. 5, in *Pirke Abboth* cap. 1.
§. 2, in *Zemach David* ad an. 3413, & ibid. Gantzius &c., de-
feciffe tandem in Simone Jufto convenientes. Etfi in annum ab
inftaurato Templo 40. ejufdem Synagogæ epocham, five transla-
ti Synedrii exordium rejicere non dubitavit R. Ifaacus Sangarus in
Dialogo cum Regulo Cozarzeorum par. 3. n. 65. Judæis autem
hac in re quidem adftipulari non verentur ex Chriftianis Genebrardus ad an. M. 3638, Goefius in *Pilato Judice* animad. p. 4,
feqq., Surrehufius in *Mifnam* To. 4. tit. *Sanhedrin* in præfat.,
Brunus in Bened. 12. Patriarch. p. 82, Ferrandus Reflex. in Relig.
Chrift. To. 2. p. 26, Bartholocius Bibl. Rabin. To. 4. p. 2, Ligfoothus Tu. 1. in defcript. Templi cap. 22. p. 610, aliique. Contra Ofiander, & Coccejus in Obferv. ad Grotium de Jure B., & P.
lib. 1. cap. 3. §. 20. Synedrium poft Jofve defiiffe ftatim, nec ante reditum Nehemiæ inftauratum arbitrantur. Nam ejus loco
Judices Populo jus dixiffe, ac Reges deinde ex Regum, ac Judicum libris arguere fe autumant. Goodvvinus viciffim *de Moyfe*,
& Aaron p. 413. Synedrium manfiffe ufque ad Herodem, a quo
fublatum, Jofepho tefte Antiq. Jud. lib. 14. cap. 17, a Gabinio,
poftquam fubaȼta a Pompeo Judæa, & in Provinciam redaȼta eft,
Syriæ Præfide inftauratum denique fuerit, perfuafum habet. Parum hinc abfunt Pfeudo - Theologus Batavus, is eft Joh. Clericus, in epift. 10. refp. epift. 7, & Bafnagius hift. Jud. To. 6. par. 1.
edit. Hagæcom. 1716. cap. 1. de Syned., & To. 1. Antiq. Judaic.
p. 72, in ea opinione verfati, ut putent Synedrium utique poft
Moyfis obitum ftatim defiiffe, fed a Gabinio demum in quinque
Palæftinæ Urbibus, Hierofolymis, Amathuntæ, Jericho, Sepho-
ræ, & Gadaræ fuiffe reftitutum, quorum potius haberetur illud,
quod principe in Urbe fuerat excitatum. Verum horum conje-
ȼturas pridem evertit Petavius Doȼtr. Tempor. lib. 1. cap. 27, eique demum viȼtas dare manus Bafnagius haud renuit. Tum quia
difficile admodum fit, quod Dicafterium recens ab Ethnico Præfide inftitutum tantæ confeftim apud Judæos adeo ab Ethnicorum inftitutis abhorrentes auȼtoritatis evaferit, tantaque in reverentia fuerit habitum, ut de Religionis negotiis omnibus defi-

P 2   niendi

niendi fibi facultatem adfumeret, veluti perfæpe factum fub Chrifto D. , & Apoftolis ex paullo fuperius Evangelii , & Actorum
locis factum eft planum . Tum quia Synedrii mentio paffim occurrit apud Paraphraftem Chaldaicum Exodi cap. 15 , Ruth cap. 4,
Pfalm. 107 , v. 32 , & Pfal. 122, v. 5 , qui Chrifti D. ætatem facile fuperavit. Tum quia fub Macbabæis fupremum quemdam Senatum obtinuiffe liquet ex 1. Machab. cap. 5, v. 16, cap. 9, v. 18,
& cap. 12, v. 6 : quem alium non fuiffe a Synedrio , quod a Juda,
vel a Jonathamo inftauratum autumat ideo Bafnagius cap. 4 , indeque Synagogæ nomen eidem inditum pronum eft putare . Quibus junge cum pleraque ex Evangeliis , & Apoftol. Actis paullo
fuperius defignata loca , ex quibus adparet Dicafterium apud Judæos , forumque judiciale ea adhuc fub ætate viguiffe , illud five
Synedrium , five Synagogam , five Synodum dici malis , tum pe-
rennem Judæorum de Synedrii antiquitate, & duratione traditionem , cui plane non eft , cur fides detrahatur . Denique de Synedrii diftinctione a Synagoga diffentiunt viri docti , quorum aliis ,
uti Seldeno de Syned. lib. 2. cap. 16. §. 6. unum idemque vifum
eft Tribunal , aliis vero cum Judæis in Talm. Hierofolym. *Megilla* fol. 17 , feq. , & in Talm. Babyl. *Joma* fol. 69, Gantzio in
Zemacb David ad an. 3413 , &c. , tum Chriftianis Meyero in *Seder Olam* p. 1076, Goodwino lib. 5. cap. 1. §. 6, Carpzovio ibid.,
& in Crit. Sacr. par. 1. cap. 5. §. 9, Vitringæ de Synag. Vet. par. 1.
lib. 1. cap. 7, & lib. 2. cap. 9, feq. &c. Synedrium ex numero faltem diftinguere a Synagoga placuit: nam illius Judices 70. erant,
iftius adfeffores ad 120. evaferunt, quos tamen non omnes fimul,
fed fucceffive Judiciis intereffe confueviffe cenfent . Subjungunt
poft Urbis cladem alteram fuiffe Regiminis Judaici faciem, aliamque Judiciorum formam induiffe : nempe Synedrii, vel Synagogæ
loco fucceffiffe Concilium Sacerdotum, de quo liquido Evange-
lia , & Apoft. loquuntur Acta : quique Synedrii Princeps erat ,
Scholæ Judaicæ Rectorem evafisfe, qui vero Dicafterii Pater , ad
privati Judicis, litigantium partes componentis, gradum fuiffe
detrufum . Sed hac de nomine lite paginam implere non opus eft .

    Propius igitur ad Sacerdotum Judæorum, ac Pontificis quam-
maxime officium , Judiciariamque poteftatem accedendo , præte-
ritoque

rítoque fermone de precibus, de Sacrificiis, deque doctrina, circa quæ potiſſimum occupari illos conſueviſſe liquet ex Deut. 17, 9, 2. Chron. 17, 8, ſeq., cap. 19, 8, Eſdr. 7, 10, Hier. 36, 6, Pſal. 45, 2, Matth. 9, 3, c. 26, 3, c. 57, 59, Luc. 5, 17, 21. &c. , indubium eſt hanc Civili haud fuiſſe obnoxiam, imo ſupra Civilem excelluiſſe, atque in Civilem imperium exercuiſſe. Enim vero coaluerit etſi ex Sacerdotibus, Populique Senioribus Judæorum ſive Synedrium, ſive Synagoga, præ Senioribus attamen potiores circa res ipſas Civiles Sacerdotibus, ac Pontifici quammaxime partes accreviſſe dubitare non ſinunt cum Veteris,tum Novi Teſtamenti ubique paginæ, ſuperius indicatæ, quibus Jungendæ Matth. 23, 6, Marc. 13, 38, Luc. 11, 43, & 20, 46, ibidemque conferendi vel Camero in Myrothecio, ubi de Clave Scientiæ, Scultetus Exercit. Evang. lib. 1. cap. 54, & Scaliger elench. trihær. cap. 11. Atque generatim utique Sacerdotes dignitate ipſo honoratiores Principe, officioque præſtantiores habitos fuiſſe, cum multis aliis ex locis, cum diſtinctim ex Levit. cap. 4, v. 3, ſeqq. quo Sacrificium pro Sacerdotis ignorantiis Principis Sacrificio præfertur, rite colligunt Theodoretus in Levit. Q. 1, & Procopius ibid. Sed enim Synedrii, ſive Sacerdotum poteſtas in pœnarum qua Spiritualium, qua Corporalium irrogatione elucebat. Atque quod ad primum attingit caput,triplex Excommunicationis genus erat, de quo R. Gerſom apud Buxtorfium de ſcribendi modo Epiſt. hebr. p. 59, R. Elias Levita in *Thisbi*, & Maimonides in Talmud *Thora* capp. 6, & 7, ex Legis interpretatione. 1. *Niddui*, qua immundi, velut abominandi, ab hominum contubernio, civilique ſocietate, ad tempus lege indictum, abigebantur, quin tamen a Templi ingreſſu prohiberentur, veluti dicitur in Cod. *Middoth* cap. 2, & in *Horae Chalm* cap. 359, unde ſic ſeparati Judæis dicebantur *Menuddah*. Quam 24. ob cauſſas infligi conſueviſſe notat Maimonides in doctrina Legis capp. 6, & 7 ; duraſſe vero dies 30, quibus elapſis, niſi ea irretitus reſipiſceret, ad dies 60. geminari ſueviſſe, poſt quos in crimine pertinax 2. Excommunicationis ſpecie plectebatur, legitur in Cod. *Meed Katon* fol. 16, & in *Megilla* cap. 3. Species 2. *Cherem* dicebatur, qua Eccleſiaſtico a Cœtu, ſive a Synagoga cum maledictione, dirisque excludebantur in crimine

mine

mine obdurati , eifque Templi quidem ingreſſus permittebatur ,
ſed per ſiniſtram dumtaxat portam , ut habetur in Cod. *Middoth*
cap. 2. , in *Jore Dea* n. 33 , ac tradit Maimonides in *Madda*
cap. 7. Ceteris gravior 3. ſpecies erat *Schamma* , eratque a Republica , & Eccleſia totalis , ac finalis expulſio , qua pridem ab-
ſciſſus , nec ad cor regrediens ad æternam adjudicabatur mortem,
ſolius Dei judicio reſervatus , veluti legitur in Cod. *Moed Katon* p. 17 , memoratque R. Elias in *Thiſbi* apud Buxtorfium in_
Lex. p. 2463. Quamquam ita excon municatis abſolutionis adi-
tum adhuc patuiſſe fertur in Cod. *Cholin* fol. 132, in *Moed Katon*
fol. 26 , & in *Nedar* fol. 8. Verum hanc tertiam haud ſecretam
ab Excommunicationis 2. ſpecie fuiſſe opinio fert Eruditorum receptior , adeo ut apud Judæos duplex , Major ideſt , & Minor ,
dumtaxat, una Civilis , altera Eccleſiaſtica , *Niddui* , & *Cherem*
eſſet , atque utriuſque exemplum exhiberi Geneſ. cap. 4 , v. 14 ,
& 16 , & cap. 17 , v. 14 &c., qua de re fuſius præter Judæorum
Magiſtros præcit. , Bonav. Cornel. Bertramus de Republ. Hebr.
cap. 2, Theod. Beza in Joh. cap.9 , v.22 , Conſtantinus L'Empereur in Not. ad Bertramum Crit. Sacr. Tom. 6. p.731 , ſeq. edit.
Francoſ. 1696 , Ludov. Capellus ad cit. S. Joh. locum , Mercerus apud Pagninum in Lex. , Cochius in Excerpt. Gem. Sanhedrim cap. 1. §. 9 , Seldenus de Jure Nat. , & Gent. lib. 4. cap. 8,
ſeq. , & de Syned. lib.1. cap. 7, Goodvvinus de Moyſe , & Aaron
p. 394, ſeqq. , Reiſius ibid. , Henr. Otto Lex. p. 179 , ſeqq. ,
Ligfoothus Tom. 2. p.888, ſeqq. , Leuſdenius in Philolog. hebr.
p. 341, Buxtorfius in Lex. p.1303 , 2463 , ſeqq. , Druſius Q. ,
& Reſp. lib. 1. q. 9 , Carpzovius ad Goodv. lib. 5. cap. 2. §. 1 ,
ſeqq. ,' Bartholocius Tom. 3. p. 415 , ac Tom. 4. p. 454 , ſeq. ,
& Cherubinus a S. Joſeph Bibl. Crit. Tom. 1. de Excom. art. 8,
ubi ſect. 4. ex Buxtorfio , & Bartholocio formulas exhibet , quas
uſurpare in Excommunicatione ſerenda Judæis ſolemne erat , de
quibus etiam Seldenus de Jure N., & G. lib.4. cap.7.p.524, ſeqq.

 De poteſtate nunc Corporales infligendi pœnas, qua Judæorum Sacerdotes potiebantur , loquendo , de Tribu , de Propheta,
de Pontifice judicium ferre ſoli Synedrio,non etiam Regi,fas erat,
ut habent Maimonides in *Sanhedrin* cap. 5 , Sigonius de Republ.
Hebr.

Hebr. lib. 6. cap. 7, & Grotius de Jure B. , & P. lib. 1. cap. 3. De
Regibus quoque Judæ quidem, etſi non Iſraelis, judicare Synedrio
licuiſſe docent Talmudici. in Gemara Hieroſol. Cod. Sanhedrin cap. 2. fol. 20, & Maimonides in Helac Melachim cap. 3.
Quin etiam, niſi de Synedrii ſententia, conſtitui Rex nequibat, te.
ſte Maimonide in Melachim cap. 1, & in Sanhedrin cap. 5, de
bello quoque arbitrario decernere Synedrii fuiſſe tradunt Maimonides in Melachim cap. 5, & Obedias Bartenorius ad Sota cap. 8.
Jam vero pœnam Carceris, Capitiſque judicium in cauſſa quammaxime hæreſis ad Synedrium pertinuiſſe liquet ex Act. 9, 2, quo
Saulus a Principe Sacerdotum facultatem, quæ tam ipſi propria
erat, quam toti communis Synedrio, ut ex Act. 22, 5. patet,
Chriſtianæ fidei profeſſores in vincula conjiciendi legitur impetraſſe, atque ex Deuter. 17, 11. probat Maimonides in Mam-
rim cap. 1. Judicium etiam de homicidio Synedrio tribuunt Judæi in Cod. Sanhedrin cap. 9, & Maimonides in Rotſeach cap. 2.
Etſi contradicant Cod. Chetubboth fol. 30, Cod. Bava Meizia
fol. 82, Cod. Machot fol. 7, Sanhedrin fol. 32, & Cod. Avoda
Zarah fol. 8, qua de pœna Goodvvinus lib. 5. cap. 7, feqq.,
Leuſdeuius in Philolog. hebr. difs. 47. p. 323, Ligfoothus Tom. 2.
p. 370, feqq., Henr. Otto in Lex. p. 618, Bartholocius Bibl.
Rabb. Tom. 2. p. 577, Cherubinus a S. Joſeph Bibl. Crit. Tom. 1.
par. 2. difp. 1. art. 1, &c. Pertinuiſſe combuſtionis pœnam,
eamque decem graviores ob cauſsas infligi conſuevifſe tradit R.
Moyſes Cotzius in Sanhedrin cap. 9, cujus etiam habentur exempla Gen. 38, 24, Levit. 20, 14, & 21, 9, Joſv. 7, 15, ac Jud.
15, 6. Pertinuiſſe & lapidationis pœnam, eamque octodecim ob
criminum ſpecies irrogari ſolitam docet idem R. Moyſes Cotzius
in Sanhedrin cap. 7, qua de pœna expreſsa funt loca Exodi 19,
13, Levit. 20, 2, 16, 27, & 24, 23, Num. 15, 35, Deuter.
13, 10, ac 17, 5, & 21, 20, Joſv. 7, 25, & 3. Reg. 21, 13.
Flagellationis quoque pœnam infligere ad Synedrium pertinuifſe,
& quidem 27. ob flagitiorum genera, ex Tract. Maccboth cap. 3.
refert Leuſdenius in Philolog. hebr. p. 337 : qua in infligenda pœna uti Judæos conſuevifſe flagello tribus loris vitulinis conſtante,
ac 13. ictibus plagas 39. infligente, teſtatur Joſephus Antiq. Jud.
                                                        lib. 4.

lib. 4. cap. 8, ex cit. vero *Motthoth* obfervant Leufdenius p.335,
Ligfoothus Tom.2. p. 677, Drufius in 2. Corinth. 11, 24, Goodv.
vinus de Moyfe , & Aaron p. 437 , Buxtorfius in Synag. Jud. cap.
25 , &c. Mitto ceteras levioris momenti pœnas, ex fupradictis
enim fatis patet , fuperque , quæ , quantaque Synedrio poteftas
inefset .

Quæ vero communis erat Synedrio , eadem Sacerdotum Principis , qui omnium in fe complectebatur officia , ut advertit Grotius in Matth. 5 , 22 , adeo propria erat poteftas , amplior quin
etiam , ut per fe met , quæ poteftatis illius fines intra , & extra
pofita effent , præftare valeret . Quamvis enim Synedrii Principem non femper fuiffe Pontificem M. , quod perfuafum habuere
Baronius ad an. 31. n. 10 , & Meufchenius in Diatriba de Pontif. M. directore Synedrii , daretur ultro Schvarzkpfio in Nov.
Teft. ex Talmude illuftrato p. 1184, feqq., Seldeno de Syned.
lib. 2. cap. 15. §.14 , Cafaubono Exerc. 13. in Baron. , Monta-
cutio Analect. Exercit. 6. fect. 5 , Goodvvino Antiq. Cod. Sacr.
lib. 5. cap. 1. §. 6 , & Carpzovio ibid. in Annot. , eo potiffimum
momento fuffultis , quod tefte Davide Ganzio in *Zemach David*
ad an. M. 3725 , Synedrii Princeps ex familia David femper fuerit , teftata res tamen eft cum ad Synedrium Pontificem M. femper pertinuiffe, tum de cauffis in Synedrio agitatis certiorem eumdem fieri debuiffe , ex Deuter. cap. 17 , v. 9 , & Jofepho Antiq.
Jud. lib. 20. cap.8. referente ab Anano Pontifice , Synedrio fuam
in fententiam coacto , nec intercedente Synedrii Principe , Jacobum cognomento *Juftum* neci fuiffe traditum . Sed enim quod
fupra Synedrium Pontificis M. dignitatem , poteftatemque altius
evehebat , conjunctio erat Sacerdotii , & Imperii . Atque fub Judicum ætate quidem præ Synedrio potioribus in adminiftratione
Judaicæ Reipublicæ partibus defunctos fuiffe Pontifices multis
oftendendum adfumpfere Spencerus de Legib. hebr. Ritual. in differt. de Theocratia Jud. lib. 1. cap. 1. fect. 3 , & Hobbefius de
Cive cap. 16. §. 14, feq. Nempe dum adhuc Divino fub regimine
Judæorum Refpublica integra flaret, Pontificis M. imprimis opera, tanquam Suffetis, five Proregis Imperium Deus ipfe exercebat .
Hinc Numer. cap. 27 , v. 21. ad Eleazari verbum egredi, & ingredi

gredi tam Jofve, quam Ifrael omnis jubetur, hoc eft, ei obedire, atque Deuter. cap. 17, v. 8, feqq. in ambiguis rebus, diffi-
cilibufque adeundus Pontifex M. Judæis præcipitur. Et hac de
caufa *Pectorale Judicii*, non Judicum alicui, fed uni Pontifici
fingulari privilegio traditum legitur Exod. cap. 28, v. 30, quod
ille fcilicet primarius efset in regimine publico Dei adminifter,
ac præcipuus Judiciorum, ac litium arbiter. Qui ideo, dum Refpublica dubiis torqueretur fententiis, Deum confulere per *Urim*,
ac *Thummim* deberet, quid tum facto opus efset, velut habetur
Jud. cap. 20, v. 18, 27, feq., quæ demum Oracula fub Regibus
defiifse, ideft fub ultima Davidis, aut prima Salomonis tempora, quum nempe Theocratia illa, five Divinum Imperium ad ex-
trema venifse vifum eft, autumat Spencerus difsert. 7. de *Urim*,
ac *Thummim* lib. 3. cap. 7. Hinc potiffima ratio petenda, cur
Deo Judaica Refpublica *Regnum Sacerdotale* Exod. 19, 6, vel ut
recitatur 1. Petri 2, 9. *Sacerdotium Regale* dicenda placuerit:
quod nempe Pontifices Summos Regni Judices deftinafset. Cujufce deftinationis ea quoque facilis fuberat, pronaque ratio,
quod ii legum fcientia, probitareque morum cæteris præftantes,
Populo juxta præfcriptarum legum formam inftituendo, regen-
doque idonei magis efsent, aptiorefque. Atque hæc caufia fuit,
cur Philo lib. de Creat. Princip. de Principis, aliorumque Judicum officio verba faciens, in more pofitum adfirmarit, ut perplexæ caufsæ, dubiæque ad Sacerdotes, ac Pontificem ablegaren-
tur: cur Jofephus lib. 2. contra Appion. p. 1379, feq. poftquam
Deum ipfum Reipublicæ Judaicæ Rectorem immediatum ftatuif-
fet; indeque ejufdem ftatum longe ceteris excellentiorem often-
difset, Dei vice Pontificem M. rei Civili curandæ, procurandæ-
que fuifse præfectum concluderet: cur denique Synefius epift. 57,
& 121. hiftoriæ cum facræ, tum exoticæ monumentis edoctus
fcripferit: *Hebræi*, & *Ægyptii* (quos apud pofteriores utique
Pontifex M. fupremi Dicafterii præfes erat, inque fignum Judicis
fupremi, cujus defungebatur officio, gemmam ἀλήθεια dictam ge-
ftabar, qua de re Witfius in Ægyptiacis lib. 3. cap. 11. p 258.)
χρόνον συχνὸν ὑπάτων Ἱερέων ἐξασιλεύθησαν, longe tempore *Sacerdotum Regalium imperio ufi funt*. Itaque Pontificem M. Sacerdo-

tis , ac Judicis supremi partes sustinuisse, in ejusque personam
utramque Sacerdotii, & Imperii præfecturam coaluisse, nisi Deus
extra ordinem Judicem excitasset, quo sublato rerum summam
ad Pontificem rediisse, concludunt Spencerus dissert.7. de *Urim*,
& *Thummim* lib. 3. cap. 6. sect. 3 , & Seldenus de Syned. lib. 2.
cap 15. §. 12. Post reditum a Babylonica servitute, restaurato
fœdere, restitutum quoque fuisse *Regnum Sacerdotale*, quale
fuerat ad initium Regum , observat Hobbesius de Cive cap. 16.
§. 17, atque mansisse usque ad Herodem in Asamonæis ex Josepho paullo superius indicatum est . Confer interea , quæ de Jad-
do Pontifice M. , suis ut Principe imperante, ab Alexandro M.
habito tradit Josephus Antiq. lib. 11. cap. 1, & quæ de Onia pariter , ut Judæorum supremo Principe agnito ab Oniare , seu Areo
Lacedæmonum Rege referuntur lib. 1. Machab. cap. 12 , v. 20 , &
a Josepho lib. 13. cap. 8. Quæ , & quanta in Principes ipsos Pontificis M. fuerit potestas , jam paucis , ut fieri poterit , inquirere
præstat . Itaque peculiare illud Pontificis fuisse, ut absque ipsius,
ac Senatorum sententia nihil Rex agere momenti adgrederetur ,
memorat Josephus apud Sigonium de Republ. Hebr. lib. 6. cap. 4.
Peculiare illud quoque , ut in Regum caussis Pontifex solus testimonium proferret, habetur in Gemara Babyl. tit. *Sanhedrin* cap. 2,
traditque Maimonides in tract. *Aidoth* cap. 1. §. 3, & cap. 11. §. 9.
Qua de re videndi , si licet , Samuel Petitus Lect. variar. cap. 16 ,
& Seldenus de Syned. lib. 2. cap. 13. §. 11. An judicium præterea de Regibus proferre fas Pontifici M. fuerit, dubium, ac lis est
inter Doctos . Proedriæ ratione , potestatisque Synedrio licuisse
de Regibus judicium ferre persuasum Baronio ad an. 32. n. 11 ,
quam in Reges facultatem Pontifici quoque facit ad an. 57. n. 36,
atque Lorino ad Num. cap. 11, v. 16. fuit . Contra Casaubonus
Exercit. 13. §. 5 , & Seldenus de Syned. lib. 2. cap. 10. §. 6. id juris Pontifici denegant , auctoritate , non multi alioqui roboris ,
innixi cum Misnæ tit. *Sanhedria* cap. 2 , tum Talmudis in *Masse-
chet Hisaned Perech* cap. 2, ubi de Pontifice dicitur quidem : *Judicat, & judicatur, testimonium perhibet, & testimonium adversus illum admittitur, discalceat, & discalceant pro Uxore ejus:*
(quibus postremis verbis locus indicatur Deuter. cap. 25 , v. 9 ,
ubi

ubi Divino Jusſu Mulieris jus ſtabilitur Leviri calceamentum ſolvendi, qui poſteritatem Fratri, nominiſque memoriam excitare
tenueret: quo de Ritu, aliiſque huicce finitimis multa & tradit,
& turbat Carpzovius diſſert. 3. de Diſcalceat. Relig.); de Rege
vero contrarium dicitur: *Non judicat Rex, nec de illo judicatur:*
quibus adſtipulatur R. Barnachmoni in Talmude tit. *de Judicibus*
ſic habens: *Nulla Creatura judicat Regem, ſed Deus benedictus.*
Negari tamen nequit legem hanc a Judæis haud inductam ante
tempora Aſmonæorum, 170. annos ideſt ante Chriſti Natalem,
ſive ante tempus Alexandri Jannæi, ut habetur ibidem in Gemara, & in Miſna, notatque Maimonides apud Seldenum de Syned.
lib. 2. cap. 14. §. 1; neque hanc legem in Regibus Juda locum
habuiſse, qui *Judicabant*, & *Judicabantur*, ſed in Regibus Iſ-
rael dumtaxat, uti habent Miſna in *Piruſh*, Maimonides in *Helach
Melachim* cap. 3, in *Sanhedrin* cap. 2, & Moyſes Mikotzi in præcept. affirmat. 97, apud Seldenum lib. 3. cap. 9. §. 2. Qui tamen
§. ſeq. ex Jehuda in Gemara Babyl. ad tit. *Sankedrim* cap. 2, ex
Cochio in Excerpt. *Sanbedrin* cap. 2, ex Moyſe Mikotzi præcept.
affirm. 115, ex Gemara Hieroſolym. ad tit. *Sanhedrin* cap. 2, &
Jarchio ad Pſal. 17. Reges indiſcriminatim ab omni prorſus judicio immunes contendit, pro ſua laudans perinde ſententia Samuelem Petitum in Diatriba de Jure Principum Editis Eccleſiæ quæ-
ſito cap. 2, & Salmaſium in Defenſ. Regia cap. 2. In ea perſuaſione
verſatos, quod etiam Synedrii legibus ſoluti Reges eſſent. Quamvis ſub Ariſtobulo, & ſequentibus Regibus uſque ad Herodem M.
plurimum Synedrium potuiſse, neque ejus abſque conſilio, & conſenſu quicquam majoris, quod eſſet momenti, Regibus agere li-
cuiſse haud diffiteatur. Cæterum Baronii ſententiæ ſuffragatur,
ut jam innui, Grotius de Jure B., & P. lib. 1. cap. 3. §. 20, & ad
Matth. cap. 5. p. 8. quædam cognitionum genera, qualia de Tribu, de Propheta, de Pontifice Regibus adempta manſiſse penes
Synedrium integra adfirmans. Quod confirmat exemplo Prophetæ, qui a Regia Sedechiæ judicio poſtulatus ad Synedrii M. tribu.
nal legitur Hier. cap. 38, v. 5, ac reſpondiſse Rex: *Ecce ipſe in
manibus veſtris eſt: nec enim fas eſt Regem vobis quicquam negare,*
ſive ut habet Textus hebræus: *Quia non Rex in vos poteſt quicquam;*

Q 2   ſeu

seu ut legit Græcus Ὅτι οὐκ ἐδύνατο ὁ βασιλεὺς πρὸς αὐτός: *Quia non potuerit Rex adversus eos*: Quem ipsum cum Græco Chaldæus, Syrus, & Arabs inserunt sensum. Quod vero ibi de Prophera dicitur, locum potiori jure habere in Tribu, & Pontifice adnotat Grotius. Facit & huc quammaxime celebre illud Josephi Antiq. Jud. lib. 4. cap. 8. testimonium, quo Regis legem Deut. 17 latam exponens, scribit a Moyse Populo dictum de Rege fuisse: Is, quisque fuerit, plus Legibus, & Deo, quam suæ Sapientiæ tribuat; Πρασσέτω δὲ μηδὲν δίχα τῦ Ἀρχιερέως, καὶ τῆς τῶν γερουσιαστῶν γνώμης, *Nihilque praeter Pontificis, ac Senatus sententia faciat.* Itaque hac ratione diversas Rabbinorum conciliat sententias Bacchinius de Eccl. Hier. orig. part. 1. cap. 2. §. 11, seq p. 120, seqq., quibus nempe Synedrii, ac Pontificis Judicio Reges obnoxios affirmant, & negant, ut nempe qui affirmant, de Regibus loquantur ante captivitatem, qui profecto Synedrio, Pontificique suberant, qui negant, de Regibus post captivitatem accipi debeant, qui tum demum a Pontificum, & Synedrii potestate se se subduxerint. Quamquam & Salmasio in Defens. Reg. cap 1, & Seldeno de Syned. lib. 3. cap. 9. puram esse, putamque fabulam indulserim, qua fertur apud Talmudicos Regi eas in leges, quæ de Regis officio scriptæ erant, peccanti infligi verbera consuevisse, quæ tamen flagellatio omni prorsus infamia careret, a Rege in pœnitentiæ signum ultrocitroque susciperetur, qui suo & arbitrio verberibus statueret modum. Nullo demum omittendum modo, quin obiter adnotetur, quod præcit. Deuter. cap. 17, v. 8, seqq. locum de suprema tam in Veteri Lege Pontificis M., ac Synedrii, quam in Nova Pontificis Rom., ac Synodorum generalium Judiciaria potestate, cui standum omnibus sit, accipiendum non dubitarunt S. Cyprianus epist. 55. ad S. Cornelium, S. Basilius in procem. lib. de Moribus, Theophilus Alex. epist. Pasch. 1. ad Episcopos Ægypti, S. Hieronymus in Aggæi cap. 2, & in epist. ad Heliodor., S. Cyrillus Alex. lib. 13. de Adorat., Procopius Gazæus, & Rabanus in Comment., Synodi Parisiensis sub Ludovico Pio in præfat., Aquisgranensis sub eodem Imperat. cap. 97, Germanica sub Conrado Honurii III. Papæ Legato cap. 6, Lateranensis sub Leone X. Sess. 11, & Senonensis decret. 3, & 6, Innocen

tius

tias III. Cap *Solitæ* de Major. , & Obed. , Hadrianus VI. in Bulla adverf. Luth 1. , Henricus Gandav. Quodl. 6. q. 23 , Joh. Bac-
co in Prolog. ad 4. q. 11. art. 4, Franc. Mayro Quodl. q. 11, Bertrandus Æduen. de Orig. potest. Ecclef. , Abbas Panorm. in cit.
Cap *Solita* &c.

Sed his jam dimiffis , quæ ad unionem utriufque poteftatis
in una , eademque perfona refpiciunt , ut detur affequi demum ,
quatenus Sacerdotii , & Imperii difcreta invicem fuerint jura ,
quove Pontificis M. loco pofita dignitas , ac poteftas fuerit ,
non opus eft utique ad Talmudicos confugere libros , liquido fiquidem id adpareat ex 2. Paralip. cap. 19. v. 11, ubi dicitur : *Ama-*
rias Sacerdos , *& Pontifex in his* , *quæ ad Deum pertinent* , *præ-*
fidebit , *Zabadias filius Ifmahel* , *qui eft Dux in Domo Juda* , *fu-*
per ea opera erit , *quæ ad Regis officium pertinent* ; & Zachar. cap.
6. v. 13, feq. , ubi de Zorobabele dicitur : *Portabit gloriam* , *&*
fedebit , *& dominabitur fuper folio fuo* : Quodque fimiliter Jefu
filius Joledech : *Sacerdos erit fuper folio fuo* , *& confilium pacis*
erit inter illos duos . Ex quibus duobus , ut alia dimittam , Scripturæ locis viden , ut componi utraque poteftas Civilis , & Ecclefiaftica ad commune bonum promovendum & debeat , & poffit,
veluti declararunt S. Gregorius M. lib. 2. epift. 61 , & S. Nicolaus I. epift. 32. ! Viden etiam , ut Ecclefiaftica poteftati Civili
obnoxia non fit , fed hæc potius illi fubordinata , velut oftendunt
etiam Petrus de Marca de Concord. lib 2. cap 1 , Fevretus tract.
de Abufu lib. 1. cap. 7 , Duarenus de facr. Eccl Miniftris lib. 1.
cap. 2 , Boffuetius defenf. Declar. par. 1. lib. 1. cap. 33 , Charlafius de Libert. Eccl. Gallic. lib. 10. cap. 1 ! Quod fane dictum de
Pontificibus , ac Regibus Veter. Teftamenti , quid demum pro-
hibeat , cur de Regibus , ac Pontificibus Novi Teft. dicatur ? Dicatur quin imo quamvis in Veteri Teftamento Pontificibus haud
quidem fas fuiffe in Regum Palatia , refque introfpicere , contra vero licuiffe Regibus res non modo Civicas Domi , Militiæque moderari , fed religiofis etiam , facrifque fe immifcere , velut ex factis Moyfis (quem Sacerdotio etiam infignem , diverfi
tamen ab Aaronico generis , five extraordinario ex Pfal. 98. v. 6.
affirment verius etfi Philo lib. 3. ejus vitæ , R. Kimchi , & Abc-

D. 2ta 3i

O

ne zra in cit. Pſalm., Auctor Conſt. Apoſtol. lib. 2. cap.29, Origenes hom.15. in Joſue cap. 19, S. Ephræm de Sacerd., S. Gregorius Nazian. Orat.6. ad Nyſſen., Scriptor Eccleſ. Hierar. ſub
nomine S. Dionyſii Areop. cap. 5, S. Hieronymus lib. 1. adverſ.
Jovin., S. Auguſtinus in cit. Pſal., & q. 33. in Levit., Arnobius
in eumdem Pſal., S. Leo M. epiſt. 92. vet. edit., Synod. Hiſpa-
lenſis II. Can.7, & Aquiſgranenſis ſub Ludovico Pio cap.9, quibus adhærent S. Petrus Damian. epiſt. 16. cap. 9, Riccardus de
Mediavilla in 4. diſt. 24. art. 5. q. 3. ad 5, Mayronius in Quodl.
q. 11, Henricus Gandav. Quodl. 6. q. 23, Bellarminus Controv.
lib. 1. p. 57, Didacus de Caſtillo, & Artiga de ornatu, & ve-
ſtitu Aaron. q. 1. p. 5, Bacchinius Eccleſ. Hier. Orig. par.1. c.2.
§ 6. p. 102, Seldenus de ſucceſſ. in Pontif. lib. 1. cap. 1, & de
Syned. lib. 1. cap. 16, ac lib. 2. cap. 2, Burmannus, & Salchli-
nus de Salvatore a Paulo dicto Hebr.3. 1.Theſaur. Theolog. Philolog. par. 2. To. 2. §. 7. p. 965, ſeq. edit. Amſtel. 1732. præter locum Pſal. cit., teſtimonio innixus Levit. 8, ubi Sacerdotis
officio Moyſes defunctus legitur, negant attamen Calovius Bibl.
illuſt. ad Pſal. 98, 6, Pfcifferus Dub. vexat. Cent. 3. loc. 77. p.
621, Dorſchæus in diſput. de Agno Paſch. §. 11, & Carpzovius
in annot. ad Goodvvini lib. 1. cap.5. §.4. p 69, ſeq., qui præcit.
locum Pſal.98. vel non ad Moyſem, ſed ad Aaronem, & Samuelem
tantummodo pertinere ſentit, vel Moyſem inter Sacerdotes recenſeri, qui Deum laudibus celebrent, non qui Sacerdotii fungantur
officio, vel eo loci Sacerdotis nomine accipi Regiminis adminiſtros
credit, quo ſenſu filii Davidis Sacerdotis nomine veniunt 2. Reg.
8, 18, & 1. Chron. 18, 17, velut etiam obſervat Schmidius
in hunc locum) ex factis, inquam, Moyſis, Davidis, Salomonis, Joſaphati, Ezechiæ, Joſiæ &c. augurari forſan licet, atque ex Talmudicis inſinuare conatur Petrus Cunæus de Republ.
Hebr. lib. 1. cap. 14. (tametſi factis iſtis obſtent exempla Saulis,
cui vetitum thus adolere, mactareque victimas, & Oziæ, qui
thymiama velut Sacerdos offerre auſus, a Deo lepra percuſſus
legitur), dici nequit tamen in Novo Teſtam. ita Regibus in poteſtatis Spiritualis partes ingreſſum fuiſſe permiſſum, ut potius e
contrario Pontificibus Sacrorum in ipſos Principes, ſi quando a

Reli-

Religionis tramite deflecterent, animadvertendi facultas facta fuerit. Et in Christiana Republica quidem Imperii, & Sacerdotii invicem discriminatas fuisse dignitates, ac Potestates haud difficilis fateor, ita tamen, ut diffiteatur nemo, utrasque Religionis communi vinculo fuisse compaginatas, unam alteri quoad Religionis officia integre subjugatam, atque Ecclesiasticae tam Jurisdictionem, quam Imperium, quod Civilis est proprium, adeo competere, ut & in Civilem exerere illud valeat, in unaque persona utraque dignitas, ac potestas coadunata haud immerito videri potuerit. Eccur enim, eccere, Christiana Respublica juxta Melchisedechi, qui Sacerdotii, & Regni simul insignia gessit, ordinem, idest sub Monarchiae, ac Hierarchiae ratione, a Christo D. constituta diceretur Hebr. cap. 7, unde ego moveor, ne Vitringae in *Archi-Synagogo* ex Maimonidis commentis, & Leonis de Modena, neve Bacchinio in Orig. Eccl. Hier. adsensum praebeam Synagogae formam in Christianam Ecclesiam fuisse translatam existimantibus, nisi in unam, eamdemque personam utraque & Regalis Moysis, & Sacerdotalis Aaronis potestas, dignitasque confluxisset? Hac item hercle de caussa & Regno Coelorum saepius Ecclesia comparatur in Evangelio, & Ευαγγέλιον της Βασιλείας Matth. 4, 23, *Evangelium Regni* cognominatur, & *Regale Sacerdotium* dicitur 1. Petri 2, 9, quia nempe Sacerdotes in Ecclesia & Jurisdictione, & Imperio, quae duo Regum in administranda Republica adeo sunt propria, indutos Christus D, adauctosque voluit, atque Sacerdotali quinimo subordinari Regalem, subesseque potestatem jussit. Sed hoc de argumento copiosius Articulo seq.

Praeterito nunc igitur isto, quod ex Regiminis Ecclesiastici forma urgeri caput valdequam posset, progrediendum ad aliud, quod ex Religionis fine sic deducere instituo. Ergo, si veritate nititur, quo verius nihil utique ostendit Ant. Blancus de potest., & polit. Eccl. lib. 2 §. 17, & Illust. Tria lib. 1. cap. 5. t. 2, seqq. adversus Bodinum, Machiavellum, Jannonum &c., Rempublicam nempe perfectam in una Religione Christiana consistere, a qua sola dirigi ad aeternam felicitatem homines possunt, & in qua sola verae ad bene, recteque Rempublicam administrandam, atque

tran-

tranquillam , beatamque tranfigendam vitam edocentur virtutes ; quibus duobus oftendendis tendebant olim veterum Chriftiano-rum Apologiæ , Legationes , Inftitutiones Athenagoræ , Juftini , Arnobii , Tertulliani , Cypriani , Lactantii , Minucii &c. , fequi-tur inde , quod Reipublicæ leges Religionis Chriftianæ legibus nedum præponi non debeant , fed coaptari potius oporteat , a qui-bus proinde fi abfcedant , emendari , & abrogari etiam indige-ant . Quod vero de legibus , idem de perfonis dicere pronum erit, deque poteftate , qua funguntur utrinque . Et hanc in rem fane egregia S. Thomas utitur fimilitudine Opufc. 20. lib. 3. cap. 10: *Sicut*, inquiens , *Corpus per Animam habet effe* , *virtutem* , *& ope-rationem*, (quod Ariftotelis , & S. Auguftini auctoritate corrobo-rat): *Ita temporalis Jurifdictio Principum per fpiritualem Petri* , *& Succefforum ejus* . Quam perinde fententiam propriam fibi fe-ciffe leguntur Hugo Vict. de Sacr. fid. lib.2. par.2. cap.3, Alexan-der Halenf. in expofit. Can. Miffæ V. *Papa* , Ægidius Rom. de po-teft. Eccl. par.1. cap. 3 , aliique de Schola Theologi , dum nem-pe Ecclefiafticæ tribuunt Civilem dirigere ad finem , Civilique Chriftiani Regiminis præfcribere formam . Quare Gerfonius po-teftatis Ecclefiafticæ alioqui non multus affertor , de poteft. Eccl. confid. 12 , eidem in Laicam *Dominium regitivum* , *directivum* , *regulativum* , *& ordinativum* , velut ipfe barbare loquitur , ad-ferere non dubitavit . Launojus quoque Principalium , fi quis al-ter , Jurium vindex acerrimus , in Tract. de Regia in Matrim. po-teft. inficias haud ire fuftinuit, quin Principum leges ab Ecclefiæ Paftoribus abrogari queant , fi quidpiam decernere præfumant , *Vel contra Jus Divinum, vel contra Jus Naturale* . Quo ex prin-cipio facili , pronoque velut alveo fluit , Religionis curare res , ac procurare ita demum ad Pontifices intime pertinere , ut ab iis quoque dependere eos prorfus oporteat , quibus Reipublicæ cu-randæ partes demandatæ funt : ita videlicet , ut pro Religionis in-columitate, quinimo pro ipfius Reipublicæ integritate, a fupremo rerum Sacrarum Præfide in ordinem redigi poffit , qui rerum Ci-vilium adminiftrationi præeft , fi quando eum proprii extra juris orbitam excurrere contingat ; neque recte proinde argumentatum Loyfæum Des Seigo. cap. 15. n. 4 , dum æque Sacris in rebus Ci-

vili

vlli præesse spiritualem, quam huic præsit illa in Laicis, inferendum adsumpsit. Præter quam vero, quod naturalis ratio ita poscebat, ut quæ inferioris suut ordinis, iis proxime subordinentur, quæ superiorem ad ordinem spectant; unde recte Plato dialogo 1. de Legib., *Humana ad Divina, Divina vero ad Mentem Principem referenda sunt*, e re tam Reipublicæ, quam Religionis erat, ut quò arctius una alteri conglutinaretur, eò firmior, tutiorque utriusque incolumitas, & unitas evaderet: Quod ita fieri rationibus utriusque conducebat quammaxime. Namque si Regali Ecclesiastica ivisset potestas obnoxia, Regibusque fas inesset de rebus decernendi Ecclesiasticis, siquidem frequentissima circa res Ecclesiasticas exoriri dubia soleant, quis exinde futurum perquam facile non perspiciat, ut pro sua quilibet Princeps opinione diversas in Provincia leges ediceret, diversa ederet decreta? Quo nihil pejus ad Ecclesiæ unitatem pessum mittendam, doctrinasque in Ecclesiam inferendas diversas, & adversas: quæ tandem in Reipublicæ quoque vergereut discrimen, quod ex Religionum diversitate, & adversitate facile incumbere nemo, puto, non intelligit. Eo igitur meliori jure his incommodis a Deo O.M consultum est, optimaque ratione tam Religionis, quam Reipublicæ rebus prospectum, unum in Ecclesia supremum constituendo Caput, cujus unius sententiæ obtemperarent omnes, unitasque eo modo integra servaretur. Atque ab hoc utique argumenti genere neque abhorruit Thorndicius Anglus Scriptor in Origin. Eccles. cap. 31, ut ostenderet regendæ Ecclesiæ jus Regibus nullo modo a Christo D. fuisse concessum, neque congruum, expeditumque, ut concederetur unquam.

Age modo, seposito naturalis rationis lumine, ad Sacrarum litterarum ineluctabilem auctoritatem Ecclesiastici Principatus supra laicam quamlibet potestatem elati, & a qualibet Laica potentia independentis Divina institutio exigenda jam est. Sed enim in tanta, qua undique penes obruimur, Sacrorum Testimoniorum copia, habendus est delectus, iisque paucis contentos esse oportet, quæ operæ pretium faciant, atque rem omnem efficacissime prorsus conficere sufficiant. Illud itaque principii loco ponendum, staminandumque, quod in Christo D. miro quodam

nexu cum Sacerdotali conjunctam Regalem fuisse potestatem observant passim ex utriusque Testamenti paginis SS. Ecclesiæ Pa-
tres, velut ex Psal. 131, v. 10. S. Irenæus lib. 3. cap. 9, Arnobius
ibid., & S. Johannes Damasc. lib. 4. de fide Orthod. ; ex Psal. 2.
Tertullianus adv. Judæos cap. 14, S. Optatus Milev. lib. 2. adv.
Parmen., S. Basilius in Schol., & in epist. ad Amphiloch., Cassio-
dorus in Exposit. ejusdem Psal. , Vigilius Tapf. lib. 5. contra
Eutychem , Titus Bostrensis in Luc. 1, Anastasius lib. 5. Anagog.,
& S. Fulgentius in Arian. ex Psal. 71. S. Justinus in Dialogo cum
Tryph. n. 34, & S. Gregorius Nyss. in fragm. Bibl. PP. To. 3.,
ex Psal 88. Eusebius ibid., S. Ambrosius lib. 3. in Luc. cap. 3 ,
S. Cyrillus Hierosolym. Catech. 12 , & Euthymius ex Matth. 1.
S. Gregorius Nazian. in Carm. de Christi genealog., ex Matth.
2 , 2. Theophilus Alex. in hunc loc., & Theodotus Ancyr. orat.
de Nativ., ex Matth. 27, 11 , & 28, 10. S. Hilarius in Psal. 2.
n. 24 , seqq., & lib. 11. de Trinit. n. 29 , ex Matth. 28 , 18. S.
Athanasius contra Arian. ; ex Luc. 23 , 3. Arnoldus Bonævallis
Abbas de Jejun., & tent. Christi inter Opera S. Cypriani ; ex Johan. 8. V. Beda ibid.; ex epist. ad Ephes. cap. 1. S. Joh. Chrysostomus homil. 3, Theodoretus ibid., in Psal. 88, & in 1. Corinth. 15,
S. Cyrillus de recta fide, & lib. 11. in Joh. cap. 15, S. Thomas ibid.,
& in cap. 1. ad Hebr., & in cap. 8, ac 19. Johan., S. Bonaventura in 2. dist. 1. p. 1. art. 2 , & Halensis in 4. q. 8. mem. 5. art. 11
ex epist. ad Hebr. cap. 1. S. Augustinus in Psal. 109, S. Prosper in
eumdem loc., Theophylactus , & Primasius ibid., & S. Maximus
hom. 2. de Epiph., & S. Anselmus ibid., ex cap. 2. ad Hebr. Am-
brosiaster in Comment., S. Gregorius M. homil. 13. in Ezech.,
Rupertus in Daniel. cap. 2, & Hugo Victor. q. 25 , seq.; ex cap. 7:
ad Hebr., & Rom. 1, 3. S. Epiphanius hæres. 29; ex 1. Petri
cap. 2, 9. S. Bernardus in epist. 143. ad Conradum Imp.; ex Apocal.
cap. 19, 15, seq. S. Gregorius Nyssen. loc. cit.; & Richardus Victor. ibid. Quo igitur ab ea , quam ipsemet in vivis agens, regiminis formam gessit Christus D., alteram post obitum Ecclesiæ
inditam ab ipso fuisse nefas est putare , eò perinde credere oportet ex Christi D. dignitate , institutioneque Sacerdotalem , Re-
giamque ab Ecclesia potestatem adquisitam fuisse, eamdemque
supre-

supremo proinde, quo excidere nequiret unquam, auctoritatis, dignitatisque fastigio positam, adeo ut, quam vere dictum in persona Vatis de Rege Christo Psal. 2, 6, seqq. *Ego autem constitutus sum Rex &c.*, *Reges eos in virga ferrea &c.*, tam recte perinde ipsius In Regno velut ex asse Successores futuros Principes Apostolos, & Episcopos, velut exponunt SS. Basilius, Chrysostomus, Augustinus, Hieronymus epist. 140. ad Principiam, Theodoretus, S. Cyrillus Alex. in Joh. cap. 23, Arnobius, Ruffinus, Andreas Cæsar. in Apocalyp. cap. 19, Procopius Gazæus in Gen. cap. 49, & Isaiæ cap. 1, Euthymius, V. Beda &c., S. Hormisdas in epist. ad Justinum, S. Gregorius M. in 1. Reg. cap. 2, & S. Nicolaus I. in epist. ad Michaelem Imp. Quod ipsum præcinisse sane Regius Psaltes videtur Psal. 44, v. 17. verbis illis: *Pro Patribus tuis nati sunt tibi Filii, constitues eos Principes super omnem Terram;* velut ipsum de Apostolis primum accipiendum, atque de Episcopis perinde jubent S. Hieronymus, S. Augustinus, Euthymius &c. in exposit. Ex illustri altero Psal. 109, ver. 2. seqq. *Virgam virtutis tuæ &c.* loco potestatem quoque coactivam in Ecclesiam a Christo D. fuisse transfusam docere profecto non dubitarunt SS. Basilius, Ambrosius, Chrysostomus in eumdem Psal., Eusebius Demonst. Evang. lib. 5. cap. 4, S. Augustinus de Civit. lib. 17. cap. 17, Euthymius, V. Beda ibid., Aymo in Apocalyp. cap. 2, aliique, quo de argumento susius Art. 6. Quid vero, quod ex eodem Psal. v. 4. *Tu es Sacerdos &c.* Regnum, Sacerdotium, ac Prophetiam tam e Veteri sub Adamo Ecclesia, quam e Judaica sub Moyse Synagoga in veram Christi Ecclesiam, ac Romanam quammaxime, cui vice Christi D. præest Roman. Pontifex, transiisse demum sententia est apud ipsos Orientales Jacobitas receptissima, cujus se vadem Abrahamus Ecchelensis de Orig. nom. Papæ cap. 26. semet exhibet? In his enim Jacobus Baradæus, alias Zanzalus, ex quo infaustum Jacobitis nomen adhæsit, in Catechesi, quæ Romæ servatur in Bibl. Maronitarum, tres illas notas Ecclesiæ Catholicæ, quam falso tamen sua reponit in secta, adscribere non dubitavit, vere tamen Romanæ aptandas judicavit Geographus Nubiensis par. 2. Clim. 5, de Romana agens Urbe, quo de scriptore explicatiora infra. Sed enim ex Isaiæ, & Jeremiæ

miæ vaticiniis expreſſiorem futuræ Ecclefiaſticæ Politiæ ſpeciem
accipere juvat : Reges enim , & Regna fore , ut Eccleſiæ ſubjecta
eant , non uno in loco prædixit uterque . Iſaias quidem cap. 49 ,
v. 23. de ea loquens , *Erunt* , inquit , *Reges nutritii tui* , . . *Vultu
in terra demiſſo adorabunt te* &c. ; & cap. 60, v. 10, ſeq. *Reges mi-
niſtrabunt tibi* &c., *Gens , & Regnum, quod non ſervierit tibi , peribit* &c. , quæ de obedientia , & obſequio a Regibus debito , ac
dependendo perſpicua ſunt , & plana . Poſt quæ ſic pergit Sacer
Vates ex verſ.Septuag. v. 17. *Dabo Principes tuos in pace , & Epiſcopos tuos in Juſtitia* ; Δώσω τὲς Ἄρχοντάς σε ἐν εἰρήνῃ , καὶ τὲς
ἐπισκόπὲς ἐν Δικαιοσύνῃ : Quem plane locum de Apoſtolis intelligendum volunt S. Irenæus lib. 4. contra hær. cap. 26. edit. Maſ-
ſuet. , S. Joh. Chryſoſtomus , S. Hieronymus , S. Cyrillus Alex.,
Ruffinus , Procopius in hunc loc. , S. Proſper de prædict. par. 3.
prom. 6, S. Leo II. in epiſt. ad Conſtantinum Imp. , Synodi Byza-
cena in epiſt. ad eumdem Imp. , & Nicæna II. Act. 6. prope fin. ,
S. Leander Hiſpal., Julianus Pomerius lib. 1. adv. Judæos , S. Il-
dephonſus de Virg. B. Virg. cap. 7 , Petrus Bleſenſis &c. Jam vero inſignis alter ex Jeremiæ cap. 1, v. 10. ſuppetit locus , ex verbis ſcilicet illis : *Ecce conſtitui te ſuper Gentes , & ſuper Regna ,
ut evellas , & deſtruas , & diſperdas , & diſſipes , & ædifices , &
plantes* : Quæ dicta quidem proprie ad Chriſtum D. pertinere ex
complurium ſententia docet S. Hieronymus in Comment. , atque
ita plane Chriſto D applicanda duxere Origenes hom.1. in Jerem.
n. 6, hom. 14. n. 5 , & in Matth. Tom. 13. n. 9. pag. 522.Oper.
To. 3. edit. Pariſ. 1740,S. Cyprianus lib.1. contra Judæos, S.Am-
broſius in Pſal. 43, S. Gregorius Nyſſen. lib. de incredul.Judæor.,
Rabanus in Pſal. 43 , Rupertus in Comment. Jer. cap. 4 , &c. De
poteſtate vero Eccleſiaſtica , ac Pontificia quammaxime ſupra laicam præſtantiori accipiendum perinde locum perſuaſum habent
ex Conciliis Conſtantinopolit.ſub Menna in Sent.contraAnthimum
Act. 4, Lateranenſe ſub Leone X. ſeſſ. 10, & 11, ac Meldenſe ſub
Carolo Calvo an. 845. in præſat., Eccleſia Orientalis in epiſt. Synod. ad S. Symmachum apud Baronium ad an. 512. n. 501 ex
Pontificibus Johannes VIII. in epiſt. ad Baſilium Imp. apud Baronium ad an. 879. n. 24, S. Gregorius VII. lib. 6. epiſt. 12. ad
Lan-

Landulphum, Innocentius III. ferm. 1. de fua confecr., & fer. 1.
de S. Silveftro, ac Bonifacius VIII. Cap. *Unam SanElam* de Major., & Obed ; ex Patribus, ac Latinis quidem S. Bernardus
epift. 237. ad Eugenium III. , S. Hildegardis in epift. ad eumdem
Pontif., Petrus Blefenfis ep. 144. Reginæ Angl. nomine ad Cæle-
ftinum III. , V. Petrus Cluniac. lib. 6. epift. 29. ad Eugenium,
Ambrofius Anfpertus init. Comment. in Apocalyp., S. Thomas
Cantuar. lib. 3. epift. 79. ad Humbaldum Hoftienf. edit. Lupi
Tom. 10. Oper., Villelmus Senon. lib. 1. ep. 82. ad Alexandrum III.
inter epiftolas S. Thomæ &c., ex Græcis vero Theophilus Alex.
epift. 4. ad S. Epiphanium, S. Joh. Chryfoftomus in Matth.,
Theodotus Ancyr. in Orat. contra Neftorium in Synodo Ephefina habita apud Harduinum To. 1. par. 4. p. 1666, Georgius Patriarcha Antiochenus in Comment. cap. 16. Matth. apud Ecchel-
lenfem de Orig. nom. Papæ cap. 22, & Johannes Hierofolym. in
Synodica ad honorymum Conftantinopolit. an. 518. ab Epifcopis
30. Palæftinæ fobfcripta, ac Synodi Coftantinopolit. fub Menna
Actioni 5. inferta apud Harduinum To. 2. p. 1342, feq. ex Theologis item Hugo Victor. Erudit. Theolog. lib. 2. tit. 28, & lib. 2.
de Sacr. fidei par. 2. cap. 4, S. Thomas Opufc. 20. de Regim. Princip. lib. 3. cap. 19, (fi tamen germanus ejus eft fœtus) Alexander Halenf. par. 3. q. 40. memb. 3, Franc. Mayronus in Quodl.
q. 11, Ægidius Rom. de poteft. Eccl. part. 1. cap. 3, &c., ut mirari propterea valdequam fubeat, cur poft Ochamum de poteft.
Pontif. cap. 10. q. 1. Bonifacii VIII. Decretalem *Unam SanElam*
vellicare, follicitare, ac lacefsere Natalis Alexander Hift. Eccl.
ad Sæcul. XIII., & XIV. differt. p. art. 2. non fit veritus, qnafi
S. Scriptura abufus fœde Pontifex fit, dum præfatum Hieremiæ
locum propriam in opinionem, remque, fed prorfus alienam in-
torferit. Jungendæ, quas Artic. feq. attingemus Ezechielis cap. 21,
v. 26, & capi. 37. v. 22. Ofeæ cap. 1, v. 11, & Zachar. cap. 6,
v. 11, feq. Prophetiæ de Sacerdotali, Regiaque in Chrifto D., in
S. Petrom exinde confluxura, poteftate. Quibus affinis eft infignis
Prophetia altera Danielis cap. 2, v. 44, hifce defcripta verbis:
Sufcitabit Deus Cæli Regnum, quod in æternum non diffipabitur, &
Regnum ejus alteri Populo non tradetur : comminuet autem, & con-
                                                              fumet

fumet univerfa Regna , & ipfum ftabit in æternum . Quam probe
de futura Chrifti D. Sacerdotali , Regalique dignitate , poteftateque interpretari non dubitarunt Origines de recta in Deum fide
fect. 1. To. 1. pag. 818. edit. Parif. 1733 , cui jam præcefferat in
fententia S. Juftinus in Dialog. cum Tryph. n. 86, Tertullianus
lib. adv. Judæos cap. 14, Anaftafius Nicæn. q. 52, Hilarus Diac.
in epift. ad Rom. cap. 9,S. Cyrillus Hierofol. Catech. 12, S. Hieronymus in Ifa. cap. 2, S. Auguftinus tract. 4. in Johan. , V. Beda
in Ifa. 2, S. Idelphonfus de Virg. B. Mariæ cap. 7 , Rupertus in
Daniel. 2, aliique; de eadem vero dignitate , poteftateque a Chrifto D. in Rom. Pontificem , & Epifcopos transferenda intelligere
pariter non ambegerunt , ex Græcis S. Ignatius in epift. ad Magnef. n. 6 , S. Irenæus lib. 5. adv. Hær. cap. 26 , Auctor Conftit.
Apoftol. lib. 5. cap. 20,S. Joh. Chryfoftomus hom. 10. in Matth.,
Bafilius Seleuc. Orat. 1. de Incarn.,Anaftafius Synaita lib. 9. Anagog. in Hexam. , S. Ifidorus Peluf. lib. 1. epift. 218, Philo Carpatius in 1. Cantic. , &c. , ex Latinis vero Tertullianus loc. cit. ,
S. Hieronymus in Ifa. cap. 2,S. Auguftinus in Pfal. 98, & tract.9.
in Joh., S. Felix IV. in epift. ad Epifcopos:S. Gregorius M. lib. 6.
ep. ad Eulogium Alex., Julianus Pomerius lib. 1. contra Judæos,
Hadrianus 1. in Apolog. pro Synodo VII. ad Carolum M., Aymo
in Apocalyp. lib. 2. cap. 4, & lib. 7. cap. 21 , Anfpertus in Apocal. lib. 4, Guitmundus Averfanus de Corp. , & Sang. Chrifti
lib. 3,Otto Frifing. lib. 6. cap. 36,Dionyfius Carthuf. in cit. Daniel. loc. , S. Thomas de Regim. Princip. lib. 3. capp.10, 12,feq.,
Durandus Meld. de Orig. jurifd. ad calcem,Bartholus inExtravag.
Ad reprimendam , S. Johannes a Capiftrano de poteft. Papæ &c.

Cedo nunc mihi explicatiffima ex Teftamento novo Teftimonia , quæ tamen , non fecus atque prolata hactenus ex veteri Teftamento eo demum accipi fenfu velim , ut in Ecclefiam Regiminis Monarchici ratio inducta quidem intelligatur , atque cum Jurifdictione , & Imperio Ordo Epifcopalis inftitutus , non quafi
temporali Regum propria, directaque in Regum temporalia poteftate induta Ecclefia infuper æftimari debeat . Quod fane mone-
re facrum mihi fuerat , ne agere fruftra eorum inftar ego putarer ,
qui Sacerdotii dignitatem tueri nefciunt , nifi fua Regnum exfpo-

licnt .

lient. Imprimis igitur ex S. Paulo ad Hebr. 7, 11. egregium fuc-
currit illud, quo in unam, eaindemque Christi D. personam cum
Sacerdotio translatum Regnum docet: *Necessarium fuit secundum
ordinem Melchisedec alium surgere Sacerdotem, & non secundum
ordinem Aaron dici.* Ita nempe iter Synagogam, & Ecclesiam discrimen in eo positum indicat, quod tam ex Tribu Levi Sacerdotii, quam ex Tribu Juda Regni dignitatem, in eumdem postea,
quem post se Ecclesiæ Primatem designabat, transmittendam, in
semet adsumere Christus D. voluit, fierique ideo Sacerdos secundum ordinem, non solius utique Aaron, sed Melchisedech, qui
Sacerdotio, Regnoque simul fuit illustris. Atque hæc plane germana S. Pauli, aut ego fallor, sententia Patribus visa est, veluti S. Gregorio Nyss. hom. de occursu Dom., S. Joh. Chrysostomo in hunc loc., S. Epiphanio hær. 55. de Melchis., ac 29. de
Nazar., Hilaro Sardensi heic, S. Hieronymo epist. 116. ad E-
vangelum, Theodoreto in hunc loc., & in Psal. 119, Theophylacto, Primasio, Aymoni, sive Remigio Antisiod., S. Anselmo
ibid., Hugoni Vict. in hanc epist. q. 66, S. Petro Damiani lib. 7.
epist. 9. ad Henricum III. Imp., Petro Lombardo, S. Bonaven-
turæ 2. dist. 25. par. 1. art. 2. q. 3, aliisque. Neque hinc procul
absuit S. Petrus, qui epist. 1. cap. 2, v. 9. de novæ Legis procul
dubio supra Veterem, cui Exod. 19, 6. neque *Regni Sacerdotalis*
denegatum legitur nomen, præstantia loquens, *Regale Sacerdotium* in Ecclesia institutum adfirmat, ita declarans utramque profecto dignitatem Sacerdotalem, ac Regiam, quæ in Judæorum
Republica duas in Tribus discretæ erant, in unum, eumdemque
Ecclesiæ universæ Pontificem, ex quo ceteri deinde inferiorum
Ecclesiarum Præsules fierent participes, fuisse transfusam. Quo
sane loquutum sensu S. Petrum accipere non dubitarunt Auctor
Constit. Apostol. lib. 2. cap. 25, S. Leo M. in Nat. Apostol., &
serm. 2. de sua assumpt., S. Leo IX. in epist. ad Michaelem Ceru-
lar., & Leonem Acrid., Johannes VIII. in epist. 68. ad Lambertum
Comit., Innoc. III. serm. de S. Silvestro, & in exposit. Psal. 50,
Synodus Aquisgranensis sub Ludovico Pio cap. 4, Dydimus Alex.
in hunc S. Petri locum, S. Hieronymus in præcit. epist. 116, S.
Augustinus lib. 17. de Civit. cap. 4, Primasius in cap. 7. ad Hebr.,
V. Be-

V. Beda, Œcumenius, Haymo in 1. Petri cap. 2, Petrūs Blefenfis ferm. 5. habito in Synodo ad Sacerdotes, S. Bernardus epift.
40. ad Conradum Imp., S. Thomas de Regim. Princip. lib. 1. cap.
14, S. Bonaventura in 4. dift. 24. dub. 4, Riccardus de Mediavilla in 4. dift. 24. art. 1. q. 1, aliique de Schola Theologi illu-
ftres. Conferunt ad hæc confirmanda, quæ pariter habet S. Johannes in Apocalyp. cap. 1, v. 6, & cap. 5, v. 10, ubi Ecclefiam a Chrifto D. & Regno, & Sacerdotio infignitam prædicat,
quæque plane de Sacerdotali, Regalique poteftate in Ecclefiam
translata intelligunt Scriptores Ecclefiaftici paffim in hunc locum,
Victorinus, Primafius, Beda, Anfelmus, Anfpertus, Rupertus &c. Quæ omnia eò demum collineant, ut oftendant eo potiri,
Chrifti D. beneficio, Ecclefiam imperio, quo & Imperiali dignitate præftet, & ab Imperiali poteftate non dependeat. Atque
hunc quidem Ecclefiæ Principatum fupra Regalem extollere, ve-
rofque Principes agnofcere Ecclefiæ Præfules haud ambegere SS.
Patres, in quibus S. Ignatius M. in epift. ad Trallian. n. 3, fic
habet: ὁμοίως πάντες ἐντρεπέσθωσαν τον ἐπίσκοπον ὄντα υἱὸν τοῦ πα-
τρός: Cuncti fimiliter revereantur Epifcopum, ut eum, qui eft figura Patris, Divini nempe; & in epift. ad Smyrn. n. 8. πάντες τῷ
ἐπισκόπῳ ἀκολουθεῖτω, ὡς Ἰησοῦς Χριςὸς τῷ πατρί: Omnes Epifcopum fequimini, ut Jefus Chriftus Patrem. Quorum fimillima
referunt S. Joh. Damafcenus in Parall. lib. 2. cap. 15, & Antiochus hom. 124: quibufque eam ineffe vim exiftimat Voffius in
Not., ut nihil infra Deum fit, cui magis, quam Epifcopo fit obediendum. Unde non erat, cur in Not. ad cit. locum ad Trall.
acerbe adeo commoveretur in Interpolatorem S. Ignatii, quod
fcripferit: *Quid aliud eft Epifcopus, quam is, qui omni Principatu, & poteftate fuperior eft?* Nam juxta S. Ignatium Epifcopo fummam deberi & obedientiam, & obfervantiam, velut ei,
qui Dei, & Chrifti refert imaginem, Dei ob Principatum, Chrifti ob Sacerdotium obfervat Hugo Menardus in Not. ad S. Barna-
bæ epift. n. 29. Sed enim quæ in Interpolatore S. Ignatii reprehendit Voffius, explicitiffima reperiet in Auctore Conftit. Apoftol., qui lib. 2. cap. 11. Epifcopum alloquens hæc habet: ὡς
Θεῦ

Θεῖ τύπον ἔχων ἐν ἀνθρώποις, τῷ πάντων ἄρχειν ἀνθρώπων, ἱε-ρέων, βασιλέων, ἀρχόντων, πατέρων, υἱῶν, διδασκάλων &c. , *Epiſcope inter homines figuram obtines Dei, præſidendo cunƈtis mortalibus, Sacerdotibus, Regibus, Principibus, Patribus, Fi-liis, Doƈtoribus &c.* Similibus abundat phraſibus capp. 20, 25, 26. Ὁ ἐπίσκοπος .... οὗτος ἄρχων καὶ ἡγούμενος ὑμῶν, οὗτος βασιλεὺς καὶ δυνάςης: *Qui Epiſcopus eſt, hic Princeps, & Dux veſter , hic veſter Rex , & Dynaſtes.* Cap. 30, & 34, ubi ea ratione Sa-cerdotium Regno præſtare ſcribit, qua corpore præſtat anima: qua etiam ſimilitudine uſus legitur S. Joh. Chryſoſtomus hom. 4. de verb. Iſa., lib. 3. de Sacerd. cap. 1, & hom. 15, in epiſt. 2. ad Corinth.; ac parem ante Ipſos adhibuiſſe Philo Judæus habetur in Legat. ad Cajum, quo loci tanto ſupra Regnum extolli Ponti-ficatum ait, quanto Deus, ac Divina hominibus, ac humanis excellunt. Unde injuſtam ſerri a Balſamone ad Can. 7. Trullan. cenſuram in eos, qui Eccleſiaſticas dignitates Imperatoriis ante-ferunt, obſervat Cotelerius in Not. ad cap. 34. n. 11. Inefat hæc ipſa de poteſtate Epiſcopali Civili nulla inferiori perſuaſio S. Juſti-no, qui Apolog. 1. n. 97. non altero illos nomine donat, quam προεςῶτας, *Præſidum*, Pſeudo-Areopagitæ, qui epiſt. 7. ad De-mophilum hoc Epiſcopatum eximio exornat titulo: ἡ τῶν ἱερῶν ἁγία ταζιαρχία, *Sacrorum Sacer Ordinis Principatus*, S. Irenæo, qui lib. 4. cap. 26. ex Iſaiæ cap 60, v. 17. juxta verſ. LXX. *Princi-pes* appellandi eos occaſionem arripuit, & S. Cyprianus, qui epiſt. 55, 65, & 69. ad Exod. 22, 28, & Aƈt. 23, 5. reſpiciens *Prin-cipum* nomen Epiſcopis aptat. Quo perinde nomine, locoque eorundem habere dignitatem, auƈtoritatemque non dubitarunt Origenes hom. 11. in Exod., & hom. 22. in Numer., S. Hilarius in Pſalm. 67. n. 4 pulcre ſuam in rem trahens locum ex 2. Corinth. 4, 8; S. Baſilius M. in cap. 13. Iſaiæ; S. Gregorius Nazian. Orat. 20. n. 50, & 58, ubi Epiſcopis ἐξουσίαν, καὶ δυναςείαν Juriſdi-ƈtionem veluti Regiam, & coercitivam attribuit, & S. Ambro-ſius epiſt 13. ad Valentinianum, & in Pſalm. 77. ex Græco *Epiſco-pus*, Latinum *Superinſpeƈtorem* faciens: quæ derivatio perinde accepta fuit Liciniano Epiſcopo Conc. Hiſp. T. 2. p. 427, Sidonio

lib. 6. ep. 1 , & lib. 9. ep. 3 , Caffiodoro in Pfalm. 108. v. 6. , S.
Gregorio M. lib. 11. epift. 42 , & S. Ifidoro Hifpal. Origin. lib. 7.
cap. 12. Nec altero ab hoc Regum , ac Principum nomine independentem a Principali , iftaque præftantiorem Epifcoporum auctoritatem defignandam fibi fumpfere S. Epiphauius hær. 29. n. 3,
feq. , S. Hieronymus in Pfalm. 2. v. 10 , S. Auguftinus in Pfalm.
126, *Ideo altior* , inquiens , *locus pofitus eft Epifcopis* , *ut ipfi fu-
perintendant &c.* , Hilarus Diac. in 1. Corinth. 1. , & ad Ephef.
cap. 4, Arnobius in Pfalm. 137. v. 4 , S. Ifidorus Peluf. lib. 2.
epift. 125. ad Theodofium Presbyt. , Rufticus Diac. adv. Acepha-
los , S. Leo M. epift. 87 , in edit. Quefn. 1 , Baller. 11. cap. 1 , relatus a Gratiano Can. 25. *Principatus* 1. Q. 1 , & S. Cyrillus Alex.
in Ofeæ cap. 9. Epifcopos σκοποὺς nominatos obfervans , τοὺς τῶ
λαῶν προςτῶτας , ὑφ᾽ ὧτε κειμένος , διάτημτ , *Præfides Populorum* , *& in fublimi dignitatum gradu collocatos* . Conferendus &
Goffridus Vindocin. in Opufc. 2 , & 4 , quo loci Epifcopum de-
nominate Imperatorem , Principem , & Regem Ecclefiæ , velut
eum , qui Divino jure Regibus , Principibus , ac Imperatoribus
dominatur , haud reformidat. Mitto alios plerofque , a quibus
Monarchica denominatio , & auctoritas Epifcopis paffim tributa
legitur , qua de re Cafaubonus Exercit. 15. cap. 11 , & Cotelerius in Not. 1. ad Conftit. Apoftol. lib. 2. cap. 11.

Tam igitur nihil hac in re aut novi , aut noftri attulimus ,
quam minus notum ex Scripturis patefaciendum adfumpfimus ,
quodque Patribus acceptum femper probare e religione noftra effe duximus : quorum auctoritatem , quamvis heterodoxi flucci ,
nauclque facere non reformident , nemo tamen , opinor , frugi ,
fanique confilii vir erit , qui eam Erafto , Grotio , Hennigefio &c.
anteponendam non facile adfentiatur. Ratum itaque , fixumque
ftat hanc fuiffe Romanis imprimis Pontificibus arcte impreffam
animis de Ecclefiaftica a Laica independente poteftate , fupra
Laicamque præftante fententiam. Nempe Liberio , qui epift. 2.
Conftantium Imp. longius a rerum Sacrarum , quæ fui non erant
juris , cognitione abeffe jubebat. Qua perinde fortitudine induti Ofius Cord. , Lucifer Calar. , S. Eufebius , S. Hilarius , S. A-
thanafius &c. in faciem ipfi obfiftere non extimuere . S. Felici
III. ,

III. , qui epift. 9. Zenonem Imp. edocebat Chrifti Sacerdotibus Regiam fubmittere volontatem , quæque fibi expedirent ad falutem , ex ipforum ore difcere : *Certum eft* , inquiens , *hoc rebus veftris effe falutare , ut quum in cauffis Dei agitur , juxta ipfius conftitutum , Regiam voluntatem Sacerdotibus Chrifti ftudeat is fubdere , non præferre , & facrofanƈta per eorum Præfules difcere potius , quam docere , Ecclefiæ formam fequi , non huic humanitus fequenda jura præfigere , nec ejus fanƈtionibus velle dominari , cui Deus voluit Clementiam tuam piæ devotionis colla fubmittere* . Ex quibus , aliifque fimilibus , quæ olim S. Gelafio tribuca , eidem in Suppl. Acac. To. 6. Concil. Lab. edit. Ven. reftituit Ill. Maffejus , infignis Bafnagii fplendido cum mendacio conjunƈta retunditur temeritas ad an. 482. §. 5. effutientis Zenoni Imp. fas fuiffe Johannem cognomento Talajam Alex. Patriarcham ob crimen cum naturæ , Civilifque poteftatis legibus pugnans , perjurii nempe cauffa , in exfilium pellere , nefas e contra Patriarchæ ad Rom. Pontificem appellare . S. Gelafio , qui epift. 4. Anaftafio Imp. obligationem ingerere ftudebat obediendi Sacerdotibus , velut iis , a quorum judicio fe pendere cognofceret . Cujus egregiam mutuati deinde leguntur fententiam Patres Synodi Troslejanæ Can. 2 , & Parifienfis fub Ludovico , & Lothario lib. 1. cap. 6 , S. Symmachus epift. 4. Apolog. ad eumdem Imperat. tanto a Pontificia Imperatoriam diftare dignitatem oftendens , quanto rebus Imperatot humanis , Pontifex Divinis præeffe dignofcitur , S Nicolaus I. epift. 7. ad Michaelem Imp. relata Can. 8. *Quoniam* dift. 10 , S. Gregorius VII. lib. 8. epift. 28 , Ivo Carnot., & Gratianus Can. 10. *Duo funt* dift. 96 : ut mirari valde fubeat , quid cauffæ fuerit, cur projeƈti vir pudoris Petrus Jannonus Hift. Regn. Neap. lib. 1. cap. ult. hoc S. Gelafii loco, infigni non abfque temeritate, ac mendacio, ad fupremum Regis jus adftruendum abuti non erubuerit . In hæc ipfa ingreffus veftigia S. Hormifdas , in epift. 2. ad Monachos fecundæ Syriæ , quæ refertur Aƈt. 5. Synodi Conftantinopolitanæ fub Menna , fuperhumanam prædicat Ecclefiæ poteftatem , quam nec impune laicis Principibus invadere liceat . Cui paria regerentes S. Agapetus in epift. 6 ad Juftinianum apud Baronium ad an. 535. n. 31 , & S. Gregorius II. in ep. 1. ad Leonem

S 2   nem

nem Ifaur. memores illos effe jubebant, *S. Ecclefiæ Dogmata non
Imperatorum effe, fed Pontificum*, ideoque ab iis, veluti Divinis
fcirent religiofe fibi abftinendum . Nec a dogmatibus dumtaxat,
fed & ab Ecclefiarum difpofitionibus, & a Sacrorum Magiftra-
tuum electionibus abftinendum eifdem inculcant, prior ille quidem in allocut. ad Juftin., pofterior ifte vero in epift. 2. ad eumdem Ifaur. Quod ipfum de SS. Ecclefiis a Principum jure prorfus
liberis docere non deftiterunt Auctor Conft. Apoftol. lib. 2. cap.
57, feq., Eufebius lib. 6. hift Eccl. cap. 25. edit. Cacciari, S.
Joh. Chryfoftomus Orat. de S. Babyla, hom. 83. in Matth., &
hom. 8. in Acta Apoft., S. Ambrofius in epift. ad Marcellinam.
Soror., & apud Theodoretum lib. 5. cap. 17, ac Sozomenum lib.
7. cap. 24, S. Ifidorus Peluf. lib. 1. epift. 28. ad Eufebium, &c.,
quibus adfentiri Theodofius Imp. in Ephefina Synodo cap. 21. religioni habuit . Sed hoc de argumento fufius Art. 4. De nullo præterea in Sacris electionibus Principum jure auctores locupletes
accedunt Compilator Apoftol. Canon. Can. 30, in verf. Græca.
Can 31, quo Canone S. Athanafius in epift. ad Solitar. vitam
agent. Gregorii in Alexandrinam Ecclefiam intrufionem fuggilla-
vit, qnod Imperatoris ope ea fuiffet peracta ; Patres Synodi Romanæ II. fub S. Symmacho Can. 3, Nicænæ II. Can. 3, Moguntinæ fub Carolo M. Can. 39, Cabilonenfis Can. 42, Turonenfis
Can. 15, Arelatenfis fub eodem Can. 4, S. Nicolaus I. in citat.
epift. ad Michaelem, Moguntina Synodus fub Rabano Can. 12,
altera fub Arnulpho Can. 5, Holonienfis cap. 3, & apud Melden-
fem an. 845. Can. 10, Wormatienfis. Can. 57, Conftantinopoli-
tana IV. gener. VIII. Can. 2, & 22, Nicolaus II. in Synodo Romana 113. Epifcop. Can. 6, S. Gregorius VII. in Romanis Synodis an. 6. capp. 2, & 3, & an. 7. capp. 1, & 2, Pictavienfis an.
1078 Can. 1, alteraque an. 1100. Can. 3, Victor III. in Bene-
ventana Can. 1, & 2, Urbanus II. in Melphitana Can. 8, & Claromontana Can. 15, Pafchalis II. in epift. 24. ad Guidonem Vienn.,
aliifque paffim ad S. Anfelmum Cantuar., & ad Henricum cum.
Imper. Germ., cum Angliæ Regem, nec non in Synodis Romanis 1103, 1104, 1110, 1111, & 1116, Beneventanæ 1, 2, 3,
Guaftallenfis cap. 2, Trecenfis, Londinenfis II, & III, Viennen-
fis,

fi , Anfana fub Pafcbali II , Calliftus II. in Remenfi Synodo Can.
2 , & in Lateranenfi I. Can. 4 , & 14 , Londinenfis fub Honorio II.
cap 4 , Innocentius II. in Remenfi Can. 7 , & in Lateranenfi II.
Can. 10 , & 15 , Alexander III. in epift. cum ad Henricum II.
Angl. Regem , tum ad S. Thomam Cantuar. , aliofque Epifcopos
Angl. , atque in Concilio Lateranenfi III. cap. 14 , Synodus Dio-
clienfis in Dalmatia an: 1199. cap. 8 , Avenionenfis an. 1209.
Can 8 , Palentina an. 1129. cap. 10 , Innocentius III. in Lateranenfi IV. cap. 15 , five cap. 43. *Quifquis* Decret. lib. 1. tit. 1. *De
Elect.* , &c. De his proinde , horumque fimilibus differens Petrus
de Marca lib. 2. Conc. cap. 10. *Non indigent* , inquit , *ea Decreta
Imperio Principis , ut Chriftianos conftringant , quum juri Divino
nitantur , quod ceteris omnibus præcellit .* Quo perinde jure Laica poteftate longe Ecclefiafticam excellere confequens eft . Confer , qui præterea Ecclefiafticam poteftatem eo loco ponunt , quo
a Laica non dependeat , quin potius ei dominetur , S. Nicolaum L
in epift. ad Michaelem , & Ludovicum Imp. , Johannem VIII. in
Can. 11. *Si Imperator* dift. 96 , fi tamen hic Canon fuppofitionis
morbo non laborat , de quo Berardus in Grat. Emend. Tom. 2.
par. 2 cap. 78. p. 357 , Stephanum VI. in epift. ad Bafilium Imperat. , Alexandrum II. in epift. ad Belam Hungariæ Regem apud
Ughellum To. 2. in Apperd. ad Epifcopos Narn. , S. Gregorium
VII. lib. 2. epift. 75. ad Suenium Daniæ Regem , ubi Rom. Pontifici integram adferit poteftatem corripiendi , prout oporteat , Reges , eifque leges , ut fuerit opus , difciplinæ præfcribendi , & Innocentium III. cap 6 *Solite* Decret. lib. 1. tit. 33. *De Major , &
Obed.* ubi deterrimo ab errore Conftantinum Imp. Sacerdotium Imperio fubeffe contendentem revocare multis , validifque inftituit .

Neque hanc fane Pontificum docendi , agendique rationem
ullatenus fufpectam haberi finit concors , & unanimis SS. Patrum
in eamdem confpirantium cohors , quibus invifa res femper accidit , ut Laici Judices aut fe Sacerdotibus præferre , aut Sacris Inferre fe fe tentarent . Ex Græcis ergo S. Ignatius Martyr in epift.
ad Ephefios cap. 2. Epifcopo fubjectos omnes ex Dei jufu efse debere docet, ὑποτασσόμενοι τῷ ἐπισκόπῳ &c. , quod reperit in epift.
ad Magnef. cap. 3 , in epift. ad Trall. cap. 2. Epifcopo fubefse jubens ,

bens, veluti Jesu Christo, τῷ ἐπισκόπῳ ὑποτάσεσθε ὡς Ἰησοῦ χριϚῷ, in epist. ad Symrn. capp. 8 , seq. omnes Episcopum sequi , sicuti Jesus Christus Patrem, honoreque prosequi , si a Deo honorari ament , præcipiens , & in epist. ad S. Polycarp. capp.5, seq. Episcopo majorem esse neminem , attendere omnes oportere subjungit . Quo in pretio Sacerdotes , & Episcopi habiti ab Auctore Const. Apost. fuerint , paullo superius attigimus , abundeque patet ex lib. 2. cap. 34 , ubi de illis sic loquitur : Τούτους ἄρχοντας ὑμῶν , καὶ βασιλεῖς ἡγεῖσθαι νομίζετε &c. Hos Principum , ac Regum loco vobis præesse existimate &c. , & paullo post sic pergit : Τὸν ἐπίσκοπον Ϛέργειν ὀφείλετε ὡς πατέρα , φοβεῖσθαι ὡς βασιλέα , τιμᾶν ὡς κύριον , Episcopum diligere ut Patrem debetis , vereri ut Regem , honorare ut Dominum: Quæ immerito sane reprehendere ibid. in Not. 8. Clericus non erubuit , siquidem in ea pares sententia Patres stetisse alios ignorare nequibat . Et certe nonnisi hac Apostolico Can. 30. suffulta de Ecclesiastica loco supra laicam quamlibet posita auctoritate , dignitateque persuasione ductus S. Athanasius in epist. ad Solitar. Constantin Imp. ingenti vertit crimini , quod Judicium in Synodo sibi usurpare attentaverit : *Quando* , inquiens , *a condito ævo auditum est , quod judicium Ecclesiæ auctoritatem suam ab Imperatore accepit ? Aut quando unquam hoc pro judicio agitatum est ?* Pergit deinde narrare plurimas habitas Synodos , quin in earum ulla desiderata Principis fuerit sententia, S. Pauli accersens insuper exemplum , qui complures etsi in Cæsaris domo amicos haberet , eorum nullum in ferendis judiciis consortem usquam adhibuit . Haud absimili animi confidentia , ut de Liberio, ac Lucifero Calar., de SS. Eusebio Verc. , & Hilario Pict. , de Osio Cord. &c. taceam , Leontius Tripolis Lydiæ Episcopus , uti refert Suidas , ceteros Episcopos Constantio Imp. applaudentes , eumque inter Sacerdotes sedentem conspiciens , tum illos libere a tanta dementia, cum hunc a tanta deterruit temeritate, Ecclesiastica judicia ad solos pertinere Sacerdotes ostendens : *Miror* , inquit , *qui fiat , ut quum aliis curandis distineæris , alia tractes! Quum enim rei militari , & civilibus negotiis præsis , tamen Episcopis ea præscribis , quæ ad solos pertinent* . . . . Tantum abfuit quoque , ut tam S. Basilius , quam

S. Gre-

S. Gregorius Nazian. Imperiali se potestati subjectos agnoverint, ut se potius illi confidentissime prætulerint, ille quidem, dum Modesto Valentis Præfecto, suam, & Imperatoris gratiam, societatemque magnifacienti reposuit, in eorum se illos posuisse numerum, quibus ipse præscribere, imperareque soleret, τῶν ὑφ᾽ ἡμῖν τεταγμένων: *Ut alios ex his, qui nobis subjecti sunt*, digno ideo mactatus elogio a S. Gregorio Naz. Orat. 20. n. 74, iste vero dum Orat. 17. n. 13, seqq. Principes, ac Præfectos his alloquebatur verbis: *Vos quoque imperio meo, ac throno lex Christi subjicit. Imperium enim nos quoque gerimus, addo etiam præstantius, ac perfectius: Nisi vero æquum est Spiritum carni fasces submittere, & Cælestia terrenis cedere*: dignus, qui & conferatur Orat. 9. ad Julianum Tributorum Exæquatorem n. 28, & 43. Quorum in persuasionem ingressi pariter SS. Epiphanius, & Joh. Chrysostomus ad Ecclesiastici officii partes implendas, Laicosque in officio, propriique intra limites juris continendos expedire, ac probe conferre experimento didicerant, ut quatenus utraque haberi potestas, unaque præstare alteri debeat, utrinque cognoscerentur. Hinc prior ille Hær. 29. perpetuus est in docendo e veteri Synagoga & Regiam David, & Sacerdotalem Aaron dignitatem in Christianam confluxisse Ecclesiam, posterior hic vero ultra progressus Reges etiam Diaconis subjectos esse docet, hæc Diacono suo hom. 83. in Matth. mandans: *Si Dux quispiam, si Consul, si is, qui Diademate ornatur, indigne accedas* (ad Eucharistiam) *cohibe, & coerce: majorem tu illo habes potestatem.* Sacerdotis multo magis supra Regalem extollendi dignitatem hom. 5. in cap. 6. Isaiæ rationem accipit tam ex rebus Divinis, quas ministrat, quam ex potestate administrandi Divinitus accepta, idest ex officio mediatoris Deum inter, & homines: *Ideo*, inquiens, *Deus ipsum Regale caput Sacerdotis manibus subjecit, nos erudiens, quod hic Princeps est illo major.* De propria vero loco longe superiori posita potestate loquens hom. 15. in epist. 2. ad Corinth., recitatis verbis illis: *Obedite Præpositis vestris &c.* subjungit, eadem hoc veluti glossemate illustrans: *Hoc imperium tanto Civili excellentius est, quanto Cælum terra; imo etiam multo præstantius:* quod ex comparatione potestatis utriusque confirmat. Similia mul-

multa habet lib. 3. de Sacerd. cap. 5, ser. 50. de utilit. lect. S. Script.,
& Apostolatus dignitate , nec non de laud. S. Babylæ , quem facto præclare docnisse memorat, qualiter Sacerdotes *Regum principatui præesse oporteat* . Cui persimile Eulogii Presbyteri exemplum suppeditat Theodoretus hist. Eccl. lib. 4. cap. 16. Is nempe
imperanti Præfecto, ut Imperatoris Valentis Religio una, eademque ei esset , & cum Arianis Sacrorum consortio conjungeretur ,
in hæc strenue respondit verba : *Nunquid ille una cum Imperio
Sacerdotium adeptus est ?* Quasi diceret Religionis res unam penes Ecclesiam integre stare , ideoque propriæ extra limites potestatis Imperatorem egredi , dum se illis ingerere suscipit . Pari
ecclesiastica magnanimitate Oeniander Episcopus apud Cedre-
num fertur Anastasii Imp. prehensa veste gravissimis hisce ejus ca-
stigavisse factum , quo in Ecclesiæ negotia irrumpere non desistebat : *Hæc chlamys nequaquam te post mortem comitabitur . Mis-
sam fac Ecclesiam , satis tibi sit, quod Imperator es ; Antistites Ecclesiæ noli vexare* . Pulcra sub altera denique anima, & corporis as-
sumpta specie potestatis Ecclesiasticæ supra Civilem præstantiam
exprimunt SS. Isidorus Pelus. lib. 3. epist. 249. ad homonymum ,
& Nilus apud Damascenum lib. 2. Parall. cap. 21 : *Tanto subli-
mius esse Regno Sacerdotium asserentes, quanto spiritus est carne
præstantior* . Atque horum perinde similia qui passim habent , videndi S. Maximus Abb. in suis Actis , S. Theodorus Studites in
vita S. Nicetæ, S. Johannes Damasc. Orat. 1, & 2. de Imag., Theophanes in epist. de præstantia Sacerd. , Procopius Gazæus in
cap. 9. Isaiæ &c.

Atque hanc quidem Græcorum Patrum de Sacerdotali potestate sententiam magno profecto Latinorum numero juvant suf-
fragia , quibus adstipulari perinde nolle , præfracti sit ingenii ,
bonam ad frugem indeflexi . Sed enim hos persequi ad unum
omnes nec otium , nec animus est, ut qui, etsi possem, ac vellem,
fastidium inde lectori vel liberaliori adveniendum , ex re veluti
tritissima , haud ignorem. Jamdiu scitum itaque quanta, & quam
Episcopo digna fortitudine Lucifer Calar. lib. 1 , & Osius Cord.
apud S. Athan. epist. ad Solit. Constantium Imp. ab Ecclesiæ juribus , & Episcoporum judiciis gravissima ea proposita sententia
ab-

abſterrere inſtituerint, quod res Eccleſiæ, ſuperioris utpote ordinis, ad laici Judicis cognitionem non pertinent; & quod Epiſcopi, ſiquidem eorum ſtatutis obedire Imperatores ipſi jubentur,
poteſtate Laicis quibuſque præſtant, tantum abſit, ut cuipiam
inferiores ſint. Qua etiam præditi conſtantia SS. Euſebius Vercell., & Hilarius Pict. lib. 1. n. 1. eumdem Imperatorem monitum voluere, ut tam ipſe ab Eccleſiæ negotiis religioſe abſtineret, quam ab eorumdem cognitione Judices ſuppedaneos arceret:
Provideas, inquiens, *& decernat Clementia tua, ut omnes ubique*
Judices ... a religioſa ſe obſervantia abſtineant, neque poſthac præ-
ſumant, atque uſurpent, & putent ſe cauſſas cognoſcere Clericorum.
Cujuſmodi quoque juſti poteſtatis utriuſque confines eſſent, apprime, ſi quis alter, perſpectos habuit S. Ambroſius, exploratam-
que, quæ unius præ altera præſtantia eſſet. Igitur in epiſt. 32:
ad Valentin. ex Scriptura, & Traditione probat in cauſſis fidei *Epi-*
ſcopos ſolere de Imperatoribus judicare ; & Chriſtianum Imperatorem Eccleſiæ filium eſſe, non dominum, intra Eccleſiam, non ſupra Eccleſiam, Eccleſiæ ſubeſſe, non præeſſe frequens affirmat in
epiſt. ad Marcellinam Soror., & in ſer. adv. Auxentium : *Quid ho-*
norificentius, quam ut Imperator Eccleſiæ filius dicatur &c. Impe-
rator intra Eccleſiam, non ſupra Eccleſiam eſt &c. Pulcherrimam
inde poteſtatis utriuſque ſpeciem exprimit lib. 2. de dignit. Sacerd. cap. 2. Sacræ nempe ſub auro, Laicæ ſub plumbo, hanc ideo
illa longe inferiorem rite conficiens. Quam perinde ſimilitudinem
propriam feciſſe legitur S. Gregorius VII. lib. 4. epiſt. 2. ad Herimannum Metenſ. edit. Hard. Videndæ præterea ejuſdem S. Doctoris epiſtolæ 17, & 21. nov. edit. ad Valentinianum II, & epiſt.
40, ſeq., quæ eodem ſpiritu referiæ ſunt. Idem propterea in
Concilio Aquilejenſi (quod opus a Vigilio Tapſenſi confictum arbitratus Chiffletius in Vindic. Oper. Vigilii refellitur ab Herman-
tio in vita S. Ambroſii lib. 3. cap. 3.) Palladium Arianarum partium Epiſcopum eo præterea nomine damnandum dixit, quod ſua
in cauſſa Laicos etiam Judices deſideraſſet: *Quoniam & in hoc*
ipſo damnandus eſt, quod Laicorum expetat ſententiam : quum
magis de Laicis Sacerdotes debeant judicare. Ingens nefas igitur
erat, quod a Laicis id genus Judicii arriperetur, S. Martini Tu-

ron. quoque fententia, qui apud Sulpitium lib. 2. Sac. hift. Maximo Tyranno dixifie olim fettur : *Novum effe , & insuditum
nefas , quod cauffam Ecclefiæ Judex Sæculi judicares*. Facit & huc
infigne Ecclefiafticæ fortitudinis exemplum , quo Provinciæ Byzacenæ Epifcopi in Synodo congregati an. 504. Trafamundo Vandalorum Regi, animo Ecclefiam abolendi , defunctis Epifcopis
alios fuperordinari prohibenti, adverfa obfiftere fronte non perti-
muere . Documentis his , exemplifque inftructi , animatique fequioris ætatis Epifcopi , Scriptorefque , Ecclefiafticæ poteftatis
acerrimos fe præbere vindices , affertorefque non deftitere . Atque hac utique poteftate imprimis induti monita , & mandata caritate , auctoritateque plena Regibus paffim dediffe leguntur Epifcopi in Synodis Parifienfi VI. an. 829. par 2. cap. 13, apud Theodonis Villam an. 844. Can. 2 , 6 , &c. , Vernenfi II. eodem an.
Can. 1 , feqq. , Meldenfi an. 845. Can. 8, 9, & duobus feqq. , Pa-
rifiaca an, 858. cap. 11, 13. &c. , apud S. Macram an. 881. Can. 8,
Moguntina an. 888. Can. 2 , feq. , Troslejana an. 909. Can. 2 ,
feq. &c. Quanta dignitate , poteftateque apud Gallos polleret ,
atque pollebat quammaxima plane , Agobardus Lugdun. totus in
id incubuiffe legitur in Opufc. de Comparat. Regim. Ecclef. , &
Polit. Ludovico Pio dicato , ut oftenderet , quatenus Ecclefiæ dignitas , ac poteftas Imperii Majeftate præfulgeat , ideoque Imperatori , velut obfervat Francifcus Pagius , concordiam Regni redintegrandam fuaderet ex legibus præfcribendis a Gregorio IV.
P. M. , quem Lotharianæ conjurationis fautorem temere , falfoque putabat , hæc inter alia Ludovico ipfi objicere non reformi-
dans : *Neque ignorare debueratis majus effe regimen animarum ,
quod eft Pontificale , quam Imperiale , quod eft temporale.* Video
hinc vero obiter , ut Auctores M. Bibl. Ecclef. Tom. 1. p. 148.
perperam dixerint : *De Papa in Agobardo nihil !* Ut ut effet autem erga Pontifices MM. animo minus recte comparatus Hincmarus Rem. , non adeo defipuerat attamen , ut communia cum Pontificibus Epifcopatus jura ultro prodere voluerit . Ideo in epift. 4.
ad Galliar. Epifcopos poftquam adfirmaffet Chriftum D. Sacerdotem , fimulque Regem fuiffe , fuamque S. Gelafii in epift. ad Anaftafium Imp. fententiam feciffet , *Tanto*, pergit , *eft dignitas Pon-
tifi-*

tificum major, quam Regum, quia Reges in culmen Regium sacrantur a Pontificibus, Pontifices autem a Regibus consecrari non possuat &c. Infirmior hæc quidem ratio, qua tamen idemmet longe firmiore ex S. Leone M. epist. 54. ad Marcianum ; ex S. Gelasio epist. cit. ad Anastasium, atque ex LL. Valentiniani, Theodosii, & Arcadii congessit deinde in Epist. Caroli Calvi nomine ad Hadrianum II. exarata, & in Opusc. 6. cap. 33, seq. Sincersori veritatis amore Oddo Cantuar. Archiep. in suis Eccles.Constit. cap. 2. Reges, ac Principes de obedientia Episcopis impendenda gravissimis admonendos verbis adorsus legitur. Ad hæc duobus apud Evangelistas gladiis potestatem utramque Sacerdotalem, ac Regiam comparandam duxit S. Hildebertus Cænom. in epist. 40. ad Herlonem : quomodo etiam fecit S. Anselmus Cant. in Matth. cap. 27 ; cujus præterea, non secus atque S.Thomæ Cant. itidem Archipræs., cujus etiam inter alias legenda epist. 65. lib. 1. ad Henricum Angl. Regem, hac in re eximium fortitudinis Ecclesiasticæ Laicas idest adversus Potestates exemplum perspectum adeo, exploratumque cunctis, ut iterum producere non opus sit. Non præterpunda tamen egregia Sacerdotalis pectoris magnanimitas, qua indutus Johannes Cantuar. item Antistes epistola ad Regem Eduardum e Synodo Lambethensi an. 1281. exarata apud Harduinum Tom. 7. p. 875. eumdem de obedientia decretis Pontificum, Conciliorum statutis, ac legibus Patrum a Regibus etiam præstanda liquidis ex Deuter. 17, Matth. 16, & 18, ac Luc. 10 documentis admonitum voluit. Nec minus expressa Arnulphi Lexov. in epist. 68. ad Alexandrum III. P. M. sententia est, hisce concepta verbis: *Dignitas Ecclesiastica Regiam provehit, & Regalis dignitas Ecclesiasticam conservare potius consuevit, quam tollere libertatem* &c. Cujus perinde vindicem se præstitit acerrimum in Concilio Turonensi an. 1163. Sermone habito, quo Friderici Ænobarbi audaciam, qua Principatui spirituali Ecclesiæ laicum præferre attentabat, perstringens, *Utinam*, inquiebat, *humilietur sub potenti manu Dei, & Principatum Ecclesiæ suo præesse Principatui recognoscat !* Qua vero hic fortitudine Friderico Imp. obstitit, Henrico Angliæ Regi haud impari scripsit epist. 51. edit. Jureti Ivo Carnot. *Celsitudinem vestram*, inquiens, *obsecran*

crando monemur, quatenus .. *Regnum terrenum Cælesti Regno, quod
Ecclesiæ commissum est , subditum esse debere semper cogiteris* . *Sicut enim sensus animalis subditus esse debet rationi , ita potestas terrena subdita esse debet Ecclesiastico regimini* &c. Argumento graviori altero de Christo D. Rege, ac Sacerdote assumpto Lupus Ferrar. epist. 81. ad Amulum Lugd. ostendere instituit , qua ratione
demum in Ecclesiæ subsidium concurrere , eidemque subdi Regiam
oporteat potestatem . Quin & Goffridus Vindoc. Opusc. 2 , & 4.
Bibl. PP. Tom. 15. edit. Paris. 1644. p. 544 , seqq. , Ecclesiæ
Dominum , ac Principem Episcopum , qui jure Divino Principibus , ac Regibus dominatur , nuncupare nec betram dubitavit .
Dominus, & Imperator, ita de Episcopi electione loquitur Opusc.2..
de Ordinat. Episcop. , *creatur Christianorum* , & Opusc. 4. de Invest. Reg. , *Ex jure Divino* , inquit de Episcopali auctoritate ,
Regibus , & Imperatoribus dominamur &c. Quam pariter in sententiam conferre juvabit S. Bernardum epist. 183, & 243. ad Conradum Imp. , 255. ad Ludovicum Franc. Reg. , ac lib. 1. de Consid. cap. 6 , S. Petrum Damian. lib. 7. epist. 3. ad Henricum III.
Imp. , Bertrandum Augustod. de Orig. , & usu Jurisd. , Hugonem
Victor. de Sacram. fid. lib. 2. par. 2. cap. 4 , Nicolaum Lyran. in
Deut. cap. 17 , Joh. Nodinium Ord. Min. in Comment. ad Exod.
cap. 5, ubi multis ex Dei Verbo scripto , & tradito rem hancce
conficit , aliosque plures , quorum locis paginam implere nec:
orium , nec opus est .

Jam vero si Episcopis singularibus ita suus in Ecclesia Principatus adstruitur , qualis , ecastor , putas , Romano adstruendus
venit Pontifici ? Non alius plane , quam omnino supremus, atque
omnium quidem sententia ; de qua tamen susius Articulo 4. seq. ,
suo tamquam proprio magis loco . Interea quæ de Ecclesiastica
potestate Laica quacumque longe præstantiori ab Ecclesiæ Præsulibus hactenus tradita accepimus , ne , quæso , putet quis ex
propriæ caussæ præpostero affectu ab illis fuisse procusa ; ex veritatis enim potius amore prolata vel exinde probantur , quod Laici
ipsi Principes , quorum alloquin intererat adeo , in eamdem utroque pede sententiam descenderint . In quibus , ut prætermittan-
tur Aurelianus , & Constantinus , de quibus alibi dictum , Theodosius

doſius M. *Fas non eſt* , inquit , *ut Divini muneris miniſtri temporalium Poteſtatum ſubdantur arbitrio*. LL. 21,& ult. Cod. Theod. De Epiſcopis , & Cleric. Ingenti Valentiniano I. laudi verrit S. Ambroſius in epiſt. 32 , nunc 21. ad Valentinianum II. , quod lege lata ſanxiſſet: *In cauſſa fidei , vel Eccleſiaſtici alicujus Ordinis cum judicare debere, qui nec munere impar ſit , nec jure diſſmilis , hoc eſt Sacerdotes de Sacerdotibus* . Quod ità nempe Chriſtiano Imperatore dignam de Sacerdotali poteſtate a Laica libera , eaque ſuperiori infixam animo perſuaſionem geſſerit . Qua ſane perſuaſione ductum Synodorum indictioni ſemet immiſcere illum noluiſſe auctor eſt Sozomenus lib. 6. cap. 7 ; Cronopium e contra Epiſcopum , qui a Synodo 70. Epiſcoporum ad ipſum provocare fuerat auſus , pœna mulctaſſe pecuniaria in pauperes eroganda legitur L. 20. Cod. Theod. *Quorum appell.* Nec altera plane animo inerat Gratiano religio , qui in epiſt. ad Aquilejenſem Epiſcop. lecta in Synodo Aquilejenſi exortas de rebus Eccleſiaſticis controverſias finiendas ab Epiſcopis fore agnovit , & adfirmavit , nefas , ſi ad inferius Laicum tribunal traherentur . Quamobrem digno ipſum mactavit elogio S. Ambroſius , non ſecus atque ſimilem ob religionis erga Epiſcopos obſervantiam a S. Innocentio I. apud Palladium in vita S. Joh. Chryſoſt. p. 28. laudum præconiis exceptus legitur Honorius Imp. , cujus hac de re litteras ad Arcadium legere præſtat apud Coutantium p. 801. e vetuſto Bibl. Vatic. libro Collect. Pontiſ. Epiſt. deſcriptas . Dignum quoque ſe præſtitit, qui laudibus extolleretur a S. Nicolao I. in epiſt. 8. Collect. Hard. To. 5. p. 172. ad Michaelem Imp. (quam perperam Hadriano Papæ tribuit Nicolaus Schatten in Carolo M. vindicato adv. Niſanium lib. 2. cap. 3.) Theodoſius Junior ideo , quod in epiſt. ad Synodum Epheſ. inter epiſt. S. Cyrilli Alex. 17 , indignum judicaverit , illicitumque Laicos Judices tractatibus immiſceri Eccleſiaſticis, ab ipſorum cognitione longe ſepoſitis . Potius igitur Eccleſiaſticæ poteſtati obedientiæ religioſum dependendum obſequium , quam elato contra ſupercilio obſiſtendum rite ducebat Valentinianus III. . a quo ideo Conſtitutione an. 435. edita latam adverſus S. Hilarium Arelat. a S. Leone M. ſententiam executioni demandare Laici Judices juſſi leguntur ; quænam verso

vero hoc in negotio partes essent suæ , ipsemet explicat , ut refractarii nempe ad obedientiam Pontifici M. præstandam adigerentur . Quo vero studio abEpiscopis Pontificem M. obediri curabat,
eo ipse se obsequentissimum eidem S. Leoni præstitit Marcianus .
Qui proinde in Concilio Chalcedonensi A.2. 6 , ut omnem prorsus
ambitus suspicionem , in quam de arrogato sibi in Synodum jure
venire potuisset, ab se amoliretur : *Nos*, inquit , *ad fidem confirmandam , non ad aliquam potentiam exercendam Synodo interesse*
voluimus. Quis erga S. Johannem I. religiosior Justino, quem pronum in terram In Pontifice M. supremam revereri dignitatem non
dedignatum fuisse refert Anastasius Bibl. ? Sed enim idem religionis obsequium S. Agapeto præstitum a Justiniano Sen. , & Constantino P. M. a Justiniano Jun. tradit idem Bibliothecarius . Quo
ferme sub tempore eo frequentia, quo illustria suppetunt Græcorum Principum erga Rom. Pontifices venerationis documenta ,
veluti Pompeii Anastasii Imp. Nepotis erga S. Hormisdam , ac
Theodoriti Lignidensis erga eumdem . Propriæ quidem extra potestatis orbitam excurrere Justinianus aliquando visus est , in Ecclesiasticas plerumque caussas , plusquam ipsi liceret , irrumpere
haud veritus , ut jure proinde, meritoque ipsius ausus reprimere
Facundo Herm. lib. 12. cap. 3. curæ fuerit . Cæterum tam in Novella 42,quam in epist. ad Johannem II.lib. 7. Cod. *De Sum. Trinit.* ea agendi ratione id unum se intendisse professus legitur , ut
condictis semel a Sacerdotibus legibus cuncti obtemperarent , neque suam supra Ecclesiasticam efferre potestatem animo sibi unquam fuisse propositum , bene vero satagere , ne a Laicis impune
labefactarentur . Quibus haud absimilia de Mauricii Imp. religione refert S. Gregorius M. lib. 5. epist. 35 , cui id dictum assentan-
di animo,nisi impudens , nemo imputabit . Sanctior dubio procul
Basilio Macedoni dicto insedit erga Episcopos religio , quos Pastores,se Ovem , illisque ideo , non item sibi,de rebus disponendi
Ecclesiasticis integram insedere auctoritatem sateri , ac profiteri
officio duxit inAdlocut. ad Synodum VIII. Act. 10. Qua perinde a
religione ne transversum quidem deflexit unguem Leo cognomento Sapiens, quem religiose ab invadendis Ecclesiæ juribus sibi abstinendum , satius arbitratum eidem integra suis in caussis , veluti

supe-

ſuperioris ordinis, Judicia eſſe ſinenda, duxiſſe liquet ex ipſius
Legibus 1, 16, & 75. Non opus eſt plurium adhuc documentis
argumentum hoc bona jam in luce poſitum exagitare, ac perſequi
amplius, ſed id unum adjunxiſſe ſatis erit, ſuperque, ex quo di-
ſta haſtenus majorem vim habeant, quod nerrpe Chriſtiana Religio diu, multumque integra ſtetit, mirumque amplificata in modum eſt ullo abſque Chriſtianæ Reipublicæ Civili capite, ideoque
ſuis opportune adminiſtrandis rebus ſatis una ſuffecit. Enim vero ſicuti Chriſtus D., dum ſuam conſtituebat Eccleſiam, nihil e re
Sacra Regibus detuliſſe legitur, ita neque unquam Apoſtolis id
demandaſſe, ut ad terræ Reges Sacris de rebus confugerent. Nec
unquam iterum Apoſtolis id venit in mentem, ut Principum in rebus Sacris rationem haberent ullam. Scitum eſt utique eos ſimul,
neque ſemel ad conſulendum conveniſſe, Conventus, Synodoſque
celebraſſe, Leges ſtatuiſſe, Eccleſias gentium ubique inſtituiſſe,
verbo dicam, univerſa peregiſſe, quæ ad Eccleſiæ regimen pertinerent. Ubi vero ad id operis Imperatorum, aut Regum operam,
opemque advocaſſe, adhibuiſſeque leguntur? Apoſtolorum preſſe inhærentes veſtigiis, qui deinde ſacris præfuere Religionis rebus, Epiſcopi, ac Pontifices Rom. quammaxime, ubinam gentium, per Jovem obſecro, reperiuntur Poteſtatis laicæ juſſione,
ſententia, jure totum id peregiſſe, quin ex parte ſaltem, ſive
quum Synodos agerent, ſive quum Canones adornarent, ſive
quum de peccatis ſtatuerent, ſive quum de præceptis dicerent,
ſive quum de Eccleſiaſticis officiis, Electionibus, ſexcentiſque aliis
Diſciplinæ capitibus decernerent? Atque hoc plane argumenti genus, quo pridem feliciter uſi leguntur Florus Magiſter in Opuſc.
ad calcem Agobardi edito, & S. Thomas Cant. lib. 1. epiſt. 64.
ad Henricum Angl. Reg., paucis deinde egregie confecit Bellarminus de Laic. lib. 3. cap. 17, obſervans Eccleſiam a Chriſto D.
Apoſtolis, ac S. Petro in Evangelio, ſive Epiſcopis, ac Romano
Pontifici adminiſtrandam fuiſſe commiſſam, non Principibus,
eamque reapſe abſque Principibus Chriſtianis per annos 300. a ſolis Epiſcopis, Romanoque Pontifice fuiſſe adminiſtratam. Quamvis eo loci Philippi Imp. Chriſtiani meminerit, quem tamen e Chriſtianorum albo expungendum adverſus Baronium, Huetium, We-
ſtenium,

ftenium, Moynium; Bonam, Tillemonium, Taffineum, Bol-
landum, Natalem &c. exiftimant Pagius uterque, Bofius, Blanchinius, Monelia &c., ex Proteftantibus vero Jofephus Scaliger, Chriftianus Kortholtus, Cellarius, Spanhemius, Bafnagius, Pi-Ne-
tus &c. Bellarmini porro argumentum illud follicitare, exagita-
reque inftituit Hennigefius de Imper. fum. Poteft. circa Sacra
cap. 2. Sed adeo levidenfe, elumbe, ac ritivilitlum eft omne,
quod oggerit, ut non fit proinde, cur eis retundendis operam demus. Videatur tamen, qui efficaciter id præftitit, vir doctifl.
Mamachius Orig., & Antiq. Chrift. lib. 2. cap. 14. in Not.

Imperatorum optime de Ecclefiaftica poteftate meritæ Religioni non deneganda profecto fuffragia, quæ ferre paffim Occidentis Principibus ne leve quidem unquam dubium inceffit. Atque inter Reges Italiæ de Theodorico Gotho illud laude valdequam dignum in Actis Synodi Romanæ an. 501. celebratur, quod
Arianus etfi, dum tamen ad S. Symmachi P. M. adventum eft
caufeam, religiofe agnoverit: In Synodali effe arbitrio in tanto
negotio fequenda præfcribere, nec aliquid ad fe, præter reverentiam, de Ecclefiafticis negotis pertinere. Quem ideo Pontificio
Juri facere infeftum viden, ut fruftra conatus Goldaftus fit ! Nec
alteram fane animo prætulit opinionem Athalaricus, qui apud Caffiodorum Var. lib. 8. cp. 24. Edicto lato vetuiffe legitur, ne amplius Magiftratus ante Laicos Clerici compellerentur: cujufce legis cauffam adfert Divinam reverentiam, quam Sedi deberi A-
poftelicæ agnofcebat, cujus ideo contemptores decem librarum
auri a Pontifice M. erogandarum in pauperes difpendio feriri jubet. Francorum Regibus faciendo nunc locum, quin innumeris,
quæ fuppeterent, eifque fplendidiffimis, reverentiæ, ac religionis
erga perfonas, refque Sacras ab ipfis præftitis, nec uno in loco,
nec uno tempore, argumentis corradendis prolixiorem impendam
operam, qua alioqui me jam ex parte defunctum memini Par. 1.
To. 2. Art. 9. §. 1, feq., rurfufque Par. II. Tom. 3. Art. 5. in
Proleg. Satius habebo ex Baluzio documenta indicare illuftriora,
e quibus illorum fingularis de Sacerdotali poteftate exiftimatio,
ergaque Epifcopos, ac Pontifices obfervantia ampliffime pateat.
Ejufmodi funt ergo Childeberti Conftitutio a n. 554. de abolendis
Ido-

Idololatriæ reliquiis, deque Sanctorum dierum festivitatibus casle, devoteque celebrandis, To. 1. p. 5; Guntramni Præceptio in Synodo an. 585. p. 9; Clotarii II. Edictum in Concilio anno circiter 614. p. 22; Carolomanni Capitulare Germanicum, & Liptinense an. 743, & seq. p. 145, seqq.; Pippini Sanctiones in Synodis Suessionensi an. 744, Vermeriensi an. 752, Metensi an. 753, Vernensi an. 755, Compendiensi an. 756,& Gentiliacensi an.767, p. 156, seqq.; Caroli M. Capitulare an. 769, Wormatiense 770, Synodicum 779. p. 189, seqq., Aquisgranense an. 789. ex Veterum Synodorum Canonibus conflatum p. 209, seqq., Edictum an. 800 de honore, & adjutorio Episcopis impendendo a Comitibus, aliisque Judicibus p. 330, Capitulare an. 801. de honoranda Sede Apostolica, aliudque Episcoporum p. 357, seq., Wormatiense an. 803. de Immunit. Episcop., & Sacerd. p. 403, seqq., de honore Episcop., & Sacerd. an. 805. p. 438, Capitulare interrogationis an. 811. p. 479, & de confirmatione Constitutionum, quas Episcopi in Synodis edidissent, scilicet in Moguntina, Remensi II., Turonensi III., & Cabilonensi II. an. 813. celebratis p. 501, seqq.; Ludovici Pii Capitularia Aquisgranense an 816, ac seq. p. 579, seqq., apud Theodonis Villam an. 821, ac Triburiense an. 822. p. 621; Lotharii Capitulare Romanum an. 824. p. 647; Aquisgranense Ludovici an. 818. p. 636, in Synodis Parisiensi, & Wormatiensi an. 829. p. 674, in Wormatiensi altera, apud Dacherium an. 833, & Aquisgranensi an. 836. apud Harduinum To. 4. p. 1387, seqq.; Caroli Calvi Capitulare Coloniense an. 843, Tolosanum, apud Theodonis Villam, Vernense an. 844, & Belvacense an. 845, quæ deinde probata fuere in Synodis Meldensi an. 845, & Parisiensi an. 847. apud Baluzium To. 2. p. 1; seqq., Capitulare apud Villam Sparnaci an. 847. p. 31, editum in Synodis Suessionensi, & Vermeriensi an. 853. p. 53, seqq., in Attiniacensi an. 854, Vermeriensi, & Basiensi an. 856, & Carisiacis an. 857, seq. apud Sirmondum To. 3. Oper. p. 66. ad 913 Ludovici II. Capitula edita in Synodis Ticinensi an. 855, Suessionensi an. 858. apud Harduinum To. 5. pag. 97, & 463, Confluentina an. 860. apud Baluzium To. 2. p. 137, seqq., & Compendiensi an. 877. apud Sirmondum pag. 227, seqq.; Caroli Calvi

Tom. III. Pars VI.   V   ite.

iterum Capitula adornata in Synodis Tullenſi an. 859. p. 233, in
Tuſiacenſi an 865, Compendienſi, an. 868, apud Sirmondum p. 174,
ſeqq., Metenſi an. 869. pag. 215, in Piſtenſi eodem anno apud Dacherium To. 2. Spicileg. p. 712, in Silvanectenſi an. 873. apud
Harduinum To. 6. p. 143, in Ticinenſi, & Pontigonenſi an. 876.
apud Baluzium p. 237, ſeqq., & Harduinum p. 166, ſeqq.; Bo-
ſonis Arelatenſis Regis, ab Epiſcopis in Synodo Mantalenſi an.
879. inaugurati, reſponſio, de qua Harduinus To. 6. p. 347; Carolomanni In Capit. Vernenſi an. 884. apud Sirmondum p. 250,
ſeqq.; Odonis Promiſſio facta Walterio Archiep. Senon. an. 888, de
qua Baluzius p. 291; Arnulphi egregia, in Concilio Triburienſi an.
895. Can. 3. expreſſa, ſententia apud Harduinum p. 439; Caroli III. Epiſtola ad Epiſcopos Regni ſui an. circiter 920. p. 552,
ſeq. Ex quibus liquido patet, quam perperam, falſoque poſt Radulphum Præsleum in tract. de poteſt. Pontif., & Reg., & Claudium Gouſleum de poteſt. Reg. in Eccleſ., Petrus de Marca de
Concord. lib. 2. cap. 12, Baluzius in præfat. ad Capitul. §. 10,
Pithœus, aliique apud ipſum Politici opinati ſint Francorum Regum una dumtaxat auctoritate Capitularia fuiſſe adornata, interque Principalis juris particulas hanc propterea recenſendam fore,
poteſtatem nempe leges Eccleſiaſticas ad diſciplinam ſpectantes
condendi: quum luce ſit manifeſtius eadem Capitularia aut in
Synodis fuiſſe efformata, aut ex Synodorum Canonibus conſtata,
aut in Synodis ab Epiſcopis confirmata, ideoque una ab Eccleſia
obligandi vim omnem obtinuiſſe: quo de argumento recole, ſi
placet, dicta To. 3. Par. 2. Art. 5. in Proleg. p. 315, ſeqq.; quo
loci dictis id adjungam unum, quod ex Pontificum Rom. Epiſtolis
Caroli M. juſſu Eccleſiaſticos Canones, ab ſe deinde evulgandos,
collegiſſe legitur Remedius, aliis Remigius Curienſis Epiſcopus,
de quo Fabricius Bibl. Lat. To. 6. p. 65. Jam vero his Galliarum
Regibus religione erga Sacerdotes, & Epiſcopos, reverentiaque erga Eccleſiarum jura haud diſpares ſe ſe dedere Hiſpaniarum Reges,
atque in his Reccaredus in Edicto lato in Concilio Toletano III. an.
589. apud Harduinum To. 3. p. 483; Chintilla in Toletano V. an.
638. p. 600; Reccesvinthus in Decreto edito in Toletano VIII. an.
653. p. 968; Ervigius in Toletano XII. an. 681. p. 1716, in Toletano
XIII.

XIII. an. 683. p. 1735, & in Toletano XV. an. 688. p. 1759 ; E-
gica in Toletano XVI. an. 699. p. 1786 , & in Toletano XVII. p.
1818 ; Alphonsus in Ovetensi an. 873. apud Harduinum To. 6.
p. 130 ; Alphonsus V. in Legionensi an. 1012. p. 803 , & Ferdinandus cognomento Magnus in Cojacensi an. 1050. p. 1025. Jungendi Angliæ Reges , atque in his præsertim Ina in Legib. Ecclef. , quas ex Episcoporum sententia tulisse an. 692. legitur apud
Harduinum To. 3 p. 1782; Withredus in Synodo Berghamstedensi
an. 697. p. 1818 ; Naitanus in Synodo an. circiter 714. p. 1850:
Alsuvaldus in Calchutensi an. 787. p. 2080; Offa in Verolamiensi
an. 794, de quo Harduinus To. 4. p. 863; Kenulphus in Celichy-
tensi an. 816. p. 1219; Beornulphus in Clovesboviensi an. 822.
p. 1246; Withlesius in Londoniensi an. 833. p. 1375: Kenethus
Scotiæ Rex in Legib. Eccl. circa an. 840. p. 1454: Alfridus , &
Guthurnus in Legib. Ecclef. circa an. 885. apud Harduinum To. 6.
p. 377; Eduardus in Synodo an. circiter 896. p. 425. Idem , &
Guthurnus iterum in Legib. Ecclef. an. 905 , aut infeq. p. 495:
Athelstanus in Synodo Grateleana an. 928. p. 565: Hoeli in Leg.
Ecclef. circa an. 940. p. 576: Edmundus in Legib. Ecclef. an. 944.
circiter p. 593 ; Edgarus tam in Chartis an. 964. p. 637, an. 966.
p. 643, & an. 971. p. 683, quam in Legibus Eccl. an. feq. p. 657,
& in Orat. ad Episcopos Angl. an. 969. p. 673: Æthelredus in Synodo Ænamensi an. circiter 1009. p. 773, & in Leg. Eccl. an. 1012.
p. 793; Canutus in Synodo Winthoniensi an. 1021. p. 825. , & in
Legib. Ecclef. an. 1032. p. 895: Macchabæus Scotiæ Rex in Legib.
Eccl. an. 1049. p. 979: S. Eduardus in Legib. Eccl. an. 1050. p.
985 ; Willelmus in Synodo Juliobonensi an. 1080. p. 1596 , & in
Charta de Placitis Ecclef. fecernendis a Civilibus an. 1085. p. 1611.
feqq.; S. Canutus Daniæ Rex , de quo refert Saxo Gram. apud
Baronium ad an. 1081. n. 37. Christi Sacerdotes ut Barbaræ gente reverendos maxime faceret, in Principum , & Ducum fastigium
fublimaffe , & Sæcularibus Potestatibus fublimiores federe fecisse.
Missos longe plures facio , ut dicendi faciam aliquando finem ;
nam alioqui prolata hactenus testimonia ad fidem dictis conciliandam fatis , opinor , haberi superque possunt .

Jam vero quæ a Laicis Principibus aut exambita passim con-

tra Ecclesiasticam potestatem, aut contra personas Ecclesiasticas
peccata frequentissime referuntur, tanti profecto non sunt, ut
moram aliò properantibus inferre possent, eo potissime, quod
præcipua, quæ opponi solent capita, quantum operæ fuerat pre-
cium, abunde, aut ego fallor, jam dispuncta sunt To. 3. Art. 5.
in Prolog., reliquis vero, in quibus vis inesse aliqua videri potuit, ad calcem super. Artic. factum est satis. Ne tamen aleant
declinasse potius, quam superasse videamur, age potiora, quæ
in aciem instrui ab adversariis solent, intacta ne prætermittamus.
Illud igitur primum adversariis, ac perpetuum est, quod tam in
veteri Testamento Judæorum Rempublicam, quam in Novo Christianorum Ecclesiam sub Regibus, eorumque Regimini subjectam
esse Deus O. M. sapientissime voluerit. Enim vero, inquiunt, Samuel lib. 1. Reg. cap. 8. Jus Regium describens, istud eo collocat loco, quo in omnes indiscriminatim integra sit auctoritas,
nullius autem subjaceat vicissim animadversioni. Quare Deum alloquens David ajebat Psal. 50. *Tibi soli peccavi*: quem ad locum
respiciens S. Ambrosius in apolog. David cap. 10. *Rex erat*, inquit, *nullis ipse legibus tenebatur*: *quia liberi sunt Reges a vin-*
culis delictorum: & S. Hieronymus in epist. ad Rusticum de Pœnit. *Rex enim*, ait, *erat*, *alium non timebat*, *alium non habebat*
super se. Paria habent ad eumdem Psalmum Arnobius Junior,
Cassiodorus, Euthymius in Psal. 50, aliique Patres apud Salmasium in resp. ad Miltonum p. 105, seqq. Quod argumenti genus post Calvinum urgens Renatus Choppinus in præfat. Sac.
Polit. Regum apud Hebræos facta producit insuper, a quibus in
Sacerdotes, resque Sacras exercita facultas ostenditur: Moysis-
nempe, a quo præcepta morum tradita, scriptasque leges ad Dei
cultum pertinentes ignorat nemo; Josue, a quo multa perinde
de Religione fuisse sancita certum est quammaxime; Saulis, qui
Religionis puritati consulens, Ariolos, Magosque Regno excedere jussit; Davidis, qui 1. Paralip. cap. 16. in classes distribuis-
se Levitas, eisque officia præscripsisse legitur; Salomonis, qui 3.
Reg. cap. 8., seq. sacra Cæremonia devovisse Templum, & cap. 2.
Sacerdotem Abiathar submovisse, ejusque loco alterum substi-
tuisse traditur; Josaphati, qui in Libros Legis diligentius inve-
stigas-

ligasse legitur; Johas, a quo 4. Reg. cap 12. Sacerdotes in officio contenti sunt, illisque ratio instaurandi Templi præscripta, & Arca in Templum inserri jussa legitur; Ezechiæ, quem rebus Divinis singulari devotione studuisse cunctis est notum; Josiæ, a quo Deorum superstitione deleta, ut Divini ritus, Religioque majorum restituerentur, enixe curatum est; Judæ Machabæi, a quo purgatum Templum, restitutumque fuisse scitum est. In Novo quoque Fœdere Christus D. Matth. cap. 22. v.21. præcipiens dari Cæsari, quæ Cæsaris essent, docuit plane a sua Disciplinæ Sectatoribus, nullo prorsus excepto, Apostolis, ipsoque Petro, obedientiam Potestatibus summis deberi. Hinc S. Gregorius M. lib. 2. epist. 94. *Agnosco*, haud invitus fatebatur, *Imperatorem a Deo concessum non Militibus tantum, sed Sacerdotibus etiam dominari*. In hanc rursus rem Joh. cap. 18. v. 36. *Regnum meum*, inquiebat Christus D., *non est de hoc Mundo*, ut daret intelligi Ecclesiæ ab se nihil fuisse collatum, quo in Reges insurgere valeret, inque illos jus distringere. Hinc celebre illud S. Optati Milev. lib. 3. adv. Parmen. edit. Albasp. p. 64. effatum : *Non enim Respublica est in Ecclesia, sed Ecclesia in Republica est, idest in Imperio Romano: quod Libanum appellat Christus in Canticis Canticor. &c.* Christiana ideo disciplina hac Imbuti Principes Apostolorum nihil habebant antiquius, quam ad Potestatum Civilium observantiam exacte Christifideles instituere, S. Petrus quidem Epist. 1. cap. 2. v. 13, & 17. *Subjecti estote*, inquiens, *omni humanæ Creaturæ propter Deum, sive Regi, quasi præcellenti &c. Regem honorificate &c.*, S. Paulus vero in Epist. ad Rom. cap. 13. v. 1, seq. *Omnis anima*, scribens, *Potestatibus sublimioribus subdita sit &c. Qui resistit Potestati, Dei ordinationi resistit &c.* Quem ad locum respiciens S. Joh. Chrysostomus homil. ad Rom. 13. *Subdita sit*, inquit, *etiam si fueris Apostolus, Evangelista, Propheta, Sacerdos*; & S. Bernardus in epist. 42. ad Henricum Senon. *Omnis anima*, scribit, *subdita sit*. *Quis vos excepit ab universitate? Certe qui tentat excipere, tentat decipere*. Nec ab hac sane lege Christi D., & Apostoli discessit unquam consuetudo veterum Christianorum, optima Divinæ legis interpres: quibus, etsi pessimi Iæpius homines Imperium tenerent, pravi nun-

quam.

quam illud confilii venit in mentem, ut eifdem fe vel Religionis intuitu, vel Reipublicæ obponerent : quorum proinde hac in re famam apud Ethnicos abunde liberarunt Tertullianus Apolog. cap. 35, & Auctor Conft. Apoftol. lib. 4. cap. 13, & lib. 7. cap. 16. Atque horum exemplis infiftentes S. Ambrofius Orat. in Auxent. relatus a Gratiano Can. 21. Convenior 23. q. 8., ac Epift. 32, feq. adv. Valentinianum Jun. non armis, fed lacrymis fibi utendum eft ratus ; S. Gregorius Nazian. Orat. 1. in Julian. illum, quum peffima agitaret in ipforum perniciem confilia, Chriftianorum lacrymis, non armorum vi fuiffe repreffum perhibet ; & S. Gregorius M. lib. 7. ep. 1. in cœde Langobardorum potuiffe fe quidem mifcere Scribit, quod fi præftitiffet, Gens nec Regem, nec Duces, nec Comites haberet, noluiffe tamen, rem arbitratus Chriftiano Sacerdote indignam. Qua de S. Gregorii noftri religione erga Imperatores teftes accedunt præterea lucupletes Socrates lib. 2. cap. 12, & Sozomenus lib. 3. cap. 20. Ei vero pares jampridem in fententia, præiverant de obedientia Poteftatibus fummis impendenda Tertullianus de Idololat. cap. 15, Origenes in epift. ad Rom. cap. 13, S. Athanafius in Apolog. ad Conftantium, S. Bafilius in Regul. cap. 22, S. Eufebius Samof. apud Theodoretum hift. Ecclef. lib. 4. cap. 13, aliique, quibus fuperfedeo. Hinc Imperatores ipfi Religionis bono qua præceptis, qua pœnis confulere, profpicereque e re procul dubio fua ducebant, nec ita agentes, fe injuriam Ecclefiaftico juri inferre exiftimabant. Itaque Conftantinus M. tanquam κοινός ειπισκόπος Communis ipfe Epifcopus Orbis Romani apud Eufebium lib. 1. cap. 44. ad Epifcopos Ecclefiæ Chriftianæ ὑμεῖς μὲν τῶν ἔισω τῆς ἐκκλησίας ἐγὼ δ᾽ τῶν ἐκτός ὑπό Θεοῦ καθεσταμένος ἐπισκόπος ἂν ἔιην, Vos, inquiebat, Epifcopi circa interiora Ecclefiæ, Ego circa Ecclefiæ externa Epifcopus a Deo fum conftitutus ; ideft illi circa doctrinam, & Sacra, ego circa Regimen, & tutelam. Videndus Eufebius de vita Conft. lib. 4. cap. 24, qui & lib. 3. cap. 16. falforum Numinum fuperftitione deleta, ut una erga Deum vera Religio vigeret, fummopere eumdem refert enixum. Hoc etiam fenfu Socrates in præfat. lib. 5. hift. Eccl. obfervat, quod ab eo tempore, quo Imperatores Chriftianam Religionem colere ceperunt, Ab illis pependerunt res Ecclefiæ. Et certe Marcianus

Imp.

Imp. erga Religionem, si quis alter, optime affectus, in Concilio Chalcedonensi leges multas de Versione, lectioneque S. Scripturæ, de Institutione, officiisque Clericorum, de Feriis, Ordinationibus, bonisque Ecclesiarum tulisse legitur. Quibus etiam legibus refertissimi sunt uterque Codex Theodos., & Justin. ad. eo, ut supervacaneum haberi debeat pluribus harum referendis operam impendere. Tantum vero abest, ut id ei crimini tributum fuerit a S. Leone M., ut potius epist. 59, edit. Quesn. 89, Baller. 115. in eo & *Regia potentia, & Sacerdotalis industria* laudibus fuerit celebrata. Similibus quin etiam elogiis a S. Leone frequens exornatos Imperatores observat ibidem Quesnellus, nempe in epist. 124, edit Ball. 155. *Regiam, & Sacerdotalem mentem,* in epist. 125, Baller. 156. cap. 6. *Sacerdotalem, & Apostolicum animum,* in epist. 112, Ball. 142. *Sacerdotalem sollicitudinem,* in epist. 84, Baller. 111. cap. 3. *Regiam Coronam, & Sacerdotalem Palmam,* in epist. 90, Baller. 116. *Potentiam Regiam, & Sacerdotalem Doctrinam,* in epist. 88, Baller. 117. cap. 2. *Regium culmen, & Sacerdotalem sanctitatem,* in epist. 105, Ball. 134., & in epist. 123, Baller. 154. *Sacerdotalem affectum* Imperatoribus tribuere haud verito. Cui jungendi & Patres Concilii Chalcedonensis, qui Act. 6. eidem Marciano τῷ Ἱερεῖ, τῷ βασιλᾶ, Sacerdoti Imperatori, & Patres Concilii Constantinopolitani sub Flaviano, qui pari encomio Theodosio τῷ Ἀρχιερεῖ, τῷ βασιλᾶ, Pontifici Imperatori acclamare non dubitarunt ; Fortunatus item, a quo lib. 2. carm. 11. Childebertus Francor. Rex hisce laudibus celebratus legitur : *Melchisedech noster merito Rex, atque Sacerdos complevit Laicus Religionis opus ;* Patres denique Concilii Moguntini an. 813, a quibus Imperatores dici meruere *Rectores Ecclesiæ, Rectores vera Religionis.* Cujus rei ea videri merito potest ratio, quam Justinianus Novella 7. cap. 2. indicat, quæque adversariis prora est, & puppis : *Quum nec multum differant ab alterutro Sacerdotium, & Imperium, & Res Sacræ a Communibus, & Publicis.* Unde fit, ut sicut his, sic illis etiam, se se ingerere in Potestatis Laicæ facultate positum sit. His itaque, similibusque litis, nugisque pro Laica Potestate adversus Ecclesiasticam iam Protestantes, quam Politici pugnant.

Atqui

Atqui principio mirari valdequam fubit , qui fieri potuerit, ut ii de Poteſtatis abuſu Pontifices , & Epiſcopos accuſare non ceſſent , de uſurpata vero Poteſtate Eccleſiaſtica Laicis Principibus, ac Judicibus litem nedum intendere ullam cogitent unquam, fed utraque plaudere manu , inflatiſque gratulari buccis non deſiſtant ? Quam turpem vero , & quam honeſto , frugique indignam homine hoc in negotio ἀνσοφισται , καὶ παραφρονεῖν , inſcitiam produnt , & inſaniam , qui nihil penū habent in publicum efferre , non quæ veritas , ac Religio utique attente perſpecta exercere ſuadet , ſed quæ ingeniu n præpoſterum , invidiaque præceps effutire jubent ! Tam vero fruſtra , quam falſo ex utroque Teſtamento teſtimonia quæruntur ad conciliandam Principali ſupra Eccleſiaſticam poteſtati dignitatem , atque præſtantiam . Enim vero Jus Regis apud Samuelem intelligi debere , non utique de facultate honeſte , juſteque aliquid agendi , veluti conſentit etiam Grotius de Jure B. , & P. lib. 1. cap. 4. §. 9 , bene vero de Regum inſita conſuetudine ſic faciendi , velut adnotat Gronovius ibid. , admonent , probantque rationibus , exempliſque vulgo Interpretes , de quibus ſupra jam dictum eſt , atque exinde adparet , quod longe alia regnandi, vivendique ratio præſcribitur Regi in ea parte legis Deuter. cap. 17 , v. 14 , ſeqq. , quæ de Regis eſt officio . Quamvis autem impudens tam eſſe utique nolim , ut cum Gronovio in Not. ad Grotii lib. 1. cap 3. §. 20. Patres locum Pſal. 50. male intellexiſſe inquiam , atque probem ipſius interpretationem, non ea tamen loco illi vis ineſt , ut Reges a legum Eccleſiaſticarum obligatione liberi abeant, ſed ut pœnis in legum tranſgreſſores latis obligari dumtaxat nequeant . Quo plane ſenſu loquutos SS. Patres rite perpendenti certo conſtabit . Nec vero magis urgent veterum apud Hebræos Ducum , Regumque facta , exempla que . (E quibus Moyſem exceptum modo volo , qui vel Dux Judæorum nedum , ſed etiam Sacerdos , non ordinarius quidem, nam fuit Aaron , ſed extraordinarius probabiliter fuit , vel poteſtate ſaltem Divinitus ſibi permiſſa ea præſtitit , quæ alioqui Pontificii erant juris :) Nam ii quædam interdum egere poteſtate extraordinaria , atque a Deo ſpeciatim demandata , ideoque non tam ut Duces , Regeſque , quam ut Prophetæ geſſere ſe ſe , ut paſſim legitur

gitur de Josue, Davide, Salomone, Josaphate &c.; quædam vicissim egere ordinaria legitima potestate, uti Principes, quæ nempe ad Legis defensionem, Religionisque custodiam quammaxime
conserrent, ob quæ plane nullum eisdem sacessendum de usurpa-
to alieno jure venit negotium; quædam imo præter facultatem
egere aliquando, Religionis negotiis præter sas, & opus se im-
plicando. At quis, amabo, ex sactis per nesas patratis ita faciendi jus rite arguat, cunctisque indiscriminatim adstruat? Cæterum
in Lege veteri de Religione, de Legibus, de Cultu, de Ritibus,
de Festis, de Cæremoniis, de Sacris adeundos ex Dei præcepto
Sacerdotes fuisse, non Duces, nec Reges, manifeste adparet ex
Deuter. cap. 17, v. 8, seqq., 2. Paralip. cap. 19, v. 8, seqq.,
Aggæi cap. 2, v. 12, seqq., Malachiæ cap. 2, v. 1, seqq., sex-
centisque locis aliis, unde Saulem, & Oziam Sacerdotis sibi munus adsumentes a Deo abjectos didicimus. Denique, ut super.
Artic. dicebamus, etsi id Hebræorum licuisset Regibus, non licere tamen Regibus Christianis voluit Christus D., cujusce rei discrimen & dedimus. Qua igitur fronte, quo sundamento adversarii Christi D. institutione Regibus aut Ecclesiam fuisse subjectam, aut in Ecclesiastica immigrare negotia sas esse contendunt?
Nec enim ita præsert Christi D. præceptum de Tributo Cæsari
dependendo, quod sane præceptum locum habere dumtaxat in
his, qui de bonis ad Cæsaris jura pertinentibus aliquod possident,
germana Patrum est interpretatio, Origenis in Comm. ad Roman.
13, ubi de terrenis loquens patrimoniis: *Qui hæc non habent*, inquit, *nec Cæsari habent, quid reddant*; Osii Cord. apud S. Atha-
nasium in epist. ad Solit., qui vicissim ex eodem Christi D. effa-
to adversus Constantium arguit, nihil Imperatori res in Ecclesiasticas juris inesse, siquidem ea inter res Cæsaris annumeranda
neutiquam veniant; S. Hilarii Comment. in Matth. 23. n. 2, ubi
de obligationis vinculo, quo erga Cæsarem obstringuntur bona,
sic habet: *Si nihil ejus penes nos resederit, conditione reddendi ei,
quæ sua sunt, non tenebimur*; S. Ambrosii in epist. ad Marcellinam Soror., qui propius, expressiusque in rem nostram sic ef-
satur: *Ecclesia Dei est, Cæsari utique non debet addici, quia jus
Cæsaris esse non potest Dei Templum* &c., & S. Gregorii Nazian. in

Orat. ad Julianum, ubi quæ S. Ambrosius Ecclesiis, Ecclesiasticis indiscriminatim ipse aptat rebus , nihil Cæsari deberi a Sacerdotibus inde ostendens : *Qui Cæsaris nihil , a Deo omnia habent* . Manifesta vero loco ex S. Johanne laudato vis infertur, dum
exinde suadere tentant nullum Ecclesiæ in res temporales jus competere , sed integrum hoc Potestatibus laicis inesse . Non enim
eo loci Christus D. dixit : *Regnum meum non est in hoc Mundo ,*
sed *non est de hoc Mundo,* ut significaret in Mundo quidem Regnum
suum exsistere , quod est Ecclesia , non esse tamen de hoc Mundo ,
idest humana ordinatione constitutum , sed Divina institutione
dispositum , ideoque non humanis dumtaxat legibus , sed Divinis administrandum . Ex quo sequi nemo non videt Christi D. Regnum humano Regum dominio, ac regimini haud esse obnoxium .
Quæ vero germana perinde sit tam S. Petri , quam S. Pauli ex
Christi D. præcepto sententia, explicant Patres , ac Interpretes ,
qui omnes quidem eôdem conveniunt , ut adferant optimo plane
consilio ab utroque Apostolorum Principe fuisse provisum , ut
Laicis Potestatibus honor a Christianis impenderetur, pro eorum salute , & pace orationes, & preces funderentur, tum ut omnis occasio procul tolleretur Principes afficiendi contumelia, quod
nefarium Judæ Gallilæo , ac Saducæis insedisse consilium , quo
nempe Populum a Romanorum obedientia avertere meditaban-
tur , illis non parendum fore publice jactantes , testibus Apollinari in Catena Græca , & Balsamone in Nomocan. tit. 9. cap. 35 ;
tum ut inde Principes bene de Christi Religione existimandi argumentum caperent , beneque ideo in Christianos animati Evangelii prædicationi impedimento non essent , quin imo facilius ipsi , Deo inspirante , ad fidem allicerentur , atque ita plane Athe-
nagoras in Apolog. , Tertullianus Apolog. cap. 35 , seq. , Origenes in epist. ad Rom. 13 , ac Theodulus Presbyter Cœlesyriæ
in Comment. ad eumdem locum . Eorum tamen alii , ut Origenes
loco cit. , animæ nomine ab Apostolo minime designari Sacerdotes autumant , sed Laicos dumtaxat sæcularibus rebus implicitos , quos ideo in hujusce genus rebus Laicis Potestatibus subjacere jussit . Alii , ut Lucifer Calar. lib. *De non parcendo in Deum*
delinquentibus , S. Symmachus in Apolog. , Primasius , Sedulius
&c.

&c. S. Pauli locum de poteſtate Eccleſiaſtica principaliter accipiendum fore putant . Alii , ut Origenes , S. Joh. Chryſoſtomus
in hunc loc. , S. Gregorius Nazian. Orat. 17. ad Cives , Clerus
Conſtantinopolit. in libello ſupplici ad Imperat. pro Synodo E-
pheſ. , Prudentius in vita Romani Antiocheni , Ivo Carnot. epiſt.
15. ad Philippum Franc. Reg. &c. intelligi quidem locum Apoſtoli de Poteſtatibus quoque laicis haud abnuunt , ſub ea lege tamen , ut id ordine , & ratione fiat , ideſt modo laica Poteſtas nihil adverſus leges Eccleſiaſticas agat , quæ potius ad eaſdem in tuto ponendas ſe ipſam totam impendere debet . Quas plane officii
partes ad Reges pertinere faſſi , ac profeſſi ſuis in legibus Eccleſiaſticis leguntur inter alios cap. 9. S. Canutus apud Harduinum,
To. 6. p. 903 , & cap. 14. S. Eduardus ibid. p. 988 uterque Rex
Angliæ . Recentiores alii , ut Eraſmus , Clarius , Grotius &c.
Critic. Sacr. To. 4. edit. Francoſ. p. 2569 , ſeqq. ita locum Apoſtoli jubent accipi , ut ſignificetur poteſtatem quidem a Deo τι-
μωμέναι ordinatam eſſe , a quo nempe ordinem accipiunt omnia,
non etiam ut a Deo immediate ſint Principes , quorum tranſlati-
tiam eſſe poteſtatem obſervatum jam eſt : quo pacto laica Poteſtas
dicitur etiam a S. Petro humana ordinatio .

Ad Patrum interpretationem quod attinet , errant profecto
quammaxime , qui S. Optatum erroris ſui patronum agere non verentur , totoque ab ipſius aſſequendo ſenſu oſtio aberrant . Eo
loci enim loquitur de Eccleſia , quo tempore a Chriſto D. eſt inſtituta , quatenus ideſt in Romana Republica tum Ethnica fundata fuit : quomodo Reſpublica tum extra Eccleſiam erat . At quæſtio nobis eſt de Republica Chriſtiana : quomodo accepta intra
Eccleſiam eſt ; ſiquidem Eccleſia non ſit , niſi Chriſtifidelium,
omnium Congregatio , ii ſive Clerici ſint , ſive Laici , ſub uno Capite viſibili Rom. Pontifice . Hoc item ſenſu , velut exponit Franciſcus Hallier in proleg. Hier. Eccl. cap. 1. §. 14, quod Reipublicæ ſiquidem Religio ſit neceſſaria , quia videlicet non utilitatis ,
pacifque tantummodo cauſſa , ſed virtutis inſuper , honeſtatiſque
Civilis Societas inſtituta ſit , felicitas vero æterna virtutis finis ,
ac virtus ipſa per Religionem procuretur,intelligendus eſt S.Opta-
tus , dum Eccleſiam in Republica eſſe dixit , quia finis bene inſti-

tutæ Reipublicæ a fine Religionis eſt indivulſus. Præterea S.Opta-
tus ibidem diſputans adverſus Donatiſtas, qui ſpreta Eccleſiæ Catholicæ communione , in Africæ angulo , ſuoque dumtaxat in
Cœtu veram Chriſti D. Eccleſiam integram conſiſtere ſuperbe jactantes , eleemoſynas ideo a Conſtante Imp. ad Africanas Eccleſias miſſas aſpernabantur , ajentes : *Quid eſt Imperatori cum Eccleſia?* illud eorum effatum temeritatis juſte ·redarguit , illud
oſtendens adverſum Apoſtolo , a quo jubemur Reges honorare, ac
pro Regibus apud Deum preces effundere ; eoque magis, quod
ſiquidem Eccleſia in Romana Republica fundata fuerit , Imperator
propterea , qui eidem Reipublicæ præeſt , ſpeciali dignus honore
eſſet . En integrum S. Optati textum lib. 3. p. 64. edit. Albaſp.
Jam tunc meditabatur (Donatus) contra præcepta Apoſtoli Pauli,
Poteſtatibus , & Regibus injuriam facere, pro quibus , ſi Apoſtolum
audiret , quotidie rogare debuerat . Sic enim docet B . Apoſtolus
Paulus : Rogate pro Regibus &c. *Non enim Reſpublica* &c. Quò
ferme recidit expoſitio , quam ibid. in Not. p. 145 , & 188. adhibent tam Gabriel Albaſpinæus, quam Franc. Balduinus , juxta
ſenſum Apoſtoli ſcilicet juſſiſſe S. Optatum , ut pro Romanis Imperatoribus Orationes fierent , quod ſub ipſis quietam vitam degere jam Chriſtianis liceret , quodque Imperii tam amplitudo ,
quam incolumitas prodeſſet ad Eccleſiæ propagationem , incolu-
mitatemque , uti Veteribus Chriſtianis erat perſuaſum , Tertulliano Apolog. cap. 31 , ſeq. , Euſebio Demonſt. Evang. lib. 3. circa fin., S. Ambroſio in Pſal. 46 , & Prudentio lib. 2. contra Symmachum . Multo autem minus rectum S. Gregorii M., qui poſt
alios illum objecit, aſſequutus eſt ſenſum Jannonus. Præter enim
quam quod locus ille , prout ab ipſo profertur , nullibi , ut nove-
rim , in S. Gregorio legitur , niſi quod lib. 3. epiſt. 46. nov. edit.
Pariſ. 1705. S. Pontifex cum Theodoro Medico Mauritii Imp. de
lege ab eo lata , qua Milites a Monaſteriis arcebantur , conqueritur in hæc verba : *Valde mihi durum videtur , ut ab ejus ſervitio*
Milites ſuos prohibeas , qui ei & omnia tribuit , & dominari eum
Militibus , ſed etiam Sacerdotibus conceſſit : Quo tamen ex loco
non inferri quidem a Jannono debuerat Laicæ poteſtatis in Sacerdotes imperium , ſed potius demirari tanti Pontificis erat mode-
ſtiam ;

fliam ; qua tum fe *Servum Dei Servorum* nuncupare ; ac tefte Johanne Diac. lib. 4. cap. 58. Laicos quoslibet haud omnino prole-
tarios *Dominorum* nomine cohoneftare confuevit: quomodo lib. 3.
epift. 63. nov. edit. *Dominum fuum* appellare Mauritium ipfum
non abftinuit,dum nondum Imperator audiebat , feque ipfum profiteri indignum famulum , fervumque ipfius poftremum : explicatiffima ex adverfo obftat S. Gregorii fententia , dum enim non de
nominibus , fed re ipfa agebatur , Ecclefiam a Principali Jure profecto abfolutiffime liberam apertiffime pronuntiavit in Expofit.
Pfal. 5. pœnit. , ubi Imperatorem , quem alii Mauritium ipfum
conjiciunt , Antarium Langob. Regem alii, fic interpellat : *Eccle-*
fiam , quam fui fanguinis pretio redemptam Salvator nofter voluit
effe liberam , (quo perinde argumento ufus Ecclefiæ libertatem
vindicandam adfumpfiffe legitur Pafchalis II. epift. 73. lib. 3. inter S Anfelmi editas a Pichardo ad Rothardum Mogunt.), *hanc*
ifte , poteftatis Regiæ jura tranfcendens , facere conatur ancillam .
Quanto melius foret fibi dominam fuam effe agnofcere , eique , Re-
ligioforum Principum exemplo , devotionis obfequium exhibere .
Intantum autem fuam temeritatem extendit vefaniæ , ut Caput
omnium Ecclefiarum , Romanam Ecclefiam , fibi vindicet , & in
Domina gentium terrenæ fus poteftatis ufurpet . Non me fugit quidem hanc in Pfal. pœnit. Expofitionem S. Gregorio M. abjudica-
ri, ac potius S.Gregorio VII. adfcribi a Petro Guffanvillæo in edit.
Parif. an. 1675. ab fe adornata, a Dupinio vero Bibl. Eccl. fect.6,
& ab Oudino de Script. Ecclef. Tom. 2. p. 768 , feqq. Roberto de
Tumbaleina Abbati S. Vigoris juxta Urbem Bajocenfem , S. Gregorio VII. amicitia conjunctiffimo , adjudicari , tum quod opus
hoc in Codicibus Mff. Bibliothecarum Galliæ defideretur ; tum
quod periocha illa five Mauritio , five Phocæ ægre admodum ac-
commodari queat . Mitto ceteras levioris momenti conjecturas ,
queis hoc apto refponfum . Ab Eruditis profecto Editoribus Ope-
rum S. Gregorii M. diligenter perluftratis Italiæ, Galliæ, Angliæ,
Germaniæ , & Hifpaniæ Bibliothecis , agnitum demum Opus fuiffe legitimum , ideoque a Doctiff. Mauriuis locum inter germana
ipfius Opera eidem factum . Periodum illam autem congruere
aptiffime vel Mauritio , a quo graviffimas tuliffe moleftias , infe-
ftatio-

stationesque, ob ejus avaritiam , rapacitatem , simoniam , aliaque ejus genus vitia , perpessum optimum Pontificem constat ex
Johanne Diacono lib. 4 cap. 17, & S. Gregorio ipso lib. 13.
epist. 38. ad Phocam , ac lib. 5. epist. 41. ad Constantinam Augustam ; vel Antario Langob. Regi, ad quem respexisse ex ipsius
periochæ integro contextu veri sit similius , quemve nefandissimi
nomine idem Pontifex lib. 1. epist. 17. ad Episcopos Ital. nuncupat. Cæterum hujus Expositionis stilus , atque scribendi ratio ceteris S. Gregorii scriptis apprime conformis dignoscitur : aliunde
quoque S. Paterius ejus discipulus in Commentariis brevibus in
Psalmos , ex S. Gregorio verbo plerumque ad verbum haustis ,
pleraque ex hacce Gregoriana Expositione in septem Psalmos pœnit. descripsit. Confer , qui hac de re suse disputat , doctiss. Blancum de Polit. , & potest. Eccl. Tom. 3. lib. 1. cap. 1. §. 7. Quod
autem ad S. Joh. Chrysostomum respicit , germana ipsius sententia ex delibatis paullo superius liquido patet . Nempe Imperatoribus obedientiam deberi ab omnibus , obsequiumque , in his attamen , quæ libertatem Ecclesiæ, Ecclesiasticasque leges non læ-
dant , nec labefactent . Neque vero de Clericis tantum , sed de
Laicis etiam locum Apostoli est interpretatus, idest tam Clericos,
quam Laicos , ordine suo , Potestatibus sublimioribus esse debere
subjectos . Legatur quoque S Bernardi textus integer , liquido-
que constabit sinistrum prorsus in sensum a Jannono suisse inflex-
xum . Eo enim loci non loquitur utique de officio a Clericis sæculi Potestatibus impendendo , sed de obedientia a Clericis inferioris ordinis Hierarchis Ecclesiasticis deferenda , adsumptoque
argumento, quod a minori ad majus in Scholis vocari vulgo solet,
ex eo quod Christus D. cum tributum Cæsari dependendum edixit , tum Pilato semetipsum occidendum tradere non detrectavit ,
infert , atque concludit , multo magis Christi D. Vicario esse obediendum: *Indignum erit*, inquiens, *vobis cuicumque Christi Vicario*
taliter exhibere, qualiter ab antiquo inter Ecclesias ordinatum est Id
si observasset Jannonus, prodere absque delectu S. Pauli exemplum
causam suam apud Festum agitantis , & ad Cæsaris Tribunal ap-
pellantis , omnem prorsus si nedum exuit pudorem, sodes dic , ausus ne suisset ?

Bene

Bene tandem, optimæque se habet, quod Christi D., Apostolorumque doctrinis, exemplisque Christiani veteres imbuti, eruditique a conjurationibus in Sæculi Potestates abhorruerint quammaxime, semperque, cujusmodi disciplinæ, Religionisque vestigium in Can. 83. ex iis, qui a Græcis adscribi solent Apostolis, videre licet, quo nempe dignas luere pro facinore pœnas jubentur, qui virum Principem afficere contumelia non horruissent. Quorum ideo Religionem erga Reges tum presso sequi vestigio, tum ab Ethnicorum calumniis in tuto ponere veteribus illis Patribus Justino Apolog. 1. n. 17, Athenagoræ, Tertulliano, Lucifero Calar., Apollinari, Origeni, SS. Athanasio, Basilio, Ambrosio, Eusebio Samos., Gregorio &c. adeo cordi fuit, impensæque curæ. Religionis hoc specimen a Majoribus acceptum integre quoque nobis probatur, arctissimeque infixum animo retinetur, quo erga Principes optime affectos, ut oportet plane, Christifideles esse omnes pro virili parte suademus, & persuademus. Quin etiam præ Christifidelium vulgo ad Sacerdotum partes accedere sentimus Populos In officio, & obsequio erga Principes continere, pœnis quinimo Spiritualibus, prout opus fuerit, ad parendum Sæculi Potestatibus eos compellere. Quo plane Religionis erga Reges officio haud semel probe defuncti tam Pontifices Summi, quam singulares Episcopi leguntur passim, a queis labentibus Sæculis allaboratum maxime scimus, quo Populorum adversus Principes insolentia, temeritasque comprimeretur, tumultusque compescerentur. Atque ita profecto quum in Hispania proprios in Reges Gothos Populi maxima facile infania solerent invehi, adeoque ut qui minus ipsis adprobaretur, exemplo aut Regno deturbaretur, aut morte afficeretur turpi, testibus Antonio lib. 2. cap. 20, & Roderico lib. 2. cap. 2, ac lib. 3 cap. 20, Synodus propterea Toletana IV. cap. 75, ac Synodi subinde Toletana V. cap. 2, seqq., Toletana VI. capp. 14, 16, seqq., Toletana XIII. capp. 4, & 5, ac Toletana XVI. capp. 8, & 9, Regum saluti, capiti, & vitæ consulturæ, Gentis temeritatem, insaniamque terribili denuntiato anathemate deterrendam, removendamque statuere. Sic deinde Sancius I. Aragoniæ Rex, ut sibi, Regnoque suo, ac Proli prospiceret, optimo consilio Regnum Eccle-

siæ

fiæ Romanæ , annuo inftituto tributo , vectigale fecit , veluti fidem indubiam faciunt Urbani II. litteræ in Archivo Monafterii
Montis Aragonum fervatæ , quarum exemplar in lucem produxit
Jofephus Stephanus Valentinus lib. 1. de poteft. coact. Rom. Pontif. cap. 11. n. 22. Sic etiam Paulo II. fuam in Caftellæ Regnum
reftitutionem debet Henricus IV, in quem confpiratio Procerum
facta nonnifi Pontificiis comprimi fulminibus potuit. Nefarius
mos ille adverfus Reges infurgendi quum apud Anglos etiam in-
valefceret , uti teftatur Gaguinus lib. 4, tam Reges , ut propriæ
incolumitati confulerent , annuo tributo Regnum totum Ecclefiæ
Romanæ addicendum duxere , quam Epifcopi , ac Pontifices , ut
Regum dignitatem , vitamque in tuto collocarent , Sacerdotali
utendum fibi auctoritate rati funt , veluti Leo III , qui Legatis a
latere in Angliam dimiffis , gentem , a qua Northumbriæ legitimus Rex Eardulphus , eidem Alfuvoldo fuffecto , e Regno pulfus
fuerat , ad officium redigere non prætermifit ; Johannes X , a quo
Æthelftano in Angliæ Regnum jura tum egregie vindicata funt ,
tum in eum ftructæ ab Alfredo infidiæ valide funt amolitæ apud
Willelmum Malmesb. lib. 11. cap. 6; Innocentius III, qui Johanni Regi obedientiam dependere Anglos imperavit , vegrandibus
in perduelles intentatis pœnarum minis apud Matthæum Parif.
ad an. 1215 ; Urbanus IV , & Clemens IV , a quibus Angli in
Henricum III. Regem rebelles in officio cohibiti funt ; Epifcopi
quoque , velut in Synodis Clovefhovienfi II. anno 747. Can. 30;
Ænhamenfi an. 1009. cap. 26, Oxonienfi an. 1222. tit. de Sent.
Excom., Redingenfi an. 1279. cap. 3 , &c. Quomodo Francorum
quoque Reges fibi Majeftas inviolabilis ut efset , femet , filios ,
ditionefque Apoftolicæ Sedis officiis , auctoritatique commendare non dubitarunt ; veluti Carolus M., Ludovicus Pius , Ludovicus II , Ludovicus Balbus , Ludovicus III , Carolomannus , Carolus fimplex , Ludovicus IV. apud Flodoardum lib. 4 capp. 3 , 21.
&c. Ludovicus VII. &c. Utque profecto inviolabilis eadem per-
maneret Majeftas , opera nunquam defuere fua cum Pontifices
MM. S. Nicolaus I. in epift. ad Synodum Sueffionenfem , & Gall.
Epifcopos, Hadrianus II. in ep. 2, 15, & 16. ad Ludovicum Germ.
Reg. , Johannes VIII. in epift. ad Germ. Epifcopos, ad Franc. Reges ;

ges, & Optimates, Formosus, a quo Caroli Simplicis jura contra
Odonem Parisf. Comitem strenue vindicata sunt, Stephanus VIII.
apud Flodoardum in Chron. ad an. 942; Agapetus II. opera Legati ad Synodum Ingelheimensem, Innocentius III. apud Raynaldum ad an. 1199, Urbanus V, a quo conspirantes adversus Carolum VI. compressi sunt, &c.; tum etiam Synodi Metensis an. 590,
& Francofordiensis an. 794. Can. 3, Turonensis III. an. 813.
Can. 1, Aquisgranensis II. an. 836. Can. 12, Moguntina I. an. 847.
cap. 5, Tullensis an. 859. Can. 8, Suessionensis III. an. 866. in
Synodica ad S. Nicolaum I, Troslejana an. 909. cap. 2, Ingelhei-
mensis an. 948. Can. 1, &c. Quid vero, quod Regibus contra Fulconem Comitem Fulbertus Carnot. epist. 100, & contra Comitem Rogerium S. Lanfrancus Cantuar. epist. 41. suppetias tulisse, ingentique sane fuisse ope leguntur? At enim longe potiori
Henrico IV. Imp., & Henrici II. filiis subsidio fuere Alexander III.
in Append. 2. ep. 1010, & apud Petrum Blesensem epist. 69, 136,
144, seqq., Willelmo Regi Siciliæ idem Pontifex Append. 2.
ep. 94, Regique Armeniæ Innocentius III. ep. 22, 23, & apud
Raynaldum ad an. 1199. n. 67. Unde jure, optimeque Urbanus
IV. in epist. ad Michaelem Græcor. Imp. scripsit: Occidentis Reges certissimum, præsentissimumque in Apostolicæ Sedis inter-
ventione perfugium semper habere, ad mutuas componendas
dissensiones, rebellionesque Populorum frangendas. Atque ita
perinde Reginæ Aragoniæ defensionem in se suscepisse legitur
Clemens IV, Alphonsi X. Regis Castellæ Martinus IV, qui & Carolo Andegavensi Siciliæ Regi adjutorio præsentissimus adfuit,
Johannis Castellæ item Regis Eugenius IV, Maximiliani Rom.
Regis, ac Philippi Filii adversus Belgas Innocentius VIII, ac Ladislai Regis Hungariæ Leo X, apud Raynaldum ad annos 1266.
n. 27, seq., 1283. n. 55, seq, 1441. n. 19, 1316. n. 60, seq., &c.
Casus persimiles defensionis plerumque Rom. a Pontificibus impensæ Regibus Bohemiæ, Hispaniæ, Scotiæ, Daniæ, Sueciæ &c.
legere passim est in Decret. 6. lib. 1. tit. 8. cap. 2, apud Cardinalem Papiensem epist. 122, & Raynaldum ad annos 1472. n. 33,
1486. n. 47, 1487. n. 17, 1488. n. 3, 1489. n. 17. &c. Græcos quoque a tumultu in Constantinum Porphyrog. excitando excom-

municationis comminatione deterritos ab Alexio Patriarcha, & a Synodo Constantinopolitana sub ipso legere præstat Jur. O ient. Tom. 1. p. 118, 280, & 290. Confer & doctiß. Thomaßinum Vet., & nov. Discipl. par. 2. lib. 3. cap. 93, seq., ac dicta nobis Vind. Tom. 3. Par. 2. Art. 5. in Proleg. p. 333 Factum hinc facile putare quid prohibet, ecquis invidiæ, culpæque deputare præsumat, ut qua Reges Ecclesiæ, præsertim Romanæ, Regna sua ultrocitroque obnoxia facere non reformidarent, qua Imperatores, fidei præstito Sacramento, Apostolicæ Sedi obedientiam obligare suam non dubitarent, quod nempe arcte persuasum haberent subjectionem hanc, obedientiamque Regnis, Imperioque incremento potius, incolumitatique futuram, quam imminutioni, & injuriæ. Quo de argumento, copiosius, si Superis placebit, seq Artic. 4. Erga Imperatores ergo, Regesque, quandiu Ecclesiæ non se præberent infestos, ejusque in jura prorumpere auderent, reverenti, pronoque se ferre animo religioni habebant veteres Patres. Quum vero illos potestatis extra propriæ fines efferri, molestiamque Religioni inferre viderunt, scitum est, qua demum animi virtute induti obviam illis occurrere, viriliterque obsistere non extimuerint, veluti Constantio S. Athanasius, Theodosio S. Ambrosius, Valenti S. Basilius, Zenoni S. Hormisdas, Justiniano Vigilius, Mauritio S. Gregorius, Alexio Innocentius III., aliisque alii, uti sub Artic. 1. initium indicatum est. Qui si armis depugnasse spiritualibus dumtaxat leguntur, nihilotamen minus sic depugnando palam fecere in ea utique parte, quæ maxima profecto erat, Potestati Civili Ecclesiasticam longe præstare, legemque sancire posse.

Quod ad Imperatorum, Regumque facta, legesque, quibus Ecclesiasticis se se rebus ingerere voluisse visi aliquando sunt, demum attinet, quo recto deuique, proboque accipi sensu queant, debeantque, abunde, opinor, vice plus simplici explicatum est. Injuriæ vero Constantino M. vertitur, quod ingenti cedere ipsi gloriæ debebat, dum Ecclesiastici veluti juris invasor traducitur. Qui si Episcopum se circa Ecclesiæ externa, sive extra Ecclesiam dixit, dictum accipi debet, non de regiminis parte quidem sibi sumpta, veluti perperam accipiendum pugnant Nicolaus Vedelius

de

de Episcopatu Constantial M. , Andrevvs Lancellotus in torcura Torti , idest Bellarmini , p. 363, Joh. Rainoldus in Colloquio cum Hardto , Joh. Dallæus contra Adamum, & Cottibium par.2. p. 79, Hugo Grotius de Imp. sum. Potest. circa Sacra , & Oper. Theolog. To. 3. p. 142, Gerhardus Joh. Vossius epist. 23. ad Grotium , David Blondellus lib. de Formula *Regnante Christo* p. 175, seq. , ac de Primatu in Ecclesi. p. 1116 , M. Antonius de Dominis de Republ. lib. 6. cap. 5 , seq. , Henricus Stebbingius de Civili regim. circa Relig.,& Willelmus Prynnius in hist Chronolog. vind. supr. Eccl. Jurisd. , quos laudat , & sequitur Joh. Albertus Fabricius Salut. Luc. Evang. cap. 13. p. 282, seq. , bene vero vel cum Leone Allatio de Consensu utriusque Eccl. p. 230, seq. de rebus Civilibus , non de Ecclesiasticis , vel cum Petro de Marca de Concord. lib. 2. cap. 10. de Gentilibus , non de Christianis , vel cum Balleriniis in adnot. ad epist. 115. S. Leonis M. de tutela , ac defensione Ecclesiæ impensa . Quo plane sensu accipiendum fore id quoque efficaciterque suadet , quod eumdem Imperatorem Sacerdotibus inferiorem se dictis , factisque reputasse , ostendisseque plurles memoriæ prodidere Eusebius in ipsius vita (cui libros hosce quatuor abjudicandos existimarunt Jacobus Gottofredus in disser. ad Philostorgium p. 173 , & in epist. ad Rivetum sub Pacidii nomine, ac Dorscheus in Diatyposi Concil Nicæni p. 3 , Macario vero Hierosolym. tribuendos arbitratus est Sandius in Nucleo hist. Eccl. p. 48, Acacio Lusco in Episcopatu Cæsar. ejus successori adscribendos censet Fuhrmannus hist. de Baptismo Const. par. 1. Colloq. 5. §. 28 , minus probabiliter tamen , veluti Socratis lib. 1. capp. 1,& 8, ac lib. 5. cap. 22, Sozomeni, Photii Cod. 127. p. 306, Gelasii Cyziceni, Nicephori , Theodoreti, quibus Philostorgium lib. 1. n. 2. adjungit Pagius ad an. 340. n. 23, testimoniis Eusebii
- opus esse demonstrant Martinus Hanckius de Byzant. ser. Script. par. 1. §. 175. p. 81, seqq. , Joh. Andreas Bosius de Pontificatu M. Imperat. p. 63, seq. , & Valesius p. 216.) Eusebius , inquam, in ipsius vita lib. 3. cap. 18. referens Divinæ voluntati ab eo tribui consuevisse , quidquid ab Episcopis fuisset decretum . Horum decreta sua ideo consignanda duxisse auctoritate : *Ne reliquarum gentium Principibus literet , quæ ab eis decreta essent , abrogare .*

Cujus-

Cujusvis enim Judicis sententiæ Sacerdotum Dei judicium ante-
ponendum esse sentiebat , & dicebat . Et lib. 9. hist. Eccl. cap. 10.
vers. Russ. summæ ipsius erga Sacerdotes observantiæ, reverentiæ-
que locuples accedens testis hisce verbis : *Sacerdotibus Dei non*
credebat sufficere , si se æqualem præberet , nisi eos , & longe præ-
ferret, & ad imaginem quamdam veneraretur Divine præsentiæ .
Socrates lib. 1. cap. 5. tanto illum erga Nicænos Episcopos pudore , demissaque reverentia affectum tradens , ut prius assidere re-
nuerit , quam Episcopi, ut ita faceret,innuissent . Imperator ipsemet cum in Epistolis ad Ecclesias de Synodo Nicæna apud Theodoretum quoque lib. 1. hist. Eccl. cap. 10, & ad Synodum Tyriam
ibid. cap. 19, & apud Eusebium lib. 4. cap. 42: ipsius vitæ , tum
in Orat. ad SS. Cœtum ad calcem lib. 4. vitæ ejusdem , alibique
sæpe quam sublimis , & quam intima de Episcopali dignitate , decretisque ab Episcopis editis animo sibi inhæreret sententia,& observantia patefaciens, adeo ut semet illis & erudiendum , & corrigendum exhibere non erubesceret : *Vos* , sic eos observans , *si*
quid forte erroris acciderit , me sedulo corrigatis , in Orat. ad SS.
Cœtum p. 331,& in Epist. ad Synod. Tyr. p. 321: *Vestræ* , sic eos
alloquens , *Sanctitatis partes sunt secundum Ecclesiasticam , & A-*
postolicam regulam omnibus erratis curationem adhibere . Qui ita
plane optime animo , intimeque erat affectus , qui fieri tandem
poterat , ut Episcopis se parem efferre potestate affectaret , exam-
biretque ? Videsis interea de loquutionibus hujusmodi fuse disse-
rentem Illust. Franciscum Rotomagensem Archiep. de reb.Eccles.
lib. 1.cap. 3. Atque probo hoc ipso sensu,facilique intelligi oportere ; quæ a Marciano , Imperatoribusque aliis de rebus Ecclesiasticis editæ feruntur , leges exinde compertum evadit ; non secus
atque iis multis exemplis , quorum ad suadendum Imperatores
Carolingicos , ac Germanicos e re sua , jureque dixisse negotiis
semet Ecclesiasticis implicare , fussissimam , indigestamque texuit
hypothyposim Pfeifferus ad Vitriarii lib. 3. Jur. publ. tit. 2. §. 8.
a pag. 5. ad p. 88, aliud non evinci , nisi tum pleraque illicite ab
illis fuisse usurpata, tum plurima extraProtectionis ordinariæ Ecclesiis impensæ fines haud egressa , tum alia extraordinariæ provi-
sioni , & Advocatiæ , ut quum Ecclesia ab exerenda Jurisdictione

exce-

exterius impediretur, deputanda fuisse ostendit Carolus Christoph.
Loven Consil. Aulicus Bamberg. in differt. de Jure Princip. Cathol circa Sacra cap. 2 §. 10. p. 39. Quibus adjungere satis habeo, superque illustre Ludovici Pii effatum, quo in Capitul. 2.
lib. 2. cap. 4. Episcopis adjutorio se haud defuturum pollicitus, sic
eosdem alloquitur : *Ut nostro auxilio suffulti, quod vestra Authori-
tas exposcit, famulante, ut decet, potestate nostra, perficere valea-
tis*, apud Harduinum To. 4. p. 1350. Quo ex loco Bossuetius in
serm. de Unitate Ecclesiæ in Comitiis an. 1682. habito, ad quæ
alioqui Regiam ad deprimendam, locoque Ecclesiasticam extol-
lendam non admodum paratus advenerat, ostendere adgressus est
Regiæ potestati, ubi rebus in Civilibus dominatur, in Ecclesiasticis
obsequi, religioni, officioque cedere . Nec est vero, cur in S.
Leonis M. epistolis quæratur effugium, & a Quesnello sinistrum
id intorqueatur in sensum, quasi ejus sententia non modica Imperatoriæ in Ecclesiasticis caussis potestati obtingat pars . Qui enim
pro fide, unitate, & legibus Ecclesiæ suo loco statuendis, firman-
disque labores, industrias, curasque adserunt, siquidem, quantum per ipsos fieri potuit, in semet Imperatores susceperant, uti
Theodosius, Marcianus, Leo &c. , iidem plane, utpote Sacerdotalis officii participes, & Sacerdotis, & Episcopi titulo, qui con-
decorarentur, se dignos exhibuere . Hoc ergo sensu a S. Leone
Imperatores illi diversis, quæ propius Episcoporum, Sacerdo-
tumque tangunt officium, adpellationibus cohonestati sunt, quibus eorum sollicitudo, industria, affectusque pro Ecclesiæ celebra-
batur, non ita etiam, ut in Ecclesiam ipsis adstrueretur jurisdictio,
veluti recte animadvertunt Ballerinii Fratres in Adnot. ad epist.
21 §. S. Leonis Oper. To. 2 pag. 1326. Straminea denique, ro-
borisque prorsus expers est ratio ex Justiniano petita, qua totius
argumentationis vim suffulcire conantur . Eò enim Sacerdotium
ab Imperio, a Civilibusque Sacra differunt, quò Anima a corpore, ab humanis Divina discernuntur . Ejus itaque loco ex nobis
sufficienda videtur ratio, qua validissime adversus Le Vayer de
Auct. Reg. in administ. Eccles. p. 9, seq., aliosque Politicos Regiæ potestatis assentatores pugnat Illust. quidam Galliar. Episcopus in Opusculo Gallice inscripto : *Le veritable usage de l' Au-*
stri-

torité feculiere dans les Materies, qui concernent la Religion, Avi-
gnon 1753. Nempe Poteftas Ecclefiaftica quolibet tempore, quo-
libetque loco eadem in fe eft, fibimet eadem fufficiens eft, neque
fe major, aut minor æftimari debet, ubi Principes aut Ethnica
adhucdum, vel Hæretica fuperftitione detineantur, aut ubi Deo
adfpirante, Chriftianæ Religioni nomen jam dederint. Jam vero fi
Ethnicis, aut Hæreticis introfpiciendi in Ecclefiaftica jura, & negotia fua jufte denegatur omne, a nemineque vegrandi abfque
Religionis injuria fiet, quorfum id poftea juris, amplumque Chriftianis indulgeri Principibus haud extimetur? Chriftiana enim
vero Religio intacta Principum jura relinquit, nec eadem auget,
aut minuit, ac fiquidem ad felicitatem æternam Principes dirigat,
Ecclefiafticæ potius fubjugat poteftati. Ea itaque ratione a Religionis negotiis abftinendum Chriftianis Principibus eft, qua fe
eifdem implicare Ethnicis nefas erat, præque his illis præterea
id incumbit, ut Religionis defenfores agant, ejufque Miniftris
obedientes fe dedant. Quo ergo jure reprehenditur execranda
Principum Ethnicorum perverfitas, qua tum prædicari Religionem vetabant, tum ejufdem Profefforum diverfo mortis genere,
diroque afficiebant, pari fe dignos reprehenfione Principes exhi-
bent, qui fe rebus implicare Religionis temere volunt. Quo cafu plane Defenforis, ac Protectoris defunt officio, quod Chriftiana eis impofuit Religio, (quodque non in Ecclefiafticæ poteftatis
ufurpatione, everfioneque confiftit, fed in opera, opeque traden-
da, qua Ecclefiaftica fe fe exerere poteftas valeat, non in dominatione fupra Epifcopos, & Sacerdotes affectanda, fed in follicitudine, ftudioque, ut eis debita obedientia dependatur, & obfervantia. Atque ideo in iis non advocatos, qui laboranti opem ferant, afflictifque rebus fuis adjutorio, fubfidioque fint, fed Tyran-
nos, qui fuam opprimant libertatem, juraque ufurpent, nacta
fuiffet Ecclefia. Ex his generatim præftabilitis defcendendo ad
particularia, antequam de poteftate Ecclefiaftica in Laicam fermonem inftituam, difputandumque queis de capitibus, de quot-
ve modis quæftionem in Laicas poteftates agere poffit Ecclefia,
mihi fufcipiam, quædam paucis expedire præftabit, quæ peculia-
ris Ecclefiæ quidem funt juris, in quæ tamen immigrare paffim
                                                        Lai-

Laicas Potestates intuemur. Quod sequenti perficiendum Articulo jam adgredior.

De Potestate Ecclesiæ in propria Loca, Personas, ac Res, five de Immunitate Locali, Personali, ac Reali.

ARTICULUS III.

TErgemina, ut vides, ad summa capita, sub quibus cetera facile comprehenduntur, præsentem, quam mihi proposui, redigo quæstionem, atque ita fidem paullo superius obligatam liberabo meam, idest ad Loca Sacra, Sacras ad Personas, atque ad Res Sacras ad eorum alterutrum attinentes. Circa quæ omnia profecto Ecclesiam sibi prorsus, solamque plene sufficere dubitabit utique nemo, qui persuasum habeat Ecclesiastici Regiminis formam a Deo institutam Monarchicam esse, & Hierarchicam, idest a Deo in Ecclesia diversos inductos fuisse gradus, diversaque instituta officia, quibus adimplendis plenissimam eidem factam a Deo potestatem fuisse profecto inde consequitur. Quia tamen hacce de Regiminis forma sequenti Articulo, propriori veluti loco, quo tanquam fundamento rato, fixoque disputanda pleraque superstruere cogito, fusius disputaturum me spero, impræsentiarum, intra hæc tria capita, quæ velut e re ipsa nata mihi suppetunt, sermone me devolvo. Quemadmodum itaque Synodorum cogendarum ad Religionis res pertractandas integra unam penes Ecclesiam manet potestas, qua de nobis quidem ante præsari oporteret, quam ad tractationem de Christianis aliis conventibus noster se atremperaret sermo, nisi satis haberi, superque deberent abunde dicta Par. II. To. 3. Art. 2 §. 1. p. 145. seqq., non secus Templa ædificandi, dedicandique ad cultum publice Deo O. M. præstandum amplissima Ecclesiæ vindicanda modo facultas obtingit. Circa quæ sane principio, ad omnes prorsus vals λαφùς, καιτας φλυαρίας, tricas, ineptias, nugasque expediendas, secernendum diligenter jus a facto est: jure namque Divino priscis Christifidelibus Templa habere, Conventusque agere fas fuisse defendimus, facto vero inique ab Ethnicis, intemperiis in ipsos exagitatis, impedit! persaperſæpe nequibant . Quamquam & ſacto tam plerofque agi Conventus conſueviſſe, qua n plurima fuiſſe Templa conſtructa ad publicum Religionis exercitium peragendum Ecclefiaſtica nos paſſim docet hiſtoria , multiſque oppido palam fieri exemplis poteſt, evincique, perperam ſcripturiiſſe poſt Dallæum de Pſeudepigraphis Apoſtol. lib. 3. cap. 13. p. 163, poſt Mornæum lib. 2. de Euchar. cap. 1, poſt Blondellum de Epiſcop., & Presbyter. ſect. 3. p. 216. ſeq. , 249, ſeq., ac 254. ſeq. , poſt Vedelium in S. Ignatii epiſt. ad Magneſ. cap. 3 , poſt Moylæum , poſt Bohemerum diſſert. Jur. Ecclef- Antiq. diſſert. 1, poſt Walchium Antiq. Ecclef. lib. 1. cap. 1. de Loc. Sacris, & in hiſt. Eccl. Sæculi I. cap. 3 , poſt Schurzfleiſchium Controv. , & Quæſt. Antiq. Ecclef. 8. §. 1 , ſcripturiiſſe, inquam , Petrum Jannonum Hiſt. Reg. Neapol. lib. 1. cap. ult. , perſecutionum obtinente tempeſtate publicis Chriſtianorum Cœtibus nullibi gentium locum fuiſſe , neque Religionis exercitium uſpiam publicum audiviſſe , neque publicæ Evangelii prædicandi factam aliquando facultatem : quæ tum demum facta primum a Chriſtianis Imperatoribus fuerit , quum per otium , & pacem Eclefiæ licuit . Et certe jam ſub Apoſtolis Templa ad Dei cultum erecta fuiſſe , congregandiſque ad rem Sacram Chriſtifidelibus deſtinata liquet ex 1. ad Corinth. 11, 18, ſeqq. , ubi Apoſtolus nomine Ecclefiæ denotare voluit non tam eorum multitudinem, qui conveniebant , quam locum , in quem convenire mos eſſet . Atque ita plane accipiendum locum illum docent Hilarus Diacon. , Theodoretus ibid. , & S. Auguſtinus epiſt. 157 , & Quæſt. in Levit. lib. 3. q. 57: *Ecclefia* , inquiens , *dicitur locus , quo Ecclefia congregatur . Nam Ecclefia homines funt , de quibus dicitur . Ut exhiberet fibi gloriofam Ecclefiam . Hinc tamen vocari etiam ipfam domum Orationum idem Apoſtolus teſtis eſt , ubi ait :* Nunquid domos non habetis &c. , aut Ecclefiam Dei contemnitis &c. Quod argumenti fane genus hinc arreptum egregie verſant , exagitantque cum adverſus Scultetum , Rivetum , & Dupinium Templa priſcis in uſu Chriſtifidelibus fuiſſe inficiantes Card. Laurentius Cozza in Vindic. Areopag. par. 2. cap. 13, tum adverſus Piceninum Card. Gotti de vera Chriſti Ecclefia To. 2. par. 3. Art. 16. §. 17. Atque in hanc utique interpretationem utroque confluunt

pede

pede S. Germanus Patriarcha Conſtantinopolit. in Theoria My-
ſtica, Gerardus Camerac. Epiſcopus in Synodo Atrebatenſi an.
1025. cap. 3, Ducangius in Gloſsar. V. *Eccleſia* To. 3. edit. Ven.
1738. pag. 7, Fullerus Miſcell. Sacr. lib. 2. cap. 9. Crit. Sacr.
To. 7. p. 91. edit. Francof., Grotius ad 1. Corinth. 11, 20, & Seldenus de Syned. lib. 3. cap. 15. n. 2.

    Atqui S. Paulo teſtes adſtipulantur locupletes (ut de Philo-
ne quidem Judæo ſileam, qui lib. de vita Theoretica, ſive Supplicum Euſebio lib. 2. hiſt. Eccl. cap. 17, S. Epiphanio hær. 29.
n. 5, S. Hieronymo de Script. Eccleſ. cap. 11, Sozomeno lib. 1.
cap. 12, aliiſque longe plurimis de Templis a priſcis Chriſtianis
in Ægypto paſſim exſtructis loqui viſus eſt : quum veri fiat longe
ſimilius loquutum fuiſſe illum, non de Philoſophis Ethnicis ju-
daizantibus, uti demum augurati placuit Joh. Joachimo Langio
diſſert. de Therapeutis Halæ 1721, & Nicolao Nonnen diſſert.
pro Canonica auctor. Cant. Cant. Trajecti 1725, quos refellunt
Heumannus in Actis Philoſoph. par. 16, & Zinchius diſſert. de
Therap. Lip. 1724, ſed de Eſſæorum apud gentiles ſuos religioſa,
famoſaque ſecta, quam in rem conferendus Fabricius Salut. Luc.
Evang. cap. 3. n. 7, ubi pro utraque parte viciſſim ſtantes recenſet Scriptores tam veteres, quam nuperos) adſtipulantur, inquam, ex SS. Patribus S. Ignatius, qui epiſt. germ. ad Magneſ.
n. 7, & ad Philadelph. n. 4. Templi, & Altaris, quo convenire, de quove participare Chriſtifideles ſolerent, mentionem ingerit; Auctor Conſtit. Apoſtolic. ſub S. Clementis nomine lib. 2.
cap. 57, ubi Templi, veluti rei apud Chriſtianos antiquæ, diſponendi formam tradit, deque reverentia eo loci ſervanda utriuſque ſexus Chriſtifideles diligenter inſtruit; S. Juſtinus, qui
Apolog. 1. ad Imp. Antoninum Pium n. 67. ſacri loci meminit ;
quod Templum erat profecto, quo ad ſacras percipiendas lectio-
nes, Divinamque faciendam rem, Dominica quaque conſluere
fideles ſolebant; Auctor libror. de Eccleſ. Hierarch. (quos S.
Dionyſio Areopagitæ abjudicant quidem ex noſtris Launojus de
libr. S. Dionyſio inſcript., Labbeus de Script. Eccl. To. 1. p. 766,
ſeqq., Nourrius in appar. ad Bibl. PP. diſſert. 10, Joh. Morinus
de Sacr. Ordinat. p. 421, ſeqq., Tillemontius Monum. Eccleſ.

To. 2. p. 437 , feq. , Lequiennius differt. 2. Damafcenica &c. ; ex
Proteſtantibus vero Dallæus lib. 1. de Script· Ignat. , & Dionyf. ,
Alexander Morus ad Act. cap. 17. v. 34 , Georgius Hacbevillus
lib. de Provid. Dei p. 208 , feq. , Albertinus de Euchar. p. 260 ,
feq. , Ufferius differt. de Dionyfio ad calcem libri de Script. ,
Sacrifque Vernic. , Tentzelius Exercit. felect. To. 2. p. 285 , Ittigius differt. d. PP. Apoſtol. p. 143 , & 165 , ac in Select. hiſt.
Ecclef. Sæculi I. capit. p. 25 , & 43 , Fabricius Bibl. Græcæ To.
5. lib. 5. cap. 1. p. 4 , feq. , &c. , Contra vero adfcribere non dubitarunt poſt S. Maximum , Genebrardum , Baronium , Bellarminum, Schelefſtratiim &c. Johannes a S. Francifco Prior Fulien-
fis in Apolog. ad Oper. calcem edit. Parif. , Martinus del Rio in
Vindic. Areop. adverfus Scaligerum cap. 8 , feqq. Oper. edit. Venet. 1756. To. 2. p. 262 , feqq. , Petrus Alloixius quæſt. 2. ibid.
p. 210 , feqq. , Gaultier in Apologia Tabulæ fuæ Chronograph.
Sæculi I. inferta , Petrus Lanfellius difput. Apolog. eodem T. 2.
Oper. p. 284 , feqq. , Johannes de Chaumont in defenf. Areop.
adv. Dallæum ibid. p. 305 , feqq. , Natalis Alexander hiſt. Eccl.
ad Sæcul. I. art. 15. cap. 10 , & differt. 22 , Claudius Davidius
differt. de S. Dionyfio Parif. 1702 , Card. Laurentius Cozza in
Vind. Areop. , Joh. Novius Apolog. pro Operibus S. Dionyfii
adv. Laur. Vallam Cozzæ libro fubjuncta , &c. ; quofque libros
faltem neque Apollinariſtæ cujufpiam , ut putavit Stillingfleetus
in refponf. ad Creffii Apolog., neque Eutychiani alicujus, five Mo-
nophyfitæ , veluti Morino , & Lequiennio vifum eſt , multoque
minus S. Gregorii M. , uti Dodvvelli fufpicio fuit , legitimum
effe fœtum Auctor Gallus Problematis de Libris S. Dionyfii Oper.
To. 2. p. 327 , feqq. , & Joh. Franc. Bernardus de Rubeis differt.
adverf. Lequiennium ibid. p. 434, feqq. oſtendunt, qui potius antiqui Patris alicujus Opus effe , in quod pleraque e Clemente A-
lex. , & S. Gregorio Nyffeno confluxerint) , Auctor , inquam ,
Eccl. Hier. cap. 3. par. 2 , & cap 4. par. 2. item , quo loci & Cho-
ri , & Altaris , & Templi , pro facra peragenda Synaxi , & facrarum prælectionibus Scripturarum , memoriam facit, ubi videndus Georgius Pachymer in paraphrafi, & Corderius in Not. To. 1.
p. 221 , feqq. ; S. Dionyfius Alexand. in epiſt. 1. ad Bafilidem a
                                                         Pho-

Photio citata in Nomoc., ac sæpius edita cum Balsamonis, &
Zonaræ Scholiis in Bibl. PP., ac To. 1. Concil. Labbei p. 831,
& Harduini p. 186, Can. 2. ϯ οἶκος τῦ Θιῦ *Domum Dei*, juxta
versionem Frontonis Ducæi, memorat, in quam ingredi fœmi-
nas abscessu non prohiberi docet; apud Eusebium lib. 7. hist. Eccl. cap. 22. locum quemcumque, persecutione sæviente, ad peragendas Synaxes instar Templi sibi, Populoque deserviisse perhibet;
Tertullianus, qui de Idol. cap. 7, & lib. adv. Valentinianos cap. 2,
& 7, & S. Cyprianus, qui de Oper., & eleemosyf. p. 203, ac epist.
55, alias 59. priscis Christianis Templa usu frequentata explicitissime referunt; S. Gregorius Thaumaturgus, a quo apud Ruffinum hist. Eccl. lib. 7. cap. 25, Templum, miraculo etiam adhi-
bito, exstructum legitur, & S. Cyrillus Hierosolym., qui Catech.
6. ab Apostolis consecratum in Ecclesiam Cœnaculum, ubi Spiritu S. afflati fuerant, auctor est; non secus ac Antiochiæ a S. Petro in Templum fuisse conversam Theophili domum refert Auctor
Recognit. lib. 10. n. 71; quem tamen fluxam admodum gerere
fidem ignorat nemo. Atque horum quidem auctoritati non officiunt, quæ a Dallæo, a Duplexio, a Blondello, a Bohemero,
a Vedelio, a Walchio, a Jannone indigestim absque delectu con-
glomerari, exaggeratique loca solent ex Clemente Alex. Stromat. lib. 7. n. 7. p. 851. edit. Ven. 1757, ex Minucio Felice in
Oct. p. 6, ex Origene contra Celsum lib. 3. n. 34. p. 469, edit.
Parif. 1733, & lib. 8. n. 17. Oper. To. 1. p. 755, ex Arnobio
lib. 6. adv. Gent. sub init., ex Lactantio lib. 1. de falsa Relig.
cap. 10, lib. 2. de Orig. erroris cap. 2, lib. 5. de Justitia cap. 2,
lib. 6. cap. 25, lib. de Ira Dei cap. 24, & lib. 7. de Benef. cap. 7,
ex S. Isidoro Pelus. lib. 2. epist. 247. ad Theodosium Episcop. &c.,
qui adversus Ethnicos disputantes, aut falsos Christianos re-
darguentes, qui de Templis ab se ædificatis adblandiebantur, dum
interea de puritate morum, qua coli Religio deberet, nihil faciebant pensi, nullaque affectos follicitudine se præbebant, Templa ad Dei cultum apud Christianos veteres exstructa negare videntur. Nam de Templis loquuntur ritu Ethnico dedicatis, quæ
non erant, nisi busta, cineres, ossa, functorumque sœda corpo-
rum sepulcra, quorum ideo a nomine ipso abhorrisse Christi fide-

les

les quammaxime admonet S. Zeno Veron. Serm. de Continentia,
quæ Ethnicis *Templa* , noſtris *Eccleſia* nomine veniſſe memorans :
quo plane ſenſu accipiendos Clementem Alex. , Minutium Felic.,
Origenem , Lactantium , Arnobium obſervant Deſiderius Heraldus ad Arnobii lib. 6. p. 190, Geverhartus Elmenhorſtius ad eundem p 173 , & ad Minutium p. 5 , Franciſcus Balduinus in Pro.
legom. ad eumdem , Joh. Wovverius ibid. p. 118 , & Chriſtianus
Kortholtus in tract. de calumniis Pagan. cap. 8 , & in Athenago-
ram de legat. cap. 35 ; vel de Templis verba faciunt Ethnicorum
more , opinioneque habitis , ſic ut aræ immolandis animalibus ;
thuribus adolendis exſtructæ viderentur , eorum velut ambitu ſupremum circumſcribi Numen exiſtimaretur, ac varius ſuperſtitio-
nis cultus ſimulacris exhiberetur : qua ratione intelligendos
Clementem Alex. oſtendit Gentianus Hervetus ad lib. 7. Strom.
p 714 , ſeq., & Arnobium Heraldus p. 229 , ſeq., & Helmen-
horſtius p. 173 ; vel de Templis , quæ factu Ethnico ſublimioribus
fuiſſent elata faſtigiis , in quibuſque ad ornatum conſpicerentur
ἀγάλματα , Ζώσοτα , Ἀφομοιώματα , εἰδώλατα , εἰκόνατα , Ἀ-
δριάντατα , Simulacra , Idola , Statuæ , Imagines , pictæ Tabulæ , atque hoſtiles etiam prædæ , quorum mentio apud Homerum,
Euſtathium , Heſychium , Livium lib. 4 , 32 , 38 , & Agathiam
lib. 5 , qua ideo vel a profana abſtinere appellatione Chriſtianis
erat religio : quo modo ſane accipiendos præſertim Origenem ,
& Minutium (quorum intimum propterea ſenſum haud aſſequutus videtur Petavius, dum lib. 15. de Incarn. cap. 13. num. 1.
utriuſque opinione Chriſtianos veteres a Templis abhoruiſſe putat) rectius animadvertunt Carolus de la Rue in Not. ad Origen.
p. 754 , ſeq. ; Joh. Wovverius ad Minut. p. 118 , & Franc. Balduinus in Proleg. ad eumdem ; vel ita loquentes reſpiciebant ad
interiorem animi , purioremque cultum , morumque illibatam diſciplinam , quæ Deo O. M. præ Templis longe probari , atque
perinde Chriſtifidelibus præ exteriori Templorum ornatu , ac ſpecie longe pluris fieri adfirmabant : quo profecto ſenſu loquutos
fuiſſe Lactantium , & S. Iſidorum vel eorum lectio confeſtim indicat , & obſervat Heraldus in Arnob. p. 194 ; vel fari demum ita
ſas illis fuerat , poſtquam iniquiſſimo Diocletiani edicto Templa
D.

D. O. M. exſtruꞔa , & dicata ubique gentium everſa , ſoloque æ-
quata illis viſa ſunt : qua de re Spencerus etiam ad Origen. adv.
Celſ. lib 8. p. 389. Cæterum enim Chriſtianis uſu antiquiſſimo
veniſſe Templa ipſiſmet Scriptoribus tam certum fuit , quam quod
certiſſimum , Origeni , qui præf. lib. 8. adv. Celſ. cum Ethnicorum Templis non utique conferenda Templa fidelium oſtendit ,
nec horum Simulacra , Altaria , ſuffitusſque cum illorum Idolis ,
cruoris aris , & nidoribus , in Numer. hom. 11 , & in Joſue hom.
10 Chriſtifidelium in Eccleſiam adventum , erga Sacerdotes officia , conſeriaſque ad Eccleſiram , Altariumque ornatum eleemoſynas deſcribit , & Tract. 28. in Matth. ardente Maximini per-
ſequutione Eccleſias devaſtatas, incenſasque refert ; Arnobio, qui
lib 4. ſub finem p. 132 , & ipſe Templorum everſiones impie a
Tyrannis imperaras , peractasſque vehementer dolet ; Lactantio ,
qui lib. 5. Divin. Inſtit. cap. 2. in Bithynia Dei Templum everſum,
eodem lib 5. Divin. Inſt. cap. 11. in Phrygia incenſum alterum
memorat , & libro de Mortib. Perſecut. cap. 1. everſam Nicome-
diæ Eccleſiam iterum majore cum gloria inſtaurari cœpiſſe teſtatur , cap. 13. in Galliis quoque , flagrante perſecutione , Templa
dirui paſſum Conſtantium perhibet , & cap. 48. Edictum Conſtan.
tini , & Licinii pro Chriſtianis refert , quo locorum , ad quæ
olim convenire Chriſtianis ſolemne erat , ullo abſque pretio eiſdem reſtitui jubentur , ſitque mentio præterea bonorum ad Eccleſias pertinentium , quæ reddi perinde imperantur. Hunc Lactantio quidem librum abjudicant Nourrius in diſſerr. ſpeciali , Maſ-
ſuetius , Auctor Obſervat. Critic. in Auctores Vet. , & Recent. ab
eruditis Britannis inchoat. vol. 4. To. 1. p. 70. edit. Amſtel. 1737,
Ballerinii Fratr. in Hiſtor. Donatiſt. par. 1. cap. 3. Oper. Noriſii
To. 4. p 35, ſeq. , Pfaffius in præfat. ad Lactantii Epitomen ,
& Clericus Bibl. nov. To. 1. p. 436, ſeq. , qua tamen a ſententia
recedit Art. Crit. par. 2. cap. 10. Contra vero Lactantio vindicare
non dubitant Baluzius Miſcell. To. 2 , Joh. Fellus in Schol. , Gilbertus Cuperus , Nicol. Toinardus , Johan. Columbus in Not. ,
Bauldrius in præfat. , Sparkius in Not. , Maucroixius , Gilb. Burnetus , Joh. G. Grævius , Elias Boherellus , Thom. Galæus , Jacob. Tollius in Not. , Maturinus Veiſſ. la Croze in rellex. ad nov.
edit.

edit. libri hujus, Maichelius de Bibliot. PP. p. 187 , feq. , Grain-
villius in elect. rei Numat. , Walchius in diatriba de Lact. ſtylo
cap. 5 , Ferſtchius in differt. de mort. Perſecut. , Bunemannus in
edit. Oper. Lact. p. 1364 , Leſtocquius in diſquiſit. apud Langlet
Oper. Lact. To.2. , Heumanous Append. 1. ad Sympoſium p. 218,
ſeq. , multiſque nuper Eduardus a S. Xaverio To. 2. differt. 13 ,
ac Fabricius Bibl. Lat. lib. 4. cap. 3 , & Bibl. med. , & inſ. Latin. lib. 11. Quibus jungendi S. Zeno Veron. Serm. in Pſal. 126,
ubi de Chriſtianis Templis , veluti de locis uſu ſacro antiquis ,
ſic habet : *Conventus Eccleſiarum , quos ad ſecretam* (qua de Ar-
cani diſciplina multa Scheleſtratius , ac nuper Schulliner adverſus Dallæum, Albertinum, Tentzelium, Binghamum, Bohemerum
&c) *Sacramentorum Religionem ædificiorum ſepta concludunt ,
conſuetudo noſtra Domum Dei ſolita eſt nuncupare* ; S. Optatus, qui
lib. 1. adv. Parmen. p. 41. edit. Albaſp. Eccleſiis Africæ , tempore Maxentii, quamplurima ex auro , & argento ſuiſſe ornamenta
teſtatur : quomodo etiam S. Auguſtinus lib. 3. contra Creſcon.
cap. 29. in Cirtenſi Donatiſtarum Eccleſia , Diocletiani perſecutione deſæviente , Calices aureos duos ſuiſſe , ſex argenteos , cum
ejuſdem metalli lucerna teſtis accedit ; & Ammianus Marcellinus
lib. 27 , ubi in Baſilica Sicinini concurſus fieri Chriſtianorum ad
Sacra celebranda conſueviſſe , ibique una die triginta ſeptem ſupra centum interfectos tradit .

Etſi ergo nullum aliud ſuppeteret argumentum , ipſa ſaltem
Imperatorum Edicta de Chriſtianorum Eccleſiis demoliendis , ac
ſolo æquandis, quorum Lactantius de Mortib. Perſecutor. cap.12,
S. Optatus lib. 1. p. 39, Euſebius hiſt. Eccl. lib 8. cap.2, S. Hieronymus in Zachar.cap.8, & Theodoretus lib. 5.hiſt.Eccl.cap.39.
meminere, fidem certiſſimam facerent . Atqui documenta, monumentaque non deſunt indubia, quæ probent cum ante perſecutio-
nes in Eccleſiam commotas Templa extitiſſe a Chriſtianis ad Dei
cultum ædificata , tum ipſo in perſecutionum æſtu nec omnia penitus ſuiſſe deſtructa . Enim vero ecquis in animum inducat ſuum,
Chriſtifidelium in dies creſcente multitudine, ac tot numero Epiſcopis , Presbyteris , Diaconis ubique locorum conſtitutis , eos
omnes ſine Aris , ſine Templis extitiſſe , eademque ædificandi aut
deſuiſ-

defuiffe modum, aut confilium non fubveniffe? Atque hoc plane
argumento contra Petrobrufianos feliciter dimicaffe legitur V.
Petrus Ciuniac., improbabile prorfus adfirmans, quod per annos 25. S. Petrus de Templo Romæ excitando non cogitaverit,
non Arelate S. Trophimus, non Lugduni S. Irenæus, non Vien-
næ S. Crefcens, non Bituricis S. Urfinus, non Narbonæ S. Paulus, non Tolofæ S. Saturninus, a queis alioqui Chriftiana de re
amplificanda tantam animo follicitudinem indutam conftat. Cujus ideo opinione fieri nequaquam potuit, ut a S. Johanne in Afia,
a S. Marco Alexandriæ, a S. Jacobo Hierofolymis, Ephefi a Timo-
theo, Antiochiæ ab Ignatio, Smyrnæ a Polycarpo, Cretæ a Tito,
ubiique ab aliis de Templis ædificandis cogitatum non fuerit.
Atque quidem, amabo, quid aliud præferunt, nifi Ædes Sacras,
Ecclefiafque Divino nomini, ac SS. Martyribus (nam SS. Confef-
foribus ante Bonifacii IV. ætatem Templum ullum dicatum haud
legitur) a prima Ecclefiæ ætate dedicatas antiquiffima illa nomina, quibus loca Sacra Ethnicis oculere Chriftianis adeo cordi
erat, quove ipfis fæpe coovenire erat folemne? Erant enim *Dominica*, teftibus S. Cypriano de Opere, & Eleem. p. 203, & Eufebio bift. Eccl. lib. 9. cap. 9. verf. Ruff., fic dicta, quod *Domino*,
ideft Chrifto D. confecrata effent, ceu arbitratur Rhenanus; vel
quod Domus effent Orationis, ut exiftimat Cacciari in Not. ad
Eufeb. loc. cit., quove de nomine S. Hieronymus in Chron., Marcellinus, & Fauftinus in libello precum ad Imp. p. 63, feq., Salvianus de Gubern. lib. 6, in Actis S. Philipphi Adrianopol. Epifcopi apud Mabillonium Analect. Tom. 4. p. 136, aliique Recentio.
res apud Ducangium Tom. 2. edit. Ven. 1737. p. 1513. Quæ vero
Latinis *Dominica*, Græcis erant Κυριακαι, ut in Conciliis Ancy-
rano Can. 14, Neocæfareenfi Can. 5, & 13, Laodiceno Can. 28, in
Actis S. Saturnini, & Socior. num. 2, in vita S. Nili Junior. p. 164,
in Itinerario S. Willibaldi num. 16, in Regula S. Pachomii cap. 54.
&c. Erant *Memoriæ*, fic denominatæ, quod ibidem SS. Martyrum aut Reliquiæ conditæ effent, aut annua recoli Paffionum memoria, folemnitafque folerent; qua de adpellatione fæpe S. Auguftinus de Cura pro mort. cap. 4, in Pfal. 48, lib. 10. contra
Fauftum cap. 21, & lib. 22. de Civit. cap. 10, Lucifer Calar. lib. 2.

pro

pro S. Athan. p. 112. edit. 1., S. Athanasius in vita S. Antonii
cap. 3, S. Hieronymus in Isajæ cap. 22, & epist. 17, S. Paulinus
epist. 13, & 23, S. Gregorius Turon. de Mirac. lib. 1. cap. 27,
aliique plures apud Ducangium Tom. 4. p. 621. Erant *Martyria*,
quod Ædes essent Deo sub Martyrum invocatione dicatæ , ut aliquibus visum est , quibus favent ex Græcis præsertim L. 6. Cod.
Theod. de Sepulc. violat. , Concilium Laodicenum Can. 8, Socrates lib. 4. cap. 18, Sozomenus lib. 2. cap. 26, Theodoretus lib. 3.
cap. 2, ex Latinis quoque S. Hieronymus in Chron., & in Apolog.
ad Pammach. cap.6, S.Isidorus lib.15. cap.9, Theodulphus lib.3.
Carm. 9. de S. Quintino &c. ; quamvis eo nomine proxime Altaria supra Martyrum reliquias ædificata venisse significant S. Augustinus de Civit. lib.22. cap. 10, lib. 20. contra Faustum cap.21,
& serm.101. de Divers., Auctor lib.Pontific. in S.Felice, & habetur
in Cæremoniali Episcop. lib.1. cap. 12, & censet Eruditiss. Benedictus XIV. de SS. Canon. lib 1. cap. 3. num. 8 ; qua de re videndus etiam , si liber , Xantus Gentilius in Diatriba Civili.Canon.
ad Leg. 10. duodecim Tabul. par. 2. tit. 1. num. 5, seqq. Erant
Trophæa , quo nomine loca , in quibus passi SS. Martyres fuissent,
eorumque festa recoli consuebant, afficit Cajus antiquus Scriptor
apud Eusebium lib.3. cap.24. Erant *Tituli* , teste Anastasio Bibl.
in SS. Evaristo , Marcello , Silvestro , Damaso , Innocentio &c. ,
de quibus etiam Alexander III. in epist ad Cardin. apud Baronium ad an. 1148. num.39, inde dicti , quod vel Crucis titulo ad-
posito loca Sacra censerentur , ut existimat Baronius in Notis
ad Martyrolog. die 26. Julii , adpellationem vero desumptam ad
an.112. num.5, seq. putat a Titulis Fiscalibus, quorum appositio-
ne rem aliquam sibi Fiscus vindicare solebat , de qua lib.15. Cod.
Theod. tit. 2. L. 4, S. Augustinus in Psal. 22, S. Gregorius M.
lib. 4. epist.33, & S. Nicolaus I. apud Anastasium in epist. ad Ra-
venat. Episcop. ; vel quod SS. Martyrum Imagines depictæ , aut
nomina ad Ædium fores descripta loca pietati , Divinoque cultui
destinata indicarent , quò ad sacras celebrandas Synaxes conve-
niendum sibi scirent Christifideles , ac pauperibus etiam , profu-
gisque ad hospitium esse patentia , veluti probat Card. Albitius
disput. de Jurisd. Cardin. in suos Titulos num. 4. apud Pignatel-
- lum

Ium Tom. 19. Confult. 117, & de Luca de Jurifd. in fin. difc. 2 ;
cujufmodi etiam Titulos Chriftianorum Tumulis appofitos , vulgo epitaphia paffim defcribunt Brouverus in Proparafc. ad Annal. Trevir. p. 39, feqq. , & in Annal. p. 404, & 439. edit. 2 ; Si-
gebardus in vita S. Albani apud Canifium To. 5, & Mabillonium
Sæculo IV. Bened. par. 2. p. 58. Quam in rem conferendi etiam
idem Mabillonius Comment. in Ordin.Roman. cap.3, Blanchinius
Anaftafii Tom. 2. in S. Evarifto fect. 6. p. 77, feq. , & in S. Pio
fect.12. p. 124; feqq. , Laderchius in difsert. hiftor. de Sacr. Bafi-
licis SS. Martyr. Marcellini Presbyt., & Petri Exorc. part. 2.
p.202, feq. , & Antonellus in difsert. de Titulis S.Evarifti . Vetera inter Monumenta vero , quæ fuperfunt , infigne profecto illud
eft , quod fuppetit ex Martyrologio Lucæ edito a Florentinio , teftimoniis S. Ambrofii , Theodoreti , Theophylacti , Œcumenii ,
ac Primafii comprobatum , cuique optime concordant Martyro-
logia S.Hieronymi apud Dacherium , Rabani Mf. apud Card. Bonam , Notkerii , & Corbejenfe , ubi Kalend. Augufti fic habetur :
Romæ dedicatio primæ Ecclefiæ a B. Petro Apoftolo conftructæ , &
confecratæ : de qua conferendi iidem Florentimius Exerc. 11, &
Card. Bona Rer. Liturg. lib. 1. cap. 19. num. 1. Quo etiam pertinent Ædes facræ, tum a S.Anacleto in honorem S. Petri ædificata , tefte Auctore Pontificalis, five ut explicat Altaferra , jam
exftructa a S.Pontifice dicata S. Petro , feu verius , ut Marangonius exponit de rebus Gentil. in Ecclefiæ ufum tranflatis cap.43,
novum Sacellum in Templo Apollini olim Sacro, ac S.Petro deinde poft ipfius obitum dicato , exftructum ; quem Pontificem ideo ,
quafi idololatriam , Templum S. Petro dedicando , induxerit , a
Proteftantium calumniis abunde vindicat Joh. Bern. Pozzolus de
Papa , & Symbolo lib.1. par.2. cap.16, evidentiffimis SS.Patrum,
Scriptorumque documentis oftendens tam prifcum effe , quam
pium in Ecclefia Templorum dedicationum ufum, rituique ; tum
a S. Pio , rogatu S. Praxedis , in Thermis Novati dedicata S. Pu-
dentianæ, Euprediæ Domus etiam Divino mancipata cultui, aliæque longe plures , quas fua ætate quadraginta fex numero Romæ
extitiffe teftatur S. Cornelius epift. ad Fabium Antioch. apud Eufebium hift.Eccl. lib 6.cap.33, quam in Epiftolam confer & Cou,

tantium *in* Not. p. 150, atque quadraginta etiam, ampliufque Romæ Bafilicas ante dinumerabat S.Opiatus lib.2. p. 49, quam Diocletianea obtinuerit perfequutio, eafdemque folo exæquaverit.
Confer Baronium ad an. 57. num. 98, feq., Panvinium Opufc. de
feptem Urbis Bafil., & Blanchinium Anaft. Tom, 2. in S. Anacleto fect. 5. p. 71, & in S. Pio fect. 12. p. 123, feqq.

    Et certe quidem, antequam prima a Nerone an. Chrifti 64,
Baronio 68, in noftros commoveretur perfecutio, de qua Tertullianus Apolog. cap. 5, & Scorp. cap.15, Lactantius de mort. Perfecut. cap. 2, Sulpitius hift. Sac. lib. 2. cap. 28, S. Auguftinus de
Civit. lib. 18. cap. 52, Orofius lib.7. cap.2, ex Nuperis vero Tillemontius hift.Imperat. Tom.1. edit.Amftel p.564,feq., & 1036,
ac Tom. 2. Monum. Eccl. edit. Parif. p. 71, 493, feqq., Alphonfus de Vignoles differt. de temp. perfecut. Neron. inferta Tom.8.
hift. Crit. litter. Gallice a Maffono evulgatæ p. 74, feq , Chri-
ftoph. Cellarius differt. Acad.p.614, feq., & Campegius Vitringa
Obferv. Sacr. lib. 4. cap. 7, nihil erat omnino, quo Chriftifidelium in dies excrefcens multitudo ab exftruendis ubique Templis
abftineretur . Quæ namque prius motæ in Noftros tempeftates leguntur, privatæ illæ, rariorefque fuere, ex Judæorum potiffimum
invidia, & malevolentia excitatæ, quæ proinde nihil, aut parum
Chriftianæ rei damni intulere, Religionifque propagationi effe
impedimento nequivere, de quibus in Actibus paffim Apoftol.
cap. 4, 18, cap. 5, 18, cap. 6,-11, cap. 7, 57, cap. 8, 1, cap. 9, 2,
cap. 13, 45, feqq. ,cap. 14, 2, cap. 17, 3, cap 18, 12, cap.19, 13,
cap. 21, 27, cap. 22, 3, cap. 23, 12, cap. 24, 1. cap. 25, 2, cap.
26, 9, & cap. 28, 22 ; agunt etiam S. Juftinus in Dialogo adv.
Tryphonem a Styano Thirlbio egregiis illuftrato notis num.108.
p. 202. edit. Parif. 1742, Tertullianus lib. 1. ad Nation. cap.14,
lib. 3. contra Marcion. cap. 23, & Apologet. cap.7, (quo pofteriori quidem de libro, alteri a Presbytero Carthag., illique ho-
monymo Jurifconfulto, cujus nomen legitur in Pandectis,tribuen-
dus an fit, difputant Henr. Valefius ad Eufebii lib.2. cap.2, Dodvvellus de fuccef. Pontif. p. 216, & ad S. Irenæum p. 327, ac
Toumeminius in Memor. Trevolt. Augufti 1702. pag. 311. feq.
edit. Amftel., Q. Septimii Flor. Tertulliani germanum tamen effe
fœ-

foetum alii longe plures haud dubitant, qua de re Moynius in
Not. ad Varia Sacra p. 140, Ittigius in præfat. ad differt. de Hæ-
refiarchis p. 3, atque confulendæ Variorum Notæ in eumdem Apolog. ex recognitione Sigeberti Havercampi Lugd. Batav. 1718),
Origenes hom. 10. in Hierem. cap. 12, 8, & contra Celfum lib. 6.
num. 27. pag. 651, qui & lib. 4. num. 52. p. 544. a Jafone difputatione victum refert Papifcum Judæum Alex., Eufebius hift. Eccl.
lib. 4. cap. 15, & S. Hieronymus lib. 1. in Amos nov. edit. p. 1378,
& lib. 3. p. 1440, de quibus etiam Joh. Filefacus in Select. lib. 1.
p. 188, feq., Tillemontius Monum. Ecclef. Tom. 1. p. 155, feq.,
Gisbertus Voetius differt. Select. Tom. 2. pag. 81, Hottingerus
Thefau. Philolog. p. 53, Wolfius Bibl. Hebr. Tom. 2. p. 1103, Jacobus Scudt hift. Judaic. cap. 24, Joh. David Baer in Schediafma-
te de Judæor. erga Chrift. hoftilitate, Chrift. Kortholtus differt.
de Chrifto Crucifixo &c., Andreas Conr. Wernerus de verit. Divin. de Chrifto doctrinæ, Fabricius de verit. Relig. cap. 37, &c.
Viciffim vero, quæ publicæ diu poft inductæ perfecutiones funt,
Chriftianis non magis, quam Judæis factæ communes fuere. Quæ
tamen fi id efficere nequiverunt, ut Profeuchæ illorum ubique
prorfus abolerentur, certe nec etiam, ut Ecclefiæ Chriftiano ex
Orbe Romano funditus delerentur omnes. Atque id ante temporis fane Tiberius Imp., Tertulliano Apolog. cap. 5, Eufebio lib. 2.
cap. 2, & S. Hieronymo in Chron. ad an. Tiberii 22. (quod tamen a Tiberio quadriennio citius factum difputat Samuel Petitus in Diatriba de Jure Principum Edictis Ecclefiæ quæfito p. 21,
feqq) teftibus, quorum ideo teftimonio detrahere haud veritus
Bafnagius ad ann. 33. num. 191. jure, meritoque reprehenditur
a Fabricio Salut. Luc. Evang. cap. 12. §. 2, Tiberius, inquam, in
Chriftum, ac Chriftianos bene animatus, tametfi ut in votis habebat, a Senatu impetrare nequivifset, ut Chrifti D. nomen gen-
tilia inter facra referretur, Edicto propofito Chriftianorum Accufatoribus capitis poenam comminatus eft. Qui igitur fieri pro-
hibebat, quominus pace, favoreque Principis fruentes Chriftiani liberrimam amplificandæ Religioni, Templifque conftruen-
dis operam darent? Hegefippo apud Eufebium lib. 3. cap. 20,
ac Tertulliano Apolog. cap. 5. auctoribus, Domitianus perfecu-

tio-

tionem, quæ fub Imperii fui exitum in Chriftianos fuerat excitata, Edicto cefsare juffit. Ejus fuccefsor imo Nerva in Chriftianos
propenfior, referentibus e Dione Xiphilino, & Lactantio de mortib. Perfecut. cap. 3, pro Religione captivos, exulefque in libertatem afseruit, nullumque deinceps eo nomine accufari fuftinuit.
Quo factum, quis non perfpiciat, facile, ut Religio mirum am-
plificaretur in modum, Divinoque cultui Templa impune ubique
terrarum erigerentur? Junge Claudii Edictum an.41. Æræ Chriftianæ vulgatum apud Jofephum Antiq. Jud. lib. 19. cap. 4, quo
petentibus Agrippa, & Herode Regibus, Judæorum libertatem,
ac Jura pridem a Caligula infigniter imminuta, toto in Orbe Romano in integrum reflituit. At enim Judæorum nomine tam eos,
qui Judaicis adhærebant ritibus, quam eos, qui Chrifto nomina
dedifsent, fuifse comprehenfos, Viris perfuafum fuit Doctifs., Petro Pithæo animad. lib. 2. cap. 3, Lipfio ad Taciti Annal. lib.15.
cap. 83, Petavio ad Themiftii orat. 1., & ad S.Epiphanii hær.29.
num.5, Batthio ad Rutilii itiner. p.395, Joh. Drufio ad Sulpicium
lib. 2, &c. Ad hæc Trajanus in Refcripto ad Plinium Bithyniæ
Propræt. lib. 10. epift. 98, & in Edicto ad Tiberianum primæ Palæftinæ Præfidem, de quo Suidas V. Τραϊανός edit. Porti, & Ku-
fteri Tom. 3. p. 496, Joh. Malala in Chron. p. 356, & Peirefciana
Excerpta p. 818, unde non erat utique, cur illud in dubium vo-
caret, filentio ductus Eufebii, Cotelerius in S. Ignatii epift. ad
Philadelph. num.9, quod legitimum fane habere non dubitat ibid.
Ufferius in Not., Chriftianos neque ad necem conquiri, neque pœ-
na affici ulla præcepit. Quo plane ex Trajani Edicto fruftra impie
Romanos in Pontifices invidiæ conflandæ occafionem quæfivit
Voffius in Comment. ad epift. Plinii ad Trajanum de Chrift. perfecut., quod nempe Fidei Quæfitoribus in Hæreticos inquirendi
provinciam impofuerint, quam Ethnicis Judicibus in Chriftianos
Trajanus eripuifset. Ita nempe infano Voffii fenfu peffime agent
vel Imperatores Chriftianis moleftiam inferri prohibendo, vel
Pontifices impune graffari hærefes haud permittendo. Sed apage
deterrimum Religionis hoftem! Ad Plinium vero reflectendo, &
ipfe in præcit. epift.102. lib.10. ad Trajan. teftis accedit locuples
de Chriftianæ Religionis erectis ubique Templis, dum frequentes

Chri-

Chriſtianorum deſcribit conventus . Quos conventus ad Agapes dumtaxat , communes ideſt Epulas , mutuæ caritatis indices , & illices , celebrandas fuiſſe inſtitutos , non etiam ad Sacras peragendas Synaxes, ſive ad Euchariſtiam conficiendam, ac Miſſas peragendas, commentus Dodvvellus in diſſert. Cyprian. 11 .cap. 25. p. 246. refellitur a Tillemontio Monum. Eccl. Tom. 2. part. 2. edit. Bruxell. 1695. art. 5. p. 18. eo potiſſimo argumento , quod eum ignorare non oportuiſſet tum adhuc temporis , nonniſi poſt Euchariſtiæ ſumptionem Agapes fieri conſueviſſe . Multo vero minus a crudelitate in Chriſtianos exercenda ſe alienum præſtitiſſe ante ipſos Veſpaſianum , ac nullum ab eo imperium perpeſſam Eccleſiam , ab eoque nullam adverſus Chriſtianæ Religionis profeſsores legem impreſsam auctores ſunt Tertullianus Apolog. cap. 5, Lactantius de mortib. Perſecut. cap. 3, & Euſebius lib. 3. cap. 17. Quare & per illum nihil plane fuit , quo ab ædificandis ubique Dei nomini Eccleſiis Chriſtiani deterrerentur , uti bene advertit etiam Beveregius in Cod. Eccleſ. Canon. vindic. lib. 2. cap. 8. §. 3. Conjecturam hanc vero egregie adjuvat , confirmatque valde Lucianus , qui velut indicat Suidas in Lex. Tom. 2. p. 457, circa Trajani tempora vixit, quod & probat Grotius in Pſal. 104. v. 3 , de Chriſtianis enim rebus luſum , jocumque pro impietate faciens in Philoparide, Critiam quemdam introducit a Chriſtiano quopiam Chriſti Religionem amplecti ſuaſum , qui ab eo deductus in locum χρυσόροφον οίκον , ſive Domum aurato faſtigio inſignem , dicitur , ubi Chriſtianorum agebatur conventus . Sunt quidem , qui Dialogi hujus auctorem ſequioris faciunt ætatis , ſub temporibus nempe vel Gallieni , uti Dodvvellus in diſſert. inter Moylii Opuſc. Tom. 1. p. 312 , ſeq. edit. 1726, vel Aureliani, uti Maturinus Veiſſerius la Croze, vel Diocletiani , veluti Moylius in diſſert. epiſtol. de vera ætate Philopar. Oper. Tom. 1, vel iſo Juliani , veluti Geſnerus in ſingul. diſſert. Viciſſim tamen ſunt , qui antiquiorem Trajani ætate Scriptorem exiſtimant , ſicut Huetius Demonſt. Evang. prop 4. cap.2. n. 53. p. 68. edit. Ven. 1733 , Mycillus in Argum. , Marcillius in Not. , & Raynaudus de bonis , & mal. lib. p. 1953 vel qui ſaltem Dialogum ſub Antoninis ſcriptum autument , ſicut Moynius Var.

Sacr .

Sacr. Tom. 2. p. 186, Bullus in defenf. fid. Nicæn. feƈt. 2. cap.4,
Eckardus in Diatriba de non Chriſtianorum de Chriſto teſtimoniis adverf. Gefnerum cap. 7, & Fabricius Bibl. Græc. Tom. 3.
lib. 4. cap. 16. p. 504, & Salut. Luc. Evang. cap. 8. §. 10. p. 134.

    Quid ad hæc vero, quod Apologiis SS. Quadrati, & Ariſti-
dis, ut opinari pronum eſt, de quibus imo SS. Juſtinus, & Melito apud Eusebium lib. 4. capp. 8, & 26, ac S. Hieronymum de
Script. Ecclef. capp. 19, & 20, permotus Hadrianus Ediƈto ad
Minacium Fundanum Aſiæ Proconsulem dato an. Cbr. Aeræ 129,
& ad alios Provinciarum Præſides inde transmiſſo, de quo Xiphi-
linus in Antonino Pio, Eusebius lib. 4. cap. 9, S. Hieronymus in
Chron. ad an. 10. Hadriani, Oroſius lib.7. cap.13, Sulpitius lib.2.
cap. 31, Baronius ad an.128. n. 5, & Franc. Balduinus ad Ediƈta
Princip. de Chriſt. p. 75, & 83, Religionis obtentu Chriſtianis
moleſtiæ quidpiam inferri prohibuit non modo, fed Chriſto D.
quin etiam Templa paraſſe,fed invidia prohibitum ab eis fuiſſe,qui
Ethnicorum Sacris præerant, verbis tradit explicitiſſimis Ælius
Lampridius in Alexandro Severo cap.43? Quod liquidum Lampridii teſtimonium elevare, inficiafque quidem ire haud veriti funt
Cafaubonus in Not.ad Lamprid., Pagius ad an.134 n 4, & Basnagius ad an. 126. n. 5, defendunt tamen Huetius Demonſt. Evang.
prop. 3. §.23. p. 45, Dominicus de Colonia de Relig. Chriſt.
comprobata teſtim. Vet. Script. Ethn. Tom. 2. p. 13,feq., & Fabricius Salut. Luc. Evang. cap.12. §. 5, S. Juſtini, Athenagoræ,
Tertulliani, S. Cypriani, atque Spartiani maxime filentio, cui
illi potiſſime innituntur, adeo difertum Lampridii teſtimonium
haud infringi pugnames. Ejufdem cum Hadrianeo argumenti
Ediƈto ad Judices Aſiæ five Antoninus Pius an. Chr. Æt. 152, ut
habet Melito Sard. apud Eusebium lib.4. cap. 13, ex quo illud
referunt Chronicon Paschale p.259, & Nicephorus lib.3. cap.13,
videndufque Tillemontius hiſt. Imper. Tom. 2. p. 572, in Apologia ad Lucium Verum, poſt ejus obitum M. Aurelio Antonino
reddita apud Eusebium cap. 26; five M. Aurelius, velut habet
inscriptio apud S. Juſtinum in Apolog. 2. ex Latina veteri Ruffini
verfione, & apud Auƈtorem hiſt. Miscellæ lib. 10. cap. 12, ſicuti
putant Valesius in Not. ad Eusebii lib. 4. cap. 13, Scaliger in
                                   Chro-

Chronog. p.219, Dodvvellus differt. Cyprian. 11. cap.39. p.266,
& Fabricius Salut. Luc. Evang. cap.12. §. 6 , contra pugnantibus
Ant. Pagio ad an. 148. n. 4 , ac 174. n. 2 , & Cacciato in Not. ad
Eusebium lib. 4. cap 12. vers. Ruff. , conferendique Tillemontius
Monum. hist. Eccl. Tom. 2. par. 2. edit. Bruxell. p. 390 , seqq. ,
ac 399 , seqq. , quo loci Scaligerum , Valesium , & Dodvvellum
refellendos adsumpsit , ac Papebrochius ad diem 13. April. in vita
S. Justini , Christianis ob Religionem quidpiam facessiri negotii ,
districte prohibuere : quibus ideo pace , quieteque fruentibus
Templa pro Dei cultu , peragendisque Sacris aedificare fas erat .
Nec imo , Tertulliano Apolog. cap 5 , & lib. ad Scapulam cap.4,
Eusebio Apollinaris insuper testimonium adhibente lib. 5. cap. 5 ,
& Orosio lib. 7. cap. 15. affirmantibus, inficias ire licet , a M. Au-
relio , occasione impetratae , Christianorum Militum precibus ,
Exercitui pluvia , Epistolam ad Senatum exaratam , sive Edictum
Judicibus datum , quo exerte prohibuerit , ne Christianis ob Re-
ligionem ulla crearetur molestia. Nam etsi detur Scaligero ad Eusebii Chron. p. 222, Salmasio ad Capitolinum in M. Aurelio cap.
24, Huetio Demonst. Evang. prop. 3. §. 19. p. 41, Visio in Diatriba de Legione fulm. , Pagio ad an. 174. n. 2, Kortholto lib. de
Persecut. p. 238 , & Basnagio Tom. 2. Annal. p. 156 , seq. n. 7 ,
Epistolam illam , pro ut Graece , Latineque extat ad calcem posterioris Apologiae S. Justini , atque Graece a Franc. Balduino refertur in Comment. ad Edicta Vet. Princip. de Christ. p. 93 , Latine
vero e Codice Vatic. profertur a Baronio ad an. 176 n.21, a Pan-
vinio lib. 2. Fastor. p. 234 , & ab Angelo Rocca de Bibl. Vatic.
p. 288, pseudepigraphis esse adcensendam , negari tamen nequit
cum praefractae frontis viris. Daniele Larroquano differt. subjecta
Adversariis Matthaei Larroquani parentis , Waltero , Moylio difsert. contra Kinglum Oper. Tom. 2, Joh. Clerico h. st. Eccl. Saeculi II. &c. , quin aut Epistola , aut Edictu Christianorum rebus aliquo modo fuerit a M. Aurelio consultum . Qua de re susius Baronius loc. cit. , Montfauconus Antiq. illust. Tom. 2 lib. 2. tab. 13,
Havercampus ad Tertulliani Apolog. cap 5 , Panvinius Fastor.
lib. 2, Huetius demonst. Evang. prop. 3. §. 19 Dominicus de Colonia de Relig. Christ. &c. cap. 3, Cellarius differt. p. 313, seqq. ,
                                                              Ob-

Obrechtus differt. Acad. 18, Kingius differt. inferta Tom. 2. Oper. Moylii, Matthiás Zimermannus Analect. p. 129, Wißhonus differt. contra Moylium, Willel. Woronus differt. contra Daniel. Larroquanum, Thomas Woolstonus differt. contra Moylium, Adolphus Boyßen, de Legione ſulm., & Joh. Fridericus Kœberg'us differt. apud Fabricium Salut. Luc. Evang. cap. 7. p. 139. Ut ut de bis fit, adhuc tamen Antonini Pii legem, qua Judæis filios circumcidendi facultas indulta fuit, Chriſtianos etiam fuiſſe complexam, quibus Religionis pariter liber fuerit indultus cultus, admodum probabile evadit ex Modeſtino L. 11. *Circumcidere B. tit.* ad Leg. Corneliam *De Sicariis*, ex Paullo Sentent. lib. 5. tit. 3, & Origene adv. Celſum lib. 2. p. 385, ſeqq. a Judæis Chriſtianos haud diſcretos tradente. Quin etiam neque defuere Jurifconſulti doctiſſimi, qui Judaicam apud Ulpianum L. 3. §. 3. tit. *De Decurionibus* ſuperſtitionem pro Religione Chriſtiana pariter accipiendam exiſtimarint: qua de re Alciatus Diſpunct. lib. 3. cap. 8', & ad L. *Quidam ignaviæ* Cod. *De Decurion.*, Antonius Auguſtinus ad Modeſtinum p. 331, & Samuel Petitus de Jure Princip. Edic. Eccl. quæf. cap. 6. Videndus & Modeſtinus ipſe L. 15. *De Excuſationibus* §. 6. De Septimio quoque Severo, ejuſque Filio Antonino Caracalla memoriæ prodidit Tertullianus lib. ad Scapulam cap. 4. eos Imperii principio a lædendis, laceſſendiſque Chriſtianis religioſe abſtinuiſſe non modo, ſed imo ne ab ullo invidia ii appeterentur, injuriaque, diſtricte inhibuiſſe, honoribus inſuper alios perhumaniter affeciſſe, alioſque in Palatio habaiſſe Officiorum participes, in quibus fignatim Proculus Torpacio, de quo Baronius ad an. 195. n. 5, & Tillemontius in Severo Art. 1. Monum. Ecclef. Tom. 3. par. 1. edit. Brux. p. 193. A Severo rurſus, & ab Antonino Reipublicæ adminiſtrandæ egregiæ virtutis ex Noſtratibus Viros admotos, ſub quibus proinde rei Chriſtianæ publice dari operam licuiſſe, ædeſque Sacræ a fundamentis ædificari, fas eſt putare, teſtis accedit liquidus Ulpianus lib. 50. *De Offic. Procunf.* L. 3. §. 3. *De Decurionibus*. Quò etiam pertinent, quæ appoſite obſervarunt viri Eruditi Alciatus diſpunct. lib. 3. cap. 8, & Petitus de Jure Princip. Edict. Eccl. quæf. p. 64, ſeq. Sed enim ſub Alexandro Severo, ejuſque Matre Julia

Ma-

Mamæa longe felicius res Noſtris ex voto ceſſere . Nam ab hac quidem haud parvo in honore Chriſtianos habitos perhibent Euſebius lib.6. cap.16. verſ.Ruff., S.Hieronymus de Vir.Illuſt. cap.54, Suidas Tom. 2. p. 762, Georg. Syncellus , Nicephorus lib. 5. cap. 17, Glycas , Cedrenus , Zonaras &c. ,'inter alia referentes Illam de Origenis præſentia , doctrina, ſide , ſermone fuiſſe ſummopere delectatam ; ab illo vero Chriſti D. imagini ſuo in Larario cultum , ethnica licet pietate , delatum, de Templo eidem dedicando excogitatum , Chriſtianorum pleriſque locum inter domeſticos factum , Templum a Popinariis occupatum Chriſtianis reſtitui juſſum , ac B. Virgini trans Tyberim dedicari indultum affirmant Lampridius in ejus vita capp. 29 , 43, 49 , & 51 , Euſebius lib. 6. cap. 28 , & Egnatius de Rom. Princip. lib. 1. in Severo . Videndi etiam Baronius ad an. 219. n. 4, & 220. n. 6 , ſeq. , Halloixius vit. Orig. p. 37 , Huetius Orig. lib. 2. cap. 2. §. 7 , Tillemontius in Not. 16. ad Origen. Tom. 3. par.3. Monum.Eccl. p. 347 , ſeq. cit. edit. , Card. Bona rer. Liturg. lib. 1. cap. 19 , & D. Victorius de Num. Æreo Vet.Chriſt. par.1. cap.6, diſſert. Apolog. de Num. Alexandri Severi adv. Paciaudium pag. 18 , ſeq. , & in epiſt. ad eumdem p. 22 , ſeq. Alterius Eccleſiæ Chriſtiano ritu conſecratæ meminit etiam apud Vopiſcum Valerianus Imperator: quo in bello cum Perſis capto , Gallienus a perſecutione temperans , duobus anno Chriſti 260. promulgatis Edictis ϑρησκεύμασι, *Loca Sacra* , quæ ex Decii præſcripto Chriſtianis erepta fuerant , & ab Ethnicis occupata, Epiſcopis reſtituenda decreviſſe legitur apud Euſebium lib.7. cap. 13. Sub eodem Gallieno Cæſareæ Palæſtinæ, tum temporis eam regente Eccleſiam Theotecno, Templum Dei cultui erectum extitiſſe liquet ex Martyrio S. Marini militis, quod refert Euſebius lib. 7. cap. 12. verſ. Ruff., cum a Theotecno Epiſcopo ad Eccleſiam ante perductum membrans , ibique in fide confirmatum . Tum igitur temporis , multoque jam antea , univerſo in Orbe Romano Eccleſias Dei nomine dedicatas extitiſe inde ſit evidens. Aureliano quoque imperante , aliqua ſaltem apud Chriſtianos Templa ſtetiſſe integra , vel illud unum ipſius celebre de Eccleſia Antiochiæ a Paulo Samoſateno occupata Chriſtianis Romanæ communionis extradendi decretum , de quo Eu-

febius lib. 7. cap. 19, abunde demonstrat . Sed & in vita Aureliani Vopiscus ipsius ad Senatores epistolam refert , qua eos objur-
gans , quod Sibyllinos aperire libros ambigerent , Christianorum
Ecclesiæ meminit : *Miror vos , inquiens , de aperiendis Sibyllinis
dubitasse libris,perinde quasi in Christianorum Ecclesia, non in Templo Deorum omnium tractaretis* . Atqui facit huc quammaxime ,
quæ habet luculentius Eusebius lib. 8. cap. 1, quo loci de halcyo-
niis , felicique rerum Christianarum successu , quietoque statu ,
sub intervallo temporis , quod a Valeriani persecutione ad eam ,
quæ a Diocletiano prioribus acerbior commota est, pacifice efflu-
xit , verba faciens , in Oratoria primum Christifidelium concursus fieri consuevisse refert , quibus deinde frequentiores capere
haud sufficientibus , spatiosa, & ampla , ac plurima in singulis Urbibus a fundamentis excitata Templa sufficere oportuit . Cruen-
tissima quin etiam Diocletianea obtinente persecutione , vel Romæ quadraginta , & amplius substitisse Basilicas , quò ad Divina
celebranda mysteria , peragendaque Religionis negotia Christifideles multitudinem quammaximam confluere solerent , au3or est
liquidus S. Optatus lib. 2. adv. Parm. , mansisse quoque incolumem , quæ Neocæsareæ a S. Gregorio pridem exstructa fuerat ,
Ecclesiam testis accedit S. Gregorius Nyssen. p. 554. Eodem denique Eusebio lib. 8. capp. 16 , & 19 , lib. 9. capp. 1, 9 , seq. , &
lib. 10. cap. 5 , atque Lactantio de Mort. Persecut. capp. 34 , &
48. testibus , ut de Constantio, de quo Eusebius in vita Constantini lib: 1. capp. 13 , 16 , 17 , & 27 , ac lib. 2. cap. 49 , & Hist.
Eccl. lib. 8. cap. ult., ac Pagius ad an. 303. n. 7, nec non de Constantino taceam , tum Maxentius an. 306 , tum Gallerius Maximianus an. 311, tum Jovius Maximinus an. 313, tum Licinius denique an. 314. publicis Edictis propositis, Christianis & publicum
Religionis exercitium , & publica *Dominica*, hoc est Ecclesias , ad
Dei cultum reædificari indulserunt . Confer eumdem Eusebium
in Orat. de laud. Constantini, Nicephorum lib. 7. cap. 41, Joh.
Malalam in Chron. p. 417 , Balduinum in Comment. ad Edicta
Vet. Princip. pro Christ. , Petitum de Jure Princip. Edict. Eccl.
quæL , Pagium ad cit. an. , Gisbertum Cuperum in Not. ad Lactantium de mort. Persec. cap. 34 , &c.

Ad hæc autem, quæ veritate conſtant undique verſum , ſi ad
ſingularium Eccleſiarum traditionem attendere non pigreſcamus,
neque ſequioris ætatis Scriptoribus fidem adhibere gravemur ,
Chriſto D. Servatori Templum olim Æſculapio ſacrum in Villaſor-
ti prope Alexandriam Statiellorum in Liguria , unde Oppidum
deinde nomen accepit, dedicatam imprimis a S. Syro Papienſi Epiſcopo a S. Petro ordinato , ejuſque poſt obitum , Templum aliud
Neptuno , ac Nymphis olim conſecratum , cujus in fronte vetus
adhuc conſpicitur inſcriptio : *Q. Fulvius Neptuno, & Nymphis,*
eidem S. Syro inauguratum reperiemus apud Franc. Auguſtinum
ab Eccleſia in hiſt. S. Syri lib. 2. cap. 8 , a S. Proſdocimo , eò a
S. Petro miſſo , eidem Servatori ſub titulo S. Sophiæ , ideſt Divinæ Sapientiæ , Templum Martis Patavii dicatum legemus apud
Portenarium , & Urſatum in hiſt. Patav. ; a S. Dionyſio quoque
Pariſienſi Antiſtite in honorem cum SS. Trinitatis , tum Chriſti D.
Templa duo , falſis olim Numinibus Sacra , prope Pariſios conſecrata ex Vet. Monumentis nos docet Andreas Sauſſajus in Martyr-
rolog. Gallic. ad diem 9. Octob. Veritati magis innititur , quod
de Eccleſia Paléa, ſive Veteri Antiochiæ ab ipſis Apoſtolis exſtructa
tradit S. Joh. Chryſoſtomus Orat. 12. Tom. 5. Oper. p. 152 : quod
ipſum de Domo Hieroſolymis Divino cultui ab Apoſtolis etiam
conſecrata ex S. Cyrillo Catech. 16. didicimus . B. Virgini adhuc
in terris agenti non ſecus Eccleſiam apud Tortoſam , ſeu Antara-
dum Maris Phœnicii Inſulam , a SS. Petro , & Paulo Antiochiam
properantibus erectam fuiſſe audiemus , referentibus Rafaele Vo-
literano Geogr. lib. 11, Chriſtiano Adricomio in Theatro Terræ S.
lib. 2. cap. 7 , & Willebrando de Oldenburgo in Itin. Terræ S. ,
qua de re videndus etiam Ducangius in Not. ad Joinvillam p. 98.
Id tamen alii Dioſpolitanæ, ſive Liddenſi, 18. milliaribus ab Hieroſolymis , Eccleſiæ honoris adſcribunt , in eaque repoſitam a
SS. Petro , & Johanne B. Virginis Imaginem a S. Luca depictam
tradunt S. Johannes Damaſc. , ſive Orientales in Synodica ad
Theophilum Imper. p. 115 , Simeon Logotheta in Leone Armeno
n. 5 , & Anonymus de Imagine Deiparæ apud Lambecium Bibl.
Vindob. lib. 8, p. 380. Eidem B. Virgini tum Romæ Templum
erigi permiſſum ab Alexandro Severo paullo ſuperius adnotatum

est , tum longe pridem erectum fuifse Cæfaraugustæ a S. Jacobo
Apostolo referunt Marinæus Sicul. lib. 5. de laud. Hifp cap. de
Sacr. Ædib., Petrus Beuter Chron. Hifp. lib. 1. cap. 23, Ambrofius Morales Rer. Hifp. lib. 9. cap. 7, Joh. Mariana lib. 4. Hifp.
rer. cap. 2, Garfias Loaiza de Primatu Eccl. Toler., Andreas
Schottus Bibl. Hifp. Tom 1. cap. 5, Canifius de B. Virg. lib. 5.
capp. 21, & 23, longeque plures apud ipfos , & Malvendam de
Antichr. lib. 4. cap. 5 : quod Calliftus III. Diplomate Kal. Octob.
an. 1456. dato confirmat. Quin etiam in Tabulario Ecclefiæ Car-
notenfis extat Charta Johannis Francor. Regis an. 1356. exarata,
qua ex antiquis Monumentis eadem Ecclefia B. Virgini adhuc in
vivis agenti exftructa refertur. Cui tamen Chartæ fidem adhibeat,
per me licet , qui fidei prodigus fit . Sacro ejufdem Deiparæ nomine denique tum Aftæ Pompejæ dedicatum a S. Syro Templum,
Junoni olim religiofum , ex veteribus Monumentis refert Ughellus Tom. 4, tum Vicentiæ in Monte Sumano aliud Plutoni Sacrum
a S. Profdocimo memorant idem Scriptor Tom. 5 , ac Barbaranus
hift. Vicent. lib. 1. cap. 8 , tum a S. Dionyfio Templum Martis
prope Parifios , quod nunc B. Mariæ de Campis dicitur , tradit
cit. Saufsajus , apud quos integra horum esto fides . S. Petro quoque adhuc viventi Templa fuifse erecta feruntur, Senonis a S. Sa-
biniano , non fecus atque B. Virgini , & SS. Johanni Bapt., ac
Stephano , velut habet Nicolaus Lyranus in Pfal. 18, in procem-
Abdiæ , & in Matth. 24 , Argentinæ a S. Materno , ceu ex traditione Ecclefiæ Trevir., & Colon. affirmat Canifius de B. Virg.
Lib. 5. cap. 23 , Glaftoniæ in Agro Somerfetenfi a Jofepho Arima-
thienfi, ficuti fcribunt Ufserius de Britan. Ecclef. prinord. cap. 2,
& Spelmannus in Concil. Britan. p. 9 , Romæ a S. Anacleto , uti
fuperius obfervatum jam eft , Antiochiæ a prifcis Chriftianis , ceu
refert Auctor Recognit. lib. 10. cap. ult., Alexandriæ a S. Marco,
velut auctores funt S. Gelafius in Synodo Rom., V. Beda in Martyrolog., S. Petrus Damiani ferm. de S. Marco , cujus in Actis
Græcis antiquiffimis mentio etiam occurrit Ecclefiæ a Chriftianis fub Marco conftructa in loco Bucoli : quorum fane de Actorum finceritate, dubitationem etfi induerit Tillemontius in Not. 1.
ad S. Marcum Monum. Eccl. Tom. 2. par. 1. edit. Brux. p. 320,

         agunt

agunt copiose Henschenius ad diem 25. April., & Mazochius in
vetus Marmor. Eccl. Neapol. Kalendar. Tom. 1. Diatriba de his
Actis cap. 1. §. 3. p. 238, quam tamen Ecclesiam non omnino quidem publicam, sed in abrupto positam fuisse loco putat. Eumdem
in censum referenda Templa, quod Atinæ in Latio, Jovi olim inauguratum, a S. Marco S. Petri discipulo Christiano ritu dedicatum ex antiquissimo Chronico Atinensi traditur ab Ughello To.1;
quod Mutinæ, Jovi pariter sacrum, a S. Cleto primo ejusdem Urbis Episcopo circa an. Chr. 103. Dei cultui consecratum legitur
apud eumdem Scriptorem Tom. 2, & quod Cenetæ in Marca Tri-
vigiana, Palladi olim religiosum, ad Christianæ Religionis
usum translatum refertur Tom. 5. Ital. Sac. Sed enim S. Augustinus is est, cui affirmanti tutius fidere possimus, ut qui Christianarum antiquitatum tam solers indagator extitit, quam testis nobis
accedit idoneus. Refert autem tam S. Stephano Anconæ Orato-
rium ab Apostolorum ætate dicatum obtinuisse serm. 323, quam
SS. Gervasii, & Protasii cum Hippone, cum inde procul decem
leucis, aut duodecim Templa olim dedicata ser. 286, & de Civit.
lib. 22. cap. 8. Ad hæc in Actis S. Clementis P., & M. cap. 22.
apud Cotelerium Tom. 1. p. 813. edit. Amstel. 1724 ab ipso una
in Provincia Cherronensi, intra anni unius spatium, quinque supra septuaginta ædificatæ leguntur Ecclesiæ. Sed enim Actorum
horum fides emunctioris naris Criticis valde suspecta evasit, inter
quos adeundus Tillemontius Monum. Eccl. hist. Tom. 2. par. 1.
Not. 12. ad S. Clem. p. 530; verique vicissim sit longe similius
ejusdem S. Clementis domum, ipso vivente adhuc, vel post obitum statim, Divino ritu fuisse dedicatam, velut indicare videtur
S. Hieronymus de Script. Eccl. in S. Clemente, qua de re plura
Rondininus de S. Clemente, ejusque Basilica lib. 2. cap. 3. Ab anno denique Christ. Æræ 33. usque ad an. 275. Ecclesias Dei nomine a Christianis in Orbe excitatas 800. circiter recensuit Johannes Ciampinus Veter. Monum. Tom. 1. cap. 18: sed quia
plerumque, ac serme non aliis ex fontibus, quam ex parum ad
fidem proclivibus hausit, velut ex Abdia Babyl., Hesychio Hierosol., Auctore Recognit., Metaphraste, Nicephoro, S. Antonino, Philippo Bergom., Petro Natali, Johanne Bapt. de Grossis,

Ro-

Rocho Pyrrho, Ughello, San Marthanis, Francioto, Joh. Placen.
tino Trudonenſi, Antonio Demochares &c. , nolim ego quidem
his fidem prorſus obligare meam. Quæ proculdubio tamen fides
præſtanda documentis aliis, monumentiſque oprimæ notæ, quibus longo catalogo priſcis Chriſtianis loca publica, ad orandum,
celebrandaſque Synaxes, prima ſub ætate non defuiſſe, late probant Baronius ad an. 57. n. 99, ſeqq., 211. n. 5, ſeqq., & 224.
n. 2, ſeqq., Bellarminus de SS. Cultu lib. 3. cap. 4, Polydorus
Virgilius de Rer. invent. lib. 5. cap. 6, Alphonſus a Caſtro de
Hæreſ. lib. 14. V. Templum, Durandus de Ritib. Eccl. lib. 1. cap. 2,
Caſalius de Ver. Chriſt. Ritib. par. 3. cap. 33, Joh. Quintinus in
Synodum Gangrenſem Can. 5, Paganinus Gaudentius de vita
Chriſtian. ante Conſtantinum cap. 25, Alexander Donatus de Ur-
be Roma lib. 4. cap. 1, Card. Bona Rer. Liturg. lib. 1. cap. 19,
Aringhius Romæ Subter. lib. 1. cap. 2, Joſeph Iſæus in Not. ad
Lactant. lib. 2. cap. 2, Tillemontius Monum. Eccl. Tom. 3. par. 2.
edit. Brux. Art. 6. p. 68, ſeqq., Bencinus in Not. ad Anaſtaſium
Tom. 2. in S. Dionyſio ſect. 16. p. 228, ſeq., Marangonius de
Rebus gentil. in Eccl. uſum translatis cap. 43, ſeq., Paulus Ma
Paciaudius Antiq. Chriſt. diſſert. 1. cap. 1, Joſephus Catalanus
Tom. 2. Comment. in par. 2. Rom. Pontiſ. tit. 1, &c. ; ex Prote-
ſtantibus vero Magdeburgenſes Cenr. 3. cap. 6, Hoſpinianus de
Templis, licet eo turpiter in errore obverſatus lib. 1. cap 6, ac
lib. 4. cap. 1, ſeq., ut exiſtimet ex Judaiſmi, & Ethniciſmi ſuperſtitioſa χακζιλὴ profecta, (quo pariter errore putide imbutus Midletonus epiſt. Romæ an. 1729. ad Amicum Lond, ſcripta, Actis
Lipſ. an. inſeq. pag. 364. Inſerta, ex Templis Romæ falſis olim
Numinibus dedicatis in Sanctorum deinde Martyrum honorem
converſis, a Romanis ſuperſtitioſa id factum Ethnicorum rituum
imitatione, & æmulatione ſcripturire non eſt veritus, quem tamen viden, ut dignis caſtiget Marangonius lib. cit. cap. 44.), Joſephus Middus de Templ. Chriſt., Cavæus de primit. Chriſt. lib. 1.
cap. 6, Binghamus orig. Eccleſ. lib. 8. cap. 7, Hardmajerus in
Lexico Antiq. Eccleſ. V. Templum, Seldenus de Syned. lib. 3.
cap. 15, aliique, quorum nominibus implere paginam non otium
eſt, nec opus.

Jam

Jam vero de Templorum Azylis, quod caput est alterum, in quo nobis cum Pseudo-politicis haud leve negotium intervenit, ut pauca, quoad ejus fieri poterit, concitato tangamus calamo, scitum imprimis, tritumque sermone jamdudum est, trifariam distingui Ecclesiasticæ Immunitatis speciem, ut alia sit nempe Localis, alia Personalis, alia Realis, quarum obversatur prima circa Loca, secunda circa Personas, tertia circa Bona. A prima itaque initum capiendo, Templa pro Azylis statuere, non ad Ecclesiasticam, sed ad Laicam spectare potestatem cum Petro Gambacurta, Paulo Sarpio de Jure Azylor. cap. 1, aliisque potestatis Ecclesiasticæ profligatissimis Osoribus defendere Petrus Jannonus hist. Neap. lib. 3. cap. ult. §. 5. præ infinito Ecclesiasticis detrahendi juribus ingenio non reformidavit : Atqui Jure Religionis inducta Templorum azyla, institutioneque Divina inniti, quod perinde negare Osiander Antiq. Græc. To.6. p.2837, seq., Poter, Samuel Petitus, Sarpius &c. non exhorruere, inficias profecto nemo iverit, qui Divina in historia prorsus hospes non sit. Ex Exodi enim cap. 21. v. 13, Num. cap. 35. v. 6, seqq., ac Deuter. cap. 4. v. 41, seq., & cap. 19. v. 3, seqq. facile inintelliget Divino jussu a Moyse sex Refugii Urbes fuisse designatas, ad quas confugientes, qui casu, aut ex iræ primo impetu truces in quempiam injecissent manus, a molestia prorsus omni essent immunes. Cur autem Civitates sex profugis, (quibus adjuncta Num. cap. 35, v. 6. Oppida 42. Levitis adsignata) & cur trans Jordanem tres Deuter. cap. 4. vers. 43, tresque reliquæ in terra Chanaam fuerint constitutæ Josv. cap. 20. v. 7, mysticam rationem prosequitur Philo Jud. lib. de Profugis p. 639, historicam vero descriptionem ex Judæorum Glossis, ac traditionibus collegit Paulus Fagius in Thargum Onkelii, & ad Num. cap. 35. Critic. sacr. To. 1. edit. Francof 1695. p. 1124, seqq. Intelliget ex 3. Reg. cap. 2, & 4. Reg. cap. 11. Tabernaculo, ac Templo tantum religionis a Judæis Divino jussu impensum, ut vel ingentibus facinoribus irretiti, ibidem in tuto se degere crederent. Adeo vero Judæis universim animo insita religio hæc erga Templum mansit, ut Demetrius Syriæ Rex ad eorum captandas contra Alexandrum Regem Antiochi filium voluntates, & partes, inter alia

Tem-

Templi immunitatem fpopunderit , ita ut illuc confugientibus , vel qui obnoxii Regi effent , nullum ex fe difcrimen incumberet , Machab. lib. 1. cap. 10. v. 43. Qua imo de Judæorum erga Templum religione perfuafi adeo ibant Syri , ut a Jonatha perfequen. te refugium in Dagonis Templum , quod Azoti reliquum adhuc- dum erat , fibi quærendum ftatuiffe legantur ibid. v. 83. Unde procul ab vero aberrant Sarpius de Jure Azyl. , & Auctor Spiri- tus legum ab Ifraelitis Azyli jus ablegantes : contra quos vide , fi lubet , quæ egregie difputat Octavianus de Guafco differt. de A- zylis . De Azyli porro diverfis jure , ac ratione fequioris ætatis Judæis folemnibus agit Seldenus de Jure Nat. , & Gent. lib. 4. cap. 2 , & de Syned. lib. 3. cap. 8. Mutuatum hinc , inque Tem- pla fua translatum ab Ethnicis Azylorum jus conjicere licet . Quafi enim duce natura ipfa , rationeque magiftra nafcebatur , ut quo Templum apud Hebræos, eodem apud Ethnicos quoque Tem- pla privilegio , non tam in hominum gratiam , quam Deorum ob Religionem fruerentur . Apud Ethnicos porro primum Templo- rum conditorem Deucalionem facit Lucianus de Dea Syra . Jovem alii , Ifidem Ægyptii , Ofiridem Diodotus lib. 1 , Cretenfes Me- liffeum , Cecropem Græci . Arnobius contra Gentes lib. 6. aut Meropem , aut Phoronæum Ægyptium . Varro Eacum a Jove prognatum ; Ianum in Italia Macrobius Satur. lib. 1. cap. 19, Fau- num alii , unde Fana dicta cenfet Bannier Mytholog. lib. 4. cap. 2. Atque in Italia certe antiquiffima habentur Templa duo Satur- ni , & Herculis in Agro Setino , de quibus Corradinus Veter. La- tii prof. To. 2. lib. 2. capp. 3 , & 6. Ab Ægyptiis morem ædifican- di Templa manaffe ad Affyrios , Phœnices , ac Græcos tandem fcripfit Lucianus de Dea Syra . Sed enim ab Hebræis morem cœ- piffe , a quibus fub Moyfe Templa Dei cultui Heliopolis , & A- thos ædificata ex Hebræorum traditionibus refert Eufebius præp. Evang. lib. 9. capp. 23 , & 29 . Ut vero incerta valde funt ifta , tam indubium viciffim eft confeftim ab ædificatione Templa ejuf- modi Azyli jure fuiffe donata . Itaque Ofiridis in Ægypto , Apol. linis in Syria , & Neptuni in Taenaro , & in Calabria Templa Azylo fuiffe celebria memorat Strabo Geogr. lib. 8 , & 17 , ficut Herculis ad Nili oftia Herodotus , Canopis , hodie Bochiris ,

Stra-

Strabo lib.1 3, & ad Gadium promontoria Pomponius Mela lib.3.
Apud Græcos primus omnium Cadmus, dum Thebas conderet,
Azylum aperuiſſe fertur, ad quod fugientes ſine diſcrimine, ſive
ſervi, ſive liberi ab omni pœnæ genere tuti forent. At viciſſim ab
Herculis prognatisAthenis primoAzylum inſtitutum docetStatius
lib.7. Theb. Poſt quod in Rhetæo littore fuit Ajacis Azylum,& in
Sigæo Achillis,ut habent Strabo lib.3,& Servius ad Æneid. 6. Atque quidemAthenis ſex inTemplis,ideſtMiſericordiæ,Eumenidum,
Munichiæ, acTheſei duobus,jusAzyli ſancitum obſervat Hofmannus in Lexico. Clementiæ item Aram, & Nemus Athenis, tradunt Pauſanias in Attic., & Statius Theb. lib. 12. Templa Minervæ Cydone, & Neptuni Lacedæmone ſummæ fuiſſe obſervan-
tiæ, adeoque ut, ſiquis ad eadem confugiſſet, eum inde divelle-
re per Religionem nefas eſſet, ſcribit Pauſanias in Achaicis. Qui
& in Lacon. de Eleæ Minervæ Templo loquens, illud Pelopone-
ſo univerſo antiqua Religione adeo ſacroſanctum extitiſſe teſtatur, ut qui illuc ſe recepiſſent, violari eos non fas eſſet. Eamdem
erga Templa Leotychide, & Chryſide religionem Argivos inceſ-
ſiſſe ſubjungit. Spartanis etiam erga Minervæ Templum Chal-
cixci, ſive Poliuchi in Arce conſiti ſcribit in Atticis. Fuiſſe &
Habes Ciceroni 6. in Verr. Ganimedæ, Dea in Arce Phliaſiorum
tradit in Corint. Epheſium quoque Dianæ Templum pro Azylo
fuiſſe, quod Alexander M. ad Stadium extendit, paullo plus Mi-
thridates, & M. Antoninus demum ad magnam Urbis partem,
memoriæ prodidit Strabo lib. 14. Ab eodem Alexandro M., Ty-
ro capta, Cives profugos ad Aras Azylo fuiſſe donatos obſervat
etiam S. Auguſtinus de Civic. lib: 1. cap.5. Plutarcho teſte lib. de
non fœnerando & Artemiſium in Epheſo, & Pergami Æſculapii Æ-
des, & Calydoniæ Palladis Templum ad illa confugientes a pecunia,& a noxa præſtabant immunes. Palladis item Celeuſæ Lacedæ.
mone, & Itoniæ Pauſania in Lacon., & Polybio lib.4. In Pelopone-
ſo inſuperTemplum in HermioneCereri,ac Proſerpinæ Sacrum pro
Azylo erat. Apud Moloſſos,Samothraces, Crotoniatas,Meſſenios,
alioſque Deorum Aras Azyli loco fuiſſe, ut Ithacenſibus Jovis
Ara, Athenienſibus etiam Theſei ſepulcrum, de quibus Virgi.
lius Æn. 3, & Apulejus cap. 2. In Thracia Dianæ Templum, &

DE POTESTATE ECCLESIASTICA,

Smyrnæ, de quo Herodotus lib. 3, & Pausanias in Achaic., Neptunni Temnis, Palladis in Aphrodisio, & Papho Veneris, Jovis, & Triviæ Stratonicæ, teste Tacito Annal. lib. 3. p. 32. Populos etiam Tyssagetes, & Arympheos sacro gavisos Azylo tradunt Mela lib. 3. cap. 5, & Plinius lib. 6. cap. 13. Totam Samothraciæ Insulam Cibeli sacram pro Azylo fuisse referunt Diodorus lib. 3, Livius lib. 45. cap. 5, & Florus lib. 2. cap. 12. Siculis Ara Salisci, Philiasiis Ædes Pubertatis, teste Pausania in Corinth. Siculis iterum Palicarum Dearum Templum, apud Diodorum lib. 11, Philippensibus Bacchi tumulus, apud Appianum de bello Civ. lib. 4. p. 749. Trojæ JunonisTemplum pro tutissimo erat Azylo, de quo Virgilius Æn. 2, & S. Augustinus de Civit. lib. 1. cap. 4; Tyri Herculis, de quo Q. Curtius lib. 4; Mespurbi in Saxonia Mercurii, sive Martis, quod postea subvertit Carolus M., de quo Meibomius, & Munsterus Cosmog. lib. 5 cap. 43. Non secus pro Azylo erant tutissimo Templa Veneris Biblis, Delii Apollinis, teste Livio lib. 35. cap. 51, & apud Gyraldum Syntag. 17. de Sacrificiis, Idæ, Paphos, & Ithacæ Jovis, alibique, de quibus videndi Natalis Comes Mytholog. lib. 1. cap. 10, Alexander ab Alexandro Genial. dier. lib. 3. cap. 20, ac post ipsos Pfeifferus Antiq. Græcar. lib. 1. cap. 39. Romæ in Vertice Capitolino, ubi alia subinde adfixa Sacellis commemorat Cicero de Leg. Agraria, Azylum Jovi sacrum a Romulo constructum auctores sunt Virgil. us Æneid. 8. v. 342, Dionysius Halicar. lib. 2. cap. 6, Livius lib. 1. cap. 8, Juvenalis sat. 8. v. 272, & Plutarchus in Romulo p. 41, aliudque Dianæ in Aventino a Servio Tullio excitatum tradit Dionysius Halic. lib. 4. Quæ sane patebant Servis fugitivis, obæratis, & maleficis, ac dicta Azyla ab A privativo, & verbo συλάω, Spolio, sive ἄσυλος, a verbo σύλω, quod est Trabo, per lambdacismum littera l mutata in λ, Gloss. in L. 17. §. 12. ff. de Ædil., Ludovicus Vives in S. Augustinum de Civ. lib. 1. cap. 4, & Laurentius Joseph Antiq. Græcar. To. 7. p. 232, ideo quod aliquem ibi spoliare, vel inde detrahere vegrande nefas esset, ut adnotat Servius ad Æn. 2. v. 160, qui & ad Æn. 8. speciali consecrationis ritu Azyla dedicari Romanis consuevisse indicat. Siquidem vero Azylorum nimia frequentia flagitiis occasionem quotidie

præ

præberet, a Tiberio Imp. demum Azylorum jus, moremque abolitum refert Svetonius cap. 37, atque ita eum capit ibid. Cafaubonus: quod intelligendum tamen de Azylis extra Romanam Urbem exftructis monet Tacitus Annal. lib. 3. cap. 63. Quin id falfum
imo oftendit poft Marshamum in Can. Chron. p. 356. Spanhemius
in differt. de Præft., & ufu Numif. p. 288. ex fide veterum Num-
morum, in quibus haud obfcura Juris Azylorum poft Tiberium
paffim mentio occurrit. Ita nempe in Nummis Tyri, & Apameæ
vetuftioribus, ac in recentioribus Seleuciæ, Damafci, Hera-
cleæ, Laodiceæ, Gabalorum &c. fub Claudio, Vefpafiano, Domitiano, Trajano, M. Aurelio, Macrino, Elagabalo, Decio;
Samofatæ fub Tito, Cæfareæ fub M. Aurelio, Gabali apud Golt-
zium, Parætonii apud Seldenum &c., aliifque apud Vaillantium
fub Claudio, Decio; Hadriano, Antoninis, Philippis, Vale-
riano &c. Sed & antea coarctatum Azylorum jus ab Augufto refert
Strabo, a quo tamen haud prorfus abolitum, ficuti putavit Ubbo
Emmius apud Gronovium To. 4. p. 546, fed Ephefinæ Urbis dumtaxat obfervat cit. differt. fect. 5. Octavianus de Guafco. Quamquam nec apud Græcos, nec apud Romanos intemeratam femper
religionem hanc erga Templa cuftoditam obfervat S. Auguftinus
de Civit. lib. 1. cap. 2. ufque ad 7, quod antea fcripferat Thu-
cydes de bello Pelopon. lib. 4, fed ad eadem confugientes hoftes
paffim ibidem interfici a Victoribus, Victorumque fpolia, opef-
que ibidem repofitas inde auferri impune confueviffe, ceu videre
licet apud Virgilium Æn. lib. 2, Salluftium de Conjur. Catil., ac
Livium lib. 5. cap. 4. Tametfi negari nequeat Romanis facro in
more pofitum fuiffe, in Templis, veluti tutiffimis in locis, opes
fuas recondere, ceu in Templo Opis, tefte Cicerone Philip. 2,
in Templo Caftoris, tefte Juvenale Sat. 14, in Templo Pacis,
referente Herodoto, in Templo Saturni, referente Svetonio in
Augufto cap. 49, qua de re Donatus de Urbe Roma lib. 2. cap. 10;
& Marangonius de reb. Gentil. ad ufum Eccl. transl. cap. 50. Pro
reverentia tandem erga Templa, eadem adire non fas omnibus
fuiffe, fed inde abfcedere profanos debuiffe, fures hoc eft, adultos, homicidas, nothos, illotos &c., congeftis veterum Scriptorum teftimoniis oftendunt Pfeifferus Antiq. Græc. lib. 1. cap.

39, & Bannier Mytholog. lib. 4. capp. 1 , & 3. Apud Ethnicos denique pro Azylo erant Imperatores etiam fatis funtti , tefte_ Dione lib. 56, eorumque Statuæ , L. 1. §§. 1 , & 8. ff. de Offic. Præfetti Urb , L. 17. §. 12. ff. De Ædil. , L. 28. ff. De Pœnis , & L. un. Cod. De his , qui ad Statuas confug. ac teftibus Homero OdyfT. 22. v. 333 , Seneca de Clemen. lib. 1. cap. 8 , Plinio epift. 16. ad Trajan. , Tacito Annal. lib. 3. p. 312 , Philoftrato de vita Apollonii lib. 1 , Dionyfio Halic. lib. 56 , Livio lib. 23. cap. 19 , Svetonio in Tiberio cap. 53 : qua de re videndus Octavianus de Guafco in differt- hift. Polit. , & litter. differt. de Azylis fett. 1. Pro Azylo etiam erant Aquilæ Romanæ , velut habent Jofephus Antiq. lib. 18 , & Svetonius in Calig. cap. 14 , & in Vitellio cap. 23 ; Legati Rom. Populi , ac Græcorum , tefte Marciano L. 8. §. 1. De divif. rer. ; Tribuni Plebis apud Plutarchum in Probl. ; Ædiles apud Feftum V. Sacrofanttus ; Præcones , qui & Caduceatores apud Pollucem Onom. lib. 8 ; Veftales teftibus Plutarcho in Numa , & Aulo Gellio Noct. Attic. lib. 10. cap. 15 ; Sacerdotes Jovis eodem Plutarcho referente in Probl. ; Archontes Athenienfes , de quibus Corfinus in Faftis Attic. ; Urbes aliquæ , uti Hierufalem apud Jofephum Antiq. lib. 13. cap. 5 , Smyrnæ apud Arundelium in Marmor. Oxon. par. 1. p. 6 , Alexandria , ob Serapidis Templum , de quo Tillemontius hift. Imp. Tom. 4. p. 207 , aliæque plures apud Norifium de Epoch. Syromaced. differt. 1 , Octavianum de Guafco differt. cit. , Leibnitium in Cod. Diplom. , & Spanhemium loc. cit. ; Sepulcra denique, uti Cadmi , Achillis , Theffei , Anchifis , Hectoris , Hippolythi , Ini &c. , de quibus Non- Marcellus cap. 6. n. 92 , Gyraldus Syntag. 17 , Dempfterus p. 81 , &c. , videndique de hifce fufius agentes Abbas Briffi differt. de Azyl. Acad. Parif. To. 1 , Simonius differt. de eodem argumento ibid. To. 3. p. 37 , & Bannier Mytholog. lib. 4. cap. 12 ; nobis enim dicta fatis funt , ac fuper .

Potiori igitur ratione , jureque meliori Immunitatem hanc Ecclefiarum , juri naturæ conformem, Divinaque lege infinuatam, quæ Templo dabatur Judæorum , Fanis quin etiam Paganorum (quæ fic dicebantur a Formula folemni, qua Augures locum effati Sacrum efficiebant, Effari, & Effata, qua de Livius lib. 10. cap. 37, **Varro**

Varro lib. 2. de Ling latin., Aulus Gellius Noct. Artic. lib. 14. cap. 7,
& Brissonius de Form. lib. 1. cap. 191.), quin insuper Principum
Statuis, Curiis, ac Tumulis etiam (qua in re observatu dignum,
quod de Theophilo Græcor. Imp. memorat Cedrenus p. 429,
ab illo nempe post an. 829. defunctæ Filiæ suæ Tumulum azyli Jure
decorari jussum ad reorum relaxationem), non denegabatur, inter
proprii juris partes Ecclesia vindicat. Atque tam tutissimam reis;
ac captivis ad Ecclesias confugientibus a molestiis, a pœnis, a
morte imo unitatem ab Ecclesia præstitam fuisse, quam ejusmodi
præstandæ immunitatis antiquissimum in Ecclesia jus esse, moremque, qui Ecclesiæ ipsi proinde coævus secte puretur, Apostolisque
referatur acceptus, liquido nos, locupletique testimonio suo, ac
traditione dubitare SS. Patres non sinunt. In quibus S. Athanasius de Sacris Azylis in lege tam veteri, quam nova institutis verba faciens in Apolog. Divinæ eadem institutioni tribuere non ambigit : *In Lege*, inquit os, *præceptum erat, ut constituerentur Civitates Refugii &c.* ; *In consumatione porro saeculorum, quum adve-
nisset illud ipsum Verbum Patris, quod Moysi ante locutus fuerat,
rursus hoc præceptum dedit &c.* Quo ex loco adversus Covarruviam
variat. Resol. lib. 2. cap. 20. localem Ecclesiarum Immunitatem
Divini esse juris inficiantem pugnat, Divinoque eam jure defendi
probat ipsemet e Protestantium grege Georgius Rittershusius de
Jure azylor. cap. 4. Quin etiam observans ex Tacito Annal. lib. 3.
p. 333. Deorum monitu ab Ephesiis Dianæ, & Apollinis Nemus
sacratum habitum, a Smyrnæis item Veneris Templum, & a Teneis
Neptuni Ædem. Sic etiam a Romulo azylo suo auctoritatem Py-
thiæ oraculo conciliatam ex Statio lib. 12. Theb. advertens. Confer
& Willelmum Zepperum legum Mosaycar. & Forens. explanat. lib. 1.
cap. 7, ubi legem de Azylis leges inter Cæremoniales, ac Forenses
non modo, sed & inter Morales comprehendere, quæ ideo lege
Evangelica sublata non fuerit, veluti Covarruviæ fuerat visum,
non dubitat. S. Ambrosius lib. 5. epist. 33. ad Marcellinam Soror.
Oper. Tn. 3. p. 129. intima in ea persuasione versabatur, ita Divini Numinis proprias Ecclesias esse, ut in eas Laicæ potestati
nullum jus reliquum insit. Ideo Magistratibus de Basilica eis consignanda, queis Imperator jubebat, sollicitantibus invictum pe-

                                        ctus

ctus objiciens : *Convenior* , inquit , *ipse a Comitibus* , *& Tribunis* , *ut Basilicæ fieret matura traditio* , *dicentibus Imperatorem* , *jure suo uti* , *& quod in potestate ejus essent omnia* . *Respondi e.* , *qua Divina* , *Imperatoriæ potestati non esse subjecta* . Quorum similima repetit eodem libro Orat. in Auxentium de Basilicis tradendis p. 128. To. 3. edit. Coslerii Basil. 1555. iis, qui sibi de Imperatore faciebant invidiam, sic invicte reponens : *Tributum* , *Cæsaris est* , *non negatur* . *Ecclesia Dei est* , *Cæsari utique non debet addici* : *quia jus Cæsaris esse non potest Dei Templum* . Sequitur igitur , S. Ambrosii sententia, ut Ecclesiæ Sacrosanctæ ita sint, ut in supremi Numinis vegrandem vergat injuriam, quidquid contra earum immunitatem per vim a laicis Magistratibus attentetur. Meminit & S. Paulinus in vita S. Ambrosii circa med. Cresconii , quem ad Sacrum Altare profugum ab Arianis Militibus , eum inde abstrahere nitentibus , defendere S. Antistes pro virili parte adnixus est . Prævaluisse quidem illos , hominemque inde rapuisse subjungit , eos tamen Dei vindicta infectante , violatæ immunitatis pœnas dedisse , doluisse quoque facti vehementer Stilliconem , quod id permisisset , egisseque pœnitentiam , illæsum vero Cresconium in exsilium, (nam alioqui facinoribus prægravatus erat), suisse dimissum . Morte sua pariter Maschezilam Gildonis fratrem violatæ Ecclesiasticæ immunitatis luisse pœnas referunt Orosius lib. 7. cap. 36,& Paulus Diac. lib. 13. Duplicis profecto laude dignissimum de S. Basilii magnanimitate , ac mansuetudine illud celebrat S. Gregorius Nazian. Orat. 20, quod tam Viduæ cujusdam nobilis , & opulentæ ad potentis Judicis , procique insidias declinandas ad Ecclesiam confugientis , quam Judicis ipsius , ad furentis in se Populi, armisque persequentis effugiendam iram, in Ecclesia pariter refugium quærentis defensionem in se recepexit . Cujusce simile aliud profert exemplum Ammianus Marcellinus lib. 15. Sua perinde sub ætate ad Episcoporum pedes semet abjicere solitos criminum conscios , ut eorum intercessione , ac reverentia , a carcere , ac morte immunes evaderent , auctor est S. Augustinus serm. 18. de Verb. Apost. Qua plane de Episcoporum erga captivos , reosque flagrantissima caritate , pietateque late Doctis. Thomassinus Vet.,& nov. Discipl. par. 2. lib. 3. cap-

95, seqq. Ab eodem S. Augustino severo anathemate innodatus Bonifacius Comes ideo, quod Aras amplectentem reum inde vi abstrahi jussisset, legitur apud Gratianum Can. 8. *Miror* 17. q. 4. Sed enim epistola 187, e qua Canon ille excerptus est, etsi Baronio probata, Lovaniensibus tamen Theologis, ac PP. Maurinis, a quibus ideo in Append. To 1. rejecta est, venam, ingenium, stylumque S. Augustini non sapit. Confer & Doctiss. Sebastianum Berardi in Grat. emend To. 4. par. 3. cap. 19. p. 404, seq. Videndæ tamen germanæ S. Doctoris epist. 215, & 230. Moris nihilominus Africana in Ecclesia receptissimi, ut Episcopi publicos apud Magistratus pro reis ad Ecclesiam profugis intercederent, germana in epist. 115. ad Fortunatum Cirtensem Antistitem S. Doctor testem se dat locupletem, ubi de quodam Faventio, qui ad Ecclesiam Hipponensem aufugerat, scribens: *Is*, inquit, *quum ab ejusdem possessionis Domino, nescio quid, sibi metueret, ad Hipponensem confugit Ecclesiam, & ibi erat, ut confugientes solent, expectans, quomodo per intercessionem nostram sua negotia terminaret*. Entropio, homini ingentium alioqui facinorum atrocitate bonis omnibus inviso, ad Ecclesiam se recipienti, cujus azylo cæteroqui se indignum præstiterat, ut qui Arcadio Imp. nefarii Edicti L. 3. *De his, qui confug. ad Eccles.* Cod. Theod, quo videlicet Ecclesiarum azyla abolerentur, auctor fuisset, quod Edictum tamen eodem, quo latum fuerat, anno diligenti S. Joh. Chrysostomi opera abrogatum est, defensionem impendere eumdem S. Doctorem non dedignatum, testatur scriptor de Promiss., & prædict., quod Opus S. Prospero tribui passim solet, par. 3. cap. 38. Confer eumdem S. Chrysostomum Orat. de Eutrop., Socratem lib. 6. cap. 5, Sozomenum lib. 8. cap. 7, ac Baronium ad an. 398. n. 88, seqq., & 399 n. 8, seqq. Cyrenium Ducem asperrime objurgatum iniquo a proposito delendi Azyla deterruisse legitur S. Isidorus Peluss. lib. 1. epist. 174. ad eumdem, crudelitati non modo, sed impietati attentatum istiusmodi tribuere non dubitans. S. Gregorius Turon. lib. 5. cap. 3. Servum quemdam, qui ad Ecclesiam aufugerat, incolumem adversus herum ab Episcopo strenue servatum memorat, ac lib. 9. cap. 3. Regi Guntramno id egregiæ laudi vertit, quod sacri Azyli
immu-

immunitate frui impium quemdam permiferit, qui truces in ipfum injicere manus fuerat inique meditatus. Inter Excerptiones Egberti Eborac. Archiep. Can. 75, feq. apud Harduinum To. 3. p. 1968, laudato quin etiam S. Hieronymi nomine, defendi ab Ecclefia debere, qui ad Ecclefiam confugerint, exprefse decernitur. Eginhardus Abbas epift. 23. apud Duchefnium To.2. p.700. interfectori ad Ecclefiam profugo veniam, ob Ecclefiæ reverentiam, haud negandam oftendit. Oratorio in honorem B. Alexis condito facri Azyli collatum jus a B. Meinverco Paderbonenfi Antiftite legitur apud Surium ad diem 5. Junii. Magiftratui in Ecclefiam recepto, qui folvendo non erat, ne cibus denegaretur, neve inde deduceretur, intercefsifse S. Tarafium, atque in Milites, qui eum inde violenter abducere non exhorruerant, fevera animadvertifse anathematis fententia, refert vitæ ipfius Scriptor apud Surium ad 25. Febr. cap. 26, feq. Sub id etiam tempore S. Theodorus Studites lib. 2. epift. 202. edit. Sirmondi Ven. To. 5. Mariæ Spathariæ ob violatum Ecclefiæ azylum pœnitentiam indixifse haud exiguam legitur, abftinentiæ a Sacris idest per totam Quadragefimam, decies genuflexionum fingulis diebus, & quinquagies trium Pfalmorum 6, 47, & 50. recitationis, ac quadraginta aureorum in pauperes erogandorum. Captum in acie contra Carolum Andegavenfem Corradini partes ajuvantem Henricum Caftellæ Regis fratrem, atque cuftodiendum fibi traditum reddere conftantiffime Abbas Caffinenfis abnuit, nifi de ipfius vitæ incolumitate ante fecuritatem accepifset, veluti legitur in vita S. Ludovici Franc. Regis apud Duchefnium To. 5. p. 382. Arctæ infita animo eadem inerat Ecclefiafticæ immunitatis tutela Hugoni Lincolnienfi Antiftiti, qui quum obvium incidifset in furem ab hominum furente turba raptum ad mortem, *Solvite*, inquit, *eum, & finite abire: ubi enim Epifcopus cum Fidelium Populo congregatus eft, ibi eft Ecclefia: nec minor immunitas debetur lapidibus vivis, quam mortuis,* apud Surium ad diem 17. Novemb. cap. 17. Pari indutus conftantia pro Ecclefiaftica Immunitate S. Bertholdus Abbas, furem alterum ad fupplicium quæfitum, qui ad ipfius Cœnobium iccirco profugerat, a violentia defendit, invictumque iis, qui abducere inde conabantur, animum

mum objicit, de quo idem Surius ad 17. Julii . Pro eadem |Sacri
Azyli religione firenue laicos adverfus Judices , cenfuris etiam ,
fibi decertandum duxerunt Epifcopus Aurelianenfis in epift. 16.
ad Sugerium Abb. , & Hildebertus Turon. epift. 49. Ad hæc denique Gloffa Pragm. Sanct. tit. *Quomodo Divin. Officium fit ce-
leb.* Presbyteri Euchariftiam deferentis immunitati aperte fuffra-
gatur . Pro qua pariter fententia utroque ftant pede Juris utriuf.
que Interpretes , Hoftienfis in Cap. *Sane* de Elect. , Oldradus
Conf. 54. n. 5, Igenus ad L. 1.§. 5. ff. *De SC. filan.*, Bofius tract.
Crim. tit. de Capt. n. 29 , Petrus Greg. Tholofanus Syntag. Jur.
univ. lib. 33. cap. 21. n. 15 , Sacerdoti nempe Euchariftiam defe.
renti Azyli jus attribuentes . Contra tamen contendentibus Co-
varruvia lib. 2. Var. cap. 20. n. 6, & Georgio Ritterhufio de Jure
Azylor. cap. 2, ubi pro more Proteftantium in facrum geftandæ
folemniter Euchariftiæ ritum, velut idololatricum , & a Perfis mu.
tuatum, (quorum Regibus in more pofitum , ut Regia egredienti.
bus ignis perpetuus in foco ingenti præferretur , referunt Xeno.
phon , & Ammianus Marcellinus lib. 23,)a Pontificibus inductum
invehitur , & bacchatur . In Galliis igitur , veluti præter alios
obfervant Ludov. Thomaffinus vet., & nov. Difcipl. par. 2, lib. 3.
cap. 100, ac Joh. Petrus Gibert Jur. Canon. To. 2. tract. de Eccl.
tit. 17. de Locis Sacris §. 6. p. 535 , Sacrum Azyli jus manfit integrum ufque ad Francifcum I , a quo primum Edicto an. 1539.
fancitum , ut Judicis fententia ab Ecclefiis abftracti rei , Judicis
fententia reftitui deberent , habetur apud Bochellum p. 637 ; qua
de re infra .

   Egregiam in eamdem SS. Patrum, Scriptorumque fententiam
concurrere ultrocitroque haud morandum fibi duxere in Conciliis Epifcopi , quibus facri Azyli religionem in tuto ponere nullo non tempore cordi maximopere fuit. In Sardicenfi Can. 8. relato a Gratiano Can. 28. *Si vobis* 23. q. 8 pro reis ad Ecclefiam con.
fugientibus pro capitali pœna enixe ab Ecclefia intercedendum
edictum eft . A Carthaginenfi IV. fub Aurelio an. 399. duorum
Epifcoporum legatione ad Honorium Imp. decreta rogatum legitur : *Ut pro confugientibus ad Ecclefiam, quorumque reatu involu-*
tis , legem de gloriofiff. Principibus mereantur , ne quis eos audeat

abstrahere. Ita nempe ut Judices,quos in officio cohibere Religio
non valebat, Imperialis cohiberet saltem auctoritas. Eorum vero
votis fecisse Imperatorem satis, Lege ad Sapidianum Africæ Vicarium data, quam frustra in Codice sive Theod. ,sive Justin. quæras, conjicere licet ex Can. 56.Cod. Eccl. Afric. In Arausicano I.
an. 441. Can. 5, & 6, apud Gratianum Can. 6. *Eos* , *qui* Dist.87,
reorum, captivorumque ad Ecclesias confugientium incolumitati consultum est : eos enim *Tradi non oportere* , *sed loci Sancti reverentia* , *& intercessione defendi*, Censurarum intentatis minis,
sancitum est. Canonem hunc proprium deinde fecit Arelatense II.
an. 452, eisdem instauratis Can. 30. Censuris in eos, qui ab Ecclesia sub promissione indulgentiæ egredientibus pœnam intulis-
sent aliquam. Ab Aurelianensi I. an. 511. sub Clodovæo circa
homicidas, adulteros, & fures ad Ecclesiam fugientes sacrum
Azyli jus, per Canones, legesque Romanas adsertum, illæsum
servari jussum est, ut inde abstrahi, nisi juramento de indemnitate
danda interposito, nequirent Can. 36. Servos etiam corporalibus
absolvi pœnis,sacri Azyli reverentia,& intuitu,sancitum legitur in
Epaonensi an.517.Can.39. Qui vero reos abEcclesiis abducere auderent,excommunicatione plecti,publicæque subsierni pœnitentiæ
ab Aurelianensi IV. an. 541. Can. 21. jussi sunt. Quod idem circa Servos ab Ecclesiis avulsos decretum instauratum est deinde in
Aurelianensi V. an.549.Can.22. In Matisconensi II. an.585, gravibus auditis de Azyli Ecclesiastici violatoribus passim querelis,
tum demum Can. 8. de farto illo, rectoque servando deinceps sa-
lubre captum est consilium. Quo similiter tam in Synodo incerti
loci an. circiter 615. in Galliis habita Can. 9, quam in Remensi
an. 615. Can. 7. ad Ecclesiam confugientium incolumitati contra
vim inferentes districte consultum est. Ervigii Regis etiam accedente consensu, a Concilio Toletano XII. an. 681. Can. 10. Ecclesiis ad 30. passus Jus Azyli tributum est. In Moguntino an.813.
Can. 39, sive Capitul. Caroli M. lib. 5. cap.90, reos ad Ecclesiam
profugos inde abstrahere, pœnæ, mortique addjicere prohibitum
est. Cujusmodi Azyli indulgentia etiam ad Ecclesiæ atrium extenditur Capitul. ejusdem Caroli M. lib.3.cap. 140. apud Harduinum
Tom. 4. p. 953, & Can. 7. *Siquis in atrio* 17. q. 4. Cujus etiam
indul-

indulgentiæ fpecies a Cojacenfi an. 1050. Ca p. 11, ad triginta cir.
cum Ecclefiam pafsus confirmata fuit , propofita anathematis in
violatores pœna . Ecclefiæ quin etiam majoris Azylum ad pafsus
60, minoris vero ad 30. ampliatum a Romano an. 1059. fub Nicolao II. legitur, ejufmodique decretum epift. 8. ad Galliar. Epifcopos obfervari in Gallia demandatum . At Can. 6. *Sicut antiqui-*
tus 17. q. 4, Nicolai Papæ nomine a Gratiano laudato , Ecclefiis
majoribus 40. dumtaxat pafsus , minoribus 30. pro immunitate
defignari habentur . Verum ab Antonio Auguftino Dialogo 17.
lib. 2. de Emend. Gratiani , a Romanis Correctoribus , ac recens
a doctifs. Berardi de Grat. emend. Tom. 3. par. 2. cap. 77. p. 329.
dudum obfervatum eft in veteribus Gratiani Codicibus LX. pa f-
fus pro XL. legi, atque legiffe Ivonem par. 3. Decreti cap. 104, le-
gendumque ita fuaderi præcit. Nicolai II. epiftola ex apographo
Sirmondi a Concil. Collectoribus defcripta . Apud Ivonem tamen
eo loci fermo non eft de Ecclefiarum confinibus , prout videtur
apud Gratianum , fed potius de confinibus Cœmeteriorum , quæ
ad præcit. pafsus violari prohibentur . Adverbio illo autem *ficut*
antiquitus defignari Capitulare 2. an. 803, ac Capitula' legi Sali-
cæ adjecta cap. 3, regeftaque Capitul. lib. 1. cap. 134, ac in lib. 2.
leg. Langob. tit. 40. cap. 5. conjecta , adnotare loc. cit. Berardi
non definit. Confer & feqq. Canones ufque ad 21. Cauf. eadem 17.
q. 4. queis cum facri Azyli limites circumfcribuntur , tum exci-
piuntur cafus, in quibus Azyli Jus reis haud fuffragari declaratur.
Ad Cruces etiam publicis in viis erectas ampliatum jus Azyli a
Claromontano an. 1095. Can. 29, feq. confpicitur . Quid imo ,
quod jus Azyli non ipfis tantummodo Templis, eorumque Atriis,
fed adjacentibus etiam terris attributum ab Atrebatenfi an. 1097.
difcimus ex Epiftola 40. Lamberti ejufdem Urbis Epifcopi ad
Gottfridum Lenfenfem Caftellanum ex Baluzio Mifcell. Tom. 5.
p. 309. defcripta a Cl. Manfio Suppl. Tom. 2. p. 149, feq. ? Iterum , qui reum in Ecclefia , vel Cœmeterio comprehendere auderent , diro configuntur anathemate a Remenfi an. 1131. Can. 14.
Anno vero feq. Crucibus defixis Azyli limites in Tractu Narbonenfi defignatos ab Epifcopis conftat . Ecclefiafticæ tam localis ,
quam perfonalis immunitatis violatores excommunicatione per-

                    D d 3   culfi,

culſi , ab altero , quam a Rom. Pontifice abſolvi a Londinenſi an.
1143. prohibentur . Excommunicationis quoque telum in ejuſmodi temeratores tam in Turonenſi an. 1163. Can. 1. ex iis novem , qui in Cod. MſS. Michaelis in periculo Maris Can. 9. ſub.
junſti leguntur apud Harduinum Tom. 6. par. 2. p. 1600 , quam
in Aquilejenſi an. 1184 a Gotifredo Patriarca intortum habetur
apud Ughellum Ital. Sac. Tom. 5. p. 68. Inter Statuta an. 1225.
a Concilio Scotico , de quo Wilkinſius Tom. 1. p. 607. num. 26,
illud ſalubriter pro Eccleſiæ decore , bonoque Reipublicæ ſancitum eſt , quod fugientibus ad Eccleſiam defenſione quidem Eccleſia non deſit , ſed hanc tamen publicis aut agrorum depopula-
toribus , aut viarum prædonibus , aut Sacrorum locorum effra-
ctoribus , aut a Canone , vel ab homine excommunicatis prorſus
deneget : Quibus interea caſibus illi tuendi adhuc dicuntur , donec a Judice Eccleſiaſtico lata ſententia Eccleſiæ tuitione indigni
fuerint judicati . Excommunicationis pariter lata ſententia a
Roffacenſi an. 1258. cap. 2. perſtringuntur, qui ſacri Azyli religionem lædere non extimerent . In Lambetano præterea an. 1261.
Can. 12. diris ii prorſus devoventur , qui cibum inferri prohiberent iis , qui ad Eccleſias, aut Cœmeteria confugiſſent , aut inde
egredientes interciperent . Ex quibus liquido patet temere prorſus a Paulo Sarpio de Jure Azyl. cap. 4. ſcriptum , Azylorum jure donata nuſpiam adparere Cœmeteria , Hoſpitalia , & Cœnobia : qui dignis ideo vapulat ab ipſomet Ritterhuſio de Jure Azyli cap. 12. Tam vero reos , quam res ab Eccleſiis abſtrahi , & auferri a Londinenſi an. 1268. cap. 13. interdictum eſt . In abſtra-
hentes inſtauratum anathema diſcimus a Bituricenſi an. 1276.
Can. 12, confirmato deinde in Redingenſi an. 1279. cap. 3 , quo
inſuper profugis victum prohiberi interdicitur , a Nugarolienſi
an. 1303. Can. 6, quo cautum eſt pariter victus refugis deferri ne
impediatur , in Marciacenſi an. 1316. Can. 15, in Silvanectenſi
an. eodem cap. 5. aufugientibus ad Eccleſias præterea alimenta
deferri prohibentes eadem pœna mulctantur , & in Vaurenſi an.
1368. cap 93. A Palentino quoque an. 1322. cap. 17. profugis
ad Eccleſias moleſtiæ quidpiam inferri diſtricte vetitum fuit .
Juxta facti qualitatem Eccleſiaſtico perfrui Azylo, aut privari reos

vo-

voluit Coloniense an. 1280. cap. 13. Xenodochia, Religiosasque
Domos azylis adnumerandas, (qnod aut ignoravit turpiter, aut
iniquus dissimulavit Sarpius), duxit Nemausense an. 1284, publicis exceptis prædonibus, Azyloque temere abutentibus. Inter
alia querelarum capita, de quibus apud Eduardum II. Angliæ
Regem a Clero Anglicano expostulatum est, illud habetur, quo
de violatis impune sacri Azyli legibus acerbe dolent art. 10. inter
alios, qui Regi an. 1316. oblati leguntur apud Harduinum Tom. 7.
p. 1401. Qui pridem apud Henricum III. ejusmodi querelarum
speciem instaurasse fertur a Matthæo Parisio ad an. 1233. Ad Ecclesias, aut Cœmeteria se recipientes nec inde avelli, nec eisdem
alimenta denegari, sub anathematis interminatione, a Silvane-
ensi an. 1326. cap. 5, a Salmanticensi an. 1335. cap. 8, & a Dublinensi an. 1348. stat. 2. apud Wilkins Tom. 2. p. 746. interdicitur. Quod iterum Statutum instauratum legitur a Dublinensi altero an. 1351. num. 5. apud eumdem Collectorem Tom. 3. p. 18,
& a Vaurensi an. 1368. cap. 93. Commorantes in Ecclesiis, aut
Cœmeteriis, Ordinariorum absque licentia petita, & impetrata, nullo gaudere prorsus immunitatis privilegio judicavit Cashe-
lense an. 1493. cap. 31, descriptum a Wilkinsio Tom. 3. p. 565,
& post ipsum a Mansio Suppl. Tom. 5. p. 288. A Florentino an.
1517, a Leone X. Conf. *In Apostolicæ* confirmato apud Mansium
Tom. 5. p. 408, & 498, Rubr. *De Immun. Eccles.* cap. 2, seq. declaratum habetur Florentiæ, ubi frequentiores Ecclesiæ conspi-
ciuntur, ne tota fere Civitas reddita videretur immunis, ea dumtaxat loca circum Ecclesias immunitatem ad se confugientibus
præstare: *Quæ aliquo notabili signo a viis publicis, & aliis locis
profanis distincta sunt.* Cujusmodi decretum innovatum legitur a
Florentino altero an. 1573. Rubr. 13. *De Immun. Eccl.* cap. 3.
ibid. p. 929. Confer & Canonem 35. *Definivit* 17. q. 4. A Coloniensi an. 1536. Can. 20. tam publico Reipublicæ bono, quam
Ecclesiarum decori, honestatique provisum est, ut Latrones publici, voluntarii homicidæ, Civilis societatis perturbatores, &
Ecclesiarum, sepulcrorumque violatores sacris ab Altaribus possent abripi, non absque tamen Episcopi conscientia, & consensu.
Et uni Episcopo certe reorum ad Ecclesias confugientium custodia,.

dia , & defensio concreditur a Mediolanensi V. p. 3. cap. 9; cognitio item casus reservatur , an crimen ejusmodi sit , cui Azylum
suffragetur . Pertinet huc quoque Consentinæ Synodi an. 1579.
sess. 3. *De Immun. Eccles.* decretum , quo a laicis Magistratibus,
ac Principibus Sacros Canones , queis ad Ecclesiam profugis se-
curitas legitur concessa , diligenter observari præcipiuntur . In
Mexicana denique an. 1585. lib. 3. tit. 19. §. 1. ita sacri Azyli immunitati consultum est , ut ejusdem violatoribus pecuniaria insuper pœna , fabricæ applicanda , fuerit indicta . Apud Græcos tan.
dem , atque Constantinopoli quammaxime in Templo partem
quamdam tutissimo pro Azylo destinatam fuisse , refert Anna
Comnena Alex. lib. 2. Quod plane Imperatoribus ipsis plus vice
simplici peropportunum ad incumbens vitæ discrimen evaden-
dum accidisse , congestis exemplis declarat Nicephorus Gregoras
lib. 9. Quamquam , ad Latinæ quin fortassis exemplum , in Concilio Trullano Can. 97, in Nomoc. Balsamonis tit. 9. cap. 25, homicidis , adulteris , & raptoribus Azyli immunitas denegatur .
Græcorum vero tantummodo usum fuisse , ut Templis immunitatem tribuerent , Sarpius de Jure Azyl. cap. ult. temere affirmans
ex dictis refellitur , non secus atque a Ritterhusio de Jure Azyl.
cap. 12. Confer inter alios huc in argumento diligenter observa-
tos Cl. Thomassinum vet. , & nov. Discip. part. 2. lib. 3. cap. 95,
seq. , ex quo plurimum hac in re me profecisse libens , & inge-
nuus haud diffiteor .

    Atqui præ omnibus , sicut omnibus potestate , officioque
præeunt , ac præcellunt , Ecclesiasticæ immunitatis potiores se
defensores , vindicesque præstitere Romani Pontifices . Apud
Gratianum Can. 10. *Frater* 17. q. 4. fertur S. Gelasius Ecclesiarum
immunitatem declarasse juris Divini , neque Principibus unquam
licuisse inde reos extrahere . Ut sit hoc de loco , quem ex epistola
S. Gelasii nomine ad Victorem , Constantinum , Martyrium , Fe-
licissimum , & Timotheum Episcopos descriptum pseudepigraphis adcensere non dubitat Van-Espenius in differt. de Azylo
Templor. cap. 3. de quave tam dubitandi , quam non rationes in
partem utramque proponit Berardi Grat. emend. To. 2. part. 2.
cap. 46. p. 441. , seq. , indubium est a S. Gregorio M. lib. 1.
epist. 35.

epift. 33. Ravennatem Epifcopum fuiffe follicitatum, ut pro Mau-
filione Exprafecto, qui ad Ecclefiam confugerat, fequefter apud
Praefectum Georgium intrepidus interveniret, ne ulla facri Azyli
juri injuria irrogaretur. Nolens tamen, ad infamiam, quae ex fce-
leftorum Reipublicae noxiorum tuitione in Ecclefiam redundaffet,
vitandam, pro furti publici reis defenfionem fufcipi lib. 7. epift. 24.
De Parricidis quoque ad Ecclefiam refugientibus judicium Epifcopo relinqui integrum voluit S. Nicolaus I. in epift. ad Bulgar.
quaeft. 343 illibatum alioquin a Bulgaris obfervari Ecclefiaftici
Azyli jus, producto imo Romuli exemplo, a quo Templum pro
Azylo fuiffe olim conftitutum fuperius dicebamus, ad quaeft. 95.
jubens. Quae praeclara Nicolao II. de immunitate Ecclefiarum
infederit fententia, relata Can. 6. Sicut antiquitus 17. q. 4 dictum eft paullo fupra. Innocentius III. Extra de immun. Ecclef.
Capp. 6, 9, & 10. ad confulta Regis Scotiae refpondiffe legitur,
ab Ecclefia hominem extrahi nequire, nifi impunitate defponfa,
furibus tamen exceptis, publicifque viarum depraedatoribus. A
Gregorio IX. Ecclefias nedum etfi dedicatas, in quibus tamen
celebrarentur Myfteria, eodem gaudere jure declaratum fcimus:
quo defraudarentur tamen, qui Ecclefias, aut Sepulcra caede in-
quinaffent. Confer Decret. hujufce Pontificis lib. 3. tit. 23, ac
tit. 49. in 6, in Clement. lib. 3. tit. 17. Cap. Immunitatem, de Immun. Ecclef., Cap. Pro humani de Homicidio in 6; Cap. Ecclefiae 9,
Cap. Inter alia 6, Cap. Id conftituimus, Cap. Praefenti, & Cap. De
his, qui ad Eccl. confug. de Immun. Ecclef., quibus graviorum quorumdam flagitiorum rei Azyli jure, beneficioque excluduntur. Ad
haec Martinus IV. apud Raynaldum ad an. 1281. num. 18. Galliarum Epifcopos data epiftola edoctos voluit de Apoftatis, & Hae-
reticis azylo Ecclefiae abjiciendis. Saxonibus de variis difciplinae
dubiis an. 1447. apud eumdem Annaliftam num. 28. interrogan-
tibus, quoad Azylorum jus refpondit Nicolaus V, eo frui quidem
Parochi domum (multo igitur magis Domum Epifcopi azyli jure
gaudere intelligendum hinc eft, de qua confulendi Juris Canonici
Interpretes in Cap. penult. De Immun. Ecclef., ac inter alios
Brunus de Caeremoniis lib. 3. cap. 3, ac Nicolaus ad tit. De his,
qui fui de Immun. num. 23, Cardinalium quoque Domos, de quibus

bus Fagnanus in Cap. *9. De Immun. Ecclef.* , quamvis eas , quas
in Urbe inhabitant , Azylo privarunt Hadrianus VI. an. 1523, &
Julius III. an. 1550.) Parochi domum , inquam , areamque cir-
cumjacentem intra paffus 40. majoris Ecclefiæ , aut 30. minoris
confitam , publicis tamen furibus illius fpe prorfus dejectis . Pa-
blicis iterum latronibus , viarumque infeftatoribus Ecclefiafticum
intercludendum Azylum decrevit an. 1453. Card. Turtavillenfis
in Galliis de latere Legatus ibid. num.22. Pius II. gravibus Henrici Caftellæ Regis querelis inflexus an. 1459, Hifpalenfem de le-
gavit Epifcopum , qui de abufibus fuper Azylis diligenter cognofceret , apud Raynaldum num. 25. Ad Henrici VII. inftantiam
an. 1488. committentes in fpem Azyli privilegio exuit Innocentius VIII. apud Fleurium hift. Eccl. lib. 116. num.93, feq. In Anglia quoque læfæ Majeftatis reos , homicidas , & deprædatores ab-
ftrahi conceffit Julius II. an. 1504. referente Raynaldo num. 35.
Exceptiones deinde alias induxere Gregorius XIV. Conftit. *Cum
alias* an. 1591, Benedictus XIII. Conftit. *Ex quo* an. 1725 , quas
geminas Gregorii, & Benedicti Conftitutiones Clemens XII. Conftit. *In fupremo* die 22.Febr. 1735. confirmavit , univerfumque ad
Ecclefiæ ftatum extendit , Benedictus XIV. vero Conft. 88. *Alias
felicis* Bull. Tom. 1. p 297. ad alias Principum ditiones ampliavit , & Conft. 29. *Officii noftri* Tom. 3. p.278. plurima , quæ circa præfatas Conftitutiones fuccurrere dubia poffent , explicavit .
Qui conferendus etiam in Conft. 40. *Elapfo* Tom. 3. p. 331. §. 3,
4, feq , ac Inftitut. Ecclef. 41, ubi de immunitate locali erudite ,
lateque more fuo agit .

     Difciplinam hanc porro Ecclefiæ agnatam , Jure Divino ,
Canonicoque fuffultam , ac Conciliorum , Pontificumque decretis
ftabilitam , tantum abeft , ut Poteftates laicæ infringere aufæ fuerint , quod potius fuftentare pro virili parte non deftitere . Atque quidem Religionis potius intuitu , quam Ethnicorum Principum exemplo , a quibus certe Templis Azylorum jus paffim tributum legitur, veluti Magnefiis a Scipione, Sylla, & Augufto, Stratonicæ , & Aphrodifeæ a Julio , & ab eodem Augufto , Hierocæ-
fareenfibus a Cyro , & Perpenna , Cypriis a Teucro , Sardicenfi-
bus ab Alexandro M. , Milefiis a Dario &c. , de quibus Tacitus
                                                                Annal.

Annal. lib. 3. Itaque Conſtantinus M. , ut primum Chriſtiana Sacra profiteri cœpit , legibus eadem loco ponere tuto ſluduit , atque ex ſeptem , quibus Religionem Chriſtianam omni ex parte
communiendam, promovendamque ſibi cordi ſumpſit, lege quinta
Chriſtianis Eccleſiis Azyli jus adſerendum duxit , de quo adeundus Paganinus Gaudentius lib. de Azyl, ac lib. de Sæculi Juſti-
nianei moribus cap. 11. Illæſum deinde idem jus juſſit Theodoſius
M. L. 34. De his , qui ad Eccleſias confugiunt Cod. Theod., qua
non alia de Eccleſiaſtico Azylo lex antiquior in utroque Codice
habetur . Quamquam illud , qua parte Azylo Fiſci debitores excluduntur , arctatum potius ab eo videri poſſit . Sed hanc poſtea
exceptionem delevit 'exploſitque Leo Imperator . Arcadius quoque , qui ab Eutropio inſtigatus ſacri Azyli jus ſuſtulerat , eodem
nedum elapſo anno nova lege reſtituit . Quod anno 399. Africa-
nis ſlagitantibus Epiſcopis ab Honorio confirmatum ſuperius jam
innui . Anno 408. ſartum Azyli jus, tectumque juſſit etiam Theodoſius II, qui & an. 431. lege altera, L. 4, quam tamen poſtea ob
caſus aliquos emendare oportuit,illud ad Eccleſiarum Atria, por-
ticus , habitacula , balnea , hortos &c. extendit . Quamvis L. 6.
Armatos non deponentes arma inde abſtrahendos, prævio tamen
Epiſcopi conſenſu , ne ſeditionem molirentur , edixit . Servum
etiam armatum , ab Eccleſia avulſum, inermem Domino ſuo red-
dendum , impetrata prius delictorum indulgentia , ob ſacri loci
reverentiam, L. 4. Cod. Juſt. imperavit . Religione ſacrum Azyli
jus per ſe inviolatum manere , ultimo propoſito ſupplicio , præcepit etiam Marcianus Imp. an. 451. L. 5. ibid. , ſolam Conſtanti-
nopolitanam Urbem exceptam volens , ideo quia præſentia ſua
pro Azylo præſto ſe futurum promittebat . Qui eum dein excepit,
Leo Imp. an. 466. ampliſſima lege altera L. 6. eod. Eccleſiarum
immunitati conſulendum duxit , a quo inſuper Theodoſii M. legem , qua Epiſcopos ære gravatis Azylum concedentes pretiunt
creditoribus ipſos ſolvere juſſerat , ſublatam , abrogatamque mox
advertebam . Non ſecus atque ab Anaſtaſio Imp. editam adverſus
ſacri Azyli jura legem , de qua Nicephorus lib. 2, non obtinuiſſe
ſcitum eſt . Equidem Juſtinianus Novel. 17, & 37. homicidis ,
adulteris , Virginum raptoribus , & Chriſtianis vim inferenti-

bus Azyli fecuritatem denegavit ; pro reliquis tamen reis inta-
ctum reliquit . Peffime hinc porro Civili pure jure Azylorum
Jus introductum cum Sarpio , & Jannono quis argueret , ideo quia
Civilibus paffim legibus illud fuftentatum , aut coarctatum legatur . Quis enim in hiftotia Ecclefiaftica hofpes adeo eft , ut ignoret Laicæ poteftatis opera frequens Ecclefiam indiguiffe , ut leges
alioqui tam Divinæ , quam Canonicæ tuto in loco collocarentur ,
ad earumque obfervantiam refractarii adigerentur ? Unde Principum leges illæ non tam Ecclefiæ favendo , quam Ecclefiæ præceptis , juribufque famulando latæ intelligendæ funt , velut habetur cap. 2 9. *Super Specula* Decret. lib. 5. tit. 33. *De Privilegiis*,
atque ideo Ecclefia Imperatorum Legibus non jus utique , infti-
tutionemque , fed ufum dumtaxat , liberumque exercitium accepiffe dicenda eft , velut indicat Juftinianus ipfe L. *Sancimus* 28.
Cod. *De SS. Ecclefiis* . Qua de re fufius paullo inferius . Quare
Imperatores in ferendis legibus illis , quibus Azylorum jus aut
adftrui , aut aftiari videbatur , refpexiffe exiftimandi funt ad Ecclefiæ leges , quibus idem jus jampridem aut adftructum , aut arctatum fuiffe obfervabamus . Et certe ab Alarico , & Totila Romæ Templa reverenter , ut oportebat , habita refert etiam S. Auguftinus de Civit. lib. 1. cap. 17 , qua de re videndus & Tillemontius To. 6. hift. Imp. p. 593. De Theodorico Rege quoque tradit
Caffiodorus Variar. lib. 3. cap. 47. eum imperaffe quidem , ut Jo-
vinus Curialis , qui homicidio patrato ad Ecclefiæ fepta refuge-
rat , inde avulfus in Vulcaniam Infulam exfilio deportaretur , ne
videlicet tam nefarii fceleris vindictam prorfus evaderet , ob reverentiam tamen Ecclefiæ debitam , capitis eidem veniam feciffe .
Solemni rurfus Edicto ad Ecclefiam aufugientes , fi Servi effent ,
ab Archidiacono eos propriis reftitui Dominis præcepit , expreffa tamen ante veniæ fponfione , aut Servos alios eorum in locum
fubjici . Si vero Fifci debitores fuiffent , ab Archidiacono cogi eos
debere , ut aut inde exirent , rationefque redderent , aut Magiftratibus eorum res contraderent omnes , quas in Ecclefiam in-
tuliffent : alioquin Archidiaconus ipfe cogeretur folvere , quidquid ærario deberetur publico . Ex quibus haud obfcure adpret ,
tam firmas tum temporis radices egiffe Azyli Ecclefiaftici jus , adeoque

eoque tum usum firmatum, ut illud violare, infringereque vel
hæretico Principi religioni cesserit. Ad hæc ea quoque Grimoal-
dum erga Templa Religio incesserat, ut Onulphum hostem, qui
ad Basilicam S. Michaelis Ticini se receperat, inde per vim abstrahere non fuerit ausus, referente Paulo Diac. lib. 5. cap. 12,
in quem videndi Lindenbrogius, & Blancus in Not., nec non Za-
nottus de Regno Langob. lib. 4. §. 24. Denique Luitprandus homicidas dumtaxat Azyli jure defraudandos Judicavit LL. 2, & 4.
De his, qui ad Ecclef. confug. Leg. Langob. lib. 2. tit. 39 : Quibus a legibus nec abhorruisse Ecclefiam ex dictis liquet. Equidem
in Capitulari Caroli M. an. 779. lib. 5. cap. 122. illis, qui legibus mori debebant, ad Ecclefiam profugis victum dari prohibitum legitur. Dandum id quidem ætatis illius tam malitiæ, quam
ignorantiæ, qua tum exundans flagitiorum colluvies aliquo com-
pescenda erat modo, tum spissas inter tenebras obvoluta jace-
bant jura. Cæteroquin enim tam eo ipso Capitulari confirmatur
imo Azyli jus, nam Ecclefia reos extrahere permissum non habetur, quam Capitulari an. 801. lib. 1. cap. 140, & lib. 5. cap. 93,
quo etiam ad Ecclefiæ atrium a Carolo M. Azyli jus extenditur,
indeque vi reos abducere interdicitur. Postremo Capitularis illius, quo indirecte plane sacri Azyli jus peti dissimulari nequit,
caput reformatum fuisse a Conciliispassim, Can. 35. *Definivit* 17.
q. 4, Cap. *Inter alia* de Immunit., Cap. *Præfenti*, & Cap. *De his,
qui ad Ecclef. confug.*, ex dictis superius abunde patet. Ad quæ
Ludovicus Pius Capitul. an. 828. lib. 4. cap. 13. eum etiam, qui
ipsa in Ecclefia cruentas inimico manus intulisset, Ecclefiastica
immunitate gaudere, tantumque de vita componere, congruam
facinoris ab Ecclefia subiturum pœnitentiam, indulsit haud difficilis. In Legibus ideo Alemanicis, & Bojoaricis passim Ecclefia-
stici Azyli jus in tuto positum intueri licet, observatque Thomassinus par. 2. lib. 3. cap. 97. n. 7. Itaque Franciscus I. Galliarum Rex primus fertur apud Pragmaticos, qui Azylorum jus in
Galliis abolendum sibi sumpserit : siquidem Edicto lato an. 1539.
Artic. 164. Judicis Laici sententia ab Ecclefiis reos abstrahi, aut
eisdem restitui jusserit. Sed enim Doctiss. Thomassinus cap. 100.
Articulum illum de reis intelligi jubet, quibus per Canones Azy-

li jus non suffragetur ; non eos comprehendi , quos Ecclesiis remitti debere sacris Canonibus sancitum est : qua de re cognoscere , sereque sententiam ad Ecclesiasticos Judices , non ad Laicos
spectasse affirmando subjungit . Quamvis observat temporis successu , Pontificibus Summis tacentibus , ac tolerantibus, evenisse
demum , ut Azylorum libertas non parum ampliata occasionem
Judicibus Laicis se passim huic immiscendi cognitioni dederit ,
quin etiam juris ejusmodi detrahendi . Visigothorum legibus in
Hispania speciatim homicidis ad Ecclesiam refugientibus mortem
inferri prohibitum legitur : neque per eas licebat ære alieno gravatis molestiam creare lib. 6. tit. 16 , & lib. 9. tit. 3. In Anglia
leges inter Ecclesiasticas ab Ina Rege latas an. 692. ea cap. 5. locum habet , qua capitali a pœna immunes pronuntiantur , qui Ecclesiam adjistent . Ea quoque a S. Eduardo Rege promulgata , atque a Willelmo cognomine Notho confirmata , cap. 5. habetur ,
qua reis ad Ecclesiam , aut ejusdem atrium , aut ad Parochi domum , domuique circumpositam aream , fundo Ecclesiæ inædifi-
catam , quod sacris pridem Canonibus præscriptum legitur , confugientibus gravi a pœna immunitas adseritur . Statutis denique
Regni Poloniæ 453 , & 498. designati an. 1543- provide sunt ii ,
queis Azyli jus non suffragaretur . Iidem nempe , quibus speciatim id juris Civilibus legibus , Canonicisque decretis fuerat denegatum . Nonnisi igitur conformiter rectæ rationi , quemadmodum a veteribus Ethnicis gravioribus ideo delictis Azyli veniam
denegatam congestis exemplis ostendit Octavianus de Guasco cit-
dissert. de Azyl. sect. 3 , Ecclesiæque decretis Azyli beneficio indignos edixere mortis reos Arcadius , & Honorius an. 398. L.16.
Cod. De Episcop.; reos Majestatis L. Fidel. an. 414. Theodosius
II; armis se in Ecclesiis defendentes Theodosius , & Valentinianus an. 431 ; homicidas , adulteros, Virginumque raptores Justinianus Auth. De Mand. Princip. coll.3. Illud denique haud prætermittendum , quod aliquando confugientium ad Templa in exsilium commutari solebat pœna , velut apud Judæos , ut habetur
in Te almud , apud Græcos , testibus Euripide in Orest. v. 512 ,
Homero Iliad. 15. v. 577 , Porphyrio de non esu animal. lib. 1 ,
& apud Romanos , uti docet Servius ad Æneid. 6 , & Cicero pro

Cecin. Ita demum in Italia Theodorico jubente apud Cassiodorum, & in Anglia sic volente Eduardo II. apud Polydorum Virg. lib. 1. hist. Sed hæc non tam pœna, quam beneficium, quo a morte servabantur immunes, æstimanda fuerat. Atque de his hactenus.

Quo ex jure vero Ecclesiarum descendit immunitas, Localis idest, ex arcto nempe erga Deum respectu, eodem potiori Ecclesiasticarum immunitas Personarum emanat, Divino nempe, ex Religione Divino Numini debita, qua fit, ut veneratione dignæ reddantur. Et sane rationis ductu vel Ethnici edocti eodem ferme, quo Supremum Numen suspiciendum duxerant, Religionis respectu, dicatas Numini personas suspicere non dubitabant. Itaque tam Romæ, quam in Municipiis Flamines maximo in honore habitos tradunt Livius lib. 1, cap. 20, Plutarchus in Numa, & Censorinus de Die Natali cap. 4. Cujus honoris participes Vestales factas, quas primum quatuor a Numa institutas produnt Dionysius Halic. lib. 2. p. 127, & Plutarchus loc. cit., duabus adnuctas deinde sive a Tarquinio Prisco, ut vult Dionysius lib. 3. p. 196, sive a Servio Tullio, ut visum Plutarcho in Numa, atque ita senenario isto numero Urbis universæ, quæ in sex erat distributa partes, votis factum satis, quod Populus pro sua quisque parte Sacrorum haberet Ministram, tradit Festus, referunt Livius lib. 1. cap. 20, Plutarchus loc. ind., ac Svetonius in Augusto cap. 31, & in Tiberio cap. 2. Videsis Lipsium de Vestal. cap. 11, seq., Casalium de Ritib. Rom. lib. 2, Nieupoortium de vet. Roman. Ritib. sect. 4, cap. 2. §§. 12, & 17, Pitiscum in Lex. V. Flamines, & Vestales, aliosque longe plures apud ipsum. Tantam denique apud Romanos Sacerdotii etiam profani existimationem viguisse, ut eorum cooptationes, & initiationes æreis, ac marmoreis Tabulis, Fastis, & Kalendariis diligenter inscribere ad Christianæ usque ætæ Sæculum IV. non dubitarint, ex veteribus, quæ adhuc dum supersunt, Monumentis docet Cl. Blanchinius in præfat. ad Anastasium To. 1. n. 21, seq. In Ægypto quoque eo honoris loco Sacerdotes habebantur, ut publicis alerentur sumptibus, eorumque dicto audientes se omnes religiose præberent, teste Æliano Var. hist. lib. 14. cap. 34. Quò sane pertinent Pharaonis factum,

a quo

a quo Sacerdotes , eorumque poſſeſſiones in libertatem priſtinam
dimiſſæ præclaro leguntur exemplo Geneſ. cap. 47. v. 22, & 26 ,
quod profertur Cap. *Nos miſus* de Immun. Eccleſ., quove pro Eccleſiaſtica immunitate in tuto ponenda ſapienter uſa legitur Synodus Conſentina an. 1579. ſeſſ. 3. cap. de Immun. Eccleſ. apud
Manſium Suppl. To. 5. p. 1127. Quanti etiam fierent apud veteres Gallos Druidæ , & Bardes , declarant Cæſar de bello Gall.
lib. 6 , & Plinius lib. 6. cap. ult. , apud Græcos Sacrorum Miniſtri , tradit Demetrius apud Plutarchum , Brachmannes apud Indos , memorant Strabo lib. 15 , & Euſebius præpar. Evang. cap.
8 , ac Gymnoſophiſtæ apud Æthiopes , indicant Philo lib. de Ab-
rah. , & Philoſtratus rat. lib. 1. cap. 1 , ac lib. 6. cap. 4. Agrip-
pèos ſimiliter magna proſequebantur religione Scythæ , ſi vera
narrant Herodotus lib. 4 , Magos Perſæ , velut auctores ſunt Juſtinus lib. 1 , & Cicero lib. 1. de Divin. , non ſecus ac hodie Ca-
liphæ inter Arabes , Talismannes , & Mophtes inter Turcas , inter Japonios Bonzos , & apud Sinenſes ſummo habentur in honoris loco : ut nihil interea de Sacerdotibus Hebræorum retexam ,
quos ſupremo apud gentiles ſuos honoris gradu poſitos ex dictis
Art. 1. patet . Sed enim ad Sacerdotes Evangelicæ legis etiam
pertinent explicitiſſimi textus tam Pſal. 104. v. 15. *Nolite tangere Chriſtos meos* , quam Zachariæ cap. 2. v. 8. *Qui tetigerit vos ,
tangit pupillam oculi mei* : quibus haud obſcure ſignificatur Jure
Divino inniti Sacerdotum immunitatem , velut eadem loca explicant Synodi Troslejana an. 909. cap. 5 , Ravennatenſis an. 1311.
Rubr 26 , ac Friſingenſis an. 1440. cap. 3 , intellexitque S. Stephanus Hung. Rex in Monitis ad Emericum filium , de quibus infra . Quam tamen immunitatem propius reſpicit cum Chriſtus D.
Lucæ cap. 10. v. 16. *Qui vos ſpernit , me ſpernit* , de Sacerdotibus loquens , ut exponit Synodus Aquiſgranenſis II. tit. 3. de
perſona Regis cap. 7 , tum S. Paulus 1. ad Timoth. cap. 5. v. 19.
ſcribens : *Adverſus Presbyterum accuſationem noli recipere* , ſic
nempe indicans apud Epiſcopos jam tum ſub ipſa Apoſtolorum
ætate proprium obtinuiſſe Tribunal , in quo Presbyterorum cauſſæ agitari deberent , velut advertunt Lorinus in hunc locum ,
Gretzerus de Immun. lib. 2. conſid. 8 , Diana To. 7. tract. 1. reſolut.

folut. 6. n. 7, Tannerus in defenf. libert. Ecclef. lib. 1. cap. 14,
Valboa in lect. Salmant. To 2. cap 2. de Judic. n. 39, Card. Petra ad Conft. 5. Urbani IV. n. 8. To. 3, &c. Recte itaque Divina
inftitutione perfonas Ecclefiafticas a poteftate laica independentes pronuntiarunt in Synodo Lateranenfi V. feff. 9. Leo X. Conft.
Supernæ §. 40, ac Epifcopi in Synodis Aquifgranenfi II. an. 836.
tit. de perfona Regis cap. 7, Salisburgenfi an. 1386. cap. 9, Fri-
fingenfi an. 1440. cap. 3, & Confentina an. 1579. feff. 3. cap. de
Immun. Ecclef. apud Manfium Suppl. To. 5 p. 1127.

Bene proinde, optimeque fe habet, quod collatis utrinque
ftudiis, viribufque confertis ad hanc perfonis Ecclefiafticis adferendam, ac fattam, tecta+ique fervandam libertatem tam Romani in prins Pontifices, quam Ecclefiarum perinde Antiftites
unanimi confpirarint fententia. Ingenti ergo Eufebianis inter alia
crimini vertit S. Julius I. in epift. ad ipfos apud S. Athanafium in
Apolog contra Arian. n. 83, ideo quod Epifcopali præterito, ad
laici Præfecti Tribunal S. Athanafii deferre cauffam non fuiffent
veriti: *Nam oportuit hoc*, inquit, *negotii in Ecclefia a Clericis fecundum leges examinari* &c. Quas autem heic, amabo, leges intelligit, nifi Apoftolica traditione in Ecclefia cuftoditas? Præterea in libro Pontificali legitur idem Pontifex conftituiffe: *Ut
nullus Clericus cauffam quamlibet in publico ageret, nifi in Ecclefia*. Quam periocham quidem commentis deputandam cenfet doctiff. Coutanttus in Not. ad Decreta S. Julio adtributa §. 11. n. 21:
p. 419, ideo quod tum eadem defideretur in Exemplari Bollandia-
no, alteroque Foffatenfi, tum quod id prohibere abfque Principum confenfu Rom. Pontifici fas haud fuiffe putet; a nullo vero
Principum id conceffum, ut Civiles Clericorum cauffæ a Sæculari foro abducerentur. Sed enim huicce Viri doctiff. non admodum temperanti cenfuræ objicio tum Codices longe plures, optimæque notæ, quos ex Bibliothecis Vaticana, Reginæ Chrifti-
næ, S. Marci Florentina, Caffinenfi, Farnefiana &c. contulere
Fabrottus, Baronius, Holftenius, Scheleftrates, qui differt. 3.
cap. 4. Henfchenianum Codicem non fatis accurate defcriptum
oftendit, ac Blanchinius, qui adiri poterit Anaftafii To. 1. fect.
36. p. 44, tum documenta longe folidiora, quæ fequenti ex Pon-

tificibus, & Conciliis profequor ferie, quæque Divino profecto ;
Canonicoque jure, non autem Civili, five Principum indulgentia, Ecclefiafticam libertatem demonftrant. Ex quatuor itaque
Codicibus MSS. venerandæ antiquitatis Corbejenfi uno, Colber-
tino altero, geminoque Germanenfi S. Siricii fragmentum, five
Appendicem ad epiftolam 1. ad Himerium exhibet idem Coutantius To. 1. Epift. Rom. Pontif. p.638, feq., qua Pontifex jubet
Ecclefiafticas cauffas apud Ecclefiam definiri : *Quia*, inquiens,
*quotiens de Religione agitur, Epifcopos convenit judicare, fi quan-
do inter duas Ecclefias fuerit orta contentio, ufque ad Synodum,
vel ante Metropolim cauffa Ecclefiaftica deducatur. Nil liceat ante
Principem ulla ratione fufpendi; fed quod agitur inter Epifcopos,
Epifcoporum fententia terminetur.* Viden igitur, ut Civiles Ecclefiarum cauffæ earum numero adcenfitæ fint a S. Siricio, quo loca-
tæ Religionis habentur ? Ita etiam a S. Damafo, Synodoque Romana fub ipfo an. 378. laudati Gratianus, & Valentinianus leguntur ideo, quod lege caviffent : *Ut Sacerdos, ne ulla fieri videretur injuria Sacerdotio, nulli profani Judicis arbitrio fubjice-
ret.* Cauffas inter Clericos exortas ab Epifcopis terminandas effe
S. Innocentii I. in epift. 2. ad Victricium Rotomag. cap. 3. explicita fententia etiam eft, eidem fane fuis receptiffimæ Decefforibus traditioni nixa. In Maximum Valentinæ in Gallia Urbis Epifcopum vehementer excanduiffe, invectufque legitur item S. Bonifacius I. epift. 3. edit. Cout. ad Galliar. Epifcopos, quod in
criminali cauffa Judicibus laicis coram comparere fubftinuiffet,
quam idcirco ab Epifcopis definiri jubet. Neque vero ætate tam
nuperus, antiquitatifque tam ignarus æftimari S. Gelafius debet,
quin rei fub Apoftolorum ævo, deincepfque receptiffimæ idoneus
admitti teftis queat : quippe qui epift. 9. ad Dard. Epifcopos edit.
Hard. Ecclefiafticas perfonas ab Ecclefiarum Præfulibus judicari
oportere fcribens, ita a prima Ecclefiæ ætate fervatum adfirmat,
idque Principum quin etiam legibus cautum : indicans, nifi mea
me fallit opinio, L.41. *De Epifcopis* Cod. Theod., & in Append.
L. 15. lib. 16. tit. 2. L. 23, S. Gregorius M. lib. 1. epift. 32. Italiæ Exarchum fevere reprehendit, quod Blandum Hortenfem Epifcopum diutius Ravennæ detinere auderet, imperans eumdem Sy-
noda-

nodali judicio, fi quid deliquiffet, judicandum dimitteret. Quanto demum ftudio defendendam Ecclefiafticam libertatem idem S.
Doctor adfumpferit, multis, quibus ideo parco, demonftrat Thomaffinus par. 2. lib. 3 cap. 104. Gradus honore privandum, ab Ecclefia quin etiam pellendum decrevit S. Zacharias in Concilio Romano an. 743. Can. 12. Clericum, qui proprii Epifcopi pofthabito foro, ad laicum Judicem interpellare non fuiffet veritus. Inter
Capitula Hadriano I. tributa cap. 35, alias 33, relato a Gratia,
no Can 48. *Clericus* 11. q. 1., & a Benedicto Levita in lib. 7. Capitul. cap. 332, five 251, *Clericus crimine, aut lite pulfatus non
alimbi, quam in foro fuo audiendus jubetur*. Eximio ifto Ecclefiaftici decoris ftudio inductus S. Nicolaus I. in epift. 8. ad Michaelem
Imp. Sæculari poteftati nullum prorfus in Ecclefiarum Præfules
jus incumbere decernit. Refertur etiam a Gratiano Can. 7. *Evidenter* dift. 96. In epiftola item ad Carolum Moguntinum, ejufque
fuffraganeos, quam ex Martenii vet. Monumentis defcriptam Concilio Moguntino an. 857. adfignandam cenfuit Venetus Labbei edi-
tor, perperam tamen, ut obfervat Manfius Suppl. To. 1. p. 979, de
cujus etiam finceritate dubitationem movet Berardi Grat. Emend.
par. 2. cap. 77. T. 3. p. 294, quæ levior eft tamen, unaque Marteniani
Codicis auctoritate elevatur, relatus itidem totidem verbis a Gratiano Can. 6. *Inter hæc* 33. q. 2., de Ecclefiaftica a laicis legibus
libertate egregiam hancce periocham expromit: *Sancta Dei Ecclefia Mundanis nunquam conftringitur legibus*. Cui approbe concordans Johannes VIII. in Synodo Ravennenfi an. 877. Can. 4.
Clericos, & Sanctimoniales, Pupillos, & Viduas fub Epifcoporum tutela pofitos inde ad Sæcularia trahi judicia interdixit. Stephanus IX. Conftitutione edita, & in Concilio quidem Romano
an. 1058, velut ex ipfius verbis apud Muratorium Antiq. Ital.
To. 5. p. 979, atque ex Chronographo Vukurnenfi Rer. Ital. To. 4.
p. 514. recte auguratur Manfius Suppl. To. 1. p. 1315, feqq.,
Clero Lucenfi immunitatem, libertatemque adferuit, & vindicavit, allegatis Sacrorum nedum Canonum decretis, fed Othonis
etiam, aliorumque Imperatorum Refcriptis, quibus inhibetur, ne
Clerici ab ullo *Ad Secularia judicia pro qualicumque controverfia
pertrahantur, vel ante Seculares Judices examinentur, vel diftrin-*

gantur, *nisi tantum ab eorum Præsule*. Clericos indiscriminatim omnes solius Episcopi foro obnoxios esse rescripsit Urbanus II. epist. 14. ad Rodulphum Comitem. Cujusce Rescriptum observari, religioseque adimpleri voluit Concilium Melphense sub eodem celebratum an. 1090. Can. 11. Prædecessorum vestigiis pres. se inhærens Callistus II. in Lateranensi generali I. an. 1123. Can. 20. pro officii parte *Ecclesias cum bonis suis*, *tam personis*, *quam possessionibus*, *Clericos videlicet*, *ac Monachos*, *eorumque Conversos*, *Aratores quoque*, *cum suis nihilominus rebus*, *quas ferunt*, *tutos*, *& sine molestia esse*, sub Anathematis pœna sancivit. Canones inter alios in Concilio Pisano an. 1134. ab Innocentio II. sancitos, quos ex Codice Vaticano a Cardinali Aragonio in vita ejusdem Pontificis Rer. Ital. To. 3. par. 1. p. 435. descriptos suo Conciliorum Supplemento To. 2. p. 417, seq. Mansius intexuit, Can. 12, in Remensi Can. 13, Is, qui violentas in Clericum, aut Monachum injecisset manus, diro subjicitur Anathemati, a quo absolvi, nisi mortis instante periculo, a nemine possit, donec Apostolico se præsentaverit conspectui. Eugenius III. in Cap. 2. *Decernimus* de Judiciis Laicos a caussarum Ecclesiasticarum cognitione submovisse legitur: *Decernimus*, inquiens, *ut Laici Ecclesiastica tractare negotia non præsumant*, *sed Episcopi* &c. Apertissima hac de re Alexandri III. sententia est cum in epist. 10. ad Henricum Angl. Regem, qua Clericos ad Tribunal sæculare trahi omnino prohibet, tum in Concilio Lateranensi III. Cap. 14, quo a Fidelium communione segregandos edicit Laicos, qui suo judicio stare personas Ecclesiasticas compellerent. Similibus ad Upsalensem Archiep., & ad Ludovicum VII. Gall. Regem litteris in Append. 19, & Append. 2. ep. 77. unum Clericis patere Tribunal Episcopale præcepit. Sed enim longe explicatior est Lucii III. sanctio in epist. ad Strigoniensem Archiep., relata in Cap. 8. *Clerici* de Judic., quo loci de Criminalibus Clericorum caussis hæc habet: *Clerici*, *maxime in Criminalibus*, *in nullo casu possunt ab alio*, *quam Ecclesiastico Judice condemnari*; *etsi consuetudo Regia habeatur*, *ut fures a Judicibus sæcularibus judicentur*. (Quibus verbis, ut audis, contraria Libertati Ecclesiasticæ Civilis lex abrogatur): pergit deinde rationem proferens: *Quum Imperator*
dicat,

dicat, *quod etiam leges non dedignantur facros Canones imitari* : *in quibus generaliter traditur,ut de omni crimine Clericus debeas coram Ecclefiaftico Judice conveniri* ; *nec debet in hac parte Canonibus ex aliqua confuetudine prejudicium generari* . Veterem in Ecclefia hanc effe difciplinam, eidemque coævam, ut a Laico diftincto Ecclefia foro potiatur, auctor locuples accedit Cæleftinus III. in Cap. 10. *Quum non ab homine* Decret. lib. 2. tit. 1. *De Judiciis*, & in Cap. 9. *Quod Clericis* tit. 2. *De Foro competenti* , ubi SS. Bonifacii, Gelafii, aliorumque Deceflorum laudatis decretis fic loquitur : *Nullus Epifcoporum, vel Clericorum ad Judicia Sæcularia eft trahendus* : *habent enim illi Judices fuos , nec quidquam eft eis commune cum legibus* . Decerptus eft locus ex L. 3. Cod. Theod. de Epifcop. Judic. a Valentiniano, Theodofio, & Arcadio lata, relataque a Gratiano Can. 5. *Continua* 11. Q. 1. Ut erat vero tam harum rerum peritiffimus , quam Ecclefiafticæ poteftatis vindex acerrimus Innocentius III, hanc paucis, fed explicitiffimè proinde in tuto pofuit Cap. *Ecclefia S. Mariæ* de Conflit. *Quod Laicis* , inquiens, *fuper Ecclefiaficis perfonis, & Ecclefiis nulla fit attributa facultas imperandi* &c. Datis etiam ad Epifcopos Sardiniæ litteris lib. 7. epift. 111,& ad Turritanum Judicem epift. 115. apud Raynaldum ad an. 1204. n. 59. afperrime increpuit cum illos, quod Ecclefiaftico pofthabito foro, coram Laicis Magiftratibus inter fe fe judicio contenderent , tum iftum , quod Ecclefiafticas perfonas apud Laicos cauffam dicere,judiciumqne fubire cogeret . Denique Clericorum immunitati abunde profpexit Cap. 12. Extra *De Foro compet.* , & Cap. 17. Extra *De Judic.* Friderici II. Conftitutione confirmata , Clericorum judicia Epifcopis religiofe refervari diftricte juffit Honorius III. Conft. 1. *Has leges* , inquam confer , fi placet , Emin. Petram To. 2. n. 25, feqq. a quo Pontifice decretam perinde in temeratores Ecclefiafticæ libertatis excommunicationis fententiam laudavit, fuifque ad Theobaldum Navarræ Regem litteris apud Martenium Anecdot. To. 1. p. 993. infertam voluit Gregorius IX, qui præterea in epift. 28. ad Comitem Tolofanum Univerfitatem Tolofæ recens erectam adprobans,eidem plenam adfcrit immunitatem . Innocentii , & Honorii decretis inftauratis , eos , qui Ecclefiafticam appetere libertatem ,

lacef-

lacessereque auderent,censuris inussit Alexander IV, datis adGal-
liar. Episcopos epist. 496. lib. 3 , qua ad eamdem pro officio defendendam eosdem Præsules excitat , & ad S. Ludovicum Regem
epist. 133. eodem lib. 3. apud Raynaldum ad an. 1257. n. 54, &
1258. n. 16, qua eidem gratulatur , quod ad libertatem Ecclesiæ
tuendam egregie se contulisset . Clerum Hispanum asperrimis ob-
jurgavit Urbanus IV , quod Laicis coram Judicibus lites agitare
suas indigue sustineret . Quicumque occasione censuræ latæ in personam cujusque gradus , etiam Regalis , Episcopis injuriam , ac
molestiam inferrent , dito anathemati subjiciuntur a B. Gregorio
X. Constit. *Quicumque* edita in Concilio Lugdunensi II. cap. 31,
quam instauravit Bituricense an. 1286. cap. 11. Vicissim vero
ejusdem Pontificis Constitutione altera eodem in Concilio lata
Sciant cuncti Cap. 11. propria facta legitur a Melfitano an. 1384,
apud Martenium vet. Monum. To. 7. p. 283, cap. 2 ,quo Ecclesiasticis personis , electionis occasione , gravamen , aut molestiam inferentes excommunicatione plectuntur . A Nicolao III. lib. 1.
epist. 149. Philippo Audaci, non secus atque deinde a Nicolao
IV. Philippo Pulcro , nec non a Johanne XXII. Philippo Longo
Francor. Regibus indultum quidem , ut Clericos flagitiis deditis-
simos , ne videlicet Ecclesiastica freti libertate , temeritati , faci-
noribusque cujusque genus habenas impune laxarent , capi , & in
Carceres trudi jubere possent , ita tamen , ut eorum de sceleribus
judicarent Episcopi apud Raynaldum ad an. 1278. m 37 , & 1317.
n. 13. Et certe Honorius IV , & Nicolaus IV. cum Philippum
Pulcrum Gall. Regem , cum Eduardum I. Regem Angl. cum Principes alios efficacissimis litteris apud Raynaldum ad an. 1285. n. 81,
1286. n. 19, seq. , 1288. n. 19, ac 1290. n. 28 , & 33. admonitos
voluere, ut Administros ab inferendis Clericis injuriis , ac Judices
laicos a caussarum ad Ecclesiasticum forum attinentium cognitione serio , religioseque deterrerent . Excommunicationis perinde
sententia cum a Bonifacio VIII. in eos promulgata est , qui Ecclesiasticam jurisdictionem impedire tentaverint Cap. 4. *Quoniam
De Immunit. Ecclef.* in 6. lib. 3. tit. 23, tum a Clemente V. in
eos confirmata , qui in Episcopos , aliasque personas Ecclesiasticas insxvite , eosque infectari , ac proscribere non expaverent ,
Clem.

Clem. 1. *Siquis* , & 2. *Multorum* lib. 5. tit. 8. *De Pœnis* , relata , quoque in Bullam Cœnæ cap. 11. Ad hæc Extravag. *Super Gentes De Confuetu tine* cap. un. a Johanne XXII. interdicto fupponuntur loca , & Regna , in quibus Apoftolicæ Sedis Legati , aliique Mi. niftri admitti detrectentur , impedientibus anathematis inflicta fententia . Ad infractam in Gallia paffim , & Anglia laicis a Judi- cibus Ecclefiaftici fori religionem , ac libertatem redintegrandam, ac in priftinum erigendam decus converfi tamBenedictus XII.repe- sitis litteris cum ad Nuncios fuos , tum ad Reges Philippum , & Eduardum apud Raynaldum ad an. 1337. n. 17, feqq., quam Cle- mens VI. litteris iteratis ad Eduardum Regem apud eumdem An. nal. ad an. 1344 n. 55,& 1352. n. 17, in Hungaria item confirma- tis ideo Concilii Pofonienfis decretis an. 1346. n. 73 , feq. , & in Hifpania epift. ad Petrum Arag. ibid. an. 1350. n. 45. In eos ite- rum , qui perfonis Ecclefiafticis injuriam conflare , moleftiamque inferre præfumerent , diro anathematis telo animadvertit Urba- nus VI. Conftit. 3. *Quia ficut* . Quibus præterea infamiæ notam inflixere Fridericus II , & Carolus IV. Imp. fuis legibus , quas fe- cundo confirmans Bonifacius IX. Conft. 4. *Juftis* , Clericorum cauffas ab Epifcopis dijudicandas definivit . Pœnas omnes fuis a Prædecefforibus in violatores Ecclefiafticæ immunitatis intortas complexus Martinus V. Conft. 10. *Ad reprimendas* Romæ Kal. Febr. 1418. edita , fub excommunicationis interata pœna Roma- no Pontifici refervata , ac refpective interdicti , tam Laicis cujuf- que gradus prohibet Ecclefiafticas perfonas ad Forum laicale tra- here , quam Ecclefiafticis ipfis, adjecta pœna amiffionis cauffæ, co- ram laicis Judicibus comparere,tam quoad actionem realem,quam perfonalem , & mixtam , Civilem , & Criminalem , tamque fi de. jure, quamve fi ex confuetudine . Friderici II. Edictum pro liber- tate Ecclefiaftica, & a Foro laico exemptione ab Honorio IV. con. firmatum inftauravit denuo Calliftus III , non fecus atque Caroli IV. legem, Conft. *Cum ficut* an. 1455. apud Raynaldum n. 37.Lu- dovico XI. Gall. Regi oftendit Sixtus IV. Fori jus inter alia Sacer- dotibus·ita proprium obtingere , ut in fuum transferre Rex nullo quiret modo , apud eumdem Annaliftam ad an. 1478. n. 23,& 27. Apud Epifcopos dumtaxat Ecclefiafticas agi cauffas repetitis vicibus voluit Leo X, nempe Conft. 7. *Superna*, 10. *Regimini*, & 63. *Paftoralis*. Julius III. in epift. ad Carolum V. Imp. inolefcentem in Hifpania abufum, ut Clerici paffim ad laicum Tribunal rape-rentur, extirpari prorfus juffit apud Raynaldum ad an. 1551. n.82. Quas infuper partes idem Pontifex explevit pro libertate Clerici in Corfica vindicanda epift. ad Paulum de Thermes Gallum Pro-regem legenda apud Raynaldum ad an. 1555. n. 7. Hortante S. Pio V. libertatem Ecclefiæ tuto in loco ftare in Poloniæ Regno in petavit Edicto lato Sigifmundus Rex apud Laderchium ad an. 1568. p. 110. edit. Rom. 1733. Violatam a Senatu Dolenfi redin-tegrare ftuduit epiftolis apud eumdem ad an. 1571. p. 348, feq. Quibus adhuc efficacius effreni laicorum Judicum licentiæ frænum demum apponitur in Bulla Cœnæ D. quotannis promulgari folita, eaque fpeciatim adeunda, quæ n. 14. incipit *Paftoralis* §§. 15, & 16. a Benedicto XIV. Bull. To. 1. p. 35. edita 3. Kal. Apr. 1741. eft.

Ab egregio ifto Rom. Pontificibus arcte infito Ecclefiaftica immunitatis in tuto ponendæ ftudio, officioque neque prope, ne-que procul abfuere Ecclefiarum Præfules, cupiditate non tam af-fecti propriæ amplificandæ poteftatis, quam vero erga Religionis incolumitatem affectu incenfi. Non opus eft atque, æque otium fuppetit omnia, quæ ex Conciliis hanc in rem conferrent, docu-menta congerere, fed fatius habebo ea illuftriora deligere, in qui-bus nullum plane fit dubium, plurimum vero roboris infit. A Concilio itaque Antiocheno an. 341. exordium capiendo, in eo Can. 11, feq. a Communione, & honore abjiciuntur Epifcopi, & Clerici, qui Ecclefiaftico derelicto Tribunali, ad laicos adjiffent Judices. Refertur etiam a Gratiano Can. 2. *Siquis* 21. Q. 5. Sar-dicenfe in epift. Synodica ad Ecclefiam Alexand. preces apud Im-peratores ab fe interpofitas memorat: *Ut illorum humanitas.... conftituat, ne quis Judicum ... aut Clericos judicet, aut ulla ratio-ne impofterum, fub prætextu Ecclefiarum, quippiam contra Fratres moliatur*. In Carthaginenfi III. an. 397. cap. 9. relato quoque Can. 43. *Placuit* 11. Q. 1, ex quo pariter defcriptus ab Ifidoro vi-detur Can. 14. *Relatum* ibid. a Gratiano tributus S. Alexandro I, Clerici a Tribunali laico, in cauffa Criminali quidem fub gradus amittendi pœna, in Civili vero fub pœna cauffæ perdendæ, eli-

mina-

minati omnino funt. Cui probe congruit Concilii Africani Cap.
71, Carthaginenfis an. 407. Can. 19. ex iis, qui Milevitano II.
tribui folent, in Codice Can. Eccl. Afric. Can. 15, & 104. Clericos ad Sæcularia judicia concurrere diftricte vetat Chalcedonenfe
an. 451. Can. 9, regefto a Gratiano Can. 46. *Si Clericus* 11. Q. 1,
fed eorum negotia apud Epifcopos agitari debere, aut apud Arbitros ab utraque parte eligendos auditi decernit. Ab Ecclefia ex-
torres abire, dignique bonorum omnium deteftatione ab Arelarenfi II. an. 452. Can. 31, jubentur, declaranturque Clerici, qui
ad Sæculares Judices cauffas deferre fuas auderent. Andegavenfe
an. 455. Can. 1, Chalcedonenfi 9. inftaurato, Clericos ab Epifcopali audientia profilire, Judicefque laicos expetere interdixit.
Ab Epifcopi proprii judicio ad aliorum Epifcoporum audientiam
provocare Clericis quidem permittit Veneticum an. 465. Can. 9,
non tamen ad Sæcularis poteftatis Tribunal appellere, fub Anathematis pœna. Leo Bituricenfis in Synodica una cum Victurio
Cenom., & Euftochio Turon. ad Epifcopos, & Presbyteros Prov.
3. Lugd., quæ eft Provincia Turonica, olim inter Epiftolas S. Leonis M. n. 96. falfo adfcripta, velut obfervat Sirmondus in Not.,
Clericum, qui Epifcopali prætermiffo judicio, publicum fponte
adjiffet Judicem, gradu, & officio privandum decrevit. Ab Ecclefia quin etiam communione pelli Clericum, qui Laicum ad Judicem confugerit, aut criminale negotium in laico Judicio propofuerit, imperat Agathenfe an. 506. Can. 8, & 32. relatis Can. 1.
Placuit 11. Q. 3, & Can. 17. *Clericum* 11. Q. 1. In Epaonenfi an.
517. Can. 11, ne publicos interpellare Magiftratus audeant, Clerici prohibentur: Ad Sæculare judicium accedere Clericum, vel
alium attrahere diferte noluit Aurelianenfe III. an. 538. Can. 32,
qui habetur in Gratiani Decreto Can. 3. *Clericum* 11. Q. 1, atque
inftauratus legitur ab Aurelianenfi IV. an. 541. Can. 20. Nec fane, nifi in Ecclefiaftico foro, negotia, litefque contra perfonas
Ecclefiafticas exagitari permittit Aurelianenfe V. an. 549. Can.
17, adprobato paullo poft, promulgatoque ab Arvernenfi II. Can.
16. In Autifiodorenfi an. 578. Can. 35. a Tribunali profano Clerici abftrahuntur non modo, fed profani Judices Clericos injuriis
afficientes anno ab Ecclefiæ communione Can. 43. abfcinduntur.

Qui-

Quibus perquamsimilis est Censura, quæ a Concilio Matisconensi I. an.581. Can. 7, seq. tam in laicos Judices Clericis molestiam
inferentes, quam in Clericos ad Judices laicos alterum ex con-
sortibus attrahentes distringitur: nam & illi ab Ecclesiæ liminibus
arcentur, & isti, si gradus fuerint inferioris Subdiaconatu, uno
minus de quadraginta verberibus subjiciuntur, si superioris, triginta dierum conclusione, idest carcere, damnantur. Videndæ
Bignonii Notæ ad Marculfi Form. 3. lib. 1. Pertinent huc etiam
Matisconensis II. an. 585. Canones 9, & 10, quibus Clericorum
dignitas a Sæcularium Judicum molestiis eximitur. Caussa cadere,
Ecclesiæque communione ejici a Toletano III. an. 589. Can. 13,
relato Can. 42. Inolita 11. Q. 1, jubentur Clerici, qui consocios
alios laicis coram Judicibus sisti cogerent. In Epistola Canonica
incerti Auctoris, Sæculi VI. tamen, capitibus 11. constante, quam
Atto Vercell. Antistes ex Collectione MS. additionum Dionysii
Exigui, in Bibliotheca Capituli Vercell. extante, memorat in e-
pist. ad Ambrosium Presbyterum Mediolan. apud Dacherium Spicileg. To. 1. p. 439, quamque ex duobus Codicibus MSS. Cassinensi, & Vaticano descripsit Sirmondus, ex ipsius vero schedis recensuit Baluzius Capitul. To. 2. in Append. n. 5. p. 1374, ex Codice rursus Lucensi MS. recudit Mansius Suppl. To. 1. p. 817, ac
denique in quatuor Italicis Collectionibus Vaticana 1342, Bar-
berina 2888, Vallicellana. A. 5, ac Ticinensi, nunc Vaticana
1343, extare observant Ballerinii Fratres in Append. ad S. Leonis M. Opera To. 3. p. 631, & 669, in ea, inquam, Epistola n.11.
Clerici omnes caussas suas coram Episcopo disceptare jubentur:
Nam per nulla Secularia Judicia adire præsumant: contra facien-
tibus a vini potione, esuque carnium abstinentia indicta, donec ad
Metropolitanum accederent. Tamdiu vero ab Ecclesia sequestra-
tus, quamdiu reatum non emendaverit, a Parisiensi V. an. circiter
615. Can. 4, apud Gratianum Can. 2. *Nullus* 11. Q. 1, laicus de-
nuntiatur Judex, qui distringere in Clericum non vereretur. Canonem porro hunc Parisiensem in tuto deinde positum voluit Remense an. 625, aut 630. Can. 6, & 18. Liberam Ecclesiam relinqui, suisque frui judiciis, ad eamdem qualia pertineant, desi-
gnans, districte præcipit Berghamstedense an. 697. Can. 1, &
22. Jus

22. Jus Ecclefiafticum ut Epifcopis integrum confervaretur , enixis votis a Belvacenfi an. 845. Cap. 1. rogatus legitur Carolus
Calvus . Quæ fane preces ex Conventu apud Villam Coloniam
Can. 1 , & ex Concilio apud Theodonis Villam Can. 12. re-
peritæ leguntur a Meldenfi eodem anno. Perpetua cura hæc perfonas Ecclefiafticas a poteftate laica vindicandi Conciliis hæfit
Aquifgranenfi II. an. 836. tit. De perfona Regis cap. 7, feqq. ,
quibus cauffas Ecclefiafticas tam Civiles , quam Criminales jure
Divino uni refervatas Ecclefiæ docet; Moguntino an. 888. Can.7,
& 16, quibus Clericis inferri moleftiam prohibet, qui vero necem intuliffet, pœnitentiæ fpatium , qualitatemque præfcribit;
cui etiam Concilio Can. 2 , feq. reftitue ndum Canon. 11. Si Imperator dift.96 , Johanni VIII. tributum perperam a Gratiano, fu-
fpicatur Berardi par. 2. Tom. 3. cap. 78. p. 357 ; Triburienfi an.
895. Can. 5 , & 10 , quibus præcedentes Canones Moguntini
comprobantur , & Can. 21 , quo Sacerdotum cum Laicis lites
apud Epifcopum abfque juramento finiri jubentur ; Troslejano
an. 909. capp. 1, & 5, quibus tam Ecclefiis, quam earum Miniftris
digna etiam a Regibus exhibenda reverentia decernitur , allega-
tifque ex Pfeudo-epigraphis quidem Pontificum epiftolis , fed
etiam ex germanis Principum fanctionibus , velut ex Capitul.
lib. 5. cap. 121 , & lib. 6. capp. 98 , & 304 , explicitis locis: Dei
Sacerdotes non infeftandi , non contriftandi, non accufandi , non a Sæcularibus arguendi , non reprebendendi , non damnandi , non arcen-
di , non quibuslibet machinationibus maculandi , vel dilacerandi ,
aut detrahendi , non aliqua injuria , vel contumelia afficiendi , quin
minus perfequendi , excæcandi , aut interficiendi denuntiantur ;
Engilenheimenfi an. 948. Can. 5, quo Laicis moleftiam Presbyteris inferre prohibetur . Cui junge Cleri Northumbrenfis leges
capp. 1, 23, feq., quibus Sacerdotum indemnitati , dignitatique
fedulo confultum legitur apud Harduinum Tom.6 par.1. p.705,
feqq. Pro eo , quo flagrabat, Ecclefiaftici decoris ftudio Herardus
Turon. , Capitul. Ecclef. cap. 7 , feq. atra innodavit cenfura tam
Laicos, quam Clericos, qui contendentes inter fe fe apud laicum
Judicem potius, quam proprium apud Epifcopum judicio experiri
mallent , Hincmarus quoque Remen. in Tract. adverfus homony-

mum Nepot.Laudun. Oper.To.2 p.320, feqq. Canonum Synoda-
lium , Decretorum Pontificiorum, & Legum Imperialium copiofa
ingefta congerie Clericos apud laicos Judices in caufla neque criminali, neque civili experiri judicio debere liquido demonftrat.
Atqui digitum ad fontes ipfos , unde fua haufit Hincmarus , propius intendere præftat, ne ram illius, quam Synodorum longe potiori moveri nos auctoritate videamur . In Cojacenfi igitur Concilio an. 1050. Can.3. id caute decretum babetur , ut tam Ecclefiæ, quam Ecclefiaftici unius fub Epifcopi proprii jure degant,
nec in eas , ant in eos poteftatis quidpiam fibi arrogent Laici .
A Nemaufenfi an. 1096. Can. 4. diftri ctis in Laicos , manus in
Clericos injicientes , cenfuris animadvertitur : quæ prohibirio ab
Audomarenfi an. 1099. Can. 3. in eos pariter extenditur, qui injuriam inferre Laicis iis auderent , qui Clericis , aut Monachis
comites fe dediffent. Clericos in flagranti delicto deprehenfos capi quidem Judicibus laicis permiffum eft ab Ilerdenfi an. 1129 ,
ita tamen ut ii dijudicandi Ecclefiaftico Judici fubito dimittantur.
Laicis iterum Ecclefiaftica , quæ ad Ecclefiam dumtaxat attinent,
negotia difponere , ac definire nefas effe decretum legitur a Remenfi an. 1148. Can. 5 , relato Cap. *Decernimus* de Judic. , & a
Turonenfi an. 1163. Can. 1, ex iis, qui in Codice Mf. S. Michaelis in periculo Maris Can. 9. fubjunguntur . Anno 1189. a Rotomagenfi Can. 21. Clerici , alios Clericos in Ecclefiaftica caufla fæ-
culares ad Judices trahere non veriti , caufla prorfus delapfi , Sacrifque interdicti declarantur . In Concilio Dalmatiæ , præfiden-
tibus Apoftolicæ Sedis Legatis , an. 1199. Can. 5. diftricte veta-
tum eft, ne Clericorum cauffis fe ingerere Judices audeant, multoque minus eos ad probationes per ignem, & aquam adigere . Uni-
verfalis , ut audis , vigebat difciplina hæc , doctrinaque in Ecclefia , cujufce teftis etiam idoneus accedit Ivo Carnot. , qui epift.
162. ad Canonicos Bellovac. ea ipfos animi magnitudine præditos exoptabat , qua periculo omni contempto Sodalis cujufpiam
ad laicum Tribunal rapti vindicarent injuriam . Qua profecto fortitudine indutus S.Thomas Cantuar.hifce per epiftolam 64. lib.1:
affari Henricum Angliæ Regem haud extimebat: *Quia certum*
eft Reges poteftatem fuam accipere ab Ecclefia , non ipfam ab illis ,
                                                              fed

sed a Christo, non habetis Episcopis præcipere, trahere Clericos ad sæcularia examina &c. Jure, optimeque itaque a Concilio incerti loci in Hispania an. 1215. cap. 11. apud Martenium Anecd. To. 4. p. 171, juxta pluries iteratas a Pontificibus, & a Synodis hac de re leges, Clerici in flagitio a sæcularis fori administris deprehensi Ecclesiastico Judici absque mora tradi jubentur. Caussarum etiam circa mobilia, ratione juramenti, vel fidei, vel testamenti, vel Matrimonii, cognitionem Gallicanæ Ecclesiæ adserere non dubitavit Melodunense an. 1225. Inter Statuta eodem anno in Concilio Scotico apud Wilkins Tom. 1. p. 607. illud num. 49. habetur, quo Ecclesiasticæ liberrati vim Inferentes districto anathematis gladio seriuntur. Caussas civiles Ecclesiasticorum coram Judice Ecclesiastico tractandas, a caussis etiam Criminalibus eorumdem laicos Judices removendos, excommunicationis adjuncta pœna, definitum est a Concilio apud Castrum Gunterii an. 1231. Can. 16, & 20, & a Rotomagensi eodem anno Capp. 28, & 30. Sed & Ecclesiasticam libertatem tam realem, quam personalem a Laicis appetitam acerrime vindicandam sibi sumpsit Remense an. 1235. Jurisdictionem Ecclesiasticam Impedientibus justus Religionis incussus est metus a Biterrensi an. 1246. cap. 18. In Concilio apud Vallem Guidonis an. 1242. cap. 5, Milevitani II, seu verius Carthaginensis an. 407, Can. 19, & Chalcedonensis Can. 9. instauratis, Clerici a foro sæculari in caussis tam Civilibus, quam Criminalibus, sub Ecclesiasticæ districtione censuræ, procul arcentur. Ne jurisdictio Ecclesiastica, sive latarum ab Ecclesia sententiarum executio a laica potestate impediatur, neve personis Ecclesiasticis vis, ac molestia inferatur ulla, earumque quævis ad forum sæculare in caussa sive Civili, sive Criminali compellatur, districte vetitum legimus a Salmuriensi an. 1253. cap. 25, seq., alteroque postea an. 1315. cap. 2, a Westmonesteriensi an. 1256. apud Raynaldum n. 26, a Weilacensi eodem an. apud Ludevvig Reliquiarum Tom. 9. p. 79, & Raynaldum ad an. inseq. n. 29., seq., a Roffacensi an. 1258. capp. 1, & 5, redintegratis deinde in Roffacensi altero an. 1327. capp. 1, & 2, a Lambethensi an. 1261. apud Harduinum Tom. 7. p. 535, & 539, a Coloniensi an. 1266. Can. 1, 9, 10, 11, 15, 18. &c., a Tarraconensi eodem anno apud Martenium

nium

nium Vet. Monum. Tom. 7. p. 171. Can. 2, & 3 , alteroque an.
1292. cap. 10. ibid. p. 289, a Claromontano an. 1268. par. 2.
cap. 9, a Concilio apud Castrum Gunterii eod. an. cap. 2, a Senonensi an. 1269. cap. 5, quod est fragmentum Pontificiæ cujuspiam Decretalis, a Saltzburgensi an. 1274. cap. 22, alteroque
an. 1281. cap. 13, a Bituricensi an. 1274. Can. 8, alteroque an.
1276. Can. 13, a Salmuriensi an. 1276. Can. 11, ab Audomarensi
an. 1279. capp. 4, 6, seq., ab Avenionensi eod. anno cap. 4, alteroque an. 1282. cap 7, a Redigensi an. 1279. cap. 3, a Budensi
eodem an. Constit. 24, 15, & 58, qua postrema insuper, ne appellationes ad Sedem Apostolicam impediantur, districte prohibetur, apud Raynaldum in Append. Tom. 3. edit. Lucen. 1748.
p. 627, seqq. , ab Andegavensi eod. an. cap. 1, a Turonensi an.
1282. cap. 7, a Bituricensi an. 1286. cap. 11, ab Excestrensi an.
1287. capp. 30, & 41, ab Herbipolensi eod. an. cap. 24, ab In-
sulano an. 1288. capp. 12, & 13; quibus Avenionensis 1279. cap. 2,
& Bituricensis an. 1276. cap. 11. innovantur, a Nugariensi an.
1290. Can. 5, & 10, a quo Can. 6. Episcoporum insectatores,
aut percussores anathemate feriuntur, uni reservata Pontifici M.
absolutione, ab Ilerdensi an. 1293, ut habetur in Constitutionibus Provinciæ Tarraconensis, Decreto Concilii Tarraconensis
an. 1555. compilatis, p. 36, seq., ubi caussa cadere, & censuræ
irretiri Clerici, & Laici jubentur, qui discepere in foro sæculari non vererentur, a Santonensi an. 1298. cap. 7, & a Rotomagensi
an. 1299. capp. 3, 4, seq. Ex quibus viden, ut huic Ecclesiasticæ
jurisdictionis parti in tuto ponendæ indesesso allaboraverint studio
Ecclesiæ Italica, Africana, Gallicana, Anglica, Germanica,
Hispanica, Danica, Hungarica, Polonica, Hibernica, Scotica &c.?
Quo perinde a studio haud sibi absistendum, sed Ecclesiasticam potestatem defendendam, personasque Ecclesiasticas a laico foro re-
movendas pro virili parte sumpsere, quæ post hæc Concilia subse-
quuta quotquot sunt, Melodunense an. 1300. cap. 3, Bajocense
eod. anno cap. 96, Compendiense an. 1301. cap. 1, seqq., Polo-
niense an. 1309. cap. 1, seq., Coloniense 1310. capp. 1, & 2, Ra-
vennatense II. 1311. Rubr. 26, Salmuriense 1315. cap. 1, Raven-
natense IV. 1317. cap. 18, Senonense 1320. cap. 2, Londinense
1321.

1321. Can. 5, Vallisoletanum 1322. cap. 3, Parisiense 1323. cap. 2,
Avenionense 1326. capp. 8 , 9 , 10 , 14 , 42 , & 43 , Marcianense
eod. anno cap. 9 , seq. , Silvanectense eod. an. cap. 7 , Complu-
tense eod. an. apud Raynaldum n. 20. cap. 2 , Compendiense
1329. capp. 1, & 3 , Salmanticense 1335. cap. 8, Bituricense 1336.
capp. 7, 11 , 12, & 13 , apud Castrum Gunterii eod. an. cap. 1, seq.,
Avenionense 1337. capp. 10, 11, 12, 17; & 18, Londinense 1342.
cap. 12, Noviomense 1344. cap. 1, 6, & 8 , Parisiense 1346. cap. 1,
Toletanum 1347. cap 2, Meldense 1365. cap. 8. apud Martenium
Anecd. Tom. 4. p. 916 , Andegavense eod. an. capp. 24 , 26, seq ,
Vaurense 1368. capp. 29, 30, 36, 38, 40, 44, 45, 94 , 102, 104,
108, & 122, Narbonense 1374. capp. 11, 12, & 21, Salzburgense
1386. cap. 14, Constantiense 1418. sess. 45. confirmans Friderici II, & Caroli IV. Constitutiones, Salzburgense 1420. Can. 29,
Frisingense 1440. cap. 3 , Eboracense 1466. apud Harduinum
Tom. 9. p. 1480 , seq. , & Tridentinum sess. 7. de Resor. cap. 14,
& sess. 25. de Resor. cap. 20. Quam porro Tridentini Concilii sapientiæ plenam sanctionem a laicis Potestatibus illibatam observari quantis exambierint votis Synodi Moguntina an. 1559. Can. 76,
Urbinatensis an. 1569. de Immun. Eccles. cap. 3 , & Florentina
an. 1573. Rubr. 13. de Imm. Eccl. cap. 1 , videre licet apud Mansium Suppl. To. 5. p. 893 , & 918. Quod idem studium hæsit similiter Consentinæ an. 1579. sess. 3. cap. de Immun. Eccles. ibid. p,
1127, Mediolanensi V. eod. an. cap. 11 , Melodunensi eod. an. ,
Rotomagensi an. 1582. tit. de Jurisd. Eccl. , Remensi an. 1583 ,
Bituricensi an. 1584. tit. 25 , cap. 10, Mexicanæ an. 1585. lib. 3.
tit. 19. §. 5 , Cameracensi an. 1586. tit. 22. cap. 12 , Tolosanæ
an. 1590. cap. 4 , Narbonensi an. 1609. cap. 42 , &c. Quibus jungenda repetita S. Congregationis Concilii Decreta apud Fagnanum in lib. 1. Decret. par. 2. p. 352 , seqq. Mitto alias multas ,
vereor enim , ne jam Lectori vel liberali fastidium ingesserim .

Fieri igitur nequivit, quominus Clericis a Laico Foro exemptionem , quam Jure plane cum Divino, tum Canonico adeo suf-
fultam , jugique in Ecclesia doctrina , ac disciplina corroboratam
intueri nequibant, turbare , aut minuere voluerint laici Principes , ut integram potius manere ultro citroque , ac vice plus simplici

plici jusserint. Ita de Constantino M. auctor est Nicephorus lib. 7. hist. Eccl. cap. 46, cui etiam laudi vertitur Can. 15. *Futuram* 12. q. 1, quod Episcopos *ad Dei solius judicium reservari* adfirmarit. De Constantio dignoscere licet ex lib. 16. Cod. Theod. tit. 2. *De Episcopis, & Cleric.* L. 2. an. 355. lata, quæ inscribitur *De foro Eccles.*, *& exemptione Episcop:*, velut observat ipsemet Gotho-fredus. De Theodosio, & Arcadio sit evidens ex L. 3 Append. Cod. Theod. *De Episcop. Judicio*, quæ sic habent: *Continua lege sancimus nomen Episcoporum, vel eorum, qui Ecclesiæ necessitatibus serviunt, ne ad judicia extraordinariorum, sive ordinariorum Judicum pertrahantur: habent enim illi Judices suos, nec quidquam his publicis commune cum legibus.* Subdititiam porro legem hancce contendit, præ ingenio inficiandi quidquid ad Ecclesiæ conferat jura, Jacobus Gothofredus in Comment. ad eamdem Legem, ac post ipsum Petrus Jannonus lib. 2. cap. ult. §. 3, sub-jungens eam legem cum ab Anselmo lib. 3. cap. 109, tum a Gratiano Can. 5. *Continua* 11. q. 1. mutilatam fuisse, interpolatamque. Verum eam egregie vindicant Sirmondus, a quo lex illa cum aliis sub eodem titulo ad calcem Cod. Theod. evulgata est, ac Johannes le Gendre IC. Parisiensis serm., quem an. 1690. Clero Gallicano inscripsit, eo quammaxime ductus momento, quod titulus iste *De Episcopali judicio*, ejusdemque legum fragmenta leguntur in Breviario Cod. Theod. an. 506. jussu Gajoaris, qui Regis Alarici Quæstorem agebat, Aniani IC. opera compilato. Geminæ sunt Leges a Valentiniano sen. latæ, tum qua, S. Ambrosio teste in epist. 22. ad Valentin. Jun., sanxit: *In causs fidei, vel Ecclesiastici alicujus Ordinis, eum judicare debere, qui nec munere impar sit, nec jure dissimilis, hoc est Sacerdotes de Sacerdotibus,* tum qua, digno ideo eumdem elogio mactante ibidem S. Ambrosio, Episcoporum criminales signatim caussas *ad Episcopale judicium pertinere* integre voluit. Cujus etiam legis mentio sit a Concilio Romano an. 378. in Synodica ad Gratianum, & Valentinianum II. Quibus insuper Coislinus Codex a Sæculo IX. exaratus apud Constantium in Not. ad hanc Synodicam p. 528. legem tribuit, qua Episcopum apud Judices publicos accusare districte prohibuere, ejus judicium apud Episcopos integrum stare jubentes.

res. Faciunt & huc L. 9. De Episcop. Jul. lata ab Honorio, &
Arcadio an. 408. Cod. Justin. lib. 1. tit. 7., L. 21. ab Honorio an.
412. promulgata Cod. Theod. lib. 16. tit. 2. De Episcopis, Ecclef., & Cleric., L. 27. eisdem Cod. Theod. lib., & tit. a Theodosio II, & Valentiniano III. an. 425. edita, cujus præ aliis præclara sunt ista: Fas non est, ut Divini muneris Ministri temporalium Potestatum subdantur arbitrio. De Marciano conferendi Canones 2. Nos ad fidem, & 3. Quædam dist. 96. a Gratiano descripti ex Concilio Chalcedonensi Act. 6. Quô etiam pertinent Justiniani Novellæ 79, qua Monachus, aut Sanctimonialis apud Judicem laicum accusari prohibentur, 77. cap. 298, 83, 86, juncta ibid. interpretatione Balsamonis in Collect. leg. Ecclef. lib. 3.
tit. 2. apud Justellum To. 2. Bibl. Jur. Canon. Vet., & Novell.
115, cap. 461, quibus generatim caussis Ecclesiasticis se immiscere laici Judices inhibentur: Leonis etiam Sapientis Constitutiones 2, 16, & 75, aliorumque Imperatorum, quorum plura dabunt Photius tit. 9. Nomoc., & Balsamon cap. 1, Authenticæ
Cassa, & irrita, Hodie, & Clericus Cod. Just. De Episcopis, &
Cleric., quibus junge Alexium Patriarcham Constantinopolit.
apud Leunclavium Jur. Orient. To. 1. p. 250, qui Edicto Basilii,
& Constantini Fratrum subnixus Constitutione edita Clericos a
laico Tribunali abducere omnino studuit; ac Friderici II. Auth.
Statuimus eod. tit., de cujus insuper, ac Caroli IV. legibus confer & Bonifacium IX. Const. 4. Justis, & Concilium Constancien-
fe sess. 45, a queis illæ confirmatæ sunt. Quo circa perperam ex
legibus Principum, ac præsertim ex LL. 13, & 29. Cod. De Episcop. audien., ac L. 51. Cod. De Episcop., & Cleric. solo Imperatorum privilegio, indultoque Clericos immunitatem a Foro laico
adquisiviffe pugnat Bohemerus in Not. ad Fleurii Instit. Canon.
par. 3. cap. 1. §. 4. Atque hæc quidem de Ecclesiastica immunitate persuasio non adeo Imperatorum propria æstimanda est, quin
aliorum quoque Principum animum intime pervaserit. Et certe Theodoricus Rex, etsi Arianus, apud Cassiodorum Var. lib. 1.
epist. 9. ad Eustorgium Mediolan. Clericos delatores, ac falso quidem Augustant Episcopi, ad ipsum Eustorgium castigandos remi-
fiffe legitur: non secus ac S. Symmachi caussam Synodo integram
                                                            per-

permisisse. Eadem Athalaricus religione, Cassiodoro pariter referente lib. 3. ep. 24, Clericos Romanæ Ecclesiæ reos apud se postulatos suo Judici, Romano idest Pontifici, reddidit judicandos. In Anglia Edgarus Rex an. 967. Legum Ecclef. cap. 7. inter Sacerdotes exortas lites ad arbitrium fæculare definiendas deferri, pro suo erga Religionem obsequio, districte prohibuisse legitur. A S. Canuto *Cunctas actiones Sacerdotali judicio destinatas a publico Foro fuisse secretas* refert quoque Saxo Grammaticus apud Baronium ad an. 1081. n. 37. Sed & Johannes Cantuar. Archiep. in epist. ad Eduardum Regem apud Harduinum To. 7. p. 875, feq. de violata passim Ecclesiastica libertate graves in querelas effusus, postquam dixisset: *Vos etiam tenemini leges vestras Canonibus subjicere, & contrarias abolere*, productis Constantini Imp., Angliæque Regum Vighredi, Canuti, S. Eduardi, Willelmi, aliorumque ad Henricum I. usque legibus, pergit ostendere *Specialiter personas Clericorum a solis Prælatis Ecclesiæ judicandas esse*. Stephanum Regem Clericos demum laico subjugare Foro molientem ab Episcopis prohibitum, eisque humiliter paruisse refert Willelmus Malmesb. ad an. 1179. Ita etiam Episcopis haud invite cessisse tandem Henricum II, Stephani successorem, integramque illis reliquisse in Clericos jurisdictionem testatur Johannes Sarisberiensis epist. 121. ad Rom. Pontif. Confer & Articulos a Prælatis Angliæ oblatos Eduardo II. apud Harduinum To. 7. p. 1399, feqq., ubi Artic. 4, 6, 8, 13, 15, & 16. Clericorum caussas ad unum Episcopi spectare Tribunal adfirmatur, ex veterique Regni consuetudine receptissima confirmatur Quam denique immunitatem Clero Regni sui confirmare solemni Diplomate an. 1463. Eduardus IV. Religioni duxit. In Clerum etiam, & libertatem Ecclesiasticam pio, integerrimoque affectum studio, officioque Magnum Sveciæ Regem auctor est Magnus alter in hist. Gothor., & Suen. lib. 20. cap. 9. De hac porro arcte insita veteribus Hispaniæ Regibus erga libertatem Ecclesiæ Religione non opus est multis differere, sed id unum indicabo ab Alphonso Aragoniæ Rege Diploma impetrasse Concilium Dertosense an. 1429. pro Immunitate Ecclesiæ redintegranda adversus Judices, Nobilesque Vicorum Dominos, a quibus labefactari in dies, lædique conspiciebatur. In Hunga-

ria, quam religiosa erga Episcopos reverentia, & observantia S.
Stephanus Rex esset affectus, & quam arcte eamdem S. Emerici
Filii animo insculptam exoptarit, manifestum evadit ex ipsius
Monitis a P. Carolo Peterfey Soc. J. To. 1. Concil. Hungar. col.
lectis, ex eoque regestis a Mansio Suppl. To. 1. p. 1233, ubi cap.
3. de impendendo Praesulibus honore sic illum alloquitur: *Sine
illis* (Episcopis) *non constituuntur Reges, neque Principatus ...
Ab hominibus Interdixit* (Deus) *reprehendendos esse per David
Deificum Regem:* Nolite tangere Christos meos Psal. 104. v. 15.
*Ille autem tangit Christos Dei, qui contra Divinum, atque Cano-
nicum institutum Sacri Ordinis viros falsis criminibus foedat, atque in publicum* (Judicium) *protrahit: quod te omnino, fili mi,
agere prohibeo* &c. Ad Gallias nunc properando, Clericorum
laico Foro integra libertas, & immunitas vindicata, optimoque
stabilita loco passim legitur Capitul. lib. 5. cap. 137, lib. 6. cap.
154, & lib. 7. cap. 139, quod postremum etiam refertur in Collect. Canon. Isaaci Lingonensis tit. 11. cap. 21. hisce verbis: *Ut
nullus Judex neque Presbyterum, neque Diaconum, aut Clericum,
sine conscientia Episcopi sui, distringat*. Sed de Capitularibus Regum Francor. plura suseque Cl. Thomassinus vet., & nov. Discipl. To. 2. par. 2. lib. 3. cap. 108, seq. A Philippo Augusto lata lege sancitum, ne Clericus ullus ad laicum traheretur Tribu-
bunal, refert Rogerius ad an. 1100. In celeberrima de jurisdictione
Ecclesiastica controversia ab Episcopis in Conventu Parisiensi an.
1329. apud Philippum Valesium expostulatum efflictim est, ut
juxta Gallicanam in Ecclesia inolitam disciplinam, integra Episcopi sineretur jurisdictio circa actiones Clericorum personales, rea-
les, ac mixtas apud Harduinum To. 7. p. 1543, seqq. Quam perinde jurisdictionem, toto ubique in Regno in caussis omnibus Spiritualibus, atque Spiritualibus adnexis, ab Episcopis indiscriminatim exerceri, impuneque, pro Religionis obsequio, permisere repetitis Sanctionibus Franciscus I, Henricus II, & Carolus
IX, relatis in Codice Henricaeo, & in Collatione Regia. Constit., nec non Henricus IV. Edicto an. 1606. lato Art. 12. Deci-
sum id etiam a Suprema Parisiensi Curia die 29 Decemb an. 1561,
atque circa caussas saltem fidei, matrimonii, & usurarum a Gal-

Pars III. Tom. VI.   H h   lia·

liarum Optimatibus id ante adprobatum, qui alioqui folemni edita Protestatione apud Matthæum Parisium ad an. 1247, & Raynaldum ad eumd. an. n. 46, seqq. jurisdictionem Ecclesiasticam
certos intra, angustosque cancellos constringere tentarant. Videndus de his quoque Cabassutius Theor. , & prax. Jur. Canon.
lib. 1. cap. 9. n. 15, seq. Ad hæc demum ad punienda Clericorum
flagitia Jure cum veteri, tum novo Episcopis facta ampla Brachium Sæculare invocandi facultas est. Nempe contra Clericos in
Ecclesia turbas commoventes Canone 5. Antiocheno an. 341, ex
quo excerptus est Canon 31. Apostol., quique relectus fuit in
Chalcedonensi Act. 4. de Carofo, & Dorotheo, ubi dicitur Can.
84, ac refertur a Gratiano ex verf. Dionysii Can. 5. *Siquis Pres-*
byter, 11. q.3. Contra Episcopos ipsos alienæ Ecclesiæ invasores,
neque commonitos eas deserere volentes Can. 38. Carthaginensis
III. an. 397, Africani cap. 15, in Cod. Afric. Eccl. Can.48, ubi
videndus Balsamon in Can. 52, relato a Gratiano etiam Can. 19.
Petimus 11. q. 1. Contra Hæreticos quammaxime Orat. 46. S.
Gregorii Nazian. ad Nectarium Patriarch. Cp. , & epist. 77. ad
Olympium adversus Apollinaristas, epist. 15. S. Leonis M. edit.
Baller. ad S. Turribium Asturic. adversus Priscillianistas cap. 1,
ep. 148. ad Leonem August., & epist. 155. ad Anatolium cap. 2.
adversus Eutychianos. Quò etiam faciunt Canon 3. *Unum* 23. q.
5. ex S. Augustino in epist. olim 127, nunc 100. ad Donatum A-
fricæ Proconsulem adversus Donatistas, & Canon 20. *Principes*
23. q. 5. ex S. Isidoro Hisp. sentent. , sive de summo Bono lib.3.
cap. 51. Quibus jungendum Cap.8. *Sicut* lib. 5. Decret. tit. 7. *De*
Hæreticis. Contra Schismaticos Pelagii I. epist. 2 , 3 , 4 , & 5. ad
Narsetem Patricium , e quibus descripti sunt Canon 4. *Nec licuit*
dist. 17, Can. 20. *Istud est* 11. q.1, qui duo falso S. Gregorio M.
tribuuntur a Gratiano, Can.42. *Non vos,*43. *De Liguribus,* & 44.
Quali nos 23. q. 5: quibus adjunge Cap. 20. *Cum non ab homine*
Decret. lib. 2. tit. 1. *De Judiciis.* Contra inobedientes, ac legum Ecclesiasticarum infractores Can. 9. Concilii Vernensis an.
755, relato Capitul. lib. 5. cap. 42, ac lib. 5. Decretal. tit. 27.
Cap.2. *Regis judicio,* ac Can.71. Concilii Meldensis an.845. Contra Rebelles in S. Rom. Ecclesiam a Concilio Tricassino II. an.878.

in allocut. Johannis VIII. ad Ludovicum II. Regem, Cap. 1. *Perniciosam* §. 2. lib. 1. Decret. tit. 31. *De Officio Jud. Ordin.* Contra Reipublicæ infestos a Conciliis Arelatensi fub Carolo M. cap. 13, Moguntino fub eodem cap. 8, & Capitul. lib. 1. cap. 114, lib.2. cap. 10, Addit. lib. 3. cap. 65, ac lib. 7. cap. 310. Quibus junge Cap. 14. *Quoniam* cit. lib. , & tit. *De Off. Jud. Ord.*, Cap. 3. *Quanto*, & Cap. 8. *Clerici* Decret. lib. 2. tit. 1. *De Judiciis* ; Cap. 9. *Ad abolendum* §. Præfenti lib. 5. tit. 7. *De Hæreticis* ; Cap. 21. *Poftulafti* eod. lib. tit. 12. *De Homicidio* ; Cap. 4. *In Archiepifcopatu* ibid. tit. 17. *De Raptoribus*, juncta Glofla §. *Commiferit*, Cap. 7. *Ad falfariorum* §. 1. eod. lib. tit. 20. *De Crimine falfi*; Cap. 2. *Per temporalem* §. 2. lib. 5. tit. 27. *De Maledicis* ; Cap. 2. *Siquis Presbyter* ibid. *De Clerico excom.* ; Cap. 18. *Quanta* in fine ibid. tit. 31. *De Exceffibus Prælat.*;Cap.27. *Novimus* tit.40. *De Verbor. fignif.*;Cap. 11. *Ut officium* §. *Denique* in 6: lib. 5. tit.2. *De Hæreticis*; Cap. 6. *Dilecto* ibid. tit. 11. *De Sententia excom.* ; & Tridentinum feff. 13. de Refor. cap. 4, & feff. 25. de Regular. cap. 5.

Nec obftant fane five Novella Valentiniani III. tit. 12: *De Epifcop. Judic.* Cod. Theod. an. 452. lata, qua Clericorum cauffas five Civiles, five Criminales laico Tribunali fifti juffit, ac Novella 123. Juftiniani, qua Clericos in cauffis tam Civilibus, quam Criminalibus ab accufatoribus conveniri permifit vel apud Epifcopum, vel apud Præfidem, five exempla nonnulla, quæ ad fuadendum Immunitatem a Foro laicali Principum dumtaxat legibus Ecclefiæ adquifitam, quæ antiquo alioqui jure Laicorum judiciis erat obnoxia, poft Dupinium de antiq. Ecclef. Difcipl. differt. 7. §. ult. abfque delectu congeffit Jannonus lib.2. cap. ult. §.3, nempe Conftantini M., apud quem accufati leguntur Epifcopi, & a quo latum de SS. Cæciliano, & Athanafio judicium conftat. Conftantii, quem cognoviffe de Stephani Antiocheni cauffa teftatur Theodoretus lib. 2. cap. 9. Valentiniani, a quo pecunia multatus Cronopius Epifcopus, & in exfilium pulfus Urficinus Presbyter eft, ut habetur L. 2. Cod. Theod. *Quorum appell.* Gratiani, apud quem ab Epifcopis Italiæ accufatus S. Damafus fuit. Maximi, a quo mortis fententiam Prifcillianum, & Inftantium fubjiffe tradit Sulpitius lib. 2. Principio enim adverfus Jus Divinum

Principum neque leges , neque dicta , neque facta tenent . Jure
Divino autem Clericorum a Foro laico immunitatem fubniti demonstratum jam est, quam in rem adhuc conferre juvabit Glof-
fam in Can. *Si Imperator* §. *Difcuti* . Dist. *96* , & in Cap. *Quam-*
quam §. *Divino de Cenfib.* in *6*; Panormitanum Abb. in Cap. *Quod*
Clericis, de Foro compet., Borellum To. 1. fum.Decif. tit.43. n.57,
60 , 138 , 173 ; Navarrum in Cap. *Novit* n.6 , & 30. *De judiciis* ;
Durandum ad Bullam Cœnæ D. lib. 2. cap. 15. q. 8. n. 6 ; Belle-
tum difquifit. Cleric. par. 1. de fav. Cler. perf. §. 1; n. 25 , & de
exempt. Cleric. a Statut. Sæcul. §. 1. n. 6 , feq. ; Azorium Inst.
moral. par. 1. lib.5. cap. 12. §. 3 , aliofque paffim , quibus fuperfedeo , junctis Cap.2. *De Conftit.* in *6* , Cap. *Clerici de Judic.* , &
Cap. *Si diligenti de Foro compet.* Ad hæc vero eam Valentiniani
Novellam iniquam ostendit Baronius ad an.452. n.52 , eaque propter a Majoriano ejusdem Succeffore abrogatam testatur Anianus
ad hanc Novell. Sed & fibimet haud constitit Valentinianus,ut qui
pridem , an. idest 425 , Clericorum cauffas e laico Tribunali procul exfulare voluerat , ea fretus ratione , quod nefas effet : *Ut*
Divini muneris Ministri Temporalium Poteftatum fubdantur arbi-
trio . Sed mirari non fubit , quod fibimet difpar opinionem prius
animo imbutam imprudenter , perverfeque mutarit , qui longe
procul ab ea , quam recte pridem injerat , Christiana morum difciplina , turpiter fub id temporis defciviffet . Quod ducumento ,
argumentoque item effe potest , cur ipfius Novella a recto , Ju-
ftoque tam enormiter aberrans nihil penfi fiat , nulloque habeatur
in pretio . Juftiniani perinde Novellam alteram , qua parte Ecclefiæ incommoda evadebat , ab Heraclio , & Constantino III, ac
demum ab Alexio Comneno non tam reformatam , quam aboli-
tam fuiffe , præfcriptum vero , ut Clericos , ficuti prius , nonnifi
apud Ecclefiafticum Judicem convenire liceret , obfervat Balfamon in Schol. ad tit. *9.* cap. 1.Nomoc. Photii . Multo autem minus valent objecta in contrarium exempla , ac peffimi argumenti
est genus jus ex factis exfculpere : quibus viciffim Ecclefiæ ipfi
agnatam opponimus praxim , juxta quam criminibus notatos Clericos , nonnifi Epifcopali , aut Synodali judicio experiri confueviffe certum est quammaxime , atque constat exemplis Privati ,
                                                        Feli-

Feliciſſimi , alteriuſque Diaconi apud S. Cyprianum epiſt. 55. edit.
Pamel. ad S. Cornelium , & 62. ad Pomponium ; Prætextati Rotomag. , Salonii Ebred. , & Sagittarii Vapinc. apud S. Gregorium
Turon. hiſt. Franc. lib. 5 capp. 19 , & 21 , aliorumque plurium ,
quæ modo perſequi nec juvat , nec intereſt. Cæterum de eximia
Conſtantini M. erga Epiſcopos , & Clericos religione ſatis , opinor , ſuperque diſputatum jam eſt Vind. To. 3. Par. 2. Art. 5. in
Proleg. p. 328 , ſeqq. , ac §. 1. p. 381 , ſeqq. Contra Stephanum
porro , Ariana pece a capite ad talos perfuſu.n hominem , & Antiochenæ pervaſorem Ecclefiæ , ob ingentia flagitia , atque ob atro-
ce quammaxime calumniam , quam in Legatos Synodi Sardicenſis ad
Conſtantium Imp. ſtruxerat , ab ipſiſmet Legatis Imperatoris auxilium efflictim imploratum refert eo loci Theodoretus , ad illius
nempe confringendam audaciam , qua in re quid abſurdi , quæſo ,
quidve non Eccleſiæ ſolemne ? Quid autem , quod ab Imperatore
intellecta Stephani improbitate , primum Epiſcopis , qui tunc ad-
erant , demandatum , ut hominem Epiſcopatu abdicarent , deinde illum ab Eccleſia expulſum Theodoretus ibidem ſubjungit ?
Quod non eſt aliud , quam Imperatorem ſemet Epiſcopalis ſententiæ exequutorem præſtitiſſe , ſive pro officio Eccleſiæ brachium ex-
porrexiſſe ſuum. Petiiſſe igitur penitus Jannono frontem oportuit ,
qui jactare , exaggerareque iſta non erubuit. Tantum quoque abeſt , ut Valentinianus vel levem Eccleſiaſtici juris particulam arrogare ſibi voluerit , ut potius in violaræ a Cronopio Eccleſiaſticæ
legis , qua laico a Tribunali procul arcebatur , vindictam , pecuniaria eum poena mulctaverit , quod nempe Eccleſiaſtica damnatus
ſententia laicum appellatione Tribunal pulſare non fuiſſet veritus. Quod non eſt in Epiſcopale judicium irrumpere , ſed inobedientes Epiſcoporum Judicio ſubjugare. Ingenti præterea ipſi laudi vertitur , quod rogante S. Damaſo , ac fatentibus ipſiſmet Fau-
ſtino , & Marcellino in præfar. libelli precum , Edicto lato an. 367.
die 15. Novemb. Urſicinium , *Ut nulla ulterius Populos contentio
nefanda collideret* , in Gallias exſulare coegerit. Quo erga Eccleſiam officio pie defungi , quis Eccleſiaſtici , amabo , juris uſurpa-
tioni deputet ? Non moror autem Schiſmaticorum quorumdam
audaciam , qua S. Damaſum , inaudito temeritatis exemplo , ad
Im.

Imperatoris Tribunal deferre non reformidarunt . Quis enim , rogo , æqui , juſtique æſtimator ex iniqne faētis ejuſmodi Jus ita faciendi rite quærat ? Attendere ſane magis debuiſſet Jannonus cum
ad Gratiani legem , qua , ne Sacerdotio ulla videretur Inferri injuria , Sacerdotes profanis ſubjacere judiciis omnino prohibuit :
quam ideo laudibus celebrat in Synodica ad eumdem Synodus Romana an. 378) tum ad Honorii Keſcriptum apud Sirmondum In-
Append. Cod. Theod. p. 6. , quo Epiſcopis ſuggerentibus didiciſſe
ſe ait , quoſdam Sacerdotes ab Epiſcopis damnatos Comitatum-
adhuc ſacrum petere , ut inde mendaciis furtiva extorqueant Reſcripta ; quos ideo ſacra ſua adire Secreta , ſperareque Reſcripta
interdicit , lib. 16. tit. 2. L. 35. Cod. Theod.) tum ad Concilii
Aquilejenſis Synodicam an. 381. ad Gratianum , qua monitum
volunt , ne ſibi Urſicinum temere obrepere , nec *allena ab officio* ,
& nomine Sacerdotis interſtrepere ſineret . Quod autem Maximo
Tyranno jubente Priſcillianus gladio obtruncatus fuerit,& Inſtan-
tius in Sylvinam Inſulam , ultra Britanniam ſitam , exſilio depul-
ſus , uti reſert Sulpitius lib. 2, nihil exinde ſane detrimenti Eccleſiaſticæ accedit juriſdiētioni , ſive quod in ejuſdem partes irrumpere nefarii aliquando præſumant homines , ſive quod nefarii demum
homines Reipublicæ tam Civili, quam Chriſtianæ infeſti de medio
auferantur . Quod autem Ithacio Suſſubenſi , ſeu verius Oſſono-
benſi in Luſitania Epiſcopo apud Maximum inſtante, totum id pe-
raētum fuerit , a S. Martino Turonenſi ſane, Treveros iccirco pro-
feēto tam Ithacii objūrgatam agendi rationem , qua ſanguinis exigere pœnam non deſiſtebat, quam Maximum ipſum precibus obſe-
cratum infimis , ut ſanguine infeliclum abſtinere vellet : *Satis* ,
ſuperque ſufficere , inquiente , *ut Epiſcopali ſententia bæretici judicati* , *Eccleſiis pellerentur* . *Novum eſſe* , *& inauditum nefas* , *ut
cauſias Eccleſiæ Judex ſæculi judicaret* , velut habet eodem loci
Sulpitius : etſi ad horam ceſſiſſe S. Antiſtes viſus ſit , ut a complurium cervicibus incumbentem gladium averteret ; a Theognoſto
incertæ Sedis Epiſcopo , eodem Sulpitio teſte Dialog. lib. 3 ; a S.
Ambroſio , ipſomet adſirmante in epiſt. 27. ad Valentinianum de
ſua legatione ad Maximum , & in epiſt. 78. ad Studium) a S. Siricio , ut habetur in Concilio Taurinenſi an. circiter 378. Can. 6,
                                                              quo

quo utriufque , S. Ambrofii videlicet, & S. Siricii litterae adverfus
Epifcopos Ithacianae factionis memorantur, & ab eodem Concilio
Taurinenfi praecit. Canone id perverfe factum Ithacii , qua profecto dignum erat , gravi reprehenfione exceptum fuit : a cujus idcirco Epifcoporum factionis communione abftinendum indixere ,
quod nempe ejufdem fuggeftione Prifcilliani caedes patrata fuiffet.
Cujufmodi plane agendi rationem , qua nempe Sanguinis cauffis
Sacerdotes implicare fe non formidant, ab Evangelicae legis manfuetudine prorfus abhorrere jam olim notarat S. Julius I, Eufebia-
nifque objecerat , ac grandi deputaverat crimini epift. 1. n. 22.
edit. Coutantii . Quam etiam Clericos Ecclefia voluerit femper a
fundendo fanguine alienos, declaravit S. Innocentius I. epift. 4. cap.
2, & epift. 23. cap. 2. a facris Ordinibus eos abigens , qui cauffis
fe criminalibus implicuiffent , aut Militiae dediffent nomen. Quo
perinde ex capite , quod nempe Judicis olim munere defungens ,
capitales protuliffet fententias, a S. Hilario Arelat. gradu detrufum Chelidonium auctor eft S. Honoratus in ejus vita. Quibus fi-
nitima definivit Concilium Toletanum I. Can. 8, videlicet a facris
Altaribus eum amovendo , qui ad fideles necandos chlamydem
induiffet, aut cingulum. Expreffa hac de re etiam Emeritenfis Synodi eft fententia Can. 15 , quo Epifcopos a fundendo fanguine
omnino prohibet; quae perinde Toletano XI. Can. 6. propria etiam
evafit . Confer de his fufius agentes Baronium ad an. 385. n. 22,
feqq. , 386. n. 25, feqq. , & 387. u. 53 , ante ipfum vero S. Thomam 1. 2. q. 96. art. 5 , Bellarminum adv. Angl. errores lib. 8.
cap. 16. n. 14 , Martam de Jurifd. par. 4. cap. 1. n. 40 , Gonzale-
fium in lib. 1. Decret. tit. 31. cap. 1, & in Cap. Clerici n. 5. de
Judic., Fagnanum in Cap. Siqui n. 15. de Foro comp. , Roftv-
vskium Adamum in Clypeo Cleri Poloni contra tela Fori faecul.
Varfav. 1718, Blancum de Polit. , & poteft. Eccl. To. 4. lib. 2.
cap. 4. §. 8 , ex Gallis ipfis, qui Clericale forum Divino jure a laico Magiftratu immune docent , Caffanaeum [in Conftit. Burgund. ,
Rebuffum in Concord. Gallic. Rubr. de Protectione p. 772, feqq.,
Graffalium in Regul. Franc. lib. 2. cap. 5. n. 17, Altaferram in Vin-
dic. &c. , quibus jungendus Cl. Thomaffinus differt. in Concil.
Chalced. , & Vet., ac nov. Difcipl. par. 2. lib. 1. cap. 66. n. 18, feq.

Pau-

Paucis nunc satisfaciendum objectis a Ludov. Ant. Murato. rio, ejusque Continuatore Joh. Francisco Soli ex Sorore Nepote de Antiq. Ital. differt. 70, & 74, qui congestis undique ex Chartis antiquis documentis, Clericorum caussis qua Civilibus, qua Criminalibus Imperatores, Regesque se se immiscuisse contendunt. Ita nempe, inquiunt, Pipinus Apuli Presbyteri a Jacobo Lucensi Episcopo gradu ob flagitia dejecti caussam ad incudem revocari jussit: non secus atque secundo a Bonifacio Comite Caroli M. Misso ejusdem caussæ cognitio est instaurata. Carolus M. Anastasium Pontificis Legatum detinere nefas nec est arbitratus. Ludovici Pii jussu in exsilium pulsus legitur Ermoldus Nigellanus Abbas Rer. Ital. par. 2. To. 2, detrusi in Monasterium ad pœnitentiam agendam, ob conspirationis flagitium, Anselmus Mediolan., Wolfoldus Cremon., & Theodulphus Aurelian., atque caussa inter Petrum Aretinum, & Vigilium Abbatem S. Anthymi decisa est. Carolus Crassus contendentibus invicem duobus Cœnobiis, Ambrosiano Mediolani, & Augiensi in Suevia, Missos legios tanquam Judices dedit. A S. Henrico II. caussæ inter Gotifredum Abb. Monasterii Ambrosiani, & Mediolanensem Archiepiscopum agitatæ cognitio Misso Imperiali delata est. Luitprandi jussu ab Ulciano Notario, a Valperto Lucensi Duce, & Alabi administratore controversia Talisperiani Lucensis cum Johanne Pistojensi Episcopo dirempta est, alteraque inter Adeodatum Senensem, & Lupertianum Aretinum incepta, Guntherami Missi sui opera finita est. Non secus Mathildis Comitissa, religione alioquin erga Ecclesias approbe comparata, Episcopi Mutinensis, & Abbatis Pompose jurgiis semet ingerere nefas non est arbitrata. Verumtamen præterquamquod facta hujusce genus pleraque cum tempo. rum improbitati sunt attribuenda, per quæ Clericorum persæpe flagitia, quibus compescendis impares se Episcopi agnoscebant, Principum potentia fuerant cohibenda, quomodo non tam Jure proprio, quam Ecclesiæ sibi commendato egisse Principes æstimandi sunt, cum Principum Sæcularium violentiæ deputanda sunt, qua in Ecclesiasticas irrumpere caussas, & manus injicere in personas, emendicatis sæpe prætextibus, exambiebant: quomodo quod Hugonis, & Berengarii jussione carceri mancipatus fuerit Ratherius

rius Veronenfis, id illis profecto crimini vertere neque Muratorius ibidem dubitat, præter hæc, inquam, potius quam juvent,
ipforum opinionem producta facta convellunt . Enim vero Apuli
Presbyteri cauffam Epifcopo proprio cum Pippinus, tum Carolus
inftaurandam remifit: unius Defenforis uterque partibus adfump-
tis, Judicis fparta interea Epifcopo, cujus profecto erat, integra
dimiffa . Apud Carolum M. epift. 50. Cod. Carolini, qui nuper
ex Apographo Emin. Paffionei opera Cl. Cenni lucem vidit, acerbe expoftulaffe legitur Hadrianus I. de Pontificio Legato Injufte
detento: *Ab ipfis Mundi exordiis non evenifse*, adfirmans, *ut Mif-
fus B. Petri à quacumque gente detentus fuerit* . Quod igitur Imperator perperam, iniqueque attentaverat, a Pontifice M. jure,
optimeque improbatum eft . Quid vero, quod, ut habetur epift.
72. ejufdem Codicis, Potonem Vulturni Abbatem, etfi perfidiæ
valde fufpectam, ad eumdem Pontificem dimittere judicandum
idem Carolus M. officio, religionique duxit ? Animadverfione illud quoque dignum, quod proprio ab Epifcopo damnationis non
ante fententiam accepit Apulus Presbyter, quàm fuiffet interro-
gatus, an apud Sedem Apoftolicam judicio jam fuiffet expertus ?
Quo cafu nempe fas nemini fuiffet ejus de caufa cognofcere. Quod
juffu fuo in exfilium fuerit ejectus Ermoldus Abbas, excufari Ludovicus Pius a culpa ufurpati Ecclefiaftici juris nequit utique: non
ei tamen etiam deputanda in Anfelmum, Wolfoldum, & Theodul-
phum diftricta animadverfio, fi quidem decreta ea fuerit Synodi
fententia, tefte Annalifta Bertiniano ad an. 818. Nec ejufdem auctoritate fane, fed Agiprandi Florentini, Petri Volaterrani, &
Anaftafii Senenfis Antiftitum jurgio, litique Petrum Aretinum inter, & Vigilium Abbatem finis impofitus fuit . Ita pariter Judices
non laici, fed Ecclefiaftici, fcilicet Epifcopi, defignati funt duobus illis Cœnobiis Ambrofiano, & Augienfi, nempe Johannes Papienfis, & Heribertus Comenfis a Carolo Craffo. Ab Henrico
Imp. Comenfis Epifcopus, & Abbas S. Caloceri, pro finienda lite
Gotifredi Abbatis cum Archiepifcopo Mediolanenfi, adhibiti funt.
In caufa Lucenfis, & Piftojenfis Epifcoporum Judex primarius a
Luitprando delectus eft Speciofus Florentinus Antiftes, non fecus
atque in caufa Epifcoporum Senenfis, & Aretini Judices ab eo

sunt deflinati Teudaldus Vesolanus , Maximus Pisanus, Speciosus Florentinus , & Talisperianus Lucensis . Quid autem quod contra Clericos apud Langobardorum Regem querentes Peredeus Lucen. sis Episcopus fortiter , ut oportebat , Ecclesiæ disciplinam defen- disse , eidemque integrum a Rege illorum permissum judicium le. gitur apud eumdem Muratorium ? Ita denique a Mathilde non a- lii , quam Ecclesiastici Judices , nempe Bernardus Parmensis , & Petrus Pistojensis Episcopi in caussa Episcopi Mutinensis, & Pom- pesiani Abbatis deflinati sunt . Non erat ergo , cur Viri docti his in documentis vim facerent, quibus nulla prorsus inest . Fateor e- quidem neque Principalem apud potestatem stetisse sive Episcopos in Ecclesiasticis caussis designare Judices , sive laicos Missos , qui Judiciis ejusmodi interessent , e latere suo dirigere . Sed attendere oportet , aut de rebus persæpius actum per Arbitros pacifice com- ponendis , aut de reis conquerentibus injuriam se passos suos apud Judices , aut de refractariis , quos tam Religioni , quam Reipubli- cæ infestos a brachio Sæculari , impare Ecclesiastico , & impoten- te , quoquo comprimi modo oportebat . Manum a tabula non re- traham , donec obiter admoneam falsum quoque propinari a Feure- to de Abusu lib. 8. cap. 1. n. 3 , dum proprio de ingenio commen- tus est a Duce Bituricensi Caroli V. Francor. Regis fratre Archie. piscopum Bituricensem compulsum fuisse , ut Decretum in Con- cilio Bituricensi sub Urbano V. de Clericorum a Foro laico immu- nitate editum revocaret , ac rescinderet . Nullum enim sub Urba- no V. Bituricis Concilium habitum scite observat Doctiss. Thomas- sinus par. 2. lib. 3. cap. 113. n. 11 : quo uno a summo ad imum to- tum concidit inane Feureti commentum .

Jam vero ad tertium propositæ quæstionis caput gradum re- flectendo , ad hanc personarum Ecclesiasticarum proxime condi- tionem accedit bonorum Ecclesiasticorum a laicis oneribus immu- nitas , quam Divino pariter Jure suffulciri , Canonicoque perinde sustentari perquamvalide , documenta suadent haud levia . Atque principio quidem Ethnicis ipsis tanta erga Sacerdotes Religio ine- rat , ut Sacerdotibus Ægyptiis a Pharaone possessiones a tributo prorsus immunes traditæ fuerint , quin etiam ex publicis horreis cibaria ipsis statuta , atque proinde Josephus Patriarcha a singulis

posses-

possessiones emens, Regique vectigales faciens, eas attamen, quæ
ad Sacerdotes pertinebant,exceptas voluerit Genes. cap. 47. v.22.
Quod S. Ambrosii sane obtutum non aufugit lib.2.epist.7. ad Sim-
plicianum scribentis : *Joseph tributum constituit, præter possessio-
nem tamen Sacerdotalem, quam a tributis immunem reservavit,
ut apud Ægyptios quoque inviolabilis haberetur religio Sacerdotalis.*
Confer & Cap. 4. *Nonminus* Decret.lib. 3. tit. 49. *De Immunit.*
Ecclef. Templorum prædiis, ac fundis, pro Ministrorum congrua
sustentatione, ceterisque necessariis sumptibus, immunitas a gravaminibus omnis alibi passim concessa legitur . Ut Templo Da-
phne Apollini,& Dianæ Sacro, Jovis Idæ,&Papho,apud Homerum
Iliad. 8. v.48,& Strabonem lib.14. Ut Templo Apollinis Delphis,
& Argis, & Herculis Elide,apud Diodorum lib. 16,Pausaniam lib.
10. cap.2,Livium lib. 31.cap.40,& Justinum lib.8. cap.1. Ut Templo Scylletii Dianæ,& Lecythi Palladi dedicato,apud Thucididem
lib. 4. §. 116. Quo jure prædia, Templis adsignata, potita adhuc
post devictos prælio hostes,liquet,atque de Dianæ Tisaræ,& Ephesi
fano, alteroque Mylassæ, ex Livio lib. 38. cap. 39, & Vellejo
Paterculo lib. 2. cap. 25. De Urbe Zelia in Armenia ex Strabone
lib. 2, de Hierosolyma ab Alexandro M. immunitate donata ex Josepho, de queis, aliisque Octavianus de Guasco dissert. de Azyl.
Ethnicorum quin etiam Delubris, ac Sacerdotibus publici deputati sumptus leguntur, qui Tertulliano Apolog. cap. 42, & de
Idololat. cap.17. *Templorum vectigalia* dicti sunt, Lege 20. vero
De Paganis, Sacrif.,& Templ. tit.10. lib. 16. Cod. Theod. *Tem-*
lorum annonæ : quo nomine .*Alimoniam anni* designatam observat
Ecchardus ad Legem Salicam tit.25.§.1;quæ deinde annonæ Templis detractæ Militari ærario vindicatæ ab Honorio fuere an. 408.
L. 19. ad Curtium Prætorio Præfectum 1 quæ lex denique, Africa-
nis Episcopis, ac S. Augustino nominatim epist. 129. ad Olympium Magistrum Officior. rogantibus, L. 43. *De Hæreticis* hoc
ipso anno confirmata est, alteraque L. 20. *De Paganis* an. 415,
in quas conferendus Jacobus Gothofredus in Net. Oper. Jurid.
minor. p. 698, seq. Ex quibus potiori longe ratione Evangelicæ
legis Ministros immunitatis beneficio non esse frustrandos arguc-
bat rite Synodus Aurelianensis IV. Can. 15: *Quia*, inquiens,

quod

qued lex Sæculi etiam Paganis Sacerdotibus , & Minifris ante ;
praftiterat , jufum eft , ut erga Chriftianos fpecialiter confervetur .
De Annonis viciffim Chriftianorum Templis , Romæ præfertim
erectis, atque ab Italiæ Urbibus pendendis non modo , fed ab O-
rientis Civitatibus etiam , Ciliciæ, Syriæ, Ægypti &c. a Conftantino M. adfignatis , a Juliano ablatis, & a Joviniano reftitutis adeundi Eufebius lib. 1. cap. 42 , lib. 3. cap. 40 , & lib. 4. capp. 28,
ac 44 , Sozomenus lib. 2. cap. 8 , & lib. 5. cap. 5 , Theodoretus
lib. 1. capp. 11,& lib. 4. cap. 4, Ifchirion in epift. ad Leonem Imp.
in Actis Concilii Calced. , Cod. Theod. To. 6. p. 23 , & Franc.
Balduinus lib. 1. de Legib. Conftantini p. 21,feq. De Fundis etiam
ab Imperatoribus aliis , Regibus, ac Principibus Ecclefiis attribu-
tis videndi ex Nuperis Bellarminus lib. 3. de Clericis cap. 26 ,
Card. Laurentius Cozza in Comment. hift. Dogm. ad lib. S. Auguftini de Hæref. cap. 18 , five 40. de Apoftolicis , ac Thomaffinus
quammaxime par. 3. lib. 1. cap. 16 , feqq. Paullo nunc retro flectendo vefligia , in Lege veteri Hebræorum Sacerdotibus, Levitis,
aliifque Templi Miniftris a vectigalium , tributorumque oneribus
Immunitas Edicto ab Artaxerfe afferta legitur Efdræ lib. 1. cap. 7.
v. 24 , & lib. 3. cap. 8. v. 25, feq. Atque recte quidem eorum ,
qui Dei loco præerant, poffeffiones oneribus fubjugari prohibuit,
quibus imo lege Divina Genef. cap. 14. v. 20 , cap. 28. v. 22 , ac
cap. 47. v. 22 , & 26, Exodi cap. 22. v. 29, Levit. cap. 27. v. 30,
feqq. , cui deinde legi teftimonium reddidit etiam S. Paulus ad
Hebr. cap. 7. v. 2 , Decimas a laicis deberi non ignorabat . Quas
item Decimas Ethnicorum Sacerdotibus, jure plane Gentium, per-
folvi confuevifle auctores funt liquidi Cenforinus de die Natali
cap. 1, Plutarchus Probl. 17,Macrobius Saturnal. lib. 3. cap. 12,
& Plinius hift. nat. lib. 12. capp. 14, & 19. Ita obtenta belli Latini victoria a Pofthumio decimas Numinibus redditas tradit Dionyfius Halic. lib. 6. Decimas Herculi folitas teftantur Plautus in
Sticho , Cicero de Nat. Deor. lib. 3., & Plutarchus Probl. 99.
Jovi quoque Herodotus in Clio, Apollini Delphio , ac Dianæ E-
phefiæ Xenophon in Cyro lib. 5 , de Agefilai laudibus , & lib. 3.
de rebus Græcor. geftis . Romanos denique vina deguftare , aut
novas fruges folitos non fuifle , priufquam Sacerdotes primitias
Libaf-

libaſſent, auctor eſt Plinius lib. 18 : quem ſane primitiarum offe-
rendarum morem ab Hebræis acceptum non improbabiliter auguratur Duarenus de Sac. Eccl. Miniſt. lib. 7. cap. 2. Ita quoque a_
Julio Cæfare Sacerdotibus Lupercalibus pro Feſtis, ab Evandro ad
honorem Paſtorum Dei Pananis inſtitutis, de publico redditus fuiſſe ſtatutos legitur in Epiſtola quadam a Marcello Nonnio relata.
Quot Jovis præterea Capitolini Fanum opibus abundaret, documento eſt auri quantitas illi a Cæſare erepta, quæ tria millia pondo effeciſſe refert Svetonius cap. 54. Qui & in Auguſto cap. 30.
liberali hujuſce munificentia detrimentum illud reparatum fuiſſe
refert, collatis in cellam Jovis Capitolini, præter gemmas, & mar-
garitas, auri pondo ſexdecim millibus; & cap. 31. Sacerdotum,
præcipue Veſtalium, commoda ab eodem mire adaucta teſtatur.
Junonis etiam Laciniæ Templum Crotonæ prædiis fuiſſe prædives
tradit Livius lib. 24.cap. 3. Agrum ſerme univerſum Surrentinum
Templo Minervæ addictum ex Veteribus Scriptoribus confirmat
Troylus hiſt. Neapol. To. 1. lib. 7. Locris in Proſerpinæ Fano tot,
tantoſque conditos fuiſſe theſauros, ut ex iis plures onerare naves
Pyrrho Epirotarum Regi licuerit, affirmat Livius lib. 29. cap. 8 ;
a quo tamen, ſacrificiis expiatoribus accurate factis, repoſita deinde per ſacrilegium rapta ſpolia ſubjungit. Itaque hinc opportunitatem jure nactus S. Johannes Chryſoſtomus exprobrandi Chriſtifidelibus erga Eccleſias duritiem, Ethnicorum propoſito exemplo,
queis tanta falſorum Deorum Templa ditandi religio hæſit, ſic loquitur homil. 65. in Gen. *Audiant, qui nunc vivunt, quantam olim*
Sacerdotum Idolorum curam habuerint, & diſcant, vel ſaltem pa-
rem habeant honorem, quibus omne Dei miniſterium creditum, &
Sacerdotio inſigniti ſunt. Si enim errantes illi, & tantam Idolorum
curam habentes, quia ex hoc putabant Idola magis coli, ſi tam eorum
Miniſtros colerent: quanto non condemnatione digni, qui nunc im-
minuunt, quod ad illorum ſpectat cultum.

   Sub Evangelio Sacerdotium potiori ratione a Poteſtatis ſæ-
cularis jugo prorſus liberum, ſubductumque quoad perſonas, reſque proprias voluiſſe Chriſtum D. patet ex Matth. cap. 17. v. 25,
ſeqq., ubi Petrum interrogans : *A quibus Reges accipiunt tribu-*
tum, a filiis, an ab alienis ? Quum exemplo reſpondiſſet Petrus

Ab

Ab alienis, ſtatim ſubjunxit: *Ergo liberi ſunt Filii*. Quo plane
nomine Apoſtolos, Diſcipulos, eorumque Succeſſores comprehen-
diſſe certum eſt, quibus proinde vectigalia imponi vetuit. Atque
ita hunc plane locum explicitiſſime accepiſſe leguntur S. Hilarius
ibid., perſuaſum habens a Chriſto D., & Petro tributum, non ex
debito, ſed vitando offendiculo, fuiſſe ſolutum: *Scandalo præſtat,
ut ſolvat, cæterum debito legis eſt liber*; S. Ambroſius lib. 1. epiſt. 1.
ejuſdem, qua potiebatur Chriſtus D., immunitatis participem
Eccleſiam faciens: *Non debebat Filius Dei, non debebat & Petrus, tributum nempe ſolvere, Sed ne ſcandalizentur* &c., S. Joh.
Chryſoſtomus hom. 59. in Matth. 17, S. Hieronymus in hoc ipſum
cap. *Ille pro nobis*, inquiens, *& Crucem ſuſtinuit, & tributa reddidit: nos pro illius honore tributa non reddimus, & quaſi filii Regis a vectigalibus immunes ſumus*; S. Auguſtinus tract. 6. in Joh.,
de quæſt. Evang. lib. 1. cap. 23: *Quod dicit Chriſtus, aſens, Ergo liberi ſunt filii, in omni Regno intelligendum eſt liberos eſſe Regni
filios, ideſt non eſſe vectigales. Multo ergo magis liberi eſſe debent
in quolibet Regno terreno filii Regni illius, ſub quo ſunt omnia Regna terrarum*; Agobardus de Diſpenſat. Chriſti dicto, & facto ex
ſacro penu Sacerdotibus alendis, ſuſtentandis pauperibus, feſtis
celebrandis dicato in laicos uſus nihil extrahendum ex Doctorum
Eccleſiæ ſententia adfirmans: *Reſponſum eſt a Doctoribus Eccleſiæ ... noluiſſe Dominum rem pauperum* (de loculis loquitur) *in publicam exactionem mittere, ſed omnipotenti virtute , quod utique
pauperum non erat, de mari tollere, & Fiſco reddere voluiſſe* &c.,
Petrus Bertrandus de orig., & uſu Juriſd. Eccleſ., S. Thomas in
Gloſſa ad Matth. 17, Ægidius Charlerius in Orat. de punit. pec-
cat. public. in Concilio Baſileenſi habita apud Harduinum To. 8.
p. 1787, ſeq., Cajetanus in 2. 2. q. 104. art. 6. ad 1, Baronius
ad an 387. n. 11, ſeqq., aliique, quibus arcte perſuaſum a Chriſto D. tributi penſione, multoque magis ſui pretio ſanguinis Eccleſiæ libertatem fuiſſe adquiſitam. Qua profecto de libertate
Chriſti D. paſſione Eccleſiæ adſerta, & parta inſigne nobis ſuppe-
ditat teſtimonium epiſtola S. Simeonis Bar-Saboe Seleuciæ, &
Cteſiphontis Epiſcopi, & Martyris an. Chriſti 340. ad Saporem II.
Perſarum Regem apud Cl. Aſſemanum in Actis SS. Martyr. Orient.
Tom. 1.

Tom. 1. p. 17: *Christus* , inquit ibid. , *Ecclesiam suam sua rede-*
mit morte , suoque sanguine Populum suum in libertatem vindica-
vit , & depulso a cervicibus nostris servitutis jugo , nos gravissimis
adflictos oneribus recreavit . Qua perinde sententia propius in rem
hanc usos Paschalem II. & Gofridum Vindocin. paullo infra pate-
bit . Consonant his vero Can. 2. *Bene quidem* dist. 96 , Cap. 30.
Nimis Decret. lib. 2. tit. 24. de Jurejur. , & Cap. 4. *Quamquam*
tit. 20. de Censib. in 6. Post hæc audiendus nobis Apostolus in
epist. 1. ad Corinth. cap. 9. v. 7 , seqq. , ubi ex triplici capite ,
idest ex lege Naturæ , ex lege Mosayca , ex lege Evangelica Altarium Ministris necessaria ad vitæ sustentationem deberi ostendit .
Quis militat &c. En naturæ vox ! *An & lex* &c. En Moysis ordinatio ! *Ita & Dominus* &c. En Christi D. mandatum ! Siquidem
igitur Clericis suppetit jus exigendæ a Laicis sustentationis suæ ,
sequitur vicissim , ut ex bonis ad vitæ sustentationem necessariis a
Clericis exigere Laicis haud liceat. Quocirca Ecclesiasticam immunitatem Divino e jure descendere sententia est rata, recepta-
que S. Symmacho in Synodo Romana cit. Can. *Bene quidem* Dist.
96 , Synodo Moguntinæ an. 888. Can. *Si Imperator* ead. dist., Bonifacio VIII. Cap. *Quamquam* de Censib., Leoni X. Const. *Super-*
næ in Concilio Lateranensi V. sess. 9, Tridentino sess. 25. de Refor.
cap. 20, Synodo apud Pennamfidelem an. 1302. Can. 13 , Saltzburgensi an. 1386. cap. 9, & Coloniensi an. 1536. par. 9. cap. 20.
Quibus concordant Textus in Cap. 10. *Ecclesia S. Mariæ* Decret.
lib. 1. tit. 2. de Constitut., Cap. 12. *Cum laicis* lib. 3. tit. 13. de
reb. Eccl. non alien., & Cap. 4. *Non minus* eod. lib. tit. 49. de
Immun. Eccles., Synodique plures aliæ , de quibus infra . Jungendi quoque Jurisperiti , Theologique passim , qui Ecclesiasticam
immunitatem aut Divini proculdubio juris esse persuasum habent, velut Ecchius in Enchirid. adv. Lutherum de Immun., Drie-
do de libert. Christ. lib. 1. cap. 9, Correa de Immun. par. 2. n. 40,
Bosius de Jure Stat., Bellarminus in resp. ad Theologum Venet-
prop. 5 , Gretzerus de immun. , & libert. Eccl. part. 2. assert. 1,
Fagnanus in Cap. *Ecclesia S. Mariæ* n. 15. de Constit., & in Cap.
Non minus n. 4. de Immun. Eccles., Bonacina de Censuris in Bull.
Cœnæ disp. 1. q. 16. sect. 2 , & in præcept. 8. Decalog. disp. 10.

q. 2. p. 1 , Thomas del Bene Tom. 1. de Immun. Ecclef. par. 1.
cap. 1. dub. 2 , aliique plures apud ipfos : aut faltem a jure Divino originem trahere non dubitant , veluti Gonzales in cit. Cap.
Non minus n. 8 , Barbofa lib. 1. Jur. Ecclef. cap. 39. §. 5, Covarruvias Variar. lib. 1. cap. 17 , Guevara pro Pontif. afsert. lib. 1.
S. 7 , Bobadilla Polit. lib. 2. cap. 28 , Suarez adv. Regem Angl.
de immun. lib. 4. cap. 8. n. 9 , Petra ad Conftit. 5. Urbani IV.
Tom. 3. n. 7. plerafque S. Rotæ decifiones, Doctorefque alios proferens . Altero ex capite Ecclefiarum bona in Divinum jus tranf.
migrare dicuntur , quatenus a Chriftifidelibus Deo oblata , five
Dei Miniftrorum fuftentationi dicata, non tam Ecclefiæ , quam Dei
efse dicuntur , & æftimantur . Hinc Benedictus III. in epift. ad
Galliar. Epifcopos Juri Divino bona , quæ traduntur Ecclefiis in-
fcribenda docebat : *Quis ignorat illa , quæ collata funt Deo per*
Fidelium manus , Divinitati poffidenda confignari , & ab humano
jure in jus Divinum concedi ; nec etiam hominum dominationi poffe
transcribi , quod conftat Divinitatis poffeffione femel fore contradi-
tum ? Ita & Synodus Aquifgranenfis an. 836. lib. 3. cap. 7. ex
Chrifti D. cum Ecclefia defponfatione fubinfert ea, quæ Ecclefiæ,
Chrifti D. pariter efse : *Ideo quæ Ecclefiæ funt , Chrifti funt , &*
quæ Ecclefia offeruntur , Chrifto offeruntur , & quæ ab Ecclefia tol-
luntur , procul dubio Chrifto tolluntur . Quorum fimilia habentur
apud Leontium in vita S. Johannis Eleemof. , de quo infra , Capitul. lib. 6. cap. 305 , & in Typico Irenes Auguftæ cap. 7. apud
Montfauconium Analect. Græcor. p. 163 , ubi res Deo oblatæ a
facris Virginibus confecratæ vocantur . Synodus Aurelianenfis
etiam Can. 7. relato a S. Anfelmo Lucenfi in Collect. apud Canifium Antiq. lect. Tom. 6. p. 245 : *Omnia , inquit , quæ Deo offe-*
runtur , confecrata habeantur in vineis , terris , filvis &c. , ut quæ
Ecclefiis , fine dubio Chrifto , qui fponfus earum eft, offeruntur . Hinc
veteri receptiffima formula , quæ Ecclefiæ , five Deo in Ecclefia
offerebantur , *Dei dona* nuncupari confuevifse , venerandæ antiquitatis congeftis monumentis oftendit Cl. Fontaninus in Comment. ad Difcum argent. votiv. Veter. Chrift. cap. 9 , feqq. , *Ho-*
locaufta item , atque *Sacrificia* capp. 22 , & 24.

    Evangelicis , & Apoftolicis ergo doctrinis imbuti SS. Eccle-
fiæ

fix Patres Ecclesiasticæ immunitatis exertos , ac disertos se præstare vindices haud dubitabant, nec ideo frontem laicis Potestatibus eam invadere molientibus objicere durissimam . Origenes in
Comment. ad Rom. 13 vectigalia quidem ex agris , quos proprio
jure quis possidet , Regibus pendenda non negat, sed quæ Ecclesia
possidet , soli Deo reddenda , sibimet nempe subsidia parando,
quodque supersit , in pauperes erogando , docet : *Principibus tri-*
buta quædam pendimus , dum adhuc secundum carnem vivimus ...
Si vineam Domini colamus ..de ista vinea non Ministris seculi pen-
demus tributa &c. Modestum Præfectum repetitis litteris 279 , &
304. monitum voluit S Basilius Presbyteros , & Diaconos oneribus , ac tributis olim obnoxios haud fuisse , quem ideo rogat , ut
illos a jugo recens imposito eximeret : *Ut juxta antiquas leges, qui*
Deo in sacris Ministeriis inserviunt , liberi relinquantur a solutio-
nibus &c. Viden , ut S. Doctoris testimonio Ecclesiæ coæva sit , &
agnata Ecclesiarum a tributis immunitas ! Eodem spiritu instru-
ctus S. Gregorius Nazian. Orat. in Julianum Præf. eumdem a tributis exigendis a Clericis gravissimis absterrebat verbis, *Tributis*
in Divinis condemnatione nihil gravius , & acerbius esse adfirmans .
De S. Johanne Eleemosynario refert in ejus vita cap. 11. Leontius
Neapolit. in Cypro Episcopus , Nicetæ Ægypti Præfecto roganti ,
ut opis aliquid ex bonis Ecclesiæ publicum in ærarium imperti-
ret , cum intrepida respondisse mente : *Non justum est , quæ super-*
cælesti Regi oblata sunt, terrestri dare. Quamobrem Clodovæo
Franc. Regi sacri Baptismatis unda perfuso confestim auctorem se
præstitisse S. Remigius refertur a Flodoardo l b. 2, ut quem pietatis erga Deum affectum induerat , eodem Sacerdotes Dei cultui
mancipatos a publicorum onerum jugo liberos prorsus abire per-
mitteret . Contra vero Chilperico ingenti vertere crimini non
dubitavit S. Gregorius Turon. lib. 5. cap. 27 , seq. , quod Clericos , & Monachos vectigalibus , & exactionibus vexare , exagita-
reque non abstinuisset . SS. Ambrosii , & Gregorii M. auctoritate
fretus Ecclesiam a censibus omnino immunem adfirmare Odo Cantuar. Archiep. suis in Constit. Ecclef. cap. 1. non destitit . Nec altera vero , quam quæ ab ipso Christo D. conscripta in Cruce fuerat , immunitatis charta Ecclesiam a Laicorum exactionibus tuen-

dam fufcepere Petrus Blefenfis epift. 124 , & Gofridus Vindocin.
Opufc. 1. cap. 6 : *Libertatis* , inquientes , *Chartam Chriſtus vin-
dicavit in Cruce* , *& ſuæ Sponſæ Eccleſiæ perſemet ipſum dedit* .
Quo pridem inſtrumento Paſchalem II. feliciter ufum paullo in-
fra patefiet . Quantam animi fortitudinem Willelmo cognomento
Rufo Angliæ Regi immoderatas ab Ecclefiis pecunias exigenti ob-
jecerit S. Anfelmus Cant. , enarrat Eadmerus lib. 1 , & 2. Quantam
Henrico I. quoque , liquet ex lib. 3. epift. 109. Quanta perinde
eidem Henrico Regi pecunias extorquenti conftantia obftiterit
Radulphus Epifcopus, teftis eft Willelmus Malmesb. de geft. Reg.
Angl. lib. 2. p. 257.

Tantum vero abeſt , ut Romani Pontifices iniquo , velut ipfis paſſim appingere Proteſtantes, folemne per mendacium , ac ma-
ledictum, folent , Ecclefiaſtici amplificandi juris animo , Ecclefiaſticæ immunitatis acerrimos fe præſtiterint vindices , aſſertoref-
que , ut potius ad id ex officio præſtandum a Deo fe conſtitutos
exiſtimarint , unoque fe Religionis affectu contulerint . Enim vero quam abfolutum , ac liberum a rebus hifce pereuntibus animum gereret S. Gregorius re , ac nomine Magnus , ignorabit nemo . Dolebat ei graviter nihilominus Ecclefias ad folvenda tributa cogi , quæ aut impedire , quoad poſſet , aut quominus graviora fuperimponerentur , prohibere non defiſtebat , uti fidem abunde faciunt lib. 7. epift. 105 , & 115 , ac lib. 9. epift. 1 , quibus tam
cum Epifcopo Gallipolitano, & Præfecto Africæ, quam cum Theodorico , & Theoberto Franc. Regibus de Agris Ecclefiæ tributo
gravatis expoſtulans : *Audivimus* , inter alia inquit , *quia Ecclefiarum prædia tributa nunc præbeant* , *& magna ſuper hoc admi-
ratione ſuſpendimur* , *fi ab eis illicita quærantur accipi, quibus etiam licita relaxantur* . Hoc ipfo inductus zelo Johannes VIII. in
Synodo Ravennatenfi an. 877. Can. 4. fub anathematis interminatione cenfus , aut dona ab Epifcopis exigi interdixit . Confer &
Canonem 1. in Tricaſſina II. an. feq. fub eodem Pontifice condi-
tum . Ejuſdem vero hortatu inoleſcentem in Italia abufum , quo
laici Optimates , ac Judices ab Ecclefiaſticis perfonis opera , tributa , donaria , cenfuſque repetere non timebant , Epifcoporum ,
Imperiique Principum habito Conventu , abolendum religioni
duxit

duxit Carolus Craſſus Decreto edito anno 882, ut habetur apud
Ughellum To. 5. p. 722, fertque Indictio XV, non inſeq., uti
legitur apud Muratorium Antiq. Ital. To. 1. p. 869, velut obſervat Manſius Suppl. To. 1. p. 1039, ſeq. A Clero Lucano nominatim, cenſum ullum, aut tributum exigi, aut ei moleſtiam ullam circa bona five mobilia, five immobilia creari, diſtricte vetuit Stephanus IX. Bulla edita an. 1058, quam e pluteis Archivi
Lucani publici juris fecit Muratorius Antiq. Ital. To. 5. p. 974,
& poſt ipſum Manſius Suppl. To. 1. p. 1316. Pro Eccleſiaſtica immunitate fortiter, egregieque depugnanti S. Anſelmo Cant. ſe
haud imparem ſtudio Paſchalis II. adparere voluit. Itaque tam
epiſt. 42. edit. Hard., quæ inter epiſtolas S. Anſelmi eſt 45. lib.
3, ad ejus interrogata reſpondens liberam Eccleſiam ex S. Pauli
ſententia ad Galat. cap. 4. v. 26, & 31. pronunciat, quam epiſt.
49, quæ inter epiſtolas S. Anſelmi a Picardo editas lib. 3. eſt 73,
ad Rothardum Mogunt. Eccleſiam a Chriſto D. ſui pretio ſanguinis in libertatem aſſertam prædicat: *Nos Regibus, quæ ſui juris ſunt,*
integra 'ſervare optamus, nec in aliquo minuimus: dummodo ipſi
ſponſæ ſui Domini libertatem integram patiantur, quam ſui me-
ruit Sanguine Redemptoris. In Concilio Lateranenſi gen. I. an.
1123. Can. 20. edit. Hard. Calliſtus II. Eccleſias cum bonis ſuis,
tam perſonis, quam poſſeſſionibus, fine moleſtia eſſe ſancivit.
Refertur a Gratiano Can. 24. *Paternarum* 24. q. 3, eumque in
quibuſdam Schedis a ſe viſis Urbano II. tribui teſtatur Anton. Auguſtinus de Emend. Grat. Dialogo 5. lib. 2, conditumque revera ab Urbano in Concilio Claromontano exiſtimavit Baluzius in
Not. ad Gratianum. Ulmenſis Conventus an. 1152. abolito decreto, Eccleſiaſticis bonis apprime conſuluiſſe legitur Eugenius III.
epiſt. ad Wibaldum Abbat. apud Martenium Vet. Monum. To. 2.
p. 553. Alexander III. in Concilio Lateranenſi gener. III. an. 1179.
Can. 7, 14, & 19, anathematis indicta pœna, Eccleſiis cenſus,
exactiones, onera, decimas a laicis imponi diſtricte prohibuit.
Quam immunitatem perinde Abbatiæ S. Genovefæ datis ad Ludo.
vicum VII. Franc. Regem graviſſimis litteris ſtrenue vindicavit.
Richardi Angl. Regis ſtatutum, quo Eccleſias ab oneribus liberas
omnino juſſerat, dignum Innocentius III. exputavit, quod Apo-

ſtolicæ pondere auctoritatis corroboraretur epiſt. ad Humbertum
Cantuar. a Baluzio vulgata lib. 1. p. 220, repetitaque a Manſio
Suppl. To. 2. p. 779. Ad hæc in Concilio Lateranenſi gen. IV. an.
1215. Cap. 46, relato lib. 3. Decret. Gregorii IX. De Immunit.
Eccleſ. cap. 7. *Adverſus Conſules*, Eccleſias, viroſque Eccleſiaſticos talliis, ſive collectis, ſive exactionibus aggravare, propoſita excommunicationis pœna, interdixit : Romani tamen Pontificis
conſilio prius habito, Epiſcopis indulgens, ut ad relevandas uti-
litates, ſive neceſſitates communes, ubi laicorum non ſuppetant
facultates, ſubſidia per Eccleſias, perſonaſque Eccleſiaſticas conferre poſſint . Studio haud abſimili ſe ſe ad Eccleſiaſticam immunitatem redintegrandam contuliſſe leguntur Honorius III. Conſtit. 1. *Has leges*, in quam adeundus Emin. Petra ; Innocentius IV.
epiſt 9. lib. 10. apud Raynaldum ad an. 1252. n. 1 , qua Friderici II. Conſtitutiones Eccleſiaſticæ immunitati infeſtas infregit ,
atque, iis abrogatis, novas eidem accommodas immunitati ederet, auctorem ſe dedit ; Alexander IV. Cap. 1. *Quia nonnulli in 6.*
de Immun. Eccleſ. , quo loci Urbium, Dominorumque in Gallia
quorumdam confregit audaciam, qua Eccleſias pleraſque ad vectigalia ſolvenda compellere non expavebant ; Clemens IV , qui
litteris ad Galliæ, Aragoniæ, Daniæ, ac Luſitaniæ Reges inſcri-
ptis, regeſtiſque a Raynaldo ad an. 1265. n 30, ſeqq. , & ad an.
1268. n. 38, ſeq., Eccleſiaſticam tam libertatem, quam immunitatem a laicorum injuriis redimendam egregie ſuſcepit ; B. Gregorius X. in litteris ad Alphonſum, ac Philippum Reges ibid. ad
an. 1273. n. 25, ſeq-, & ad an. 1275. n. 20, ſeqq-, quibus in Luſitania, & Gallia in priſtinum decus Eccleſiaſticam immunitatem
erigere, adſerereque conatus eſt ; conferendus etiam Cap. 2. *De-*
cet Domum Domini in 6. De Immun. Eccleſ. ; Johannes XXI , qui
utrique Alphonſo Luſitaniæ, & Caſtellæ Regibus explicatiſſimis
litteris a Raynaldo deſcriptis ad an. 1277. n. 12 , & 1279. n. 24,
ingentem Religionis erga Eccleſiaſticam immunitatem ingerere timorem ſtuduit ; Honorius IV , a quo Friderici II. leges Eccleſiæ
propitias fuiſſe confirmatas teſtis accedit locuples Calliſtus III,
de quo paullo poſt ; Nicolaus IV. lib. 1. epiſt. 51. ad Epiſcopos
Luſitaniæ apud præcit. Annaliſtam ad an 1289. n. 16, ſeqq., quos.

                                                          Eccle-

Ecclefiaftici juris ftrenuos, nihilque fegnes agere vindices jubet; Bonifacius VIII, a quo folemni Conftitutione, relata Cap. 3. *Cle-ricis* in 6. lib. 3. tit.23. de Immun. Ecclef. ab Angliæ, Galliæque Clericis, ac Religiofis vectigalia, five decimas exigere laici prohibiti fevere funt, utque fpeciatim ab iis exigendisMagiftratus tam Maffilienfem, quam Biterrenfem compefcerent, tam Arelarenfi, & Maffilienfi Antiftitibus, quam fidei Quæfitoribus fparram istam impofuit lib. 1. epift. 213, & lib.3. epift 469. e Vatic. Codice erutis a Raynaldo ad an. 1295. n. 54, & 1297. n.57; Johannes XXII, qui in fententia die 23. Novemb. 1327. adverfus Marfilium Patavin., & Joh. Jandunum lata, legendaque apud eumdem Annaliftam ad cit. an. n. 29, eos nefarie errorem fuum de rebus omnibus temporalibus Imperio fubjectisEvangelii locoMatth. cap. 17. v. 25, feqq., quo Chriftus D. tributum Cæfari dependiffe legitur, fuperftruxiffe arguit, quum exinde potius eumdem tributi folutione prorfus immunem liquido pateat. Ad laicorum in Clericos effrenem coercendam licentiam totis, quantifque fe pariter contulere viribus Benedictus XII. in Gallia epift. ad A-quenfem Epifcopum, in Hungaria epift. ad Carolum Regem, in Hifpania ad Regem Alphonfum ibid. an. 1337. n 21, 1338. n. 24, & 1340. n. 43. In Hungaria iterum, ac in Polonia Clemens VI. exaratis ad Ludovicum, & Cafmirum Reges epiftolis ibid. defcriptis ad an.1344. n. 66. Carolo IV. Imp. Conftitutionis, qua Ecclefiaftica demum Immunitas, ac libertas a laicorum violentia tuto in loco pofita eft, auctorem fe præftitit Innocentius VI, de quo adeundus præcit. Annalifta ad an.1359. n. 13. Præfatis vero tam Friderici II, quam Caroli IV. Conftitutionibus Apoftolicæ robur auctoritatis adjicientes Bonifacius IX. Conft. 4. *Juftis*, de qua Emin. Petra To.4. Comment. p. 198. edit. Ven. 1741, & Calliftus III. Conft. *Cum ficut*, de qua Raynaldus ad an. 1455. n. 37, Ecclefiafticæ tam jurisdictioni, quam immunitati apprime profpexere. A Leone X. Conft.*Superne* in Concilio Lateranenfi V. feff.9. an.1514. evulgata, poftquam fundamenti loco pofitum illud fuiffet, quod *Jure tam Divino, quam humano laicis poteftas nulla in Eccle-fiafticas perfonas attributa fit*, Can. 20, in Concilio Lateranenfi I. pridem a Callifto II. fancito, inftaurato, collectas, aut decimas

a Clea Clericis exigi, abſque Romani Pontificis expreſſa licentia, ſub excommunicationis, ac depoſitionis reſpective interminatione, diſtricte interdictum eſt. Quæ denique interdictio Romanis a Pontificibus innovari quotannis ſolet Bulla in Cœna D., de qua legenda Benedicti XIV. Conſtitutio 14. *Paſtoralis* §. 18. 3. Kalend. April. 1741. promulgata.

Romanorum Pontificum preſſe inhærere veſtigiis religioni proculdubio Conciliis jugiter ceſſit, queis ideo nihil antiquius potuit accidere, quam illorum exemplo ad Eccleſiaſticam tutiori, quoad poſſent, in loco ponendam immunitatem, libertatemque magnanime ſe comparare. Ergo in Concilio Toletano III. an. 589. cap. 21., quod a Gratiano refertur Can. 69. *Eccleſiarum* 12. q. 2', Clericos, eorumque ſervos in publicis, aut privatis negotiis occupare, angariiſque fatigare, & afficere ſub excommunicationis interminatione laici Judices, & actores interdicuntur. In Toletano IV. vero an. 633. Can. 47, ſuffragium ferente Siſenando Rege, Clerici omnes pro Religionis officio ab omni publica indictione, atque labore immunes declarantur, ac liberi. Angliæ Rege Witheredo præſente, & adnuente, a Becanceldenſi an. 694. Eccleſiis, ac Monaſteriis immunitas, & exemptio ab omni tributo, & exactione vindicata, & adſerta eſt apud Harduinum To. 3. p. 1805, ſeqq. Sub precario, & cenſu præſtanda in ſubſidium Exercitus Eccleſiaſtica pecunia ſancitur a Liptinenſi an. 743. Can. 2. Ne ab Eccleſiis repeterentur exactiones, earum vero oppreſſores reprimerentur, infimis precibus a Carolo Calvo petitum eſt a Belvacenſi an. 845. cap. 5, ſeq. Regia poteſtate, juxta copiam olim a Ludovico Pio factam, excommunicationis adjuncta pœna, eos comprimi, qui Presbyteros cenſum aliquem perſolvere cogerent, a Meldenſi eodem anno Can. 63. mandatum eſt. Juxta Principum indulgentiam, Fideliumque devotionem, integra perpetuo Eccleſias perfrui immunitate juſſit Sueſſionenſe II. an. 853. Can. 8. Qui ita accipi debet, ut Principum ope, illibata maneat a laicorum violentia immunitas, non ut beneficio inducta æſtimetur. Nullum laicis in Clericos jus ineſſe, nec eorum ex bonis cenſum ullum exquiri voluit Melphenſe em. 1089. Can. 11. In Turonenſi an. 1163. Can. 3, & 10. Eccleſiaſticæ immunitati ea rite
te

te confultum eft ratione, ut fub anathemate laicis interdictum fit
tam decimas, & oblationes ab Ecclefiis repetere, quam Ecclefiaftica bona occupare, indeque prædam capere. Sub eadem anathematis diftrictione, Ecclefiæ, perfonæque Ecclefiafticæ a vectigalibus immunes fini Jubentur ab Avenionenfi an. 1109. Can. 7. Cui
finitimus eft Canon 12. Concilii Narbonenfis an. 1227, quo laici
Confules ab extorquendis a Clericis exactionibus cenfuris Ecclefiafticis abfterrentur. Concordant Canones 20, & 21. Concilii To-
lofani an. 1229, quibus Clericorum patrimonia oneribus publicis fubeffe prohibentur, dummodo nec mercaturæ dediti effent, nec
matrimonio devincti. A Campiniacenfi an. 1238. Can. 3. excommunicatione plectuntur, qui Ecclefiis, aut Xenodochiis onera
imponere præfumerent. In Perthano an. 1242. apud Wilkins To.
1. p. 684. Scotis Epifcopis conquerentibus de Ecclefiaftica paffim
immunitate temerata, præfens Rex Juffit, ne a quopiam Ecclefiis
inferri gravamen, injuria, moleftiaque tentaretur, gravibus in
tranfgreffores decretis pœnis. Execranda inter alia Friderico II.
Imp. exprobata flagitia in Lugdunenfi gener. I. an. 1245. illud
quoque fuit, quod Clericos, eorumque bona fubfidiis, ac tributis onerare non parceret, velut habetur in fentencia contra ipfum
ejaculata ab Innocentio IV. apud Harduinum To. 7. p. 384. Præ-
citato Narbonenfi Can. 12. inftaurato, tributis publicis fubjici
Clericos, eorumque patrimonia a Biterrenfi an. 1246. Can. 28.
prohibitum eft. Juxta fancita in Lateranenfi, Ecclefiis imponi
penfiones inhibuit Salmurienfe an. 1253. cap. 13. Juftus Religionis timor iis, qui ex bonis Ecclefiafticis vectigalia exigere non
vererentur, incuffus legitur a Nannetenfi an. 1264. Can. 7, a Colonienfi an. 1266. Can. 8, a & Bituricenfi an. 1276. Can. 10, ab
Avenionenfi an. 1279. cap. 1, a Budenfi eod. an. Can. 50. Ab Ecclefia prerii quidpiam loci Dominis conferri diftricte prohibetur a
Bajocenfi an. 1300. cap. 47. Concilio apud Pennamfidelem an.
1302. Can. 13. arcte perfuafum erat Divini proculdubio juris Ecclefiæ immunitatem effe, quæ ideo gravaminibus violari diferte
prohibetur. Pœnis Canonicis fubjiciuntur a Compendienfi an.
1304. cap. 2, a Colonienfi an. 1310. cap. 3, & a Nugarolien-
fi an. 1315. cap. 2, quotquot Clericos vectigalibus onerare auderent.

derent. In Anglia immunitate, ac libertate integre potitam
Ecclefiam ufque ad Willelmum Rufum, a quo ufurpatam redimere, vindicareque fruftra conata eft, liquet ex Ecclef. legibus S. Eduardi tit. 11, a quo demum eft reftituta. Inter Articulos etiam a Prælatis Angliæ Eduardo II. oblatos, is n 11. re-
cenfetur, quo contra perendinationes, ac penfiones Clericis, ac
Religiofis imperatas, impofitafque graviter expoftulabant. In
celebri quoque Collatione an. 1329. inter Præfules Galliæ, ac
Magiftratus Regios coram Philippo Valefio Rege Parifiis habita,
primas utrinque partes agentibus Petro Bertrando, & Petro Cunerio, huic locum ex Matth. cap. 22. v. 21. potiffimum objicien-
ti *Reddite, quæ funt Cæfaris, Cæfari* &c., refpondit ille a Chrifto D. vitandæ offenfionis utque gratia tributum fuiffe perfolu-
tum, non ante tamen, quam fuam ipfe, fuorumque omnimodam
immunitatem præfatus fuiffet, teftatufque, in Bibl. PP. Colon.,
& Lugd. Dicam verbo, Anglicanæ, Gallicanæque non minus,
quam Italicæ, Germanicæ, Hifpanicæ, Polonicæ, Hungaricæ
&c. Ecclefiis nihil antiquius obveniffe unquam, quam fibi a Chrifto D. impartitam, Sanguinifque pretio adquifitam immunitatem
fartam, tectamque modis fervare omnibus, Religionifque ideo
graviffimum incurere Laicis metum, qui genus cujuslibet gravamen indicere Clericis, ac Religiofis non reformidarent, veluti fit
evidens ex Synodis Palentina an. 1322. cap. 17, Avenionenfi 1326.
cap. 32, feqq., Marcianenfi eod anno cap. 53, Londinenfi 1328,
cap. 3, Compendienfi an. infeq. cap. 3, apud Caftrum Gunterii
1336. cap. 3, Avenionenfi rurfus 1337. capp. 37, & 39, Tre-
corenfi apud Martenium Anecd. To 4. p. 1106. cap. 60, Andegavenfi 1363. cap. 24, feq., Vaurenfi 1368. cap. 96, feqq., &
Saltzburgenfi 1386. capp. 9, & 11, quibus bona Ecclefiaftica jure Civili, Canonico, ac Divino ab oneribus prorfus libera declarantur. Accedunt Concilia Conftanticenfe an. 1418 Seff 43, ubi
Friderici II, & Caroli IV. leges Ecclefiafticæ immunitati fuffragantes approbantur, & explicantur, citraque Pontificis confenfum, neque Principibus quidquam oneris Clericis imponere fas
effe conftituitur; Bituricenfe 1415. quo congregatus Clerus Gallicanus vehementiffimis litteris apud Carolum VI. Regem contra

gra-

gravamina Ecclefiis impofita expoftulavit ; Andegavenfe 1448.
Can.9 , quo Cenfuræ a Concilio apud Caftrum Gunterii an.1268.
in temeratores Ecclefiafticæ immunitatis vibratæ inftaurantur ;
Bafileenfe in Append. epift. ad Epifcopum Adrienfem ; Dublinen-
fe 1518. cap.9 ; Tridentinum feff.25. de Refor. cap.20 ; Moguntinum 1549. cap. 76 ; Confentinum 1579. cap. de Immun. Eccl.
apud Manfium Suppl. To. 5. p. 1127 , &c.

Nec prope hinc , neque procul abfuere Imperatores , ac Reges ipfi , qui proprium,quo primum Chrifto D. nomen dedere , eo
ipfo confeftim officio , religionique deputaverunt ab Ecclefiarum
bonis caute non tam abftinere ipfos,quam ne detrimenti quidpiam
eis inferretur , diligenter præcavere . Exemplo præluxit omnibus
fuo Conftantinus M. , qui Edicto ad Anolinum Africæ Proconfu-
lem apud Eufebium lib. 10. cap. 7,ac Nicephorum lib. 7. cap. 41.
Clericos cum ad Curiam vocari vetuit, tum vectigalibus , & oneribus vexari , lib. 11. tit. 1. cap. 1, & lib. 16. tit.2. cap. 1. Cod.
Theod. Hanc Conftantini M. Conftitutionem annis triginta elap-
fis inftauravit Conftantius filius , lib. 16. tit. 2. LL. 8 , 10, feq.
Cod. Theod. , & L. 2. De Epifcopis , & Cleric. Cod. Juftin. ; &
quamvis Clericos oneribus publicis fubjacere aliquando voluif-
fet, lib. 16. tit. 2. L. 15, hanc tamen paullo ante obitum legem
abrogavit , ibid. L. 16. Eamdem fuftulit fubinde Julianus Apofta-
ta , ad priorem , quo fub Ethnico Imperio degerant , Clericis re-
dire ftatum juffis , tefte Sozomeno lib. 5. cap. 5. Sed ei fuccedens
Jovinianus leges illas Clericos ab oneribus eximentes reftituit,ve-
lut adnotare non deftitit idem Scriptor lib. 6. cap. 3. Sed & hafce
Conftantii de Ecclef. immunitate leges obligandi vi defraudari
haud fuftinuere Valentinianus , & Valens Cod. De Sacrof. Ecclef.
lib. 16. LL. 18, 19, feq.; fuo eas quia etiam in robore manere voluere Gratianus , & Theodofius ibid. LL. 24 , & 26 ; novumque
imo fuis ab Imperialibus edictis accipere munimen Juffere Honorius , & Arcadius Cod. Theod. lib. 19. LL. 29, 30, 33 , & 40. Videfis & Tillemontium To. 5. p. 611. Arcadii fententia quidem ,
quæ perinde Valentiniano III. probata evafit Novel. 21, ea immunitas fpectabat extraordinaria folum onera,ordinariis cæteroquin
exactionibus fubefse Ecclefias volentis , a quibus exemptas Roma-

nam, Alexandrinam, Conſtantinopolitanum, ac Theſſalonicen-
ſem dumtaxat juſſit deinde Theodoſius Junior. Non exinde tamen
extundere licet, Imperatorum eſse immunitatem Eccleſiæ largiri,
vel auferre, vel ei placitos præfinire confines. Tolerabat enim
hæc Eccleſia, tacebatque cujuſdam œconomiæ ſpecie, non alioqui
neſcia hanc ſibi immunitatem Divino jure deberi, tum ut opibus
ſuis Imperii neceſſitatibus, quibus proprias arcte conjunctas non-
videre nequibat, obſequeretur, ac deſerviret, tum ut meliora
expectaret tempora, quibus ſe in libertatem prorſus adſerere liceret. Quam partim ex Theodoſio ipſo, & Valentiniano nacta eſt lib.
11. tit. 1. LL. 33, & 36. Cod. Theod., partim ex Valentiniano iterum, ac Marciano Cod. De Sacroſ. Eccleſ. lib. 1. L. 12, ampliorem
vero accepit a Leone, & Anthemio L. Omnes Cod. De Epiſcop., &
Cler. Eccleſiaſticam immunitatem ad Cœnobia, & Xenodochia ex-
tendiſse deinde legitur Juſtinianus Novel. 43. cap. 1, & 131. cap.
5, ita tamen ut, ſicuti Valentinianus III. L. Neminem Cod. de
Sacroſ. Eccleſ., Ordinariis tributis ſubjacere voluerit, iis dumtaxat prædiis exceptis, quæ ipſe deſignaſset. Sed enim, quam ſibi parum Juſtinianus cohæſerit, quamque, pluſquam ſibi fas eſset,
poteſtatis Eccleſiaſticæ partem, & quantam invaſerit, paullo infra planum fiet; neque ex hujuſce genus factis dimetiendum faciendi jus fore demonſtrabitur. Præterquam quod immunitatis privilegio juſte repugnare haud putandum eſt ſane, ſi Eccleſia proprium in jus poſseſſiones eiſdem cum vinculis, queis antea obliga-
tæ fuiſsent, ultro citroque transferat, ne videlicet exonerandis
aliis alii gravius onerentur, ac ne veteribus extenuatis tributis,
nova neceſse ſit invehi, veluti loquitur idem Imperator loco in-
dicato. De Heraclio refert Suidas Lex. Tom. 2. edit. Cantabrig.
1705. p. 71. V. Ἡράκλιος, & apud Baronium ad an. 627. n. 27,
ad impenſas belli Perſici, quod in perniciem Imperii non minus,
quam Eccleſiæ impendebat, pecuniam quidem ingenti pondo ab
Eccleſiis petitam ab eo, mutuam tamen, tantumque poſtea auri,
argenti, gemmarumque Eccleſiæ refuſum, conſtitutum interea,
ut ipſis, ac Clero ex Imperatorio fiſco annua pecunia penderetur.
Eccleſiis, Cœnobiis, ac Xenodochiis immunitatibus olim adtribu-
tis lege edita derogaſse Nicephorus Phocas deinde legitur. At
legem

legem hanc & postea sustulit Basilius Porphyrog. Neque minus incommodum ab Emanuele Comneno latum Edictum abolevisse deinde traditur Alexius Comnenus ejus filius, de queis adeundus Balsamon in Synodos Constantinopolitanam I, & II. Can. 1, & in Synodum VII. Can. 12. Jur. Orient. To. 1. p. 113, 150, seqq. Quam vero laude dignum se præstitit Isaacus Comnenus, Ecclesiam Constantinopolitanam in pristinam vendicando libertatem, tam se vituperandum bonis omnibus objecit, Monasteriorum possessiones Fisco adjudicando : qua de lege Curopalates apud Baronium ad an. 1057. n. 38. Qui & ad an. 1081. n. 10. ex To. 3. Bibl. Sanc. , & Jur. Orient. auream descripsit Bullam, qua Alexius Comnenus ornamenta ab Ecclesiis auferri districte inhibuit . Nicephori Phocæ audaciæ insistens Emanuel Comnenus a Monachis fundos vel possideri , vel comparari novos vetuerat, referente Niceta Choniate lib. 7 : expertus autem adversos Superos Bulla, quæ inde *Medicatrix* dicta est , edita, quæ refertur cum in Jure Orient., tum a Balsamone, atque ex utroque a Baronio ad an. 1148. n. 42 , pristina Monachis & jura , & prædia restituere religioni duxit . Quid ad hæc vero , quod Mahometes II. Turcarum Imperator , primus ille , qui Constantinopoli expugnata , eversoque Græcorum Imperio, dominationis Ottomanicæ Sedem ibi defixit, hanc Ecclesiarum immunitatem adeo perspectam habuit , probatamque, ut referente Georgio Phranze lib. 9. cap. 19. ab Episcopis Græcis vectigalium , tributorumque nomine quidpiam exigi, quin & molestiam eis inferri prohibuerit ? Nempe nulla tam efferata gens unquam extitit, cui natura ipsa non dictaret Sacerdotum res , ac personas summo Religionis prosequendas esse respectu . Ad Occidentis Imperatores modo reflectendo gradum , Othoni Imp. laudi vertit Luitprandus lib. 4. cap. 15 , quod gravissimo etsi in discrimine constitutus , ab Ecclesiasticis tamen abstinere bonis satius habuerit, verbis illis usus : *Nolite Sanctum dare Canibus*. A Friderico II, & Carolo IV. legibus latis infamiæ notam inflictam iis fuisse jam innui, qui Ecclesiasticis infesti personis essent , eorumque impedire jurisdictionem , bonis damnum inferre, & gravamina imponere non expaverent . Vide Scortiam ad Constit. Apostol. epit. 29. Theor. 77, seq., ac Petram To. 4. ad Const.

3. Urbani VI , & Conftit. 4. Bonifacii IX. Mitto vero alios plerofque , atque eorum oppido plurium exempla Principum, quibus
ob inlatas Ecclefiæ injurias , violatamque immunitatem male res,
peſſimeque ceſſere , quorum multa perſequitur Stephanus Valenti.
nus de poteſt. coact. Pontiſ. cap. 11. p. 140 , ſeqq. , ac poſt Baronium , & Raynaldum confer etiam Muratorium de Antiq. Ital. diſſert. 70 , ſeqq. , ubi de Immunitatibus paſſim conceſſis tam Eccleſiis , quam Monaſteriis , a Widone, a Berengario I , a Conrado I, a
Berengario II , ab Othone I , ab Henrico II , ab Henrico V , a Fri.
derico II , ab Aiſtulpho, a Deſiderio , ab Adalberto copioſe agit .
Quamquam is, unaque ipſius ex Sorore Nepos Joh. Franciſcus Soli falſa in ea verſati opinione ſuat , ut putarent cit. diſſert. 70.
Principum quidem lege univerſali Ecclefiis, ac Monaſteriis immunitatem fuiſſe adquiſitam , ea conditione tamen adjecta , ut quem
admodum Feudatariis facere in more poſitum eſt , ſic Epiſcopis , &
Abbatibus pro immunitatis confirmatione novos apud Imperato.
res quoslibet , ac Reges accedere opus omnino fuerit . Quæſo vero , unde id arguunt , vel augurantur ? Inde plane , quod vice
plus ſimplici Epiſcopis , & Abbatibus petentibus Immunitates
iſtiuſmodi conceſſiſſe videantur. Sed enim ita legibus dumtaxat Civilibus inductum ſupponit uterque immunitatem . Quo igitur loco Pontificum , Synodorum , ac Patrum tot , ac tam liquida per
ipſos decreta ſtabunt ? Satius eis fuiſſet itaque , uti pronius erat ,
veriſſimumque , putare , ab Epiſcopis ideo , & Abbatibus perſæpe
Laicos Principes aditos fuiſſe , ut quos Canonicæ ab immunitate
violanda coercere leges nequibant, flagitioſos homines compeſce-
rent laicæ : quemadmodum Epiſcopi , & Abbates ipſi viciſſim
Principibus cohibendi fuerunt ab Eccleſiaſticis bonis in luxus diſ-
ſipandis , & in Laicos diſtrahendis , qua de re fuſius ipſemet Muratorius diſſert. 72.

Ut nunc vero de aliorum Regum erga Eccleſias liberalitate
aliqua attingamus, quam pio ergo perſonas , ac res Eccleſiaſticas
animo effuſus Clodovæus Francor. Rex fuerit , & quam ampliſſimas eis ab exactionibus impartitus exemptiones , teſtata res evadit ex Concilio Aurelianenſi I. an. 511. Can. 5 , quo digno is ma.
ctatur elogio cum ob agros , oblationeſque Eccleſiis collatas , tum
ob

ob immunitates eisdem concessas, ex Flodoardo lib. 2, nec non ex
Marculfo de Formul. lib. 1. cap. 1, seqq.,quibus eadem sacra immunitas stabilitur. Clotarius, qui Regni sub initium immunitates Clericis a Clodovæo tributas temere resciderat, Injurioso Turonensi Episcopo instante, easdem restituere religioni duxit, teste
S. Gregorio Turon. lib. 3. cap 35, & lib. 4. cap. 2. Conferenda
ejusdem Constitutio a Sirmondo ex Codicibus MSS. Corbejensi,
& Tiliano edita, descriptaque ab Harduino To. 3. p. 343,nec non
Epistola S. Radegundis ad Episcopos ex S. Gregorio Turon. lib.
9.cap.42. recensita ab eodem Collectore ibid. p. 370. Eodem iterum S. Gregorio lib. 10. cap. 7. teste, concessis immunitatibus tuto frui Ecclesias voluere Childebertus, & Theodobertus,ad quem
posteriorem legenda quoque Episcoporum Synodi Arvernensis an.
535. epistola, qua rogant, ne Clerici possessionibus fraudentur.
Ecclesiæ S. Martini immunitatem detulisse, instante S. Eligio Noviom., Dagobertus refertur a S. Audoeno in vita S. Eligii lib. 1.
cap 15. apud Duchesnium Tom. 1. p. 930. Cui finitimum immunitatis privilegium a Dagoberto II, ad preces S. Rigoberti Re-
mens., impertitum refert Flodoardus lib. 2. cap. 11. Animum ab
immunitatibus abhorrentem gessisse Chilpericum II, sed ideo gra-
vissime a S. Gregorio Turon. lib. 5. cap. 27, seq. reprehensum,
jam superius indicavi. Supervacaneum est autem sigillatim de
cumulatis in Ecclesias, ac personas Ecclesiasticas hujusce genus beneficiis a sequioris Francor. Regibus stirpis, a Carolo M., Ludovico Pio, Carolo Calvo &c., quorum eximiam liberalitatem, ac
pietatem abunde eloquuntur passim Capitularium libri, veluti
lib. 1. capp. 91, 132,& 134. lib. 1. cap. 31, lib. 3 cap. 116, lib.
4. cap. 19, lib. 5. capp. 45, 148, & 187,lib. 6. capp. 106,& 109,
ac lib. 7. capp. 131,147, 212, ac 367,de quibus, & adeundi Bigno-
nius in Not. ad Marculfum lib. 1. Form., ac Thomassinus vet., &
nov. Discipl. par. 3. lib. 1. cap. 26. Digni præterea, qui recolan-
tur, Muratorius uterque Ludovicus Antonius, ac Nepos Joh.
Franciscus Soli de Antiq. Ital. dissert. 70, 71, & 72, ubi fuse de
immunitatibus a Regibus stirpis Merovingiæ Ecclesiis, Monaste-
riisque passim collatis, de quibus etiam copiosius Mabillonius,
San-Marthani, & Cointius; Carolingiæ item, ut a Carolo M.
con.

concefsis Monasteriis S. Bartholomæi Pistojensi , Novalesæ in Pedemontio , & S. Geminiani Mutinensi ; a Ludovico Pio Cœnobiis S. Bavonis Gandavi , de quo etiam Aubertus Miræus in Cod. Donat.,Ecclesiæ Viennensi,de qua Baluzius quoqæe Tom. 2. Capitul. p. 1404 , ac Monasterio S. Sixti Placentiæ , de quo Campius uberius in hist. Ecclef. Placent. Tom. 1. p. 438 ; a Ludovico II. in Conventu Ticinensi an 855.Ecclesiis Regni totius,de quibus idem Muratorius iterum in Append. ad leges Langobard. Rer. Ital. par. 2. Tom. 1 ; a Lothario an. 833. Maxentio Aquilejensi, & an. 843. Petro Aretino ; a Carolo Crasso an. 878. Monasterio Sangallensi, & an. 879. Johanni Aretino Episcopo ; a Carolomano an. 877. Monasterio S. Theodotæ Papiensi &c. Confer & Concilia Meldense an. 845. Can. 63, ac Metense an. 888. Can. 4, quibus ejusmodi collatæ Ecclesiis immunitates illæsæ jubentur . De singulari deni. que , quo Cluniaunses Monachos prosequuti sunt , beneficio Wil-lelmus Aquitaniæ Dux , ac Ludovicus Caroli Simplicis filius , a-deunda Cluniac. Bibliotheca p. 6 , ac 265. Nonnulla nunc de Re-gum Hispaniæ liberalitate attingendo , quo Ecclesiasticam immu-nitatem optimo plane constituere studuerit loco Sisenandus lege edita, liquet ex Concilio Toletano IV. Can. 47. Eamdem arcte in-hæsisse religionem Henrico Castellæ Regi,testatam rem facit Rode-ricus Toletanus lib. 9. cap. 1,Sancio Regi Aragoniæ subinde , fide affirmat sua Mariana lib. 10. cap. 7. In Anglia Æthelbaldus Mer-ciorum Rex Ecclesias , ac Monasteria Regni ad unum omnia a ve-ctigalibus , operibus, oneribusque prorsus omnibus absolvit , ita ut ne dona quidem Regi præstari , nisi volantaria , permiserit , ve-luti legitur in ejus Charta an. 749 , quam ex Ingulfo , & Willel-mo Malmesb. descripsit Ducangius Glos. V. Donum . Ecclesia-sticas inter leges Edgari Regis ea cap. 1. locum habet , qua inte-gra Ecclesiis Jura , immunitatesque illæsæ manere jubentur . Cui perquamsimilis est lex pro Ecclesiis , & personis ab oneribus libe-randis a S. Eduardo cap. 1. lata, ubi & cap. 11. Ecclesia in Angli-cana illibata mansisse immunitas dicitur usque ad Willelmum co-gnomento Rufum . Cui tamen eam infringere molienti ferreum objecisse pectus S. Anselmus legitur apud Eadmerum lib.1 , & 2 , non secus atque subinde Henrico Regi S. Radulphus apud Willelmum

mum Malmesb. lib. 2. Sub Regibus denique Britannis, Anglis,
& Normannis Anglicanam Ecclesiam in libertatis, immunitatisque
possessione integram mansisse, ac permansisse usque ad Henricum,
cui tamen obfirmata S. Thomam obstitisse fronte compertum est,
locuples accedit testis Johannes Cantuar. in epist. ad Eduardum,
post Conquaestorem, primum apud Harduinum Tom. 7. p. 876,
seq. De simili lege ab Eduardo II. lata videndus Polydorus Virgilius lib. 1., deque altera a Dongardo Scotiae Rege Hector Boetius
lib. 18. Lege lata ab Uladislao Poloniae Rege bona Ecclesiastica,
omni prorsus onere, labore, pensione, laicaeque potestatis subje-
ctione liberata perhibet Stephanus Damalevicinius de Archiep.
Gnesn. apud Raynaldum ad an. 1387. n. 15. Praeiverat ei tamen,
longo temporis intervallo, pietate, exemploque Boleslaus Dux,
a quo Cracoviensi pridem Ecclesiae amplissima impertita immunitas refertur apud Raynaldum ad an. 1255. n. 56. Laude quoque
valdequam dignum se praestitit Otho Palatinus Rheni Comes praeclarum ob decretum, quo, pro Cleri immunitate servanda, eidem
onera, census, tributa a Laicis imperari omnino prohibuit. Decreto subscripti complures utraque dignitate tam Ecclesiastica, quam
Civili insignes leguntur, uti videre licet apud Mansium Suppl.
Tom. 2. p. 1070, qui illud ex Meichelberkio hist. Frison. Tom. 2.
par. 1. p. 27. exscripsit.

Quae quum ita se habeant, mirari quammaxime subit, quanto in id, & quam pessimo ingenio Protestantes, aliique pseudo-
Politici incubuerint, ut Ecclesiasticam tam libertatem, quam immunitatem impeterent. Quorum ego quidem satius habebo prae-
cipua elidere momenta, quae perquam diligenter, absque delectu
tamen, & indigestim, ex omnibus decerpere, ut omnium veluti viribus hanc depugnasse caussam viderentur, inque medium
proferre cordi suit utrique Coccejo, Henrico, & Samueli, Patri, & filio Disput. de fund. in Territ. jurisd. tit. 2, & in Addit.
ad Grotii lib. 1. de Jure B., & P. cap. 3. §. 5, ac Jannono hist. Civil. Reg. Neapol. lib. 1. cap. ult. §. 6, lib. 2. cap. ult. §. 4, lib. 3. cap.
ult. §. 6, lib. 4. cap. ult. §. 4. &c. Agendam itaque disputationem
ingreditur Coccejus inprimis Jure Naturali, Divino, Gentium,
Civili, & Canonico. Nae quanta facit uterque in intelligendo,

consi-

conficiendoque , ut nihil demum intelligat , atque conficiat ! Jure
naturali itaque constare indubitate contendit summo sub Imperio
Clericos contineri omnes omnino, (quo principii, fundamentique
loco posito totam , immanemque perversæ opinionis suæ molem
superstatuminare cogitat) , ideo quod & generis humani membra
sint æque , ac laici , & societatis Civilis pars , ideoque imperio
pariter subjecti dato generi humano in singulos, inque socios,om-
nes a Societate Civili indiscriminatim exercendo . Divino jure
deinde tam veteri , quam novo , sive Mosayco , & Evangelico potestati Civili obnoxios Clericos factos pugnat . Veteri quidem ,
quo tam Pontifices , quam Sacerdotes tam Moysis , & Judicum ,
quam Regum , & Ducum censuris , & animadversionibus subja-
cuisse inferre se putat ex Exodi cap. 32. v. 21, seq.; ex Levit. cap.
10. v. 6,7, 16, seq. ; ex Numer. cap.12. v. 11; ex 1. Reg. cap.22.
v. 2; ex 2. Reg. cap.15 v.25 ; ex 1. Paralip. cap.24 v. 3; ex 2. Paralip. cap.11 v. 13; ex 2. Esdræ cap.13. v. 4, 5, 28, seq. Quibus
locis adjungendos non dubitat Josephum Antiq, lib. 15. capp. 3,
& 12, ubi refert ab Herode summos etiam Pontifices creatos , ac
pro libitu remotos , & Maimonidem , qui Præfecturam Sacrorum, potestatemque summam ad Reges pertinuisse diserte adfirmat
apud Petrum Cunæum de Republ. Hebr. lib.1. cap.14, & Schikardum de jure Reg. Hebræor. cap. 1. theor. 2. Jure Divino quoque
novo Clericos potestati Civili subesse contendit ex S. Paulo Rom.
cap. 13. v. 1, seqq. , 2. Corinth. cap. 1. v. 24, & ad Tit. cap 3. v.1,
nec non ex 1. S. Petri cap.2. v. 13, seq., & cap.5. v. 2, seq. Quæ ia
cohærere subjungit Canonem 27. *Si tributum* , & Can. 28. *Magnum* 11. Q. 1, ubi postquam assertum fuerat, magnum subjectionis documentum esse solutionem census , ex S. Ambrosio lib. 5.
Orat. contra Auxent., & lib. 4. in Luc. cap. 5. subjungitur : *Si
censum Dei filius solvit , quis tu tantus es , qui non putes esse sol-
vendum?* Jure Gentium perinde Cleticorum ἀπαρχίαν prodigii instar inter gentes inauditi habendam decernit . Gentibus siquidem
ubique persuasum suisse præsidenter adfirmat Sacerdotes sub potestate sæculari comprehendi . Ita Ægyptiis , a quibus Cives in
Sacerdotes , Milites,, & Operarios distinctos observat Bodinus
de Repub. lib. 3. cap. 8. Ita Græcia , apud quos Sacra præscribi ,

Sa-

Sacrifque præfici Sacerdotes a Magiſtratibus confueviſſe vidit Jonſtonus de Feſtis Græcor. Ita Romanis , e quibus Pontifi. cem M. a Numa primo delectum , Sacrifque admotum refert Livius lib. 1. cap. 20; litem quoque Pontificem M. inter , ac Flaminem Quirinalem de caufſa Religionis exortam in Senatu coram Tiberio definitam teſtatur Tacitus Annal. lib. 3. Ita Germanis , apud quos Sacerdotio defungentes iidem inter Proceres habebantur , Senatufque pars, atque Miniſtri filentii in Curiis injungendi caufsa, teſte eodem Tacito de morib. German. cap. 2. Juri ad hæc Civili adverfum clamat, ut , ſiquidem Sacerdotes , & Sacra pars ſint Juris publici , quod ad ſtatum Reipublicæ fane pertinet , eodem immunes ſint, Inſt. De Juſt., & Jure §. ult. , & L. 1. §. 2. ff. cod. Jungendas leges innumeras vult in prioribus 13. titulis lib. 1. Cod., & in Novellis quamplurimis legendas , quibus ab Imperatoribus ſæpe de Religione , de Eccleſiis , de Epiſcopis, de Clericis, de Hæreticis , de Bonis Ecclef. &c. decretum eſt ; inter quas conferendas præfertim jubet LL. 5, 7, 8, 11. Cod. De Sacrof. Ecclef., LL. 2, 3, 6. Cod. De Epiſcopis, & Cleric., L. 2. Cod. De Prapof. Sac. Cubic., L. 3. Cod. De Silent., Auth. Item nulla Cod De Epifcop., & Cler. Adjungendas leges item imperat , queis Epifcoporum , ac Clericorum forma præfcripta eſt Teſtamentis, Contractibus , Juribus , Officiis , adquiſitionibus , delictis , pœnis &c. LL. 13. 14,15, feqq. Cod. De Sacrof. Ecclefiis, LL. 7, 8, 9, feqq. Cod. De Epiſcopis, & Cleric., & Auth. Ibi fubjecta. Accedere denique L. 33. §. 1. De Epifcop., & Cler., qua Epifcopi, Clerici , & Monachi Urbis Regiæ Prætorio Præfecti judicio expliciiſſime fubjuganuur. Adſtipulari Caſſiodorum etiam autumat , a quo Variar. lib. 9. epiſt. 15, feq. Romani Pontificis a Gothis Regibus electio præfcripta refertur . Infuper addenda jubet Regum Franc. Capitularia , quibus paſſim de Jure Ecclefiaſtico leges feruntur libris feptem a Leunclavio de Legib. Antiq. comprehenfæ . Jure Canonico denique nequidem a poteſtate fæculari abfolutos Clericos audaciſſime pronunciat, fretus Can. 3. Valentinianus diſt. 63, quem ex Theodoreto hift. Eccl. lib. 4. cap. 6. decerptum adnotat , exindeque liquere ait Epifcopi Mediolanenfis electioni fe Imperatorem immifcuiſſe ; Can. 9. Quia igitur ,

Can. 15. *Principali* , Can. 16. *Restin* Ecclefis , Can. 17. *Nibis* ,.
Can. 18. *Lectis*, Can. 21. *Agatho*, Can. 24. *Salonitanæ*, & Can. 25.
Cum longe eadem dift. 63: quibus Epifcoporum , & Clericorum
Electiones , & Ordinationes ,. abfque Principum nutu , fieri prohibentur Can. 41. *Sacerdotibus* 11. Q. 1, quo Imperatoris in Sacerdotes dominatio extenditur ; Can. 45, *Si quis* ibid , quo Clerici proculdubio cum in Civilibus , tum in Criminalibus caufiis
fæculari Judici fubjiciuntur , Can. 37. *Si tributum* , & Can. 38.
Magnum ibid., quibus tributum Regibus etiam a Clericis deberi
dicitur . Jungit Concilii Turonenfis fub Carolo M. an. 813. habiti decretum , quo Imperatori fides, & obedientia defpondetur ;.
Juramenti quin etiam formulam , juxta quam Regibus illud præftare Clericis etiam in more pofitum fuerat , quæque refertur a
Lehmanno in Chron. Spirenfi lib. 2. cap. 41, circa init. , qui &
ibid., ac lib. 3. cap. 24. plurimis abfque delectu ex S. Gregorio
Turon., Hincmaro, Baronio ipfo , ac legibus Bavaricis , fub Imperatorum , ac Regum obfequio, & obedientia manfiffe Clericos,.
ac permanfiffe diu ante,. ac poft Caroli M. ætatem fuadere,. & perfuadere nititur . Ab Imperiali , Regiaque quoque poteftate independentem Pontificiam ipfam qui adfirmarent , diris fuiffe devotos fubjungit , in Imperio Germanico decreto folemni an. 1338;
de quo idem Lehmannus in Chron. lib. 7 cap. 17; & Goldaftus
Tom. un. Imp. ad cit. an.; in Gallia a Philippo IV. Rege; de quo
idem Lehmannus cap. 10 ; in Hifpania a Carolo V; de quo Thuanus ad an. 1391 ; in Anglia demum ab Henrico VIII , de quo Jovius hift. lib. 35. Mitto cetera levioris , ac nullius momenti; quibus Coccejus uterque nititur , nec non Scriptorum quorumdam
hac in parte auctoritatem parvi , floccique pendendam , veluti
Petri de Ferrariis in pract. Pap. in forma libelli pro action. Confeff. §. *Plenam* , quam oppugnatum videre licet a Rebuffo in Concord. Rubr. de *Protectione* p. 774, feqq;, Nicolai Böerii Decif. 69.
num. 2, feq., Abbatis Urfpergenfis in Chron. de geftis Philippi
p. 235, Card. Mazarini apud Priolium de reb. Gallic. lib. 10. in
fine , Matthæi Drefferi in Millen. 6. tit. de Martyr., & teft. vetit.,.
aliorumque hujufce furfuris , fubleftiffimæque fidei hominum ,.
quorum nominibus paginam implere non opus eft .

Ad

Ad hæc vero Cocceji adjuvanda mendacia , ac maledicta , præter Severinum de Munzambano , larvatum nempe Puffendorfium , lib. de ſtatu Imp. German. cap. 8, Pfaffium de Orig. jur. Ecclef., Maſium in Intereſſe Principum Evangel. , Thomaſium diſſert. de Juribus Princip. Evang. , Henningium de ſum. Imperat. poteſt. circa Sacra, Bebelium differt. de beneficiis Magiſtratui polit. exhibitis , Rechenbergium diſputat. hiſt. polit. , Fridericum Georgi in Gravaminibus contra Sedem Apoſtol. , alioſque in id fruſtra incumbentes, ut bonis , eorumque juribus Eccleſiam exſpolient , ultrocitroque concurrere ex noſtris poſt Dupinium de Antiq. Eccl. Diſcip. differt. 7. §. ult. , non erubuit Jannonus præſertim lib. 2. cap. ult. §. 4, & lib. 4. cap. ult. §. 4, quibus in locis, ut nihil interea de ejus retexam temeritate , qua lib. 1. cap. ult. §. 6, & lib. 4. cap. ult. §. 1. Forum Eccleſiæ abjudicat , qua lib. 2. cap. ult. §. 3, & lib. 3. cap. ult. §. 3, ſeqq., Eccleſiam laicali Foro ſubjugat , quave cum libris citat., tum lib. 5. cap. ult. , & lib. 6. cap. ult. Eccleſiaſticas cauſſas fere omnes laicæ ſubjicit poteſtati , quæ intoleranda plane temeritas ſuo retundenda opportuno loco veniet , nonniſi Principum indulgentia bona temporalia adquirendi jure compotem Eccleſiam evaſiſſe contendit . Itaque hanc primum Eccleſiæ factam a Conſtantino M. facultatem an. 321. liquere dicit ex L. 4. Cod. Theod. De Epiſcopis , & Cler., & L. 1. Cod. Juſtin. De Sacroſ. Eccleſ. Doceri idipſum ab Euſebio lib. 10. cap. 1, & de ejus vita lib. 2. cap. 30, a Socrate lib. 1, Sozomeno, Eutropio &c. Abuſibus, qui ex divitiis Clericorum exundare deinde undequaque cœperant, ut modum imponeret aliquem Valentinianus I, teſtamenta Viduarum , ac Virginum in favorem Eccleſiarum , ac Monaſteriorum facta irrita eum feciſſe LL. 20, & 21. Cod. Theod. lib. 16. tit 2. De Epiſcup., & Cler , quas deinde leges Theodoſius M. confirmare ſategerit L. 27. cod. Cod. , & tit., & apud Sozomenum lib. 7. cap. 16. Quam tamen poſtea legem ab eodem Theodoſio L. 28. temperatam quoad immobilia , Eccleſiis , ac Monaſteriis res mobiles relinquendi poteſtatem faciente ; abrogatam quin etiam demum penitus a Marciano , immobilia quoque relinqui permittente Novel. De Teſtament. Cl. ult. diſſicri non audet. Ea vero de lege Valentiniani loqui ſubjungit

S. Au-

S. Ambroſium libello adverſ. relat. Symmachi , & S. Hieronymum
epiſt. 2. ad Nepotianum , quin attamen uſurpati juris Imperatorem in culpam vocare in mentem eis venerit. Itaque hujuſmodi
adquiſitionibus in dies augeſcentibus imponenda tandem fræna
intellexiſſe ait Carolum M. apud Petrum Gregor. Tholoſanum de
Republ. lib. 13. cap. 16, Eduardum I, & III , ac Henricum V. Angliæ Reges apud Polydorum Virgilium biſt. Angl. lib. 13, S. Ludovicum Gall. Regem, de quo Joh. Faber ad L. _Quoties_ Cod. _De_
Reivind., Philippum III, Philippum Pulcrum , Carolum V, Franciſcum I , Henricum II , Carolum IX , Henricum III , ac Senatum
Pariſienſem apud Papponium lib. 1. Rapſod. Arr. 7. art. 5. Jacobum Regem Aragoniæ , de quo Petrus Beluga in ſpeculo Princip.
rubr. 14, Regeſque Caſtilæ, ac Portugalliæ apud Alphonſum,
Narbonam leg. 35. gl. 5, Molinæum de Contract. tit. 2. d. 140.
lib. 2. tit. 8 ; ac in Regno Neapolitano Fridericum II. Conſt. De
rebus ſtabil. Eccleſ. _non alien._ In Germania item , & Belgio apud
Brantonem hiſt-Reform. lib. 1. cap. 1. p. 25, Antonium Matthænn
Manud. ad Jus Canon. lib. 2. tit. 1, Bodinum de Republ. lib. 5.
cap. 2, Venetiis etiam , ac Mediolani , qua de re Boſius de pœnis.
num. 43, Signorellus de homedeis conſ. 21, Statuta Mediol. tit.
de pœnis . Ad hæc lib. 4. cap. ult. §. 4. poſtquam dixiſſet , Patrimoniorum , quæ in Romanæ Eccleſiæ jura tranſcripta fuerant , nomine Principatus non utique ipſos veniſſe ſupremo Principum dominio ſubjectos, ſubjungit Principibus ex prædiis illis tributa pen-
di conſueviſſe . Quod probare nititur Can. 27. _Si tributum_ 11.
q. 1, quem ex S. Ambroſio decerptum adnotatum jam ſuperius eſt.
Exinde quoque, quod anno demum 681. a Conſtantino Pogonato exemptio primum indulta fuerit a tributis , quæ Romana Eccleſia ob Patrimonia Siciliæ , & Calabriæ pendere antea ſolebat ,
& a Juſtiniano Rimeno an. 687. relaxata tributa fuerint , quæ ex
Patrimoniis Aprutii , & Lucaniæ perſolvi ante debebant . Quæ
Patrimonia demum Regio Fiſco a Leone Iſaurico an. 732. appli-
cata ſunt , atque ærario publico auri talenta iria , & ſemis adſe-
bebant , Theophane teſte , qua etiam de re Petrus de Marca de
Concord. lib. 3. cap. 11. num. 4, ex quo Jannonus profecit .

Verum enim vero quam alumbia , & labilia ſint iſta , quæ ſive a Coccejo, five a Jannono oggeruntur, atque magis ad fucum ignaris faciendum, quam veritatis aliqualem præferant fpeciem, duo potiffimum, quæ ftatim fundamenti veluti loco ftabiliendæ veniunt, ex quibus deinde cetera fuapte fluant, evidenter oftendunt. Principio igitur etfi jure Ecclefiaftico dumtaxat Ecclefiafti*carum rerum immunitas daretur inducta, nec inde fequeretur, ut eidem derogare laicæ Poteftati fas effet. Ecclefia enim bonorum fuorum ita dominam effe, ut de bonis eifdem leges fibi bene vifas libere ferre, a laicis vero in eorum damnum latas infringere queat, receptiffimi nos docent Canones. Nempe Can. 1. *Lege* dift. 10. ex S. Nicolai 1. epift. 32. ad Epifcopos Synodi Silvanectenfis an. 863, qua Evangelicis, & Apoftolicis nedum, fed Canonicis etiam decretis Principum leges poftponendas admonet. Can. 5. *Imperium*, juncto Can. 4. *Ubinam* eadem dift. ex epiftola 8. ejufdem Pontificis ad Michaelem Imper., qua ipfum docet Imperium publicæ rei adminiftratione contentum effe debere, non ad ea prorumpere, quæ Sacerdotum funt propria. Can. 1. *Bene quidem* dift. 96. defumpto ex Synodo Romana IV. fub S. Symmacho, ubi Pontifex Bafilii Patricii, Odoacris Regis vices agentis, legem de Pontifice abfque Regis Italiæ fuffragio haud eligendo, deque prædiis Ecclefiæ non alienandis, quam alioqui S. Simplicii monitu, & hortatu latam adfirmabat, omnino diffolvit. Can. 11. *Si Imperator* ead. dift., qui a Gratiano perperam Johanni VIII. adfcribitur, fed potius ex Concilii Moguntini an. 868 Can. 2, & 3. conflatus videtur, ubi Imperatores, Regefque de officio Ecclefiæ præftando, deque obedientia ejus praeceptis impendenda ferio admonentur. Can. 98. *Imperatores* 11. q. 3. ex S. Auguftino in epift. olim 105, nunc 166. defcripto, ubi S. Doctor Principum leges contra Dei, & Ecclefiæ leges haud obligare demonftrat. Cap. 7. *Quæ Ecclefiarum*, & Cap. 10. *Ecclefis S. Mariæ* Decret. lib. 1. tit. 2. de Conftitut., quibus Innocentius III. laicarum Poteftatum leges Ecclefiafticæ immunitati, libertatique infeftas infringendi facultatem Ecclefiæ adftruit. Cap. 2. *Sicut in judiciis* Decret. lib. 5. tit. 33. de Privileg., quo Alexander III. laicorum Principum legibus, quæ in Ecclefiæ præjudicium vergerent, fibi obfiftendum, robufque adimendum omne proponit,

a

nit, junctis ibidem Glossis, & Interpretibus. Sed enim Divina siquidem jure Ecclesiastica immunitas, & libertas suffulta sit, inde sequitur sane, ut vel Principum legibus eadem libertas, & immunitas institutionem non utique, sed usum dumtaxat, & exercitium acceperit, velut indicat ipsemet Justinianus L. *Sancimus* 22. Cod. de Sacros. Eccles. Sicubi vero legibus imminui libertatem, immunitatemque contingeret, velut Auth. *Nullus* eod. Cod., & tit., ex continuo irritæ, nulliusque omnino roboris evadant; qua de re seq. Art. 5. Hinc instante S. Hilario Pictav. apud Baronium ad an. 355. num. 83. Constantius Imp. Edicto ad Severum dato L. 12. de *Episcopis, & Cler.* Cod. Theod. querelas adversus Episcopos ad Laicos Judices deferri, prohibuit, Edictoque altero ad S. Felicem II. L. 14. eod. Cod., & tit. a Baronio recensito ad an. 357. n. 68. Clericos exactionibus improbe fatigari interdixit. Vel ut latæ a Principibus leges illæ ita demum accipi debeant, ut non favendo imperio, sed obsequio famulando Ecclesiæ præceptis conditæ fuerint, veluti dicitur Can. 7. *Si in adjutorium* dist. 10. ex S. Augustino lib. 2. contra litter. Petiliani decerpto; Cap. 1. *Intelleximus* Decret. lib. 5. tit. 32. de Novi Oper. nunciat, & Cap. 28. *Super Specula* ibid. tit. 33. de Privileg., ac docent Honorius III. Const. 1. *Has leges* §. 1, & Bonifacius VIII. Cap. 18. *Ut inquisitionis* in 6. lib. 5. tit. 2. de Hæret., observantque tria illa S. R. Ecclesiæ lumina Card. Baronius ad an. 528. num. 5, & 535. n. 34. de Justiniani legibus agens, Bellarminus de Pontif. potest. cap. 34, & Petra ad Honorii III. cit. Constit. I. n. 19. To. 2. Nam alioqui multa oppido in utroque Codice Theod., & Justin. tit. maxime de Sum. Trinit. Leges habentur fidei dogmata respicientes; ad quæ tamen stabilienda laicam extendi potestatem, nisi desipiens, adfirmaverit nemo. Vel demum ut leges illæ conditæ intelligantur ad jus Divinum, & Canonicum de Ecclesiastica libertate, immunitateque sartum, tectumque toto in Imperio servandum, velut observat Glossa in Can. 11. *Si Imperator* Dist. 96, cui adstipulantur Johannes de Turrecremata in Can. 2. *Sacrosancta* num. 8. dist. 22, Maynardus de privileg. Eccl. lib. 1. art. 5, Belletus disquis. Clerical. part. 1. de favor. Cler. §. 1. num. 23, aliique paullo supra laudati.

ɷ. Poſt hæc tandem omnia, neque præfracte Eccleſia impedimento fuit, quominus a Regibus jus retineretur tributa repetendi ab
iis, qui prædiis donaſſent Eccleſias, quin etiam ab Eccleſiis, quæ
eo ſub vinculo prædia ejuſmodi proprium in jus tranſcripſiſſent,
quibus alioqui cogrua ad vitæ ſuſtentationem non deeſſent : quo
de jure late Thomaſſinus vet., & nov. Diſcipl. par. 3. lib. 1. capp.
33, 36, ſeq. Neque magis prohibuit, quo minus, ſuo ex conſenſu tamen, ac Pontificis quammaxime prævio, tributa quandoque, belli occaſione, Eccleſiis quoque indicerentur, qua de re
Thomaſſinus ibid. cap. 37. Quominus, ex tolerantia quadam, ſive
conſenſu, implicito ſaltem, ſuo, Eccleſiis, ac Monaſteriis donaria quædam vel ſtatis temporibus, vel annuatim Regibus publicas
in neceſſitates impenderentur: quibus tamen ab oneribus Cænobia
pleraque libera erant ; quæque in onera ferme tranſierant immunitates a Metatus, ac Militiæ legibus, de quibus plura Thomaſſinus capp 38, 39, 40, & 48, ac Muratorius Antiq. Ital. differat 70. Quominus denique ad expenſas belli Sacri, aliarumque Eccleſiæ neceſſitatum, ex Epiſcoporum, ac Pontificum quammaxime conſenſu, Decimæ perſæpe Eccleſiis, ac Monaſteriis indicerentur, qua de re fuſe idem Cl. Thomaſſinus capp. 41, 43, ſeq. Quibus loco poſitis, jam prona, faciliſque ad Cocceii, & Jannoni
objecta fluit responſio.

Itaque falſum imprimis Coccejus adſumit contendendo Jure
Naturali Clericos ſummo Imperio ſubjacere. De Jure naturali
ſane loquebatur Chriſtus D. Matth 17. 25, ſeq. Petrum interrogans : *Reges terræ a quibus accipiunt tributum, a Filiis, an ab
alienis ?* &c.; deque naturali Jure diſſerens intelligi, capique
S. Paulus cupiebat. 1. Corinthios 9. 7; ſeq. alloquens: *Quis militat
ſuis ſtipendiis unquam ? Quis plantat vineam, & de fructu ejus
non edit ? Quis paſcit gregem, & de lacte gregis non manducat ?*
Scilicet & ad Jus naturæ ſpectat, ut nobilior Reipublicæ pars, Divinis nempe deputata miniſteriis, inferioris gradus ſociorum non
utique arbitrio ſubjugetur, ſed eis potius imperio ſuperſtet, non
leges ab eis accipiat, ſed magis indicat, non eis tributa perſol-
vat, ſed imo repetat. Quam vero inconſiderate, contraque ſemel facit Coccejus ad Divinum jus provocando, quo plane ſibi
jugu-

jugulum petere non intelligit ? Divino siquidem utroque jure ,
jam veteri , quam novo Sacerdotales five personas , five possessiones laicas potestate liberas prorfus, inque tuto politas abunde, opinor , demonstratum jam est , quin ulterius demonstrare sit opus .
Enim vero in Lege veteri supra Judæorum vulgus elevatis Sacerdotibus , ac Levitis nihil amplius in eos juris Regibus reliqui a
Deo factum liquidissima Scripturæ loca testantur . Quare sicubi
quædam circa Sacerdotes , eorumque Sacra a Ducibus , aut a Regibus commissa narrentur , eadem gesta utique intelligenda esse
dicebamus, aut potestate extraordinaria, speciatim a Deo demandata , ideoque potiusquam ab ipsis Ducibus , ac Regibus profecta
intelligi debere ab iis , tamquam a Prophetis : quæ locum passim
habent in Moyse , Josue , Samuele , Davide , Salomone , de quo
Theodoretus in 3. Reg. q. 9, in Josaphato, Nehemia, Esdra &c. ,
velut apposite observat Zanolinus de Festis , & Sectis Judæor. difput. 1. cap. 7. Quædam vero gesta ordinaria potestate , tanquam
vere a Principibus , sub uno tamen Religionis defendendæ, custo-
diendæque Legis respectu: quo Regiam principaliter inductam potestatem ignorat nemo, qui in lectione SS.Scripturarum, & SS.Pa-
trum hospes omnino non sit . Quædam denique præter jus , fasque perperam gesta , quemadmodum a Saule , ab Ozia, de quibus
S. Ignatius in epist. ad Magnes. cap. 3. ex interpol. , & Auctor
Const. Apostol. lib. 6. cap. 1, & ab Herode , cui plane Sacerdotio
Pontificem M. abigere non licuisse cit. loco diserte Josephus adfirmat, qui nempe Sacris negotiis se præter quam liceret , & plusquam liceret , implicare non abstinuerunt . Sed de his fusius, non
secus atque de Rabbinorum traditionibus Art. 1. Confer interea
Exodi cap. 22. v. 28, seq., ubi Sacerdotes & Deos, & Populi Principes appellari , eisdemque & reverentiam , & sustentationem deberi dubitare non sinunt, qui locum ita sunt interpretati S. Paulus Actor. cap. 23. v. 5, S. Cyprianus lib. 4. epist. 9. edit. Erasmi,
ad Pupianum , edit. Pamel. 69, Felli 66, S. Joh. Chrysostomus in
Psal. 137, Theodoretus in Daniel. cap. 2, & in Psal. 135, Hesy-
chius in Levit. lib. 1. cap. 4, Antiochus Monach. hom. 124, quæ
est de venerat. Sacerdot., S.Gregorius M. lib. 4. epist. 31. ad Mauritium , S. Nicolaus I. epist. 8. ad Michaelem Imper. &c. Confer

& Numer. cap. 27. v. 18, seqq., ubi Dei jussu Dux Populi constitutus Josue coram Eleazaro Pontifice, huic obaudire, agenda-
que ad hujus imperium exigere jubetur : atque viden, ut locum
in rem profecto nostram interpretentur S. Hieronymus, Theodoretus quæst. in Josue, Procopius, Rabanus, Oleaster &c. Item
Deuter. cap. 17. v. 8, seqq., & cap. 21. v. 5, seq., ubi in difficili-
bus, & ambiguis Sacerdotum judicio standum omnino, negotium-
que omne eorumdem definiendum sententia decernitur : qua profecto ratione locum accipiendum docent Septuaginta, Chaldæus-
que Interpretes, Pagninus, Oleaster, Vatablus &c., reque ipsa
accepere Josephus Antiq. lib. 4. cap. 8, S. Cyprianus lib. 3. epist. 9.
edit. Erasmi ad Rogatianum, Pamel. 65, Felli 3, epist. 11. lib. 1.
Eras. ad Pomponium, Pamel. 62, Fell. 4, epist. 8. lib. 1. Eras. ad
Plebem, Pamel. 40, Fell. 43, epist. 3. lib. 1. Eras. ad S. Cornelium, Pamel. 55, Fell. 59, ac epist. 9. lib. 4. edit. Erasm. ad Pupianum, edit. Pamel. 69, Felli 66, S. Basilius in proœm. lib. de
morib., S. Hieronymus in Aggæi cap. 2, S. Cyrillus Alex. lib. 13.
de adorat. in spir., & verit., Procopius, Rabanus &c. in eumd. locum, Synodi Parisiensis sub Ludovico, & Lothario in præfat., Aquisgranensis sub Ludovico Pio Can. 97, Germanica sub Conrado Honorii III. Legato cap. 6, Lateranensis sub Leone X. sess. 11, Senonensis Decret. 3, & 6, Innocentius III. Cap. Solite de Major., &
Obed., Hadrianus VI. in Constit. adv. Lutherum, Petrus Bertrandus de Orig., & usu potest. Eccles., aliique. Junge Malach. cap. 2.
v. 6, seq., ubi Sacerdotum præscripto agenda omnia vel a Principibus fore mandantur, atque Patres ita locum apposite de potestate Sacerdotum summa interpretantes, Auctorem Hierar. Eccles. sub nomine S. Dionysii Areop cap. 12, S. Hieronymum in
Ezech. cap. 44, S. Cyrillum Alex. lib. 13. de adorat., Theodoretum in hunc loc, Helychium lib. 1. in Levit. cap. 4, Procopium
in Gen. cap. 49, Rabanum in Deuter. cap 17, S. Bernardum de
præcept., & dispen., Episcopos Synodi Parisiensis sub Ludovico
in præfat., & Meldensis sub Carolo Jun. in præfat., S. Gregorium M.
in præcit. epist. ad Mauritium, & S Nicolaum I. in prælaud. epist.
ad Michaelem Imp., &c. Tum vero ad fastigium longe superius a
Christo D. elevatum Sacerdotium Christianum et, quam præ Ju-

daica longe propius ad Divinam Sacerdotalis Chriſtiana dignitas
adceſſit : ut propterea in veteri Lege Imperio etſi Sacerdotium
aut fuiſſet conjunctum , aut fuiſſet inferius , ſub Evangelio tamen
quia utraque dignitas gradibus , & officiis fuerit diſcreta , ac ſuper Imperialem Sacerdotalis advecta , liquida novi Teſtamenti loca dubitare non ſinunt a nobis laudata . Siniſtrum ergo in ſenſum
eadem inique a Calvino intorquere Coccejus didicit , cui mirum ,
ut in hac parte manus ultrocitroque dederint Richerius , Duarenus &c. Locus S.Pauli ad Rom. 13. v. 1. *Omnis anima poteſtatibus
ſublimioribus ſubdita ſit* , contrarium imo probat , nempe Spirituali poteſtati , quæ plane Civili longe ſuperior eſt , omnem prorſus Animam ſubjectam eſſe , ideoque Principes ipſos , oportere, velut obſervant Primaſius, Sedulius, S.Bernardus &c. Cui plane con-
ſentaneus eſt locus alter Hebr. 13. v. 17. *Obedite Præpoſitis veſtris
&c.*; cum quo proinde ne pugnet locus S.Petri epiſt.1.cap 2.v.13.
Subjecti eſtote omni humanæ Creaturæ &c. , ipſiuſque S. Pauli locus alter epiſt. ad Tit. cap. 3. v. 1. *Admone illos Principibus* , *&
Poteſtatibus ſubditos eſſe &c.*, de Laicis accipi debet Principum
legibus obligatis , non etiam de Clericis Ordinis Sacramento ſupra Laicos cujuslibet gradus dignitate ſublimatis , veluti cum
S. Thoma docent Theologi lib. 4. Sent. diſput. 24. q. 1. art. 2.
Eôdem vero conſpirat textus S. Pauli 2. ad Corinth. cap.1. v.24.
Non quia dominamur &c. , quò ſpectat & textus S.Petri 1. cap. 5.
v. 3. *Neque ut dominantes in Cleris &c.* Nempe μηδὲν χαταχυ-
ϱιὄντες , *Supradominantes* ne ſint Epiſcopi , ſive propria immo-
dice poteſtate utantur, ſive abutantur, ut moris Regum eſt, Chriſto D. dicente : *Reges gentium dominantur eorum &c.* , qui ſcili-
licet dominationi ſuperbiam , faſtum , ſeveritatem adjungere ſolent , ut adverterunt Origenes tract. 31. in Matth., S. Gregorius
Nazian. Orat. 2, Procopius , Œcumenius in hunc loc. , & Grotius ibid. *Sed formæ facti gregis &c.*, ideſt ut Titum admonebat
S. Paulus cap. 2. v. 7. *In omnibus te ipſum præbe exemplum &c.* ,
Timotheum etiam 1. cap. 4. v. 12. *Exemplum eſto fidelium &c.* ,
ſeque ipſum proponebat exemplum Theſſalonicenſibus 1. cap. 1.
v. 6, ac 2. cap. 3. v. 7, & Philippenſ. cap. 4. v. 9. Cæterum ante-
cedentibus verbis illis : *Paſcite , qui in vobis eſt , gregem &c.*

tantum abest , ut potestas jurisdictionis , qua pollet Ecclesia , in-
fringatur , ut potius confirmetur magis , uti seq. Art. in apertum
fiet . Viden interea , ut argumentum istud egregie adversus Calvinum Jamdudum absolverit , Patrumque testimoniis præclare
exornaverit Bellarminus de Rom. Pontif. lib. 1. cap.9. Mihi heic
sane videor par Apostolorum Principum verbis illis pulcherrimam
regiminis Christi D. imaginem exprimere voluisse , imitandam- .
que Episcopis proponere . Nempe Christus D. Regnum quidem
suum de hoc Mundo non esse dixit Johan. 18 v. 36 , qui tamen se
Regem utique non negavit ; Pilato quippe interroganti : *Rex es
Tu ?* incunctanter respondit : *Tu dicis* , velut adnotarunt Tertullianus adv. Marc. lib. 4. cap.41, & S. Hilarius in Psal. 2. n. 24,
seqq. Quid igitur sibi voluit Regem se proferendo , Regnum vero a se projiciendo ? Mundi nomine heic venire malos , qui Mundo inhærent , Regni vero de Mundo regiminis formam designari
tumoris , fastusque plenam intelligere oportet ; cujusmodi suam
ideo non esse regendi rationem , nec suum inter hos esse Regnum
Christus D. ait , velut explicant S. Joh. Chrysostomus , & S. Augustinus in Johan. , S. Cyrillus lib. 12. in Joh. cap. 10, seq., Theophylactus, Euthymius, & V. Beda in hunc loc., Arnoldus Carnot.
Abb. Bonævallis de Jejun., & tent. Christi inter Opera S. Cypriani edit. Felli p.72, Alexander Alensis part. 2. q. 1. memb. 2. art. 2,
S. Thomas in hunc loc., S. Bonaventura lib. 2. dist. 1. par. 1. art. 2,
queis adstipulari Grotius non ambigit in Joh. 18. v. 36. Frustra
vero patrocinium errori suo quærit Coccejus ex S. Ambrosio serm.
contra Auxent., ex quo decerptus est Canon 27. *Si tributum* , &
lib. 4. in cap. 5. Lucæ v. 3, seq., ex quo descriptus est Canon. 28.
Magnum quidem 11. Q. 1. Priori enim loco loquitur S. Doctor de
Evangelica moderatione , qua Ecclesia Imperatori tributa repetenti , non quidem donando obsequitur , sed non obsistendo non
negat . Secundo vero loco recte ex Christi D. censum solventis
exemplo argumentum cum obsequii Principibus dependendi, tum
tributi persolvendi S. Doctor trahit . Quin tamen eodem ex Christi D. facto sequatur debitum ita faciendi : quippe offensionis dumtaxat vitandæ gratia , non obligationis cujuspiam specie aliqua ,
qua teneretur , ita secisse Christum D. , ab eoque Cæsari vectigal

redditum fuiſſe SS. Patrum concordi ſententia paullo ſuperius eſt demonſtratum .

Juri gentium vero , quod tertio urget loco Coccejus, obſtat potius, atque repugnat Sæculari poteſtati Sacerdotum ſubjeſtio . Ethnicis enim vero arcte inſinuatum, ſublimiori veluti faſtigio poſitos ſuſpiciendos fore Sacerdotes , cum pleraque a nobis producta documenta , tum ea ipſa , quæ a Coccejo ipſo prolata ſunt , abunde planum faciunt . Quamquam fateor , apud Ethnicos qui Reipublicæ ſummam adminiſtrarent , eiſdem uſu plerumque veniſſe , ut Sacris Religionis ſe paſſim immiſcerent , Sacerdotes deſignando, Officia impartiendo , Feſta ordinando, Sacrificia præſcribendo &c. At præterquamquod facta hujuſmodi ex falſo Sacerdotio , ex hominum inſtituto , ac ſuperſtitione derivato , deducta Chriſtiano Sacerdotio , Divina procul dubio inſtitutione ſubnixo , officere nequeunt , cunctis eſt ſcitum apud Ethnicos paſſim eoſdem Pontifices agere conſueviſſe , qui Principes , tamque rei Sacræ apud ipſos ſummam, quam rei Civilis ſtetiſſe . Quo vero pacto accipi probe de rebus Eccleſiaſticis latæ quandoque a Principibus leges tam poſſint, quam debeant, plus vice ſimplici , abundeque explicatum eſt . Siqua vero adverſa cum Eccleſiaſticis fronte pugnarint , eiſdem a poteſtate Eccleſiaſtica vim prorſus omnem confeſtim ademptam ſeq. Artic. 5. ſiet evidens . Ex quo patet inutili deſudaſſe opera Vandalarum , dum diſſert. 2. de Pontif. M. cap. 1 , ſeq. ex legibus circa Sacra hinc illinc ab Imperatoribus qua Ethnicis , qua Chriſtianis editis pari utroſque Pontificatus M. jure , quod errore pejori cum Imperatorio conjunctum putat , ad Gratianum uſque potitos arguere inſtituit . Periiſſe deinde Coccejo frontem oportet , ut quem Jus Canonicum nobis objicere non depuduit , in quo ſane nihil Eccleſiaſtica libertate , immunitateque uſitatius, exploratius, ac tritius . Paucis interea , ſiqua objectis Canonibus difficultatis ineſſe videatur ſpecies, expedienda eſt, ne illam declinaſſe , aut majorem cubare , quam ſit revera , quis cogitare poſſit . Porro in Can. 3. *Valentinianus* nihil vel leve latet, quo non ſibi potius , qui in illo ſidit, recta jugulum petat . Ex Caſſiodoro hiſt. tripar. lib. 7. cap. 8 , ex quo fuit depromptus , & ex Nicephoro hiſt. Eccl. lib. 11. cap. 32 , a quo eadem ſerme deſcribuntur , illuſtran-

strandus est Canon. Narrant igitur de Valentiniano Imp. , quod
Auxentio Mediol. Pseudo-Episcopo defuncto, evocatis ille Episc-
copis, deque qualitate eligendi Metropolitæ admonitis, sic eofdem affatus est : *Talem itaque in Pontificali constituite Sede, cui
& Nos, qui gubernamus Imperium, sincere nostra capita submit-
tamus, & ejus monita, dum tanquam homines deliquerimus, necessario veluti curantis medicamenta suscipiamus.* Quid vero, rogo, in his non religiosissimi Principis rectissime ad obediendum E-
piscopo comparati, & ab Episcopalibus invadendis electionibus
remotissimi ? A Synodo quidem rogatus legitur, ut electum ipse
designaret, non utique ex potestate, sed singulari ex sapientia, &
pietate : *Sapiens, & pius existens.* Quid tamen ? *Supra nos est,*
respondit, talis electio. Tantum igitur abest, ut electioni se Implicare voluerit, ut eam potius suæ potestatis extra limites positam lassus religiose, ac professus fuerit. Probatissimi denique Principis digna ea vox, qua S. Ambrosium electum affatus : *Festina,*
inquit, *sanare, sicut Divina lege præcipitur, animarum nostrarum
delicta.* Perditissimæ itaque caussæ, profligatæque certum indicium est, istiusmodi documenta in adversum inflectere sensum.
Brevior ero in ceteris objectis explicandis Canonibus. Canonis
9. *Quia igitur* ex S. Gregorio M. lib. 4 epist. 8. olim, nunc lib.
2. epist. 33. ad Johannem primæ Justinianæ Præsulem desumpti
ea vis est, ut eo magis ipsius electio ab Episcopis Provinciæ peracta Pontifici evaserit probata, quod eidem Imperatoris etiam vota
suffragata sint. Quibus sane facere satis non est Sacerdotium Imperio subjugari, sed Imperium cum Sacerdotio pro Religionis, ac
Reipublicæ pace, bonoque recte componere. Canone 15. *Principali,* decerpto ex Pelagii I. epistola ad Laurentium Episcop. Cen-
tumcellensem, Milites quidam ordinari permittuntur, qui Principis sui Sacra exhibita, se Militia prorsus solutos probabant. Ita
siquidem cum ferebat Ecclesiasticæ Disciplinæ lex, ne Militiæ ad-
stricti ad Ecclesiasticos gradus admoverentur, nisi prius illa soluti
legitime fuissent. Non eò spectabat igitur laica potestas ; ut Militum ordinationi semet implicaret, sed ut a Militia illos absolve-
ret. Canones 16. *Reatinæ,* ac 17. *Nobis,* inter se plane jungendi, in quibus etiam vim quammaximam facit D. Vertot in dissert.
                                                                GaI.

Gallice adornata de Nominatione ad Episcopatus, aliasque Dignitates Ecclef. in Gallia, exinde Franc. Regum Jus nominandi ad
Episcopatus in Regno vacantes indubium evadere contendens,
Doctiss. Berardi dubiæ admodum fidei visi sunt, tum qua Gratiani
testimonium neque satis firmum haberi possit, tum qua sibi invicem
probe cohærere nequeant. Canon 16. enim vero a Gratiano tribuitur S. Leoni IV. in epist. ad Lotharium, & Ludovicum Augu-
stos, quam etiam Ughellus exhibet Tom. 1. p. 108, Canon 17.
vero eidem Pontifici adscribitur in epist. ad Ritam Comitissam,
seu Ittam, veluti legendam Canonis inscriptionem mavult Pithœus
in adnot. ad Gratian. Utroque vero Canone eadem de re sermo
instituitur, nempe de Coloni, sive Colonis, ut magis legendum
suadet ejus subscriptio in Synodis Romanis sub S. Leone IV. an.
853, & sub S. Nicolao I. an. 861, in Reatinum Episcopum electione. Can. 16. iterum S. Leo petens ab Augustis inducitur, ut Colo Reatinæ Ecclesiæ admoveatur. Contra in Can. 17. ad preces
Imperatoris, & Imperatricis a Pontifice Reatinus ordinatus Episcopus Colo refertur. Præterea in Can. 16. Colonis in Episcopum
designatio ab Augustis expectata dignoscitur. At in Can. 17. non
a Ludovico, & Lothario, sed ab Imperatore, & Imperatrice Colonis ordinatio proposita, & sollicitata dicitur. Ut sit tamen de
utriusque Canonis veritate, id unum inde eruitur, & evincitur
Principes quidem, Romanis Pontificibus aut indulgentibus, uti
sequiori demum ætate factum scimus, aut pro temporum iniquitate, tristitiaque tolerantibus, Episcopos designandi, seu eorumdem electioni adouendi partem, sive facultatem sibi fecisse, quomodo factum legitur a Carolo Crasso in præcepto, quod pro Ecclesia Cabilonensi edidit, inque lucem prodidit Sirmondus, ad
an. 885, ac post ipsum Harduinus Tom. 6. par. 1. p. 375, seq.,
non eligendi tamen, quod Ecclesiastici Juris fuisse semper, atque
ita quidem, ut ad Episcopi electionem tria ista concurrerent, E-
piscoporum auctoritas, Cleri vota, Populique testimonia, atque
postrema hæc quidem usque ad Sæculum VI. indubium evadit ex
SS. Patrum sententia, Conciliorum decretis, ac Pontificum sanctionibus, de quibus fuse præ aliis Thomassinus vet., & nov. DI-
scipl. par. 2. lib. 2. cap. 19, seqq. Qua perinde ratione facile datur

tur afsequi fenfus Can. 18. *Lectis* ead. diſt. 63. ex epiſtola Stephani V. ad Guidonem Comitem defumpti, cujufque fragmentum
nobis fervavit Gratianus, quo electi Reatini Epifcopi ordinationem prudens differt Pontifex, donec de Imperatoris confenfu fibi
conſtaret. Canone 21. *Agatho* ex libro Pontif. a Gratiano deſcri-
to, quo S. Agatho fertur a Conſtantino Pogonato impetraſſe, ut
nullum impoſterum a Pontifice electo tributum, quod antea Gothis Regibus impendere cogebantur, Græcis Imperatoribus per-
folveretur, ita tamen, ut Pontificis electio Imperatoris fuffragio
confirmaretur, Ecclefiaſtico juri nihil derogatum eſt, Imperatoribus fiquidem hæc juris particula accefferit ex Pontificum indulgentia, fapientique providentia ad evertenda fchifmata, quæ cie-
ri paſſim folebant, veluti Carolo M. a Leone III, teſte Alcuino
piſt. 84. apud Ducheſnium hiſt. Franc. Script. Tom. 2. p. 686,
Lothario a Paſchali I, Suppl. hiſt. Pauli Diac. ad an. 823. apud
Ducheſnium Tom. 2. cit., ab Eugenio II, de quo Pagius Jun., a
Johanne IX. in Synodo Romana an. 897, juxta Pagium, Can. 10,
a Johanne XII, & a Benedicto VIII, de quibus Garampius de
Num. Arg. Benedicti III. cap. 4. p. 96, feqq., ufque ad S. Gregorium VII. morem hunc perduraſse fentiens, ut Pontificis nempe electioni Imperatoris Miſſi intereſſent; non ita tamen, quin
paſſim interrumperetur: quo difcrimine poſtea fubmoto, Pontificis
electio ad priſtinum jus rediit, a Pontificibus redintegratum, Imperatoribus quoque eodem fe jure abdicantibus, veluti de Conſtantino Pogonato auctor eſt Anaſtafius in vita Benedicti II, de Ludovico Pio liquet ex Can. 30. *Ego Ludovicus*, ex hujus Diplomate
excerpto, (quod plane Diploma a conatibus Blanci, Pagii, Baretti in
Chorographia Script. rer. Ital. Tom. 10. p. 36, Muratorii, expofit. plen. p. 82, feqq., & in Annal. an. 962, 1014, 1023, &c., Caroli Molinæi item, Goldaſti, Mornæi, Wolphii, Barbeyracii,
Walchii, Pfeffingeri ad Vitriar. Tom. 1. p. 54, feq., Heumanni
de Ile Diplom. Tom. 1. p. 260, feq., quibus in errore præiverant
Flaccus Illyricus, Joh. Schilterus, Hermannus Conrigius, Struvius &c., qui fpuriis illud adcenfendum contendunt, egregie vindicant, ac legitimum habuere Hottomannus quæſt. illuſt. Tom. 1.
2. p. 946, & Grotius de Jure B., & P. lib. 1. cap. 3. §. 13,
oſten-

oftendunt vero Remundus Rufus lib. in Molinæum pro Pontifice
M. &c., Carolus Cointius Annal. Tom. 7. ad an. 817. §. 6,
Gretzerus in Apologia Baronii p. 340, & in defenf. adv. Golda-
ftum p. 203, Fontaninus de Dominio Sedis Apoftol. in Coma-
clum p. 142, feqq., & in defenf. 2. ejufdem Dominii p. 83,
feqq., Pichler hift. Imperat. tract. 2. par. 1. cap. 5. §. 50, feqq.,
Sandinus differt., ac Cennius in Examine hujufce Diplomatis ad
calcem differt. Emin. Orfii de Orig. Domin., & fuprematiæ Rom.
Pon tif.) s de Carolo Calvo refert Auctor Append. Eutropianæ,
Apoftolicæ Sedi alioquin infenfus, de quo Gretzerus in Myffa
Sal mur. cap. 35. p. 274, & Fontaninus differt. hift. §. 121. p.
53, & in defenf. 2. §. 18. p. 70, apud Goldaftum Monar. Tom. 1.
p. 8, cui Auctori fidem haud adhibendam fruftra ideo cenfet Hen-
mannus Tom. 1. cap. 6. §. 138. n. 1. p. 368, nec inficias ivit Petrus
de Marca deConc. lib. 3. cap. 13; de Othone I. fit manifeftum exCan.
31. Conftitutio, & Can. 33. Tibi Domino ead. Dift. 63. ex Diplomate
hujus Imperatoris decerptis; de S. Henrico I. adparet ex ejus fimili
Diplomate, de quo, non fecus ac de Othoniano confulendi præf.
Fontaninus de Domin. p 269, feq., & inDefenf. 2. p. 100, feqq., Cennius de Diplom. Ludovici Pii par. 3, ac Berardi in Grat. emend.
Tom. 3. par. 2. cap. 71, nobifque proprio redibit loco fermo.
Canone 24. Salonitanæ, Mauritii Imper. gratia, cujus juffu Maximus ei præfectus Ecclefiæ fuerat, ejufdem Maximi ordinationem
tolerandam duxit quidem S. Gregorius M. lib. 4. epift. 34, apud
Maurinos lib. 5. epift. 21. ad Conftantinam Auguftam, ita tamen,
ut diftrictionem in eumdem exercere non abftinuerit, doleteque
quammaxime, quod apud Sæculares Judices refugium ille quæfi-
viffet. Quò fpectat etiam Canon 6. Si Epifcoporum 21. Q. 5. ex eadem decerptus epiftola. Canone 25. Cum longe ead. Dift. 63, qui
eft Canon 6. Concilii Toletani XII. an. 681, in Epifcoporum e-
lectione Regis quidem defideratur adfenfus, Epifcopos attamen
eligendi in Provincia qualibet poteftas Toletano Præfuli ampla
tribuitur. Canone 41. Sacerdotibus 11. Q. 1. manifefte Coccejus in fui ipfius perniciem abutitur: eo quippe loci, qui ex lib. 4.
epift. 31, edit. Maurin. lib. 5. epift. 40. ad Mauritium Imp. ex-
fcriptus eft, S. Gregorius M., graviffimis cum ex Divinis eloquiis,
tum

ram ex Gentilium exemplis propofitis verbis, Imperatorem admonet de Sacerdotibus impendenda reverentia, non contumelia
afficiendis. Canonem 45. *Si quis* ex Novella 77. Juftin., five Novel. 83. depromptum parum admodum moror, jure fiquidem Ecclefiaftico reformatum eum oftendi, qua de re fufius infra. Quæ
denique Canoni 27. *Si tributum*, & Can. 28. *Magnum* vera infit
fententia, jam pacate, matureque fuperius-expenfum eft. Ad ad-
ditum ex Concilio Turonenfi III. fub Carolo M. Can. 1. refpondeo, nihil eo magis Evangelicæ legi, & Ecclefiafticæ difciplinæ
convenientius, & aptius, quam Epifcopos de procul eliminandis
in Principes conjurationibus, de obfervantia, fideque ipfis con-
fervanda, atque de obligatione erga ipfos, ob feuda, fundofque
Ecclefiæ collatos, retinenda effe follicitos. Ita nempe, ut jam
fuperius innui, mutuis fe fe fovere auxiliis, munireque Sacerdotium, & Imperium debent, adeo ut Canonibus illæfam Principum
dignitatem jubeat Ecclefia, viciffimque legibus fuam Ecclefia
Majeftatem Principes integram fervent. Omnem poftremo exuif-
fe pudorem oportet, Schifmaticorum in medium proferendo decreta, quibus Pontificia impie abdicata poteftas eft, cujufmodi
eft illud, quo Ludovicus Bavarus in Conventu Francofordienfi
Imperatorem electum Apoftolicæ Sedis adprobatione pro Imperio
adminiftrando non indigere nefarie declaravit: quod fane decretum acriter exagitavit Auguftinus Triumphus q. 39. art. 1, abrogavit vero Benedictus XII. apud Raynaldum ad an. 1338. n. 13.
Philippo IV. Gall. Regi graviffimæ quidem cum Bonifacio VIII.
contentiones, fimultatefque fuere, adeo ut nec ei quidquam in
temporalia Juris in Gallia reliquum effe jufferit, ejufdem imo a
fententia ad Concilium provocatio fuerit interjecta, eique crimen
quin etiam hærefis objectum, queis de rebus adeundus Raynaldus
ad an. præfertim 1302. n. 11, feqq., ac 1303. n. 35, feqq.; tam
falfo tamen, quam inique Pontificiam in Gallia poteftatem ejura-
tam, dirifque fuiffe devotam Coccejus commilifcitur. Commen-
ta fimiliter, & calumnias puras, putafque, quibus Caroli V. religionem afpergere nefarie non temperat, patienti, æquaque quis
ferat aure? Ingenti ei quidem flagitio jure vertitur, quod Clementem VII. indigne tractaverit, ac fœde calamitatibus afflixerit,

eò etiam progressus audaciæ, ut ad Concilium provocare non abhorruerit . Verum de rebus mere Civilibus ei cum Pontifice jurgia intercessisse , in rebus vero Christianis a religione profecto erga Pontificem ne latum unquam eum recessisse unguem , testes locupletes sunt repetitæ ad Clementem a Carolo litteræ, eæque præsertim , quas eidem inscripsit an. 1526, ac seq. , regestæ a Raynaldo n. 22 , seqq. , & an. 1527. n. 35, seqq. Longe quam procul denique ratio Coccejum fugit, quum palam efferre hominem, ac proferre illum non puduit, Henricum VIII. hoc est , ab Ecclesia schismate, ac hæresi abscissum , quem æqua proinde Catholici excipere nequeant ante, quin eumdem extemplo detestentur, & exhorreant. Eos quoque apage , quos proferre non veretur Auctores , qui nefariis ejusmodi adversus Ecclesiasticam potestatem scriptionibus nihil aliud præstant , quam proprii inopiam judicii , nullaque de causa maledicendi pruritum , non sine scandalo, palam Orbi facere , numini sibi magis infestos , quam nobis ostendunt, populisque se magis , quam Pontifices differendos objiciunt .

Ad Jannonum , Dupinio suo dimisso , onae retorquendo sermonem , & is pariter tam abnormiter e rationis sulco procul excessisse , quum hasce nobis agit nugas , videtur , quam a veritate toto , quo patet , aberrasse dignoscitur ostio , quum sursum deorsum omnia volvit , ut præpostero inficiandi suo inique deservires ingenio . Equis enim nesciat eam primam esse historiæ conscribendæ legem, ne quid falsi dicere audeat, deinde ne quid veri non audeat , nihilque sublese taceat , nequa nempe suspicio gratiæ sit in scribendo, neque simultatis, uti probe monebat rei hujusce peritiss. simus Cicero de Orat. lib. 2. cap. 15. Atqui contra Jannonus quantum in Civilem, præ favore, potestatem juris transcribere desudavit, tantumdem Ecclesiasticæ , gravi præ invidia, detrahere adnixus est . Age vero , quanti sint demum ea quanta, quibus Ecclesiæ bona invidet , libertatem impetit , immunitatem deprimit, æqua pensemus lance , pro utque opus sit, utraque proba versemus manu . Quam itaque hospitem , & ignarum historiæ in Ecclesiastica, quin etiam in legem Naturalem, Divinam, & Ecclesiasticam improbum se Jannonus ostendit , dum Ecclesiam Principum beneficio dumtaxat bona adquirendi jure compotem factam , factamque primum a

Con.

Conſtantino M. impudentiſſime jactat : In Lege veteri enim vero
Levitis , & Sacerdotibus lege Divina poſſeſſiones fuiſse proprias ,
1. Jure Inhabitationis , liquet ex Numer. cap. 35, & lib. 1. Paralip. cap. 6 ; 2. Jure oblationis ex Levit. cap. ult. , & Joſve cap.
21 ; 3. Titulo emptionis ex Hierem. cap. 32 ; 4. Titulo hæreditatis ex 3. Reg. cap. 2 , & Actor. cap. 4. Quibus cum locis probe
cohærere , quæ habentur Num. cap. 16, Deuter. cap. 18, & Ezech.
cap. 44 , ubi Levitæ , & Sacerdotes habere poſſeſſiones , & hære-
ditates prohiberi videntur . Nempe haſce prohibentur habere non
in Populo , ſed cum Populo , ideſt , veluti Thomas Valdenſis adverſus Wiclefum explicat Tom. 1. Doctrin. fidei lib. 4. art. 3. habebant in omni Tribu , qnas habere , niſi in propria unaquæque
Tribus nequibat , vel , ut interpretatur Emin. Laurentius Cozza
in Comment. hiſt. dogm. ad S. Auguſtini lib. de Hæreſ. cap. 18 ,
ſive 40 , habere prohibebantur, quomodo reliquus habebat Populus , nempe tanquam proprias, ſiquidem Levitis traditæ poſſeſſiones in Templi potius jura tranſcriptæ æſtimandæ erant, earumque
adminiſtri cenſendi dumtaxat Levitæ , velut etiam adnotat Julianus Pomerius , ſive Auctor ſub S. Proſperi nomine de vita Con.
templ. lib. 2. cap. 16. Atque de Decimis quidem , denariiſque
Judæorum Templo , atque Levitis dependi ſolitis agit pluribus
Philo de Congreſ. quær. erudit. gratia, deque Sacerd honore, ubi
Sacerdotibus perinde , ac Regibus , ex Legis præſcripto , tributa
pendenda quam dixiſſet : Ex his , ſubinfert , rebus liquet , juxta
Legis judicium , Sacerdotes æquiparari honore , ac majeſtate Regibus . De Decimis etiam ab Abrahamo Melchiſedecho ſolutis loquentes S. Paulus Hebr. 7 , & S. Joh. Chryſoſtomus homil. 12. in
hunc loc. , & Orat. 4. adv. Jud. conſiderare hinc jubent , quanta
ſupra Judaicum Chriſtiani Sacerdotii excellentia exſurgat S. Hieronymus quoque in Malach. cap. 3. tam ex primitiis , veteris Legis præcepto , Sacerdotibus ſolvendis , quam ex duplici honore ,
S. Pauli juſſione , Presbyteris impendendo , fraudem in Deum pa-
trare arguit , qui Presbyteris Decimas, primitiaſque non deferat .
Cujus ſimilia legas Capitul. lib. 5. cap. 154. Quare ingenti productis numero Doctorum teſtimonus , Decimarum legem non mere
Cæremonialem eſſe, ſed Moralem etiam, quæ ſub Lege non modo,

sed & sub Evangelio obligare non desinat, atque ita veteribus Christianis persuasum, Decimas jure Divino Sacerdotibus deberi, ostendit vel Binghamus Orig. Eccles. lib. 5. cap. 5. de Decim. §. 1. Videndi,
si libet , interea Rebuffus tract. de Decim. q. 1. n. 9 , Covarruvias
Var. resol. lib. 1. cap. 16 , Gonzales in Cap. 7. *Cum homines* de
Decimis n. 3 , Werndle tract. de Decim. cap. 4 , Vez de Decim.
q. 3 , Grenech in Decret. lib. 3. tit. 30. *De Decimis* §§. 2 , seq. ,
Schmier Jurisp. Can. Civil. Tom. 2. lib. 3. tract. 1. par. 3. cap. 3.
sect. 1. §. 4 , Ducangius Gloss. Tom. 2. V. *Decima*, quo loci Sarpium in tract. de Benefic. non multo ante Caroli M. tempora Decimarum invectum morem prave de ingenio suo effutientem mani-
festæ arguit falsitatis ex Constitutione generali Clotarii Reg. cap.
11 , ex Synodis Turonensi an 567. in Synodica ad Plebem, & Matisconensi II. an. 585. cap. 5 , ac Theodori Pœnit. cap. 13, ac Baronius ad an. 57. n. 74 , seqq. Sub Evangelio Christum D. proprium aliquid habuisse adparet ex Joh. 12 , in quem confer S. Augustinum tract. 62, & de Opere Monach. cap. 5 , necessaria ad vitæ
sustentationem sibi administrari voluisse liquet ex Luc. 8. Voluisse
perinde, ut Apostolis necessaria vitæ adminicula a fidelibus suppe-
ditarentur , fit evidens ex Marth. , & Luc. cap. 10. Subsidia quoque ad sustentationem vitæ sibi deberi Apostoli ipsimet docuere
1. Corinth. cap. 9. Ecclesiæ adhucdum enascenti a Christi fidelibus cum oblationes passim factas , tum bonorum propriorum in
ejus jura factam transmigrationem discimus ex Act. Apostol. capp.
4, 6, & 11, ac 1. Corinth. cap. 16. Quæ nihil efficide, quominus
Evangelicam Discipulis suis paupertatem Christus D. toties suaderet Marth. cap. 10, & Luc. cap. 14, post S. Hilarium in Psal. 61.
n. 8 , & in Marth. cap. 19. n. 9 , S. Epiphanium Hær. 61. de A-
postolicis , S. Augustinum epist. 89. ad Hilarium, in Psal. 91 , &
lib. 2. de Consen. Evangel. cap. 30, ac V. Bedam in Luc. lib. 14.
cap. 9. docent Theologi nostrates , nempe ita a Christo D. perfe-
ctioris vitæ statui consuli, neque divitias , sed avaritiam, sed cu-
piditatem , sed affectum in divitibus a Christo damnari . Confer
doctiss. Thomassinum vet. , & nov. Discipl. par. 3. lib. 1. cap. 1 ,
& Emin. Coazam ad S. Augustini lib. de Hæres. cap. supracit. Atque egregie hanc in rem Concilii Aquisgranensis II. an. 836. Epi-

scopi tam ex S. Augustini doctrina declarant lib. 3. cap. 7. de industria Christum D. aliquid oblatæ pecuniæ a Discipulis suis in futurum servari voluisse, ut Ecclesiæ id esset exemplo, documentoque pecunias, divitiasque servandi in futurum Religionis, Cleri, & Pauperum usum, quam ex Apostolorum Actis, Patrumque scriptis evidens fieri docent lib. 1. cap. 12. jam suis ab incunabulis, ex ipsisque Apostolicis institutionibus, agris, prædiis, oblationibusque locupletari Ecclesiam cœpisse: Per Petrum, inquientes, Apostolorum Principem in Occidentis, per B. vero Johannem Apostol., & Evang. in Orientis, idest in Asia partibus; per B. etiam Paulum in tota generaliter Mundi latitudine fundata, & ex Oblationibus Fidelium constat ditata, atque honorata Ecclesia. Quam pariter in sententiam Concilium Engelheimense an. 948. Can. 8. S. Pauli in medium prolata doctrina, a sacris Oblationibus ad Altare delatis invadendis, velut a rebus Christo dicatis, Laicos deterrendos instituit: Ut Oblationes, inquiens, Fidelium quatenus Altari deferantur, nihil omnino ad laicam pertineat Potestatem, dicente Scriptura: Qui Altario deserviunt, de Altari participentur. Lege ergo Naturali, & Evangelica bonis temporalibus compotem ab initio Ecclesiam evasisse constat, confirmantque Patrum testimonia, S. Justini Apolog. 2, qua affirmat Fideles Dominico quolibet die ad Sacrum convenientes, pro suo quisque modo substantiæ, partem aliquam in ærarium conferre consuevisse, unde qui Ecclesiæ præerat, in ægrotos, pauperes, orphanos, peregrinos, & Viduas erogare posset. S. Irenæi lib. 4 capp. 33, 34, ubi docet, quod sicut ab Israelitis necessaria Templo, sacrisque Ministris offerebantur, ita a Fidelibus effusiori pietate Ecclesiis subsidia fore suppeditanda. Tertulliani Apolog. cap. 39, quo refert a Fidelibus quolibet saltem mense pecuniæ aliquid in communes necessitates collatum. S. Cypriani de Oper., & Eleemos., ubi veterum sub Apostolis Fidelium proposito exemplo, ad Oblationes Ecclesiis faciendas omnes, quibus facultas non deesset, vehementer accendit. Quod ipsum exequuntur argumenti genus, exagitantque Origenes hom. 11. in Num., & lib. 8. contra Celsum p. 400, Auctor Const. Apostol. lib. 2. capp. 25, & 35, lib. 7. cap. 29, ac lib. 8. cap. 30, S. Gregorius Nazian. epist. 80. ad Aerium, &

Aly-

Alypium , & Salvianus de Gubern. lib. 6. §. 208. Conferunt &
huc Canones Apostolorum versf Herveti 4. & 40. versf. Dionysii 5. & 41. Antiochenus Can. 25. Gangrensis Synodus in
præfat. , & Can. 7. seq. , in Cod. Eccl. Afric. Can. 40. edit. Be-
vereg. , Græcor. Euchologium , & Gregorianum Sacrament. in
form. , & orat. pro fructuum oblatione , quibus locis de variis
Oblationum generibus agitur , quæ vel Ecclesiis fiebant , vel Epif.
copis . Confer & S. Thomam 2. 2. q. 87. art. 1 , ubi Ecclesiæ Ministris jure naturæ necessaria ad vitæ sustentationem deberi docet ;
Baronium ad an. 57. n. 75. seq. , quo loci idipsum velut jure tam
Naturali, quam Divino innixum testimoniis Evangelicis , & Apostolicis nedum , sed Ethnicorum etiam Dionysii Halic. , Plauti ,
Ciceronis, Xenophontis &c. confirmat ; Bellarminum de Cleric.
lib. 1. cap. 25. ubi Conciliorum quoque decretis prolatis , jure
præterea Ecclesiastico inductum ostendit ; Albaspinæum Observat.
Eccles. lib. 1. obser. 5. seq. , quo loci ex S. Cypriano de Opere ,
& Eleem. , S. Augustino serm. 213. de temp. , ex Synodis Eliberitana Can. 28 , Ilerdensi Can. 13 , Arelatensi II. Can. 12 , Carthaginensi IV. Can. 93 ; seq., Valentina Can. 1. &c. Oblationum ad
Altare , pro Eucharistia nedum , sed pro Sacerdotum alimento ,
usum Ecclesiæ agnatum observat ; Beveregium in Cod. Canon. primit. Eccles. lib. 1. cap. 4. §. 6 , & cap. 5. §. 1 , ac lib. 2. cap. 2.
§. 5 , ubi multis , validisque Dallæum refellit, qui de Pseudepigr.
lib. 3. cap. 14. vetustissimum hunc in Ecclesia morem, præpostero
suo præ ingenio , inscias ire non abstinuit ; Thomassinum par. 3.
lib. 1. cap. 5, seqq.,& Berlendium de Oblat. par. 1.§.6.p.178.seqq.

    Argumento sunt etiam , documentoque cum effusissimæ Ro-
man. Pontificum largitiones , tum pia Imperatorum Edicta , quibus & evidens prima jam sub Religionis ætate prædiis Ecclesiae
ubique fuisse potitas . Et certe Romanam Ecclesiam jam inde ab
initio divitiis redundasse oportet , ut cui piissimo , vetustissimoque
in more positum fuisse , quem suæ usque ad ætatis persecutionem
observatum testatur Eusebius , ut ex facultatibus, quibus locupletata præ aliis fuerat , effusissima liberalitate aut eo undique con-
fluentes sustentaret Fideles , aut ad longe positas egestate laborantes Ecclesias mitteret sublevandas , auctores sunt homonymi
duo

duo Sanctiss. Dionyſius Corinthius , & Dionyſius Alexandrinus ,
ille nempe in epiſt. ad S. Soterem apud Euſebium lib. 4. cap. 23,
qua digno eum mactat elogio , quod Ecclesiarum ubique gentium
neceſſitatibus proſpicere eidem ſummopere cordi fuiſſet ; iſte vero
apud eundem Scriptorem lib. 7 cap. 3. in epiſt. ad S. Stephanum,
qua Ecclesiæ Romanæ ampliſſimas largitiones in Syriam uſque ,
& Arabiam permanaſſe refert . Ante hæc S. Pio I. Ecclesiam admi-
niſtrante prædiis Romanam jam fuiſſe ditatam augurari fas eſt ex
ipſius Decreto , quod probabile facit Auctor libri Pontif. , quove
traditur vetuiſſe , ne prædia Divinis uſibus dicata humanis deinceps inſervirent . Ex quo patet falſo ſcripſiſſe Theodorum Lect.
hiſt. Eccl. lib. 2. Romanæ Ecclesiæ Sæculi VI. adhuc initio recepto
in more fuiſſe res immobiles non retinere , ſed ſique obveniſſent ,
confeſtim vendere . Falſo perinde adſirmaſſe Martinum Polonum
in Chron. , Andream Dandulum Chron. lib. 4 cap. 4. Script. rer.
Ital. Tom. 12, alioſque poſteriores a S Urbano I. dumtaxat primum in Ecclesiam immobilem poſſeſſionem inductam . Ingens
præterea Romanæ Ecclesiæ Sæculo II. opulentia evinci poteſt ex
epiſtola S. Cornelii ad Fabium Antiochenum apud Euſebium lib. 6.
cap. 43, qua narratur , præter ea copioſa ſubſidia , quibus Ecclesiis Orientis frequens opem præſtabat , viduis , infirmis , egen-
tibuſque pluſquam mille , quingentis , omnem præter Clerum ,
abundans quotidie vitæ ſubſidium Romæ ſuppeditarum . Sed & ex
Actis SS. Sixti II, & Laurentii Martyris circa an. 261, de quibus
S. Leo M. Serm. 83, liquet Ecclesiam theſauris jam tum abundaſ-
ſe , ſuam , & in Pauperum uſum a S. Levita erogandis . Adeundi
Prudentius Hymn. 2. de S. Laurentio num. 29, S. Ambroſius lib 2.
Offic. cap. 28, S Auguſtinus ſerm. 303, S. Petrus Chryſologus
ſerm. 135 , & S. Maximus hom. 3. de S. Laurentio . E Carthaginenſis Ecclesiæ gazophylacio ſeſtertia centum mille eduxiſſe , eaque proliberandis Numidiæ Chriſtianis in captivitatem, non a Gothis , aut a Scythis , velut opinatus Pamelius eſt , ſed a Barbaris,
quorum tum adhuc feraciſſimam Africam ex S. Auguſtino epiſt. 110,
& 122, Am. Marcellino , & Herodiano lib. 7. de rebus Maximini.
oſtendit Pearſonius in Annal Cyprianicis ad an. 253. num. 2, ab-
ductos miſiſſe ſe S. Cyprianus ſcribit epiſt. 8. lib. 5. edit. Manut. ,
60.

60. Pamel., 62. Felli ad Numidiæ Episcopos . Quæ sane centum mille sestertia nummum ingentem pecuniæ summam , ex qua per- magna ejusdem Ecclesiæ opulentia dignoscebatur , conficiunt : si- quidem juxta Budeum , Pamelium , & Rhenanum ducenta sester- tia quinque millia Coronatorum faciant . Rigaltius in Not. se- stertium illud centum millia nummum libras 25000. consecisse putet , quam tamen æstimationem ad 7500. libras Gallicas redu- cit Lombertus , Capellus ad 9639. libras, 17. solidos , ac 10. de- narios , Fellus ad Monetæ Anglicanæ libras sterlingas 781, ac so- lidos 5. At Baronii ad an. 254. num. 110, & Panvinii de Rom. Im- perio p. 872. veri sit similior opinio summam illam scuta Romanæ Monetæ aurea tria millia non excessisse . De bonis Ecclesiæ Hie- rapolitanæ collatis dicam mox . Heliopolitanæ in Cœlesyria sub S. Theodoto Episcopo Sæculi II. sub initium libras auri viginti mille , ac Monetas insuper aureas ducentas , & quinquaginta mil- le , ingentem præter copiam gemmarum , supellectilium , argen- teorumque vasorum , ac prædiorum obtulisse S. Eudoxia legitur in ejus vita apud Henschenium ad diem 1. Martii . Edessenæ Ec- clesiæ opulentiam testatur Juliani Apostatæ epistola 43. ad Ece- bolum , qua bona Ecclesiæ illius , sub obtentu delicti , Militibus dedit dividenda . Et quam etiam dives esset Cæsareensis, ejusdem Juliani declarat epistola ad S. Basilium , inter Basilianas 207 , quam auctiorem exhibet Fabricius Salut. Luc. Evang. cap. 14. p. 323, cui mille libras auri , pro belli Persici expensis , imperat , quæ octo efficiebant talenta . Fuisse quoque ex primitivis Fideli- bus , qui divitiis redundarent , quarum & copiam Ecclesiis , ac Sacerdotibus facerent, testatissima res est, quam indubiam faciunt vetera quamplurima monumenta . Sub Domitiano certe diligen- ti facta de Christi D. propinquis inquisitione , geminos fuisse re- pertos Judæ Nepotes , qui possessiones habebant valoris denario- rum novem millium , auctor est Hegesippus apud Eusebium lib. 3. cap 20. De M. Aurelii Antonini munificentia dignum illud me- moriæ proditum legitur apud Metaphrastem ad diem 22. Octob. , & Baronium ad an. 163. num. 11, seqq. , cujus fidei adstipulari non dubitarunt Thomassinus par. 3. lib. 1. cap. 3. num. 11, & Card. Cozza præcit. cap. 18. num. 57, quod ob insigne beneficium S. A.

ber-

bercii Hierapolitani in Phrygia Episcopi ope impetratum , a quo
Lucilla Imperatoris filia a Dæmone fuerat liberata , annuis ter
mille frumenti modiis Ecclesiam illam donaverit : neque donum
illud , nisi a Juliano post Apostata , fuerit retractatum . Verum
hanc erga Ecclesiam M. Aurelii liberalitatem nec satis lucide S. A-
bercii acta produnt , nec a Baronio ductæ ex Capitolino conjectu-
ræ satis confirmant , quominus ei fidem detrahere auderent Cafaubonus in Not. ad Capitol. in Marco, Pagius ad cir. an. num. 11,
& Basnagius ad an. 161. num. 6. Tom. 2. p. 119. Ab Alexandro Severo Christianis Romæ Ecclesiam trans Tyberim addictam ex
Lampridio superius relatum est . Exinde probabilis emergit conjectura , neque vetuisse illum , quin fundos etiam adquireret Ecclesia . Quæ ex eo quoque confirmatur , quod Valeriani decreto
Ecclesias divitiis exspoliatas fuisse discimus ex S. Cypriano epist.
97. lib. 5. edit. Manut. , 82. Pamel. , 80. Felli ad Successum , &
quod Aurelianus , referente Eusebio lib. 7. cap. 16., Ecclesiæ domum , qua excedere Paulus Samozatenus , etsi Concilii Antiocheni decreto jussus , detrectabat , ei demum tradi præcepit , cui Romano a Pontifice , Italiæque Præsulibus fuisset adjudicata . In
Constitutione etiam Maximini ab Eusebio lib. 9 cap. 9. relata ,
inter alia sancitum habetur , ut domus , & alia Christianorum loca , prædia , & bona , antehac sub Diocletiano fisco addicta , aut
divendita , sive ab aliis Dono , aut vi occupata , in pristinum Christianorum jus revocarentur , Dominisque propriis , absque mora,
universa restituerentur . Ex Edicto denique Constantini M. apud
Eusebium lib. 2. ejus vitæ cap. 30, seqq., quo bona omnia , prædia , & loca , quibus olim Christifideles , ob fidei confessionem ,
privati fuerant , restitui præcepit , manifestum fit Christianos sub
prioribus Imperatoribus propria habuisse . Atque explicite quidem ablata Ecclesiis bona , ac fisco addicta , sive distracta reddi
jussit , quibus & Lege edita lib. 16. Cod. Theod. tit. 2. *De Episcopis* , & lib. 4. tit. 1. Cod. Justin. *De Sacros. Ecclesiis* , illud adje-
cit , ut liberrima testandi , legandique in favorem Ecclesiarum
quisque facultate potiretur .

    Quæ quum ita se habeant , mirari satis Jannoni temeritatem
non subit , qua Ecclesiæ prædia adquirendi potestatem a Constan-

tino M. primum factam jactare non dubitat . Sed enim in Lege
20. Valentiniani cum Gothofredo vim facit. Cur vero frustra, perperamque facere non abstinuit, ut qui viderat legem illam a Theodosio deinde temperatam , & a Marciano demum abrogatam ? Verumtamen Ecclesiasticis dumtaxat personis, non item Ecclesiis hac
lege interdictum fuisse , ne Viduarum legata caperent, ex SS. Ambrosio episti. 18. nov. edit., olim 50. ad Valentinianum , & Hieronymo episti. 2. ad Nepotianum videre poterat , uti viderunt Baronius , Thomassinus cap. 18, & Coutantius in Not. ad hanc legem
p. 274. Ei ergo legi ideo non intercessit Ecclesia, quod sibi condu-
cibilis esset , & in compendium cederet , ut quæ inde Clericis , &
Monachis interceptas largitiones in se derivabat . Etsi vero is non
sim ego , qui Baronio adsentiar conjicienti legem illam , S. Dàma-
so agente , latam , non inficias eam tamen , quin eadem imo Pontifici evaserit probata , & Clericorum , Monachorumque cupiditati moderandæ opportuna, & perquam necessaria videri potuerit,
quemadmodum plane SS. Ambrosio, & Hieronymo visa est. Quamvis interea querelarum nonnihil ab iis effusum in legem hanc fuerit , non quatenus Clericorum inexhaustæ cupiditati frænum in-
jiceret , sed quia in eorumdem vergeret injuriam . Et sane quantum Ecclesia ab omni prorsus avaritiæ specie abhorruerit semper,
quantumque personas Ecclesiasticas ab hisce lucris , ac desideriis
abstractas voluerit , amaveritque , documento sunt SS. Ambrosii,
& Hieronymi recitatæ modo litteræ , sed & S. Cypriani lib. 1.
episti. 7. edit. Erasmi , 64. Pamel. 65. Felli ad Epictetum, qua in
Episcopos quosdam acriter invehitur , quibus nihil cordi magis
erat , quam Fidelium stipibus , oblationibus , & eleemosynis sagi-
nari, & ditescere ; sed Tertulliani lib. de Jejun., ac de Fuga in persecut., qui Episcopis plerisque ex eo convitium facit, quod immo-
dicam a Christifidelibus exprimere pecuniarum copiam haud vererentur . Quamvis has in eos contumelias tum effundere cœperit ,
postquam ab eorum se Communione abscidisset . Sed Aurelii Car-
thagin., ac S. Augustini Hippon., sed S. Joh. Chrysostomi, S. Basilii,
& S. Gregorii Nazian., sed SS. Paulini, & Fulgentii, sed Theodoreti , & Sulpitii lib. 1, sed Juliani Pomerii &c., de quibus Rigaltius
in Not. ad cit. S. Cypriani episti., ac Thomassinus diffusius vet., &
nov.

nov. Difcipl. par. 3, lib. 1. capp. 17, & 21, ac lib. 3. cap 1, feqq.
Cæterum ea Valentiniani lex, ut dixi, Ecclefias non afficiebat ;
legemque fuam, qua Theodofius Diaconiffis, queis tamen domi
proles non effet, interdixerat, ne vel Ecclefias hæredes dicerent,
aliàs haud prohibens, quominus prædiorum fructus elargiri quirent, aut legarent, eodem ipfo, quo lata fuerat, anno, S. Ambrofio hortante, & admonente, ceu Baronio vifum eft ad an. 390.
num. 70, revocare religioni duxit, Viduis, ac Diaconiffis fundos
ipfos Ecclefiis relinquendi poteftate facta. Utramque denique &
Valentiniani illam, & hanc priorem Theodofii legem, veluti Clericis injuriofam, Marcianus, ut innui, refcindere, fua pro religione erga Ecclefiam eximia, officio habuit, prout haud abfimi-
lem Nicephori legem an. 964. fuftulit Bafilius Imp. an. 987, Theodoro Balfamone tefte, ita nempe impedimentum auferendo, quo
prius Ecclefia detinebatur, ne libere Divino, naturalique bona
adquirendi jure uteretur. Quam plane Marciani legem, inter
Novellas tit. 5. poft Cod. Theod. proftantem, fuo Codici tit. *De
Sacrof. Ecclef.* LL. 1, & 13, non fecus, atque Conftantini M., infertam voluit Juftinianus, fimiles ipfe alias adjiciens L: *Quoniam*,
& L. *Illud* eod. Cod., & tit., quo tamen, velut Ecclefiæ incommodam, utramque & Valentiniani, & Theodofii legem exulare perpetuo juffit. Unde non erat fane, cur exinde nobis ad faceffendum
negotium, occafionem cum Gothofredo quæreret Jannonus, neque cur cum Petro de Marca de Concord. lib. 2 cap. 11. num. 3.
dicere fomniaret a Juftiniano eas leges, non in confequentiam Canonum, fed jure fuo fuiffe latas, quod a Juftiniani procul abhorrere mente adparet, fic loquentis L. 23. *Sancimus, fiquis aliquam
reliquerit hareditatem, vel legatum, vel fideicommiffum, vel donationis titulo aliquid dederit, vel vendiderit, five Sacrof. Ecclefiis, five Vener. Xenonibus, vel Ptochotrophiis, vel Monafteriis
Masculorum, vel Virginum, vel Orphanotrophiis, vel Brephotro-
phiis, vel Xerotrocomiis, necnon Juri Civitatum, vel donatarum,
vel venditarum, vel relictorum eis fit longæva exactio, nulla temporum folita præfcriptione coarctanda.* Moleftiæ potius nonnihil
inferre quidam videtur S. Auguftini locus, qui Jannonum etfi fu-
gerit, ingenue tamen agentibus nobis prætereundus haud eft.

Igitur Tract. 6. in Johan. in eam inflecti S. Doctor videtur sententiam, ut non alio, quam Imperatorio, jure, ac Principum legibus bona sua possidere Ecclesiam putet. *Quo jure, inquit enim, defendis Villas? Divino, an humana? Divinum jus in Scripturis habemus, humanum jus in legibus Regum. Unde quisque possidet, quod possidet? Nonne jure humano? Jure erg. humano, jure Imperatorum. Quia ipsa Jura humana per Imperatores, & Reges saeculi Deus distribuit generi humano.* Verum ut haec non splendide magis, quam solide, veluti loquitur Cl. Tho na sinus cap. 16. num. 2, dicta videantur, eo sensu capienda sunt utique, non quo Principum largitate, legibusque bona ab Ecclesia obtineantur, sed quo de bonis incidentes lites Principum n legibus finiendae sint, sicut idemmet S. Doctor indicat verbis illis, quibus incipit: *Quo jure defendis Villas?* Quae plane lites respiciunt. Eadem deinde loci loquitur S. Doctor non de Clericis dumtaxat, sed de Laicis indiscriminatim, quorum bona Principum obnoxia legibus inficiatur nemo. Neque demum aliter S. Doctorem accipi debere exinde liquet, quod neque suis Clericos fundis spoliare Principibus liceat, sicuti neque laicos, neque prohibere, quin sat sit in Ecclesiasticis personis Deo sua, ab eo utique accepta, dare, aut potius reddere. Unde Benedicti III, Caroli M., Irenis Augustae, ac Synodorum Aquisgranensis II, Parisiensis VI. Can. 18, & Aurelianensis sententia, Deo oblatae res non tam Ecclesiae, quem Dei esse sunt aestimandae. Quae vero ita sunt Ecclesiae, ac Dei, SS. Hilarii, Ambrosii, Chrysostomi, Hieronymi, Augustini &c. sententia omni prorsus ab onere pendendi tributa sunt libera: ideoque sinistram, iniquamque loci S. Matthaei cap. 17. v. 25. Marsilii, & Janduni interpretationem damnavit Johannes XXII, non secus, atque haud absimilem Wicleffi, & Hussi Martinus V. post quos Dupinum sequutum abire Jansenonum pudere quammaxime oportuisset.

Pro exequendo potius igitur hujusmodi tam Naturali, quam Divino jure latae a Principibus, quibus Ecclesiis bona aut restitui praecipiuntur, aut permittuntur relinqui, ita demum accipi debent, ut eo ipso Naturali, Divinoque jure sint irritae, si quae in Ecclesiarum incommodum cedant. Nec vero ejusmodi juri, nec Ecclesiasticae immunitati officit, siquando, Reipublicae, aut

Re-

Religionis exigentibus neceſſitatibus , ex bonis Eccleſiaſticis ,
Epiſcoporum accedente licentia , ac Romani quammaxime Pontificis auctoritate , laicis Principibus decimæ , tributa , dona publicos in ſumptus expendenda , conceſſa leguntur : atque de donis quidem Regibus præſtari ſolitis etiam ab Eccleſiis , ac Monaſteriis agit Synodus Vernenſis an. 755, videndique Hincmarus
Opuſc. 14. Spicileg. Dacher. Tom. 2. pag. 581; Ducangius diſſert. 14. ad Joinvillam , & in Gloſſario V. *Donum* , ac Muratorius de Antiq. Ital. diſſert. 70; de Decimis quoque infeudatis
adeundus , qui de his egregie diſſerit , Thomaſſinus par. 3. lib. 1.
cap. 11. Sequitur hinc , ut ſiquidem Eccleſiaſtica immunitas Divino jure , naturalique innitatur , ſiquæ ejuſmodi immunitati ad-
verſæ latæ fuiſſent a Regibus leges , eæ irritæ , & inanes habendæ
eſſent , veluti latæ a non habentibus legitimam auctoritatem .
Sed enim veritate minime conſtant , quæ de Immunitate Eccleſiaſtica juſtos intra fines a ſæculi Principibus coarctata Jannonus
comminiſcitur . Atque imprimis prætenſam Caroli M. pro Saxonia legem nuſpiam adparere obſervat Antonius Bovius reſp. ad
conſid. Sarpii par. 3. ad argum 10. p. 41, ſeqq. Quæ ſi revera edita fuit , id utique non aliique Epiſcoporum conſenſu factum pro
certo habendum , quum leges ipſas mere Civiles , nonniſi eorum.
dem interveniente conſenſu , edere religioni eidem eſſet , velut ex
præfatione Capitularium liquido patet : quæ ideo Capitularia
Eccleſiæ probata ſunt , ſi fides adhibenda Hincmaro in Formul.
promot. Epiſcop. tit. 18. cap 6 , ac Sacrorum Canonum pediſſequa
dicta ſunt Synodo Troslejenſi , teſte Baluzio . Vide & Holſtenium
Collect. Rom. Tom. 2. pag. 187, ubi Capitulare Saxonicum ex
cap. XI. recenſet . Cæterum a Carolo M. ampla Clericis immunitas confirmata nedum eſt , ſed Epiſcopis inſuper conlata Regalia teſtatur Cranzius Saxoniæ lib. 2. cap. 14. Roberto item
S. Germani Abbati an. 779, de quo Baronius num. 2. Arque ita
Regalia nominatim tributa Epiſcopis pleriſque in Saxonia , Mo-
naſterienſi , Paderbonenſi , Oſnabrugenſi , Cœnobio item Wer-
thinenſi &c. oſtendit Turckius Soc. I. in Faſtis Carolivis , ac poſt
ipſum Pichler hiſt. Imper. tractat. 1. cap 5. num. 77. p. 178, ſeq.,
ubi obſervat jam ante Caroli M. ætatem Epiſcopos Regalia poſſe-

dde ;

diſſe , veluti Colonienſem , Leodienſem , Moguntinum , Trevi-
renſem &c. teſtibus Johanne Roberti in paralipom. ad vitam Caroli Martelli p. 164, Serario , Brovero &c. Qua perinde religione Eccleſiaſticam erga libertatem , & immunitatem affectus probe
fuerit Ludovicus Pius teſtes accedunt Auctor ipſius vitæ p. 407,
& 413, Theganus §§. 10, 22 &., Annales Franc. ad an. 814, confirmantque Capitularia Aquigranenſe an. 816. capp. 2, & 10. an.
824. cap. 1, Wormatienſe an. 819. cap.4. &c. Eò itaque ſpectant
tot, quæ memorat Heumannus de Re Diplomat. Imperat. Tom.1,
& 2, pro Eccleſiarum , ac Monaſteriorum immunitate Diplomata
Caroli M. , Ludovi Pii , Pippini , Lotharii , Ludovici II, Caroli
Calvi , Ludovici Germanici , Carolomanni , Ludovici Junioris ,
&c., non quò ipſe cuperet utique , nempe ut ſuadeat , nonniſi Imperatorum beneficio Eccleſiis , ac Monaſteriis immunitatem ad-
creviſſe , ſed ut indicio ſint liquido Immunitatis privilegia aut
non primo fuiſſe conceſſa , ſed in antiqua , qua fuerant , poſſeſſio-
ne confirmata , veluti fidem indubiam faciunt Caroli M. Diplomata apud Marculfum Formul. lib. 1. cap. 4, & Balnzium Capitular. Tom. 2. p. 377, pro Monaſterio Sandionyſiano apud Mabillonium de Re Diplom. lib. 6. num. 53, Ludovici Pii pro Eccleſia Wirceburgenſi apud Eccardum Tom. 2. Comment. Rer.
Franc. Orient. p. 881, Lotharii pro Eccleſia Tullenſi apud Mabillonium num. 925 Ludovici II. pro Eccleſia Novarienſi apud
Muratorium Antiq. Ital. Tom. 1. p. 925, pro Monaſterio Argen-
toratenſi apud Shilterum Obſervat. ad Koenigſhov. Chron. Argent. p. 480, Carolomanni pro Eccleſia Cremonenſi apud Muratorium Tom. 6. p. 363, &c.; aut non proprio utique conceſſas jure ab Imperatoribus fuiſſe , ſed pro jure dumtaxat Eccleſiaſtico in
tuto ponendo , & a Laicorum uſurpationibus vindicando corro-
boratas , ut legenti adparebit Diplomata Caroli M. pro Monaſterio Campidonenſi , de quo Heumannus Tom. 1. p. 439, Ludovici Pii pro Eccleſiis Slavorum , de quibus Carpentier in A'phabe-
to Tyroniano p. 17, pro Cœnobio Nonantulano , de quo Muratorius Antiq. Ital. Tom. 6. p. 315, Ludovici Germanici pro Monaſterio Althaenſi , de quo Hundius Metrop. Salisburg. par. 1.
pag. 9 , pro Fuldenſi , de quo Schannat Cod. hiſt. Fuld. pag.

114, Lotharii pro Ecclesia Augustodunensi, de quo Dacherius Spicileg. Tom. 3. p. 340 , Ludovici II. pro Ecclesia Regiensi, de quo Muratorius Tom. 5. p. 191 , pro Cœnobio Gander. shemensi , de quo Harenbergerus hist. Gandersh. p. 583 , Caroli Calvi pro Monasteriis S. Florentii , de quo Lobineau hist. de Bretagne p. 51 , & S. Saturnini Tolosæ , de quo Cantellus hist. Co. mit. Tolos. p. 167, &c. ; aut proprio quidem jure fuisse collatas , sed quatenus ipsis Ecclesiis fundos largiti Imperatores , aut largitiones adprobantes , ab omni prorsus onere immunes jusserunt , uti manifestum sit ex Diplomatibus Caroli M. pro Ecclesia Arinensi apud Ughellum Ital. Sac. Tom. 10. p. 42 , pro Cœnobiis Cassinensi apud Gattulam hist. Cassin. par. 1. p. 13, seq., Prumiensi apud Knauff de sens. Prum. p. 52 , Fontanellensi apud Dacherium Spicileg. Tom. 2. p. 277 , Sangermanensi apud Bovillart hist. ejusdem Monast. p. 12 , seq. , S. Arnulphi Metensi apud Calmetium hist. Lotharig. Tom. 1. p. 192 , Berthæ Caroli M. filiæ pro Monasterio S. Medardi apud Mabillonium de Re Diplom. lib. 6. n. 67, Ludovici Pii pro Ecclesiis Lausanensi , & Curiensi apud Scheuchzer , & Lochmannum Alph. tab. 18 , pro Cœnobio Lindaviensi apud Tenzelium in Vindiciis histor. p. 27, Pippini Regis Aquit. pro Monasterio Malastensi apud Mabillonium cit. lib. 6. n. 78 , Gislæ pro Monasterio Cisoniensi apud Dacherium Spicileg. Tom. 2. p. 878, Lotharii pro Hospitali Montiscinisii , & Monasterio Novaliciensi apud Muratorium Antiq. Ital. Tom. 3. p. 577, pro Cœnobio Grandisvallis apud Hergoot. hist. genealog. Habspurg. vol. 2 p. 28 , Corbejensi apud Schatenium Annal Paderbon. par. 1. p. 128, Caroli Calvi pro Monasterio Elnonensi apud Martenium vet. Monum. Tom. 1. p. 195, Nivellensi apud Miræum Tom. 1. p. 502 , Ludovici Balbi pro Cœnobio S. Flaciani apud Mabillonium de Re Diplom. lib. 6. n. 108, Richildis Reginæ pro Abbatia Gorziensi apud Calmet hist. Lothar. Tom. 1. p. 333 , aliorumque, quorum implere paginas, ut pronum esset, jam piget .

Ad aliorum , quæ nobis objicit Jannonus , Regum gesta retorquendo sermonem , de legibus Eduardi III , & Henrici V. nihil profecto habet Polydorus Virgilius , deque lege dumtaxat Eduardi I. loquitur lib. 17 , quam pro quibusdam solummodo Cœnobiis

nobiis latam , non ad omnes Angliæ Ecclesias extensam observat.
Quin etiam , Nicolao IV, Legati sui Bartholomæi Grosseiani opera , intercedente , eamdem rescindere legem fuisse compulsum refert Bzovius ad an. 1291. Quamve si rescindere detrectasset , gravem ex subditis Regi rebellionem impendisse subjungit Ferdinandus de Bastidia in Antidoto ad confid. Pauli Sarpii resp. ad argum.
47. p. 125. Pessime vero de S. Ludovico Gall. Rege meretur Jannonus , dum ei invidiæ plenam appingit legem . Nam Joh. Faber
ad L. *Quoties* Cod. *De Revind.* de alienatione dumtaxat Feudorum verba facit, quæ in Gallia plane Regni legibus in manus mor-
tuas transferri vetantur : alioqui vero , ob libertatem Ecclesiasticam optimo positam loco , S. Regi gratulatus eximiis eumdem
mactasse laudibus Alexander IV. legitur apud Raynaldum ad an.
1258. n. 16. De simili S. Ludovici lege a Philippo III , Philippo
IV , Carolo Pulcro , Carolo V, Francisco I , Henrico II , Carolo
IX , & Henrico III. nihil litteris est demandatum, nullumque proferre documentum Jannono licuit , quo fidem obligaret nostram.
Contra vero auctores sunt Ludovicus d' Hercourt in Tract. de legib. Ecclef. Gall. par. 3. cap. 3. n. 8. p. 210, ac Fleurius Instit.
Canon. par. 1. cap. 29. § 7 ; & par. 2. cap. 12. §. 5. hodiedum
in Gallia prætensum jus omne restringi ad jus amortisationis , ut
vocant , quo nempe censum solvere tenentur manus mortuæ, quæ
novos fundos adquirendi jus imperrent ad alias non amplius trans-
migraturos manus . Ut ut autem sit de Placito , vulgo *Arresto* ,
Papponii , ejusque auctoritate , Carthusianos , ac Cælestinos, jam
divitiis affatim locupletatos , afficiebat : ut proinde Alexander
III. in epist. ad Cistercienses apud Van - Espenium par. 1. tit. 39.
cap. 3. n. 14 , & Innocentius III. lib. 16. epist. 83. apud Gonza-
lesium in Decret. lib. 2. tit. 30. cap. 34. in Not. recipi deinceps
prohibuerint bona , possessionesque, nisi pro novis fundandis Monasteriis : quod ipsum a generali eorum Capitulo sancitum fuit .
Præterea ex Romani Pontificis indulto , ac privilegio legem de
bonis stabilibus in Ecclesias non transferendis in Gallia obtinere
dixit Renatus Choppinus de Domin. Franc. tit. 13. n. 5 : quod
tamen resellit Petrus Jacobus Aurelian. in praed. tit. de Acquisit.
ab Ecclef. versf *Quidam vero* q. 10 ; & Willelmus de Benedictis

in Cap.

in Cap. *Raynutius* de Teſtam. n. 4. etiam in Gallia ſervari legem
1. Cod. *De Sacrof. Ecclef.*, ut libere nempe ſtabilia ab Ecclefiis
adquiri poſſint, appoſite obſervat. Denique Alexandri IV. explicitiſſima deciſio eſt in Cap. 1. *Quia nonnulli* in fine 6. Decret. lib.
3. tit. 22. *De Immunit. Ecclef.*, ubi amortiſationis legem in
quibuſdam Galliæ partibus inductam , qua Ecclefiæ , ſive manus
mortuæ bona a Laicis obtenta in manus transferre laicas teneban-
tur , eaque retinere , abſque Principis licentia , prohibebantur ,
velut Ecclefiaſticæ libertati infeſtam infregit hiſce verbis : *Nec*
etiam liceat Ecclefias , vel perſonas Ecclefiaſticas ad diſtrahendum ,
vel alienandum , vel extra manum ſuam ponendum acquiſita jam ,
vel quæ deinceps acquirerent , aliquatenus coarctare . Cui textui
adſtipulatur etiam alter Bonifacii VIII. in Cap. 5. *Eos , qui* eodem
lib. 6, & tit. Jacobo Aragoniæ Regi legem , qua bona jure belli ,
& gentium adquiſita perpetuo Canone , quem *Realengum* vocat ,
adfecta juſſerit , ita ut ad quemcumque bona illa migrarent , e-
tiam ad Clericos , idem ſubire onus deberent , neque illa , ſine Regis licentia , in manum unquam mortuam tranſire quirent , acceptam quidem refert Petrus Belluga , quod ipſum confirmant Mar-
teù de Regim. Regni Valent. cap. 2. §. 5. n. 44, Solorzanus de
Jure Indiar. lib. 3. cap. 20. n. 45 , Pereira de man. Reg. cap. 37.
n. 1 , quo loci Luſitaniæ legibus Ecclefiarum jus adquirendi bona
coarctatum quidem fuiſſe adfirmat , ſed legibus illis demum Apoſtolicæ Sedis auctoritatem adceſſiſſe. Ab Alphonſo Hiſpan. Rege
bona immobilia in Ecclefiarum , aut Monaſteriorum jura tranſcribi vetitum utique ſcribit Alphonſus Narbona in nova Recompilat.
Leg. Hiſpan. par. 3. lib. 1. tit. 3. L. 33. Gloſſ. 2. n. 30 , ſeqq.
Sed id factum maximopere improbat , neque per Canones id fieri
licuiſſe, Ideoque flocci, naucique faciendam Signorelli ſententiam
contrarium ſcribentis adſerit . Conferre cæterum juvat Cap. 7.
Quæ in Ecclefiarum Decret. lib. 1. tit. 2. *De Conſtit.*, Cap. 26.
Quanto lib. 3. tit. 33. *De Privileg.* , & Cap. 5. *Eos, qui* in 6. lib.
3. tit. 23. *De Imm. Ecclef.* , ubi a Gregorio IX , & Bonifacio
VIII. Laicorum ſtatuta Ecclefiarum juri bona adquirendi adverſa ,
veluti ejuſdem infeſta libertati, infringuntur. Quam perinde libertatem contra Ferdinandum Caſtellæ Regem Gregorius IX. apud

Raynaldum ad an. 1231. n.49,contra Johannem Lufitaniæ Regem
Martinus V. apud eumdem Annaliftam ad an. 1437. n. 19, contra
Venetos Paulus V. &c. fortiffime defendendam adfumpere. Vide-
fis , & Fagnanum in Cap. *Quæ in Ecclefiarum* , & Pafferinum in
Cap. *Eos* , *qui*. In Germania fiquæ aliquando Ecclefiafticæ libertati , & immunitati fubinfeftæ latæ funt leges apud Gaillard lib.2.
Obferv. 32 , eas revocarunt fubinde Fridericus II , & Carolus IV,
de quibus Anton. Bovius loc. cit. , & Card. Petra ad Innocentii
III. Conft. 10. *Ad noftram* , qua Pontifex Henrici Græcorum Imperat. legem , qua vetabatur , ne cui liceret de bonis fuis immobi-
libus five in vita, five teftamento aliquid Ecclefiis elargiri , robore omnino vacuam decrevit, ad Honorii III. Conft. 1. *His leges,* &
ad Bonifacii IX. Conft. 4. *Juftis*. Quæ vero a Jufto Henningio
Boehmero in Not. ad Fleurii Inft. Canon. par. 2. cap. 12. de bonor. Ecclef. alien.,& acquif. §.5. memoratur Leopoldi Imp. Pragmatica Sanctio in Comitatu Tyrolenfi an. 1670. lata , & a Carolo VI. deinde confirmata , ad jus dumtaxat amortifationis fuæ
Auftriacæ Domui refervatum reftringitur . In Belgio editam a Comitibus Sanctionem , ne bona in Ecclefiam transferrentur, ab Urbano V. refciffam , nec inde vim deinceps obtinuiffe ullam fatetur
ipfemet Bodinus , auctor a Clemente VIII. jufte damnatus , Rei.
publ. lib. 5. cap. 5. De Caroli V. Edicto an. 1520. die 19. Octob.
pro Belgio lato loquens Petrus Criftinæus Tom. 1. Decif. 201 ,
a Supremis Curiis jure dubitatum femper ait : *An hujufmodi Conftitutiones rerum immobilium acquifitiones evertentes valeant, de-
fendique poffint* ? velut Ecclefiafticæ libertati adverfæ, laudans doctifs. Pacquet in tract. de Amortif., neque conftanter Edictum fervatum adfirmans . Edictum illud Caroli V. profert equidem , de-
fenditque Van-Efpenius . At blateronis hujus Apoftolicæ Sedis
jura lacessendi audacia eò procefserat, ut ipfius opus quoddam hujufmodi felle plenum publica infamiæ nota Caroli VI. jufsu meruerit infligi. In Hollandia a Willelmo III. Comite Edicto an.
1338.propofito Ecclefiæ bona adquirendi facultas adempta fuerat.
Sed auctor eft Aubertus Miræus in Chron. ad an. 1300. Comitatu
illo Willelmum haud potitum ante an. 1341 , poft quem annum
mente impos factus , cuftodiæque mancipatus vivendi finem un.

1558. misere fecit. Igitur Edictum illud aut nunquam fuisse promulgatum, aut nullo in pretio habitum, vel a Principe profectum cum ex impotentia, tum ex impietate. Veneti Senatus Decreto, quo alioquin interdictæ haud sunt adquisitiones pro sustentatione, & conservatione Ecclesiarum, & Monasteriorum, cujusque auctorem ultro se dederat Paulus Sarpius, an. 1606. die 17. Augusti, intercessisse Paulum V., refragatosque fuisse Doctiss. Theologos Collegii Bonon. in resp. pro libert. Eccles., Theologos Relig. Servor. in defens. Cens. Pauli V. cap. 7. n. 27, Theologos alios, Canonistasque, Cardinales Albitium in resp. ad hist. de Orig. Inquisit. Pauli Sarpii, Baronium in parænesi ad Remp. Venet., Ascanium Columnam in Sent. adv. Ven. Reip. Episcopos, & Bellarminum in resp. ad Sarpium, & ad septem Theologos Venet., Gregorium Servantium in defens. potest., & immun. Eccles., Lelium Baleonium in Apolog. contra Consid. Pauli Sarpii, Joh. Franc. Fagnanum de Justitia, & valid. Censur. Pauli V, Bernardum Justi in defens. libert. Eccles. p. 19, Joh. Anton. Bovium in resp. ad Paulum Sarpium par. 3. fol. 33, Ugolinum in resp. ad Jurisc. Gymnas. Patav. cap. 6. §. 1, seq., Regentem a Ponte in resp. pro Cens. p. 83, seqq., Maynardum de Privileg. Eccles. par. 2. art. 22. n. 67, Comitolum in tract. Apolog. cap. 1. n. 18, Valenzuolam cont. Venet. par. 9, aliosque plures ignorat nemo. Statutum Mediolanense relatum a Signorello Cons. 21. res immobiles alienari in non subditos, nisi certo soluto onere, ac Magistratus intervenien-te adsensu, vetat utique, nihil habet tamen de Ecclesiasticis. Quinimo neque illud observatum unquam fuisse testantur Menochius lib. 9. Cons. 878. n. 10, & Maynardus de Privileg. Eccl. par. 2. art. 12. n. 67, seq. Contra illud quoque vide, quæ scripsit Albericus de Rosatis par. 2. q. 2. in fine apud Marcum Ant. Peregrinum in resp. Confer & Thomam del Bene de Immun., & jurisd. Eccles. cap. 8. dub. 11. sect. 1. n. 16, & Dianam Coord. Tom. 9. tract. 3. resol. 14, ubi diffuse hoc de argumento. Edicto De Oneribus an. 1550. lato, Carolus V. indixit quidem, ut in Ducatu Mediolanensi qui bona deinceps immobilia adquisituri essent, ad onera, quibus bona illa fuissent adfecta, persolvenda tenerentur. Sed hac lege nec obligatas Ecclesias, nec devincta Mo-

naste-

nasteria declaratum est sæpius a Senatu Mediolanensi apud Carpa-
num in Comment. nov. Constit. §. *Collegiis*, De Pœnis §. *Huic
Domino* n. 151 , Plorum Addit. ad Consi. *63* , Martinum Lauden-
sem , Alexandrum Moneti , Ansossum , aliosque , de quibus Gatti-
cus Tom. 2. p. 589 , & 610. In utriusque Siciliæ Regno Willelmi
I. Regis legem 15. tit. *De Clericis conveniendis' pro possessionibus*
&c. , a Friderico II. una cum aliis ejusdem Regis , ac Rogerii Avi
sui Codici suarum Constitutionum insertam , qua jubebat Clericos de rebus temporalibus , quas ab Ecclesia non obtinuissent ,
coram laico Judice conveniri , nullius roboris habitam ab Andrea
de Isernia , velut Ecclesiasticæ libertati infestam , refert ipsemet
Jannonus lib. 12. cap. ult. Ita etiam idem Fridericus II. Templa-
riorum , & Hospitalariorum , qui Pontificis Romani partes contra
ipsum adjuverant , possessiones occupari an. 1231. imperaverat ,
teste Riccardo a S. Germano in Chron. ad cit. an. 5 quin etiam lege vulgata lib. 3. tit. *De Rebus Ecclef. non alien.* Clericis , & Laicis ex bonis a Regio censu liberis quidpiam adquirere prohibuerat . Verum , præterquamquod ad duos illos dumtaxat Ordines ,
qui apud ipsum gravem subjerant invidiam , Friderici jussio respexit , eam legem haud observatam , velut Ecclesiasticæ libertati adversam , rob-reque ideo vacuam , observat Matthæus de Afflicto
in Comment. Const. Regni Neapol. lib. 3. Constit. 26. n. 12 , cui
plane inter Jurisconsultos sui temporis palmam facile tribuit ipsemet Jannonus Tom. 3. lib. 28. cap. ult., eidem legi sorriter intercessit Gregorius IX. apud Raynaldum ad an. 1231. n.2,& 9 5 eamdem impugnavit Andreas de Isernia , teste Jannono ipso Tom. 2.
lib. 16. cap. ult. §. 1, qui Tom. 3. lib. 22. cap. 7. Andream hunc
ob insignem Jurisprudentiam eximiis efferre laudibus non dubitat . Legem illam denique Carolus I. Andegavensis , una cum-
aliis universim Constitutionibus a Suevis Regibus editis, Ecclesiasticæ libertati , & immunitati adversis , revocasse legitur in suis
Capitulis Regni cap. 18. *De Restitut. Ecclef. libert.* ; nec non Carolus II. in Capitul. suo jubens , ut Ecclesia plena deinceps libertate bona adquirendi frueretur . Quod Capitulare deinde confirmavit Honorius IV. Const. 2. *Justitia* die 17. Septemb. 1285.
Bullar. Rom. edit. 1741. Tom. 3. par. 2. p. 40 , & apud Raynaldum

dom ad cit. an. n. 39,quæ inferta fubinde eft a Ferdinando I. Aragonio Pragm. 2. *De Cleric., feu Diacon. Sylvaticis* Tom.1. Pragmat. Ita nempe leges ab Auftriacis Regibus latæ dictæ *Pragmatica* funt, quemadmodum ab Andegavenfibus *Capitularia*, a Normannis vero, & Suevis *Conftitutiones*. Ad hæc Clemens IV. in Inveftitura Carolo I. Andegavenfi conceffa id expreffe cap. 19. cautum voluit, ut omni prorfus robore deftitutæ manerent Conftitutiones omnes fuis a Decefforibus Normannis, & Suevis latæ adverfus Ecclefiafticam libertatem, & immunitatem, ut non videre nequivit Jannonus ipfe Tom. 2. lib. 19 cap. ult. §. 1; Cauffas etiam Clericorum omnes five Civiles, five Criminales coram Judice Ecclefiaftico definiri cap. 20. juffit. Bonifacii VIII. quin etiam Conftitutionem de Clericorum etiam conjugatorum immunitate ultrocitroque receptam a Roberto Rege an. 1322, a Regina Johanna I. an. 1347, & a Ferdinando I. Aragonio obfervare non deftitit Jannonus lib. 19. cap. ult. §. 3. Quorfum ergo Principum jus in hac parte ab Ecclefia poteftatem auferendi, quominus adquirere bona poffit, vindicandum, defendendumque fibi temere fumpfit? Confer denique, qui Poteftati laicæ iftiufmodi prorfus jus plurimis, validifque abjudicant, Doctores numero, dignitate, auctoritateque præftantes, Innocentium III. in Cap. 49. *Noveris De Sent. Excom.* Decret. lib. 5. tit. 32. n. 2, S. Antoninum par. 3. tit. 24. cap. 18, Baronium ad an. 370. n. 117. feqq., Petrum Greg. Tholofanum Syntag. Jur. lib. 2. cap. 28, Joh. Andream in Cap. *Noveris* cit. n. 1., Panormitanum in Cap. 10. *Ecclefia S. Mariæ* Decret. lib. 1. tit. 2. *De Conftit.* n. 23, Felinum ibid. n. 69, Hoftienfem in Cap. 13. *Cum laicis* Decret. lib. 3. tit. 13. *De Rebus Ecclef. non alien.*, Silveftrum V. *Excommunicatio* §. 9. n. 3, Suarezium adv. Regem Angl. lib. 4. cap. 16, Reginaldum in praxi Tom. 1. lib. 9. cap. 23. n. 359,Bofium in praxi Crim. tit. *De Principe* n. 539, & tit. *De Pœnis* n. 43, Joh. Kockerunt in vindic. libert. Ecclef. par. 1. cap. 11, Petrum Peckium in tract. de Amortif. cap. 6. n. 1, aliofque plures apud Dianam Tom. 10. tract. 2. refol. 103, & Petram Tom. 2. ad Conft. 10. *Ad noftram* Innocentii III, Joh. Ant. Blancum, & Joh. Andream Triam Archiep. Tyrenfem in Obfervat. Crit. adverf. hift. Jannoni lib. 2. cap. 5. §. 4. n. 12, feqq., & §. 5 n. 2, feqq.

Ne-

Neque vero solidiora sunt, verique ad speciem accedunt magis , quæ ad Ecclesiam Romanam sua a longæva immunitate deji-
ciendam congerere Jannonus non destitit . Atque falsum imprimis adsumit Patrimoniorum nomine , quæ jure proprio Romanæ
Ecclesia prisca ab ætate possidebat cum in Oriente , ubi septem in
Provinciis eadem consita docent Nicolaus Alemannius de Later.
pariet. cap. 15, & Blanchinius in Not. histor. ad Anastasium in vita S. Silvestri Tom. 2. Sect. 34, tum in Occidente , ubi Patrimonia tria super viginti describit Johannes Diaconus in vita S. Gregorii M. lib. 2. cap. 55, quot pariter, & qualia ex S. Gregorii M.
epistolis recensere licuit Doctis. Cennio in Exam. Diplomat. Ottonis I , & S. Henrici Imp. ad calcem differt. Em. Orsii de Orig.
Domin. Rom. Ecclef. edit. Rom. 1754, Patrimoniorum , inquam;
nomine fundos dumtaxat , ac prædia venisse , quod sibi falso quoque persuaserat Muratorius De Antiq. Ital. differt. 69 , & in plena Expusit. cap. 4. Nam sub Patrimoniis illis Regiones integras
fuisse comprehensas , quin tamen ante S. Gregorii II. ætatem supremo in eas potiretur Romana Ecclesia dominio , facile discimus
ex Johanne Diac. loco præcit., & S. Gregorio M. lib. 7. epist. 39.
indict. 11. ad septem Patrimoniorum Siciliæ , Calabriæ , & Apuliæ Curatores exarata . Johannes Diac. etenim de Patrimoniis 23.
Siciliæ , Panormi , Syracusarum , Calabriæ , Apuliæ ; Samnii ,
Neapolis , Campaniæ , Tusciæ, Sabinæ , Nursiæ, Carseolis , Ap-
piæ , Ravennæ , Istriæ , Dalmatiæ , Illyrici , Sardiniæ , Corsicæ ,
Liguriæ , Alpium Cottiarum, Germanicianæ , & Galliæ, nec non
de Subdiaconis , Diaconis , Presbyteris , Notariis , ac Defensoribus eisdem regendis a S. Gregorio admotis verba faciens : *Per diversas*, inquit , *Provincias, pro custodia Sacræ Religionis , rebuf-
que Pauperum strenue gubernandis , Ecclesiæ suæ Viros industrios
Rectores Patrimoniorum adscivit .* Audis insignioribus Viris iis-
demmet , queis Patrimoniorum curandorum provincia fuerat delata , Religionis quammaxime costodiendæ spartam fuisse demandatam ! Aliud igitur ab infimo , vulgarique Villicorum officio ,
& genere illorum fuisse munus , conditionemque oportet ; aliudque periode a fundis , & prædiis longe diversum Patrimonia illa .
S. Gregorius vero Patrimoniorum Rectoribus scribens cum Epif-
copa-

copales Cathedras intra illorum confines inclusas memorat, tum
in Episcopos Sacrorum Canonum transgressores distringendi Jus
illis tribuit : *Et si qui Episcoporum*, inquiens, *quos commissi sibi
Patrimonii finis includit, cum Mulieribus degunt, hoc omnino com-
pescas, & de cetero eas illic habitare nullo modo patiaris, exceptis
eis, quos Sacrorum Canonum censura permittit*. Putandum ne igitur, tam exiguas possessiones fuisse Patrimonia, intra quæ Cathedrales conclusæ Ecclesiæ erant, proletariique generis fuisse homines, quibus in Episcopos districtio erat demandata? Patrimonia
porro a Constantino M. Romanæ Ecclesiæ collata in septem Orientis Provinciis, erant in Græcia, Ægypto, & Africa, sive Lybia,
ac velut habet Luitprandus in sua Legat. ad Nicephorum Imper.,
in Judæa, Perside, Mesopotamia, & Babylonia ; uti scribit vero
Anastasius in vita S. Silvestri Tom. 2. sect. 37, seqq., erant in
Provinciis Euphratensi, Antiochena, Tyriensi, & Alexandrina,
præter ea, quæ in Africa, & Græcia fuisse refert, quibusque Patrimonia alia in Creta, in Cilicia &c. adjungit. Ex his ergo,
præter annuas species balsami, olei, aromatum, papyri, lini &c.
eisdem Provinciis imperatas, detractaque quin etiam parte decima pro Ministris alendis, annuatim Romanæ præstabantur Ecclesiæ
auri talenta tria, & semis, testibus Nicephoro, & Theophane
Chronog. p. 273. edit. Reg., sive aurei Solidi 35. mille, qui eum
ætatis nostræ Monetis a Cl. Blanchinio sect. 34 comparati summam
conficiunt duplarum Hispaniæ 17. mille : siquidem in libris 350,
in quibus summam talentorum auri trium cum semisse contineri
Theophanes adfirmat, auri unciæ 4200. numerantur, dupla vero
Hispanica unciæ quadrantem pendat. Eodem recidit supputatio ex
pondere, & valore solidi deducta. Siquidem enim ex æneo pondere
Constantinianæ ætatis, juris Blanchinii, constet duodecim solidos
auri contineri uncia una, & dodrante, in uncia autem una auri con-
tineantur aurei nummi, sive duplæ Hispanicæ quatuor, proinde in solidis duodecim erunt Scuta aurea Romana 14, sive duplæ
Hispanicæ 7. Itaque solidi 35. mille conficient Nummos 40. circiter mille, sive duplas Hispanicas 20417 : e quibus decisa parte
decima pro Ministrorum expensis, reliquæ erunt auri unciæ 4250,
sive duplæ Hispanicæ 17. mille. Jam vero parva ne adeo Patrimonia

monia hujufmodi , e quibus tam ingens præftabatur fumma pecuniæ , ut eis nonnifi fundorum , ac prædiorum nomen congrueret?
Parva ne rurfus fundorum portio tria illa quoque Siciliæ , Calabriæ, & Apuliæ Patrimonia , quorum mentio plerifque in S. Gregorii M. Epiftolis diligenter a Cennio in cit. Append. p. 218 , ac
309. indicatis , ac in epiftola S. Nicolai I. ad Michaelem Imper. ,
de quibus etiam præclare Cl. Fontaninus in Defenf. 1. Domin.
Apoft. Sed. cap. 7 , feq. ? Nempe facilioris præftationis cauffa ,
poftquam Theodofio M. defuncto, Orientis Provinciæ infeftari a
Barbaris occepere, difficilifque ideo Patrimoniorum Orientis pro-
curatio evafit , Syriæ , Ægypti , Africæ , Ciliciæ , Cretæ &c. Patrimoniis fubftituta tria ifta Siciliæ , Calabriæ , & Apuliæ funt ,
ut annua ex poftremis hifce præftatio refponderet priftinæ illi ,
quæ ex Patrimoniis Orientis olim proveniebat , nempe auri 350.
librarum, five talentorum auri trium cum femiffe . Quam annuam
præftationem a Leone Ifaurico, poftea in tranfverfum acto , inter-
ceptam , Fifcoque fuo adjudicatam , poft quatuor ferme Sæcula
demum Romanis a Pontificibus imperatam Normannis Principibus , Sicilia,Calabria , & Apulia potitis , quas imo Provincias fiduciario jure, fubque annuo cenfu Romanæ Ecclefiæ referre acceptas compulfi funt , ex Baronio ad an. 1059. n. 69, feqq. , ac Pagio ibidem difcimus . Nam ex imperato a Nicolao II. an. 1059.
Roberto Vifcardo denariorum Papienfium 12. cenfa in fingula
terræ jugera parem quam proxime fummam Aureorum 35. millium , juxta menfuram a Vaubano excogitatam , colligit cit. loco
Blanchinius . Poftremo , ut de Patrimoniis aliis fileam , modica
ne adeo portio Alpes Cottiæ , a Rege Cottio, qui eas perdomuit,
fic dictæ , quæ primum Johanni VII. ab Ariperto an. 704, ut indicat Anaftafius in Johanne VII , feu verius an. 707 , ut habet Hermannus Contractus in Chron. ad hunc an. edit. Canifii , ac fubinde S. Gregorio II. a Luitprando collatæ , Dertonam , Aquas Sta-
tellas , Savonam , & Januam, Alpefque inde omnes ufque ad Galliarum fines, a quibus nempe incipiebant, a Segufio videlicet, unde earum initium fumit Ammianus Marcellinus lib. 15. cap. 10.
feu verius ab Ebruduno , veluti notatur in Itinerario Burdigalen-
fi,comprehendebant,velut habent Paulus Diaconus lib. 2. cap. 16,
                                      & lib.

& lib. 6. capp. 28, & 43, ac Oldradus Mediolanensis Antistes in epist. ad Carolum M. apud Baronium ad an. 712. n. 9, videndus etiam ad an. 715. n. 6, observantque Balduinus in Not. ad vitam Johannis VII. Anast. Tom. 4. sect. 178. p. 147, Thomassinus vet. , & nov. Discipl. par. 3. lib. 1. cap. 27. n. 17, Auctor Observ. Crit. adv. Carli lib. 2. p. 59, seqq., Acami de Monet. Orig. §. 1. p. 12. seqq., ac Cennius in cit. Append., & in Not. ad cit. dissert. 69. Muratorii.

Falsum id perinde quammagis Patrimonia illa Principum Jurisdictioni fuisse obnoxia, dependique ex iisdem tributa debuisse. Neque id probat sane factum S. Gregorii, a quo ideo Patrimoniorum Rectores asperrime objurgatos jactat Jannonus, quin tamen locum indicet, e quo id desumpsit, quod eadem Patrimonia a publica Magistratuum jurisdictione subducere tentassent. Nam is lib. 4. ind. 13. Epist. 44, sive in Synodo Romana an. 598, ceu notat etiam Glossa in Can. 1. Consuetudo 16. q. 6, id unum in Rectoribus illis gravi reprehensione, poenaque dignum reperit, & deprehendit, quod praediis, quae Ecclesiastici juris esse vix, ac ne vix quidem suspicarentur, fiscali confestim more, titulos imponerent, neque judicio eadem, sed violentia defendenda susciperent. Nempe mos apud Veteres obtinuerat in bonis ad Fiscum devolutis titulos Imperatoris imprimendi, unde fieret, ut qui titulum legeret, potentia nominis exterritus ab invasione abstineret: cujusmodi moris mentio apud Cassiodorum lib. 4. Variar. epist. 14, lib. 5. epist. 6, & lib. 9. epist. 18. occurrit, nec non LL. 11, & 30. Cod. Theod. *De Boner. proscript.*, ac L. 3. Cod. *De Bonis Vacant.*, de quibus etiam loquuntur titulis Novel. Justin. 17. cap. 15, Nov. 28. cap. 5, Nov. 29, cap. 4, Nov. 30. cap. 8, & LL. 1, seq. Cod. *Ut nemo privatus titulos praediis* &c. , ubi adeundus Ravardus in Rubr., Edictum Theodorici Regis cap. 45, seq., L. 5. Cod. *De Delator.* tit. , Cod. *de his, qui potent. nom. tit. praed. adsig.*, quos etiam ad titulos respexit S. Augustinus in Psal. 55, & Tract. 7. in epist. S. Johan. Qua de veteri consuetudine consulendi Duarenus lib. 1. disput. anniverf. cap. 40, Pithoeus Gloss. V. *Titulos imponere*, & Lindenbrogius in Glossario Vet. Leg. Alaman. p. 1488. Fiebat inde quoque, ut si quis praedia titulis his insignita invadere non fuisset veritus, confestim

ullo abſque judiciario ordine graviſſimis ſubjiceretur pœnis . Juxta hunc igitur morem, Eccleſiis adfigi tituli antiqua ab ætate cœperant , quibus eadem quaſi Divino juri mancipata indicarentur ;
qua de re Baronius ad an. 112. n. 4, ſeqq. E Templis ad prædia
ſub S. Gregorii ævum transferri cœperant tituli , quibus eadem
Divini velut eſse juris, ideoque omnibus veneranda , ſigniſicaren-
tur , atque ita quidem , ut iis etiam prædiis imponerentur , quæ
alioqui certo nedum conſtabat , an revera juris Eccleſiæ eſsent ;
ita nempe facto , non jure Eccleſiis bona vindicando . Id igitur
recte S. Gregorio diſplicuit, prædiis deinceps imprimi titulos ante prohibens , quam de cauſsa probe cognitum ſuiſset , eademque
pertinere ad Eccleſiam indubie conſtitiſset . Cæterum ex mandatis , quæ multis oppido in epiſtolis , de quibus dictum , ad Patrimoniorum adminiſtratores S. Pontifex ſcripſit , liquido adparet
plena illorum juriſdictione Romanam potitam Eccleſiam . Legere pleraſque inter alias placeat Epiſtolam 39. lib. 7. indict. 11 ,
cujus exemplar ad ſeptem Patrimoniorum Siciliæ , Calabriæ , &
Apuliæ adminiſtros directum fuerat , in qua ne vola quidem de
tributo ſolvendo ; cujuſce nec leve γρὺ, veſtigium extat tot in
Diplomatibus relatis in libro Diurno ab Holſtenio , & Garnerio
vulgato , in quibus alioqui Patrimoniorum mentio paſſim occurrit , velut in Diplomatibus Ludovici Pii , Othonis I , S. Henrici,
Roberti , Rodulphi &c. Neque Jannoni opinioni favet tam longe
petitum , ex S. Ambroſio videlicet relato Can. 27. Si tributum
11. q. 1 , argumentum, cujuſce legitimus jam paullo ſuperius
explanatus eſt ſenſus . Nempe S. Ambroſio eam inſediſse mentem
oſtendimus, ut Eccleſia quidem ad ſolvenda tributa cogi nequeat,
ſi cogatur tamen , Chriſti D. exemplo , offenſionis vitandæ gratia , ſolvere non detrectet . Si tributum , inquit , petit (Imperator) , non negamus . Quin etiam de Agris Eccleſiæ loquens :
Imperatori , ſubjungit , non dono , ſed non nego . Siqui igitur Imperatores , veluti Conſtantinus Pogonatus , & Juſtinianus Kitme-
nus Eccleſiæ Romanæ immunitatem a tributis relaxaſse, adſeruiſ-
ſeque ſerantur , ea non tam conceſſio , quam reſtitutio immunitatis , ab Imperatoribus qua Apoſtatis , ut Juliano , quam Arianis , ut Valente &c. vindicatæ , reputanda eſt , veluti recte adver-
ſit

rit Baronius ad an. 387. n. 13. Atque Jamnono quidem jam satis factum, superque.

Quia vero non nemini visum est insuper ex Regaliæ Jure in Reges descendere jus repetendi ex bonis Ecclesiasticis vectigalia, tributa &c., & huicce difficultati præstabit obviam ire, eaque pro enucleanda, dissolvendaque observare primum obiter non pœnitebit, Regalium nomine venire dumtaxat 1. Bona Feudalia a Regibus Ecclesiis collata, quorum fructus, vacantibus Ecclesiis, fiunt Regis. 2. Beneficia Juris Patronatus Regli, idest a Regibus ipsis fundata, quibus vacantibus præsentare idoneam personam Regii Juris est. Non etiam venire bona mere Ecclesiastica, vel a privatis, vel etiam ab ipsis Principibus Ecclesiis donata, non tamen in Feudum, quorum ideo fructus, vacantibus Ecclesiis in Regis usum cedant: neque beneficia Ecclesiastica cujuslibet generis, quorum præsentatio ad Regem pertineat, multoque minus venire jus præterea eligendi, atque investiendi, veluti non nemo dicere somniavit, velut ostendit Emin. Norisius hist. Investit. cap. 16. p. 547, seqq. In illis, non in istis, uti contendit Natalis Alexander hist. Ecclef. ad Sæculum XIV: differt. 8, integrum sistit Regaliæ jus, sive jus Custodiæ, de quo egregie Blancus de potest., & polit. Ecclef. Tom. 2. lib. 6. §. 6, ubi luculenter Natalem refellit, idque argumenti docte persequitur. Nec in illis imo primi generis bonis jus Regibus adquiritur, nisi ex Apostolicæ Sedis indulto, quod frequenter collatum scimus. Quamquam decursu temporis, idest post Sæculum XII, custodiæ Regiæ jus ad beneficia quælibet vacantia extensum fuerit: ita tamen, ut auctoritate Regia quidem illorum fructibus recipiendis præficerentur Œconomi; iidem vero fructus cum in Ecclesiarum utilitatem impenderentur, tum Successoribus servarentur. Vide-sis de hisce plura differentem Thomassinum vet., & nov. Discipl. par. 3. lib. 2. cap. 54. Quam Ecclefiæ disciplinam, ut nempe de vacantis Ecclesiæ redditibus nihil percipere, inque proprios transferre usus Principibus fas sit, in Ecclesia Gallicana receptissimam, adprobatam, ratamque in Conciliis Regensi an. 439. Can. 5, Francofordiensi an. 794. Can. 41, Pontigonensi an. 876. Can. 14, & Troslejano an. 909. Can. 14. fateri non dubitat Petrus de Marca de Concord.

cord. lib. 8. cap. 18. n. 11. Atque de his quidem , ut attingimus
pauca , dimiſſiſque iis , quæ in partem utramque de Regaliis a
Catholicis diſceptari ſolent , paucis , quoad ejus fieri poterit ,
occurrendum Proteſtantibus , quibus id perverſe ſtudii incubuit ,
ut ex Regalium jure poteſtatem Eccleſiaſticam quoad temporalium bonorum jus , & adminiſtrationem everterent, & evellerent.
Itaque nullo jure , niſi ex Eccleſiæ indulgentia adquiſito , Sæculares Poteſtates Eccleſiarum vacantium aut fruendi redditibus ,
aut eaſdem vacantes Eccleſias conferendi potiri , certa , & conſtans eſt Catholicorum ſententia contra Puffendorfium , ſub lar-
va Severini de Mozanbano latentem , lib. de ſtatu Imp. German.
cap. 8, Henricum Coccejum in Juriſpub. prudentia cap. 23, ſeqq.,
Pfaffium de Orig. Juris Eccleſ. cap. 4 , ſeqq. , Maſium Haſnien-
ſem in Intereſſe Princip. circa Relig. Evangel. , Thomaſium in
diſſert. de Juribus Princip. Evangelicor. , Hennigeſium de ſum.
Imperat. poteſt. circa Sacra , Bebelium in diſſert. de Beneficiis
Magiſtratui Politico exhibitis , Rechenbergium in diſput. hiſto-
rico-Politic. par. 1. diſp. 16, & par. 2. diſp. 24, Fridericum Georgi in gravaminibus contra Sed. Apoſtol. lib. 1. cap. 1 , præſertim
vero Vitriarium Inſtit. Juris publ. lib. 3. tit. 12, Pfeffingerum in
Adnotat. ad Vitriarium p. 82, ſeqq., Ochellum de Palatio Regio ,
Schilterum de libertat. German. lib. 5. cap. 6, Meinbomium in
diſſert. de Jure antiq. Imper. Germ. Tom. 3. Rer. German. p. 185,
ſeqq. Quibus adſtipulati ſunt Molinæus in Regulas Cancell. de
Infirm. reſign. n. 417, D. Lovet Curiæ Pariſ. Conſiliarius in Ob-
ſervat. ad Regul. de publicandis reſignat. n. 380 , & ad Regul.
de Infirmis reſignan. n. 416 , Anonymus Regaliſta Auctor libri
Gallice inſcripti *Traité des Droits du Roy ſur les Benefices* &c.
Catholicorum porro concors ſententia , in qua fuere profecto
Gallicani Epiſcopi Pariſiis congregati an. 1682. in litteris 3.
Non. Febr. datis ad V. Innocentium XI , Monum. Cleri Gallic:
Tom. 11. p. 199. edit. 1717. ex Eccleſiæ conceſſione , ac conſen-
ſione Regaliæ jus a Regibus adquiſitum apertiſſime adfirmantes ,
Natalis Alexander cit. diſſert. 8. art. 8 , &c. , fundatur in iis ipſis
Patrum , Conciliorum , ac Pontificum repetitis decretis de Ec-
cleſiaſticorum bonorum immunitate, laicoſque quoslibet a vacan-
                                                        tium

tlam Ecclefiarum bonis occupandis procul arcentibus : Quibus
argumentis nunc prætermiſſis , atque imprimis in ſolis principiis
Juris Naturalis , & Gentium ſiſtendo , ſic arguere fas eſt . Bona
Ecclefiaſtica qua a privatis, qua a Principibus abſolute Ecclefiis.
Piiſque locis donata fuere : de privatis fidem abunde faciunt Euſebius de vita Conſtantini lib. 3. cap. 39 , S. Gregorius Nazian.
epiſt. 80, & in Teſtam.,S. Joh. Chryſoſtomus hom. 37. in Matth.,
& 21 in epiſt. ad Corinth. , S. Auguſtinus ſerm. 355 , alias 49.
de Diverſ. , Paulinus in ejus vita , Salvianus lib. 3. ad Eccleſ. ,
S. Nicolaus I. epiſt. 59. ad Adonem Vien., & in Append. epiſt. 15.
ad Nobiles Aquitaniæ , Concilia Carthaginenſe IV. Can. 95 ,
Vaſenſe Can. 4 , &c. , ac legendi Morinus , Thomaſſinus , Muratorius Antiq. Ital. diſſert. 67 , 68 , 71 , &c., de Principibus vero
liquet ex innumeris ipſorum Diplomatibus apud Ughellum, Mabillonium , Dacherium, Pezium , Eccharium, Thomaſſinum , Baluzium , Muratorium , Heumannum &c., quorum pleraque ſupra
tetigimus , ex Synodo Aurelianenſi I. Can. 5. de Chodoveo , ex
S. Avito Vien. epiſt. 30. de Gundobado Burgundiæ Rege &c.
Jam vero bona ſic abſolute donata in dominium , ac poteſtatem
abſolutam Ecclefiarum , Piorumque locorum tranſcripta ſunt .
Quemadmodum igitur temporalia bona a Sæcularibus emptione ,
vel donatione adquiſita jure naturali, ac gentium illorum ita proprii juris fiunt , ut abſque injuria , crimineque injuſtitiæ a Principibus in jus ſuum transſerri nequeant : unde Covarruvias Variar.
reſolut. lib. 3. cap. 6,poſtquam num. 7. oſtendiſſet jure gentium,
& naturali teſtandi libertatem hominibus competere L. *Nec enim*
§. *Deportati* ff. De Milit. teſtam. , L. *Milites* Cod. eod. tit. , §.
Singulorum Inſt. De Rer. diviſ.,§. *Quod vero* Inſtit. De Jure nat.,
gent., & Civil. , Junctis ibidem Jutiſconſultis , concludit a Principe hanc teſtandi libertatem jure naturali , & gentium innixam
tolli nequire, & n. 8. contra Paulum de Caſtro neque ex poteſta.
te abſoluta, (de ordinaria namque ille conveniebat,) Principem
teſtamentis derogare poſſe inde probat , quod quæ jure naturali ,
& gentium inſtituta ſunt , poteſtate nec ordinaria , nec abſoluta
tolli a Principe queant : ita neque Ecclefiaſtica bona in proprium
jus transferre Principi fas erit . Atque hoc quidem argumenti ge-

nere >

nere, quod ex S. Ambrosio, & Concilio Agathensi Can. 4, confirmat, adversus Publicistas usus est Alexander III. in epist. 19.
Append. 1. edit. Harduini ad Upsalensem Archiep., ejusque Suffraganeos in Svetia, & Gothia, & ante ipsum Benedictus III.
in epist. ad Galliar. Episcopos apud Dacherium Spicileg. Tom. 4.
p. 403. Eadem ratione bona Ecclesiastica in tuto collocanda suscepere S. Nicolaus I. epist. 3. ad Adonem Vien. edit. Sirmondi,
sive 59. edit. Hard., Hincmarus epist. 9. ad Episcopos, & Proceres suæ Provinciæ, epist. 12. ad Ludovicum III. Franc. Reg.,
epist. 45. contra Actardum Nannet., &c., Atto Vercellensis lib.
de presuris Eccles., Agobardus Lugdun. lib. de dispensat. rer.
Eccles., Arnulphus Lexov. serm. habito in Synodo Turonensi,
&c.; Synodi Antiochena an. 341. Can. 24, relato a Gratiano
Can. 5. *Quæcumque* 10. Q. 1; cuique conformis est Canon Apostol. 39. in versC. Gentiani Herveti, sive 41. in versC. Dionysii Exigui, quove defuncti Episcopi res successori reservandæ indicuntur; Ephesina Act. 1. in Epistola Synodica ad Clericos, & Œco-
nomos Ecclesiæ Constantinopolit., quibus, Nestorio deposito,
Ecclesiæ vacantis redituum cura, & custodia demandatur; Re-
giensis an. 439. Can. 6, quo viduatæ Ecclesiæ rerum curam gerere vicinior jubetur Episcopus; Chalcedonensis Can. 25, quo reditus Ecclesiasticos, defuncto Episcopo, apud Oeconomum integros servari statuitur; Aurelianensis II. an. 533. Can. 6, quo vi-
cino mandatur Episcopo, ut Episcopi defuncti res accurate de-
scriptæ, Sacris personis diligenter custodiendæ tradantur, Parisiensis V. an. 614, vel seq. Can. 7, Clotario II. Regi probato,
quo viduatæ Ecclesiæ reditus, ac res Archidiaconi, vel Cleri
custodiæ concreduntur; Parisiensis VI. an. 839. lib. 1. capp. 15,
16, 17, & 18, quibus Canonibus 41. Apostolorum, 25. Antiocheno, decretisque SS. Gelasii, & Symmachi inhærendo, Ecclesiarum bona jure proprietario ad Ecclesiam pertinere declarantur. Quod inficias neque ausi pro religione sunt ire Carolus M.,
& Ludovicus P. Capitular. lib. 1. cap. 83, lib. 5. cap. 233, lib.
6. capp. 134, 296, 302, 305, & 321, ac lib. 7. capp. 261, &
265; Ticinensis in Pontigonensi an. 876. confirmata, probata-
que Carolo Calvo capp. 10, & 14, quibus Ecclesiarum res sive
mo.

mobiles , five immobiles auferri , ac in laicorum ufum transferri
prohibentur , fed Epifcopis defunctis Oeconomo cuftodiendæ , ac
Succeffori refervandæ præcipiuntur; Troslejana an. 909. Can. 14,
quo Valentino in Hifpania Can. 2. inftaurato, viciniori Epifcopo
viduatæ Ecclefiæ res , ac reditus commendantur . Quæ ipfa Sy.
nodorum decreta religiofe , ut par erat , obfervanda per femet curaffe leguntur Otto IV. Imp. Diplom. ad Adolphum Colon. an.
1198. apud Lunigium Spicileg. Tom. 1. cap. 2. p. 340 , atque altero an. 1209. ad Albertum Magdeburg. apud Meibomium rer.
German. Tom. 3. p. 127, Fridericus II. Conftit. an. 1313. edita
apud Goldaftum Conftit. Imper. p. 289, aliique viri Principes
apud Catellum hift. Comit. Tolofan. p. 195, Baluzium in Not.
ad Concord. Petri de Marca lib. 8. cap. 18 , &c.

　　Quæ monumenta fane fruftra Regaliftæ , Publiciftæque fol-
licitant , vexantque , reponentes Regalium juribus neque ex Ecclefiæ decretis , neque ex Principum ceffione, & conceffione quidquam deperire : quippe tam ex Principum , quam ex Ecclefiarum
teftimonio liquido conftet , nec Ecclefiaftica bona , nec bonorum
eorumdem fructus ad Regalia , five jus Regum pertinere, fed jure proprietario ab Ecclefia poffideri. Quorum rationes paullo
poft rite expendentur . Ut illis vero levia hæc videantur , adeo
gravia tamen femper habita funt , ut ad hanc ufque poftremam
ætatem de vi fua apud æqui , juftique æftimatores nihil prorfus
amiferint. Vim enim nedum ex Jure naturali , & gentium , fed
ex Divino præterea Jure accipere Ecclefiæ foli refervatam poteftatem conferendi beneficia Ecclefiaftica , vacantiumque percipiendi fructus non dubium eft : quo gemino frui jure laica Poteftas , abfque Ecclefiæ conceffione , aut confenfu nequeat . Enim
vero dum Beneficium confertur, duplex collatum intelligitur jus,
nempe percipiendi temporalia , & miniftrandi fpiritualia, quorum
primum *Prebenda* , pofterius *Officium* adpellatur Cap. 15. *Quia*
de Refcriptis in *6* , five ut loquitur Gofridus Vindocin. in Opufc.
ad Calliftum II. de Inveft., unum , quod *Epifcopum perficit*, ideft
fpirituale , alterum , quod *Epifcopum pafcit* , ideft temporale .
Officium rurfus vel conjunctum eft cum Jurifdictione fpirituali ,
vel adjunctam dumtaxat habet obligationem aut rebus Divinis

in-

inferviendi, aut res adminiſtrandi Eccleſiaſticas . Quùm igitur
fingitur laica Poteſtas jure proprio conferre Præbendam ; cui Officium cum Juriſdictione ſpirituali conjunctum eſt , ſi & hoc Officium conferre intendat, palam ſit-jus Divinum ab ea uſurpari, Juriſdictionem nempe Divino jure manantem . Quod ideo vetitum
a Pontificibus , Synodiſque quotquot ſcimus , quibus Inveſtituræ
res admodum inviſa accidit . Si vero Præbendam dumtaxat conferre præſumat , Officii collatione Eccleſiæ reſervata , jam ſequitur , quod Eccleſia vel cogatur eidem Officium conferre , cui collata ſuit Præbenda , quod eſt contra Juſtitiam , ac Religionem ;
vel cogatur Officium conferre alteri , cui Præbenda collata non
ſuit , quod eſt pariter contra Religionem , ac Juſtitiam ; primum,
quia non amplius de Altari vivet, qui Altari deſervit ; ſecundum,
quia contra Benefactorum voluntatem a piis uſibus ſeparantur
bona, quæ in uſus pios a Fidelibus Eccleſiis donata ſuerant . Atque hoc argumento Eccleſiaſticorum bonorum collationem,uſum-
que uni Eccleſiæ vindicaſſe leguntur Hincmarus præcit. epiſt. 9 ,
& 12 , Ratherius Veron. lib. de diſcordia inter ipſum , & Clericos , ac lib. de contemptu Canon. , Carolus M. ipſe in Capitul.
Aquiſgranenſi an. 803. cap. 1 , Hugo Lincolnienſis Epiſcopus in
reſp. ad Angliæ Regem apud Baronium ad an. 1186. n. 18. Quò-
etiam ſpectabant Synodi Aquiſgranenſis I. an. 816. lib. 1. cap.
35 , Aquiſgranenſis II. an. 836. cap. 2. Can. 7 , quibus res ideo
Eccleſiæ fidelium vota , pretia peccatorum , pauperum patrimonia vocantur, Valentina ex tribus Provinciis Lugd. , Vien. , &
Arelat. an. 855. Can. 21 , quo Eccleſiæ bona uſibus dumtaxat Eccleſiaſticis mancipata , Deoque oblata dicuntur , Tullenſis II. an.
860. Can. 1, quo Eccleſiæ res juris Eccleſiaſtici dumtaxat eſſe ad-
firmantur , cujus etiam digna lectu epiſtola Synodica contra rerum Eccleſiaſticarum pervaſores , Duziacenſis I. an. 871. par. 3.
cap. 5 , quo juxta Canones Apoſtol. 39 , & Antiochenum 24 ,
ſeq. Hincmatus Laudunenſis Epiſcopus ob Eccleſiaſticas res Nort-
manno traditas damnatus legitur ; aliæque plures , de quibus
mox . Si vero dicatur laica Poteſtas conferre Præbendam , cui
adnexum eſt Officium non mere ſpirituale , puta Miniſterii dumtaxat externi , vel adminiſtrationis rei temporalis ad Eccleſiam
atti-

attinentis, uti funt Capellaniæ, Precariæ laicæ, Præstariæ &c.,
quamvis id potestatis laicæ limites non excedat, sequitur inde
tamen, quod Ecclesia tum grave patiatur incommodum, ac præ-
judicium in spirituali administratione, siquidem mediis privatur
aptis ad dignos remunerandos Clericos, eosque ad digne obeun-
da munia excitandos. Atque ita ferme arguebant Paschalis I. 2.
pud Gratianum Can. 7. Siquis 1. Q. 3. ex epistola ad Archiep.
Mediolan., de qua Antonius Augustinus lib. 1. Dialog. 4. de
emend. Gratiani, & Mansius Supplem. Tom. 1. p. 803, quam
etiam integram referunt Jvo par. 2. cap. 84, & Gerhous Reicher-
sbergensis Præpositus Comment. in Psalm. 25. apud Pezium; Urbanus II. in epist. ad Lucium Præposit. S. Juventii hunc Paschalis
I. locum proferens; Paschalis II. etiam in Statuto apud Jacobum
Petitum Tom. 2. Pœnitent. Theodori Cantuar. p. 420, & in e-
pist. ad S. Anselmum; S. Petrus Damiani lib. 1. epist. 12. ad Alexandrum II; Petrus Diaconus cap. 42; S. Anselmus Lucen. lib. 1.
Apolog., ac videndi Lupus Tom. 3. p. 91, seq., ac Norisius hist.
Investit. cap. 3. Denique ut S. Thomas 22. q. 100. art. 4, & S.
Carolus Borromæus in Concilio Mediolauensi I. an. 1565. Constit. par. 2. cap. 62. docent in Beneficiis temporali ita spirituale
adnexum considerari, ut propter officium ideo conferatur beneficium, quod ideo nec separari, nec distrahi, nec vendi queat; ubi
quoque bona primum Ecclesia possidere cœpit, eadem bona eam
tum naturam, & conditionem induisse, ut in aliom, quam sacrum,
& pium converti usum nesas sit. Qua ratione Synodus Arvernensis I. an. 535. Can. 5. res Ecclesiæ a Regibus obtinere desideran-
tes anathemate serit; cujus etiam legendus Canon 14, conferendique Canones 25, & 35. Aurelianensis IV. an. 541, Aurelianensis V. an. 549. Can. 8, & 16, approbati deinde in Arvernensi
II. an. 549, aliique hujusce genus passim; Nicæna II. an. 787.
Can. 12. a Principibus quidpiam de Ecclesiarum bonis percipi
omnino prohibet; Francofordiensis an. 794. Can. 41. Ecclesiæ viduatæ res Ecclesiastici juris esse decernit; Synodus apud Theodonis Villam an. 844. cap. 4. Principes admonet, ut a rebus Ecclesiasticis religiose sibi abstinendum sciant; Vernensis II. eodem
anno Can. 12. Ecclesiarum bona Regibus tam reverenda, qua-

Pars III. Tom. VI.   S s   abla-

ablata reſtituenda indicit : quæ plane admonitio Carolo Calvo
Regi a Belvacenſi an. 845. Can. 3 , & a Meldenſi eodem anno
Can. 11, & 17. inſtaurata eſt; Moguntina I. an. 847. cap. 6. Eccleſiæ res defendi , & cuſtodiri a Regibus debere , non ad ſe rapi ,
ac diripi docet ; Ticinenſis an. 855. in exhortatione ad Ludovicum Imper. ejuſdem religioni Eccleſiaſtica bona Eccleſiis integra
cuſtodienda, ſervandaque commendat . Cui jungenda Iſaaci l. in-
gon. Capitula Eccleſ. tit. 6. De Rapacibus cap. 6 , ſeqq. , ac tit.
7. De Sacrilegis cap. 1, ſeqq., & Herardi Turon. Capitula item
Eccleſ. capp. 65, 81, &c.; Cariſiacenſis an. 858. in Synodica ad
Ludovicum Germ. Regem cap. 7, ſeq. res ab Eccleſiis , ac Monaſteriis auſerri vetat , ablataſque a Carolo fratre reſtitui monet . Conſerenda etiam Piſtenſis an. 863. capp. 1, & 4; Synodus
apud S. Macram an. 881. cap. 5, ſeq. rerum Eccleſiaſticarum
deprædatores homicidas , & Sacrilegos dicit, eos cum Anania, &
Saphira , ac Juda comparans, atque Regem ſerio admonet de
obligatione rapta bona reſtituendi . Quibus conformes ſunt
Triburienſis an. 895. Can. 7, Legionenſis an. 1012. Can. 4, To-
loſanæ an. 1056. Can. 8, aliique plures , quos modo percenſe-
re non vacat . Videndi Apamienſis Epiſcopus in Tract. de Regalia lib. 1. cap. 11, & lib. 2. capp. 1, 3, 6, ſeq. , ac Roncalia in
Animad. ad Natalis Alex. diſſert. 8. Sæculi XIII, & XIV. art. 8.
§. 1, ſeqq.

Tria ſunt porro , in quibus vim potiſſimam Regaliſtæ , ac
Publiciſtæ faciunt , Regibuſque jus adſerendi Regalia argumentum petunt : 1. Reges Eccleſiarum Protectores , ac defenſores
eſſe . 2. Eccleſiarum Fundatores , ac ſundorum largitores. 3.
Dominos Feudorum , quibus Eccleſiæ potiuntur : ideoque triplici ex hoc capite Regii juris eſſe Regalia , iſtoque nomine venire
cum Beneficia vacantia conferendi facultatem, tum Beneficioru m
vacantium fructus percipiendi . Ita præter ſupracit. Proteſtantes ,
ex Gallis Juriſperitis apud Natalem Alex. cit. diſſert. 9. art. 1.
Arnulphus Ruzæus de Jure Regal. in præfat. 1, & 2. par., Philippus Probus de Jure Regal. q. 1, Ægidius Magiſter de Regaliis
cap. 1, Petrus de Marca Concord. lib. 8. cap. 19, Renatus Choppinus de Sacr. Politia in præf. num. 11, & lib. 1. tit. 7, Sixtinus

Reinerus de Regal., Gaspar Audoul de Orig. Regal. a Clemente XI. damnatus, ipseque Natalis ibid. Art. 2, seqq. Quod utrumque juris caput ita ferme probandum adsumunt, atque Beneficia
conferendi jus quidem antiquo, frequentique usu, quo constare
ajunt Regum jussu Ecclesiis præfectos Episcopos, veluti S. Me-
dardum an. 530. Veromandensi, teste Fortunato Pictav. in ejus
vita, Trevirensi an. 516. S. Nicetium, teste S. Gregorio Turon.
vitæ PP. cap. 7, Nicetium alterum Lugdunensi an. 550. apud
eumdem S. Gregorium ibid. cap. 8, Turonensi Euphronium jussu
Clotarii I, de quo idem Scriptor hist. lib. 4. cap. 15, Sulpitium
Bituricensi Guntramni jussu, Santonensi Emerium jussu ejusdem
Clotarii apud eit. S. Gregorium Turon. lib. 4. cap. 26, S. Romanum a Clodoveo II. an. 623. circiter Rotomagensi, de quo ejus
vitæ Scriptor, Arvernensi Quintianum a Theodorico, teste
S. Gregorio Turon. lib. 3. cap. 2, ac subinde Cautinum a Theo-
baldo, & Catonem Turonensi apud eumdem S. Gregorium lib. 4.
capp. 7, & 15, Cœnomanensi S. Domnulum, de quo idem Scriptor
lib. 6. cap. 9, Felicem Nannetensi, ibid. cap. 15, Ruthenensi
Innocentium ibid. cap. 38, Pascentium, Chariberti jussu, Parisiensi apud eumdem S. Gregorium Turon. lib. 8. cap. 39, Caroli Regis consensu Senonensi Ansegisum, de quo Sirmondus Concil. Gall. Tom. 2. form. 9. p. 649, & Remensi Hincmarum apud
Flodoardum lib. 3. cap. 5; a Dagoberto, a Sigeberto, a Theo-
deberto, a Chilperico &c. SS. Amandum, Ommatium, Eligium,
Lambertum &c., Arvernensi Projectum an. 670. decreto Clodo-
veill. Regis, teste vitæ Scriptore, S. Ansbertum cum Regis licentia Rotomagensi an. 676, &c. Ita Maimburgus, Talonius, Natalis, Verjot &c., istiusmodi antiquissimi moris, jurisque retinen-
tissimos extitisse Reges secundæ, ac tertiæ Dynastiæ subjungen-
tes. Constare præterea istiusmodi Beneficia conferendi jus Regium deprædicant ex Synodo Aurelianensi V. an. 549. Can. 10,
quo *Cum voluntate Regia, juxta electionem Cleri, & Plebis* Episcopus inaugurari jubetur, ex Clotarii II. Edicto an. 614, in
Remensi deinde Synodo an. 615. Can. 3. probato, quo *Per ordinationem Principis* eligendus Episcopus indicitur; ex Marculfi
Formulis lib. 1. form. 5, seq. tit. *Præceptum de Episcopatu*, ubi

cum

cum Epifcopis tractatu præhabito , a Rege viduatæ Præful Ecclefiæ defignatur ; ex Synodis Germanica an. 742. Can. 1, quo
Per confilium Sacerdotam , *& optimatum* Epifcopos per Civitates , & fuper eos Archiepifcopum S. Bonifacium Moguntinum
ordinaffe Carolomannus legitur , & Sueffionenfi an. 744. Can. 3,
quo a Pippino Epifcopos per Urbes , & Archiepifcopos Abelem ,
& Ardobettum , de Epifcoporum , & Optimatum confilio , conftitutos conftat . Ad hæc Johanni X. P. M. Regaliæ Jus iftud probatum inde fuadent , quod epift. 1. ad Herimannum Colon. apud
Sirmondum Concil. Gall. Tom. 3. p. 575. eumdem acerbe reprehendit , quod Carolo Simplice Rege infcio , prout confuetudo
ferebat contraria , Hilduinum Tungrenfi præfeciffet Ecclefiæ .
A Gallicana vero , in qua potiffimum Regaliæ jus viguiffe pugnant , ad alias ubique gentium Ecclefias excurrendo, idem obtinuiffe jus oftendere conantur . Ita Græcos Imperatores iftiufmodi retinentiffimos Juris adparere ex Pauli ad Epifcopatum Antiochenum provectione, cui fuffragatum Juftinum liquet ex Diofco-
ri Apocrifarii relatione ad S. Hormifdam apud Baronium ad an.
519. num. 79. *Imperatoris autem* ordinandus Neftorii fuccefsor indicitur a Synodo Ephefina Act. 1. Ex Juftiniani confenfu Johannem primæ Juftinianæ præfectum adprobat S. Gregorius M. lib. 4.
epift. 78. In Anglia cum Regis affenfu eligi Epifcopos a Legato
fuo voluit Innocentius III. lib. 4. epift. 138. A Synodo Barcinо-
nenfi an. 599. cap. 3. Regum Hifpaniæ jus in Epifcoporum electionibus non reprobatur : quin imo Præfules deligendi facultas
Ervigio Regi facta legitur a Toletana XII. cap. 6. Cujus etiam
Regis edicto præfici Epifcopi *Ex conniventia Principum* jubentur
apud Thomaffinum vet., & nov. Difcipl. par. 2. lib. 2. cap. 15.
num. 5. In Scotia nonnifi ex Regis conceffione Epifcopos fieri licuiffe refert Eadmerus hift. Novor. lib. 5. de Alexandro Rege loquens . Quod ipfum de Henrico II. prohibente, ne Anglicanis Ecclefiis præficerentur Antiftites , Regio abfque placito , tradit Robertus de Monte ad an. 1175. In Germania electos ex confenfu
Othonis II. S. Wolfangum Ratifpon. liquet ex ipfius vita apud
Surium ad diem 1. Octob. cap. 1, Othonis III. S. Herbertum Colon. teftatur ipfius vitæ fcriptor apud eumdem Surium Tom. 2.

ad

ad 19. Mart., Henrici I. S. Meinvercum Paderbon. conſtat ex eodem Scriptore Tom. 3. ad 5. Jun., quod ipſum de Tagmone Magdeburg. memorat Thomaſſinus cap. 38. num. 1, ac generatim de Epiſcopis Germaniæ Eccleſiis admovendis ex Imperatorum conſenſu teſtatur Æneas Silvius epiſt. 356. Quod vero ad Regaliæ jus alterum pertinet, vacantium Eccleſiarum reditus aut proprios in uſus, aut in Laicorum, quos mallent, favorem vice plus ſimplici fuiſſe transfuſos a Carolo Martello, a Chilpherico, a Carolomanno, a Pippino, a Carolo M., a Ludovico Pio, a Lothario, a Ludovico II, a Carolo Calvo &c. innumeris oſtendere fatigantur exemplis, quæ ſingillatim recenſere non juvat.

Quibus principio hoc apto reſponſum, atque porro, quod Regum cuſtodiæ, tuitionique commendatæ Eccleſiæ ſint, quod Regum ſane tam officio, quam honori vertendum alibi demonſtratum eſt, non inde ſequitur, quod cuſtodiæ, ac tuitionis jure in bona Eccleſiaſtica invadere Regibus fas ſit, quomodo ſæpius inique factum dolet acerbe Muratorius Antiq. Ital. differt.71, ſeq., doluit. que valdequam ante Hincmarus epiſt. 9, & 451 quodque ideo viduatarum Eccleſiarum fructus quoque ſaltem omnes facere ſuos Regibus fas ſit: quæ enim, quæſo tuitio, & cuſtodia hæc eſſet ejus, qui bona cuſtodienda, tuendaque ſibi tradita proprios in uſus, aut in eorum, qui placerent, direptionem transferret? Quoad 2. vero, plures utique Eccleſias Regum munificientia fundatas adfirmo, non tamen omnes; nec omnes, quas ipſi fundarunt, bonis Regiis inſtructæ fuerunt, ſed privatorum devotione, ut paullo ſuperius dicebam, ac liberalitate ditatæ ſunt. Qua de re Muratorius differt. 67, 68, & 71. Neque demum omnes, quæ a Regibus fundatæ Eccleſiæ fuere, Feuda ſunt, ſive non omnia bona Eccleſiis collata in Feudum commendata fuerunt, ideſt bona pleraque Eccleſiis in fundum, atque proprietatem oblata etiam a Regibus fuere, pleraque vero in Feudum utique conceſſa, reſervato proprietatis jure. In hæc poſteriora igitur, quæ Feuda ſunt, in quibus *Relevii* jus viget, Regibus, fateor, dominium, atque proprietas manet, non in priora, quæ mera largitate donata ſunt, proprietatis jure translato. Atque quidem non ante ſæculum XI. Feudorum uſum fuiſſe invectum, quin etiam

poſtquam is invectus fuit uſus Feudorum , bona plurima , quin
Oppida , & Caſtra integra , nec in Feudum Eccleſiis tradita fuiſſe,
ſed in jus proprium , oſtendit Cl. Muratorius diſſert. 11, & 67:
ubi Diplomata ab Ughello prolata , in quibus Feudorum mentio
ſub Lothario , & Carolo Craſſo occurrit , pſeudonyma declarat;
Molinæum in Chartis Childeberti I, & Clodovæi I. Feuda nomi-
nata ſe legiſſe adfirmantem falſi redarguit; ſiquidem in eiſdem nihil tale legatur; Bignonium vero Beneficii nomen in Marculfo
lib. 1. Formul. 18, & in Capitularibus paſſim occurrens ad Feuda
ſignificanda transferentem refellit , ea fundos in uſum fructum ad
obitum uſque conceſſos fuiſſe oſtendens. Parum a Muratorio abfuit Auctor de l' Eſprit de Loix Tom. 3. lib. 31. cap. 31, ſeq., ubi
Feuda proprie dicta , ideſt perpetua , antiquiora ſæculo X. non
agnoſcit , quo defecit ſecunda Regem Franc. Dynaſtia . Quamvis
etiam Bruſſelius de uſu Feudor. Tom. 1. lib. 1. cap. 1, ſeqq. Beneficia a Feudis haud diverſa , hæc vero Hugonem Capetum ante-
vertere contendat , & Franxius ad calcem Struvii Syntagm. Jur.
Feud. a Carolo M. Feudorum inſtitutionem repetendam exiſtimet , contra tamen Cantarellus in tract. de Feud. lib. 1. cap. 3,
& lib. 2. capp. 1, & 5, ac Spener in diſquiſit. de origin. Juris Feu-
dal. Feudorum inſtitutionem non ante Hugonis Capeti ætatem
cœpiſſe , Vaſſoſque non tam poſſeſſores fundorum fuiſſe ſeu da-
lium , quam ob officia Ducibus , Comitibuſque præſtita ſic de'nominatos . Ideo Heumannus de Re Diplomat. Tom. 1. cap 2.
§. 57. num. 7. de Charta quadam Caroli M. apud Mabillonium
Vet. Analect. p. 354, ubi Feudorum fit mentio , valdequam dubitat; an proba ſit , aut potius apocrypha . Quare & Natalis Alexander cit. diſſert. 8. art. 8. perperam ab ipſo Clodovæo Feudorum Epiſcopalium initium repetit; neque perinde ſæculi XII. ætatem antecedit inſcriptio Eccleſiæ S. Benedicti Caſtrenſis præfixa
de Carolo Martello , qui Sacra in Feuda irrepſiſſe refertur . Nam
non qui refertur, ſed a quo profertur inſcriptio æſtimanda eſt , ab
Auctore nempe , qui ad Sæculum XII. pertingit , velut ex ipſa patet . Ad hæc demum ante Sæculum VIII. Romanam Eccleſiam habuiſſe Regalia majora , Provincias ideſt , ac Ducatus , neque donationis puro quidem titulo , ſed Gentium jure , ſive Populorum

con-

consensu, adversus Muratorium valide ostendunt Emin. Orsius in dissert. de Domin. Eccl. Roman., & Cennius in Not. ad ejusdem Muratorii dissert. 69, seq. Ante id temporis autem Regalibus Episcopos nondum potitos, ideoque Feudis caruisse idem Muratorius ostendit dissert. 71. Ante Saeculum X. nihilominus Civitatibus, & Castris potestate Civili Ecclesias plerasque dominatas fuisse cum Thomassinus vet., & nov. Discipl. par. 3. lib. 1. cap. 26, seqq., tum cit. loco Muratorius demonstrant, quae ideo bona jure proprietario, non vero Feudali, possessa fuisse manifestum inde fit. Ex his iterum bonis post Saeculum XI. plurima in beneficium, qua Clericis, qua etiam laicis ab Ecclesia fuisse concessa probat Thomassinus cit. par. 3. lib. 2. cap. 19, seqq. Atqui nedum in Feudum, sed neque in Beneficium a Laicis bona Ecclesiis ante id temporis fuisse collata compertum habemus: privatis etsi personis, Aulicis praesertim, ac Militibus, beneficia concedi a Regibus consuevisse ex Marculfo lib. 1. Form., ex Carolo M. Capitul. lib. 3. cap. 19, ex Jona Aurelian. de Instit. Laical. lib. 2. constet, qua de re Altaserra de Orig. Feudor. cap. 2, M. Antonius Dominicy lib. de Praerogat. Allodior. cap. 11, aliique. Indicium certum est itaque bona Ecclesiis concessa fuisse proprietatis titulo, non Feudi, neque Beneficii.

Age nunc autem ex his generatim animadversis gradum ad particularia referendo, facile reperiemus cum facta pleraque veritate nequaquam subsistere, tum ex pessime factis, ac perperam ita faciendi jus, ac facultatem exsculpere, pessimi genus esse argumenti, siquidem iis longe firmiora derogare comperiantur documenta. Itaque a praetenso jure Regali conferendi beneficia dicendi ordinem auspicando, temporisque, prout fieri poterit, habendo rationem, falsum imprimis ab Adversariis adsumptum de Episcoporum a Regibus peracta electione. Emeriam sane ita electum ideo loco detrudere Leontius Burdigalensis Metropolita, Synodo habita, non dubitavit; in quos, esto, Regis efferbuerit ira, eis tamen laudi cessit, quod eximios se Canonum exhibuerint vindices. S. Martinum Turonensi, S. Eucherium Lugdunensi, aliosque aliis in Galliis, alibi vero omnibus ubique omnes Ecclesiis admotos Episcopos ex Cleri, Populique suffragiis, nul-

lo

Io Principum adsensu præhabito fide adfirmat sua Florus Magister
in Opusc. post Opera Agobardi . Et certe S. Medardus , Rege ad-
clamante , sed Episcopis eligentibus , inauguratus legitur apud
Surium ad diem 8. Junii . Regis dumtaxat accedente consensu ,
a Clero , & Populo in Episcopum Rotomagensem electus S. Au-
doenus fertur in ipsius vita cap. 11. apud Surium Tom. 4. ad
diem 24. Augusti , eidemque pariter Ecclesiæ præfectum S. Ansbertum , Theodorici quidem nutu , sed unanimi Cleri , Populique voto liquet ex Duchesnio Tom. 1. p. 682. A Clero item electi , cum Regis interventu , leguntur S. Amandus in vita die 6.
Febr. cap. 11. S. Lambertus in vita die 17. Septemb., & S. Eli-
gius in vita lib. 2. cap. 2. die 1. Decemb. Ex quibus habes , quale
de aliis ferre judicium liceat . Atque serio quidem Ecclesiæ Gallicanæ documenta examinanti adparebit nihil ei antiquius fuisse ,
quam jura sua in beneficiorum collationibus integra custodire , &
quum opus foret , pro viribus vindicare . Itaque in Synodis Arvernensi an. 535. Can. 2. electiones, quæ Principum , & Optimatum favore , ac potentia fierent , damnatæ sunt ; a Parisiensi III.
an. 557. Can. 8, relato a Gratiano Can. 5. Si per ordinationem
dist. 63. itritæ pariter declaratæ sunt electiones Principum auctoritate factæ . Veterem juxta morem a Clero , & Populo electiones peragi voluere Parisiensis V. an. circ. 615. cap. 1, & Ca-
bilonensis an. 650. circiter Can. 10. In Parisiensi VI. lib. 3. cap.
22, & Aquisgranensi II. cap. 3. Can. 9. congregati Episcopi auctores se præbuere Ludovico Pio , & in Synodo apud Theodonis
villam an. 844. cap. 2. Lothario I, Ludovico Germanico , & Carolo Calvo , ut juxta Canones eligi Episcopos per ipsos etiam liceret . A Vernensi II. Can. 9, & 10, Meldensi an. 845. Can. 8, &
a Valentina an. 855. Can. 7. electiones liberæ , ac juxta Canones
factæ legitime decernuntur - A Ludovico II. Bajocensi Ecclesiæ
admotus Tortoldus a Synodo Tullensi an. 859. cap. 4. dejectus ,
est , itemque districtum judicium cap. 5. in Ascarium Lingonen-
sem , & cap. 7. in Attonem Virdunensem . A Clero , Populoque
Cameracensi electi Johannis in Episcopum ordinatio in Synodo
Belvacensi celebrata est , ac probata Duziacensi I. par. 2. cap. 3.
In Cabilonensi an. 1073, & Augustodunensi an. 1077. solo Cleri
con-

consensu Lugdunenses Episcopi leguntur electi Hugo , & Gebuinus . In Beneficiorum collatione denique Laicos cujuslibet dignitatis removendos indictum habetur a Synodis Claromontana an. 1095. Can. 15, & Nemausensi anno infeq. Can. 8. S. Gofridus Ambianensis Episcopus in Synodo Trecensi an. 1104. *Rege quoque assentiente* electus dicitur , sed Cleri , Populique maxime vim obtinentibus votis . A Bituricensi tandem an. 1438. cap. 4. apud Bail Tom. 2. p. 638. de Ecclesia Pastore destituta , novique electione sic decernitur : *Principibus fas non esto pro quopiam commendando molestis precibus , aut violenta comminatione premere , aut cogere Electores* . Videndus Card. Sfondratus Gall. vind. dissert. 1. §. 5 num. 3. Gallicana in Ecclesia Sacræ huicce disciplinæ in tuto ponendæ officio , potestateque incumbere sua Pontifices Maximi nunquam prætermisere . Itaque Carolo M. auctores se se dedere Hadrianus I, & S. Leo III, ut Capitulari Aquisgranensi I. an. 803. cap. 1, Capitul. lib. 1. cap. 84. Clero , & Populo , Sacros juxta Canones , liberæ Episcoporum electiones relinquerentur , apud Sirmondum Tom. 2. p. 93, Baluzium Tom. 1. p. 379, Harduinum Tom. 4. p. 1314, & ante ipsos apud Hincmarum Tom. 2. Oper. p. 765, qui & epist. 8. ad Ludovicum Germaniæ Regem cap. 7. ab eodem Carolo simile aliud Capitulum editum an. 816, vel 821, apud Baluzium Tom. 2. p. 564, Capitul. lib. 1. cap. 78. p. 718, apud Sirmondum p. 694, testis accedit, ex quo patet non fuisse utique , cur a Sirmondo in præfat. ad Formul. Concil. Gall. lib. 2. p. 634, seq. , & a Petro de Marca de Concor. lib. 8. cap. 13. Capitulum istud acceptum Ludovico Pio referretur . Ab eodem Carolo M. rogatus idem Pontifex epist. 11, ut Fortunatum Grado pulsum Ecclesiæ Polensi in Istria præficere dignaretur , indulsit id quidem , ea tamen adjecta lege , ut si Fortunato ad Gradensem regredi Eccleliam contingeret , integros Polensis Ecclesiæ reditus Successori reservandos dimitteret . Quod documento haud levi esse rite observat Norisius Investit. hist. cap. 16. p. 556, tum nec dum Regalia obtinuisse . Carolo Calvo petente facultatem præficiendi Ecclesiæ Bituricensi Vulfadum negavit S. Nicolaus I. epist. 3. Apud Gratianum Can. 4. *Porro scias* dist. 63. asperrime cum Lothario Rege legitur idem

Pontifex expostulasse de placito Regio prævie ad Episcóporum electiones requisito, jubens Trevirensis electionem suspendi, donec ab Apostolica rescriptum fuisset Sede. Decretali huic perquamsimiles habentur ejusdem Pontificis epistola 55. ad Ludovicum Germaniæ Regem, qua de præfato Lothario acerbe conqueritur, quod Ecclesiis præfici eos curaret, qui Vvaldradæ favore adessent suo, eique præcepisse refert, ne Trevirensi, & Coloniensi eos admoveri Præsules impediret, *Qui Canonice a filiis, & de filiis nominatarum Ecclesiarum electi* essent; Epistolæ 63. ad Episcopos Regni Lotharii, 64. ad Lotharium ipsum, & 65. ad Hilduinum, quibus Hilduini hujus in Cameracensem Episcopum a Lothario peractam electionem infringit, eoque submoto, Episcopum proprium eligendi Clero, Populoque integram relinqui facultatem imperat, ablatosque quin insuper Ecclesiæ integros restitui reditus. Quod indicium est liquidum Regaliæ jure Lothario fas nondum fuisse aut Ecclesias conferre, aut de vacantium Ecclesiarum fructibus disponere. Etsi vero a Johanne VIII. epist. 70. reprehensus fuerit Ebredunensis Archiep., ideo quod Venciensi Ecclesiæ non eum præfecisset, qui a Populo, & Clero electus, Carolo quoque Regi probatus fuerat, inde liquet tamen non tanti habitum prætensum Jus Regium, nec paris factum cum Populi, Clerique suffragio. A Clero, Populoque electus Lausanensis Episcopus Hieronymus locum adire impeditus a Carolo Crasso fuerat: verum eodem Johanne VIII. epist. 243. jubente, amotum impedimentum est. A Gregorio V. in Synodo Romana an. 998. Can. 5, 7, 8. Stephano Aniciensi, sive Cleri, Populique voluntate Ecclesiæ præfecto, gradu detruso, Clerus, Populusque liberis votis alterum eligere jussus est, & Robertus Rex prohibitus obicem ponere. S. Leo IX. in Remensi an. 1049. Can. 1. integram Clero, Populoque deligendi sibi Pastoris facultatem voluit. Ut erat vero ejusmodi retinentissimus disciplinæ S. Gregorius VII, lib. 4. epist. 14, seq. Roberto Carnotensi amoto, alium a Clero, & Populo eligi præcepit. Ita de Aurelianensi lib. 5. epist. 9, & 14 decrevit; de Arelatensi lib. 5. epist. 11; de Remensi lib. 8. epist. 17, 18. 19, & 20, qua postrema Philippum Regem admonet, ne electioni a Clero, Populoque facienda impedi-

pedi-

pedimentum apponat; de Lugduneufi lib. 9. epift. 18. &c. Urbanus II. epift. 8. Ivonis electionem in locum Gaufredi dejecti
Clero, & Populo Carnotenfi factam fuo comprobat calculo. Sequioris etiam ætatis Pontificibus idem in Ecclefia Gallicana laicos Principes a beneficiorum collatione abfterrendi ftudium infediffe, abunde liquet ex Bonifacii VIII. epiftola ad Philippum Pulcrum, & Benedicti XII. epift. ad Philippum Valefium apud Raynaldum ad an. 1311. num. 34, & 1337. num. 17. Memoria dignum
eft illud, quod de Eduardo III. Angl. Rege refert Valfingamus
ad an. 1343, nempe Regi de Pontifice conquerenti, quod Regi
Gall. Ecclefiarum inftitutio conceffa fuiffet, ubi Angliæ Reges
eam Capitalis liberam reliquiffent, refpondiffe Pontificem id Gallis haud fuiffe conceffum. Receptiffimæ hujufce difciplinæ teftis
accedit locuples Sidonius Apollinaris, qui lib. 4. epift. 25, & lib. 7.
epift. 5, 8, & 9. ab Epifcopis Provinciæ Ecclefiis Cabiloneufi Johannem, & Bituricenfi Simplicium fuiffe præfectos refert. Atqui
præ aliis ad hanc Ecclefiæ Gallicanæ circa electiones libertatem
tuendam ftudio, ac fortitudine haud impari fe contulit Hincmarus Remenfis, & ipfe electione Canonica huic admotus Ecclefiæ,
ut eft apud Flodoardum lib. 3. cap. 15, cujufce non unum, nec
exiguum fpecimen exhibuit. Ludovico Germaniæ Regi fcribens
epift. 4. cap. 8. ei laudi vertit, quod ab electionibus, & a vacantium Ecclefiarum reditibus abftineret ipfe nedum, fed ut fibi abftinendum etiam fcireut, Lothario, & Carolo-Calvo auctor effet:
cui imo exemplo præivifle memorat epift. 8. cap. 7. Carolum M.,
a quo Capitulari edito facrarum Electionum libertati confultum
adfirmat. Videndus etiam Monachus S. Galli in vita Caroli M.
lib. 2. cap. 15. apud Duchefnium Tom. 2. pag. 128. A Lothario
Cameracenfi admotum Ecclefiæ Hilduinum inaugurare, velut in-
trufum, renuit idem Hincmarus Scheda eidem Lothario oblata;
qui perinde In epift. ad Ludovicum II. apud Flodoardum lib. 3.
cap. 20. ob ejus reverentiam abftinuiffe fe fcripfit ab excommunicando Valtone, quem ipfe Ludovicus Ecclefiæ Trevirenfi præpo-
fuerat, ejufdemque bonis Ecclefiæ inveftiverat. Qua pariter libertate, animique fortitudine Ludovico III, a quo Belvacenfi Ecclefiæ præfectus Odoacer fuerat, vacantifque fructus perceperat,

se se opposuit epist. 12. cap. 4. & epist. 13. cap. 8. id esse *Contra Regulas Ecclesiasticas*, & *contra Christianorum leges* adfirmans, atque Odoacrem officio suspendens Opusc. Tom. 2. p. 812, seq., ubi Synodi Chalcedonensis profert Can. 25, perque nesas sacta vocat exempla Milonis, & Fulconis, qui a Carolo Martello, & a Ludovico Pio Ecclesiis serebantur admoti. Pari sortitudine indutus S. Fulbertus Carnot. epist. 131, seq. Archiepiscopos Turonensem, & Senon., ac Episcopos Belvacen., & Aurelian. adhortatur, ut demisse quidem, ac modeste, libere tamen, ac magnanime Regi obsisterent, sicubi Ecclesiasticam labesactare libertatem tentaret. De Remensis vero electione loquens epist. 38. Clero, & Populo eam dumtaxat acceptam refert, loquensque vicissim de electione, cui Principis se interponat auctoritas, eamdem epist. 62. irritam dicere non dubitat. Inerat eadem pro electionum libertate sollicitudo cum Hildeberto Turonensi, qui in epist. 67. ad Honorium II. impedimento se suisse refert, atque gloriatur, quominus Regi de Beneficiis disponendi sacultas inesset; cum Ivoni Carnotensi, qui epist. 47. Canonis 22. Constantinopolitani IV. vi Regibus Episcoporum electionibus se immiscere sas esse negat, epist. 49. eodem Canone Galonis in Episcopum Belvacensem electionem, inscio Rege, peractam tuitus est, ac epist. 67, seq., & 126. jus nondum istud Regibus vere, legitimeque adquisitum ostendit. Epistolis 43, & 54. ad Urbanum II. a Clero Parisiensi electum Willelmum Montisfortium, ullo absque Regis interventu, refert. Johannis vicissim electionem in Aurelianensem Episcopum Regis placito sactam oppugnare non dubitavit epist. 66. ad Hugonem Lugd. Pari ratione Stephani Garlandii in Belvacensem electionem, Philippi Regis voluntate peractam, improbare non destitit epist. 87. ad Legatos, & 89. ad Paschalem II, quo ideo jubente Galonium electum testatur epist. 104. Quod ipsum denique patet ex Capituli Carnotensis epistola ad Sugerium Abbat. inter Sugerianas 19, quem monent de Gosleni electione, cui Regalia ideo conferri petunt; ex Capituli Augustodunensis ad eumdem Sugerium epist. 63, qua significant ab se electum Archidiaconum; ex V. Petro Clun., qui de Electionibus in Gallia passim liberrimis Cleri, Populique suffragiis peract. s loquiquitur sæpius , veluti de Belvacensi lib. 3. epist. 89, de Lexoviensi lib. 4. epist 3, de Inculismensi epist. 7, &c. ; ex S. Bernardo epist. 13. ad Honorium II, qua Pontificem deprecatur pro confirmatione Episcopi Catalaunensis a Clero , Populoque facta , epist. 22. ad Ludovicum VII, 122. ad Jostenam Svession., & 224. ad Stephanum Prænestinum , quibus acerbe de vi Ecclesiasticæ libertati circa electiones inlata dolet , easque ad propria tum adhuc pertinuisse Capitula liquet . Junge , quod in Synodo Montiliensi an. 1209, ut ostendit Cossartius in Not., non an. superiori , ut Spondano , & Raynaldo visum est , prætenso Regaliæ juri renuntiate Raymundus Tolosanus Comes coactus est apud Catellum hist.Comit. Tolosan. lib. 11, & Harduinum Tom. 6. par. 2. p. 1984, & quod Arnulphus Lexoviensis sine assensu Comitis Andegavensis electus legitur apud Dacherium Spicileg. Tom. 2. p. 484, & 508.

Inauditum , & invisum non tam Gallicanæ , quam ceteris ubique contigit Ecclesiis istiusmodi Regaliæ Jus , velut illud , quo Ecclesiastica sacrarum electionum libertas infringi , labefactarique videbatur . Primus , qui Græcam in Ecclesiam pestiferum inferre morem istum præsumpsit Constantius Arianus Imperator , Gregorium Cappadocem Alexandrinæ præficere Ecclesiæ propria aucto-ritate ausus legitur . Quod ideo factum graviter infectatus est S. Athanasius in epist. ad Solit. , veluti Ecclesiastico adversum juri, ac Ecclesiæ maxime Alexandrinæ, cui admoveri ex Clero , & a Clero ejusdem consuevisse Episcopum testes accedunt SS. Epiphanius hær.69. n.11, & S. Hieronymus , deque seipso idem S.A-thanasius Apolog. 2. Et certe unius Cleri votis , & Episcoporum consensu Ecclesiæ Antiochenæ Flavianum, & Constantinopolitanæ Nectarium admotos scripsit Constantinopolitana I. Synodus in epist. Synodica ad S.Damasum. Videsis Thomassinum vet.,& nov. Displ. p.2.lib.2.cap.6. S. Johannis Chrysostomi electioni adstipulatum quidem Arcadium refert Sozomenus lib. 8. cap.2 , sed postquam a Clero , Populoque commune latum fuisset suffragium , velut etiam scribunt Socrates lib. 5. cap. 2. & Theodoretus lib. 8. cap. 2. Cujus ex defectu suffragii Lucii electionem cassam , & irritam dicere non dubitavit Theodoretus lib. 4. cap. 20 ; cujusque e contra vi, ullo altero absque admiculo , Ecclesiæ Cæsareensis

præ-

præfectos Eusebium , & S. Basilium adfirmat S. Gregorius Nazian. Orat. 19. Sed enim explicitissimi sunt Canones Synodi Antiochenæ 16. Can. 8. *Si quis Episcopus* dist. 91 , Laodicenæ 12.
Can. 6. *Episcopum* dist. 61 , quibus Synodo Episcoporum electio
demandatur. Ephesina in Nestorii deposti locum alterum sufficien-
di sibi jas tribuit Act. 3. in Synodica ad Theodosium , alteraque ad
Clerum , & Populum Constantinopolit. , atque in Synodo electum Maximianum testes accedunt S. Cyrillus Alex. epist. ad Synodi legatos , & S. Cælestinus P. M. epist. ad eamdem Synodum
par. 4. cap. 9 , seq. Justini Imper. accedente consensu Ecclesiis
Antiochenæ Paulus , & Constantinopolitanæ Epiphanius præfecti
quidem leguntur in relatione Dioscori , ac Synodi Constantinopolit. ad S. Hormisdam , at id totum potissima ex Synodi electione profectum ibidem liquet . Suffragatus etiam Mennæ electioni
Justinianus Imperator legitur in libello suppl. Monachorum Act. 1,
unanimi tamen Cleri, Populique consensu eumdem electum tradit
S. Agapetus in epist. ad Petrum eidem Act. 1. inserta . Atque ita
electiones a Clero , & Populo fieri tam pie permisit , quam probe
præcepit Justinianus Novel. 123. cap. 1 , Novel. 137. cap. 2 , ac
LL. 9 , & 41. Codic. *de Episcopis , & Cleric.*, juxta quam legem ,
juxtaque libertatem Ecclesiasticam se in Hierosolymitanum Antistitem a Clericis , a Monachis , & a Civibus electum non tam scribit , quam dolet S. Sophronius in epist. ad Sergium Constantinopolit. in Synodo VI. Act. 11. lecta. Actione 12. Macario detruso ,
ut alterum subrogari Antiochenæ Ecclesiæ liceret Antistitem, Constantino Imp. supplicatum legitur utique , sed Act. 13. suis a Suffraganeis electum Theophanem augurari sas est. Insulæ Cypri Metropolita , nulla Imperialis adsensus mentione facta , suis ab Episcopis eligi *Ex antiqua consuetudine* a Trullana Can. 39. jubetur .
Quo de jure Synodis reservato agit Johannes Antioch. in Nomocan. tit. 7. Bibl. Jur. Canon. p. 610. A Justino II , ab Heraclio ,
a Justiniano II , a Philippico &c. cum sacri Ecclesiæ Canones ,
tum Justiniani justæ leges de sacris electionibus a Clero , Populoque peragendis violatæ passim, restitutæ sunt denuo a Synodo VII.
Can. 3 , qua electio omnis a Principibus facta , juxta Canonem
Apostol. 30 , irrita declaratur . Jure proinde , optimeque a Scri-

pto-

ptore vitæ S. Stephani Jun. nefanda, inauditaque dicta est Constantini Copronymi audacia, qua Ecclesiæ Constantinopolitanæ
hominem sibi nomine, ac moribus similem admovere proprio arbitratu præsumpserat. Cujusmodi perinde audaciæ cohibendæ Synodus VIII. Can. 12, & 22. Episcopos Principum suffragio, ac
potentia electos gradu deposuit, Principes vero eligentes ab Ecclesia projecit. Hinc Photii electionem a Michaele Imp. promo-
tam improbat, & exagitat S. Nicolaus I. epist. 9. ad ipsum, & 10.
ad Clerum, & Popul. Photii vero Episcopis SS. Ambrosii, Nec-
tarii, Tarasii, ac Nicephori, quos Principali auctoritate Episcopos constitutos contendebant, exempla objicientibus, respondit
Metrophanes Smyrnensis in Synodo VIII. Act. 6. ad illorum
quidem electionem Imperatoris concurrisse voluntatem, ita tamen, ut Episcopis liberrima manserit eligendi facultas. Hinc a
Nicephoro Phoca impiam editam legem, ut nullus ad Episcopale
fastigium, absque Imperatoris assensu, promoveri quiret, non
ante Imperatoriis decoratum insignibus fuisse Johannem Zemis-
cem a Polyeucto Patriarcha, quam discerpsisset, ac solemniter
abrogasset, testis est Cedrenus hist. p. 658, seqq. Alexium Patriarcham ideo depositum a Synodo, quod solo Basilii Imper. jussu
fuisset promotus, & Michaele Cerolario defuncto, unius Cleri
votis electum Constantinum refert quoque Curopolates ad annos
1036. p. 740, & 1059 p. 809. S. Leo IX. vicissim epist. 5. ad Petrum Antiochenum de ipsius electione Cleri, & Populi votis facta
gratulatus legitur; & Paschalis II. epist. 15. ad Gibelinum Arel.
lat. eum in Patriarcham Hierosolymitanum a Clero, & Populo
electum significat. Atque ita profecto eligi Cleri, Populique suffragiis, qui Patriarchæ nomine illi præfuturi essent Ecclesiæ, consuevisse liquet ex epistola Daimberti ad Boamundum Princip. apud
Baronium ad an. 1100. n. 31. Depulsis Oriente Latinis, a Græcia
electiones in Synodis fieri deinceps, sicut prius, consuevisse liquet ex Pachymere lib. 3. cap. 12. Episcopis liberam electiones
faciendi a Michaele Palæologo facultatem relictam referente, atque ita in Synodo electum Philotheum lib. 4. cap. 37, & Vec-
cum lib. 5. cap. 24, nec non ex Gregora a Synodis electos etiam
testante Arsenium lib. 3. cap. 26, Josephum dein, ac Johannem
                                                                    lib.

lib. 6. capp. 77 , & 88. Quamvis Imperatores paſſim electionibus
Patriarcharum implicaſſe ſeſe negari nequeat , idque conſtet ex
Cinnamo lib. 4. p. 10, 107, ſeqq. , lib. 5. p. 136 , & Alexiados
lib. 13. Qua de re Thomaſſinus vet. , & nov. Diſcipl. p. 2. lib. 2.
cap. 41. n. 7 , ſeq. Qui vero Romanæ in Eccleſiæ communione
manſere integri , apud eos integer pariter ut maneret electionum
priſcus hic mos , pro virili curarunt Rom. Pontifices , ut apud
Cyprios Alexander IV. Conſtit. Cypria relata ab Harduino To. 7.
p. 447 , & apud Maronitas Leo X. in relat. Patriarchæ regeſta
a Raynaldo ad an. 1514. num. 92 , ſeqq. , quos etiam num in eodem perſiſtere more teſtis eſt locuples Benedictus XIV. Conſt. 77.
Quod non humana 1743. die 13. Mart. , non ſecus atque Græco-
Melchitas Conſtitut. 92. *Dum nobiſcum* an. 1744. die 29. Febr.
A Græcis quin etiam ſub Turcis in Synodis Epiſcoporum electiones adhuc ſieri liquet ex Cruſii Turco-Græcia pag. 108 , 130 ,
ſeqq. , 131 , ſeqq.

In Africa prima ab ætate Religionis , Epiſcopos Cleri voto,
Populi ſuffragio , & Coepiſcoporum conſenſu eligi conſueviſſe te-
ſtatur S. Cyprianus lib. 1. epiſt. 3. edit. Eraſmi , 55. Pamelii ,
69. Felli ad S. Cornelium , & epiſt. 4. edit. Eraſ. , 67. Fel. , 68.
Pam. ad Hiſpaniar. Epiſcopos . Unius Cleri , Populique concor-
dibus votis electum S. Cæcilianum tradit S. Optatus lib. 1. adv.
Parmen. p. 41. edit. Albaſpin. Laico quolibet excluſo , Populi ,
Cleri , Epiſcoporumque ſuffragiis electiones celebrari jubentur a
Conciliis Carthaginenſi II. ſub Genethlio an. 390. Can. 12 , Carthaginenſi III. ſub Aurelio an. 397. Can. 40, & Carthaginenſi IV.
an. inſeq. Can. 1. Contra Hunerici edictum denique communi
Epiſcoporum conſilio ubique celebratas electiones refert Ferrandus
Diacon. in vita S. Fulgentii cap. 16 , ſeq. Atque ita quoque in finitimis Hiſpaniarum Eccleſiis ex Cleri , Populi , & Epiſcoporum
ſuffragiis , Laico nulla interveniente Poteſtate , electiones proce-
dere conſueviſſe documento primum eſt præfata Epiſtola 4. S. Cypriani , quæ eſt Synodica Eccleſiæ Africanæ ad Hiſpaniarum Epiſcopos , qua docemur non aliam heic , quam illic electionis formam obſervari conſueviſſe : quod ipſum reſtatur antiquior Eccleſiæ Hiſpanæ Canonum Collector Martinus Bracarenſis Can. 1 , 2 ,

& 3.

& 3. Accedunt illustriora ex ipsis Hispaniæ Conciliis monumenta: ex Barcinonensi an. 599. sub Reccaredo Can. 3., quo Clero, Populoque integra servatur Præsules sibi deligendi potestas ; ex Toletano IV. anno 633. cap. 19 , quo Cleri , Populique suffragio , Provinciæ Episcoporum accedente consensu , proprius eligendus indicitur Antistes . A Toletano X. an. 656. Potamio gradu dejecto, Fructuosus Bracarensis inauguratus Episcopus legitur in Decreto apud Harduinum Tom. 3. par. 984, & a Toletano XVI. an. 693. cap. 12. Sisberto loco detruso suffectus ex Cleri , & Populi consensu, Ecclesiæ Toletanæ legitur Felix , Hispalensi Faustinus , & Bracarensi Felix alter Portucalensis . Proniores erga Reges Hispaniæ tum Ecclesiarum restaurationi haud segniter incumbentes Alexander II , & S. Gregogius VII. in Append. epist. 4. Sancio , ejusque Successoribus Aragoniæ Regibus liberam Ecclesiarum , quas de Saracenorum manibus eripere contigisset , vel quas ipsi suo in Regno ædificarent , dispositionem induisere, Cathedris dumtaxat Episcopalibus exceptis . A Monachis , alio quocumque secluso , Episcopos eligi Pampilonensem Johannes XIX. apud Marianam lib. 8. cap. 24, & Jaccensem Synodus an. 1060. permisere . Paschalis II. epist. 63. ad Bernardum Toletanum in Synodo an. 1085 , Alphonso Rege adnuente , inauguratum , Roderico teste lib. 6. cap. 24 , jubet Synodo indicta litem dirimere inter duos electos Burgensi Ecclesiæ , unum ab ipso Toletano Præsule dumtaxat , alterum a Clero , Populo, ac Rege . Pessimam , quæ deinde irrepserat , Potestatem laicam Episcoporum se immiscendi electionibus , dicere consuetudinem non dubitavit Petrus Aragonius in Programate , quo Ecclesiis integram electionum libertatem restituit , confirmatoque ab Innocentio III. lib. 10. epist. 144. Usurpatum perinde jus a Petro Crudeli Castellæ Rege pro bono pacis aliquando tolerasse Pontifices refert Mariana lib. 17. cap. 11. Alphonso quoque Lusitaniæ Regi in electiones Jus sibi arroganti respondit intrepide Eugenius IV. apud Raynaldum ad an. 1460. n. 3. a Regibus Angliæ , Galliæ , & Hispaniæ Episcopales vacantes Ecclesias a se flagitari, si quibus eas conferri percuperent , neque sibi conferendi jus quidpiam adtribui . Neque magis id juris deinde in Lusitania obtinuisse di-

gnofcitur ex libello fupplici a Ramos exhibito Alexandro VII.
prop. 2. p. 13. Si qua vero difciplinæ iftiufmodi Regio fuit reti-
nentiffima , Italia quammaxime haberi debet , ubi vetuftiffimo in
more receptum, ut ex Cleri , Populique votis Ecclefiis præficerentur Epifcopi, innumera nos monumenta docent . Ecclefiæ
Mediolanenfi liberam Epifcopis , & Clericis electionem relictam
a Valentiniano I. conftat ex Caffiodoro hift. tripart. lib. 7. cap. 8 ,
ac Theodoreto lib. 5. cap. 6. Contra ufurpatam aliquando electionem Aquilejenfis , & Mediolanenfis infurrexit Pelagius I.
epift. 1 , & 2. Collect. Holften. p. 227, & 231. ad Valerianum , &
Narfetem viros Patricios . Ejufdem libertatis Ecclefiafticæ vindicem , egregiumque adfertorem fe præftitit S.Gregorius M. , qui
etfi vice plus fimplici, pro fuæ plenitudine auctoritatis , non fecus
atque qui eum tum præcefferant , tum poft excepere , Præfulum
electiones perfemet expleverit , integrum tamen , quoad fieri
potuit , jus electionum penes Clerum , Populumque manere voluit : cujus rei fidem apertiffimam faciunt lib. 1. epiftolæ 56 , &
58 , lib. 2. epift. 3 , 8 , 29 , 30 , & 35 , lib. 4. epift. 47 , &c.,
qui lib. 8. epift. 65. a Clero , Populoque Mediolanenfi Deusdedit
electum præfecit Ecclefiæ , a beneficio illo repulfo Clerico , qui
ab Agilulpho Rege promotus fuerat . A Clero , & Populo Ravennatem Epifcopum eligi confuevifle fcripfit Hadrianus I. in epift.
ad Carolum M. Epifcoporum Æmiliæ electionem a Clero , Populo , & Duce fanam a Pontifice M. probari debuifle , quin etiam
a Pontifice inaugurandos prius Cleri , Populique decreto eligi
Præfules oportuiffe liquet ex Actis Synodi Romanæ fub Stephano IV , & S. Nicolao I , de quibus Anaftafius Bibliot. in utriufque
vita. Caroli Calvi exhortatu, Cleri vero, Populique electione Jofephum Aftenfi præfici Ecclefiæ permifit Johannes VIII. epift. 112.
ad Anfpertum Mediol. edit. Hard. ; cujus etiam in locum Eccle-
clefiæ Mediolanenfi unanimi Cleri , Populique voluntate alterum
præponi juffit epift. 111. Ab Hugone Italiæ Rege Veronenfem ,
Tridentinam , & Mantuanam Ecclefias Manaffi Remenfi Archiep-
tradicas contra jus , fafque , tum quod neque Principi laico liceret, neque Præfuli una fimul plures retinere Ecclefias , refert
Luitprandus lib. 4. cap. 3. Præter fas iterum , atque jus a Berengario

rioII. traditas Ecclesias, Valperto expulso, Mediolanensem Manassi, expulso Josepho, Brixiensem Antonio, Comensem Valdoni, & Regiensem Adelardo dolet idem Luitprandus, sicuti de aliis violentiis erga Episcopos passim exercitis quæritur Atto Vercell. epist. 11. ad Episcopos Lombard. Atqui Cleris, ac Populis electionum facultatem restituendam sibi acriter sumpsit acerrimus ille libertatis Ecclesiasticæ restitutor, & vindex S. Gregorius VII, ita Firmano lib. 2. ep. 38, Feretrano, & Eugubino epist. 41, Volater. rano lib. 5. epist. 3, Aquilejensi epist. 5, seq., Ravennati lib. 8. epist. 12, duabusque seqq. Itaque Fridericus I. Ravennæ considens vacantI Ecclesiæ Præsulem ab Hadriano IV. postulandum intellexit, qua de re perlegenda ipsius epistola regesta a Baronio ad an. 1159. n. 2. Hugonem Placentinum Episcopum a Clero, Populoque eligi permisit, electumque confirmavit idem Hadrianus IV. epist. 34, seq. Alexandrinæ Ecclesiæ in Cathedralem erectæ primum quidem ipse designavit Episcopum, sed posthac Clero, Populoque eligendum permisit Alexander III. apud Baronium ad an. 1180. n. 3, & post ipsum Innocentius III. apud Raynaldum ad an. ·1206. n. 140. Quo posteriori a Pontifice tam Melsensis, quam Mediolanensis electio proprio Capitulo integra permissa est lib. 15. épist. 233. Plurium subinde Cathedralium in Italia passim collationes sibi reservandas duxere Johannes XXII; Sardiniæ, & Corsicæ, Regio excluso consensu, Bonifacius VIII. apud Raynaldum ad an. 1297. n. 2; in Sicilia omnes Honorius IV. apud eumdem Annalistam 1285. n. 62, in utroque Regno Neapolitano, & Siculo Clemens VI, & Innocentius VIII. Qui Venetis Ecclesiæ Patavinæ collationem a Pontifice factam ægre ferentibus respondit apud Raynaldum ad an. 1486. n. 19, seq. de Ecclesiis disponere non ad Sæculi Potestates, sed ad Sacerdotes pertinere Deum voluisse. Julio II. perinde Sacerdotia conferenti negotium facessere Venetos fuisse, veritos refert Panvinius in ipsius vita. Contra voluntatem denique Ducum Mediolanensis, & Mutinensis a Pio II. Ecclesiis Papiensi, & Mutinensi, Patavinæ item, Feltrensi, Venetæ &c. præfectos sibi bene visos Præsules tradit Gobelinus in Comment. Videndus etiam Thomassinus cap. 36. num. 9.

In Ecclesiis ubique Occidentis viguit disciplina hæc ipsa, ·

quam invadere Poteſtatibus laicis paſſim tentantibus obviam ire
earumdem Præſules Eccleſiarum nullo non tempore deſtitere. In
Anglia, Egfrido Rege præſente quidem, non eligente, Lindiſ-
farneoſi præfectus Eccleſiæ S. Cudbertus legitur apud V. Bedam
lib. 3. capp. 22, & 28. Edgari Regis precibus utique, ſed Epiſcoporum ſuffragiis S. Dunſtanus Cantuarienſem aſcendit demum Ca-
thedram Willelmo Malmesb. teſte de geſtis Pontif. Angl. lib. 1.
p. 200, qui ſimilia tradit de S. Odone item Cantuat. Primus, qui
Regni nuper conquiſiti firmandi gratia, Regaliæ jus in Angliam inducere geſtiverit, Willelmus I. Nothus indicatur in Synodis Win-
tonienſi, & Windleſhovienſi an. 1070, de quibus Rogerius in Annal. ad cit. an., Ordericus Vitalis hiſt. Eccl. lib. 4, Scriptorque
vitæ S. Lantfranci cap. 6. Ea tum iniquitas temporis non patieba-
tur, ut Regi talia molienti palam, ſortiterque obſiſteretur, eo
quin etiam, quod deſignatos a ſe Præſules eligi potius a Synodis,
confirmarique ipſe velle videretur. Non obſuit id tamen, quo
minus S. Gregorius VII. lib. 5. epiſt. 19. Rotomagenſis Antiſtitis,
de cujus electione ſcribendi ei copia fuerat, electionem *Univerſo-*
rum conſenſu Canonice fieri præciperet. Siquidem vero e Gallia
tum primum in Angliam jus Regaliæ inlatum fuerit, indicio haud
obſcuro id eſt, ne in Gallia quidem ante an. 1066: idem jus obtinuiſſe. Mutato poſtea conſilio, liberas electiones, qualis S. Lantfranci fuerit, a Willelmo fuiſſe relictas tradit Ordericus Vitalis
ad an. 1067. p. 507, 516, ſeqq. Willelmo II. cognomento Ruſſo
ſacrum Regaliæ jus invadenti, ac magis amplificare in dies auden-
ti, qui Rex ideo Eccleſiarum oppreſſor vocari meruit a Sugerio
in vita Caroli Craſſi, pro virili obſtitiſſe Præſules, S. Anſelmum
præſertim adfirmant Eadmerus hiſt. Novor. lib. 1, & Edmerus in
ipſius vita lib. 2. Qui perinde Henrico I. ſacris ſemet immiſcere
electionibus non exhorrenti cum Synodi Lateranenſis decretum,
quo Reges ab electionibus procul arcentur, tum Sacerdotale objecit pectus lib. 3. epiſt. 44, 74, 88, 126, & lib. 4. epiſt. 21.
ſeq., quo Eccleſiæ libertatem ſibi defendendam adſumpſit. Sed &
Paſchalis II. tum in epiſt. 3, & 41. ad S. Anſelmum, quam in
epiſt. 93, ſeq. ad Henricum Reg. ſacris Canonibus adverſum ſcribit, quod Reges Eccleſias conferre audeant: qua poſteriori epiſt.

94. Regi gratulatur denique , quod Ecclesias libertati reftituiffet ; earumque ab ufurpandis juribus fibi temperandum didiciffet. Con- fer & Capituli Cantuar. epiftolam ad ipfum poft 100. edit. Hard. Ecclefiaftica perinde beneficia d= Laici manibus fufcipere gravibus interdictum fub pœnis habetur in Synodis Londinenfibus an. 1125. Can. 4, & 1138. Can. 5. Inter Articulos fexdecim Ecclefiafticæ immunitati repugnantes Henrici II. juffu Clarendunæ fancitos an. 1164. Articulus 12, quo dicebatur vacantes Ecclefias in Regis ma- nu effe , reditufque percipiendi eidem poteftatem ineffe, diris cun- &is devotus legitur tam a S. Thoma Cant. epift. ad Angliæ Epif- copos, quam ab Alexandro III. epift. 7, 12, feq. ad eumdem A r- ch:ep. , epift. 17, & 28, ad Epifcopos Angliæ , & epift. 10, & 27. ad Henricum Regem . Equidem ex veteri Collectione prima De- cretalium ab Antonio Auguftino edita lib. 3. Cap. *Ex diligenti* Extra de Jure patronatus refertur Alexandri III. re fer iptum ad Capitulum Vellenfe in Anglia, quo ab Henrico Rege collatio Præbendæ Thomæ Clerico facta non reprehenditur , fed collatio dumtaxat duplicis Præbendæ. At collatio illa ad Regem utique pertinebat, non Regaliæ quidem jure, fed jure Patronatus. Itaque fub tribus hifce Regibus Cantuarienfis Antiftitis electionem Ca- pitulo liberam conftitiffe , atque ita liberis electos votis Radul. phum, Theobaldum , S. Thomam, & Ricardum tradit Matthæus Parifius ad an. 1138 , 1161, & 1173. In Johannem deinde Angliæ Regem Stephani Cantuarienfis electioni repugnantem excommu- nicationis fententiam ab Innocentio III. ejaculatam refert Raynal- dus ad an. 1213. n. 73. Qui Rex proprio , ac Patris exemplo do- &us, Diplomate tandem dato an. 1215. Epifcoporum , & Abba- tum in toto , quo late patet , Angliæ Regno electiones liberas in perpetuum declaravit apud Matthæum Parifium ad cit. an. p. 182: apud quem etiam ad an. 1226. Capitulum Dunelmenfe pro electio- ne facta confirmanda , contra Henrici III. vim Pontificis M. aucto- ritatem imploraffe legitur . A Concilio Lambethenfi an. 1261. fub Bonifacio Cantuar. tit. *De Intrufis* a laica , Regia etiam , po- teftate recipi beneficia Ecclefiaftica , vel Præbendæ diftricte probi- bentur apud Harduinum To. 7. p. 537 , feq. Sub Eduardo III. de- nique decreto pro libertate Ecclefiarum fubfcripfifse Angliæ Par- lamen:

lamentum liquet ex Matthæo Parisio ad an. 1226, de quo Thomassinus par. 2. lib. 3. cap. 43. n. 11. In Scotia etsi a Willelmo Rege Santandreensis Antistes nominatus fuisset Hugo, contra tamen a Capitulo electus Johannes est, cujus electioni obsistens Rex in se ideo Apostolicæ Sedis iras, relaque concitasse legitur apud Robertum de Monte ad an. 1175. Veterem in Hibernia obtinuisse mo: rem, ut Archiepiscopi a Suffraganeis, Episcopi a Capitulis eligerentur, docet ex Innocentio III. lib. 13. epist. 48. Thomassinus cap. 34. n. 10. Germanicæ Ecclesiæ suam per Imperatores plenissimam constitisse libertatem documento primum est Coloniensis Synodus an. 887, in qua cap. 1. a Clero Mimidonensi electus Drogo ad Episcopale promotus officium legitur, & cap 4. Laici a Basilicis conferendis procul arcentur; cui posteriori congruit Canon 5. Mogontinæ an. inseq. A Rodulpho Rege Clero, Populoque Remensi liberam eligendi Pastoris indultam potestatem ex Actis Synodi Engilenheimensis an. 948, a Flodoardo lib. 4. hist. Remen. cap. 41. descriptis adparet, cui Synodo complures ex Germania Præsules interfuisse liquet, quibus proinde eamdem electionis formam probatam fuisse augurari proculdubio fas est. In Misnensis, Nauburgensis, & Merseburgensis, quos ipse fundaverat, Episcopatus Regaliæ jus retinuisse quidem Otho I. fertur apud Ditmarum in Chron. lib. 2, non etiam ad alios extendisse, qui jure Patronatus ad se non pertinerent. Itaque ab Othone II. Capitulo Magdeburgensi integrum Archiepiscopum eligendi relictum jus refert ibidem Ditmarus lib. 3; eodemque petente S. Wolfangus Ratisponensis a Clero electus traditur in vita cap. 11. apud Surium ad diem 31. Octob., non secus atque Cleri votis Coloniensi præfectus S. Herebertus legitur apud ipsum cap. 5. ad diem 19. Mart. Ex Imperatorum assensu igitur celebratas in Germania libere tamen a Capitulis electionts usque ad Henricum IV. ex Ditmaro, Helmoldo, & Arnoldo observat Thomassinus pár. 2. lib. 2. cap. 38, donec invasam ab Henrico Ecclesiasticam libertatem restituit S. Gregorius VII, Synodi VII, & VIII. Canonibus 3, 12, ac 23, instauratis in Synodo Romana VII. an. 1080. Can. 1, 2, & 6, quos innovavit deinde Urbanus II. in Synodo Claromontana an. 1095. Can. 15, & 16, Ab Henrico V. Investituras perinde, quibus furore veluti quodam,

dam, Patris exemplo, inhiabat, dimitti, liberasque relinqui electiones cum Paschalis II. epist. 23. ad ipsum, iteratis quoque decretis in Synodis Lateranensis II. an. 1111, & Lateranensis III.
an. 1116, opeque Legatorum Guidonis Vien., & Cononis Prae-
nestini intentatis censuris in Synodis Viennensi an. 1112, Belvacensi an. 1114, Remensi an. 1115, Coloniensi, Catalaunensi eodem
anno, & Coloniensi altera an. 1116. procuravit, ac deinde Gelasius II. Ecclesiasticis in eumdem instauratis poenis in Conciliis
Capuano, Coloniensi, & Frideslariensi an. 1118, compulit denique
Callistus II. vibrata denuo in Henricum excommunicationis sententia in Concilio Remensi an. 1119. In Synodis utique Wormatiensi an. 1122, ac Lateranensi generali I. an. inseq. praesente Imperatore In Germania electiones fieri, electoque Regalia conferri
ab Imperatore per Sceptrum indulsit Pontifex, citra vim tamen,
ac simoniam, ut electiones liberae essent: quo ille privilegio cu-
mulatus Investituris abdicare se coactus est. Investituras repetere ab Innocentio II. in Leodiensi Conventu Lothario haud verito
infracta animi fortitudine obstitisse S. Bernardum, eumque a proposito deterruisse refert Bernardus Bonaevallis Abbas in ejus vita
lib. 2. cap. 1, ex quo puridi redarguit mendacii Petrum Diacon.,
Petri Leonis Schismati addictum scriptorem, Baronius ad an. 1131.
num. 8, dum in Chron. Cassin. lib. 4. cap. 99. ab Innocentio revera Investituras extorsisse Lotharium adfirmare non erubuit.
Friderico I. conatu haud absimili electiones ad se rapere gestienti
Episcopali dignam magnanimitate frontem objecisse Germaniae
Praesules ab Eugenio III. excitati leguntur apud Baronium ad an.
1152. num. 8, seq., indeflexoque obstitisse animo Urbanum III.
tradit Arnoldus Lubecensis in Chron. Slavor. lib. 3. cap. 16, seqq.
relatus a Baronio ad an. 1186. num. 3, seqq. Ab Othone IV. istiusmodi praetensi juris cessionem una cum fidei sacramento expres-
sisse legitur Innocentius III. lib. 13. epist. 190. regesta a Raynaldo ad an. 1209. num. 10; cui Pontifici simili deinde sponsione se
obstringere Fridericus II. officio duxit apud eumdem Annalistam
ad an 1213. num. 23, seqq. Qua perinde sub sponsione B. Gregorio X. se devinciens Rodulphus Habspurgensis Regaliae juri penitus renuntiavit apud Raynaldum ad an. 1275. num. 38, seq., donec
edi-

editis tandem Concordatis Germanicis an. 1448. inter Nicolaum V,
& Fridericum III. electionum integritati provifum eft , de quibus
Thomaffinus par. 2. lib. 2. cap. 37. num. 11. A duabus Synodis
denique Salisburgenfibus an. 1274. Cap. 23, & 1281. Cap. 18.
Ecclefiaftica beneficia , & Ecclefiæ de manu Laicorum fufcipi di-
ftricte prohibita funt . De promovendo ad Episcopatum Pragen-
fem viro quodam pio , doctoque confulendum quidem Bohemiæ
Regem duxit Æneas Silvius epist. 259. ad Nicolaum Lifcum , id
tamen haud neceffarium indicans , fed integrum penes Capitulum
eligendi , quem mallet , Episcopum ftetiffe. Ladislao Poloniæ
Regi conquerenti , quod fuo abfque adfenfu , Regni Ecclefias
Pontifex conferret, impedientique, ne electi Ecclefias obtinerent,
refpondit Martinus V. id legitime ab fe fieri etiam in Anglia ,
Gallia , & Hispania , ratione habita utilitatis Ecclefiarum potius,
quam Regii placiti , cui ideo ob oppofitum impedimentum afpere
fuccenfet apad Raynaldum ad an. 1429. num. 14. Atque ita plane , etfi Rege contradicente , ac pro Lucio ftante , fe legitime a
Capitulo Warmiensi electum fcripfit Æneas Silvius epist. 124. ad
Procopium . Qui Pontifex factus fub Pii II. nomine , Capitulo
etfi , & Cafimiro Rege repugnantibus , Cracovienfem Ecclefiam
contulit apud cit. Raynaldum ad an. 1460. num. 45. Improbam
in Svecia confuetudinem , ut Episcopi juxta Procerum , Regifque
placitum eligerentur, datis ad Upfalenfem , ejufque Suffraganeos
an. 1350. litteris a Raynaldo defcriptis num. 40. eradicandam
adorfus Innocentius IV, electiones deinceps a Capitulis fieri, nulla Regis interveniente parte , rationeque Procerum habita , juffit . Ita quoque Norvegiæ Regibus in electionibus jus nullum
fuiffe ex pactis cum Johanne Nidrofienfi Primate conventis a Magno Rege patet apud Raynaldum ad an. 1273. num. 19, feq. Univerfa denique pro Ecclefia Occidentali explicitiffimi funt Textus
Juris Canonici , quibus tam Inftitutiones a Laicis fieri prohibentur , & factæ damnantur , quam ampla inftituendi facultas Capitulis facta confpicitur , ita ex Alexandro II. in Synodo Romana
an. 1063. cap. 6. apud Gratianum Can. 20. Per Laicos 16. q. 7 ,
ex S. Gregorio VII. in Synodo Romana VII. an. 1080. Can. 1,
feq. apud Gratianum Can. 12. Siquis deinceps ibidem , ex Urbano II.

no II. in Synodo Claromontana an 1095. Can. 15, duoque seqq., ex Paschali II. in Synodo Trecensi an. 1107, & in epist. ad Rothardum Mogunt. apud Martene Vet. Monum. Tom. 1. p. 616, a Gratiano regestus Can. 16. *Siquis Clericus* ibid, ex Callisto II. in Synodo Lateranensi I. Can. 4. ex Innocentio II. in Synodo Lateranensi II. Can. 25, ex Alexandro III. in Synodo Lateranensi III. Cap. 14., ex Cælestino III. cap. 14. *Cum terra* Decret. lib. 1. tit. 6. de Elect., ex Innocentio III. in Synodo Lateranensi IV. cap. 25. de Elect. Cap. 43. *Quisquis electioni*, ex Gregorio IX. Cap. 51. *Sacrosancta*, & Cap. 56. *Messana* ibid.

Remanet igitur, ut Regaliæ jus, sive Regius adsensus in collatione Beneficiorum vel ex Regum præpotentia, vel ex tolerantia Præsulum, vel ex Pontificum indulgentia profluxerit. Atque ut de primo nihil retexam capite, Ecclesiæ sane, ut Laica se passim electionibus potestas ingereret, non una tolerandi caussa fuit. Fuit enim primum ob *Villas Ecclesiasticas*, *& alia bona*, quæ a Regibus tribui frequenter Episcopis solebant, uti scribit Ivo Carnot. in epist. 65; fuit perquam sæpe ob pacis amorem, mutuamque Sacerdotii, & Imperii concordiam, ut ex Floro Magistro observat Johannes Filesacus de Sacr. Episcop. Auctorit. cap. 7. §. 7; fuit quammaxime ob ipsius Ecclesiæ bonum, ad lites vitandas, ad sedanda jurgia, ad turbas compescendas: quomodo ad Plebis vitanda dissidia *cum Majorum Palatii assensu* electiones fieri voluit Concilium Toletanum VIII. an. 653. cap. 10. Hoc etiam modo Pontificis aliquando electioni, ad impedienda nempe Schismata, Imperatoris Missos interesse voluit Stephanus Papa apud Gratianum Can. 28. *Quia sancta* dist. 63, cui postea juri Pontificis interveniendi electioni cessere Ludovicus Pius Can. 30. *Ego Ludovicus*, S. Henricus II, & Otho M. Can. 32. *Constitutio* eadem distinct. Atque isto perinde modo, ad factiones nempe prævertendas, Episcopi Laudunensis electioni Caroli Calvi Missos interesse jussit Johannes VIII. in epist. ad Hincmarum, de qua Col. venerius in Schol. ad Flodoardum lib. 3. cap. 22; utque ob dissidia Diacono ab se misso Vercellensis conferretur Episcopatus, rogandus Carolomannus eidem Pontifici epist. 171. fuit; Othonis II. Missi S. Volfangi Ratispon. electioni adfuisse leguntur apud Su-

rium Tom. 5. ad diem 31. Octob. cap. 11 ; Alexandro II. collau-
dante , & adprobante Philippi Regis opera Episcopus Carnotensis
electus intelligitur ex epist. 23. ad Gervasium Remenf. edit. Hard.;
Parisiensis Antistitis electioni , ob exorta dissidia , Regis inter-
ventum desideravit , incitavitque Ivo Carnot. epist. 158; electio-
ctioni Guidonis Ravennatis Friderici I. Missos intervenisse liquet
ex ipsius epistola ad Hadrianum IV. apud Baronium ad an. 1159.
num. 2, & Rubeum hist. ad an. 1258; quo demum modo Faventino Clero , & Populo ob factiones expectandum pro Antistitis electione Regis adventum suasisse legitur S. Petrus Damiani lib. 5.
epist. 10. Neque defuit tamen Ecclesiæ indulgentia, qua deinde
Regibus vel electionibus Episcoporum , & Abbatum præstandi assensum , post electionem , eamque liberam ab iis factam , quorum
interesset , vel ad Episcopatus , & Abbatias nominandi ante electionem jus adcreverit . Et sane Cælestini III. expressus est Textus in Cap. 14. *Cum terra* Decret. lib. 1. tit. 6. *De electione* , ubi
Regius quidem assensus , sicubi more sit inductus , ad electionem
requiri non prohibetur , quin tamen electio impediatur : *Non
prohibemus , quin Regis requiratur assensus , sed propter hoc ipsam
electionem nolumus impediri.* Igitur assensus hic nec infort jus
eligendi , neque jus tribuit electiones irritandi , atque electos ab
apprehendenda possessione impediendi , multoque minus Bullas
frustrandi Apostolicas , quibus electiones confirmantur . Quin
etiam tum ante electionem legitime Regium interponi adsensum ,
modo electio ipsa non impediatur , ubi ab Apostolica Sede facultas impetrata fuerit , inde fit evidens . Atque ita privilegium
istud a Pontificibus factum Sabaudiæ Ducibus , ut ad Cathedrales , & Abbatiales Ecclesias nemo eligeretur , nisi de eorum consensu adfirmat Germonius de Sacr. Immun. lib. 3. cap. 11. n. 24.
Sed verius Sabaudiæ Ducibus ad Episcopales Cathedras , & Abbatias nominandi privilegium fuisse concessum a Nicolao V. primum , confirmatumque perinde a Sixto IV, ab Innocentio VIII , a
Julio II, a Leone X, a Clemente VII, a Julio III, a Gregorio XIII,
a Clemente VIII, ac demum a Benedicto XIII, & a Benedicto XIV,
ex ipsorum Diplomatibus autographis a Cardinali d' Ossat epist.
301. ad Villaregium edit. Rotomag. an. 1643. p. 765. laudatis ,

atque ex Concordatis a duobus præfatis poftre mis Pontificibus
cum Sardiniæ Rege Carolo Emanuele initis adparet . Illud etiam
indultum , per vim etfi , metumque ab Hadriano IV. impetrafie
Willelmum Normannum cognomento Malum Siciliæ Regem cujus temeritatem Epifcoporum impediendi electiones carpfit alioqui Petrus Blefenfis epift. 10. ad ipfius Capellanum , impetrafie
periode ab Innocentio III. Fridericum II. Suevum, ut nempe ad electiones Regius adfenfus requireretur, ita tamen ut electiones liberę
fierent , & ante fierent , quam Regius expeteretur adfenfus , factæ
publicari non differrentur,& Regius factis pręberi confeftim adfenfus deberet, ex utriufque Pontificis Diplomatibus refert Baronius
ad an. 1097. num. 64, feqq., & 1156. num. 4, feqq., quibus jungendæ Innocentii III. lib. 2. epiftolæ ad Epifcopos Siciliæ , ad
Capitulum Capuanum , ad Clerum Rhegienfem, & ad Capitulum
Pennenfe . Quem Regium affenfum non jure Patronatus , aut Feudi , aut legitimæ confuetudinis , fed ex mero privilegio Innocentii III. peti a Capitulis confueviffe adnotat Ughellus Ital. Sac.
Tom. 6. de Archiep. Capuan. num. 20. Atqui Fridericum poftea
Regii affenfus beneficio abutentem compefcendum , atque priffi-
nam in libertatem electiones reftituendas duxere idem Innocentius III. epift. ad Epifcopum Caputaquenfem apud Ughellum,
Tom. 7. de Epifcop. Policaftr. num. 3, feq., Honorius III. lib. 7.
epift. 194. ad ipfum Fridericum apud Raynaldum ad an. 1223.
num. 15, feqq., Gregorius IX. lib. 1. epift. 165, & lib. 2. epift. 10.
ad eumdem Imperat. apud Baronium ad an. 1097. num. 80, & Raynaldum ad an. 1227. num. 44, & 1228. num. 8. Ne deinceps vero
Indulto abuti contingeret , illud abrogarunt Innocentius IV. in
Inveftitura oblata Carolo I. Andegaveffi , de qua Raynaldus ad
an. 1253. num. 3, Alexander IV. in Inveftitura oblata Edmundo
Anglo , de qua Baronius ad an. 1097. num. 91, & Raynaldus ad
an. 1255. num. 8, feq., Clemens IV. in Inveftitura collata præl.
Carolo Andegav. apud Baronium num. 92, feq., & Raynaldum ad
an. 1265. num. 14, feqq. Cui Clementinæ conformes deinde fuere
Inveftituræ collatæ Carolo II. a Nicolao IV, Johannæ I. Reginæ a
Clemente VI, Friderico Juniori a Gregorio XI, & Bonifacio IX,
Carolo III. Dyrrachino ab Urbano VI, Alphonfo I. Aragonio , a

.   X x 2   Johan-

Johanna II. adoptato, ab Eugenio IV, Ferdinando I. a Pio II , a Sixto IV, & ab Innocentio VIII, Alphonso II. ab Alexandro VI, Carolo V. a Leone X, Philippo II. a Julio III, Philippo III. a Clemente VIII, Philippo IV. a Gregorio XV, Carolo II. ab Alexandro VII.
apud Baronium ad an. 1097. num. 86, seqq., Thomassinum vet. ,
& nov. Discipl. par. 2. lib. 2. cap. 27. num. 2, Braschium de Libert. Eccles. Tom. 2. cap. 38, seq., & Raynaldum ad annos 1289.
num. 1, seqq., 1344. num. 18, seqq., 1372. num. 7, seq., 1391.
num. 2, seqq., 1381. num. 2, seqq., 1443. num. 1, seqq., 1445. numer. 11, seqq. , 1458. num. 20, seqq. , 1486. num. 14, seq. , 1492.
num. 11, seqq., 1494. num. 3, seqq., 1521. num. 81, seqq., & 1554.
num. 10, seqq. Quamvis, autem in Concordatis a Clemente VII.
initis cum Carolo V. Regibus Neapolis Juspatronatus in 24. Ecclesias Cathedrales , & 8. Metropolitanas indultus fuerit , de quibus Johannes de Ponte Dec. 12. num. 14, & Braschius cap. 39.
num. 21, seqq. , Regius tamen assensus circa alias exclusus est .
Qua de re consulendæ Clementis VII. Const. 19, similem Leonis X.
Const. 20. confirmans , ac Bulla Cœnæ cap. 13. Videndi quoque
Bensolius cap. 39. num. 11, seq., Bonacina Tom. 3. disp. 1. q. 15.
pun. 1, seq , Cardin. Albitius de Inconst. in fide cap. 30. n. 403 ,
seqq , & Braschius loco cit. Fatendum ad hæc sæpius etiam datos
a Regibus Ecclesiis Episcopos fuisse , non utique jure proprio ,
aut Patronatus , sed ex mero Apostolicæ Sedis indulto : quo sane
potiri Francorum Reges probat Lupus Ferrar. epist. 81. ad Amulum Lugd. Caroli Calvi Regis jussu conscripta , ex indulto primum a S. Zacharia P. M. facto Pippino Regi id repetens : etsi minus recte , ni ego fallor , illud ad sequioris ætatis Reges extendere videatur , siquidem illud personale fuerit . Ab Alexandro III.
simile privilegium oblatum Ludovico VII, qui eo tamen uti no-
luerit , auctor est Walsinghamus in Hypodig. Neustriæ an. 1148.
Philippo Pulcro collatum est deinde a Bonifacio VIII, ac Francisco I. demum a Leone X. Unde Ruzæus de Jure Regal. in præf.
par. 5. num. 4, & Rebuffus ad Concordata tit. de Regia ad Prælat.
nominat. §. 1. p. 109. Regaliæ jus ad Beneficia nominandi ex Pontificio indulto pendere docent . Atque ita in Hispania siquod viguit jus nominandi ad vacantes Ecclesias , ac vacantium reditus
reti-

retinendi, Apostolicæ Sedis beneficio acceptum referre neque dubitant Cevallos Quæst. Commun. Tom. 4. q. 379, seq., & Salgadus
de Retent. Bullar. par. 1. cap. 1. num. 116, seq., plures alios pro ●
eadem allegantes sententia, veluti Gregorium in L. 18. tit. 5.
par. 1. glos. 2, Didacum Perezium Glos. 1, Anastasium Germo-
nium de Sacr. Immun. lib. 3. cap. 11, Quintadvenam in Ecclesiastico lib. 1. cap. 5, &c., pro qua facere quammaxime Textum ex-
pressum de Jure Regio Hisp. in L. 1. tit. 6. lib. 1. Recopilat. Pontificiis denique indultis Regalia, jure nominandi videlicet ad vacantes Ecclesias, indubie potiti sunt, Hadriani VI, Clementis VII,
Sixti V. &c. beneficio Hispaniarum Reges, Leonis X. Const. 20.
Reges Galliar., Nicolai V. Const. 1. Germaniæ Reges, ejusdem
Pontificis, aliorumque, de quibus supra, Diplomatibus Reges
Sardiniæ, ac Sabaudiæ Duces, aliorumque Pontificum Indultis
Reges Hungariæ, Bohemiæ, Poloniæ, Lusitaniæ &c.

Quod ad 2. Regaliæ juris caput pertinet, vacantium nempe
Ecclesiarum fructus percipiendi, faciendique proprios, Pontificio
secluso pariter indulto, illud Regibus jure neque protectionis, &
defensionis, neque donationis, ac fundationis competere, in solis
principiis Juris Naturalis, Gentium, & Divini sistendo, abunde,
opinor, superius est demonstratum. Accedunt explicitissimi Conciliorum Canones, Pontificum leges, Episcoporum Statuta, Principum Diplomata, quibus Laici cujuslibet dignitatis a vacantium
Ecclesiarum reditibus percipiendis absterrentur. Qua in re non
una quidem ubique, semperque viguit disciplina, sed diversa pro
Ecclesiarum, temporumque diversitate, ac vicissitudine, eò tamen
conspiravit jugiter, ut Ecclesiasticorum proventuum administra-
tioni se laicæ Potestates non implicarent. In Africa itaque viduatæ
Ecclesiæ cura, redituumque custodia futuro Episcopo servando-
rum uni Provinciæ Episcopo demandari solebat, qui ideo *Inter-
cessor*, & *Intervenor* denominabatur, veluti fidem indubiam faciunt Concilia Carthaginense V. sub Aurelio an. 401, cap. 8. alterum sub Bonifacio an. 525. in Cod. Africanæ Ecclesiæ Can. 74,
& Macrianense in Collect. Ferrandi cap. 23: quo etiam de nomine
S. Augustinus epist. 163, de unico Baptismo cap. 16, de Pastor.,
sive in Ezech. cap. 34, cap. 15, Cresconius in Collect. cap. 267,
                                                            & Ca-

& Carolus M. Capitul. lib. 7. cap. 89. Ab Ephesino vicissim in Synodica ad Clerum Constantinopolit., Nestorio exauctorato, Presbyteri, Oeconomi, & Clerici Ecclesiæ rerum tuitioni, quarum
Successori rationem scirent reddendam, diligenter excubare man-
dati leguntur. Quod ipsum, Dioscoro exturbato, Alexandrinæ
Ecclesiæ Presbyteris, Oeconomis, & Clericis a Chalcedonensi Act. 3.
in Synodica ad Clerum Alex. commendatum est, Canone 2 5. vero
viduatæ Ecclesiæ reditus unum penes Oeconomum integri Successori reservari jubentur. Sub totius etiam Cleri custodia defuncti
Episcopi res, Ecclesiæque vacantis reditus manere integros Jussit
Trullanum Can. 35: quam Græcæ Ecclesiæ disciplinam tantum
abest, ut infringere ausi sint Imperatores, ut potius Præsidibus, ac
Fisci Procuratoribus vacantes reditus usurpare districte lege lata
vetitum fuerit a Johanne Comneno, ab ejusdem fratre Manuele, &
Johanne Duca Batatze Jur. Orient. To. 1. pag. 147, 134, 176,
177, 282 &c. Veterem hanc fuisse erga viduatæ Ecclesiæ res Imperatorum Religionem argumento est, documentoque, quod de
Vandalorum Rege denarrat Victor Vitensis de persecut. Vandal.
lib. 2. Nempe nesarium ab eo excogitatum decretum de rebus defunctorum Antistitum per Africam Fisco adjudicandis, Ministrorum consilio fuisse suppressum, quod facile perviderent futurum,
ut Arianorum Episcoporum res pari a Catholicis Imperatoribus
discrimini ubique paterent. Veterem hanc ipsam viguisse in Hispania disciplinam, ut defunctorum Episcoporum res, ac reditus
unius Cleri tuitioni, & custodiæ traderentur, Successori servandi, deque prætenso istiusmodi Regaliæ jure longa per temporum
intervalla nobili hac in Ecclesia nihil auditum, a Regibusque nihil arrogatum, documento, argumentoque sunt liquido Synodi
Tarraconensis an. 516. cap. 12, & Ilerdensis an. 524 Can. 16, a
Gratiano regestis Can. 6. Sicubi defunctus 12. q. 5, & Can. 38.
Hæc hujus ibid. q. 2, quibus post Episcopi obitum Ecclesiæ res a
Clericis describi, integre ad Successorem trajiciendæ, Jubentur.
Censum deinde hunc, quam a Clero, tutius a viciniori Episcopo, cujus ratio Metropolitano reddi debeat, juxta Synodi Re-
giensis Canonem 6, judicavit Valentina eodem anno 524, jussit-
que cap. 2, confirmato deinde a Toletana IX. an. 655. cap. 9. Oe-
cono.

ronomos etiam ex-Clericis, qui Episcopi vice res Ecclesiasticas
curarent, Ecclesias Hispanas habuisse liquet ex Hispalensi II.
an. 619. Can. 9, & Toletana IV. an. 633. cap. 48, quibus instauratus legitur Chalcedonensis Can. 26, quorumque prior refertur
a Gratiano 22. In nona 16. q. 7; unde facile intelligi datur Episcopi quoque defuncti res, ac reditus sub Oeconomi cura mansisse, atque custodia. In Italiam nunc revocando gradum, heic sane
vacantium Ecclesiarum reditibus administrandis e vicinia advocatos Episcopos adstitisse discimus ex S. Ambrosio lib. 7. epist. 44.
adConstantium Episc.,cui vacantem Fori Cornelii Ecclesiam commendat. Atqui S. Gregorius M. non una, eademque viduatarum
Ecclesiarum custodiendis, defendendisque rebus, ac reditibus incubuit ratione, sed diversa pro diversitate temporum, locorumque. Nam aliquando eorum penes Oeconomos curam, & administrationem manere voluit, quibus aliquando Notarios etiam ad.
junxit lib. 2. epist. 15; & 22, aliquando penes Ecclesiæ Clericos
lib. 3. epist. 11, & lib. 4. epist. 42. De bonis Ecclesiæ nihil ab ullo
diripi passus, ideo frequentius illorum custodiam Episcopo visita.
tori demandans integra Successori reservari districte jussit lib. 1.
epist. 7, 19, 38, lib. 2. epist. 29, lib. 3. epist. 39, lib. 4. epist. 14,
& lib. 5. epist. 2. Sed & non semel Vicedominorum opera vacantium Ecclesiarum reditus administrari voluit lib. 1. epist. 11, 15,
55, 76, & 78. Perquamsimili porro munere defungebantur Vicedomini, qui communi hoc donabantur nomine tam Laici, quam
Clerici: sicut enim illi Principis domui præfecti totius domesticæ
rei curam gerebant, unde dicti etiam Majores domus, de quibus
Ulpianus l. L. 157. ff. de Regul. Jur., Acta S. Eutychetis ad diem
19.April.,Scriptor hist. Trevir. apud Dacherium Spicileg. To. 12.
p. 242, S. Gregorius M. lib. 9. epist. 37, multisque agit Ducan.
gius To. 6. p. 1500, seqq. edit. Ven. 1740, sic isti aut vicem Episcopi; aut Episcopii curam administrabant; quales in Ecclesia Romana memorati ab Anastasio in Vigilio, in Constantino, in S. Zacharia, in Stephano IV, atque officio haud Oeconomis dispares
erant, de quibus Paulus Diacon. hist. Miscellæ lib. 23, seq., Honorius Augustod. lib. 1. cap. 182', Hincmarus Opusc. 27, Flodoardus lib. 2. cap. 13, Carolus M. in Capitul. an. 802. cap. 13,
& Ca-

& Capitul. lib. 5. cap. 120, Leges Langobard. lib.2. tit. 47. §. 7 ,
Concilia Remenſe an. 813. cap. 24, & Moguntinum cap. 50 , Innocentius III. lib.2. epiſt.448, & Cap.38. *Conſulere* Decret. lib. 5.
tit. 3. *De Simonis* , 'ac videndi Ducangius loc. cit., & Thomaſſinus par. 2. lib. 2. cap. 55. In duabus Ticini habitis an. 850 , &
853. Synodis Capp. 16 , & 5. Laicæ poteſtates Eccleſiarum, Monaſteriorum, Locorumque piorum res , ac reditus propugnare , &
defendere exorantur, impugnare , & diripere prohibentur , aut
aliis diripiendos , impugnandoſque dimittere . Cenſuris cobiberi
quoſcumque res Eccleſiis datas , quaſi *a Principibus ſibi indultas* ,
invadere , diripere, vaſtare, retinere audentes diſtricte juſſit S. Nicolaus I. epiſt. 59. ad Adonem Vien. cap. 3. apud Gratianum
Can. 22. *De rebus* 12. q. 2. Romano Faventino , & Romano Ravennate vita functis , viduatæ Eccleſiæ utriuſque reditus Viſitato-
ris curæ commendatos voluit Johannes VIII. epiſt. 304 , & 308.
In eos perinde , qui poſt Epiſcopi obitum Epiſcopalem domum ex-
pilare non exhorreſcerent , cum juſtas ſupremi Numinis iras , tum
Apoſtolicæ Sedis jacula minari , & intentare non eſt moratus
S. Leo IX. epiſt. 9. ad Auximanos . In duabus Romanis Synodis a
Gregorio V. an. 996. in epiſt. ad Hilduinum Camerac., ex Baldri-
co Noviom. in Chron. lib. 1. cap 111. ab Harduino recenſitâ
To. 6. p. 743 , diſtricto anathematis gladio feriuntur laicæ quæcumque perſonæ,quas prava res Eccleſiæ ſurripiendi cupido inceſ-
ſeret , & a Nicolao II. an. 1059. Can. 2. defuncti Præſulis nequis
facultates invadere præſumat , diſtricte inhibetur, quæ futuro re-
ſervari integre Succeſſori jubentur . Ut erant etiam diſciplinæ hujuſce retinentiſſimi , ſtudioque Eccleſiaſticæ immunitatis vindi-
candæ flagrantiſſimi Ratherius Veron., & Atto Vercell. , ideo Berengario Italiæ Regi ingenti ille crimini vertit, quod vacantis Eccleſiæ ſuæ reditus ſibi retinere non extimuiſſet apud Dacherium
Spicileg. To.11. p. 247 , iſte Principes acri perſequutus eſt ſtilo ,
quod viduatarum Eccleſiarum reditus proprios transfundere in
uſus non vererentur, eos penes Oeconomos, ſacros juxta Canones,
religioſe Succeſſoribus reſervandos admonens de Preſſur. Eccleſ.
Par.3. apud Dacherium Spicileg.To.8.p.90.Receptæ Italica in Eccleſia diſciplinæ ſe attemperans S. Gregorius VII. Firmanæ Eccleſiæ

siæ res, ac reditus Archidiaconi curæ, qui Occonomi vicem gereret, concredidisse legitur lib.2. epist. 38. ad Ubertum Comitem, & Clerum Ecclesiæ. Ne vero sub advocatiæ obtentu de vacantium Ecclesiarum rebus quidpiam deperiret, Episcopi defuncti res a quopiam contingi defendit PaschalisII. decreto relecto in Concilio Pictaviensi an. 1100. Can. 15. Pro officii quoque parte bonorum Ecclesiasticorum perinde incolumitati prospicientes, meliorique, qua fieri posset ratione consulentes Pontificum triga, Innocentius II. in Concilio Lateranensi II. an. 1139.Can. 5, instaurato Chalcedonensi 22, Alexander III. Cap.4. Cum vos de Officio Judic.Ord.,& BonifaciusVIII. Cap.40. Quia sæpe in 6. de Electione viduatæ Ecclesiæ res, ac reditus sub Occonomi, & Cleri tuitione, & custodia, Successori consignandos, manere decreverunt: Parimodo Ecclesiæ vacanti extemplo Oeconomum deputandum, qui proventus diligenter colligat; & Successori conservet, a Raynaldo Archiep. in Ravennate Synodo IV. an. 1317. Rubr.1. decretum legitur. Decreto simili vacantium Beneficiorum fructibus Successores fraudari prohibuit S. Carolus Borromæus in Concilio Mediolanensi I. Const. par. 2. cap. 62, repetito in Mediolanensi II. tit. 3. Decr. 15, in Mediolanensi III. cap. 16, &c., juxta nempe Concilii Tridentini decretum sess.24. de Reform. cap. 18, ubi Parochiæ vacanti præfici Vicarius ab Episcopo jubetur,a quo sess.25. præterea de Reform. cap. 20. Principum sæcularium defensioni bona Ecclesiastica commendantur.

Tam antiquam quoque Gallicana in Ecclesia, Germanica, & Anglicana, quam acceptissimam fuisse religiosam hanc vacantium Ecclesiarum res, ac reditus curandi, & administrandi disciplinam, eique a Potestatis laicæ violentiis in tuto ponendæ Ecclesiarum Præsules jugiter pro viribus incubuisse discimus ex Conciliis Regiensi an. 439. Can.6, & Aurelianensi II. an.533. Can.6, quibus ad viduatam Ecclesiam vicinior adcurrere Epiacopus, Visitatoris munus obire, resque defuncti recensitas, descriptasque in tuitionem, ac defensionem adsumere, ac per semet, aut per idoneas personas domum Ecclesiæ descriptam administrare, custodireque jubetur. Ab Epaonensi an. 517. Can.18. permissum est quidem Clericis prædia quædam Ecclesiæ Principis auctoritate obtinere, non

jure

jure tamen proprietario id intelligendum eſt , ſed jure precario ,
quia id impetratum a Regibus jure Patronatus exinde licet arguere, quod in Burgundia indicta a Sigiſmundo Rege Synodus fuerit ,
a quo Eccleſiæ fundos donatos refert Avitus Vien. epiſt. 30. Nam
alioqui ſub Potentum nomine , aut patrocinio res ad Eccleſiam
pertinentes a quopiam peti , aut poſſideri diſtricte prohibuit Aure-
lianenſe IV. an. 541. Can. 21. Ægidio Remenſi gradu dejecto , ea
quæ ab ipſo per fas , & nefas adcumulata fuerant , in Regium fiſ-
cum transfuſa quidem fuiſſe , quæ vero Eccleſiæ fuerant propria ,
intacta permanſiſſe tradit S.Gregorius Turon. hiſt. lib. 10. cap. 19.
Clotario ex Eccleſiæ reditibus ideo exigenti reſiſtere non extimuit
Injurioſus Turonenſis , & Sigeberto Eccleſiæ bona quædam uſur-
panti haud impari ſeſe objicere magnanimitate S.Germanus Pariſ.
officio duxit. Contumelioſi Regienſis ab officio ſuſpenſi vice S.Cæ-
ſarius Arelatenſis Viſitatorem dare, & Archidiacono Eccleſiæ bona
commendare juſſus eſt a Johanne II. epiſt. 4 , & a S. Agapeto
epiſt 2. edit. Hard. Archidiacono viciſſim , & Clero vacantium redituum curam arcte inhærere voluit Concilium Pariſienſe VI. anno 615. Can. 6 , & Remenſe an. 630. Can. 3 , neque ulli Principum reſcriptis , vel Judicum , & Optimatum potentia munito ,
armatoque contingendos , multoque minus diripiendos per eumdem Clerum , & Archidiaconum patere ſuſtinuit. Junge Canones ,
quibus Clerici , & Laici indiſcriminatim a ſpoliis Eccleſiarum
vacantium cohibentur , Aurelianenſis V. an. 549. Can. 8 , & Ca-
bilonenſis an. 650. circiter Can. 7 , alioſque ſequioris ætatis , unde
neceſſitas incubuit demum conſtituendi Advocatos , Defenſores ,
ac Vicedominos , de quibus Ducangius , ac Thomaſſinus par. 2.
lib. 2. cap. 55. Eccleſiæ Remenſis vacantis fructus , quos aliquando
perceperat Carolus M. , atque retinuerat , compenſaſſe abunde
Ludovicum Pium auctor eſt Flodoardus lib. 2. cap. 19 , ab ipſo
quin imo Carolo fuiſſe compenſatos teſtatur Hincmarus in epiſt.
ad Carolum Calvum , qui etiam Leone III. ſuadente decreviſſe
legitur Capitul. lib. 3. cap. 83 , ne quiſquam Succeſſorum Eccleſiarum reditus ſuos facere auderet. Sub eodem Carolo M. Epiſcopos recens electos Eccleſiæ ante vacantis reditus obtinuiſſe conſtat , veluti de Tilpino ex Flodoardo , ſub Ludovico Pio de Ful-

cone ex Carolo Calvo in epist. ad S. Nicolaum I, & de Hincmaro
ex Flodoardo lib. 3. cap. 4. A Ludovico Pio iterum tum siquos
incaute Ecclesiarum fructus suos fecisset ; restitutos fuisse, tum
ut abunde restituendos curarent, in mandatis dedisse Lothario,
& Pippino Filiis legitur apud Duchesnium To. 2. p. 312, seqq.
Qua de re cum ipse Synodo Aquisgranensi an. 816. lib. 1. Can. 88.
auctor fuit, ut antiquos juxta Canones, post obitum Episcopi
Clerici ab ejus rebus diripiendis cohiberentur, apud Gratianum
Can. 43. Non licere 12. q. 2, tum ipsi, ac Pippino filio vicissim
opportuno adfuit consilio Aquisgranensis II. an. 836. lib. 3. cap. 27
ut ab Ecclesiasticis bonis usurpandis religiose tam abstinerent
ipsi, quam abstinere laicos Optimates adigerent. A Carolo Calvo Regaliæ abusum primo cœpisse arguit Emin. Norisius de Investit. cap. 16. p. 564. ex quo nempe Fulco Remensi præfectus est Ecclesiæ, & fructuum portio ab ipso occupata. Quod factum impro-
bavit tamen Lotharius in epist. ad Leonem IV, flagitiaque huic
similia alia exsecratus pariter est Hincmarus in epist. ad eumdem
Pontificem apud Flodoardum lib. 3. cap. 10. Lotharium perinde,
ac Ludovicum II. perversa cupido hæc pervasit: quos tamen Ecclesiarum vacantium reditus cum ut distractos restitui diligenter
curarent, tum ne deinceps ab ullo distrahi permitterent, gravissimis admonitos verbis, adhortatosque legas a Synodis apud Theodonis Villam an. 844. cap. 2, seqq., a Vernensi II. eodem an. Can.
12, a Belvacensi an. 845. cap. 3, seqq., a Meldensi eodem an. Can.
8, 11, 17, 21, seqq., 41, 47, 61, &c. Atque a Carolo Calvo
ablatas Ecclesiis res restitutas, indictamque sibi legem de absti-
nendo deinceps a vacantium reditibus auferendis docent ejus Capitulare in Villa Sparnaco an. 847. editum, quo præfati Canones,
Meldensis præsertim Concilii, probati fuere, receptique, Capitulare Suessionense an. 853, Synodo suggerente editum, cap. 1,
seqq., Capitulare Carisiacense cap. 20, quod est Synodica epistola
ad Gall. Episcopos, & Comites an. 857. ejus jussu exarata, Capitulare Ticinense an. 876. ex Synodi suggestione editum, atque
in Pontigonensi confirmatum cap. 10, quo res Ecclesiarum distrahi
vetantur, distractæ repeti jubentur, & cap. 14, quo vacantium
reddituum custodia Oeconomo, Clericis adjunctis aliis, demanda-

Yy 3   tur ;

tur, Succeffori refervandorum, Carifiacenfe an. infeq. cap. 8, feq.,
quo vacantis Ecclefix reditus Archiepifcopi cuftodiæ commendantur, fparta quoque Comiti impofita , vi etiam ab invaforibus eos
defendendi apud Baluzium To. 2. p. 270, & Duchefnium To. 2.
p. 463. Lothario item , & Ludovico II , ut Ecclefiis ablata reftitui ftuderent , poteftate ita efficerent fua , ut inde deinceps auferre
fas nemini foret , adjecti fuere ftimuli a Synodis Papienfi an. 850.
cap. 16, a Valentina III. an. 855. Can. 8 , & 21 , a Papienfi II.
an. 853. cap. 6 , feqq., a Carifiaca an. 858. cap. 7 , feqq., a Me-
tenfi an. infeq. cap. 9, a Tufiacenfi an. 860. Can. 1 , & in Synodica , a Piftenfi an. 862. cap. 4, &c. Qui vero deterrimo abufui vacantes diripiendi reditus eradicando totis incubuere viribus Romani Pontifices , Ordinis Corbejenfis res, ac reditus nec auferrent
ipfi, nec ab aliis auferri permitterent, Lotharium , Ludovicum, &
Carolum admonitos voluit BenedictusIII. epift. 3. ad Gall.Epifco-
pos. Ut Ecclefiæ Sueffionenfi res ablatas reftitui curaret, auctorem
Carolo Calvo fe præftitit S. Nicolaus I. epift. 40. ad ipfum , cui
epift. 16. in Append. I. ftimulos adjicit , ut curet pariter a Lothario reftitui , quæ ab Ecclefiis ablata fuerant . Epiftola 59. ad Adonem Vien. , & in Append. I. epift. 15. ad Nobiles Aquitaniæ afperrime invectus contra ufurpantes beneficia , eorumque fructus,
eis graves intentat minas. Epifcoporum abfentia, vel diutina ægri-
tudine, vel demum obitu Metropolitas, cum Regis ope, vacantium
redituum cuftodes effe voluit epift. 19. Append. I. ad Rodulphum
Bituricenfem apud Gratianum Can. 8. Cenfueftus 9 q. 3 , non fecus atque Hadrianus II. epift. 12. ad Hincmarum , ac 13. ad Carolum Calvum edit. Hard. Laudunenfi Ecclefiæ res , dum abeffet
Hincmarus Nepos , cuftodiendas ipfi concredidit : quod etiam teftatur ipfe Hincmarus in epift. ad Rachildem Reginam apud Flodoardum lib. 3. cap. 17. Ad Fulconis preces Formofus P. M. anno 891. apud Flodoardum lib. 4. cap. 2. præcepiffe legitur , ne ulli
a Rege vacantis Remenfis Ecclefiæ reditus fuis applicari compen-
diis poffent , fed futuro eligendo juxta Canonicas regulas refervat-
tentur . Non moror heic autem Petri de Marca de Concord. lib. 8,
cap. 22. n. 4. finiftram interpretationem inde Regaliæ jus haud excludi cenfeatis : fiquidem iftud ad hanc ufque epocham haud obti-

nuiffe

nuisse dicta hactenus evidenter demonstrent . Etsi vero Carolo III. Regi indulgere , ut ipsius absque consensu nullus in Regno consecraretur Episcopus , visus sit Johannes X. epist. ad Herimannum Colon. , vacantis tamen Episcopatus reditus , ac res Metropolitani custodiæ demandatas voluit . Testis nunc adhibendus mihi , in quo nulla , hac in re quidem , suspicio , aut partium studium subsit, Hincmarus Remensis nempe, quem veterem Ecclesiæ Gallicanæ disciplinam minus calluisse , minusque habuisse perspectam nemo suspicabitur . Is igitur in epist. ad Clerum Camerac. apud Baldricum in Chron. cap. 48 , seq. vacantis Ecclesiæ fructus Guntero , a Lothario eidem Ecclesiæ intruso , dumtaxat concedi scripsit ; sed inde non erat certe , cur Baluzius , aliique frustra Regaliæ usum probare instituerent , quum potius e contra Regaliæ jus non obtinuisse inde constet, velut observat Norisius de Invest. cap. 16. p. 609 , siquidem ii fructus non perciperentur a Lothario , sed in custodia essent Cleri Ecclesiæ. Sed enim quis Hincmaro Regaliæ juris acrior insectator , & Chalcedonensis Canonis 25. assertor , vindexque strenuior? In Quaternionibus ad Carolum Calvum pro Ecclesiastica libertate tuenda in caussa Laudunensis Episcopi Oper. Tom. 2. p. 316. hujus auctoritate Canonis Ecclesiæ viduatæ reditus futuro Episcopo penes Oeconomum integros conservari debere adfirmat . Quod adsertum suse persequutus epist. 9. ad Episcopos , & Optimates Provinciæ suæ cap. 41. *Facultates* , inquit , *Ecclesiæ viduatæ post mortem Episcopi penes Oeconomum integræ conservari jubentur futuro Successori : quoniam res , & facultates Ecclesiasticæ non in Imperatorum , & Regum potestate sunt ad dispensandum, vel invadendum, vel diripiendum, sed ad defendendum , atque tuendum* . Qua perinde in tuenda disciplina totus incumbit epist. ad Leonem IV. apud Flodoardum lib. 3. capp. 10 , & 26 , ab Oeconomis vacantes fructus Episcopo futuro servandos inculcans, Regum ideo potentia opus fuisse ad impediendas direptiones subjungens, atque Reges proinde reprehendens, quod eosdem fructus proprios facere cepissent Oper. To. 2 p. 178 . 280 , 758 , & 833. Ob Chalcedonensis Canonis 25. transgressionem iterum Odoacrum , quod a Lothario intrusus Belvacensis Ecclesiæ reditus sibi vindicasset , anathemate plectere non abstinuit ; Rothadum , quod

Eccle-

Ecclesiæ Suessionensis fructus proprios facere veritus non fuisset, haud parvam in culpam vocavit in epist. 17. ad S. Nicolaum I, & Vulfado pariter, quod vacantis Lingonensis reditus sibi usurpasset ingenti flagitio vertit in epist. 2. ad Episcopos Synodi Suessionensis II, utriusque Ecclesiæ reditus penes Oeconomos fuisse servandos futuro Successori repetens. Atque ita quidem, Carolo Crasso mandante, Tornacensis Ecclesiæ Pastore viduatæ fructuum curam habuisse ipsum Hincmarum refert Flodoardus lib. 3.cap.25. Quod vero Hugoni Juniori Lotharii filio vacantis Ecclesiæ Metensis reditus elargitus Carolomannus fuisset, ingenti ideo illi vitio vertit Annalista Bertinianus ad an. 881. Hincmaro defuncto, a Capitulo ad electionem postulatus est præsens a Rege Visitator tantum epist. ad Carolomannum, cui subscripsisse legitur Framericus Presbyter, & Vicedominus, cujus nempe officium erat vacantis Ecclesiæ reditus, resque custodire. Ita quoque Cadurcensis Ecclesiæ viduatæ res custodiendæ Oeconomo traditæ leguntur in Decreto electionis Gausberti apud Dacherium Spicileg. Tom. 8. p. 154. Chalcedonensis iterum Concilii instauratis Canonibus 22, & 25. a Wormatiensi an. 888.Can 75, & 76. Clericis districte inhibitum est defuncti Episcopi res diripere, viduatæque reditus Ecclesiæ penes Oeconomum integros futuros reservari Successori jussum. A Troslejano quoque an. 909. cap. 14, innovatis Canone 2. Valentino, & Canone 5. Regiensi, viciniori Episcopo viduatæ Ecclesiæ res commendatæ sunt, eorumque descriptione Metropolitæ exhibita, ab ipso deputari Oeconomus jubetur. Quo perinde ex Capite desumptum est Capitul. lib. 6. Cap. 321, edit. Baluzii cap.427, quo Principibus etiam prohibetur Ecclesiarum bona, sive reditus percipere, cap. 392. ex iisdem bonis auferri, vel transferri vetatur, & cap. 393. de eisdem disponendi Laicis omnibus facultas adimitur. Accedunt pactum Ludovicum Balbum inter, & Ludovicum Germaniæ Regem conventum an. 878. apud Duchesnium Tom. 2. p. 480. *Ut res Ecclesiarum . . . Rectores ipsarum possideant*; atque Willelmi Aquitaniæ Ducis Charta donationis Abbatiæ Cluniacensi an. 910. Bibliot. p. 566, qua ejus de bonis disponendi omne Principibus jus denegatur. At Regaliæ juri Ecclesiasticum jus nedum objicere, sed etiam Divinum non dubitavit Gerbertus Re-
men-

mensis in epist. 118. ad Clerum, & Populum, *secundum Divinas*, inquiens, *& humanas leges vacantis Ecclesiæ res mobiles*, *& immobiles futuro Episcopo reservandas esse*. Qui Pontifex sactus sub Silvestri II. nomine Diplomate apud Dacherium Spicileg. To. 3. edito Potestati Laicæ cuicumque de rebus Vizeliacensis Abbatiæ quidpiam auferre, suisque adplicare usibus districtè prohibuit. Defuncti Episcopi res ab Archipresbytero, vel Archidiacono vel in eleemosynas Pauperibus erogari, vel futuro reservari Præsuli, in eos qui res illas diripere, vel in proprios conferre usus non fuissent veriti, vibrata excommunicationis sententia, vetuit Urbanus II. in Synodis Claromontana an. 1095. Can. 31, & in Nemausensi an. inseq. Can. 5; qui præterea in epist. ad Hugonem Gratianop. apud Baluzium Miscell. To. 2. p. 177. viduatæ Ecclesiæ res Capituli custodiæ, Successori conservandas, commendatas voluit. Adhæsit hæc ipsa Hadriano IV. sollicitudo, ne de bonis Episcopalibus aliquid deperiret, a quibus ideo, sub indignationis Divinæ interminatione, Principes etiam abstinere, integraque futuro reservari Præsuli jussit epist. 41. ad Berengarium Narbon. Hisce confirmandis decretis robur adjicientes suum Synodi Tolosana an. 1119. Can. 4, & Remensis an. 1131. Can. 3, instaurato Chalcedonensi Can. 25, Episcopi defuncti reditus a Principibus detineri, aut diripi prohibuere, sed eos sub Oeconomi, & Cleri custodia integros futuro reservari, Successori voluere. Atque ad hanc usque epocham hæc ipsa viguit in Anglia religionis erga vacantium Ecclesiarum res, ac reditus observantia: ubi antequam a Willelmo II. viduatarum Ecclesiarum reditus usurpari cœpissent, eos integros custodiri, Successori resignandos, consuevisse tradit Willelmus Malmesb. lib. 4. Sed & eumdem sane Willelmum Regem in Angliam Regaliæ abusum inducere conantem, Jarentone Abbate Divionensi Legato misso, absterrere Urbanus II. non distulit. Henricum perinde Regem a vacantium Ecclesiarum reditibus sibi arrogandis deterrere pro viribus non destitit S. Anselmus, teste Eadmero lib. 4. hist. Novor. Qua de iniqua ab Henrico usurpatione facta dolere acerbe visus est pariter Ivo Carnot. epist. 252. ad Paschalem II: quod indicium est haud obscurum, nec in Gallia sub Carolo Crasso Regaliæ jus tum obtinuisse,

nuiffe , nam alioqui nec Ivo tacuiffet . Irrepenti abufui igitur ut
modus injiceretur, a Concilio Lambethenfi an. 1261. tit. *De Cuf-*
todia Cathedralium &c. Ecclefiarum vacantium cuftodia a Rege
fufcipi quidem , exercerique permiffa eft , & exoptata , reditus
tamen, ac res occupari , inque proprios transferri ufus diftricte
vetitum . A Londinenfi an. 1268, cap. 16. quin etiam fedulo prof-
pectum eft, ut Ecclefiarum viduatarum proventus fub cuftodia
Praelatorum, futuro Succeffori refervandi, integri permanerent ,
neque proprios ii facere praefumerent .Abufui quoque, quem hac
fub aetate in Germaniam induxerat , vacantium Epifcopatuum reditus occupandi , renunciare demum Fridericus II. compulfus eft
Conftitutione data ad Honorium III , quam fubinde Bulla Aurea
confirmavit an. 1219. Cui perinde abufui , ne irreperet deinceps,
ut occurrerent Germaniae Praefules,Laicos cujuslibet dignitatis,&
conditionis , in functorum five Epifcoporum , five Clericorum bona fe ingerere diftricte prohibuere in Synodis Colonienfi an 1266.
cap. 7 , Viennenfi an. Infeq. cap. 10 , Budenfi an. 1279. cap. 49 ,
& Colonienfi altera eodem anno cap. 13. In Concilio denique
Lugdunenfi II. an. 1274. Cap. 12. *Generali Conftitutione* a D. Gregorio X. fub anathematis vinculo decretum eft , ne Regaliae , defenfionis , & advocationis titulo, vacantium Ecclefiarum, ant Mo-
nafteriorum bona quifpiam dignitate quantacumque praefulgens
occupare praefumeret . Quam utique Conftitutionem ad inftantiam Epifcoporum Galliae , & Angliae conditam adfirmat Guillelmus Durandus in Speculo Juris V *Regalia* , eaque Conftitutione
Reges etiam obligari ibidem obfervat , ac in Comment. ad hoc
Concilium cap. 12, nec non Gloffa ibid. Cap. 13. *Generali* in 6.
De Electione .Excipit tamen Canon hic Lugdunenfis 12,five Gregoriana haec Conftitutio titulum fundationis, ac legitimae confuetudinis . Quo titulo deficiente, Regaliae jus hancce tum ante, tum
poft epocham extendi Reges ipfi Francorum noluere , Ludovicus VI. Craffus in Charta pro Ecclefia Parifienfi memorata ab Innocentio III. in Bulla an. 1199. , Ludovicus VII. Conftit. circa
Epifcopatus Aquitaniae To. 1. Galliae Chrift. in Archiep. Burde-
gal. p. 211 , in Charta pro Ecclefia Parifienfi , Chartul. ejufdem
fol. 20 , pro Catalaunenfi apud Ducangium To. 6. p. 1507 , Baluzium

Initium Miscell. To. 1. p. 225, Dacherium Spicileg. To 3. p.296,
seq., 451, Philippus Augustus, qui Regaliæ Jus remisisse legitur
Ecclesiis Parisiensi in Chartul. ejusdem Ecclesiæ fol. 45 , Æduensi
To. 1. Gall. Christ. p. 47 , Antisidiorensi To. 1. Bibl. nov. Mss.
Labbei p. 483, Matisconensi To. 3. Gall. Christ. p. 683 , S. Ludovicus IX. Conct. circa Ecclesiam Aniciensem , Philippus III.
circa Ecclef. Albiensem , Philippus IV. Pulcher, qui in Edicto anno 1302. Regaliæ jus non in omnes Regni Ecclesias sibi competere agnovit , & in Edicto anni seq. circa Provinciam Narbonen-
sem &c. To. 2. Actor. Cleri Gallic. par. 1. tit. 6. n. 4 , Philippus
Valesius in Const. an. 1334 , Carolus VI. in Const. an. 1408, Carolus VII. in Edicto an. 1451, Ludovicus XII. in Constit. an.1499,
Henricus M. in Edicto an. 1606. confirmato a Ludovico XIII.
an. 1639. Art. 6: unde apud Ruzæum, Pasquierium &c. Regestum
extat , ubi recensentur Ecclesiæ , tum quæ Regaliæ juri subsunt,
tum quæ liberæ sunt . Juxta prælaudatum itaque Lugdunensem
Canonem , legitimæ consuetudinis , aut privilegii deficiente titulo, Ecclesiarum Cathedralium , Regularium , & Collegiataru m
vacantium res, aut reditus a quopiam, dignitatis cujuscumque fuerit , occupari , aut in proprios transfundi usus , gravibus sub pœnis interdictum , sed eos penes Oeconomos fide dignos custodiri,
futuro Successori resignandos , justum legitur a Synodis Auscita-
na an. 1300. cap. 2, seq., Avenionensi an. 1326. cap. 24 , Avenionensi altera an. 1337. cap. 29; Vaurensi an. 1368. capp. 13 ;
53 , & seq. Alterum perinde juxta Lugdunensem Canonem 22.
Hoc consultissimo, sub prætextu advocatiæ , aut protectionis in
Germania Laicæ personæ a jure quocumque in Ecclesiarum bona
prætendendo eliminatæ, proculque submotæ sunt a Conciliis Salis-
burgensi an. 1281. cap. 12 , Herbipolensi an. 1287. cap. 22 , &
Coloniensi an. 1310. cap. 31 atque de Regaliæ jure satis jam ,
ac super.

Sequitur hinc, ut nonnisi ex Ecclesiæ pariter concessione, indulto Pontificum idest, vim obtineat primarum , ut vocant , Precum ,
quarum plerasque deprecatorio reapse modo conceptas formulas
Rodulphi I, quæ primæ reperiuntur, legere est apud Nauclerum in
in Chronog. ad an. 1273 , & apud Van-Espenium Jur. Eccl. par. 2.

tit. 25. cap. 9. n. 19, qui eas refert ex Continuatore Abb. Urfpergenfis, Jofephi I. ad an. 1705. apud Bohemerum Juris Eccl. Pro-
teftant. lib. 3. tit. 5. p. 353, aliorumque in Append. ad Gervafium
Tilbarienfem de Imperio Roman. p. 113 , & Leibnitium In Cod.
Diplomat. Jur. Gent. par. 1. §. 98. p. 221 , primarum , inquam ,
Precum jus , quo cum Germaniæ , tum Galliarum Reges fruuntur
idoneam præfentandi , five nominandi perfonam ad vacantes , aut
primo vacaturas Ecclefias : falli vero fplendide , & fallere Proteftantes id juris ex iifdemmet plane capitibus repetentes , unde pro-
fluere jus Regaliæ falfo imaginantur , veluti Cortrejus in Repræ-
fentatione Jur. primar. Precum Imper. Germ. , Vitriarius Inftit.
Jur. publ. lib. 3. tit. 2. n. 9, Pfeffingerus ibid. in Not. Tom. 3.
p. 90, feqq. , Bohemerus Jur. Ecclef. Proteft. lib. 3. tit. 5. §. 110,
Conringius in Animad. ad Bullam Innocentii X , Grubnerus in
differt. de prim. Precibus adverfus Fontaninum , Schuvederus Introd. in Jus Pub. Imp. fect. 2. cap. 5. n. 15 , aliique , ad quos ac-
cefit Regalifta Gallus Anonymus in *Traité fur les Benefices* To.
2. lib. 4. cap. 5. Atque de Jure prius loquendo, de facto loquuturi
poftea , præter ea , quibus abunde , opinor, paullo fuperius oftendimus ad unius poteftatem Ecclefiæ pertinere Beneficiorum collationes, ejufque abfque facultate Regibus in eas irrumpere vegrande nefas effe, Expectativas, five Mandata de providendo vacatura,
tanquam irregulares , & facris adverfas Canonibus fibi dumtaxat
refervarunt Alexander III. in Concilio Lateranenfi III. Cap. 8,
quod refertur Cap. 2. *Nulla Ecclefiaftica* Decret. lib. 3. tit. 8. *De
Concef. Præbend.* , Innocentius III. in litter. ad Præpofitum , &
Capitulum Cameracenfe , quas legere fas eft Cap. 4. *Propofuit*
cod. lib. , & tit., Martinus V. in Concilio Conftantienfi Seff. 43.
Decret. 2. apud Harduinum To. 8. p. 877, Innocentius X. denique
in Bulla, qua an. 1651. Pacis articulos Proteftantes inter, & Ferdinandum III. initæ abrogavit , primarum quoque Precum jus
Pontificio ab indulto dependere palam inde fecit. Hafce porro
contra Expectativas, ob ingentes , qui exinde fuboriri in dies videbantur, abufus, in Concilio Conftantienfi a Germanis præfertim
graviffime obmurmuratum eft , veluti videre eft , fi licet , apud
Goldaftum Conft. Imper. To. 1. capp. 3, & 6, in Comitiis iterum
                                                          Mogun-

Mogontinis; de quibus ibidem capp. 4, 11, 12, & 34. p. 392, feqq., adeoque ut, tota follicitante Germanica Natione, in Concilio Bafileenfi demum Expectativæ diro exceptæ Decreto fuerint, proculque ab Ecclefia exterminatæ, apud Goldaftum To. 2. p. 124, feq. atque Germanis adftipulatis Gallis, unaque omnibus voce conclamantibus, qua de re Goldaftus To. 3. p. 570, feq., effectum eft tandem, ut hoc femel jure Pontifice abdicante, a Concilio Tridentino feff. 24. de Refor. cap. 19. Expectativæ, & Mandata de providendo, five Gratiæ ad vacatura deferentur. Quod non tam perinde confirmare Decretum, quam executioni demandare cordi quam maxime fuit Colonienfi an. 1536. par. 1. cap. 5, quo Expectativæ abolentur. Confer interea Fagnanum in Cap. *Nulls* n. 9, feq. *De Conceff. Præben.*, ubi eo Tridentino decreto ex S. Congregationis, quin etiam ex Gregorii XIII. fententia, quod & per fe liquido patet, Indulta Pontificia haud comprehendi docet. Quæ probe qui tenet, inde aperte intelligit tam neque Germaniæ Imperatoribus, quam neque Galliarum Regibus primarum Precum jus ullum, independenter a Pontificio indulto, competere. Atque a jure modo ad factum progrediendo, & ab ipfis Germaniæ Impe. ratoribus exordium capiendo, illud fundamenti ponendum loco, quod ab Inveftituris Ecclefiafticis demum, velut a juris Ecclefiaftici ufurpatione, defiftendum agnovere Hermannus Roman. Rex, Henricus V, & Fridericus II. apud Goldaftum ipfum To. 1. p. 242, 258, 289, feq., Raynaldum ad an. 1213. n. 24, & Norifium de Inveft. cap. 15, feq. Primarum itaque Precum jus perinde non nifi ex Pontificio indulto, ac perfonali quidem, non perpetuo, fed a fingulis Imperatoribus repetendo, impetrandoque, defcendere ultro citroque fatis, ac profeffi a Sæculo XII. (quo demum Beneficia proprie dicta cœperunt, ideft Præbendæ in diftinctos Titulos ac perpetuos a reliqua prædiorum, ac fundorum Ecclefiafticorum Maffa perpetuo feparatæ, vacationifque capaces: nam ad fæculum V. ufque Clericis diftributiones dumtaxat ab Epifcopo dari folebant, dictæ etiam *Menfuræ* a S. Cypriano epift. 28, & 34. edit. Pamel., five 34, & 39. edit. Felli, a quo Rigaltii cenfura in Pamelium redarguitur, oftendente non fuiffe, cur loco *Aterfurnæ* legendum *Menfurantium* contenderet, fiquidem cum Bodlejanus

I. **ZZ** 2 Codex

Codex in epiſt. 28, cum epiſt. 34. explicitiſſime habeat *Menſurne*,
quod nempe ſingulis dividi Menſibus confueſcerent : ab hinc uſque ad ſæculum VIII. ex certa bonorum maſſa Clericis in commune attributa iidem ali ſolebant , ac deinde uſque ad ſæculum XI.
Clericis alimenta præſtari cœptum eſt ex certis fundis , ſive prædiis , quæ iis concedebantur, ita tamen , ut poſt eorum obitum in
communem referrentur denuo maſſam, qua de re ſuſe Cl. Thomaſſinus vet. , & nov. Diſcipl. par. 3. lib. 2. capp. 23, & 28.) , a ſæculo XII , inquam , ac deinceps , ideſt tam ante , quam poſt Concordata Germanica Nicolaum V. inter & Fridericum III. an. 1448.
Nationis Germanicæ nomine inita , leguntur Imperatores ipſi.
Itaque a Rodulpho Habſpurgico , a quo primum jus , uſumque
primarum Precum occepiſſe ex ipſius litteris refert Nauclerus in
Chron. ad an. 1273. To. 2. gener. 43. ſub finem , & Goldaſtus
To. 3. p. 406 , a Pontifice , B. Gregorio X. nempe indultum primarum Precum fuiſſe impetratum , quod perſonale certe fuit , teſtatur Guillelmus Durandus Scriptor coævus , Clementis IV. Ca-
pellanus, & S. Palatii Apoſtolici Auditor, a ſe viſum illud, (proprio tamen Imperatoris nomine haud expreſſo) adfirmans in Speculo Iuris par. 4. tit. de Præbend. §. *Item not 2*; poſt quem id ipſum
de privilegio primarum Precum Imperatori a Pontifice faċto teſtes
accedunt Joh. Andreas in 6. Decret. lib. 3. tit. 4. *De Prabendis*
Cap. 19. *Is cui* n. 1, & in Notis ad Durandi Speculum lib. 1. par.
ticula 1. *De Legato* ad §. *Nunc traċtemus* verſic. *Contulit* , & ad
lib. 4. partic. 3. *De Praben.* §. *Reſtat* , Baldus in Notis pariter ad
cit. Durandi librum 4. Rubr. *De Prabendis* , Nauclerus loco ſupracit. teſtimonium referens Durandi ex tit. *De Legato* , ac Doctorum in lib. 6. *De Praben.* Cap. 19. *Is cui* , ac pluribus relatis
Hermantius Hermes in faſciculo Juris publ. cap. 11. de Regal.
Imper. n. 8 , Arnulphus Ruæus de Jure Regal. privileg. 47. n. 2.
Thomam Feltrenſem pro eadem perſuaſione laudans , Chockier
de Indul. prim. Prec. in procem. &c. Ex privilegio ſimili perinde
jus deſcendiſſe primarum Precum, quibus deinde uſos Carolum IV.
in Decreto an. 1353, ac Wenceslaum in Decreto altero an. 1376.
apud Goldaſtum Conſt. Imp. To. 1. p. 345, & 375. conſtat , exiſ-
timare pronum eſt. Nam hoc de Jure Imperatoribus ex Privile-

gio ante , & poft Concordata adquifito , ideoque perfonali loquitur loco cit. Nauclerus . Junge quod Caroli IV. Preces ad Monafteria dumtaxat directæ eo loci leguntur : quò fit , ut Precum ad
Beneficia patiter vacantia , aut primum vacatura dirigendarum
jus exinde nequeat extundi . Wenceslaus quoque ibidem primarum
Precum jus Ruperto Comiti Palatino Kheni, ac Bavariæ Duci cef-
fiffe legitur. Quibus neque hunc ufum, neque utenti morem Epifcopos geffiffe conftat . Ab Eugenio IV. deinde indultum nominandi ad
centum Beneficia fupplex petiit, & impetravit Fridericus III. Quo
plane fe non indigere intellexiffet, fi perfpectum ei fuiffet Precum
vigore ad longe plura Beneficia nominandi fibi jus incumbere .
Concordatis fubinde Germanicis , quibus Beneficiorum collationes ex æquo Pontificem inter, & Clerum Germanicum divifæ funt,
fex Menfibus eidem Clero tributis , totidemque Pontifici refervatis , una cum Jure præfervato ad quædam Beneficia jam antea per
Extravag. *Ad regimen* quæfito , tantum abeft , ut Fridericus III.
intercederet , cauffatus Imperatorio prætenfo juri primarum Precum injuriam fieri , cum quo plane jure adverfa pugnare Concordata fronte nemo non perfpicit, ut potius, ulla abfque præferva-
tione , Concordatis illis fuo , Nationifque nomine confenfum adhibere ultrocitroque non dubitaverit . Quod indicium eft liquidum , nullum Imperatoribus ad primarias Preces legitimum jus ,
aut privilegium perpetuum adquifitum ante fuiffe, ipfomet Friderico Imp. probante , & agnofcente . Concordatis vix initis , a Nicolao V. primarum Precum indultum idem Fridericus obtinuit .
Cui tamen obtemperare plurimi detrectarunt Epifcopi, ideo quod
Concordatis illud effet adverfum . Tertio proinde anno poft Concordata, primarum Precum indultum alterum, cum expreffa Concordatis derogatione, ab eodem Pontifice an. 1454 10. Kal. Octob ,
alterumque deinde a Callifto III. anno infeq Kal Octob. Fridericus impetrandum curavit . Quod rurfus indicium eft certum
perfonale fuiffe privilegium , atque peffimæ cauffæ patrocinium
fruftra , perperamque quæfitum a Proteftantibus Lehmanno de
pac. Relig. lib. 2. cap. 70 , Fritfchio de prim. Precib. cap. 2.
§. 43, Vitriario Inftit. Jur. publ. lib. 3. tit. 2. n. 9 , Mayero de
Jure prim. Prec. n. 43, feq., ex Noftris quoque a Piringhio To. 3.

tit. 5.

tit. 5. Decret. n. 376, & Engelio eod. tit. n. 71 , præfractè contendentibus primarum Precum juri nullum Concordatis irrogatunt.
præjudicium fuisse. Post hæc igitur simili privilegio , aut etiam
paullo ampliori cohonestari se curarunt ab Innocentio VIII. anno 1493. Maximilianus I, a Leone X, & a Clemente VII. an. 1530,
ac 1532. Carolus V, & Ferdinandus I, a Pio IV. an. 1564. Maximilianus II , a Gregorio XIII. an. 1577. Rodulphus II , a Paulo V.
an. 1612, & 1620. Matthias,& Ferdinandus II,& ab Urbano VIII.
an. 1638. Ferdinandus III. Primarias itaque Preces Imperatoribus
ex Pontificis indulgentia competere fateri non detrectarunt Imperatores ipsi Rodulphus II, & Ferdinandus II. in Precum formulis
apud Paurmeisterum de Jurisd. lib. 1. cap. 11. n. 48, & post Durandum, aliosque supra laudatos Jurisconsultissimos, Boerius Decis. 32. n. 8, Restaurus Castaldus de Imperat. q. 100. n. 14, seqq.,
Hermes fascic. Jur. publ. cap. 11 , & de Regal. Imp. cap. 4 , Ura-
nius Consil. To. 2. Consl. 21. §. 10, Petrus Gregorius Tolos.Syn-
tag. Jur. lib. 17. cap. 7. §. 21,Choppinus de Sac. Polit. lib. 1. tit. 10.
n. 13, Azorius Instit. mor. lib. 10. cap. 7 , Cockier de prim. Prec.
in procem. , Gaillus lib. 1.Observat. 155. in fin. , Beckers Synop.
Jur. publ. cap. 5. §. 5 , Stephanus de Jurisd. lib. 2. par. 1. cap. 1.
memb. 1. n. 116, Rumelinus ad Auream Bullam par. 1. differt. 4.
Thesau. 16 , Syringius de pace Relig. Concl. 31. litt. B., Lampa-
dius de Republ. Rom. Ger. par. 3. cap. 11. §. 46, seq. , aliique .

Factum tamen id totum, ut primarum nempe Precum jus
sibi confirmari singuli curarent Imperatores, ex liberali civilitate
quadam magis , abundantiorisque cautelæ gratia, quam ullo ne-
cessitatis intuitu , officiique debitione, reponunt ex Protestantibus alii , veluti Klochius Consl. 4. n. 23 , Stamlerus de Reservat.
Imperat. §. 51. n. 3 , Fritschius de Jure prim. Prec. cap. 2. n. 36,
seqq. , Schuederus Introd. in Jus publ. Imp. Rom. Germ. par. speciali sect. 1. cap. 5. n. 15 , Vitriarius lib. 3. tit. 2. n. 8 , seq., Mayerus de Jure prim. Prec. §. Licet seqq. p. 65, Besoldus vir primum
Lutheranus , postea Catholicus Thesau. pract. p. 2. V. Primariæ
Preces in fin. Nempe ita miseri, quod fieri absque Juris Naturalis,
Gentium , ac Divini violatione nequire videre detrectant , factum
ex civilitate , & cautela dicere malunt : quod ita faciendi jus in
                                                              vete-

veteri confuetudine fundatum contendere pergunt . At falfo quidem, ac perperam : fiquidem neque vetus praetenfa confuetudo legitimo documento ullo probari queat, atque fi viguiffet unquam,
tam licite , quam legitime derogatum ei fuifset a Pontificibus ,
Conciliis , & Concordatis , eidem quin etiam prorfus contrariam
obtinuifse probaverimus annorum 365. circiter confuetudinem ,
quot nempe a Rodulpho I. ad Ferdinandum III. praeterfluxere .
Junge, quae copiofe, egregieque difputat Illuft. Fontaninus difsert.
de prim. Precibus capp. 58, & 69. p. 82 , 102 , feqq. , illudque
praefertim , quod Pontificia indulta a Nicolao V, ac deinceps con-
cefsa plerafque involvebant conditiones , ac limitationes : quas
profecto haud acceptafsent Imperatores,fi de altero fibi jufte quae-
fito juris titulo certi fibi , confciique fuifsent . Atque haec iterum
contraria plane confuetudo magis adhuc , magifque fequentium
Imperatorum comprobatur factis . Itaque Leopoldo I. indultum
hujufmodi , ante folemnem obedientiae praeftationem, ab Alexandro VII. abfolute denegatum certis documentis adfirmant Juftus
Fontaninus cit. difsert. cap. 71 , & Schvvartz Colleg. hift. p. 8.
q. 6 §. 13 , rem tamen poftea amice compofitam adjungentes .
Quum vero Leopoldus indulto minime impetrato, quod impetrare denuo non opus fore putabat , doctrina fultus hand paucorum
oppido , atque Catholicorum utique falfo exiftimantium indulto
perpetuo five explicito , five implicito in Confuetudine antiqua ,
Pontificum Rom. confenfu tacito faltem , quin imo toties repetito firmata , Preces attamen, etfi parciffime , dirigere non abfti-
nuifset, jure optimeque proinde iifdem intercelfifse plerofque Germaniae Praefules, & Capitula non pauca adfirmavit Clemens XI . in
litteris ad Capitulum Hildesheimenfe an. 1706. Quumque Jofephus I. ab an. 1705 , nulla ante petita , obtentaque fuae electionis
confirmatione, nulloque primarum ideo Precum indulto prius impetrato, eas nihilominus dirigere pariter neque fibi temperafset ,
eas propterea nullas, irritafque praefatis in litteris idem Pontifex
decrevit, admonens, ne Preces illae ullatenus admitterentur; tamquam quae ullum obtinere robur nequirent, nifi Apoftolico efsent
indulto fuffultae , fubjungens eafdem Concordatis adverfari Nicolaum V. inter , & Nationem Germanicam initis , ideoque a Fri-
deri-

derico III., ceterisque deinceps Imperatoribus non ante Preces ejusmodi dirigi consuevisse, quam a Pontifice M. cum electionis confirmatione easdem dirigendi Preces indultum impetrassent. Cæterum idem Clemens XI. in aliis cum ad Capitula Ecclesiarum die 3. Martii, tum ad Carolum VI. Imper. die 10. an. 1714. litteris testis accedit locuples Josephum I. prudens inivisse demum consilium de electionis suæ confirmatione a Pontifice M. petenda, una cum consequenti primarum Precum indulti petitione, idque documentis fide dignis sibi liquido constitisse, quod tamen adimplere illum obitu immaturo præpeditum fuisse. Quo etiam loci a Carolo VI. tam electionis suæ confirmationem, quam primarum Precum indultum fuisse petitum adfirmat, atque impartitur. Idem perinde indultum a Benedicto XIV. P. M. petiisse, impetrasseque Carolum VII. Bavarum, & Franciscum I. Lotharingum certum sit ex Pontificis ejusdem litteris Apostolicis. Quibus de indultis adeundi, si placet, qui ea diligenter collegere Illust. Fontaninus in dissert. de prim. Precibus, ex Protestantibus vero Lunig Spicileg. Eccles. To. 1. a cap. 1. §. 170. p. 377, seqq. Ex quibus liquido patet subsistere amplius nequire eorum opinionem, veluti Wagnerechii in Comment. exegetico Sacr. Can. To. 1. lib. 3. tit. 5. de Præb., Piringhii eodem lib. 3. tit. 5. de Præben. n. 371, & Engelii lib. 3. tit. 5. eodem §. 6. existimantium primatum quidem Precum jus a Pontificio indulto pendere, siquidem tamen a quadringentis annis, post etiam Concordata indultum illud concedi consueverit, posse licite Imperatores ex præsumpta indulgentia Pontificum, antequam indulto reapse donati sint, Preces dirigere. Præterquam enim ex nuda præsumptione jus istud, quod in laico Principe aliàs pugnat aperte cum Jure sacro positivo, constantique, adstrui profecto nequit, neque præterea ex consuetudine, siquæ obtinuisse daretur etsi, aut præscriptione etiam immemoriali jus istud adquiri legitime potest, ob incapacitatem possessionis, sine qua nulla currit præscriptio, qua de re videndi Schamlzgrueber ad lib. 3. Decret. cit. tit. 5. de Præb. n. 56, Pichler ibid. n. 48, Greneck Exam. Jur. Can. eodem lib., & tit. n. 95. p. 541., &c. palam factum est nempe ita singulis Imperatoribus opus fuisse, necesseque fore indultum petere, ut illo non impetrato nullæ prorsus

fus habitæ fint, habendæque Preces, harumque ideo jus nulla,
fuifse legitima firmatum confuetudine, firmarique potuifse. Confer cit. Schmalzgrueber cit. lib., & tit. Decret. §. 8, Reiffenftuel
ibid §. 30, Hermetem fafc. Jur. publ. cap. 11, ac Diner Appar.
Erud. ad Jurifp. p. 6. Append. difiert. de Jure primar. Precum
Art. 2. Neque fane Proteftantes juvat, quod a Concilio Bafileenfi
an. 1437. decreto in favorem Sigifmundi Imper. edito, quod refert Lunig Spicileg. par. 1. §. 134. p. 277, cum ipfi, tum fingulis
Romanorum Regibus, & Imperatoribus primarum Precum, five
Nominationum indultum perpetuum fuerit collatum. Nam præterquam id evidenter probat nullum ante id temporis Imperatoribus primarum ejufmodi Precum jus vel ex privilegio, vel ex confuetudine, vel quopiam alio titulo fuifse adquifitum, nullo in pretio indultum illud profecto habitum fuifse patet cum ex Decretis
aliis pro nihilo factis, tanquam a Pfeudofynodo poteftatis exper-
te profectis, tum ex praxi continua, qua a Pontificibus indultum
hujufmodi petere Imperatores religioni duxifse oftendimus: quod
indicium eft evidens Decretum illud nec a Pontificibus firmatum,
nec Imperatoribus ipfis fatis firmum vifum fuifse.

Ad Galliarum Reges nunc difcurrendo, nihil tam frequens,
& ad faftidium ufque repetitum a Proteftantibus, a Regaliftis, a
Publiciftis auditur, quam a Chriftianiffimis Regibus idem primarum Precum jus, quod aliter jus vocant *Adventus ad Coronam*,
Pontificio indulto nullo petito, fibi adftrui ex eifdem capitibus,
quibus jus Regaliæ adquifitum putatur. Sed enim, ficut in Regaliæ jure ftruendo, fic in hoc primarum Precum jure fuperftruendo
immaniter eos hallucinari facile oftendere eft. Atque quidem ab
eopfe, quo cepifse Beneficia, Sæculo XII. nempe, fuperius dictum
eft, exordium capiendo, equidem ab Innocentio IV. pleraque in
Gallia Proceribus Beneficia, cum facultate alia plura obtinendi,
fuifse collata refert Matthæus Parifius ad an. 1247. Philippo item
Pulcro indultum nominandi qualibet in Ecclefia Cathedrali, &
Collegiata perfonam idoneam unam conceffifse Bonifacius VIII.
legitur in epift. Cardinalium ad Galliar. Proceres inter Probationes libert. Ecclef. Galic. cap. 7. Cui perfimile privilegium eidem Regi Philippo a Clemente V. confirmatum refert D. Tillet

370 De Potestate Ecclesiastica,

par. 1. p. 452, quasdam ad Beneficia sere non omnia Regni nominationes concessas memorans. De plurimis etiam aliis Beneficiis in Gallia tam Universitatibus quam supremis Curiis, Saeculo XIV. decurrente, ab Apostolica Sede indultis adeundus, qui fuse de ipsis agit, D. Cochet de Sanvallier *Traité de l'Indult* To. 1. p. 10. n. 8. Johanni II. rursus Franc. Regi indultum ad Beneficia vacatura in triginta Regni Ecclesiis Cathedralibus, & Collegiatis ab Innocentio VI. concessum memoratur a Glossographo Pragm. Sanct. Sub magni Schismatis tempus a Clemente VII. Expectativas duarum Praebendarum in singulis Cathedralibus, & Collegiatis impartitas Carolo VI. Regi fuisse auctor est Froissardus Hist. To. 4. cap. 4. ad an. 1389. Ad quingenta Beneficia nominandi Jus eidem Carolo tributum a Johanne XXIII. testis accedit D. Tillet par. 1. p. 454. Posthaec frequentissime persemet Rom. a Pontificibus Expectativas in Gallia tam privato suo pro arbitrio, quam ad Procerum, Regumque preces fuisse collatas fidem indubiam faciunt tum passim Stephani Tornacensis epistolae 22, & 67. ad Alexandrum III, ac epist. 109, 111, & 131. ad Lucium III, quibus se Clericis ab Apostolica Sede designatis designata Beneficia vacatura collaturum se, ut Pontificia ferebant mandata, pollicetur, tum praesertim Paschalis II. apud Stephanum Tornac. epist. 238, Hadriani IV. epist. 14. ad Capitulum Parif., & epist. 13. ad Parif. Episcopum, Alexandri III. epist. 7. in Append. I. ad Petrum Abbatem S. Remigii epist. 96. in Append. 2. ad Ludovicum VII. Reg., & epist. 108. ad Capitulum Parisiense, qua se precibus Francorum Regis, Reginae, Procerumque inflexum referet, ut Praebendam Philippo Meldensis Episcopi Nepoti conferendam curaret, Lucii III. apud Stephanum Tornac. cit. epist. 109, 111, & 131. Quid imo, quod in Concilio Constantiensi a Martino V. tam Expectativae quamplures Gall. Regi, ac Sabaudiae, Burgundiae, Aureliae, Britanniae, Borbonii, Brabantiae &c. Ducibus, Universitatibus insuper, Supremisque Curiis concessae, quam Concordata cum Galliarum Episcopis ad quinquennium inita apud Leosantium hist. Concil. Constant. To. 2. edit. 1714. leguntur? Sed & in Regulis Cancellariae ab eodem Pontifice sancitis plures habentur Regulae pro Expectativis concedendis in Dioecesibus Galliarum Parisien-

si,

fi, Rothomagenfi, Tornacenfi, Cameracenfi &c. Infuper ex Caroli VII. Sanctione Pragmatica tit. *De Collationibus* §. *Fruftra*, & §. *9. Quodfiquis*, nec non ex Glofsographo ibidem patet, quod intra annorum 13. intervallum, quot a Conftantienfi ad Bafileenfe Concilium effluxere, per octo anni menfes Expectativas concedere Pontifici M. in more pofitum erat. Decretum a Bafileenfi deinde fefs. 31. Jan. 1438, quo Expectativæ revocatæ quidem funt, integra tamen Pontifici facultate relicta quafdam conferendi, Carolo VII, & Bituricenfi Conventui eodem anno habito fummopere arrifit, ideoque Pragmaticæ infertum eft; juxtaque hanc Juris formam in Gallia res proceffit, quoadufque a Leone X. cum Francif. co I. celeberrima fancita Concordata funt, quibus potius confirmatum Pontificis jus conferendi Expectativas nemo non videt, ac videndus Rebuffus in Tract. Nominat. q. 3. n. 1, feq., & q. 4. n. 7: donec plurimis cauffis ob Ecclefiæ bonum illa fe Pontificibus abdicantibus poteftate, a Tridentino Concilio Sefs. 24. de Reform. Cap. 19. Expectativæ fublatæ funt.

Quam veritate ifta undequaque conftant, tam viceverfa fido laborant peffima, quæ a Regalifta Gallo To. 2. p. 74, feqq. indigefte conglomerantur documenta ex Francorum Regum litteris Philippi Andacis an. 1274, Philippi Longi an. 1317, & Caroli Pulcri an. 1323, quibus contendit Jus nominandi ad Beneficia Galliar. Regibus jamdiu competiiffe. Nam iis litteris jus dumtaxat conftituendi fingulis in Monafteriis tam Virorum, quam Virginum Monachum unum, aut Monialem fibi vindicaffe leguntur: quo de jure dicere impræfentiarum nihil intereft, illud tamen inter, ac iftud, quo de quæritur, ad Beneficia nominandi, longum, ac larum intercedere difcrimen nemo non perfpicit. Primus itaque, qui Pontificio abfque indulto ad Præbendas aut vacantes, aut primo vacaturas, in principio fui adventus ad Coronam nominare præfumpferit, fertur Henricus III. Decreto an. 1577. die 1. Aug. edito, infertoque ejufdem Ordinat. To. 4. fol. 434. Verumtamen huic Henrici III. Decreto, tanquam recens excogitato, confeftim, ac palam ipfo coram Rege, & Curia, intercedere Clerus Gallicanus haud fubftitit in Comitiis an. 1579. die 23. Decemb., uti liquet ex Proceffu verbali. Quæ interceffio tam contra Decretum

hocce

hocce ; quam contra hujufcemodi Nominationes ab Henrico IV.
perinde concefsas ab eodem Gallicano Clero vice plus fimplici inftaurata legitur in litteris an. 1595. die 20. Decemb. ad eumdem
Henricum IV. Actis Cleri ejufdem anni infertis , ficut etiam in
feqq. annis 1612. in Act. Cleri Art. 18 , an. 1645 , & feq. die 20.
Jun., & 24. Jan. in Procefsu verbali p.48, & 458, ac 1650 die 11.
Jul. in Procefsu verbali p. 140. Gallicano autem Clero interce-
denti adfenfifse Gallos Jurifconfultos , Canoniftas , ipfafque Curias , ultrocitroque confirmantes Juris iftiufmodi ufum ante Henricum III. nullum exftitifse , neque præ impudentia inficiati Anonymus Regalifta To. 2. p. 71. aufus eft . A Carolo VI. quidem anno 1380. Johanni Bituricum Duci plurimis Regni Provinciis præfecto indultum , ut ad Beneficia vacantia , aut primo vacatura ,
quæ ad Jus Regium ratione jucundi ejufdem ad Coronam adventus pertinerent , idoneas nominare perfonas quiret , ex ipfius Regis Ordinat. a D. Secoufse collectis To. 6. p. 331. refert præcit.
Anonymus Regalifta . At enim præterquam quod dubitare valdequam licet , an Decretum iftud fub forma deprecatoria fuerit con-
ceptum , an ab Epifcoporum afsenfu dependens, ac reapfe execu-
tioui demandatum , dubio procul illud inter abufus deinde fuifse
recenfitum poft annos 38 , difereteque cun propcio , tum ipfiufmet
Caroli VI. nomine improbatum a Carolo VII. tum temporis pro
eodem Carolo VI. patre Regnum adminiftrante , liquet ex ipfius
litteris datis apud Montem Agri die 30. Mart. 1418. ad Epifcopum , & Capitulum Ecclefiæ Laudunenfis inter Probat. libert.
Ecclef. Gallic. cap. 15. n. 61. Quibus litteris hanc fibi , perindeque Succefsoribus legem præftituit, ne aliter , quam modo deprecatorio , impofterum ad Beneficia Regio nomine , etiam in novi
Regni exordio , nominatio fieret . Quo plane modo deprecatorio
tam antea Ludovicum VII. ufum , ac fruftra quidem teftator in
epift. ad eumdem Regem Abbas quidam Catalaunenfis apud Duchefnium To. 4. p. 504, & 669 , tum deinceps ufos religiofe conftat Reges Ludovicum XI. apud Regaliftam Gallum cit. To. 2.
p. 92 , Carolum VIII. inter Probationes libert. Eccl. Gallic. cap.
36. n. 24, & apud D. Corbet To. 1. p. 57, Ludovicum XII. in
litteris ad Epifcopum , & Capitulum Lemovicenfe die 18. Aug.
1603.

1603, & apud D. Ranchin in tractatu Gallice inscripto *Revision du Concile de Trente* lib. 7. cap. 8, ubi refert etiam formulam deprecatoriam litterarum, quibus Supremæ quoque Curiæ Episcopos rogabant de recipiendis eisdem nominationibus, ac Ludovicum XIII. in resp. ad Cleri Gallic. repræsent. Art. 18. an. 1612. Atque ita modo deprecatorio a Regibus dirigi Nominationum litteras consuevisse testatur Rebuffus Consi. 47, ubi n. 8. primarias Preces tam ab Imperatoribus Germ., quam a Galliarum Regibus ex Apostolico indulto robur, ac vim obtinere adfirmat, quod ipsum fateri Choppinus de Sacr. Polit. lib. 1. tit. 10. n. 12. haud renuit, ideoque deprecandi jus istud Regum Franc. cum primariis Imperatorum Precibus confundere non dubitarunt D. Boyer Decis. 32. n. 12, & Gallus ipse Regalista To. 2. p. 86, & 92. Sed de his plura dabit Emin. Sfondratus Gall. Vind. dissert. L.

DE ECCLESIÆ POTESTATE

Monarchica, & Hierarchica, sive de Potestate Legislativa, & Judiciaria.

ARTICULUS IV.

Q Uemadmodum Civilis Potestas juxta Thucididem lib. 5. cap. 18, ubi Civitatem vocat Αὐτόνομον, Αὐτόδικον, και Αὐτοτελῆ, tribus describitur rebus, videlicet *Legibus, Judiciis, & Magistratibus*: a quo parum distat Aristoteles Polit. lib. 4. cap. 14. ites adsignans partes in administranda probe Republica, quarum prima sit consultatio de rebus communibus, quò faciunt utique Leges, altera sit legendorum Magistratuum cura, quò pertinent electiones, tertia sit Judiciaria facultas, qua Jus comprehenditur de morte, de exsilio, de publicatione, de repetundis &c., quam pariter in sententiam utroque concurrit pede Dionysius Halicarnassens. lib. 4. cap. 20, & lib. 7. cap. 56, triplex maxime ad Rempublicam bene moratam, riteque administrandam Jus necessarium observans, Jus nempe Magistratuum creandorum, Jus Legum condendarum, ac Jus exercendi Judicia: multo certe

magis

magis in Ecclesia tria hæc Dei institutione optime constituta fateri , & agnoscere oportet, potestatem videlicet Electivam , Legislativam,& Judiciariam. Si namque hominum institutione id Civilis Respublica consequitur , ut Magistratibus , Legibus , ac Judiciis consistat , quis , obsecro , id totum Ecclesiæ a Christo D. suisse collatum ambigat,aut inficiari audeat?Age vero tria hæc Ecclesiæ officia fundamentum habere sixum, ratumque in forma Monarchica, & Hierarchica a Christo D. inducta demonstrare prioris operæ pretium est: demonstrata enim semel Divina institutione Sacri Principatus diversis in Ordinum gradibus diffusum , jam suapte fluit , ut gemina Ecclesiæ gubernandæ Pontifici , Episcopisque potestas Legislativa , & Judiciaria collata perinde fuerit , absque qua Monarchica, & Hierarchica gubernandi ratio nec esse, nec intelligi potest . Igitur Imperium, & Jurisdictionem ab Ecclesia ut eliminent , ac totum , quantum est , in Principes integre transferant , mirum valde quanto animi conatu Protestantes incumbant , ac quot in diversas , adversasque scindantur partes , ut se rite facere demum ostentent . In eo itaque principio conveniunt omnes , ut adstruant ejusdem esse Religioni principari , cujus est Reipublicæ gerere Principatum, nempe rei cum Civilis , tum Ecclesiasticæ summam unum penes Principem integre stare . Quod principium ut suo ponant , firmentque loco , dicere sibi sumunt Christum D. neutiquam in Mundo Dominatorem egisse, sed Doctorem, ideoque neque cogitasse de Imperio in Ecclesia constituendo cum potestate ferendi leges , cogendique fideles , sed Magistetium dumtaxat ab eo fuisse institutum cum officio docendi , & admonendi . Doctrinæ hoc munus Clericis dumtaxat collatum , Dominationis illud Principibus derelictum . In Religionis itaque rebus primas Imperii partes agi a Principe ipso , a cujus potestate totius Reipublicæ dependet administratio: Doctrinis officium a Clericis geri , a Laicis ceteris Auditoris obsequium præstari : itaque Divino jure Clericos inter , & Laicos non aliud discrimen , nisi Doctoris , & Auditoris intercedere : utrosque vero Principi rei tam Civilis, quam Sacræ administranti summam omnino subesse.Ita systema istud est Societatis æqualis cum Clericorum inter se se , quam Clericos inter , & Laicos , Principe secluso , fastigioque
potes.

poteſtatis ſupremo poſito, quod primus excogitavit Puffendorfius ac libro *De habitu Religionis* publicam in lucem produxit : quod ambabus amplexari ulnis Proteſtantium turba properavit, quorum elenchum, brevem etſi, artic. 3. exhibui, quove de pulcro excogitato ipſi plaudere non dubitarunt Pfaffius in ſerm. Academ. de Jure Ecclef., Adnotator Huberi Not. 36. ad Jus Civit. lib. 1. ſect. 4. cap. 1, aliique, quos recenſere non vacat. In hac tamen æqualitatis hypotheſi proprio explicanda arbitratu neque ſatis Proteſtantes ſibi cohærent, multoque minus in attingenda ratione, quo Principi demum Jus in Sacra, ipſamque regendi Societatem poteſtas ſuprema competat : etſi jam convenerint inter ſe ſe Principi utique ex acceſſione ad ipſam Religioſam Societatem amplioris poteſtatis nihil prorſus acceſſiſſe, velut oſtendere Pfaffius ipſe cit. ſerm. Acad. §. 18. non abſtinuit. Itaque alii Principibus Jus in Sacra, & in Societatem ipſam adquiſitum fuiſſe non jure quidem proprio, ſed jure fiduciario, ſibi nempe ab ipſa Societate delato defendunt, veluti Strychius, Lynckerus, Mylerus, Stephanus, Befoldus, Mevius, Eſtorius, Textor, Kromayerus &c. apud Pfaffium ci t. §. 18, & Boehemerum ad tit. de Offic. Judic. Ordin. §. 21: cui opinioni valde affinis eſt altera Carpzovii, Ziegleri, Gerhardi, Voetii, Brunemanni &c., qui duas in Principe diſtinguentes perſonas, Laicam nempe, & Eccleſiaſticam, Principis, & Epiſcopi, ipſi qua Principi jure proprio Laicà exercendi, qua Epiſ. copo adminiſtrandi Eccleſiaſtica jure adquiſito facultatem adſcribunt. At opinionem hanc ea plane efficaci ratione exagitandam adſumpſere Pfaffius, & Bohemerus, quod inde manifeſte ſequatur Jus in Sacra ad Eccleſiam ipſam, ſeu Epiſcopos jure proprio, antiquo, ac jugi cum praxi conjuncto, & continuato pertinuiſſe, antequam Principes eidem Societati Eccleſiaſticæ nomen dederint, nec fuiſſe, cur exinde, ex dato nempe Societati nomine, in Principes transfundi Jus illud debuerit, ſiquidem ex amplexata Religione amplior in Religionem ipſam poteſtas illis adquiſita non fuerit. Igitur Bohemerus indivulſam in Principe a Civili poteſtatem in Sacra ex Territoriali ſuperioritate derivandam ſtatuit, quod Religio nempe legibus Regionis adſciſcatur, ideoque ad eum de Religione decernere perinde ſpectet, ad quem ſpectat utique

Regi-

Regioni dicere leges . Sed hoc fyftema Boehemeri haud recte fubfiftere ideo vifum eft Pfaffio loc. cit. , quod inde duplex exfurgeret
incommodum , & abfurdum, tum quod Principi jus in Sacra fubditorum , & etiam diverfæ Religionis, inefset , tum quod Apoftoli ,
prifcique Ecclefiarum Paftores Imperatorum, antequam Chriftianæ Religioni colla fubmitterent, victafque dederent manus , Jura
profecto ufurpafse cenfendi forent , dum independenter ab ipfis, &
in Imperium Religionem invehere , ipfisque infciis, atque invitis,
de Religione decernere non dubitarunt . Viceverfa Preufchius in
differt. Germanice edita Gieffæ an. 1753. de negato Domino Territoriali jure cognofcendi de cauffis Matrim , & Ecclef. fuorum
fubditorum , in ea fententia verfatur , ut Ecclefia primitiva Sacra
exercendi jure potitam credat . etfi poftea cum prolabatur in errorem , ut putet Jus illud abfque Imperio fuifse , cogendique facultate , ideoque pure directivum , quin etiam illud , poftquam
Ecclefia Romanæ inferta Reipublicæ eft, in Imperatores fuifse
transfufum , quibus perinde titulus quoque Pontificis M. fuerit
adquifitus. Ita hæc opinio eôdem recidit ac prima, eifdem fubjecta
evadit incommodis , nempe 1,quod ita Ecclefiaftici Regiminis forma ab ea fuerit immutata, qua a Chrifto D. condita fuit: 2,quod fi
Ecclefia primæva jure in Sacra potita eft,inique eo Jure fubinde ab
Imperatoribus fpoliata fuerit: fiquidem ipfis ex eo,quod Religioni
demum adfociati fint, novum inde Jus,quo antea carebant,non ad-
cefferit . Receptior denique Proteftantium opinio eft in Principes
Jus in Sacra ex primævo jure naturæ, five Principali Jure ipfo defcendere : eo ipfo enim , quod Reipublicæ intexta fuit , infertaque
Religio,eamdem Principis imperio fubjacere putant. Sed iftius perinde Juris Principalis in Sacra,non fecus atque in adftruendo fundamento, fic in adfignandis finibus inter fe difcrepant . Liberalior
aliis Hobbefius in element. Philofoph. de Cive poftquam cap. 17.
§§.6,& 8. dixifset Regimen Chrifti in hoc Mundo fuifse non Imperium, fed Confilium, non per auctoritatem, & potentiam , fed per
doctrinam,& perfuafionem, nullafque a Chrifto leges inductas, fed
inftituta Sacramenta dumtaxat, §§. 18, & 27. Civili poteftati ampliffimam facit S. Scripturas interpretandi,deque fidei Controverfiis definiendi facultatem . Et cap. 18. §. 18. edit. Amftel. 1742.
de

de Articulo *Jesum esse Christum*, quem solum de fide interna necessarium ad salutem statuit, definiendi, nec non de Internis, quæ
in unius cujusque libertate relinquenda contendit, decernendi
Principibus adimit quidem facultatem, sed circa externa abso-
lutissimam facit. Quo postremo in errore parem Hobbesio ad-
sertorem se præbuit Huberus lib. 1. sect. 5. cap. 2, seq. Civili potestati de rebus omnibus ad Religionem pertinentibus definiendi
omnimodam faciens auctoritatem, modo a legibus ad Conscien-
tientiæ forum transferendis abstineat. Atque hinc parum differunt
Grotius de Imp. Sum. Potest., Estorius de Jure publ. Eccl. cap. 8,
aliique plures Art. 3. sup. recensiti. Contra Ecclesiæ, sive Ecclesiasticæ Societati Jus in Sacra non omne abjudicare sustinuerunt
Psaffius cit. serm. Acad. cap. 8, & Pfeufchius cit. differt. cap. 2,
jus nempe tribuentes fidei condendi Formulas, sacros constituendi
Pastores, Sacra ordinandi, & Cæremonias, conventionales ferendi leges, infligendi pœnas, reformandi abusus &c. Idque Juris sta-
tuunt in S. Scriptura Matth. cap. 16. v. 17, Actor. cap. 1. v. 15,
& 1. Corinth. cap. 6, quin Principi tamen denegare ausi sint Jus in
Ecclesiam ipsam, Jus nempe concedendi Religionis exercitium, di-
gnoscendi de caussis Ecclesiasticis, statuendi pœnas in eos, qui
officio erga Principes suo deessent, Legatos mittendi ad Synodos,
quorum absque nutu nihil in eis decernatur, confirmandi decreta,
eorumque observantiam urgendi. Atque ita nefaria Jurium confusione, & perversione, quantum Ecclesiæ detrahere student,
tantumdem Principibus adjungere non erubescunt:qua perversa in
agendi ratione longe plures habuisse qua duces, qua sectatores liquet ex dictis Art. 3. Confer & Gregorium Zalwein in differt. de
statu Ecclesiæ cap. 1. §. 22, seqq., ex quo nonnulla delibavi.

Contra Protestantes ergo Regiminis Ecclesiastici formam a
Christo D. institutam Monarchicam, & Hierarchicam fuisse, neu-
tramque consequenter absque potestate Legislativa, & Judiciaria
integre posse consistere, fundamenti veluti loco statuere nobis sacrum est. Equidem Regalem proprie dictam potestatem ab Ecclesia
ablegatam fuisse a Christo D. fateri non abnuo; Pontificalem tamen eidem collatam ejus generis esse contendo, ut cum potestate
Judiciaria,& Legislativa, quæ Regum est propria,fuisse certe con-

junctam . Enim vero quò pertinent , quæso , ea S. Scripturæ loca ,
quibus superiori Art. 3. divisam in duas personas Moysem , &
Aaronem in veteri Lege potestatem in Evangelica in unam , eamdemque personam, Rom. nempe Pontificem, utramque confluxisse palam est factum ? Fit id palam adhuc illustri , nihilque obscuro Ezechielis Vaticinio , qui postquam cap. 21. v. 26. de veteri
Synagoga dixisset : *Aufer Cidarim , tolle Coronam* , futurum nempe significans , ut ab ea tam Sacerdotalis per Cidarim , quam Regalis per Coronam designata dignitas auferretur,subjungit cap. 37.
v. 22. utramque dignitatem in nova Ecclesia futura ex Gentibus ,
& Judæis in unam confluxuram fore personam , quæ simul Rex , &
Sacerdos evasura sit : *Faciam eos in Gentem unam , & Rex unus
erit omnibus imperans , & non erunt ultra duæ Gentes , nec divi-
dentur amplius in duo Regna* . Quod Vaticinium de futura unione
Reipublicæ , ac Religionis in Ecclesia , unoque eidem præficien-
do Capite Rom. Pontifice, in cujus ideo persona Sacerdotalis cum
Regali potestas copulanda sit , quin accipi debeat, locu n dubitandi plane non sinunt , quæ subnectit v. 24. : *Et Servus meus David
Rex , & Pastor unus erit omnium* . Atque ita profecto Vaticinium
istud in Christo D. Sacerdote, & Rege impletum docent S. Hieronymus in Ezech. cap. 22 , & 37, Theodoretus in cap. 21 , Albertus M. in cap. 37, qua de re fusius infra . Deinde vero Christo D.
in Sacerdotio , ac Regno successisse S. Petrum , in eoque Davidis
præfiguratam fuisse personam , Regis nempe , & Pastoris , docet
idem S. Hieronymus in Isajæ cap. 19. hunc Ezechielis proferens
locum . Quin etiam S. Petri personam a Moyse prægestam , præsig-
natamque , atque in illum Sacerdotalem Aaronis non modo , sed
Regalem etiam Moysis concurrisse potestatem, S. Ephræmo persuasum fuit, ipsisquemet Jacobitis in Pontificali de Ordinat.Presbyt.&
de Consecrat.Chrism.p.25.apud Ecchellensem de Orig.nom.Papæ
cap. 22. Confert ad hoc confirmandum Vaticinium Ozeæ alterum
cap. 1.v. 11. sic loquentis: *Congregabuntur filii Juda,& filii Israel pariter , & ponent sibimet Caput unum* . Ubi *Principatum unum* legunt Septuaginta ; *Principem unum* habet Paraphrasis Chaldaica:
quem profecto locum de Sacerdotii , & Regni potestate in unam
Christi personam , perindeque Romani Pontificis , translata in-
tel-

telligunt S. Irenæus de Hæref. lib. 4. cap. 1, Tertullianus adv.
Marcion. lib. 4 cap. 16, S. Cyprianus lib. 1. adverf. Judæos cap.
19,S. Ambrosius de Vocat. gent. lib. 2. cap. 7, S. Gregorius Nazian. orat. de pace, S. Hieronymus in Comment. ad hunc loc., &
q. 10. ad Hedibiam , S. Augustinus de Civit. lib. 18. cap. 18 , &
contra Faustum lib. 22. cap. 89, S. Cyrillus in hunc loc. , Theodoretus ibid. , S. Gaudentius ser. 9 , Philo Carpatius in Cant. 6 ,
Rupertus hic , Albertus M. in cap. 37. Ezech. , S. Thomas lib. 4.
contra Gent. cap. 76, Ferrariensis ibid. &c. Eamdem Regni, & Sacerdotii futuram in nova Lege in una eademque persona unitatem
haud obscure prænuntiavit etiam Zacharias cap. 6. v. 11, seq. verbis illis: *Sumes aurum,& argentum, & facies Coronas, & pones in
capite Jesu filii Josedech Sacerdotis magni , & loqueris ad eum dicens: hæc ait Dominus Exercituum dicens: Ecce Vir Oriens nomen
ejus &c.* Quæ sane de Christo Sacerdote , & Rege accipienda non
dubitant S. Athanasius tract. in Matth. cap. 11. v. 17 , Eusebius
Demonst. Evang. lib. 7. cap. 9 , S. Basilius hom. 12. in Psal. 45 ,
S. Ambrosius lib. 5. de fide ad Gratian. cap. 3 , & lib. de Parad.
cap. 3, S. Joh. Chrysostomus in cit. Matth. locum , S. Hieronymus in hunc Zach. locum, S. Cyrillus Alex. ibid. , S. Gregorius
M. in 1. Reg. cap. 1. , & lib. 10. in Job cap. 18 , S. Johannes Damasc. de Fide orthod. lib.4. cap. 12, communiterque S. Scripturæ Interpretes, quorum sane interpretandi rationem juvant Paraphrastes Chaldaicus,& Rabbinorum doctiores apud Galatinum de
Arcan. Cathol. verit. lib. 3. cap.16.Quæ vero dicta de Christo D.
ut Caput est Ecclesiæ, de Rom. Pontifice dicta perinde accipi debere ea suadet ratio , qua docemur eidem vice Christi D. in Ecclesia datum etiam Regnum , cui datum est Sacerdotium . Exinde
ut id obiter adnotem, ego moveor , quominus Vitringæ in Archi-
synagogo , Maimonidis ,& Leonis Mutin. sententiam sequuto ,
& ex nostris Baccbinio de Orig. Eccl.Hierar. existimantibus Synagogarum formam in Christianam Ecclesiam a Christio D. , & ab
Apostolis deinde fuisse translatam, assensum meum accommodem .
Quorsum vero testimonia ex veteri Testamento quæram, qui luci-
dissima , obviaque habeo in Novo? Quò enim , quæso spectant illud Hebr. cap.7. v. 11. seqq. ex Psal. 109. v. 4. desumptum , quo

Ecclefia Juxta Mechifedechi, qui Regis, & Sacerdotis pariter fulgebat poteflate, Ordinem inftituta, fundataque in eamque a Synagoga cum Sacerdotio translatum Regnum dicitur, nifi idipfum, quod primo in unam Chrifti perfonam, ac perinde in Rom. Pontificem, ambas Moyfis, & Aaronis confluere perfonas, five geminam Melchifedechi Regis, & Sacerdotis dignitatem, five quod utraque præditum Regali, & Sacerdotali poteftate, velut etiam habetur 1. Petri cap. *1*. v. *9*, repetito ex Exodo cap. 19. v. 6, eumdem Pontificem M. Chriftus D. voluit ?

Haud me fugit a Proteftantibus nullo hæc in pretio haberi, proprio indulgentioribus ingenio, quo Religionis formam ad præjudicatæ opinionis captum exigere potius, quam ad præoftenfum a Patribus Divina ex inftitutione purum exemplar, affeflant, privatæque rationis circino poteftati Ecclefiafticæ fines ftatuere, extra quos ad Reipublicæ forum propius accedere fas ei non fit. Ne vero nobis falli in re tam gravi contingat, duces potius fequemur Ecclefiæ Patres veritatis facem præferentes, a quibus abfque errore difcemus, quæ a Chrifto D. Ecclefiæ regiminis indita fuerit ratio, quo fe modo regimen exerere iftud valeat, & quò jus fuum extendere. Iis Patribus igitur, qui Ecclefiam Sacerdotio, Regnoque conflare docent, Romanum ideo Pontificem loco Principis eidem præfidere intime perfuafum fuiffe oportet; quales profecto haberi debent principio Romani ipfi Pontifices, Auctor Conftit. Apoftolic. fub S. Clementis nomine lib. 2. cap 11, S. Leo M. Serm. 3-4, & 5. in die Anniv. fuæ affumpt. edit Baller., Serm. 81. in Natali SS. Apoftol., Serm. 83. in Nat. S. Petri, S. Gelafius in epift. ad Anaftafium Imp, S. Nicolaus I. in epift. ad Michaelem Aug., Johannes VIII. in epift. 68. ad Lambertum Comit., S. Leo IX. in epift. ad Michaelem Cerul, & Leonem Acrid., S. Gregorius VII. lib. 1. epift. 19. ad Rodulphum Sueviæ Ducem, & lib. 7. epift 25. ad Wilelmum Ang. Regem, Innocentius III. Expof. in Pfal. 50., & fer. 1. de S. Silveftro, Gregorius IX. in epift. ad Germanum Conftantinopolit., Urbanus IV. in epift. ad Michaelem Palæolog. apud Raynaldum ad an. 1263. n. 30, feq., aliique longe plures, de quibus To. 3. Par. 2. Art. 1. §. 2. abunde dictum. Nec eft vero, cur eidem, relut in propria cauffa reftibus, fidem adhibere quis ambigat,

quam

quam fua luculenter auctoritate confirmant Ecclesiæ Patres, Didymus Alex. in epist.1. S. Petri cap.2, Hilarus Diac. in cap. 7. epist. ad Hebræos, S. Epiphanius Hær. 29, S. Hieronymus epist. 85. ad Evangelum, in Isa. cap.60, & Ezech. cap.21, S. Joh. Chrysostomus in cap.7. ad Hebr., S. Augustinus lib.12. de Civit. cap.4, lib.17. cap. 5, & lib.12 contra Faustum cap. 33, S. Isidorus Pelus. lib. 1. epist. 235. ad Serenum, S. Cyrillus Alex. lib. 10. In Johan. cap.23, Theodoretus in Psal. 119, & in cap.7. ad Hebr., S. Petrus Chrysologus epist.25. inter Leoninas edit. Baller. ad Eutychem, Procopius Gazæus in Exod. cap. 19, Theophylactus in cap. 7. ad Hebr., Oecumenius in 1. Petri cap. 2, Primasius in cap.7. ad Hebr., S. Isidorus de Offic. lib.2. capp.4, & 25, V. Beda in 1. Petri cap.2. Quibus Junge Patres Synodi Orientalis in Synodica ad Tarasium inserta Nicænæ II. Act.3, Parisiensis VI. an.829. lib. 1. cap. 3, seq., Aquisgranensis II. an. 836. in præf., Meldensis an 845. Can.8, Pontigonensis an.876. cap.1, seq., apud S. Macram an.881. cap.1, Scriptores etiam Ecclesiasticos Hay nonem, sive Remigium in 1. Petri cap.2, Rabanum in Exod. cap.19, & Jerem. cap.33, S. Anselmum in 1. Petri cap.2, Petrum Blesens. Serm. 5. ad Sacerdotes in Synodo, S. Bernardum epist 40. ad Conradum Imp., aliosque de Schola Theologos Hugonem Vict. de Sacr. lib.2. par. 3 cap. 1, & q. 66. in epist. ad Hebr., Magistrum Sentent. in 4. dist. 24, S. Thomam de Regim. Princip. Opusc. 20. lib. 1. cap.14, si tamen ejus sœtus est, & lib. 3. cap.10, S. Bonaventuram in 4. dist.24. dub.3, & 4, & Hier. Ecclef par.2, Richardum Mediavill. in 4. dist.24. Art. 1. q.1, Veteresque alios in eumdem Sentent. locum apud Bosium de temp. Eccl. Monar. lib.2. cap.11. Speciatim denique Sacerdotii, Regnique dignitatem a S. Petro in Romanum transiisse Pontificem, cujus proinde nulla post Divinam in terris par, multoque minus superior potestas sit, quæ præterea ad res-ipsas Civiles se extendat, ex Evangelio didicisse, tenuisse, docuisse leguntur S. Basilius homil. de B. Virgine, cujus exemplar e Rhodo Insula asportatum extat Parisiis in Bibl. ling. Orient. viri Cl. Gilberti Gaulmini, S. Cyrillus Hierosolym. homil. de Ingressu B. Virginis in Templum. Abnalhaflalus de Ecclef. quæst. q. 23. ad cap. 16. S. Matth., Hebedjesu Sobensis Metropoli-

polita in Collect. Canon. cap. ult. de Ordinibus , & lib. Margarit.
tract. 4. cap. 3. de Sacerdotio , Abulpharagius Bennatibus in paraphr. ad Matth. cap. 16 , Auctor præfat. Concil. Arabicor. , Johannes Beccus Constantinopolit. Patriarcha in Synodica ad Johannem XXI. apud Raynaldum ad an. 1277. n. 34 , seqq. , David
Maronitarum Archiep. Constit. Syriac. cap. 1. de Fide relatus ab
Ecchellensi de Orig. nom. Papæ cap. 22. Apud quem cap. 25. explicatior est utique de Pontificia dignitate , potestateque Regali
ipsi longe præstantiori Auctoris Geographiæ Nubiensis sententia,
qui part. 2. Clim. 5. de Romana Pontificis Sede postquam clare dixisset : *Est Sedes major quatuor Sedibus* (Patriarchalibus nempe ,
subjungit . *Nec est supra Papam Superioritas in dignitate , & Reges sunt inferiores ipso .* Intorquere quidem ista , turbareque mala
fide, pro ingenio præpostero, conatus est Constantinus l' Empereur
in Not. ad Itinerarium Benjamini Judæi : sed viden , ut egregie
illa vindicaverit , suoque integra restituerit sensui, obvio alioqui,
nihilque difficili , & implexo, Ecchellensis loco mox cit. Sanctiori
consilio isto ductus, ac sinceriori veritatis amore Cassiodorus vir
Consularis affectus lib. 2. Variar. epist. 2. ad Johannem P. M. se
ipsius correptioni subesse in rebus ipsis etiam , quas gerebat Civilibus , religioni habebat , de cujus proinde officio , potestateque
eam animo induerat opinionem , quod sicut homo corpore , & anima præditus est , sic utriusque cura ad eum pertineret : *Pascitis
quidem spiritualiter commissum vobis Gregens , tamen nec ista po-
testis negligere, qua corporis videntur substantiam continere: nam sicut homo constat dualitate, ita boni Pastoris est utraque re fovere &c.*
Quare oppugnatum a Sæculi Potestatibus Sacrum hunc Pontificis M. Principatum exertis propugnandum viribus pariter suscepisse leguntur Avitus Vienn. epist. 2. communi Episcoporum Galliæ nomine scripta adversus Senatores; Facundus Hermian. lib. 12.
cap 3. Africanæ Ecclesiæ quoque sententia adversus Justinianum ;
S. Bernardus tam epist. 190. ad Innocentium II , quam epist. 183.
ad Conradum Imp. , cujus auribus illud Apostoli ingerens : *Omnis anima Potestatibus sublimioribus subdita sit* Rom. cap. 13. v. 1.
id ab ipso religiose quoque adimpleri S. Pauli sententia jubet , *In
exhibenda reverentia summa , & Apostolicæ Sedi, & B. Petri Vicario*)

carto ; S. Thomas denlque , qui de Regim. Princip. lib. 1. cap. 14.
eamdem Regibus obedientiæ , obfervantiæque Pontifici M. præ-
ftandæ legem indicere non dubitat , quam a Chriſto D. ſibi præſcriptam ignorare ipſi nequirent: *Summo Sacerdoti,* inquiens, *Suc-*
ceſſuri Petri , Chriſti Vicario , Romano Pontifici omnes Reges Po-
puli Chriſtiani oportet eſſe ſubditos , ſicut ipſi Domino Jeſu Chriſto :
Sed enim ceteris efficacius hanc ſibi dignitatem , poteſtatemque
vindicare , quoties opus fuit, quotque pollerent viribus , nun-
qnam deſtitere Romani ipſi Pontifices , atque præter alios jam
paullo ſuperius indicatos , Liberius adverſus Conſtantiom, S. Felix III. adverſus Zenonem , S. Gelaſius adv. Odoacrem , & Anaſtaſium epiſt. 13. ad Dardan. Epiſcop., S. Symmachus adverſ. eumdem Regem in Synodo Romana an. 502, S. Johannes I. adverſ.
Theodoricum Reg. Gothor. , S. Agapetus , & Vigilius adv. Juſtinianum , S. Gregorius M. lib. 2. epiſt. 62 , & lib. 5. epiſt. 25. adverſ. Mauritium Imp. , S. Martinus I. adverſus Heraclium , &
Conſtantem in Synodo Romana , S. Sergius I. , & Johannes VII.
adverſ. Juſtinianum Juniorem , Conſtantinus adverſ. Philippicum ,
S. Gregorius II. adv. Leonem Iſaurum epiſt. 1 , & 2 , S. Nicolaus I.
adv. Michaelem Imper. , Johannes VIII. epiſt. 191 adv. Michaelem Bulgar. , & epiſt. 199. adv. Imperat. , S. Leo IX adv. Græcos epiſt. 1. ad Michaelem Cerular. , & epiſt. 7. ad Conſtantinum
Monomachum , Nicolaus II. epiſt ad Mediolan , & epiſt. ad Ger-
vaſium Remen. adv. Henricum Franc. Reg. , S. Gregorius VII.
adv. Henricum Imp. lib. 4. epiſt. 2 , & lib. 8. epiſt 21. , Alexan-
derIII. adv. Fridericum &c Audiendus inter alios InnocentiusIII.
ſerm. 2. de ſua Conſecr. , ubi de accepta in S Petro a Chriſto D.
Rom. Pontificis utraque poteſtate loquens, propriaque faciens
verba Auctoris Conſt. Apoſtol. lib. 2. cap. 16: *Inter Deum* , inquit , *& hominem Deus conſtitutus , citra Deum , ſed ultra homi-*
nem , minor Deo , ſed major homine , qui de omnibus judicat , & a
nemine judicatur. Præterea in Cap. 6. Solitæ de Major. , & Obed.
ſimilitudine inter Solem , & Lunam inſtituta , Regali eo majorem
adſtruere Sacerdotalem non dubitat auctoritatem , quo Luna minor eſt Sole : *Illa ,* inquiens, *quæ præeſt diebus, ideſt Spiritualibus ,*
major eſt , quæ vero Carnalibus minor , ex epiſt. ad Conſtantinum
Imp.

Imp. Qua ipfa perinde comparatione ufus legitur Urbanus IV. in
litteris ad Roman. Regem apud Auctorem Indicum Rer. Aragon.
To.3. Hifp. illuft. Quam in rem conferendi etiam Bonifacius VIII.
Extrav. *Unam Sanctam* , & Johannes XXII. Extrav. *Ne Sede vacante* . Sed de his jam fatis alibi , fuperque .

Inde factum igitur , ut Imperatores , Regefque ipfi , quibus
infita cordi Religio effet , Pontificiam faftigio veluti longe fuperiori pofitam fufpicere poteftatem , dignitatemque revereri , eique fafces fubmittere haud detrectarent . Inde quin imo profectum, ut eò Principum erga Rom. Pontificem devotio, Religioque
procefferit , quam invidiæ , culpæque deputare quis tam audax
præfumat? ut vel propriam dignitatem , poteftatemque ipfius de
manibus referre , intima perfuafione ducti fore tum demum , ut
eadem fibi ab omni difcrimine farta , tectaque maneret , folliciti
fuerint , atque ideo qua Reges infulis Romana ab Ecclefia infigniri in votis habuerint , Ecclefiæque Romanæ fua libenter Regna
facere vectigalia non reformidarint ; qua Imperatores , fidei præ
ftito Sacramento , obedientiam Apoftolicæ Sedi obligare fuam
imperandique inde aufpicia quærere, accipereque non dubitarint.
Et quidem ad Reges quod attinet, ut pauca quædam ex longe plurimis ex hiftoriis fide dignis obiter, & indigeftim attingam, Alfre-
dum I. Regio diademate a S. Leone IV. an.853. infignitum memorant Afferus lib. 1. de ejus geftis , Genebrardus in Chron. lib. 4,
& Polydorus Virgilius hift. Angl. lib. 5. Venetorum Reipublicæ
Ducalem , quæ tum adhuc dum Tribunitia dumtaxat erat , dignitatem obfecratus contulifle fertur Adeodatus , five Deufdedit anno 615. apud Petrum Juftinianum de reb. Venet. lib. 7. A S. Zacharia Francorum Regnum e Childerico in Pippinum fuiffe translatum , aut fi mavis , factam translationem confirmatam referunt
rerum Francicarum Scriptores tantum non omnes , e quibus proferre fat fueritAnnaliftas Loifelianum, Tilianum, Hildefnheimen-
fem , Bertinianum, Metenfum , Lambecianum apud Muratorium
inter Rer. Ital.Script.,Pithœanum,five Fuldenfem apudBaronium,
Laurefhamenfem cum Eginhardo perperam aDuchefnio confufum
apud Bellarminum , Auctorem Catalogi Majorum Domus Franc.,
& Scriptorem hift. a Dagoberto L. ufque ad Pippinum apud Du-
chef-

chefnium To. 1 , five ufque ad Rodulphum apud Urftitium , præfertim vero Auctorem Appendicis ad S.Gregorium Turon. lib. de
Gloria Confeff. exaratæ an. 767. apud Ruinartium in nov. edit. ,
Mabillonium de re Diplom. lib. 5. p. 384 , qui ejus autographum
extare apud Henfchenium , & Papebrochium teftatur , cujus auctoritate preffus Eccardus fruftra amoliri conatur rer. Franc. lib.
23. §. 135 , Anonymum Carolo Calvo coævum apud Labbeum in
Bibl. nov. lib. Mff. , & Annaliftam Moiffacenfem,non prout extat
apud Duchefnium mutilus , ubi deficit ab an. 717. ufque ad an.
778, fed prout fuppletur ex veteri Codice a Martenio To.5. vet.
Monum. ufque ad Ludovici Pii obitum , five ad an. 819. : qua
re adeundi RemundusRuffus adverf.Molinæum cap.6,Johannes le
Lau de Pontif.auct. lib. 2,ubi Scriptores 24. enumerat,ficut etiam
Bellarminus in Apolog. adv. Barclajum , & Schulchenius pro Bellarmino , Germonius de Sacr. Immun. lib. 3 , Zipæus de Jurifd.
lib.1. cap.2 , Diana in Dogm. tract.10. refol. 6. complures etiam
laudans , Francifcus Balduinus Anaft. To.4. in Not. ad vit. S. Zachariæ,& StephaniIII,Papebrochius in Conatu Chron. differt.26,
ubi auctoritate præfertim Scriptoris præcit. Appendicis ad S.Gre-
gorium Turon. Cointium , & Natalem Alexandrum oppugnat ,
Ruinartius in Annor. ad Fredegarii Chron. , feu Append. cit.
S. Gregorii Turon. , Sandinus ad vit. Pontif. difput. hift. 18 ,
Manfius in Not. ad Natalis Alexand. differt.1. hift. Ecclef.Sæcu-
li VIII , Blancus de poteft. , & polit. Ecclef. To. 1. lib. 2. §. 11 ,
Mamachius Orig. , & antiq. Chrift. To.4. lib.4. cap.2. §.4 , aliique , quos perfequi longius non vacat. Carolus M. Regnorum
partitionem factam inter filios Leoni III. probari voluit apudDu-
chefnium hift. Franc. To. 2. p. 88. A Johanne VIII. Bofonis in
Provinciæ Regem electionem in Synodo Mantalenfi an. 879. peractam approbatam fuiffe augurari licet ex epift.51. ad Carolum
Calvum . Juffu quoque Stephani V. Ludovico Bofonis filio Regis
Arelatenfis nomen ab Epifcopis delatum eft in Synodo Valentina
an. 890. Hugo Comes Arelatenfis an. 926. Rodulphi vice Italiæ
Regno admotus a Johanne X. legitur apud Luitprandum lib. 3.
cap. 4. A Silveftro II. Hungariæ Regium nomen , ac infigne retulit S. Stephanus tefte Cartuitio in ejus vita , qua etiam de re le-

gendæ Ladislai Hung. Reg. litteræ ad Chriftifideles omnes apud
Raynaldum ad an. 1279. n. 31. Robertum Guifcardum Calabriæ,
Siciliæque Ducem an. 1059. inauguravit Nicolaus II. apud Baronium n.69, feqq. Angliæ Regem, miſſo S. Petri Vexillo, Willelmum Normannum contra Haraldum idem Regnum affectantem
eſſe juſſit Alexander II. an. 1066. teſte Orderico Vitali hiſt. Eccl.
lib. 3. Sceptro, Corona, & Vexillo miſſis Croatiæ Regem Deme-
trium inſtituit S. Gregorius VII, veluti liquet ex lib. 2. epiſt. 74,
& ex Cencio Camerario lib. de Cenûb. memorat Baronius ad an.
1076. n. 66, feq. Urbanus II. Vexillo tradito Rogerium Siciliæ
Regem inauguravit, Romualdo Salernitano Archiep. teſte in
Chron. ad an. 1090, cujus filium Cogominem Apuliæ deinde Ducatu adauctum ab Honorio II. ex Alexandro Abbate, & Falcone
in Chron. adnotat Pagius ad an. 1128. n. 5. Quod Regium deinde
nomen ordinarium evaſit ſub ea lege, ut Romanæ Eccleſiæ vectigal eſſet, uti poſt Nicolaum II, S. Gregorium VII, Urbanum II.
& Honorium II. juſſere Innocentius II, Hadrianus IV, Innocentius IV, Bonifacius VIII, Gregorius XI, Innocentius XIII. Conſt.
Inſcrutabili an. 1721. HieroſolymorumRegno admotumGothofre-
dum Buillonium a Paſchali II. an. 1099. referunt Fulcherius Car
not. hiſt. Hieroſ. lib. 1. cap. 21, & Willelmus Tyrius lib. 9. cap. 9. Regis Portugalliæ titulum ſibi, ac Succeſſoribus ab Alexandro III.
impetraſſe Alphonſum I. an. 1179. liquet ex Diplomate, quod vulgavit Baluzius Miſcell. To. 2. p. 220, feq., atque teſtis accedit
Innocentius III. epiſt. 99. edit. Baluz., 100, aliiſque apud Baronium ad cit. an. n. 16, feq. Regio diademate a Cæleſtino III. inſi-
gniri meruit Leo Armeniæ Rex, uti fidem indubiam faciunt Gregorii Catholici litteræ ad Innocentium III. hujuſce Regeſto lib. 2.
epiſt. 209. inſertæ, & Arnoldus Lubecenſis in Chron. Slavor. lib. 5.
cap. 2, & lib. 6. cap. ult., quem locum tamen ab invido quopiam
labefactatum obſervat Baronius ad an. 1197. n. 11. Ab Innocentio III. Sceptro, Diademate, & Vexillo donatus Calo-Johannes
ſive Johannitius Blachiæ, olim Bulgariæ Dux legitur in Actis ejuſdem Pontificis, ac lib. 7. epiſt. 1, apud Raynaldum ad an. 1204.
n. 34, feqq. Ab eodemPontifice Regia accipere inſignia Petrus II.
Aragonius, ac viciſſim Regnum facere vectigale honori duxit,
veluti

veluti in Regeſto Pontificio lib. 7. epiſt. 329. liquet . Regio item
cum Diademate Primislao Bohemiæ Duci Regium titulum idem
Innocentius lib. 7. epiſt. 42. apud Raynaldum ad an. 1204.
n. 54 , & Pagium in Brev. hiſt. Crit. Chron. , deperditumque a
Boleslao II. reſtituit demum , non ſecus atque Regiam di u inter-
miſſam apud Polonos dignitatem revocandam demum in Uladiſ.
lao ſtatuit Johannes XXII. apud Raynaldum ad an. 1319. n.2, Ferdinando Hiſpaniæ, Alphonſo Luſitaniæ, & Waldemaro Daniæ Regibus eas Regiones , quas infidelium Jugo eripuiſſent , Chriſtianæ-
que fidei ſubjugaſſent, ab Honorio fuiſſe tributas refert Raynaldus
ad an.1218. n.71. Semel & iterum rogatus GregoriusIX. legitur,
ut Regio diademate Norvegiæ Regem exornari liceret apud Raynaldum ad an. 1331. n. 44, & 1241. n. 41 : quas Regias infulas
Haquino Regi deinde conceſſas ab Innocentio IV. liquet ex ipſius
litteris 30, ſeq. lib.4. a Raynaldo regeſtis ad an.1246. n.33. Min-
dano Ruſſiæ Principi , ſicut & Chriſtiano Lithuaniæ Duci Regiam
dignitatem tribuit idem Pontifex , cujus hac de re litteras refert
præcit. Annaliſta ad an. 1251. ● 48 , ac 1254. n. 37 : apud quem
perinde ad an. 1357. n. 57. ab Alexandro IV. Regiis exornari
infignibus ſupplex expetiiſſe legitur Theobaldus Navarræ Rex ;
non ſecus atque Lectoviæ Regis filius Regio infigniri diademate
juſſus an.1255. n.57 , facta inſuper facultate Regiones , quas in
Ruſſia infidelium poteſtati eripuiſſet , ſuo adjiciendi Imperio . Sardiniæ , & Corſicæ Inſulas Regio cum titulo in Jacobum II. Aragonium , certis ſub conditionibus , tranſtulit Bonifacius VIII. jure
beneficiario , Diplomate an. 1297. dato , regeſtoque a Raynaldo
n. 2, ſeqq.; quod iterum Regnum Clementi V, fidei ſacramento
præſtito , acceptum referre idem Rex officio duxit apud eumdem
Annaliſtam ad an. 1305. n.8 , ſeqq. Gerbæ, & Cherchinæ Inſulæ ,
Africæ objacentes , fiduciario Rom. Eccleſiæ jure , poſſidendæ Rogerio Lauriæ tributæ ab eodem Bonifacio P. M. leguntur lib. 1.
epiſt. 115. deſcripta a Raynaldo ad an.1295. n. 37. Juſtis natalibus
donatum Oroſium Regio Serviæ titulo , fidei nuncupata profeſſione , adauxit Johannes XXII. litteris ad eum datis an.1323. legen-
dis apud Raynaldum n.15 , ſeqq. , cujus quoque Pontificis auctoritate Regio Scotiæ diademate inaugurari obtinuit Robertus Rex

no 1329. Diplomate exarato, quod idem recenſet Annaliſta n.79, ſeq. A Benedicto XII. creatos Duces Philippum Gonzagam Mantuæ, Maſtinum, & Albuinum Scaligeros Veronæ, Parmæ, & Vicentiæ, atque Luchinum Vicecomitem Mediolani, lege adjecta de fiduciario Apoſtolicæ Sedis jure, reſerunt S. Antoninus 3. par.tit. 21. cap.7, Villanius lib. 11. cap. 100, & ex Vaticanis Mſs. Raynaldus ad an. 1339. n. 61, & 1341. n. 29. Alphonſo Luſitaniæ Regi partum in BarbaricaRegna jus, aliaque occupandi, Guineam, Æthiopiam &c. qua confirmatum, qua factum a Nicolao V. teſtantur ipſius litteræ apud Raynaldum ad an. 1455. n.7,ſeqq. Borſium Ateſtinum Mutinæ, ac Ferrariæ Ducem creaſſe Paulus II. an. 1471. refertur a Jacobo Papienſi epiſt. 381, Pigna lib. 8, ac Stephano Infiſſura in Mſs. Vatic. apud Raynaldum n. 56. A Sixto IV. Regis inſignia expetiviſſe Moſcoviæ Ducem Johannem Baſilium denarrat Sigiſmundus liber Baro rer. Moſcovit. Comment. p.74. relatus a Raynaldo ad an. 1484. n.26. Ferdinando Caſtellæ Regi Catholici titulum Conſt. edita 4. Non Maji 1493. primus attribuit Alexander VI, non Innocentius VIII, nec Julius II, ut perperam nonnullis perſuaſum fuit, Occidui trans Oceanum Orbis, Regiſque Africæ, ſi eadem expugnare Regna, Chriſtique imperio ſubjugare contingeret,titulo,jureque adjunctis teſtibus Philippo Cominæo belli Neapol. lib. 7, & lib.8. cap.17, Volaterano lib. 2, Bartolio Aſiæ dec. 1. lib 3. cap. 11, Surita To. 5. lib. 1. cap. 25, Mariana lib. 26. cap. 12, Raynaldo ad an. 1493. n. 18, & 1494. n. 36, ac Pagio Jun. in Alexandro VI. Regni titulo Hiberniam a Paulo IV. decoratam ſcribit Pallavicinus hiſt. Concil. Trid. lib. 5, & ex Actis Conſ. Mſs. refert Raynaldus ad an. 1555. n. 26; & a S. Pio V. Etruriam in magnum Ducatum erectam, ad Coſmum Mediceum Regia Corona dono miſſa, tradunt Berninus hiſt. Hær. To.4. ad Sæcul. XVI. cap.9,Gabutius de rebus ejus geſtis lib.3. cap.16, Laderchius ad an. 1570. n.1.ſeqq. p.64, ſeqq., Thuanus lib. 46.§. 16. To. 2. p. 753, ac liquet ex Conſt. 121. *Romanus Pontifex* an. 1569. edit. Rom. 1746. Quo demum loci illud advertendum volumus, quod vel quum dicimus Romanis ﬩ Pontificibus Reges vice plus ſimplici Regio nomine, ac dignitate inſignitos, non eam nobis inſedere opinionem, quod exinde Regii

cujuſ-

cujufpiam juris Principibus illis acceffio facta debeat intelligi,
contrarium enim difertis, explicitifque declaraffe verbis leguntur
Clemens V, & Johannes XXII. in litteris ad Robertum Scotiæ Regem a Raynaldo recenfitis ad an. 1320. n.40, feq.; vel quum dicimus Romanis a Pontificibus Regnorum quorumdam jura in Reges
de re Chriftiana optime meritos fuiffe translata, non id putatum
nos ire, (quod intelligant demum Auctor *Maris liberi*, & Benzo
hift. novi Orb. lib. 3.cap.3. Alexandro VI. ideo fubinfefti,) quod
Pontifici M. Regna ab Infidelibus etfi auferre fas fit, & in Chriftia.
nos transferre pro libitu liceat, Pontificiæ id enim poteftatis limites prætergredi ultrocitroque fatemur, bene vero adfirmamus
Pontifici jus inefe prædicatum Evangelium in Regna quælibet Infidelium mittendi, ac fiquando Reges illos, ac Populos vel Evan.
gelicæ prædicationi obfiftere, vel in Evangelii præcones defævire
contingat, poffe illos Regum Chriftianorum armis compefci, il.
lorumque Regna occupanda Chriftianis exponi, jureque belli tranf.
ferri. Hæc Honorii III, hæc Alexandri IV, hæc Bonifacii VIII,
hæc Nicolai V, hæc Alexandri VI. fententia, quum Africæ, & A-
mericæ Regna expugnanda, ut Religionem in eadem inferre Chriftianam facultas effet, Lufitaniæ, & Hifpaniæ Regibus expofuere:
nam alioqui Paulus III. Infideles Evangelicæ prædicationi haud
obfiftentes libertate, ac dominio imminui nequire declaravit. Atque fane Infideles Evangelicæ prædicationi impedimentum afferre
nequire docet ipfe Grotius de Jure B., & P. lib. 2. cap. 20 §. 49,
(quamvis Proteftantium more, Infidelium Regna, vel ob Religionis cauffam in Chriftianos Reges transferendi jus Ecclefiæ prorfus
neget cap. 22.§. 14, & Coccejus ibid. in Not., eo ducti errore,
quod fæcularis poteftas Ecclefiæ nulla competat,) ideoque, fi im.
ped iant, armis comprimi poffe docent S. Thomas 22, q. 10.art.8.;
Johannes Major in 2. dift. 44. q.2, & 3, Cajetanus in cit. S. Thomæ locum, Alphonfus a Caftro de Jufta hæret. punit. lib. 2. cap.
14, Dominicus Soto in 4. dift. 3. q. un. art.1, Antonius Cordub.
quæft. lib. 1. q. 57. dub. 4, Valentia To. 3. difp.1. q. 10. pun.6,
Franc. Vargas de Epifcop. jurifd. confirm. 10; Toletus in Sum,
lib. 4. cap. 2, Thomas Sanchez in Sum. To.2. lib.2. cap. 1, Suarez de Fide difp.18. fect.2, Covarruvias par.12. in Reg. *Peccatum*

§.10

§. 10 , feq. , Germonius de Sacr. Immun. lib. 3. cap. 13 , Bannez
in 2. 2. q. 10. art. 10 , Molina de Juſt. , & Jure tract. 2. diſp. 105 ,
& de fide q. 10. art. 8 , Johannes Lupi de Inſulis Mar. Oceani ,
Beccanus in Sum. To. 2. q. 4. cap. 13 , Freitas de Juſto Imp. Aſiat.
cap. 9 , Maſquardus de Ind. , & Infid. par. 1. cap. 14 , Joſephus a
Coſta de procur. Indor. ſalute cap. 13 , Solorzanus de Jur. Indiar.
lib. 2. cap. 20 , Antonius de Herrera Indiar. hiſt. decad. 1. lib. 2.
cap. 4 , ac videndus Blancus de polit. , & poteſt. Eccl. Tom. 2.
lib. 6. §. 9.

    Hiſce Romanis a Pontificibus ampliſſime beneficiis affecti
Principes antiquius nihil habebant, quam juſtas pro iis, officiique
pro munere rependere grates, quarum denuo integrum in ipſos
redundaret bonum , & commodum. In clientelam igitur S. Romanæ Eccleſiæ Regna , & Principatus dare, & tranſcribere , ideo
videlicet , ut S. Petri tutiora patrocinio deinceps irent , ſummi-
que tuitione Pontificis a Tyrannis , ab hoſtibus , a turbis incolu-
miora evaderent. Ita tantum abeſſe , ut Reges ſemet Romano ſub-
jicientes Pontifici de ſua quidpiam dignitate deperderent , ut potius amplioris & poteſtatis , & libertatis ipſis fieret augmentum ,
fide polliciti ſua leguntur Gregorius IX. in litteris ad Davidem
Georgiæ Regem , & Urbanus IV. in litteris ad Michaelem Palæologum Græcor. Imper. apud Baynaldum ad annos 1240. n. 42 , &
1263. n. 33, ubi plura pietatis erga Reges officia , quæ Romanis a
Pontificibus ſolent præſtari , late perſequitur , atque ob ipſius
oculos ponit. Hungariæ itaque Regnum B. Petro a S. Stephano
Rege , ac deinde ab Henrico II. Imp. oblatum fuiſſe , fiduciariuin-
que factum , ut ejus nempe protectione firmius maneret , cum fateri non dubitarunt Andreas Rex in epiſt. ad Jacobum Card. Præ-
neſtinum , & Ladislaus Rex item Hung. in epiſt. ad omnes Chriſtifideles apud Raynaldum ad an. 1233. n. 51 , & 1279. n. 31 , tum
S. Gregorius VII. lib. 2. epiſt. 13. ad Salomonem Hung. Regem
adfirmat , cum quo ideo queritur , quod Regnum beneficiario jure ab Imperatore obtinere maluerit. Qui præterea eodem libro
epiſt. 63, & 70. ad Geuſam Hungariæ Ducem , in quo ea Regni
ſubjectio conſiſteret , explicans , inde a Regis alterius jure quolibet liberum prorſus abire confirmat. Hinc a Sancto noſtro Pon-
tifi-

tifice deprecari plane licet invidiam, qua Regnorum juribus paſſim invidiſſe a malevolis tam Proteſtantibus, quam a Catholicis
pleriſque quoque impune fertur. Angliæ Regnum ſub tutela, &
clientela S. Romanæ Eccleſiæ extitiſſe teſtes accedunt locupletes
Alexander II. epiſt. 8. ad Willelmum Reg., & S. Gregorius VII
lib. 1. epiſt. 70. ad eumdem Reg., cui ideo annua ſolvebatur pecunia, eratque 700. argenti marcarum pro Anglia, & 300. pro Hibernia: quo de cenſu Canutus apud Willelmum Malmesb. lib. 2,.
Willelmus I. apud Hickeſium, S. Eduardus in litter. ad Nicolaum II, & leg. Eccleſ. cap. 10, Paſchalis II. epiſt. 40. ad S. Anſelmum Cant., & epiſt. 105. ad Henricum I. Reg., & Henricus II.
epiſt. ad Alexandrum III. apud Baronium ad an. 1173. n. 10. Nempe vectigalem pecuniam inſtituit primus, non Alanus circa an. 890,
uti perperam ex Annaliſta Saxone contendit Muratorius Antiq.
Ital. differt. 69, nam Chronographus ille eo loci non de annuo
cenſu loquitur, ſed de unius dumtaxat anni decimis voto S. Petro
deſtinatis ob victoriam de Normannis relatam, ſed Ina circa annum 740, teſtibus Polydoro Virgilio lib. 4. p. 118, qui ab Offa
perinde, & Athulpho perſolutum S. Romanæ Eccleſiæ cenſum
ſubjungit, & Ranulpho Ceſtrenſi lib. 5. cap. 24, quos ſequi non
dubitarunt Baronius n. 15, & Pagius n. 2: atque ſolutio poſtinde
in Hiberniam extenſa eſt ab Henrico II, cui eam imperio ſuo ſub-
jugandi Inſulam facultas ab Hadriano IV. facta fuerat, teſte Matthæo Weſtmonaſterienſi ad an. 1155. Primus vero hominio, ſive
fidelitatis ſacramento Innocentio III. ſe obſtrinxit Johannes ſine
Terra dictus an. 1213, tradente Matthæo Pariſio, ac veluti liquido
eſt teſtimonio idem Pontifex lib. 16. epiſt. 78, 79, 130, ſeq. apud
Raynaldum ad an. 1213. n. 79, & 1214. n. 23: quæ donatio in
Concilio demum Lugdunenſi I. an. 1245. coram Innocentio IV.
perlecta eſt cum litteris Nationis Anglic. apud Harduinum To. 7.
p 399, ſeq. Scotiæ quoque Regnum S. Romanæ Eccleſiæ fidei
commendatum a Roberto Rege liquet cum ex Nicolai IV. epiſt. 102.
an. 1291. ad Eduardum Angl. Regem, tum ex Johannis XXII. litteris ad ipſum Robertum an. 1329. apud Raynaldum n. 79, qui Pontifex aliis in litteris ad Eduardum I. Angl. Regem an. 1317. ibid.
n. 47, deſcriptis eum de cenſu perſolvendo monet, nec non ex litte-

ris Bonifacii VIII. ad Eduardum ll. Regém apud Harduinum To.7.
p. 1173 feq., quibus Scotiæ Regnum pleno jure ad Romanam pertinuiſſe Ecclefiam adferit. Inſulam Monam , **valgo** Man in Hiber-
nico Mari Honorio III , ſub annuo cenſu, hominio, ac fidei ſacramento , ultro citroque ſubjugaſſe Reginaldus ejus Dominus legitur inter Honorii litteras lib. 4. epiſt. 679 , lib. 7. epiſt. 164 , &
189. apud Rymerum To. 1. Actor. public. , & Raynaldum ad annos 1219. n. 44, & 1223. n. 53. Hiſpaniæ Regna Romanæ Ecclefiæ fiduciario jure obnoxia denuntiare non ambegit S. Gregorius
VII. lib. 1. epiſt. 7. ad Hiſp. Principes , & lib.4. epiſt. 28. ad eoſ.
dem : qui Evolo Comiti de Rocejo paratiſſimum adverſus Saracenos in Hiſpania ad præliandum animum præferenti ſuo a Deceſ-
fore conceſſum adfirmat, ut quas perdomuiſſet , terras , e manu-
que Infidelium eripuiſſet , S.Petri ſub nomine, jureque poſſidere,
ac retinere poſſet . Quæ poteſtas aliis quoque Principibus facta
eſt , ac Berardo præfertim Barcinonenſi Comiti ; neque negat
Boſſuetius defenſ. Dec. To. 1. par. 2. lib. 4. cap. 13, quem tamen
in S. Pontificem minus æquum , ejuſque hac in re paſſim dicta ,
geſtaque carpere , mordereque haud veritum., quaſi nempe ipſius
ex favore Principes titulum ad vicinos invadendos quærerent, viden , ut jure , ac merito ſuggillet , caſtigetque Blancus de Polit. ,
& poteſt. Eccl. To. 1. lib. 2. §. 14, feq. Tarraconem in ſpecie Urbem a Berengario Comite expugnatam Romanæ Ecclefiæ addictam fuiſſe , ſub annuo cenſu viginti quinque argenti pondo reti-
nendam, fidem indubiam faciunt Inſtrumentum donationis,& Urbani II. epiſt. 7. ad Berengarium Auſonenſem Epiſcopum apud
Harduinum To. 6. par. 2. p. 1633, ſeq. Innocentio III. Aragoniæ
Regnum an. 1204. obnoxium facere , ſeque ipſius manibus in-
augurandum præſtare religioni duxit Petrus Rex , ſe , poſterisque
ſuis annuo cenſu , fideique ſacramento obligatis apud Raynaldum n. 71, ſeqq. In Concilio Lugdunenſi II. an. 1274. Jacobo Regi cenſum abnuenti diadema fuiſſe denegatum a B. Gregorio X.
denarrat Mariana lib. 11. cap. 21, & lib. 13. cap 23 , a Ramiro vero cenſum inſtauratum lib. 9. capp. 5, & 7. S. Petro in Rom. Pontificis Lucii II. perſona ab Alphonſo I. Portugalliæ Regnum ſub
annuo centum byzantiorum , ſive unciarum auri quatuor cenſu
ſtipen-

ſtipendiariam factam teſtantur litteræ Cæleſtini III.; & Innocentii III. apud Baronium ad an. 1144. n. 3, & 1179. n. 16, ac Raynaldum ad an. 1198. n. 35. quod & liquet ex litteris Lucii II. a Baluzio cum ipſius Regis Diplomate To. 2. Miſcell. p. 220, ſeq. deſcriptis, quibus imo prædeceſſari ſuo Innocentio II. fidei ſacramentum ab ipſo Rege jam præſtitum memoratur. Ab eodem Rege cenſum deinde oblatum Eugenio III. ſcribit Rodericus lib. 7. cap. 6, quo a Pontifice Regio illum nomine primo donatum putat Mariana lib. 10. cap. ult., ab Alexandro III. vero Regis titulum accepiſſe reſert Baronius ad an. 1179. num. 16, quin ipſius Patrem ab Alexandro II. jam pridem creatum Regem ſcribit Thomaſſinus par. 3. lib. 1. cap. 31. n. 9. Paullo nunc retro flectendo veſtigia S. Gregorio VII. fidei ſacramento præſtito Regna feciſſe vectigalia Demetrius Croatiæ, & Dalmatiæ Dux, annui tributi lege ſibi impoſita, Bertrandus item Provinciæ Comes, obligata fide, Dominium ejuſdem clientelæ obnoxium præſtitiſſe leguntur apud Baronium ad an. 1076. n. 66, & 1081. n. 33. Poloniæ Regnum Romano Pontifici tum Benedicto IX. feudale, ac tributarium factum ſub annuo unius oboli in ſingula capita, ſive quatuor marcarum quarto quoque anno, cenſu, a Caſimiro Rege reſert Longinus apud Baronium ad an. 1041. n. 3, ſeqq. & 1045 n. 2, ſeq., quem ſane cenſum exegiſſe S. Gregorius VII. legitur a Boleſlao Duce lib. 2. epiſt. 73, inſtauratum ab Innocentio III. ſub quatuor marcis ſingulis perſolvendis trienniis liquet ex Regeſt. lib. 14. epiſt. 44. apud Raynaldum ad an. 1211. n. 23. Honorio III. fidelitatis ſponſione ſe obſtrinxiſſe Leskonem Ducem teſtantur ipſius litteræ inter Honorianas lib. 1. ep. 393. ab eodem Annaliſta deſcriptæ ad an. 1217. n. 48, qui ad an. 1285. n. 72 a Polonis, & Pomeranis denarium S. Petri exactum ab Honorio IV. ex ipſius litteris lib. 1. epiſt. 192, tribuſque ſeqq. oſtendit, atque demum cum reſtituta Uladislao Poloniæ Regia dignitate inſtauratam de eodem vectigali a Johanne XXII. legem exhibet ad an. 1319. n. 2, ſeqq. A Catenenſi, & Orchadienſi Comite impoſitum ſub Alexandro III. in ſingulas Domos unius denarii vectigal ab Innocentio III. repetitum ex ipſius litteris ad Orchadienſem, & Roſmarchenſem Epiſcopos a Raynaldo indicatis ad an. 1198. n. 18. adparet. Quod indicium eſt liquidum

& Infulas illas Romanæ olim Ecclefiæ clientelæ fuifse commendatas. Daniæ quoque Regnum hominio, & cenfu Romanæ Ecclefiæ devotum, obligatumque fuifse dubitare non finunt litteræ
Alexandri II. ad Suenonem Regem apud Baronium ad an. 1062.
n. 109, & S. Gregorii VII. lib. 2. epift. 75. ad eumdem Regem,
& lib. 7. epift. 21. ad Aconum Reg. Nicolao II, & S. Gregorio
VII. RobertumGuifcardum,ac Urbano II. Rogerium Siciliæ Reges
obedientia, fide, cenfuque fe fe obligafse patet ex Baronio ad
annos 1059. n. 69, 1080. n. 35, & 1090. n. 2: quod perinde religiofe præftare Reges alios officio duxifse abunde palam eft factum Artic. fuper. prope finem. Ad S. Petri jura pertinuifse
Corficam teftis eft liquidus S. Gregorius VII. lib. 5. epift. 4.
ad Corfos; qui pariter a Judicibus Sardiniæ, velut Apoftolicæ Sedis fidejufsariis, obedientiam, cenfum, demiffionemque
exegifse legitur lib. 1. epift. 29, & 41, ac lib. 8. epift. 10;
Cujus perinde Sardiniæ Infulæ RomanæEcclefiæ jus adferere,vin-
dicareque non dubitavit Innocentius III. apud Baluzium lib. 14.
epift. 101, & apud Raynaldum ad an. 1203. n. 68. lib. 6. epift 29.
Wezelino quoque diras intentatus eft minas idem S. Gregorius
lib. 7. epift. 4, nifi a moleftia inferenda Dalmatiæ Regi, Romanæ
Ecclefiæ fiduciario, vectigalique cefsaret. Cenfum denique
S. Petro olim defponfum pro Regno Bohemiæ ab Uratislao Rege
expofcere haud eft oblitus lib. 2. epift. 7. Innocentio III, fidei data
fponfione, Bulgariæ Regnum fubjicere non dubitavit Johannitius
Rex, certior factus utique fore, ut ea fubjectio in incrementum
Regni potius, quam in Regis injuriam vergeret, veluti liquet ex
ipfius litteris Regefti Innocentiani lib. 7. epift. 6. infertis. Pari
inftructi exemplo Innocentio IV, ut eò nempe tutiores evaderent,
quò fe S. Petri tuitioni credebant, fide, obedientiaque fubmittere
fe fe e re fua duxere Mindanos Ruffiæ Rex apud Raynaldum ad
an. 1251. n. 46, & Chriftianus Lithuaniæ Dux ibid. an. 1254. n. 27,
quem ann. 1255. ab Alexandro IV. Regia donatum corona arguit
n. 57, feq. Jure beneficii, fide data, a Johanne XXII. obtinere voluere Principatum fuum Stetini Duces an. 1331. n. 23, feq., a Clemente VI. Infulas Fortunatas Ludovicus Hifpanus an. 1344. n. 39,
feq, cujus ideo in Pontificis obfequium juri, quod in eas Infulas
pet-

pertendebant, cedere uterque, tam Alphonſus Luſitaniæ, quam
Alphonſus Caſtellæ Reges officio duxere ibid. n.48, ſeqq. Hungariæ S. Romanæ Eccleſiæ deſponſam olim ſubjectionem defendendam conjunctis viribus ſuſcepiſſe leguntur Nicolaus IV. an.1291.
n. 47, ſeqq., a quo in clientelam pariter receptus eſt Stephanus
Serviæ Rex ibid. n.41, Bonifacius VIII, a quo ideo Hungarico Regno abſtinere Wenceslaus Bohemiæ Rex juſſus eſt an.1301. n. 10,
Clemens V. an.1308. n.23, ſeqq., Calliſtus III. an.1458. n.21, ſeq.
& Pius II. an.1459. n.17. Boſniæ, olim Dardaniæ, Deſpotam Stephanum Thomam, poſtquam veteribus Manichæorum erroribus
ſe abdicaſſet, & Apoſtolicæ Sedi obedientiam deſpondiſſet, qua
de re legenda Benedicti Overarii Cypri Regis ab epiſtolis epiſtola
ad Petrum Donatum Patavinum Epiſcopum apud Martene Veter.
Monum. To.1. p.1592, regeſtaque a Manſio in Not. ad Raynaldum an.1444. n.2, Regio ſceptro, dignitateque exornavit Eugenius IV, ut ex ipſius litteris a Raynaldo exhibitis ad ann. 1445.
n.23, ſeq. liquet. Cujuſce Regni de vum jura teſtamento a Ca-
tharina Regina in Romanam ſuiſſe tranſcripta Eccleſiam, tabula Sixto IV. nuncupata, fidem certam faciunt cum Jacobus Cardinal. Papienſis epiſt. 695. ad Franciſcum Gonzagam Cardinal.
Mantuanum, & Volaterranus in diar., tum Apographum ipſum,
ex quo exemplar produxit Raynaldus ad an. 1478. n. 45. Raſciæ
quoque Deſpotam ſuum Apoſtolicæ Sedi dominium tranſcripſiſſe
teſtis accedit locuples Calliſtus III. in litteris ad Ludovicum Aquilejenſem Cardin. Legatum in Oriente relatis ab eodem Annaliſta
ad ann. 1458. n.18. Hiſce Regum egregiis erga Romanam Eccleſiam devotionis argumentis jungenda pleraque alia diverſæ
ſpeciei inſignis obſequii ſpecimina, quibus Romanos Pontifices
Stratoris officio excipere, ad pedes diadema, faſceſque ponere,
ipſique met advoluti de genu adorare religioni, honorique duxere,
quomodo geſſiſſe feruntur cum S. Gregorio II. Luitprandus, cum
Paſchali II Philippus Auguſtus, cum Calliſto II. Willelmus Calabriæ Dux, cum Innocentio II. Ludovicus Craſſus, & Henricus I.
Angliæ Rex apud Sugerium Abb. in Ludovico, & Baronium ad an.
1120. n 9, & 1130. n. 58; cum Alexandro III. Ludovicus VII.
Gall., & Henricus II. Angl. Reges apud Robertum de Monte in

Chron.

Chron. ; & Baronium ad ann. 1162. n. 12 ; cum S. Cœleſtino V ;
& Bonifacio VIII. Carolus Martellus Hungariæ,& Carolus II. An-
deg Siciliæ Reges , de quibus Jacobus Stephaneſcus lib. 2. cap. 4.
ſeqq. , & Petrus Alliacenſis lib. 2. cap. 11. apud Raynaldum ad an.
1294. n. 10 , ſeq. , & 1295. n. 31 cum Clemente V. Philippus
Pulcher , Carolus ipſius frater , & Johannes Britanniæ Dux , de
quibus idem Annaliſta ad an. 1305. num. 13 ; cum Urbano VI.
Carolus III. Siciliæ Rex apud Theodoricum Niemum lib. 1.
cap. 28 , & Raynaldum ad ann. 1381. n. 3 , cum Benedicto XIII.
pſeudo-Pontifice Ferdinandus Rex Aragoniæ apud Marianam
lib. 20. cap. 6 ; cum Sixto IV. Chriſtiernus Daniæ Rex ; de quo Jacobus Cardinal. Papienſis epiſt. 366, & Raynaldus ad an. 1474.
n. 2 ; cum Alexandro VI. Carolus VIII, & cum Leone X. Franciſcus I. Galliæ Reges apud ſæpe citat. Annaliſtam ad annos 1495.
n 3, & 1515. n 20. Obſervat denique Cl. Thomaſſinus Vet. , &
Nov. Diſcipl. par. 3. lib 1. cap. 32. n. 15. S. Romanæ Eccleſiæ Regna ſua Regibus ſubjugantibus ingens illud obveniſſe beneficium,
ut eadem deinceps Regna nulli humanæ poteſtati obnoxia manſe-
rint, ſed in proprium jus libera evaſerint, uti de S. Stephano Hungariæ Rege ita ab Imperiali dominatione in libertatem adſerto
ſiſcpſit S. Gregorius VII. lib. 2. epiſt. 63. ad Hung. Ducem; uti de
Davide Rege Scotiæ a Regis Angliæ poteſtate ita redempto tradit
Matthæus Pariſius ad an. 1244 ; uti de Matthia Hung. Rege ita a
Friderici III. imperio haud dependente reſpondit Pius II. apud Go-
belinum lib. 2. p. 325 ; uti de Poloniæ Rege tradit S. Petrus Damiani in vita S. Romualdi cap. 9 , illum maluiſſe Papæ ſubjici ,
quam Imperatori : qua plane ex ſubjectione ingentia Poloniæ
Regno beneficia proveniſſe advertit Johannes Dlugoſſus , alias
Longinus in Chron. Slav. apud Baronium ad an. 1045. n. 2 ; non
ſecus atque de Britanniæ Rege Alano tradit Annaliſta Saxo in
hiſt. Francor. ad an. 890. apud Eccardum Corpor. hiſt. med. Ævi
To. 1. p. 227. cum voto nuncupato de unius anni decimis S. Petro perſolvendis, inſignem de Normannis Britanniam diripientibus
victoriam retuliſſe . Alterum Principibus ex hac S. Petro ſubjectione deſponſa obveniſſe bonum advertit Muratorius Antiq. Ital.
diſſert. 68 , & 71. delictorum nempe redemptionem , ita nempe,

ut

ut bonorum oblationibus pœnas redimerent, quæ fibi Juxta Sacros Canones pro qualitate culparum fuiffent fubeundæ. Atque
ita veniæ impetrandæ gratia S. Petro cum Patrimonia obtuliffe,
tum fe met obedientiæ devinxiffe facramento leguntur Pippinus
& Carolus M. apud Anaftafium in vita Stephani II, & apud Hadrianum I. epift. 92. Cod. Carol. Rer. Ital. To. 3. p. 2; Welpho Bavariæ Dux apud S. Gregorium VII. lib. 2. epift 3; Mathildes Co-
miriffa, de qua Domnizo lib. 2. cap. 1. apud Muratorium Tom. 5.
Rer. Ital. p. 366, feq.; Bertrandus Provinciæ Comes apud Baronium ad an. 1081. n. 33; Berengarius Comes Barcinonenfis, de
quo Urbanus II. epift. 7; Adelafia Turritana, & Gallurenfis Ducif-
fa, de qua Gregorius IX. lib. 11. epift. 302, feqq., Raynaldus ex
Cencio Camerario lib. Cenf. ad an. 1237. n. 16, feq., & Muratorius citat. differt., ubi fimilia multa eorum, qui Ecclefiis aliis,
Monafteriis, ac locis Piis bona fua pro remedio animæ fuæ, pec-
catorumque remiffione largiti funt, late perfequitur; etfi nonnulla turbet, mifceatque, quæ animadverfione ideo digna doctiff.
Cennio vifa funt. Inde patet hæc Principum non tam exteriora
fuiffe demiffionis Romanos erga Pontifices obfequia, quam interioris ex animo proculdubio profecta devotionis argumenta : cujufce rei documento rurfum eft Principum obedientia facramento vice plus fimplici Pontifici M. obligata. Qua in re quidem,
præter eos plerofque, qui ftipendiario, ac fiduciario jure Romana ab Ecclefia Regna obtinentes, non ante Regni adminiftrationem ipfis adire fas erat, quam fidei data fponfione, Rom. Pontificis obedientiæ fe fe mancipaffent, de quibus abunde, opinor, dictum eft, egregia profecto haberi merentur obedientiæ exempla
præftita S. Martino I. a Penda, & Hadriano I. ab Offa Angl. Regibus apud Willelmum Malmefb. lib. 1; S. Sergio I. a Ceduvalla,
& S. Gregorio II. ab Ina Occid. Saxonum Regibus, de quibus V.
Beda lib 4. cap. 15, feq.. & lib. 5. cap. 7; S. Leoni III. a Ch nul-
pho, Benedicto III. ab Ethelvulpho, & Aelfredo, S. Leoni IX. a
S. Eduardo, de quibus, aliifque Reg. Angl. dictum Par 1. Tom 2.
Art. 9. §. 2; Johanni XIX. a Canuto Daniæ, Honorio III. ab Eri-
co Sveciæ Reg apud Raynaldum ad an. 1225. num. 18; Sixto IV.
ab Æthiopiæ Rege Præfto Johanne denominato, dequo Jacobus
                                                              Va.

Volaterranus lib. 3. apud Raynaldum ad an. 1481. num. 40. seq.;
Alexandro VI. a Constantino Georgiæ, a Carolo VIII. Galliar.,
& Ferdinando Hisp. Regibus, de quibus Raynaldus ad an. 1496.
num. 21, Burchardus in Diario Curiæ Rom., & Stephanus Inses-
sura in Diar, Urb. Romæ editis ab Eccardo in Corp. Hist. medii
ævi Tom. 2. p. 2012, & 2064; Julio II. ab Alphonso Congi, ab
Henrico Franc., & ab Henrico Angl. Regibus apud Osorium lib. 3,
Raynaldum ad annum 1512. n. 116, Burchardus cit. Tom. 2.
p. 2160; Leoni X. a Francisco I. Gall., & Sigismundo I. Poloniæ
Regibus, de quibus Raynaldus ad an. 1513. n. 41, ac 1515.
n. 30; Clementi VII. a Davide Æthiopiæ Imperat. apud Damia-
num a Goez Tom. 2. Hisp. Illust., & Raynaldum ad an. 1533.
num. 20, seqq.; Pio IV. a Francisco II. Gall. Rege, & a Maria Regina Scotiæ apud Raynaldum ad ann. 1560. n. 24; S. Pio V. ab
eadem Regina, de qua Laderchius ad an. 1566. edit. Rom. 1728.
Tom. 1. p. 223, & ad an. 1570. Tom. 3. p. 243; Gregorio XIII. a
Congi Regibus, de quibus Cicarellus in ejus vita p. 456, Gualte-
rius in Relat. edita Rom. 1586, fidemque facit Tabula Marmorea
cum Inscriptione in Capitolio servata; Sixto V. ab Henrico III.
Valesio Bressi Orat. opera, a quo Oratio habita die 11. Septemb.
1586. Rom., ac Parisi. eodem anno excusa; Clementi VIII. ab
Henrico IV., cujus obedientiæ præstatio Ludovici Gonzagæ Ducis
Niverniensis opera primum a Pontifice, Hispano Oratore impe-
diente, admissa non est, uti liquet ex Actis Legationis Ducis Ni-
vern. edit. Parisi. 1594, & Francof. an. inseq., resertque Thua-
nus hist. lib. 108. p. 402, & lib. 113. p. 584. seq.; præstita ta-
men deinde, Legati Francisci Lucemburgii Pinei Ducis opera,
Jacobo Davide Perronio agente, recepta est an. 1597; de qua
Thuanus lib. 117. p. 758; Paulo V. a Congi Regibus, quod osten-
dit Nummus num. 8. a Claudio Molineto editus Parisi. 1679. p. 147;
Urbano VIII. a Ludovico XIII. Gall., & Uladislao IV Poloniæ
Regibus, de quibus Mercurius Gallicus Tom. 19. p. 701, seqq.,
& Auctor Theatri Europæi Tom. 3. p. 136; V. Innocentio XI. a
Jacobo II. Angliæ Rege an. 1687. apud Auctorem narrationis ad-
ventus Romam Comitis de Castelmanie Orat. ejusden Regis &c.,
Rom. eodem anno. Sed de his, aliisque multis dictum jam abunde

Pas. I.

Par. 1. Tom. 2. Art. 9. §§. 2, feq. p. 456, feqq., & 491, feqq., ac
Par. 2. Tom. 5. Art. 11. §. 2. p. 226, feq., ac videndi Greizerus
lib. de Munificentia Principum in Sedem Apostol. Oper. Tom. 6.
p. 643, & Thomassinus vet., & nov. Discipl. par. 3. lib. 1. cap. 32,
qui cap. 29. num. 7. observat, ubi vel socordia, vel vitium, & co-
piarum penuria Principes officio tuitionis Reipublicæ defuerunt,
eorum partes adimpleviffe, inque functiones succeffiffe cum Episcopos paffim, tum Romanos maxime Pontifices, a quibus indu-
ftria, operaque fæpius commodata ad temporalem quoque Reipublicæ felicitatem, tuitionemque fuerit, & num. 8. ex Regnorum,
ac Principatuum oblatione, fubjectione, & obligatione S. Petro
facta id boni profectum, ut Reipublicæ, Ecclefiæque Romanæ jura in unum conjuncta, confufaque evaferint, idest Refpublica in
idem corpus cum Ecclefia B. Petri concreverit, non alio deinceps,
ficut multo antea tempore, defenfore ufa tutiore, non alio capite, quam Romano Pontifice, confpicua.

Quod ad Imperatores nunc attinet, tantum abeft profecto,
ut quam illis deferre ultra citroque Proteftantes non reformidant,
aut Pontificiæ parem, aut fupra Pontificem ipfum poteftatem arrogare, præter eos paucos, eofque ut plurimum a fide devios,
atque in transverfum furore actos, de quibus Art. 1. fub initium,
tentarint, ut potius illis aut propriam referre acceptam, aut fponte fubjicere religioni duxerint. Atque principio fubjectionis hujufmodi profecto argumento, documentoque eft fidei profeffio,
quam ad Romani Pontificis imperium exigere officio ipfis ceffit.
Ita Valentiniano, ac Valenti fidem amplecti, quæ Liberio probata fuerat, cordi fuiffe tradit Theodoretus lib. 4. cap. 8, feq. A
Populis fidem teneri, quæ docebatur a S. Damafo lege fanxiffe
leguntur Theodofius, Gratianus, ac Valentinianus L. 1. Cod.
Theod. *de Sum: Trinit.*, & in Edicto ad Aquilinum Urbis Vicarium. Maximus etiam Tyrannus fidei fe adquiefcere, quam profitebatur S. Siricius, in epift. ad ipfum adfirmavit. Fidem, quam
tenendam indixerunt SS. Zofimus, & Bonifacius, tuendam fufce-
pit Honorius in Refcripto ad Aurelium Carthag., alteroque ad
ipfum Bonifacium. Valentiniano III, Theodofio Jun., Marciano,
& Leoni Augufto nihil accidit religiofius, antiquiufque, quam
                                                    S. Leo-

S. Leonis M. cum fidei integre se concredere , ac dignitatem summopere revereri , ac suspicere in epist. ad eumdem Pontificem ,
& Valentiniani in epist. ad Theodosium , ac in Edicto ad Galliarum , & Italiae Praefectos . Ipsos quin etiam Zenonem , & Anastasium sollicitos quammaxime se praebuisse , ut SS. Simplicium ,
Felicem III, Gelasium , & Anastasium II. in partes traherent , ex
horum Pontificum epistolis adparet . Fidei professionem , juxta
formulam a S. Hormisda praescriptam , emittere neque Justino ,
neque Justiniano grave accidit : quin ille prior S. Johanni I, a quo
fuerat inauguratus, valdequam obsequentem se praestitit, uti referunt Anastasius Bibl. in ejus vita , & Aimoinus lib. 1. cap. 1; posterior iste vero S. Bonifacio II, Johanni II, & S. Agapeto litteris
datis fidem obligare suam haud dubitavit , obsequiumque dependere . SS. Agathoni , & Benedicto II. obsequentissimum se exhibere religioni duxit Constantinus Pogonatus . Justinianus II. Canoni fidem despondit , a S. Sergio I, a Johanne VII, & a Constantino Synodum Quinisextam approbari desideravit , cui posteriori
praesenti deosculari pedes , diadema capite deponere , ipsiusque
votis facere satis religiosae pretium operae fecit . Viden , ut hae
denarret in horum Pontificum vitis Anastasius Bibl. Eidem Pontifici Constantino fidei professionem nuncupare e re sua duxisse Anastasium II. Imp. inde liquet , non secus atque Leoni Isauro eodem
defungi apud S. Gregorium II. officio cordi fuisse adparet ex Pontificiis ad ipsum litteris . De fide decretis ab Hadriano I , & Leone III. integre adquiescendum sibi statuit Constantinus Porphy-
rogen. S. Nicolai I , & Hadriani II. mandatis obtemperare Basilius
Macedo , Stephano V. se corripiendum , & Formoso supplicem se
praestare Leo Sapiens haud aegere tulere . Obauscultare, & obsequi
S. Leoni IX. Constantinus Monomachus , & Alexandro III. Emanuel Comnenus religioni ,& officio habuere . Fidei formulae ab Innocentio IV, & Alexandro IV. praescriptae subscribendae se para-
tos exhibuere Johannes Ducas , & Theodorus Lascaris . Eidem
formulae ab Urbano IV , a Clemente IV, & a B. Gregorio X. sibi
propositae syngrapham adjicere suam non ambegere Michael Pa-
laeologus , & Angelus Comnenus . Johanni XXI , & Nicolao III.
fide , obedientiaque se obstringere honori , & saluti duxere idem

Michael, & Andronicus; non secus atque fidei dato sacramento
in Innocentii VI, & Urbani V. obsequium, obedientiamque se
transcribere Johanni Palæologo justum, æquumque accidit, &
pari officio Eugenio IV. se devovere Johanni VII. item Palæologo
laudi cessit, & gloriæ; de quibus fusius me disputare Par.1.To.2.
Art.9. §.1. p.413, seqq. bene memini. Interea de fidei, quam Patriarchæ Constantinopolit. ante nuncupare Imperator debet, quam
inauguretur, formula confer Codinum Curopalatam, a quo describitur libro de Officiis, & Official. Ecclesiæ, & Aulæ Constantinopolitanæ cap. 17, relato a Martenio de Antiq. Eccl. Ritibus
To.2. lib. 2. cap.9. Ord. 2.

De Occidentis nunc Imperatoribus loquendo, præ Orientis
illis, longius horum erga Pontifices MM. devotionem processisse
indubium est, ipsis ideo, obsequii Romano Pontifici dependendi
gratia, Romanum adornare iter, & ad Apostolica se conferre limi-
na nec grave accidisse, ejusdem fidei arcte inhærere, nec latum
ab ea unguem deflectere religionis, & operæ pretium fecisse, nec
fidei sponsione præstita, obedientia se se Pontifici devincire Imperiali dignitati indecorum habuisse. Porro Christianus Gott-
lieb Buderus Juris, & Historiæ Professor in Academia Jenensi libro *De Legationibus Obedientiæ Romam missis* Jenæ, & Lipsiæ
edito an.1737. cap.1. §. 8, seq. in ea opinione versatur, ut obedientiæ Romano Pontifici ab Imperatoribus promittendæ morem
non altius occepisse putet, quam ab ætate S. Gregorii VII, q uum
videlicet Henricus V. parentis Henrici IV. hostis effectus, ut Imperii fastigium adipisceretur, Pontificis Romani partes arripere
non dubitavit, ut eumdem adjutorem experiretur, atque ita Hen-
riciana ejurata hæresi, solemni obedientiæ sacramento, & obsequio Paschali II. se integre devovit, teste Conrado Urspergensi
in Chron. Ante id temporis Imperatores e Stirpe Carolingia, &
Saxonica *Advocatiæ* caussa tutelam quidem Romanis Pontificibus libenter promisisse, non etiam *Obedientiæ* juramentum præ-
stasse, clientelamque spopondisse. Ita, inquit, Johanni XII. Otto M., Benedicto VIII. S. Henricus II, Innocentio II. Lotharius II.
Expresse quin etiam obedientiam refugisse Fridericum Ænobarbum ex Othone Frising. lib. 2. cap. 4, & ab Henrico VI. non obe-

dientiam , fed tutelam dumtaxat fuiffe promiffam ex Rogerio
apud Baronium ad an. 1190. num. 10. pugnat . Ad hæc cap. 4.
§. 1 , feq. poftquam Intrepide adfirmaffet confirmationis peten-
dæ Rom. a Pontificibus Imperialis eleƐionis morem ortum ex
fiƐitia Romani Imperii translatione in Francos , ac Germanos per
Pontifices faƐa , §. 8, feqq. Imperii jus a Pontificio independens
fuadere momentis hifce nititur ficulneis . Ex Friderici I. Ænobarbi proteftatione contra picturam Coronationis Romæ peraƐæ
Lotharii II. in Palatio Lateranenfi , qua Imperialis inauguratio
ceu Feudalis inveftitura exhibetur , atque defcribitur : Ejufdem
Friderici Indignationem adverfus Hadrianum IV. attexens , quod
Imperium dixiffet S. R. Ecclefiæ Beneficium apud Radevicum de
geftis Friderici I. lib. 1. capp. 10, & 16. Ex litteris Germaniæ Procerum ad Innocentium III. apud Raynaldum ad an 1201. num. 20,
feqq., quibus Romano Pontifici Imperiali eleƐioni fe immifcendi
jus abjudicatur omne , multoque magis Judicis munus de eleƐione cognofcendi , eleƐique perfona denegatur . Ex Ludovici IV.
Bavari Conftitutione , qua de confenfu , & confilio EleƐorum in
Comitiis Francofurti an. 1339. edita fancivit , fola eleƐione Imperatore n legitimum haberi apud Freberum Script. Germ. To. 1.
p. 615. edit. Struvii , & Goldaftum Conft. Imper. Tom. 1. p. 336.
Ex ejufdem Ludovici Imp. fimili altera Conftitutione in Comitiis
Refenfibus edita an. 1338. apud Goldaftum Tom. 3. p. 409, feqq.,
ipfiufque epiftola ad BenediƐum XII. apud eumdem Goldaftum
p. 414. Ex Friderico III, & Maximiliano I, quos tuitionem polli-
centes a voce obedientiæ abftinuiffe adfirmat . Ex Ferdinando I,
quem addit ex eleƐione Jus fibi a Pontificio independens adfcru-
ifse , quo etiam pro Imperiali jure difputarunt Seldius doƐor
Catholicus in Confilio dato eidem Ferdinando Imp. , & Benbur-
glus de Jure Imperii cap. 8. Ex Maximiliano II, a quo obfequium
quidem Pio IV, non etiam obedientiam defponfam fuifse poft Sarpium in hift. Concil. Trident. lib. 8 , & Schilterum de libert.
Ecclef. German. lib. 7. cap. 10. §. 10. contendit. Ex Rodulpho II,
quem per Oratores Gregorio XIII. Obfequium , Ecclefiæ vero
Obedientiam præftitifse refert ex Anonymo Scriptore Commentationis de Caufsa Colonienfi apud Schardium in libello peftilen-
tifsi-

tiffime inscripto de persidia Pontificum erga Imperatores p. 181.
Ex Carolo VI, qui pariter in formula Juramenti ab obedientiæ
voce caute abstinuisse ipsi visus est. Verum quam labilia, & clum-
bia sint ista, quæ tanto Buderus oggerit conatu, sequenti ex do-
cumentorum breviter contexta serie, quibus tam electos Imperatores confirmandi jus Pontifici, tum Imperatoribus electis fidei
sacramento defensionem, obedientiamque Pontifici vicissim præstandi onus adstruendum adsumimus. Atque principio quidem
ad fidei sacramentum, obedientiamque quod attinet, ab ipsis
Orientis Imperatoribus, de quibus paullo superius, jurata Pontificibus obedientia vel ex ipsa fidei professione eisdem exhibita
videri potest: quæ non alterum profecto animum præferebat,
quam in rebus ad Religionem pertinentibus Romano obediendi
Pontifici, ejusque dictis adquiescendi paratissimum. Qua in re testes accedunt locupletes cum S. Anastasius II, qui in epist. ad Cognominem Imperat. apud Baronium ad an. 497. n. 9. ab ipso
obedientiam explicitis exigit verbis tam pro debito, quam pro
utilitate: *Pro Apostolico*, inquiens, *officio prædicamus, ut (sicut
decet, & Spiritus S. dictat) monitis nostris obedientia præbeatur,
ut bona omnia vestram Rempublicam consequantur, sicut in Exodo
promittitur* cap. 15. &c., tum S. Symmachus, qui in Apolog. ad
eumdem Imperat. apud Baronium ad an. 503. n. 30. prisco in more positum Imperatoribus adserit, ut cumprimum aut ipsi ad Imperii fastigium elevati suissent, aut Pontificem in Apostolica positum Sede percepissent, in ejus exemplo fidem, litteris, legatis-
que missis, se transferre satagerent.

Ad Occidentis Imperatores nunc accedendo, fidelitatis,
obedientiæque Pontifici exhibendæ debitum, & officium ab ipsa
translatione Imperii cœpisse, neque translationem hancce com-
mentitiam esse mihi ostendendum obiter adsumens, altius exordium capiendum opinor. Principio igitur ad assequendam quo
facilius, eo efficaciorem Principum advocatiam, ac tutelam, id
consilii a Pontificibus initum est, ut gratia, & beneficio cum Principibus agerent, eosque ideo Romana donarent Civitate nedum,
sed & Urbis Reginæ Patritios crearent. Porro suos a principio Romanæ Ecclesiæ Defensores adfuisse Romano ab ipso Pontifice dele-

&los , atque ex primariis aliquando Urbis præstantioris virtutis
viris , qualem fuiſſe S. Sebaſtianum a S. Cajo P. M. conſtitutum
adparet ex ipſius S. Pontificis Actis a Becillo illuſtratis , potiſſimum vero ex Clero ipſo , ſive ordine Subdiaconorum , atque numero quidem ſeptem adlectos liquet ex S. Gregorio M. lib. 4.
epiſt. 35, & lib. 7. epiſt. 17, in quam videndæ Altaſerræ notæ .
Verum ſucceſſu temporis Italiæ res hinc Græcis.aut derelinquen-
tibus , aut diripientibus , illinc turbantibus , ac vaſtantibus Langobardis , validioribus indigere defenſoribus Romana cepit Eccleſia, a quo ideo cogitatum de creandis in ſui defenſionem ex Regibus ipſis Patriciis . Patriciatus Romani porro nomen Urbi ad-
natum , & a Romulo inditum dubitat nemo : dignitatem tamen
non tam antiquam , ut perſuaſum habuit Dempſterus ad Roſini
Antiq. Rom. lib. 7. cap. 5, nec ab Alexandro Severo primum inductam , ut putavit Alexander ab Alexandro Genial. dier. lib. 4.
cap. 11, & poſt ipſum Indenius in prælect. ad §. *Filius familias*
Inſtit. *Quibus modis* &c., nec ab Auguſto , ut Pichardo ad Inſtit.
lib. 4. tit. 16. §. *Non omnium* , & Pancirolo in Not. Imp. cap. 2.
viſum eſt , nec a Juſtiniano , ut voluit Sertorius Urſatus in Not.
Roman. Theſau. Græv. Tom. 2. p. 892, & qui eum penes exhau-
ſit,Pitiſcus V. *Patriciatus*, ſed a Conſtantino M. cum Imperii By-
zantium translatione primitus inſtitutam , qua primus ornatus
fertur Optatus , Zoſimi lib. 2. Hiſtor. cap. 40 , & Glicæ Annal.
par. 4. teſtimonio ſuffultus , poſt Baronium ad an. 337. n. 53,
conſulendum etiam in Not. ad Martyr. Rom. ad diem 27. Auguſti , Spondanum ibid. n. 9, Gutherum de Offic. Domus Aug.
lib. 2. cap. 19, Sigonium de Regno Ital. lib. 4. an. 173, Bullen-
gerum de Imperat., & Imp. Rom. lib.3.cap.1, Ducangium V. *Pa-*
tricius,Angelum de Nuce in Not. ad Chron.Caſſin.Rer. Ital.Tom.
4, & Meurſium in Gloſſ. Græco Barbaro p. 522, oſtendit Gentilius de Patriciorum Orig.lib. 2. cap.1. Quam dignitatem tamen,
præter nudum *Patris Imperatoris* nomen , de quo Valentinianus
L. unic. Cod. *De Parentibus*, & in L. un. *De Epiſcop. Judicio*, Ma-
joranus in epiſt. ad Senatum apud Sigonium de Imper. Occid.
lib.14, Juſtinianus L. 5. *Sancimus* Cod. *De Conſulibus* &c. , & §. 4
Inſtit. *Quibus modis Jus Patr. pot.*, Novel. 81. præfat., L.3. Cod.

                                                                    Ubi

Ubi Senat., L. 64. in fin. , & L. ult. *De Decurion.*, Glossa in L. *Quoties* Cod. *Ubi Senator* , Claudianus prolog. in Eutropium, v. 49 , & lib. 2. v. 68 , Nicephorus lib. 13. capp. 1 , & 4 , Zosimus lib. 2. cap. 40 , Luitprandus de Rebus per Europam gestis lib. 3. cap. 8 , Cujaccius in L. 5. Cod. *De Consul.*, Vessenbecius in §. *Fi. lius familias* Instit. *Quibus modis* &c., & Bullengerus lib. 3. cap. 1 , ac præter insignia , quæ ferme erant S. Petri Vexillum , Claves , Gladius, Circulus aureus pro Corona, Talaris amictus, Chlamys, Aurati calcei , de quibus fuse Gentilius post alios lib. 3. cap. 5 , honoris purum , ullius absque Jurisdictionis parte , titulum prætu. lisse , cum Bignonio in Not. ad Marculfi Form. lib. 1. cap. 35 , & Guthero cap. 14. ibidem docet Gentilius . Devastatæ igitur a Langobardis Italiæ , deque ipsius restituenda incolumitate nihil cogitantibus Græcis Imperatoribus , quin ad ejus postremum , si per ipsos fieri potuisset , incumbentibus excidium , reique Roma- næ supremum in discrimen adductæ , cujusce summam ejus paullo ante decessor S. Gregorius II. in se susceperat , atque ideo Occi- dentali Imperio undique laboranti , labascentique remedium ad- ferret aliquod , aliqualique , qua fieri per ipsum fas esset , me- liori prospiceret ratione , atque in pristinum , si per Superos lice. ret, imo splendorem , decusque redintegraret , in operis adjuto- rium potentissimos Francorum Reges sibi adhibendos , statimque adcersendos existimavit , advertitque S. Gregorius III. Is omnium itaque primus, una cum Clavibus Sepulcri S. Petri , ejusque Vin- culorum fragmentis , atque Vexillo , litteris , atque Legatis , (unde Nunciorum in Gallia mos inductus viris Doctis visus,) ad- Carolum Martellum Majorem Domus semel , & iterum missis , qua de Legatione Anastasius Bibl. in Gregorio III , Gothofredus in Chron., Sigonius de Regno Ital. , Romanum Consulatum ei- dem detulit , ut habent Annalista Metensis ad an. 741 , & Conti- nuator Fredegarii cap. 110 , ea lege adjecta , ut Romanorum par- tes tam adversus Græcos schismaticos, a quibus spes nedum au- xilii decollarat omnis , sed in Italiam atrox , immanisque cogita- batur impressio , adversus Langobardos barbaros , qui tantum abest , ut ab Italiæ vexatione , infestatioueque sibi temperandum denique ducerent , ut potius Urbem ipsam Principem armis diri-

pien-

piendam jamdiu , & quotidie fibi propofuerant , adjuvandas fuf-
ciperet . Atque a Carolo Martello plane Legatione miſſa Luitprandus Romana quamcitius excedere ditione juſſus , cefsareque
a moleſtia Romanæ Urbi inferenda legitur apud Sigonium de Regno Ital. lib. 3. ad an. 739 , p. 180. edit. Mediol. 1732. Tom. 2.
corrigendum in hac temporis conſignatione , ſiquidem Legatio
iſta contigerit an. 741 , qua de re ipſius diligentiſſimus Annotator
Joſephus Ant. Saxius , & ante ipſum Pagius ad an. 740. n. 6.
Carolo Martello Confulatum a Rom. Pontifice conferri non po-
tuiſſe cenſuit Cointius in Annal. Franc. ad an. 741 , quod tum
temporis Conſulatus Imperium præſeferret . Neque magis conferri Patriciatum quiviſſe contendit Gronovius in Not. ad Grotium de Jure B. , & P. lib. 2. cap. 9. §. 11 , quod jus illud neque
Pontifici , neque Populo ineſſet , ſed unius Imperatoris . At egregie fallitur uterque, Cointius utique , nam ut oſtendit Pagius ad
an. 740. n. 5 , præterquam quod duplicis generis Conſules erant ,
perpetui , cujuſmodi erant Imperatores , ac temporarii honoris
gratia ad ſtatum tempus ſuffecti, cujuſmodi erat Thomas quidàm
apud Continuatorem Theophanis p. 440, tum temporis Conſulum
nomine Patritii veniebant, quo plane nomine inſignitum ab Anaſtaſio Imp. an. 508. Clodovæum Franc. Regem adfirmans S. Gregorius Turon. lib. 2. hiſt. cap. 38. ita intelligendus Hadriano Va-
leſio Rer. Franc. lib. 6. viſus eſt : unde non erat , cur Pagio hac
de re litem intenderet Gentilius de Patric. Orig. lib. 2. cap. 10.
n. 6 , ac deceptum S. Gregorium Turon. ab eo dici mallet , duplicis Conſulatus diſtinctionem improbans. Eo vel magis , quod eodem Patriciatus honore , qui tum magno habebatur etiam a Regibus in pretio , ab eodem Anaſtaſio Imp. exornatus fuerit Sigiſmundus Burgundiæ Rex , S. Avito Vien. teſte epiſt. 7 , ab Imper.
Zenone item Odoacer , & Theodoricus Italiæ Reges apud Mal-
chum Rhetorem in Excerpt. p. 94 , Procopium de bello Goth.
lib. 1. cap. 1 , & Caſſiodorum lib. 8. cap. 9 , Theodatus item , &
Vitiges Reges Gothorum , & Childebertus Franc. Rex a Juſtiniano apud Bodinum de Republ. lib. 3. cap. 4 , Freherum de Orig.
Palat. lib. 6. cap. 1 , Auctorem hiſt. Miſcell. lib. 16. p. 457 , &
469 , & Anaſtaſium in S. Silverio, Telericus Bulgariæ Princeps
a Leo-

a Leone Sap. apud Landuphum Sag. lib. 23, Adalgifus Italiæ Rex
a Conſtantino Copronymo, de quo Poeta Saxo, & Eginhardus
ad an. 774, aliique ab aliis, de quibus fuſe Ducangius Gloſſ.
To. 5. edit. Ven. 1739. p. 253. A Zenone demum Patriciatum ho-
norarium Conſulatum adpellatum obſervat etiam Hottomannus
ad L. 3. Cod. *De Conſulibus* &c., & Carolus M., qui a Stephano III, & Hadelano l. Patricius dictus eſt, Conſul etiam denominatus legitur a Godeſcalio in præfat. Evangel. circa an. 780. apud
Duchefnium To. 1. p. 187. Igitur Conſulatus a S. Gregorio III.
Carolo Martello collatus idem ac Patriciatus fuit, veluti fatetur
ipfe Goldaſtus Conſt. Imp. To. 1, ac Ducangius V. *Patricius.* Errat
vero ſplendide Gronovius, nam ut ad oculum a Noſtris oſtenſum
jamdiu eſt, ac maxime a Cl. Orſio, Fontanino, Acamio, Cennio, Auctore Obſervat. in Com. Carli librum de Orig., & Com-
merc. Monet. &c., Antonello de Titulis Dominii Apoſt. Sedis,
Affemanno Ital. hiſt. Script. To. 3. cap. 6, Sandino diſput. hiſt.
17, jam tum Romanæ rei ſumma unum penes Rom. Pontificem
integra ſtabat, ideoque abſque Imperatoris Orientis injuria, qui
dominatione in Romanos, Italoſque propria exciderat penitus culpa, tam a Romano Pontifice conferri Patriciatus legitime potuit,
quam legitime a Francorum Regibus admiſſus a nemine, niſi ab
infrunito ſychophanta, negabitur. Ex quibus perinde corruit
opinio Ducangii V. *Patricius* cit. To. 5. p. 254, ſeq., Boſsuetii
defenſ. Decl. par. 2. lib. 6. cap. 37, aliorumque, quibus perſuaſum
fuit Pippino omnium primo a Stephano II. Patriciatus dignitatem fuiſſe delatam, eamque non ſecus atque ejus filiis, Ipſi delatam putat Boſsuetius ex Senatus, Populique Romani conſenſu,
ejus principalis etſi pars eſſet Pontifex M. Nam ex dictis patet
tum primum Carolo Martello a S. Gregorio III. collatum Patriciatum fuiſſe, uniuſque auctoritate Pontificis, a quo Romani ipſi,
atque Itali ab Orientis Imperatoris obedientia ſoluti fuerant, inque libertatem aſſerti, a quo ideo tempore jure Gentium, Belli,
ac Donationis in ſupremum illud Dominium Pontifices ipſi ſub-
introierant, ac primus omnium S. Gregorius II, unde Jure principali Francorum Reges Patricios facere ipſis fas inerat. Itaque
Carolo Martello immatura morte præerepto an. 741, Aiſtulpho
Re-

Regi tum affiduis Italiam impreſſionibus exagitanti , tum Romanæ Urbi excidium ſæve intentanti ut occurreret Stephanus II, ſive
III. deceſſoris exemplo in Pippino , tum legatione præmiſſa, tum
per ſemet in Galllas profeſſione adornata , præſidium conſtituen-
dum ſancivit . Qui reapſe in Conventu apud Brennacum, & apud
Cariſiacum an. 754. Patriciatus una cum utroque filio Carolo, &
Carolomanno dignitate a Pontifice adauctus , præſentiſſimus, adfuit , duplicique Aiſtulphum bello petens , eum Urbes , & quas
occupaſſet , reſtituere , & quibus inhiabat , recedere compulit ,
qua de re Anaſtaſius Bibl. , Auctor 2. Append. ad Continuat. Fredegarii , Annaliſta Fuldenſis ad an. 754 ; ac luculenter ipſius Pontificis epiſtolæ præſertim 7, ſeqq. in Cod. Carolino ad Pippinum,
& Pippini ad ipſum , adeundique Nicolaus Alemannus de Lateran. Parietinis cap. 11 , Mabillonius de re Diplom. lib. 2. cap. 3 ,
& Supplem. cap. 9, Gutherus de Offic. Domus Aug. lib. 2. cap 19,
Petrus de Marca de Concord. lib. 1. cap. 12 , Pagius ad an. 754.
n 8, 755. n. 1, & 756. n. 2 , Hofmannus in Lex. V. Patricius , Magerus de Advocatia armata cap. 5. 0. 285 , ſeq. , aliique paſſim .
Deſiderio perinde ferro , flammaque Italiam undique devaſtanti
objiciendum ſibi rati cum eumdem Pippinum 8. Paulus I , & Stephanus III, ſive IV, tum Carolum M. deinde Adrianus I, & S. Leo
III , litteris , Legatiſque miſſis , ac Vinculorum fragmentis una
cum Vexillo , confirmataque Patriciatus utrique dignitate, atque
in Filios utriuſque adoptione facta , præſentiſſimo ambos auxilio
experti ſunt: qua de re, præter horum Pontificum litteras in Cod.
Carol. deſcriptas, abunde fidem liberant Annales Franc., & Anaſtaſius . Quo loci tum Stephanum II. in epiſt. 8. ad Pippinum ,
tum Anaſtaſium Bibl. in eodem Pontifice , tum Auctorem 2. Append. ad Contin. Fredeg. de Aiſtulpho conquerentes , quod loca
a Pippino donata S. Petro S. Dei Eccleſiæ , & B. Petro , vel Reipublicæ Romanorum reddi paſſus ille non fuiſſet , accipiendos de
reſtitutione Romano Imperio facienda putantes Cointius ad an.
754. n. 80, Marquardus Freherus in Corp. Franc. hiſt. vet. in marg.
ad Auctorem 2. Append. ad Contin. Fredegarii, Muratorius in plena Expoſit. Jur. Imper. &c. cap. 1. p. 25, ſeqq., & Comes Carli de O-
rig. Monet. diſſert. 2. To. 1. §. 5 , valide refelluntur a Pagio ad
an.

an. 755. n. 2 , & 756. n. 2 , a Fontanino in defenf. 1. Domin. A. poft. Sed §§.98 , & 101. p.258,& 265, ac Defenf. 2. §§.6 ,& 7. p.54, feqq., & a Dominico Georgio in Append. ad Adnotat. in Baronium To. 12. edit. Lucen. 1741. ad an. 743. p. 669 , feq., ab Antonello lib. cit. p. 4, ab Auctore Obferv. in Com. Carli lib. 2. p. 54 , feq., nempe litteris Stephani II , five III. in Cod. Carolino n.8, & 9, S. Pauli I. n.24,feqq. quibus Romanæ Reipublicæ & Populus *Nofter* , & Civitates *Noftræ* ab utroque Pontifice adpellantur, atque *Nobis* reftituendæ Exarchatus Urbes dicuntur, quæ Romanorum reftituendæ Reipublicæ efsent . Anaftafii Bibl . in Stephano II. teftimonio, quo tradit Pippinum Græco Imperatori Exarchatum repetenti refpondiffe eumdem jam a fe in poteftate B. Petri , ac Pontificis Rom. jure pofitum , quod ipfum Stephano II, & S. Paulo I. ab eodem Pippino jam fuiffe promiffum ex utriufque litteris patet ; & in Hadriano I , ubi a Carolo M. Defiderium ad reftituendum Ecclefiæ Rom. , & S. Petro Exarchatum fuiffe compulfum refert. Ludovici Pii,Othonis I,S.Henrici II. &c. Diplomatibus apud Gretzerum de Imp.in Sedem Apoftol.munific. p. 17, feqq., quibus in perfona Rom. Pontificis donationes a Pippino , & Carolo M. factas S. Petro confirmant . Hadriani I, epiftola 59. Cod. Carol. , qua Rom. Reipublicæ Populum *Noftrum* denominat , ac Johannis VIII , qui epift. 54. ad Lambertum Spolet. Ducem, 88. ad Ludovicum Ducem Bajoariæ , 129 , & 131. ad Berengarium Forojul. Ducem , & 308. ad Supponem Piceni Comitem de Rom. Reipublica ita loquitur , velut de ea , cujus Pontificatus fumma penes fe ftaret . Atque id adeo verum Petro de Marca de Concord. lib. 1. cap. 12. n. 3 , & Ludovico Thomaffino vet. ,& nov. Difcipl. p. 3. lib. 1. cap. 29. n. 7 , feq. vifum eft , ut Exarchatus reftitutio quin S. Petro , five Rom. Pontifici facienda a Pippino fuerit promiffa , non vero Imperio Romano , atque Romanæ Reipublicæ nomine quin Pippino Rom. ipfe Pontifex venerit , five Ecclefia S. Petri , in cujus jamdiu corpus illa concreverat, ne levi quidem dubio, fufpicionique locum relinqui,fateatur, ac profiteatur uterque. De fequentibus demum Imperatoribus, Carolo Calvo,Othone I, Henrico III, IV, & V, Lothario , Conrado &c. , qui de eadem Patriciatus dignitate Rom. a Pontifice consequenda fuere folliciti , vel de confequuta plaufum fibi fecere , vide Ducangium To. 5. p. 256 , feq. V. *Patricius* , & Gentilium lib. 3. cap. 4.

Jam vero quid Juris , officiique Patriciatus hic Rom. a Pontificibus conferri folitus præfeferret , fi a me quæras , præfto refpondeo potiffimum cum dignitate prætuliffe jus defenfionis , ac protectionis R. Ecclefiæ adverfus tam publicam , quam privatam vim : atque ita perfuafum fuit Viris Doctifs. Nicolao Alemanno de Lateran. Pariet. cap. 11 , Joh. Garnerio in Not. ad lib. Diurn. cap. 1. tit. 3. p. 4. ea dignitate vocatum dumtaxat Patricium ad Sanctius Imperatoris confilium adnotanti , Pagio Sen. ad ann. 796. n. 4, feqq., Natali Alexandro hift. Eccl. ad Sæcul. VIII. cap. 1, Petro de Marca lib 1. cap 12, & lib 6. cap. 11, Magero de Advocat. Arm. cap. 5. n. 161, feqq., Joh. Franc. Baldino in Not. ad Anaftafium in Stephano III, Pagio Jun. in Leone III, Pichlero hift. Imp. cap. 5. q. 5. p. 141, feq. , Gentilio de Patric. Orig. lib. 3. cap. 2 ; Quin etiam ipfifmet Imperialis Juris ardentioribus amplificatoribus , Lupoldo de Babenberg de Jure Regni , & Imp. Rom. cap. 4, Andreæ Knichen in Polit. perveftig. ad Rom. Imp. autocrat. cap. 1. n. 257, Everardo Ottoni de Jure publ. , & priv. differt. 1. cap. 2. §. 9, &c. Conftat id vero 1. Ex litteris S. Gregorii III, Stephani II, S. Pauli I, Stephani III, Hadriani I, & Leonis III. in Cod. Carol. , quibus a Rom. Pontificibus ea dignitate Francor. Reges ad defenfionem Rom. Ecclefiæ, ob amorem dumtaxat S. Petri, adlecti , follicitatique confpiciuntur . 2. Ex Formula Ritus , quo conftitui olim Patricii folebant apud Paulum Diac. hift. Langob., Caffiodorum Var. lib. 3. epift. 9, Mabillonium Annal. Bened. lib. 23, Pagium ex Vatic. Ms. eam referentem ad an. 740. n. 6, Ducangium V. *Patricius*, Eccharium Franc. Orient. Tom. 1. p. 383, & Gentilium lib. 1. cap. 2, n. 7, ubi de una protectione impendenda a Patricio fit fermo - 3. Ex Litteris Pippini , & Caroli M. ad prælaudatos Rom. Pontifices , ex Caroli M. Conftitutione adverfus Felicem , & Elipandum apud Goldaftum Tom. 1. ad an. 794, litteris apud Alcuinum 84, feq. , Capitulari I. an. 769. apud Baluzium Tom. 1. p. 189, Aquifgranenfi an. 789, Diplomatibus apud Dublettum , Ughellum , Purricellum , Baluzium, Mabillonium,

Mar-

Martenium, Heumannum &c., quibus uno folo *Defensoris S. Dei Ecclefiæ, aut Patricii Romancrum* titulo femet infignit, & gloriatur . 4. Ex Inftrumentis divifionis Regni peractæ five a Carolo M., apud Baluzium Capitul. Tom. 1. p. 419, & Pagium ad an. 806 n. 4, feq., ubi divifionis hujufce Chartam legitimam poft Baluzium Tom. 2. p. 1068, Cointium, & Mabillonium Analect. Tom. 4. p. 34. oftendit, five a Ludovico Pio apud Baluzium To. 1. p. 685, Goldaftum Conft. Imp. Tom. 1, & Pagium ad an. 838. num. 3, feq., quibus Caroli Martelli, & Pippini exemplo, una Romanæ Ecclefiæ defenfio impendenda filiis, jure veluti Patriciatus hæreditario, ab utroque Rege enixe demandatur. Quo de argumento fufius infra. Nihilominus una cum Patriciatus dignitate Francorum Regibus adquifitum Jus Romanæ Urbis, ac Romani Ducatus adminiftrandi cum Pontifice, qui Pontifex imo ab ipfis Francorum Regibus in Patriciatus confortium admiffus fuerit, opinio eft Petri de Marca de Concor. lib. 3. cap. 11. n. 6. Eo viciffim in errore verfatur Joh. Georgius Eccbartus Comment. de rebus Franc. Orient. Tom. 1. lib. 35. §. 38. p. 737, feqq., quod duo quidem ab eo tempore Patricii audirent, fed unus Romæ, Pippinus nempe, Ravennæ vero alter, nempe Pontifex M. Sententiam porro fuam Petrus de Marca duabus fuffulcit epiftolis in Cod. Carolino 35. S. Pauli 1, & 36. Populi Romani ad Pippinum, quibus utrique Pippino æque, atque Pontifici *Fidelem* fe Populus Romanus profitetur, atque *Fidelem* & S. Petro, & ipfi Pippino fiturum, five in *Fide* cum S. Petri, tum Pippini Romanum Populum manfurum idem S Paulus pollicetur. Quam fententiam Eccbartus pejori errore oppugnat, quod nempe dum Rom. Populus fidei Pontificis commifens auditur, de fide quoad fpirituale Regimen accipi dictum oporteat; dum fe fidelem Pippino viciffim profitetur, de fidelitate quoad Regimen temporale inteltelligi debeat, itaque duo perperam Romanos Patricios diftingui a Petro de Marca concludit. Suam viciffim opinionem Hadriani I. epift. 85. Cod. Carol. ad. Carolum M., qua rogat etiam, atque etiam, ut ficuti Patriciatum Romanum in navatæ pretium operæ Avo, Patri, ipfique collatum, integrum confervare ipfe Pontifex ftudebat; ita viciffim ipfe Ravennæ Patriciatum fibi Pontifici,

tifici , five S. Petrofarium , tectumque fervare curaret . Longe
procul ab vero aberrant Francifcus Junius de Translat. Imperii ,
Meurfius in Lex. Græco-Barbaro V. *Patricius* , Goldaftus Conft.
Imp. Tom. 2. ad an. 774, Hofmannus in Lex. Univ. V. *Patricius*,
Heumannus de re Diplom. To.1. cap.2. §. 53. n. 4. p. 51. &c. perfuafum habentes in Francorum Regibus Patriciam dignitatem non
honorariam dumtaxat , neque folam imo Præfecturam Urbis con-
fpicuam fuiffe , fed parem Imperatoriæ poteftati , inque Romanum ipfum Pontificem . Parum hinc abfuere Radulphus de Co-
lumna lib. de Transl. Imp., Nicolaus Cufanus de Concord.lib. 3.
cap. 3, Draco de Orig., & Jure Patric. lib.2. cap.6. apud Gentilium,
Bebenbergius de Jure Regni , & Imp. Rom. cap. 4, & Lehmannus
in Chron. Spirenũ lib. 3. cap. 14. Francorum viciffim Regibus, quatenus hujufmodi Patriciatus honore infignitis , Romanis a Pontificibus Reipublicæ adminiftrandæ curam demandatam exiftiman-
tes . Denique Patriciatus officium cum Urbis Præfectura fuiffe
conjunctum , adeoque Francorum Principes , qua Patricios , jure
temporali cum in Urbem Romam, tum in Romanum Ducatum
potitos fuiffe putant Ducangius in Gloffario V. *Patricius* , Mabillonius de re Diplom. lib. 2. cap. 3, Everardus Otto de Jure publ. ,
& priv. differt. 1. cap. 1. §. 8, Gutherus de Offic. Dom. Aug. lib. 2.
cap. 9, Petrus dela Lande in Suppl. Concil. apud Labbeum Tom. 8.
p. 556. &c. Opiniones aft enim has abnormiter a vero , rectoque
abhorrentes prorfus evertunt viri doctiffimi, Petri de Marca , &
Eccharti Pagius ad an. 789. n. 8, feq., & Pichler hift. Imp. cap. 5.
q. 7. num. 20. p. 145, feqq. ; Junii , Meurfii , Goldafti , Hofman-
ni , & Heumanni Gretzerus Obfervat. ad Codinum Curopalatam
de Officiis , & Official. Eccl. , & Aulæ Conftantinopolit. lib. 3.
cap. 17. p. 289. edit. Parif. 1625, Ducangius in Gloffar., Everardus Otto cap. 2. §. 8, Nicolaus Alemannus de Later. Pariet.
cap. 11 ; aliorum denique Gentilius lib. 3. capp. 6, & 7, & Blancus de Polit., & poteft. Ecclef. Tom. 2. lib. 5. §§. 2, & 3. Et certe tam fruftra excogitatos fuiffe vel duos Patricios , vel Patriciatum in duplicem difpertitum, quam Francorum Reges Patriciatus
infigni vel feorfim totam Reipublicæ Romanæ adminiftrandæ provinciam ad fe rapuiffe , vel cum Pontifice in adminiftrationis par-

tem

rem admiſſos fuiſſe , ſed unum penes Romanum Pontificem Romanæ rei ſummam integram ſtetiſſe , ideoque Francorum Principes
uno Patricii nomine , dignitateque cum Protectionis , ac defenſionis jure conjuncta , adjecta in filios adoptione , pro amore S. Petri , fuiſſe contentos evincunt ſequentia . 1. Ex Epiſtolis 3, 4, & 5.
Cod. Carol. Stephani II. ad Pippinum , quibus ipſum Populi Romani Protectorem invocat , ſuum vero Populum eumdem adpellat , quis æqui , bonique æſtimator , obſecro , tuto non arguat jam
cum Romanum in Populum jure Principatus unum Pontificem
fuiſſe potitum , atque iſtius ad Juris tuitionem tum adverſus Græcos , tum adverſus Langobardos , tum adverſus Romanos ipſos
aliquando rebelles , Francorum Reges tanquam Advocatos , &
defenſores plus vice ſimplici fuiſſe accerſitos , ideoque Patricii dignitatem in ipſis defenſionis , & advocatiæ dumtaxat jus prætuliſ-
ſe ? Et certe S. Gregorius III. Carolum Martellum , & Stephanus II.
Pippinum pro auxilio rogantes , eoſque Patriciatus inſignibus ex-
ornantes , non Urbis , Ducatuſque Romani dominium illis obtuliſſe
leguntur , ſed unius S. Petri religionem in conſpectu poſuiſſe , ipſiuſque S Petri ideo ad redintegranda jura , in Exarchatum præſertim ,
ſollicitaſſe : ipſos vero Principes unius Principis Apoſtolorum reverentia , & amore , non item temporalis Dominii adquirendi ulla
habita ratione , Patrocinio adfuiſſe , ereptumque Langobardis Exarchatum in S. Petri , ſive Rom. Pontif. jus transfundere religioni duxiſſe indubium eſt. 2. Ex Senatus , Populique Romani ad Pippinum
epiſt. 36. Cod. Carol. , qua pridem ab ipſo admoniti de officio erga
Paulum I. P. M impendendo reſpondent , ſe jugiter in Pontificis fide
permanſuros , *Nos*, inquientes , *firmi , ac fideles Servi S Dei Eccleſiæ præfati ter Beatiſſ. , & Coangelici Spiritualis Patris Veſtri ,
Domini Noſtri Pauli Summi Pontificis , & Univerſalis Papæ conſi-
ſtimus*. Eò itaque tota Pippini intentio , & Populi Romani pro-
teſtatio collineabat , ut Pontifici in Reipublicæ ſupremo regimine
& ille adeſſet ope , quin ullam ad ſe regiminis raperet partem , &
iſte non deeſſet obedientia , quin ad priſtinam adſpirare libertatem auderet. Junge & Pauli ad eumdem Pippinum , & Stephani III.
ad ejuſdem Pippini filios epiſtolas , quibus S. Petri nomine , ut eidem a Langobardis ablata bona reſtituenda curarent , eoſdem eſ-

ſictim

nim obtestantur, & obsecrant, deque Populo Romano tanquam sibi subdito, & de Romano Principatu, Exarchatuque Ravennate loquuntur tamquam suo, sive S. Petri proprio. 3. Ex Hadriani epistolis in Cnd. Carol. 46, 49, 51, 52, 54, 56, 58, 69, 76, 78, 85, 90. &c. ad Carolum M., quibus indesinenter instabat, ut fidem demum cum ab ipsius Parente, tum ab ipso S. Petro vice plus simplici desponsam integre,pro virili, liberaret, atque Principatus in Italia tam superiori, quam inferiori S. Petro devotos pervasorum manibus ereptos in S. Petri supremum jus tandem transcribere non moraretur. Nominatim vero de Exarchatu Ravennate, quem S. Petri peculiarem Patriciatum nominat, disserens Carolum admonet, ne Pontifice inscio, aut invito quempiam ex subditis temporali Dominio S. Rom. Ecclesiæ apud seipsum recipiat, ac bonis S. Petro semel oblatis oneris quidpiam imponere. tenter, contestatus, si hæc ipse præstiterit, operam vicissim ab se impendendam omnem, ne ipsi de Patriciatus honore quidpiam deperiret. Rogo vero, indicia sunt ne ista potestatis, qua Carolus M. administrandæ Reipublicæ una cum Rom. Pontifice, aut imo per semet seorsim, polleret, an magis Dominii cum in Romanum Ducatum, tum in Exarchatum Ravennatem, quo unus integre potiretur ipse Pontifex? Neque movere quempiam debet, quod Pontifex Carolo M. Patriciatum Romanum conservandum promittens, vicissim Patriciatum Ravennæ S. Petro donatum sibi conservari petierit. Nam Patriciatus Romani nomine dignitatem venisse, ac Protectionis jus dumtaxat, integro apud Pontificem dominio manente, ex dictis patet. Patriciatus vero Ravennatis nomine intelligi dabatur Exarchatus, quem S. Petro redintegrandum curaverant Pippinus, & Carolus M., atque ita plane intelligi debere id ostendit, quod Patriciatus S Petri denominetur, cujusmodi esse, nisi Exarchatus nequibat. Qui Exarchatus ideo Patriciatus nomine denominandus Hadriano videri potuit, quod Ravennæ Exarcha Patricius semper esset, ut liquet ex libro Diurno Rom. Pontif. cap. 2. tit. 2, & 4, atque ut comparationis vis Carolo M. magis adpareret in voce Patriciatus, quem alter alteri tuendum proponit. Ad hæc in epist. Apolog. pro Sacris Imaginibus apud Baronium ad an.794. n.50, seq., & Harduinum To. 4. p. 820.

p. 820. S. Petri optatissimam defuturam Protectionem nunquam Carolo M. pollicetur, modo ipse promissorum vicissim haud immemor pro integra bonorum, juriumque S. Romanæ Ecclesiæ restitutione adlaborare non desineret. Junge Leonis III. epistolas 3, 7, & 12. inter alias ad Carolum M., quibus obsecrat, tum ut Romanos in se rebelles compesceret, & ad sibi debitam obedientiam dependendam adigeret, tum Saracenos ab Agri, Principatusque Romani devastatione procul arceret, tum Ravennates ad bona, quæ usurparant, fisco reddenda Apostolico compelleret, neque prætermittens ejusdem conqueri de Missis, quod pleraque, quæ fas non esset, & plusquam esset fas, sibi arrogare tentarent. Confer & Pagium ad an. 799. n. 3, ubi ex una Alcuini epistola 11. ad Carolum M. contra Petrum de Marca, & Cointium rite duo deducit, eo tempore Orientis Imperatores Romæ, & Italiæ dominio jam excidisse, Romanæ vero Urbis, ac ditionis supremum Jus, ac dominium non apud Franc. Reges, sed unum penes Rom. Pontificem integrum stetisse. Certe Petrus ipse de Marca fatetur de Conc. lib. 3. cap. 11. tum absque dubio Pontifices Romanæ Urbis dominio temporali potitos censeri debere, quo Domini Nostri nuncupatione a Romanis denominari cœpere, primumque, qui hoc nomine fuerit adpellatus, Leonem III. fuisse putat, conjectura ducta ex Triclinii Lateran. inscriptione, nec non ex Numismate relato a Nicolao Alemanno de Later. Parlet. cap. 2, in cujus altera facie S. Petri Imago cum Clavibus humero impositis conspicitur, in aversa vero hæc legitur inscriptio: *D. N. Leoni Papæ*, quem tertium esse non dubitat. Itaque quum S. Paulus I. eo nomine fuerit adpellatus in præcit. epist. Senatus, Populique Romani, atque ante Leonem III. eodem nomine insignitus legatur Hadrianus I. in Charta privilegii, quo Monasterio Sandionysiano proprium habendi Episcopum facultatem an. 786. impertiit, apud Harduinum To. 3. p. 2021, seq., palam fit inde Pontifices, & quidem ante Leonem III. Romani Ducatus, & Urbis dominio potitos, cujusmodi dominium confirmant Nummi, non ille quidem Leoni III. a Nicolao Alemanno, a Petro de Marca, a Papebrochio in Conat. in S. Leone I. §. 47. n. 5, & a Pagio ad an. 896. n. 6. tributus, quem imo pejus S. Leoni I. tribuendum arbitratus est olim Baronius

nius ad an. 461. n. 12, qui Leonis VIII. Pfeudo-Pontificis fuiſſe
oſtenditur a Floravante de Antiquior. Pontiſ.Rom. Denariis pag.
78, neque ille perinde an. 1607. in media Nave vet. Vaticanæ Ba-
ſilicæ fubtus terram inventus, S. Petri quidem Clavibus, ac Vultu Salvatoris infignitus, ſed ullis abſque litteris, ac S. Gregorio II. adſcriptus ab Auctore doctiſſ. Obſervat.adv.Comitem Carli
differt. 2. de Orig., & Commer. Monet. &c. lib. 3. §. 23. p. 158,
feqq., fed S. Gregorii III, cui reſtituendos duos Nummos, quorum alter S. Sergio I. ab Oldoino in Addit. ad Ciaccon. To. 1.
p. 492, & a Baertio, & Janningo in Addit. ad Conat. Chron. Pa-
pebrochii §. 86. in S. Sergio tributus fuerat, alterum vero produxit Ficoronus inter Plumba antiq. p. 1. cap. 23. n. 5, idem Auctor cit. lib. 3. §. 25. p. 163, feqq. oſtendit; S. Zachariæ duo
apud Mabillonium Itin. Ital. To. 1. p 18. n. 6, & Oldoinum ad
Ciaccon. To. 1. p. 524, de quibus præcit. Baertius, & Janningus
in S. Sergio I, Fontaninus Deſonf. 1. cap. 11. p. 72, & Auctor Obſervat. §. 29. p. 178, feqq., & Comes Jacobus Acami de Orig.
& antiq. Pontiſ. Offic. Monetariæ §. 1. p. 8, feq.; Hadriani I apud
Vignolium, & Floravantem de Antiq Denariis Pontiſ. Rom. part.
1. p. 1, & Baldinum in Not. ad Anaſt. edit. Vignol. To 2. p. 375,
in quo inſcriptionem *Victoria X. D. N.* non ad Græcum Imperatorem referendam, ut perperam a Muratorio Antiq. Ital. differt.
27, & Blanco de Polit., & poteſt. Ecclef. To. 2. p. 176, relata
fuerat, qui tum Conſtantinus Copronymus audiebat, fed ad Chriſtum D., cujus Crux in Nummo exprimitur, oſtendunt Cennius
in Not. ad cit. differt., Auctor Obſervat. cit. lib. 3. §. 33. p. 90,
feq., & Acamius cit. differt §. 2. p. 18, non fecus atque ſimile
in Benedicti III. argenteo Nummo lemma ad Chriſtum D. referendum oſtendit Garampius differt. eo de Nummo in Admonit n. 1.
p. 152, feqq., & Autocratiæ, five Pontificiæ ab Imperatoribus
independentis auctoritatis indicium eſſe concludunt, neque fuiſse
perinde, cur de Nummi Hadrianei integritate dubium induceret Mu-
ratoria in Expoſit, plena Jur. Imper cap. 6 : quo demum ex
Nummo, non fecus atque ex laudatis mox SS. Zachariæ, & Gregorii III. corrigendus fane venit Anonymus Scriptor vitæ Hadriani L apud Mabillonium Muf. Ital, To. 1. par. 2. p. 39, affirmans

ea adhuc fub ætate Græci Imperatoris poteftati obnoxiam fuiffa cum Urbem Romam, tum nonnulla Italiæ Caftra: quamquam Scriptorem illum loquutum de Græci Imp. dominio fub S. Grego. rio II. rite obfervat Cl. Fontaninus Defenf. 1. Domin. Apoft. Sed. par.4. cap.103. p.169, feq. edit. Rom. 1713. Sequuntur Nummi Stephani IV, S. Nicolai I, Johannis VIII. apud Vignolium, & Floravantem de Antiq. Pontif. Rom. denariis par. 1. p. 23, Fon- taninum Defenf. 2. Dom. Apoft. Sed. par.1. cap. 21. p. 73, & le Blancum in Tract. hift. de antiq. Franc. Monet. p. 108. n. 5, cu- jus poftremi Johannis VIII. nempe jungenda pariter epiftola 85. ad Berengarium, ubi liquido tradit jampridem Rom. Pontifices Urbis dominio potitos; Johannis IX, Stephani V, Benedicti IV, Sergii III, Anaftafii III. apud Vignolium p. 49, 56, Fontaninum loc. cit., Garampium p. 156, feq., Argelatum de Monet. Ital. T. 3. Append. p.64, feqq., Muratorium antiq. Ital. differt. 27 ; Johannis XI, de quo Vignolius par. 1. p.67, feq., & Muratorius loc. cit., Leonis non VI, ut ibid. Muratorio vifum eft, fed VII, ut cenfet Auctor Obfervat. adv. Com. Carli lib.3. § 41. p. 219, Jo- hannis XII, Leonis VIII, Pfeudo-Pontificis, Benedicti V, Paf- chalis II, Sergii IV. &c., apud præcit. Fontaninum p. 74, feq., Vignolium par. 1. p. 73, feqq., Floravantem par. 2. p. 3, feq., Muratorium &c., in quibus omnibus Nummis cum S. Petri, aut S. Pauli nomine, præfat. Rom. Pontificum nomina, diverfis cum infignibus adparent, ulla abfque Patriciorum, aut Imperatorum mentione: quod indicium eft liquidum unum penes Pontificem a S. Gregorio II, ac deinceps Urbis Imperium ftetiffe.

Sed enim Goldaftus, a quo duo, quæ profert Conft. Imper. To.2. ad ann. 774, & poft ipfum Lunig Cod Diplom. To.1. n. 1, & 3, Senatus Confulta, Populique Rom. de Patriciatu collato Carolo M., atque Othoni I. ad fabulas amandanda ex unanimi Scriptorum de iis filentio demonftrat Gentilius li.3.cap 9. Con- ringius, Ecchardus Rer. Franclæ Orient. To.1. lib. 25. §. 86. p. 771, le Blanc in Tract. hift. de antiq. Franc. Monet., & in Differt. hift. de Monet. Gallice editis Amftel. 1692, ubi cap. 8. p.72. pu- gnare non eft veritus ab anno755. ufque ad an. 1143. Romanæ Ur- bis Imperio Occidentis Imperatores fuiffe potitos, tumque pri-

mum ab Innocentio II. conatum impen li prorfus omnem cœpiſſe ;
ut illud ad ſe raperet ; Job. Clericus Bibl. Select. To.20. p. 196.
Vignolii documentis ſe vinci non paſſus ; Pagius, qui poſtquam
ad an.796. n 4, ſeq. adverſus Petrum de Marca, & Comtium jam
ſub Stephano II, ante Leonem III, Urbis Romæ dominio Græcos ex-
cidiſſe, nec in eo ſane ſucceſſiſſe Francos, ſed unos ſupremos Urbis Dominos Rom. extitiſſe Pontifices deſenderat, a ſe Blanco
poſtea in errorem pertractus ad an.823. n. 1., & 3, & 875. n.1. ad.
ſerere non dubitavit, Imperatores Francicos præter deſenſionem,
& protectionem Eccleſiæ, ſupremo dominio in Urbe potitos ſuiſſe
ex conceſſione Pontificum: quem ideo a Vignolio p. 16, ſeq. redargutum fruſtra Pagius Jun. in Paſchali I. cenſura redimere ſtuduit, a Pagio ſeniore adſtruens ſcriptum, quod a Paſchali I. ſupremum Urbis dominium Lothario Imp. fuerit delatum : quippe ſi ex
Monetis ſub Lothario cuſis Ant. Pagius arguit, (ut de Pauli Diaconi teſtimonio nihil dicam, quo moveri certe haud debebat, ut-
qui Lothario a Paſchali eam dumtaxat, qua priſci ſruiti Imperatores fuerant, poteſtatem ſuper Populum Rom. fuiſſe largitam
adfirmat, quod plane de Advocatiæ, ac Protectionis jure dumtaxat accipi tam debet, quam rite poteſt), arguit, inquam, in Lotharium a Paſchali I. dominium Urbis ſuiſſe tranſuſum, ex Nummis ſimiliter Caroli M., ac Ludovici Pii nomine Romæ inſignitis
arguere debuiſſet, jam rum penes eoſdem Principes rei Romanæ
ſummam ſtetiſſe ; Baluzius in præſat. ad Capitul. §. 28, Fleurius
ad an. 817. biſt. Eccleſ. lib.46. §.26, & Muratorius, qui Obſervat.
in epiſt. Fontanini de Dom. Apoſtol. Sed. cap.25. p.30. Italiæ totius dominium apud Imperatóres uſque ad an.1346. manſiſſe videtur ſentire, eò quin etiam progreſſus in Supplici libello ad Jo-
ſephum I. Imp.capp.9,11, 12, ſeq., & Obſerv. cap.41, ut poſt Blancum diſſert. clt. cap. 7. Imperialis veluti juris pervaſores Pontifices nonnullos traducere videatur, atque Ital. Antiq. diſſett.27,
qua de Monet. offic. orig., & Monetas cudendi jure diligenter inquirendum inſtituit, (quo loci inter alia ex Nummis illis Pontificibus forſan jus procudendæ Monetæ Græcis ab Imperatoribus
factum ariolatur ; Ita nempe poſtquam in Romanos Imperio ex-
cidiſſent, Monetis cudendis præfectos eſſe voluere Pontifices.

Ne.

Næ qui ita nugatur), ac in Annal. Ital. passim Monetas Romæ cudendi jus Francos penes Imperatores stetisse docens, aut ab illis Romanis indultum demum fuisse Pontificibus, (quo tamen de indulto in Epistolis 99. Cod. Carolini ne γρυ' quidem, leveque indicium adparet), hi, inquam, omnes ea in opinione versantur, ut de præfatis Nummis aut dubitent, aut illos non Pontificios, sed Imperatorios fuisse confidentissime pronuntient, quibus ideo Imperatorum dominium in Urbem Romam, Romanumque Ducatum detur intelligi, devotionisque gratia dumtaxat Papæ nomen aliquibus insertum. Contra quos, uti modo dicebamus, non Imperatorios, sed Pontificios fuisse Nummos illos pugnant Vignolius, Floravantes de Antiq. Rom. Pontif. denar., Fontaninus Defens. 1. Domin. Apost. Sed. cap. 108. p. 274. edit. Rom. 1713, & Defens. 2. cap. 21. p. 72, seqq., Pagius Junior in Leone III, & Paschali I, Garampius de Nummo arg. Benedicti III. cap. 4. n. 3, & in Admonit. ad Tabul. Num. p. 152, seqq., Cennius Ephem. Rom. an. 1746. Art. 10, in Not. ad Murat. dissert. 27, Catalanus in præfat. ad Tom. 4. Murat. Annal. ipsius Tom. 1. p. 57, seqq., & 87, seqq., Auctor Observat. in Carli lib. de Orig., & Comerc. Monet. lib. 3. §. 22. p. 155, seqq., Comes Jacobus Acami de Orig., & antiq. Offic. Monet. Pontif. adversus eumdem Carli §. 2. p. 17, seqq. &c. Ab hac utraque alteram induit opinionem Janus Raynaldus Comes Carli libro de Orig., & Commer. Monet. &c To. 1. dissert. 2. §. 5. de Pontificia Monetali Officina sermonem instituens, nempe Nummos illos neque Imperatorios, neque Pontificios habendos esse, sed Senatorios, idest Senatus jussu cusos, apud quem ab an. 728. a Græcorum Imperio subductum Imperii Romani summam iterum revocatam integram stetisse putat usque ad an. 800, quo ad Carolum M. Imperatorem electum Imperii administratio translata fuerit: quam etsi usurpare tentaverit Johannes XII, frustra tamen conatum ei omnem cessisse, sed penes Imperatores qua Francos, qua Germanos illam mansisse intactam usque ad an. 1198, idest usque ad Innocentium III, cui fidelitas jurata primum legitur a Petro Urbis Præfecto apud Card Aragonium in vita Pontif. Rer. Ital. Tom. 3. p. 487, quum antea fidem Imperatori obligare suam Præfecti solerent. Carli porro in eadem

dem quoque opinione de Nummis plerifque Senatus Rom. auĉto-
ritate, nomineque percuffis præivera t le Blanc in cit. difsert. hift.
p.74; inde arguens Imperii fummam cum temporis apud Senatum
ftetifse . Huic igitur Carlius opinioni infixus Nummos illos aut
Pontificibus aliis, quam vulgo putetur, fore tribuendos, aut alio,
quam fuerit perfuafum , tempore fuifse procufos, oftendere ad-
grefsus , præteritis iis , qui SS. Gregorio III, & Zachatiæ tribui
folent, quos incompertos fane habuit, Nummum Hadriani I. per-
cufsum vult ante Caroli M. inaugurationem; Stephani IV. peræque , aut potius Stephano V, aut VII. tribui pofse, aut debere,
quod vifum quoque Muratorio cit. difsert. 27. fuerat ; Nicolai I.
reftituendum efse Nicolao II, fub quibus tribus nullus fuit Imperator : fub Johanne IX, & Benedicto IV. vacafse, Imperium; Sergii III. efse potius Sergii IV, fub quo Imperium fimiliter vacans
erat ; Leonis VIII. denium Nummum, qui nota caret Imperatoris,
fubdititium efse . Itaque vacante Imperio, non fuifse, cur Nummis
illis Imperatoris nomen adponeretur . At enim quid , vlciffim rogo , caufsæ fuit , ut Apoftolica vacante Sede Monetæ Romæ cum
folo Imperatoris nomine non fuerint cufæ , fiquidem omnes Senatus jufsu procufas exiftimet ? Eccur denuo Monetis fuo jufsa
procufis Notam SC., ut poteftatis , qua tum fruebatur , indicium
efset , adjicere Senatui cordi, curæque non fuit ? Sed de hifce poftea, videndus interea Doĉtifs. Anĉtor Obferv. lib. 3. §.46. p.339.
Tamvero Blancus , & Carli , quam Pagius , Muratorius &c. fuam
de Nummis Imperialibus , aut Senatoriis , non vero Papalibus
opinionem fuftulcire fatagunt Nummis illis , in quibus Imperatorum una cum Pontificum Monogrammate ufque ad Benedictum
VII. imprimi folebat ephigraphes , velut Caroli M. in Nummo
Leonis III, de quo Floravantes p. 11, & Argelati de Num. Ital.
Tom. 3. Append. p.63; Ludovici Pii in Nummo Paſchalis I. apud
Blancum , & Muratorium difsert. 27; Ludovici , & Lotharii in
Nummis Gregorii IV, de quibus Vignolius , & le Blanc cit. differt. p. 75, & Tract. hift. p. 102; dubitat tamen Acami §.2. p.20.
an fuerint Gregorii Ravennatis Archiep. in vivis fub Ludovico ,
& Lothario agentis , uti liquet ex Ugbello To. 2. p.346, ideo
quod in bis non habetur *Roma* ; Lotharii in Nummis Sergii II.
                                                              apud

apud Floravantem p. 30, & Garampium p. 155, & Leonis IV.
apud Floravantem p. 35, & Muratorium; Ludovicii II. in Nummis Benedicti III, de quibus Vignolius p 37, feq., le Blanc p. 108,
& Garampi cap. 2. n. 6, feq., & cap. 5. n. 11 S. Nicolai I. apud Floravantem p. 41, Hadriani II, quem le Blanc Ludovico Pio tribuit,
& Ludovico II. reflituit Vignolius p. 42; Johannis VIII. p. 45, &
apud Garampium p 156, feq, quem tamen efse Leonis III. cenfet Auctor Obfervat. §. 34. p. 195; Caroli Calvi in Nummo altero Johannis VIII. apud Wignolium, & Muratorium; Caroli
Craffi in Nummo Marini I, de quo Floravantes p. 47, & Muratorius, dubium babet tamen ex defectu figlarum Romæ Acami cit.
p. 10, & in Nummis Hadriani III, & Stephani V. apud Floravantem p. 49, Blancum, & Muratorium; Widonis in Num. Formofi,
de quo Floravantes p. 52; Lamberti in Num. Johannis IX. p. 56;
Ludovici III. in Num. Benedicti IV. p 59; Berengarii in Num. Johannis X. p 66, & Garampi p. 160; Alberici Tufciæ Marchionis
in Num. Agapeti II. apud Floravantem p. 72, & Fontaninum Antiq. Horæ p. 289; Ottonis I. in Nummo Johannis XII. apud le
Blanc difsert. p. 85, Tract. p. 88, ubi tamen Othonem III. intelligit falfo quidem, ut oftendit Floravantes p. 75, feq., dubitans tamen ipfe, an Johanni XIII, & Othoni II. tribuendus fit, non fecus
ac Muratorius; Othonis I. rurfus in Nummis Leonis VIII, Johannis XIII, Benedicti VI, & VII. p 77, 81, & 85; Henrici III. in Nummo S. Leonis IX. p. 94. Ad hæc Muratorii cit. differt. 27. dubium,
an poft Heraclium, annum ideft 640. cudi Romæ Nummi cum
Imperatorum Græcorum monogrammate perrexerint, evellentes
Auctores Ephemer. Florent. To. 1. par. 2. Art. 1. p. 39, ex Bandurio tres producunt Nummos Stauracii Imp. fub Carolo M. in vivis
agentis, ac Zoe, & Theodoræ Imperatr. poft an. 1000. ex quibus
arguunt tum adhuc in Urbem Romam Græcis Imperium conflitifse. Errorem hunc vero egregie depexit Auctor Obferv. lib. 3,
§§. 18, & 41. p. 147, & 217, feq. ex Nummo altero Conftantini
Pogonati Romæ percuffo apud Bandurium Num. Imper. To. 2.
p. 693. oftendens quidem etiam poft Heraclium ufque ad an. 685,
quo vitæ finem Conftantinus Pogonatus fecit, fuum Græcis in
Urbem dominium conflitifse, non ita deinceps fub Leone Ifauro.

&

& Conſtantino Copronymo . Itaque de tribus illis Nummis, quos
Bandurius ex Ducangio, hic vero ex Octavio Strada exhibuit , jure cum Bandurio dubitatiouem induit , Stradæ ſiquidem Nummos
conſtandi ſraus cunctis perſpecta jam ſit : cujuſmodi ſraudis indicium in Nummo Stauracii eſt , quod nec de Metallo conſtet, nec
eodem modo legatur nomen a Strada, & a Ducangio,neque is poſt
Patris obitum duobus paullo amplius menſibus ſuperſtes ſuerit; in
Nummis vero Zoe , & Theodoræ ſraus ipſo conſpectu ſtatim dete-
gitur, nam ita ornata adparet Zoe, ſicut Auguſtæ ſolebantTheodo-
ſii Sæculo , in utroque Nummo vero adſunt Siglæ *Con.* , & *Rom.* ,
unde neſcias, Romæ ne, an Conſtantinopoli percuſſi ſuerint . For-
taſſis etiam ſyllaba *Rom.* in Zoe Nummis deſignatus eſt Romanus
Argyrus ejus Conjux , non Romanæ Urbis Monetalis Officina .
Ad omnem denique de Græcorum ea ſub ætate adhuc dum in Urbem imperio evellendum ſcrupulum abunde ſufficere debet Conſtantini Porphyrogenetæ ſincera confeſſio de Thematibus lib. 2.
them. 10, ubi de Urbis dominio loquens ſic habet : ἰδιοκρατορίαν
ἔχω , καὶ διοικεῖσθαι κυρίας παρὰ τινὸς κατὰ καιρὶν πᾶνα , juxta
verſ. Morell. , *Roma propriam adminiſtrationem, ac juriſdictionem
obtinuit , eique proprie dominatur , qui ſuo tempore Papa eſt .* Ex
hoc porro loco Petrus de Marca de Concord. lib. 3. cap. 11. n. 11.
arguit Romani Ducatus , & Exarchatus Ravennatenſis dominium
in Romanos jam tum Pontifices, ideſt circa an. 914 , quo ita ſcri-
bebat Conſtantinus, a Franchis, quod factum putat a Carolo Calvo , atque in Johannem VIII. quidem , ſuiſſe translatum , quod
Eutropii Presbyteri Langob. teſtimonio confirmat. Contra Pagius
recte quidem Petrum de Marca ſuſſaminat ad an. 875. n. 5, ſeqq.
cum ex ſilentio Annaliſt. Fuldenſis , Bertinianenſis , & Metenſis ,
qui alioqui Caroli Calvi de rebus agunt , tum ex Johannis VIII.
epiſtolis 21 , 23 , 30 , &c. ad Carolum ipſum , ac 26 , 31 , &c. ad
Richildem Imperatr. , quibus Imperatoris auxilium adverſus Saracenos , & prædones implorat , arguens Eutropio quidem haud
fidem adhibendam , falſo vero a Carolo Calvo Urbis imperium in
Johannem VIII. translatum credi . Eo viciſſim in errore ipſe verſa-
tur , quod Romani Ducatus, & Ravennatis Exarchatus dominium
in Francos ipſos a Pontificibus transfuſum ſub CaroloCalvo per-
ſe-

severasse credat , neque Porphyrogennetæ tam illustri testimonio
se vinci passus , quin eo confisum quoque Nicolaum Alemannum
suggillans , quod ita scripserit eo tempore , quo Imperium Occidentale vacabat , sub quo plane Urbis administratio penes unum
Pontificem stabat . Errorem hunc Pagii multis evertit sane Dominicus Georgius in Not. ad Baronium an. 796. n. 6. cum litteris
S. Gregorii III, Stephani II, S. Pauli I, &c., tum Nummis S. Zachariæ , Hadriani I &c., de quibus superius dictum , ad an. 875.
n. 4. litteris Johannis VIII. t. ad Bosonem , qua *Nostræ Regionis*
titulo Romanum Ducatum nuncupat; 7, 11, 23, 30, 31. ad ipsum
Carolum Calvum, quibus *Populi nostri* nomine Romanos vocat ad
Nostram dispositionem in territorio Romano a Paganis , & prædonibus in tuto ponendam ut adcurrat , ac Romanæ Ecclesiæ *Defen-*
sionem , debitamque tuitionem adferte non differat , efflictim obse-
secrat ; 35. ad Archiepiscopos , & Episcop. in Regno Caroli constitutos , qua illum *Patronum, & advocatum* ab se electum depræ-
dicat , 68, 71, 82, 84, seqq. , ad Lambertum Comitem , & contra
ipsum Romam , ac Romanum Ducatum *Terram S. Petri* nuncupat , intentatisque minis ab ejus invasione , Romanisque inferenda molestia eam abstinere jubet ; litteris etiam ad Ludovicum II ,
& Angelbergam Imper. apud Baluzium Miscell. To. 5. p. 489, quibus loca pleraque in Exarchatu Ravennate suis a Decessoribus possessa *Jure proprio* se retinere , & Ravennatis Urbis Claves *a Ve-*
stirario suo (cujus officium erat Vestiarii , Thesauri , & Cimelii
custodia, dignitas vero inter quatuor Palatinas maximas, cujusce
mentio etiam occurrit apud Anastasium in Hadriano I , in Leone III, in Stephano IV, apud Joh. Diaconum in vita S. Gregorii M.
lib. I. cap. 10, alibique sæpe apud Ducangium To. 6. p. 1447, seq.
edit. Ven. 1740.), custodiri scribit; decretis item Synodorum
Ravennatensis an. 877. capp. 15, & 17. in Trecensi an. inseq. confirmatæ cap. 3. sub eodem Pontifice , Pontigonensis , & Ticinensis
an. 876. cap. 3, quibus Romani Ducatus , & Exarchatus Ravennatensis dominium Romano Pontifici evidenter adsertum legitur ;
ad an. 882. n. 2. adversus Pagium iterum ex epistolis 277, 279 ,
& 293. Iohannis VIII. ad Carolum Crassum , quibus eumdem ad
defendendam Ecclesiam S. Petri , & Justitiam faciendam solici-
tat

tat, jus Regni ab Imperatore in Ducatu Romano, & Exarchatu
Ravennate exercitum infert, non idem esse Imperium exercere,
atque Justitiam administrare, Defensorem agere, atque Dominio
potiri, ostendit, & ad ann. 936. n. 7. Chartam venditionis Monasterio Sublacensi cujusdam Agri sactæ eodem anno sub Leone
VII. profert, ubi testis subscriptus legitur Andreas Monetarius
una cum Leone Romæ Tabellione: unde liquet ea sub ætate jam
Romæ Monetarias extitisse officinas: qua de re Muratorius Antiq.
Med. ævi dissert. 28, & Auctor Observat. lib.3. §. 41. p.218, seq.

Ita quidem adversus Pagium. contra Muratorium vero eodem
in errore versatum, quod apud Francos Romani Ducatus, atque
Ravennatis Exarchatus imperium diu post manserit, documentoque sint Nummi Francorum Imperator monogrammate insigniti,
principio contendunt opinionis nostræ Patroni Nummos a S. Gregorii II, ac deinceps, ætate Romæ cusos Papales ad unum omnes
habendos esse, solaque honoris, ac tuitionis gratia, Imperatorum nomine aliquando insignitos. Ad hæc tuitionis, ac defensionis causa, jusdicundi factam ipsa in Urbe Romanos adversus rebelles copiam a Pontificibus ultrocitroque largiuntur, ipsosque
rogatos quin etiam plus vice simplici, ut Missos suos ad justitiam
faciendam properare juberent, tum quod persemet turbis compescendis, ac Tyrannis in ordinem redigendis, multoque magis procul arcendis hostium impressionibus Pontifices impares essent: tum
quod caussis sanguinum, uti persæpe de capitalibus opus erat flagitiis vindictam exercere, semet immiscere nefas exputarent, velut ipsemet fateri Muratorius in Annal. Ital. ad an. 921. non dubitavit, ante ipsum vero Gerhous Præpos. Reicherspergensis in
exposit. Psal. 64. Pezii Anecd. To.6. p.1168, & 1186. observavit:
Alia sunt, inquiens, judicia, & negotia, quæ Spiritualis homo se-
dens in Cathedra Moysis per semetipsum posset administrare, alia,
quæ debet sensatis laicis committere, præcipue, quæ spectant ad
vindictam Malefactorum &c.; dignus qui legatur tota hac Expositione. Et certe Benedictus XIV. de Synodo Diœces. lib. 9. cap 9.
n. 10. Ecclesiarum Advocatis, & Defensoribus justitiæ dicundæ
jus olim incubuisse, eosque veros fuisse Judices cum potestate co-
ërcitiva adversus potentiam Divitum, atque jurisdictionem proinde

inde Conservatoribus snisse a Pontificibus collatam ex Capp. 1 ,
& 2. *De Offic. Jul. Deleg.* in 6. docet . Quod ad significandum justitiæ exercendæ jus Patriciis , ac Imperatoribus factum a Rom.
Pontificibus , Manum in Nummis appositam aliquando , velut in
Nummis Benedicti III , & Johannis XIII , ut nempe Potestas sæcularis designaretur, qua in officio Populus contineretur , existimat
Auctor Observ. lib. 3.§.49. p. 258, seqq. Atque ita plane Manum
symbolum Justitiæ apud Septentrionales haberi liquet ex Fontai-
ne Dissert. Epist. tab. 1, & 9. apud Hickesium Thesau. Ling. Septent. To. 3, & in Sigillo Hugonis Capeti , ideoque tertiæ Francorum Regum Dynastiæ Manum pro Justitiæ signo adsumptam suisse observat Mabillonius de re Diplom. p. 421. Quò serme recidit
ejus Manus interpretatio adhibita a Garampio dissert. de Numm.
Benedicti III. cap.5. n.15, & Acami cit. dissert. §.3.p.48, seq.,quo
pacto in Diplomate Caroli Crassi , & ab Ivone epist. 190. *Obliga-*
tio hominii, juramenti , seu fidei per Manum date memoratur , ubi
& videndus Juretus in Not. Atque fidelitatis utique juramentum ,
Pontificibus jubentibus , a Populo Francorum Imperatores accepisse liquet : ita Carolum M. jubente Leone III. apud Poetam Saxon., Ludovicum Pium jubente Stephano IV. apud Theganum ipsius vitæ cap. 16, Lotharium jubente Sergio II. apud Anastasium ,
Arnulphum jubente Formoso in Append. Annal. Fuldensium apud
Duchesnium To. 2. p. 58: quod supremi dominii non utique indicium erat , sed medium, quo Populos a Defensoribus , ac Patriciis in officio erga supremos Dominos , Pontifices idest , cohiberentur . Quo pacto etiam ad Populi turbas compescendas suas
præsentibus Imperatorum Missis electiones celebrari Pontifices
ipsi voluere , qua de re infra . Itaque Manus in Nummis appositæ
germanum haud assequutos fuisse sensum le Blanc, Pagium, & Muratorium rite Cl.Garampius observat,quibus ex litteris R.O. cum
Manus copulatis *Romanus* exsurgere visus est . Jam vero ; quod
ad jus Monetæ cudendæ pertinet , atque ad supremam Urbis , Ducatus , Exarchatusque dominium , apud Pontifices integrum stetisse multis suadent , persuadentque . Enim vero observant Ca-
rampius cit. dissert. cap.4.n.3, & Auctor Observ. adv. Carli lib.2.
§. 24. p.72, seq. Paschali I. promisisse Ludovicum Pium in Di-

plom. apud Georgium in Append. Tom. 13. Baronii edit. Lucen.;
& Antonellum de Titul. Dom. Apost. Sed. par. 7, de quo etiam
Cennius ad calcem Orsii de Orig. Dom. Sed. Apost., quove de non
fuerat, cur cum Pagio dubitaret Acami de Orig., & Antiq. Pontif. Monet. Offic. §. 3. p. 34, promisisse , inquam , se nullam imperii partem in Apostolicæ Sedis Dominio propriam sibi facturum
unquam ; cui fuere similia cum ante inita cum Hadriano I, & Leone III. a Pippino , & Carolo M, ac post cum Leone IV. a Lothario , & Ludovico II. apud Gratianum Can. 31, seq. Dist. 63, cum
Johanne IX. a Lamberto in Synodo Ravennate an. 904. Can. 6,
ubi ita pridem initum fuisse quoque cum Formoso a Widone refertur , atque perinde cum Johanne XII. ab Othone I, & cum Benedicto VIII. a S. Henrico II. &c. apud Harduinum To. 6. par. 1. p. 623,
& 799. Nihil vero hac luculentius in re desiderare licet Johannis VIII. decreto , quo in Synodo Ravennatensi an. 877. Can. 15.
relato etiam a Card. Deusdedit Collect. lib. 3. cap. 51, & ab Anselmo lib. 4. cap. 31. inter alia jus Monetæ Romanæ sibi vindicat,
& adstruit . Junge quod eidem Pontifici temporale jus omne, si
quod sive Imperii , sive Patriciatus ratione sibi competeret , a
Carolo Calvo remissum refert Auctor vetus Append. Eutropianæ apud Goldastum Monarch. Tom. 1. pag. 8; ideoque jus omne,
si quod habuisset, proprium insculpendi Pontificiis Nummis nomen , abdicasse censendus est . Nihilominus in Nummis inferioris adhuc ætatis siquidem Imperatorum nomen adpareat , indicio , argumentoque id est honoris dumtaxat titulo adpositum
fuisse . Ad hæc , ut advertunt Vignolius de Antiq. Denar. Rom.
Pontif. p. 37, & Auctor Observ. lib. 3. §. 38. p. 206 , uno dempto
Marini I. P. M. Nummo, in quo certe a Monetario erratum ostendunt , ceteris in Nummis Papalibus , cum Imperatorum nomine
insc ulptis , in medio quidem , ac semper Pontificis Monogramma
conspicitur : quod indicium est alterum supremi penes ipsum dominii, solaque honoris caussa Imperatorum nomen in gyro adjungi voluisse . Quod inde magis confirmatur decreto Caroli Calvi ,
quo in Capitulari an. 864. Pistis edito cap. 11. apud Sirmondum
Oper. To. 3. p. 157, & Baluzium Tom. 2. Capitul. p. 178 , quo jubet suis in Denariis ex una parte nomen suum in gyro quidem in-
scri-

scribi , sed in medio quoque sui etiam nominis Monogrammia in-
sculpi , in altera vero parte Urbis nomen , & Crucem in medio .
Quo loci observat Sirmondus Monogrammatis usum in Francorum Imperatorum Diplomatibus antiquissimum fuisse . In Nummis vero instituisse primum id quidem Carolum Calvum , sed ante
illum in Nummis Caroli M. , & Pippini pro Monogrammate illorum effigiem incidi consuevisse . Junge , quod in Capitul. Reg.
Francor. apud Baluzium To. 1. p. 427, 433, 756. Urbes designantur , ubi cudendæ Monetæ essent, de Roma vero alte ubique sile-
tur : putas ne vero , quod si proprii Urbs juris fuisset , aut pro
cudendis Monetis haud fuisset designata , aut Romano Pontifici
Monetas procudendi ea non fuisset , quæ passim indulta facultas
legitur inferioribus Episcopis Trevirensi , Cameracensi , Cenoma-
censi , Abbatibus S. Medardi Svessionensi , Corbejensi , Prumiensi,
Tigurino &c., Ducibus aliis , ac Comitibus apud Ducangium, &
Maurinos in Gloss. V. *Moneta*, Eccardum de reb. Franc. Orient.
To. 2. p. 803, 497 , 216 , 261, 483, & 464 , & Heumannum de re
D. plom. To. 1. cap. 3. § 75. n. 13. p. 194, & n. 35. p. 203, seq. ? Quid
vero , quod a Gregorio V. Diplomate ann. 998. exarato apud
Ughellum Ital. Sac. To. 2. in Archiep. Raven. p. 357. edit. Ven.
1717, & Rubeum hist. Raven. lib. 4. Gerberto Ravennati cudendæ Monetæ jus concessum legitur ? Diploma inficias pro more
ivit quidem Muratorius Observat. in Epist. Fontan. cap. 18. p. 43,
sed illud vindicant Thomassinus vet. , & nov. Discipl. p. 3. lib. 1.
cap. 30. n. 10, Natalis hist. Eccl. ad Sæcul. 9. cap. 1. art. 25, Fontaninus Defens. 2. cap. 48. p. 107, Catalanus in præfat. ad To. 4.
Annal. Ital. To. 1. p. 89, Auctor Observat. lib. 3. §. 39. p. 209, seqq.,
Pinzius dissert. de Num. Raven. adverss. Murat. , Argelati par. 3.
p. 116, Acamius de orig., & antiq. Monet. §. 1. p. 5, seq. &c., atque
Diploma illud plane ab omni fidei suspicione abunde liberant testimonia Clementis III. Pseudo. Pontificis , Innocentii II , Honorii III , Gregorii IX , & Alexandri IV, a quibus memoratum est .
Quin etiam altero Diplomate ab eodem Gregorio V. idem cudendæ Monetæ jus confirmatum Arnulpho Raven. legitur apud Baluzium Miscell. Tom. 7. p. 62: multo igitur magis eo ipso potitum
fuisse Pontificem jure , quod aliis largiebatur Episcopis , fateri
prorsus oportet,   H h h 2   Ita

Ita contra Pagium, Muratorium &c., quibus pro Nummis
Imperialibus pugnare, Imperioque proinde in Romanum Ducatum allibuit. Jam contra le Blanc, & Carlium, qui Nummos illos
Senatorios esse, ideoque cum Goldasto penes Senatum imperii
summam stetisse propugnant, collato veluti pede agendum venio.
Igitur Nicolaus Alemannus de Later. Pariet., Fontaninus Defen.
2. par. 1. cap. 22. p. 78, seqq., ac Floravantes de Antiquior.
Pontif. Rom. Denar. par.2. p. 5, seqq. Romano Senatui Denarios
cudendi facultatem insedisse quidem arguunt ex formula Juramenti a Judicibus, & Advocatis Urbis Innocentio II. præstiti apud
Baronium ad an.1143. n.11, ubi de Papalibus Nummis sit sermo,
quos tamen eodem loci Papienses legunt Card. Aragonius in vita
Innocentii II. Script. rer. Ital. To. 3, & Panvinius apud Auctorem
Observ. p. 233, ex Actis concordiæ inter Clementem III, & Senatum initæ an. 1188. apud Baronium n.23, seqq., quo inter alia de
Moneta Pontifici reddita sit sermo, cujus ipse Floravantes emendatius ex Muratorio Script. rer. Ital. To.3. p.588, & Cornazano
exemplar ibidem exhibet, ex juramento facto Innocentio III. a Senatu iterum apud Mabillonium Musc Ital.To.2. p.215, ex ejusdem
Innocentii epist. 135. ad Rectores, & Consules Campaniæ apud
Baluzium To. 2. lib. 2. p. 203, quibus constat a Senatu Pontifici
subjugatam Fidelitatem, Senatum, & Monetam, ac vicissim a Pontifice recipi Senatus Monetam in Campania jussum fuisse; demum
ex Denariis, quos Senatus auctoritate, nomineque procusos, in-
signitosque plerosque cum Fontanino producit p.16,seqq. Ast eos
tamen non ante Innocentii II.ætatem cudi cœpisse observant, idem
tum demum, quum Urbem commovente, ac turbas excitante Ar-
naldo Brixiano, Populus ad Senatum, cui pridem ab anno 552.
juxta Pagium n.11, aut 553. juxta Norisium de Synodo V. cap. 6.
a Gothis Totila Duce apud Procopium de bello Goth. lib.3. c.21,
& lib. 4. cap 34. deleto, non amplius caput attollere hanc usque
ad Innocentii II. epocham datum est, medio etsi temporis intervallo Senatorum nomine audire Urbis Nobiliores, auctoritate non
etiam, haud desierint, ad Senatum, inquam, restituendum, ac veterem redintegrandam cum libertate Rempublicam adspirare cœpit ardenter, armisque se conserre, seditionis deinde vexillum ex-

tol-

tollente Nicolao Laurentio . Quamquam jampridem sub Agapeto II. Populi rebellis opera Urbis dominium , ac Patriciatum , &
Præfecturam affectare visus est AlbericusTusciæ Marchio, ac tum
primum Senatus auctoritate cusos Denarios æstimare licet ex Alberici nomine Denariis Agapeti inserto, ut arguit Gentilius lib.3.
cap.10. n.2; nisi cum Auctore Observ. adv. Carli p.264. exputare ,
ac probabilius utique placeat , erga Albericum haud animo , ut
vulgo falso creditur , admodum infesto Agapetum fuisse affectum,
sed ipsi probatam,acceptamque Patriciatus dignitatem, quam ille
arripuerat , ejusque dignitatis , amorisque gratia ultrocitroque a
Pontifice largitum , ut Pontificiis suum inserere Denariis nomen
Alberico fas esset . Post hinc sub Silvestro II. Crescentius Numen-
tanus ad hanc similiter adspirasse dignitatem refertur a Romualdo
Saler. in Chron. ad an.998. Johannes quidam item sub Sergio IV.
apud Chronog. Farsensem ad an.1009,seq. inter Script.rer. Ital.i
Henricus IV. deinde , ac demum Henricus V, Romanis rebellibus
ultrocitroque deferentibus , Patriciatus dignitatem, ac Præfecturam usurpasse leguntur in Actis PseudoSynodi Basileensis an.1061,
apud Willelmum Malmesb. lib. 5, Hermannum in Chron. ad cit.
an., & Harduinum To. 6. par. 1. p. 1117: qua de re plura dabunt
Gentilius de Patric. Orig. lib. 3. cap.10, & Auctor Observ. lib. 2.
n. 33. p. 88, seqq. Cæterum quandiu pacatæ Urbis res erant ,
Senatoriam dignitatem a Pontificis arbitrio pependisse ostendit
uterque cum Gentilius præc. cap. 10, tum Floravantes de Antiq.
Pontif. Rom. Denar. p. 15, seqq. ; Patriciatus quoque , ac Præfecturæ dignitatem , non in Senatus , Populique auctoritate , positam , sed a Pontificis voluntate dependisse , abeoque pro libitu .
qua collatam , qua abrogatam ostendunt Auctor Observ. lib. 2.
§. 29. p. 80. seqq. , & lib. 3. §. 42. p. 223, seq., & Acami de Monet. Orig. §. 3. p. 25, seqq. Enim vero a S. Gregorio III, S. Zacharia, Stephano II, S.Paulo I,Stephano III,Hadriano I, Leone III.
&c., a quibus , Petro de Marca , le Blanc , Pagio, Muratorio &c.
fatentibus , Carolo Martello, Pippino, Carolo M., Ludovico Pio
&c. Patriciatus dignitas aut collata , aut confirmata est , cui dignitati siqua Jurisdictio conjuncta erat , collata perinde , aut confirmata a Pontificibus illis æstimari profecto debet ; ac Pontificis

ex

ex confenfu ab illis exercita, qua de re plura jam fuperius , ac
pleraque rurfus paullo infra : ex quo fequitur fruftra poft Goldaftum, & Blancum laboraffe Carlium, ut Jurifdictionem prius a Senatu adquifitam , in Carolum M. poftea eodem a Senatu transfu-
fam fuaderet . Ad hæc a Pafchali II. in Synodo Romana cum Inveftituris Patriciatum dimittere compulfus Henricus V. legitur in
Not. ad Chronicon Caffin. lib. 4. cap. 4; Petro Leoni vero propria collatam auctoritate Præfecturam ab eodem Pontifice refert
Petrus Bibl. in vita Pafchalis apud Baronium ad an. 1115. n. 1, feq.
A Gelafio II, Præfectum Urbis alterum , Petrum nomine , fuiffe
creatum auctor eft Pandulphus Pifanus in ipfius Pontif. vita , eum
adverfus Cencii Frangipanis infultus præfentiffimo adftitiffe Pontifici auxilio referens apud Baronium ad an. 1118. n. 6, feqq. A
Callifto II. Diplomate edito Præfecti jus ad Urbem Leoninam re-
ftrictum , poftea magis amplificatum ab eodem Pontifice, ac deinde a Callifto III, & Innocentio III, a quo , fidei præftito facramento , Præfecturæ invefturam per mantum accepiffe legitur apud
Contelorium de Præf. Urbis cap. 5. Atque Pontifici M. quidem
hominium , fidelitatemque præftari ab Urbis Præfecto jam pridem
confueviffe teftis accedit locuples Romæ fæpius demoratus , ac
Romanis acceptus Pontificibus Gerhous Reicherfperg. Præpofitus
Ord. Canon. Regul. S. Aug. anno denatus 1093, defunctus 1169. in
tract. de Negotiis Ecclef. apud Baluzium Mifcell. lib. 5. p. 64. Jordanem Petri Leonis filium Patricia, qua , fe invito, a Populo Ar-
naldi partes infequente fuerat adauctus, dignitate exfpoliaffe , Senatum quin etiam abrogaffe Lucius II. legitur in epiftola ad Conradum Imperat apud Othonem Frifing. in Chron. lib. 8. c. 31; Anonymum Vatic. ejus vitæ Scriptorem apud Baronium ad an. 1144.
n. 1, feqq.; videndus etiam Sigonius de Regno Ital. lib. 11. ad an.
1145. To. 2. p. 691, feqq. edit. Mediol. 1732. Res tamen non adeo
ex voto Lucio II. fuccefferat, quin ad inceptum explendum labo-
ris opus fuerit Eugenio III, qui tamen Latini Populi, longe præ Romanis eum temporis Pontifici addicti, armis adjutus Romanos im-
pulit ad Patriciatum abrogandum, Præfecturam vero ab ipfo Pontifice recipiendam, teftibus Othone Frifing. lib. 7. cap. 31 , & Sigonio cit. lib. ad an. 1145. p. 696. In Capitulatione cum Friderico

Ædo-

Ænobarbo ab Alexandro III. Inita, quam ex Tabulis Anagniæ ſer.
vatis exhibet Sigonius de Regno Ital. lib. 14. ad an. 1176. p. 802,
ſeqq. , inter alia Urbis Præfeƈtura ſe abdicare Imperator, eamque
Pontifici dimittere juſſus eſt. Inter pacis conditiones eidem Friderico pridem ab Hadriano IV. propoſitas apud Baronium ad an.
1159. n. 14. ea locum habebat , quod a Regalibus S. Petri abſtinere deinceps deberet, inter quæ Magiſtratus Urbis omnis dinume-
rabatur . Tam vero Alexandro III , quam deinde Urbano III. fidelitatis, homagiique ſacramento, cujus formulam exhibet Mabillonius Muſ. Ital. T. 2. p. 215, & poſt ipſum Auƈtor Obſerv. adv. Carli lib. 3. p. 223 , Senatores ſe obſtrigentes S. Petro , ac Rom. Pontifici Regalia , interque alia *Senatum* , *Monetam* , *ac Dignitates*
reſtituere non detreƈtarunt. Et hæc inter alias concordiæ cum Se-
natoribus initæ ſubinde a Clemente III. an. 1188. conditiones ex-
titere , ut *Senatus* , *Urbs* , *& Moneta* unius Pontificis juri cede.
rent, qui viciſſim Patricio deleto, Præfeƈtum, ac Senatores annuos
ab ſe creatos recipi deinceps voluit, teſte Cencio Camerario apud
Ciacconnium in Clemente III, Panvinium in Adnot. ad eamdem vitam , & Baronium ad cit. an. n. 22 , ſeqq. In Aƈtis Vatic. Innocentii III. recenſitis a Raynaldo ad an. 1198. n. 13. mentio fit juramenti , quo Petrus Urbis Præfeƈtus dignitate per mantum a Pontifice accepta , fidem ei ſuam obligavit omnem . Urbis Senatore
eleƈto Carolo Andegavenſi , eam ab ipſo dignitatem ad triennium,
vel ad quinquennium dumtaxat , non amplius retineri voluit Ur.
banus IV , litteris hac de voluntate ſua datis ad ipſum Carolum ,
ad S. Ludovicum ipſius fratrem , & ad Albertum Legatum ſuum
apud Martenium Anecd. To. 2. p. 28 , & Raynaldum ad an. 1264.
n. 4 , ſeqq. Henrico deinde Caſtellæ Regis fratri Senatoris dignitatem , quam ei detulerat proprio arbitratu Populus , abroga.
tam in eumdem Carolum ad decennium transfudiſſe legitur Clemens IV. apud Raynaldum ad an. 1268. n. 26 , ſeqq. A Nicolao III. , ut pro temporum iniquitate denique licuit , ad omnem
penitus res moliendi novas a Populo licentiam amputandam, Conſtitutione edita , quæ habetur Cap. 17. *Fundamenta* in 6. Decret.
lib. 1. tit. 6. *De Eleƈtione §. Proinde* , Capitanei , Senatoris , &
Patricii eleƈtiones a Populo faƈtæ inſcio Pontifice abrogatæ penitus

nitus funt , eligique ad ejufmodi dignitates, etfi Principes cujuslibet gradus, non nifi per annum decretum eft. Confer ejufdem præterea epiftolam ad Latinum Oftienfem apudRaynaldum ad an.1378.
n. 76, qua Senatus Carolo eripiendi , ac repetendi jus , ac Romanæ per femet rei curam fufcipiendi vindicat , & tuetur. Sed enim ,
Urbis bono ita exigente , ea Nicolai Conftitutione revocata , Senator Urbis denuo creatus eft Carolus a Martino IV, qui tamen
epiftola ad Philippum Cavenfem pro Carolo in Urbe Vicarium anno 1282. die 8. Kal. Jan. exarata , quam e Martini Regefto Vat.
fol. 39. defcriptam primus iu lucem produxit Floravantes de Antiq. Pontif. Denar. par. 2. p. 34 , feq. , expreffe cautum voluit ,
ne fua abfque auctoritate cuderentur in Urbe Monetæ, ita vero cufæ, velut adulterinæ ne reciperentur. Videfis & Raynaldum ad an.
1281. n. 14, feqq. Infigni denique juftæ feveritatis exemplo Jacobum de Vico Præfectum perduellem capitis fententia condemna-
tum ab Eugenio IV. tradit Contelorus de Urb.Præf. Juvant demum
ad hæc illuftranda haud parum Friderici II, hominis poft natos homines imperio prorfus exfpoliandis Pontificibus inhiantis, Encycli-
cæ ad Chriftifideles univerfos an. 1244. exaratæ, atque a Fontanino ex Cod. Ms. Vat. 4957. in Caftro S. Angeli defcriptæ in Differt.
hift. de Apoft. Sed. Imp. §.142. p.79. edit. 1709, quibus prætenfum
jus, Advocatiæ, Protectionis, ac defenfionis nomine perfequens, &
quoad ejus fieri potuit , amplificans , non ampliorem tamen fibi
vindicandam in Dominium Ecclefiafticum facultatem adfumpfit,
quam ducendi Exercitum , exigendique *Cavallaricum* , five obligationem pergendi in Exercitum , atque *Fodrum* , ideft præftationem militarem pro Exercitus annona , qua duplici de voce adeundus Ducangius Gloffar. To. 1. edit. Ven. 1737. p. 6 , feq., &
To. 3. p. 540 , feq. Quæ tamen poftulata infefto illi Ecclefiæ hofti
tantum abeft , ut indulta fuerint , ut potius Ipfe ab Ecclefia proje-
ctus, Imperioque detrufus fuerit . Igitur compertum illi erat imperium in Pontificem ipfum , Urbem , atque Ducatum , Exarcha-
rumque fibi , neque Patriciatus , neque Advocatiæ, Protectionif-
que ratione , competere . Denique Protectionis rationi ipfi repugnat fupremi Dominii , Imperiique ratio . Nec enim Dominus in
rem fuam Protectionem , & Advocatiam exercere recte dicitur ;

fed

I

sed in rem alterius. Sub Ditione sunt propria, aliena sub Patrocinio; unde Geminianus Consult. 81, & Card. Tuschus pract. Conclus. To. 6. litt. P. n. 1, seq., exindeque Salgadus etiam de Regia Protect. par. 1. cap. 1. Prælud. 5. n. 205, seq q., junctis Innocentio III. in epist. ad Ausonensem Episcop. Cap. *Ex parte* Decretal. lib. 5. tit. 33. *De Privilegiis*, Glossa in L. fin. *De Confirmatione utili, vel inutili*, Bartholo in L. 1. *De Excusat.* lib. 10. &c., rite observant, cui protectio a Romano Pontifice, vel a Principe commendata est, non ideo censeri eidem concessam jurisdictionem, nisi quatenus protectionis lex fert. Magerus etiam de Advocatia armata, & Grotius de Jure B. & P. lib. 1. cap. 3. §. 21. n. 3, ubi ex Sylla, ex Livio, ex Cicerone, ex Strabone, ex Josepho, ex Pæto, ex Diodoro notat opponi in fide esse, & in ditione, sub Patrono, & sub Rege, quales respectu Romanorum Carthaginenses, Lacedæmones, Arabes, Judæi, Armeni &c., Persarum Cyprii, aliique in fide, & Patrocinio, non in dominatione, & Potestate esse dicebantur. Et Coccejus ibidem in Not. post Magerum cap. 10. advertit, etsi a Cliente Patrono imperanti ea præstari debeant, sine quibus Protectio expediri nequit, nihil inde tamen omnino dominii juri decedere.

Aliud nunc ex alio deducendo, ac ita propius e diverticulo in lineam me recipiendo, ex Patriciis facere subinde Imperatores Romanis Pontificibus opportunius, expeditiusque, ita temporum serente vicissitudine, Ecclesiæque necessitate exigente, accidit, ut Ecclesiæ nempe Romanæ Patrocinium, quod Orientis Imperatores jampridem aut adferre neglexerant, aut imo auferre cogitabant, ab Imperatoribus Occidentis & præsentius imperarent, & præstantius, veluti probe observatum est a Monacho Sangallensi lib. 1. de Carolo M. cap. 28, & a Sigonio de Regno Ital. lib. 4. ad an. 801, quem antiquo more a Natalitio D. die exorditur, To. 2. Oper. edit. Murat. p. 251. Itaque Occidentis Imperium quod ab Augusto inceptum in Augustulo, ab Odoacro Herulorum Rege devicto, an. 476. defecerat, in Carolo M. restauratum fuisse conveniunt omnes quidem, non ita tamen de jure, rationeque, qua fuerit restauratum. Jure belli a Carolo M. Imperium fuisse adquisitum, eique a Leone III. nudum Imperatoris titulum

delatum adfirmant Matthias Flaccus Illyricus de Transl. Imperii,
ejufque defenfores Matthias Drefferus in Confutat. opinionis Bellarmini , Francifcus Junius Animad. in Bellarm. , Hemingus Ar-
mifsæus de tranf. Imp. , Goldaſtus eodem de argum. , Gronovius
in Not. ad Grotium de Jure B. , & P. To. 1. Not. 59. p. 195. edit.
Lauf. 1751. , & To. 2. Not. 74 , & 77 p.530 , feqq. , in Germanos illud deinde Jure fucceffionis transfufum adfirmans, Coccejus
uterque Jurifp. Publ. cap 6. §.5, feq., & in Grotium To.1. p.300,
feq. , & To. 2. p. 547 , feqq. , Barbeyracius ibid. in Not. p. 196 ,
aliique vulgo Proteſtantes, quod pridem a Friderico I. jaſtatum ,
armorum vi nempe , non Pontificis beneficio , adquifitum Imperium , refert Otho Friſing. de ipſius geſtis lib. 2. cap. 11 , quibus
adſtipulati funt Maimburgus hiſt. Iconocl. lib. 4. ad an. 800 ,
Francifcus Feu doctor Parif. de Legib. q.4. Art. 4 , parumque abfuere Thomaffinus ver , & nov. Difcipl. par. 3. lib. 1. cap. 29 , &
Natalis Alexander hiſt. Ecclef. ad Sæculum IX. differt. 1. Ireni , &
Conſtantino Imperium Occidentale viciffim ademptum , Carolo M. a Leone III. collatum exiſtimant Baronius ad an. 800. n.18 ,
Bellarminus de Tranf. Imp. lib. 1. , ejufque Apologiſtæ Gafpar
Hap in refp. ad Drefferum , Gretzerus To. 2. defenf. , Azorius
Inſt. Moral. lib. 10. p. 2. cap. 2 , Card. Sfondratus in Gall. Vind.
differt. 2. §. 2 , Card. Petra in Comment. ad Conſtit. 7. Firmi
Alexandri IV. To. 3. n. 8 , feqq. p. 117 , feqq. edit. Ven. 1741 ,
aliique. Cui opinioni adhæfiffe pridem ipfum Lutherum , quem
ideo fequitur una cum Bibliandro , Centuriatoribus &c. , refert
Chytræus in cap. 13. Apocalyp. , fed ideo Papam a Luthero pro
Antichriſto habitum fubjungens. A Græcis potius in Francos Imperium fuiffe translatum, aliorum opinio eſt, pactis nempe cum Carolo M. initis ab Irene , a Nicephoro , a Michaele , a Leone &c.
Denique non Leonis III , ceu Pontificis M. auctoritate , fed Populi Romani electione Carolum M. Imperatorem evafiffe cenfent
ex noſtris Panvinius , & Boffuetius defenf. Declar. par. 2. lib. 6.
cap. 38 , ex Proteſtantibus vero Conringius a Romanis deinde in
Germanos elig:ndi Imperatoris jus transfufum adfirmans de
Finibus Imper. Germ. lib. 2. cap. 19. §. 28 , & Grotius de
Jure B. , & P. lib. 1. cap. 3. §. 13. num. 2. Tom. 1. pag. 195 ,

& lib. 2.

& lib. 2. cap. 9. §. 11. num. 2, seq. Tom. 2. pag. 530, seqq.
At harum neutra subsistere opinio potest, non prima, nec enim
Carolo M. Imperium jure belli adquisitum: nam Desiderio victo,
captoque, bello impositus an. 774. finis est, atque Italiæ Regno,
cujus haud exiguam Romanæ Ecclesiæ partem restituere officio,
religionique duxerat, potitus, in Galliasque reversus, post annos 6.
dumtaxat Imperator audire promeruit, quum nempe a Leone III.
insulis est redimitus. Præterea Romanis bellum nunquam a Carlo
illatum est, nec unquam hostis illorum fuit: qui igitur fieri potuit
ut jure belli Romanorum Imperium adipisceretur? Ad hæc si armis occupata Italia, quæ Imperii pars erat, ideo adquisitum Imperium dici posset, ita quoque & Galliæ, & Hispaniæ, & Angliæ &c.
Reges Imperatorum nomine inscribere oporteret, quod Imperii
Provinciæ fuerint. Non secunda: nec enim Leoni III. legitimum
Imperio detrudendi Dominum auctoritatem insedisse, animumque
rite ostendunt Natalis cit. differt., & Blancus de Polit, & potest.
Ecclef. To. 2. lib. 5. §. 4, bene vero jampridem Imperio Occidentali Græcos Imperatores qua ignavia, qua infestatione decollasse,
jureque Gentium, ac Religionis in Italiæ partem haud exiguam
dominium S. Gregorio II. adcrevisse, quod haud certe in Francos
Imperatores fuisse transfusum, pluribus superius ostendimus. Multo minus pacto, aut transactione a Græcis Imperatoribus in
Francos Imperium derivatum æstimari potest: quippe potius Græcos Imperatores, fama Caroli M. inaugurationis perlata, valdequam indignatos referunt Eginhardus in ejus vita, Sigeberius in
Chron., & Chrantzius lib. 2. Saxoniæ cap. 8. repetit, apud Scriptores alios vero altum de pactis hujusmodi ubique silentium; atque testes accedunt demum Michaelis, & Theophili litteræ ad Ludovicum Pium, quibus semet Romanorum Imperatores, illum vero Francorum, & Langobardorum Regem, & *vocatum eorum Imperatorem* inscribunt; litteræ quoque Basilii Macedonis ad Ludovicum II. apud Baronium ad an. 871. n. 50, quibus illum redarguit ob Imperatoris nomen affectatum, exhortatus vehementer,
ut ab eo deinceps abstineret. Non tertia demum: nec enim tum
ullam penes Senatum auctoritatem stetisse, quin imo profligatos
a Totila Senatores admodum sero, nec nisi sub Agapeto II, seu

verius fub Innocentio II. refurrexiffe , reique Romanæ fummam
a S. Gregorii II. tempore ac deinceps unum penes Pontificem inje-
gram ftetiffe paullo fuperius oftendimus. Populi vero acclamatio
Imperatoris inaugurationem fubfequuta quidem eft , non item,
præivit electio . Remanet ergo , ut a Leone III. in Carlo M. Occi-
dentalis Imperii titulus cum Jure in Occidentis Provinciaś , quæ
Imperio pridem obnoxiæ nullo deinceps altero legitimo in alios
Principes jure tranfmigraffent , inftaurátus dicatur . Cujufce rei
certe documento funt cum Numifma e Mufeo Parifienfi relatum a
le Blanc , cujus in anteriori parte effictus confpicitur Carolus M.
Imperiali diademate infignitus, haftamque geftans cum epigraphe:
D. N Kar. P. F. PP. Aug., in pofteriori vero legitur *Roma*, cùm
epigraphe:*Renovatio Roman. Imp.*, cui Nummo perquamfimile retulit Plumbum Francifcus Baldinus ; tum Plumbum aliud , quod
habuit P. Joh. Antonius Blancus , cujus in antica parte vifitur
imago Caroli M. loricata , Imperialique corona redimita , in gyro infcriptio legitur : *D. N. Kar. Imp. P. F. PP. Aug.*, videlicet
Dominus NofterCarolus Imperator Pius Felix Perpetuus Auguftus,
in poftica vero cernitur defuper Crux, infra litteræ *Roma*, circum
autem *Renovatio Rom. Imp.* Argumento quoque, teftimonioque funt
quotquot ferme Scriptores, quibus hacce de re fermo incidit, Eginhardus in vita Caroli M., Paulus Diacon. lib. 23, Conradus Urfpergenfis in Chron. ad an. 800 , Aimoinus lib. 4. cap. 90 , feq. ,
Ado Vien. In Chron., Regino lib. 2, Otho Frifing. lib. 5. cap. 31,
Cedrenus in Comp. , Zonaras in Annal. To. 3 , Hermannus Contractus , Sigebertus in Chron., Blondus lib. 1. decad. 2 , Anaftafius in Leone III , Annaliftæ Mofiacenfis ad an. 801 , Lauresha-
menfis ad eumdem an., , Hildesheimenfis ad an. 800 , Metenfis ad
infeq., Sigonius de Regno Ital. lib. 4. ad an. 801, S. Antoninus
in Chron. par. 2. tit. 14. cap. 14, aliique apud Bellarminum . Etfi
vero S. Anfcharius apud Mabillonium fæcul. Bened. To. 3. par.2.
p. 407, & Helmoldus in Chron. Slavor. lib. 2. cap. 3. concurriffe Populum adfirment , inauguratum tamen a Pontifice in Synodo ajentes, de Populi acclamatione, non electione intelligendi funt.
Sed enim his de facto fermo fuit, audiendi obiter, qui de jure fati,
tam Judices integri , quam idonei Teftes haberi debent, ut non fit ,

cur iis fides aliqua detrahatur. Itaque a Benedicto VIII, antequam in Urbem admitteretur S. Henricus II, Decretum editum refert Glaber lib. 1. in fin., quo fancitum est : *Ut ne quisquam audacter Imperii Romani sceptrum praeproperus gestare Princeps appetat, seu Imperator dici, aut esse valeat, nisi quem Papa Sedis Romanae niorum probitate delegerit aptum Reipublicae, eique commiserit insigne Imperiale.* Optimum, ac perhonestum Glabro apud Baronium ad an. 1013. n. 5. Decretum visum est, quo nempe Tyranni ab Inferenda Reipublicae pernicie, ut fieri saepe contingebat, procul arcerentur. Cui potius altera subjungi ratio debebat, cur nempe Romano Pontifici Imperatoris electio probati, acceptaque esse debeat, quod Imperator inauguratione Ecclesiae Advocatus, ac Defensor evadit : Ecclesiae vero Defensorem, & Advocatum dare ad Pontificem attinet, qui Ecclesiae Caput est, & Pater. Atque hac utique ratione Apostolicae Sedis Jus in Imperatoris electione vindicandum adsumpere Innocentius III. Cap. 34. *Venerabilem* Decr. lib. 1. tit. 6. *De Electione*, & *Electi potest.*, Alexander IV. Const. 7. *Firma* §. 1, & Clemens V. Constit. in Concilio Viennensi edita Cap. un. *Romani* Clement. lib. 2. tit. 9. *De Jurejurando:* quod & profiteri religioni duxere Otho I Can. 33. *Tibi Domino* dist. 63, & Carolus V. in Capitulatione inita cum Clemente VII. apud Petram To. 3. p. 118. Hac insuper, qua d: agimus, ratione translationis Imperii, sive renovationis, Imperatoris electionem adprobandi facultatem sibi passim adserere Pontifices non dubitarunt, nec inficias id ire Imperatores ipsi ausi sunt. Itaque Francorum Regibus Imperium Apostolicae Sedis beneficio adcrevisse honori scribere habuit Ludovicus II. in epist. apolog. ad Basilium Macedonem apud Baronium ad an. 871. n. 59, seqq. *Matrem omnium Ecclesiarum Dei defendendam, atque sublimandam suscepimus, ita de officio vicissim cum Imperio sibi incumbente loquens, Ex qua & regnandi prius, & postmodum imperandi auctoritatem Prosapiae nostrae seminarium sumpsit. Nam Francorum Principes primo Reges, deinde vero Imperatores dicti sunt ii dumtaxat, qui a Romano Pontifice ad hoc Oleo Sancto perfusi sunt.* Quam sane Imperatoris eligendi auctoritatem diserte sibi vindicasse legitur Johannes VIII. epist. 155. ad Anspertum Mediol. Archiep.

Ipse,

Ipse, inquiens, *qui a nobis est ordinandus in Imperium, a nobis primum, atque potissimum debet esse vocatus*, & electus &c., similia repetens epist. 181. ad eumdem. Qui praeterea epist. 2. ad Ludovicum Jun. se Judicem exhibet in caussa, quae ipsi cum Carolo Calvo fratre de Regno, & Imperio erat. Atque ad Imperii fastigium utique ejusdem Johannis VIII. auctoritate, beneficioque Carolum Calvum adscendisse adfirmat Synodus Ticinensis an. 876, a Pontigonensi eodem an. indivisa in allocutione ad eumdem Imperatorem apud Harduinum To. 6. par. 1. p. 169. Friderico Aeno-barbo gradu detruso, Occidentis Imperium cum Orientali sua in persona iterato conjungi ab Alexandro III, atque Pontificis auctoritate quidem, efflictim petendi, sponsione data de conjungenda Graeca Ecclesia cum Latina, opportunitatem arripuisse Emanuelem Comnenum testis accedit Blondus Decade 2. lib. 1, ac referunt ejusdem Pontificis Acta Vatic. regesta a Baronio ad an. 1170. n. 54, seq. De Imperio decertantibus invicem Philippo Suevo, & Othone IV. Saxone, litem dirimere sui esse juris diserte scripsit Innocentius III. epist. ad Moguntinum Archiep., & Episcop. Sabinensem, atque ad Principes Germaniae Eccles., & Saecul. apud Raynaldum ad an. 1199. n. 28, seqq., ea producta ratione, quod intima Romanam Ecclesiam inter, ac Romanum Imperium necessitudo intercedat, & conjunctio: *Ut ipsa per illud accipiat defensionis auxilium, & illud per ipsam in suis necessitatibus adjuvetur.* Repetitis vero litteris ad Principes Germaniae, & ad Conradum Moguntinum Archiep. quum nihil profecisset, deliberatione super Imperii facto per semet capta idem Pontifex apud Raynaldum ad an. 1200. n. 27, seqq. tam Friderici, quam Philippi jure ad Imperium rejecto, efferendum Othonem Electoribus jubet: cujus jussionis hanc initio reddit rationem: *Interest Apostolicae Sedis diligenter, & prudenter de Imperii Romani provisione tractare: quum Imperium noscitur ad eam principaliter, & finaliter pertinere; principaliter, quum per ipsam, & propter ipsam de Graecia sit translatum, per ipsam translationis auctricem, propter ipsam melius defendendam; finaliter, quoniam Imperator a summo Pontifice finalem sive ultimam manus impositionem promotionis propriae accipit, dum ab eo benedicitur, coronatur, & de Imperio investitur.* Quam Investituram

uti-

utique a Cæleſtino III. deceſſore ſuo per pallam auream accipere_ᴗ Henrico VI. cordi fuiſſe ſubjungit: quorum ſimilia repetit in epiſt. ad Colonienſem Archiep., ejus Suffraganeos, ad Archiep. Salisburg., Bremenſem, Treviren., Suffraganeos, ad Principes Germ. Ecclel., & Sæcul., ad Bohemiæ Ducem, ad Othonem ipſum, cui Imperium confirmat, juramento fidelitatis accepto, de quibus idem Anna- liſta ad an. 1201. n. 1, ſeqq. Quia vero non deſuerant Germaniæ Principes alii Philippi fautores, qui ejuſmodi particulam juris Rom. Pontifici detrahere aperte non fuerant veriti, data Innocentius graviſſima epiſtola ad Bertholdum Zaringiæ Ducem inſerta Juri Canonico Cap. 34. *Venerabilem* de Elect., quæ integra proſtat le- genda apud Raynaldum ad cit. an. 1301. n. 23, ſeqq. querelam ipſorum propulſat omnem, ab Apoſtolica Sede Imperatoris eli- gendi profecto jus ad Germanos proveniſſe adfirmans, ad ſe ve- ro pertinere Jus perſonam ad Imperium electam examinandi, & promovendi, & quatenus juri ſuo deſint Electores, eligendi, pro- ut e Romanæ Eccleſiæ re judicaret, repetitis iis, de quibus paul- lo ſupra, rationibus, quibus id ſibi juris vindicandum adſump- ſerat. Et certe Imperatoris nomine electum minime audire, niſi Romano a Pontifice inauguratus ſit, edixit liquido Hadrianus IV. in epiſt. ad Germaniæ Epiſcopos, decrevit imo Carolus IV. in_ᴗ Bulla Aurea, obſervat Gloſsa in Cap. 88. *Certum* lib. 5. de Re- gulis Jur. in 6, & advertit Muratorius Antiq. Ital. diſſert. 3. Egre- gia hac de re ſententia hæſit Mareſchallo Regni Arelatenſis Ger- vaſio Tilberienſi in epiſt. ad Othonem IV. hiſce verbis expreſſa: *Profecto Imperium tuum non eſt, ſed Chriſti ‡ non tuum, ſed Pe- tri: non a te tibi obvenit, ſed o Vicario Chriſti, & Succeſſore Petri ... Nec cedit Imperium, cui Teutonia, ſed cui cedendum decrevit Papa*, apud Leibnitium Cod. Jur. Gent. Diplom. To. 1. p. 943, ſeq. Neque diſpar ſane tam Rodulpho Imp., quam Impe- rii Electoribus inſedit religio in litteris utrinque ad Nicolaum III. exaratis apud Raynaldum ad an. 1279. n. 4, ſeqq., cum enim ille Romani Pontificis auctoritate a Græcis Imperium in Germanos translatum, tum etiam iſti ejuſdem Pontificis beneficio ſe Impe- ratoris Germanici eligendi auctoritatem adeptos fateri, ac profi- teri honori, officioque habuere. Earundem litterarum exemplar, quæ

quæ feparatim exaratæ fuerant ab Othone Brandeburg. , Johanne , & Alberto Saxon. , Ludovico Palat. , aliifque jam ante pro-
duxerat Baronius ad an. 996. n. 43 , feqq. Quo loci n. 33 , feqq.
a Gregorio V. eligendi Imperatorem jus ad Germanos Principes
fuifse transfufum pluribus fuadere conatur , & n. 55 , 63 , feqq.
feptem Electorum denique numerum ab Innocentio IV. defignatum; eique adftipulatur Cabaffutius in Not. Ecclef. ad Sæcul. XI.
hift. Synop. Baronio repugnet etfi Pagius ibid. in Not. n. 13. feqq.,
nec imo Leibnitio in præfat. Cod. Diplom. primam Electorum
mentionem fieri in litteris Alexandri IV. ad Gerardum Mogunt. ,
expreffiorem vero in litteris Urbani IV. ad Richardum electum
Reg. Rom. exputanti , poft quem de Electorum origine differtatione edita an. 1711. fufe difputavit Joh. Guill. Janus, de Pontificio
vero jure circa Electiones Thomas Bofius in Tract. de Jure Status,
adquiefcat, Baronii tamen opinioni fuam haud deeffe probalitatem
obfervant PP. Maurini in Addit. ad Gloffarium Ducangii V. *Electores* To. 3. edit. Ven. 1738. p. 35 , feqq. , ubi fufe de Septemviralis
Collegii inftitutione, quam demum ad Caroli IV. tempus, annum id.
eft 1356, quo celebris Aurea Bulla evulgata eft, referendam arbitrantur . Ut erat vero Pontificii juris affertor , ac vindex acerrimus Bonifacius VIII. in Brevi ad Albertum I , quo ipfius Electionem confirmat , e Græcis tranflatum ab Apoftolica Sede in Carolum M., ac in Germanos deinde Imperium, Imperatorifque eligendi facultatem Germaniæ Principibus factam, rem velut indubiam
adftruit , & in Brevi ad Electores Mogunt. , Trevir. , Colon. , Bo-
hemum , Saxonem , Brandeburg. , & Palatinum apud Raynaldum
ad an. 1303. n. 2. , feqq. , quo Alberto eos obfequi jubet , jus
examinandi, confecrandi, coronandi, probandi , vel reprobandi
perfonam in Imperatorem electam diferte fibi tribuit . Ideo Albertus ipfe in litteris ad eumdem Pontificem , de quibus adeundi Baronius ad an. 996. n. 48 , feqq. , & Raynaldus ad an. 1303 , n. 9 ,
feqq. , agnofcete ultrocitroque non diffidit a Rom. Pontifice in
Germanos Imperium e Græcis fuiffe tranfcriptum , Imperatorem
eligendi jus certis perfonis fuiffe tributum , ideoque Imperatores
ab Apoftolica Sede adfumi debere , five advocari . Id ipfum in
Concilio Viennenfi a Clemente V. Conftit. edita , relataque Cap.
un. *Ro-*

un. *Romani* de Jurejur. definitum paullo superius dicere me memini: quod ideo ab Innocentio III. in Cap. 34. *Venerabilem* de Elect., & a Clemente V. in cit. Constit. *Romani* decretum incontrovertibile dicere, veritate cogente, ingenue fateri non detrectavit Maimburgus ipse, infensus alioqui Sedis Apostolicæ hostis, hist. de Imperio Occid. Gallice conscripta lib. 1. ad an. 996. p. 107. Id etiam juris esse Apostolicæ Sedis, eoque ideo jure a Græcis ad Francos translatum Imperium fuisse, adeo persuasum fuit Philippo Pulcro, ut satis functo Alberto I, Imperium a Germanis iterum ad Francos transferri a Clemente V. petierit, testibus Conrado Vecerio de gestis Henrici VII, Joh. Villanio lib. 8. cap. 101, & ex ipso S. Antonino 3. par. tit. 21. cap. 1. §. 5. Friderici III. electionem confirmans Nicolaus V, defectum omnem, siquis in electione interfuisset, etiam supplendi jus sibi tribuit in Diplomate de Elect., & Coronat. ejusdem Imp. apud Raynaldum ad an. 1452. n. 3, & Leibnitium Cod. Diplom. par. 1. p. 403, ubi confer & Æneam Silvium in Orat. ad Cardinalium Senatum Cæsaris nomine tum habita, qua sub initium verbis illis Num. 37. v. 31. *Eleazar consules Dominum, ad verbum ejus egredietur, & ingredietur ipse (Josue) & omnes filii Israel cum eo &c.* ostendere sumpsit Pontificis M. magnis in rebus imperium sequi Principes etiam oportere. Sed enim Pontifex factus sub Pii II. nomine gravissima ad Mahumetum Turcar. Imp. epist. 395. data, qua suis a Prædecessoribus in Francos Orientis Imperium translatum fuerat, eadem potestate ipsi confirmandum Imperium ita ut, *Quod modo vi occupas, & cum injuria tenes,* sicuti loquitur, *possidebis jure,* pollicitus legitur ea lege, ut Christianæ Religioni nomen dare non detrectaret. Intima hac ipsa persuasione ductus Carolus VIII. Gall. Rex Orientis Imperium ab Alexandro VI. postulasse, impetrasse. que fertur apud Spondanum ad an. 1495, ac Raynaldum ad an. 1494. n. 29. Atque ex his liquido adparet, quam levis pensi facienda sit & Friderici Ænobarbi protestatio, qua Imperium S. R. Ecclesiæ beneficio conferri inficiatus legitur apud Radevicum de ejus gestis lib. 1. capp. 10, & 16, & Ludovici Bavari Constitutio in Comitiis Francofurti an. 1339. edita, qua sola electione Imperatorem haberi legitimum declaravit apud Freherum Script.

Pars III. Tom. VI.   K k k   rer. Germ.

rer. Germ. To. 1. p. 615. edit. Struvii , & Goldaßum Conß. Imp.
To. 1. p. 336, a quo To. 3. p. 409 , feqq. fimilis eadem de re altera ejusdem Ludovici Conßicutio in Comiciis Refenfibus an. 1338.
edita, nec non epiſtola ad Benedictum XII. exhibetur . Scitum eſt
enim quanto, & quam immani uterque odio Romanæ in Ecclefiæ
fanctiſſima jura efferbuerit , eamque laceſſere non exhorruerit .

Ampliorem hæc adhuc lucem ex factis ipfis , & pactis, quibus
Pontificum beneficio paſſim ad Imperium promotos Imperatores ,
ac viciſſim ab Imperatoribus fidei facramento Pontificibus obligatam defenfionem , ac obedientiam paucis oſtendere adgredior , ac-
cipient, ac fibi mutuo affundent . Pro Religionis igitur, ac Reipublicæ bono certatum eſt invicem a Pontificibus, ut Ecclefiæ Protectores Imperiali dignitate adaugerent, ab Imperatoribus, ut Ecclefiæ Principi indivulfo fidei vinculo poteſtatem obſtringerent fuam,
ac ita ex mutuo , fubordinatoque Imperatoris cum Pontifice M. ·
glutine, indiſſolubilis Sacerdotii, & Imperii ex furgeret uno. In Carolo M. itaque Occidentis Imperium a Leone III. inſtauratum hactenus dicta demonſtrant : ab eo viciſſim jurisjurandi religione fidem , obedientiam, ac defenfionem eidem Leoni defponfam oſtendit formula Sacramenti , quæ habetur in Ordine Rom. , refer-
turque a Sigonio de Regno Ital. lib. 4. ad an. 801. p. 252. hifce
concepta verbis : *In nomine Chriſti fpondeo , atque polliceor ego Im-*
perator coram Deo , & B. Petro Apoſtolo , me Protectorem fore ,
ac Defenforem hujus S. Romanæ Ecclefiæ in omnibus utilitatibus ,
quatenus Divino fultus fuero adjutorio , prout fciero , & potero .
Eam porro fictam habere non abſtinuere Goldaſtus in Rationali
ad Bull. Hadriani I , Babenburgius , & Leyferus apud Heumannum de re Diplom. To. 1. cap. 2. §. 53. n. 3. p. 50 , qui inde non
fequi perinde contendit, ut hac Juramenti ratione Pontifici M. Imperator fubjiciatur . At falli Proteſtantes iſtos, ac germanam profecto formulam eſse Caroli M. Teſtamentum §. 15. apud Baluzium
To. 1. p. 444. evincit , quo loci Ecclefiæ S. Petri defenfionem , ficut ab Avo Carolo Martello , & a Patre Pippino fufcepta fuerat ,
fic ab Ipfo pariter fuiſse fufceptam , eamdemque hæreditario veluti jure transfundi in Filios profeſsus legitur , non fecus atque
apud Chronographum Moſiacenfem ad an. 801. Præter etiam Sigonium

gonium paullo supra relatum, eamdem formulam ex duplici Pontificali Constantinopolitano annorum 500, alteroque Arelatensi
an. 400 exhibet Martenius de Antiq. Eccl. Ritib. To. 2. lib. 2.
cap. 9. de Imperat. bened. inscripto Ordine 7. p. 591, seq. edit.
Antuerp. 1736.Qui §. 8. item observat veteri fuisse in more positum, ut Imperator, antequam Mediolani inaugararetur, *in Romani se Pontificis auctoritate fore*, sacramento polliceri debebat.
In formula quoque Coronationis Aquisgrani peragendæ ex Cod.
Ms. Bibl. Regiæ n. 4226. annorum minimum 300. descripta
Ord. 4. Coloniensi Archiepiscopo sub jurejurando spondere debuisse fidem Catholicam se retenturum, Ecclesiæ defensioni non
defuturum, ac *Romano Pontifici, ac S. Romanæ Ecclesiæ subjectionem debitam, & fidem reverenter exhibere*. Præterea Cap.23:
in Addit. Ord. 9. p. 846. ex Cod. Ms. Chisiano pridem a Mabil.
lonio eruto formulam profert alteram, juxta quam Imperator ante inaugurationem jurejurando polliceri debebat *S. Petri Successori D. Papæ fidelitatem, Protectorem, & defensorem S. Romanæ
Ecclesiæ, ejusque personæ se futurum*. Junge, quod pa2a cum Michaele Græcor. Imp., post Imperium Rom. adeptum, a Carolo M.
inita, Leoni III. probari sollicitum uterque se dedit: rati nempe
tum demum ea tenere, & obtinere, postquam Rom. Pontificis de-
sideratus eisdem accessisset assensus. Ita referunt Ado Vien. in
Chron., & Regino Prum. Chron. lib. 2. ad an. 818. Neque officit, neque moram inferre debet, quod ab ipso Leone III. post co-
ronationem adoratum Carolum M., antiquorum more Principum, referant Annales Wirceburgenses ad an. 816, Loiseliani,
Fuldenses, Tiliani, Laureshamenses, Bertiniani, Metenses &c.,
unde subjectionis argumentum se trahere frustra putavit Heu-man-
nus de re Diplom. To. 1. cap. 2. §.53.n.4. p. 51. Nam ibi nomine
adorationis submissam intelligi salutationem debere ex Gothofredo ipso ad Leg. unic. *De Præpositis Sacri Cubiculi* Cod. Theod.,
& Salmasio ad hist. Augustam observare non destitit Ecchardus
ipse Franc. Orient. To. 2. rer. Franc. lib. 26. §. 3. p. 4. Et certe
Pontificia dignitas ab omni prorsus independens in Leone inde adparuit, quod gravium criminum in noxam vocatus, ad omne amo-
liendum a se scandalum propria se voluntate purgatus, non a quo-

piam vi adactus, legitur apud Ecchardum To.2. p.2 , & Harduinum To. 4. p. 936 , seq. Ludovico Pio Leonis III. sententia Imperium confirmatum liquet ex eodem Caroli M. Testamento ad Pontificem misso apud Baronium ad an. 806. n. 18 , seqq. , quo a Pithœi in præf. ad Script. 12. hist. Franc. dubitatione vindicant Baluzius Capitul. To. 2 , Mabillonius Analect. To. 4 , Cointius , &
Pagius n. 6 , seqq. Imperium , quod ipsi deinde in Episcoporum
Conventu Lugduni habito, decretoque edito eripere ipsius Filii ,
& cum hisce conspirantes Galliar. plerique Præsules tentabant ,
eo rescisso decreto , minisque intentatis , a Gregorio IV. confirmatum ei fuisse, vindicatumque referunt Paulus Æmilius de rebus
gest. Franc. lib. 3 , Marianus Scotus Chron. lib. 3 , & Theganus
cap. 41 , atque indicant Regino lib. 2 , & Aimoinus lib. 5. capp.
14, & 16 : ex quibus refellitur Sigebertus conspirationis in Ludovicum Pium Gregorium IV. participem agere haud veritus . A
Stephano IV. deinde Imperiali diademate Ludovicum insignitum,
ac vicissim ab ipso Pontifici ingentia obsequii argumenta reddita
tradunt Anastasius Bibl. , Scriptor vitæ Ludovici cap. 38 , seq. ,
Eginhardus , Theganus de gestis Ludovici cap. 16 , seqq. , & Carolus Calvus in epist. ad S. Nicolaum I. Donationis a Ludovico
Pio , non secus atque deinde ab Othone I , & S. Henrico II. Rom.
Ecclesiæ factæ exemplar ex veteri Codice Ms. Vatic. n. 1984. ætate Gelasii , & Callisti II. exarato profert , & vindicat Dominicus
Georgius in Append. To. 13. Baronii edit. Lucen. , non secus atque Cennius in Append. ad Orsium de Orig. Dom. Eccl. Rom. edit.
1754. Lotharium nonnisi Paschalis I. auctoritate Imperatorem audivisse testatam rem faciunt Eginhardus ad an. 823 , Agobardus
in epist. ad Ludovicum Pium, & Paschasius in vita Walæ Abb. Cor-
bejen. apud Mabillonium Sæculo IV. Bened. p. 513. Qui præterea
sub Eugenio II. Romæ Constitutione edita, quam ex Collectione
Deusdedit lib. 1. cap. 242 , seqq. integram exhibet Holstenius in
Collect. Rom. par. 2. p. 218, & ex ipso Harduinus To. 4. p. 1361, &
Pagius ad an. 824. n. 3, Cap. 1. *Ut Domno Apostolico in omnibus
justa feretur obedientia* , decrevit , & cap. 3. Romano Clero liberam eligendi Pontificem manere potestatem , quin ullus impedimentum apponere audeat , jubet . A Lothario porro Exarchatum
Ra-

Ravennatem Pontifici ereptum fcripturiit Bartholomæus Dulcinus
de var. Bonon. ftatu lib.2. apud Grævium Script.Ital. To.7. par.1.
p.33.Sed enim Scriptorem hunc nuperum fub initium nempe fæcu-
li elapfi XVII. refellit Rubeus hift. Raven. lib. 5. ad an. 966, ubi
ab Othone I. Ravennam, Exarchatum, aliaque loca, quæ Berengarii olim occupaverant, Pontifici reftituta commemorat. Non
itaque a Lothario, fed a Berengario ereptus Exarchatus fuerat.
Cujufce rei argumento etiam eft, quod ftatim fub Ludovico Lotharii filio in cauffa mere temporali Ravennates Cives inter, &
Johannem Archiepifcopum Judex, non Ludovicus tum Ticini degens, fed S. Nicolaus I. interpellatus eft, qui plane Ravennant
profectus Judex pro Tribunali fedit, litemque diremit, Anaftafio Bibl. tefte in ejus vita. Ludovicum II. imperio adauctum a
S.Leone IV. adfirmat Annalifta Bertinianus ad an.850, neque nifi
ab Apoftolica Sede imperandi Francos accepiffe poteftatem ipfe
confirmat in Apologet. ad Græcum Imp., de qua Baronius ad an.
871. n. 59, quem demum obedientia S. Nicolao I. devinctum tradit Anaftafius Bibl. Carolo Calvo deinde ipfius Imperium armis
tentanti, legatis, ac litteris miffis, Apoftolicæ Sedis objecit auctoritatem, ac minas Hadrianus II, cui parendum ille ducens a
cœptis deftitit, teftibus Aimoino lib. 5. cap.24, & Annalifta Bertiniano ad an. 869, ratus nempe una Pontificis M. auctoritate Imperium ftare, aut cadere. S. Nicolao I. obedientia perinde ob-
ftringere fefe idem Carolus Calvus epiftola ad ipfum data religioni duxit apud Harduinum To. 5. p. 696, non fecus atque Johanni VIII, a quo Imperiali diademate infigniri promeruerat, uti fidem indubiam faciunt Synodus Ticinenfis an. 876. in Allocut. ad
eumdem, & capp.1, & 2. ejufdem juffu fancitis,ac Synodus Romana an. infeq. In ferm. a Pontifice habito. Una ejufdem Pontificis
voluntate (Ludovicum Balbum non utique, uti perfuafum Baronio fuit ad an. 877. n. 17, Struvio hift. Germ. differt. 9, aliifque,
quem Regiis dumtaxat infignibus decoratum ex actis Synodi Trecenfis II. an.878. a Bertiniano Annalifta defcriptis, aliifque Chartis ejufdem Ludovici verius oftendunt Sirmondus in adnot.ad Synodum Trecenfem, Pagius ad an. 878. n.3, & Saxius in Not. 95.
ad Sigonium de Regno Ital. To. 2. lib. 5. p. 339, feq) bene vero
									Ca-

Carolum Craſſum ad Imperii faſtigium erectum teſtantur epiſtolæ 160, 171, 216, & 269. ad eumdem Carolum exaratæ , quibus
jungenda ſimili de argumento epiſtola 155. ad Anſpertum Mediol. Archiep. Aliud nunc accipe Pontificiæ Imperium transferendi poteſtatis ſpecimen : nam Carolingia prætermiſſa ſtirpe , tum
Widoni, non a Formoſo, uti Baronio viſum eſt ad an. 892. n. 1. ſeq.,
ſed a Stephano V, aliis VI, ut ex Sigonio de Regno Ital. lib. 6. ad
an. 891. To. 2. p. 358, & ex Joh. Berardo in Chron. Caſaurienſi
apud Dacherium Spicileg. Tom. 5. p. 397. oſtendit Pagius ad an.
892. n. 2, atque ex Widonis Diplomate pro Monaſterio Ticinenſi
apud Ughellum To. 2. nov. edit. p. 151, & Muratorium Rer. Ital.
To. 2. par. 1. p. 416. evincit Manſius ibid. in Not., tum Lamberto Widonis filin a Formoſo an. 892, teſtibus Flodoardo lib. 4. cap. 2,
& Chronographis Caſſinenſi , & Farſenſi , tum Berengario , non a
Johanne IX, ac iterum a Johanne X, ut putavit Baronius , ſed ab
hoc poſteriori dumtaxat, ut obſervat Pagius ad an. 915. n. 3, ſeqq.,
Imperialis dignitas eſt delata : quos tres non origine Francos , ut
ſuadere conati ſunt Valeſius in præfat. ad Carmen de laudibus Berengarii , & Pagius ad an. 892. n. 4, ſed Italos, ſive Langobardos tradit Sigonius de Regno Ital. lib. 6. To. 2. p. 355, quam
perperam ideo reprehendit Pagius ad an. 950. n. 2, & comprobant
Scipio Ammiratas hiſt. Florent. lib. 1. p. 20, & Coſmus de Rena
in ſerie Ducum, & March. Tuſciæ p. 124, ac 130, uti notat Saxius
ad cit. Sigonium . A Widone Donationes Pippini, Caroli M. , &
Ludovici Pii confirmatas refert ibid. Sigonius p. 358, a Lamberto quoque p. 369, liquetque ex Synodo Ravennate Cap. 3, in qua
ſicut in Romana , quas ſimul confundit Sigonius , anno non 904,
ut Baronio , Labbeo , Harduino &c. putatum , ſed an. 898. habitis, ut oſtendit Pagius n. 4, Arnulpho abdicato, confirmata ei dignitas eſt . Arnulphum igitur e Stirpe Carolingia poſtremum ac-
cerſitum , adverſus Lambertum tyrannidem exercentem, an. 896.
Romæ Imperiali diademate a Formoſo inauguratum referunt ad
eumdem an. Hermannus Contractus , Regino , & Continuator
Freherianus Annal. Fuldenſium apud Ducheſnium To. 2. p. 58,
ubi formula juramenti , Formoſo præcipiente , a Romanis Aroul-
pho præſtiti exhibetur, qua ipſi fidelitas quidem deſpondetur, ſal-

va

va tamen, integraque fidelitate Pontifici debita: quod indicium
est haud obscurum unum Pontificem ceu supremum Dominum
habitum. E Burgundia Arelatensis Regis Bosonis filius accersi-
tus deinde Ludovicus III. dictus Orbus an. non 900, ut contendit
Pagius n. 14, seqq., & ad an. 902. n. 13, seqq., sed an. 901, ut
cum Sigonio de Rege Ital. lib. 6. p. 377. ex Ludovici Diplomatibus ostendunt Saxius ibid. Not. 30, & Mansius in Not. ad Baronium To. 15. edit. Lucen. p. 507, Benedicti IV. beneficio Imperium, præ Ludovico Arnulphi filio, cui alioquin ut Imperium conferretur, frustra Johannes IX. à Germ. Episcopis rogatus fuerat
apud Harduinum To. 6. par. 1. p. 481., adeptus, Berengario, cujus
jussu excæcatus est, cedere tandem est coactus : qua de re Pagius
ad an. 902. n. 13, seqq., & Mansius ibid. in Not p. 525. Ex quibus adparet falso Bossuetium Defens. par. 2. lib. 6. cap. 40. adfirmasse Populi Romani pari consensu a Gallis ad Germanos translatum Imperium fuisse, illudque in Germanis perinde hæreditarium
evasisse : nam antequam e Gallis ad Germanos derivaretur Imperium, spatio annorum 60. circiter Italos, sive Langobardos, ac
Burgundiones, sola Pontificis M. auctoritate, Imperio potitos,
illudque, Berengario interfecto, annis 38. vacasse, idest ab an. 924,
quo in Berengario finiit, usque ad an. 962, quo in Othone I. cœpit, ex dictis liquet.

Eadem igitur auctoritate, qua e Græcis in Gallos a Leone III,
a Gallis in Langobardos a Stephano V, a Formoso, a Johanne X,
e Langobardis in Burgundiones a Benedicto IV. Imperium transfusum fuisse dicebamus, in Germanos transcriptum demum est a
Johanne XII, Othone I. in Imperatorem inaugurato, qua de re
Luitprandus lib. 6, cap. 6, Regino ad an. 962, Ditmarus Chron.
lib. 2, Lambertus Schafnaburg. in Chron. ad cit. an., Sigonius
de Regno Ital. lib. 6. in fine To. 2. p. 424: quo loci Othonem ad
aram S. Petri deductum solemni se sacramento devinxisse, se Ecclesiæ Romanæ semper in auctoritate futurum spondendo, subjungit. Et certe Othonem Johanni XII. ad Rom. Ecclesiæ defensionem jurejurando se obstrinxisse, ratasque habuisse Donationes
Pippini, Caroli M., & Ludovici Pii, docemur liquido ex ipsius
Diplomate relato a Gratiano Can. 33. *Tibi Domine* dist. 63, a
                                                                        Balu-

Baluzio To. 1. Capit. p. 591, & a Ludevig Script. Germ. To. 2.
p. 208, emendatius vero recensito e Codice Mf. Vatic. a Georgio
in Append. ad Baronii Annal. To. 13, & e Cod. membranaceo Ca-
fanatenfi Sæculi XI. circiter a Garampio in Append. differt. de
Nummo arg. Benedicti III. p. 168. Quæ viciffim imprudenter a
Gratiano Can. 23. *In Synodo* dist. 63, & a Goldafto Conft. Imp.
To. 1. p. 221. profertur, atque a Leone vere promulgata vifa
eft Bellarmino de Clericis lib. 1. cap. 9, Petro de Marca de Conc.
lib. 8. cap. 12, & 29, & Cabaffutio in Not. Ecclef. Sæculi XI, Conftitutio in Romana Pfeudo-Synodo a Leone VIII. Pfeudo-Pontifi-
ce edita, qua Othoni I. poteftas eligendi Pontifices, & Inveftitu-
ras Epifcopis concedendi, ad exemplum conceffionis ab Hadriano I. Carolo M. factæ, conceffa dicitur, non fecus atque Conftitutio altera, qua fertur idem Pfeudo Pontifex Othoni pariter re-
ftituiffe, quidquid a Pipino, Carolo M., & Ludovico Pio Rom-
Ecclefiæ fuerat conlatum, fubdititiam, ac longe poft utramque
procufam oftendunt Barenius ad an. 964. n. 22. feqq., Pagius n. 6,
feq., Gretzerus in Apolog. Baronii cap. 19, & contra Replicato-
rem cap. 14. Oper. To. 6 p. 214, & 400, ac Georgius in Not. ad
Baronium To. 16. edit. Lucen. p. 149, ubi e Codice Vatic. n. 1984.
poft initium Sæculi XII. exarato illam exhibet, recens effe commentum oftendit, nec ejufdem antiquius exemplar producere Goldafto licuit, quam ex Theodorico Niemo Sæculi XV. Scriptore.
Othoni II, vivente Patre, a Johanne XIII. in Synodo Romana
an. 968, cujus mentio nulla apud Concil. Collectores, fit vero
ab eodem Pontifice in Diplomate pro Cœnobio Grandensheimen-
fi, quod integrum recitat Innocentius III. lib. 8. epift. 43, ac refertur a Lunig Spicileg. Ecclef. n. 32, & a Georgio, & a Manfio
recolitur in Not. ad Baronium To. 16. p. 169, feq., Imperiale diadema impofitum liquet ex mox laudato Diplomate, ex epiftola
Othonis I. ad Germanos apud Witichindum lib. 3. in fine, ex Continuatore Reginonis, & Chronographo Hildesheimenfi ad an. 967.
A Gregorio V. Imperator renuntiatus Otho III. traditur ab Hermanno Contracto ad an. 996, & a Scriptore vitæ S Adalberti Pragen. apud Baronium ad cit. an. n. 27, & Mabillonium Sæculo V.
Bened. Ita deinceps Imperiali diademate infigniti leguntur S. Henricus II,

ricus II, (ante quem Conradus I,& Henricus I,etſi Germaniæ Reges fuerint,non item Imperatores audire promeruere,quod Rom.
a Pontifice ad Imperii faſtigium promoti non fuiſſent) , a Benedicto VIII. apud Glabrum lib. 1. in fin.,fidei præſtito juramento ,
confirmatiſque Donationibus Pippini , Caroli M., Ludovici Pii ,
& Othonis I. apud Baronium ad an. 1014. n.7, ſeqq., Georgium,
Cennium &c. ; Conradus II, Salicus denominatus , a Johanne
XIX. apud Wipponem in ipſius vita ad an. 1027, ubi eum ante
Regem vocat , quam Romæ inauguratus eſſet , poſtea Imperatoris nomine cohoneſtat : confer & Muratorium Script. rer. Ital.
Tom. 2. in Not. ad Chron. Farſenſe p. 560 , ſeqq. ; A Clemente II. Henricus III. dictus Niger, de quo idem Pontifex in epiſt. ad
Bamberg. Eccleſ. , quam ex Gretzero de Divis Bamberg. ad vitam S. Henrici cap.16. deſcribit Papebrochius in Conatu Chron.
§. 152. edit.Ven. 1749. To 2. p. 292 ,ſeq. Henricus IV, etſi ſce-
leſtiſſimus, aliquando tamen ſapere edoctus, Alexandro II , S. Gregorio VII , & Paſchali II. obſequentem ſe præſtitit , & ad obediendum paratum , qua de re loquuntur ipſius epiſtolæ ad S. Gregorium VII. lib 1. poſt epiſt. 29 , & lib. 3. epiſt. 5, ad Paſchalem II ,
& ad Principes Imperii, adeundique Baronius ad annos 1069. n.3,
1073. n. 43 ,ſeq., 1074. n. 18, 1075. n. 22 ,1076. n. 60 , ſeqq.,
1077. n. 1, ſeqq. , 1105. n. 6, ſeq. , & 1106. n.15, ſeqq. , ac Harduinus Tom. 6. par. 1. p.1356,1481, & 1485. Hujus filium Conradum Urbano II. ſtratoris officium exhibuiſſe , ac fidelitatis juramento ſe obſtrinxiſſe refert Bertholdus Conſtant. apud Baronium
ad an. 1095. n.8. Filius alter Henricus V, Conrado Urſpeng. teſte
apud eumdem Emin. Annaliſtam ad an. 1105. n. 4, ſeq. Imperium
Patri reſignare, modo *S. Petro, ſuiſque Succeſſoribus ſubjici ve-
lis*, ſive ut infra loqui pergit , *Apoſtolicæ ſe ſubjecerit obedientiæ
jugo*, paratum exhibuit ſe ſe . Ipſe a Paſchali II. imperandi jus
quærens fidei dato ſacramento obedientiam ſpopondit, veluti teſtes accedunt Domnizo in vita Mathildis,Petrus Diacon.in Chron.
Caſſin. lib. 4. cap. 38, ſeq., & Paſchalis epiſtola ad ipſum apud
Baronium ad an. 1110. n. 6: qui tamen beneficio, quo a Paſchali ad
Imperii faſtigium exaltatus fuerat , ingratus infeſtum ſe extemplo
Pontifici hoſtem præſtiterit , non ſecus atque ſubinde Gelaſio II ,

& Callisto II, cujus postremi in fidem, & obdientiam se denuo transcribere officio duxit , uti refert Urspergensis apud Baronium,
ad an. 1122. n. 6. Innocentio II, cujus jussu Imperium injerat, cum
stratoris officium dependisse Lotharium II , tum fidelitatis religione se devinxisse , certis documentis ostendit Baronius ad an. 1131.
n. 7, & 1133. n. 2. Statim ac vero ejusdem Innocentii II. opera Imperium adire Conrado III. fas fuit, qua de re Otho Frising. lib. 7.
cap. 23 , seqq., is a S. Barnardo epist. 183. de obedientia Pontifici M. impendenda admonitus est. Ut fuerit vero Fridericus I. Æno-
bardus homo post natos homines Pontificibus Eugenio III, Anastasio IV, Hadriano IV, Alexandro III, Lucio III, & Urbano III. Insen-
sus, infestusque, ut ad Imperii tamen ascenderet apicem , Eugenii, &
Hadriani subire leges debuit , ac fidei dato sacramento fasces subjugare , cui etiam posteriori stratoris officium , Principum hortatu, præstare, ut habent Cencius Camerarius, & Codex Vatic. apud
Baronium ad an. 1152. n. 5, & 1155. n. 7, seq. Imperium Pontificis beneficio obtinuisse deinde negans , Imperiique Principes ipsi
sententia adhærentes gravissimis litteris ab Hadriano errorem de-
docti sunt: quibus ostendit Apostolicæ Sedis auctoritate a Græcia
in Francos , indeque in Germanos Imperium fuisse transfusum ,
nec ante Imperatoris nomen affectare fas esse , quam a Pontifice
fuerit inauguratus. Atque sane invitis Romanis , unius Hadriani
arbitrio Imperium a Friderico adquisitum refert Anonymus Cassi-
nensis a Camillo Peregrino , sive Caracciolo illustratus , nec ante
Imperatoris se insignire nomine , quam a Pontifice inauguratus
fuisset , ausum Fridericum adparet ex ipsius Diplomatibus apud
Ughellum To. 4. p. 465 , & Tn. 5. p. 534. Alexandro III. perinde
minis quin etiam impetitus a Principibus Imperii , nisi Pontifici
obedientiam demum impenderet , subjicere se se , ac stratoris officium exhibere non abnuit: qui propterea Emanueli Comneno
Græco Imp., ut eidem Pontifici obedientia se devinciret , auctorem per epistolam se præbere dedignatus non est , ut fidem indubiam facit Auctor Vatic. apud Baronium ad an. 1177. n. 14 , seqq.
A Lucio III. frustra deinde poposcit, ut Henrico filio imperandi copiam faceret , Arnoldo Lubecensi teste in Chron. Slavor. lib. 3.
cap. 10. apud Baronium ad an. 1183. n. 4. Episcopos autem , qui
Me-

Mediolani, infcio Pontifice, infulis illum redimire fuerunt aufi,
officio ab Urbano III. fufpenfos tradit Chronographus Arquicin-
tinus ad an. 1186. apud Pagium Jun. in Brev. Ab Imperii Præfulibus admonitus vero Fridericus, Arnoldo I. ubec. tefle cap. 18, fubjici dein Urbano III didicit, cujus Pontificis lectu valdequam dignæ apud Ludevig. Reliq. To. 2. p. 409. litteræ, quibus cum Friderici accufationum capita difpungit, tum de repulfo ab Imperio
Henrico filio rationes expromit. A Cæleftino III. tamen, poftquam
ei fidei facramento obftrinxiffet fe fe, Imperator dici promeruit
Henricus VI, de quo Arnoldus lib. 4. cap. 4, Rogerius Hovedenus
ad an. 1191, &c., videndique Muratorius in Annal. Ital. ad eumd.
an. n. 72, Thomaffinus To. 2. lib. 3. cap. 65. n. 5, & Catalanus
in Præfat. ad Annal. Murat. To. 1. p. 299, feq. De Imperio decertantibus Othone IV. Saxone, & Philippo Suevo, litem definire
ad fe fpectare abunde fcripfit Innocentius III, uti fupra dictum eft,
qui propterea Philippo, etfi obedientiam pollicente omnem apud
Raynaldum ad an. 1203. n. 28, 1206. n. 16, & 1207. n. 7, repulfo, ut
Othoni illud obveniret, auctorem fe præbuit, ab ipfo tamen prius
accepto fidelitatis, obedientiæque juramento ibid. ad ann. 1201.
n. 15, & 17, ac 1202. n. 28. Sed in hoftem Innocentii ingratiffime
converfus, ideo Friderico II. locum facere coactus eft, qui eidem
Innocentio, & Honorio III. obedientia defponfa apud Raynaldum
ad an. 1213. n. 23, 1215. n. 38, feqq., 1217. n. 41, & 1219. n. 7.
Imperii diademate legitur donatus ibid. ad an. 1220. n. 21, feqq,
ac 1223. n 19: quique demum ingentibus flagitiis implicitus, juf-
tiffimas Gregorii IX, & Innocentii IV. expertus eft iras. Pofteriori viciffim huicce Pontifici, a quo in fe Imperii vicibus jura trans-
fufa fuerant, facramento fidem, obedientiamque dependere officio, religionique duxere tam Henricus VII. Rafpo, quam Willelmus Hollandiæ Comes: etfi neuter Imperatoribus adnumeratus fit,
ideo quod Romæ neuter auguftalibus fuerit exornatus infignibus. Conradino Imperium de ferri Alexander IV. epift. ad Moguntinum Archiep, & Urbanus IV. epift. ad Bohemiæ Regem relatis a
Raynaldo ad an. 1256. n. 3, & 1262. n. 4. diftricte prohibuere, ad
quos perinde diverfa Imperii Principes in ftudia diftracti, pro Richardo Cornubiæ Comite ftantibus aliis, aliifque pro Alphonfo

Caftel-

Caſtellæ Rege, dirimendam Imperii cauſſam dimittere religioni
duxere. Electus uterque, etſi obſequii, fidei, obedientiæque officio
omni apud Sedem Apoſtolicam decertaret, qua de re Raynaldus
ad an. 1257. n. 8, 1258. n. 14, 1262. n. 2, 1264. n. 37. &c.,
tum ab Urbano IV, tum a Clemente I V, tum a B. Gregorio X. utrique indicta dies ad Imperii diſceptanda jura, apud eundem Annal-
Jiſtam ad an. 1263. n. 57, 1265. n. 58, 1266. n. 34, 1267. n. 22,
1268 n. 42, & 1272. n. 34: utroque deinde Imperio abdicato a B.
Gregorio X. ibid. ad an. 1274. n. 5, 45, 50, ſeqq., in Imperatorem admiſſus eſt Rodulphus Habſpurgenſis, non ante tamen, quam
fidei ſacramento obſequium, defenſionem, obedientiamque deſpondiſſet tum B. Gregorio X, tum Nicolao III, tum Honorio IV, tum
Nicolao IV, ab iis Romam ad Imperii recipiendas infulas invitatus:
qua de re Raynaldus ad annos 1274. n. 6, 55, 1275. n. 2, 36, 1278.
n. 45, ſeq., 1285. n. 22, ſeq., 1286. n. 1, ac 1289. n. 46; Fontaninus in diſſert. hiſt. de Apoſt. Sedis Imp. §. 54, ſeqq., Defenſ. 1,
§. 14, ſeqq., & Defenſ. 2. §. 63, ſeqq., ac Cennius in Ephemer.
Rom. an. 1747. Art. 11, & ex ipſo Catalanus in præfat. ad To. 8.
Annal. Ital. Muratorii To. 1. p. 433, ubi ex apographo Emin. Card.
Paſſionei deſcripto ex autographo Monaſterii Clarævallenſi Zvve-
tel in Auſtria Diploma Imperii Principum exhibetur, quo Rodulphi
Diploma *ſuper fidelitate, obedientia, honorificentia, & reverentia
per Romanos Imperatores, & Reges Romanis Pontificibus, & ipſi
Eccleſiæ impendendis, ac poſſeſſionibus, honoribus, & juribus ejuſdem Eccleſiæ* &c. confirmatur: unde patet non fuiſſe plane, cur
ideo Rodulpho ſubindignaretur Hyppolithus a Lapide de ratione
ſtatus in Imp., quod præter modum Pontifici ſe ſubjeciſſet. Bonifacio VIII. obſequium, & obedientiam ab Adolpho Naſſovio
delatam eloquuntur ad ipſum redditæ Pontificis litteræ apud Raynaldum ad an. 1295. n. 44. De Imperio ab eodem Pontifice Albertus Auſtriacus poſtulatus, fide deinde Pontifici integre obligata, cenſuris ſolutus, ſacramentiſque, quibus ſe Principibus
aliis obligaſſet, reſciſſis, gradu confirmatus legitur apud Raynaldum ad an. 1301. n. 2, ſeqq., & 1303. n. 2, ſeqq., ac Rubcum
in vita Bonifacii p. 55. Tam vero Philippus Pulcher a Pontifice
Imperium a Germanis in Gallos, ideſt in Carolum Valeſium Fra-

tcem

trem transferri, si fides adhibenda Villanio lib. 8. cap. 62, quam idem Albertus illud hæreditarium in filios transfundi, Alberto Argentin. in Chron. teste, enixis depofcentes votis, exauditi non funt. Henrici VII. Lucemburgii, poftquam Apoftolicæ Sedi fidem, obedientiamque pro more juraffet, electionem confirmavit Clemens V. ea lege adjecta, ut intra biennium Romam accederet Imperiali diademate redimendus Quam impleturus legem Romam adveniens præter fidei proseffionem, fidelitatis quoque facramento Pontifici M. se obftrinxit: quod poftea inficiantem perfidiæ fuis ipfius litteris redarguit Pontifex, apud Raynaldum ad an. 1309. n. 10, feqq., ac 1312. n. 37, feqq., cujus hac de re legenda Conf. titutio in Concilio Viennenfi edita, quæ eft Clementina 11n. Romani lib. 2. tit. 9. De Jurejurando.

A Friderico Auftriaco, & Ludovico Bavaro de Imperio depugnantibus per Oratores quidem Johanni XXII. præftita obedientia eft, fed uterque repulfus, quod neutrius indubitata jura conftarent. Quum Ludovicus nihilofecius pro Imperatore fe gerere non abftineret, juftas Pontificis expertus eft iras, fententia lata, qua inter alia perfonæ ad Imperium promotæ *Examinatio, approbatio, ac admiffio, repulfio quoque, reprobatio* Pontifici refervatur, & adftruitur. Refertur a Raynaldo ad an. 1323. n. 30, feqq., adeundo etiam ad an. 1314. n. 24, feq., quo loci Hervvartum in Ludovici defenf. Johanni P. M. iniquum refellit. Refelliturque fane litteris tum Johannis, quibus Ludovicus pro Ecclefiæ recuperanda gratia ad ponendum Imperium paratus adparuit, tum litteris Benedicti XII. ad Germ. Præfules, quibus refractatio illi defuiffe nunquam Ecclefiam oftendit, fed illo Imperium gerente tutum effe Sacerdotium nequire, Imperatoris denique cauffam Apoftolicæ Sedi refervatam effe, tum Ludovici ad Benedictum XII. legatione, ac litteris, quibus pro venia impetranda, fidelitateque præftanda, totum fe impendere non ambigit; tum repetitis ipfius ad Clementem VI. litteris, quibus Pontifici fe, fuaque integre fubjicit apud Raynaldum ad annos 1334. num. 19, feqq., 1335. num. 2, feqq., 1336. nu. 18, feqq., 1338. n. 3, feqq., ac 1344. num. 10, feq. Carolo IV. Bohemo, exacto fidei facramento, legibufque indictis, Imperii dignitas a Clemente VI.

con-

confirmata eſt, qua de re abunde loquuntur utriuſque litteræ apud
Raynaldum ad an. 1346. n. 24, ſeqq. , & 1347. n.2, ſeqq. Extat
in Codice Serm. Clementis VI. Collatio ab eodem habita , qua
ad Imperialem celſitudinem illum nominat, & adſumit, deſectum-
que , ſiquis illius in electione interveniſſet , omnem ſupplet , illique obedientiam a Vaſſallis deberi decernit . Fruſtra vero apud
Innocentium VI , cujus juſſu Romæ ab Epiſcopo Oſtienſi Imperii
inſulis fuerat redimitus, egit Carolus, Spondano teſte ad an. 1359,
ut duæ Clementis V. Conſtitutiones *Romani* , & *Paſtoralis* relatæ
tit. de Jurejur., & de Sentent., & re Jud. , cauſſatus illis Henrici
VII. Avi ſui memoriam obfuſcari, reſcinderentur, obnitente contra
Pontifice, eaſque integras manere jubente , tanquam quæ magna conſilii deliberatione editæ eſſent . Ad ejus preces tamen inflexus Gregorius XI. Wenceslaum , ad cujus alioquin *Electionis*
celebrationem , fatebatur in litteris ad Pontificem Nuremberga
9. Mart. 1376. Ind. 14. exaratis , *Nobis viventibus procedi non*
valeat ſine veſtris beneplacito , aſſenſu , & gratia , & favore , eligi permiſit , ea lege tamen , ut formulæ juramenti conſuetæ ante
ſubſcriberet , nec Imperii adminiſtrationi ſe ingereret , ab Imperatoris , Regiſque quinimo titulo abſtineret, donec ab Apoſtolica
Sede indulta ei facultas eſſet , ipſeque ſolemni fuiſſet inauguratione ſalutatus , apud Baluzium in Vitis Papar. Avenion. p. 800 ,
& Raynaldum ad an. 1376. n. 13 , ſeqq. Imperio , quod deinde
confirmatum ei fuerat ab Urbano VI, & Clemente VII , quove
prorſus indignum ſe præbebat , ex Boniſacii IX. ſententia, abdica-
tus demum ab Electoribus eſt , Ruperto Palatino ſuffecto , qui
Pontifici obedientiam præſtare non diſtulit per Conradum Sata-
lem Verdenſem Epiſcopum , a quo oratione in Cardinalium cœtu
habita dejiciendorum Imperatorum, Regumque poteſtas abſque
ambagibus Pontifici M. diſerte adſerta eſt, confirmatoque ſibi Imperio, per alios iterum Oratores fidei ſacramento Pontifici obſtringere ſeſe officio duxit , apud Raynaldum ad an. 1401. n.2 , ſeqq. ,
& 1403. n. 8. Præter obſequentiſſimi animi officia , quæ Johanni XXIII. præſtitit , ſtratoris obſequia, quæ Martino V , & Eugenio IV. præbuit , fidem etiam conſueta ex Cæſarum formula poſteriori huic , a quo demum Imperiali inauguratus eſt diademate ,
obli-

obligare fuam religioni habuit Sigifmundus ; qua de re Raynaldus ad an. 1414. n. 12 , 1418. n. 36 , & 1433. n. 12 , feqq. Quæ
monita perinde , mandataque de obedientia , defenfioneque Rom.
Pontifici dependenda ab eodem Eugenio data fuerint Alberto II ,
ex ejufdem litteris exhibet idem Annalifta ad an. 1439. n. 21. A
Friderico III. Septemvirum conjurationem in Eugenium IV. cohi-
tam , Nicolao V. ftratoris officium exhibitum , ac fidem facramento , Imperii diademate ab ipfo redimendo , obligatam , Callifto III. item , Pio II. fupplices , infimafque oblatas preces , Pan-
lo II. ftapedis obfequium præftitum , Sixto IV. defenfionem im-
penfam adverfus Andreæ Crajanenfis infultus , multis denarrant
Gobelinus in Comment. Pii II. p.13 , feqq. edit. Francof. , S. Antoninus Chron. p. 3. tit. 22. cap. 11. §. 17 , Leibnitius Codic. Diplom. par. 1. p.77, Mullerus in Theatro Comit. fub Friderico III.
cap.8 , Card. Papienfis epift.282 , & Raynaldus ad an. 1452. n.3 ,
1469. n. 3 , & 1482. n. 25. Ad ejus preces , Electorumque Maximilianum I. in Romanorum eligi Regem , Imperatorem poft obitum Patris evafurum , permifit Innocentius VIII , accepta prius fidei , obedientiæque fponfione ex præfcripta formula, quam refert
Freberus Rer. German. To.3. p. 27 , ex ipfoque Raynaldus ad an.
1486. n. 44 , juxta quam Julio II. perinde fidelitate Imperator factus femet obftrinxiffe legitur in Diario Curiæ Rom. Joh. Bur-
chardi Cærem. Magiftri apud Ecchardum Hift. medii ævi To. 2.
p. 2159. Qui eum in Imperio excepit , Carolum V. fuæ adfentiri
electioni , nifi ante fuo adfenfu , fuaque auctoritate Leo X. P. M.
acceffiffet , religiofe noluiffe liquet ex ipfius Apolog. apud Goldaftum To. 1. p. 479 ; electo item ab Electoribus leges inter alias
eam impofitam de Romana Ecclefia tuenda , colendaque retulit
Card. Legatus Cajetanus in litteris ad Leonem X , indicant Pontificis ad Cæfarem litteræ , quibus addendus Paris de Graffis Cærem. Magifter apud Raynaldum ad an. 1519. n.24, feqq. , ac
1521. n. 81 , feqq. Eum deinde Clementi VII , a quo Imperator
Bononiæ inauguratus eft , facramento fidem obligaffe , Rom. Ecclefiæ Advocatiam defpondiffe , ftratorifque officium exhibuiffe ,
teftatam rem faciunt Jovius lib. 27 , Steuchius lib.2. adv. Luther.
p. 45 , ac Raynaldus ad an. 1530. n. 18 , & 38. Ideo vero , quod
infcia

inscio Pontifice , inconsultoque , Imperio subinde se abdicasset ;
Electorumque suffragio in Ferdinandum I. illud transfudisset , indignatus Paulus IV. inficias id totum ivit apud Raynaldum ad an.
1558. n. 8 : quod pacis bono deinde probandum visum est Pio IV ,
cui plane Ferdinandus per litteras officii resertissimas *Fidelem ob-*
servantiam præstare cordi habuit apud Bzovium , & Raynaldum
ad an. 1560. n. 2 , & Hofmannum in nova Script. , & Monum.
Collect. To. 1. p. 763. A Maximiliano II. obsequium quidem
Pio IV. oblatum , non etiam obedientiam desponsam post Sarpium hist. Concil. Trid. lib. 8 , & Schilterum de libert. Eccl. lib.
7. cap. 10. §. 10. contendit Buderus de Legat. Obed. cap. 1. §. 35,
qui perinde §. seq. 36. a Rodulpho II. per Oratores Gregorio XIII.
obsequium dumtaxat præstitum , Ecclesiæ vero obedientiam suisse exhibitam pugnat ex Scriptore Commentationis de Caussa Coloniensi apud Schardium in libro infami de perfidia Pontis. erga
Imper. inscripto p. 181. Obedientiæ Pontifici jurandæ equidem
repugnasse aliquando Maximilianum II. liquet ex litteris Delphi-
ni Internuncii ad S. Carolum Borromæum apud Raynaldum ad
an. 1563. n. 228 : sed eum tamen subinde a Pio IV. electionis confirmationem postulasse , in Moguntini Præsulis manibus Apostolicæ Sedi *debitam subjectionem* despondisse , ac per litteras , Le-
gatosque eamdem sibi præstaturum fore pollicitum testis est locuples idem Pontifex in Allocut. ad Cardin. in Consist. an. 1564 ,
de quo Raynaldus n. 27, & Pallavicinus hist. Concil. Trid. lib. 22.
cap. 6. Adde , quod eidem Maximiliano II. ægre ferenti , quod
Cosmus Mediceus Hetruriæ Magni Ducis titulo donatus fuisset
a S. Pio V. Const 88. *Romanus Pontifex*, qua Alexandri III, Innocentii III , Pauli IV. &c. , a quibus Portugalliæ , Bulgariæ , Hiberniæ , Bohemiæ Reges &c. creati fuerant , exemplo id secisse
adfirmabat apud Gabutium lib. 3. cap. 16 p. 118, & Laderchium
To. 2. edit. Rom. 1737. p. 211 , seqq. , Pontificis nomine respondit Commendonus Nuntius apud Gratianum in ejus vita lib. 3.
cap. 8. p. 282 , Berninum hist. Hæres. To. 4. ad Sæculum XVI.
cap. 9 , & Laderchium To. 3. ad an. 1571. p. 463 , seq. , nempe eo
ipso plane jure a Pontifice id factum , quo Hetruriæ Rector Carolus Andegav. datus fuerat a Clemente IV, quo Wenceslao con-

tra

tra Dyrrachinos Bohemiæ Regnum adfertum, Philippo Hifp. Navarræ Regnum a Julio II. delatum , quo Henricus Lotharingius
Lufitaniæ Rex ab Alexandro III. dictus , quo Poloniæ Ducibus Regium nomen a Johanne XXII. adtributum , quo denique Imperium
a Pontificibus fuerat in Germanos transfufum . Rodulphum II.
quod attinet , cum Schardio nugatur profecto Duderus , dum ab
obfequio diftinguendam obedientiam judicat , Ecclefiamque a
Pontifice ejus Capite : fiquidem utriufque, Capitis , & Corporis
videlicet , indivifa fint jura, obedientiæ fit certe fpecies obfequium , iftudque rite Pontifici abfque illa deferri nequeat . Matthiam obedientiam Paulo V. impendiffe nedum , fed fidelitate præterea fe devinxiffe palam fit ex Pontificis ad ipfum redditis litteris , quibus primas , ut vocant , Preces illi indulgens ex Archivo
Vatic. exhibitis a Fontanino in differt. de prim. Precibus Imp.
§. 50. p. 68 , feq. edit. Friburg. 1706. Matthiam *In fidei finceritate , & devotione Ecclefiæ Romanæ fidelem Advocatum* fe devoviffe , nec non *Humili profeffione Rom. Ecclefiam Matrem , &
Dominam* recognoviffe teftatur. Eidem Paulo V. obedientiam perinde juravit Ferdinandus II: quod haud obfcure indicat Indultum
prim. Precum ipfi a Pontifici conceffum , de quo Johannes Chochier in Comment. ad Regulas Cancell. Confuetum obedientiæ
officium Urbano VIII. per Eggenbergicum Principem Oratorem
reddidit an. 1638. Ferdinandus III. apud Hiobum Ludolphum
Schaubuhne To. 2. p. 617 : quod ipfum liquido docent Pontificis
litteræ primas indulgentes Preces , quibus ipfius electionem confirmat , & ab ipfo fidei , obedientiæque profeffionem , juxta formulam præfcriptam in præcit. litteris Pauli V , fibi oblatam adfirmat apud Fontaninum cit. differt. §. 52. p. 73. Hinc enim mos inductus , ut Imperator electus per Legatos folemniter a Pontifice ,
uno , eodemque tempore , confirmationem expoftulet , fidei facramento obedientiam exhibeat , ac primarum Indultum Precum
exoret . Leopoldus obedientiam quidem per litteras Alexandro VII. pollicitus eft , fed obedientiæ Legatum , ut fumptibus in
bellum impendendis parceret , ne mittere cogeretur , duplici libello a Cardinali de Haffia exhibito rogavit . Sed prudens negavit
Pontifex , ne mos ille facer in defuetudinem abiret , Diploma con

firmationis, donec Legatus mitteretur,neque primarias indulgere
Preces voluit , antequam ejus electionem confirmasset , ut ex litteris Archivi Vatic. liquet a Fontanino descriptis cit.differt. §. 70,
seqq. p. 104, seqq. Josephum I. serio cogitasse de obedientia expresse , Majorum more , Pontifici impendenda , litteras misisse
quin etiam supplices pro indulto primarum Precum impetrando ,
quæ antequam solemni pompa , ut fieri solebat , perficerentur ,
morte suisse illum præreptum , testis est locuples Clemens XI. in
Orat. ad Cardin. die 27. April. 1711. habita de ejus obitu edit.
Rom. 1722. Per litteras, & per Legatum eidem Clementi XI.
Objervantiam, eaque omnia , quæ *Obedientissimum S. Romanæ*
Ecclesiæ filium, *strenuum ejusdem Advocatum*, *& Defensorem*
decent , adimpleturum religiose pollicitus est Carolus VI , veluti
fidem indubiam facit Pontificis Alloquutio Consist. Nugatur vero
more suo Buderus, dum §. 42. Carolum caute , consultoque a
voce obedientiæ abstinuisse observat : qui enim obedientissimum
se despondit filium , obedientiam ab eo abnegatam qui putet, apage illum , apage . Benedicto XIV. denique eodem ritu tam Carolum VII , quam Franciscum I. & obedientiam dependisse , & ab eo
confirmationem electionis depoposcisse sit evidens ex Brevibus ad
utrumque redditis , quibus & primæ utrique Preces indultæ leguntur sub consueta formula *Cum post factum* &c. , ac posteriori
quidem 4.Kal.Decemb.an.1746.Ex quibus a primo ad postremum
adparet mutuis jugiter officiis Pontifices , & Imperatores sibi fo-
vendis invicem , fulciendisque incubuisse , illos beneficiis adau-
gendo , istos grate famulando , atque ita optima Religioni , ac
Reipublicæ , quoad mutua hæc officia permanserunt illæsa , ratione fuisse prospectum .

Atqui me ferme pœnitet , quod ita paullatim extra lineam
mihi præfinitam egressus , a Pontificis spirituali Monarchia , præter voluntatem , ad temporalem delapsus sim , eamque nimiis ,
præter quam opus foret , operique præstituti fines paterentur, sim
persequutus : venia dignus tamen , quod ita delabi a Budero coactus fuerim , vique vim repellendæ opus haud paucis oppido fuerit . Nunc vero a Monarchia Pontificia gradum ad Ecclesiasticam
faciendo Hierarchiam , circa quam propositæ quæstionis caput

ob.

obverfatur alternm , Hierarchiæ porro Ecclefiaſticæ nomine ,
quod origine fua Græcum eſt ἀπὸ τῆς ἱερᾶς ἀρχῆς , duo comprehendi Sacru u Principatum diverſis in Ordinum gradibus diffuſum, &
Sacram Poteſtatem diverſis Officioru n generibus occupatam, verbo , Imperium , & Miniſterium , ac utrumque in fuperiores , infe-
riorefque gradus diſtinctum , poſt S.Paulum Act. Apoſtol. cap. 20.
v. 28. *Attendite vobis* , fic Epifcopos alloquentem , *& Univerſo
Gregi* , *in quo vos Spiritus S. pofuit Epifcopos regere Ecclefiam_
Dei* , quibus Imperium defignatum audis , & 1. Corinth. cap. 4.
v. 1. fic de fe ipfo in gradu fuperiori pofito , aliifque inferioris
gradus Miniſtris loquentem : *Sic nos exiſtimet homo* , *ut Miniſtros Chriſti* , *& Difpenfatores Myſteriorum Dei* , quibus Miniſterium aperte fignificat , concordi docent fententia S. Dionyſius
Areopagita lib. 1. de Hierarch. Ecclef. cap. 1. §. 2. edit. Ven. 1755.
To. 1. p. 162, feq., & cap. 5. §. 5, feq. p. 234, feqq., ibique Georgius Pachymerus , S. Maximus in Scholiis To. 2. p. 52, feq. , 79,
feq., Antiochus Palæſtinus ferm. de Paſtoribus , S. Joh. Chryfo-
ſtomus ferm. de S. Johanne Evang. , S. Leo M. ferm. 48. de Quadrag. 10. edit. Baller., & epiſt. 14. ad Anaſtaſium Theſſal. cap. 4 ,
S. Sophronius Hierofol. epiſt. ad Sergium Conſtantinopolit ,
S. Felix III. epiſt. 5. ad Zenonem Imp., Elias Cretenfis in Orat. 1.
S.Gregorii Nazian. edit. Ven. 1753. To. 2. p. 13, Dionyſius Exi-
guus in verf. Can. 24. Laodiceni &c. , poſt quos de Schola Theologi Hugo Victor. in lib. 4. S. Dionyſii Areop., Guillelmus Parif.
in tract. de Univerfo par. 2. lib. 1. cap. 166, feq., Guillelmus
Antifiod. in Summa Theolog. lib 2. tract. 3. cap. 3, Petrus Lombardus Sent. lib. 1. diſt. 10, S. Thomas 2. Sent. diſt. 9. art. 1 ,
par. 1. q. 108 art. 1, 2. 2. q. 184 art. 6. ad 1, & Opufc. contra
Impug. Relig. cap. 4, S. Bonaventura Centiloq. par. 3. fect. 16 ,
& in Opufc. de Hier. Eccl., Gabriel Biel in 2. diſt. 9. q. 1, Riccardus Mediavill. in 2. diſt. 9. q. 1, & in 4. diſt. 4. q. 3; Petrus Ta-
rantaf. apud Dionyſium Carthuf. in 2. diſt. 9. q. 1, Durandus a
S. Portiano in 2. diſt. 9. q. 1, & in 4. diſt. 24. q. 2, Henricus Gandav. Quodl. 6. q. 23. art. 1, Gerfonius de poteſt Eccl. confid. 9,
& ferm. contra Bullam Mendican. , Henricus Kalteifen in Orat.
de prædic. Verbi Dei adverf. Bohemos , aliique apud Francifcum

Hallier de Hier. Eccl. lib. 1. fect. 1. cap. 2, feqq., & fect. 4. cap. 1,
feqq., Blancum de Polit., & poteſt. Eccl. To. 3. lib. 1. cap. 1. §. 10,
& Mamachium Orig., & Antiq. Chriſt. To. 4, & 5. lib. 4: quibus
adſtipulari non dubitarunt Anglo-Epiſcopales Hammondus in
diſſert. quatuor de Epiſcop., ubi Blondellum , Salmaſium , aliofque Presbyterianos refellendos ſibi ſumpſit, & adverſus Ovvenum
ſubinde defendit Oper. To. 2, Pearſonius Vindic. Ignat. par. 1.
cap. 1., & par. 2. cap. 13. PP, Apoſtol. edit. Cotel., & Cler. To. 2.
p. 333, feqq., & 415, feqq., ubi diffuſe contra Dallæum diſputat , Beveregius in Cod. Canon. primit. Eccleſ. lib. 2. capp. 2 ,
& 11. eodem To. 2. Collect. PP. Apoſt. p. 76, feqq., & 119, feqq.,
ubi idem adverſ. Dallæum argumentum perſequitur, Bruno in Judicio de Auctore Canon., & Conſt. Apoſtol. §. 21. eodem To. 2.
p. 186, feq., Uſſerius in diſſert. de S. Ignatii epiſt. cap. 18. ibid.
p. 246, feq., ubi Bezam, ac Vedelium oppugnat, Dodvvellus diſſert. Cyprian. diſſert. 10. de Ord. Epiſcop., & Presbyt., ubi Blondellum ſufflaminat, Bilſonus de Gubernat. perpet. Eccleſ., Potter
de Gubern. Eccleſ., & Cumberlandus de Ordinat., qui tres Eccleſiaſticæ Hierarchiæ gradus agnoſcere , adſtruereque non detrectarunt , Stackhouſe Theolog. Specul., & pract. To. 4. cap. 5. §. 1.
p. 476, feqq., qui §. 2. p. 472. Nota F. ideo obſervat depravatum
in Bibl. Anglic. locum Actor. Apoſt. cap. 6. v. 3. *Conſiderate vi-*
ros ex vobis &c., quos nos conſtituamus &c., ideſt pro *Nos* poſitum
Vos, atque ita Plebi factam , quæ Apoſtolorum propria dumtaxat
erat , Diaconos conſtituendi poteſtatem . Atqui nullam viciſſim
a Chriſto D. regendæ Chriſtianæ Reipublicæ formam præſcriptam
fuiſſe , Hierarchicæ dignitatis , ac jurisdictionis gradus nullos di-
ſtinctos , nullaſque functiones diſtributas ; ſiquid autem ſupra
Presbyteros in adminiſtranda Eccleſia auctoritatis Epiſcopi ſunt
adepti , id non Divina , ſed humana dumtaxat voluntate conſe-
quutos, e Proteſtantium grege poſt Aerium, de quo S. Epiphanius
hær. 75, Contobabditos e Tritheitarum ſecta, de quibus Nicepho.
rus lib. 18. cap. 49, Richardum Armacanum in Sum. quæſt. Ar-
men. lib. 11. cap. 5, Marſilium Patavin., de quo Pighius Eccl.
Hier. lib. 5, Lutherum ſuum illum Megalandrum , de Captiv. Babyl. cap. de Ordine , Lib. de Clavib. , lib. de abrogata Miſſa privata ;

vata , & in epist. ad Senatum Pragen., ac Calvinu n Instit. lib. 4.
cap. 4. §. 2. sentire , scribereque immanem per errorem non destitere Blondellus in Apolog. pro sent. S. Hieronymi , Salmasius de
Prim. Papæ , & de Fœnore trapez., Vossius in epist. 2. ad Salmasium inserta a Clerico To. 1. PP. Apostol. p. 2, ubi tamen contra
Blondellum sæculo III. demum Episcopos a Presbyteris distinctos
fuisse , iisque prælatos adstruentem pugnat , atque cum Salmasio
jam secundi sæculi initio singularem Episcopatum fuisse supra
Presbyteratum existimat, pugnat vero contra seipsum, qui epist. 1.
ad eumdem Salmasium non agnoscere nequivit jam sæculo I. e Presbyteris unum adpellari consuevisse Episcopum , atque in tot millibus locorum nullum reperiri, in quo ex Presbyteris eodem Episcopi nomine plusquam unus fuerit appellatus, ita Antiochiæ Episcopum neminem dictum, nisi Ignatium , Smyrnæ neminem , præter Polycarpum , Hierapoli solum Papiam &c. , atque demum
Episcopum semper adpellatum Τὸ προεστῶτα τοῦ Πρεσβυτερίου ,
Seldenus in Comment. ad Eutychium Alex., Dallæus de epist. Ignatio adscriptis cap. 13, Matthæus Larroquanus in Observat. ad Vindic. Pearson. p. 298, seqq. , Grotius in epist. ad Hieronymum Bignonium, quæ est 154. ad Gallos die 17. Jun. 1634, contra id, quod
senserat de Imper. Sum. Potest. cap. 11. n. 5, Worstius in Exercit. de Sedibus Episcop. primar., Hulsemannus in tract. de Ministro Consecr., & Ordin. Sacerd., Voigtius in exercit. de Presbytero legitimo Ordinationis ministro , Conringius de Republ. Imp.
exercit. 7 §. 9, seqq., & epist. ad Joachimum Joh. Maderum 6. Ka-
len. Decemb. 1654, Willelmus Moma lib. de Var. condit., & stat.
Ecclesiæ sub triplici œconomia To. 2. lib. 3. cap 10. §. 18, seqq.,
Joh. Franc. Buddeus in dissert. de Orig , & potest. Episcop., Robertus Parkerus de Polit. Eccles. Christ., Joh. Miltonus in tract.
de Regim. Presbyt., Bochartus epist. ad Morlejum cap. 1. de Presb.,
& Episcopatu, Moshemius Instit. hist. Eccl. sect. 1. par. 2. cap. 2.
§. 5, Zieglerus in libro inscripto : Superintendens ad normam
Const. Eccles. Saxon., Tillenus in Not., & animad. ad Bellarmini
lib. 1. de Rom. Pontif. cap. 8, Caldervood in Altari Damasceno ,
sive de Angl. Eccl. Polit. cap. 4. p. 107, seqq., Heideggerus hist.
Papat. period. 1. §. 12, Vitringa de vet. Synag. lib. 2. cap. 2. p. 487,

Span-

Spanhemius Oper. To. 1. p. 632, Ern. Salom. Cyprianus in Hi-
lariis Evangel. p. 45, Bentlejus nomine adscito Phileleutheri Lipf.
tectus in Act. Erud. Lip. 1715. p. 6, Bohemerus Jur. Ecclef. differt. 7. p. 397, feqq., & in Not. ad Fleurii Inftit. Canon. par. 1.
cap. 3. §. 3, Deilingius Mifcell. Sacr. par. 4. exerc. 6, Benzelius
difput. hift. Theolog. de Succeff. Epifcop. Canonica To. 1. p 365,
feqq., Kromayerus de Poteft. Eccleſ. externa par. 1. fect. 2. art. 1.
cap. 2. §. 13. p. 72, feqq., Pfaffius Origin. Juris Eccleſ. cap. 3.
art. 1. de Jure Eccleſ. ab Apostolis condito p. 47, feqq., Abraham
Ruchat Laufanæ Profeſſor differt. 4. inferta novæ ipfius Collectioni Oper. SS. Clementis, Ignatii, & Polycarpi edit. Leidenſ. 1738.
Bibl. Germ. To. 1. par. 2. p. 356, aliique longe plures , quos fu-
fiori perfequi calamo non eſt opus , ad quorumque adhinnire ex
parte errorem non expavere Bodinus , Molinæus, Jannonus lib. 1.
cap. ult. §. 1. cum Grotio fuperioritatem Epifcoporum fupra Pref-
byteros exemplo Synagogæ inductam exiftimans , Galli Auctores
de Ecclefiæ adminift. in communi, ac de Auctoritate fecundi Ordin. In Synodo Diœceſ., a quibus æque longe diftat Gibertus
Jur. Canon. To. 1. in Proleg. par. 1. tit. 19. de forma adminift.
Diœcefia folis Epifcopis fine fecundi Ordinis Paftorum participatione Diœcefes Chrifti D. inftitutione haud gubernandas docens .
Neque hinc procul abludunt five Claudius Fontejus de Antiquo
jure Pœsbyt. in regim. Eccleſ. capp. 7, & 9. fupereminentiam
Epifcopi Presbytero Ethnicorum exemplo inductam adftruens ,
qua ab opinione parum difcat Caldervvood in Alt. Damaſ. cap. 2,
five Grotius in Acta Apoftol. cap. 6, & de Imperio Sum. Poteft.
circa Sacra cap. 11, quæ inde perfuafio Zieglerum de Diacon.
cap. 2. §. 11, Vitringam de Synag. vet. proleg. cap. 3, Kromayerum de Poteft. Eccleſ. proleg. cap. 3. §. 3. &c. inceffit , Limborchio etiam Theolog. Chrift. lib. 7. cap. 4. §. 7. probata eft , qui
tamen Ecclefiis ab Apoftolis Epifcopos Presbyteris gradu aliquo
fuperiores fuiſſe conftitutos , quia tamen immutabilis regiminis
forma præfcripta fuerit , opinatur, Chriftianæ Reipublicæ regendæ formam neque Chrifto D., neque Apoftolis referendam acceptam fore adfirmans , fed totum ejus regimen hominum inftituto ad Synagogæ veteris exemplar fuiſſe conformatum : Epifcopos

pos ideo Presbyteris Jure Divino superiores non esse , Presbyteros æque atque Episcopos Apostolorum esse successores , atque
ex æquo juris amborum esse pascere Dei Ecclesiam , paremque
his , atque illis alios ordinandi auctoritatem inesse . Sed enim
secummet pugnat Grotius , ut qui in Adnot: ad Cassandri consul-
tationem art. 7. ejus probat sententiam , qua ad Ecclesiæ unitatem servandam unius summi Rectoris , qui S. Petro in regimine
Ecclesiæ succederet , ex Christi D. dicto Johan. cap. 13. v. 35. necessitatem adstruit , eique cunctis obediendum adfirmat . Grotio
vero , non qua parte utique Divinam prorsus , & Apostolicam ex-
cludit institutionem , & Episcopi a Presbytero distinctionem , sed
qua dumtaxat ad Judaicæ Synagogæ formam regimen Ecclesiasticum fuisse inductum opinatur , adstipulari non dubitat Bacchinus
de Ecclef. Hier. orig. par. 1. cap. 3, ea & ipse in opinione versatus ,
ut putet Apostolos in fundandis principibus Ecclesiis , minime quidem ad formam Rom. Imperii respexisse , sed potius Judæorum
politiæ se se accommodasse . At enim longe nobiliorem in Ecclesia condenda regiminis formam animo Christum D. prætulisse ,
eamdemque prædocuisse Apostolos (quo plane loci Spanhemium
Oper. To. 2. p 1219, Stillingfleetum Irenici lib. 2. capp. 4, & 6. &c.
haud moror scribentes a Christo D. certam regiminis Ecclesiastici formam haud fuisse præscriptam , neque ab Apostolis eamdem ubique servatam , introductamque , siquidem inde fieret , ut
pejori , quo Synagoga , posita loco fuisset Ecclesia , neque Ecclesia ipsa , si quis bene videt , componi ullo , absque Regiminis specie aliqua , modo potuerit) haud obscure indicat S. Paulus ad
Hebr. cap. 7, ubi e veteri Synagoga in Ecclesiam cum Sacerdotio ,
& Lege translatum Regnum docet. Ex quo S. Epiphanius hær. 29.
id inter alia discriminis Synagogam inter , & Ecclesiam adnotat ,
quod in illa Regnum a Sacerdotio disjunctum esset , in ista vero
utrumque in una persona Christi D. nempe primum , atque in Romano subinde Pontifice copulatum sit : quod non est aliud , quam
quod in priori illa Regimen erat Aristocraticum , in posteriori vero
ista Monarchicum sit. Sed de hac differentia plura Art. 2. Ad hæc
idem Apostolus : ad Corinth. cap. 6. v. 4 litium , quæ inter ipsos
saboriebantur , Judicem constituit Episcopum , qua de re diffuse

Art.

Art.feq., quod judicii genus alioquin apud Judæos ad Synedrium
pertinuiſse ignorat nemo . Aliam igitur Politiæ ſpeciem , Hierarchicam ideſt, ab ea, quæ in veteri Synagoga olim obtinuit, Ariſto-
cratica nempe, Divina inſtitutione tenuiſse Apoſtolos inde fit evidens Quamquam negari prorſus nequit, quin in Sacerdotio veteri,
ac Synedrio Evangelici regiminis quædam præluxerit ſpecies , veluti adparet ex Levit. cap. 10, v. 10, ſeq., ex Deuter. cap. 17. v. 8,
ſeqq., ex 1. Paralip. cap 23. v. 4, ſeqq., ac lib. 2. cap. 17. v. 7, ſeqq.,
quibus in locis Pontifici, Sacerdotibus, ac Levitis docendi Populi, dijudicandique cura , poteſtaſque demandatur ; Junctis Aggæo
cap. 2. v. 12, Malachia cap. a. v. 7, Oſea cap. 4. v. 6, Jeremia
cap. 2. v. 8, Iſaia cap. 28. v. 7, ac etiam Joſepho lib. adv. Appion.
apud Judæos Sacerdotes adpellante Ἐ ποτῆαί Πάντων , *Imperatores
omnium* , Διχεραί ἀμφισβητουμένων , *Judices ambiguorum* , Παλαγαί
τῶν χατεγνωσμένων , *Vindices damnatorum* . Neque repugnant Eccleſiæ ſane Patres tres Ordines Hierarchicos ex analogia veteris
Teſtamenti colligentes , veluti S. Dionyſius Areop. de Hier. Eccl.
cap. 5, S. Hieronymus in epiſt. 85, edit. Martianæi 101. claſ. 7. ad
Evangelum , S. Cyrillus Alex. lib. 13. de adorat., S. Iſidorus Hiſpal. lib. 2. de Offic. cap. 5, ſeqq., & Synodi Aquiſgranenſis Epiſcopi ſub Ludovico Pio lib. 1. cap. 7, ſeqq.

Igitur Divina inſtitutione duobus Eccleſiaſticam Hierarchiam conſtare Ordine , & Officio , atque Ordinem quidem ex
Epiſcopis , Presbyteris, ac Diaconis fuiſse conſtitutum, Officium
vero Juriſdictionis exercitio, Evangelii prædicatione, & Sacramentorum adminiſtratione perfici , atque Diaconis, Presbyteriſ-
que gradu ſuperiorem Epiſcopum eſse , dogma Catholicum eſt ▱
S. Paulo Actor. cap. 20. verſ. 28, epiſt. 2. ad Theſsal. cap. 3. v. 14,
ad Timoth. 1. capp 1, & 3, ad Tit. cap. 1. v. 5, ſeqq., ad Hebr. cap. 13.
v. 17, a S. Johanne Apocalyp. cap. 1. v. 11. &c. traditum , cujus
adſertores , ac vindices ſe præſtant jugi traditione SS. Patres ,
quorum primo ſuccurrit loco S. Clemens Romanus P. M. Hic in
epiſt. ad Corinth. de Presbyteris ita mentionem ingerit , ut eos
tamen dignitate , poteſtateque diſtinguat ab Epiſcopis , hiſque
inferiores faciat , ſic enim n. 1. eis in memoriam revocat , quod
ipſi

ipsi fuerint olim ὑποτασσόμενοι τοῖσ ἡγουμένοις ὑμῶν, καὶ τιμὴντῶν καθέζουσαι ἀποτίμοιστις τοῖς παρ᾽ ὑμῖν Πρεσβυτέροις, *Subditi Præpositis vestris*, & *honorem debitum Senioribus vestris tribuentes*; quorum simillima repetit n. 21, *Præpositos nostros*, inquiens, *revereamur*, *Seniores nostros honoremus* &c., & n. 40. de Ecclesiasticis officiis lege Divina sancitis loquens sic habet: Τῷ γὰρ ἀρχιερεῖ ἰδίαι χειτουργίαι δεδομέναι υἱοι, καὶ τοῖς ἱερεῦσιν ἴδιος ὁ τοπός Προστέτακται, καὶ Λευίταις ἰδίαι Διακονίαι ἐπίκεινται, *Summo quippe Sacerdoti sua munia tributa sunt*, & *Sacerdotibus locus proprius assignatus est*, & *Levitis sua ministeria incumbunt*. Quibus quid illustrius ad tres in Ecclesia Divina institutione gradus Hierarchicos inductos ostendendos ? Quæso vero, quid aliud, quam Episcopos præseferunt nomina Præpositorum, summique Sacerdotis, quos loco supra Presbyteros eminentiori positos, distinctaque adsignata officia conspicis ? Nec officit sane, quod n. 42. ab Apostolis Episcopos, ac Diaconos constitutos perhibeat, de Presbyteris alte sileat : nam tum super. n. 1, 21, & 40. diserte Presbyteros ab Episcopis distinxerat, tum seq. n. 41. cum Corinthiis acerbe expostulat, quod ab his temere dejecti Presbyteri fuissent, qui ab Apostolis fuerant ordinati. Ideo vero sortassis Episcopos dumtaxat, & Diaconos ibi recensuit, quod de his dumtaxat habeat Isajæ locus cap. 60. v. 17. ab ipso prolatus : *Constituam Episcopos eorum in Justitia*, & *Diaconos eorum in fide*. Deinde fortassis etiam τὸ ἄρχοντας mutavit noster in τὸ Διακόσιος, ideo quod ad Christi D. inspexerit dictum Matth. cap. 20. v. 25: *Qui voluerit inter vos major fieri*, *sit vester Διάκονος Minister*; idcit appellative pro functionis Ministro nomen accepit, quomodo S. Paulus ad Colos. cap. 1. v. 23. Evangelii se Ministrum, & Apostolatum suum Ministerium adpellat: quin etiam Magistratus Civilis Dei Διάκονος *Dei Minister* ab ipso vocatur ad Rom. cap. 13. v. 4: quo etiam sensu in epistola Ecclesiæ Lugd., & Vien. ad Eccles. Asiæ apud Eusebium lib. 5. hist. Eccl. cap. 1. S. Pothinus Lugdun. Episcopus *Episcopatus ministerio* fungi dictus est, & S. Joh. Chrysostomus hom. 1. in epist. ad Philip. Episcopos Diaconorum nomine aliquando designatos etiam observat : quo plane nomine Presbyteros,

& Episcopos venisse, non secus atque promiscue nomine Presbyteri venisse quoque Episcopos, adparet Act. cap. 6. v. 4, 1. Corinth. cap. 3. v. 5, 2. Corinth. cap. 3. v. 6, Colos. cap. 4. v. 7,
& 17, ac 1. Thessal. cap. 3. v. 2, docentque Hilarius Diac. in epist.
ad Philip. cap. 1. v. 1, S. Hieronymus in epist. ad Philom., & ad
Rom. cap. 12. v. 7, ac Theodoretus in cap. 1. ad Philipp., ubi notat tempore Apostolorum tres fuisse gradus in Ecclesia, Diaconos,
Presbyteros, qui Episcopi etiam dicerentur, & Episcopos proprie,
qui tum dicebantur Apostoli. Confer Cotelerium in epist. S. Clementis Not. 11. p. 171, seq., Coutantium in Not. ad eamdem
p. 29, Beveregium Cod. Can. prim. Eccl. lib. 2. cap. 13. n. 10, &
Pearsonium Vind. Ignat. par. 2. cap. 13, ubi tamen ostendit Sæculo II. a Scriptore nullo amplius Presbyteros Episcopi nomine nuncupatos, ac viceversa; quin imo sub Apostolis ipsis distinctos
Episcopos, ac Presbyteros largitur Vedelius exercit. 8. in epist.
S. Clementis cap. 3. Jungendæ Constitutiones Apost., si tamen earum germanus ipse auctor est, lib. 2. cap. 17, ubi Episcopus cum Magistratu, ac Judice comparatur, cap. 18, seq., ubi Episcopo ligandi, solvendique potestas Divinitus tradita dicitur, cap. 25, seq.,
ubi ex tribus hisce gradibus Hierarchia Ecclesiastica constatur,
ita tamen, ut Diacono, ac Presbytero superior adstruatur Episcopus, qui Princeps, Dux, Rex, ac Dynasta nuncupatur, & capp.
47, ac 57, ubi Episcopi esse sententiam e Tribunali ferre, ferenti
Presbyteri, & Diaconi adsistere traditur; lib. 6. cap. 17, ubi de
tribus hisce Ordinibus iterum loquitur, quibus conjugii usum interdictum adfirmat; lib. 7. cap. 31, ubi denuo de Episcopis, Presbyteris, & Diaconis sermo recurrit; & lib. 8. cap. 28, ubi ab Episcopo ordinari Presbyterum, ac deponi docet, & cap. 46, ubi Episcopos, Presbyteros, & Diaconos nomine, dignitate, efficioque
differre explicitissime repetit, atque Episcopi esse ait Τα της
ἀρχιερατώνης, quæ ad Pontificatum, Presbyteri τα της ἱερωσύνης,
quæ ad Sacerdotium, & Diaconi τα της προς ἀμφοτέρους διακονίας,
quæ ad Ministeria utrisque impendenda pertinent. Concordant
Apostol. Canones 35, & 40. vers. Dionysii Exigui, quibus supra
Diaconos, ac Presbyteros Episcoporum dignitas, ac potestas ex-
tol-

tollitur, quosque videm,ut a Dallæi obtrectationibus vindicet Beveregius in Cod. Can. primit. Ecclef. lib. 2. cap. 13. Tergemini hujusce gradus Hierarchici mentio frequens occurrit apud S. Ignatium Martyrem, ita tamen, ut fastigio, præ Diacono, ac Presbytero, superiori positus Episcopus semper adpareat. Præter ea namque, quæ passim habet de Presbyteris, & Diaconis, ac præterquam in germana ad Epheſios epiſtola n. 3, ſeq. Episcopos Jeſu Chriſti ſententia in Eccleſia definitos, Ὅϱε ϛῶντες ἐν Ἰησοῦ χϱιςῷ γνώμῃ, quibus ſane verbis magnam ineſſe vim agnovit Kromayerus in Comment. Theolog. de Poteſt. Eccl. par.1.ſect 2. art.1: cap.2.§.13.p.73,in Episcoporum ideo ſententiam·fideles concurre re oportere ſcripſit, in epiſt.ad Magneſ.n.6 de ſingulorum gradibus agens Episcopum ait præſidere Dei loco, Presbyteros loco Senatus Apoſtolici, & Diaconos miniſterium peragere : πϱοκαθημένου τοῦ Επισκόπου εἰς τόπον θεοῦ, καί τῶν πρεσβυτέρων εἰς τόπον συνεδρίου τῶν Ἀποςόλων, καί τῶν διακόνων πεπιςυμένων διακονίαν &c. Eadem ferme repetit in epiſt. ad Trallian. n. 3, & in epiſt.ad Philadelph., poſtquam abſque Episcopo nihil agendum inculcaſſet, num. 9. de Presbyteris loquens, iis κρᾶσσον ὁ ἀρχιερεύς, Præſtantius, in. quit, quid eſt Summus Pontifex, Legatos vero ex Aſiæ finitimis Urbibus ad ſe miſſos Episcopos, Presbyteros, ac Diaconos ſubjungit, a quibus S. Martyri honor quoque delatus in ejus vetuſtiſſimis Actis memoratur. Quorſum vero ſpectat egregia illa Episcopi ſpecies, quam toties e Chriſto D., ejuſque Patre exprimit præ. ſertim in epiſtola ad Smyrn. n. 8, decerpta etiam a S. Johanne Damaſc. Parall. lib. 2. cap. 25 Πάντες τῷ ἐπισκόπῳ ἀκολουθεῖτε, ὡς Ἰησοῦς κριςὸς τῷ Πατρί &c., Omnes Episcopum ſequimini, ut Jeſus Chriſtus Patrem, honore quoque habendos ſubjungens Presbyterium, ut Apoſtolos, & Diaconos, ut Dei mandatum &c., niſi quia ſicut in Deo Patre omnis, velut in fonte reſidet, quæ Chriſto D. po. teſtas data eſt, ſic in Episcopo juriſdictionis manet plenitudo in ceteros inde profluxura Miniſtros ? Unde ſubdit abſque Episcopo, ſicuti nec abſque Chriſto D, Ecclefiam conſtare nequire, nec abſ- que Episcopo aut Baptiſmum conferre, aut Euchariſtiam confi- cere fas eſſe : quibus videm, ut rei Eccleſiaſticæ ſummam unum

penes Episcopum positam declaret! Eidem inhærens doctrinæ
S. Justinus in Apolog. 1. n. 67. p. 83, seq. edit. Paris. 1742. de
Christianis Cœtibus, Sacrisque Synaxibus differens actionem
omnem sub uno προεστῶτι Præside fieri, ac dirigi ait, per eum Populum edoceri, Sacramenta ab eo impartiri, & apud eum pecunias
seponi in pauperes, orphanos, ac viduas erogandas : quid vero,
rogo, Præsidis nomine S. Justino venit, nisi Episcopus, ideo Presbytero ipsius sententia superior ? Quo plane titulo Præsidentis de-
signatus itidem a Tertulliano de Corona Milit. Episcopus, aliisque legitur.

Siqua vero Scriptori de Eccl. Hierar. sub illustri S. Dionysii
Areop. nomine, cujusque auctorem facere Synesium somniavit
la Croze hist. Æthiop. p. 10, seqq., insit auctoritas, definita res
ab eo æstimari debet. Nam cap. 5. §. 3. seqq. To. 1. p. 233, seqq.
edit. Ven. 1755. in tres ordines distincta Hierarchia, tria distribuit officia, ac Diaconis purgandi, Presbyteris illuminandi, Episcopis perficiendi munus, potestatemque adsignat, ita tamen, ut
prius ab Episcopo impositione manuum initiandi Presbyteri sint,
ab eoque Chrisma accipere consecratum oporteat, ut illuminandi officio rite defungi queant. Quæ sane Presbyteri Episcopo obnoxiam potestatem liquido ostendunt. Atque ita locum illum accipere, illustrareque non hæsit Simeon Thessalon. de Sacr. Ordin.
cap. 1. Junge cap. 3. §. 3. p. 35, seq., quo loci a Hierarchis jurisdictionem in fideles quoslibet pro modo, pro tempore, pro dignitate exerceri scribit, & confer S. Maximum in schol. ad cap. 5.
To. 2. §. 4, seqq. p. 79, seq. Tam vero antiquus, ac verax, quam
liquidus, & idoneus testis accedit S. Irenæus, ut ei tuto fides adhiberi debeat, & queat. Is ergo lib. 3. adv. Hær. cap. 3. potiori
non altero Hæreticorum jugulum petendum jaculo, quo perinde
felici usos liquet successu Tertullianum de Præscrip. cap. 32. S. Cyprianum lib. 1. epist. 6, S. Optatum lib. 2. p. 48. edit. Albaspin.,
S. Epiphanium Hær. 27, & S. Augustinum in Psal. adv. partem
Donati, duxit, quam ex continuata ab Apostolorum ætate Episcoporum in Ecclesia successione, ejusdem Ecclesiæ veritatem, & unitatem ostendere : quod argumenti genus repetens lib. 4. cap. 26.
hoc de Episcopali dignitate, potestateque, desumptum ex Isaiæ
                                                        cap. 60.

cap. 60. v. 17. verf. LXX. epiphonema adjungit : *Et dabo Princi-*
pes tuos in pace, & Episcopos tuos in justitia. At enim locum Actor.
cap. 20. v. 28. explicans lib. 3. cap. 14. Episcopos distinctim, ac
Presbyteros ab Epheso, ac proximis Urbibus accersitos diserte
adfirmat, sic Græcam πρεσβυτέρος ibid. v. 17. vocem, quam *Ma-*
jores natu reddidit Vulgatus Interpres, recte interpretatus. Igitur
persuasum ipsi erat nomine, gradu, ordineque a Presbyteris distinctos Episcopos esse. Confer Massuetium in Not. ad hunc locum
To. 1. p. 201. edit. Ven. 1734. Jungendæ Ecclesiæ Lugd., & Vien.
epistolæ ad Asiæ, Phrygiæque Ecclesias, & ad S. Eleutherum P. M.
apud Eusebium lib. 5 cap. 1, & 4, quibus S. Pothinus tum Lugdunensis Episcopus diserte a S. Irenæo tum adhuc Presbytero dis-
tinguitur, & S. Eleutherus *Pater*, S. Irenæus vero *Frater* adpellatur. Compara Pearsonium in Vindic. Ignat. par. 2. cap. 13. quo
loci Blondellum, ac Salmasium valide sufflaminat. Hierarchicos
juxta tres istos Ordines totidem Divina institutione distributa in
Ecclesia officia docet etiam Clemens Alexandrinus Pædagogi lib.
3. cap. 12. p. 309. edit. Potteri Ven. 1757. To. 1, ubi de præceptis loquens, alia *Presbyteris*, alia *Episcopis*, alia *Diaconis* a Deo
data perhibet, & Stromat. lib. 6. cap. 13. To. 2. p. 793. ad An-
gelicæ Hierarchiæ imitationem Ecclesiasticam ex Episcopis, Presbyteris, & Diaconis, ita quod ex postremo fiat gradus ad primum,
sive ut loquitur, προκοπάς *Progressiones*, fuisse institutam arbitratur. Tres pariter istos supra Populum elevatos Ordines passim
memorat Tertullianus lib. de Præscrip. cap. 32, ubi Hæreticos
provocans ad suarum originem sectarum ostendendam, ipse vicissim de solis dicendi ordinem sumit Episcopis, quorum succes-
nem ad Apostolos retrotrahit ; & cap. 41. tres inter Ordines istos
liquido distinguit : *Alius*, inquiens apud hæreticos, *hodie Episco-*
pus, cras alius, hodie Diaconus, qui cras Lector, hodie Presbyter,
qui cras Laicus. Ipsius sententia itaque a Presbytero gradu distin-
ctus est, ac superior Episcopus, quem ideo *Præsidentis* nomine
compellat lib. de Coron. Milit. cap. 3, ubi videndus Pamelius,
Summique Sacerdotis lib. de Baptis. cap. 17 ; cujus absque auctoritate Baptismum conferre neque Diacono, neque Presbytero fas
esse docet. Quo propterea loco dimetiendum alterum lib. de Ex-
                                                          hort.

hort. Caftit. cap. 7. monet ibid. Rigaltius. Ex altero cap ite Ϝpil-
copi *supra* Presbyterum adfurgit dignitas , ex poteftate nempe
ligandi, atque folvendi Divinitus accepta, de qua fcribens S.Dio-
nyfius Alex, in epifc. ad Fabium Antioch. apud Eufebium hift.
Ecclef. lib. 6. cap.32. verf. Ruff. Epifcoporum effe docet de Lapfis
judicium ferre , pœnitentiæ locu n ipfis facere , eaque functos in
Ecclefiam recipere.Quod ipfum fcripfit Auctor Conft. Apoft.lib.2.
cap.18, Clerus Roman. epift. 31. ad S.Cypr.,ipfe S.Cyprianus ad
Lapfos, alibique paffim , S. Johan. Chryfoftomus hom. 3. in epift.
ad Colof. poteftatem inde fingularem colligens Epifcopi , & lib.
3. de Sacerd. *Cæleftem* illam vocans , ac *Divinam* Caffianus de Incarn. lib. 3. cap. 14; documentoque funt inter alias Synodi Nic æ-
na Can. 5 , 12, &c. , Ancyrana Can. 2, 7, &c. , Laodicena Can.
19 , &c. , Arelatenfis Can.7, &c. Confer & epiftolam Synodi Antiochenæ ad S. Dionyfium Papam adv. Paulum Samof. apud Eufebium hift. Ecclef. lib. 7. cap. 16, ubi de tribus hifce gradibus,
veluti de re omnino diverfa , fit mentio . Clementi Alex, confen-
taneus ejus difcipulus Origenes lib. de Orat. n. 28. To. 1. Oper.
edit. Parif. 1733. p. 253. de debitis agens , quorum in Oratione
Dominica mentio fit,poftquam de generalibus differuiffet officiis ,
hæc diftincte tergemino Hierarchiæ Ecclefiafticæ Ordini debita
incumbere fubdit : *Debitum* Ὁ φηλὶ *aliud Diaconi , aliud Presbyteri , & aliud fane* βαπτατη *graviffimum Epifcopi* . Cujus poteftatem , & Curiam cum Magiftratus Civilis , five Præfidis , in
Urbis regimine , Curia , poteftateque conferre non dubitat lib. 3.
contra Celfum n.30. p.466 : quò pertinere locum etiam Au ᴛoris
Conftit. Apoftol. lib. 2. cap. 49 , feq. , ubi de judiciis Ecclefiafticis ab Epifcopo finiendis fermo fit , adnotat ibid. Spencerus . D e
Correptionis , & Excommunicationis jure loquens hom.7. in Jofve n. 6. To. 2. p. 413 ; feq. , de quo S. Paulus 1. Timoth. 5 , 20 ,
& 1. Corinth. 5,5, & 13 , id præftare ad Epifcopos , quos a Diaconis , & Presbyteris diftinguit etiam hom. 2. in Num. p. 278 ,
quofque *Præfides , & Paftores* vocat , liquido docet , repetitque
hom. 1. in Pfal. 37. p. 680 , feqq. Diverfas Epifcopi , Presbyteri , & Diaconi ordinationes ftatuit lib.2. in Cant. To. 3. p 48 ,
& ab Epifcopo , utpote qui *Ecclefiæ* arcem tenet , omni pro Ecclefia

clefia rationem fore reddendam , a Diacono quoque , fed plus a
Presbytero adfirmat hom. 11. in Jerem. p. 189: quorum fimilia
habet hom. 13 , & 35. in Luc. p. 947 , & 973 , atque a Presbytero gradu Diaconum iterum diftinguit hom. 10. in Ezech. p. 391.
Sed enim clarius mentem aperit fuam in Commen. ad S. Matth. ,
ubi To. 12. p. 531. ligandi , folvendique poteftatem Apoftolis factam in Epifcopos derivari perhibet ; To. 14. n. 22. p. 646. tres inter hos Ordines diftinctionem liquido ponit ; To. 16. p. 723. Epifcopum *Principem* denominat , & p. 753. ad Epifcopum bonorum
Ecclefiæ difpenfationem pertinere , idque per fe , aliquando per
Presbyteros , frequentius per Diaconos præftari docet , juxta
Apoft. Act. 6 , 1 , feqq. , ac 1. Timoth. 3 , 8 , ipfeque fcripferat
in Matth. To. 11. p. 490 , feq. , ubi videndus Huetius , atque
Epifcopo judicanti adftare Presbyteros , & Diaconos in more pofitum addit , juxta quod pridem fcripferat etiam S. Ignatius in
epift. ad Trall. , & ad Smyrn. , ac ipfe repetit lib. 2. in epift. ad
Rom. Confer ibid. Huetium in Not. , ac Pearfonium in Vind.
Ignat. par. 1. cap. 11 , ubi Blondellum , ac Salmafium Origenem
aliorfum intorquentes refellit . Neque defiderari S. Cypriani luculentius , illuftriufque licet teftimonium , apud quem præterquam nihil Presbyteris, Diaconifque frequentius occurrit , Epifcopi dignitatem , atque poteftatem nec uno in loco , nec uno modo fuper utrofque effert . Ecclefiæ unitatem ergo in unitate Epifcopatus per Orbem diffufi folidatam oftendit, atque ab Epifcopis
maxime tuendam, ut qui Ecclefiæ præfident , lib. de Unit. Ecclef.
edit. Felli Amftel. 1700. p. 78 , quæ repetit epift. 55 , & 56 , Pamel. 52 , & 53. Ecclefiæ unitatem ideo fcindi ab eo fubjungit ,
qui Epifcopo a Deo conftituto, Apoftolorum loco fuffecto, ac Judicem vice Chrifti D. agenti non obtemperet epift. 3 , 43 , 52, 59 ,
66. &c. , Pamel. 40, 49 , 55 , 65 , 69. &c. , ubi videndus Rigaltius in Not. In Ecclefia Apoftolos effe Epifcopos , five eis velut
ex affe fucceffiffe, & Apoftolorum vice defungi epift. 3 , & 45 , Pamel. 42, & 65, Ecclefiæque Præpofitos effe , ac Præfides epift. 72,
& 81, Pamel. 83: quo etiam nomine olim defignatos Epifcopos liquet a Tertulliano de Cor. Milit. cap. 3 , & Apolog. cap. 37 , a
S. Gregorio Nyffeno epift. de profef. Chrift. , a S. Bafilio hom. in
Pfal. 28.

Ad alios properando modo Patres, S. Hilario Pict. Episcopi nomine Ecclesiæ Præpositus, ac Princeps venisse in Matth. cap. 27. n. 1, & de Trinit. lib. 8. n. 1. non dubium est. *In Episcopo*, inquit Hilarus Diacon. in epist. ad Ephesios cap. 3. inter Opera S. Ambrosii To. 5. edit. Basil. 1555. p. 354, seq., *omnes Ordines sunt, quia primus Sacerdos est, hoc est Princeps est Sacerdotum, & Propheta, & Evangelista, & cetera adimplenda officia Ecclesiæ in ministerio fidelium.* Ita nempe in Episcopo, ceu Principe, Ecclesiæ coadunata officia omnia docens, quæ a Deo ad Ecclesiæ gubernationem inducta scripsit Apostolus 1. Corinth. cap. 12. v. 28, eorum in partem admissos deinde Presbyteros, Diaconosque subjungens, ita tamen, ut iis Baptismum conferre, Evangelium prædicare, Scripturas explanare absque Episcopi auctoritate non fas esset. Cui dicto conformis est utique mos ille, de quo S. Justinus in Apolog. 1. n. 67. p. 83, quemque servatum in Ecclesiis Alexandrina, veluti de Pantæno, Clemente, Origene, Heracla &c. tradit Eusebius lib. 6. cap. 26, in Antiochena, ceu de S. Joh. Chrysostomo loquuntur ipsius homiliæ ad Popul., in Hyp. ponensi, sicuti de S. Augustino testatur Possilius cap. 5, & in Ecclesiis Cappadociæ, & Cypri refert Socrates lib. 5. cap. 22, ut in diebus Sabbati, ac Dominicæ sub Vesperas Presbyteri coram Episcopis Scripturas interpretarentur. Quid vero, quod in 1. Timoth. cap. 3. p. 402. primum Episcopum Presbytero, atque hunc ab illo, a superiori inferiorem ordinandum adfirmat? At longe nobiliori officio, & nomine cohonestandos Episcopos duxit S. Pacianus Barcin. epist. 3, quod & sibi sumere minime ambegit: *Nos*, inquiens, *Episcopi, quia Apostolorum nomen accepimus, & Christi appellatione signamur &c.* Quæ Presbyteris, quis, obsecro, perinde tribuere haud vereatur? Et Diaconi, & Presbyteri, sed Episcopi potissimum negligentiæ, siqua Fidelium anima Populo de Christiano peribit, deputare non dubitat S. Ephræm O. pusc. de Interrog., & respons. par. 1, & in Serm. Parænet. de 2. adventu D. S. Ephræmi igitur sententia ex tribus Ecclesiastica Hierarchia gradibus constata est, quorum primum Episcopus occupat. Adeo vero aperta mens est S. Optati Milevit., ut de ea dubitandi vel leviter non sit locus: nam lib. 1. advers. Parm. edit.

Albaſpin. p. 39. de tribus Hierarchiæ ordinibus loquens *Diaconos in tertio*, *Presbyteros in secundo* poſitos ait , in primo vero ſummo faſtigio Sacerdotii locat Episcopos : *Ipsi Apices*, *& Principes omnium Epiſcopi* . Conſerendus etiam lib. 2. p. 39 , quo loci Donatiſtis ſuccenſet , quod neſaria ſubverſione ex Diaconis , Presbyteris , & Epiſcopis feciſſent Laicos. S. Ambroſius de Offic. lib. 2. cap. 24 , ſeq. Episcopu judicium de Sacerdotibus ferendi jus tribuit juxta illud, ut mihi videtur, S. Pauli I. ad Timoth. cap. 5 , v. 19. *Adversus Presbyterum accuſationem noli recipere*, *niſi ſub duobus*, *aut tribus teſtibus*: quod Presbyteros ſane Episcopi tribunali obnoxios oſtendit , eoſque ad Eccleſiæ miniſteria pro aptitudine deputandi . Quod non eſt aliud , quam Episcopo inferiores Presbyteros eſse . Ad eumdem ſcr. bens epiſt. 55. S. Baſilius Episcopatum Τὴν προσδρίαν τῶν Ἀποςόλων *Præſidatum Apoſtolorum* nuncupare non dubitavit; qui præterea in Anaphora ex verſ. Maſii ad Clementem Alex. Strom. lib. 6. cap. 13 , de quo ſupra , reſpexiſse videtur , dum egregiam cum tribus Angelicis Eccleſiaſticæ Hierarchiæ comparationem inſtituiſse legitur: quibus etiam de tribus Ordinibus dicere non omiſit S. Cyrillus Hieroſolym. Catech. 16. At enim primus , qui de Aerio palmam tulit, S. Epiphanius Hær. 75. eo ineluctabili mom ento eam exploſit hæreſim ex diſcrimine Episcopi , & Presbyteri ducto , in eoque poſito , quod Presbyter filios quidem Eccleſiæ per Baptiſmum generet , Episcopus vero Patres etiam per Ordinationem . Atque hoc perinde diſcrimen præfert Angelorum nomen , ſub quo Episcopos intelligi , de quibus S. Johannes loquitur Apocalyp. cap. 2 , idem jubet Hær. 25. Quo item ſenſu accepiſſe leguntur Hilarus Diac. In 1. Corinth. cap. 11. v. 10. To. 5. Oper. S. Ambroſii p. 274 , S. Optatus lib. 2. p. 50 , & S. Auguſtinus epiſt. 162 ; accipiendoſque docent V. Beda , Rupertus , Riccardus Victor. , Lyranus , Hugo Vict. &c. , atque ultro , citroque largiuntur Grotius in Voto pro Pace contra Rivetum art. 7 , Uſſerius Opuſc. de Episcop. , & Metropolit. Orig. p. 4 , Hammondus diſſert. 2. cap. 4 , Pearſonius in Vindic. Ignat. par. 2. cap. 11, Chriſtophorus Cellarius diſſert. 7. Eccleſ. Aſiæ , Raynoldus in Collat. cum Harto cap. 8. diviſ. 3, &c. Falli vero Salmaſium diſſert. de Episcop. , & Presbyt. p. 183, ſeq.,

dum Andream Cæsareeusem docere ait per Angelos designari
ipsasmet Auæ Ecclesias, ostendit Usserius dissert. de S. Ignatii
epist. cap. 18. ideo, quod apud Andream Cæsar. expositio iste
nuspiam compareat, & Apocalyp. cap. 2. diserte ab Ecclesiis Angeli distinguantur; quin etiam Hammondus loco cit. ex Andrea
Cæsar. oppositum ostendit, ab eo nempe pro Angelis intellectos
Ephoros, idest. *Inspectores*, sive Episcopos, Jacob. Fridericus Hol-
lenhagen de Sept. Ecclef. Asiæ Thesauri Theolog. Philolog. edit.
Lugd. Batav. To. 2 p. 1033. §. 26, ubi Aretham Cappad. Angeli nomine Ecclesiam exponentem tropice loquutum, quo Populo tribuitur id, quod Præsidis est, rite observat, locumque
S. Johannis accipiendum de Episcopis confirmat ex Malach. cap.
2. v. 7. Eodem cum S. Basilio ibat gradu S. Gregorius Nazian.,
qui Orat. 1. n. 8. pulcherrima ex corpore desumpta similitudine
docet, velut in humano corpore membrum aliud præest, aliud su-
best, ita in Ecclesia, Dei institutione, alios esse, qui *pascantur*,
& *pareant*; alios *Pastores*, *ac Magistros*, qui pascant, & imperent; & Orat. 20. n. 30. e gradu Presbyteri ad Episcopalis Ca-
thedræ *Principatum* ascendisse S. Basilium memorat: in quem
comparandus Elias Cretensis ad Orat. 1. n. 8, & 12, ubi Ecclesiasticam cum Cælesti Hierarchiam confert, gradusque in utraque
superiores, atque inferiores distinguit. Frustra vero in partes
rapere S. Joh. Chrysostomum Protestantes adnituntur, a quorum
errore tam immaniter absuit, quam explicitissima de Episcopo
supra Presbyterum dignitate, potestateque superiori ipsius sententia est cum hom. 11. in epist. ad Philipp., ubi Episcopos *Manuum impositione Superiores esse, & excellere Presbyteros* diserte
statuit, cum hom. 5. in epist. 1. ad Timoth., ubi denuo impositionem manuum ita propriam Episcopi facit, ut nulli prorsus alteri
competat, eamque vocat πᾶσαν μάλιϛα κυρίωτατον *Potestatem ordinandi omnium supremam*. In eamdem ideo epist. ad Timoth.
hom. 11. hanc, cur a S. Paulo de Episcopis, & Diaconis loquen-
te, silentio prætermissi fuerint Presbyteri, causam reddens, id
factum ideo subjungit, quod a Presbyteris sola ordinandi potestate differant Episcopi. De trifaria hac in Ecclesia Ordinum di-
stributione loquitur sæpius S. Augustinus de Morib. Ecclef. cap.

32, epist. 148, in Psal. 44, hom. 7. inter 50, &c., ita tamen, ut supra duos reliquos Episcopatum diserte collocet epist. 162, ut Episcopatu Apostolicam perennari successionem, propagarique non dubitet epist. 42, ac 166, & ab Episcopis Apostolatus munus peragi epist. 256. adseveret.

Videndum nunc, ut se habeat S. Hieronymus, quem sui participem erroris agere pedibus, manibusque Presbyteriani conantur. Ast is in cap. 3, 5, & 60. Isajæ Episcopos *Ecclesiæ Principes* inscribere, sicuti etiam in Psal. 44, & in epist. 1. ad Tit. non dubitat. Ecclesiam in tribus Ordinibus consistere invicem distinctis semel, iterumque docet in cap. 7. Micheæ, & lib. 1. adv. Jovin. Ab Apostolis per singulas Provincias Episcopos, & Presbyteros ordinatos adnotat in Matth. cap. 23. Cum Rege Episcopum confert in Epitaph. Nepot., atque Episcopi *Sacerdotum inferiores gradus* memorat in Epitaph. Paulæ. Distinctius ex duplici capite Episcopi potestatem supra Presbyterum evehit, qua ex Spiritus S., & Sacerdotii abundantia ipsi soli collata, solus fidelibus perfectionem Baptismi per Confirmationem adjicere pot st: *In Ecclesia* inquiens, *baptizatus, nisi per manus Episcopi, non accipit Spiritum S.* lib. adv. Lucif.; & qua solus sacris Sacerdotii Ministris per Ordinationem congruas partes admetiri potest: *Quid enim*, inquiens ea ipsa in epistola olim 85, nunc in edit. Marcianæi 101. non ad Evagrium, ut vulgo legi solet, sed ad Evangelum, in qua vim maximam adversarii faciunt, *Quid enim*, inquam, *facit, excepta Ordinatione, Episcopus, quod non faciat Presbyter?* Tam vero Divinæ institutionis siquidem Baptismus sit, quam sint Confirmatio, & Ordinatio, sequitur inde sententia S. Hieronymi, ut Episcopus Divina pariter institutione sit Presbytero superior. Qua perinde ratione a Presbytero distinctum Episcopum audivimus ab Hilaro Diac. in epist. 1. Timoth. cap. 3, a S. Epiphanio hær. 75. Aerii explosam hæresim, a S. Joh. Chrysostomo hom. 11. in epist. ad Philip. Episcopi dignitatem supra Presbyteros elevatam, a Synodo Alexandrina Ischyram Presbyterum ideo repulsum refert S. Athanasius in Apolog 2, quod a Colutho Presbytero illegitime ordinatus, ordinare ipse Presbyteros nequiret, & a Synodo Hispalensi II. cap. 5. gradu detrusi leguntur, qui a Presby-

tero

tero quodam manuum impositionem perceperant. Ancyranum
porro Canonem 12, quo Presbyteri ordinatio, absque licentia
Episcopi prohibetur, ex quove Salmasius arguendi olim id facil-
tatum ansam frustra arripuit, ideoque a Presbyteris æque peragi, atque ab Episcopis, Ordinationes adfirmandi, capiendum de
Chorepiscopis admonent Ferrandus Diac. in Brev. n.79, Cresconius in Collect. n.96, concordantque Canones Neocæsareensis 13,
Antiochenus 10. apud Johannem Antiochenum tit. 21, & Capitulare Aquisgranense cap. 9. apud Sirmondum Concil. Gall. To.
2. p. 134, qua de re Hallier de facr. Ordin. p.2. sect. 5. cap. 1.
art. 2. §. 1, Petavius in S. Epiphanium hær. 69. p. 277, & de
Hier. Ecclef. lib. 2. cap. 11. n.5, & cap. 12, P. Zacharias Hist.
litter. Ital. To. 3. p 100, ac recolenda, si placet, nobis dicta
Vindic. Par. 2. art. 8. §. 1. p. 321, feqq. Tam vero Baptismum,
quam Ordinationem Sacramenta esse a Christo D. instituta cum
S. Paulo 2. Timoth. cap. 1. v 6 docent S. Ambrosius de Sacerd.
dignit. cap.5, S. Joh. Chrysostomus de Sacerd. lib.3. p.15, S. Augustinus lib. 2. contra epist. Parmen. cap.13, aliique, de quibus
ad Scholas. Ad S. Hieronymum reflectendo, eadem in epist. ad
Evangelum ex veteri Testamento accommoda desumpta specie
mentem de Episcopi gradu supra Presbyterum posito adhuc suam
aperit: *Quod Aaron*, inquiens, *& filii ejus, atque Levitæ in
Templo fuerunt, hoc sibi Episcopi, Presbyteri, & Diaconi vindi-
cent in Ecclesia*. Quam sane comparationem iterum in epist. 3. ad
Nepotianum instituit, ante ipsum vero adhibuerat Auctor Constit. Apostol. lib.8. cap.46, ac postea Theodulphus Aurel. in Capitul. Ecclef. cap.1, Ivo epist.63, ac Synodi Hispalensis II. cap.7,
& Aquisgranensis sub Ludovico Pio lib. 1. cap. 9, eademque ar-
risisse videtur S. Leoni M. fer. 57. edit. Baller. 59, de Pass. 8.
cap. 7. Quod arripiens Turrianus pro epist. Decret. lib. 5. argumentum ita subinfert: atqui inter Aaron, filios Sacerdotes, ac
Levitas discrimen intercedebat, igitur etiam inter Episcopos,
Presbyteros, & Diaconos, S. Hieronymi sententia, intercedit,
Atque huic argumento quidem haud satis fecisse Blondellum adnotat Pearsonius in Vind. Ignat. par. 1. cap. 11, ac videndi etiam
Beveregius in Anuot. ad Can. 2. Apostol., & Dodwellus dis-
fert.

fert. Cyprian. 10. Quæ vero S. Hieronymo obijci vulgo solent ,
viden, ut abunde diluta sint præ aliis a Petavio de Hier. lib. 2.
cap. 5 , seqq., susiusque lib. 5. cap. 1 , seqq. Paucis tres hosce
complexus est Ordines S. Cyrillus Alexan. lib. 13. de Adorat.
Episcopos καθυπισθαι λακοῦσιν *Principatum sortitos* , Presbyteros
Τῶν μεῖω δισωσι Ταξιν *inferiorem gerere gradum* adfirmans.
cui consentanee Theodoretus in 1. Timoth. cap. 3, seq., & hist.
Eccles. lib. 1. cap. 15, ac lib. 5. cap. ult. Episcopos προιςοτὺς *Præsides* , quomodo ad Rom. 12, 8, 1. ad Thessal. 5, 12, & 1. ad Timoth. 5, 17, nuncupate, eisque in Ecclesia πρωδριαν *Primam Sedem* tribuere non dubitat , eique junge Theophylactum in Lucæ
cap. 19. De Claudiano Presbytero , S. Mamerci Vien. Episcopi
fratre , loquens Sidonius Appollinaris lib 4. epist. 11. ad Petrejum
utriusque Nepotem , in secundo illum Sacerdotii ordine collocat ,
eumque Fratri vicarias præstitisse operas ait : *Antistes suis ordine
in secundo, fratrem fusce levans Episcopali* ; & lib. 6. epist. 10.
Censurium Antistiod. Ecclesiæ Præsidem vocat. Confer & Philippum Abb. Bonævallis de Contin. Cler. cap. 107, ac Sedulium Jun.
Scotum Comment. in epist. ad Tit. cap. 1, Sæculi VIII. Scriptorem, a quo primum inductam Presbyterum inter, & Episcopum distinctionem, eique ortum Schismata dedisse, quam falso dicere som-
niaverit Johannes Meursius in Gloss. Græco Barbaro V. Ε’πισκοπος
edit. Lugd. Batav. 1610. p. 210. ex hactenus disputatis facile datur intelligi. Atque hanc quidem SS. Patrum traditionem quin
ratam secerint passim Synodi , ac Pontifices Summi non dubium
erit perlustranti Ancyranam Can. 13 , vers. Dionysii 12, Elibe-
ritanam Can. 77, Neocæsareensem Can. 13, Nicænam Can. 18.
vers. Dionys., Antiochenam Can. 1, 5, 9, 12. &c., Chalcedonen-
sem Can. 2, Constitutiones Eccles. Alex. cap. 4. apud Ecchellensem de Orig. Eccl. Alex. cap. 3, Toletanam IV. Can. 26, Aquis-
granensem sub Ludovico Pio lib. 1. capp. 7, seqq., Londinensem
sub Thoma Arundelio , ubi inter alios Wicleffi articulus 6, quo
tempore Apostolorum Papam , Patriarchas , Episcopos obtinuisse
inficiabatur , atque duos Ecclesiæ dumtaxat Ordines , Diaconos
nempe , Presbyterosque suffecisse adfirmabat , diro inustus est stigmate ;

mate , ac Tridentinam feff. 23. cap. 4, & Can. 6, feq., apud quae
nihil frequentius audire præftat, quam tres hofce præc ipuos in Ecclefia gradus effe diftinctos, juxtaque diverfa ab his officia peragi,
adeo ut duobus aliis poteftate emineant , atque præftent Epifcopi . Quam Synodorum perinde fententiam propriæ auctoritatis
pondere adjuvant Rom. Pontifices , S. Leo M., qui ferm. 47, edit.
Baller. 48. de Quadrag. 10. cap. 1. tres Ordines recenfens in primo Epifcopos , in fecundo Sacerdotes , in tertio Miniftros collocat , idem habet in epift. 84, edit. Quefn. 12, Baller. 14. ad Anaftafium Theffal. cap. 4, epift. 87, edit. Quefn. 1, Baller. 12. ad
Africæ Epifcopos cap. 2. Epifcopum fuper omnes gradus conftitutum ait, & epift. 90, edit. Quefn. 37, Baller. 41. Ravennium Arelat. fummum Sacerdotem vocat , ac videndi Ballerinii in epift. 14.
Not. 52 ; S. Gregorius III. Can. 2. *Presbyteri* dift 68, S. Leo IV.
epift. 2, S. Nicolaus I. epift. 47, Eugenius IV. in Decr. Union. ,
Leo X. Conft. *Divina* in Concil. Later. Seff. 11, &c. Siquæ vero
ex SS. Patribus moram inferre aliquam loca videantur, ea diffo-
luta repeties a Morino de Sacr. Ordin. par. 3. Exercit. 7. cap. 7,
a Thomaffino vet., & nov. Difcipl. par.1. lib.1. cap. 53, feq., a Flo-
rente in lib. 1. Decret. tit. 29, feqq. To. 2. p. 193, feq. edit. No-
rimb. 1756, ab Hallier de Divina Epifcopi Inftit. lib.1. cap. 4. art. 3,
feqq. &c., non fecus atque objecta ea Eutychio Alex. de Patriarcha ordinato a Presbyteris a Blondello , Seldeno, Pfaffio, Deilin-
gio , Walchio hift. nov. Teft. p. 744, feqq. fufflaminata videre licet ab Ecchellenfi de Orig. Eccl. Alex. cap. 2, a Renaudotio , &
Solerio de Patriarch. Alex., a Petavio de Hierar. lib. 5. cap. 2,
feq., a Mazochio in diatr. ad Acta S. Marci , a Mamachio Orig. ,
& Antiq. Chrift. To. 4. p. 508, feqq., a Sculteto etiam in cap 3.
ad Tit. Crit. Sacr. To. 5. edit. Francof. p. 1137, feqq. Ad hæc denique ab Hadriano Imp. in epift. ad Servianum , de qua Vopifcus in
Saturnino , apud Chriftianos Epifcopos a Presbyteris diftinctos
obfervat Grotius in Floribus ad Jus Juftin., de quo Pearfonius in
Vind. Ignat. par. 1. cap. 11. A Conftantino M. in epift. ad Epifc. ,
Presb., & Diac. apud Eufebium ejus vitæ lib. 2. cap. 46, & a Theodofio , ac Valentiniano Append. Cod. Theod. cap. 20. idem adnotatum difcrimen intueri licet . Altero demum argumento Dallæum

læum oppugnat cap. 13. Beveregius ex veteribus illis ducto SS. Viris, qui a Presbyteri gradu ad Episcopatum ascenderunt, quales S. Pothinus apud S. Gregorium Turon. lib. 1. hist. cap. 24, S. Irenæus apud Eusebium lib. 5 cap 3, seq. vers. Ruff., Heraclas apud eumdem lib. 6. cap. 19, Dionysius apud eumdem lib. 7. cap. 7, Pamphilus ibid. cap. 29, &c.

Hisce fundamenti loco suppositis, inde plane sequitur duas in sacro Principatu facultates, potestatesque Judiciariam, ac Legislativam comprehendi. Nec id Catholicis nostratibus arcte dumtaxat persuasum, sed neque Protestantium doctiores vocare in dubium ausi sunt. E quibus Spanhemius in dubiis Evang. par. 3. dub. 15. Ecclesiæ novi Testamenti Regni titulum aptare non ambigit: *Quia*, inquiens, *in hac Oeconomia omnia requisita Regni, Rex, subditi, gubernatio, protectio, leges, mandata, prohibitiones, pœnæ, præmia, ordo, & colligatio tum subditorum cum Rege, tum subditorum inter se invicem, & quævis alia tum requisita, tum officia, tum beneficia Regni, vera etiam libertas, quæ appendix, imo anima Regni non despotici, sed Politici.* Propius vero de potestate Ecclesiastica dissert. de Apost. advers. Hobbesii Systema agit, atque Spinosæ ab objectis vindicat Oper. To. 2. lib. 3. p. 290, seqq., ubi de Ecclesiæ Characteribus sermone instituto, *Character nonus*, inquit, τῷ κλήρῳ τ Ἀποστολῆς *Potestas quædam Judicialis, & Legislatoria in spirituali Ecclesiæ regimine, ac salva Civili potestate, a Christo iisdem concessa.* Quod multis ex Evangelio, Actis, Epistolisque Apostolorum dictis, ac gestis confirmare satagit. Hartmannus quoque de Rebus gestis Christ. sub Apostolis cap. 3. p. 63. Regalia etiam Jura Apostolis tribuere nihil hæsitans: *Nullum*, inquit, *Regale, uti nunc vocant, aut jus Majestatis nomines, quod non Apostolos exercuisse liquido demonstravero.* Qua reapse de potestate textus cum Spanhemio explicat S. Matthæi cap. 19. v. 28, & S. Lucæ cap. 22. v. 30. de Apostolorum sessione super Thronos duodecim; frustra vero, inepteque utrumque vellicat, vexatque Buddeus de Ecclesia Apostol. cap. 6. de Hierar. Eccl. §. 3, in eo tamen de Apostolis meritus, ut cum Witsio Miscel. Sacr. par. 1. lib. 1. cap. 22. iisdem in fide infallibilitatem a Spinosæ, & Clerici dubiis vindicet, & defendat.

De

De utriufque itaque poteftatis iftiufmodi fpecie , Judiciaria videlicet , & Legislativa, five privata , & domeftica , five publica , &
externa loquendo , principio obfervandum , quod Ariftoteles Polit. lib. 4. cap. 15. Magiftratus jura definiens tribus ifta rebus
complexus eft , ita ut ejus fit *Deliberare , Decernere , Jubere* :
quæ tamen ufu commodiore ad duo reftringi folent , ad Jurisdictionem nempe , & Imperium . Atque Jurisdictio quidem ftrictif-
fime fumpta definiri a Jurifconfultis folet: *Poteftas de publico intr-*
ducta cum jurisdicendi , & æquitatis ftatuendæ neceffitate , veluti
notant Alciatus ad fin. cap. 24. lib. Difput. 2, Gloffa , & ibid. Bartholus in lib. 1. ff. *De Jurisdictione omnium Judicum* . Etfi vero Jurisdictio confundi cum Imperio fæpe foleat , ut advertit Gerardus Noodt de Jurifd. lib. 1. cap. 2, ab ifto tamen rite illam diftingui obfervat Heineccius Antiq. Roman. ad Inftit. lib. 4. tit. 6.
§. 5, feq. Advertit enim apud Romanos Jurisdictionem olim duabus conftitiffe partibus, *Decreto* fcilicet , & *Judicis datione* . Nam
Prætor , aut ipfe , perfemet cauffa cognita , decernebat , aut Judicem , qui cognofceret , dabat , eidemque certam judicandi formulam indicabat . Imperii vero tres fuiffe partes *Jus edicendi ,*
Jus evocandi , Jus prehendendi , nempe edicendi in præfentes ,
evocandi abfentes , prehendendi nolentes . Unde abs vero procul
aberrant cum Fleurius hift. Ecclef. To. 19. in difc. prælim. §. 1.
Ecclefiafticam Jurisdictionem abfque Imperio coactivo effe docens,
tum Bohemerus in Not. ad ejufdem Inftit. Canon. par. ult. cap. 1 .
§. 1. Jurisdictionem abfque Imperio concipi nequire contendens,
ideoque Ecclefiæ Jurisdictionem effe συδαροἰζυλος abfque coactione . Ecclefiæ namque tam Jurisdictio, quam Imperium, competit
velut oftendunt Florens Oper. par. 2. ad Gratiani Cauf. 11. q. 1.
in tract. de Jurisd. Eccl. To. 2. p 3. feq. edit. Norimberg. 1756 ,
ac Bebelius etiam Antiq. Ecclef. art. 2. p. 212, feqq. , ac 518 ,
feqq., ac pluribus modo oftendere adgreditor , quod eft idem ac
dicere Ecclefiam Jurisdictione potiri circa res privatas , Imperioque circa res publicas . Atque ad privatas quidem refertur poteftas docendi, quæ ex Chrifti D. præcepto credenda, & agenda manent, fecus credentes, & agentes corripiendi, & caftigandi ; Chrifti fidelibus Sacramenta adminiftrandi , indignofque ab illorum-

participatione repellendi; de peccatis cognoscendi, pœnasque infligendi, five adhibita folemni judiciorum formula, ut in Foro Contentiofo, five forma ista prætermiffa, ut in Sacramento Pœnitentiæ; diftinguendi peccatores abfolvendos a pertinacibus abfolutione indignis, atque illos ad Sacrorum confortium recipiendi, iftos vero a Fidelium commercio projiciendi; aliaque hujufce genus præftandi, quæ fingulares perfonas, aut res particulares afficiunt. Ad publicas autem referenda poteftas inftituendi Paftores, Miniftrofque publicos, ac deftinandi ad Religionis officia; pro Religionis definiendis rebus Ecclefiafticos indicendi Conventus, ac celebrandi, adverfufque Religionis hoftes judicia exercendi; publicos Judices ad finiendas cauffas defignandi, Templa ad publicum Dei cultum erigendi, Leges ad Chriftianam recte informandam Rempublicam ferendi, aliaque hujufmodi perficiendi, quæ Chriftifideles univerfim omnes indifcriminatim adftringant, & ad Reipublicæ totius publicum bonum, communeque conferant. Igitur tam ex Jurifdictione privata, quam ex Imperio publico utraque Ecclefiafticæ Politiæ fpecies profluxit, interioris nempe, exteriorifque, quæ non eft aliud, quam cum utroque poteftatis Judiciariæ, ac Legislativæ genere Chriftianæ Reipublicæ, cujus officia privati, ac publici Juris effe conftant, optime conftitutum Regimen. Atque ita profecto Divina inftitutione conftitutum contra refragantes in Anglia Brovvniftas, eifdemque adftipulatos Brunerum, Colemannum, Prynnium, Seldenum, Caldervood, Parketum de Polit. Eccl. lib. 1. cap. 2, Tindalum de Eccl. Chrift. jure, & auct., Collins *Effai hift., & Crit. fur les 39. Articles de l'Eglife Anglic.*, Clarckfonum *Traitez hiftoriq. de l'Etat prim. de l'Epifcopat, & des Liturgies, &c.* defendere non hæfere Bancroftus, Docemanus, Bilfonus, Gillepfius, Rheterfoordius, Hughefius differt. procem. ad S. Joh. Chryfoft. libros de Sacerd., Montacutius Orig. Eccl. par. 2. p. 46, Thomas Bennet ex art. 20 Ecclef. Anglic. id confirmans in Apolog. Eccl. Angl., Millius in explic. Auguft. Confef. par. 2, p. 167, Ufferius, Pearfonius, Beveregius, Potter, Binghamus Orig. Eccl. lib. 2. cap. 1, Cumberlandus &c., de quibus paullo fuperius; & contra negantes Remonftrantes in Batavia, eifque fuffragantes Grotium, Utenbogar-

gardum , Vedelium , Ludov. Molinæum , Deilingium de Novit.
Regim. obferv. 3, Veltbuifium , Eraftum , Puffendorfium , Bud-
deum de Hier. EcclApoft., Moshemium Inft.Chrift. Major.par.2.
cap. 2. §. 14. p. 180, feq., Pfaffium Orig. Jur. Eccl. cap. 2. art.2.
p. 47, feq.&c. propugnandum fumpfere Cabelfavius , Revius ,
Triglandus, Apolonius, Heideggerus Doctr.Chrift.lib.27. fect.1.t.
§§. 93, & 130, Voetius Polit. Ecclef. par. 3. lib. 4. tract.4. cap.1,
Hornius hift.Eccl. p.335, feq., Kromayerus de poteft. Eccl. par.1.
fect. 2.cap. 1, feq., atque ita conftitutum utique explicitiffimi
probant cum Evangelici , tum Apoftolici Textus . Ita enim Jurifdictionem Ecclefiæ , Imperiumque defignari quis ambigat verbis *Difpenfandi* , & *miniftrandi* Matth. cap. 20. v. 27, 1. ad Corinth. cap. 4. v. 1, & cap. 9. v. 17, 1. ad Timoth. cap. 4. v. 5, &
ad Tit. cap.1. v.7, quæ ita accepiffe videntur S.Dionyfius Areop.,
Antiochus Palæft., S.Joh. Chryfoftomus, S. Maximus , S Leo M.,
S.Felix III , de quibus paullo fuperius ; modo verbis *Docendi* , &
præcipiendi Matth. cap. ult. v. 19, feq., ad Ephef. cap. 4. v. 11 ,
& 1. ad Timoth. cap. 4. v. 11, qua de re SS. Clemens in epift. ad
Corinth., Ignatius fupracit. epift., S. Cyprianus epift. 33, feq.
edit. Felll, S.Joh.Chryfoftomus &c.; nunc verbo *Pafcendi* Johan.
cap.21. v.18, Actor. cap.20. v.28, 1.Corinth. cap.9. v.7, Ephef.
cap. 4. v. 11, ac 1. Petri cap. 5. v. 2, velut interpretantur Origenes hom. 2. in Num. To. 2. p. 278, S. Cyprianus epift. 68. edit.
Fell., S. Gregorius Nazian. Orat. 1. n. 8, S.Auguftinus de Paftor.
cap. 7. Et certe in voce Ποιμαίνειν , & Ποιμὴν *Pafcere* , & *Paftor* ,
pafcendi officium cum poteftate , imperioque conjunctum vidit
Philo lib. de eo , quod deterior potiori infidietur fic inquiens :
Οὐδὲ ποιμαίνοντες ἀρχόντων , καὶ ἡγεμόνων ἔχοντες δύναμιν , *Qui*
pafcere dicuntur , Principum , ac Ducum vim habent . Eidem
voci etiam eam ineffe vim , quæ Regimen , & gubernationem ex-
primat , exiftimant Hammondus ad 1.Corinth. 12, 28, Leighius
in Crit. Sac., & Caldervvood Altar. Damafc. cap.4; ideoque Cafaubonus in exercit. 16. §. 133. vocem iftam Ποιμαίνω Joh. 21, 16.
a Regimine extortem faciens dignis vapulat a Kromayero §.6,qui
Puffendorfium etiam , & Bohemerum Imperium omne Ecclefiæ
abjudicantes refellit . Ita quoque Jurifdictionem Ecclefiæ , atque

Im-

Imperium exprimi modo verbis *Ligandi, & solvendi* Matth. cap 16.
v. 19, & cap 18. v. 18, ac Joh. cap. 20. v. 23. non dubium fuit
Tertulliano de Pudicit cap 21, Origeni To. 12. in Matth. p. 531,
S. Dionysio Al. x. in epist. ad Fabium Antioch., S. Cypriano lib.
de Unit., & epist. 41, seqq. edit. Fell., S. Leoni M. serm. 3. de
sua assump. &c.; nunc verbis *Arguendi, & increpandi* 1. ad Timoth. cap. 5. v. 20, & 2. ad eumd. cap. 4. v. 2. persuasum habuere Lucifer Calar. lib. 1. pro S. Athanasio p. 37, S. Hieronymus,
Theodoretus, Primasius, Oecumenius, Sedulius ibid. &c., eoque maxime, quod eadem arguendi vox apud S. Paulum epist. ad
Tit. cap. 2. v. 15 omni cum Imperio conjuncta legatur, *Argue*,
inquiente.n, *cum omni imperio* μετὰ πάσης ἐπιταγῆς . Tum verbo *Imperandi* ad Philemon. v. 8, ubi voces Παῤῥησίαν ἔχων ἐπι-
τάσσειν σοι τὸ ἀνῆκον *Fiduciam habens imperandi tibi , quod ad
rem pertinet*, ita varii trium Catenar. in Paulum Vaticani Auctores reddiderunt : ἐπάρχην τοῦσι Πρᾶγμα Πρᾶτον , ut sensum referant, quod S. Paulus imperare Magistratus more, quod sua ad
hanc interesset rem , rite quivisset . Tum vocibus *Accusandi , &
ejiciendi* Matth. cap. 18. v. 17, 11. Corinth. cap. 5. v. 2, seqq., 2.
Thessal. cap. 3. v. 6, seqq., ut accipere non dubitarunt Origenes
hom. 7. in Josue To. 2. p. 413. seq., Tertullianus Apolog. cap. 39,
qua de re susins seq. Art. Tum verbo *Judicandi* Act. cap. 15. v. 19,
& Apocalyp. cap. 20. v. 4, quem posteriorem utique locum de Judi.
ciaria Episcoporum auctoritate accipiendum docet S. Augustinus
de Civit. lib. 20. cap. 9, adnuitque S. Gregorius Nazian Orat. 9.
Tum verbo *Gubernandi* 1. ad Corinth. cap. 12. v. 28, quo loci
S. Paulus inter officia a Christo D. in Ecclesia instituta recenset
Gubernationes Κυβερνήσεις , atque voce hac utique in radice hebræa *Valorem* , sive fortitudinem , sive auctoritatem significari
adnotant Thomassinus in Glossar., Opitius in Lexico , Zauoli-
tus in Lex., qua perinde voce in concreto *Duces, & Gubernatores*
accepisse leguntur Interpres Syrus , de quo Trostius in Lex. Syr.,
& Castellus in Lex. Heptaglot., *Rectores* Arabs , de quo Golius
in Lex., Versiones etiam Anglicana , Belgica &c. Hinc ex voce illa Apostolos ipsos Κυβερνήτας vocandos instituit S. Joh. Chrysosto-

mus

mus apud Svicerum in Thef. Eccl., atque ita voce illa capiendos
Duces, & Rectores confentiunt etiam Melanchon in Confil. Theolog. par. 2. p. 199, Flaccius in Glossa, Osander in Paraph., Hun-
nius, & Balduinus in Comment., Rungius in difput. ad hunc loc.,
Danhaverus in Hodof. Phœnom. 2. p. 150, Musæus de Ecclef.
par. 1. p. 93, Ravanellus in Bibl. S., Heideggerus Doctr. Christ.
lib. 26 §. 12, apud Kromayerum, qui de Potest. Ecclef. par. 1.
fect. 2. art. 1. cap. 1. §. 3, feq. ideo Ligfootum, & Vitringam de
vet. Synag. lib. 2. cap. 3. locum accipiendum de difcretione Spi-
rituum existimantes refellit.

Atque Jurifdictionem hanc utique, verbo indicatam, facto ipfo
ab Apostolis cum Imperio frequens exercitam cum ex ipforum
fcriptis, tum ex Scriptorum traditione difcimus. At nobis prius
audiendus obiter Regius Pfaltes, a quo cum Apostolica copulata
Principalis, ac Regia potestas liquet ex Pfal. 44. v. 17. *Constitues
eos Principes &c.*, & Pfal. 67. v. 13, ubi Vulgatus Interpres habet:
Rex virtutum &c., Textus Hebræus legit: *Reges Exercituum &c.*,
quem utrumque plane locum de Apostolis accipiendum docent
SS. Patres, & Interpretes, quibus ex Protestantibus adfentiri
haud fuere difficiles Shmidtus in Refolut., & Paraph. Pfalm. de
Christo, Vitringa Obferv. lib. 3. obf. 8. §. 42, feqq., &c., ac propterea Apostolatus partem individuam esse Imperium, five poteftatem Judiciariam, ac Legislativam fateri neque hæferunt Caldervvood in Altari Damaf. cap. 4, Hartmannus de Rebus gefr.
Christ., Skelerander Antiq. Eccl. Christ. cap. 3, Kromayerus de
potest. Eccl. par. 1. fect. 2. art. 1. cap. 2. p. 66, feq., &c., in eo
postea decepti, ut putent ab Apostolis perinde Regiminis fummam penes Collegia Presbyterorum fuisse depositam: quæ dece-
ptio inde fane patet, quod alia forma ab ea, quam ipfi a Christo D.
acceperant, (accepisse vero negantem quis patienter excipiat Moshemium Inst. Christ. Major. par. 2. cap. 5. §. 5. p. 161, quod est adfirmare Christum D. de optime constituenda Ecclesia haud fuisse fol-
licitum, constitutamque pejori, quam Synagoga, eam conditione
fuisse) Ecclesiæ indita fuisset, quod omnino falfum est. Sub Apoftolis, ac deinceps fuum Ecclesiæ constitisse Senatum, Forum,
Imperiumque fatentur inde Himmelius apud Jagerum de Jure

po

poteſt. Supr. circa Sacra p. 270 , Jagerus ipſe , Hulſemmaa-nus in Brev. cap. 20. Suppl. th. 6, &c. Et certe de Apoſtolatu ſuo loquens S. Paulus 2. ad Corinth. cap. 10. v. 8, & cap. 13. v. 10. neceſſaria ſe a Chriſto D. poteſtate inſtructum perhibet : quam poteſtatem duplicem utique fuiſſe perſuaſum ſuit S. Joh. Chryſo-ſtomo hom. 21. in 2. Corinth., Gennadio apud Oecumenium , ipſi Oecumenio, Theophylacto ibid. &c., præcipiendi nempe , quæ facienda eſſent , ac puniendi, ſiquid contra præcepta fieri contin-geret. Qua etiam profecto de poteſtate iterum loquitur epiſt. ad Tit. cap. 1. v. 1. Apoſtoli ſe prænotans nomine , indicare nempe ita voluit Fideles omnes ſuo debere imperio eſſe ſubjectos , ut ob-ſervat ibid. S. Hieronymus, qui Apoſtolatum etiam Αρχὴν Magi-giſtratum , & Imperium nuncupare non dubitat hom.2. de Pent., quæ eſt 89. To. 5. p. 612. Poteſtate hac igitur Apoſtoli induti de advocandis in ejus partem aliis cogitaſſe leguntur . Sic enim de ſubrogando in Judæ locum Apoſtolo , deque Miniſtris deligendis in commune contuliſſe , ideoque & S. Matthias electus , & Dia-coni inſtituti Act. cap. 1. v. 15, ſeqq., & cap. 6. v. 3, ſeqq. Sic & regendis cum juriſdictione per Orbem Eccleſiis præfeciſſe Epiſco-pos , Hieroſolymitanæ S. Jacobum , de quo Euſebius hiſt. Eccl. lib. 2. cap. 1, Hilarus Diac. in cap. 1. ad Galat. , S. Joh. Chryſo-ſtomus hom. 33. in Act., S. Hieronymus de Script. Eccl., S. Au-guſtinus lib. 2. contra Creſcon. cap. 37, & S. Epiphanius Hær.651 Epheſinæ Timotheum , Cretenſi Titum , quibus data præcepta , regendarumque Eccleſiarum formam præſcriptam , ad omnes ge-neratim Epiſcopos referendam , ducent Euſebius lib. 3. cap. 36 , & S. Hieronymus in cap.1.epiſt.ad Tit.;Septem Aſiæ Eccleſiis toti-dem Epiſcopos dediſſe,quos Angelorum nomine deſignatos intue-ri licet Apocalyp. cap. 1. v. 20, ſeqq. ; quamquam gubernanda-rum per hos Eccleſiarum formam, quam διαταὴν Chriſti , ſive Conſtitutionem vocat S. Ignatius in epiſt. ad Trall., a Chriſto D. potius inductam eodem loci arguere licet . Deliberaſſe itidem Apoſtolos de Moſaycæ legis abrogatione , legiſque Evangelicæ obſervantia liquet Act. cap.15. v. 6, ſeqq. Sic etiam Viſitatio Ec-cleſiarum inſtituta legitur , traditaque obſervanda Decreta Act. cap. 16.v.4, ſeqq. Præceptis deinde circa morum diſciplinam ,

de-

deque rebus ad mutua officia , Politiamque Ecclesiasticam spe-
ctantibus refertissimæ profecto sunt Apostolorum Epistolæ . Ve--
luti de Christifidelium unanimi concordia , mutuaque charitate
Rom. cap.12.v.4, seqq.; Ephes. cap. 5. v.2, seqq., 1. Johan. cap. 2.
v. 7, seqq-; cap. 3. v. 10, seqq. , & cap. 4. v. 7, seqq. De Virgini-
tate, & Conjugio, Conjugumque inter se se officiis 1. ad Corinth.
cap.7, & ad Tit. cap.2. v.4,seqq. De officiis Patrum, Matrumque
familias i. Timoth. cap. 2. v. 8, seqq., 1. Petri cap. 3. v. 1, seqq.
De Præpositis obedientia debita Rom.cap.13.v.1,seq.,1,1.Timoth.
cap. 6. v. 1, seq., Tit. cap. 2. v. 9, seq., cap. 3. v. 1, seq., 1. Petri
cap. 2. v. 13, seqq. De velandis Mulieribus, earumque pietate, ac
Fidelium modestia 1. ad Corinth. cap. 11.v.5, seqq., 1 ad Timoth.
cap.3. v. 11, cap.5. v.4, seqq., & ad Tit. cap. 2.v.2,seqq. De Sacrorum Ministrorum virtutibus,eisdemque ad victum necessaria præ-
standis 1. Corinth. cap.9. v. 7, seqq.,1. Timoth.cap.3. v.8, seq.,
& Tit. cap.1.v.6. De Patientia, & Jejunio ad Rom. cap.13,v.13,2.
ad Corinth.cap.6.v.4.& ad Ephes.cap.4.v.2 De Oratione,& Psal-
modia 1. Corinth. cap. 14. v. 15,seqq., Ephes.cap.5.v. 19,&Colos.
cap.3. v. 16. De Eleemosynis , & Collectis 1.ad Corinth. cap. 16.
v.1, seqq., 2. ad eosdem cap. 8. v. 14,& cap. .9. v. 1, seqq.De Litur-
gia,& Sacrificio 1.Corinth.cap.10.v.16,& seqq.& cap.11.v.17,seqq.
Missa facin multo plura , ne ultra modum prolixior evadat oratio . Quas denique præter leges scripto traditas , traditione , seu
verbo alias quoque plerasque commendatas ab Apostolis suisse
plurimo argumentorum genere comprobare me memini Vind.Par.
1. Tom.2.Proleg. Art.7, cui nunc tantæ evolvendæ moli satis otii
non suppetit . Neque vero Juredicundo tantum , imperandoque ,
verum & contumaces coercendo, ac schismaticos , hæreticos , ac
scelestos Ecclesia ejiclendo, potestatis Ecclesiasticæ partes omnes
prorsus expletas ab Apostolis suisse compertum est : qua de re seq.
Artic. Junge , quod in Scripturis passim Ecclesia qua *Domus* , ac
Familiæ, velut Matth.7, 25, Luc.6, 48, Ephes. 2, 21 , 1. Timoth.
3, 17, ac 2. ad eumd. 2, 20, ubi videndus Hilarus Diac. in 1. Timoth. cap.3 , quam *Civitatis* , & *Regni* nomine designatur, veluti Matth. 13, 11, seqq. , 20, 1, Marc. 4. 11, seqq., Colos.1,13,
Hebr. 12, 22, & 28, Apocalyp. 3, 12, & 21, 10: quod indicium est
                                                                  indu-

indubium ad regendos Chriſtifideles poteſtatem tam domeſticam
Patrisfamilias , quam politicam Regis , publicique Magiſtratus a
Chriſto D Eccleſiæ fuiſſe concreditam . Inde ſequitur igitur , ut
in Eccleſiam Apoſtolis facta Juriſdictio pari deſcenderit gradu , in
eaque velut ex aſſe ipſis ſucceſſerint Epiſcopi . Ad hæc illud accedit , quod ſiquidem in Eccleſiam , ſive Legem Evangelicam Sacerdotium tam Melchiſedechi , quod erat Legis Naturæ , quam
Aaronis , quod erat Legis Moſaicæ , translatum legitur Hebr.
cap. 5. v. 6, ſeqq., & cap. 7. v. 11, ſeqq., in utroque vero tam privata, quam publica Sacrorum poteſtas viguerit, quæ ſe ſe Sacrificiis
publicis , Legis interpretationibus, ſacriſque Conventibus expli-
cabat nedum , ſed præceptis , ſed judiciis , ſed pœnis , inde conſequitur, ut potiori ratione poteſtas hæc utraque in Eccleſiam tranſ-
fuſa fuerit .

Et certe Poteſtatis utriuſque in ſe transfuſæ utique nullo non
priſco , ſequiorique tempore uſum ab Eccleſia factum concordi
adfirmant, confirmantque ſententia Eccleſiæ Patres : in quibus
S. Ignatius , quem epiſt. ad Trall., S nyrn., &c. de ampla Epiſcoporum auctoritate loquentem paullo ſuperius audivimus , atque
ita accipiendum fatetur ipſe Bebelius Antiq. Eccl. ſect. 1. art. 2,
Auctor Conſt. Apoſt. ſub S. Clementis nomine, antiquiſſi nus proculdubio , ut qui floruit ante Sæculum IV , ſiquidem ejus memi-
nerint Euſebius lib. 3. cap. 2 5 , S. Athanaſius in epiſt Feſtali , S.
Epiphanius Hær. 45, 70, 75, & 8 3 , aliique plures , lib. 2. capp.
1 4, 1 5, ſeq., 34, 48, ſeq. Epiſcopalem cum Regia dignitatem conferre non dubitat, eis paſſin Forum externum aditruere , Judiciariam peræque adſerere poteſtatem, atque Judiciorum formam præ-
ſcribere . De Chriſtifidelium etiam Conventibus ſua ſub ætate
agens Tertullianus Apolog. cap. 39: *Ibidem, diſerte inquit, exhortationes , caſtigationes, & cenſura Divina . Nam & judicatur magno cum pondere , ut apud certos de Dei conſpectu , ſummumque futuri Judicii prajudicium eſt , ſiquis ita deliquerit , ut a Communione Orationis , & Conventus, & omnis Sancti Commercii relegetur .*
Ita de Judiciorum forma , æquitate, ac pœnis : poſt quæ de Judicum perſonis , dignitate , ac probitate ſic pergit : *Praſilent probati quique Seniores , (Epiſcopi nempe) honorem iſtum non pretio,*

sed testimonio adepti : neque enim pretio ulla res Dei constat . Quo loci plane de Episcopali eum potestate loquutum intelligit Kromayerus etiam de Potest. Eccl. par. 1. sect. 2. art. 1. cap. 2. §. 15. p. 77. Hoc eodem sensu Origenes lib. 3. contra Celsum adfirmare non ambegit non secus atque in Civitate a laico Judice , ita in Ecclesia ab Episcopo *Magistratum* geri : quod & probat Kromayerus loc. cit. p. 78, quia nempe ad utriusque partes æque pertineret judicia ferre . Tam vero proxime ad Dei institutionem , quam ad jugem praxim Ecclesiæ respiciebat profecto, aut ego fallor, S. Cyprianus , quum epist. edit. Pamel. 55 , Fell. 59. Pontificem M. in Ecclesia Judicem vice Christi D. constitutum, ac post ipsum etiam singulos in Dioecesibus suis Episcopos adfirmat, confirmatque Auctor quæst. Vet., & Nov. Test. Oper. S. August. To. 3. in Append. edit. Antuerp. nov. p. 125 , atque epist. edit. Pamel. 65 , Fell. 3. Episcopis perinde vindicandi potestatem Divinitus adtributam adserit . Jure proinde , optimoque ab se *Magistratum* administrari scribebant S. Gregori us Nazian. Orat, 17 , quem *Incruentum* adpellat epist. 46 , Episcopatum Aʼ *Præfecturam* etiam Orat. 1 , Episcopum vero Aʼ , & Πρₒχ̄ᵤᵣ̄ₐ *Magistratum, & Præsidem* denominans , Χ ₍ᵣᵢₜ *Judicem* denuo , & Nₒₘₒθ̄ₑₜ *Legislatorem* Orat. 9 , & in Ecclesia B̄ₘ̄ₐₜₐ *Tribunalia,* atque Δᵢᵣₐ᠆ᵢ̄ₐ *Regios gradus* Episcopis erecta , atque stabilitos adstruit Orat. ad Cives ; ac S. Johannes Chrysostomus hom. 3. in epist. ad Coloss. , quem *Spiritualem* nuncupat , Episcopum ideo Aʼ , & Πρₑ᠆ᵢ̄ₐ *Præsidem* , ac *Præfectum* vocans hom. 7. de S. Ignatio , qui & similia habet hom. 34. in epist. ad Hebr. , velut item S. Isidorus Pelus. lib. 3. epist. 127. Juxta receptissimam ideo Ecclesiæ praxim , Judiciis ferendis pro Tribunali vice plus simplici sedisse S. Gregorium Thaumaturg. testatur S. Gregorius Nyss. in ejus vita , S. Ambrosium memorat S. Augustinus Confess. lib. 3. cap. 3 , S. Augustinum ipsum liquet ex Oper. Monach. cap. 29 , Synesium eloquitur ipsius epistola 57. Bibl. PP. edit. Lugd. To. 6 , ac tradit Nicephorus lib. 14. cap. 55. Et Senatum in Ecclesia sane inductum , & Judiciariam Episcopis ideo auctoritatem tribuere non hæsit S. Hieronymus lib. 2. Isaiæ cap. 3 : *Et*

nos , inquiens , *habemus In Ecclesia Senatum noftrum &c.* ; de quo
Caldervvood Alter. Damafc. cap. 4 , in eo tamen defixus , ut
Presbyterii dignitatem , ac poteftatem aditruat , non fecus atque
Blondellus de Jure Pleb. in Regimin. Ecclef , & Fecrhius in Phi-
localia facr. p. 157. eodem laborantes morbo . Nec in hanc fane
rem documenta , & argumenta defiderare ex Conciliis eft , in iis
enim paffim in judicium vocati tam Cletici , quam Laici , Judi-
ciorumque præfcriptæ leguntur formulæ . Canone 66 , & 74. ex
illis , qui Apoftolis tribui folent , Epifcoporum præfcribitur judicium . Canone Nicæno Arabico 62. verf. Turriani Epifcopi
vice uni e Diaconis ideo Προσοίκδικος dicto , in homicidia , aliaque delicta inquirendi demandata habetur fparta . Cujufmodi
Diaconos ex Romanæ Ecclefiæ confuetudine dictos *Judices Primicerios* obfervat Benno Card. in vita S. Gregorii VII. Canone
Antiocheno 5. forma judicii apud Epifcopos fubeundi præfinitur .
Ad hæc a Concilio Compendienfi an. 833. in præf. Epifcopi Chrifti D. Vicarii , ideoque Chrifti D. vice Judices , vocantur : quo
donatus nomine Dado Epifcopus etiam legitur a Salomone Conftant. apud Canifium To. 2. edit Bafnag. par. 3. p. 239 ; a Seno-
nenfi an. 1528. in præfat. ideo Marfilius Patav. , in quem , atque
in Johannem de Janduno pridem a Johanne XXII. Conft. *Licet*
an. 1327. intortum anathematis fuerat hac ipfa ratione telum ,
diris cunctis devotus legitur , quod in Defenf. pacis *Ecclefiam ho-
ftiliter infequutus , & terrenis Principibus impie applaudens , omnem Prælatis adimit exteriorem jurifdictionem , ea dumtaxat excepta , quam Secularis largitus fuerit Magiftratus .* Qui eft ipfif-
fimus error , in quem poftea utroque lapfus Jannonus eft pede . In
Concilio etiam Cameracenfi an. 1565. tit. 14. cap. 1. Ecclefia Foro exteriori potiri explicitiffimis perhibetur verbis . Accedit &
illud e rationis fonte fuapte fluens , quod fiquidem Ecclefia Societas Fidelium fit a Deo ipfo conftituta , fequitur inde , quod
ipfi Divina quoque inftitutione ea competant Jura , fine quibus
integra confiftere nequit : quæ inter alia funt utique Jurifdictio ,
& Imperium . Unde S. Gregorius Nazian. Orat. 26. ordinem effe
in Ecclefia docet , ut alii imperent , alii pareant . Quin etiam Po-
litiam Eccl. fiafticam , abfque poteftate Judiciaria , & Legiflati-

va,

va , esse nequire fateri non dubitarunt ipsis ex Protestantibus Me-
lanthion lib. 5. epist. ad Sigismundum Meideburg. Episc. , & in
Consil. Theolog. par. 2. p. 201 , Vitringa Hypotyp. hist. sac.
p. 289 , Schisterus Instit. Jur. Canon. lib. 1. tit. 3. §. 11 , Seizius
contra Riperum ab Hobbesio parum diversum p. 35 , Anglus Auctor Tract. de Discipl. pœnit. in primit. Eccl. in Act. Lips. 1715.
p.198,Spanhemius dissert.de Apost. contraHobbesium , Scekleran-
der Antiq· Eccl. cap. 3. p. 67 , Grappius Controv. Theolog. advers. Hobbesium cap. 10. q. 2. p.114 , &c. Quod argumenti genus
late prosequitur Kromayerus de Potest. Eccl. par.1. sect.2. art. 1 ,
cap· 3 , in eo peccans tamen,ut Ecclesiasticæ potestatis subjectum
Ecclesiam ipsam , post Ern. Cyprianum, Heideggerum , Voetium,
Schilterum , Puffendorfium &c. faciat , eamque Magistratui laico
ab Ecclesia communicari adstruet : quo a Magistratu, pro egregii
operis præmio , Ecclesiasticas demum Potestates in cœnum , lu-
tumquedetrusas, viden,ut Protestantium Megalandri plures acerbe doleant apud eumdem Kromayerum sect. 4. practica cap.4 §.1,
seqq., & in Append. cap. 2. viden , ut olim periculum istud ex
translatione potestatis ab Episcopis in Principes incumbens præ-
senserint iidem Primipili , & valdequam expaverint !

     Jure Divino itaque nedum , quod nec inficias eunt Dupinius
de Antiq. Eccl. discip. dissert. 1 , & Jannonus lib.1. cap. ult. §.5 ,
homines nempe sibi met haud constantes , sed Jure naturali , &
communi , cunctis ipsa natura insito , in Ecclesiam Jurisdictionis
utriusque speciem inductam suisse fateri coguntur , qui mentis
adhuc compotes se esse cogitent. Omni enim vero Communitati ,
quæ sese gubernandi Jure gaudeat , jus perinde inesse , fasque ad
regiminis formam servandam de negotiis , rebusque ad se spectan-
tibus leges ferre docet Cajus JC.L.Sodales 4.de Collegiis: *His an-
tem*,inquiens, *potestatem facit Lex pactionem,quam velint sibi ferre,dum nequid ex publica lege corrumpant.*Communi jure isto Ethnicis Sacerdotibus etiam licuisse tam Græcis , quam Latinis de
rebus ad eorum Sacra attinentibus sancire ex Solonis lege quadam
declarat ibidem Cajus : ad quem videndi Heraldus Observ. , & L.
mend· cap.42,ac Salmasius Observ. ad Jus Attic.,& Roman.cap 4.
Atque Naturali ratione plane , Jureque gentium , quo mentes ho-

minum Dei opinione imbuuntur, ut vidit etiam Cicero Tuscul. I,
aitque Xenophon de dictis, factisque Socratis, collata Sacerdotibus Jurisdictio dicenda est. Nunquam enim fuisse hominum mores absque Sacris, Sacra absque Sacerdotibus, ac Sacerdotes absque auctoritate legis sanciundæ, judiciique statuendi exploratum
est. Sic apud Ægyptios, teste Aeliano var. hist. lib. 14. cap. 34,
Sacerdotes Judicum defungebantur officio; nec imo Regi absque
Sacerdotio imperare licuisse auctor est Plato in Dialogo de Regno
p. 183. In Æthiopia Sacerdoribus Meroe tanta inerat auctoritas,
ut pro libitu, proque licentia Regibus de Regno deponendo,
morteque oppetenda nuntium, mandatumque deferre fas esset.
Quo Jure potitos usque ad Ergamenem Regem testis accedit Diodorus Sicul. Bibl. lib. 4. cap. 1. Sacerdotum, idest Magorum, apud
Persas in tantum fastigii adolevisse auctoritatem, ut sua adhuc
ætate Regum Regibus imperarent, scribit Plinius lib. 30. cap. 1.
Secundos a Rege Sacerdotes Tyriis habitos, quin ex Sacerdotibus Reges adsumptos tradit Diodorus. In Græciæ locis aliquibus
Sacerdotum dignitatem Regiæ æqualem habitam ex Plutarcho
quæst. Rom. p. 291. observat Lakemacherus Antiq. Græcor. sacr.
par. 2. de Personis cap. 1. p. 260. Atque quidem Athenis ex Tes-
lei instituto, de quo Plutarchus in Thes., ac Sigonius de Repub.
Ath., solis Patriciis Sacerdotii dignitas commendari solebat,
adeout iis solis & Sacra curare, & Magistratus capere, & Leges
ferre, & Judicia exercere, & poenas infligere fas esset, de quibus
etiam Plato loc. cit. De Anio quoque Deli Rege Phoebi simul eum
Sacerdotem egisse cecinit Virgilius Æneid. lib. 3. v. 80. Lacedæmonum Reges, quum primum Regnum auspicarentur, Jovis Cæ-
lestis Sacerdotio initiari debuisse, ut in una nempe, eademque
persona dignitas utraque copularetur, auctor est Xenophon de
Repub. Laced. p. 689. Druidas Gallorum Sacerdotes de omnibus
fere Controversiis tam privatis, quam publicis decernere consuevisse referunt Cæsar de bello Gall. lib. 6, & Stephanus Forcatulus lib. de Gallor. Vet. Relig.. Apud Germanos Sacerdotibus in
Conventibus publicis, in quibus sæpe de rerum summa agebatur,
imperandi, & silentium imponendi fas, Jusque fuisse testatur Tacitus de Morib. Germ. In Romana Republica Sacerdotes generatim

sim Patrum loco habitos difcere licet ex Tacito Annal. lib. 14.
cap. 5. ubi Fabricio Vejento graviſſimo deputatum flagitio refert,
quod probroſa in Sacerdotes, & Patres confcripſiſſet, ejuſque
ideo fcripta Neronis juſſu flammis exuſta. Pontiſicnm vero ſniſſe
partes Sacris præeſſe non modo, ſed pleraque ad externum, publi-
cumque cum Religionis, tum Reipublicæ ſtatum, ac regimen reſ-
picientia curare, ac decernere, veluti de Funerum pompis, Ma-
nibuſque placandis, de Sepulchorum religione, votiſque rite ex-
ſolvendis, de Feriis indicendis, de Faſtis infcribendis, de Comitiis habendis, de Teſtamentorum factionibus, de Fide, & Jurejurando, de Legum interpretatione, de Forenſibus actionibus &c.
difcimus ex Livio lib. 1. cap. 20, & lib. 2. cap. 2, ex Dionyſio Halic.
lib. 2. p. 132, ſeq., ac Pomponio L. 2. De Orig. Jur. §. 6. Adeo verum eſt a Romanis res Sacras ad ſtatum rei ſpectare publicæ conſi-
deratum ſemper fuiſſe, ut ideo Sacerdotum Juriſdictio tam circa
Religionem, quam circa Rempublicam verſaretur, ut obſervat
Kinkerſhoek de Religione peregrina Oper. To. 2. p. 182, ſeq.,
unde Ulpiani L. 1. ff. De Juſt, & Jure §. 2. celebre evaſit dictum
adfirmare non dubitantis: Publicum Jus in Sacris, in Sacerdotiis,
in Magiſtratibus conſiſtere. Hac ideo ratione Thomas Morus U-
topiæ lib. 2. in bene conſtituta Republica Sacerdotes nullius imperio ſubeſſe volebat, quin omnibus Juriſdictione præeſſe, acer-
rimoſque omnium Cenſores morum ſe præſtare. Atque reapſe
apud Slavios Sacerdotum dignitas Regia præcellebat, Regeſque
illorum dicto obedientes præbere ſeſe, nutuque pondere oportebat. Ratio denique manifeſta ſuadet in Eccleſia Juriſdictionem
privatam cum Imperio publico fuiſſe conjunctam, inque Eccleſiaſticum Judicem tam boni Patrisfamilias, quam optimi Principis
officia, perſonaſque fuiſſe transfuſas. Enim vero Eccleſiaſticæ
Juriſdictionis tot eſſe facultates, & partes oportet, quot Religionis Chriſtianæ officia ſunt, & functiones, ſive quod eodem recidit, quotuplex eſt jus, ſive ratio, qua Chriſtifidelis quiſque ad
Dei cultum dirigitur, & adſtringitur, totuplex eſt reſpectus, quem
ad Chriſtifideles induit Eccleſiaſtica Juriſdictio: Atqui duplex eſt
jus, quo Chriſtifideles ad Religionis officia, Divinumque cultum
obligantur, privatum, ac publicum: duplex igitur Eccleſiæ Juriſdictio.

dictio est, privata, qua Religionis bono prospicit, qua singula. rium personarum ad salutem pertinet, ac prout uniuscujusque privatam disciplinam, morumque domesticam informationem sa. tagit, & publica, qua Religionis cultum quatenus comunni lege præscriptum, curat, procuratque, communes Leges, quibus Fi. deles ubique omnes instruantur, sert, & defeudit, communemque disciplinam, qua Fideles omnes in unum Ecclesiæ corpus veluti coagmenteotur, sancit, & tuetur, atque renitentes communibus a Sacrificiis, precibus, suffragiis ablegat, a publicis Conventibus, publicoque colloquii, convictusque commercio abjicit.

Facit ad hæc denique confirmanda pulchra ex Virga, & Gladio desumpta similitudo, confertque præclare ad hanc in Apostolis primum, in Episcopos deinde, velut eorum ex asse successores derivatam, auctoritatem designandam. De priori loquens Origenes hom. 9. in Num. n. 7. occasione accepta ex loco Numer. cap. 17. v. 2, seqq. *Omnis Princeps*, inquit, *Tribus, & Populi babet virgam* : *Non enim potest quit regere Populum, nisi babeat virgam. Unde & Paulus Apostolus, quia Princeps erat Populi, idcirco dicebat* : *Quid vultis ? In virga veniam ad vos &c. ? 2.* Cotioth. cap. 4. v. 21. Virga proinde, vice baculi Pastoralis, qui Episcopalis potestatis indicium est, velut insigni coercicionis, & castigationis ubique gentium exercendæ, Pontificem M. uti consuevisse observat Luitprandus lib. 6. cap. 11, non secus atque virgæ argenteæ ad publica Comitia accedere Cardinalibus concessum esse. Quomodo tam Moysis, quam Davidis Sacra, Civilisque potestas in virga expressa non uno in loco legitur. Atque olim apud Romanos Centurionum in Milites, de qua Tacitus lib. 1. Annal., & Spartianus in vita Hadriani; Palatii Custodum, de qua Cassiodonus Var. lib. 7. form. 5. Judiciaria potestas virgæ gestatione designari solebat, non secus atque apud Græcos diversa Palatii officia diverso Δικανικοι *Sceptri Judicialis* genere distincta refert Codinus de Officiis, & Official. Aulæ, & Eccl. Constantinopolit. cap. 4; de quo Junius ibid., Gretzerus Comment. lib. 2. cap. 5. & Crusius Turco-Græciæ lib. 2. De posteriori vero, gladio nempe, differunt S. Augustinus lib. 22. contra Faustum capp. 70, & 77, Leo Sapiens in Fragm. orat. de S. Petri Caten., & glad., S.

Ber-

Bernardus de Confid. lib. 4. &c. In more poſitum olim, ut Romanum ante Pontificem, in ſignum Juſtitiæ, poteſtatisque judiciariæ,
nudi deferrentur gladii, atque demum ab Hadriano I. impetraſſe
Deſiderium Italiæ Regem, ut is gladii ante Pontificem geſtandi
honor Langobardis concederetur, auctor eſt Corius in hiſt. Mediol. Cujus ſimile de Herbipolenſi Antiſtite ad Aram maximam
evaginatum tenente gladium referunt Reginaldus Polus de Papæ
poteſt. cap. 43, & Renatus Choppinus de Sac. Polit. lib. 2. tit. 1,
Juxta hæc itaque Sacerdotibus olim neque Satellitio militari ſti-
patos incedere nefas, ac indecens erat. Atque profecto apud Judæos fuiſſe Militiam Templi cuſtodiæ mancipatam, adſcriptam-
que, ad Sacrarum rerum, ac Sacerdotum injurias propulſandas,
fontesque jure prehendendos, atque in vincula pertrahendos, liquet ex lib. 1. Machab. cap. 4, ubi a Juda leguntur ædificatæ Tur-
res, ac Milites collocati ad gentium vim repellendam, ex Joſepho
Antiq. lib. 20. cap. 4, & Tacito lib. 5. referentibus ab Herode
Templum cuſtodia munitum, ac Turri, ex Actor. cap. 4, ſeq., ubi
a Templi Præſidio, Militiæque Præfecto Legi inobedientes, Sacerdotum Juſſu, in carcerem raptos conſpicimus. Quod confirmat
Græcus textus, ac Theophylacti lectio, ubi pro *Magiſtratus Tem-*
pli cap. 4. v. 1, & cap. 5. v. 24 habent Στρατὸς, τοι Ἱερῶ *Templi*
Præſidium, ſeu Exercitum. Satellites hoſce porro flagris, & loris armat Rabbi Salomon, quibus nempe ad Sacerdotum imperium
de ſlagitioſis vindictam capere præſto eſſent; quique ideo Actor.
cap. 16. v. 22, & 35. Ραβδούχοι *Lictores, ſeu Virgarum geſtatores*
dicti ſunt, quod Ράβδῳ *Virga* reos cædere ad Sacerdotum nutum
ſolerent. Quin etiam lanceis, clypeis, & peltis a Jojada Pontifice
M. armatos ad Athaliæ tyrannidem deprimendam adparet ex 4.
Regum cap. 11. v. 4, ſeqq., ac 2. Paralip. cap. 24. v. 9, ſeqq.
Gladiis quoque, virgiſque Lictores eoſdem armatos deſcribit
Philo lib. contra Flaccum Ægypti Præſidem, iidemque apud Æ-
gyptios *Spatephori*, eorumque duces *Protoſpatarii* dici ſolebant.
Qua de re Baſnagius in Annal. Polit. ad an. 34. §. 9. To. 1. p. 439,
Hammondus ad Luc. cap. 22. v. 52, & Schmidius in Not. ad Act.
cap. 4. v. 1. putant revera Templi Præſidium ex Militari copia,
aut Romanæ Cohortis, aut Judæo manipulo conſtitiſſe, fuiſſe
vero

vero ex Levitis ipsis armatis, quibus præessent Στρατηγοι Præfecti; istoque nomine venisse non bellicos Duces , sed Præsides Civiles cum potestate aliis præfectos , existimant Antonius Vandalzus Antiq. dissert. 5. cap. 3. edit. Amstel. 1743. p. 419, seqq., Clericus in Not. ad Hammondum loc. cit. , & ad Vers. Gallic. Nov. Test. , Ligfootus in Horis Hebr. ad Luc. 22, 4. Oper. To. 2. p. 558, Deylingius Observat. sacr. par. 3. obser. 32. ad Luc. cit. loc., & Act. 4. v. 1, & 5. v. 24 edit. Lips. 1739. p. 302 , seqq., Binæus de Morte Jesu Christi lib. 1. p. 345 , Wolphius in Curis Philolog. ad Luc. cap. 22. To. 1. p. 751 , &c. Apud Romanos , & suos Sacerdotibus adfuisse Lictores, & Apparitores , dictos etiam *Viatores*, *& Summotores* , quos sane Regum , ac Magistratuum insignia fuisse multis ostendit inter alios Brissonius Jur. Civil. Antiq. lib. 3. cap. 14, auctor est Seneca epist. 95, & Controv. 2. lib. 1, & adparet ex veteri Fragmento lapideo in via Appia inscripto: *Apparitor Pontificum Permulario* apud Pitiscum Lex. To. 1 edit. Ven 1719. p. 127. Jidem Pontificum Calatores denominati Εʹκβιβαςαι Γʹερεων , qui & Comitia calabant, & a Pontificibus Sacra facturis præmittebantur , ut opera prohiberent, quibus contaminati Numinum Cæremoniæ viderentur. Videndus & Gutherus de Vet. Jure Pontif. lib. 2. cap. 13. Romano itaque more Philotomum Martyrem Militibus stipatum apud Alexandrinos judicia exercuisse testatur Nicephorus lib. 7. cap. 9. Militari etiam ornatu instructum Syriam , Phœniciam, & Palæstinam S. Eusebium Samosat. peragrasse , Diaconos , & Presbyteros ordinatum , Ecclesias invisum , tradit Theodoretus lib. 4. cap. 12. Synesium etiam armis se tueri , vitæque subsidia quærere fas sibi fecisse liquet ex ipsius epistolis. Maximiano item Episcopo laudi vertit S. Augustinus epist. 50, nunc 185, relatus Can. 2. *Maximianus* 23. q. 3, quod Ecclesiæ tuendæ caussa Milites conduxisset. Idem confirmat epist. 154, nunc 47. ad Publicolam , ac refertur Can. 8. *De Occidentis* 23. q. 5. Milite quoque stipatus S. Cyrillus Alex. severam de Judæis, turbas passim in Christianos commoventibus , vindictam cepisse refert Nicephorus lib. 14. cap. 15. Utcumque vero ab Ecclesiastica mansuetudine aberrare exempla hæc videri queant, non alia tamen eam temporum iniquitatem tulisse remedia cogitandum

dum eft, ideoque eo, quo poterat, exerendam fuiffe Ecclefiafticam poteftatem modo, cui pepercit tandem, quum præfentiffimos delictis vindicandis Chriftianos Princeps experiri cœpit. Facit huc deniqne vetus illa *Senatorum* adpellatio, qua alicubi Epifcopi, propriæ indicandæ poteftatis gratia, denominari a fidelibus confuebant, veluti fidem facit antiquiffima infcriptio Virdunenfis in Æde B. Virginis apud Vaffeburgium lib. 1. Antiq. Belgic. & apud Filefacum de Sac. Epifcop. auctor. cap. 1. §. 1, qua nempe ejufdem Ecclefiæ Præfules eo *Senatorum* nomine infigniti leguntur. Sed de his Jam nimis.

Documentis hifce quam difertia, tam folidis quis, fodes, vinci non pateretur? Non tamen Jannonus, qui ingenio pro improbo eadem aut perfpicere, aut probare vel nefcivit, vel noluit. Age vero, quibus deinum ipfe ductus momentis oppofitam in Proteftantium opinionem utroque pede defcendere maluit? Principio nempe Hift. Civil. Neap. lib. 1. cap. ult. § 1. poftquam cumGrotio, & Fontejo, qui in eo dumtaxat inter fe difcrepant, quod Epifcoporum poteftatem, dignitatemque fupra Presbyteros inductam hic putet Gentilium exemplo, ille vero, ad quem cum Seldeno, Thorndicio, Salmafio, Dodvvello, Ligfooio, Spencero, Hammondo, Zieglero &c., de quibus Pfaffius Orig. Jur. Ecclef. cap. 2. art. 3. p. 83, feqq., Jannonus propius accedendum eft ratus, Synagogæ veteris regiminis formæ acceptam referendam arbitratur, in SS. Igoatii epift. ad Trall., Cypriani lib. 1. epift 10, lib. 2. epift. 7, lib. 3. epift. 10, & lib. 4. epift. 2, ac 10, Bafilii epift. 3 1 9, ac Hieronymi in cap. 2. Ifajæ fente ntia, communi opera ab Epifcopis, & Presbyteris veterem adminiftrari Ecclefiam confueviffe præfidentiffime adfirmare non dubitaffet, quafi parem cum Epifcopis in Ecclefiæ regimine Presbyteri obtinuiffent poteftatem, ultra progreffus §. 4. tribus primis Sæculis ex triplici dumtaxat gradu (in quo tamen a Proteftantibus ipfum abfuiffe largiri non detrectabo) Epifcoporum, Presbyterorum, & Diaconorum, nulla Pontificis M. ratione habita, Ecclefiafticam Hierarchiam coaluiffe, refque omnes Ecclefiafticas in Synodis definiri confueviffe contendit. Qua ratione deinde, quibufve de rebus judicia ftatuenda tribus iifdem prioribns ævis Ecclefia fibi propofuerit, eeque ipfa

statuendi eidem jus insederit, inquirendum suscipiens §. 6. decernit velut ex tripode, concluditque in Ecclesiæ potestate fuisse quidem poti.um cognoscendi 1. de Religionis, ac fidei rebus per modum politiæ, de scandalis, aliisque delictis per modum Censuræ,
& Correctionis; ac de litibus Christifidelium per modum Arbitrii,
& Compositionis, non etiam tum Ecclesiam propria Jurisdictione
potitam, ideoque eidem con petiisse dumtaxat *Notionem*, *Judi-*
cium, & *Audientiam*, non Forum, non Territorium, non Jurisdictionem habuisse. Quo plane in errore Jannono præiverunt Bodinus de Repub. lib. 3. cap. 5, & Cujaccius lib. 1. Resp. Papiniani in L. 40. §. 1. *De Pactis*, & in Paratit. Cod. *De Episcopali au-*
dientia, Episcopis Jurisdictionem detrahendi argumentum inde
desumentes, quod Valentiniani III. Novel. tit 12. *De Episcop.*
Jud. L. 1. Episcopi, & Presbyteri Forum Legibus non habere dicantur. Quod Constantini M. lege apud Sozomenum lib. 1 cap. 8.
Episcopalis sententiæ executio Laicis Magistratibus legatur demandata. Quod Episcopis Audientia dumtaxat, sive nuda Notio,
velut inscribitur titulus, non etiam tribuatur Jurisdictio, quæ
proprio Territorio cohæret, L. ult. ff *De Jurisd.*, L. ult. Cod.
Ubi, & *apud quem in integr. resti.* At enim Episcopos Diœcesim
habere quidem, non vero Territorium liquere subjungunt ex Can.
3. *Sicut* 16. q. 3, ex Can. 5. *Licet* ibidem, ex Can. 2. *Posse*
ibid. q. 5. Morem hunc veterem Ecclesiæ adgnatum perdurasse integrum a Justino II. usque ad Leonem Isaurum repetere pergit
Jannonus lib. 4. cap. ult. §. 1, ideoque toto eo tempore Ecclesiam
Foro, Territorioque caruisse. A Carolo M. Pontifici M. Jus Territorii primo fuisse collatum Lib. 3. cap. ult. §. 1. ex Richerio in
Apolog. Gerson. par. 3. Axiom. 36. colligere se præsumit: cujus
exemplo deinde aliis Episcopis a Principibus aliis ejusdem Juris facta particula fuerit. Sæculo XII. denique Foro potitam Ecclesiam
plene fuisse, obidque compilatum Gratiani Decretum, To. 2.
lib. 14. cap. ult. confiteri non dedignatur. Non his meliora utique Protestantes habent, ac quammaxime in his Tillenus, Spanhemius, Chamierus, Goldastus, Deylingius, Salmasius de Episcopis, & Presbyteris cap. 6, de Fœnore trapez., ac de Primatu
Papæ cap. 1, Seldenus de Syned. lib. 3. cap. 10, Matthias Stephani

phani ad Cod. lib. 1. tit. 4, Tobias Pautmeiſterus de Juriſd. Imp.
Rom. lib. 2. cap. 7. §. 27, alfique Remonſtrantes in Datavia,
Independentes in Anglia, Confeſſioniſtæque præſertim Auguſ-
tani in Germania ad Artic. 16, &c. ante quos, aut poſt ire
non puduit Marſilium Patav. in Defenſor. pacis par. 2. cap. 5,
ſeqq., Guillelmum Ochamum de Poteſt. Eccleſ., Philotheum
Achilinum in ſomno Viridarii lib. 1. capp. 12, 14, 65, &c.,
Petrum Cunerium in diſput., ex parte Jacobum Almainum de
Poteſt. Eccleſ., & Laic. q. 3. cap. 2, Jacobum Gutherum de
Jur. vet. Pontiſ. lib. 2. cap. 1, Pagninum Gaudentium de vita
Chriſt. ante Conſtant. cap. 56, Sarpium hiſt. Conc. Trid. lib. 4.
p. 169, Antonium Dominici de Commun. peregr. p. 92, Duare-
num de Sac. Eccleſ. Miniſt. lib. 1. cap. 2, Richerium de Poteſt.
Eccl. &c. in ea opinione verſatos, ut Eccleſiæ Juriſdiⱷionem ex
Principum indulgentia profeⱷam exiſtiment: quorum tamen om-
nium, deviⱷo, proſtratoque Jannono, concidere omnes prorſus
gladios oportet.

Itaque, ut omni de germana SS. Patrum ſententia dubitandi
amoto prorſus ſcrupulo, Proteſtantium, atque Jannoni objeⱷis
vis perinde, roburque omne penitus auferatur, obſervare cum Baronio ad an. 58. n. 3, ſeqq. operæ pretium erit, aliam veteres Patres loquendi rationem tenuiſſe, quum de nomine, aliamque,
quum de re ipſa quæſtio eſſet. Quoties itaque de Epiſcopi poteſtate ſermo eiſdem incidiſſet, eam profeⱷo explicitiſſime ſupra Preſ-
byteros extuliſſe indubiam rem faciunt eorumdem congeſta ſuperius, nihilque obſcura loca. Si quando vero de nomine ageretur,
Apoſtolatui quidem Epiſcopatus aliquando inditum nomen intel-
liginus ex Pſal. 108. v. 8, & Aⱷor. 1. v. 20, atque ita S. Auguſtinus de Civit. lib. 19. cap. 19. Epiſcopatum operis nomen, non
honoris, denominatum a Græco Β'πι Super, & σκοπὴς Intentio,
ut idem ſit, ac Superintendere obſervat. Epiſcopos viciſſim diⱷos
Apoſtolos diſcimus ex epiſtola ad Rom. 16. v. 7, 2. ad Corinth. 8.
v. 13, & ad Philip. 2. v. 25 Quadam perinde ratione, quod fidelium
curæ præfeⱷi eſſent Presbyteri, eodem & ipſi Epiſcoporum nomine inſigniti reperiuntur Aⱷor. 20. v. 17, & ad Philp. 1. v. 1. A
Presbyteris iterum diſtinⱷos explicitiſſime Apoſtolos dignoſci-

mus ex Act. 15. v. 2, 22, seq., & 16. v. 4, atque ita promiscue
Episcoporum nomine Presbyteros suis: adpellatos docent nos
Hilarus Diac. in epist. ad Ephes. cap. 4, S. Joh. Chrysostomus
ibid. hom. 15, & in cap. 1. ad Philip., Theodoretus in eamdem
epist., in cap. 3. epist. 1. ad Timoth., & in cap. 1. epist. ad Tit.,
Auctor quæst. vet. Test. inter Opera S. Aug. l b. 1. cap. 101, &
apud Ecchellensem de Orig. Eccl. Alex. cap. 13. Johannes Daren-
sis de Hier. Eccl. lib. 4. cap. 3, Joh. Maro tract. 1. in Liturg. S.
Jacobi cap. 6, & Syrus Interpres in cap. 3 epist. 1. ad Timoth. Quæ
omnia eò demum collineant, ut quoad Sacerdotium par esset quidem Apostolorum, Episcoporum, ac Presbyterorum ordinatio,
non etiam potestas. Ad hæc prisco in more positum, ut Presbyteri in administrandis Ecclesiis Episcoporum adjutores, & consilia-
rii accederent utique, non vero quod eis potestate essent pares,
laudatorum in objectione Patrum sententia est, quam auctoritate
confirmant sua S. Polycarpus in epist. ad Philip., & Auctor Const.
Apost. lib. 2 cap. 28. Enim vero scripsisset ne alioqui S. Ignatius.
tot locis a nobis prolatis Episcopo Presbyteros subjectos esse debere, absque Episcopo nihil agere Presbyteris in Ecclesia sua esse,
Episcopum veluti Patrem, ac veluti Dominum habendum, qui
Principatu omni, potestateque superior est, atque in Ecclesia præ
ceteris opera præstet : cujus persimili loquendi ratione usi leguntur S. Dionysius Corinth. in epist. ad Athen., ad Gortynen., ad
Amastren., ad Gnosios apud Eusebium lib. 4. cap. 23. verf. Ruff.,
& Polycrates Ephes. in epist. ad S. Victorem P. M. apud eumdem
lib. 5. cap. 24: nisi ejus pariter sententia Episcopus potestate longe Presbytero superior esset? Cujusmodi superioritatis exprimendæ
rursus gratia duplicem ab Episcopo referri imaginem repetit,
unam Christi D., quatenus Sacerdotio defungitur, altera Dei Patris, quatenus Imperio potitur. Quomodo pariter in Concilii Ni-
æni Diatyposi 1. apud Gelasium Cyzicen. lib. 2. cap. 30. in Collect. Hard. To. 1. p. 415, seq. Episcopus dicitur obtinere τὸν τύπον
τῦ χυρίου, ὡς χορηλὸς μετ' αὐτὸν ὅτι τῆς Ἐκκλησίας. Imaginem, sive τύπον Locum, ut legunt alii, Christi D., tanquam Caput post illum Ecclesiæ; atque S. Isidorus Pelus. cum lib. 1. epist.
136. scripsit ab Episcopo geri Τύπον τῦ χριστῦ Imaginem Christi,

tum

ram lib. 2. epift. 71. Epifcopum poteftate omni, ac Principatu
fuperiorem adftruere non dubitavit. Quamobrem hinc profeclum
augurari fruito licet fydere formulam illam Προσκυνῶσι Αʹloro
te, qua olim uti Chriftifideles confuevifse, dum obvium haberent Epifcopum, teftis idem accedit S. Ifidorus lib. 1. epift. 490.
Nec altera S. Cypriano mens inerat, qui objeclis in epiftolis de
Presbyteris, ac Diaconis ad confilium, Ecclefiæque curam adhi-
bendis loquutus, utique quid deceret, expediretque magis, indi-
cavit, non quod omnino efset necefse. Ideft quod Ecclefiaftica
confuetudine obtinuifset, non quod Divina inftitutione defcendif-
fet. Unde epift. 6, five 14. ad Presbyt., & Diac. fufcepti ab Epifcopatus primordio ftatuifse apud fe fcribens, nihil ab fe gerendum
abfque ipforum confilio, & abfque Plebis quin etiam confenfu,
fua privata fententia quid aliud, quæfo, fignificare intendebat,
quam id fuapte, ac libere a fe ftatutum, non coacte, ac necefsa-
rio, & de ratione quidem regendæ prudenter Ecclefiæ, non de
poteftate ipfa regendi, qua ipfum unum potitum tot in locis a nobis laudatis profitetur. Atque profitetur adeo liquido præfertim
lib. de Unit., in Concillo Carthaginenfi de Baptif. an. 256; ac in
epift. 55. edit. Pamel., 59. Felli, alibique fæpe, ut non fateri
nequiret Pfathus Orig. Jur. Eccl. cap. 2. art. 2. p. 112, feq, interea afficere injuria non abftinens, eumque dicere extra oleas vagatum, abeoque Dominii Ecclefiaftici jam tum improvide femi-
na jacla. Huc ipfo paclo, quod faclum potius, quam Divina dif-
pofitione, Ecclefiaftica difpenfatione, & confuetudine, ut Presbyteri Ecclefiæ adminiftrandæ ab Epifcopo in adjutorium advo-
carentur, fcripfit in epift. ad Evangelum S. Hieronymus, (cujus
perinde germanum haud afsequutus eft fenfum Michael Medina
lib. 1. de Sacr. hominum Orig., eorumque continentia cap. 5,
eumdem, non fecus atque S. Ambrofium, S. Joh. Chryfoftomum,
S. Auguftinum, Theodoretum, Primafium, Sedulium, & Theo-
phylaclum Aerianæ hærefis participes agere quam imprudenter,
tam impudenter aufus, peffime vero inflectere poft Heterodoxos
Jannonum haud puduit,) faclumque proinde, ut quum fuperbiæ
faftu, elatæque fupercilio Presbyteri turgefcere, fe feque præter-
modum efferre inciperent, ac fchifmata ideo conflare, ut ab Epifcopis

copis ad confeſſum non amplius deinceps admitterentur, deque
rebus Eccleſiaſticis per ſe dumtaxat Epiſcopi decernerent, velut
hanc modo obtinere diſciplinam cernimus. Qua de recta S. Doctorem interpretandi ratione confer Cl. Dominicum de Dominicis
Brixienſem Epiſcop. de Dignit. Epiſcop. par. 4. p. 169, ſeqq.
edit. Rom. 1757, & Mamachium Orig., & Antiq. Chriſt. To. 4.
p. 183, ſeqq. Ad S. Ambroſiam, ſeu verius Hilarum Diac., quod
attinet, in cap. 4. ad Epheſ., & cap. 4. item 1. ad Timoth., S. Joh.
Chryſoſtomum hom. 1. in epiſt. ad Philip., S. Auguſtinum de
Hæreſ. cap. 53, & epiſt. 19. ad S. Hieronymum, Theodoretum
in cap. 3. epiſt. 1, ad Timoth., & in cap. 1. epiſt. ad Tit., Prima-
ſium, Sedulium, Theophylactum &c. nomine tenus cum Epiſ.
copis Presbyteros convenisse, re tamen diſcrepaſſe locis ſuperius
laudatis adeo liquido tradunt, ut mirari valdequam ſubeat eorum
temeritatem, qui adverſum illis appingere errorem non erubuere.
Compara, qui de his copioſe diſputant, Petavium diſſert. Eccleſ.
lib. 1. cap. 3, & de Hier. Eccl. lib. 2. cap. 8, Cozzam in Vind.
Areop. par. 2. cap. 18, Natalem Alex. hiſt. Eccleſ. ad Sæculum IV.
diſſert. 44. §. 24, Witaſſium de Ordin. par. 2. q. 1. art. 3. ſect. 2.
cap. 1, &c. Videndus etiam Ecchellenſis de Eccleſ. Alex. Orig.
cap. 11, ubi hanc quoque de Epiſcopo gradu, poteſtateque Presbytero ſuperiore doctrinam tradi oſtendit in Didaſcaliis, libro ideſt
de Doctrina Cathol. duodecim Apoſtol. magno apud Orientales
in pretio cap. 9, a Johanne Darenſi Epiſcopo Sæculi V. Scriptore
de Hier. Eccl. lib. 2. cap. 4, in Conſtitutionibus Eccleſiæ Maro-
nit., quas ex Syriacis Arabicas fecit David Archiep. an 1059,
cap. 42, a Johanne Marone, qui Sæculo VI. ad exitum vergente
floruit, lib. de Sacerdotio capp. 4, 21, 22, & 25, a Gregorio Bar-
Hebræo inter Jacobitas doctiſſimo in tract. de fundam. Eccleſiæ
lib. 7. de Sacerd. cap. 2. ſect. 1, & in Conſtitut. Eccl. Alex. cap. 9.
ſect. 3. de Ordin., quibus abunde fit ſatis argumento, quod ex
Eutychio Alex. velut Ajacis clypeum toties objicere Proteſtantibus uſu præpoſtero venit. Tam vero operam ipſe ludit Jannonus,
dum Rom. Pontificem a ſupremo Eccleſiaſticæ faſtigio Hierarchiæ
detrudendum, in eodemque communi cum Epiſcopis gradu collo-
candum adſumpſit, atque rem Eccleſiaſticam omnem in Synodis de-

fini-

finiendam fore pugnat, quam luderem ego quoque, argumentum
istud Tomis praeced. jam absolutum, profligatumque ad incudem
frustra revocando.

Venio igi ur ad Axioma, quod suo de praepostero ingenio,
nulla in medium sufficienti producta ratione, de Potestate Ecclesiastica, ejusque Politia Jannono confingere placuit, eoque,
defixo velut in pulvere pede, ceu procapite, dimicare propositum est. Ecclesiae ergo ab exordio usque ad Caroli M. aetatem
Notionem, Audientiam, Judicium largiri non detrectat, non etiam
Forum, Territorium, Jurisdictionem. Sed enim jugulum sibimet
Jannonum petere quis non perspicit, dum is simul asserit, negat-
que? Enim vero Cognitionem viam esse, conditionemque ad Judicium, atque cognoscendi jus ad eumdem pertinere, cujus est
Judicium ferre, nemo ignorat. Audientiam quoque ipso cum Judicio confundi, juxta receptum Jurisperitorum morem, intelliget facile quisque ex Cod. Theod., & Justin. passim, ex LL. Burgundiae tit. 19. §. 1, & Wisigoth lib. 2. tit. 1. §. 23, ex Conventu apud Andelaum an. 587, ex Conciliis Parisiensi V circa
an. 615. cap. 5, & in Edicto Clotarii II, Remensi an 630. circ.
Can. 16, & Cabilonensi circa an. 650. Can. 6, ex S. Hilario in
Fragm. p. 6, Sulpitio Severo hist. lib 2, S. Gregorio Turon. lib.
10. cap. 17. Flodoardo hist. Rem. lib 2, Ratherio Veron epist. 3
S. Bernardo epist. ad Episcop. Aquitan., Petro Cellensi lib. 1,
epist. 16, &c, a quibus utique Episcopis Audientia tribuitur.
Jam vero a Judice judicium absque Jurisdictione exerceri quis
somniet? Et inde quis Jannono non irascatur Ecclesiae Jurisdictionem eripienti, Judicium tamen ultro citroque tribuenti? Territorii nomine rursus, quid, per Deos immortales rogo, a Juris-
consultis aliud intelligitur, quam Locus, quousque suam juris-
dicundi potestatem Judex extendit, veluti Pomponius, Paullus,
aliique L. *Pupill.* §' *Territ. ff. De Verb. Signif.*, L *Extra Territ. ff. De Jurisd. omn. Judic.*, unde per metonymiam Territorii
adpellatione Jurisdictionem ipsam accipere Ulpiano p'acuit L.
Si quis ex aliena ff. De Judiciis. Quod etiam faciunt L. un. *De Hi-
renarch.* Cod. Theod., & Glossarium Graeco-Lat. Ducangii V.
Ε'ϱία, Παϱιβολος, Πιϱιχῶϱα, Ugotio, & Sidonius Apollin. lib. 1.

epist.

epiſt. 8 , ubi vide & Savaronem , & Menagium in Amœnit. Jur.
p. 940. Siquidem vero intelligi nequeat Judicium abſque Judice ,
neque Judicem abſque Juriſdictione , neque Juriſdictionem abſque
Territorio , inde fit evidens , quod ſiquidem Eccleſiæ Judicium,
etiam competat , eidem competere perinde Juriſdictionem , ac
Territorium oportet. quod non eſt aliud, quam pro Romano Pontifice , totus , qua late patet , Orbis , pro Epiſcopis vero ſingulæ
ipſorum Diœceſes , in quas Juriſdictio paſſim a Synodis Ipſis adſe-
ritur , veluti recte ex Antiochena an. 341. Can. 23. obſervat Al-
taſerra in Vindic. adverſ. Fevretum cap. 1. Atque hæc quidem
quoad nomen : quoad rem ipſam vero , Eccleſiæ Juriſdictionem in
Clericos liquido probant quæ , & quanta ad probandam a Foro
Laico Clericorum exemptionem ex Patribus , ex Conciliis , ex
Pontificibus documenta paullo ſuperius producta ſunt. Eadem
quoque Eccleſiæ in Laicos Juriſdictio maniſeſtiſſima evadet ex dicendis Art. ſeq. , ideoque heic ſatius habebo indicaſſe Synodum
Apoſtol. Hieroſolymis anno a Chriſti D. obitu 16. habitam Act.15,
6, ſeqq. , S. Paulum ad Rom. 16 , 19 , 1. ad Corinth. 6, 1 , ſeqq. ,
2. ad Corinth. 10, 6 , ſeqq. , 13 , 2 , ſeqq. , ad Hebr. 13 , 17 , alibique ſæpe ſua de poteſtate , deque obedientia ſibi impendenda loquentem , S. Clementem epiſt. ad Corinth. n.2 , S. Ignatium epiſt.
ad Epheſios n. 2 , ad Smyr. n. 8 , &c. , Origenem contra Celſum
lib.3. n.29 , ſeq. , hom.2. in Jerem. , &c. , S. Cyprianum epiſt. 55.
ad S. Cornelium , alibique frequenter , Luciferum Calarit. lib. 1.
adv. Conſtantium , S. Ambroſium epiſt. 32. ad Valentinianum ,
S. Gregorium Nazian. Orat. 17 , S. Auguſtinum de Moribus Eccleſ. cap. 18 , &c. de Epiſcoporum in Laicos , ipſoſque Principes
Juriſdictione loquentes . Jure optimo itaque Eccleſia Juriſdictionem , ac Forum proprio edito titulo De Foro competenti Decret.
Gregorii IX. lib. 2. tit. 2. ſibi vindicavit . Quod plane Forum ſi
Negotiatorum , Artificumque Collegiis non denegatur , Alexandro Severo auctore apud Lampridium , ac L. ult. Cod. De Juriſd.,
in Milites competit Magiſtro L. Magiſteriæ Cod. eodem , Rectori
Univerſitatis in Scholares Cod. Ne Filius pro Patre , Patrisfami-
lias in Filios , & Famulos , Navis Gubernatori in Vectores , Artis
Magiſtris in Diſcipulos , ut habet S. Joh. Chryſoſtomus hom. 3.

in epiſt. 2. ad Timoth. , quis æqui , juſtique æſtimator idém Eccleſiæ deneget ? Non denegarunt ſane Imperatores : nam Conſtantinus M. Epiſcoporum leges per Orbem valere, adeoque ut Judicum
aliorum anteferendæ forent ſententiæ , voluiſſe fertur ab Euſebio
in ipſius vita lib. 4. cap. 27 ; Theodoſius , Honorius , & Arcadius
Cod. *De Epiſcop. Jud.* eo ipſo, quo Jus Civile ex deciſionibus
cauſſarum Prætorianis in Provinciis , modo Jus Eccleſiaſticum
conſtitui tam agnovere , quam adprobarunt ; Juſtinianus L. 45.
De Sacroſ. Eccleſ. eodem ipſo in pretio Eccleſiaſticas haberi leges
præcepit , quo Civiles a ſe latas obtinere decreverat . Conſer & L.
Omni 9. eodem Cod. , & tit. , L. *Cum Clericus* 25. *De Epiſcopis,*
& Cler. , & L. *Mathematicos* 11. *De Epiſcop. Aud.* , quibus Epiſcopi leges ferendi, judicandique poteſtatem a Chriſto D. acce piſſe
dicuntur, Neque ſcrupulum injicere , moramque valet Valentiniani III. lex forum Eccleſiæ abrogans , utpote quæ adverſa pugnet fronte tum cum legibus Imperatoribus a prioribus aliis, ac po-
ſterioribus latis, veluti L. *Placet*, Auth. *Interdicimus*, & Auth *Sta-*
tuimus Cod. *De Epiſcop.* , *& Cler.* , tum cum L. 3. Cod. *De Epi-*
ſcop. Jud. lib. 16. ipſius Valentiniani, qua Eccleſiaſticas cauſſas
Epiſcopali finiri Judicio debere fatetur , atque ipſemet paullo ante
quin etiam Epiſcopis , prout Jurgantium ſe ferret voluntas , jurgia finiendi licentiam non ademerat : quod eſt proculdubio Eccleſiæ Forum agnoſcere, faterique; tum quæ gravi digna reprehenſione S. Ambroſio viſa fuit epiſt. 23 , eique Patris ſui exemplum pro-
ponenti, qui Epiſcoporum Juriſdictionem , veluti liquet ex L. 18.
Quorum Appell. Cod. Theod. ,loco dimoveri ſuo nunquam eſt paſſus; tum quæ demum a Majoriano , ut alibi dictum eſt , & a Concilio Andegavenſi quin etiam an. 455. Can. 1. abrogata penitus
fuit . Hinc igitur habes , quibus etiam Cujacio , Loyſelio , Bordio item *Temoignage de la Verité*, & Polono Nobili in Principiis ex
Bordio adoptatis , ſufflaminato ab Auctore Reflex., & Princip.
meliorum de Juriſd. Eccl. Lipſ. 1757 , ſatisfacias , quo ex poſtremo habes præterea Imperatorum ſequioris ætatis Pacta , & Capi-
tulationes Friderici I. an. 1179 , Friderici II. an. 1213 , & 1220,
Rodulphi I. an. 1275 , Caroli IV. an. 1359 , Maximiliani I. anno 1507, Rodulphi II. an. 1590, Caroli VI. an. 1711 , Franciſci I.

an. 1742, & 1745, quibus Juri Canonico sua auctoritas religiose
servata est, ac Judiciorum Ecclesiasticorum forma sarta, tectaque
jubetur. Quamquam etsi daretur Ecclesiam Forum non habere,
prout Forum legibus accipitur pro Cognitione, & Judicio caussarum pure Civilium, uti L. 6. §. *Est autem* ff. *De Excusat.*, Forum tamen, prout Jurisdictionem in Clericos importat, ac in Laicos etiam circa Leges Ecclesiasticas, nulla denegari Ecclesiae ratione potest. Rursus etsi suas per se sententias exequi Ecclesia
nequiret, non ideo tamen Jurisdictione carere dicenda esset: rerum enim judicatarum executio ideo ab Ecclesia in Judices saecu-
lares rejecta fuisset, quod eadem plerumque Militari fieri manu
debeat, quam alioqui Brachii saecularis nomine Principum legibus
a Laicis Judicibus Ecclesiae, proprio ex officio, praestari debere
alibi ostendimus. Caeterum Ecclesiam suas per semet ut plurimum
sententias exequi seq. Art. 6. palam fiet. Praeterea licet in Cod. Justin. titulus inscriptus sit non de Episcopali Jurisdictione, sed de
Episcopali Audientia, haec autem dicatur aliquando simplex Notio sine Imperio, veluti L. *Ait Praetor* ff. *De Re judicata*, L. *Notionem De Verb. Signif.*, nihil interest, dum Audientia haec ad Ecclesiam pertinens a S. Augustino in Brevic. Collat., & lib. 3. contra Julianum cap. 1. dicitur *Audientia competens*, quomodo Decret. lib. 1.
tit. 2. *De Foro competenti* inscribitur, idest conjuncta cum Jurisdictione. Denique etsi daretur Episcopos Territorio carere,
non propterea carerent Jurisdictione, quae tum personae adhaeret
L. *Inter Tutores* ff. *De Administ. Tutor.*, L. *Si res*, *De Legib.* 1,
tum est in personas L. 3. ff. De Offic. Praesid., junctis Gloss., &
Jurisperitis in L. 1. ff. *De Jurisd.* Sed enim Territorio Ecclesiam
non carere diximus, quod potius Dioecesis nomen obtinuit, re
tamen idem est, nec de nomine disputandum. Itaque legibus
Principum Jurisdictionem Ecclesia non adquisivit, sed ea dumtaxat, quae Jure Divino ipsi competit, vel magis declarata est, uti
docet Johannes vetus Glossator in Can: 11. *Si Imperator* dist. 96,
vel magis est munita, ac defensa, velut interpretatus est recte
S. Isidorus Hispal. in Can. 20. *Principes* 23. Q. 5. Atque hoc de
argumento hactenus.

DE

DE ECCLESIÆ POTESTATE

Lites inter Fideles Laicos judicio finiendi, Laicasque suis infensas Leges infringendi.

ARTICULUS V.

Generali principio, geminoque præjacto de Jurisdictione, & Imperio, sive de Potestate Judiciaria, & Legislativa Ecclesiæ competenti, sequitur inde, aut ego fallor, quod tam privatas Fidelium lites judicio finire, quam publicas, suis infensas, Principum leges infringere in Ecclesiæ potestate sit positum. Atque principio quod ad caput primum respicit, hanc profecto de litibus inter Fideles agitatis cognoscendi provinciam idcirco priorum Sæculorum Episcopis præfracte eripiunt, partes eosdem dumtaxat Arbitrorum egisse pugnantes, Basnagius in dissert. de Tribunal. Episcop., Bohemerus de Jure Protest., Mornacius ad L. 8. Cod. *De Episcop. Audient.*, Fleurius Hist. Ecclef. To. 19. in discur. prælim., Jannonus Hist. Neap. To. 1. lib. 2. cap. ult. §. 3, & lib. 5. cap. ult. §. 1, &c., quod ad Judicis laici partes litium illarum cognitio pertineat, in quas ideo nefas sit Episcopos irrumpere. Verumtamen quod ipsis nefas visum est, Ethnicis olim receptissimum religione erat, cujus intuitu sane apud Ægyptios, ac Tyrios Sacerdotes Judicum officio defungi consuevisse tradit Ælianus Var. lib. 14. cap. 34; apud Lacedæmones, & Athenienses Sacerdotibus de negotio quocumque cognoscendi, dicundique jus peramplum insedisse testatur Plutarchus in Theseo, apud Gallos, & Germanos Sacerdotum judicio stare, adquiescereque Jussos, qui de hæreditate, & qui de finibus contenderent, officioque cessisse inobedientes Sacrificiis interdicere: quo nomine igne, & aqua interdicti habebantur, atque ab eis aditu, sermoneque decedebant omnes, fide adfirmant sua Cæsar de Bello Gall. lib. 6, Tacitus de Morib. Germ., & Stephanus Forcatulus de Gall. vet. Relig.; apud Romanos, ac Latinos tali Sacerdotes, ac tanta auctoritate potitos, ut de Pauperum caussis, de Testamentis, de Adoptionibus,

de Mancipationibus &c. judicium ferrent , auctores fe præbent
Dionyfius Halic. lib. 1, Livius lib. 1. cap. 20, & lib. 2. cap. 2, ac
Cicero de Arufp., & pro Domo fua . Ad eam vero Pontificis M.
amplitudinem excreviffe poteftatem adjungunt Feftus de Verb. fi.
gnif. VV. *Ordo*, *Judex*, *Arbiter*, Dionyfius Halic. lib. 2, & Aulus Gellius Noct. Attic. lib. 15. cap. 26, ut *Rerum Divinarum* ,
& *bumanarum Judex*, & *Arbiter* haberetur , ut legum fuarum
tranfgreffioribus , pro delicti magnitudine , pœnas inlligendi , bene fibi vifas, poteftate defungeretur abfolutiffima, nulliufque ipfe
viciffim poteftati obnoxius , neque Populo , neque Senatui gefto-
rum rationem cogereiur reddere . Per Religionem longe purio-
rem Judæorum Sacerdotibus licuiffe gentilium fuorum lites judicio finire certum eft quammaxime , & conftans . Levitici 13. locum explicans Philo de vita Moyfis lib. 3. Principibus , ac Judicibus ad cauffas difcernendas , componendas , ac dirimendas affe-
diffe Sacerdotes arguit . In unaquaque Urbe feptem confediffe
Judices , quibus duo adjungi Levitæ folebant , qui Judæis jus dicerent , auctor eft Jofephus Antiq. Judaic. lib. 4. cap. 8. Sub Syris tractatu inito Lyfiam inter , & Judam fas Judæis fuiffe fuis vivere, judicarique legibus liquet ex 2. Machab. 11, & Jofepho Antiq. lib. 14. cap. 17, & lib. 17. cap. 2. Indultum id quoque a Romanis fub Quinto Memmio , & Tito Manlio, ac perinde fub Pompeo, Gabinio , Felice, Fefto , Albino &c. adparet ex cit. Machab.
loco , & ex Act. Apoft. capp. 4, feqq., ac 24, feq., adfirmatque Jofephus lib. contra Appionem p. 1065, & Antiq. lib. 18. cap. 34 ,
lib. 19. cap. 4, ac lib. 20. cap. 1. Vide fis & Tillemontium Tom. 1.
p. 410. edit. Bruxel. Monum. hift. Eccl. par. 1. Tom. 2. p. 316 ,
feqq. , Schikardum de Jure Reg. Hebr. cap. 1. p. 15, feqq. , Bafnagium Hift. Jud. To. 2. cap. 15. p. 380, feqq. , Deylingium Obfervat. Sacr. par. 5. differt. de Æliæ Capitol. Orig. §. 13. p. 461,
feq., &c. Per leges denique Cod. Theod. lib. 2. tit. 1. L. 10. *Siqui*
fub Chriftianis Imperatoribus Judæo cum alio gentili litem gerenti
fuum apud Patriarcham judicio experiri permiffum conftat . Idque adeo conftans apud Judæos, ut integrum Sacerdotum jus manferit Laicorum jurgia , litefque de rebus etiam mere temporalibus
judicio dirimendi , ut illicitum femper Judæis , ac nefas ingens
                                                              fuc.

fuerit , fuo relicto foro, aliud a Religione fua alienum adire diferte legatur in *Schulchan Aruch* par. 4. n. 26, multifque ex Judæorum libris allatis documentis oftendat Joh. Andreas Eifenmenge-
rus in Judaifmo detecto par. 2. cap. 9. p. 472, feqq. Confer & Baronium ad an. 43. n. 4. feq., ac Seldenum de Syned. lib. 1. cap. 8,
& lib. 2. cap. 15. Potius vero quam hinc , ex Judæorum Difciplina ideft , ut perfuafum fuit Pfaffio Orig. Jur. Eccl. cap. 2. art. 2.
p. 7, multoque minus ex Principum indulgentia , ut perfuadere
apud Seldenum de Syned. lib. 2. cap. 7, & Bafnagium in differt. 4.
de Eccl. Tribun. Annal. To. 2. p. 491. Proteftantes vellent , ex
Chrifti D. inftitutione , five Apoftolica , Epifcopali ita exigente
dignitate , officioque , profectum , ut Chriftifidelium lites de rebus etiam temporalibus dirimendæ ad Epifcopos deferrentur , neque velut ad Arbitros dumtaxat , ac Judices electos, uti poft eofdem Proteftantes fuadere Jannonus intendit, fed velut ad eos, qui
revera Jurifdictione potiuntur , in animum quifque facile fuum
inducet , qui recolat id profecto oneris a S. Paulo 1. ad Corinth.
cap. 6. Epifcopis impofitum verbis illis : *Audet aliquis veftrum
habens negotium adverfus alterum judicari apud iniquos , & non
apud Sanctos ?* &c. Quibus plane Corinthiis probro vertebat , quod
lites agitantes experiri judicio apud Infideles mallent , quam apud
Sanctos . Quæ proinde adpellatione palam excluditur notio illa
Presbyteri plebeii , vulgaris , atque vilioris exiftimationis, quam
venire contendit Seldenus verbis illis : *Contemptibiles , qui funt
in Ecclefia, eos conftituite ad judicandum* ; tamquam non Epifcopi,
fed infimi Presbyteri fubfellii fuiffent a S. Paulo Judices defignati . Multoque minus intelligi Laicos homines, eofque neque æquitate , neque prudentia ad componendas lites fatis præditos, ut
interpretatur Bafnagius cit. differt. 4. n. 5, aut incertæ fpeciei Judices ad Synagogæ exemplum in Ecclefiam inductos, uti Ligfoo-
to in hor. Hebraic. p. 895. vifum eft . Quod fane quam longe ab
Apoftoli mente abhorreat , illud magis oftendit , quod eofdem
præterea Corinthiorum rebus judicandis conftituit Apoftolos ,
quos futuros Angelorum Judices indubitanter adfirmat : *Nefci-
tis, quoniam Angelos judicabimus ? Quanto magis fæcularia ?* Quo
perinde nomine Judices defignatos Epifcopos tum exinde probatur ,

tur, quod id fibimet officii vindicet Apoſtolus, illudque commune iis faciat, qui ſuis ſufficiendi vicibus eſſent, tum exinde comprobatur, quod ſuperiori cap. 5. v. 12. Epiſcopale Tribunal a
profano d:.jungens : *Quid mihi*, inquit, *de iis*, *qui foris ſunt*,
judicare ? Quibus liquido de Fidelibus judicandi ſibi jus vindicat,
dum illud de Infidelibus a ſe repellit, quod ipſum Jus eſt, quo
apud Corinthios, alioſque perinde Chriſtifideles defungi pariter
Epiſcopos jubet. Itaque pro *Sanctis* Eccleſiæ Præſules rite interpretatus eſt S. Baſilius in q. 9, & pro *Iniquis* Judices laicos ex humanæ diei conditione, legumque Sæcularium conſuetudine judicantes accepit Theodoritus Scutatorius in Græco Cod. Mſ. Vaticano. Præterea loco verbi *Conſtituite* Græcus Textus habet
χαθιζετε, quæ dictio anceps eſt, ac transferri æque poteſt *Conſti-
tuitis*, ac *Conſtituite*. Et primo quidem modo legendum *Conſtitui-
tis* viſum eſt Hilaro Diacono in hunc loc, quam lectionem probant Valla Crit. Sacr. To. 5. edit. Francof. p. 69, Paraeus, Ca-
ſtellio, Joſ. Medus in Fragm. Sacr. p. 261, &c., quaſi nempe reprehenſione ideo ſe dignos præbuerint Corinthii, quod homines
Ἐξουθενημένος *contemptos*, & *nihili habitos* Judices conſtituerent,
unde ſubjungit : *Sic non eſt inter vos Sapiens quiſquam*, *qui poſſit
judicare ?* Poſteriori vero, propiorique ad veritatem modo legendum *Conſtituite*, ut habet Latinus Interpres, non quidem ut iro-
nice dictum, dictumque de Judicibus Ethnicis, velut accipiendum
exiſtimant Ludovicus de Dieu, Heinſius Exercit. Sac. lib. 7. cap. 4,
Lochius ad hunc loc., Wolfius in Curis Philolog. Crit. Tom. 3.
p. 383, &c, probant S. Johannes Chryſoſtomus, S. Auguſtinus,
qui lib. 5. adv. Fauſtum cap. 9. legit *Collocare*, Theodoretus, The-
phylactus &c., atque hanc lectionem amplectuntur Interpretes
Eraſmus, Vatablus, Clarius, Zagerus, Grotius &c. Crit. Sacr.
cit. Tom. 5. pag. 71, ſeqq., Knatchbullus in hunc loc., Herzogius
diſſert. de ſubſcript. Paulin., Le Cene, Beauſobrius Obſervat.
Hiſt., Crit., & Philolog. in Nov. Teſt. in 1. ad Corinth. cap. 6.
v. 8. Tom. 1. p. 319, ſeq. &c. Quo plane ſenſu S. Paulus apud
contemptiſſimum quemque potius in Eccleſia ſuas a Chriſtifidelibus agitari lites jubebat, quam Ethni orum adirentur Tribunalia.
Fallitur poſtremo Seldenus voce Βασιλικά Sæcularia Apoſtoli ſenſu

res

res defignari Temporales nedum, five Laicas, fed etiam Spirituales, feu Ecclefiaftlcas opinatus, quarum ideo cognitionem Ecclefiæ integram Apoftolus juſſerit. Nam Βίος Græcis tria quidem fignificat, fed mere temporalia, nempe vitam, victus, ac facultates, lubftantiamque, qua vivimus. Quia vero victus nomine ve-
ſtes, domus, ac cetera vitæ neceffaria fubfidia veniunt, proinde
veteribus Βιωτικα nuncupantur hæc omnia: fic Militiam, Negotia-
tionem, Agricolationem vocant Βιωτικα *Biutica* S. Joh. Chryfoftomus de Sacerd. lib. 4. cap. 1, & Clemens Alex. Strom. lib. 7.
p. 740, ac Βιωτικοι adpellantur Mundi rebus dediti. Sic apud
Suidam V. Βίος Philo Βιωτικών ἀνθρωπῶν, & S. Joh. Chryfoftomum
de Sacerd. lib. 3. cap. 15. ἀνθρωπώς Βιωτικώς; unde loco *Secu-*
laria Verfio Syriaca habet: *Quæ funt hujus Sæculi*, Arabica *De*
rebus Mundanis, Græci, & Ambrofiafter *Corporalia*, Latini alii
Res hujus Mundi. Qua de re multa oppido difputat Suicerus in
Thefauro Ecclef. To. 1. edit. Amftel. 1682. p. 695., feq.

　　Atque germana quin hæc fuerit Apoftoli fententia, iftaque
Epifcopi Judices revera cum Jurifdictione, non Arbitri dumtaxat
eligendi ultro a Fidelibus, jurgiis, litibufque finiendis conftituti fuerint, nos dubitare non finunt explicitiffima SS. Ecclefiæ
Patrum teftimonia. In quibus Auctor Conftit. Apoftol. fub nomine S. Clementis lib. 2. cap. 45. hoc Apoftoli repetens præceptum de non adeundo Chriftifidelibus Ethnicorum foro fic habet:
Μὴ ἐχέθω ἐπὶ κριτήριον ἐθνικον, ἀλλ᾽ μὴ δὲ ἀνέχεθε κοσμικὺς
ἄρχοντας, κατα τῶν ἑαυτῆς διαζουν, *Ne adeat ad Judicium Gen-*
tilium, imo ne patiamini, ut Sæculares Magiftratus de cauffis ve-
ftris judicent. Quorum fimilia regerere pergit cap. infeq. minoris
res momenti a Diaconis, majoris vero ab Epifcopis judicandas de-
nuntians. Neque propriæ fane poteftatis exaggerandæ cupiditate
illectus, inanifque gloriæ inftinctu permotus, fed pro officii particula incitatus a S. Paulo Civilium in fe litium farcinas, Judicif-
que functiones traducere confueviffe S. Gregorius Neocæfar fertur a S. Gregorio Nyffen. in ejus vita, quem a Chriftianis Laicis
electum refert Judicem Τῶν Βιωτικῶν ἀμφισβατημάτων *Secularium*
Controverfiarum. Extat ejufdem epiftola 1. Canonica, in quā
　　　　　　　　　　　　　　　　　　　　　　　Can. 5.

Can. 5. Euphrosynum fratrem de cauffis eorum cognofciturum,
qui a Boradis, & a Gothis propriis exfpoliati, alienas facultates,
damni refarciendi gratia, rapiebant, delegafTe legitur, ut ex legibus Ecclefiafticis judicium ferret, quorumque nam accufatio-
nes recipiendæ forent, quorumque repellendæ. Explicitiffima
quoque eft, quam in dubium revocari queat, S. Bafilii M. fententia cum apud S. Gregorium Nazian. Orat. 20, tum in Regulis fufius difputatis ad q. 9, ubi de Corporalibus loquens : *Porro*, inquit, *de his rebus experiri apud Judices extraneos vetat nos Dominus, quum dicit:* Et ei, qui vult tecum in Judicio contendere &c.
Et Paulus fimiliter , fic enim eft apud ipfum : Audet aliquis habens negotium &c. Ex Chrifti D. igitur , & S. Pauli juffione cen.
fet S. Doctor extranea adire Judicia Chriftifidelibus nefas effe ,
fed eorum potius lites apud Ecclefiarum Præfules effe finiendas .
Neque procul hinc aberant S. Joh. Chryfoftomus de Sacerd. lib 3.
cap. 18, Synefius epift. 57 , & 105, Hilarus Diac. , Photius ,
Theodorus Heracleotes, Theophylactus, Oecumenius &c. in 1. ad
Corinth. cap. 6 , unde aliquo fenfu certum eft, ceu obfervat Thomaffinus vet. , & nov. Difcipl par. 2. lib. 3. cap 101. n 4 , Epifcopis Judicum partes in fidelium litibus dirimendis impofitas
fuiffe, quique eas impofuit, S. Paulum non tam ex proprio, quam
ex Chrifti D. præcepto id feciffe . Cum quo ftat attamen , quod
non ita partes iftas perfemet explere oporteat Epifcopos , quia
ipfis per alios , prout opus adfit , præftare fas fit . Itaque Synefio
id magis expedire videbatur , ut in Clericos Sæcularium curarum
farcina deoneraretur , ut Divinis ipfi curandis rebus expeditio-
res fierent Epifcopi . Quin imo Sylvano Epifcopo apud Socratem
lib. 7. cap. 36. arcte perfuafum iverat Fori moleftias , anfractus ,
& fraudes a Clericis etiam fore amputandas , ut Cæleftibus liberius vacare ipfis liceret , idque oneris ideo in Laicos quofpiam
fpectatæ vitæ fore transferendum . Quomodo plane de Laico quodam probato , fidelique S. Paphnutio amicitiæ neceffitudine conjunctiffimo refert Ruffinus eum ingentem exinde laudum cumulum
reportaffe , quod Fidelium litibus componendis femet impendere
non parceret . Qua etiam ratione a S. Martino Turon. Presbyteros Chriftifidelium jurgiis dirimendis fuiffe præpofitos , quò tum
pof.

posset ipse totus orationi se dedere , tum nequis deesset , qui Fidelium plebem Justis his Judicis officiis defraudaret , testis accedit Severus Sulpitius . Varia erat vero hacce de re cum Patrum sententia , cum Ecclesiarum disciplina , tam pro vario ipsorum ingenio , quam pro ipsa rerum varietate . Theophilo Alex. placuisse Judicis potestatem exercere per semet , jurgantiumque litibus implicare sese adparet ex epist. 2. Paschali . Id pari in more positum S. Cyrillo Alex. , ut Magistratus instar de institutis Civilibus , quæ Græci πολιτικας vocant , aliisque negotiis Sæcularibus cognosceret , auctor est Nicephorus lib. 14. cap. 14. De S. Epiphanio contra refert in ejus vita Johannes , ab eo litibus dijudicandis præfectum Defensorem Ecclesiæ fuisse ; quo demum , veluti minus idoneo, dimoto , hanc in se Provinciam transcriptam. Iterum ob insignem in dirimendis jurgiis peritiam digno mactantur elogio Phileus Thummitanus , & Macedonius Constantinopolit. a Nicephoro lib. 7. cap 9 , & lib. 9. cap. 4. At vicissim ex Can. 63. Nicæno-Arabico vers. Turriani liquet unum ex septem Diaconis Πρωτοδικας Præfectum judiciis dictum , ideo quod legum sacrarum custodiæ præesset , deque homicidiis , aliisque criminibus inquirere datum ei esset . Quos ex Romanæ Ecclesiæ consuetudine Judicum Primicerios adpellat Benno Card. in vita S. Gregorii VII. Siqui Patrum attamen S. Pauli intime sensum attigere , quæque Episcoporum partes esent , probe tenuere , nobile profecto Latinæ Ecclesiæ luminum par fuit , SS. Ambrosium , inquio, & Augustinum . Prior enim ille haud satius habuit precibus apud Imperatores agere , atque ita quidem , ut animo Theodosii inflexo , quos ab exsilio , quos a carceribus , quos a morte subducere ipsi ex voto successerit , veluti liquet ex epist. 29, nisi pro facultate sibi a S. Paulo facta litium inter Fideles Judicem semet insuper erigeret . Itaque litis valdequam perplexæ Cognitorem , Judicemque se præstitisse ipse refert epist. 24. ad Marcellum , nec id suapte a se peractum , sed ex onere sibi cum Præsulis officio concredito , tum diserta S. Pauli lege scribit : *Cognovi autem secundum Sacræ formam receptionis, in qua me induis & Beatiss. Apostoli auctoritas &c.* Cujusce præceptionis vim magis , magisque sensit de Offic. lib. 2. cap. 24 , nec alterum patere effugium

gium cognovit, quam si ejusmodi litium sarcina in alium, suo tamen
expediendarum nomine , transferretur . Atque exinde Vicario-
rum Episcopalium auspicandam originem qui exputet , a vero plurimum non abhorrebit . Posterior hic vero in Psal. 118. serm. 24.
tam non ambegit de Christi D. præcepto Apostoli ore promulgato
finiendarum ab Episcopis inter Fideles litium , quam officio huic
perinde difficili se haud impatem præstare non destitit . *Non aude-
mus dicere* , ajens , *Dic homo , quis me constituit Judicem inter vos ? Constituit enim talibus caussis Ecclesiasticos Apostolus Cog-
nitores , in Foro prohibens jurgare Christianos*. Cujusmodi sententiæ habet simillima in Psal. 49, & 80, Serm. 24. de Verb. Apost.,
hom. 50, Enchir. cap. 78 , epist. 147. ad Proculejanum , &c. Tam
vero S. Ambrosii exemplo , cujus meminit Confess. lib. 3. cap. 3 ,
excitatus , quam Christi D. præcepto obstrictus , de quo præcit.
loc. , se propterea dirimendis hujusmodi litibus quotidie impli-
citum , sæcularibusque distentum judiciis acerbe querebatur de
Opere Monach. cap. 29. Ingenti fortitudine idcirco , tolerantia-
que S. Augustino opus fuisse , ut se Civium negotiis , atque jurgiis præstaret , testes accedunt Possidius in ejusdem vita cap. 19 ,
Nembridius in epist. inter August. 114, deque seipso quin perhibet S. Doctor epist. 81. De Abrahamo Carorum Antistite id quoque memoriæ prodidit Theodoretus hist. PP. cap. 17 , haud exiguam diei partem ab eo huicce charitati in componendis Laicorum controversiis officio impendi consuevisse . Eodem Apostolico
spiritu affectus Sidonius Apollinaris Episcopus Arvernensis , quo
ipse Fidelium litibus dirimendis indesinenter incumbebat, eo ipso
studio de optima Episcopalis in hac parte officii adimplendi ratione Præsules alios admonere non desistebat lib. 6. epist. 2. ad Prag-
matium , 4. ad Lupum &c. , quibus fides indubia fit , & quatenus
Sæcularium litibus ipse per se componendis operam daret , & quatenus eo ipso pietatis officio præstando alios impendi pariter Episcopos obnixe desideraret . Afflictis generatim , Miserisque personis licuisse per Religionem ad Episcoporum opem confugere fidem indubiam facit S. Ennodius Ticin. lib. 1. epist. 7. ad Faustum
edit. Sirmondi To. 1. p 810 , a quo & S. Epiphanius Ticin. in ejus
vita dignis, egregiisque , ob hanc ipsam frequens illis opem im-

penfam, maclatur elogiis · Pro Tribunali dirimendis jurgiis fe-
diffe, indeque præclarum induſtriæ, peritiæque fpecimen exhi-
buiſæ S.Maurilium Cadurcenſem Epiſcopum auctor eſt S. Gregorius Turon. lib. 5. cap. 43. E Diaconis unum ab Epiſcopo deligi,
ac negotiis gerendis Sæcularibus præfici confuevifſe documento
eſt Ferrandus Carthag., qui in procœn. Parænetici ad Rheginum
fe curis Sæcularibus diſſipatum adfirmabat, diſtentumque. Hanc,
ce tamen fparram præcipue Epiſcopis a S. Paulo demandatanu
fuiſſe ex præcit. ad Corinth. cap. 6. optime arguebant Doctiſſ.
Presbyterorum nobile par V. Beda, & Sedulius. Certum id adeo,
conſtansque ſua fub ætate tradit Hincmarus To. 1. p. 676, ut ea
tum imo complurium invaleſceret Epiſcoporum doctrina, qua dicerent in jus deinceps accerſiri eos nequire, neque publici Judi-
dicis fubjici examini, neque de quantocumque damnari crimine,
qui fibi confeſſi femel fuiſſent. Sequiori quin etiam fub ætate
fcitum eſt, quanta in negotiis ejuſmodi pertractandis, Fideliumque litibus finiendis poteſtate uſus fit, pollueritque dexteritate
Ivo Carnot., quod & eloquuntur ipſius Epiſtolæ 4, 6, &c. Qui
pro componendis quoque hujuſce genus jurgiis fuum ad Tribunal
adpellerent, cum iis præfentiſſimos fe dedere officio duxere procul Jubio S. Anſelmus Cantuar. Eadmero teſte, ipſoque met. in
cit. ad Corinth. locum, S. Hugo Lincolnienſis, Scriptore ipſius
vitæ referente apud Baronium ad an. 1191. n. 46, S. Hugo Gratianop. apud Surium ad diem 1. April., S. Carolus Borromæus
apud eumdem die 4. Novemb., &c., tum ut iis pietatis officium
illud haud impigre impenderent, ſtimulos Epiſcopis adjiciebant,
feque dare auctores non defiſtebant S. Petrus Dam. in Opuſc. inſcripto *Dominus vobiſcum*, S. Bernardus de Conſid. lib. 1. indignum quidem judicans terrenis Judiciis Epiſcopos implicari, non
indignos tamen, qui implicentur, Anſpertus in Apocalyp. lib. 9,
Haymo, & S. Brunus Signin. in 1. Corinth. cap. 6, Hugo Victor.
ibid. q. 50, feq. &c. Ex quibus liquido patet minus recte S. Petro Dam. epiſt. 6. Eccleſiaſticis jus omne litigandi, feque alienis
ingerendi litibus adimendum viſum fuiſſe. Sed & id juris loco
magis ſtabiliviſſe fuo, egregieque vindicaſſe legitur Hermas Le-
matius de Inſtauranda Vet. Religione lib. 7. cap. 29, feq., co-

pie-

pioseque scripsit hocce de argumento Helias Turon. Archiep. in
libro contra Pragmaticam Gall. Sanct. Romæ an. 1486. edito .
Receptissimi istiusmodi præterea moris , ut Fideles suas de rebus
temporalibus lites ad Ecclesiæ potius , quam Sæculi Tribunalia
sisterent , tam locuples accedit testis Philotheus Achilinus in
Somno Virid. capp. 200 , & 210 , quam vindex acerrimus Petrus
Bertrandus de Orig. , & usu Jurisd. Ecclef. Bibl. PP. To. 4. par. 1,
p. 876. Viden demum , ut integrum devexiorem usque ad ætatem
istiusmodi dirimendi Laicorum jurgia manserit Epiſcopis jus !
Cujusce deinde egregios se Defenfores , aſſertoresque præstare
non dubitarunt ex Theologis , & Canonistis viri Doctiss. S. Tho-
mas in 1. Corinth. 6 , Henricus Gandav. Quodl. 6. q. 23 , Franc-
Mayronus Quodl. q. 11., Petrus Lombardus ad cit. Corinth. loc.,
Sanderus de Clave David lib. 2. cap. 16 , Genebrardus in Psal.
121 , Perezius de Potest. Eccl. coact. , Benedictus Ariamonta-
nus , Dionysius Carthus. , & Lyranus ad præcit. 1. ad Corinth. 6 ,
Hostiensis in Cap. 13. *Per Venerabilem* Decret. lib. 4. tit. 17.
Qui filii sint legit. , Panormitanus in Cap. 10. *Licet* lib. 2. tit. 2. *De
Foro compet.* , Turrecremata in Can. 6. *Cum ad verum* dist. 96 ,
& cum Gloſſa Interpretes alii in Can. 14. *Relatum* 11. q. 1, Archidiaconus , Præpoſitus , Dominicus a S. Geminiano , aliique apud
Boſium de Temp. Eccl. Monar. lib. 2. cap. 8 , a quo perinde capp.
seqq. Marsilius Patav. lib. 5. Hier. Eccl., Ochamus tract. 2. lib. 2.
Dialog. cap. 8 , & de Potest. Pontif. q. 1. cap, 11, Gabriel Biel
lect. 75. in Canon. Miſſæ , Johannes Parif. de potest. Regia , &
Pap. , ac Petrus Alliac. de Petri Monarchia abunde , valideque
sufflaminantur .

Diſciplinæ hujuſmodi caput , ut eò tutiori poneretur in loco,
quò meliori ab Epiſcopis adminiſtraretur ordine , indeſeſſa , jugique a Conciliis allaboratum est opera . In Eliberitano , cui Apoſtolicæ Sedis adfuiſſe Legatos testatam rem facit Synodus Sueſſio.
nensis II , cujusque de ſinceritate , loco , & epocha dicere me memini To. 4. p. 232, cap. 74. falſus testis prolatum testimonium probare in Clericorum Conventu cogitur . Refertur a S. Gregorio III.
in Indic. pœnit. cap. 13 , (quod Opus tamen Junioris Auctoris
eſſe recte autumat Pithœus) , a Rabano de Pœnit. satisf. lib. 3.
cap. 33 ,

cap. 53, a Reginone lib. 2. cap. 341, & a Burchardo lib. 16. cap. 18.
Indicium id est haud obscurum recepti moris, quo lites, eæque
quammaxime, quæ de crimine essent, agitari a Laicis in Foro Ecclesiastico frequens erat. Quod in Eliberitano de Testibus, idipsum in Arelatensi an. 314. Can. 7, cui & conformis est Eliberita-
nus 56, de Judicibus decretum est, quibus idest in administrando
officio advigilare jubentur Episcopi, Censuraſque infligere, sicubi a recto Justitiæ tramite deflectere illos animadverterent. Persuasum arcte, probatumqne fuisse Carthaginensi III. Can. 9. pris-
cum oportet Ecclesiæ morem, quo laicis Episcopale Tribunal ad
dirimendas lites adire licebat: siquidem inde validum desumit argumentum Clericos a Laici Judicis Foro eliminandi: qui perinde
Canon proprius evasit Concilio Vernensi ann. 755. Can. 18. A
Carthaginensi IV. Can. 23. apud Gratianum Can. 6. *Episcopus*
15. q. 7. Episcopus, Clericis adsistentibus, caussas judicare jubetur. Quem Canonem de litibus etiam Laicorum accipiendum
mihi suadet S. Augustinus, qui Concilio huic interfuit, quemque
Laicis inter sese lites agitantibus ad fastidium usque aures accommodasse suas superius dicebam. Conjectura tamen non opus est,
ubi explicitissima habetur ejusdem Concilii sententia Can. 26, relato Can. 7. *Statuendum* dist. 90, & Can. 87, quibus Episcopi
diffidentes etiam Laicos ad pacem componere præcipiuntur, Laici vero Christifideles judicio apud Infideles experiri prohibentur.
In Carthaginensi V. Cap. 1, in Cod. Can. Eccleſ. Afric. Can. 59,
& in Carthaginensi VI. Can. 16, apud Gratianum Can. 38. *Statutum* 11. q. 6, Apostolico Jure Ecclesiæ demandato Laicis fas esse
declaratum legitur quamlibet caussam in Ecclesiastico Foro agitare. In Judices ipsos Regios excubias agere Episcopi a Toletano
III. Can. 18. admonentur, ac siquid in Leges ab illis commissum
fuerit, infringere, Regemque de illorum præpostera judicandi,
perverſaque ratione commonefacere. A S. Patritio in Synodo circa an. 450. Can. 21. Ecclesiastica Communione interdictus legitur
Christianus, qui ad alterum, præter Ecclesiasticum, Tribunal alium
provocet apud Harduinum To. 1. p. 1792. ex Cod. Mſ. Bibl. S. Benedicti Cantabrig. In Matisconensi II. Can. 12. Archidiaconus, vel
Presbyter alius Episcopi vice Judicis persona sustinendæ suffici-
tur.

tur . Atque Viduarum, ac Pupillorum lites non ante Laicum apud
Judicem agitari permittuntur, quam ab Episcopo , sub cujus præsertim tuitione degunt , examinatæ fueriat , & excusæ . Non in
publico , sed in Foro proprio caussas sine strepitu , sine juris scru-
pulis , Patrumque more potius, quam Judicum, agere Episcopos ,
quod ipsum perinde jussit Aquisgranense II. Can. 4 , voluit Cabilonense II. Can. 11. Publicis se tamen inserte Judiciis eis permit-
tens , ubi de legibus Divinis admonendi Judices esent , aut op-
pressis, ac miseris opem adferre oporteret. Episcopis in juredicundo adjutrices præstare manus Comites , Laicique Judices admonentur a Francosordiensi Can. 8 , a Turonensi III. Can. 33 , a Cabilonensi II. Can. 20 , ab Arelatensi VI. Can. 13 , a Moguntino I.
Can. 8 , alteroque sub Rabano I. Cap. 7 , a Meldensi Can. 71 , a
Suessionensi II. Can. 12, a Carisiacensi in epist. ad Ludovicum Reg.
cap. 13 , a Pontigonensi Cap. 12. ex Capitul. a Carlo Calvo promulgatis , & a Triburiensi sub Arnulpho Imp. Can. 3 , & 9. Quibus jungendi Carolus M. in Capitul. lib. 2. cap. 6, lib. 5. capp. 114,
& 138, & Addit. 3. capp. 23, & 64: *Ut Comites* , jubens, *& Ju-*
dices , reliquusque Populus obedientes sint Episcopo , ut invicem con-
sentiant ad faciendas justitias , ac Hincmarus in hortatoria ad Carolum Calvum Oper. To. 2. p. 839 , seq. Vetustissimæ præterea
hujusce sanctioris disciplinæ reliquias , & vestigia reperire est in
Conciliis Narbonensi an. 1054. cap. 18 , quo contentiones de rebus etiam temporalibus inter Laicos finiendæ Episcopis permittuntur . In Parisiensi an. 1212. par. 4. cap. 6 , quo Episcopi officii
admonentur proprii , ut sciant querelis Pauperum audiendis, eisque præstandæ justitiæ se deputatos ese . In Compendi. usi ann.
1301. cap. 4, seq. , quibus Judices , & Comites sub Anathematis
interminatione inhibentur , ne Laicos subditos a Foro Ecclesiastico, in caussis a Jure, seu consuetudine permissis, retrahere , ac prohibere audeant . Quorum simillima in Bituricensi an. 1336. cap. 12.
instaurata habentur . In Coloniensi II. an. 1549. cap. 6. de Jurisd.
Eccl. , quæ prolato disertissimo S. Pauli 1. Corinth. 6. loco Episcopis vindicatur . In Mediolanensi III. an. 1573. cap. 18 , & in
Mexicano an. 1585. lib. 2. tit. 1. §. 3 , quibus Pupillorum , Viduarum , ac Pauperum cura specialis Episcopo , veluti communi
                                                                om-

o

omnium Parenti, enixe commendatur. Denique in Synodo Di-
ampcritana an. 1599. sub Alexio Meneffio tum in Synodi indictione, tum Act. 9. Decr. 15. declaratum legitur, Confuetudine immemorabili in Ecclesia Malabarensi jugiter custodita rauf-
las etiam Civiles ad Ecclesiæ Tribunal deferri confuevisse. Ubi
confer Raulinum in Not. Plurimum ad hæc confirmanda porro
conferre posfent Conciliorum Decreta circa Servorum manumis-
sionem, qualia Araussicani I. Can. 7, Arelatensis II. Can. 33, seq.,
Aurelianensis V. Can. 7, Matisconensis II. Can. 7, Africani Can. 31, &
49, Cod. Eccl. Afric. Can. 64, & 82. Qua de Servorum manumissione
decernere, non secus atque de Mancipiorum Ecclesiæ caussis, ad Ecclesiam spectasse haud obscure indicant etiam Constantini M. Sanctio apud Sozomenum lib. 1. cap. 9, Nicephorum lib. 7. cap. 46, &
Cassiodorum hist. trip. lib. 1. cap. 9, Legesque geminæ in Cod.
Theod. lib. 1. tit. 8. cap. 58, & in Cod. Justin. lib. 1. tit. 13. De his, qui in
Ecclesiis manumittuntur, Leg Langob. lib. 2. tit. 18. §. 3, Capitulare
Dagoberti Regis, cui titulus: Lex Ripuariorum Capitul. To. 1.
p. 41, & Capitulare Caroli M. lib. 5. cap. 32. eod. To. 1. p. 891:
qua de re adeundi Marculfus in Form. Append. cap. 56. Sirm. cap.
12, Willelmus a Loon de Manumiss. Servor. apud Romanos lib. 1.
cap. 5. p. 85, Willelmus Fournerius Selector. lib. 1. cap. 4, Fridericus Lindenbrogius ad Cod. Leg. antiq. p. 1432, & Heineccius
Jur. Germ. To. 1. lib. 1. tit. 2. §. 50. Conferri item huc posfent
Conciliorum Decreta circa nova gravia tributa non imponenda,
qualia Lateranensis III. Can. 22, Avenionensis an. 1209. Can. 6,
&c.; cujufmodi Decreta ferendi potestatem adeo sibi propriam secisse Concilia quædam leguntur, ut neque Principes ipsi a subditis
Populis tributa exigere præsumerent, nisi ex prævio Synodi consensu, velut lib. 12. Leg. Wisigoth. ex præscripto Synodi Toletanæ liquido adparet. Sed hæc obiter indicasse sat habeo. Altero
sed enim ex capite, ratione nempe peccati, Ecclesiasticæ potestati de Sæcularium litibus indirecte cognoscere incumbit. Quod
dilucide Innocentius III. exposuit in Cap. 13. Novit Decret. lib.
2. tit. 1. De judiciis. Interpellatus nempe a Johanne Angliæ Rege, qui a Philippo Augusto Rege Franc. Comitatu Pictaviensi,
aliisque Dominiis contra fœderis pacta, fideique facramentum
suc-

fuerat exfpoliatus , litteris , Legatifque Miffis utrique Regi bello
abftinendum , datoque jurijurando ftandum indixerat , integro tamen fervato utrique jure . Verum parere renuenti Philippo , &
cauffanti Pontificii juris non effe de Regum temporalibus cognofcere , pro refponfo celebri hac ad Gall. Epifcopos infcripta Decretali declaravit : fe quidem nihil de Regis utriufque juribus detractum velle , neque directe de rebus eorum temporalibus judicium ferre, fed de peccato dumtaxat cognofcendi poteftate uti fpirituali , fuoque ideo fatis officio facere . Nolle , inquam , de Feu-
do , cujus haud ignorabat ad Regem pertinere judicium , fed decernere de peccato, cujus ad Pontificem fpectare cenfuram inficias
nemo iret : fiquidem de infractis foederis , pacis , fideique legibus
juramento firmatis ageretur , de quibus cognofcendi jus Pontifici
auferre Chriftiana fide imbutus aufus fuerit nemo . Jam vero ab
iftiufmodi Decretali *Novit* , ad praecavendas Interdicti minas , a
Galliarum Epifcopis , Regiifque Procuratoribus , Regis nomine
appellatio quidem interpofita fuit , attamen non ad futurum Concilium , uti perperam adfirmant Carolus Molinaeus in Comment.
ad Interdictum Henrici II, & fupine poft ipfum Cujacius in citat.
Cap. *Novit* , fed ad ipfum Pontificem , ipfomet tefte lib. 8. epift.
143. ad eofdem Gall.Epifcopos, atque teftante Actor.Innoc. Scriptore apud Muratorium Rer. Ital. Script. To. 3. Itaque Romam
profecti coram Pontifice appellationem profequuturi inter alios
Senonenfis, & Bituricenfis Archiep., ac Epifcopi Parifienfis, Meldenfis , Catalaunenfis , & Nivernenfis , Procuratores item alii ,
palam proteftati funt interjectam appellationem non eo fpectaffe ,
ut Apoftolicae Sedis eluderetur mandatum , fed quia fua intereffe,
atque Regis juftam effe cauffam ipfi crederent . Ex quibus adparet Decretalem *Novit* in Gallia executioni demandatam utique
fuiffe, agnitumque a Gallis id juris Decretali hacce praefcripti revera Pontifici competere . Et certe in celebri difput. cum Petro
Cunerio an. 1320. coram Philippo Valefio Bibl. PP. To. 26. hanc
Decretalem producere Petrus Bertrandus non dubitavit, ipfo ad-
verfario contradicere non praefumente, velut eam, cui vim in Gallia haud defuiffe non ignoraret. Unde patet falfo fcripturiiffe Petrum de Marca Conc. lib. 2. cap. 3, & lib. 4. cap. 14, ac poft ipfum

Bof-

Bofsuetium Defenf. declar. par. 2. lib. 7. cap. 22. Decretalem
hancce Gallis univerfim invifam valdequam accidifse, nec ufpiam
in Gallia fuifse receptam.

Synodorum huicce fententiæ de Fidelium jurgiis apud Epif.
copum finiendis Apoftolicæ Sedis auctoritatem, roburque longe
potius adjungere, uti rebus optime decretis facere folent, Romani Pontifices non deftitere. Itaque S. Gregorius M. apud Gratianum Can. 2. *Petrus* dift. 39. Sæcularium negotiorum ineptos ordinari in Epifcopos, *Qui non folum de falute animarum, verum
etiam de extrinfeca utilitate debent effe folliciti*, fapientiffime vetuit. Et certe afflictis, egenis, miferifque ope non deefse fingulari Epifcopo curæ, officioque cedere cum ipfe frequens exemplo,
tum verbo quoque docere lib. 8. epift. 38. ad Januarium Calar.
non deftitit. Iterum par. 2. lib. de Cura Paftor. cap. 7. ita quidem
S. Pauli locum 1. Corinth. 6. interpretatus eft, ut de Laicis rebus judicia a Laicis juxta regulas Ecclefiafticas exerceri voluerit,
quum tamen opus fuerit, ad fuum ab Epifcopis Forum eadem trahi poffint, ac debeant. Ideo afpere iis fuccenfet, qui ad fpiritualia vacandi affectu, crediti fibi Gregis temporalia curare, ejufque
neceffitatibus fuccurrere negligunt. Ex eodem S. Pauli ad Corinth. loco abfolutiffimam fibi in res temporales auctoritatem
vindicafse legitur S. Gregorius VII. lib. 8 epift. 21. ad Herimann-
num Meten., qua ipfum Apoftolicis, Ecclefiafticifque documentis adverfus Epifcopalis poteftatis obtrectatores inftruit. At enim
utramque heic paginam facit Decretalium Jus tam verus, quam
novum, quo liquido conftat Epifcopis idem officium, ac jus dirimendi cauffas Pupillorum, Viduarum, ac Miferabilium perfonarum, quæ fpeciali Ecclefiæ protectione gaudent. Atque digitum
huc profecto intendifse S. Pafchalis I. videtur, qui apud Gratianum in Can. 7. *Siquis objecerit* 1. q. 3. defcriptus ex epift. ad Ar.
chiepifcopum Mediol., de qua etiam Ivo par. 2. cap. 84, Pezius in
Thefau. Anecdot. To. 5. ex Geroho in Pfal. 25. p. 519, & Manfius Suppl. To. 1. p. 803, Animæ defumpta fimilitudine vita fenfi-
tiva abfque corpore non viventis, rerum etiam corporalium, fine
quibus rite fpirituales curari nequeunt, curam Epifcopo incumbere docet. Juxta hæc ipfa S. Leo IV. in Can. 5. *Quia Præfula-*

tur 1. q. 4, Episcopale Magisterium de Sæcularium etiam utilitatibus sollicitum esse debere admonebat . Expressius sed enim jure Divino Pupillorum, Viduarum, ac Pauperum curam iis, quibus animæ curandæ sunt demandatæ, incumbere dicitur, neque proprii extra fori Ecclesiastici fines Episcopi potestatem egredi, quandocumque sive ex consuetudine, sive ex defectu sæcularis justitiæ, ad lites inter laicos etiam agitatas judicandas se accingit, multis Juris Canonici docemur textibus, veluti Cap. 38. *Significantibus* ex Gregorio IX. Decret. lib. 1. tit. 29. *De Offic.*, *& potest. Jud. delegati*, quo loci conferendus Fagnanus; Cap. 13. *Novit* ex Innocentio III, de quo paullo superius , lib. 2. tit. 1. *De Judiciis* ; Cap. 10. *Licet*, & Cap. 11. *Ex tenore* ex eodem Pontifice libro eod. tit. 2. *De Foro compet.* ; Cap. 15. *Ex parte* ex Honorio III. eod. lib., & tit., & Cap. 16. *Super quibusdam* ex cit. Innocentio III. lib. 5. tit 40. *De Verbor. signif.* Jungendi Nicolaus V. in epist. ad quæsita Saxonum apud Raynaldum ad an. 1447. n. 28, Tridentini Patres sess. 23. de Reform. cap. 1, ac Benedictus XIV. de Synodo Diocef. lib. 9. cap. 9. n. 9, seqq., ubi hanc Laicis factam utroque Jure facultatem caussas suas de rebus etiam Civilibus deferendi ad Ecclesiæ Tribunal integram mansisse usque ad initium Sæculi XIV. invicte probat, quo deinde ex tempore gravia, & irremediabilia veteri Ecclesiæ Jurisdictioni vulnera inlligi cœpisse observat, acerbeque dolet .

Hæc itaque quum ita se habeant, mirari profecto non subit, quod tanta Christianos quoque Principes religio erga Episcopos, reverentiaque incesserit, ut qua laicos Magistratus Jurisdictionis parte mulctatos, diminutosque voluere, eadem inducre Episcopos non dubitarint . Qui dignos ideo se S. Augustino dedere, ut egregio illo mactarentur elogio in Psal. 25: *Principes sæculi tantum detulerunt Ecclesiæ, ut quidquid in eo judicatum fuerit, dissolvi non possit*. Respiciebat nempe, aut ego fallor, S. Doctor ad repetitas leges illas, quibus Imperatores Episcopalis jurisdictionis particulam istam in tuto positam, integramque jussere . Atque a Constantino M., qui sicuti ceteris in Christianæ Religioni nomine dando exemplo fuit, ita in Religionis Christianæ Præsulibus jure suo servando auctorem se dedit, exordium capiendo , ejus

ejus extat memoratu valdequam digna Lex 1. in Cod. Theod. lib.
16. tit. 12. *De Episcopali Judicio* , qua Laicis quacumque in
caufsa ad Forum Epifcopale confugiendi ampliffima fit poteftas ,
facultafque . Hanc porro legem , velut apocrypham , e legitima-
rum cenfu expungendam ingenti fuadere conatu fibi fumpfere Jacobus Gothofredus To. 6. in fin. Cod. Theod., & Carolus Loy-
fæus *Des Seign.* cap. 15, quos fequuti preffo funt pede Feuretus
de Abufu lib. 4. cap. 3, & Jannonus Hift. Neap. lib. 2. cap. ult.
§.3, fubjungens eidem Legi obfiftere veram Legem 3. eod. tit. *De*
Epifcop. Jud. Theodofii Junioris, qua Ecclefiæ cognitionem dum,
taxat caufsarum Religionis adfcribit . Obfiftere Novellam Valen.
tiniani III.eod.tit.12,qua Ecclefiæ Forum denegat,folamque cauffarum Ecclefiafticarum cognitionem competere adfirmat; ideoque
fæculari coram Judice compellere Clericos etiam licere adjungit
juxta *Leg. Cum Clericis* , *& Leg. Omnes* 33. Cod. Juftin. *De*
Epifcopis , *& Clericis* . Igitur Ecclefiæ in cauffis Civilibus cognofcere tantum per formam Arbitrii fuifse permifsum fubinfert, uti
legitur L. 7. Cod. *De Epifcop. Audient.* Atque hoc modo quidem
accipiendos autumat S. Bafilium in epift. 247, S.Gregorium Neocæfar. apud Nyfsenum ,S. Ambrofium in epift. 24, ac lib.2. Offic.
cap.24, S. Auguftinum in Pfal.118, lib.de Opere Monach. cap.29,
hom. de Poenit.50. cap.12, & epift.147. ad Proculejanum Donat.,
Socratem lib. 7. cap. 36, ac Nicephorum lib.14. cap. 39, dum de
litibus loquuntur a Laicis ad Epifcopos definiendis delatis . Verum maximo verfari in errore cum Gothofredo , & Loyfæo Feu-
retum , & Jannonum , atque Legem illam Conftantini M. legitimum efse foetum oftendunt viri Doctifs.Baronius ad an.314. n.38,
Sirmondus in Append. Cod. Theod. Oper. To.1 p. 416, & Concil. Gall. To.3. par.2. p.394, Cujacius in Paratiel. ad lib. 1. Cod.
Juftin. tit. 4 *De Epifcop. Aud.*, & in L. 14 *De Dot.prælegat.*,
Morinus de Magnit. Eccl. par. 2. cap. 26, Johannes Le Gendre
in Orat. an.1690. Clero Gallic. infcripta , Dandinus Alraferra de
Jurifd. Ecclef. adv. Fevretum lib. 1. cap. 7, & in epift. adverf. Gothofredum an.1676. Ludovico Nublæo IC. miffa, Harduinus Con.
cil. To. 4. p. 941, Joh. Doviatius Prænot. Canon. lib. 2. cap. 2. de
Jurifd. Eccl., Blancus, & Tria adv. Jannonum Obferv. Crit. lib.2.

cap. 4. §. 8, atque confentiunt ex Proteftantibus Vitriarius Inft.
Jur publ. lib. 4. tit. 3. §. 8, Pfeffingerus ibid. in Not., Helneccius in
Elem. Jur. Germ. To. 2. lib. 3. tit. 1. §. 33. edit. Ven. p. 409, feq.
&c. Nempe Lex illa legitur inferta Breviario Cod. Theod. Gajoaris fub Alarico Quæftoris Juffu ab Aniano libellorum Supplicum
Magiftro an. 506. compilato. Iterum Legem illam a Conftantino M. revera latam teftes accedunt liquidi Eufebius de ipfius vita
lib. 4. cap. 27, referens editas ab Epifcopis regulas ab eo confirmari religiofe confueviffe ita recte cenfente: *Cujufvis Judicis*
fententiæ Sacerdotum Dei judicium anteponendum effe , ubi & videndus Henricus Valefius ; Sozomenus hift. Eccl. lib. 1. cap. 9.
eandem ipfe legem perfpicuioribus his efferens verbis Juxta verf.
Valefii : *Epifcopale judicium eligere litigantibus permifit, fi Secu-*
lares Judices recufare vellent ; juffitque , ut Epifcoporum fenten-
tia rata effet , non fecus , ac fi ab ipfo Imperatore fuiffet prolata :
utque Rectores Provinciarum , eorumque Officiales fententias ab
Epifcopis prolatas executioni mandarent : ut denique inconcuffa ef-
fent , & inviolata Ecclefiafticorum Confeffuum Judicia ; & Nicephorus , qui lib. 7. cap. 46. fimillima ex Sozomeno defcribit. Legitimam item Legem illam probat infcriptio , quæ eft ad Abla-
vium , qui Prætorii fane Præfecturam fub Conftantino M. geffit ,
ut patet ex Ammiano Marcellino lib. 17, & infcriptione L. 6. Cod.
Theod. *De Epifcop. , & Cler.* Eamdem itaque , tamquam germanum Conftantini opus, infertam voluit Carolus M. Capitul. lib. 6.
cap. 281, edit. Baluz. cap. 366, quo ex capite emendandum Capitul. lib. 5. caput 234, ubi dicitur : *Qui Epifcopos , vel Sacerdo-*
tes , aut Clericos judicare fibi maluerint , hoc quoque fieri Non per-
mittimus , auferendam nempe particulam negativam *Non* , recte
admonet Filefacus de Sac. Epifcop. auctor. cap. 1. §. 17, aut magis
particulæ illi negativæ fubrogandam iftam *Nos* arbitratur Thomaffinus vet., & nov. Difcip. par. 2. lib. 3. cap. 107. n. 4. De hoc
Caroli M. porro Capitulo valdequam dubitant equidem Ant. Auguftinus de Emend. Grat. lib. 2. Dial. 11, & Sebalt. Berardi Grat.
emend. To. 1. par. 1. cap. 46. p. 444, qui præterea Gotholredo
legem illam Conftantino M. abjudicanti confentire videtur, illudque a Benedicto Levita forte inter Capitularia Regum Franc.

in-

insertum fuisse suspicatur, utpote quod ab Ansegiso; qui primus Caroli M., & Ludovici Pii Capitula edidit, fuerit praetermissum. Verumtamen de illius Capituli sinceritate dubitare profecto non sinunt Capitula ejusdem Caroli alia hujusce simillima, cujusmodi est Capitulum 234. Capitul. lib. 5, quod nemo ambigit, quin germanus fuerit Caroli M. foetus, neque ullam de eo dubitationem induit Heineccius loco cit., cui alioqui tam Constantini, quam Caroli utraque lex, suo pro iniquo erga Ecclesiasticum Jus ingenio, mira, ac monstro similis res visa est. Pro legitima denique Lex illa habita legitur ab Ivone Decr. par. 16. cap. 311, & Panor. lib. 5. cap. 21, ab Anselmo, a Gratiano Can. 35. *Quicumque*, & Can. 36. *Omnes* 11. q. 1, quos Canones ideo conjungendos admonuit Ant. Augustinus loc. cit., quod uterque unam, eamdemque Constantini legem contineat, & Can. 37. *Volumus* ibid., qui decerptus est ex praefato Capitul. lib. 6. cap. 281, conjungendus & ipse cum praecedentibus duobus Canonibus eodem primitivo ex fonte derivatis. Ut indubia habita item est ab Innocentio III. in Cap. 13. *Novit* de Judic., tametsi eam ex Theodosio laudaverit, non ideo quod ejus auctorem revera Theodosium existimaverit, sed quod insertam legisset Codici Theod., sequutus Gratianum, qui eamdem ex Theodosio reperiit cit. Can. 35. *Quicumque*. Habita denique est a Panormitano, quin a Basnagio Annal. Tom. 1. dissert. 4. de Eccl. Tribun. n. 17. p. 497, seq., quo loci eam confert cum Sozomeni lib 1. cap. 9. sententia, cum Gratiano Can 35. cit., ac Justiniani Novella 83, a Seldeno quoque in Dissert. ad Fletam cap. 5. §. 6, de Uxore Hebr. lib. 3. cap. 18, & de Syned. lib. 1. cap. 10. p. 226. edit. Francof. 1696. referente eam legem a se repertam in Cod. Ms. antiquo Willelmi Malmesb. Monachi, a quo unde hausta fuerit, liquido haud constat.

Verum, quod rei caput est, ac peremptorium videri potest, confirmatam eamdem Constantini legem, sive Episcopis amplissimam judicii ferendi in litibus Saecularium facultatem ab Arcadio, Honorio, ac Theodosio videre licet in Cod. Theod. LL. 7, & 8. *De Episcopali Audientia*, queis ab eorum judiciis provocandi licentia prorsus omnis amputatur. Quod etiam faciunt LL. 6, & 11. eodem tit., confirmata deinde a Justiniano Novel. 1, ac LL. 17, & 18.

& 18. Cod. Theod. tit.27. *De Episcopali definitione* apud Sirmondum in App. Oper. To. 1. p. 416, quibus Imperatores Valentinianus , Honorius , ac Theodosius Episcopos curare voluere , ne officio Laici Judices deficerent suo, qui defecissent, eosdem ad se deferre , ne Annonis præfecti modum excederent , Populum degluberent , ac Pauperes egestate necarent , laicosque Judices removent a cognitione caussarum , quæ a litigantibus ad Episcopale fuissent delatæ Forum . Confert & L 10. eod. Cod. Theod. *De Jurisd.*, qua Judæis ab Arcadio in Civili negotio suos apud Patriarchas lites agere permittitur, eorumque sententias exequi publici Judices jubentur . Inde quis enim facile , statimque non intelligit plus aliquid profecto Christianis, quam Judæis a Christianis Imperatoribus, ac primitus a Constantino Imperatore religiosissimo , fuisse indultum ? Pertinent & huc Novella 69. cap.153. apud Julianum Antecessorem , & Novella 86. apud eumdem IC. cap. 255, quibus ea insuper Episcopis amplissima confertur potestas judicandi de Provinciarum ipsis Præsidibus, admittendique ab eisdem appellationes ; de eorum iterum negligentia , desidia, inlquaque Provinciæ administratione inquirendi , & judicandi . Idcirco L. 21. Cod. *De Episcop.*, & *Cler.*, ac Novel. 81. Episcopalis dignitas cum Honoraria , cum Illustri , cum Consulari , cum Præfectura , cum Urbicaria, cum Magisterio Militari comparatur, ut non minus Episcopis de Laicis Judicandi fas ita sit , ac finitivo quidem Judicio , quam aliæ cuique etiam eminentiori dignitati , ei quoque, a qua neque provocare liceat, qualis est Prætorio Præfecti , juxta Constantini M. legem , qua tam Præfectorum , quam Episcoporum jurisdictio eo exæquatur , quod a neutris adpellare fas sit , velut observat Photius in Nomac. tit. 9. Can.6: a quo tamen mox laudatur Justiniani lex , qua Episcopali a sententia intra decem dies appellatio permittitur . Judices denuo ad allegata interpellantium audienda compellendi facultas Episcopis facta legitur singularis Basilicor. lib. 9. tit. 3. cap. 18, & tit.21. Quid denique , quod Episcopis ab Imperatoribus cum demandata liquet, velut a Valentiniano , & Valente , inspiciendi in Mercatorum negotia , pretiumque Mercium , ne plus justo vendantur , ac Pauperes graventur, atque Curatores dandi Furiosis LL.12, & 27. Cod.

De

De Episcop. Aud.; Civitatum, & Metatorum reditus exigendi
L. 16. ibid.; Carceres publicos vifitandi LL. 22, & 23; Manci-
pia, Infantes expofitos, perfonafque alias miferabiles opera tuendi, ac defendendi L. 14; reprimendi Aleatores L. 25; Mulieres
fcenicas prohibendi L. 33. eod. Cod., & tit., aliaque hujufce ge-
nús praeftandi: quae gefta tamen ab Epifcopis abfque Jurifdictione coactiva tam inepte, quam falfo adfirmat Fleurius Inft. Canon.
par. 3. cap. 1. §. 3, fiquidem Jurifdictio concipi fine coercitione
nequeat, velut adnotat ibid. Bohemerus ipfe. Ex quibus perinde fequitur, inepte, & falfo a Feureto, & Jannono poft Gothofredum, & Loyfeum, puro ex ingenio Ecclefiafticae Jurifdictionis
expungendae, adfirmari, Imperatorum legibus hifce Laicis facultatem Epifcopos eligendi conferri, non ut Judices, fed ut Arbitros. Nam praeterquam quod Epifcopalis haec poteftas cum Jurifdictione cujufcumque Judicis comparatur, quin in Judices quof-
cumque poteftas Epifcopis confertur, neque confenfus mutui, &
arbitrii mentio ullibi occurrit, illud potiffimum officit, tum quod
1. eligenti Judicium Epifcopale jus tribuitur adverfarium etiam
invitum ad Epifcopi Tribunal trahendi: quod profecto argumentum eft proprium Judicis ordinarii, non Arbitrarii *L. Inter Stipu-*
lantem §. 1. ff. *De Vo. compromi. inter volent.*; tum quod 2. ab
Epifcopi judicio adpellandi facultas adempta prorfus fit, atque
Epifcopalis fententia eodem jure cenfeatur, quo fententia Praeto-
rio Praefecti: quod fane non Arbitrum, fed Judicem fupremum
manifefte arguit; tum quod 3. a Judicibus quibufcumque ipfis
provocandi ad Epifcopos libera poteftas fiat: quo nihil efficacius
ad oftendendum Epifcopos in ejufmodi judiciis exercendis non
Arbitrorum officio, fed Judicis omni exceptione majoris jurifdictione defungi.

Ad confirmandam potius, qnam conferendam, Epifcoporum
de temporalibus etiam Laicorum rebus judicandi poteftatem ultrocitroque concurriffe legimus Franc. Reges, & ipfos Romano Imperio din potitos. Atque a Clotario I. fancitum, ut Epifcopis in
Judices ipfos, qui immerenti cuipiam mortem inflixiffent, animadvertendi plena ineffet Jurifdictio, refertur apud Cointium ad
an. 559. S. Audoeno Rotomag. a Theodorico Rege, & Cenoma-
nenfi

nenfi Antiſtiti a Chilperico III. conceſſum , ut in ipſorum Provinciis Judex non alter conſtitueretur , niſi quem iidem deſignaſſent Præſules , referunt Fridegordus , & Comtius ad an. 681. n. 67 , & 719. n. 19. Quorum ſimilia privilegia , qui lato proſequitur calamo , videndus Cl. Thomaſſinus vet. , & nov. Diſcip. par. 2. lib. 3. cap. 99. Præter autem jam paullo ſuperius indicata ex Caroli M. Capitul. lib. 5. caput 234 , & lib. 6. caput 281 , neque vindictam inferioribus a Judicibus exerceri idem permiſit Imperator , niſi eis teſtimonio Epiſcopi ſuo adfuiſſent Capitul. lib. 5. cap. 126. Ab Epiſcopis præterea commonefieri Judices juſſit de Carceribus vinctis aperiendis tribus in ſolemnioribus anni feſtis Natalis , Paſchatis , & Pentecoſtes , ita quod , obſequi qui detrectaſſent , Judices ab Eccleſiæ ingreſſu arcerentur lib. 6. cap. 106. Cujus ſimile Michaelis Palæologi exemplum refert Pachymeres lib 4. cap. 4 , quo exſilio , carcere , mortiſque damnatione ſtatim exſolvit , qui ſibi a Patriarcha fuerant commendati . Huc referendum etiam Capitul. lib. 5. caput 14 , quo de Vicariis Epiſcopi in litibus judicandis agitur . Confer & Capitul. lib. 6. caput 141 , ac lib. 7. capita 107 , & 214 , ex quibus liquido adparet reprehenſione ſe valdequam dignum præſtitiſse Jannonum , dum Lotharium reprehendere lib. 5. cap. ult. §. 1. iden adgreſsus eſt , quod Diplomate apud Schilterum in Comment. ad Jus Feud. Aleman. cap. 1. §. 7 , de quo etiam Struvius Hiſt. Jur. Publ. cap. ult. §. 4 , ſpecialem Patrimoniis Eccleſiæ Judicem *Defenſoris* nomine dederit , apud quem , non apud Judices publicos , cauſſæ agitarentur . Præter quam enim , quod Principum legibus de bonis Eccleſiaſticis judicandi facultatem integram Epiſcopis jugiter ſervatam pluribus Art. ſuper. in aperto poſitum eſt , *Defenſoris* nomine , ſive Judicis nihil antiquius , frequentiuſque apud S. Gregorium M. habetur juxta edit. Pariſ. in Labbei Collect. To. 5. lib. 9. epiſt. 13. de Patrimonio Siciliæ loquentem , lib. 7. epiſt. 16 , ſeqq. , lib. 8. epiſt. 1, aliiſque plurimis lib. 9. epiſt. 7 , multiſque aliis , ac lib. 10. epiſt. 16 , aliiſque non paucis , in quibus de Patrimonio Syracuſæ ; lib. 2. epiſt. 27 , aliiſque , de quibus Cennius in Exam. Diplomat. Orbonis , & S. Henrici Append. Orſii de Domin. Eccl. Rom. p. 306 , ubi de Patrimonio Panormitano ; lib. 7. epiſt. 10 , 39 , 45 , 106 , ſeq. ,

in

in quibus de Calabro ; lib. 2. epiſt. 40 , & lib. 7. epiſt. 39 , 105. , ſeq. , ubi de Apulo , lib. 3. epiſt. 23 , lib. 9. epiſt. 14 , & lib. 10. epiſt. 21 , in quibus de Etruſco ; lib 2. epiſt. 23 , ubi de Sabino , & Carſeolitano ; lib. 2. epiſt. 36 , lib. 4. epiſt. 9 , lib. 7. epiſt. 66 , lib. 9. epiſt. 18 , & lib. 11. epiſt. 53 , & 59 , in quibus de Patrimonio Sardiniæ ; ac lib. 1. epiſt. 50 , & lib. 9. epiſt. 54 , ubi de Patrimonio Corſicæ. Pauca nunc vero , quoad operæ fert pretium , de Regibus aliis , ac Provinciis attingendo , in Italia Theodoricus Rex Gothus apud Caſſiodorum Var. lib. 3 epiſt. 37. litem Germanum laicum hominem inter, & Petrum Epiſcopum de re mere temporali dirimendam eidem Antiſtiti reliquiſſe legitur , non obſtante naturali exceptione L. 1. Cap. *Ne quis in cauſſa propria judicet* , ſed ea ratione adducta , quod lites alias inter Laicos dirimere Epiſcopalis officii haud exigua ſiquidem pars ſit , ideoque abſque periculo , in cauſſa etiam propria , Judicem admittendum Epiſcopum fore potior exigat ratio : *Si in alienis cauſſis beatitudinem veſtram convenit adhiberi , ut per vos jurgantium ſtrepitus conquieſcat , quanto magis ad vos remitti debet , quod vos ſpectat actores* , In Hiſpania legibus Wiſigothorum , veluti liquet ex lib. 2. tit 1. LL. 29 , & 30. Ervigii Regis Juſſu editis , cautum quammaxime legitur , ut integra Pauperum , Oppreſſorumque cura Epiſcopis incumberet , quorum & eſſet de illorum cauſſis judicium ferre , atque Judices perverſos ita cohibere , ut qui Epiſcopi parere judicio detrectarent , quinta ejus rei parte , de qua actio eſſet , eoſdem multare Judices fas eſſet , & Comites etiam contra obnitentes conſtringere . Ad Epiſcoporum quin etiam fere Judicium cauſſas ipſas lælæ Majeſtatis referre Gothis Regibus religio erat , qua tam erga Epiſcopos optime affecti erant , quam probe conſcii de optima Epiſcopalium judiciorum ratione . Quibus deinceps judiciis Epiſcopos Implicare ſe ſe , niſi pro vita reis impetranda, jure , meritoque deinde prohibuit Concilium Toletanum IV. Can. 31. Eccleſiaſticas inter alias veteres Maccabæi Scotiæ Regis leges , hanc ad nos egregiam Hector Boethius hiſt. lib. 12. trajecit : *Chriſto initiatum ad profanum Judicem non vocato : vocatum , compaſrentemve non judicato ; ſed ad ſacros Antiſtites remittito* . Ex legibus Eccleſ. Aethelſtani Angl. Regis in Cod. Mſs. Saxonico , Re-

gio , & Jornalensi ea observatu digna tit. 11. *De Officio Episcopi* occurrit , qua diserte ad Episcopum jure pertinere decernitur omnem rectitudinem promovere , Dei videlicet , & Sæculi , instruere
quid imo Sæcularibus judicare recte liceat ; Justis etiam mensuris,
ac ponderibus invigilare ; cum Sæculi Judicibus interesse judiciis &c. apud Harduinum To. 6. par. 1. p. 570. Inter leges Hoeli
Regis ea quoque Capp. 6. , & 9. locum illustrem habet , qua Sacerdotibus litium Sæcularium cognitio , ac definitio concreditur ,
& defertur . Amplissima præterea Jurisdictione olim potitos in
Hungaria Episcopos augurari fas est ex fragmento Edicti Matthiæ
Regis an. 1462 , quo Jurisdictionis Episcopalis alioqui limites ,
orbitamque figit , ac circumscribit apud Raynaldum n. 87. Nam
præter causas de Fide , de Sacramentis , de Hæresi , de Testamentis , de Matrimoniis , de Dotibus , de Donationibus ob Nuptias , de Decimis , de Usuris , de Juramentis , de Censuris &c.
Pauperum , Viduarum , Miserabiliumque personarum caussæ Episcopis expresse reservantur . Sed hoc de capite jam nimis . Quæ
vero contra objici solent , uno facile concident omnia ictu , modo
tres distinguere probe scias temporalium administrationum species, quarum aliæ Sacerdorum etiam sunt, aliæ Sæcularium omnino , ac Sacerdotibus alienæ . Prima Δημοσίας διοικήσης , quæ
ad Popularia negotia , Rerumque publicarum administrationem
spectat , qualia Magistratuum creatio , Belli , & Pacis jura &c.
Altera γεωμιχαι φροντίδος , sive βιοπραγ'υμανίαι , quæ Sæculares
curæ , Mercatura , Fideijussiones &c. , atque hoc ab utroque genere abstinendum Sacerdotibus indicitur ab Apostolo 2. ad Ti-
moth.i, Apostolicis Canon. 20, 80,& 82,ab Auctore Const. Apost.
lib. 2. cap. 6 , a S. Optato Milev. lib. 1 , a Synesio epist. 121 , a
Photio tit. 8. cap.13. Tertia earum rerum species est, quæ βιωπκα
vocantur S. Paulo 1. Corinth. 6, v. 3 , seq. , atque ad vitæ subsidia necessaria sunt : quarum administrationem a S. Paulo Episcopis demandatam hactenus dicta liquido demonstrant .

　　Quod nunc igitur ad alterum caput attinet , Jus nempe , quod
Ecclesiæ adstruitur Laicas infringendi leges, quoties Ecclesiasticis
adversentur , initio observo istud cum Naturali jure inniti , quo
Respublica quælibet bene constituta potis est leges proprias condere,

der e , fubditofque ad earumdem obfervantiam adigere , atque impedimenta auferre , quæ in Reipublicæ perniciem vergerent , velut advertit Doviatius Prænot. Canon. lib. 2. cap. 2 , nec abauit
Bafnagius difsert. 4. de Eccl. Tribun. n. 1. , tum Divino è Jure
proxime defcendere, quo Ecclefiæ datum eft Chriftifideles regere,
de Religione Chriftiana decernere , Morum , ac Difciplinæ fan-
ctioris regulas fancire , ideft leges ferre, quibus Principes ipfi ob-
ftringantur , quibufve Principum leges fiquæ proinde adverfen-
tur , hafce convellere e re fua erit . Nec enim alia ratione admi-
niftrandam Ecclefiam Chriftus D. inftituit , quam qua ipfemet ,
quoad vixit , adminiftravit . Quis autem ambigat , quo minus ea
præditus Chriftus D. poteftate fuerit tam leges ferendi, quam fuis
adverfas legibus infringendi ? Jam vero latum Chriftianas leges
inter , ac Civiles intercedere difcrimen jamdiu adnotavit S. Hieronymus epift. 84 , alias 30. ad Oceanum : *Aliæ* , inquiens, *funt
leges Cæfarum , aliæ Chrifti : aliud Pappinianus , aliud Paulus nofter
præcipit* . Quin tale quandoque intercedere obfervavit S. Auguftinus de Civit. lib. 19. cap. 17 , ut adverfa inter fe fronte aliquando pugnent , Ecclefiæque leges in cauffa fuifse, cur perfecutiones
adeo fævæ in Chriftianos earumdem, uti par erat , legum obfer-
vatores, ab Ethnicis commotæ fint : *Factum eft* , inquiens , *ut Religionis leges cum terrena Civitate non poffet (Ecclefia) babere communes , proque bis ab ea diffentire haberet neceffe , atque oneri effe
diverfa fentientibus , eorumque iras , & odia , & perfecutionum
impetum fuftinere* . In iftius utrinfque igitur Naturalis , ac Divini
Juris , ex quo defcendere Ecclefiafticam dicimus Jurifdictionem ,
tam nempe proprias ferendi leges , quam infenfas Principum infringendi , confpectu , eò improbabiliori obverfati in opinione
dignofcuntur Petrus de Marca , & Balozius , dum ex Juftiniani
Novellis , ac Capitularibus Regum Franc. anfam captarunt ad-
ftruendi Principibus jus leges etiam procudendi ad Ecclefiafticam
difciplinam fpectantes, quò inani defudafse opera Johannes Scho-
lafticus , ac Photius deprehenduntur , dum Ecclefiafticarum legum Collectioni Imperatoriis ingerendis Sanctionibus indefefse
incubuerunt . Atque utroque Jure utique ifto ufam Ecclefiam ,
nullo non tempore adverfa fronte-Principum legibus minus æquis

obſtitiſſe ut oſtenderet Bartholus , quo ceu fauſto ſydere diſpu-
tationis hujuſce pelagum ingredior , in Tract. de Differentia Jus
Canon. inter , ac Civile , ſi tamen opus non ſit Jacobi Alberti Bonon. , Oper. To. 10. differentias 185. adminus inter utrumque
adſtruit , quas alias ſuperaddere pronum erit , ac pretium operæ.
Ita L. 1. De Paganis Cod. Theod. a Conſtantino lata , alteraque
Valentiniani Sen. , quibus Haruſpiciorum uſus adhuc tolerabatur,
abrogata eſt ab Eccleſia Can. 4. Non oportet ex Laodicenis 36,
Can. 3. Non liceat , & Can. 2. Qui Divinationes ex Ancyranis
23 , & 24, ſive 25, Can. 5. Siquis Epiſcopus ex Toletano IV.
Can. 29 , & Can. 1. Siquis Ariolos 26. q. 5. ex Concilio Romano
ſub S. Gregorio II. Can. 12. ad ſuperſtitionum evellendas reliquias
edito , quibus adhuc Langobardi detinebantur. Quò etiam fa-
ciunt ſeqq. Canones , Synodique Carthaginenſis IV. an. 398.
Can. 89 , ex quo Can. 11. Auguriis 26. q. 5 , Venetæ an. 465.
Can. 16 , ex quo Can. 6. Aliquanti ibid. , Agathenſis an. 506.
Can. 42. ibid. , Aurelianenſis I. an. 511. Can. 30 , ex quo Can. 9.
Siquis eod. loc. , S. Auguſtinus de Civit. lib. 18. cap. 17 , ac Rabanus de Univerſ. lib. 15. cap. 4, ex quibus Can. 14. Nec mirum ,
& S. Gregorius M. lib. 11. epiſt. 53 , aliàs lib. 9. epiſt. 47. ad Hadrianum Notar. , ex quo Can. 8. Pervenit ead. 26. q. 5. Ita LL. 4 ,
& 6. Juliani De Sepulcr. violat. ſuperſtitione reſertiſſimæ abolitæ
leguntur , aut emendatæ Canone 19. Non eſtimemus , & Can. 29.
Fatendum 13. q. 2. ex S. Auguſtino lib. de Cura pro Mort. cap. 15 ,
& ult. , Can. 24. Quia alii ex S. Ambroſio in ſerm. de obitu Theodoſii , & Can. 26. Ubicumque ibid. ex S. Joh. Chryſoſtomo hom.
26. in cap. 11. epiſt. ad Hebr. decerptis , aliiſque ead. Cauſ. , &
Quæſt. Ita in Cod. Juſtin. LL. 20 , & 22. a Pappiniano , 23. ab
Ulpiano , 24. a Macro deſumptæ , L. Patri, L. Nec in eo, L. Nihil intereſt , L. Quod ait , L. Marito, L. Gracbus ab Alexandro
lata ff. Al Leg. Juliam De Adulter. , & Stupr. , quibus ſive Patri , ſive Marito facultas ſit occidendi qua filiam in ſtupro repertam , qua adulterum certis in caſibus cum Uxore in adulterio de-
prehenſum , Jure Canonico abrogatæ ſunt Can. 9. Si non licet 23.
q. 5. ex S. Auguſtino de Civit. lib. 1. cap. 16 , ſeq. , Can. 5. In-
terfeĉtores , & Can. 6. Inter bac 33. q. 2. ex S. Nicolao I. in epiſt.

adCarolum Mogunt. apud Ivonem Decr. par. 8. cap. 123 , feq. ,
& in epift. ad Bulgaros cap. 36 : Quò etiam facit Synodi Tribu-
rienfis an. 895. Canon 46 , quo Roiharis lex Leg. Langob. lib. 1.
tit. 33. cap. 2. Maritis Uxores in adulterio repertas cum Adulteris interficere permittentia improbata prorfus eft : Can. 8. *Admonere* Cauf., & Quæft. ead., qui falfo Stephano V. tribuitur a Gratiano , reftituendus plane S. Paulino Forojul. in epift. ad Aiftul-
phum apud Burchardum Decret. lib.6. cap.40, & Labbeum To.9.
p.108 , Can. 9. *Siquid* ibid. ex S. Auguftino de Adulter. Conjug.
lib. 2. cap. 5 : quibus Jungendus Alexander VII. in Decreto anno 1665. die 7. Sept., quo propofit.13. confixa eft. Ita L.1. §.ult.,
L. 2. ff. *Unde vi* , & L. 7. ff. eod. tit. , quibus beneficium interdi-
ti , *Unde vi* , five reftitutionis ei dumtaxat conceditur , qui è poffeffione fuiffet vi deturbatus, non etiam ei, cujus bona ad alterius
pervenifient furto manus , ab Ecclefia funt emendatæ Can. 5. *Ra-
pinam* 14. q. 5 , cujufce fimilis eft fententia apud S. Ambrofium
de Offic. lib. 3. cap. 3 , & Cap. 18. *Sæpe contingit* Decret. lib. 2.
tit. 13. *De Reftitut. fpoliat.* ex Innocentio III. in Concilio gener.
Lateran. , quibus reftitutionis beneficium nedum alienum invadenti , fed etiam alienum detinenti adferitur : qua de re videndus
etiam Benedictus XIV. in epift. ad D. Nicolaum Lercarium 19.
Martii 1752. n. 22. Ita Novella 89. *Ex complexu* , qua Pater , ac
Mater ex adulterio , aut inceftu prognatos alere probibentur , in
irritum miffa eft Cap. 5. *Quum haberet* in fine ex Clemente III ,
& ibid. Glofsa final. Decret. lib.4. tit. 7. *De eo , qui duxit in Matrim.* &c. Ita Novella 123. *De SS. Epifcopis* §. *Pro confuetudine* ,
qua Ordinatoribus , Scribis , ac Miniftris Epifcopi ftata pecuniæ
fumma ab Ordinato folvenda indulgetur , fœda veluti Simoniæ
labe afperfa prohibetur Can.4. *Sicut Epifcopum* 1. q.2. ex S. Gregorio M. in Synodo Romana mutuato, & Cap. 1. *In ordinando* Decret. lib. 5. tit. 3. *De Simonia* . Ita L. *Cum notiffimi* , L. *Sicut in
re* , & L. *Omnes* Cod. *De Præfcript.* 30. annor., quæ ad præfcri-
bendum bonam fidem non requirunt , atque L. *Furtum* 37. §. 1 ,
ac L.feq. ff. *De Ufucap.* L.48. §.1. ff. *De Acquirendo rer. Domiu.*,
& L. unic. Cod. *De Ufucap.* , quibus decernitur Ufucapionem
fuffragari eis, qui res alienas bona fide emifient , atque ad Ufuca-
                                                            pionem

pionem sufficere bonam fidem initio possessionis , abrogatæ penitus , abolitæque sunt Jure Canonico cap. 17. *Si diligenti* , Cap. 20.
Quoniam omne Decret. lib. 2. tit. 26. *De Præscript.* ex Innocentio III. in epist. ad Pisanum Archiep. , & in Concilio gener. Cap.
12. *Jus dictum* lib. 5. tit. 40. *De Verbor. signif.* ex S. Isidoro lib.
Ethimolog. , & Cap. 2. *Possessor de Regul. Juris* in 6. Vide & Benedictum XIV. in cit. epist. ad Nicol. Lercarium n. 23. Ita L. 1.
Cod. Theod. lib. 2. tit. ult. , & L. 26. Cod. Justin. *De Usuris* ,
quibus moderatæ Usuræ, intra modum idest præscriptum legibus ,
permittebantur, ab Ecclesia improbatæ sunt, quatenus omnis prorsus Usura prohibita est Can. Apostol. 43 , Eliberitani Can. 2 ,
Arelatensis I. Can. 12 , Carthaginensis III. Can. 16 , aliisque multis oppido , de quibus suse dictum Vind. Par. 1 To. 2. Art. 7. in
Proleg. p. 160 , seqq. Ita L. *Sed es* , *quæ Patri ff. De Spons.* , L.
Nec Filium Cod. *De Nupt.* , & L. *Nuptiæ* 2. ff. *De Ritu Nupt.* ,
queis Patri facultas sit Connubio filiam , vel invitam , conjungen-
di , vel ad Conjugii valorem etiam Parentum exigitur consensus ,
non secus atque consensus Dominorum ad Conjugia Servorum ,
(etsi aliquando haud displicuerint S. Basilio epist. 199. Canonica 2. ad Amphilochium Can. 4, Synodis Aurelianensi IV. Can. 22,
& 24 , & Cabilonensi II. Can. 30. apud Gratianum Can. 8. *Dictum*
29. q. 2 , ac Haytoni Basileensi in Capit. Eccl. Can. 21. apud Harduinum To. 4. p. 1244. ex Dacherio Spicileg. To. 6 ,) Ecclesia
tamen abrogandas eas duxit Can. 2. *Sufficiat* 27. q. 2 , Can. 1. *Ubi
non est* 30. q. 2. ex S. Nicolao I. in epist. ad Bulgaros cap. 3 , Can.
35. Concilii Cantuariensis sub Richardo an. 1173. apud Mansium
Suppl. To. 2. p 670 , Cap. 1. *Tua nos* ex Honorio , & Cap. 2. *Ubi
non est* ex S. Nicolao I. cit. epist ad Bulg. Decret. lib. 4. tit. 2. *De
Desponsat. Impuber.* , Cap. 14 *Cum locum* ex Alexandro III. lib. 4.
tit. 1. *De Sponsal.* , & *Matrim.* , Junctis Cap. 1. *De Francia* ibid.
quo neque Francorum, neque Saxonum legibus circa Matrimonia
deferendum sancitum legitur a Synodo Triburiensi , Cap. 1. *Dignum* ex Hadriano in epist. ad Magdeburg. Archiep. , & Cap. 3.
Licet ex Urbano III in epist. ad Arimin. Episcop. lib. 4. tit. 9. *De
Conjugio Servor.* , Concilio Tridentino sess. 24. de Reform. Matrim. cap. 1. , & Benedicto XIV. de Synodo Diœces. lib. 9. cap. 11.

n. 5.

n. 5. Ita L. *Liberorum* 81. ff. *De His*, *qui notentur Infamia*, qua
Viduis intra annum luctus nubentibus infamiæ dica conscribitur,
aliæque leges, quibus pœnæ ob id Viduis infliguntur, (acceptæ
quodammodo etsi visæ sint aliquando Synodo Aenhamensi anno 1009. Can. 16, quo Viduæ Marito orbæ Menses 12. manere
jubentur,) abrogatæ sunt ab Urbano III. in Cap. 4. *Super illa*, &
ab Innocentio III. in Cap. 5. *Quum secundum* lib. 4. tit. 21. *De
Secundis Nupt.* Ita L. 2. §. fin., & L. seq., ac L. *Qui per salutem*
ff. *De Jurejur.*, queis per Creaturas jurare permittitur, Jure Canonico infirmatæ habentur passim Can. 7. *Et jurabunt*, & Can. 8
Considera 22. q. 1. ex S. Hieronymo in cap. 4. Jerem., & lib. 1.
in S. Matth., Can. 9. *Clericum*, qui est Carthaginensis IV. Can.
61, Can. 10. *Siquis per Capillum*, qui perperam a Gratiano S. Pio
tribuitur, habetur tamen Novell. 77. cap. 1, & in Pœnit. Rom.
edito ab Anton. Augustino tit. 2. cap. 10, Can. 11. *Si aliqua* ibid.
ex Auctore Oper. Imperf. hom. 44. in cap. 23. Matth., Can. 12.
Habemus falso S. Hieronymo adscripto, quum sit Caroli M. in
Capitul. an. 789. cap. 62, Can. 15. *Quamvis*, & Can. 16. *Movet* ibid., qui S. Augustino in epist. 47. edit. Maurin. ad Publicolam
accepti sunt referendi, junctis pluribus aliis q. 5. Ita L. *Stipulatio
ista* §. *Alteri*, qua decernitur non valere promissionem verbo tenus
factam, etsi juramento firmatam, veluti Juri Divino minus con-
sentanea, emendata est ab Ecclesia Can. 9. *Quacumque* 22. q. 5. ex
S. Isidoro Sent., sive de Sum. Bono lib. 2. cap. 31, Can 10. *Ecce dico*
ibid. ex S. Augustino serm. 28, aliàs 180. de Verb. Apost., Can. 12.
Juramenti, qui non S. Joh. Chrysostomi, sed S. Chromatii Aquil.
in cap. 5. Matth. est, & Can. 13. *Qui pejerare* ex Auctore Oper.
Imperf. hom. 12. in cap. 5 Matth. Ita L. 1. §. 1. Cod. *De Juram.*,
& Cod. *Si adver. vendit.*, Auth. *Sacram*, queis Impuberum ju-
ramenta infirmantur, Jure Canonico emendatæ, correctæque sunt
Can. 14. *Parvuli* 22. q. 5. ex Capitulari Francofordiensi Caroli
M. cap. 43, Capitul. Aquisgranensi cap. 62, Capitul. lib. 1. cap.
61, quo prava Gundoba lex, cujus etiam meminit S. Agobardus
Lugd. epist. ad Ludovicum Imper., abolita est, cuique Capitula-
ri consonat lib. 2. Leg. Langob. tit. 55. caput 22, & Can. 15.
Pueri ibid., qui a Gratiano inepte Eliberitano Concilio adscribitur,

tur, quum fit potius Hibernenfis cap. 3. apud Burchardum lib.12.
cap. 25, feq., quique in Colleâ. Hibernen. Canon. lib. 34. legitur apud Dacherium Spicileg. To. 9. vet. edit., de quo etiam
Pœnitentiale Rem. Ant. Auguft. tit. 2. cap. 16. Ita L. *Juri gen-
sium* ff. *De Paâis*, qua tollitur Aâio in promiffione auda, abfque
folemni Juris formula, emiffa in Concilio Carthaginenfi an. 348.
fub *Grato* cap. 12. emendata eft relato Cap. 1. *Antigonus* Decret.
lib.1. tit.35. *De Paâis*. Ita L. *Si unus*,& L. ult. Cod. *De Teftam.*,
queis invalidatur Teftamentum, nifi feptem Teftium fit munimi-
ne confcipatum, reformata legitur Cap. 10. *Quum effes*, & Cap.
feq. *Relatum* lib. 3. tit. 16. *De Teftam.*, ubi valere Teftamentum
coram duobus Teftibus faâum Alexander III. epift. ad Hoftienfem Epifcop., & ad Judices Vellenen. definit.Ita L. *Siqua illuftris*
5. Cod. *Ad Orphicianum*, L. *Divi* 5. *De Natur. liber.*, & Novella 89. cap. 12. §. 5, quibus certis perfonis liber indulgetur
Concubinatus; (quomodo etiam a Valentiniano lege altera unicuique duas infimul habendi Uxores indulgentiam fuiffe tributam
refert Socrates lib. 4. cap. 27, ut ea nempe propriæ intemperan-
tiæ, qua legitima Severa nomine, ex qua Gratianum procrearat,
haud contentus, Juftinam defuper, cujus amore deperibat, induxerat, fucum obduceret aliquem: quam tamen ab eo ignominiæ no-
ram difpellere Baronius nititur ad an. 370. n. 125, feq.) veluti
Evangelicæ legi palam adverfæ, legibus paffim Ecclefiafticis Poly-
gamiæ detrahentibus interdiâæ leguntur Can. 4. *Nemo fibi cum*
feqq. 32. q. 4. Ita L. *In confenfu* Cod. *De Repudiis* multis de cauffis libellus repudii, & Conjugii diffolutio admittitur, quæ ab Ecclefia jure, optimeque reformata eft Can. 19. *Sunt qui* 27. q. 2.
ex S. Gregorio M. lib. 11. epift. 45, alias lib. 9. epift. 39. ad
Theoâiftam Patriciam, & Can. 18. *Si Uxorem* 32. q.5. ex S.Au-
guftino, de quo infra. Ita L. 6. §. 1. ff. *De Adulteriis*, & L. 2.
Cod. eod. tit., quibus adulterii crimine Conjugata quidem folu-
tum admittens damnatur, non etiam Conjugatus folutam cognof-
cens, Jure Canonico correâæ funt, atque eadem adulterii dica
confcripta tam Viro, quam Uxori habetur Can. 4. *Nemo* 32. q.4.
ex S. Ambrofio de Abraham lib. 1. cap. 4, Can. 19. *Præcepit*, &
feq. *Apud nos* ex S. Hieronymo in epift. ad Oceanum, 32. q. 5, &
Can. 23.

Can. 13. *Chriſtiana* ibid. ex S. Innocentio I. epiſt. ad Exuperium cap. 4. , Can. 18. *Si Uxorem* ibid. , & Can. 5. *Idololatris* 28. q. 1. ex S. Auguſtino de ſerm. Dom. lib. 1. capp. 16 . & 18 , adeundo etiam de Adulter. Conjug. lib. 2. cap. 8, & lib. 1. Retract. cap. 19. Ita L. 42. Cod. Juſtin. *De Epiſcopis*, ac Novellæ 123, & 137, quibus eligendi Epiſcopi jus Clero , & honoratis ex Populo viris fuerat adjudicatum , abrogatæ omnino ſunt a Conciliis Nicæno II. Can. 3. allegante Canonem 30. Apoſt. , & Canonem 4. Nicæni I , & a Conſtantinopolitano IV. Can. 22. Pleraque alia circa Libertatem, Immunitatemque præſertim Eccleſiaſticam legum Laicarum ab Eccleſia infractarum exempla , documentaque perſequutus ſum ſup. Art. 3. p. 277, ſeqq. , quæ heic repetere non præſtat .

Viden igitur, ut Juri ſuo Eccleſia tenaciſſime ſemper inſtiterit, nec ullo unquam tempore Civiles abrogare leges abſtinuerit, quoties ab iis legibus aut Canonicis , aut Divinis injuriam, ac vim irrogari deprehendit ! Nec vero putes heic totam conſtitiſſe Eccleſiaſticæ poteſtatis vim , qua contra Principum ſuis infeſtas leges exeruit , ſæpius etſi , ſe ſe , longe namque plures adhuc ſuppetunt Eccleſiaſticæ libertatis ſpecimina, qua cum Pontifices MM. tum Eccleſiarum Præſules ſæculi Principibus, non recta præcipientibus , ſe ſe , tanquam pro muro Dei, objicere non reformidarunt . E queis adhuc pauca, indigeſtimque delibando , ac principium ducendo ab Epiſcopis, quis eximiam non demiretur S. Ambroſii animi magnitudinem , qua tres Auguſtos legem Eccleſiaſticæ libertati adverſam Mediolani tum promulgatam Cod. Theod. lib. 27. *De Epiſcop.* revocare coegit , edereque omni prorſus errore purgatam ? Scitum eſt Theodoſii Imp. Pragmaticam, qua Berythenſis Eccleſia ab Epiſcopi Tyrenſis Metropolitico Jure abſtracta fuerat , nauci , floccique a Concilio Chalcedonenſi Act. 2. factum fuiſſe , eamque Sanctionem alleganti contra Photium Tyrienſem Euſtathio Berytheaſi hoc adhibitum a Patribus fuiſſe reſponſum : *Contra Canones nibil Pragmaticum valebit: Regulæ Patrum teneant .* Quo pariter ductu Patres Synodi Romanæ an. 501. ſub S. Symmacho Conſtituto edito Odoacris Herulorum Regis legem , qua bonorum Eccleſiaſticorum alienatio prohibebatur , etſi ex S. Simplicii conſenſu profecta diceretur , abrogare , & inſtingere

non abſtinuere. Cujuſce rei , præter alias Eccleſiaſticici roboris plenas , quæ referuntur a Gratiano Can. 23. *Non placuit* , & Can. 24. *Laicis quamvis* 16. q. 7 , ea non prætereunda ſane ratio eſt , qua legem ad hanc abolendam promoveri ſe,ducique Synodus profeſſa eſt cap. 3: *Ne in exemplum remaneret præſumendi quibuslibet Laicis , quamvis Religioſis , vel Potentibus , quolibet modo aliquid decernere de Eccleſiaſticis facultatibus , quarum ſolis Sacerdotibus diſponendi indiſcuſſa a Deo cura commiſſa docetur* . Illud in vita S. Fulgentii cap. 16. memoriæ prodidit Ferrandus Diac. præclarum Epiſcopalis magnanimitatis exemplum , quod Traſimundo Vandalorum in Africa Regi, extinguendæ Religionis cauſſa, nefario conſilio Epiſcopos omnes Ordinatione interdicenti, Epiſcopi Byzacenæ Provinciæ , nulla Regiæ Juſſionis ratione habita , nihilque Regis iras veriti , obſiſtere , & in Concilio ſtatim congregati adverſus iniquum Regis Edictum ſtatuere non dubitarunt , ad Sacros Ordines , abſque mora , promovendos fore, quotquot reperirentur idonei . Ab hac Epiſcoporum adeo propria fortitudine deflexit porro Synodus Silvanectenſis an. 863. ad Franc. Regis favorem parumper inflexa . Sed enim ipſius errorem ſtatim emendandum ſuſcepere Patres Synodi Romanæ V. ſub S Nicolao I , ejuſdem Synodi reſpuentes inſtantiam, qua petebar,ut appellationi Rothadi Sueſſion. Antiſtitis Sedes Apoſtolica haud deferret, uti cui leges Imperiales obluctabantur; tam nempe habin re Seculares leges deſpicatui habentes,quam legibus hiſceSæcularibus adplaudentes Epiſcopos illos aſpere objurgantes. Confer Baronium ad cit. an. n.81. De propriæ Juriſdictionis tam confinibus conſcius Edgarus Angl. Rex , quam amplitudine certi Synodi Brandanfordienſis an. 964. Epiſcopi, Edvvini Regis legibus Eccleſiaſticæ infeſtis libertati cum hi robur detrahere officio duxere , tum ille totum id pati , ac Epiſcopis jura ſibi vindicantibus adnuere religioni habuit apud Harduinum To. 6. par. 1. p.635.Ideo tum demum S.Henricus II. Imp. Edictum de rebus Eccleſiaſticis edere in Synodo Ticinenſi anno circiter 1012. ſuſtinuit , editumque tum deinceps obtinere perſuaſum habuit , poſtquam ejuſdem auctorem ſibi adfuiſſe cognovit Benedictum VIII. P. M. , conſiliarios deſuper Epiſcopos , adhortatoreſque nactus eſt , ſicut ipſemet teſtis accedit apud Harduinum
ibid.

Ibid. p.817. Frequens id fuiffe imo Principibus, ut legibus a fe latis auctoritatem, roburque a Sede potiffimum Apoftolica, eque Synodis adquirerent, obfervare me alibi memini. Et certe Cafimirus Poloniæ Rex Civiles leges quafdam Alexandro III. probari curaffe legitur apud Baronium ad an. 1180. n. 13, feq. Leges viciffim, quibus Henricus III. Angl. Rex vi a Proceribus adactus in Conventu Oxonenfi an. 1260. adnuerat, ab Alexandro IV. abrogari obtinuit, fubditofque compefci rebelles ab Urbano IV. anno 1264, & a Clemente IV. an. 1265. tefte Matthæi Parifii Continuatore ad cit. annos. Qui fecus feciffent, legefque ferre Religioni incongruas anfi fuiffent, ipfis palam obfiftere, ipforumque placitis obluctari, quoties opus fuit, Epifcopi officii partibus deputarunt. Leges itaque Gothicas in Hifpania circa Sacrorum Cæremonias abrogandi, Barcinone ann. 1064. indicta Synodo, ex Alexandri II, cujus Legatum agebat, poteftate fuprema, fas fibi Cardinalis Hugo fumpfit. Splendidiffimum eft vero, fiquod alterum poteftatis Ecclefiafticæ fpecimen illud, quo Synodus Lateranenfis IV. Can. 44. Decret. lib. 3. tit. 13. *De Rebus Ecclef.* inferto Cap.12. *Cum Laicis*, Principum legibus Ecclefiafticæ libertati infeftis lævhale vulnus inflixit. Cujus exemplo animatæ, excitatæque; atque fententiæ adftipulatæ Synodi quamplures aliæ Biterrenfis an. 1246. cap. 18, Andegavenfis 1269. cap. 1, Bituricenfis 1276. cap. 11, Ravennatenfis 1286. Rubr. 9, Infulana 1289. cap. 13, Colonienfis 1310. cap. 1, Marciacenfis 1326. cap. 49, Andegavenfis altera 1365. cap. 29, & Vaurenfis 1368. cap. 105, laicæ quæcumque Statuta contra libertatem Ecclefiaflicam convellere non dubitarunt, quin Poteftatibus ipfis Laicis obloqui contra, obluctarique fubvenerit.

Atqui ad Rom. Pontificis accedebat quammaxime partes tam laicæ Poteftatis facile propriam extra orbitam erumpentis licentiam cohibere, quam Ecclefiafticas leges in tuto ponere, atque Jurifdictionis Canonicæ, e qua proficifcebantur, vindices fe, affertorefque præftare. Sicut itaque Conftantii Imp. juffionem, Pfeudo-Synodi Ariminenfis acceptationem urgentis facile fprevit Liberius, ita Valentiniani Jun. Legem ult. Cod. Theod. *De Fide Cathol.* eidem Pfeudo-Synodo auctoritatem conciliare præfumen-

tis decreto suo penitus sustulit S. Damasus. Qua de re legenda
Liberii epist. 15. edit. Cour. ad Orientales , S.Damasi epist. 3. ad
Illyricos , & S. Siricii epist. 1. ad Himerium cap. 1. Zenonis He-
notico etsi nulla diserte adstrueretur hæresis , Nestorius imo , Eu-
tychesque damnarentur , ac Synodo insuper Chalcedonensi obsequium se deferre Zeno profiteretur , sed voces dumtaxat *Ex duabus , & in duabus Naturis* a S. Leone M. , & a Synodo Chalcedonensi consecratæ silentio premerentur : quia tamen de fide decernere laico Principi non licebat , multoque minus Ecclesiæ decretis vel indirecte obviam ire , atque voces Ecclesiastico jam usu Sacras vel silentio obruere , ideo Henoticon illud cum S. Simplicio
displicuit, tum demum a S.Felice III. epist.9. damnatum est . Nec
eò deinde se induci ab Anastasio Imp. Festi Senatoris opera passus
est S.Anastasius I. P. M., ut Edicto illi syngrapham adjiceret suam,
veluti testis est locuples Theodorus Lector hist. Eccl. lib. 2. Ex magnanimitate haud absimili , etsi absimilem ob caussam , non modica gloriæ pars ad S. Gelasii laudum accessit cumulum , qui Odoa-
cri Herulorum Regi rerum in Italia potienti , atque iniqua præci-
pienti obsistere non expavit , velut ipse testatur in epist. 13. ad
Dardaniæ Episcopos: *Nos* , inquiens , *Odoari barbaro hæretico
Regnum Italiæ tunc terenti , quum aliqua non facienda præciperet ,
Deo præstante , nullatenus paruisse manifestum est* . Cui pleraque
congerere paris fortitudinis specimina pergens , qua S. Ambrosius
Theodosio Sen. Ecclesiæ ingressum prohibuit, qua S.Leo M. Theodosium Jun. de ope Latrocinio Ephesino impensa libere reprehendit , qua S. Hilarus Anthemio Imp. , Philothei Macedoniani opera , diversas in Urbem Sectas inducere molienti validissime con-
tradixit , qua & Basiliscum Tyrannum , & Zenonem Imp. suis pro
excessibus SS. Simplicius , & Felix durissimis objurgarunt, & qua
demum Hunerico Vandal. Regi nuper S. Eugenius Carthag., unaque alii in Africa Episcopi , spreta ejus sævitia , in faciem obsti-
terant , hisce prostratos ipsorum animos Potestates adversus laicas iniqua præcipientes , aut in potestatis irrumpentes Ecclesiasticæ partes erigere , confirmareque meditabatur . Horum presse vestigiis inhærens Vigilius Pontificiæ jussionis pondere Justinianum
adegit ad suum revocandum Edictum contra tria Capitula , quod

alio-

alloqui fidei apprime erat conforme: nisi quia laici Principis non
esset de rebus fidei leges ferre. Qui vero Edicti auctor Imperatori
fuerat, Theodorum Cæsar. gradu abdicavit; & qui Edicto sensu
adhæserant suo, Mennam Constantinopolit., Ephremium Antioch.,
& Petrum Hierosol. Sacrorum Communione suspendit. Adi-sis
Cleri Italici epistolam datam Franc. Regis legatis Constantinopo-
lim proficiscentibus, Vigilii ipsius Encyclicam ad Christif. uni-
versos, ac Norisium in dissert. hist. de Synodo V. cap. 8. Ejusdem
magnanimitatis Ecclesiasticæ, ab observantia erga Principem minime disjunctæ, egregiam speciem exhibuit S. Gregorius M. lib. 3.
epist. 65, alias lib. 2. epist. 62, & lib. 8. epist. 5, alias lib. 7. epist. 11.
Nam Mauritii Imp. legi, qua Claustris nomen dare Milites interdixerat, robur omne detrahere non abstinuit, velut eas interpretatus epistolas legitur Hincmarus lib. 12. epist. 3. ad Carolum
Calvum, eisdemque rite expensis hunc inhærere sensum intellexit
Doctis. Thomassinus vet., & nov. Discip par. 2. lib. 3 cap. 61.
n. 13 *Hinc*, inquiens, *liquido constat re Gregorium irritasse le-*
gem Mauritii: quamquam verbis, & specietenus ab obsequio Im-
peratoris præceptis præstando non recesserit. Confer & Baronium,
& Bellarminum, & Blancum de Potest., & polit. Eccl. To. 2. lib. 4.
§. 6, ubi Bossuetium in oppositam interpretationem aberrantem
redarguit, ac refellit: Heraclius Imp. alter, qui Ecclesiasticis ingerere se negotiis gestivit, non errore quidem, a quo maxime
abhorrebat, sed amore pacis, quam a Monothelitis turbari dolebat, Edicto fidei proposito, quod absque fidei dispendio fieri
posse autumabat, unam, aut geminam in Christo D. Operationem
dici prohibuerat, quin ab una diserte voluntate adstruenda ipse
abstineret. Sed enim tot excepta diris Ecthesis statim est a So-
phronio Hierosolym., a Stephano Dorylen., ab Arcadio Cyprio,
a Sergio ejus Successore, quodque præcipuum fuit, a Rom. Pontificibus Severino, Johanne IV, S. Martino I. &c., ut Imperatorem tum valdequam puduerit iniquæ publici juris factæ jussionis,
tum ad Johannem P. M. epistola inscripta facti pœnituerit, atque
fidem abstergere suam, suspicionemque a se amoliri satagerit, totius culpæ summam in Ecthesis auctorem Sergium Constantinopolit. refundens. Quo satis imo functo, eodem Johanne P. M. auctore,

&ore , Ecclesiam publicis e locis amoveri, ac in frusta dilaceratam flammis aboleri præcepit Constans ejus filius, ceu ex ipsius episto-la ad præf. Pontificem liquet , quæ habetur To. 2. Annal. Euthy-chii Alex., & in Collect. Anastasii Bibl. p. 50. Nisi quod rem, quam bene fuerat auspicatus , ac Religionem , de qua optime meritus fuerat, infecit paullo post , ac fœdavit , atque pejori facinore_s prodidit idemmet Constans . Nam & Ipse , Paulo Monothelita persuadente , fidei Expositione altera, cui deinde Typi nomen ad-hæsit, proposita , silentium utrique parti cum unius, tum duarum in Christo D. voluntatum indicere præsumpsit . Eadem sed enim , quæ Patris Ecthesis , Filii Typus expertus est fata, eo nempe no-mine , quod laico Principi nefas sit de fidei rebus sive dignoscere, sive definire, (sicut explicitissima subinde evasit sententia S. Maxi-mi Abb. adversus Magistratus Constantinopolit. disputantis ,) a S. Martino I. in Concilio Lateranensi Can. 18. ignominiæ stigma-te inflictus . Ad mediam Ecclesiæ delabendo modo ætatem , me-moranda iterum S. Nicolai I. egregia succurrit in epist. ad Synodi Silvanectensis Episcopos sententia : quibus depositionis senten-tiam in Rothadum Svession. defendentibus eo duplici Juris Impe-rialis capite , quo appellatio interponi , ante latam a Judice sen-tentiam , interdicitur , & quo appellari a Judice electo inhibetur, diserte respondit Imperialibus legibus vim inesse nullam , ubi ad-versus illas Ecclesiastici militent Canones . Igitur prolatis in me-dium explicitissimis S. Innocentii I. ex epist. ad Alexandrum An-tioch., & S. Gregorii M. ex epist. ad Theoctistam testimoniis, qui-bus Imperiales Sanctiones in Provinciarum Ecclesiasticarum par-titione , & in Matrimoniorum caussis robur obtinere nullum adpa-ret , exinde conficit eas leges *Evangelicis, Apostolicis , atque Ca-nonicis Decretis, quibus postponenda sunt, nullum posse inferre præ-judicium* . Compendio uti cogor, ne immensa dicendorum obruar copia , utque finem dicendi aliquando faciam , studiosis interea relinquendo , quatenus diffusiore rerum tractatione aut delecten-tur , aut indigeant, ut fontes, e queis hausi, locupletatusque sum, indigitatos persemet ipsi adeant. Johannes VIII. itaque in Synodo Tricassina II. an. 878. apud Harduinum To. 6. par. 1. p. 198. Go-thicis legibus adjectam de Sacrilegis legem voluit, non quæ a Ju-

sti.

Miniano fuerat conftituta L. 1 3. Cod *De Epifcopis, & Cler.*, atque
primum ab Arcadio, & Honorio prodierat, fed leniorem, qualis a Carolo M. Leg. Langob. lib. 2. tit. 39. n. 4. Indicta eft, ideft
ut Sacrilegi componere, non utique in quinque auri optimi libras, veluti Jufferat Juftinianus, fed in triginta dumtaxat exami-
nati libras argenti, ceu indulferat Carolus, ideft in folidos fex-
centos, juberentur, atque ita deinceps juxta legem iftam in Gallia, & Hifpania Judices de Sacrilegis judicare deberent. Refertur & a Gratiano Can 21. *Quifquis inventus* 17. q. 4, & ante
ipfum ab Ivone Decr. par. 3. cap. 98. Ut erat vero Innocentius III.
Ecclefiaftici Juris eo callentiffimus, quo vindex acerrimus, Conftit. 10. *Ad noftram* 10. Kal. Jun. 1212. Henrici Imp Conftantinopolit. legem, elargitiones tam in vita, quam in fupremis Tabulis fieri Ecclefiis prohibentis, veluti Divinis, humanifque legibus adverfam abrogavit. Concinit huicce Conftitutioni Concilii Lateranenfis IV. Canon 44, relatus in Cap. 12. *Cum Laicis*
de Rebus Eccl. non alien. Verbo, Laicas univerfim leges Ecclefia.
ftica libertati, immunitatique infeftas a Pontificibus abrogatas
paffim videre licet, ut ab eodem Innocentio III. Cap. 7. *Qua in*
Ecclefiarum, & Cap. 10. *Ecclefia S. Maria* de Conftit.; ut ab Honorio III. Cap. 26. *Quanto* de Privileg., & Cap. 49. *Noverit* de
Sent. Excom.; ut ab Alexandro IV. Cap. 1. *Quia nonnulli* in 6.
de Immun. Eccl., & lib. 3. epift. 496 ad Gall. Epifcopos apud
Raynaldum ad an. 1257. n. 54; ut a Bonifacio VIII. Cap. 5. *Eos*,
qui eod. lib., & tit. de Imm. Eccl., ac lib. 1. epift. 223. ad Arelat, & Maffil. Antiftites apud cit. Annaliftam ad an. 1295. n. 54;
ut a Benedicto XIV. Conft. *Pafturalis* in Cœna D. §. 13. &c. Pro
Ecclefiafticis legibus quanta fteterit animi fortitudine contra Regem Caftellæ Gregorius IX, contra Portugalliæ Regem Clemens
IV, ac deinde Martinus IV. compertum adeo cunctis evafit, ut
diutius his immorari nec vacet, nec interfit. Friderici II. Conftitutiones Ecclefiafticæ Immunitatis everfivas convellere haud di-
ftulit Innocentius IV. lib. 10. epift. 9. apud Raynaldum ad an.
1252. num. 1. Bonifacius IX. Richardi Angl. Regis Sanctiones
Ecclefiafticæ incommodas, adverfafque libertati refcindere Conft.
Ab eo an. 1391. apud Raynaldum n. 15. haud fatius habuit, nifi
e pu-

e publicis legum Codicibus easdem abradi juberet. Pragmatica Sanctio a Carolo VII. Franc. Rege evulgata, postquam idem Rex a Pio II. ad eam abrogandam sollicitatus vehementer fuisset, adnuente demum Ludovico XI. abrogata est a Leone X. Praeclarum illud etiam, quam ut praeteriri queat, Pontificiae specimen est potestatis, qua Paulus III. geminum Caroli V. Edictum cum in Spirensi Conventu an. 1544., tum in Comitiis Augustanis an. 1548. evulgatum infregit. Eò utrumque collineabat Edictum, ut afflictissimis Germaniae rebus quoquo modo prospiciendi gratia, Lutheraniaeque, atque Catholici Verbi Dei ministerio, Scholarumque magisterio, receptu vel e bonis Ecclesiarum, vel e Christifidelium eleemosynis stipendio, defungi permitterentur, atque Laicis quidem indiscriminatim usus Calicis, Sacerdotibus vero Conjugii venia indulgeretur. Quia tamen nec id fieri, absque Religionis dedecore poterat, ac dispendio, nec id facere, insigni absque potestatis Ecclesiasticae, ac Pontificiae quammaxime, injuria, Principi laico fas erat, idcirco tam nullo in pretio ab Ecclesiasticis Electoribus Sebastiano Mogun., Adolpho Colon., ac Johanne Trevir., ab Othone August. etiam, aliisque Germaniae Episcopis haberi meruit, quam a Pontifice M. diro inuri stigmate dignum est habitum. Qua de re plura Spondanus ad an. 1548. n.7, & Pallavicinus hist. Concil. Trid. lib. 5. cap. 6. Legibus a Senatu Veneto, Ecclesiasticae libertati adversis, editis clavum a Paulo V. infixum ignorat nemo. Non inficias tamen ivisse Venetos, quin a Pontifice leges Civiles Religioni oppositae infringi quirent, sed leges a se latas ejusmodi fuisse negasse, ideoque totum Pauli V. cum Venetis dissensionis cardinem non circa Jus versatum, sed circa factum, sive materiam facti, recte observavit Blanchus de Potest., & Polit. Eccl. To. 2. lib. 6. §. 11. Qua de re Andreas Maurocenus Rer. Venet. lib. 17, Gravezonius hist. Eccl. To.8. Colloq. 2, &c. Pacis item Articulos Protestantes inter, & Ferdinandum III. Imp. an. 1648. sancitos, quod pleraque Christianae Reipublicae adversa continerent, Constit. edita an. 1651 abrogavit Innocentius X. Legum Codex Leopoldi Ducis Lotharingiae nomine insignitus, quum publicam adspexisset lucem, exemplo Clementis XI. P. M. jussas expertus est iras. Verum laudi tam Pontifici cessit zelus,

quo

quo pro Dei Ecclesia efferbuit, quam Duci vergit religio, qua legibus illis sublatis, ex Pontificis mente edendas alias curavit. Finitimum huicce religionis haberi specimen debet, quam Remensis Praesul Franciscus de Mailly in epistola ad Ducem Aurelianensem Regni administrum an. 1718. explicuit. Nempe Dux ille, ut malis Gallicanam in dies Ecclesiam afflictantibus modum imponeret aliquem, id capessiverat consilii, ut Junioris Regis nomine inscripto Edicto au. 1717. Catholicis aequae, ac Jansenistis circa Dogmatum controversias jamdiu exardescentes silentium indiceret. In ejusmodi Edictum igitur, Religioni utique incongruum, eximius Praesul insurgens, stricto calamo ostendere instituit durissimum utique Jansenillis os obstruendum, non etiam interdicendos Orthodoxos, quominus illos dictis, scriptisque impeterent, detractisque larvis impurissimam haeresim in dias luminis auras efferrent, atque bonis omnibus fugiendam, abominandamque demonstrarent. Innocentii X, Alexandri VII, & Clementis XI. Constitutionibus obtemperandum ab omnibus: qui obsisterent, non item qui obsequerentur, legum fraeno compescendos fore: inducias Schismaticis aeque, ac Orthodoxis indicendas non esse; neque veritati, bene vero errori vocem obtendendam. Paucis a refractariis non esse pertimescendum, neque Caroli V. intempestivam erga Protestantes indulgentiam in exemplum trahendam, sed meminisse potius oportere Henrici II, a quo Carceri mancipatos, ob haeresis crimen, haud ignoraret, Fabrum, Annam Burgium, Foxium, Portam, Fumaeum &c, pari decreta poena, nisi fuga subduxissent se se, in Violam, Ferrerium, Vallam &c., Viros alioqui, quibus in Senatu Parisiensi sedes aliquando fuerat; Philippi Augusti, a quo una die Albigenses ad 600. igne cremati sunt; Francisci I, a quo suis in speluncis Valdenses suffocati, & Francisci II, a quo Princeps ipse Condaeus Calviniana infectus haeresi capite est condemnatus. Factu optimum quidem, ut optimo quoque Pontifici S. Martino I. occasione Typi Constantis visum est, inanes, verbofasque de Religione disceptationes compescere: haud opportunum tamen bonum cum malo, Patrumque dogmata cum Haereticorum placitis suffocare. Reipublicae cum Civili, tum Christianae summopere expedire, ut Laici Magistratus Ecclesiasticis legibus cum

ipſi pareant , tum ad parendum refraċtarios compellant . Quoties
Sacrorum Miniſtris jus ſuum integrum ſtetit , toties Regno , ac
Religioni rem omnem bene , optimeque ceſſiſſe , peſſime viciſſim ,
quoties ſe rebus Sacris ingerere Poteſtatibus laicis adriſit . Documento , argumentoque Photii , ac Cerularii eſſe Schiſma , cujus excitandi, & inſtaurandi occaſio Baſilii Imp. , & Iſaaci Comneni favor , & indulgentia fuit. Eas itaque egregias Poteſtatis laicæ
eſſe partes , non ut Ecclefiaſticis ſe implicent Controverſiis , ſed
ab Ecclefia definitas executioni demandent , debitis in Refraċtarios animadvertendo pœnis. Theodoſio, Marciano, Carolo M.&c.
hanc jugiter ſacram hæſiſſe ſententiam , Hæreticos quidem diſtri-
ċte ab erroribus diċto, ſcriptoque diſſeminandis prohibendos fore,
non etiam Catholicos , quominus ſcriptis , diċtiſque fidem defen-
dant. Atque hiſce,ſimilibuſque Ducem Aurelianenſem ad Ediċtum
Religioni parum accommodum revocandum optimus inducebat
Antiſtes.Quibus referendis ſi fuſiorem,preterquam oportuiſſet for-
ſitan , operam impendi , æqui , bonique , opinor , facile liberalis
faciet Lector , dum cogitet eo me conſilio id feciſſe , ut ex paucis
intelligat tam perperam, quam peſſime ea confeſtim a pleriſque in
Principum jura tranſcribi , quæ ad Religionem proxime quidem
reſpiciant , ad Reipublicæ tamen pacem quoque conferant , quæ
ideo temporalibus admixta denominare ſolent .

Jam ad rem propius reflectendo meam, atque in ordinem me
recipiendo , quò legibus ſuis firmitatem ex Eccleſiaſticis Decretis
adſciſcere Principibus ipſis cordi fuit, eò ipſo legibus viciſſim ſuis
vim ineſſe nullam , dum iis repugnent Ecclefiaſticæ , probe ipſi viderunt. Optimo inde conſilio publicæ fidei, propriæque famæ con-
ſulendi factum opinor, ut vice plus ſimplici Principes ipſi leges infringere proprias haud fuerint veriti , quas demum Eccleſiaſticis
infeſtas eſſe cognoverant . Valentiniani enim vero Legem an. 370.
lib. 16. tit. 2. cap. 20. Cod. Theod. *De Epiſcop.* , *& Cler.* , qua
Clericis , & Monachis quidquam ex Viduarum , ac ſacratum Virginum ſucceſſionibus capere , etiam per fidei commiſſa , fuerat in-
terdiċtum , a Marciano fuiſſe revocatam , velut etiam videre licet
in lib. Leg.Novell.tit.15. de Teſt.Cler.ad calcem Cod. Theod., &
in L.*Generali* de SS. Eccleſiis Cod. Juſtin. obſervat Scortia in Sc.
                                                          Ità.

Iect.Rom.Pontif.Cooflit. Epitome 6. Theor.14. Legem haud abfi-
milem alteram a Nicephoro an.964 latam fuftulisse Bafilium Imp.
an.987. auctor eft Balsamon. A Theodosio legem quoque, qua Dia-
conissæ quidpiam Ecclesiis, aut Pauperibus Testamento legare pro-
hibitæ fuerant, eodem ipso, quo lata fuerat, anno 390. fuisse abrogatam lib.16.tit.2.cap.28.Cod.Theod. superius animadverti. Universim Principum Constitutiones Ecclesiasticis infensas abrogate
Valentiniano III, & Marciano L. Privileg.12. Cod.De Sacros, Ec-
clef.religioni cessit: Omnes, inquientibus, Pragmaticas Sanctiones,
quæ contra Canones Ecclesiasticos, interventu gratia, & ambitionis,
elicitæ sunt, robore suo, & firmitate vacuatas cessare præcipimus.
In hæc ipsa religioso pede trita vestigia ingressi Imperatorum par
nobile, Carolus M., & Ludovicus Pius, hanc præ aliis leges inter
Ecclesiasticas, ac Civiles a se promulgatas insertam voluere Capitul. lib. 7. capp. 265, & 267: Constitutiones contra Canones, &
Decreta Præsulum Roman., seu reliquorum Pontificum, vel bonos
mores, nullius sint momenti. Qua perinde lege in Parænesi ad Rempublicam Venetam apposite legitur usus Card. Baronius. Ab Hif.
paniarum Regibus potestatem Episcopis amplissimam factam, de
Civilibus nedum privatorum quorumlibet caussis cognoscendi, ac
judicandi, sed leges ipsas Regni omnes castigandi, & emendandi
ex Concilio Toletano XVI. perspicuum evadit, in quo Egica Rex
sic Antistites affatus legitur:Cuncta, quæ in legum Eliciis depravata
consistunt, aut ex superfluo, vel indebito conjecta fore patescunt,
accommodante nostra Serenitatis consensu, in meridiem lucidæ veritatis reducite &c.Fridericus II. & ipse primis sub Imperii initiis,
dum adhuc pietatis Christianæ compos esset, Patavii decem promulgatis legibus, Codici tit De Statut., & Consuetud. insertis, de
potestate Ecclesiastica optime meritus est. Nam 1. Statuta omnia
libertati Ecclesiasticæ adversa sive edita, sive edenda abrogavit,
e Capitularibus eadem binos intra menses delenda mandans. Cujusce similem tulit subinde Carolus IV, confirmavitque Bonifacius IX.Const.4.Eorum vero Statutorum generalis abrogatio habetur ex Honorio III. Cap. 49. Noverit, & Cap. 53. Gravem de
Sent. Excom., quin etiam ex.Valentiniano, & Theodosio L 47.
De Episcopis, & Cler. Cod. Theod. Videndi Panormitanus in cit.

Cap. *Noveris*, Bartholns in Auth. *Caffa* Cod. *De Sacrof. Ecclef.*;
ac Suarez To. 5. difp. 21. fect. 2. n. 81, feqq. 2. Lege cavit, ne 2
Poteftate Sæculari nlla onera, vel Collectæ fuper bonis, ac perfonis Ecclefiafticis, aut Locis piis imponi præfumerentur · Quod
ipfum prohibent Textus expreffi tam Canonici, præfertim Cap. 4.
Non minus, & Cap. 7. *Adverfus Confules* de Immun. Ecclef. ex
Concilio Lateranenfi IV, junctis aliis longe plurimis, de quibus fuper. Art. 2, quam etiam Civiles LL. 16, & 18. Cod. Theod. *De*
Epifcop. & Cler. ex Conftantio, Gratiano, Valentiniano, ac Theodofio, & L.22. *De Sacrof. Eccl.* Cod. Juftin. ex Juftiniano relatis
a Gratiano Can.23. *In qualibet* 23. q.8, ubi L.16. Conftantii dumtaxat effe, non etiam Conftantis, cui eam communem Gratianus
fecit, Jacobus Gothofredus ibid. adnotat. 3. Ne perfonæ Ecclefiafticæ ad Forum Sæculare in cauffis five Civilibus, five Criminalibus a quopiam trahantur. Cui legi coincidit Urbani VI. Conftitutio 3, Bonifacii IX. Conft. 4, Marrini V. Conft. 10, ac Bulla Cœnæ
§. 15, præter alios plerofque Textus, de quibus Art. fup. 2. Quis
approbe conformes jampridem editæ Leges a Valentiniano, Theodofio, Arcadio, Juftiniano &c. habentur Cap. ult. *De Epifcop. Au-*
dient. 4. Hæreticos tum pœna confifcationis bonorum profcribit,
tum perpetua damnat infamia · Concordant S. Leo M. epift. 46.
vet. edit., ex qua locum interpolavit poft Ifidorum Merc. Gratianus Can. 17. *Alieni* 2. q. 7, tribuitque perperam S. Stephano, &
Innocentius IV. Conft. 13. *Ad extirpanda*, Imperatores etiam Ho-
notius, & Arcadius L.5. Cod. Theod. *Ad Leg. Jul. Majeft.*, de qua
item Gratianus Can. 22. *Siquis* 6. q.1, ac Gothofredus in difc hift.
ad eam legem, & ante ipfos Anianus in L. 8. lib. 9. tit. 38. Cod.
Theod. Faciunt & huc Innocentii III. fententia in Cap. 10. *Vergen-*
tis, & in Cap. 13. *Excommunicamus* §. *Damnati* de Hæret., & Innocentii IV. Conftitutiones 8, & 9, ac Bonifacii VIII. Sanctio in
Cap. 19. *Cum fecundum leges* de Hæret. in 6: item Authentica Ga-
zaros Cod. *De Hæret.*, & L. ult. Cod. *De Bonis profcript.* 5, & 6.
Legibus Domini temporales, ac terrarum Rectores Hæreticos ex-
terminare, fub Jurisjurandi religione, jubentur: cui officio fi de-
fint, elapfo anno, eorum bona Catholicis occupanda exponuntur.
Quod item fancitum legitur ab Innocentio III. in Concilio Late-

ranenfi IV. Capp. 2, & 3, ac Cap. 13. *Excommunicamus* §. 3. *Moneantur* de Hæret., & a Lucio III. Cap. 9. *Ad abolendam* ibid. Quò etiam pertinent Caput 11. *Ut officium* §. ult., & Cap. 18. *Ut inquifitionis* ex Bonifacio VIII. *De Hæret.* in 6. Lex item *Statuimus* Cod. *De Epifc. Aud.*, & L. *Si vero* Cod. *De Hæret.*, ac videndi Eymericus in Direct. Inquif. part. 3. q. 32, Pegna ibid., Simancas Inftit. tit. 23, aliique, de quibus alibi. 7. Hæreticorum damnantur fautores, prout etiam ab Innocentio III. Cap. 13. *Excommunicamus* §. 3. *Credentes*, a Gregorio IX. Cap. 15. eod. Decret. lib. 5. tit. 7. *De Hæret.*, a Nicolao III. Conft. 2. *Noveris*, & a Paulo V. in Bulla Cœnæ. Confer Eymericum Direct. par. 2. q. 30, feqq., Turrecrematam *in* Sum. de Ecclefia par. 2. lib. 4. cap. 21, Silveftrum V. *Hærefis* q. 7, Archidiaconum, Joh. Andream, Ancaranum, aliofque in Cap. 2. *Quicumque* in 6. *De Hæret.* 8. Lege Naufragantium bona occupari, diripique vetat. Quod ipfum diftricte vetitum habetur ab Honorio II. Conft. unic. *Churiffimus*, a Julio II. Conft. 20, a Paulo III. Conft. 42, & 57, ac in Bulla Cœnæ D. 9. Peregrinorum, & Advenarum libera permittitur receptatio, eifque fpontanea propriis de bonis difponendi facultas relinquitur: decedentium vero ab inteftato bona ut ab Epifcopis dari legitimis heredibus queant, inque horum defectum locis Piis, integrum fit. Quod fane caput ad Ecclefiafticum pertinere forum docent Hoftienfis, & Gloffa in Cap. 10. *Licet, De Foro compet.*, atque congruit Auth. *Omnes Peregr.* Cod. *Communia de Succeff.*, videndufque Scortia epit. 7. Theor. 21. Lege 10. demum Agricultorum fecuritati quoad perfonas, ac res providetur. Cui fane legi conformantur Cap. 2. *Innovamus* Decr. lib. 1. tit. 34. *De Treuga, & pace* ex Alexandro III. in Concil. Later., & L. Conftantini lib. 11. Cod. *De Agricolis, & Cenfitis*. Confer & Petrum Gregorium Tolofanum Syntag. lib. 37. cap. 4. Friderici porro legibus his Apoftolicæ pondus auctoritatis deinde adjunctum eft ab Honorio III. Conft. 48. *Has leges* nov. edit. Rom., ab Innocentio IV. Conft. 2. *Cum adverfus*, & a Bonifacio IX. Conft. 6. *Juftis*. Perquamfimili Conftitutione an. 1377. edita Carolus IV. Imp. Sanctiones pariter omnes contra Perfonas Ecclefiafticas, earumque bona, & privilegia abrogavit. Quæ Conftitutio a Bonifafacio IX. præfata Conft. *Juftis* an. 1391. confirmata eft. Utraque vero Friderici, & Caroli perinde a Concilio Conftantienfi robur accepit, & ad utramque pariter confirmandam approbe faciunt Innocentii IV. Conftitutio 27. edit. nov. *Ad extirpanda*, Alexandri IV. Conftitutio 14 *Cum fecundum*, & feq., Clementis IV. Conftit. 10. *Ad extirpanda*, Bonifacii VIII. Conftit. in Cap. 18. *Ut inquifitionis* De Hæret. in 6, Urbani VI. Conft. 7. *Quia ficut*, Martini V. Conft. 21. *Ad reprimendas*, & Leonis X. Conft. 11. *Regimini*, de quibus, aliifque Diana par. 9. tract. 3. refolut. 13, Scortia in Select. Rom. Pontif. Conft. epit. 6, 7, 11, 29, 31, 34, &c., & Petra Comment. To. 2, & 3. ad præf. Rom. Pontif. Conftit. Concordant Theologi, & Canoniftæ pro Ecclefiæ poteftate leges infringendi laicas Ecclefiafticæ libertati, poteftatique infeftas collato veluti pede depugnantes S. Antoninus par. 3. tit. 24. cap. 18, Baronius ad an. 357. n. 19, feq., ac 370. n. 118, feqq., Petrus Gregor. Tolof. Syntag. Jur. lib. 2. cap. 18, Suarez adv. Regem Angl. lib. 4. cap. 16, Silvefter V. *Excommunicatio* §. 9. n. 38, Anton. Auguftinus Collect. 3. Decret. lib. 1. tit. *De Foro compet.* cap. 5, Joh. Andreas in Sum. ad eumdem tit. n. 15, Barbofa in Cap. *Ecclefia S. Mariæ* n. 1, feqq, Fagnanus ibid., & in cap. 7. *Qua in Ecclefiarum* de Conftitut., aliique longe plures apud Card. Petram ad Conftit. 10. *Ad noftram* Innoc. III. To. 2. edit. Ven. p. 151, feqq.

DE ECCLESIÆ POTESTATE

Coactiva, five Pœnas Clericis, atque Laicis infligendi qua Spirituales, qua Corporales.

ARTICULUS VI.

TAm certum, & conftans effe debet Ecclefiam coactiva Poteftate, Divinitus fibi collata, potiri, ut opinio contraria in Marfilio Paravino, & Johanne Janduno, tamquam hæretica damnata fuerit a Johanne XXII. art. 5, iterumque in Luthero, & Calvino, ad quos poftea accedere Molinæum, M. Antonium de Dom. de Republ. lib. 5. cap. 1, feqq., Rofellum, Richerium de Poteft.

Ec-

Eccles., & Civil., Duarenum de Sacr. Eccl. Minist. lib. 1. cap. 3,
seq., Jannonum Hist Civil. Neap lib. 2. cap. ult. §§. 1, & 3, &c. non
depuduit. Censura vero Johannis XXII. a S. Parisiensi Facultate die
1. Septemb. 1330. ambabus ulnis accepta est, & a Synodo Senonensi an. 1528. ultrocitroque probata; eamque pro virili parte defendendam viritim adsumpsere Gersonius de Potest. Eccl. consid. 4,
Hervæus de eodem argum., Petrus Alliacensis, Joh. Major, Alma-
nus de Auct. Eccl. cap 3, ac de Potest. Eccl., & Laic. q. 3. cap. 2, &
post ipsos Franciscus Hallier de Hier. Eccl. lib. 4. Sect. 3. cap. 1.
art. 7. §. 1, seqq. Nemo enim non videt eodem proculdubio e prin.
cipio Coactivam Ecclesiæ dimanare potestatem, quo ejusdem, Divino nempe fonte, Jurisdictio profluxit, sive Jusdicundi potestas.
Nec enim Judex Ecclesiasticus esse potest, quin Jurisdictione præditus sit, nec Jurisdictio absque Coercitione esse, ac concipi, veluti recte dicitur cum in Jure Canonico Cap. 28. *Pastoralis* Decret.
lib. 1. tit. 29. *De Officio, & potest. Jud. deleg.*, ubi Innocentius III,
optimus ille Juris interpres, *Jurisdictio*, inquit, *illa nullius videretur momenti si coercitionem aliquam non haberet*: unde S. Gregorius N. zian. Orat. 20. Episcopis ἐξουσίαν, καὶ Δυναμίαν *Jurisdictionem Coercitivam*, ac veluti Regiam tribuere non dubitavit,
& S. Augustinus de Morib. Eccl. cap. 28. Divina institutione ex
duobus, idest Coercitione, & Instructione Ecclesiasticam disciplinam coalescere docet; cum in Jure Civili L. ult. ff. *De Officio ejus,
cui mandata est Jurisdictio*, ff. 1. tit. 22. L. 5. §. 1, ac L. unic. ff.
Si quis jusdicenti, ubi Jurisconsultus optime advertit: *Omnibus
Magistratibus, secundum jus potestatis suæ, concessum est Jurisdictionem suam defendere pænali judicio*: Unde inter Coercitionis
species multa, carcer, verbera enumerantur a Cicerone de Legib.
lib. 3. cap. 3, concordantque Ulpianus in L. 2. ff. *De in Jus voc.*,
& Pomponius L. 2. §. 16. ff. *De Orig. Jur.*, animadverlio pecuniaria item, corporisque punitio a Pratejo in Lexico Jur. Civ., &
Can. V. *Coercitio*. Accedit & Naturæ, & Gentium Jus, quo mentes hominum imburæ & ipsis plane Sacerdotibus, queis de Sacris
serendi leges facultas competit, homines a legum transgressione
compescendi facultatem perinde competere, quæ potius illius
prioris appendix censeri possit, ultrocitroque agnovere. Unde factum,

ctum , ut apud Ethnicos Sacerdotibus paſſim variæ Coercitionis
ſpecies uſu frequentes venerint : velut apud Æthiopes Regum
etiam depoſitio , de qua Diodorus Bibl. lib. 4. cap. 13 apud Ægyptios pecuniaria animadverſio , de qua Ælianus hiſt. lib. 14. cap.
34; Corporales punitiones apud Græcos, de quibus Plutarchus in
Theſeo ; apud Germanos fuſtigatio, incluſio, & animadverſio , de
quibus Tacitus de Mor. German., apud Gallos tam Sacrorum interdictio , quam Corporalis punitio , de qua Cæſar de Bello Gall.
lib. 6 , & Stephanus Forcatulus de vet. Gallor. Relig. ; apud Romanos in quemcumque Actio quælibet , de qua Dionyſius Halic.
lib. 1, & Pomponius in Leg. 2. ff. De Orig. Juris .

Age vero ſolidioribus conficienda momentis res eſt , atque
Juriſdictionis ſpecies etiam iſta , Coercitiva nempe , ex Dei Verbo & Scripto , & Tradito validiſſime Eccleſiæ vindicanda . Atque
initio nobis inter alia ex Match. cap. 18. v.17. lotus occurrit ille,
ubi de Homine immorigero hæc Chriſtus D. docuit , ut Fraternæ
correptioni morem haud gerens demum Eccleſiæ deferatur : *Si
autem Eccleſiam non audieris , ſit tibi ſicut Ethnicus , & Publicanus.* Obvia hinc fit, nihilque obſcura plane Eccleſiæ poteſtas tum
errantes corripiendi , tum in errore pertinaces ſuo e conſortio ejiciendi : quod fieri abſque coactione nequire nemo probe non per-
cipit . Atque ita profecto ex hoc loco flagitia pœnis coercendi
poteſtatem Eccleſiæ adſtruere non dubitarunt Auctor Conſt. Apoſtol. lib. 2. cap. 11, S. Baſilius reſp. ad interrog. 26, S. Ambroſius apud Theodoretum hiſt. Eccl. lib. 5. cap. 17, & S. Joh. Chryſoſtomus hom. 70. ad Pop. Antioch. Eccleſiæ vero nomine haud
venire Decemviros illos , queis coram offenſor peccati veniam
petere, juxta morem Judæis receptum, debebat, veluti dicere ſomniarunt Druſius , & Grotius in hunc loc. Critic. Sacr. To. 4. edit.
Francof. p. 543, Vitringa in Archiſynag. p.43 , ac Rhenferdius in
diſſert. ad loca Hebræa Not.10, ſed Eccleſiæ Præſides a Chriſto D.
eo deſignatos vocabulo fuiſſe conſentiunt ipſimet Camero Crit.
Sacr. cit. To. p. 537, Fechtius diſſert. de Clave lig., & ſolv. ſect. 1.
§. 14. allegans Conf. Aug. Art. 7, Pfaffius Orig. Jur. Eccl. cap. 1.
Art. 2. in Not. h. p. 20, & Beauſobrius in hunc loc. Obſervat.
hiſt., Crit., & Philolog. To. 1. p. 60. Patrum hæc vero interpre-

                    •   tatio

ratio confirmatur magis feq. verf. 18, quo de poteftate Apoftolis
facta, converfo ad ipfos fermone, Chriftus D. hæc confeftim ingerit: *Quæcumque alligaveritis fuper terram &c.*, cui alter congruit fup. cap. 16. v. 19. locus, ubi fpeciatim S. Petrum alloquens: *Tibi dabo Claves*, inquit, *Regni Cælorum*, & *quodcum-
que ligaveris fuper terram &c.* Mirum quot modis, quantoque
conatu turbare ifta, quibus non unum ipforum errorem convelli,
non intueri nequeunt, Heterodoxi defatigentur. Atque imprimis,
qui locum utrumque de Poteftate remittendi peccata declarativa
tantum, non etiam collativa, intelligi volunt, cujufmodi funt
Weigelius par. 2. Poftill. Dom. *Quafimodogeniti*, Stenckfeldius,
Franckius, Dippelius, Rofenbachius, Volckmeyerus, Arnoldus
&c., ex Socinianis Voelkelius in diffolut. nodi Gordii p. 65, ex
Calvinianis ipfe Calvinus Inft. lib. 3. cap. 4, Witacherus Oper.
Tom. 1. lib. 8. p. 205, Polanus To. 3. par. 2. q. 81, Marefius Loco 16. Syftem. p. 936, Urfinus To. 2. in Confid. Commonef. Chy-
træi cap. 4. &c., ex Lutheranis Brendelius, Langius in Antibar-
barbo Orthodoxiæ par. 1. To. 2. fect. 2. cap. 2, Pefarovius in difput. ad Matth. 16, 19, Mullerus in difput. 1. de Clavibus &c. §. 3-
&c., ita nempe, ut Ecclefiæ poteftatem abjudicent externam nedum intligendi pœnas, fed etiam internam peccata in foro Pœnitentiæ remittendi, vel retinendi. Quo in errore ipfis aut præi-
vere, aut pares inde ftetere, poneque adftipulati funt Seldenus
de Syned. lib. 1. cap. 9, & lib. 2. cap. 7, Ligfootus præ omnibus
in Horis Hebr. ad Matth. 16, 19, Dallæus de Auric. Confeff. lib. 1.
cap. 5, Heideggerus ad Matth. 16, 19, Burmannus Exercit. Acad.
par. 2. differt. 4. de Miniftris Nov. Teft., Vitringa de Synag. vet.
lib. 3. par. 1. cap. 10. p. 754, feq., Van-Til in Comment. ad hunc
Matth. loc., Bafnagius Hiftor. Judæor. lib. 3. cap. 30. §. 14. edit.
Hagæcom. 1716. p. 776, & lib. 6. cap. 5. §. 15. p. 101, feqq., qui
in Edit. Parif. a Dupinio mutilatus eft, Withbi, & Tindallus ad
hunc loc., Hoadley in refp. ad Harium, Buxtorfius in Lex. Talmud. p. 1419, & 2524, Hottingerus differt. de ufu Scrip. Hebr. in
Nov. Teft. §. 3. in Not., Hardtius in præf. ad Lutheri Comment.
in S. Script. p. 30, Nutbertus, Limborchius Theolog. Chrift. lib. 7.
cap. 18. §. 26, Clericus in Not. Gallic. ad Matth. 18, 18, ubi tamen

locum etiam intelligi de inflictione morborum miraculosa, eorumque liberatione ab Apostolis peracta consentit, Joh. Carpzovius in Serm. Ecclef., Thomasius in Vind. Jur. Majest. circa Sacra
p.168, seq., aliique apud Wolfium in Curis Philolog. To.1. p.256,
seq , & Pfaffium Orig. Jur. Ecclef. cap. 1. Art. 2. p. 12, seqq, qui
Clavium potestatem Ecclesiæ factam de mera facultate docendi
quid licitum , & quid illicitum , ulla absque altera parte aut in-
fluxus in peccatorum remissionem , aut specie jurisdictionis peccatoribus infligendi pœnas . Contra quos tamen ex Heterodoxis ipsis , ac præsertim ex Anglis Episcopalibus , ac Lutheranis
Articulos potissimum Confef. August. 6. de Confef. , & 'Smal-
caldicum 7. de Clavibus objicientibus, diram instruxere pugnam,
Hammondus de Potest. Clav. To. 2. Oper., Dodvvellus de Schism.
Anglic. , Barrovius Oper. Tom. 4. p. 47, Haris in serm. , Sebast.
Sckmidtus in disput. Theol. Philolog. disput. 12. p. 711, seqq. ,
Scherzerus in System. Theolog., Calovius de Pœnit. cap. 2. q. 4,
Niemejerus de Discipl. Eccl. differt. 1, Deutschmannus, Edzardus
apud Pfaffium loc. cit., Fechtius differt. de Clav., Krakevvizius dif-
fert. de Excommun. Eccl., Olearius Obferv. 55. in Matth. §. 6, seqq.,
Michael Heineccius differt. de Absolut. Tympanicorum apud Græ-
cos , Borsaccus de Clavib., Wernsdorsius in differt. de Absolut.
Ministri Eccl., Budeus Theol. Mor. par. 3. cap. 3. §. 63 , seqq. ,
Gœtsius in Thesib. adv. Ligsoot §. 6, Wolfius loc. cit., Pfaffius
Orig. Jur. Eccl. p. 18, seqq., Oetelius in Theolog. Æthiop. loco 17. p. 177, seqq., Waltherus in differt. Theol., Acad. differt.
de Clave lig. ad Matth. 16, 19. &c. , quibus nempe arcte persuasum est Potestate Clavium sive ligandi , & solvendi Ecclesiæ conlata designari potestatem remittendi, ac retinendi peccata, Canones Ecclesiasticos constituendi de licito , & illicito , atque scelestos corripiendi , in scelere vero contumaces Ecclesiastico Cœtu
abigendi, pœna quin etiam extraordinaria afficiendi. Quod probant
Isajæ cap. 22. v. 22, & Apocalyp. cap. 3. v. 7, ubi sane Clavium
nomine in Christo D. eam denotari potestatem ambiget nemo, in-
ficiabiturque . Ex Johan. cap. 20. v. 23, ubi lucidissimis verbis a
Christo D. peccata dimittendi , aut retinendi potestas Apostolis
tradita legitur. Quorsum enim præmissa Spiritus S. infusio, Chri-

sti-

RiqueD. infufflatio fuiffet, nifi ut facultas Apoftolis fieret peccata effective, ut inquiunt, aut remittendi, aut retinendi, & in Ecclefiam recipiendi, aut ab Ecclefia repellendi? Jam vero & horum fenfu Ecclefiæ poteftati nihil deficit, quo Coactiva recte perinde denominari nobis queat, idque confequitur, ut pœnis nedum fpiritualibus, extraordinariifque, puta morborum inflictione, Satanæ difcruciatione &c., ut ipfi permittunt, fed pœnis etiam corporalibus, ordinariifque in flagitiis obduratos plectere in Ecclefiæ poteftate fuerit pofitum. Quæ fane poteftatis appendix multo patentior aperitur Lucæ cap. 22. v. 38, ubi Apoftolorum, Chrifto D. ipfi probata, fententia verbis illis expreffa habetur: *Ecce duo Gladii hic*. Sub horum enim eleganti fpecie, diverfis aliis prætermiffis expofitionibus, duplicem exprimi Ecclefiæ poteftatem, five poteftatis ejufdem duas partes, infligendi nempe pœnas tam fpirituales, quam corporales, quas poftremas tamen accipe citra pœnam capitis, & fanguinis, intellectu percepit S. Auguftinus contra Fauftum lib. 22. cap. 70, ubi cum Moyfe, poft Ægyptium interfectum, Synagogæ facto Rectore S. Petrum, poft amputatam Malco auriculam, Ecclefiæ Paftorem conftitutum comparat: quare vero S. Petrus, non Difcipulorum alter, gladio ufus fuerit, rationem quærens Serm. 105: *Quia*, refpondet, *ipfe accepit Regni Cælorum Claves*, *& folvendi*, *ligandique ipfe adeptus eft poteftatem*. Ubi vides eamdem, quæ duabus Clavibus defignatur, duplici gladio referri poteftatem S. Doctori perfuafum effe: unde quam falfo Waltero differt. de Clav. lig. §. 4. p 471. dictum adparet Ecclefiæ poteftatem a Chrifto D. Clavium utique fchemate, non vero Gladii fuiffe adumbratam, tam fruftra Pfaffium in Orig. Jur. Eccl. differt. ad Johan. cap. 18. v. 36. §. 13. p. 463. cum Gerhardo Confeff. Cath. lib. 2. art. 3. cap. 9. contendere fermonem hic effe de gladio materiali dumtaxat, neque locum ad poteftatem Ecclefiæ defignandam referri debere: miferæ fiquidem ejus interpretationi longe anteponendam eorum, qui de Poteftate Ecclefiæ facta in S. Petro ejufdem Capite hoc loci Chriftum D. loquutum explicant, facile adquiefcet, qui hæretico prorfus fermento purus fit, quales funt S. Bernardus de Confid. lib. 4. cap. 3, & epift. 256. ad Eugenium III, S. Bonventura in 4. dift. 24. art. 2.

q. 3, S. Antoninus par. 1. tit. 5. §. 3, & par. 3. tit. 3. cap. 2, & tit. 22.
cap. 5. §. 8, Gregorius IX. in epist. ad Germanum Conflantinopo-
lit. apud Wadingum Annal. To. 2. p. 321, Bonifacius VIII. Extra . *Unam Sanctam*, & Leo X. in Concilio Lateranensi V. Sess. 11.
Quorum interpretatio deinde probata quammaxime evasit Juris
utriusque Doctoribus, Virisque Doctiss. Alexandro Halensi par. 3.
q. 33. memb. 2. art. 4. in resp., & q. 45. mem. 3. art. 2, Riccardo Mediavil. in 4. dist. 24. art. 5. q. 3. ad 5, Henrico Gand. Quodl.
6. q. 23, Paludano in 3. dist. 4'. q. 2. Concl. 3, Ægidio Rom. de
Potest. Eccl. par. 1. cap. 3, & par. 3. cap. 1, Franc. Mayrono in
Quodl. q 11, & 4 Sent. dist. 19. q. 4, Petro Bertrando , sive Du-
rando Meld. de Orig. Jurisd., Joh. Baccono proleg. in 4. Sent. q. 11.
art. 4, Dionysio Carthus. 2. dist. 44. q. 5, Franc. Ferrariensi lib. 4.
contra Gentes cap. 76, Genebrardo in Psal. 46, & 122, Toleto
in Luc. Annot. 89. cap. 1, Panormitano in Cap. *Novit* de Judic.,
quibus jungendi veteres alii Hugo Victor., Lyranus, Thomas Morus , Joh. Turrecremata , Sandeus , Catherinus , Joh. Andreas ,
Cajetanus , Hostiensis &c. apud Bosium de temp. Eccl. Monar.
lib. 3 cap. 7.

Explicatior sed enim , quam desiderari hanc in rem queat ,
locus est alter S. Johannis cap. 21. v. 16 , seq. , ubi Ecclesiæ Princeps constituitur S. Petrus verbis illis : *Pasce Oves meas* , cuique
loco conformis est ille , quo S. Petrus ipse epist. 1. cap. 5. v. 2.
Episcopos singularibus præfectos Ecclesiis alloquitur : *Pascite,
qui in vobis est , Gregem Dei* , ubi Græcus textus utrobique loco
verbi *Pasce, & Pascite* habet Ποίμανε , sive βόσκε , & ποιμάνατε :
quo plane nomine , metaphora a Pastoribus ducta, Regimen quoad vim coactivam etiam designari , & quidem in Christo D. liquet
ex Matth. cap. 2. v. 6, cap. 25. v. 32, Johan. cap. 10. v. 11, seqq.,
& Apocalyp. cap. 2. v. 27 , cap 12. v. 5, & cap. 19. v. 15 , ubi loco
Regat, & Reget Græcus legit ποιμαίνειν . Quo vicissim verbo Septuaginta Interpretes utuntur Psal. 2. v. 9, ubi pro *Reges*, Psal. 22.
v. 1, ubi pro *Regit*, & Psal. 79. v. 1, ubi pro *Regis* habent ποιμαίνω :
qui perinde 1. Paralip. cap. 2. v. 3. loco *Pasces* , & Psal. 77. v. 71.
loco *Pascere* idem verbum ποιμαίνειν usurpant . Atque ita profecto
in Christo D. potestatem Coactivam etiam denotari observant
S. Gre-

S. Gregorius Nazian. Orat.19, & 36, Eusebius Demonst. Evang.
lib. 4. p. 105, S. Job. Chrysostomus hom. 18. in Joban., S. Basilius de Spiritu S. cap. 8, The ophylactus in Joh. cap. 10. &c. Ita
perinde ad potestatem Coactivam in Pastoribus, seu Episcopis designandam idem verbum ποιμαίνω, sive βόσκω usurpatum a LXX.
videre licet Ezech. cap. 34, & Mich. cap. 5, ubi sermo de Pastoribus est. *Pascere* rursus pro *Regere* per translationem apud Hebræos etiam accipi patet ex Psal.2. v.9, ubi loco *Reges* Hebraica
lectio habet *Therebhm*, quod significat *Pascere*, ex Isajæ cap.42.
v. 28, ubi loco *Pastor* Textus Hebræus legit *Robbi*, quo nomine,
non Pastoris officium, sed Regia potestas explicatur, & Mich.
cap. 5. v. 2, ubi loco *Dominator* Hebræus verbum *Maschal* usurpat, quod est cum potestate dominari. Unde *Rectores* Hebræis
veniunt *Parnas*, de quibus Paraphrastes Chaldæus ad Jerem. cap.
34. v. 8, & Ezech. cap.34. v. 23, Vitringa quoque de vet. Synagoga p.622, & Wolfius in Curis Philolog. ad Acta Apost. cap.20.
v. 28. To. 2. p. 1311. Itaque de potestate Coactiva Episcoporum
propria capienda etiam loca Act. cap. 20. v. 28, ubi pro *Regere*
Græcus habet Ποιμαίνειν, 1. Corinth. cap.9. v.7, & Ephes. cap.4.
v. 11. indicant S. Joh. Chrysostomus hom. 143, Theodoretus, &
Theophylactus ad hæc loca. Ex quibus omnibus manifeste liquet
Pascere, *Regere*, *Dominari* non raro Latinis, Græcis, & Hebræis reciprocari. Atque huic utique verbo *Pasco* hanc inesse
vim, ut potestatem etiam Coactivam importet, certe viderunt Cassiodorus Var. lib. 11. epist.2. ad Johannem P. M., S. Gregorius M.
Pastor. Curæ par. 2. cap. 7, Alcuinus in 2. Petri cap. 5. apud
S. Thomam in Catena, Johannes VIII. epist. 192. ad Michaelem
Bulg., & epist. 199. ad Basilium Imp., S. Gregorius VII. lib. 4.
epist.2. ad Herimannum Met., Innocentius III. serm. 1. in Dom. 2
post Pascha, & serm. 1. de S. Silvestro, Synodi Aquisgranensis
an. 816. lib. 1. cap.123, Meldensis an. 845. In præf., Florentina
in Decr. Union., & Coloniensis II. an. 1549. par. 6. de Jurid. Ecclef. cap.1. apud Harduinum To.9. p.2096, S. Laurentius Justin.
de Regim. Prælat., S. Antoninus par.1. tit.5. cap.4. §. 1, S. Thomas in 4. dist. 18. q. 2. art. 1, Bertrandus August., sive Durandus
Meld. de Orig. Jurisd., Alexander Halens. par. 4. q. 21. mem. 2.

art.4,S. Bonaventura in 4. dist. 18. artic. 1. q.3, Scotus ibid.,Albertus, & Riccardus Mediavil. in 4. dist. 19. &c. Atque ita Pastorum etiam nomine veniunt passim Reges ipsi , ut apud Isajam cap.
44. Cyrus, 3. Reg. cap.22. Achab, apud S. Cyrillum Alex. lib.2.
in Gen. Abel , & apud Homerum Iliad. 2. Agamemnon . Comparandi hac de adpellatione Petrus Faber Semestr. lib.3. cap. 17 , &
Lambertus Bos de Etymolog. Græc. p. 38. Nec illud obest, quod
eo loci Johan. ult. semel verbum Ποίμαινε Rege legatur , bis vero
dictum βόσκε Pasce , velut advertunt Erasmus ibid. Critic. Sacr.
To. 4. p. 1354. edit. Francof. , & Casaubonus Exercit. 16. in Baronium n.133. p. 625 , seq. Eòdem enim utrumque recidere verbum observant Valla, & Grotius in eumdem loc. Critic. Sacr. cit.
To. p. 1355 , & 1862. Ideo vero plus verbum βόσκειν , quam Ποίμαινει a S. Johanne adhibitum fuisse post Theophylactum observat Maldonatus , ut significaret Episcopis Pastoralem regendi formam magis congruere , quam Regium fastum , ac Majestatem;
quin tamen regendi cum potestate Coactiva denegari eisdem prærogativa inde possit . Facit & huc S. Pauli 1. Corinth. cap. 4. v.21.
comminatio Corinthiis intentata verbis istis : *Quid vultis?* *In
Virga veniam ad vos &c.* Ubi vides Virgæ nomine , quæ & Pastoralis curæ insigne est, Coactivam infligendi pœnas etiam corporales potestatem exprimi , veluti persuasum habuere Clemens Alex.
Pædag. lib.1. cap.7, Hilarus Diac., S. Joh. Chrysostomus, Theodoretus, Primasius, Theophylactus , Pachymeres &c. Vidit hæc
sane Suicerus in Thesau. Ecclef. To.2. p.898, seq. , atque S. Paulo hoc loci memoratam P ... ον *Virgam* pœnam denotare ipse
non dubitat , adnotans Virgæ nomine venire Clementi Alex. *Imperium* , *& potestatem*; S. Joh. Chrysostomo in Psal. 110 , & hom.
14. in hanc epist. *Pœnam* , *& castigationem* , ita etiam Theophylacto ; Theodoreto *Castigatoriam actionem*; S. Basilio item in Psal.
45. *Contritionem* ; S. Cyrillo Alex. quoque in Isajæ cap. 11. *Judicium*; Pachymeri *Correctricem Disciplinam* . Vidit & Vitringa
in Archisynag. p. 390 , & Wolfius in Curis Philolog Crit. To. 3.
p 361, tumque sua , tumque suorum quoque sententia , quin Virgæ ab Apostolo heic adpellatione pœnam accipere oporteat ; adfirmare non ambigunt . Interpretationem hancce confirmat illustris

ſtris alter S. Johannis locus Apocalyp. cap. 2. v. 26 , ſeq : ubi de
ſuprema Chriſto D. a Deo Patre collata poteſtate, quam ab eo perinde in Apoſtolorum Principem , ac Rom. Pontificem continua
ſucceſſione transfuſam, ac inde participatam Epiſcopis credere
par eſt , verba faciens : *Dabo*, inquit, *illi poteſtatem ſuper Gentes , & reget eas in Virga ferrea* &c. Quô loci *Virga ferreæ* nomine , non ſecus atque Pſal. 2. v. 9 , & Apocalyp. iterum cap.19.
v. 15. tam Chriſti D. , quam ipſius vice Rectorum Eccleſiæ in
Chriſtifideles deſignari Imperium , Dominationem , Juriſdictionem , pœnaſque infligendi poteſtatem , haud dubitant Tichonius
apud S. Auguſtinum , Hilarus Diac. in epiſt. ad Hebr. cap. 1. apud
S. Ambroſium To.5. p.427. edit. Baſil.1555, Vigilius Tapſ. lib.5.
V. Beda , Primaſius , S. Anſelmus , Riccardus Vict. , Rupertus ,
Anſpertus , Haymo , Dionyſius Carth. , Lyranus &c. apud Boſium de temp. Eccl. Monar. lib. 3. cap. 15 : quibus adſtipulari ex
Proteſtantibus non bæſere Zegerus, Druſius, Grotius Critic. ſacr.
To. 5. p.1892 , ſeqq., Moynius ad Varia Sacra p.387 , Camerarius in Notatione figur. nov. Teſtam. ad Matth. cap. 2. v. 6 , Wo-
kenius in Harm. vet. , & nov. Teſt. par. 1. p. 250 , ſeq. , Wolfius
in Curis Philolog. , & Crit. To.5. p.468 , ſeq. ; atque jungendus
Heinſius Exercit. ſacr. lib. 16. in epiſt. ad Hebr. cap. 7. p. 543 ,
ubi Pαβ̓ον *Virgam* Helleniſtis *Robur* , *ac Potentiam* venire
adpoſite obſervat .

  Jam ab his indigeſte , generatimque conglobatis deſcenden-
do propius ad Coactivæ poteſtatis ſpecies,duplex præſertim ejuſce
caput diſtinguendum reperio , nempe cogendi 1. pœnis Spiritualibus , cogendi 2. pœnis Corporalibus . Atque quod ad prius attinet , principalem Spirituales inter pœnas locum obtinere Cenſuras, & Excommunicationem quammaxime,ignorat nemo,quam-
vis nonnemini de ejus origine quæſtionem movendi prurigo , quin
etiam nonnemini vim ei auferendi perverſum obrepſerit ingenium . Qua in quæſtione in tres video diverſas ſcindi homines opiniones , quorum alii Excommunicationis uſum ex Paganiſmo derivare non erubuere , Andreas Tiraquellus To. 4. in tract. de Re-
tractu lignag. §. 1, Gloſſ. 9. §. 176 , & 185 , Leander Galganetus
de Jur. publ. lib. 1. tit. 15. §. 1 , Nicolaus Gravatius in Annot.
ad

ad Octaviani Vestrii Introd. lib. 2. cap. 4, Stephanus Forcatulus
in Feud. Jura cap. 10. §. 14 , Guillelmus Buddeus in Not. poster.
ad Pandectas lib. 2. tit. de Pœnis , Erasmus Chiliad. 1. Cent. 2.
n. 84 , Melancthon par. 1. Art. Bavar. 10 , & par. 2. tract. de pœnis tit. de Satif. , Zuvinglius apud Seldenum de Syned. p. 199 ,
Elias Schedius de Diis Germ. Syngr. 1. cap. 14 , Bodinus de Repub. lib. 6. cap. 1. de Censura , Thomas Erastus in tract. de Excom. , & Presbyterio , ac in Thesibus 75. thes. 10. totus eo incumbens , ut suadeat in sacris Litteris nec mandatum , nec exemplum extare, quo scelesti a Sacramentis submoveri jubeantur , errorem suum confirmans ex cap. 22: Gravaminum centum in Comitiis Norimberg. an. 1522. Oratori Pontificio exhibitis apud
Goldastum Imp. Consti. To. 1. p. 457 , & auctoritate Sacerdotum
per Sueviam circa an. 1245. apud Stumphium in Chron. Helvet.
lib. 1. cap. 19. palam docentium Mortalium nemini potestatem
factam Christianis spiritualia officia , Deique cultum interdicendi , Bullingerus , qui in epistolis cum ad Erastum , tum ad Daibe-
num Erasti adversarium , ipsius Erasti defensorem , Encomiastem-
que se præstitit , Thomas Bilsonus de Gubern. Ecclef. cap 4. &c.,
ad quos accedere Jannonum non depuduit , qui ex Bodino loc.
cit. scripturire lib. 1. cap. ult. §. 6. non abstinuit Censuras infligendi morem in Ecclesiam descendisse,nec nisi devexiori sub ætate, qua exterior induci Politia cœpit, ex veteribus Romanis Cen-
soribus , morum exinde Magistris dictis , quibus solemne jus inerat ignominia, Censuraque notare criminum reos , in quos Judicibus mos inquirendi non erat : quo de munere , ac titulo privatis
e Magistratibus translato ad ipsosmet Imperatores fuse Spanhemius in dissert. de Præst. , & usu Numism. p. 267 , seqq. edit. Rom.
1664. Contra quos pugnant Baronius ad an. 57. n. 13 , Spondanus de Cæmet. sacr. lib. 4. par. 1. cap. 2. §. 6 , Germonius de Sacr.
Immun. lib. 3. cap. 14, §. 35 , Theophilus Raynaudus de Virt. ,
& Vit. lib. 4. §. 302 , & de Monitoriis par. 2. cap. 17. §. 6 , Ma-
rinus Alterius de Censur. disp. 3. lib. 1. cap. 1 , Cuvarruvias in
Cap. *Alma Mater* de Excom., quin ex Protestantibus Theodorus
Beza in tract. de vera Excom. , & Christ. , Presbyt. , quo Erastum
oppugnat , Jacobus Capellus ad Matth. 18. v. 17. Erastum , &
                                                    Bilso-

Bilſonum reſellens , exertoque contra eumdem Eraſtum calamo dimicantes Zacharias Urſinus Oper. To. 3. p. 803 , Gaſpar Brochmandius in Syſtem. Theolog. To. 2. cap. 5. de Diſcip. Eccl. , Guillelmus Apollonius , Georgius Gillepſius de Aaronis virga , Samuel Ruterfordius de Jure Divino Regim. Eccl. , Samuel Baſnagius in diſſert. 3. de Excom. Chriſt. Annal. To. 2. p. 480 , aliique , de quibus infra . Igitur alii ea potius in opinione verſantur , ut ad Judaicæ Synagogæ imitationem Excommunicationis ritum in Eccleſiam induꝶum exiſtiment, eamque quidem, ſicut inter Judæos non ex lege Moyſis derivatum,ſed inſtituti mere humani fuiſſe,ſic inter Chriſtianos,non ex Divina inſtitutione profeꝶum,ſed ex pnro, Judæis receptiſſimo , more tranſcriptum . Ita Polydorus Virgilius de Rer. invent. lib. 4. cap. 12 , Seldenus, perpetuus ille , infeſtiſſimuſque poteſtatis Epiſcopalis hoſtis, de Syned. lib. 1. cap. 7 , ſeqq., ubi fruſtraneo , ſibiquemet parum cohærente deſatigatur conatu, ut inde , quod Apoſtoli ex Judæis prognati , Judaiciſque fuerint innutriti ritibus, Excommunicationem apud nos Judaicam mere propaginem eſſe conficiat : inſuper non ſecus ac apud Judæos , ſic apud Noſtrates Excommunicationis ferendæ Jus Imperatorum indulgentia fuiſſe adquiſitum ſubjungit ; neque alterum a Judaiſmo primitivos apud Fideles effeꝶum peperiſſe Ex. communicationem , quam a Societate civili ſeparationem , non etiam a Sacrorum conſortio excluſionem induxiſſe ; neque demum Clavium nomine , ſive ligandi , ſolvendique analogia deſignatam ab hac alteram fuiſſe Excommunicationis ferendæ poteſtatem . Ita etiam Grotius in Comment. ad Matth. cap. 18. v. 17 , & Luc. cap. 6. v. 22 , quo loci hac in diſciplinæ parte Chriſtianos ſequutos autumat Judæorum , ſeu Eſſenorum præſertim , exemplu 11 , apud quos Excommunicatio ſola erat a Civili Societate ſeparatio , non etiam a Sacris ; ac rurſus ſicut apud hos Judicium penes paucos non erat , ſed apud Cœtum, qui non minus , quam ex centum, coaleſcere debebat , ita apud Chriſtianos veteres , nonniſi conſcia , & conſentiente Fratrum multitudine , morum Judicia exerceri conſueviſſe . Neque hinc abfuere Limborchius Theolog. Chriſt. lib. 7. cap. 18. n. 12 , ſeqq., Arminianique alii ; Vitringa quoque veter. Synag. lib 3. par. 1. cap. 10. totus eo incumbens ,

ut Excommunicationem in Ecclesia Christiana ad Synagogarum
imitationem introductam evinceret , ad Matth. cap. 18. v. 15 , ad
Rom. cap.16. v.17, ad 1. Corinth. cap.5. v.5, ad 2. Thess.l. cap.3.
v. 14 , ad 2. Johan. v. 10, & 3. ejusdem v. 10. provocare non veritus : quàm hinc potius Excommunicationis Christianæ Divina
institutio perspicua evadat , qua de re infra . Horum pariter vestigiis pone insistentes pedem in falso posuere Waltherus in Dissert. Theolog. Acad. dissert. de Clave ligan. §. 40. p. 499 ; Thomas Bruno in Observat. ad Can. 10. Apostol. Oper. Cotel. edit.
Cler. To. 2. p.193 , seq. usum hunc mutuo a Judæis cepisse priscos
ita Christianos contendens , ut reciproco inter se fœdere , juramento etiam firmato , jureque privato inde sibi vicissim indicto ,
non ita quidem ut ad Sacra privata, vel publica extensum vellent,
sed ad Civilia negotia tantum , alter alteri Communitatis jura in-
terdiceret ; donec etiam sub Hadriano Imp. , ut Sacris etiam se
Christiani mutuo prohiberent , inductum putet , S. Justini nempe
Apolog. 2. p. 97. aperto pressus , devictusque testimonio : quò
etiam trahere Tertullianum Apolog. cap. 39 , & Origenem adv.
Celsum lib. 1. p. 4. inaniter nititur , &c. Contra quos faciunt ,
quæ passim ex Protestantibus ipsis ad Divinam Excommunicationis originem comprobandam congessere contra Seldenum Limborchius ipse parum sibi cohærens lib. 7. cap. 18. n. 30 , seq. eorum se probare sententiam nequire fassus , qui juxta Excommunicationis Judaicæ morem , istiusmodi Censura Civilem dumtaxat
interdici Societatem exputant , non etiam Sacræ Cœnæ partici-
pationem ; aliamque subjungens esse Populi Judaici , aliamque
Christiani rationem , & alium Legalis , alium Ecclesiasticæ disciplinæ ritum : Neque concipi sane posse , ut quis ab Ecclesia pro-
nuntietur nihil cum Christi D. beneficiis posse habere commune ,
& tamen ad Sacramenta admittatur , & quorum familiaris convictus est interdictus, cum eo spiritualis permitti Communio queat ;
Bertramus de Polit. Jud. cap. 2 ; Beza de Presbyt. arg. 1. pro jure
Divino Excommunicationis pugnans ; Carpzovius ad Goodwini
Antiq. Sacr. Codic. lib. 5. cap. 2. §. 6. p. 559 , Fechtius de Excom. Eccles. §.4. p.5, seqq., Kromayerus de Potest. Eccles. par.1.
sect. 2. art. 1. cap. 1. §. 11 ; seqq., Pfaffius Orig. Jur. Eccl. cap. 1.
art. 2.

art. 2. Not. PP. feq. p. 65, feqq., Wolfius in Curis Phil. To. 3. ad 1.
Corinth. cap. 5. v. 5. p. 367, feq. plures allegans, aliique, de quibus paullopoft. Quorum a fententia de Divina Excommunicationis
inftitutione decedere religio quin etiam fuit Synodo Dordreclanæ
an. 1619, in cujus Confef. Art. 32. olim hæc legebantur, Seldeno
ipfo tefte de Syned. lib. 1. cap. 10. p. 295, ficut etiam habentur in
edit. Fefti Hommii: *Ad id* (ad confervandam ideft Ecclefiafticam
unitatem) *imprimis neceffaria eft Excommunicatio ex præcepto
Verbi Dei ufurpata, & aliæ illi adnexæ difciplinæ Ecclefiafticæ Ap-
pendices*. Qui deinde Articulus ad hunc modum emendatus, mu-
tatufque eft: *Ad id imprimis requiritur Excommunicatio, juxta
Verbum Dei, cum reliquis ejus Appendicibus ufurpata*, ut integra
maneret de Excommunicationis Divina origine fententia; quam
inepte pervertere ftudet ibidem Seldenus, ita ut Divinam inftitutionem ea mutatione exclufam velit. Huicce conformes etiam funt
Confeffiones Helvetica Art. 18, Gallica Art. 14, Bohemica Art. 35,
aliæque aliquot; juxta quas perinde a Calviniftis ipfis anathemate
damnati Hieremias Ferrerius, & Theophilus Brachetus a Chriftifidelium Societate, Sanctorumque Communione abfciffi leguntur in Collect. Synodorum a Joh. Aymone Craveta procurata To. 1.
p. 461, & To. 2. p. 686, ubi & hæc Synodis fuis poteftatis particula
tribuitur. Ex Noftratibus denique non defuere, qui de Excommunicationis origine, aut ufu non recte fentirent: in quibus Morinus
de facr. Pœnit. lib 6. cap. 23, feq., quem abunde refellit Blancus,
in ea opinione verfatus, ut arbitretur in Ecclefia olim a publicæ
infligendæ pœnitentiæ ufu diftinctum minime fuiffe ufum Cenfurarum, nec ab interiori difcretum Ecclefiæ Forum exterius. Van-
Efpenius viciffim Jur. Eccl. univ. par. 3. tit. 11. cap. 6. n. 19. Excommunicationem recens effe inventum, ac per decem omnino
Sæcula Ecclefiæ ignotum crocitat: quem fplendide falli, & fallere
oftendit Benedictus XIV. de Synodo Diœcef. lib. 2. cap. 1. n. 6.
Excommunicationis item ferendæ jus non Divinum effe, fed humanum docere videntur apud Seldenum p. 273. Dominicus Soto in
4. dift. 22. q. 1. art. 1. §. 13, Ferdinandus Vellofillus Lucenfis Epifcopus To. 4. Oper. S. Joh. Chryfoftomi ad quæft. 15: qui tamen
Excommunicationis formam quidem, effectumque in Evangelio

clare non exprimi docet, fed excommunicandi poteftatem jure Divino Ecclefiæ traditam explicite adfirmat,SayrusThef Caf.Conf. lib. 1. cap. 4. §. 8 , Suarez de Cenf. difput. 2. fect. 1 , & lib. de triplici verit. Theolog tract. 1. difp. 21. fect. 1, quorum tamen cauffam aliis difputandam , agendamque derelinquo . Alii , uti Godfcalcus Rofemundus in Confefs. cap. 20 , & Ayala Excommunicationes prorfus omnes e medio auferri vellent, quos abunde fuftlaminant Raynaudus Oper. To. 14. de Monit. par. 2. cap. 9. p.514 , Benedictus XIV. loc. cit. n.5 , quibus jungendi Marius Alterius de Excom. difp. 1. lib. 1. cap. 6 , Cafalius de Vet. Chrift. Ritib. cap 22 , Auronius Serpenfis in Chronolog. Euch. enar.20, aliique , qui collato veluti pede pro Excommunicationis Divino jure pugnant .

Jam vero & ut ego de Cenfuris primum apud Ethnicos ufurpatis pauca loquar , Græcis generatim folemni in more pofitum , ut Peregrinos Sacris abigerent fuis , Ekufinis quammaxime , teftatur Arifloph. Scholiaftes. Barbaros quoque , ut Perfas , & Medos , refert Ifocrates in Paneg. p. 30. edit. Ald. Unde Neronem in Græcia peregrinantem Sacris illis intereffe non aufum tradit Svetonius cap. 34. Illud etiam legibus erat firmatum, ut graviori ατιμίας , feu infamiæ pœna indicti , igne , & aqua interdicti patrio jure , beneficioque privati intelligerentur , atque a Magiftratu publico non modo, priftinæque vitæ commercio arcerentur, fed a Sacris etiam communibus , Templique aditu abigerentur . Hac itaque pœna affici confueviffe Maritos damnatam adulteram retinentes, Filiofque in Parentes male affectos liquet ex Demofheue in Timocratem , & in Midiana , ex Andocide Orat. 1 , ex Harpocratione in ατιμος , ex Platone Leg. lib. 9 , ex Plutarcho in Solone , ex Libanio In Declam. pro Halirrothio . Par extendebatur pœna in Parricidas ex Oraculo Delphico , & Lege Thebana , tefte Oedipo apud Sophoclem ; in Matricidas ex Lege Argiva , tefte Euripide in Orefte ; in Homicidas ex Lege Draconis , teftibus Demofhene contra Leptinem , & Theone in Paradigm. ; in Adulteras, defertorefque Militiæ , teftibus eodem Demofhene Orat. in Nexram , & contra Timocratem &c. ; Æfchine in Timocrat. , & Ctefiphontem , Lyfia Orat. 5. contra Audocidem , & Orat.12.

con-

contra Agoratum, Antipho Orat. 12, Andocide Orat. 1, Herodoto lib. 7. &c., quam etiam ad pœnam respexisse videtur Euripides in Orelle . Præterea Atheniensibus usu prisco venisse, ut publica in Concione Præco Deos adversos deprecaretur eis, qui contra Rempublicam dicendo, sentiendoque deliquissent, ut ipsi nempe cum gente, domoque sua exsecratione devoverentur, & a Diis
everterentur, testes accedunt Demosthenes de Ement. legat., ac
Cicero de Offic. lib.3, quo de more susius Pfeifferus Antiq. Græc.
lib. 2. cap. 35. Generatim Athenis Regis Sacrorum officio cessisse
Contumacibus interdicere, ne ad Mysteria appropinquarent, nec
aliis moris patrii beneficiis se immiscerent, observat Pollux Ono-
mast. lib. 8. cap. 9. Sex Græciæ Urbes, ob violatam Numinum
religionem, a Sacrorum Apollinis participatione fuisse summotas
refert Herodotus in Clio. Non dissimili sensu e Pythagorica Schola indisciplinatos, scelestosque ejici, ejectosque eo haberi consuevisse loco, quo vita defuncti, adeoque ut etiam veluti mortuis
Cenotaphia erigerentur, memoriæ tradidit Jamblicus in vita Pythagoræ cap. 17 De quibus, aliisque plurimis agunt Samuel Petitus in Legib. Atticis p. 472, & 557, Grotius in cap. 6. Lucæ
v. 22. Critic. Sacr. To.4. p.1267, seq., Seldenus de Syned. lib.1.
cap.10. p. 77, seqq., Pfeifferus loc. cit., Thomas Bruno Observ.
ad Can. 10. Apost. &c.

    Quodpiam haud dissimile de Taprobana, (hodie Ceylani),
Insulæ Rege tradit Plinius hist. lib. 6. cap. 22, eum, siquid deli-
quisset, a Sacerdotibus tam commercio sermonis interdici consuevisse, tum etiam Regno abdicari . Apud Cercetas, (Populos juxta Pontum, seu prope Caucasum), in more positum, ut flagitiis dediti tam Sacris, quam etiam Civili abstinerentur Societate,
refert ex Stobæo serm. 165. Nicolaus Damascenus. Longo quidem, fateor, hæc intervallo distant a ratione Censurarum, quæ
Christianis usu potiori venere : negari tamen nequit, quin harum similitudinis aliquid præseferrent, ad quam propius accessisse
videtur ea damnationis species, qua olim apud Druidas Gallorum gentiles Sacerdotes obtinuisse memorat Cæsar de Bello Gall.
lib. 6. cap. 4 : *Si quis, inquiens, aut privatus, aut publicus eo-*
rum decreto non stetisset, Sacrificiis interdicunt : Quæ pœna apud
                                                            illos

illos erat gravissima . Quia nempe sic interdicti sceleratorum ita
numero habebantur, ut ab eis decederent omnes, & aditu, sermoneque defugerent . Vide-sis & Antonium Gosselinum hist. vet.
Gallor. cap. 20. Eamdem veteres apud Germanos viguisse disciplinam, juxta quam ignominioso neque Sacris interesse, neque
Concilium inire fas esset, testimonio est Tacitus de Mor. Germ.
Compara & Philip. Cluverium Germ. illust. lib. 1. cap. 24, &
Eliam Schedium de Diis Germ. lib. 2. cap. 9. Nihil hac vero aquæ,
& ignis interdictione Romanis vetustius, & usitatius, cujus ea vis
erat, ut sic interdictis tum communis vivendi ratio, tum Sacrorum communio denegaretur : de qua Appianus de bello Civ. lib. 1,
& Paulus Jurisc. Sent. lib. 5. cap. 26 ; cuique demum deportatio-
nis pœna subrogata est L. 2. §. 1. ff. *De Pœnis* , & L. 3. *Ad Leg.
Jul. peculatus* , ac Lactantius lib. 2. cap. 10. Videndi vero Franc.
Hottomannus Observ. lib. 5. cap. 2 , & Barn. Brissonius Select.
ex Jure Civ. lib. 3. cap. 5. Celebris etiam apud Romanos erat in-
terdictionis formula illa apud Festum V. *Exesto* , qua Lictor in-
clamare solebat : *Hostis* , *vinctus exesto* , Sacris quibusdam scilicet interesse vetabatur . Censuris præterea, qui fuissent inusti,
officio, dignitateque motos confestim intelligi oportebat, uti patet ex Catone in Orat. de L. Veturio apud Festum, ex Cicerone
de Divin. lib. 1. cap. 16, ex Aulo Gellio Noct. Attic. lib. 17.
cap. 21, & Asconio in Orat. contra C. Antonium . Censoriæ potestatis vi, qui ea pollerent, in cujusque vitam, & mores inquirendi, & ab Equestri, seu etiam Senatorio removendi ordine pleno imperio præditos, ejusque ideo Imperatores ipsos ivisse percu-
pidos, legere est apud Tacitum Annal. lib. 11, ac Dionem lib. 53:
quam primum Censuram sub nomine Præfecti morum admissam a
Julio Cæsare referunt Cicero Famil. lib. 9. ep. 15 , & Svetonius
cap. 76. Effectum pariebant eumdem Diræ, exsecrationesque Romanis olim receptissimæ, quibus Deos iratos flagitiosis optabant,
de quibus fuse Brissonius de Formul. lib. 1. cap. 182 , seqq. Pertinent & huc Dirarum formulæ diversæ, adjurationesque diversas
ob rationes a Romanis, a Græcis, a Barbaris adponi solitæ modo
Legibus, ne quis eas violare auderet, apud Dionem Chrysost.
dissert. post. p. 667 , & Plutarchum in Solone, modo Statuis ,

ne-

nequis eas loco movere tentaret,apud Auctores rei Agrariæ p.238,
seq. edit. Goesii, Philostratum in vita Herodis Attici p. 557.
edit. Morelli, de quibus etiam Salmasius ad hiflor. Augustam,
& ad Inscript. Herodis p. 9, seq.; nunc Hoflibus intentatæ, a
quibus offensio incumberet, apud Justinum hist. lib. 5, Plutarchum in Alcibiade, & in Crafso, Festum V. *Sacer mons*, Dionysium Halic. lib. 2, & 6, Livium Dec. 4. lib. 1. cap. 44, & lib. 10.
cap. 5, Laertium in Diogene, & Ælianum Var.hift. lib.3. cap.29;
nunc Sepulcris adfixæ, ne a quopiam eorum religio læderetur,
de quibus, atque quidem ad Paganorum quod attinet Sepulcra,
Grutherus in Thef. Inscript. p.304. n.1, & 816. n. 7, ac Menkenius in difsert.de Diris Vet. junctis de Religione Sepulcrorum
Principum legibus, ac Jurifconfultis Ulpiano L. 8. ff. *De Relig.*,
Marciano lib. 7. *De Sepult. violat.*, & lib. 39. ff. *De Relig.*, & *
Sumpt.*, Paulo L. 39. lib. 40. eod. tit., Gothofredo ad L. 39. ff.
De Relig., Guthero de Jure Manium lib. 3. cap.1, & Heineccio
Antiq. Rom. lib. 2. tit.1. §. 4 } quoad Sepulcra vero Chriftiano-
rum Baronius ad an. 1004. n. 11. Epitaphium referens Johannis
Canaparii Romæ tumulati in Ecclefia SS. Bonifacii, & Alexii,
Grutherus p.1063. n.1, Fabrettus Infcrip. p. 10, Donius p.529,
Menkenius de Diris vet., Mabillonius Mufæi Ital. To. 1. p.147,
Aringhius Rom. fubter. lib. 4. cap. 27, Gorius Symb. lit. Vol. 3.
p. 227 : unde jure, ac merito a Jacutio in Chrift. Antiq. fpecim.
p. 41. vapulat Reinefius, quod Claf. 20. n. 440. veteribus Chriftianis vitio verterit ejufmodi Dirarum ufum; multo vero magis
cum ab eodem Jacutio p.42, tum a Paciaudo de Sacr. Balneis
cap. 16. p. 165. in Not. 2. refellitur Ecchardus inverecunde ob-
gannire aufus Dirarum ufum non aliunde inductum, quam a Clericorum avaritia, qua fupremas Tabulas, ac Donationes meliori
firmare fibi ratione nefciverint, quam diriffimis adjectis impreca-
tionibus. Tum Teftamentis infertæ, five fupremis Tabulis, de
quibus Marculfus in Formul. lib. 2. cap. 1, feqq., Strychius de
Exfecrat. Teftam., Lindenborgius in Form. 172, Mabillonius de
re Diplom. lib. 2. cap. 8. §. ult.; tum Libris demum adpofitæ,
ne quidpiam ab aliquo detrimenti paterentur, ut eft apud S. Johannem Evang. Apocalyp. cap. 22. v.18, de qua Joh. Clericus
                                                                    Art-

Art. Crit. par. 3. p. 243 ; apud Aristæam lib. de LXX. Interpr.
p. 33. edit. Fabricii , de qua Eusebius Præp. Evang. lib. 8 ; apud
S. Dionysium Corinth. in epist. , cujus meminit Eusebius lib. 4.
cap. 23. vers. Ruff. ; apud S. Irenæum lib. de Ogdoade , de quo
idem Eusebius lib. 5. cap. 20, & S. Hieronymus in præf. ad Chron:
Eusebii , apud Auctorem Recog. sub S. Clementis nomine , de
qua Cotelerius PP. Apost. Tom. 1. p. 609, seq. edit. Clerici ; apud
Ruffinum In præfat. ad libros Origenis , de qua Scaliger ; apud
S. Gregorium Turon. ad calcem Hist. ; apud Ælfricum in præf.
capitum 24. Genes. , de qua Warthonus in Auctuario ad Usserii
hist. Dogm. p. 386 ; apud Anastasium Sinaitam in Hodego, de
qua Lambecius Bibl. Vindob. lib. 3. p. 165 ; apud Leofricum Exo-
nien. Episcop. in Missali libro , de qua Hickesius in Catalogo libr.
Septent. ; apud S. Petrum Dam. lib. 1. epist. 12. ad Alexandrum II,
ubi scribit usum Romæ obtinuisse , ut cunctis ferme Decretalibus
paginis anathema subjungeretur ; apud Julium Firmicum initio libri 7. Matheseos ; apud Valentem Antiochenum lib. 4. Floridor.,
de qua Seldenus ad Marm. Oxon. p. 42; in proleg. ad lib. de Diis
Syris cap. 3, & de Syned. lib. 2. cap. 10 , aliosque plures sacros ,
& profanos , de quibus Erasmus epist. *Execrandi* , Fullerus in
Catalogo MSS. Bibl. Paulinæ Lips. p. 441, seqq., Gutherus de vet.
Jure Pontif. lib. 4. cap. 22, & de Jure Manium lib. 2. cap. 15, Fabricius Observat. Sacr. lib. 3. cap. 1. ad Apocalyp. cap. 22. v. 18,
& Bibl. Græcæ Tom. 5. p. 74, seqq., Vandalæus de Orac. p. 673,
seq., & de Aristea p. 193, seq., Pitiscus in Lex. V. *Devovere*
Tom. 2. edit. Ven. p. 30, &c. Christianos denique ipsos, a Paganis olim inter facinorosos , impurosque reputatos , tam vitæ So-
cialis communione , quam communi Sacrorum consortio interdici
solitos ediscimus ex Luciano in Pseudomante , ex Juliano in Edicto , quod inter epistolas n. 42. legitur , ex S. Gregorio Nazian.
Orat. 3 , seu Invect. 1. in Julian. , ex Sozomeno lib. 5. cap. 17, &
Nicephoro lib. 10. cap. 24.

Atqui Judæis antiquissimum, juxtaque frequentissimum ,
ac diversum fuisse , atque proprioris quidem Excommunicationis
usum , fundatissima in Veteris Testamenti libris veritas est , cui
refragari nemo recte queat. Ejus enim mentio , sive res ipsa nomine

miae importata, frequens occurrit, ut Num. cap.16. v. 21, feqq.,
ubi Seditioſi, a quorum factione ſeparari Populus juſſus eſt, Cœ-
litus devoti diſtrictæ Excommunicationis terribilem in ſe retule-
runt imaginem. Ut Deuter. cap. 27. v. 15, feqq., ubi non aliud
ab Anathemate datur intelligi toties repetita in Legis transgreſ-
ſores maledictio. Ut Joſue cap. 8. n. 34, ubi ab Anathematis formulis parum, aut nihil differre videntur Exſecrationum verba,
quibus Deo inobedientes feriuntur. Ut Eſdræ lib. 1. cap. 10. v. 8,
& lib. 2. cap. 13. v. 25, feq., ubi a Judaico Cœtu abjectus diſtri-
cti in ſe Anathematis ſtigma defert: atque huic loco hanc ineſſe
vim vidit Joſephus Archæolog. lib. 11. cap. 5. Ut Machab. lib. 3.
licet apocrypho cap. 2. v. 25, ubi Legis deſertores diris cunctis
devoti communi uſu indiſtincte, ac conſuetudine abſcinduntur:
quem in locum obſervat Grotius Crit. Sacr. Tom. 3. p. 2956. multis verbis deſcribi, quod Hebræis erat *Niddui* (ſeu verius *Cherem*, uti cenſet Seldenus de Syned. lib. 1. cap. 12. p. 339.) Helleniſtis Α'Φοριζων, ſive Αποσυναγωγος ποιων, nobis *Anathema*.
Et certe Excommunicationis apud ſuos uſum jam inde ab ætate
Barach, & Deboræ Jud. cap. 5. v. 23. repetunt Judæorum Magiſtri
in Gemara Babylon. ad tit. *Moed Katon* cap. 3; quin ab ipſo Adamo e terreſtri Paradiſo expulſo Gen. cap. 3. v. 24. incipit Rabbi
Jeremias Ben-Eliez in Gloſſ. Talmud ad tit. *Erubin* cap. 2. Cainum certe a Deo excommunicatum, eaque infami inſignitum nota
fuiſſe, perſuaſum habet Vitringa Comment. in Iſaïæ cap. 53. n. 4.
Tom. 2. p. 667. Eumdem dejectum a favore, & gratia Dei agno-
ſcunt Mercerus, & Druſius in Not. ad Gen. cap. 4. v. 14; quod
eodem recidit, ac a Dei rebus Sacris excluſum. Quocirca ludunt
Calovius Geneſis locum interpretatus de expulſione, Seldenus
de Syned. lib. 1. cap. 11. p. 314; & Heideggerus hiſt. Patriarch.
par. 1. Exercit. 5. §. 38. de maledictione Divina locum eumdem
intelligi debere jubentes, non etiam de Excommunicatione: ſiquidem a Deo maledictus intelligi nequeat, quin idem a Deo abjectus ſit. Facit & huc frequentiſſima apud Judæos diſciplina, juxta quam ob quatuor ſupra viginti culparum ſpecies infligi Excommunicatio poterat, de quibus fuſe Judæorum Megalandrus
ille Maimonides in tract. de Diſciplina legis, & in libro inſcripto

Sepher Reshith Chochma, ideſt *Portæ Pœnitentiæ* cap. 7. fol. 21. edit. Baſil. in 8. Sub ipſo Chriſti D. adventu graviſſimæ hujuſce pœnæ genus apud Judæos adhuc uſu perſeveraſſe adparet ex Lucæ cap. 6. v. 22 : quem ſane locum de vera Excommunicatione accipiendum conſentit etiam Grotius ibid., ac ex Johan. cap. 9. v. 22, & 34, cap. 12. v. 42, & cap. 16. v. 2. Ad hæc vitam ſceleris adeo puram egiſſe Eſſenos teſtis accedit Joſephus de Bello Jud. lib. 2. cap. 12, ut deprehenſos in peccatis ſua conſeſtim depellerent a Communione. Quod ipſum ſerme de iiſdem Eſſenis habet Porphyrius de Abſtin. animal. lib. 4, unde & ſua de eiſdem deſumpſit Euſebius Præpar. Evang. lib. 9. cap. 3. Sexcenta deinde ejuſ modi documenta ex Judæorum libris Karæis, & Talmudicis deſcripſit Seldenus de Jure Nat., & Gent. lib. 4. cap. 8, & de Syned. lib. 1. cap. 7, quæ perſequi omnia non opus eſt. Ex queis adparet falſo Baſnagium hiſt. Jud. lib. 6. cap. 21. n. 2. adfirmaſſe Excommunicationis ritum apud Judæos cum Synedrio inductum, nec ante Machabæorum Epocham obtinuiſſe. Falſo quoque deſendiſſe Seldenum de Syned. lib. 1. cap 7. p. 98, ſeq. non ante Captivitatis tempora Excommunicationis uſum Judæis fuiſſe receptum, qui tum demum invaleſcere cœperit, ubi primum in Captivitate poſiti, ob poteſtatis defectum, pœnis aliis Forenſibus ex ſuis facinoroſos cohibere fas non amplius, & facultas adfuit.

Tergeminas porro in ſpecies apud Judæos diſtingui Excommunicatio ſolebat, quarum 1. dicebatur *Niddui*, eratque ſeparatio, ſed abſque maledictione, ab aliorum conſortio ad quatuor cubitorum diſtantiam, triginta dierum ſpatio, intra quod non reſipiſcens eadem pœna ad 60, aut etiam ad 90. dies producta feriebatur : quod poſt tempus ad bonam ſe frugem adhuc non recipiens graviori afficiebatur Cenſura. Ad hanc reſpexiſſe videtur S. Paulus 2. Theſſal. cap. 3. v. 6. verbis illis : *Denuntiamus vobis, Fratres, ut ſubducatis vos ab omni Fratre &c.* ; quæ ſerme reſpondet Suſpenſioni in Eccleſia Catholica adhibitæ. Ejuſmodi vero Excommunicationis inferendæ diverſas cauſſas ex Maimonide, & *Schulchan Aruch* deſumptas fuſe perſequuntur Buxtorfius in Lexico Talmudico p. 1304, & Seldenus de Jure Nat., & Gent. lib. 4. cap. 8. Vocabatur 2. *Schammatà*, (etſi ab aliis ſecundo

hoc

hoc loco enumeretur *Chèrem*), eratque a Proseuchis exclusio, &
a Synagogis ejectio cum diris, exsecrationibusque : qua perinde
instinctus, capite suo multis erat minutus, & a conviviis, a conventibus, & a consuetudine cujuslibet abscissus erat, nullique
assidere permissus. Atque ad hanc prope speciem pertinere sane
videntur Excisionis comminationes, quæ passim habentur Genes.
cap. 17. v. 14; Levit. cap. 17. v. 4; cap. 18. v. 18, seq., & cap. 18.
v. 19; 1. Esdræ cap. 10. v. 8; Johan. cap.9. v. 28, & 34, ac 1. Corinth. cap. 5. v. 11. Ejusmodi vero Excisionis tres adferri solent a
Judæis species, Corporis, Animæ, ac utriusque, quarum una
gravior sit altera, quibus de agunt Sixtinus Amama in Anti-
barbaro Biblico, & Fagius in Not. ad Paraphrasim Chald. Exodi
cap. 12. v. 15. Crit. Sacr. To. 1. p. 498. *Chèrem* 3. dicebatur, ab
Hellenistis *Anathema*, eratque separatio a Synagoga, spe absque
regressus, cum diris, & exsecrationibus, tubis clangentibus,
& atris tædis accensis ejaculata, qua in perversitate obdurati, ac
per dies adhuc 30. perseverantes adficiebantur; adfecti diris cunctis devoti soli Divino judicio destinabantur, ut ab eo dignissimas
flagitiorum pœnas referrent, ac nisi resipiscerent tandem, æternis
torquendi cruciatibus reservabantur, quorumque post obitum tumulus ideo lapidibus in detestationem obrui consuebat. Atque
huc facere videntur Exsecrationes, quæ habentur frequentes Deuter. cap. 28. n. 17; seqq., Josve cap. 6. v. 25, seq.; Nehem. cap. 13.
v. 25, 2. ad Timoth. cap. 4. v. 14, & 1. ad Corinth. cap. 16. v. 22;
quo loci verbum Syriacum *Maranatha*, quo *Dominus venit* signi-
ficatur, gravissimæ imprecationis est genus, qua ex Deo perditio
in flagitiis obdurato intentatur, velut explicant ibid. Hilarus
Diac., S. Joh. Chrysostomus, S. Hieronymus epist. 137, S. Augustinus epist. 178, Theodoretus, Sedulius, Theophylactus ibid.
&c., ita quod S. Pauli sensu *Anathema Maranatha* idem sit, atque
Devotus a spe Domini, velut interpretatur Arabs, unde Arabicam
esse vocem *Maranatha* veri visum est simile Martinio in Etymolo-
gico, & Coquio in Excerptis Gemaræ Talmudicæ tract. de Synedrio cap. 1. §. 9. Not. 5. p. 149. Cujusce specimina etiam extant
in Concilio Toletano III. Can. 18, in Constit. Alexandri II. apud
Mabillonium Annal. Bened. To. 4. in Append. p. 755, inque Mo-

Cccc 2   nu-

numentis aliis, de quibus Glossa in Can. 30. *Guilisarius* 23. q. 4,
Aubertus Miræus To. 1. p. 8, Baronius ad an. 57. n. 172, Petrus
de Marca in Append. Marcæ Hisp. p. 970, 997, & 1065, Ducangius in Glossar., Calmetius Hist. Lothariang. To. 1. p. 262, & 340,
Macri in Hierolex., Grotius item ad Luc. 6. v. 22, Bochartus in
epist 3. ad Joh. Tapinum de hoc S. Pauli loco Oper. To. 2. p. 1036,
Martinius in Lex., Seldenus de Syned. lib. 1. cap. 8. p. 145, seqq.
&c. Plura quoque de tribus his Excommunicationis apud Judæos.
speciebus dabunt Buxtorfius ex Rabb. epist. Hebr. p. 55, seqq.,
Goodvvinus Antiq. Sacr. Cod. lib. 5 cap. 2, Carpzovius in Annot. ad eumdem p. 554. tres istas species confirmans testimoniis
Eliæ Levitæ in *Tisbi*, Davidis de Pomis in Lexico, & Rabbi Ger-
sonis, Ligfoot Oper. To. 1. p. 890, Dassovius Antiq. Hebraic. cap.
21. §. 11. p. 174, auctoritate item Maimonidis usus, ex Nostris Bar-
tholociu, Bibl. Rabbin. To. 3. p. 414, Cherubinus a S. Joseph Bibl.
Crit., Sacr. To. 3. p. 548, seqq., Zanolinus de Festis, & Sectis Jud.
disp. 1. cap 7. p. 87, & in Adnot. p. 179, aliique. Ab aliis attamen duæ species dumtaxat recensentur, atque cum *Niddui* con-
funditur *Schammata* ut a Leone Mutin. apud Basnagium, ab ipso
Basnagio hist. Jud. lib. 6. cap. 21. n. 8, a Coquio loco sup. cit., ubi
plurimis ex Maimonide, *Hilchoth Talmud Thorae* duobus capit.
postr. Judaicum huncce ritum describit, a Constantino l'Empereur in Annot. ad Kemp. Bertrami cap. 2. Crit. Sacr. To. 6. p. 750,
a Seldeno de Jure Nat., & Gent. lib. 4 c. 8, & de Syned. lib. 1. cap. 7.
p. 82. ab Hottingero in Not. ad Goodvvinum lib. 5. cap. 2, & a
Vitringa de Synag. Vet. lib. 3. par. 1. cap. 9. p. 739. Huc demum
unico *Perinoia* nomine tres illæ Excommunicationis species Judæis designari sub Justinianeo Sæculo cœpere, atque ita Auth.
146, sive Novel. 140. edit. Lugd. de Περινοίᾳ occurrit mentio,
& adnotarunt Ludovicus Charondas, & Haloander. Comparandus etiam Ducangius Gloss. To. 5. edit. Ven. p. 570.

Jam vero Excommunicandi caussæ apud Judæos viginti quatuor vulgo recenseri solebant, de quibus fuse Maimonides de Studio Legis cap. 6. §. 13. p. 36, seq., Joh. Cocquius in Excerptis Gemaræ tit. *Sanhedrim* p. 147, Buxtorfius filius in Lex. Chald. p.
1304, Seldenus de Jure N., & G. lib. 4. cap. 8. p. 529, seqq., Car-
pro-

provius ad Goudv. Antiq. Sac. Cod. §. 2. p. 555, &c., quas omnes ad generales duas Pecuniam idest, & Epicureismum restringit Basnagius dissert. 2. de Excom. Judaica n.6. Annal. To.2. p.479. Excommunicatio ob Pecuniam irrogabatur, quum in judicium vocatus, & ad solutionem adjudicatus, solvere tamen detrectasset. Sub Excommunicatione vero ob Epicureismum delicta generatim comprehendebantur graviora quaelibet aut in Legem sacram, aut in bonos, receptosque Mores, aut in Personas honore dignas patrata. Tribus autem modis inferri Excommunicatio solebat, vel ipsi reo praesenti illata, vel absenti alicujus verbis denuntiata, vel schedula per apparitorem oblata. Excommunicationis porro Judaicae effectum non Spiritualem utique fuisse, qua nempe a Sacrorum Communione, usuque quispiam expelleretur, sed mere Civilem, qua nempe Societatis jura dumtaxat eidem abdicarentur, pro viribus pugnant Seldenus de Jure N., & G. lib.4. cap. 8, seq. p. 534, seqq., de Syned. lib. 1. cap.7. p. 83, 126, seqq., ac Samuel Basnagius cit. dissert. 2. Contra vero Baronius ad an. 57. n. 13, Spondanus de Coemet. Sac. lib.4. par.1. cap. 2. §. 6, Germanius de Sacr. Immun. lib. 3, cap. 14, Sigonius de Repub. Hebr. lib. 2. cap. 8, Jacobus Basnagius hist. Jud. lib. 6. cap. 21. n. 21. &c. fieri nequivisse rite observant, ut e Civili Societate quis excluderetur, quin etiam Sacra careret. Etenim in Domibus Agni Paschalis esio, & in Synagogis concursus fiebat. Qui igitur fieri poterat, ut qui adeo in horrore habebantur, ad esum Agni, & ad Synagogae conventus admitterentur? Et certe quidem a Paschatis celebratione atteri Judaeorum Apostatas consuevisse ex Legis praescripto Exodi cap.12.v.43. liquide patet ex Paraphrasi Chald. tam Onkeli, quam Jonathanis ad hunc Exodi locum, & ex Gemara Babyl. ad tit. *Sabbath* cap.9. fol.87, ad tit. *Pesachim* cap.9. fol. 96, & ad tit. *Jabimoth* cap. 6 fol.62, veluti perspexit Seldenus ipse de Syned. lib 1. cap. 12. p. 332; confirmant & Jarchius in Glossa ad cit.loc Exodi, Lyranus ibid., & Rabbi Levi Ben-Gersom observans Paschati illi celeberrimo sub Josia Rege, de quo 2 Reg. cap.23. v.13, nullum interfuisse Apostatam. Etsi vero non admodum invite detur Templi adyta Excommunicatis adhuc patuisse; ideoque non admodum exacte ad litteram Johan.cap.9.v.22,

lo-

locum *Extra Synagogam* de Templo etiam accepiſſe videri poſſint S. Joh.Chryſoſtomus hom. 58. in Joh.,Theophylactus, & Non-
nus Panoplita in Paraphr. Johan.,negari tamen nequit nec in Templo eamdem ſtationem Excommunicatis indultam , nec eamdem
egrediendi patuiſſe viam : quod indicium eſt haud obſcurum iis
quidem pro Oratione privata Templi ingreſſum fuiſſe permiſſum,
a publicis vero precationibus fuiſſe prohibitos ; qua de re Rabbi
Juda in lib. Muſar. 95. 1. Crit. Sacr. To. 4. p. 1707. Quod etiam
ex Publicano ſingullatim ad Templum precatum accedente Lucæ
cap. 18. v. 10, ſeqq. augurari fas eſt . Deinde in Synagogis , rerum etiam Sacrarum cauſsa,Judæis convenire ſolemne fuiſse indubium eſt . At enim res eſt omnis extra dubitationis aleam conſtituta Excommunicatos e Synagoga expelli conſueviſse: qua de expulſione explicitiſſima ſunt Evangelii loca S. Lucæ cap. 6. v. 22,
& S. Johannis cap. 9. v. 22, & 34. cap. 12. v. 42, ac cap. 16. v. 2 ;
atque ita plane S. Johannis præcit. loc. cap. 9. de Excommunicatione accipere non hæſerunt Eraſmus, Dieuſius, Ludovicus Capellus Crit. Sacr. To. 4. p. 1704, ſeqq. Et Leo quidem Mutinenſis
apud Baſnagium , qui Excommunicatione plectuntur, eoſdem dubio procul e Synagogis expelli fide confirmat ſua . Contra Selde-
denum vero de Jure N. , & G. lib. 4. cap. 8. p. 540, & de Syned.
lib. 1. cap. 7. p. 107, ſeqq., Ligfootum ad hunc loc., ac Baſnagium
cit. diſſert. 2, ea phraſi excluſionem dumtaxat a Societate Civili,
Socialique conſuetudine intelligentes, late pugnant , atque de ingreſſu quoque in Synagogas , ac Templum prohibito accipi debere propugnant Witſius in Miſcell. To. 2. Exercit. 2. §. 11, ſeqq.,
Pfaffius in Orig. Jur. Eccl. p. 65, ſeqq., Vitringa de Synag. Vet.
lib. 3. par. 1. cap. 10. p. 757, Wolfius in Curis Philolog., & Crit.
To. 2. p. 904, & 949. alios pro hac laudans ſententia . Accedit
& illud , quod, ut ſuperius obſervatum eſt obiter , Judæorum Me-
galandris , ac Magiſtris, queis hac in re certe non eſt, cur fides utique denegetur , antiquiſſima eſt Excommunicationis origo , cujus
uſum alii ab Adamo , a Joſue alii , alii a Barach, ab Eſdra alii ,
univerſalius a Moyſe , repetunt : quod indicium eſt liquidum illum Divinæ tributum inſtitutioni Hebræis fuiſſe : Divina vero inſtitutione ſeparationem a Civili dumtaxat Societate , non etiam a

Sa-

Sacra , induâam exiftimare nefas eft : quandoquidem apud Deum
peccati ratio potior habeatur, qua Dei O. M. offenfa eft , Deique
amicitiam lædit, quam quod proximo fit offendiculum, Societatif-
que humanæ jura labefaâet. Ad hæc in Synodo Nicæna II. Aâ. 4.
ex S. Athanafio Serm. de Imagine D.N. Jefu Chrifti Berychi Oper.
To. 2. p. 628. edit. Parif. apud Harduinum To. 4. p. 178. mentio
fit Judæi e Synagoga expulfi , ob repertam ejus in Ædibus Chrifti D. imaginem : quam fane expulfionem a Synodo pro vera Excommunicationis fpecie acceptam liquet. Verum hacce de re diligentius inquirere nihil juvat, nihilque intereft mea, qui ad Cenfuras Chriftiana in Ecclefia ufu receptas propero. Quod antequam
præfto , non committam , quin admoneam , fatearque Anathematis nomine perfæpe defignari in Scripturis Sacris, ac profanis Scriptoribus dirarum imprecationes , devotationes , pœnarum defti-
nationes , confecrationes, maledictiones , abdicationes, bonorum
confifcationes , interdictiones , cædes , incendia, exitia , deftru-
ctiones vel a Deo , vel ab Angelis , vel ab Hominibus inllictas :
equibus triplex potiffimum Anathematis genus diftingui folet, 1.
Devotum Sacerdotibus , illud nempe, quod Deo facratum in ufum
Sacerdotum cedebat ; 2. *Devotum Cæli* , quod videlicet aut im-
molabatur, fi ejus genus immolatitii effet , fin minus, ita Sanctua-
rio addicebatur , ut ad priorem regredi Dominum nequiret ; 3.
Devotum ex Homine, quum nempe quis a Synedrio capite damnatus , nullius interceffione redimi deinceps poterat , fed occidi omnino debebat : de quibus adeundi, fi placet , Suidas , & Hefychius
in Lex., Zonaras , & Balfamon ad Can. 3. Concilii fub Photio in
Templo S. Sophiæ p. 263, Swicerus in Thef. Eccl. To. 1. p. 268,
feq., Baronius ad an. 57. n. 169, Albafpinæus Obferv. Ecclef. lib. 2.
cap. 4, Petavius in Mifcell. Exercit. ad Julianum cap. 13, feqq.,
Salmafius ad Solinum , & ad Plinium p. 1089, Filefachus ad Vin-
centium Lirin., Ludovicus Capellus in tra.?. de Voto Jephte Crit.
Sacr. To. 1. p. 2046, Seldenus de Syned. lib. 1. cap. 7, Lindenbrogius ad Cenforinum p. 18, feq., Bochartus in epft. 3. ad Tapinum Oper. To. 2. p. 1037, Carpzovius ad Goodv. lib. 5. cap. 2.
§. 6. p. 557, Laur. Maffejus in Not. ad Sigonium de Repub. Hebr.
lib. 4. cap. 17. n. 105, aliique : cum quibus attamen integrum ftat,

quod

quod Anathema perſæpius etiam uſu Judæis venerit ad deſignandam a Sacrorum commercio abſciſſionem.

Ad Cenſuras in EccleſiaChriſtiana inductas nunc accedendo, in Veteri Synagoga eas præfiguratas fuiſſe, aliqualemque earumdem præfulſiſſe ſpeciem etſi ultro largiri videantur S. Cyprianus lib. 1. epiſt. 11. edit. Eraſmi, 62. Pamel., 4. Felli, S. Gregorius Nyſſen. Orat. de Caſtigat., S. Hieronymus in Cap. 1. ad Galat., & epiſt. 1. ad Heliod., S. Auguſtinus de Fide, & Oper. cap. 2., & in Num. lib. 4. cap 40, ſeq.; ac S. Cyrillus Alex. in Joh. lib. 6. cap. 20, qua de re videndi Baronius ad an. 57. n. 11, ſeqq., & Morinus Exercit. Eccleſ. lib. 2; complura quin etiam e veteris Synagogæ diſciplina mutuo petiiſſe, derivaſſe, ſuiſſeque imitatam Ecclesiam Novi Teſtamenti negari rite nequeat, longum tamen, ac latúm inter utramque intercedere diſcrimen, utriuſque Diſciplinam actu differre, atque de Cenſuris, loquendo, haſce potius, quam ad Judaicarum imitationem dicantur inductæ, paremque eſſectum pariant, Divinæ inſtitutioni ſingulariter acceptas referri debere, apertiſſima cum S. Scripturæ, tum SS. Patrum teſtimonia demonſtrant. Atque ut prætermittam longe nimis petita, minuſque prope ad rem pertinentia loca Vet. Teſt., quibus Excommunicationum uſus, ac vis in Novo Teſt. deſignata videri poteſt, veluti Iſaiæ cap. 13. v. 12, & Apocalyp. cap. 12. v. 7, ſeq., unde ex Angelorum e Cælo depulſione quamdam Excommunicationis Imaginem repetere placuit Honorio Auguſtod. in Gemma animæ lib. 3. cap. 78, Petro Bleſenſi Ser. 29, & Roberto Arboriceaſi de utroque gladio To. 2. Theor. 7; ſive Gen. cap. 3. v. 23, ubi in Adami, & Evæ e Paradiſo expulſione Anathematis ſimilitudo aliqualis viſa eſt S. Hieronymo in Oſeam lib. 2. cap. 6, S. Auguſtino de Geneſi ad litt. lib. 11. cap. 40, Honorio Aug. loc. cit., ex Rabbinis quoque Hieremiæ Ben-Eliezeri in Talm. Gloſſ. ad tit. *Erubin* cap. 2. apud Buxtorfium in Lex. Chald., & Talm. p. 1306, & Abarbanieli In *Piruſh Tora* fol. 38; ſive Gen. cap. 4. v. 14, ubi Cainum extra hominum commercium a Deo poſitum diri Anathematis inſigne extitiſſe argumentum ſuſpicati ſunt Marius Alterius de Excom. diſp. 1. lib. 1. cap. 6, Caſalius de Rit. vet. Chriſt. cap. 82, Raynaudus de Monit. par. 2. cap. 9, quin etiam Lutherus ipſe ad eum

dem

dem loc., Beza de Excom. arg. 2, Vitringa in Isai. cap. 53. n. 4.
&c.; prætermissis quoque plerisque locis aliis Num. 16, Deuter.
.17, Josue 7. &c., unde Divinam potius apud suos Excommunicationis originem Judæorum Magistri desumere solent, qua de Germonius de Sacr. Immun. lib. 3. cap. 14, atque ad loca propius
deveniendo Nov. Testam., Matth. cap. 5. v. 13. sub figura Salis in-
fatuati homines improbi foras mittendi denuntiantur: *Si Sal eva-*
nuerit, ad nihilum valet, nisi ut mittatur foras &c. Quem plane
locum de lapsis in hæresim ab Ecclesia projectis interpretari non
dubitavit S. Chromatius Aquil. Comment. in hunc loc. Bibl. PP.
Paris. 1575. To. 8., an. inseqq. To. 2, Colon. To. 4, & Lugd. To. 5.
p. 976, non secus atque vers. 29, seqq. sub oculi, manus, pedis-
que scandalum inferentium, ideoque eruendi, abscindendæ, pro-
jiciendique similitudine flagitiosos, offendiculo fidelibus, Excommunicatione ab Ecclesia projectos, abscissos, evullosque jubet
Origenes hom. 7. in Josue prope finem. Insignis est iterum ejusdem S. Evangelistæ locus alter cap. 16. v. 19, quo sub Clavis nomine, atque ligandi, solvendique potestate Censuras ferendi, la-
xasque relaxandi, seu Ecclesiæ, in qua una ad salutem patet via,
adyta claudendi, aperiendique, eidem in S. Petri, Apostolorumque persona Ecclesiæ facta potestas apertissime designatur. Per
Claves porro heic intelligendas fore Claves portæ Evangelicæ
Gentibus aperiendæ imaginatus Joh. Ligfootus in Hor. Talm. ad
hunc loc., cui sententia parum abfuit Basnagius Hist. Jud. lib. 6.
cap. 5. §. 15. per Claves apud Judæos factam Magistris unam ex-
plicandæ Legis facultatem designari arbitratus, jure suffaminatur
a Fabricio Salut. Luc. Evang. cap. 4. §. 2. p. 56, interpretatio siquidem ista manifeste cum a Christi D. aberret scopo, tum a S. Petri sententia, cui Verborum illorum sensus iste certe nunquam
venit in mentem, extranea sit, & exerrans. Atque per Claves
potestatem inferri Ecclesiæ collatam, quod & patet ex Isajæ cap.
22. v. 22, Apocalyp. cap. 3. v. 7, &c. fateri non detrectant Alexander Morus ad Isaiæ cap. 53. p. 67, Vitringa in Isaiæ item cap.
22. v. 20, Wolfius in Curis To. 1. p. 355, seq., quomodo Ethnicis
Claves potestatis tesseram extitisse multis docet Picinellus in Luminibus reflexis ad hunc loc.; Hebræis quoque per Claves pote-

ſtatem conferre ſolemñe ſuiſſe advertit Urſinus Antiq. Hebr. pag.
172, ſeq. Ligare perinde, & ſolvere, ſicut apud Judæos olim , ſic &
nunc apud Chriſtianos idem eſſe , atque pronuntiare aliquid licì-
tum eſſe, aut illicitum dicere ſomniarunt Seldenus de Syned. lib. 1.
cap. 9. p. 203 , ſeq. , Henricus Morus Oper. Theolog. p. 503 , Lig-
ſootus in Horis Hebr. ad hunc locum, Limborchius Theol. Chriſt.
lib. 7. cap. 18. §. 26 , aliique ſuperius notati . Sed enim hi haud
idonei S. Scripturæ Interpretes reputari ſane debent , quin longiſ-
ſime præ ipſis , SS. Patribus auſcultandum tutius ſit , queis arcte
perſuaſum fuit verbis illis Epiſcopalem deſignari poteſtatem ani-
mas illigandi , abſolvendique , veluti S. Gregorio Nyſſ. Orat. in
ægre ferentes reprehenſionem , S. Joh. Chryſoſtomo hom. 4. in
epiſt. ad Hebr. , & lib. 3. de Sacerd. cap. 5 , S. Auguſtino tract. 50.
in Joh. , & epiſt. 75 , aliiſque , de quibus infra : quoſve preſſo ſequi pede religio Proteſtantium doctioribus ipſis fuit , Hammondo , Barovio , Marckio , Schmidio , Calovio , Fechtio , Oleario,
Buddeo , Wolfio , aliiſque ſuperius indicatis . Deinde Seldeno ipſo
fatente p. 201 ; ſeq. , harum vocum originario uſu apud Hebræos,
Græcos, & Latinos, ligandi, indeque ſolvendi, inſtrumenta ſigniſi-
cantur, quæ in Jure ad actus humanos translata obligationem deſi-
gnant , unde obligari tam res, quam perſonæ lege, pacto, voto, juramento, pignore, hypotheca &c. dicuntur; quibus perinde reſpondent ſolutiones , de queis explicitus in Pandectis eſt titulus . Quid
igitur prohibet, quominus hunc juxta originarium ſenſam verba illa accipiantur de obligatione ex præcepto, vel ex pœna , Eccleſiaſtica poteſtate inducta , vel relaxata ? Explicatior eſt vero Matth.
cap. 18. v. 17. ſententia, ubi ſons Eccleſiam audire detrectans Ethnici , & Publicani loco haberi decernitur . Cujus eſt ſimilis ille
Deuter cap. 7. v. 3 , ſeq. locus , ubi Ethnicos evitari Judæi jubentur ; ille Eccleſiaſtici cap. 50. v. 27, unde Gentiles ſummo habitos
odio diſcimus ; ex ipſiſque Samaritani a Zorobabele , & Eſdra Excommunicatione perculſi apud Judæos feruntur ; qua de re Druſius , & Grotius ad eum loc. Eccleſ., ac Beauſobrius ad Johan.
cap. 4. v. 9 , unde Judæis Samaritanos inviſiſſimos accidiſſe adparet , & Matth. cap. 9 v. 11 , ubi Chriſto D. vitio a Phariſæis datum videmus , quod cum Publicanis ſocietatem iniret . Itaque
                                                                    cum

cum Ethnini , tum Publicani , qui odio , & exfecrationi effe folerent, exemplo adlato , excommunicatos a Chriftifidelibus evitan-
dos fimiliter,exfecrandofque oftendere ChriftumD. voluiffe docent
SS. Hilarius , Hieronymus ibid. , S. Gelafius de Anath. &c. Quo
loci Ecclefiæ nomine defignatum Epifcopum , juxta illud S. Cypriani epift. 69. edit. Pamel. *Scire debet Epifcopum in Ecclefia
effe , & Ecclefiam in Epifcopo* , ftatim quæ fequuntur , verba cum
ampla poteftate Apoftolis facta fuadent : *Quæcumque alligaveri-
ris fuper Terram &c.*,atque oftendunt S.Thomas 22. q. 33. art. 3,
Maldonatus in Luc. cap. 18. v. 8 , Gonzalefius in Cap. *Novit* de
Judic. n. 4. &c. Eum non ergo rite fenfum affequuti funt , aut
qui illud *Dic Ecclefiæ* de Synedrio intelligi volunt , ut Eraftus de
Excom. th. 41 ,aut qui de Magiftratu dictum, cui declarare ream ,
vel a reatu abfolutum incumbat , autumant , veluti Limborchius
loc. cit. n. 27 , aut qui de publice denuntiato , five denuntiato plerifque generis promifcui hominibus capi debere imaginantur ,
uti Seldenus de Syned. lib. 1. cap. 9. p. 192 , & de Jure N. , & G.
p. 178 , Stillingfleetus in Irenico lib. 2. cap. 5, Oper. To. 2 , Tho-
mafins apud Pfaffium in Orig. Jur. Ecel. p. 16 , Dohemerus in dif.
fert. 3. de Confœderata Chrift. difciplina §. 7. p. 82, feqq. , Rhenferdius in differt. ad Loca Hebræa nov. Teft. par. 3. Obferv. p. 12 ,
Beaufobrius in Obfervat. ad Matth. 18. v. 15 , feqq. , aliique apud
Pfaffium loc. cit. , aut qui demum illud de Ecclefiaftico indifcriminatim Cœtu capi volunt , veluti Schmidius in Fafcic. difput.
p. 732 , Brecthlus Exercit. de remiffione fratris læfi ad Ecclef. ,
Marckius Exercit. 6, Vitringa de Synag. Vet. lib. 3. par 1. cap. 9,
feq. , Moynius ad Varia Sacra p. 46, Wolfius in Curis Phil. Crit.
To. 1. p. 274 , feq. &c. Non fecus atque illud *Sit tibi ficut Ethnicus , & Publicanus* ita peffime interpretantur Eraftus , Bilfonus,
Seldenus , Limborchius &c. , ut a Sacris expulfionem non importet , quatenus Publicanos e Templi aditu haud arceri ex Lucæ
cap. 18. v. 10. fubinferunt. Qua præpoftera fane in interpretatione
nedum Patres , fed adverfarios patiuntur ex ipfo Proteftantium
grege Munfterum , qui in Annot. ad Matth. 18. 15. Crit. Sacr.
To. 4. edit. Francof. p. 536. de poteftate expellendi ab Ecclefia
locum accipit , accipiendumque fimiliter exiftimant Marckius ,

Hammendus, Sebast. Schmidius, Mich. Heineccius, Calovius; aliique apud cit. Pfaffium, & Wolfium: quam sane Interpretationem sequentia confirmant verba v. 18. *Quacumque alligaveritis &c.* quibus Erastum, Bilsonum, Limborchium &c. dictum illud ad Synedrium politicum, vel ad Magistratum laicum referentes refellit Jacobus Capellus in Adden. ad Matth. loc. cit. Crit. Sacr. To. 4. p. 921, seq., ac referendum ad Senatum Ecclef., sive ad Doctores Ecclefiæ contendit; quibusve certas quafdam a promifcuo Ecclefiæ Cœtu perfonas defignari nulli dubitant Fechtius de Excommf.ect.1. §. 14. p. 365, Pfaffius Orig. Jur. Eccl. cap. 1. art. 2. p. 19, seq. &c.; atque ita tandem integrum accipi Textum de Excommunicatione debere, sive de feparatione ab Ecclefia, & hanc utique excommunicandi, sive a fe feparandi auctoritatem ei a Deo collatam credere, docereque non definunt Montacutius Orig. Eccl. ad an. Chrifti 33. par. 2. §. 65. p. 214, seq., Beveregius in Not. ad Can. 1 c. Apoftol. Cotel. PP. Apoft. edit. Clerici To. 1. p. 465, Majus in Harmon. Evang. p. 994, & Kromayerus de Potest. Eccl. par. 1. fect. 2. art. 1. cap. 1. §. 11. p. 52, qui exinde potestatem Ecclefiæ Coactivam adstruit, ac Puffendorfium de Habitu Relig. §. 17, ejufque Commentatorem Kreffium p. 381. Chrifti D. præceptum ad Fidelem tantum offenfum, ita ut offendens ipfi fit deinceps inftar Ethnici, & Publicani, referentes fufflaminat.

Ab Evangelicis his ad Apoftolica me conferendo documenta, non minus explicita S. Pauli habetur de excommunicandi auctoritate Ecclefiæ a Chrifto D. collata 1. ad Corinth. cap. 5. v. 2, & ult. fententia, quo loci de nefario illo Corinthio loquens, qui fe polluere inceftu non fuerat veritus: *Et vos*, inquit, *inflati eftis, & non magis luctum babuiftis, ut tollatur de medio veftrum, qui boc opus fecit?* Quam fane periocham multis oppido perfequtus hifce demum verf. ult. colophonem imponit: *Auferte malum ex vobis ipfis.* Quibus fane tollendi e medio, & auferendi verbis Excommunicationis actum exprimi agnovit ipfemet Grotius ibid. Crit. Sacr. To. 5. p. 66, ubi obfervat periphrafim illam καὶ ὑχὶ μᾶλλον ἐπενθήσατε, *Et non magis luctum babuiftis* adjuncti metonymiam effe: *Nam*, inquit, *quia Ecclefia, quum aliquem effet a fuo confortio exclufura, lugentium fumebat babitum, τὸ fuctum, ut*

Luge.

Lugere *dicatur pro* Excommunicare. Atque ita πεπθᾶσῶ interpretari Veteres 2. Corinth. 12. 21. oftendit, nempe Auctorem
Confl. Apoft. lib. 2. cap. 40, feq. edit. Cotel. To. 1. p. 252, feq.r
Tertullianum de Pudic. cap. 14, Origenem contra Celfum lib. 3,
Synodum Ephefinam In Synod. ad Ecclef. Conftantinopolit. de
Neftorii depofitione, & Theodoretum fer. 12. adv. Grxcos. Ac
demum advertit ἐἘξαίρειν ἐκ μίσυ idem effe ac *Ex Ecclefia exclude-*
re : quomodo loquitur S. Cyprianus, de quo inferius. Ejdem in-
hæfere interpretationi Samuel Bafnagius in differt. 3. de Excom.
Chrift. n. 3, Pfaffius de Orig. p. 65, feq., & Wolfius in Cur. T. 3.
p. 378, a quibus exfufflantur Seldenus de Syned. lib. 1. cap. 8.
p. 149, Knatchbullus in hunc loc., & La Cene in Specimine no-
vae Verfionis p. 669. S. Pauli verficulum ult. ἐξαίρατε τὸν πονηρὸν
ἰξ ὑμῶν αὐτῶν *Auferte malum ex vobis ipfis* fic interpretantes,
ut τὸν πονηρὸν *Malum*, non mafculinum fit, ideoque non perfonam
indicet, fed neutrum, ac peccatum denotet; atque ita ex prifcis
Codicibus legiffe Theodoretum, Theophylactum, aliofque, contendentes, ac contra iftos oftenditur τὸν πονηρὸν *Malum illum*,
legendum ibidem effe, ideft hominem illum inceftuofum, tum
ideo quod dubitari nequeat, quia S. Paulus ad Moyfis verba
Deut. cap. 17, v. 7. refpexerit, ubi de nefario homine interficien-
do loquens fic habet fimiliter juxta verf. LXX. καὶ ἐἘξαίρεῖς τὸν
πονηρὸν ἰξ ὑμῶν : *Ut auferas malum de medio tui* ; tum inde quod
totus eò Paulini fermonis contextus collineet, ut ab ejus nefandis
genus hominibus fibi abftinere, eofque de fui medio tollere Corinthii difcerent. Ex quo fequitur etiam falli cum Vitringa de Synag.
Ver. lib. 3. par. 1 cap. 10. p. 757. Wolfium in Cur. cit. To. 3.
p. 366, parumque fibi conftare, ut qui eo loci de Excommunicatione loqui Apoftolum non ambiguut, luctus vero nomine ibidem
v. 2. non Excommunicationem venire, fed animi dolorem autumant. Præterea Bafnagius cit. loc. præpofteram interpretandi
rationem evagitant, qua Eraftus de Excom th. 5 p. Paulinum
textum follicitare, ac pervertere non erubuit, ita nempe, ut eo
loci S. Paulum, non de flagitiofo excommunicando, fed de impetrando a Deo per jejunia, preces, luctumque publicum, ut flagi-
tiofum ipfe auferret, loquutum intelligi velit, oftendendum ad-

fumit

fumit eam prorſus a mente S. Pauli alienam eſſe , qui tam pere-
grinam certe phraſim *Auferte malum ex vobis* non adhibuiſſet , ut
preces Deo fundentes juberet , ut improbum de medio ipſe auferret . Quæ rurſus S. Pauli mens ex verſ. 11. clarius elucet , ubi cum
flagitioſo illo Fratre ne cibum quidem capi prohibet. Queis etiam
verbis Euchariſtiam , quæ tum temporis inter cœnandum ſumi
conſuebat , excludi quoque ibid. recte concludit : *Neque Sacra* ,
inquiens, *Menſa nobis cum eo communis eſſe debet , qui a vulgata ,*
& quotidiana repelli debet . Sed hac de Paulina periocha , non ſecus atque de ſimili altera 2. ad Timoth. cap. 1. v. 20. rurſus , ac
fuſius infra. Ex eodem interea ſe nobis offert Apoſtolo illuſtris locus alter item 1. Corinth. cap.16. v.22,cui affinis eſt Textus etiam
ad Galat. cap. 1. v. 8 : nam utrobique in eos Anathema jaculatur ,
qui aut D. Jeſum non amet , aut Evangelium aliud annumiet .
Atque ita pro Anathemate utrobique accipiendam profecto ab
Eccleſia abſciſſionem , poſt S. Athanaſium q. 103. de Parab. S.
Scrip. To. 2. p. 427 , Hilarium Diac. in hunc loc., S. Auguſtinum
epiſt. 178 , S. Hieronymum hic , & epiſt. 137 , S. Joh. Chryſoſtomum hom. 16. in epiſt. ad Rom. , Theodoretum , Theophylactum &c. ibid. docent Zonaras , & Balſamon ad Can. 3. Synodi
Conſtantinopolit. ſub Photio , & in præf. ad Synod. Gangren. ,
Vatablus , Eraſmus , Druſius , Gualperius , Grotius Crit. Sacr.
To. 5. p.288, & 466 , Heinſius Exercit. Sacr. lib.7. cap.3. p.356 ,
& cap. 15. p. 392 , Suicerus Theſ. Eccl. To. 1. p. 268 , ſeq. , &
804 , Bochartus in epiſt. ad Joh. Tapinum de hoc S. Pauli loco
Oper. To. 2. p.1036 , ſeqq. , Marckius Exercit. 13 , Gatackerus
in Cinno p. 83 , Rennerus , & Weihenmajerus in differt. inſertis
To. 2. Theſ. Phil. Theolog. p.578, & 581, Brokius in Scheuliaſm.
de Anath. Paulino , Dilherus differt. To. 1: p. 309 , Laur. Fabricius in Reliquiis Syris apud Crenium in Analect. p.304 , Pfeifferus in locis Exoticis nov. Teſt. p. 901 , aliique apud Wolfium in
Cur. To. 3. p. 566 ; præ his verò , ex Noſtris Poſſinus in Spicile.
gib Evang. a Fabricio recuſo Hamburg. 1712. p. 11 , ſeq. , Ludovicus de la Cerda in Adverſariis p. 118 , Angelus Caninius in loc.
Hebr. nov.Teſt. cap.6. &c. Quam perinde in ſententiam ad Galat.
cap. 5. v.12 , & 2. ad Theſſal. cap. 3. v. 6 , & 14. abſcindi , & ab-
ſtine-

ſtineri tam eos , qui turbas inter Chriſtiſideles cierent , quam eos,
qui ad Apoſtolicam diſciplinam vitam , moreſque non exigerent ,
exoptans , & præcipiens , quid aliud , rogo , quam ſignificatum
volebat Apoſtolus flagitioſis cum hiſce ſocietatis tam Civilis ,
quam Sacræ commercium a Civiſiſidelibus abſumpi prorſus omne oportere ? Quod non eſt aliud profecto , quam a S. Paulo Excommunicationis ſententia vel intentata , vel intorta . Atque ita
plane locum priorem ad Galat. accipere neque dubitarunt Beza
ibid., Eraſmus, Pareus, Dietericus Antiq. Bibl. nov. Teſt. pag. 1
p. 132 , Beauſobrius in Obſerv. Crit. To. 1. p. 463 , & Pſaffius
Orig. Jur. Eccl. p. 67 , ſeq. ; cui ideo. jejuna , & inſipida , Apoſto-
licaque gravitate indigna Grotii , Seldeni de Syned. lib. 1. cap. 8.
p. 148 , & Alexandri Mori p. 257 , queis præiviſſe videntur Hilarus Diac. , S. Joh. Chryſoſtomus , S. Auguſtinus , S. Hieronymus , Theodoretus , & Theophylactus , interpretatio , qua Apoſtolo de genitalium abſciſſione ſermonem fuiſſe opinantur : quam
etiam præpoſteram explodunt interpretationem Calovius ad hunc
loc., Clericus in Not. ad Hammondum , Elſnerus p. 195 , Wolfius To. 3. p. 771, ſeq. &c. , qui duo poſteriores in eo quoque aberrant , quod eo loci Apoſtolum id unum putent voluiſſe Seducto-
ribus illis occaſionem amputandam omnem : quæ plane occaſio
meliori amputari ratione nequibat , quam eos Excommunicatione
a Fidelium Cœtu tam Civili , quam Sacro procul abigendo . Poſteriorem vero ad Theſſal. locum ita accipi jubet Grotius , ut in-
obedientem hominem , ſi Presbyterium ibi fuiſſet , excommunicari præcepiſſet ; quem ideo defugi interea , notarique voluerit , donec quid a ſe demum de ipſo fuerit ſtatutum , intelligerent . Ita
nempe , quam nos Excommunicationem reapſe inflictam ab Apoſtolo eo loci dicimus , iſte potius infligendam eſt interpretatus .
atque ita etiam cum Grotio Apoſtolum de Excommunicatione ferenda loquutum intelligunt Vitringa de Synag. Vet. lib. 3. par. 1.
cap. 10. p. 755 , & de Archiſynag. p. 333 , ac Wolfius in Cur. To. 4.
p. 402 , qua de re non eſt , cur litem intendam. Hiſce porro S. Pauli haud alioquin obſcuris locis uberiorem adhuc lucem affundent
S. Johan. epiſt. 2. v. 10, jubentis , ne cum eo Fideles ſocietatem
inirent , qui doctrinæ a ſe traditæ non adquieſceret , & epiſt. 3.

v. 10. Diotrepi graviter indignantis, quod sibi adhærentes Christifideles Ecclesia ejicere auderet. Ita de Excommunicato de-
fugiendo loquutum S. Evangelistam consentiunt Vitringa de Synag. Vet. p. 759, Pfaffius in Orig. Jur. p. 70, & Oertelius in Theolog.
Æthiop. loco 17. de Potest. Clav. p. 177, proculque abs veroaberrat
Wolfius in Cur. To. 5. p. 328, seq. opinatus non Civilem, & externam
vel salutationem, vel consuetudinem, sed familiarem dumtaxat, ta-
lemque, quæ consensionem animi, & prolixam voluntatem præferat,
heic prohiberi. Siquidem enim ad omnem cum Infidelis operibus ma-
lignis communionem amputandam, nullam cum ipso haberi consuetudinem permittit, inde liquet etiam Civilem, externamque
communionem interdici. Et certe in Excommunicatos ita, ut
heic præcipit S. Johannes, agi a Judæis consuevisse cum Seldeno
de Syned. lib. 1. cap. 7. observat ibidem Wolfius. Similem etiam
Karæis hæsisse sententiam, ut ab his traditæ doctrinæ non adhæ-
rens nec esset in censu Israelis, nec Fratris nomine adpellaretur,
cum Triglandio in Diatriba de Secta Karæorum p. 176. advertit.
Ethnicos insuper eodem cum improbis hominibus tecto uti, eosque alloquio dignari abhorruisse cum Elsnero ad hunc loc. adnotat. Totum id demum facto comprobasse suo S. Evangelista legitur
apud S. Irenæum adv. Hæres. lib. 3. cap. 3, Eusebium hist. Eccl.
lib. 3. cap. 28, & lib. 4. cap. 14, ac Theodoretum Hæret. Fabul.
lib. 2. cap. 3: balneum namque ad lavandum ingressus viso intus
Cerintho (Ebionem loco nominat S. Epiphanius Hær. 30. n. 24.)
fugam illotus extemplo ab homine fidei infesto arripuit. Quo de
capite historiæ litem agitantes Vitringam, Rhenferdium, Lan-
gium, Arnoldum, Clericum, Lampium in Proleg. ad S. Joh.
Evang. p. 67, seqq. &c. viden, ut egregie refellant Baronius ad
an. 74. n. 8, seq., Pamelius in Not. ad Tertull. lib. de Præscript.,
Massuetius ad cit. S. Irenæi locum, Petavius ad S. Epiphan. To. 2.
p. 39, Picinellus in Luminibus reflexis p. 754, Grotius ad S. Joh.
epist. 2. v. 10, Basnagius Annal. Polit. Eccl. To. 1. ad an. 99. n. 3.
p. 819, Cramerus in Arbore Hæret. cap. 3, Ittigius de Hæret. p. 58,
Caveus hist. Litter. To. 1. in S. Joh., Danæus de Hæres., Hilde-
brandus de H. rr., Walchius hist. Eccl. nov. Test. Sæculi I. cap. 4.
§. 11. in Not., Frichius de Cura veter. circa Hæret., Valtherus
                                          dis-

differt. Theol. Acad. p. 95, Ooederus de Scopo Evangelii S Johan.edit.Lipf.1732. p.22, & ex Noftris Iterum Travafa hift.Crit. Hæretic. To.1.cap.7, & Paciaudius de Sacr. Balneis cap. 1. edit. Rom. 1738. p. 16, feq.

Non fum nefcius Evangelicofque hos, Apoftolicofque Textus dictos accipiendos efse Juxta morem Judæorum, cui innati, & innutriti Chriftus D., ejufque Difcipuli fuerant, ideoque de fimplici a Societate Civili feparatione, & exclufione contendere acriter eos, quos ea falfa opplevit opinio, ut ad Judæorum imitationem inductam Excommunicationis difciplinam exiftiment. Sed enim hi fane idonei S.Scripturæ interpretes nequaquam æftimandi funt, quin nobis audiendi SS. Ecclefiæ Patres fint potius, (eorum tamefi interpretandi ratloni, Joh. Pifcatoris in Schol. ad cap. 2. epift. ad Philip. temeritatem æmulans, propriam anteferre plerofque inter alios nuperrime præfumpferit Fovulerus auctor differt. Theol. Crit. de Animæ Chrifti præexiftentia ante Incarnationem p. 90, feq. edit. Lond. Gallice, quem viden, ut pro meritis, depectat Boernerus in differt. Sacris differt. 6. p. 138, feqq.), quibus longe plane altera interpretatio infedit, quique de Excommunicatione docentes nos, quò propius ab Ecclefiæ origine aberant, eò potius, quid ea res effet, probiufque intelligebant: Ab Auctore itaque Apoftol. Canon. incipiendo, nihil in his frequentius *Ab Ecclefia abfciffionis, fegregationis, a Communione extifionis, ejectionis &c.* occurrit, veluti liquet ex Canonibus verf. Gentiani Herveti 5, 8, 9, 10, 12, 15, 23, 27, 28, 29, 30, 31, 35, 42, 44, 47, 50, 53, 55, 56, 57, 58, 61, 62, 63, 65, 68, 69, 70, 71, 73, & 83; queis plane nominibus Excommunicationem defignari, quomodo in verfione Dionyfii Exigui fub *Privationis a Communione* appellatione clarius denotatur, nemo non videt. Atque hanc quidem Excommunicatione flagitiofos plectendi facultatem Epifcopis expreffe factam legere perinde eft Can. 31. verf. Herv. five Can. 33. edit. Dionyf. Canoni vero 28. verf. Herv., five 30, edit. Dion., quo Simoniace ordinatus a Communione exfcindi jubetur, affinem a S. Petro fe accepiffe proferendam in Simoniacos Excommunicationis fententiam legitur S.Clemens in Ufferii B.bl., & in Vet. Canon. Arab. Syntagmate Oxon. p. 237, St ldeuo ipfo,

perpetuo alioquin Excommunicationis hoſte infenſiſſivo, teſte de
Syned. lib. 1. cap. 9. p. 151. Hinc priſcis Chriſtifidelibus Excommunicationem viſam fuiſſe terribilem obſervare non deſinunt ex
Heterodoxis ipſis Cavæus de Chriſt. primit., & Stackhouſe in
Theolog. ſpec., & præſt. To. 4. p. 514. Præfatis vero Apoſtol. Canonibus apprime conformes adparent Nicæni Can. 5, 15, & 16 ,
nec non Antiocheni Can. 2, 3, 4, 5, 6, 7, 9, 13, 16, 17, 18, 20, 24,
ſeq., quorum aliquos recenſuit Gratianus Can. 5, & 7. *Siquis*
Epiſcopus diſt. 92, Can. 6. *Siquis* 11. q. 1, & Can. 23. *Epiſcopus*
12. q. 1. Jungendus Auctor Conſt. Apoſt. lib. 2. capp. 9, 16, 34,
39, & 43, ubi paſſim Excommunicationis meminit , excommuni-
candique poteſtatem e poteſtate Clavium repetere non dubitat .
Graviori de altero ex eodem Scriptore deſumpto teſtimonio rurſus infra recurret ſermo . Præterea vero , quæ de diſtricto vice'plus
ſimplici ab Apoſtolis Excommunicationis in flagitioſos, devioſque
a fide, obedientiaque gladio exempla producta ſunt, Aquilam genere Ponticum , poſt Baptiſmum Ethnicis ſuperſtitionibus adhuc
inhærentem , ab Apoſtolis excommunicatum refert Jeſuſadus Ha-
dathenſis in Meſopotamia Epiſcopus apud Guidonem Michaelem
La Jaye in præf. ad Biblia Heptaglotta : cui ſi ſides minus adhibenda videatur, non eſt tamen , cur denegetur S. Epiphanio de
Pond., & Menſ. n. 15. referenti eum , velut ad ſalutem haud ido-
neum, ab Eccleſia ejectum : cui adſtipulantur Michael Glycas Annal. par. 3, & Theodorus Metochites hiſt. Rom. p. 91. De poteſtate Epiſcoporum propria Cenſuras ſerendi loquebantur proculdubio cum S. Ignatius Martyr , dum in epiſt. ad Philadelph. Epiſcopalem functionem adpellat Θεῦ Πρεσβείαν, *Dei legationem* , juxta dictum Apoſtoli 2. Corinth. 5. 20, tum Auctor vetus Eccl. Hier.
ſub S. Dionyſii Areop. nomine , dum cap. 7. inter alias poteſtatis
Eccleſiaſticæ partes , quas Epiſcopis tribuit , hanc pariter deſi-
gnat hiſce verbis : *Sic etiam ſegregandi vim habent Pontiſices, ut*
Interpretes Divinæ juſtitiæ . Accedit S. Juſtinus in Apolog. 2, ubi
flagitioſos ab Euchariſtiæ participatione abjectos adſirmans , de
excommunicatis pari ratione dictum accipi debet . Quò vero propius vetuſtiorem Eccleſiæ attigit Tertullianus ætatem , eò vali-
dius æſtimari ejus de Eccleſiaſticæ Diſciplinæ ipſi agnatæ capite

iſto

ifto teſtimonium . At enim is Excommunicationem modo *Divi-*
nam Cenſuram nominat, ut Apolog. cap. 39, unde intelligas eamdem ; invento non humano, bene vero Divinæ inſtitutioni referri
acceptam ; modo vocat *Anathema*, uti Scorp. cap. 1, unde, quid
ea demum rei præferat, detur cognoſci. Verbis aliis, ſed rem
eamdem indicantibus, utitur de Idololat. cap. 11, ubi Laniſtam
ab Eccleſia abjiciendum, & ad Uxor. lib. 2. cap. 3, ubi ſtupri reos
a Fidelium communione abigendos docet, deſideratque. Quò perinde recidit , quod uſurpat paſſim, verbum relegandi in perpetuum diſcidium de Præſcrip. cap. 31, Interdicendi ab Eccleſiæ ingreſſu adv. Marc. lib. 4. cap. 24, Eccleſiaſtica Communione de-
pellendi de Monog. cap. 15, ab Eccleſiæ limine, teſtoque ſubmo-
vendi de Pudic. cap. 4, Sacramento benedictionis exauctorandi
ibid. cap. 14. Atque ita abſolutionem demum ab Excommunicatione adpellat largiri poſtliminium Eccleſiaſticæ pacis ibid. cap.
15; quæ in loca adeundi Pamelius antiquitatis Eccleſ. diligens indagator , ac Baronius ad an. 57. n. 14. Mirum porro, quam ex
Apolog. cap. 39. locus Grotii , & Seldeni torſerit ingenium , &
quam viciſſim a duumviris hiſce ſiniſtrorſum intortus ſit , & inique ſollicitatus ! Ille ſiquidem in Annot. ad Luc. cap. 6. v. 22.
Crit. Sacr. To. 4. p. 1270. Tertulliani dictum ita accipi jubet , ut
exinde apud Chriſtianos Veteres morum Judicia , præſidente quidem Epiſcopo cum Senioribus, ſed conſcia pariter, ac conſentiente Fidelium multitudine , exerceri conſueviſſe omnino conſtare
velit . Ille vero de Jure N., & G. lib. 4. cap. 9. p. 541, & de Syned. lib. 1. cap. 7. p. 130. ita locum interpretatur , quaſi ibidem
loquutus ſit , non de Sacris publicis , ſed juxta priſcos Judaiſmi
mores , de privata dumtaxat familiaris convictus privatione . Verum quatenus abs veritate toto uterque aberret oſtio, una demon-
ſtrabit Tertulliani integra lectio, ubi de Chriſtifidelium Sacris
Cœtibus agens : *Ibidem* , inquit , *etiam exhortationes* , *caſtigatio-*
nes , *& Cenſura Divina. Nam & judicatur magno cum pondere ,*
ut apud certos de Dei conſpectu; ſummumque futuri Judicii præ-
judicium eſt , ſiquis ita deliquerit , ut a Communione Orationis , &
Conventus, & omnis Sancti Commercii relegetur . Præſident pro-
bati quique Seniores,honorem iſtum non pretio,ſed teſtimonio adepti:

neque enim pretio ulla rei Dei conflat . Ubi vides contra Grotium Seniorum , qui præfidebant , nomine defignatos profecto Epifcopos , ut qui foli non pretio , fed electione ad hunc facrum Præſidum apicem adſcendunt ; atque ab Epifcopis proinde exhortationes , caſtigationes , & cenſuras proficifci , Judiciaque perinde magno cum pondere exerceri : qui plane actus exerceri a multitudine nequeunt . Et contra Seldenum audis Cenſuram vocari Divinam , ideſt ex Divina inſtitutione derivatam , ac delinquentes ab Orationis Communione depelli . Ut erat vero Diſciplinæ Eccleſiaſticæ defenſor acerrimus S. Cyprianus , fic etiam ſtrenuum Excommunicationis aſſertorem fe dedit , eam variis defcribens periphrafibus, ac pro verbo *Excommunicare* verba adfumendo *Non Communicare* , feu *Arcere a Communione* epiſt. 28, & 61, edit. Pamel., *Abſtinere* , feu *de Eccleſia pellere* epiſt. 38, & 65 , . *Ejicere* , ac *Sacerdotium voce damnare* epiſt. 39, & 55, *Prohibere* , *feu depellere ab Eccleſia* , & *Communione cohibere* epiſt. 40, & 41. Comparandus Pamelius in Not. 10. ad epiſt. 38, ac Grotius etiam in Annot. ad præcit. S. Lucæ cap. 6. v. 22. Infignis eſt vero inter alia locus in epiſt. 61. edit. Pamel. , 4. Felli ad Pomponium , ubi Excommunicationem gladii fpiritualis nomine intelligit , atque refpiciens ad Deuter. 17. 12. legem , qua Sacerdotibus non obtemperantes interfici gladio jubebantur , in Evangelica lege *Spirituali* inquit , *gladio fuperbi* , & *contumaces necantur* , *dum Eccleſia ejiciuntur* . Qui præterea de Orat. Domin. ad petit. 4. edit. Felli p. 104, cur Eccleſiaſtica hæc cenſura frequentiori ufu Excommunicatio nuncupari confueverit , inde factum indicat, veluti paullo fuperius auditum a S. Juſtino Apolog. 2. eſt , quod ea perculſi ab Euchariſtiæ Communione potiſſimum arcerentur. Vetuſta itidem erat iſtiuſmodi Excommunicationis notio Origeni, qui hom. 14. in Levit., 7. in Joſv., 2. in Judic., adv. Celſum lib. 3, & Philocaliæ cap. 18. ex poteſtate ligandi , & folvendi , qua de Matth. 16, 19, jus Excommunicatione ab Ecclefia expellendi repetere, Epiſcoporum id juris adfirmare, eoque contra fas abutentes reprehendere non dubitabat . Receptiſſima , cordique arcte inſita veteribus Patribus, qui Canonicis epiſtolis procudendis operam impenderunt , Diſciplinæ pars hæc erat , velut ea, quæ ad Canonum

Ec-

Ecclesiasticorum observantiam quammaxime conducebat . Qua
intima ducti persuasione SS. Gregorius Neocæs. , Petrus Alex. ,
Athanasius , Gregorius Nyss. , Basilius &c. Canonicas epistolas
conscribentes , eas passim Excommunicationis minis communire
e re Ecclesiæ , Disciplinæque Ecclesiasticæ duxere . Cur Satanæ
tradi a S. Paulo dicatur , qui ab Ecclesia ejicitur , luculenter explicans S. Hilarius in Psal. 118, hanc reddit rationem , quod *Ubi
Deus non est , illic Diaboli locus est   Ideoque , qui ab Ecclesiæ corpore respuuntur , quæ Christi est Corpus , tanquam peregrini , &
alieni a Dei corpore , dominatu Diaboli traduntur* . Philotheo porro Constantinopolit. Patriarchæ Jur. Græco-Rom. par. 1. p. 288.
excommunicandi potestatem negasse S. Joh. Chrysostomus visus
est , a quo ideo reprehensus legitur Harmenopulus , quod in sua
Canonum Epitome non adnotasset , velut a Balsamone in præfat.
ad Synod. Gangren. observatum est, ob illam S. Joh. Chrysostomi
doctrinam Excommunicationi adversam , Novellas Constantini
Porphyrogennetæ , & Alexii Patriarchæ in Synodo an. 1026. editas , quibus Anathema in eos decernitur, qui perduellionis, defe-
ctionisque auctores fuissent , eorumque participes , & fautores ,
in desuetudinem abjisse , effectu prorsus omni sinistratas . Quo perinde frustrati , velut persimiles , alias Emanuelis Comneni , &
Palæologi quoque leges Anathematis usum confirmantes arguit .
Atque hæc quidem præpostera Philothei opinio mirum, quam ad-
prime Seldeno de Syned. lib. 1. cap. 10. p. 268. arriserit , qui revera S. Joh. Chrysostomo animum ab Excommunicatione prorsus
alienum insedisse persuadere conatur ipsius hom. 76. edit. Græco-Lat. To.1. p. 905, sive hom. 37. edit. Savilii To. 6. p. 439,
confirmareque satagit hom. 18. in epist. 2. Corinth. cap. 8, hom. 4.
in epist. ad Hebr., hom. 70. ad Popul. Antioch., Orat. de S. Babyla , alibique aliis . Sed enim non adeo Seldeno frons periit ; ut
videre , saterique nequiverit , eò demum totam S. Doctoris colli-
neasse orationem , ut temerarium Excommunicationis usum , aut
tumultuarium utique redargueret , quo nempe Antiochenorum
plerique in adversæ partis fideles Paulino communicantes , in
ipsumque odio perciti dira proferre non desistebant , sive quo im-
pudentissimi aliqui extra ordinem legitimæ , Apostolicæque suc-
                                                                    cel-

cessionis positi hanc intelligendæ passim Excommunicationis partem, quæ dumtaxat Episcoporum est, sibi temere sumere, vendi-
careque non verebantur. Quæ sane interpretandi ratio ex sermonis contextu sponte fluit, quo ait Apostolis quidem, eorumque
velut ex asse Successoribus Episcopis excommunicandi jus a Christo D. fuisse communicatum, illisque denegatum vicissim, qui eo
haud essent charactere insigniti : *Cur igitur*, inquiens, *dignita-*
tem tantam assumis, quæ Apostolis tantum communicata, & iis,
qui illorum sunt idonei Successores &c. ? Ex quibus vides, ut Episcopis haud detracta excommunicandi potestas sit, quin imo evidenter adserta ! Sed & S. Doctorem confer in hom. 70. ad Popul.
Antioch., ubi non nisi ex gravissima quidem caussa Excommunicationem adhibendam Episcopis docet ; ubi tamen opus fuerit, &
seipsum ad eam adhibendam paratum ostendit : *Nos quidem*, inquiens, *ne trahamur in necessitatem optamus ; quod si venerimus,*
nostrum implemus officium, vincula injicimus &c. Adeundus etiam
hom. 61. in cap. 18. Matth., hom. 5. in epist. 1. ad Timoth., hom.
15. in 1. ad Corinth., & hom. 4. in epist. ad Hebr., ac refertur
Can. 31. *Nemo contemnat* 11. q. 3, ubi aperte docet Ecclesiam
non audientes excommunicandos esse ; nec non hom. 8. in Acta
Apost., ubi Populo Constantinopolit. mensem dumtaxat unum
præstituit, quo elapso, siquis vel ex consuetudine in Juramentum
temere erumperet, ab Ecclesiæ ingressu removendum se sciret.
Qua de re fusius Ferdinandus Velosillus in Advert. ad To. 4. ipsius
Oper. ad quæsit. 13. Baronius ad an. 382. n. 50, seqq., Sixtus S. n.
Bibl. lib. 6. Annot. 267, & Theophilus Raynaudus de Monit. Eccl.
par. 2. cap. 8. §. 4. Quibus S. Doctorem rite capiendi modis, (ne
de altero dicam, quo Dominicus Soto in 4. Sent. dist. 22. q. 1. art. 1,
& Auctores Notar. ad To. 5. Oper. edit. Savil. p. 708, To. 3. p.
802, ac Fronto Ducæus edit. Græco-Lat. To. 1. p. 132. Orationem illam de Anathemate S. Doctori abjudicandam excogita-
runt), tertium addidit Seldenus ipse, existimans videlicet a S. Doctore teterrimum utique Dirarum usum apud Christianos asperrime fuisse improbatum, Excommunicationis non etiam. Cur vero
Philotheo doctrina Excommunicationi adversa allibuerit adeo, ut
eam S. Joh. Chrysostomo adscribere tentarit, ea haud improba-
bilis

bilis Seldeno caussa visa est , quod, Joh. Cantacuzeno Hist. lib. 4.
capp. 37, & 47. referente , Callisti , cujus ipse locum occupave-
rat , sibi iusesti diros, quos profundere non desistebat , Anathema-
tismos patienti jam ferre aure nequiret . Sed enim non est certe ,
cur hominis Palamæ erroribus a capite ad talos infecti, obquos im-
pense laudatus a Joh. Cantacuzeno lib. 4. capp. 19, 32. 37, & 50.
legitur : quæ sane laudes suspectæ admodum Seldeno esse debebant , veluti ex eodem Philothei pravo erga Palamæ errores affectu profectæ , insensum in Excommunicationem animum more-
mur ; quando pro illa totam stare retro Antiquitatem novimus .
De Philotheo porro , ut ut pronum ad unionem cum Ecclesia Latina redintegrandam gessisse animum videri potuerit Raynaldo ad
an. 1367. n. 11, & Rayæo in Acoluthia Offic. Græci §. 3. n. 24,
adeundi , si placet , Leo Allatius de libr. Eccl. Græc. dissert. 2. p.
115, seqq., Spondanus ad an. 1362. n. 17, Labbeus in Chronolog.
hist. par. 3. p. 229, Vagnerechius in Proleg. ad Pietatem Marian.
Græcor. n. 28, & Cuperus hist. Chronol. Patriar. Constantinopo.
lit. §. 121. Vetus est autem tam Hæreticorum , quam malorum hominum calumnia , & querela , ut Episcopis aut hujusmodi jus Excommunicationem ferendi detrahant , aut enormi juris ejusdem
abusui ejus usum depotent . Queis os ditissimum obstruendi gratia , excommunicandi jus , non ab Episcoporum profectum arro-
gantia , sed in Lege tam veteri, quam Nova Divinæ inniti institutioni , ejusque tam retinentissimam se jugiter Ecclesiam præstare ,
quam Patres disertos se præbere testes eleganter ajebat S. Gregorius Nyss. Orat. de Castigat. *Ne Excommunicationem arbitreris*
esse ab Episcoporum audacia : Paterna lex est , antiqua Ecclesiæ re-
gula , quæ a Lege traxit originem , & in Gratia obtinuit . Quibus
exempla subnectit Excommunicationis vice plus simplici a S. Paulo in flagitiosos ejaculatæ . Qua perinde in sententia de Episcopali Censuras intligendi potestate eidem pares stetisse Patres alii
longe plures leguntur , S. Gregorius Nazian. de Moderat. in disput., & Apolog. 1, ubi tamen omnia primum experienda remedia ante docet , quam tam gravis in-meritos intligatur pœna ;
S. Ambrosius de Pœnit. lib. 1. cap. 14, & de Offic. lib. 2. cap. 27,
ubi de Episcopi in hac parte officio tanquam Medici egregie more
dis-

disserit suo; S. Hieronymus, qui epist. 1, & 53. Censuram Ecclesiasticam gladii spiritualis, ac virgæ Apostolicæ nomine insignit, in Zach. cap. 5, in Ezech. capp. 17, & 34, ac Hierem. cap. 29. tam de prudentia Episcopali in ferendis Censuris, quam de pœnitentia ab iis agenda, qui Censuris forent iniusti, fuse disputat; S. Augustinus, qui de Fide, & Oper. cap. 26, & epist. 54. de gravibus intligendi Excommunicationem caussis agit, ac de Corrept., & grat. lib. 1. cap. 15, nec non hom. 50. inter quinquaginta graviorem præ reliquis pœnam Excommunicationem vocat, eamque inferre ad Episcopale pertinere Judicium adfirmat. Refertur etiam a Gratiano Can. 17. *Corripiantur* 24. q. 3; S. Cyrillus in Job. lib. 6. cap. 20, ubi Capitalium criminum reos ab Ecclesia pelli consuevisse testatur; S. Isidorus Pelus. lib. 1. epist. 149, ubi officii Episcopalis partes eleganter describens inter has procul dubio locum potestati facit intligendi Censuras; aliique, quos fusius persequi non est opus.

Quamquam haud prætermittendum, quin obiter per antiquiores Ecclesiæ Synodos discurrendo, observetur nihil hac disciplina in Ecclesia antiquius, nihilque usitatius, quam Excommunicationis minis Decretorum observantiam urgere. Ejus specimina liquidissima suppeditabunt Synodi Eliberitana an. 304, ubi præter Canones passim, quibus certis delictis Communio deneganda sancitur, Canonibus speciatim 16, 20, 21, 34, 41, 49, 50, 52, 53, 54, 56, 61, 62, 67, 74, 78, & 79. Excommunicationis notio diverso periphrasibus, atque verbis *Abstineri*, *ab Ecclesia abjici*, *a Communione arceri*, *allenori*, *anathematisari* &c. designata occurrit; Arelatensis I. an. 314, ubi Canones inter alios, quibus diversis nominibus denotati flagitiosi a Communione separari jubentur, veluti Can. 3, 4, 5, 11, 12, 14, &c., observatu dignus est Canon 7. in edit. Isid., sive 6. in vers. Sirmondi, unde liquet nihil utique fuisse, quo a distringenda in laicas Potestates dignitatis cujuslibet Censura prisca Ecclesia prohiberetur; Ancyrana eod. anno, ubi Pœnitentiæ Canones passim abstinentiæ a Communione pœna communitos videre licet, atque inter hos ad Oblationes non admissos, de quibus Canon 5, cum tribus seqq., Excommunicationis speciem sustinuisse notat Echus in Observat.

ad

ad S. Clementis epist. ad Corinth. n. 40 ; Neocæsareensis eodem
circiter an. , ubi Can. 1, 2 , & 5. pelli, abjici , expelli flagitiis
quibusdam inquinati jubentur. Inter alios vero illustres sunt Nicæni Canon 5. vers. Dionysii , quo ab uno Episcopo Communione privati , ab alio recipi prohibentur , & Canon 16 , quo Communione privari Clerici præcipiuntur , qui propria ab Ecclesia di-
scederent . Jungendi Canones Arabici vers. Ecchell. , & Turr. 3,
6, 7, 9, 13, 16, 20, 21, 22, 24. &c. Eustathianos extra Ecclesiam
esse definitum liquet a Synodo Gangrensi , singulasque definitio-
nes eorum confodientes errores anathemate confirmatas . Excommunicationis sententias suis adnexas Canonibus voluit Antiochena , ad eorumdem idest observantiam urgendam . Nihil etiam ce-
lebrius Sardicensi contigit , quam ab editarum Disciplinæ legum
inobservantia Excommunicationis metu inobedientes deterrere ,
velut adparet ex Can.1, 2, 11, 14, 16, 18. &c. Hoc ipsum Carthaginensi sub Grato an. 348. propositum hæsit , quod *Persuasio interdum prudentes solet arcere a peccatis , dum imprudentes debet
metus hujuscemodi constringere* , veluti loquitur Can. 3 , quo perinde atque Can. 14. Decretorum suorum transgressores , con-
temptoresque Excommunicatione dignos pronuntiat , atque ple-
ctendos decernit . Redolet ejusmodi regula undequaque Laodicena etiam , cui Can. 9, 29, 34, seqq. graviora quædam facinora
Excommunicatione punienda visa sunt . Adeundi ad Can.29. Zonaras p. 349 , & Suicerus in Thes. Eccl. Tom. 1. p. 270. De sequioris ætatis Synodis non plura subtexam , nihil siquidem in
bisce frequentius occurrat , quam Excommunicationis fulmina in
Eccles. legum transgressores intorta conspicere . Comparandus
interea Cl. Albaspinæus Observ. Eccles. lib. 1. cap. 1. de Excom. ,
ubi inter alia interdictam cum Excommunicato communem Orationem observat ex Can. Apost. 10, Laodicenæ 33, Antiochenæ 2,
Carthaginensis IV. Can.73; Convivii consuetudinem ex Can. 30,
Arelatensis II , Can.15, 16 , & 18. Toletanæ I , Can. 3. Venetæ ,
Can 8. Turonensis I, Can. 3, 5, & 15. Aurelianensis I , Can. 13.
Ilerdensis , Can. 4, & 14. Arvernensis , Can. 15. Epaonensis ,
Can. 39. Antisiodorensis &c. Nondum tamen manum a tabula re-
traham , nisi & illud nunc moneam e sulco rationis eos protius re-

filire, qui Ecclesiæ hanc perduelles suo expellendi e gremio poteftatis eripere particulam cogitant. Enim vero hoc etiam ab ipfo Gentium jure, naturalifque ratiouis quodam veluti magiflerio defcendit, quo ignoret nemo, & legum tranfgrefforibus pœnas irrogandas fore, ne frangantur impune, licentiaque peccandi deteriores fiant; & Societati cuilibet rite comparatæ facultatem inefse eas ab fe procul abjiciendi partes, quæ dedecori fint, ac detrimento. Sic recte arguit Bafnagius ipfe Samuel differt. 3. de Excom. Chrift. n. 2: *Alembrum putridum refecatur, ne pars fincera trahatur, ferpente veneno; Sic Ovis morbida a Grege depellitur, ne omne pecus inficiat.* Moderamine quidem, ac manfuetudine in Regimine Ecclefiæ opus eft, cujus Rectores fe magis, quam Dominos, Paftores effe cognofcere oportet: Quid interea tamen, fi Paftoribus admonentibus nec flagitiis dediti cedant, nec a fide devii ad frugem fe recipiant? Quò tandem res Ecclefiæ redibunt? Impune ne, ac libere & graffari flagitia, & fidei convelli fundamenta linquentur, qua plane licentia tum demum & Legum Mafeftas difpereat, & Ecclefiæ unitas in frufta diffipetur? Ergo & a fide deflectentes, ne in Fidelium perniciem, Religionifque peftem evadant, ab Ecclefia, quæ Chrifti D. Corpus eft, abfcindere in eorum facultate effe pofitum oportet, qui rem Ecclefiæ gerunt, aguntque, e reque Ecclefiæ effe quoque debet ingratos filios, perditofque bonorum fuorum, quibus in propriam, Fratrumque perniciem improbe abutuntur, exhæredes fcribere. Quæ profecto agendi ratio & ad peccantium falutem, & ad Religionis incolumitatem optime comparata, nec abfque delinquentium majori pernicie, nec abfque Chriftianæ Reipublicæ fubverfione, aut reprehendi, aut reprobari debet, ac poteft.

Nifi quia non defunt homines ingenio ita improbo comparati, ut manifefta nequidem fe vinci ratione patiantur, infitoque humano generi Jure perdomari: cum queis proinde documentis aliis utendum eft, aliifque genus experiunda monumenta, quæ eorum obftinatio, durities, & obftupor non obtundat, non obfcuret. Ad diverfas itaque afcendendo difciplinæ fpecies, quæ ab Ecclefiæ exordio obtinere vifæ funt, feveriffimæ Excommunicationis fpecies & illa erat, qua perpetuò a Sacramentorum per-

ceptione quorumdam atrociorum criminum rei accebantur , de
quibus expliciti funt Conciliorum Eliberitani plerique Canones 1,
2, 6, 8, 10. &c. , Arelatenſis Can. 14, & 22, Neocæſareenſis Can.
2, Antiocheni Can. 5 , &c. , ſuſeque agunt Petavius , Morinus ,
Albaſpinæus , Card. Bona Rer. Liturg. lib. 1. cap. 17 , & Benedictus XIV. de Synodo Diœceſ. lib. 10. cap. 1. n. 6. Erat & illa , qua
in flagitia quædam relapſi ipſo facto inflicti intelligebantur , qua
de clare loquuntur Synodi Eliberitana Can. 3, & 7, Turonenſis I.
Can. 8, Venetica Can. 3, Aurelianenſis I. Can. 11, &c. , differit-
que copioſe Morinus de Pœnit. lib. 5. cap. 27 , ac duobus ſeqq.
Et illa erat , qua Clericos olim gravi ſe crimine inquinantes confeſtim in foro conſcientiæ , Deoque coram In Suſpenſionem inci-
diſſe fide adfirmat ſua Auctor Operis de vita Contemplat., S. Proſ-
pero Aquit. , aut Juliano Pomerio viciſſim adſcripti, lib. 2. cap. 7,
confirmantque Albaſpinæus Obſerv. Eccl. lib. 1. cap. 2, Suicerus
in Theſ. Eccl. Tom. 1. p. 601, ſeq. , & Benedictus XIV. loco præcit. Cum hiſce porro ſimilitudinem præſeferebant aliquam Purgationis diverſi Ritus, graduſque Ethnicis olim receptiſſimi , per
quos tranſire oportebat, antequam ad Sacra admitterentur . Quinque itaque Purgationis gradus enumerat Theon Smyrnæus in
Mathematicis cap. 1, atque primus in corporis ablutione repone-
batur , 2. in Sacrorum traditione , ſeu explicatione , 3. in Inſpe-
ctione , 4. in Coronarum impoſitione , 5. tandem in Numini dedi-
catione , qua ipſi nempe carus fiebat : de quibus Iſmael Bulliadus
in Not. ad Theonem , & Seldenus de Syned. lib. 1. cap. 10. p. 274,
ſeqq. Atqui propius huc faciunt priſci , diverſique ferendæ Excommunicationis Ritus , a quibus intelligas rem tam eſſe legitimo , quam longo , vetuſtoque uſu uſurpatam , in tutoque collocatam . Nam modo *A Sanctis Chriſti Evangeliis* immiſſum Anathema legitur in veteribus Inſcriptionibus , cujuſmodi titulus eſt Bo-
nuſæ , & Mennæ e Suburana S. Agathæ Baſilica in Vatic. Muſeum
tranſlatus , quem Exercit. Philol. Sacris egregie illuſtravit Doctiſſ. Jacutius , ad quarti interlabentis, incipientiſque quinti Sæculi ætatem referendum oſtendens p. 15, ſeq. Modo Anathema
imprecari *A SS. CCCXVIII. Nicenis Patribus* liquet tum ex Ari-
minenſi Inſcriptione apud Muratorium Theſ. Inſcript. p. 1555. a

Gervafonio Mifcell. Venet. Tom. 5. p. 357, & a laudato Jacutio
Exercit. 3. p. 57. illuftrata , quam ad Sæculum VII, vel VIII , vel
X. revocandam arguunt ; cum ex veteri Tabula Montis Ulmi Firmanæ Diœcefis Oppidi reperta Chrifti an. 1186. fignata , de qua
Gregorius Placentinus de Siglis Vet. Græcorum p. 92, feqq. , &
Jacutius cit. Exerc. p. 58, feq.; cum ex Lapide Oxonienfi n. 33.
p 36. apud Corfinium Faft. Attic. in Adden. p. 87, Placentinum
de Siglis p. 41 , & Jacutium p. 59; cum ex Diplomate Stephani III.
ad Abbatem Nonantulanum , de quo Ughellus Ital. Sac. Tom. 2.
p. 104. edit, vet.; cum ex Diplomate altero Pauli Conftantinopolit. Patriarchæ an. 1380. apud Boldetum p. 475. Frequenter
De Au&oritate SS. Trinitatis, de Virtute B. Virginis, de Ange-
lorum fuffragiis, de S. Petri Apoftolorum Principis vice, de SS. A-
poftolorum , & Prophetarum adjutoriis, de SS. Martyrum, Confef-
forum, ac Virginum meritis &c., dirifque plerifque adjun&is intortum Anathema legitur , ut in Pontificali Anglicano Monafterii
Gemmeticenfis ante annos 900. exarato, alteroque Cod. Mf. ejuf-
dem Cœnobii Sæculi XI, in quatuor Mfs. Codicibus Noviomenfi,
Regio, Vindocinenfi annorum 600, & Vallifcellenfi , ac in Cod.
Mf. Monafterii Fifcanenfis apud Martenium de Antiq. Eccl. Rit.
Tom. 2. lib. 3, cap. 8. Aliquando *De Clave , & Corona Domini*
Excommunicatio confpicitur ejaculata , velut in Charta Hugonis
Abb. S. Dionyfii an. 1193, quam ex Tabulario ejufdem Monafte-
rii exhibet Ducangius in Glofs. V. *Excommunicatio* Tom. 3. edit.
Ven. 1738. p. 209. Paffim denique Anathema cum maledictione ,
quæ fuper Darban , & Abiron, aut Judam irruit, aut ex Pfal.108.
defumpta , pronuntiatum habetur in Conciliis Turonenfi an. 570.
Can. 14, & Aragonenfi an.1063. in fine , in Codicibus etiam Mfs.
Gemmeticenfi , Noviomenfi , S. Audoeni Rotomagenfi annorum
600 , ac Fifcanenfi apud cit. Martenium . De multigenis porro
Formulis aliis , queis olim infligi Excommunicatio folebat , non
opus eft plura difserere , fed adiri poterunt Synefius Ptolemaidis
Antiftes epift. 72, ubi ferendæ Cenfuræ formula ufurpari nunc folita perfpicitur, Synodi Turonenfis cit. loco , & Landavenfis apud
Spelmannum Concil. Britan. p. 384, feqq., Canones etiam Theodori Cantuar. an. 670. cap. 31 , Trecorenfia Statuta an. 1371.
                                                        apud

apud Martenium Anecd. Tom. 4. p. 1121, Burchardus Decr. lib. 11. cap. 1, Ivo par. 14. cap. 76, Gratianus Can. 106. *Debent* 1. q. 3, Theophilus Raynaudus de Monit. Eccl. par. 2. cap. 7. §. 4, Baluzius Capitul. Tom. 2 p. 663, feqq., Mabillonius Liturg. Gall. cap. 4. p. 783, Martenius in hift. Eccl. Meldenfis Anecd. Tom. 2. p. 173, ac de Antiq. Eccl. Ritib. Tom. 2. lib. 3. cap. 4, &c. Necdum vero Majoribus noftris diverfæ Excommunicationis formulæ ufu frequentatæ, nec ignoratæ, neque prætermifsæ erant diverfæ tum Cenfurarum fpecies, veluti Degradationis, Sufpenfionis, Depofitionis &c., de quibus liquidi funt Canones Synodi Eliberitanæ 20, & 51, Arelatenfis an. 314. Can. 13, & 21, Ancyranæ Can. 1, 9, 13, & 17, Neocæfarecnfis Can. 1, Nicænæ Can. 2, 10, 17, & 18, Sardicenfis Can. 11, Carthaginenfis an. 348. Can. 2, 3, & 14, &c., atque mentio paffim occurrit apud Tertullianum de Baptif. cap. 17, S. Cyprianum epift. 10, 65, & 66, ac S. Auguftinum epift. 136, 137, 235, & 236, quos recenfet Baronius ad an. 57. n. 22 ; tum etiam fpecies Excommunicationis, cujufce fex *A Celebratione*, *a Communicatione*, *a Cohabitatione*, *a Benedictione*, *a Colloquio*, *a Commeatu* memorantur in Concilio Vernenfi an. 755. cap. 9, in S. Patricii Decretis p. 26, & 32, in Canonibus Hiberniæ lib. 1 cap. 22, lib. 39. capp. 1, 4, 7, 8, & 11, ac lib. 44. cap. 32, a S. Ifidoro in Regula cap. 16, & a Carolo M. in Capitul. lib. 5. cap. 42, lib. 6. capp. 92, & 140, ac lib. 7. cap. 216. apud Ducangium cit. Tom. 3. p. 207. Celebris ea quoque apud S. Auguftinum in ferm. 357. habetur Excommunicationis diftinctio in Medicinalem, & Mortalem, qua de fufius Dupinius in tract. hift. de Excom., ac PP. Maurini in Addit. ad Ducangium cit. Tom. 3. p. 207, feq.

Qui fe porro hifce necdum frangi documentis ferunt, ex damnatorum exemplis faltem, quibus tota retro Antiquitas undique redundat Ecclefiaftica, demum obmutefcere difcant. Prolixum nimis efset fane, neque necefsarium multa huic congerere, fatius ideo habebo illuftriora nonnulla indicare, quibus & metus vis major infit, & Ecclefiæ auctoritas infignior eluceat. Excommunicationis itaque vetuftatem oftendit Marci hæretici circa medium Sæculum II. biftoria, a quo deceptam Mulierem, ac dein bonam

ad

ad frugem regreſſam exomologeſi, publica ideſt Pœnitentia, quæ
Excommunicationem excipiebat, ſubjectam fuiſſe refert S. Ire.
næus adv. Hær. lib. 1. cap. 13. n. 5. edit. Maſſuetii, qui comparandus diſſert. 3. art. 7. n. 75. A S. Victore P. M. ab Eccleſiaſtica Communione Quartadecimanos abſciſſos fuiſſe auctor eſt
Euſebius hiſt. Eccl. lib. 5. cap. 25, qua de re fuſius Vind. Tom. 3.
Par. 2. Art. 6. §. 2. p. 640, ſeqq. De Paulo Samoſateno ab Eccleſia abdicato poſtquam verba feciſſet S. Alexander Alex. in epiſt. 3.
ad Cognominem Conſtantinopolit. apud Theodoretum hiſt. Eccl.
lib. 1. cap. 4, in Lucianum ejuſdem perverſi dogmatis ſectatorem
Excommunicationis ſententiam a tribus ſucceſſive Epiſcopis fuiſſe confirmatam ſubjungit. A S. Nicolao Myrenſi dirum in Eu-
ſtochium Aſiæ Proconſularis Præfectum Anathematis telum intortum legitur in ejuſdem Actis. Stylico S. Ambroſio petenti reddi
ſibi ab Altari Juſſu ſuo avulſum Creſconium, per multos dies pœnitentia, quæ Cenſuram excepiſſe plane videtur, ſatisfaciendum
curaſſe refertur a Paulino in ejus vita. Gubernatorem quemdam
Cappadociæ, a quo moleſtiam Lybiæ Eccleſia ſerebat, Excommunicationis cenſura S. Athanaſius cohibuit. Cujus hac de re
Encyclicis acceptis S. Baſilius Cappadociæ Metropolita epiſt. 47.
reſpondit, ac ut refert etiam S. Cyrillus epiſt. 77, *Averſandum,*
& exſecrabilem illum averſabuntur omnes, ita ut nec aquæ, nec
tecti communionem cum illo ſint habituri. Pari vero conſtantia,
qua Præſulem decebat, Modeſtum Præfectum coercendum idem
S. Baſilius ſibi propoſuit. Illud etiam ingenti fortitudinis laudi
S. Auguſtino vertitur, quod in Bonifacium Africæ Comitem, a
quo flagitioſus quidam ab Eccleſiæ liminibus per vim abſtractus
fuerat, Excommunicationis ſententiam intorquere non dubitavit:
qua ille perculſus facti pœnitens veniam petiit, captivo dimiſſo.
Quamvis autem Epiſtola 187. in Append. 6, qua totum id habetur, atque in vetuſtiſſimis optimæ alioqui notæ Codicibus S. Auguſtino tributa legitur, hodie ab emunctioris naris Criticis S. Doctori abjudicetur; negari tamen nequit, quin antiquiſſimi Scriptoris fœtus ſit, reique geſtæ indubium ſit argumentum. Seve-
rianos Communione ab Euphranone Rhodio Epiſcopo privatos
auctor eſt Prædeſtinatus Hær. 34. Anno 411. a Syneſio Ptolemai-
                                                                    dis

dis Antiftite folemni ritu ab Ecclefiæ adytis, a Chrifti fidelium alloquio, confortioque , a Sepulturæ Chriftianæ honoribus, & a Sacrorum Myfteriorum participatione abfciffos fuifle , abjeƟofque
Andronicum Beronicenfem Pentapoli in Ægypto Præfectum ,
Thoantem , Lampanianum , aliofque ob facinora in Chriftianæ
fidei profeffores dire patrata difcimus ex ipfius Epiftolis 57, 58,
60, 67, 72, & 79. Videndus & Baronius ad an. 411. n. 53 , feq.
A Synodo Lugdunenfi an. 518. Stephanus quidam vir præpotens
una cum Palladia, cujus inceftuofa utebatur confuetudine, Sacris interdiƟus legitur ; unaque admonitos de magnanimitate adverfus Magnatum non refipifcentium vexationes inducenda liquet
Epifcopos Can. 1, 2, & 6. apud Harduinum Tom. 2. p. 1053, feq.
Sed exemplorum hujufce genus fatis . Quandoquidem vero eò de-
venit Proteftantium quorumdam , atque Seldeni quammaxime
de Syned. lib. 1. cap. 10 , dementia , ut excommunicandi jus fibi
met tribuifse Imperatores p. 219 , feqq., ab Imperatoribus idem
deinde Jus Ecclefiæ fuifse tributum p. 226, feqq. , tributumque
Ecclefiæ jus demum iftud coarƟatum ab Imperatoribus luifse dicere fomniaverint . Ad hæc vero ab Ecclefia excommunicatos a
Rgibus rite abfolutos p. 246, feqq. , nec abfque Regum licentia
Regios rite excommunicari Miniftros, atque nominatim Galliæ,
Hifpaniæ , Angliæ , & Hungariæ Regum p.248, feqq. effutire non
definant , adeoque ut integrum in Poteftate laica Cenfuras irritandi ponere Jus neque dubitent p. 364 : ea propter operæ pretium erit paucis faltem oftendere , quam ab antiqua Ecclefiæ praxi abnormiter iniqua hæc Proteftantium opinio abhorreat, exemplifque docere Principum dignitatem non ufque adeo fufpicien-
dam primitivam credidifse Ecclefiam , ut illos ita extra propriæ
fines poteftatis efse conftitutos exiftimaverit , ut in ipfos Excommunicationis pœnam , quum opus foret , extendere peperceric ,
abftinueritque .

Atque ad hanc quidem ædftruendam Difciplinæ antiquitatem , exemplum cum Baronio in Parænefi ad Rerrp. Venet. , &
cum Bellarmino de Rom. Pontif. lib. 1. cap. 7. non accerfam Philippi Imper. , quem primum Chriftiana fide imbutum ferunt Acta
S. Pontii Martyris Cimellenfis, a S. Fabiano P. M. vero in die

solemni Paschatis ob ipsius peccata quædam publica Communione exclusu n , nec eidem antea restitutum, quam pœnitentia, con-
fessioneque publica eadem cluisset , ex aliorum traditione refert
Eusebius hist. Eccl. lib. 6. cap. 25 , cujus ideo dicto adhærere Baronio ad an. 246 , Huetio Origen. lib. 1. cap. 3 , Patri de la Faye
in difsert. Gall. de Philippi Christ. , Westenio ad Origenem contra Marc. in præf. p. 7 , seqq., Stephano Moynio in Not. ad Varia
Sacra p. 1106 , seqq., aliisque religio fuit , dictumque confirmare testimoniis S. Hieronymi, Orosii lib. 7. cap. 13 , Vincentii Lirin., & Scriptoris Actor. S. Pontii . Quibus etiam favere videntur Origenes , cujus extare ad Philippum Imp. , & ad ipsius Con-
jugem Severam epistolas testatur Eusebius lib. 6. cap. 36 ; S. Joh.
Chrysostomus , qui Orat. in Gent. de Philippo loqui visus est ,
dum Imperatorem , cujus nomen ignorabat , Regis cujusdam filium obsidem , violato Gentium jure, interfecisse refert , ac post
facinus Dei Templum Antiochiæ ingredi volentem a S. Babyla re-
pulsam tulisse , injecta in pectus ingredientis manu; ac Leontius,
a quo similia de hacce S. Babylæ Imperatorem a Templi ingressu
prohibentis fortitudine tradidit . Verumtamen , ultraquod Constantinum M. ex Imperatoribus primum audivisse , qui Christo D.
nomen dederit , auctores sunt liquidi Lactantius Inst. Divin. lib. 1.
in proœm. , Scriptor coevus vitæ S. Pacomii , S. Ambrosius Orat.
in funere Theodosii , sive ser. 34, Sulpitius in hist. Sac., Theodoretus lib. 5. cap. 39, &c. , Philippum utrumque , Patrem idest ,
ac Filium Ludis Sæcularibus, superstitione plenis,in quibus suem,
impurissimum animal , Severi Imp. exemplo , mactatam fuisse
constat , ac perinde Simulacrorum impiis Sacrificiis operam dedisse , & quidem an. 247. referunt Victor de Cæsaribus cap. 28 , Zosimus lib. 2 , Eusebius ipse in Chron. , ostenduntque Nummi tres
præsertim,quorum primum produxit Angelonius,secundum Spanhemius , tertium Mediobarbus ; alii præterea , quos e Museo
Emin. Alexandri Card.Albani protulere Blanchinius,Monelia &c.,
in quibus figura sacrificans ad Aram visitur , nomen vero legitur
Philippi ludos Sæculares celebrantis, dum Tribunitiam IV. potestatem gereret , quod cit. an. 247. contigit , qui anno inseq. Veronæ intersectus , una atque Filius Romæ , Eutropio teste . Ad-
den-

dendus Nummus alter a Basnagio in Museo Baronis de Hekeren conspectus, in cujus antica stat Philippi caput cum radiis, in postica Jupiter dextera fulmen, sinistra hastam tenens cum inscriptione: *Jovi Conservatori*: qui Nummus cusus est Philippo Consule III, hoc est an. 248, eo ipso nempe, quo mortem oppetiit. Postremo Apotheosi Philippum utrumque post obitum a Senatu donatum auctor est Eutropius: ex quo sit manifestum de addicto ad sidem Philippo Ethnicis nihil suboluisse; quod sieri nequivisset, si vere Christianum egisset: nam palam a Numinum Fanis, & Sacrificiis abstinuisset, Ecclesiasque vel Catechumeni, vel Fidelis nomine aut suisset ingressus, aut frequentasset. Nulla ergo sides Scriptori Actorum S. Pontii, apud Baluzium Miscell. Tom. 2. p. 133, ac Papebrochium Tom. 3. Maji ad diem 14, Philippum Christiana side imbutum referenti, dum celebraretur annus Urbis millesimus, qui in eumdem an. 247. Ærz Christianz incidit. Nulla etiam sides Eusebio narranti Philippum an. 244. sub Imperii initio Christo D. nomen dedisse: quo ipso anno Antiochiz eumdem Imperatorem, peccatis confessione publica expiatis, a S. Babyla in Ecclesiam ad preces admissum suisse perhibet, in Chron. vero scribit in Ludis sæcularibus a Philippo celebratis mactatas victimas in Circo magno, & in Campo Martio Theatrica acta. Sed hoc de argumento plura dabunt Josephus Scaliger ad Eusebii Chron. n. 2260, Pagius uterque ad an. 244. n. 3, seq., & 247. n. 6, seq., ac in Brev. hist. Crit. Tom. 1. in S. Fabiano, Samuel Basnagius Annal. Polit. Eccl. Tom. 2. ad an. 244. n. 6, seqq., & in dissert. hist. de Philippi Arabis, Alexandri Mamez, Plinii Jun., & Annzi Senecz jactato Christianismo, Christoph. Cellarius dissert. Acad. p. 322, seqq., Fridericus Spanhemius Oper. Tom. 2. p. 400, seqq., Bened. Pictetus in dissert. adversus P. Fayum, Monelia, Mamachius &c. Neque magis Blondello de Primatu p. 435. ex side Theodoreti lib. 3. cap. 12. adfirmanti ab Euzojo Antiocheno Ecclesia, ne Sacris Interesset Mysteriis, tanquam indignum, prohibitum Julianum Apostatam, adsentiar. Siquidem de Juliano, nec Apostata utique, sed Apostatz avunculo, id unum eo loci tradit Theodoretus, velut advertit Basnagius dissert. 3. de Excom. Christ. n. 10, eum Sa-

cram *Mensam perminxisse* ; *quamque Eucojus id facinus probibere*
vellet , *cujapbum ei iaflixisse* . Neque demum Ven. Baronio fidem
obligabo meam ad an. 407. n. 33, seqq. fidei & ipsi confiso Nicephori lib. 13. cap. 34, Glycæ Annal. par. 4, & Codicis Veteris
Card. Sirleti adfirmantium a S. Innocentio I, ob injurias S. Joh.
Chrysostomo illatas , Arcadium , & Eudoxiam Ecclesiastica fuisse Communione interdictos . Nam Epistolas ad unam omnes quinque S. Innocentio tributas, queis integra hæc fabula texitur ,
pseudo epigraphis , ulla absque dubitatione , deputandas fore ,
otiosique longam post ætatem impostoris opus fuisse, nec ante sæculum VI, antea uempe quam famosa tribus de Capitulis quæstio
exoriretur , confictum ostendit Doctiss. Coutantius in Append.
ad Epist. Rom. Pontif. in monito prævio ad hasce S. Innocentii
Epistolas p. 102, seqq.

Pseudonymis igitur hisce dimissis , germanum est utique
Theodosii Senioris exemplum, quem a S. Ambrosio , ob patratam
Thessalonicæ cædem , frustraque de pœnitentia agenda prius admonitum epist. 61. Clas. 1, Ecclesiæ liminibus repulsum fuisse, nec
ad pristinæ Communionis jura ante receptum , quam publica Ecclesiæ pœnitentia fecisset satis , testes sunt liquidi Paulinus in ejus
vita , S. Augustinus de Civit. lib. 5. cap. 26 , Ruffinus lib. 3. cap.
18, Sozomenus lib. 7. cap. 25, Theodoretus lib. 5. cap. 17, & Facundus Herm. lib. 12. cap. 3, a quibus dignis ideo laudum elogiis
tam Principis Christiana obedientia , quam Præsulis Sacerdotalis
magnanimitas mactatur . Atque perinde Crouzasii e Protestantium grege insignis in Logica sua refellitur temeritas, qua S. Ambrosio superbiæ , arrogantiæque vertere ausus est , quod Imperatori Ecclesiæ fores intercludere non fuerit veritus . Optimi hujus
officii partes cum in S. Doctore vindicando , tum in Hæretico sy-
chophanta castigando exequutus Cl. Muratorius ad an. 390. To. 2.
par. 2. edit. Rom. 1751. p. 388, seq., viden, ut laudibus etiam
celebretur a Doctiss. Cennio in Ephem. litter. Rom. an. 1745.
art. 8. p. 64. seqq. , & Catalano in præf. Crit. ad eosdem Annal.
Tom. 1. p. 26, seqq. Huic affine de S. Hilaro Prædecessore suo
fortitudinis argumentum , qua Anthemio Imp. Hæreticorum Sectis Conventicula celebrandi libertatem facienti restitit , Inter-
posi-

posito juramento jubens, ut ab hisce deinceps indulgentiis elargiendis religiose abstineret, in epist. ad Datd. Episcopos profert S. Gelasius. Anastasium Imp. Concilio Chalcedonensi insensissimum e Sacris Tabulis eximere Antistites plerique non extimuere, eique Anathema denuntiare Ecclesia Hierosolymitana non abstinuit. In Marcianum Imp viciffim egregium Chalcedonensis Synodi defensorem Anathema dixisse Abba Samuel Jacobitarum in Æthiopia Patriarcha legitur in Kalend. Æthiop. ad diem 16. Julii od. 4; non secus atque sequiori ætate in Zadenghelum Æthiopiæ Imperat. Excommunicatio a Simeone Metropolita, & Abuna Petro Metropolita Alexandrino ideo intorta, quod animum ad fidem de duabus in Christo D. naturis, Paysio Tremonensi persuadente, inflexum, pronumque præseferret, refertur a Jobo Ludolfo hist. Æthiop. lib. 3. cap. 10. §. 44, seq. Quibus junge prolatum longe post ab Alphonso Mendesio, legitima auctoritate defungente, in Prætorio Æthiopiæ Præfectum Anathema, de quo præcit. Ludolphus lib. 3. cap. 2. §. 121, & Tellezius lib. 4. cap. 2. p. 331, atque videndus, qui de receptissima, vetustissimaque apud Æthiopes disciplina ista fusius agit, Oertelius in Theolog. Æthiop. loco 17. de Potest. Clavium p. 172, seqq. Ad Occidentis Reges reflectendo sermonem, in tribus Landaviæ an. 560. in Anglia celebratis Synodis tres Angliæ Reges Excommunicatione plexos legere est apud Spelmannum Collect. Tom. 1, in prima nempe Mourium, ob homicidium patratum, violatumque pactum super Altare S. Petri factum, nec ab ea solutum, nisi biennio, & amplius in oratione, jejunio, & eleemosynis expenso; in secunda Morcantium, ob Patrui sui cædem, a qua demum, pœnitentia accepta, peractaque, absolutus est; in tertia Guidnerthum, ob violentas, trucesque Fratri suo injectas manus, nec ante restitutum, quam asperrimæ collum pœnitentiæ subjugasset. Frequentia hujusmodi in Anglicana historia Disciplinæ se offerunt specimina, quibus de rursus infra. Leonem Isaurum Sacras in Icones atrociter desævientem cohibere adgressus S. Gregorius II, duabus gravissimis epistolis, a Baronio ad an. 726. descriptis, ipsum suas ad preces a Deo Satanæ, nisi resipisceret, fore tradendum serio, districteque admonuit. Lippis, atque tonsoribus decantantur Excom-

municationum ditæ , quas effundere non hæferunt in Lotharium
Gall. Regem, ob Theutbergæ repudium, S. Nicolaus I, & Hadrianus II, in Carolum Calvum , ob Regnum Ludovico Imp. ufurpa-
tum, idem Hadrianus, in Nomenojum Britanniæ Ducem, ob ingentia flagitia infigni cum tyrannide copulata , Synodus Parifienfis
an. 849. in Balduinum Flandriæ Comitem ob raptum Judithæ Et-
helrado Angl. Regi defponfatæ, Synodus Sueffionenfis an. 862 :
qua de re legenda S. Nicolai I. epiftolæ 20. ad Carolum Calvum,
& 21. ad Hermentrudem Regin., quibus utriufque erga Balduinum ad Apoftolicam Sedem appulfi gratiam exoptat , cum queis
tamen altera comparanda ejufdem Pontificis epiftola ex Annalifta
Bertinianenfi ad an. 862. exhibita ab Harduino Tom. 5. p. 569 ,
qua Balduinum ab Excommunicatione fe minime abfolviffe tradit.
Excommunicationis minas iterum in eumdem Balduinum , ob Ecclefiafticas res invafas , ac rebellionem in Carolum Simplicem,
Regem, a Synodo Remenfi an. 894. intentatas refert Flodoardus
lib. 4. cap. 43 qui & cap. 5, feq. a Fulcone Rem. intentatas fimiliter Carolo Simplici Anathematis minas, ob impurum cum Normannis Idololatriæ adhuc deditis initum fœdus , commemorat .
In Angliam regrediendo , in feptem Synodis Landaviæ circa an.
887. habitis Excommunicatione perculfi totidem Angl. Reges
leguntur apud Spelmannum , Wilkinfium , & Harduinum Tom. 6.
par. 1. p. 390, feqq., videlicet ob homicidium , & perjurium Teudur , & Clotri, ob inceftum Gurcan , ob perjurium , & homicidium Hovel , & Conblus , ob Ecclefiafticam violatam immunita-
tatem Loumarch , & Brochvil . In Landavenfibus quatuor aliis
an. 950, 955 , 988 , & 1056. ob facrilegium Nougui, ac fex de
ipfius familia homines , ob fratricidium Arthmail , & ob ingentia
flagitia tota Regis Catgucauni familia diro leguntur Anathematis gladio confoffi. Quod a cervicibus denique fuis ut arcerent fulmen , lacrymis , precibus , eleemofynis , jejuniifque non peperce-
re . Edgaro Regi etiam ob facrilegium a S. Dunftano Cant. Archiep. in Synodo an. 969. feptennalem impofitam pœnitentiam
refert Osbernus apud Baronium ad an. 970. n. 6, feq., ubi videndus Pagius n. 91 & apud Harduinum p 678 ; fimilemque Eduino
Regi mulierofo ab eodem inflictam difcimus ex Sutlo ad diem 19.

Maji .

Maji . In Gallia rursus a S. Germano Parif. Antiſtite Cenſura no-
tatum Charibertum Regem ; quod inceſtas cum Manoveſa Mero-
feldis ſorore nuptias contrahere non ſuiſſet veritus, auctor eſt
S. Gregorius Turon. hiſt. Franc. lib. 4. cap. 16. A Synodis item
Engilenheimenſi, & Trevirenſi an. 948. Hugo Comes Regni Ludovici invaſor diſtricto Anathematis gladio inflixus eſt . Ejuſdem
in Ludovicum Reg. perduellionis reus item Tetbaldus Comes in
Synodo Laudunenſi eod. an. cenſura notatus eſt: quæ perinde Cenſura in Hugonem lata ab Agapeto II. in Romana Synodo an. ſeq:
confirmata legitur. Ob res Eccleſiis ablatas, in Ragenoldum Comitem in Synodo apud S.Theodoricum in Territorio Remenſi an.
952, & in Iſuardum Comitem alterum in Synodo incerti loci in
Burgundiæ finibus an. 955. Excommunicationis ſententia, quæ
in poſteriorem confirmata quoque ſuit a Johanne XII, intorta habetur apud Flodoardum in Chron., & apud Harduinum eam ex
Tabulis S. Symphoriani Auguſtod. a Chiffletio deſcriptam exhi-
bentem p. 619. Junge S. Romualdum, a quo Othonem III. ob
perjurium graviſſimis increpitum verbis, Imperioque ſe abdicare
paratum graviſſime ſuppoſitum pœnitentiæ tradit in ejus vita
S. Petrus Damiani.

Valde notabiles Dirarum ſunt Formulæ cum Excommunicatione conjunctæ, quas nobis vetera Eccleſiarum ſuppeditant Monumenta, velut illam cum excluſione ab Angelorum conſortio, &
traditione Satanæ, quæ habetur in S. Willebrodi Ultrajectini Teſtamento apud Aubertum Miræum, & Boſchartrium diſſert-135.
de Primis Friſæ Apoſtolis; cum lepra Giezi, ut in Charta Reoli
Archiep. Remenſis apud Mabillonium Append. 2. Annal. Bened.
To.I. p.702; cum Dathani, & Abironis exitu, ceu in Charta Fundationis Monaſterii S. Hippolychi apud Martenium Theſ. Anecd.
To.I. p.76, & Monaſterii Ferretenſis p. 78, ac in Capitul. Reg.
Franc. apud Baluzium To. 2. in Form. Excom. p.676. Confer &
Weſſelingium Probabilium cap. 27, ubi de Diris Judæis uſitatis
uberrime differit. Notatu etiam digna occurrit Dirarum formula,
quæ Concilii Aragonenſis an. 1062. ſub Ranimiro Hiſpan. Rege
concluſioni ſubjicitur, qua nempe Regi cuicumque, qui Regali,
ac Pontificali decreto, quo eo in Concilio ſancitum fuerat, ut
Ara-

Aragonenfes impofterum Epifcopi ex Monachis S. Johannis Ru-
penfis eligerentur, derogare aufus fuerit, dira cuncta imprecan-
tur, Dei Omnipotentis indignatio videlicet, Regalis dignitatis,
ac poteftatis amiffio, a Chriftianorum confortio Separatio, ac
cum Dathan, & Abiron, & Juda perennis in Infernum detrufio.
Eam ex Hieronymo Blanca in Comment. rer. Aragon. defcriptam
exhibet Harduinus To. 6. par. 1. p. 1136, apud quem Coffartius
in Not. Concilium hoc ad an. 1034. transferendum exiftimat. In
re notiffima non multus ero, fatis arbitratus, fuperque eorum
fplendidiffima indicare nomina, in quos Apoftolicus animadvertere gladius non abftinuit. De Pontificibus porro, qui gladii
utriufque poteftatem in Sæculares poteftates exercuere, fufe agit
Card. Aragonius, incipiens a S. Felice II., qui Conftatium damnavit, ac definit in Clemente VI, qui Dominum de Mediolano in-
fenfiffimum Ecclefiæ hoftem diris cunctis devovit. Vulgavit eum
Muratorius Rer. Ital. To. 3. p. 374, Excerpta vero nedum edita
indicat Manfius Bibl. Latin. Fabricii To. 5. lib. 13. p. 126, feqq.
Horum pleraque jam fparfim perfequutus fum, reliqua adhuc non
pauca levi nunc brachio attingenda. Itaque fevera Excommunicationis fententia qua dejecti, qua deterriti funt Invefturas ufurpans Henricus IV. Germ. Rex, & S. Stanislai Poloni interfector
Boleslaus Rex Polon. a S. Gregorio VII : quo a Pontifice in epift.
ad Flandriæ Epifcopos pari fententia percuifus, ob favorem Lamberto impenfum, Robertus Flandriæ Comes legitur; Philippus I.
Franc. Rex, quod Berta dimiffa, Bertradam fuperinduxiffet, ab
Urbano II, & Pafchali II; Henricus V. Imp., quod ab Invefturis
ris abftinere nollet, a Califto II. S. Thomas Cant. lib. 1. epift.
136. ad Bofonem Card., & lib. 4. epift. 14. ad Alexandrum III. ab
Eugenio III. Stephanum Angl. Regem Anathemate perculfum refert. Ob ingentia flagitia Fridericus I. ab Alexandro III, & ob
inceftas nuptias Alphonfus Galleciæ Rex a Cælestino III, a quo
pari animadverfionis pœna affecti funt Leopoldus Auftriæ Dux,
quod Richardo Angl. Regi ab Expeditione Hierofolymitana re-
gredienti violentas injeciffet manus, & Philippus II. Gall. Rex,
quod Ingelburge repudiata, Mariam Ducis Moraviæ filiam duxif-
fet Uxorem. Diri fimiliter Anathematis telum intortum, aut in-
tca-

tentatum scimus ab Innocentio III. in Johannem Angliæ Regem
ob injurias Monachis Cantuar. Ecclesiæ inlatas , ac in Anglia
Optimates ob rebellionem in eumdem Regem motam . A Gregorio IX. Const. Si Nobilis apud Martene Anecd. To.1.Episcopo Ce-
nomanensi in mandatis est datum , ut Anathemate Britanniæ Ducem libertatis Ecclesiasticæ violatorem feriret . Eodem a Pontifice , & ab Innocentio IV. In Fridericum II. Ecclesiam persequen-
tem , & a posteriori in Conradum Imperium affectantem Aposto-
licus exertus est gladius . Imperii Electores de Conradino in au-
gurando cogitantes, & Ecchelinus ab immanitate,& cædibus inferendis non desistens Anathemate deterriti sunt ab Alexandro IV.
sub qua perinde Censuræ pœna a Regno Siciliæ , Regioque etiam
nomine Conradinus abstinere a Clemente IV. mandatus est . Anathematis timore Imperii Electoribus de Imperatore eligendo sollicitudinem ingessit B. Gregorius X. Petro Aragonio , ob invasa
Siciliæ jura , Anathema dicere Martinus IV. die 21. Mart. 1283.
non abstinuit . Ab Urbano V. judiciaria sententia inustus Bernabò
Mediol. Dux legitur apud Raynaldum ad an. 1362 , seq. Petrus
Crudelis item Castellæ Rex apud Froissardum , & Valsingamum
ad an. 1366. Martinus V. & Michaelem Palæologum, quod a fœdere in Concilio Lugdunensi sancito , levi pro ingenio , resiliisset ,
& Petrum Aragoniæ Regem , quod Siciliæ Regnum , contra Sedis
Apostolicæ voluntatem , sibi usurpasset , Excommunicatione de-
vinxit : cujus etiam minis intentatis Sanctium Castellæ Regis filium ab incestis nuptiis deterruit . Ladislao Hungariæ Regi pelli-
cibus Cumanis in prædam fœde dedito, earumque pravam ob consuetudinem fidei suspicione graviter laboranti, ni resipisceret ,
bonamque se ad frugem reciperet , Apostolicum fulmen minitatus
legitur Nicolaus IV: quod etiam distringere in Jacobum Aragonium a Siciliæ occupatione non desistentem haud omisit . Et in
Ericum Daniæ Regem , quod Johannem Lundensem Archiep. in
vincula conjecisset , & in Philippum Pulcrum Regem Gall., quod
Ecclesiasticæ Jurisdictionis partem haud exiguam in proprium
transcribere jus affectaret , Excommunicationis intorquere tela
non distulit Bonifacius VIII. Intorsere & in Andronicum Imp. in
Schismate obfirmatum Clemens V , & in Ludovicum Bavarum
Schis.

Schifma in Ecclefia conflantem Johannes XXII, & Clemens VI.
Itaque a prifca ad fequiorem ufque ætatem, fevera ab hac exercenda in Principes etiam Cenfura, quoties e Chriftianæ re effet
Reipublicæ, ceffatum eft nunquam. Atque ita fuæ adverfantibus
electioni, aut etiam in fe confpirationem ineuntibus Johannæ I.
Siciliæ Reginæ, Carolo Dyrrachino, Ludovico Andegavenfi, &
Johanni Caftellæ Regi Anathema inflixit Urbanus VI. Quamquam,
quod ii Clementis VII. partes, Urbano derelicto, fuerint confe-
ctati, excufatione dignos facit turbatiffimæ electionis dubietas,
veluti diriffimi, juxtaque diuturni Schifmatis oftendit eventus.
Cujufce Schifmatis culpa deinde abfque excufatione detentos Johannem Comitem Armeniacum, & Alphonfum Aragonium Cenfuris abfterruit Martinus V. legitimis electus fuffragiis. Ulrico,
quod Friderico Imp. Ladislai Hungariæ Regis adhuc Pupilli tutelam eripuiffet, iram Dei vindicem interminatus eft Nicolaus V. A
Pio II. Sigifmundus Malatefta, & Homonymus Auftriacus dira
quælibet experti funt. Ita & Georgius Podiebrachius Bohemiæ
Rex ab eodem Pio II, & a Paulo II.; Hercules Ateftinus, aliique
Florentinis opem ferentes a Sixto IV. Ita Ferdinando Neapolis Regi, quod vectigal Romanæ pendere detrectaret Ecclefiæ, ab Innocentio VIII; Ludovico XII. Regi Gall., quod Cardinalem Medi-
cæum captivum detineret, ac Pifanæ adhæreret Pfeudo-Synodo;
Alphonfo quoque Ferrariæ Duci, quod Gallis inique ftuderet, a
Julio II. Sacris interdictum eft. Judiciariam item feveritatem, ob
hærefis crimen, cum Henrico VIII. Angl. Rege Paulus III, cum
Johanna Regina Navarræ Pius IV, cum Elizabetha prætenfa Angliæ Regina S. Pius V; cum Henrico III. Navarræo, & cum homo-
nymo ejus Patruele Coadæo Principe Sixtus V; cum Henrico IV.
Gregorius XIV, & Clemens VIII. adhibere non reformidarunt.
Mitto longe plura, ne fim longior, ac præter opus Lectori fa-
ftidium inferam.

Hinc itaque liquido patet, quam falfo Dupinus in Tract.
hift. de Excom. adfirmarit Excommunicationis ortum, & ufum
Sæculi X. ætatem haud excedere: quam falfo Cellotius de Hier.
Eccl. lib. 5. capp. 17, ac 20. fcripturierit irritum fore, quidquid
a Pontifice contra Galliarum Reges, ac Regnum decerni contingeret,

geret , neque Reges ipfos Franc. , vel ab Epifcopis, vel ab ipfo
Pontifice Cenfuris impeti poſſe , quem ideo redarguit , ac refellit
Hallier de Hier. Eccl. lib. 4. fcô. ult. cap.2. art. e. p. 884 , feqq.
edit. Parif. 1656 : quam falfo Arnaldus contenderit ex privileglo
a fpiritualibus etiam Ecclefix poenis exemptos Reges; contra
quem ideo epiſtola confcripta , infcriptaque *Gallus delufus* poenis
certe Spiritualibus coerceri , punirique, pro Religionis bono ,
Principes Chriſtianos poſſe, Bernardus Defiraotius oſtendit: quam
falfo Gaufridius in fuprema Aquifextiana Curia Advocatus Orat.
die 21. April. 1716. habita adverfus Synodales Ordinationes Epifcopi Maſſilienſis effutierit Regios Officiarios , própria obeuntes
munia , nec ab Epifcopis, nec imo a Pontifice Excommunicatione
percelli poſſe : quam falfo Seldenus de Syned. lib. 1. cap. 10. ad.
feruerit excommunicandi jus Imperatores fibi tribuiſſe ; Imperatoribus id juris ab Ecclefia neque fuiſſe denegatum ; ab Ecclefia
quia etiam pro legitime abfolutis habitos , queis abfolutionis beneficium largiti Reges fuiſſent , Regumque Miniſtris , & Officia-
libus , Regum abfque licentia , inſlictam fententiam robore omni
carere . Tanti enim vero Excommnnicatio a Poteſtate etiam laica
fieri olim confuevit , ut ea irretiti intra annum , aut intra dies 40.
interdum Ecclefix fatisfacere , vel ab Epifcopis abfolutionem impetrare cogerentur . Ita in Galliis ex S. Ludovici Regis Ediâo
an. 1228. relato a Ducangio in Not. ad Jonvillam , & in Gloſſario V. *Excommunicatio* To. 3. edit. Ven. 1738. p. 210 , feq ; ex altero ejufdem Regis Ediâo Pontifarx an. 1245. exarato ; ex Statutis ejufdem S. Regis lib. 1. capp. 121 , & 123; ex veteri Confuetudine Norman. cap. 21, ex Conciliis Triburienfi an. 895. Can. 3 ,
Melodunenfi an. 1216. cap.2 , Narbonenfi an. 1227. cap. 1, Campiniacenfi an. 1238. cap. 18 , Bircrrenfi an. 1246. cap. 36 , Co-
priniaceaſi an.1260. cap.15 , Lambethenfi an. infeq. cap. *De Excommunicatis capiendis* , Burdegalenfi an. 1262. cap. 1 , feq. , Colonienfi an. 1266. cap. 38 , Langefienfi an. 1278. cap. 6 , Audo.
marenfi an. infeq. cap 1, Santonenfi an. 1283. cap.1 , Aveniunenfi
an. 1326.cap.41, inſtaurato in Avenionenfi altero an. 1237 , &c. ·
In Anglia intra 40.dies Excommunicatus , nifi fatisfeciſſet , a Poteſtate laica carceri mancipabatur , qua de re Braâhon de Ex-

cept. lib. 5. cap. 23. §. 3, feq., Fleta lib. 6. cap. 45. §. 2, & Ra-
ttallus V. *Excommengement*. Qui fi poft dictos 40. dies Barones
latam in fe fuftinuiffent Excommunicationem, eorum fubditi fidelitatis juramento folvebantur, eorum Terra interdicto fuppo-
nebatur, ac Feuda in fuperioris Domini jus transferebantur,
quoad ufque feciffent Ecclefiæ fatis. Ita in Chartis Angl. apud
Guillelmum Prinzum de Libertat. Anglic. To. 2. p. 358 f& 410,
in Tabulario Epifcop. Ambian. fol. 5, in Statutis Synodalibus
an.1287. cap. *De Sententiis* To.2. Concil. Angl., in Synodis Lambethenfi an. 1261. cap. *De Excom. capien.*, & Londinenfi an. 1342.
cap. 13, ac in Provinciali Ecclefiæ Cantuar. lib. 3. tit. 28, &
lib. 5. tit. 17. Confer & Friderici I. Imp. legem apud Conradum
Utfpergen. an. 1187, & Hemereum in Augufta Vitomand. Regefti p. 51. In Gallia rurfus fub pœna carceris interdum ad petendam abfolutionem compulfi a Judicibus Regiis excommunicati leguntur in Chron. Abbat. Caftrenfium cap. 19, & in Jonvilla p.13.
Durius imo aliquando cum Excommunicatis actum, qui Ecclefiæ
facere fatis haud feftinabant, abfolutionemque petere. Nam lapides eorum in Domos projiciebantur, ac feretrum deferebatur ante
fores, quafi eorum funus curandum foret, aliaque factitabantur,
quæ fuftulit demum Synodus Avenionenfi an. 1337. apud Baluzium in Collect. Concil. p. 352; quibus de adeundi Ducangius,
five PP. Maurini in Addit. loc. cit.

    Tantum igitur abeft, ut Principes aut fibimet hanc Excommuni-
cationes infligendi poteftatem arrogarent, aut ab infidiis fe prorfus haberent immunes, ut imo ab Ecclefia inflictas obfervari tam
e re quoque fua, quam religioni fummopere duxerint. Fruftra perinde, falfoque deterrimum hunc effe Excommunicationis abufum
Ecclefia procul eliminandum perfuadere adnituntur Thomas Eraftus, Adamus Neuferus, Antonius Engelbrecthius, Gothofredus
Arnoldus in figura Eccl. Miniftri Spirit. p. 476, Chrift. Thoma-
fius, Gottl. Gershr. Titius &c., quibus vel ex Proteftantibus ipfis
valide fe fe oppofuere Beza, Brounius, Fechtius, Beerenfprun-
gius, Pfaffius, Oertelius &c. Atque in hanc utique de Ecclefiaftica poteftate ferenda vel In Principes Excommunicationis perfuafionem, jugemque praxim utramque, in Gallia præfertim,

                                Eccle-

Ecclefiafticam, ac Civilem poteftatem confpiraffe, eidem adftipulatis Juris utriufque Doctoribus, ex ejufdem Ecclefiæ documentis manifeftum evadit. Certe enim Galliarum Reges publicis Edictis, velut editis an. 1657. Art. 15, & an. 1695. Art. 30, & 34. id integrum, facratumque juffere, ut Supremæ Curiæ, Regii Miniftri, Judices, Officiariique nullatenus Ecclefiafticis fe cauffis immifcerent, Ecclefiarumque juribus crearent invidiam. Clerus vero Gallicanus an. 1639. invicta animi conftantia Edicto Intercedere non dubitavit eodem anno edito, quo Ecclefiafticis Regni Judicibus, fub pœna addicendorum Fifco bonorum, prohibebatur Ecclefiaftica Cenfura in Judices, Regiofque Miniftros, & Officiarios, fuo defungentes munere, animadvertere. Siquidem etiam Vafatenfis Antiftes fub Excommunicationis interminatione prohibuiffet, ne fuæ Diœcefis Judices Laici cauffarum fidei, morum doctrinæ, Ecclefiafticæque Difciplinæ cognitionem in fe transferre, fufciperique auderent; ii vero indignatione fervefcentes ab Epifcopi Mandato, tamquam ab Abufu, adpellaffent, horum adpellatio pofthabita eft, atque Epifcopi Mandatum facratioris Aulici Confilii decreto confirmatum. In Aulico fane Confilio alio habito an. 1615. Sermone ad Regem converfo hæc Regi frugis plena monita Princeps præbuit: *Ergo Papa Paftor eft, veftra autem Majeftas, ficut ceteri, Ovis. Non ambigendum eft itaque Te hujus poteftati effe fubjectum: potens eft enim Tibi falutem procurare, Teque extra Ecclefiam projicere; fi id nempe peccata tua promeruerint. Excommunicatio iftiufmodi, ô Rex, jufta ex cauffa, inflicta animam tuam Satanæ tradit; ab Ecclefiæ Communione fejungit, a Cælefti Regno abire exulem cogit.* Utinam tam vera, quam utilia Principibus, optime alioqui comparatis, confilia, monitaque femper fuggererentur! In eandem plane loquebatur etiam fententiam apud Cabaffutium Jur. Can. Theor., & Prax. lib. 5. cap. 14. n. 12. Theveneus Parifienfis Curiæ Advocatus in fuis ad Regias Conftitutiones Obfervationibus tit. de Jurifd. Ecclef. art. 5: *Parlementa, inquiens, non poffunt abfolvere, aut facere abfolvi ad cautelam: quia hæc poteftas non competit, nifi illi, qui poteft fimpliciter abfolvere, Cap. Solet., & de Sent. Excom. in 6. Et Curiæ Laicorum nec abfolvere poteft, nec ad abfolvendum delegare:*

idque ei prohibetur per *Edictum Melodunense*. Abusum nempe
explodit, qui Gallicanas olim in Curias irrepserat, adprobatusque quin etiam Francisco I. Regi in Edicto an. 1539. Art. 6. fuerat, ut Clericus a Senatu ipso delegaretur pro Excommunicatis
litigantibus ad cautelam absolvendis, ut praeveniretur videlicet
exceptio, qua litigantes Excommunicati a prosecutione caussarum submoverentur, velut observat Charondas in Cod. Henricaeum lib. 1. tit. 15. ad cit. Art. 6. Praetensum hoc ipsum Gallicani Regni privilegium fieri nequivit, quin justos intra limites,
tam Hincmari auctoritate, quam veritate ipsa cogente, cohiberet etiam Fevretus, Vir alioqui non sane multum Ecclesiae concedere assuetus; sic enim de Abusu lib. 1. cap. 6. n. 10. scribit:
*Id, quod dictum est, Officiarios Regios excommunicari non posse,
propria obeuntes munia, scilicet Regis, haud tamen usurpantes aliena, scilicet Ecclesiastica. Nam si Judex Regius, vel Laicus causfas Fidei, vel Ecclesiae cognoscere praesumit, in praejudicium Juris
Ecclesiastici, quare Regni Episcopi Jurisdictionem non habebunt
illos coercendi sub poena Excommunicationis? Sane aequum est,
ut armis Spiritualibus se tuetur Ecclesia, sicut Corporalibus se
tuentur Regna. Certe quum olim quidam Politici dicerent, Lotharium Regem, ob legitimae Conjugis repudium, non posse a suis Episcopis excommunicari, illis respondit Hincmarus: Haec vox non
est Catholici Christiani, sed Blasphemi, & spiritu Diabolico pleni.* Quae si pacate attendisset Jannonus, non adeo profecto desipuisset, ut Galliarum Regis Ministros, Officiariosque, a potestate Ecclesiastica facere pene immunes frustra adlaboraret.

Atque ex his facile dantur intelligi Leges Imperatorum, tanto adparatu a Seldeno conglomeratae, quibus sibi excommunicandi jus adserere illi videntur: quales Gratiani, Valentiniani, &
Theodosii adversus Haereticos Cod. Theod. L. 6. lib. 16. tit. 5,
LL. 10, 11, 13, 14, 40, & 54. Cod. Justin. tit. *De Haeret.* L. 4.
Junctis Excerptis ex Johanne Antiocheno ab Henrico Valesio
p. 804: quales Valentiniani, Theodosii, & Arcadii adversus Mulieres caput tondentes L. 27. Cod. Theod. lib. 16. tit. 2, & adv.
Haereticos L. 6. ibid. tit. 4, L. 4. tit. 7, L. 2. *De Episcop. Jud.*,
L. 7. tit. 5. ibid., & in Cod. Justin. L. 3. tit *De Haeret.*, L. 3. *De*
Apo-

Apostasis, LL. 3, 5, seq. tit. *De Sum. Trinit.*, & lib. 3, tit. *De Episcopis*. Junctis Harmenopulo ad fin. lib. 6, Photio in Nomocan. tit. 9. cap. 9, Attaliata in Synopsi tit. 3, & Baronio ad an. 404. n.56, seq. 533. n.9, seq. ac 546. n.18 : quales Justiniani Novel. 123. cap.11, Leonis, ac Constantini tit.9. §.5 : quales Caroli M. Capitul. lib. 5. cap. 42, & in Edicto apud Goldastum Const. Imp. To. 2. p. 1 ; & Conradi Imp. apud eumdem To. 1. p.2101 quales Recesvinthi in Hispania Regis Concil. Hisp. p.447, Ervigii p.604, & Egicæ p.741 : quales Regum Poloniæ apud Jacobum Prilusium Statut. Polon. lib. 1. cap. 4, & Joh. Herbortium tit. *Spiritualia* fol. 253 : quales Angliæ, & Scotiæ Regum Statut.4, seq., Eduardi VI. cap.4, Stat.3. Jacobi cap.5, Parlam. 3, Jacobi VI. cap.45, & apud Matthæum Parisium ad an. 1253. Scilicet ita a Laicis Excommunicationis latas sententias executorias, applicatorias, seu abjuratorias, veluti loquuntur Pragmatici ; esse : quibus innititur latis ab Episcopis Censuris se adhærere, suum eat sortiri effectum ipsos velle, aut denium se detestari, inque pessimis habere cum personas, tum doctrinas eo Censuræ genere ab Ecclesia protritas ; veluti Laici plerique in Synodo Ephesina Act. 6 in Quartodecimanos Anathema pronuntiasse leguntur : qua de re fuse Perronius in Replic. ad Regem Angl. lib. 1. disp. 27, Baronius ad an. 528. n. 14, Spondanus de Comer. Sacr. lib. 4. par. 1. cap.2. §.5 ; aliique vulgo de Schola Theologi. Quibus legibus ita rite perceptis, jam sponte concidit quidquid de Jure excommunicandi ab Imperatoribus Ecclesiæ facto, deque Jure Excommunicatos absolvendi Imperatorum proprio Seldenus subtexit. Ita etiam inter alia, queis historiam infarsit suam, commento deputandum illud est, quod de Eusebio Nicomediensi, & Theogni Niceno a Nicæna quidem Synodo damnatis, sed a Constantino M. Excommunicatione absolutos tradit Eutychius apud Seldenum p. 194. Etsi enim Eutychii dictum veritate niti daretur, nihil officit, quo minus dictum accipi commode queat ita, ut Divum Viros illos aut a Nicæna Synodo injuste damnatos Imperator existimaverit ; aut post damnationem ad frugem regressos reputans suo favore haud indignos habuerit, neque cum eis Sacrorum jungi consortio detrectarit. Ita & inter alias, quibus, jus-

præ·

præter, ac fas, Juſtinianos paſſim Eccleſiaſticæ ſe immiſcere Juriſdictioni non abſtinuit, adnumeranda venit Novella 123. cap. 11.
Collat. 9. tit. 15. apud Julianum Anteceſſorem cap. 442, quæ
plane Lex Imperatoribus probata ſubinde evaſiſſe videtur ex Baſi-
licis lib. 3. tit. 1. § 10, ex Photii Nomoc. tit. 9. cap. 9, ex Ecloga
Leonis, & Conſtantini tit. 9. §. 5, ac Michaele Attaliata in Sy-
nopſi Juris tit. 3, qua Excommunicatione plecti quiſpiam ante
prohibetur, quam juſta probata fuerit cauſſa. Quamquam & in
Legi huicce rectus, probuſque ſubeſſe poteſt ſenſus, ut Sacrorum
Integritati Canonum ea dumtaxat lege conſultum, proſpectum
que videri poſſit, ut ad eorum amuſſim intligi Cenſuras intende-
rit, exoptaritque; quibuſque violatis ſiquis Excommunicatione
fuiſſet irretitus, eum *A Majore Sacerdote* abſolvi, Communioni-
que reſtitui. En Legis verba: *Omnibus Epiſcopis, & Presbyteris,* (perperam id juris Presbyteris commune ſit,) *interdicimus
ſegregare aliquem a Sacra Communione, antequam cauſſa monſtre-
tur, propter quam Sancta Regula* (SS. Patrum, ac Synodorum
ſcilicet,) *hoc fieri jubent. Si quis autem præter hoc,* (contra præſcriptum videlicet a Synodis, & a SS. Patribus,) *a Sancta Communione quemquam ſegregaverit, ille quidem, qui injuſte a Communione
ſegregatus eſt, ſolutus Excommunicatione a Majore Sacerdote* (a
Metropolita nempe, vel a Patriarcha), *Sanctam mereatur Communionem. Qui vero aliquem e Sancta Communione,* (præter
Jus, ac fas videlicet, ac præſcriptum Canonum), *ſegregare præ-
ſumpſerit, a Sacerdote ſuo, ſub quo conſtitutus eſt, ſeparabitur a
Communione &c.* Quæ profecto qui probe tenet, facile perſpicit
inde parum, nihilque Eccleſiaſticæ in hac parte vulneris, injuriæ-
que poteſtati inferri. Nec ab hac altera, nec amplior vis ineſt Legibus Imperialibus aliis, quas eo loci p. 244, ſeq. conglomerat
Seldenus ad ſuadendum, excommunicandi Jus Eccleſiæ coarctari
quam licite, tam legitime a Principibus poſſe: veluti Caroli M.
Capitul. lib. 1. cap. 142; & lib. 5. cap. 42: Ludovici Pii Capit. 3.
capp. 23, & 35; Caroli Calvi Capitul. in Villa Sparnaco editis an.
847. cap. 4; Ludovici II. Germ., Caroli II. Gall. Regum, Ludovici Imp., Lotharii Regis Lotharingiæ, & Caroli Burgundiæ Regis in Conventu Confluentino an. 860. art. 6: prætermiſſis iis, quæ
a Pro-

a Protefeantibus edita, deinde Principibus funt . Nam Franc. Regum Capitularia aut ex Sacris Conciliorum Canonibus excerpta ,
aut Epifcoporum interveniente confenfu edita , Sacrarum potius ,
quam Sæcularium Legum loco habenda abunde , opinor , alibi me
demonftrare memini , idque pro cunctis liquido demonftrat, quod
Caroli M. juffu , Remedius , aliis Remigius , Curienfis in Rhætia
Epifcopus Canones Ecclefiafticos ex Pontificum epiftolis excer-
pere curaverit , quos editos videre licet a Goldafto Rer. Aleman-
nic. To. 2. par. 1. p. 121. Deinde eò dumtaxat , uti legenti adparebit , præfata Capitularia collineant , ut juxta explicitiffimas Synodorum fanctiones id fuadeant , & ftatuant , ne gravi abfque
cauffa , nec magna abfque circumfpectione, nec nifi ante debita
admonitione , & correptione adhibita , Excommunicatio feratur :
qua de moderatione difertiffimi habentur Conciliorum Canones ,
Aurelianenfis V. an. 549. Can. 2, Arvernenfis II. eod. an. Can. 2.
relatus a Gratiano Can. 42. *Nullus Sacerdotum* 11. q. 3, Meldenfis an. 845. Can. 56, Wormarienfis an. 868. Can. 14, Colonienfis
an. 1536. par. 13. cap. 5, Moguntini an. 1549. cap. 103, &c.
Quibus jungendi S. Gregorius M. lib. 2. epift. 34 excommunicari ob privatam Injuriam prohibens, S. Gregorius VII. lib. 2. epift. 6.
excommunicari Bohemiæ Ducem , fe infcio , interdicens, neque
prius fe defendentem auditum lib. 9. epift. 15. Innocentius IV.
Cap. 9. *Conftitutionem* de Sent. Excom, in 6. trinam debere præce.
dere monitionem docens , & mandans , ac Benedictus XIV. de Synodo Diœcef. lib. 10. cap. 1, feq. de his fufe differens . Regum
utique , ac Principum fingulare illud fertur privilegium , ut ficui
communicent excommunicato , is exemplo Ecclefiafticæ reftitu-
tus Communioni intelligatur . Id ex Capitularibus Regum Franc.
refert Ivo epift. 62, & 171, videndique S. Gregorius Turon. hift.
lib. 5. cap. 15, & lib. 7. cap. 7, ac Pithœus in Probat. libert. Eccl. Gallic. p. 26. Idem extat in Concilio Toletano XII. an. 680.
Can. 3, ubi videndus Garfias Loaifa in Not., ac in Toletano XIII.
Can. 9, & 12. Idem in more apud Anglos viguiffe ex S. Anfelmi
Cantuar. lib. 3. epift. 90. obfervat Juretus in Not. ad Ivonis epift.
62. At privilegium ejufmodi indulgentiæ , quam erga Principes
adhibere Ecclefiæ opportunum accidit , acceptam referri debere

eueadem ipfa documenta, quibus innititur, nos edocent. In Capitulatibus enim Regum Franc. potiores habuiffe partes aut Eccleſiafticas Canones, aut Epifcopalem auctoritatem liquido conſtat. Caeteroquin enim idem ipfe Ivo epift. 46. Philippum I. Gal. Regem ab Urbano II. rite Cenfuris irretitum advertit. A Conciliis vero Toletanis privilegium illud non tam vindicatum, quam primo Hifp. Regibus collatum exputare fas, ac pronum eft: non fecus atque cum Regibus Angliae pati devotionis officio Anglicanam defunctam Ecclefiam. Quae demum tanto Seldenus conatu p. 240. feqq. congerit abfque delectu ex Petro Pithoeo de Libert. Eccl. Gall. To. 2. cap. 5. feqq., ex Hieronymo Cevallos in Tract. de Cognitione per viam violentiae in Cauffis Eccl. &c., ex Bobadilla de Polit. lib. 2. cap. 18. §. 61. ex Francifco Salgado de Regia protect. par. 1. cap. 2. §. 1. feqq., ex Alphonfo de Azevedo in Reg. Conftit. lib. 8. tit. 5. ex Jacobo Prilufio Stat. Polon. lib. 1. cap. 4. ex Joh. Herbortio tit. *Spiritualia* fol. 255. ex Eadmero hift. Novor. lib. 1. p. 6. ex Joh. Sarisberienfi epift. 159. ex Lindvvod in Conft. Provincial. tit. de Foro compet. cap. 1. ex Statutis Cleri-Angl. cap. 7. ex Fleta lib. 6. cap. 37. feq., ex Brancthonio lib. 5. tit. de Except. cap. 23. §. 1. ex Thoratonio lib. 7. cap. 10. ex Statutis 25. Henrici VIII. cap. 19. & ftat. 26. cap. 1. ex Cockto par. 5. fol. 51. & par. 8. fol. 69. ex Stat. 1. Elizabethae cap. 1. ex aliifque hujufce genus Proteftantium factis, fcriptis, decretifque, ad fuadendum praxi generatim in Gallia, Hifpania, Polonia, Hungaria, Germania, Anglia &c. receptiffima tam injufte excommunicatis ad Regiam confugere protectionem licere, quam Regibus ejufmodi Excommunicationes abolere, atque Ecclefiafticam poteftatem intra aequi, juftique confines in Cenfuris ferendis cohibere fas effe; nefafque viciffim Regum abfque licentia Regios in Miniftros, atque Officiarios Cenfuris animadvertere. Quam enim falfum effe illud prius de facultate cum Excommunicatorum Regium adeundi Tribunal, cum Regum eifdem, imperticandi favorem, fatis, fuperque demonftratum eft: idque modo unum adjungam, quod Statutum fub Henrico VIII. de Cenfurarum judicio Laicis Judicibus demandando abrogatum fub Maria Regina, neque fub Elizabetha inftauratum, fed imo ab Epifcopis bis, ac ter an. 1571.

ET CIVILI. ARTICULUS VI. 617

1584, & 1589. reformatum fuiſſe refertur in Actis Collationis
Hamptotricurienſis an.1603. die 14. Jan. apud Chauſtepié in Di-
ction. Hiſt.Crit. *in Reinoldo* To.4.p.81, ſeq. Not.B; tam poſterius
iſtud de invaliditate Cenſuræ, Regum abſque conſenſu, in Regios
Officiarios latæ, ſi veritate tamen undique innititur, quod alii
verius inficias eunt, in Apoſtolicis indultis fundamentum habere
certum eſt, ac conſtans. Atque ita plane Philippus VI. Gall. Rex
olim in litteris an. 1335. apud de Lauriere Ordinat. Reg. Franc.
To. 2. p. 183. diſerte adfirmavit a pleriſque Rom. Pontificibus
ſingulari privilegio Franc. Regibus indultum fuiſſe : *Ut nullus in
Terra Regia Excommunicationis, vel Interdicti ſententias profe-
rat, abſque mandato Sedis Apoſtolicæ.* Quod tamen privilegium
haud Galliis omnibus ſapere obſervant PP. Maurini in Addit. ad
Gloſſar. Ducangii edit. Ven. To.3. p. 208. Huicce perquamſimile
privilegium, ut nempe, Pontifice M., ejuſque a Latere Legato
exceptis, a nullo Excommunicationis ſeriri gladio quirent, conceſſum fuiſſe,Bohemiæ Regibus augurari ſas eſt ex S.GregorioVII.
lib. 2. epiſt. 6. ad Geboardum Pragen. Antiſt.; Regibus Scotiæ
liquet ex Clemente III. Conſt. *Cum Univerſi* an.1188, alteraque
ſimiliter incipiente Cæleſtini III. an. 1192; Armeniæ Regi ex Innocentio III; S. Ludovico Regi Franc. de Regno, abſque ſpeciali
Pontificis mandato, generali Interdicto haud ſupponendo, ex Innocentio IV. epiſt. 18; Henrico Hugonis Filio Ruthenenſi Comiti ex Clemente IV. Conſt. *Intendentes* an. 1268; & Angliæ Regibus ex Clemente V. Conſt. *Tuæ Devotionis* an. 1309. Facit huc
etiam ſingulare privilegium aliud, quo Apoſtolicæ Sedis vices ſuis
in Regnis obeundæ demandatæ feruntur S. Eduardo Angliæ Regi
a Nicolao II, Rogerio Calabriæ, ac Siciliæ Comiti ab Urbano II,
& Uladislao Poloniæ Regi a Martino V: quo peteximio ſane ex
privilegio & illud conſequitur tam hoſce Reges, quam harum
Regna, niſi a Pontifice M., aut ſpeciali Pontificis M. facultate,
Cenſuris, & Interdictis legitime ſupponi nequire. Sed de his
jam nimis.

Ad 2. modo propoſitæ quæſtionis properando caput, ex eadem Poteſtate ligandi, atque ſolvendi deſcendere Poteſtatem
quoque poenis infligendi corporales operæ pretium eſt demon-

ſtrare. Atque principio quidem ſi Ethnicorum Sacerdotibus, ſi
veteri Hebræorum Synagogæ in Legum tranſgreſſores corporales
decernere pœnas fas fuit, non eſt profecto, cur Ecclefiæ Catholicæ par denegetur facultas. Jam vero apud Romanos Pontificis
M. quammaxime, tanquam Sacrorum Judici, mulctæ dictionem,
quam Magiſtratibus publica Juriſdictione defungentibus compe-
tiiſſe ex Ulpiano præfertim L. 131. *Aliud eſt fraus* ff. *De Verb. Si-*
gnif., & L. 2. in fin. ff. *De Jud.* oſtendit Briſſonius Select. ex Jure Civili Antiquit. lib 3. cap. 4, Pontificis M., inquam, propriam
fuiſſe ex Livio lib. 37. cap. 51, & lib. 40. cap. 42, ac ex Cicerône
Philip. II. cap. 8. probat ibid. in Not. Albertus Dicterius Trekellius edit. Lugd. Batav. 1749. p. 68. Apud Judæos vero, præterquam a Samuele Agag 1. Reg. 15, 33, ab Elia Pſeudo Prophetæ
Baal 3. Reg. 18, 41, & Quinquagenarii Ochofiæ 4. Reg. 1, 12, ab
Eliæo Pueri irrifores 4. Reg. 2, 24, a Jojada Athalia 4. Reg. 11,
15, & 2. Paralip. 23, 14. &c. corporalibus affecti pœnis leguntur,
apud Judæos, inquam, antequam in flagitiofos poſtrema animad-
verteretur Excommunicationis ſpecie, ut quoquo ii modo ad pœnitentiam, mentemque provocarentur, flagris cædi confueviſſe
obfervant Vitringa lib. 1. cap. 20. p. 775, & Seldenus de Syned.
lib. 1. cap. 7. p. 106. Quò pertinere videtur illud Chriſti D. Matth.
cap. 10. v. 17. ad Diſcipulos ſuos loquentis: *In Synagogis ſuis*
flagellabunt vos &c. Quem profecto locum follicitans, in dubium-
que revocans Beza dignis vapulat a Bafnagio hiſt. Jud. lib. 6. cap.
21. n. 16, ejuſdem loci veritatem confirmante ex S. Paulo, qui
Act. 9. Sacerdotum juſſu ad cædendos undique, & in vincula
conjiciendos Diſcipulos Chriſti D. conquirebat, quique 2. Corinth. cap. 11. v. 24, feq. ſe quinque vicibus flagris cæfum, quin
& ter virgis flagellatum, atque lapidibus impetitum teſtatur; ex
Maimonide quoque de Studio Legis cap. 7. p. 38, qui ejufmodi
apud gentiles ſuos obtinuiſſe ritum flagris reos cædendi ad Sacerdotum nutum locuples teſtis accedit. Atque reos inter alios, qui
aut falfum protuliſſent teſtimonium, aut foli ad teſtimonium pro-
ferendum acceſſiſſent, Pontificis juſſu loris concidi folitos traditur in *Pefachim* cap. 10, & a Maimonide in *Hilch Eduth* cap. 20,
& in *Hilch. Toben* cap. 5. Quæ præter flagitia, plurimas alias ob
cul-

culpas Pontificis imperio vapulare reos confuevisse liquet ex Talmud tit. *Maccoth* cap. 3, ex Glossa *Ceph Nicbeth*, ac videndus ibid. in Not. Joh. Cocquius p. 122, seqq. Præterea apud Judæos peccatorum confessioni, de qua Levit. 26, 40, & Num. 5, 6, seqq., castigationes, & flagellationes accedere confuevisse adfirmat Jacob Ben-Asher in tract. *Orach Chajim* §. 607; atque ita quidem, ut peccatis gravioribus imponerentur pœnæ corporales ad plures etiam annos subeundæ, docent Judæorum Magistri plerique, Maimonides in Talmud tit. *Thra* cap. 6, seq., & Rabbi Samuel in *Sepher Chasidim* §. 167, ac *Reikit Chocina* minor in *Shaar Hathefubi* cap. 7. apud Buxtorfium in Synag. cap. 34, & Seldenum de Syned. lib. 1. cap. 7. p. 235. Cur vero demum e putidis hisce Rabbinorum lacunis documenta hauriam, ubi limpidos in promptu habeo S. Scripturæ fontes cum Deut. cap. 25. v. 2, seq., quo flagitiosis plagas imponi præcipitur, imponendique præscribitur modus, cum Psal. 108. v. 6, seqq., quo juxta Propheticam phrasim, præter separationem a Sacrorum consortio, ac Satanæ traditionem, peccator diris omnibus, pœnisque corporalibus agitur. Quò certe facit etiam illud Christi D., a quo vendentes, & ementes in Templo flagellis cæsi leguntur Johan. 2, 14, seq, & S. Pauli 2. Corinth. 11, 23, qui carceribus, & plagis a Judæis affectum se memorat. Sed & S. Epiphanius Judæum quemdam ideo, quod Christo D. nomen dare voluisset, flagris in Synagoga concisum refert; & apud Eusebium citatur liber imperante Commodo adversus Montanistas elucubratus, ubi legitur eorum gregis neminem in Judæorum Synagogis flagellatum fuisse. Synedrio quin, ac Synagogæ fas nedum fuisse Legis transgressores ad flagella damnare, sed imo Jus vitæ, & necis existimant Huetius in Not. ad Origen. To. 2. p. 29, Ligfoot in Evang., & Lamy Concord. Evang. Appar. Chron. par. 2. cap. 3. §. 4. To. 2: quod probant facto S. Stephani lapidibus obruti, ac S. Jacobi fuste interfecti. Quamquam id neget Basnagius hist. Jud. lib. 6. cap. 2. n. 6. facto Christi D., quem neci tradere sibi nefas esse fassi Sacerdotes leguntur Joh. 18, 31, respondens n. 8, seq. SS. Stephani, & Jacobi necem, non Synedrii decreto, sed furentis multitudinis conspirationi esse adscribendam. Huc facit etiam Satellitii tam apud Ethnicos, quam apud Hebræos mentio

Sacerdotum ufui deftinati , atque loris , flagrifque armati ad fla-
gitioforum vindictam ex Sacerdotum nutu capiendam, de quo dictum abunde , opinor , fup. Art. 4.

Non opus eft tamen e veteri Synagoga documenta , & exempla mutuare , ac derivare , ubi liquida nobis ex Evangelio , Scri-
ptifque Apoftolicis tot fuppetunt argumenta , quibus Chrifti D. ,
Apoftolorumque facto, dictoque & hanc Ecclefiæ pœnas intligendi corporales poteftatis factam docemur particulam fuiffe . Enim
vero a Chrifto D. facto de funiculis flagello vendentes , ementef-
que Templo expulfos ex S. Joh. 2, 14, feq. mox memorabam . Sub
Poteftatis quoque ligandi , atque folvendi fpecie S. Petro factæ ,
Apoftolifque, defignatam fuiffe poteftatem facinorofos fpiritualibus nedum plectendi , fed corporalibus infuper pœnis , five Excommunicationis pœnam fpiritualem effe non modo , fed corporalem etiam complecti , exinde patet , quod Matth. cap. 5. v. 29,
feq. fub oculi , manus , ac pedis fimilitudine ab Ecclefiæ corpore
erui , abfcindi , & projici facinorofi jubentur : quam juxta fententiam excommunicati Chriftifidelium Communione, atque confortio tam Civili , quam Sacro feparari folent . Atque ita locum
hunc de Excommunicatione interpretari non dubitarunt Origenes
hom. 7. in Iofve fub fin., & S. Innocentius I. in epift. ad Epifcopos
Concilii Milevit. inter Auguftin. 93, edit. Concil. 25, Cout. 30.
n. 6. Quod etiam facere locum ad Galat. cap. 5. v. 12, ubi abfcindi
factiofi abfolute jubentur , juxta interpretationem Bezæ , & Seldeni fuperius admonebam . Huic etiam interpretationi fuffragan-
tur S. Cyprianus epift. 62, S. Ambrofius lib. de Elia cap. 22, S. Hieronymus epift. 1. ad Nepotianum , Auctor libri de Vita contempl.
fub nomine S. Profperi lib. 2. cap. 7, a quibus paffim fub abfciffionis , ejectionis , & fectionis nomine Excommunicatio exprimi
folet . Singularem itaque Apoftolis a Chrifto D. poteftatem factam impios cum morbis , tum morte damnandi liquet Act. cap. 5.
v. 5, ubi S. Petrus Ananiam , & Saphiram oris gladio interfeciffe
legitur , veluti locum de prodigiofa Apoftolis poteftate facta intelligendum confentit Grotius , & Act. cap. 13. v. 11, ubi S. Paulus Elymam Magum cæcitate percuffit , veluti de poteftate corporales etiam intligendi pœnas & locum hunc interpretatur Ter-
tul-

tullianus de Pudic. cap. 14. Poteftatem hanc iterum a S. Paulo
Virgæ nomine defignatam 1.Corinth.cap.4.v.21. intellexit S.Au-
guftinus lib. 3. contra Epift. Parmen. cap. 1: *Jam hic, inquiens,
apparet eum loqui de vindicta, ad cujus significationem virgam no-
minavit*. Defignatam item a S.Johanne Evang. Apocalyp. cap. 2.
v. 27. fic accepit idem S. Doctor hom. 2. in hunc loc. *Virgam,
ajens, ferream dixit Johannes propter justitiam, & propter rigo-
rem, quum Virga corrigantur boni, mali vero confringantur*. Paullo fuperius vero dixerat a Chrifto D. hanc accepiffe Ecclefiam poteftatem: qua rurfus de poteftate expreffius loquitur S. Paulus 2.
ad Corinth. cap. 10. v. 8, feqq., & cap. 13. v. 2, & 10. An porro
ad Spiritualem infligendi pœnas dumtaxat fpirituales, an ad Corporales etiam inferendi pertineat infignis S. Pauli locus alter tam
in Epift. 2. ad Corinth. cap.5. v. 5, feqq., quam in Epift. 1. ad Timoth. cap. 7. v. 20, ubi Satanæ traditi leguntur Inceftuofus Corinthius, ac Hymenæus, & Alexander, lis eft inter Doctos. Eum
locum proprie ad Excommunicationem fpectare, quatenus effectum ad cauffam, Deo ita difponente ad Juftum Excommunicationis metum incutiendum, vifum eft Tertulliano de Pudicit. capp.14,
Origeni hom. 5. in Jud., S. Hilario in Pfal. 59. n. 3, & 118. tit.16:
n. 5, S. Ambrofio de Pœnit. lib. 1.capp. 12, & 13, S.Joh. Chryfoftomo hom. 15. in hanc epift., S. Hieronymo Apolog. adv. Ruff., in
Ifajæ capp. 14, & 19, & in Ezech. cap. 17, S. Paciano epift. 3. ad
Sympron., S. Auguftino adv. Parmen. lib. 3. cap. 1, & lib. de Fide, & Oper. cap. 26, S. Leoni M. epift. 89. cap. 7, Theodoreto,
Primafio, Sedulio, Theophylacto, Haymoni, Anfelmo in 1. Ti-
moth.1, Eftio in hunc loc., Franc. Maytono in 4.Sent. dift.19. q.3,
Baronio ad an. 57. n. 11: ad quas fuffragio quoque accedere fuo
non hæfere Calvinus ipfe, Beza, Petrus Martyr, apud Petavium
de Eccl. Hier. lib. 3. cap. 11, Erafmus in hunc loc.Crit. Sacr. To-
5. p. 63, aliique. Eam contra Satanæ traditionem ad Excommunicationem fpectaffe negant Petrus Molinæus in Vate lib. 1. cap.
11, five de Præcognit. futur., Ludovicus Capellus in Joh. cap.9.
v. 22, Ligfootus adhunc loc., Vitringa de Vet. Synag. lib. 3. par.1.
cap.10. p.757, Joh. Crojus Obferv. Sacr., & hift. ad Rom. cap.9.
v. 3. apud Seldenum de Syned. lib. 2. cap. 8. p. 150, Bochartus in
epift.

epift. ad Joh. Tapinum Oper. To. 2. p. 1013 , Samuel Basnagius differt. 1. de tradit. flagitioli Diabolo n. 2. Annal. To. 3. p. 475; & Calovius in Bibliis illuftratis ad hunc loc., quin tamen inficias ire ausi fint exinde Apoftolicæ poteftatis intligendi fceleftis pœnas etiam corporales præclarum fpecimen patere , ac dum Satanæ peccatores traduntur, poteftatem deferri cruciandi corpora. Thomæ Erafto Thefi 59. ea viciffim Satanæ traditio idem eft , ac traditio in occifionem , & damnationem . Sed manifefte repugnat interpretatio hæc verbis feqq. *Ut Spiritus fervetur in die Domini*; illifque item 1. Timoth. 1. *Ut difcant non blafphemare* : quæ plane in homine a Dæmone interfecto , atque damnato locum habere nequeunt . Limborchio Theolog.Chrift.lib.7. cap. 18. n.28. Inceftuofus ille correptioni dumtaxat fubjectus , non etiam Cenfuræ graviori , vifus eft . Sed is fecummet pugnat , ut cui ibidem ea Satanæ traditio ad torquendum in corpore morbo , vel incommodo alio intelligenda videtur . Pugnat deide cum Apoftolico textu , qui explicitiffime de pœna longe graviori loquitur . Paulinum Itaque locum de Excommunicatione corporali cum pœna conjuncta capiendum non dubitant ex Proteftantibus Ovvenus in Otiis Theolog. p. 457, feqq. Ligfootum refellens ; Marckius in Sylloge differt. fuper Loca Vet., & Nov. Teft. Exerc. 19, ubi Molinæum oppugnat ; Fechtius de Excom. Eccl. §. 81, feqq., locoque , cum quo confert Matth. 5, 29, Act. 7, 34, & 12, 11, vim , & coactionem Ineffe adverfus Arminianos Grotium , Epifcopium, Limborchium, Arnoldum &c. oftendit; Jagerus in Syft.dogm.Polem. lib.4. p.206; Calderwood in Alt. Damaf. p.182; Kromayerus de Poteft.Eccl. §.13. p.55; Pfaffius in Orig. Jur. Eccl. cap.1. art.2. Not. PP. feqq. p. 65, feqq., ubi Seldenum de Syned. lib.1. cap.8. p. 148. 10. *Improbum* non pro Mafculino , fed pro Neutro accipi contendentem jure fufflaminat, fiquidem Textus liquido de homine Inceftuofo loquatur; corrigit etiam Bobemerum , qui Jur. Eccl. differt. 3. de Confœderata Chrift. Difciplina §.37. hanc excommunicationem Civilem effe autumat , feu exclufionem a Civili focietate: fiquidem fi pœna hæc fuiffet tantum Civilis , S. Paulus eam intligens in Jura Magiftratus Civilis involaffet . Confer & Witfium in Meletematibus Leidenf. p. 93, feqq., & Wolfium in

Cu-

Curis Philolog. Crit. To 3. p. 367, feq. Sed enim interpretationem haecce magis , quam Proteſtantibus hiſce , SS. Eccleſiæ Patribus paullo ſuperius memoratis referre acceptam nobis eſt plane ſacrum , quibus uterque Apoſtoli locus de Excommunicatione utique , atque de extraordinaria quoque pœna eorum temporum propria , qua revera Satanæ variis excarnificandus , vexan-
duſque modis , aut morbis Excommunicatus dederetur ; intelle-
ctus eſt : qua de intelligentia fuſius Albaſpinæus Obſerv. Eccl.
lib. 1. cap. 1, ſeqq., Hallier de Eccl. Hier. lib. 4. Sect. 2. cap. 1.
art. 9. §. 3, Petavius de Hier. Eccl. lib. 3. cap. 11, Cornelius a
Lap., & Tirinus in 1. Corinth. 5, &c. Singularis porro hujuſmodi poteſtatis , Apoſtolis deinde factæ , Dæmoni cruciandos tra-
dendi flagitioſos ſpecimen aliquod in veteri Synagoga præextitiſ-
ſe indicare videtur Propheta Regius Pſal. 77. v. 49. *Immiſſiones
per Angelos malos* memorans, ob quas apud Judæos extra Synagogam factos miſerabili tandem conſumptos morte tradit Joſephus
de Bello Jud. lib. 2. cap. 7. In Evangelica vero lege Apoſtolis collata poteſtas iſta videtur Marci cap. 16. v. 17. cum poteſtate viciſſim Dæmones ejiciendi, ut obſervat S. Thomas ibid. Eandem poſt
Apoſtolos poteſtatem in Eccleſia longo perduraſſe tempore plurimis docemur exemplis , quorum nonnulla collegit citat. §. 3.
Franc. Hallier , ut illud , quod in vita S. Ambroſii refert Paulinus , de Stiliconis ſervo Anathemate perculſo , ſtatimque ab im-
mundo Spiritu in fruſta diſcerpto ; illud, quod lib. de Schiſm. Ur-
ſicini tradit Marcellinus , de Zoſimo Neapolitanæ Eccleſiæ perva-
ſore a Maximo legitimo Epiſcopo excommunicato gravi linguæ
impedimento ſtatim correpto ; illud de Dioſcoro a Chalcedonenſi
Concilio damnato infeliciſſime in exſilio mortalitatem expleto; de
Cariſio Clerico a Gennadio Patriarcha Cenſura irretito die ſe-
quenti defuncto, teſte Theodoro Lect. lib. 1. Collectan. ; de Nan-
tino Engoliſmenſi Comite ab Hernelio Epiſcopo excommunicato
mala paullo poſt morte perculſo , referente S. Gregorio Turon.
hiſt. lib. 5. cap. 36; de Sacrilegis Excommunicatis a S. Maclovio
diverſis exemplo morborum generibus affectis , teſte Sigeberto
in ejus vita apud Surium die 25. Novemb.; de Laico quodam Anathemate innodato a Pio Apſarenſi Præſule , ac repente fulmine
ico ,

icto , scribente S. Petro Dam. epist. 2 ; de aliisque apud Græcos
Excommunicatis , ac post obitum ad modum tympani inflatis ,
auctore Manuele Malaxo in vita Maximi Patriarchæ : quos ob
morbos sane , mortesque illatas *Carnifices Reipublicæ Christianæ*
dici Cacodæmones antiquis Ecclesiæ Patribus solebant , ab Origene lib. 7. contra Celsum in fin., & lib. 8 , a S. Basilio , a S. Hieronymo in Joel. cap. 2 , a S. Augustino , a S. Joh. Chrysostomo
Ser. 17. &c., legendique , si placet, Martinus del Rio de Magia lib.
3. par. 1. q. 7, Petrus Tireus de Dæmon. par. 2. cap. 3c , Serrarius
in Tobiæ cap. 6. q. 20, ubi plura de excommunicatis a Dæmone
variemode divexatis exempla .

Ut ut hæc vero de potestate hac extraordinaria tradendiSatenz,
Ecclesiæ olim usitata., se habeant , ordinariam sane cum facultate
Censuras infligendi , pœnas afflictivas insuper irrogandi potestatem Ecclesiæ factam principio suadet ipsummet Episcopis indium
nomen , officiumque demandatum . Enim vero *Episcopi* nomen
apud Aristophanem de Avibus , ejusque Scholiastem eis aptatur,
qui ad regendas Urbes mitti consuebant , quos Lacedæmones *Ar-
mostas* , Athenienses vero *Episcopos* nuncupare solebant , teste
Suida V. E'πισκοπος . Apud Latinos ii , qui Pani , seu Annonæ
præerant , Episcopi denominati leguntur L. ult. §. 6. ff. *De Muner.* , & *bonor.* , cujusmodi forsitan ille fuit Eucherius , cujus
mentio occurrit in veteri Inscriptione apud Josredum in Not. Urbis Niciensis p. 6. Pro Agonum Præfecto , Curatore , Provinciæ
Constitutore , Imperatore , Inspectore &c. usurpat Julius Pollux
Onom. lib. 8. cap. 8. Ab Hesychio E'πισκοπος exponitur Ουκλιχωπ
Ultio , & a Synesio E'πισκοπη Θεν *Dei Animadversio* . Alio nomine *Curam gerens* dicitur a Suida , & *Superintendens* a sequioris
ætatis Scriptoribus , S. Augustino de Civit. lib. 19. cap. 19, S. Hie-
ronymo epist. 85 , Eugenio II. in Synodo Romana Can. 3 , & 16,
S. Nicolao I. epist. 12. in Append., Alcuino de Offic. §. de Con-
suet. Cleric., Rabano de Instit. Cler. lib. 1. cap. 5 , Amalario de
Offic. Missæ , S. Bernardo de Consid. lib. 2. cap. 6 , aliisque apud
Duchangium V. *Episcopus* . Juxta hæc itaque *Principatum* ab
Episcopo in Ecclesia teneri passim docent S Ignatius in epist. ad
Trall., & ad Smyrn., Auctor Constit. Apost. lib. 2. cap. 26 , S. Ire-
næus

næos adv. Hær. lib.4. cap.44, & S. Juſtinus Apolog. 2. προς ὓμας
eos adpellans. *Præſidentes Tertullianus* prædicate vice plus ſimplici non ambegit Apolog. cap. 39, de Coron. Mil. cap. 3, & ad
Uxor. lib. 1. cap. 7. S. Cyprianus epiſt. 55, 65, 69. &c. *Præpo-
ſitos, & Principes*: quo pariter vocabulo Epiſcopale deſignari officium alii paſſim admonent Patres. *Magiſtratum* in Eccleſia geri
ab Epiſcopo ideo rite dixit Origenes contra Celſum lib. 3. n. 30,
qui & homil. 21. in Num., ac hom. 11. in Exod. *Principatu* item
Epiſcopum in Eccleſia defungi ſcribit. Hoc ipſo *Principatus* nomine Epiſcopi officium rite denotari obſervant S. Hilarius in Pſal.
67, S. Baſilius in Iſajæ cap. 13, S. Hieronymus in Pſal. 2, Arne-
bius in Pſal. 132, S. Auguſtinus in Pſal. 44, & de Civit. lib. 19,
cap. 14, S. Cyrillus Alex. in Habac. cap. 1. *Magiſtratum* item ab
ſe adminiſtrari ſcripſit S. Gregorius Nazian. Orat. 17, quem *Incruentum* adpellat epiſt.46; Epiſcopo inſuper s'Εγσίας καὶ Σωφρόνας
Coercitivam, ac veluti *Regiam* tribuens poteſtatem Orat. 20. Cui
par in ſententia S. Joh. Chryſoſtomus eodem *Magiſtratus* titulo
Epiſcopalem inſcribere dignitatem haud dubitavit, quem *Spiritualem* nuncupat hom.3. in epiſt. ad Coloſ. Quis vero, rogo, obſti-
pus adeo, obſtupiduſque, qui ignoret Magiſtratus, ac Principatus juris eſſe pœnis etiam corporalibus Legum tranſgreſſores adficere, idque propterea juris in Epiſcopos quoque fuiſſe transfuſum
inficietur? Tam igitur Divina inſtitutione, juxta SS. Patrum interpretationem, quam Jure naturali Hominum inſito menti effici-
tur, ut quemadmodum Filii a Parentibus, a Dominis Servi, Diſ-
cipuli a Præceptoribus, a Magiſtratibus ſubditi, ſic ab Epiſcopis
Chriſtifideles in culpam lapſi pœnis corporalibus plecti, emenda-
rique queant: qua proinde de poteſtate loquens S. Auguſtinus in
Pſal. 102: *Quid ergo*, inquit, *dormiet Diſciplina? Auferetur
omnis correptio? Non auferetur. Quid enim de luxurioſo filio fa-
cturus es? Non caſtigabis? Non verberabis? Servum & ipſum
tuum, ſi male viventem videris, non pœna aliqua, non verberibus
refrænabis? Fiat hoc, fiat: admittit Deus, imo reprehendit, ſi
non fiat; ſed animo dilectionis fac, non animo ultionis.* Jam vero
Epiſcopi muneri, ac nomini conformis erat Veteris Eccleſiæ pra-
xis, juxta quam Diaconi, Subdiaconi, inferioreſque Clerici alii

ad fores Ecclefiæ ftare confueverant Epifcopi jufta executuri, eof.
que admiffuri, viciffimque rejecturi, quos ipfe defignaffet, veluti
locupletes accedunt teftes Auctor Conft. Apoft. lib. 2. cap. 57,
& lib. 8. cap. 11, Scriptor Eccl. Hier. fub S. Dionyfii Areop. nomine cap. 5, juncto S. Maximo ibid. in Schol., S. Hieronymus
epift. 3. ad Heliod., S. Auguftinus Confef. lib. 6. cap. 2, & lib.
de Paftoribus cap. 13, ac Patres Concilii Carthaginenfis IV. Can.
8. Quò etiam pertinet Difciplinæ caput illud, juxta quod Peregrini, abfque Epifcopi Commendatitiis, litterifque Communi-
catoriis, ab Ecclefia arcebantur : de quo Canones Apoft. 9. alias
12, Conftit. Apoft. lib.2. cap.58, Carthaginenfis I. Can. 7, Arelatenfis I. Can. 9, aliique. Aft non unum iftud Ecclefiafticæ Difciplinæ caput erat, quo conftat juffos olim, vi corporali, prout
opus fuiffet, etiam adhibita, Chrifti D. exemplo flagellis e Templo vendentes, & ementes expellentis, ut obfervavit Ivo Carnot.
in Serm. Synodico de Excellentia Sac. Ordinat., Oftiarios a Templorum ingreffu Infideles, ac Baptifmo nondum initiatos prohibere : nam & illud accedit illuftre, quo fcimus veteri Ecclefiæ in
more pofitum abftinentiis, flagellis, jejuniis, eleemofynis, ejufque genus caftigationibus, aliifque carnis afflictationibus pœni-
nitentes adficere. Ideo mandatos olim, qui publicæ addicti pœnitentiæ fuiffent, ut præ Templi foribus orarent, nec intra Templi fepta ingrederentur, ingreffi vero foras expellerentur ; ibique
vefte induti lugubri, cinere, ac cilicio fordidati ftarent, orarent,
flerent. Cujus quidem Difciplinæ mentionem ingerunt paffim
S. Gregorius Neocæfar. in epift. Can. Can. ult., S. Bafilius in
epift. Canon. ad Amphilochium Can. 56, S. Joh. Chryfoftomus
hom. 17. in Matth. ; ex Latinis vero Tertullianus de Pudic. cap.4,
S. Ambrofius de Pœnit. lib.2. cap. 10, & S. Hieronymus epift.30.
ad Oceanum. Quò præclare facit etiam S. Paulini Forojul. Paræ-
netica ad Felicem Urgellit., qua ipfum ad pœnitentiam agendam
provocat, agendæque modum, tempufque præfinit apud Harduinum To. 4. p. 910. Mandatos item olim a Templo, ante Sacrifi-
cii oblationem, expelli eos, qui in 1, 2, & 3. Pœnitentiæ ftatio.
ne adhuc detinerentur, neque dum ad 4, Confiftentiæ fcilicet,
gradum admiffi fuiffent, ideft Flentes, Audientes, & Subftratos,

liquet

liquet ex Conciliis Laodiceno Can. 19, Agathensi Can. 60, Epaonensi Can. 29, ex Sozomeno hist. Eccl. lib. 7. cap. 16, & S. Joh. Chrysostomo hom. 3. in Epist. ad Ephes.

Propius atqui facit huc vetus illa in Ecclesia disciplina, juxta quam Christiani a gerendo Magistratu, Civilique Praefectura submovebantur. Ita namque in Concilio Eliberitano, cujus tam veritas, quam vera Epocha nobis in aperto posita est alibi, Can. 56. cautum habetur: *Magistratum uno anno, quo agit Duum Viratum, prohibendum placuit, ut se ab Ecclesia cohibeat.* Ex quo vides Christiano viro aut Magistratus officio, aut Ecclesiae liminibus abstinendum fuisse. Quae tamen Disciplina postmodum immutata paullulum est a Concilio Arelatensi I. Can. 7, atque ita quidem, ut Magistratum imposterum gerere Christianis fas esset, ea tamen adjecta lege, ut litteras Communicatorias ab Episcopo accipere tenerentur, ejusque regimini obnoxii essent: contra quam Disciplinae regulam agentes, tum demum Ecclesiae aditu arcerentur: *De Praesidibus, qui Fideles ad Praesidatum prosiliunt, placuit, ut quum promoti fuerint, litteras accipiant Ecclesiasticas Communicatorias: ita tamen, ut in quibuscumque locis gesserint, ab Episcopo ejusdem loci cura de illis agatur: & quum caeperint contra Disciplinam agere, tum demum a Communione excludantur. Similiter & de his, qui Rempublicam agere voluat.* Indulgentia haec tamen haud ad eos extendebatur, quos flagitiis implicitos publicae per gradus ante poenitentiae transire oportebat, quam iis per Ecclesiam fas esset ad publicae Reipublicae munia adspirare. Veterem hanc enim viguisse Disciplinam, ut cujuslibet classis Poenitentes, usque dum poenitentiae spatium percurrissent omne, omninoque gradibus defuncti fuissent, Sacris nedum interdicerentur, sed Civilibus etiam abstinere deberent, liquido nobis, locupletique documento, argumentoque sunt imprimis ex Pontificibus S. Siricius in epist. Decret. ad Himerium Tarac. cap. 5, S. Leo M. in epist. 92; edit. Quesn. 2, Baller. 167. ad Rusticum Narbon. cap. 12. apud Gratianum Can. 3. *Contrarium* de Poenit. dist. 5, & S. Nicolaus I. in epist. 19. ad Rodulphum Bituric. cap. 4; ex Conciliis quoque Nicaenum Can. 12. vers. Dionysii, Arelatense II. an. 452. Can. 25, relato Can. 50. *Hi, qui* dist. 69, Aurelianense III. an. 538. Can. 25,

Toletanum IV. an. 633. Cap. 55 , Toletanum VI. an. 638. Cap. 7 ,
Toletanum XII. an. 681. Can. 2 , & Toletanum XIII. an. 683.
Can. 10: quibus Pœnitentiæ legibus semel addicti a Militiæ sive
Paludatæ , sive Togatæ functionibus prohibebantur . Non me fu-
git a Doctiss. Berardi in suo Gratiano Emend. par. 1. cap. 7. ad
Can. 4, de Pœnit. dist. 5 , & par. 2. cap. 35. p. 230 , seq. Disciplinæ hujusmodi eam adduci caussam , quod ad Militiam admitti
Christiani, nisi abdicata fide , Ecclesiæque Communione , vix , ac
ne vix quidem consuescerent . Verumtamen etsi a Concilii Nicæni
tempore ad ætatem usque fere S. Siricii , ob Edicta sive Licinii
Imp., sive Juliani Apostatæ , quibus Christianæ Religionis pro-
fessores dignitatibus , & officiis Civilibus interdicebantur , locum
habere ea caussa potuerit , idest usque ad Sæculum IV , non ita tamen usque ad Sæculum Ecclesiæ VIII. trahi commode potuit .
Aliam igitur Disciplinæ istiusmodi caussam proferunt Concilia
Arelatense II. Can. 21 , Andegavense an. 455. Can. 5 , Turonen-
se I. an. 461. Can. 8 , Veneticum au. 465. Can. 3 , Aurelianense I.
an. 511. Can. 11 , relato Can. 5. *De His* de Pœnit. dist. 5. Epao-
nense an. 517. Can. 23 , Barcinonense an. 540. Can. 7 , Toletanum III. an. 589. cap. 11 , Barcinonense alterum an. 599. Can. 4 ,
Caroli M. Capitulare Aquisgranense an. 789. Capitul. lib. 1.
cap. 79 , Cabilonense II. an. 813. Can. 35 , Wormatiense an. 868.
Can. 26. &c. , nempe tum quod occasione Militiæ in peccata pro-
labi Pœnitentibus pronum esset ; tum quod cum Pœnitentis officio Sæculi dignitates, ac munera non bene cohærerent ; tum quod
a lugubri Pœnitentiæ professione abesse omnino oporteret , quidquid licentiæ , vel oblectamenti vel leve specimen obtenderet .
Qua pariter in sententia suere Synodi Toletana XIII. cap. 10 , Re-
giaticina an. 850. cap. 9 , Isaac Lingoniensis Can. tit. 1. capp. 32 ,
& 36 , quæ mutuavit ex Capitul. lib. 7. capp. 44 , & 143 , & Herardus Turon. capp. 26 , ac 120 , ex Julio Paulo Sent. lib. 1.
cap. 23. Id adeo verum , ut cuicumque manus imposita in pœnitentiæ signum fuisset , is exemplo gradu honoris omni excisus haberetur , adeoque ut, referente S. Optato Milev. lib. 1, & 2. contra
Parmen. Catholicos plerosque Episcopos , quos manuum impositione pœnitentiæ adjecerat Donatus a Casisnigris, hoc ritu , mo-
doque

doque proprio dejecerit loco . Quamvis pœnitentiæ Epifcopos ,
Presbyteros , & Diaconos fubjicere vetitum effet , veluti liquet ex
Conciliis Romano fub S. Melchiade an. 313 , & Carthaginenfi V.
Can. 11 , ex S. Leone M. epift. 90. vet. edit. , ex Capitul. Regum
Franc. lib.5. cap.66 : de quibus adeundi Burchardus lib.9. cap.72,
Ivo par. 15. cap. 66 , & Morinus de Pœnit. lib.5. cap.4. Et certe
non ob eam cauffam , fed ob id unum , quod juxta Difciplinæ leges , pœnitentiæ femel addictus a negotiis Sæcularibus abftinere
cogeretur , Vamba Gothorum Rex in Concilio Toletano XII. Regno femet abdicavit , adnotante Morino de Pœnit. lib. 5. cap. 7.
Eidem cauffæ depurandam etiam Ludovici Pii abdicationem oftendit Blancus de Poteft., & Polit. Eccl. To. 1. lib. 3. §. 3. Angliæ
quoque Rex Teudur a Gurvano Epifcopo , ob fratricidium , ac
perjurium , excommunicatus , ut femet ab hoc vinculo liberaret ,
pœnitentiæ collum libens fubjugavit : at Epifcopus ex Synodi
Landavenfis an. 887. fententia , ne Regnum Principe careret ,
Regni abdicationem in eleemofynas , orationes , ac jejunia com-
mutavit . Difciplinæ huicce conformis , eademque de cauffa , lex
in Ecclefia obtinuit a Sæculo VIII., ad Sæculum XI , de certi nempe generis atrocioribus flagitiis ejus genus infligenda pœnitentia,
ut qui ei fuiffent addicti , ab omni fæculari officio , negotioque abdicarentur . Atque ita decretum habetur in Conciliis apud Theodonis Villam an. circiter 821. Can.4 , Wormatienfi an. 868. Can.
16 , Moguntino an. 888. cap.16 , & Triburienfi an. 895. Can.5 ,
& 53 ; in Capitul. Reg. Franc. lib. 6. cap. 306 , & lib.7. cap.331;
in Pœnit. Romano tit. 1. capp.1 , 11, 31 , & 34, ac tit.2. cap.75
& apud Burchardum lib. 5. cap. 5 , lib. 12. cap. 21 , & lib. 17.
cap. 8 ; Ivonem par. 10. cap.134 , & par. 12. cap.78 , ac Morinum
de Pœnit. lib. 5. cap. 21. n, 7, 13 , feq. Hinc Sæculo XI. Germaniæ Epifcopi , & Principes Henricum IV. Apoftolicæ deferentes
Sedi , tot , ac tantis eum laborare flagitiis apud Lambertum
Schafnaburg. ad an. 1073. adfirmarunt : *Quæ fi fecundum Ecclefiafticas leges judicarentur , & Conjugium , & Militia cingulum , &
omnem prorfus Sæculi ufum , quanto magis Regnum , abdicare cen-
feretur* . Ejufmodi vero Difciplinæ rationem etiamnum aliquam
cum Excommunicatis ab Ecclefia religiofe obfervari conftat ex

Jure

Jure Canonico Can. 37. *Quicumque* ex S. Gelasio , & Can. 103.
Quoniam ex S. Gregorio VII. 11. q. 3 ; Cap. 2. *A N.bis* Decret.
lib. 2. tit. 25. *De Except.* ex Innocentio III; Cap. 1. *Pia* in 6. lib. 2.
tit. 12. *De Except.* ex Innocentio IV , & Cap. 8. *Decernimus* ibid.
lib. 5 tit. 11. *De Sent. Excom.* ex Alexandro IV , junctis Con-
cordantiis , ubi liquet Excommunicatos a Communione nedum
Ecclesiastica , sed a Forensi , sed a Politica etiam arceri . Junge
demum usitatum , Divino e jure manantem , derivatumque , morem , juxta quem pro expiatione peccatorum cujuslibet genus
peccatoribus Corporales etiam pœnæ , Jejunia , pura , flagellationes , pecuniarum erogationes &c. a Confessariis imponi , religiose ab ipsis Pœnitentibus explendæ , tam legitime queunt, quam
jugiter consueverunt. Exinde patet in errorem prolapsum doctiss.
alioqui Morinum , dum lib. 6. de Pœnit. cap. 25 , seq. docendum
adsumpsit a publicæ antiquitus Pœnitentiæ usu distinctum minime fuisse usum Censurarum , nec ab interiori discretum Forum
exterius . Quam enim istiusmodi opinio a veteri Ecclesiæ Disciplina abhorreat , ab ipsa quoque Apostolorum Praxi , queis haud
infrequens Censurarum usus obtigit , eadem discordet , ipsique
Divino quin etiam Juri ab exordio frequentato aperte adversetur,
ex dictis abunde manifestum evadit . Deinde secummet adversa
Vir doctus fronte pugnat , dum lib. 2. cap. 6. docet olim Christifideles ad peccata commissa vel privatim , vel palam confitenda,
adactos fuisse metu , ne eadem peccata deferrentur Episcopo , ac
propterea graviori subjacerent pœnæ . Quæ enim , amabo , gravior alia hæc erat pœna , nisi Censura ? Sed hæc obiter .

In lineam nunc reflectendo , veteris hujus , ac novæ Disciplinæ , juxta quam Episcopis in flagitiosos pœnis etiam Corporalibus animadvertere fas , jusque semper fuisse dicebamus , liquidi
testes , locupletesque adstipulantur SS. Ecclesiæ Patres , Scripto-
resque Ecclesiastici . Atque Constit. Apostol. imprimis Auctor
lib. 2. capp. 37 , & 47. perpetuus est in asserenda Episcopis afflictivas pœnas reis infligendi potestate , & capp. 48 , & 49. in adstruendo pariter Episcopis Foro exteriori , pœnarumque legibus
præscribendis . A S. Amphiano Martyre plagis affectum Hiero-
clem Alexandriæ Prætorem , sive Augustalem Præfectum teste
                   S. Epi.

S. Epiphanio hær. 68 , quique Diocletiano motæ in Chriſtianos
tempeſtatis auctor extitit , teſte Lactantio de Mortib. Perſecut.
cap. 16 , ab eo Dei leges , ac naturæ infringi , ægre , indigneque
ferente , refert lib. adv. ipſum Euſebius . Origenem a Demetrio
Alex. Synodali Decreto *de Ecclefia pulfum* , quæ pœna eſt Spiritualis , *& de Civitate fugatum* , quæ Corporalis pœna ſpecies
eſt , auctor eſt Photius Cod. 11 , refertque ex Theophilo Alex-
Gennadius de Viris Illuſt. Sed & idem Origenes hom. 9. in Jerem.
de ſeparatione Civili , cui ſubjacet Excommunicatus , ita loquitur , ut eam pro mere Spirituali non habuerit , uti revera Corporalis magis ſit , utpote quæ a congreſſibus , a conviviis , a collo-
quiis , aliiſque Societatis humanæ officiis ſejungit . Familiare
quoque olim Epiſcopis fuiſſe , quomodo Parentibus , Artiumque
Magiſtris jugiter extitit , peccantes verberationibus emendare ,
ſcribit diſerte S. Auguſtinus in epiſt. 159 , nunc 133. ad Marcellinum Tribunum: *Virgarum*, inquiens, *verberibus, qui modus Coercitionis & a Magiſtris liberalium Artium, & ab Ipſis Parentibus ,
& fæpe etiam in Judiciis ſolet ab Epiſcopis adhiberi &c.* Refertur a Gratiano Can. 2. *Circumcelliones* 23. q. 5. Ne vero putaretur hanc ſibi poteſtatem Epiſcopos perperam arrogaſſe , eamdem
fundamentum in Evangelio habere Matth. 18. v. 17. docet lib. 1.
contra Adverſarium Legiſ , & Prophet. cap. 17. idem S. Doctor ,
eamque ſæpius Epiſcopis cum refractariis uſui eſſe oportere lib. de
Fide , & Oper. cap. 5. decernit . Confer eumdem in Epiſt. ad Ma-
cedonium apud Gratianum Can. 1. *Si Res* 14. q. 6 , ubi cruciatibus , moleſtiiſque corporalibus furem ad ablata reſtituenda com-
pellendum admonet . Præter gradus amiſſionem , exſilii quoque
pœna in Synodo ad Quercum affectum S. Joh. Chryſoſtomum auctor eſt Palladius in Dialog. Conjuratis , ſive Calumniatoribus
Epiſcoporum tam exſilii pœna , quam bonorum privatio decreta ,
& quidem juxta SS. Patrum Statuta , in Synodo Romana V. a
S. Symmacho legitur , ac refertur a Gratiano Can. 3. *Accufatoribus* 3. q. 5. A S. Cyrillo Alex. Judæos , perſecutionem in Chriſtianos paſſim commoventes , Urbe expulſos , Proſeuchas eiſdem
ademptas , eorumque bona publicata , diripiendaque Populo ex-
poſita refert Socrates lib. 7. cap. 14. Qua de re iterum paullo infra.

fra . S. Cæsarius Arelat. , ut habet in ejus vita Cyprianus ipſius
Diſcipulus apud Surium die 17. Augusti , id cautum volebat , ne
qui juſſu ſuo pro culpa flagellandus eſſet , amplius 39. iſtibus ſe-
riretur ; ita tamen , ut qui gravi expiandus flagitio eſſet , permit-
teret , ut poſt dies paucos iterum vapularet . Januario Calaritano
a S. Gregorio M. lib. 9. epiſt. 65 , alias lib. 7. epiſt. 67. mandatum
liquet, ut reſiduos Sardiniæ Idololatras, ſortilegos, & nefarios hujuſce genus homines infectari non deſineret , carcere , & pœnitentia , ſi ingenui eſſent, eos puniret , flagellis etiam , ſi Servi .
Antemio Subdiacono in mandatis ab eodem S. Pontifice datum
lib. 11. epiſt. 71 , alias lib. 9. epiſt. 66. legitur , ut Paſchaſio Epiſcopo inſtaret , quatenus Hilarium Subdiaconum fratrum calum-
niatorem gradu dimoveret , flagellis cæderet , exulare juberet :
*Subdiaconatus privet officio , atque verberibus publice caſtigatum
faciat in exſilium deportari* . Refertur Cap. 1. *Cum fortius* Decret.
lib. 5. tit. 2. *De Calumniat.* Similem , ac ſtrenuam infandi cujuſdam Presbyteri facinorum exercere vindictam , atque illum actu-
um corripere , inque tetrum contrudere carcerem alter ejus Nuntius juſſus legitur lib. 8. epiſt. 5. Diaconum etiam , & Subdiaconum
ejuſdem criminis reos , illum quidem gradu dejici , hunc præterea
verberibus caſtigari ab eodem S. Gregorio Juſſos refert Johannes
Diac. lib. 4. cap. 31. Atque hæc quidem in Clericos exerta vindicta , quæ adhuc confirmata adparet ex lib. 4 epiſt. 27. ad Januarium Calarit. , & lib. 10. epiſt. 4. ad Savinum Subdiac. Laicis quoque pecuniaria impoſita pœna liquet lib. 4. epiſt. 26.
ad eumdem Januarium ; inque bonorum Eccleſiaſticorum deprædatores nunc mulctæ pecuniariæ , nunc publicæ ſuſtigationes
etiam decretæ leguntur in epiſt. 31. ad S. Auguſtinum Regeſti
lib. 12. Sed enim illuſtrior habetur S. Gregorii mens in epiſt 10.
lib. 11, nunc epiſt. 8. lib. 13. indict. 6. ad Senatorem Abbat. ,
qua privilegii exemptionis Xenodochio cuidam indulti infractores dominio etiam temporali mulctantur . Pſeudoepigraphis hanc
porro adcenſendam Epiſtolam , poſt Maimburgum pugnat Launojus epiſt ad Mich. Girardum , & ad Joh. Rolandum , pro ingenio
nempe præpoſtero laceſſendi , quæcumque ad ampliſſimam Rom.
Pontificis confirmandam auctoritatem quoquomodo conferant .

Con-

Contra vero legitimam proculdubio propugnant PP. Maurini in
Not. ad epiſt. 8. lib. 13 Oper. To. 2, Charlaſius de Libert. Eccl.
Gall. To.2. lib.7.cap.6, Blancus de Poteſtat., & Polit.Eccl. To.1.
lib. 2. §. 11, &c. Atque profecto , quominus pſeudonymis Gregoriana hæc epiſtola adnumeretur , graviſſimo eſſe argumento
S. Gregori VII , eam laudantis lib. 8. epiſt. 21. ad Herimannum
Meten., auctoritatem fateri cogimnt . Prohibent deinde ejuſdem
S. Gregorii M. epiſtolæ aliæ germanæ 9, & 10. lib. 13, alias 11,
& 12. lib. 11. ad Talaſſam Abbatiſſam , & Luponem Abbatem ,
in quibus formula haud abſimili uſus legitur duo privilegia con-
cedens ad preces Brunechildis Franc. Reginæ , & Theodorici Regis ejuſdem Reginæ Nepotis Monaſterio S. Mariæ , & Eccleſiæ
S. Martini Auguſtodunenſis . Ejuſmodi præterea Epiſtolæ una
cum clauſulis illis minarum in Principes ipſos , qui privilegia illa
infringere auſi fuiſſent , extant in Codicibus omnibus ſive Mſſ.
optimæ notæ , ſive editis , Anglicanis, Gallicis , Italis &c. Referuntur etiam in vita S. Hugonis Monachi Auguſtod. Sæculo X.
conſcripta apud Ducheſnium Script.Rer. Franc. To.3, nec non in
Monum. Eccl. Gallic. ab eodem Ducheſnio hiſt. Franc. To. 1, &
a Sirmondo Concil. Gall. To.1. Proxime huc facit, quod de Fulcone Remenſi Archiep. tradit Flodoardus lib.4.cap.5, ab eo nempe graviſſima epiſtola an. 898. Carolum Simplicem objurgatum ,
interminataque tum Excommunicatione,tum ab eo receſſione, de-
territum a fœdere , quod impie cum Normannis Idololatriæ tum
adhuc deditis pepigerat . Quas equidem Fulconis minas fruſtra
mollire, elevareque ſtuduit Boſſuetius Defenſ. Decl. par. 2. lib.6.
cap. 25. eo momento , quod hæ a Fulcone non qua Epiſcopo , ſed
qua ex Optimatibus uno profectæ cenſend æ ſint : ſiquidem liquido conſtet una ex Religionis cauſſa ita Fulconem egiſſe . Præpo-
ſtere deinde agit Boſſuetius dum id Epiſcopo detrahit juris, quod
privato ſubdito tribuere haud difficilis eſt . Par vero de poteſtate Eccleſiæ pœnas infligendi etiam corporales ſententia hæfit
profecto Ivoni Carnot. epiſt. 186. ad Epiſcop. Aurelianenſem ,
S. Anſelmo Cantuar. lib. 3. epiſt. 109. ad Regem Angl. , Petro
Bleſenſi epiſt. 145, ſeq. Eleonoræ Angl. Reginænomine ad Cæle-
ſtinum III, Petro Bertrando in diſput. adv. Petrum Cunerium &c.

Præ quibus tamen loco potiori, qui cum fibi, tum paſſim Epiſcopis poteſtatis hanc vindicant particulam habendi proſ.&o ſunt
Rom. ipſi Pontifices, Paſchalis II. apud Lucium II, ipſe Lucius
in epiſt. 8. ad Viſeliacenſem Abbat., Alexander III. Cap. 1. *Gravis* Decret. lib. 3. tit. 16. *De Depoſito*, Innocentius III. Cap. 35.
Ut ſama lib. 5. tit. 39. *De Sent. Excom.*, & Cap. 27. *Novimus*
De Verbor. Signif., Honorius III. Cap. 18. *Dilectus* lib. 1. tit.
31. *De Offic. Ord.*, B. Gregorius X, & Clemens V. apud Raynaldum ad annos 1273. num. 42, ſeq., ac 1311.num. 53, ac Bonifacius VIII. Cap.3. *Quamvis in 6.* lib.5. tit.9. *De Pœnis*, & Cap.7.
Cum Epiſcopus lib.1. tit. 16. *De Officio Ordin*, ubi Epiſcopo perſonas Eccleſiaſticas capiendi, & Carceri deputandi jus integrum
adſcrit. Quam ſane Decretalem in Gallia haud fuiſſe receptam
falſo Jactat Jannonus: ſiquidem ibidem pro delictis Clericorum
puniendis Epiſcopis Carcerum uſum, hanc juxta Decretalem,
haud fuiſſe denegatum ſcribit Ludovicus Hericourt de Legib. Eccleſ. Franc., quo a jure Laicos, ſpeciali Pontificum indulgentia,
exemptos fuiſſe obſervat Reinfeſtuel Jur. Can. lib. 2. tit. 2. §. 10.
n. 236. Confer Felinum in Cap. 13. *Irrefragabili* de Offic. Jud.
Ordin., Hoſtienſem in Cap. 13. *Ut Clericorum* de Vita, & honeſt.
Cler., Panormitanum in Cap. 3. *Licet* de Pœnis, Covarruviam
Var. Reſol. lib. 2. cap. 9. n. 9. docentes a Judice Eccleſiaſtico delicta quædam pecuniaria mulcta puniri tam licite poſſe, quam aliquando expedire, & Gonzaleſium in Jur. Can. lib. 5. tit. 2. *De
Calumniat.* cap. 1. n. 13, ſeqq., ubi documentis multis ex Synodis, ex Patribus, & Scriptoribus oſtendit Eccleſiæ tam priſco,
quam perpetuo Corporales inter pœnas uſu flagellationes veniſſe.
Cujuſce veteris Diſciplinæ veſtigia deprehendere adhuc licet in
Ordine abſolutionis ab Excommunicatione, quo in Pontificali Romano ſub quolibet Pſalmi *Miſerere* verſiculo abſolvendus virga
inter ſpatulas verberari præcipitur. Videndus & Boilau doctiſſ.
Sorbonicus in hiſt. Flagellant.

Ad hancce porro veterem in Eccleſia praxim Corporalibus
lacinoroſos adficiendi pœnis comprobandam, uberiorique locan-
dam in lumine concurrunt præterea antiquiſſimæ Excommunicationis formulæ apud Martenium de Antiq. Eccl. Ritib. To. 2. lib.

3.

3. cap. 4. Diræ nempe ex Psal. 108. potissimum in Excommunicatos, eorumque Domos, Agros, Bona, Corpora &c. repetitæ
leguntur in Pontificali Anglicano, & in antiquis Codicibus Mss.
Gemmeticensi, Noviomensi, Regio, Vindocinensi, & Vallicel-
lensi Leonis Papæ varias Excommunicationis formulas referentibus, in eisdem Codicibus item editis a Baluzio, ac in Cod. S. Audoeni Rotomagensis, ac Monasterii Fiscanensis. Ad quas ea
quoque revocanda Excommunicationis formula, cum pœnarum
corporalium minis concepta, & in Concilio Aragonensi sub Ranimiro Hisp. Rege lata, de qua paullo superius. Pœnas inter has
corporales vindicandis delictis qua interminatas, qua inflictas locum profecto habebat pœna Carceris; quo punire Clericos præsertim veteri, frequentique usu Ecclesiæ venerat. Liquida de eo
suppetunt documenta ex Libello Basilii Diaconi ad Theodosium,
& Valentinianum Imp. Concilii Ephesini par. 1. cap. 30. inserto; ex
L. 30. Cod. Theod. *De Hæreticis*, & L. *Cuncti* Cod. Justin. eod. tit.,
ubi Lex ideo lata ab Arcadio, & Honorio an. 396. recensetur;
ex Novella 79. Justin. cap. 3. & Capitul. lib. 5. cap. 225. Proprio
Carcerum nomine designantur a S. Gregorio II. in epist. 2. ad Leonem Isaurum; ab Alexandro III. in epist. ad Rotrodum Archiep.
Rotomag.; a Concilio Coloniensi an. 1260. Can. 1, & a Lambethensi an. 1261. cap. de Excom. capien. Qua de re Anton. Augustinus ad Novel. 79. *Decanicæ* adpellantur Juliano Antecessori
Const. 73, & 266, ac Justiniano cit. Novel. 79. *Cancellos* exponit
Balsamon in Nomocan. tit. 9. cap. 1. *Catenas* legit Carolus M. in
cit. Capitul. lib. 5. cap. 225. *Decaneta* dicuntur Leg. 30. Cod.
Theod. lib. 16. tit. *De Heret.*, & Novel 70. Cod. Justin. *Diaconi-
ca, & Decanica* indiscriminatim habet Glossarium ad Juliani An-
tecess. versionem Constitutionum; cujusce Glossarii auctor fertur
Franciscus Pithœus: qua de re fusius Cironius Observat. lib. 2.
cap. 51. Johannes Acosta in Cap. 4. Extravag. *De Judiciis*, Filesacus in Cap. 1. *De Offic. Ordin.* §. 16, Gothofredus in cit. L. 30.
Cod. Theod. *De Heret.*, Ducangius in Descriptione Ædis S. Sophiæ post Silentiarium cap. 84, Binghamus quoque Orig. Ecclef.
lib. 8. cap. 7. §. 9, ac nuper Blancus de Polit., & potest. Eccl. To.
4. lib. 2. cap. 4. §. 9. Juxta hæc ideo Ecclesiæ Fiscum haud dene-

gandum fore docent Gloffa in Cap. 5. *Quia diverfitatem, De Con.*
ceff. Præben., Felinus in Cap. 13. *Irrefragabili, De Offic. Jud. Or-*
din. §. 1., Barbofa in Cap. 1. *Ex Epiftolæ , De Probationibus* n. 61,
Repertorium Inquifit. V. *Confifcatio ,* Hoftienfis in Cap. 2. *Nolen-*
tes De Hæret., Joh Bernardus in Pract. Crimin. capp 124, & 134.
Covarruvias var. Refol. lib. 2. cap. 9. n. 11, aliique longe plures
Jurifperiti apud ipfum .

Ad hæc Poteftatis Ecclefiafticæ quoad pœnas infligendas
Corporales argumento præterea , documentoque funt, qui præfi-
dio ipfimet frequenti erant, Parabolani . De horum porro nomenclatione non una Eruditorum opinio eft . Sic dictos fuiffe Medi-
cos , indeque nomen fumpfiffe , quod multas effundere Παραβο-
λας familiare ipfis fit, five loquaciores fint, conjecit Accurfius , &
notat Vocabularium Vetus apud Martinium . Quam opinionem
rifu , & cachinnis excipiunt Bleynius Inft. lib. 1. p. 7, & Gothofredus, de quo infra . Plebejos fuiffe , ac proletarii generis , qui
famulitio Ecclefiarum , vel Hofpitalium , Xenonumque deputari
effent , & quafi glebæ adfcriptitii , fic denominati a παρα præpo-
fitione *Ab ,* & βαλω *Gleba ,* ut ficut illis ab Agrorum cultura
recedere non licebat, ita nec his ab Ægrorum fervitio , autumant
Alciatus Difpunctionum lib. 4. cap. 9, & Rhodiginus Antiq. lect.
lib. 29. cap. 2, queis adnuit Pitifcus in Lexico . Verius tamen
Parabolanos a Παραβολω , qui temere cui vis periculo caput
objicit , ideft *Audax* , five a Παραβαλόμενος , qui audaciter periculum quodlibet trajicit , & contemnit , denominatos , qui ad
curanda debilium ægra corpora deputari folebant , veluti loquitur LL. 17, & 18. Cod. *de Epifcop. , & Cler.* Juftinianus , quod
neglecto prorfus omni periculo , ac propriæ falutis immemores ,
ægrorum curationi fe fe ultro exponerent , unde *Paraboli* Socrati
lib. 7. cap. 22, & Caffiodoro ; *Parabolarii* Firmico Mathefeos lib.
8, & Claudiano in Manlii Confulatum v. 292; *Parabalomeni ,*
& Parabaleftbæ Hefychio , Julio Polluci Onom. lib. 3. cap. 28,
Maximo Tyrio differt. 2. p. 13. edit. Heinf., Suidæ , & in Gloffa
Philoxeni , quin & S. Paulo ad Philip. cap. 2. v. ult., unde & *Be-*
ftiarii Julio Frontino dicti , confentiunt Cujacius ad Novel. 3,

Baronius ad an. 416. n. 33, Salmasius de modo Usar. cap. 5, Vos.
sius Lex. Etymolog. in *Parabola*, Bullengerus de Venat. circ. cap.
31, Turnebus Adversar. lib. 13. cap. 23, Jacobus Gothofredus ad
L. 42. Cod. Theud. lib. 16. tit. 2. *De Episcop.*, *& Cler.*, Ducangius V. *Parabolani*, neque dissentit Pitiscus To. 3. p. 30. Atque
hos quidem fuisse primum non generis proletarii, sed inferioris
Ordinis Clericos, qui propriae Ecclesiae officiis etsi minime depu-
tarentur, ab Episcopis attamen adlegi solebant, Episcoporum-
que imperio suberant, haud obscure liquet ex Theodosii Jun. LL.
42, & 43. *Quia inter*, *& Parabalani* lib. 16. Cod. Theod. tit. 2.
De Episcopis, *Eccles.*, *& Cler.*, quibus eos deinceps non ex divitibus, sed ex pauperibus allegendos jubet, Clericos etiam vocat
explicite, nihilque cum publicis Actis permittit habere commune,
neque ad Curiam accedere, neque sexcentorum excedere numerum, eisque demum in omnibus praeesse Alexandrinum Episcopum
praecipit: qua de re Baronius ad cit. an. n. 38, Pagius ibid. n. 2 &,
& Stephanus Valentinus de Potest. coact. Rom. Pontif. cap. 9.
n. 13. Hos igitur praesto Episcopis fuisse ad propulsandas injurias,
armisque ad pericula ab Ecclesiis submovenda non caruisse, ac
praesentissimo adfuisse auxilio, arguere licet ex facto S. Cyrilli
Alex., cui tam adversus Judaeos passim in Christianos Plebem commoventes, quam adversus Orestem Ægypti Praefectum ipsi. S. Pa-
triarchae infestum opem, suppetiasque Parabolanos tulisse documento sunt praecit. LL. 42, & 43, a Theodosio ad Parabolanos
ideo compescendos latae, uti Baronio sic adfirmanti Gothofredus
ipse consensit. Ex quibus sequitur falso post Socratem lib. 7. cap.
14. adfirmasse Sozomenum, ex odio nempe, quo in Theophilum
S. Cyrilli avunculum deflagrabat, quove S. Cyrillo invidiam apud
homines conflandi occasionem quaerebat, qua de re a S. Gregorio M. lib. 6. epist. 31. coarguitur, falso, inquam, adfirmasse a
Monachis nimium quantum S. Cyrillo studentibus eam adversus
Orestem commotam fuisse tempestatem. Parabolanos autem parum a Defensoribus Ecclesiae diversos officio fuisse arguere ex facto ipso fas est. Fas nempe tum Parabolanis erat Episcopi injurias
armis depellere: fas deinde Ecclesiae Defensoribus accessit in ejus
defensionem arma capessere, ac vindictam in hostes exercere.

Quem-

Quemadmodum igitur Civitatum olim Defenfores conftitui folebant , quos a Græcis *Syndicos* adpellatos notat Arcadius L. 2.
Cod. *De Defenfor. Civit.* , dictos vero *Agoreos* in Afia teftantur
S. Joh. Chryfoftomus , & Oecumenius in Acta Apoft. cap. 20: quos
Tribunis Plebis fimiles , atque ideo Plebis etiam Defenfores vo-
catos L. 4. Cod. *De Offic. Jurifd. Alex.* advertit Cujacius Obfervat lib. 3. cap. 14; quin imo Præfidum vice defungi in Urbibus
mandabantur Novella 9. cap. 41 quibufve fpecialius Plebem
ipfam , univerfamque Civitatem ab injuriis , oneribufque defendere officio cedebat , atque ex Nobilioribus Urbis, Ditioribufque
adlegi confuebant , ac dignitate poft Duumviros primos incedere
folemne erat , LL. 2, feqq. Cod. *De Defenf. Civit.* , L. 1. Cod.
De Annal. Except. , L. 1. §. *Tutores* ff. *Quorum adpell. fit* , L. 1.
§. 1. ff. *De Muner.*, & *honor.*, Novell. 15, junctis Hermogene L.
Numerum, §. 1: *Perfonalia* ff. *De Mun.*, & *honor.*, Lampridio in
Alexandro , Pancirolo de Magiftr. Municip. cap. 9, Bullengero
de Imper. Rom. lib. 7. cap. 11, Buddeo in Pandect. p. 243, aliifque : ac videndi præterea , qui de his fufius agunt , Defiderius Ca-
durcenfis Epifcopus epift. 16, Marculfus Form. lib. 1. cap. 27 ,
Formulæ Veter. cap. 53, feq., Leges Wifigoth. lib. 2. tit. 1. §. 26,
& lib. 12. tit. 1. §. 2, Theodoricus Rex Edicti cap. 53, Carolus M.
Capitul. lib. 5. cap. 234, Symmachus lib. 1. epift. 65, & lib. 9.
epift. 35, Severus Epifcopus apud Baronium ad an. 418. n. 41, &
Juretus ad Symmachi lib. 9. cit. epift. 35. Ita pervetuftus in Ecclefia mos eft Defenfores pro Ecclefia conftituendi, atque ex ordine quidem Ecclefiaftico adlectos , queis effet pro officio ab Ecclefiis repellere injurias , hoftium impetus frangere , ac fi effent
impares, Judicum laicorum opem, fuppetiafque accerfere . Quod
totum liquet ex Conciliis Carthaginenfi V. an. 401. Can. 9, Milevitano II. Can. 16, Africano capp. 42, & 64, in Cod. Can. Afric.
Eccl. Can. 75, & 97, juncto Balfamone To. 1. Pandect. Beveregii p.
612, Conftantinopolitano fub Menna Act. 2, Mopfvefteno in Generali V. Collat. 5, Conftantinopolitano III. gener. VI. Act. 8, & 10,
Nicæno II. gen. VII. Act. 4, Conftantinopolit. IV. gener. VIII. Act. 2,
Romano fub Eugenio II. Can. 20, Moguntino an. 813. Can. 50,
Duziacenfi I. edit. Cellot. p. 225; ex L. 38. Cod. Theod. lib. 16.

tit. 2. De Episcop. , Eccl., & Cler., & L. 7. De Denunciat. Cod.
eod. lib. 2. tit. 4, juncto ibid. Gothofredo; ex S. Zosimo epist. 9.
edit. Cout., S. Hormisda epist. 25, S. Gregorio M. Dialog. lib. 1.
cap. 10, lib. 1. epist. 25, seq., lib. 2. ind. 11. epist. 54, lib. 7. ind.
1. epist. 4, ind. 2. epist. 39, & lib. 12. epist. 30, Stephano III. epist.
3. Cod. Carol., S. Nicolao I. epist. ad Trevir. Antist. relato Cau. 2.
Auctoritatem 15. q. 6, (de cujus vetitate tamen dubitant Ciac-
conius , Ant. Augustinus , & Berardi ,) Urbano II. epist. 17. edit.
Hard. ad Lucium relato Can. 8. *Salvator* 1. q. 3; ex Possidio in
vita S. Augustini cap. 12, Cassiodoro Var. lib. 2. cap. 3, lib. 3.
cap. 45, & lib. 9. epist. 15, S. Gregorio Turon. de Vit. PP. in vita
S. Galli cap. 6, Auctore vitæ S. Johannis Eleemosyn. cap. 5, Vitæ
S. Aldrici Cenom. cap. 8, & Vitæ S. Emerani apud Canisium ; ex
Testamento Widradi Abbat. Flaviniac. sub finem , & Testamento
Hadoindi Episcopi Cenom. apud Baronium ad an. 652, & Brissonium de Form. lib. 7. cap. 161; ex Actis Murensis Monasterii p. 41
ex Monacho Sangallensi lib. 2. cap. 15. apud Duchesnium To. 2.
p. 127, Aimoino hist. Franc. lib. 4. cap. 34, Hariulpho lib. 4. cap.
12, Dudone de Actis Norman. pag. 96, & 104, Ademaro p. 171,
Udalrico in præf. lib. 1. Consuet. Clun. , Beslio in Episcop. Pi-
ctavien. p. 17, seq., Mirzo in Donat. Belg. lib. 2. cap. 52, Justel-
lo in hist. Arvern. p. 19, Hemereo in Augusta Vitomand. p. 96,
&c., ex L. 19. Cod. De *Episcop. Aud.*, Novel. 36. cap. 7, L. 4.
Cod. *De Defens. Civit.* ; ex Capitul. Caroli M. lib. 5. capp. 2, 31,
40, & 234, lib. 7. cap. 308, Caroli Calvi tit. 40. cap. 2, Leg. Ba-
joar. tit. 1. cap. 1, aliisque plurimis apud Ducangium VV. *Advocatus , & Defensor.* Comparandus & Muratorius Antiq: Ital. dissert. 72, seq.

Atque Defensores quidem hos , apud Græcos ἐκδίκος , sive
πρεςᾶτης , modo ex Presbyteris , veluti liquet ex Conciliis Ephesino Act. 5 , & Constantinopolitano sub Flaviano Act. 2, modo ex
infima Clericorum classe delectos , veluti constat ex S. Epiphanio
Hær. 73. n. 8 , 11 , seq., Ecclesiæ nedum, Pauperumque caussas ,
curamque egisse , sed imo flagitiosis , vi quoque adhibita , prout
opus afforet , compescendis , officio constitutos fuisse discimus
ex Synodis Chalcedonensi Act. 1 , & Can. 23 , Milevitana II.

Can. 16,

Can. 16, Carthaginenſi V. Can. 9, & ex S Innocentio I. in epiſt.
ad Laurentium Senienſem, ubi Defenſores Eccleſiæ Hæreticis procul expellendis incubuiſse leguntur. In Occidente ex Laicis ad
id muneris adſumptos etiam aliquando docemur a S. Zoſimo epiſt.
9. edit. Cout., quos ad Clericatus ordinem adſcendere indulget.
Deinde vero a S. Gelaſio, ac deinceps inter Clericos minores adlegi Defenſores cœpiſse documenta, quæ adhuc ſuperſunt, nos
dubitare non ſinunt. Ubi ſe hoſtibus obſiſtendo impares agnoſce-
rent, officio Defenſoribus cedebat a Judice publico auxilium petere; quod ex præfat. Conciliis Milevitano, & Carthaginenſi patet, atque ex Poſſidio in vita S. Auguſtini cap. 11. Apud Græcos
Defenſorum auctoritatem ad reprimendos Publicorum Exactores,
ne pluſquam par eſset, exigerent, & ad opem iis ferendam, qui
de libertate periclitarentur, aut ad Eccleſiam confugiſsent, recte
obſervat Balſamon Jur. Orient. To. 1. p. 456, & in Can. 78. Cod.
Eccl. Afric. Defenſoribus adnumerandi denique Advocati, ac Vicedomini, atque ii quidem e Nobiliori Reipublicæ Statu delecti,
adeoque ut iſto Religionis officio erga Eccleſias, ac Monaſteria
defungi Comites, Duces, Regeſque tam non dedignarentur,
quam delectarentur quammaxime: quorum officium in Eccleſiarum, ac Monaſteriorum juribus, vi, armiſque, in tuto ponendis,
injuriiſque propulſandis conſiſse certum eſt: de quibus ſuſe, do-
cteque, more ſuo, Thomaſſinus Vet., & nov. Diſcip. par. 1. lib. 2.
cap. 98, ſeq., & par. 3. lib. 1. cap. 55, & Ducangius V. *Advocati*.
Qui, paullatim ſiquidem poteſtate abuti ſua cœpiſsent, plurima
deinde tam Conciliorum decretis aut ſublati, aut cohibiti ſunt,
veluti a Remenſi an. 1148. Can 6, a Lateranenſi IV ſub Innocentio III. Can. 45, ab Arelatenſi an. 1174. cap. 24. &c., quam Regum etiam ſanctionibus, quibus de Ducangius Gloſſ. To. 1. edit.
Ven. p. 174. Jam vero Defenſores inter hos, Advocatoſque illu-
ſtriores proculdubio habiti ſunt ii, queis Eccleſiæ Romanæ defenſio imprimis demandata erat; quorumve nomen, ac munus, rei
velut Jampridem obtinentis, omnium primus expoſuit S. Innocentius I. epiſt. 41. edit. Cout. ad Laurentium Senien. Epiſcopum.
Ad Eccleſiam Urbis a Schiſmaticis occupatam S. Damaſo recupe-
randam Defenſori ſuppetias præſtare Urbis Præfectus a Valenti-
.nia.

Diano Imp. Jusus legitur. Defensori suo Acacii Constantinopolit., & Petri Alex. damnationem a S. Felice III. P. M. demandatam refert Anastasius Bibl., ac discimus ex ipsius epist. 8. ad Aca-
cium edit. Hard., & Synodica ad Cler., & Monachos Orient. Ubi
Defensorum munere defungi Rom. Ecclesiae Subdiaconos consuevisse, eisque vel Patrimonia administranda, vel Legationes obe-
undae, vel de rebus, personisque Ecclesiasticis judicia definienda
committi observat Dandinus Altaserra, junctis Can. 1. Valde necessarium dist. 94, Can. 39. Pervenit u. q. 1, Can. 18. Probinum,
& Can. 20. De Praesentium 16. q. 1, videlicet ex S. Gregorio M.
lib. 1. epist. 1. ad Siciliae Episcopos, & lib. 9. epist. 32. ad Romanum, ac Pelagio epist. (pseudoepigrapha) ad Paulinum Solitar.,
& ad Antoninam Patriciam. Patrimoniorum Ecclesiae Romanae
curam potissimum Defensoribus a S. Gregorio M. frequentissine
commendata legitur passim lib. 1. epist. 2, seq. 1 lib. 3. epist. 45,
lib. 7. ind. 1. epist. 17, ind. 2. epist. 14, lib. 8. epist. 39, lib. 11.
epist. 32, &c.; Pauperum etiam lib. 4. epist. 25, lib. 7 epist. 17,
& 66, lib. 9 epist. 15, & 33, lib. 11. epist. 21, &c.; Pontificiorum quoque Mandatorum executio lib. 3. epist. 45, lib. 7. ind. 2.
epist. 17, lib. 8. epist. 39, &c. Praeter has vero officii partes, Defensoribus imposita habetur de rebus Monasteriorum vindicandis
lib. 4. epist. 4; de Virginibus Deo sacris in proposito detinendis
lib. 7. epist. 10; de Matronis a Potentum vi defendendis lib. 7.
epist. 84; de Inobedientium pertinacia frangenda lib. 7. epist. 106;
de Episcopis in ordine cohibendis lib. 8. epist. 1, & 11; de Episcoporum sollicitanda electione lib. 9. epist. 74; de Episcopis in gradum redintegrandis, teste Johanne Diac. lib. 2. cap. 53, &c. Qua
de re conferendus Ordo Roman. a Cassandro editus, ac Petrus Ur-
beveranus in S. Damasi Adnotat. Horum deinde numerum Romae
ad septem adauxit idem S. Gregorius M., eosdemque septem af-
signavit Urbis Regionibus, ipsemet teste lib. 7. ind. 1. epist. 17:
unde Regionarii dicuntur in Ordine Rom., & a S. Paulo I. epist. 22.
Cod. Carol., a Stephano III. epist. 3, & a Johanne Diacono lib. 3.
cap. 20: qua de nomenclatione legendi Anastasius in Constantino
n. 171, in S. Gregorio III. n. 193, in Hadriano I. a 293, 297, seq.,
& 306. To. 1. edit. Blanchinii, & Morinus de Sacr. Ordin. par. 3.

Exercit. 16. cap. 6 , ac duobus feqq. Illuſtris id munii poſtmodum. quò potentiores ingruentes quotidie adverſus hoſtes , & perſecutores haberent , Principibus , Regibus , ac Imperatoribus adtributum a Pontificibus eſt . Quo perinde nomine , ac munere tam gloriari , quam egregie defuncti legnntur Pippinus in veteri Membrana apud Baronium ad an. 761. n. 18 , Carolus M. in ipſius vita , Henricus II apud Ditmarum lib. 6 , Conradus apud Brouverum Antiq Fuldenſ. lib 3. cap. 17 , Fridericus I. apud Kadevicum &c. Nobiliori denique nomine Patricii donari cœpere , qui Rom. Eccleſiæ Advocatos , Defenſoreſque egere: quo de argumento ſuſius Art. ſup. 4. p. 403 , ſeqq. Jungendi Paciarii , quos cum poteſtate corporales etiam infligendi pœnas ab Eccleſia aliquando conſtitutos conſtat . Nempe Epiſcopis primum *Juſtitiam faciendi* , pœnis ideſt animadvertendi temporalibus etiam in eos, qui publicam turbarent pacem, ſparta ſuerat demandata a Synodis Juliobonenſi apud Ordericum Vitalem hiſt. Eccl. lib 5. ad an. 1080 , a Monſpelienſi an. 1214 , a Toloſana an. 1229 , &c. , ſed eis huicce perſæpe muneri impartibus ſuffecti hoc *Paciarii* nomine ſunt Viri potentes , quales Latinus Ord. Præd. Cardinalis a Nicolao IV. apud Villanium lib. 7. cap. 56 , Veſianus Ord. Min. Archiep. Capuan. apud Wadingum Annal. To. 8. edit. nov. p. 411., Petrus Card. S. Mariæ Novæ apud Raynaldum ad an. 1296. n. 1 : ex Laicis vero Principibus , Carolus Andegavenſis a Clemente IV. apud Raynaldum ad an. 1267. n. 5 , ſeqq., & Patrem Lazeri Miſcell. Colleg. Rom. To. 2. p. 1 , ſeqq., ac iterum a B. Gregorio X. apud Ughellum To. 3. edit. nov. p. 442, & Carolus Valeſius a Bonifacio VIII. apud Villanium lib. 8. capp. 42 , & 48 : quibus plane facta , cum dignitatis collatione , poteſtas corporalibus animadvertendi pœnis in Pacis turbatores ex Pontificiis liquet litteris : quibus jungendæ aliæ ejuſdem Clementis IV. ad Regem Caſtellæ apud Martenium Anecd. To. 2. p. 499 , B. Gregorii X. ad eumdem Regem apud Raynaldum ad an. 1272. n. 37 , ſeq., & Johannis XXII. in Proceſſu 2. adv. Ludovicum Bavar. apud cit. Martenium p. 650 : qua de re ſuſius præcit. dochiſt. P. Lazeri in præfat. ad Epiſt. Pontif. Rom. To. 2. Miſcell. p. XVI , ſeqq.

 Longa poſt diverticula in lineam modo me recipiendo , propiuſ

piufque ad rem , qua de agitur , adpropinquando , ex Conciliis
potiſſimum hæc tam vetus , quam nova in Ecclefia Diſciplina diverſis pœnarum etiam Corporalium generibus animadvertendi
tam in Clericos, quam in Laicos , argumentum , documentumque
accipit , præberque . Inſigne primum eſt illud , quod tam ex Conciliis Eliberitano Can. 56 , & Arelatenſi I. Can. 7. de interdicto
Chriſtianis Magiſtra tus officio, quam ex Nicæno Can. 11. verſ.
Dionyſii , Andegaveuſi Can. 3 , Arelatenſi II. Can. 25 , Aurelianenſi III. Can. 25 , Toletano IV. cap. 55 , Toletano VI. cap. 7 ,
aliiſque ſuperius indicatis , de prohibita Lapſis Militia , ſive Pa-
ludata , ſive Togata ; quæ repetere modo non juvat . Atque ideo
hinc progrediendo , a Carthaginenſi V. an 399 , aut inſeq. Can.2.
apud Gratianum Can. 3. *Siquis* 11. q. 5. Clericos pro culpis propriis ab Epiſcopis condemnatos , *Interpoſita pœna damni, pecunia,*
atque honoris , defendere quilibet cujuſque dignitatis , ac conditionis diſtricte prohibetur . Minores Clericos (Majores namque ,
gradus ob reverentiam , ab ejuſmodi pœna cum infamia conjuncta
ibant immunes) criminum conſcios verberibus ab Epiſcopis addici conſueviſſe diſcimus ex Agathenſi an 506. Can. 34 , & 41 , relato Can.15. *Non licet* diſt. 86 , a Turonenſi II. an 567. Can.10 ,
& Narbonenſi an. 589. Can. 11. Et Bracarenſe III. an. 671. cap. 7.
a verberibus Presbyteros , Abbates , & Levitas eximens , gravioribus exceptis flagitiis , exiſtimavit plane cum & illos , ob graviora facinora , ium & Clericos inferioris gradus , ob minores culpas
flagris adici poſſe . Clericis alios Clericos Civili coram Judice
conven'entibus aut Carcer , ſi ſuperiores , aut verberatio , ſi inſe-
riores , a Matiſconenſi I. an. 581. Can. 8. decernitur . A Matiſconenſi II. an. 585. Can. 1. circa Dominicæ diei obſervantiam ſancitum habetur , ut eam violantes , ſiquidem Cauſidici , irreparabi-
liter cauſſas amitterent , ſi Ruſtici , & Servi , gravioribus ſuſtium
ictibus verberarentur . Simili Decreto ejuſdem diei religioſæ ob-
ſervantiæ conſultum eſt a Narbonenſi an. 589. Can. 4 , ut nempe ,
ſi liberæ ſortis eſſent , inobſervantes mul.tam publico ſolverent Judici , ſin vero ſervilis , centenis exciperentur verberibus . Flagel-
latione item publica Sortilegos puniri , ac pecunia eroganda pauperibus vanire Can. 14. ſancitur . Qui vero eos conſuluerint , in

fex auri uncias, Civitatis Comiti inferendas, plecti jubentur. In
Clericos item defides, officioque deficientes fuo, fiquidem Subdiaconos, ftipendii privatione, in inferiores vero flagris defæ-
viendum Can. 13. indicitur. A Toletano III. an. 589. Can. 5,
(juncto etiam Can. 16.) ab Hifpalenfi I. an. 590. circiter Can. 3,
& a Toletano IV. an. 633. Can. 43 ; (ubi & Can. 75, in Toletano
V. Can. 7. inftaurato, Suintilla Rex, Theodora Regina, & Re-
chimirus in Regni confortium adfcitus diris fæve devoti, Regnoque mulctati leguntur, facultatibus item Geilanes una cum Con-
juge exfpoliatus, juncto Toletani VI. cap. 17, quo decernitur, ne
Rex ante Solium confcendat, quam de Religione tuenda fponde-
ret, ac nifi genere Gothus effet, moribufque dignus,) Muliercu-
læ Clericis infervientes, e queis obliquiores fuboriri quirent fuf-
piciones, nifi quamprimum e domibus fubmotæ fuiffent, mox ve-
nundari ab Epifcopis, ipfarumque pretium in pauperes erogan-
dum, mox in Monafterium ad pœnitentiam agendam detrudi præcipiuntur. Eifdem quin etiam Mulierculis, quarum impudicitia
Clericis infidietur, exitioque fit, exfilium ab Epifcopis indici ab
Aurelianenfi IV. an. 541. Can. 29 jubetur. Clericorum majorum
filii, poft Ordinationem fufcepti, in Toletano IX. an. 655. Can. 10.
fpurii nedum, ac fucceffionis exortes declarati funt, fed Ecclefiæ
in Servos mancipantur. Flagellatio, Carcer, exfilium detracto-
ribus Epifcoporum tam Laicis haud ingenuis, quam Clericis inferioribus indicuntur ab Emeritenfi an. 666. cap. 17; exfilium
quin etiam ipfis Epifcopis adulterio, ftupro, aut homicidio coin-
quinatis a Toletano XI. an. 675. cap. 5. feq.; ubi & Can. 11. in
Infideles ipfos erga Euchariftiam injuriofos verberationis, & exfilii pœna ftatuta legitur. Quæ exfilii pœna rurfus a Bracarenfi III.
cap. 7, relato Can. 8. *Cum Beatus* dift. 45, in Epifcopos inftaurata eft, qui præfcriptum Clericos flagellandi modum prætergreffi
fuiffent. Verberibus denuo, carcere, exfilio Idololatriæ dedit,
eofque a deliciis abducere, ulcifcique Domini negligentes a Toletano XII. an. 681. cap. 11. damnantur. Flagellis iterum, calvi-
tio, & exfilio ab infando cohibendos flagitio tam Clericos, quam
Laicos fibi ftatuit Toletanum XVI. an. 693. cap. 3; inftaurata
cap. 2. in Idolorum cultores eadem, quæ in Toletana XII. cap. 2.

sancita fuerat , pœna ; Judices præterea in extirpandis Idololatrix
reliquiis defides officio interdicens; mulcta item pecuniaria , de-
calvationis , & flagellationis pœna in eos indicta , qui Judicibus
hoc in obeundo munere obfistere aufi fuiffent . In Patriæ, Regifque
pernicem confpirantibus denique tam bonorum exfpoliatio, quam
perpetuum in exfilium deportatio Can. 9. inflicta eft . Viciffim
cap. 1. Judæis ad fidem converfis ingenuitate , ac vectigalium immunitate donatis . Qui contra in Chriftum perduelles a Toletano XVII. an. 694. cap. 8. perpetuæ mancipantur fervituti , ipforum bonis publicatis . In Germanico an. 742. fub S Bonifacio.
Mogunt. Can. 6. Clericis , Monachis , ac Virginibus Deo Sacris ,
qui fe carnis libidine contaminaffent , arctum in pane , & aqua je-
junium , carceris per unum, aut duos annos inclufio, repetita flagellatio , capitifque detonfio , in ignominiæ fignum , indicta legitur . Ad pœnas corporales plane defperatis , ac perditis inferendas
tam a Reipublicæ Adminiftris , quam ab ipfis Regibus operam Epifcopis præftandam imperant Francofordienfe an. 794. Can. 4, 5 ,
& 7 , Altinenfe an. 802. fub S. Paulino Aquilejen. in Synodica ad
Carolum M. , Arelatenfe VI. an. 813. Can. 13 , Moguntinum eod.
an. Can. 8 , & Meldenfe an 845. Can. 71, & 72.: quibus cohærent Caroli M. Capitul. lib. 5. cap. 114, & Addit. lib 3. cap. 64 ,
Sueffionenfe II. an. 853. Can.13 , Carifiacenfe an. 858. cap. 12, &
Triburienfe an. 895. Can. 3. Judices , Centenarios , Tribunos , fi
mali fuerint , ab officio amoveri; Vicedominos vero, Præpofitos,
& Advocatos probos eligi præcipit Moguntinum an.813. Can. 50.
A Theodonvillano an. 821. circiter Can. 1 , feqq. percufforibus
Clericorum pecuniaria quoque pœna, major , minorque pro Sa-
crilegii qualitate , Epifcopo perfolvenda , imponitur . Hofce vero Canones Triburiæ paullo poft decreto edito adprobavit Ludovicus Pius . In Regem confpirantes ab Aquifgranenfi II. an. 836.
Can.12. ab univerfo gradu anathematisati leguntur : quæ loquendi formula non fola Excommunicatione , fed exautorifatione ple-
ctendos infuper perduelles Laicos aperte fignificatur . Ad effræ-
nem prædonum rapacitatem refrænandam , Ecclefiis ablata in du-
plum , aut triplum , aut quadruplum reftitui juffit Tullenfe II. anno 860. Can. 1. Laicos , qui ad Patriæ , aut Regis hoftes defice-
                                                              rent,

rent , Sacrorum juſtitio non modo adfecit , ſed facultatibus etiam, gradibuſque omnino exuit Wormatienſe an. 868. Can. 43. In Pontigonenſi , ac Ticinenſi an. 876. Can. 3. Eccleſiæ Romanæ bona invadentibus , præter rerum ablatarum reſtitutionem , gravis pro culpa perſolvenda mulcta impoſita habetur . Quod ad Monachos reſpicit , ex receptiſſima erat Diſciplina , ut jejuniis nedum ; ſed verberibus , ſed carceribus flagitioſi caſtigarentur : cujuſce ſane Diſciplinæ locupleti documento accedunt Concilia Aquiſgranenſe an. 816. cap. 135 , & Moguntinum an. 813. cap. 45 , Capitularia item Regum Franc. lib. 5. capp. 99 , ac 316 , Regula S. Aureliani cap. 41 , & S. Romualdi apud Surium ad diem 19. Jun. cap. 13. Carceribus vero æquiparanda detruſio olim in Monaſteria ad pœnitentiam agendam in fletu , & vigiliis , in precibus , & jejuniis , in cinere , & cilicio : quo de pœnæ genere S. Siricius apud Anaſtaſium Bibl. , S. Gregorius M. lib. 1. epiſt. 42 , lib. 2. ind. 11. epiſt. 27, 42 , & 49 , ac lib. 3. epiſt 9 , Stephanus II. in reſp. capp. 10. , & 13 , ac Innocentius III. Cap. 5. *Tuæ diſcretionis* Decret. lib. 5. tit. 36. *De Pœnis* : Concilia item Cabilonenſe II. an. 813. cap. 40 , & Sarisberienſe an. 1217. cap. 91 S. Gregorius Turon. quoque hiſt. Franc. lib. 5. cap. 49 , Ludovici Pii vitæ Scriptor , S. Iſidorus Hiſpal. de Script. Eccl. in Victore Tunon. , Juſtinianus Novel. 123, cap. 44 , Leges Wiſigoth. lib. 5. tit. 5 § 1 , Carolus M. Capitul. lib. 6. cap. 98 ; adeundique Petrus Faber Semeſt. lib. 3. cap. 21. p. 335 , Morinus de Pœnit. lib. 9. cap. 15 , Ducangius in Gloſſar. To. 4. edit. Ven. 1739. p. 846 , &c. Huic haud diſparem erga Clericos flagitiis implicitos diſciplinam , ut nempe pro culparum qualitate , plus , minuſque ab Eccleſiæ Defenſoribus flagris afficerentur , apud Græcos quoque obtinuiſſe , quin etiam ad Laicos eandem pœnam verberationis protenſam fuiſſe paſſim tradit Balſamon ad Can. 9. Synodi Conſtantinopolit. Uſu præterea antiquiſſimo ad Clericorum flagitia non modo, ſed etiam Laicorum , quorum cognitio ad Eccleſiam pertineret , vindicanda Græcis Epiſcopis veniſſe auctor accedit locuples Leo Auguſtus in Orat. de vita S. Joh. Chryſoſtomi apud Baronium ad an. 401. n. 60 : quo loci refert a S. Antiſtite Laicum quemdam Viduæ cujuſdam Alexandrinæ Miſerabilis bona detinentem in carcerem

Iniſſe

fuiffe detrufum, neque Imperatricis Eudoxiæ precibus ad eum di-
mittendum inflecti fe paffum . Potiffimum apud Æthiopes a prifca
ad fequiorem adhuc ætatem hanc feverioris viguiffe Difciplinæ
fpeciem , ut delinquentes cujufque gradus, conditionifque publicis ab Epifcopis adficiantur pœnis , ac flagellis quammaxime refert Jobus Ludolphus hift. Æthiop. lib 3. cap. 6 , ex ipfoque Oer.
tellius in Theolog. Æthiop. loco 17 de Potest. Clav. p. 168 , feq.
In Occidentem reflectendo , longius , ac forte plus , quam par
fuiffet , poteftatem legitur portendiffe fuam Concilium Grate-
leanum in Anglia an. 929 , dum Capp. 3 , 4, feqq. tum unicam in
toto Regno Monetæ fpeciem effe jubet ; tum certis dumtaxat in
locis eam cudi vult ; tum Monetarum adulteratoribus manum amputari , non fecus ac capitis pœna Sagas , Incendiariofque mul-
ctari permittit . Junctis capp. 6 , 7 , feq. , ubi in Dominicæ diei
violatores , falfarios , refractariofque mulcta præterea majori, mi-
norique pecuniaria defævit. Quæ tamen, qua parte faltem pœnam
refpiciunt fanguinis , a Laica magis profecta crediderim Poteftate . Certum eft tamen a Landavenfi an. 955, in caufsa Diaconi
cujufdam in Ecclefia interfecti , hac in occifores pœna fuiffe animadverfum: ut eorum nempe finguli fubftantiam omnem , agrof-
que fuos, atque feptem infuper argenti libras Ecclefiæ redderent,
quæ maculata fuerat ; atque demum , ut hanc ipfe pœnam urgeret , Nogui Regem juramenti religione fuiffe obftrictum . Pecuniarias , fimilefque pœnas corporales Laicis perfonis ab Ecclefia
paffim inflictas legimus in fequioris ævi Synodis . In Ænhamenfi
in Anglia an. 1009. cap. 31, quo mulctæ pecuniariæ delictis impofitæ , Ecclefiæque pendendæ decernuntur , & cap. 32, quo Potentiores graviori plectendi mulcta declarantur . In Cojacenfi in
Hifpania an. 1050. Can. 13, quo diftricte cavetur , ne rei ad Ecclefiam confugientes inde vi abftrahantur, nifi vitæ , membrorum-
que data fecuritate, fub Anathematis pœna, milleque Solidorum
puriffimi argenti Epifcopo folvendorum . In Romana an. 1051.
fub S. Leone IX, a quo fancitum , ut quæ fœminæ Presbyteris copulatæ fuiffent , fervitute damnatæ , Epifcopio loci addictæ manerent , refert S. Petrus Dam. in Synod. difcept. In Londinenfi
1108. fub S. Anfelmo Cant. Can. 28, quo nefariæ , nec nominan-
dæ

dæ libidini dediti Laici Civili quacumque dignitate in toto , quo
late patet , Angliæ Regno spoliantur . In Londinensi altera an.
1108. Can. 10, quo tam Clericorum , qui desponsam Deo conti-
nentiam inquinassent, quam Concubinarum , quæ in flagitiis eis
deservissent, res omnes Episcopis addictæ sunt . In Altera quoque an. 1117. Can. 7, quo in Concubinas Presbyterorum eadem
perinde , quæ a S. Leone IX. pridem decreta fuerat , pœna instaurata legitur . In Lambethensi an. 1261. cap. ult., quo atrociora
Clericorum facinora , quæ, Civiles , juxta leges , capitali expian-
da pœna essent , perpetuo Episcopis vindicanda carcere deman-
dantur . In Viennensi in Austria an. 1267. cap. 17, quo in Judæum
cum Christiana muliere coeuntem districtus carcer decernitur ,
quoadusque decem argenti marcas pro emendatione solverit ,
Christianæ vero per Urbem sustigatio , indeque expulsio indicitur . Sed enim in Hæreticos potissimum corporales pœnas , ho-
norumque præsertim spoliationes , atque bonorum confiscationes
passim a Conciliis decretas legere præstat , velut a Turonensi an.
1055. Can. 4, a Lateranensi III. an. 1179. Can. 24, & 27, a Mon-
tidiensi an. 1209, a Santægidiano an. inseq., a Vaurensi 1213, a
Monspeliensi 1214, a Lateranensi IV. 1215. Can. 3, a Bituricensi
1225, a Valentino 1248. Cap.2, ab Audomarensi 1279; a Vaurensi
altero 1368, &c. Ad hæc in Constantiensi Sess. 14. a Concilio se-
cedere , aut ei molestiam inferri , sub dignitatis , officiique , Imperialis etsi, Regalisque , pœna interdictum legitur . Sess. 15. sub
pœna Carceris duorum mensium prohibitus item quisque , Regalis etiam, aut Imperialis dignitatis, sessionem perturbare . Sess.17.
sub privationis officii , dignitatisque pœna impediri Sigismundi
Imp. Aragonica profectio inhibita . Sess. 20. Fridericus Austria-
cus sub pœna privationis Feudorum prohibitus Johanni XXII.
suppetias ferre . Sess. 28. eadem pœna decreta in eumdem Ducem , quod bona Tridentinæ Ecclesiæ occupasset . Sess. 37. Petro
de Luna obedientia sub bonorum privatione , Regalium etiam ,
intercepta . Sess. 39. sub gradus cujusque privatione impedimentum Pontificiæ adponi electioni interdictum : sub qua demum pœna Clericis onera imponi , Pontificis M. absque facultate , prohibita . In Lateranensi V. Sess. 9. a Leone X. Coll. *Superne* Blas-
phe-

pheini mulcta pecuniaria, carcereque damnati funt . In Tridentino denique Seff. 33. de Refor. cap. 1, Sefs. 34. cap. 9, & Sefs.
25.de Refor.capp.3, & 14. tam Clericis, quam Laicis a Judicibus
Ecclefiaflicis pecuniarias inlligi pœnas , prout opus foret, posse
decretum habetur, ita tamen ut hæ mulctæ locis, aut operibus
piis adplicentur,juxta nempe fententiam Alexandri III. in Cap.6.
Licet Decret. lib. 1. tit. 38. *De Pænitent.*, & Innocentii III. in
Cap. 13. *Irrefragabili* lib. 1. tit. 3. *De Offic. Jud Ordin* Quam
perinde faluberrimam Tridentinæ Synodi fanctionem de pecuniariis mulctis in opera Pia erogandis,non in proprium Judicis Ecclefiaftici ufum transfundendis , ad omnem procul avaritiæ fufpicio-
nem , anfamque avertendam , & pridem Synodus Coloniensis L
an. 1536. par. 13. *De Jurifd.* cap. 8. fummopere probavit , cuique fe attemperavit Synodus Confentina an. 1379. Sefs. 5. apud
Manfium Suppl. To. 3. p. 1156, & integram jussit S. Congregatio
Concilii Trid. interpres apud Fagnanum ad lib. 1. Decret. par. 2.
p. 476. Junge ejufdem Concilii Trid. Sefs. de Refor. cap. 19. Decretum, quo Domini Temporales locum ad Duellum concedentes
temporali etiam dominio Civitatis , aut Caftri, ubi Duellum fuiffet coinmissum, pœna Excommunicationis adjuncta, privantur.
Quod fane Decretum follicitantes, intorquentefque Natalem ,
& Bosfuctium viden , ut Doctifs. Roncalia, & Blancus exfuflent,
atque refellant ! Sub certis præterea corporalibus pœnis Decreta frequenter de Treuga , feu Pace , qua Principibus , qua Populis , fïato tempore , ac loco , fervanda a Synodis vice plus fimplici edita liquet , velut a Bituricenfi an. 1031, a Lemovicenfi II,
eod. an.4, a Pictavienfi 1036, a Narbonenfi 1054, a Samægidiana
1056, ab Helenenfi 1065, a Claromontana 1077, a Rotemagenfi
1096. ab Audomarenfi 1099; a Valentina 1248; qua de re Glaber
Rodulphus hift. lib. 4 cap. 5, Petrus de Marca in Not. ad Synod.
Claron, Can. 1, & M. Antonius Dominici in differt. de Treuga ,
& pace . In pravarum opinionum fectatores perinde , eorumque
fautores , atque pertinaces Clavium Ecclefiæ contemptores corporalibus pœnis, graduum , puta, officiorumque privatione, mulctis pecuniariis , bonorum , ac posfessionum confifcatione & ex-
fpoliatione , perfonarum etiam captione , venditione , aut depor-

tatione, exfilii, verberationis, ignifque, aliarumque hujufce genus pœnarum inflictionibus frequenter ab Ecclefiaftica Poteftate animadverfum difcimus ex Conciliis Aurelianenfi an. 1017, Narbonenfi 1227, Tolofano 1229, Biterrenfi 1233, Arelatenfi 1234, Campiniacenfi 1238, Biterrenfi altero 1246, Valentino 1248, Infulano 1251, Albienfi 1254, Burdegalenfi 1255, & Oxonienfi 1408. fub Thoma Arundelio Can. 4, quo Relapforum in hærefim bona profcribi, occuparique mandantur. Adjungenda Mediolanenfe I. an. 1565. Conft. par. 2. cap. 34, Ravennatenfe an. 1568. cap. 2. de Foro Epifcopi apud Manfium Suppl. To. 5. p.797, Neapolitanum an. 1576. cap.21. de Epifcopi Foro, & Carcere ibid. p.1018, & Mediolanenfe V. an.1579. Conft. par. 3. cap.11. de Foro Epifcopi, & Carcere. Juxta hæc in Jure Canonico paffim multæ pecuniariæ delictis quibufdam ab Ecclefia impofitæ Piis cauffis impendendæ præfcribuntur Can. 55. *Statuimus* 16. q. 1. ex Anaftafio II. P.M., Can. 21. *Quifquis* 17. q.4. ex Johanne VIII; Can. 22. *Siquis deinceps* 17. q. 4. ex Alexandro II.; Can. 35. *Si vos* 23. q. 5. ex S Auguftino lib. de Unit. Eccl. cap. 20; Cap. 18. *Dilectus* ex Honorio III. *De Offic. Jud. Ordin.*; Cap. 14. *Poftulafti*, & Cap.16. *Cum fit nimis* §. final. ex Innocentio III. *De Judæis*; Cap. 13. *Ad audientiam* ex eodem Innocentio *De Præfcript.*; Cap. 7. *Olim ex* Honorio III. *De Injuriis*; Cap. 5. *In Archiepifcopatu* ex Alexandro III. *De Raptoribus*; & Cap.7. *Venerabilibus* §. *Denique* ex Bonifacio VIII. in 6. *De Sent.* Excom. Et adftipulantur Jurifconfulti, Salgadus ipfemet de Protect. Regia par. 2. cap. 4, Solorzanus de Jure Indiar. To. 2. lib. 3. cap. 7. n. 76, Cevallos To. 4. q. 897, Felinus in Cap. *Irrefragabili* De Offic. Jud. Ord., Hoftienfis in Cap. *Ut Clericorum* de Vita, & honeft. Cler., Abbas in Cap. *Licet* De Pœnis, Covarruvias Var. lib. 2. cap.9. n. 9; alique longe plures, quibus confentit ipfemet Vandalinus in Expofit.Theolog. Thef. de triplici Hier. Eccl. cap.12. p.323, videndufque Mabillonius de Re Diplom. lib. 2. cap. 8.

Non ibo quidem inficias ampliffimæ in hac parte Ecclefiafticæ Jurifdictioni plurimum devexiori fub ætate, Ecclefia dolente, ac vel adfentiente, vel tolerante, fuiffe detractum; nec imo fatebor difficilis rerum inevitabilibus, ac temporum vicibus factum,

ut

ut detraherentur; quin etiam in caussa non defuisse Judicum Ecclesiasticorum aliquando partium studium, aliquando percupidam
avaritiam, ut fieret. In id tamen unum interea me incubuisse
profiteor, ut quid antiqui Ecclesiæ juris esset, in medium proferrem: ut inde demum videant, quam parum in veteri sint Politia
versati, quam turpi veteris Disciplinæ laborent ignorantia, &
quam iniquo, præposteroque desudent ingenio nuperis ex Politicis haud pauci, qui ad hanc Jurisdictionis particulam Ecclesiæ
eripiendam tanto se conatu, nervoque conserunt toto. Quo profecto errore prave detinentur Carolus Loysæus Des Seign. cap.15.
n. 4. Spirituali potestati rebus in hisce Civilibus Laicam se rite
opponere docens; Territorio, & Fisco Ecclesiam carere, Ideoque
potestate coporales inlligendi pœnas; ac n. 10. Ecclesiæ Pastores
Episcopos esse, non Dominos, ac proprietarios: quæ ipsissima est
querela ad ravim usque a Protestantibus repetita; Franciscus Duarenus de Sacris Eccl. Ministris lib. 1. cap. 4. scribens ante Eugenium II, a quo primum institutos Carceres, & Vincula ad coercendos Clericos excogitata subjungit, corporalem vim nullam
reis ab Ecclesia adhiberi consuevisse. Itaque Sacerdotibus jus
Gladii non competere, quos Gentium Regum more dominari
Christus D. noluit; se Sacerdotes esse, non Dominos S. Hieronymus in epist. ad Nepotian. Can. 7. Esto dist. 95. monitos voluit;
non Dominos, sed Patres dici maluit Justinianus Novel. 81. Ideoque Episcopos non habere Territorium, neque prehendendi, summovendique facultatem L. Pupillus §. Territorium de Verbor. Signif., Magistratibus quibusdam Romanis haud dissimiles, qui apud
Aulum Gellium lib. 13. Vocationem habebant, non prehensionem;
Petrus Jannonus lib. 2. cap. ult. Excommunicandi potestatem
quidem Ecclesiæ tribuens, Coactivam tamen abnegans, illam Clavium esse, hanc Gladii, Principibus hanc, Ecclesiæ illam competere pugnans; S. 3. hanc esse Patrum sententiam S. Joh. Chrysostomi hom. 33. in 1. Timoth., Lactantii lib. 5, Cassiodori lib. 2.
epist. 27, & S. Bernardi de Consid. lib. 1: Non est nobis, inquientis, data talis potestas, ut auctoritate sententiæ cohibeamus homines a delictis; toto illo tempore, quod ad Justinianum usque interlluxit, Ecclesiam potestate caruisse pœnas inlligendi corpo

rales , neque Carceres habuiſſe ante Eugenii I. ætatem, teſte Vo-
laterrano lib. 22. Quas igitur nunc Juriſdictionis partes obtinet Eccleſia , eas Principum beneficio obtinere ; ac lib. 9. cap. ult. §. 1.
a Carolo M. Pontifici Rom. primum jus Carceris , ac Territorii
fuiſſe permiſſum ex Richerio in Apolog. Gerſonii par. 3. Axiom.
36. adſerens : cujus exemplo deinde idem ad Epiſcopos jus fuerit ab aliis Principibus ampliatum ; Joh. Petrus Gibert in Proleg.
ad Jus Canon. tit. 8, ſect. 1. parum hinc abſens , atque Pontificum , Conciliorumque hujuſce genus decreta pia dumtaxat fuiſſe
propoſita exiſtimans , quæ effectum obtinere nequiverint , niſi a
Principibus auctoritas eiſdem impartiretur ; pleraque quin etiam
adverſus Judæos prolata defectu auctoritatis , qua nulla pollet in
eos Eccleſia , fruſtranea fuiſſe ſubjungens , niſi Principum auctoritate robur accepiſſent : hancque ſupremæ Curiæ Pariſienſis expli-
citam eſſe ſententiam an. 1288, quam refert Pithœus inter Probat. libert. Eccl. Gallic. cap. 36. n. 9. p. 1370; corporales itaque
pœnas flagitioſis infligere ad unum Principis jus pertinere con-
cludens : quod Friderici II. an. 1225. edita Lege adverſ. Excom.,
& Hæret. ad calcem Corporis Juris edit. Vitr. pag. 579, Ludovici VIII. in Concilio Apamienſi an. 1226. evulgata , cujus mentio in Narbonenſi an. inſeq. Can. 1. occurrit , & S. Ludovici IX.
Conſt. an. 1228. adv. Hæreticos , & Excom. adornata confirmat.
Mitto Pſeudo-Politicos alios longe plures , quorum dicteria eòdem recidunt , eodemque concidunt modo.

    Sed enim ſic agere vel ſerio , vel etiam dicis unius cauſſa ,
quid eſt aliud , obſecro , quam toti retro velle Antiquitati ſe
iniquum præbere , aut luſum facere , aut eidem acceptiſſimæ jugiter Diſciplinæ ſe prorſus ignarum , ac perinde ingenii inopem
oſtendere ? Enim vero Eccleſiæ Territorium , ac Forum æque
competere in evidenti poſitum eſt , deque utroque loquuntur paſſim explicitiſſime Decretales. In Decretalium vero libris capita
omnia Eccleſiaſticæ Juriſdictionis conſignata uſu receptiſſimo ubique Gentium, atque in Galliis etiam certiſſime obtinuiſſe conſtan-
ter adfirmat ejus rei callentiſſimus Thomaſſinus Vet., & Nov.
Diſcipl. par. 2. lib. 3. cap. 116. n. 6. Juxta Chriſti D. juſſionem
Lucæ 22, S. Pauli 2. Corinth. 1, & S. Petri 1, 5. monita , Patrum

utique sententia est ab Ecclesiastico Magistratu impotentem do-
minatum, ac severitatem despoticam abesse debere, qua nempe non
tam prodesse curent , quam præesse se ostentent , non etiam potestatem eliminari intelligendi , pro ut opus foret , pœnas etiam
corporales , quibus nempe Fideles in officio cohibeantur : quo
plane modo accipiendos Origenem hom. 6. in Isajam , S. Gregorium Nazian. Orat. 1. Apolog., S. Hieronymum epist. 3. ad Nepot. , & epist. 62. adv. Joh. Hierosolym., S. Joh. Chrysostomum
hom. 3. in Acta Apostol., hom. 1. in epist. ad Tit., hom. 11. in
epist. ad Ephes., hom. 4. in Isajam , & de Sacerd. lib. 2, ac S. Bernardum de Consid. lib. 2. cap. 6. ostendit Doctiss. Hallier de Eccl.
Hierar. lib. 4. sect. 2. cap. 1. art. 9. §. 5. Locus autem S. Joh.
Chrysostomi , prout a Jannono allegatur , ita quidem habetur
lib. 2. de Sacerd. ex interpretatione Germani Brixii Antisiod. Episcopi edit. Paris. 1581. To. 5, non ita vero legitur in exemplari-
bus Græcis , aliisque Latinis versionibus . Verum non alterum
sententiæ profecto suæ interpretem adhibere præstat, quam S. Doctorem ipsum , qui hom. 13. in cap. 4. epist. 1. ad Timoth. Oper.
edit. ejusdem Paris. Nivel. To. 4. sic habet : *Sunt quædam in re-*
bus humanis , quæ doctrina indigeant ; sunt item , quæ imperio . . .
Malum non esse , docere minime convenit, sed imperare , & magna
vi auctoritatis prohibere : **Judaicis item non intendere fabulis si-**
militer imperandum est . Cæterum siquidem substantias pauperibus
distribuere , Virginitatemque servare opus sit , ac de fide disserere,
hic jam doctrina , & exhortatione agendum est . Idcirco utrumque
posuit Paulus ; **Præcipe** *, inquiens , ac* **Doce** *&c. Vides , ut impe-*
rare Sacerdotum necesse sit &c Quale vero , rogo , ejus sententiæ
Imperium esset, quod vi cogendi careret ? Cui concordans S. Gregorius Nazian., qui cæteroquin in Apolog. 1., & Orat. 2. ad Patrem totus in eo fuerat , ut Episcopo moderatione , benignitate ,
ac modestia opus esse suaderet , Orat. 1. de Pace tamen circa fin.,
quo tempore , quave ratione non amplius lenitate , suavitateque,
sed severitate , asperitateque utendum denique sit , explicans :
Cum , inquit , *manifesto se prodit impietas , tum & ferro, & flam-*
mis . . . obviam oportet eamus , quam ut mali fermenti participes
efficiamur &c. Ante Eugenii (I. ex Gratiani fide ponit Raphael
Vo-

Volaterranus Anthropologiæ lib. 22, & post ipsum Jannonus, II.
vero Duarenus, unde isthæc opinionum diversitas indicium haud
obscurum evadit dubiæ admodum credulitatis documento huic
adhibendæ) ætatem usu longe veteri Ecclesiæ Carceres jam venisse, ut de aliis nunc sileam documentis, manifestum sit ex Lege
an. 396. læta ab Arcadio, & Honorio L. 30. Cod. Theod. lib. 16.
tit. 5. de *Hereticis*, & L. 3. *Cuncti* Cod. Justin. eodem tit. Et licet *Decanicarum*, sive *Diaconicarum* nomine Carceres Ecclesiasticos revera designatos ab Arcadio, & Honorio dubitent Cujacius, & Dionysius Gothofredus, venireque ibidem Secretaria,
sive Sacraria multis in Comment. ad hanc legem ostendere co-
netur Jacobus Gothofredus, ut ex Laodiceno Can. 21, ac versione Latina Bibl. Jur. Can. Justelli To. 1. p. 51, ex Codino de Offic. Aulæ, & Eccl. Constantinopolit. cap. 14 n. 24, ex Euchelo-
gio Græcor., ex Philostorgio hist. Eccl. lib. 7. cap. 8: qua de Diaconicæ pro Sacratio acceptione consulendi quoque Goarius in
Not. ad Codinum loc. cit., Gretserus Observ. ad eumdem lib. 3.
cap. 10, Meursius in Gloss. Græco-Barbaro p. 156, Ducangius in
Glossar. edit. Ven. To. 2. p. 1373; dubitandum tamen haud esset, quin eo nomine Carceres etiam venerint, sive eadem Sacraria
pro Carceribus deservirent, aperte liquet ex Novella 79. cap. 3,
ubi Justinianus sic loquitur: *Decanicæ præbuerunt quondam usum
Carceris, & Custodiæ Ecclesiasticæ*, velut eamdem ita retulit etiam
Julianus Antecessor, habeturque repetita Capitul. lib. 5. cap.
225. hisce verbis: *In Decanicis Ecclesiarum recludatur* (delin-
quens Clericus), *competenter pœnas luiturus*; ex Græcorum Paratitlis Bibl. Jur. Can. Justelli To. 2. p. 1333; ex S. Gregorio II. in
epist. 2. ad Leonem Isaurum, *Pontifices*, inquiente, *ubi quis pecca-
rit... eum tanquam in Carcerem, in Secretaria, Sacrorumque Vasorum æraria conjiciunt, in Diaconia, & Catechumenia ablegant*;
atque demonstrant Anton. Augustinus ad Novell. 79, Germonius
de Sacr. Immun. lib. 1. cap. 2. n. 14; ac Jacobus Gothofredus loc.
cit. To. 6. par. 1. edit. Lips. p. 166. Quod & demonstratum a Ciro-
nio, a Joh. Acosta, a Filesacho, a Bingamo &c. superius dictum
est. Nec est vero, cur Ecclesiæ negotium facessere, invidiamque
conflare sublessissæ fidei homines adnitantur, idcirco quod ab
ea

ea districtæ sæpius in Infideles corporales pœnæ ferantur. Iis enim corporales irrogari ab Ecclesia pœnas, Carceris puta, mulctæ pecuniariæ, flagellationis, exsilii &c. legitime posse docent, post S. Cyrillum Alex., a quo Judæos Urbe expulsos, Synagogas eisdem ademptas, bona publicata, occupandaque Populo exposita referunt Socrates lib. 7. cap. 14; & Nicephorus lib. 14. cap. 15; post S. Gregorium M., qui lib. 1. epist. 72, seq. edit. vet. ad Gennadium Patricium, & Africæ Exarcham eum laudat ob bella adversus Christiani nominis hostes suscepta, atque ad Sacram adversus Hæreticos pugnam fortiter adgrediendam adhortatur, post S. Leonem IV, qui contra Agarenos in pugnam cum ipse descendit, tum Populo viriliter pugnandi auctorem se præbuit Can. 7. *Igitur* 23. q. 8, & post Alexandrum III, a quo Cap. 4. *In Archiepiscopatu* Decret. lib. 5. tit. 17. *De Raptoribus* Saracenos Mulieres Christianas, ac Pueros rapientes pecuniaria mulcta, & flagellis adficere Panormitanus Archiep. mandatus legitur, docent, inquam, Alexander Halensis par. 2. q. 160. memb. 1, S. Thomas 2. 2. q. 10. art. 8, seq. ad 2, S. Antoninus par. 3. tit. 3. cap. 2; Joh. Major in 2. dist. 44. q. 2, seq., Alphonsus a Castro de Justa Hæret. punit. lib. 2. cap. 14; Cajetanus in 2. 2. q. 10. art. 8, Dominicus Soto in 4. dist. 3. q. un. art. 1, Antonius Cordub. in Quæst. lib. 1. q. 57. dub. 4, Valentia To. 3. disp. 1. q. 10. pun. 6, Toletus in Sum. lib. 4. cap. 2, Ledesma To. 2. tract. 1. cap. 5, Thomas Sanchez in Sum. To. 2. lib. 2. cap. 1, Suarez de Fide disp. 18. sect. 2, Becanus To. 2. q. 4. cap. 13, Joh. Solorsanus de Jure Ind. lib. 2. cap. 20, Covarruvias par. 2. in Regul. *Peccatum* §. 10, seq., Bannez in 2. 2. q. 10. art. 10, Molina de Just., & Jure tract. 2. disp. 105, & de Fide q. 10. art. 8, Freita de Justo Imp. Asiat. cap. 9, Josephus Acosta de procur. Indor. Salute cap. 13, Blancus demum de Polit., & potest. Eccl. To. 2. lib. 6. §. 9, aliique: quibus adstipulatur Grotius de Jure B., & P. lib. 2. cap. 20. §. 49. n. 2. exemplo id confirmans Constantini M., a quo Licinio, & Menandri protectoris, a quo Persis, ob Religionis caussam, bellum inlatum est: cui & Maximiani Episcopi Vagiensis apud S. Augustinum epist. 50, qui ab Imperatore Christiano auxilium contra hostes Ecclesiæ flagitavit, exemplum a Gratiano quoque relatum.

Can. 2.

Can. 2. *Maximianus* 23. q. 3. fubjungit ibid. in Not. Cui perperam adverfatur Coccejus in hunc locum , & in cap. 25. §. 8. Quæ
plane doctrina in Divino Jure fundamentum habere dignofcitur ,
quo liquet Eccleſiam propagandæ ubique gentium Evangelicæ lucis poteſtate , jureque potiri , & defungi , Keipublicæ item Chriſtianæ formam in toto , quo late patet , Orbis gyro inſtituendæ ,
ideoque impedimenta removendi prorſus omnia , quibus Religionis profectus detineri poſſit . Itaque mentiri eſt in facie Pontificum , Conciliorum , ac Patrum , quin etiam totius Eccleſiæ
tam veteri , quam novæ Diſciplinæ contumeliam irrogare , hanc
Eccleſiæ poteſtatem adimere , aut eidem adſcititiam , unique
Principum indulgentiæ acceptam referre velle . Principibus utique qua publicis delictorum vindicibus , qua Religionis , Eccle-
ſiaſticæque Diſciplinæ tutoribus, ac defenſoribus incumbit pœnis
corporalibus flagitioſos ab inferenda noxa abſterrere: quod nullo
non tempore religioſe præſtitum innumeræ ab illis profectæ leges
eloquuntur . Sed enim a Laicis Poteſtatibus iſtiuſmodi particulam Juris Eccleſiam mutuare non indiguiſſe , tot , ac tam liquidis
demonſtratum eſt documentis , ut rem aliam agere nec juvet , nec
interſit. Verus eſt vero commentum iſtud a Marſilio Patav., & Johanne Janduno jamdiu excogitatum , atque jactatum , queis adſti-
pulatus deinde eſt M. Antonius de Domin. de Repub. lib. 5. cap. 1,
ſeqq., quod *Eccleſiæ nullum hominum punire poteſt puniſione Coa-*
ctivos , niſi concedat hoc Imperator . Quem errorem ſane tanquam
Evangelicæ , & Apoſtolicæ doctrinæ adverſum , (Patrum etiam
traditioni , & Eccleſiaſticæ diſciplinæ valdequam abſonum multis
ad notavimus) , a Johanne XXII. Conſtit. *Licet* 10. Kal. Novemb.
an. 1327. da unatum legere juvat apud Raynaldum ad hunc an.
n. 28. Cui profecto damnationi ſuffragatos ultro citroque fuiſſe
eum poſtea Galliarum Epiſcopos in Concilio Senonenſi an. 1528.
in præfat., cum pridem Theologus Pariſienſes in Congregatione
habita die 1. Septemb. an. 1330, velut ex ejuſdem Facultatis Tabulis liquet , atque in his Gerſonium de Poteſt. Eccl. Conſid. 4 ,
Hervæum de Poteſt. Eccl., Petrum Alliacenſem , & Joh. Majorem eodem de Argum., Jacobum Almainum de Dominio nat., ,
Civ., & Eccleſ. Concl. 2. in Append. Oper. Gerſonii To. 2. p. 966,

in Opufc. de Auct. Eccl. cap. *6*, ac de Poteft. Eccl., & Laica q. 3. cap. 2. certum eft, & conftans ex Francifco Hallier , & ipfo adfentiente de Hier. Eccl. lib. 4. fect. 2. art. 9. §. 1. Quæ omnia ab me dicta eo demum accipi volo, quo me dixiffe certe profiteor, animo, fenfuque, Poteftatem erga utram que tam Ecclefiafticam, quam Laicam obfequenti , demiffoque , quove libentiffimo me, dictaque mea omnia pofteriori huic emendanda , corrigendaque fubjicio . Cæteroqui mihi probe confcius nibil prorfus ab me dictum, quo priori illi vel levis inferri injuria , conflatirique queat invidia . Quid enim , Lectoris fidem deprecor , toto qua. licumque in hoc Opere meri de inopi ingenioli mei uno penu depromptum , quod non e Patribus , quod non e Pontificibus, quod non ipfis e Principibus' hauftum fuerit , eifque fincere a me propinatum , queis fontes adire per femet ipfos fas baud efset ? Hos ego Duces , a queis procul omnis abefset fufpicio , prefso , inoffenfoque fequendos pede , fiquidem in omni Studiorum genere meorum propofui , tum in hocce quammaxime , velut Operis initio præfatus fum , quo de Religionis , quo de Reipublicæ agebatur fumma : ne videlicet adeo difficiles utriuf. que rationes , quas fua in luce ponere , fuoque firmiter confirmare loco illis datum fuifse dumtaxat haud ignorabam , infirmis admetiri meis voluifse viribus , tam ideft audax , viderer ; audaxque tam iterum , ut tanto , quanto illorum dumtaxat profligando auctoritatis pondus dignofcitur par , frangendo me pafem facerem impetui , quo , conferto velut agmine tam Proteftantes , quam Pfeudo Politici in utriufque perniciem efferate , effreneque abripiuntur. In culpam itaque taorum vocari ab iis demum haud feram invitus , queis erga Principes, erga Pontifices , erga Patres religio jam prorfus omnis deperiit .

VINDICIARUM APPENDIX,

five Pars III. Explicit .

ERRATA SIC EMENDENTVR.

Pag.16. lin.28. volontas voluntas , & ita deinceps. p.29. l.19. volontate voluntate. p. 56. l.20. lectus sectus. l.21. sectus lectus . p.72. l.25. digntatem
dignitatem . p.87. l.26. reventi reverenti. p.102 L12. stultitia stultitia .
p.133. l.16. Honnymus Homonymus. p.135. l.3. iter inter. p. 151. l.4.
unuum unum . p.155. l.30. gente genti . p.174. l. 15. Ethinicis Ethnicis ,
& ita paullo infra . p.179. l.ult. abhorrisse abhorrulsse . p.191. l.15. pluvia
pluviç. p.199. l.1. asylis asylia, & ita sępe . p.203. l.34. adultos adulteros.
p.206. l.23. duplicis duplici . p.208. l.21. ajovantem adjuvantem . p.220.
l.23. recte rectç . p.221. l. ult. pertinent pertinet. p.231. l. 25. Templorum
Templorum , p.266. l. 1. Constantinopolitanum Constantinopolitanum . .
p.268. l.32. ergo erga . p.270. l. 15. Cluniaunses Cluniacenses . p. 274.
L.27. Sciptorum Scriptorum . p.275. l.33. relinquendi relinquendi. p.287.
l.14. Pill. epist. p.288. L.20. Mysta Mysti . p.298. l.3. illum illam. p. 300.
l.23. quem quam . p.301. l.25. pediequa pedissequa . p.302. l.7. Aquigra-
nense Aquisgranense . p.306. l.3. adsumpere adsumpsere . pag.325. lin. 8.
Chilpherico Chilperico . pag.365. L. 4. pariter pariter . p. 374. l.30. Do-
Arinis Doctoris . p.379. l.33. spectant spectat . p. 384. L.32. Metensium
Metensem . p. 393. l.18. Benecto Benedicto . p.396. l.21. rilepsit scripsit.
p.407. l.1. Landuphum Landulphum p. 437. l.16. adsumpere adsumpsere .
p.454. l. 3. consumata consumata . pag. 465. l. 1. τριττὸν τημων τῶ . lin. 7.
χωτυργιλω λατυγιλω. p.466. l.5. Philom. Philem. p.494. l.29. Cassiodorus
Cassiodorus . p. 497. l. 3. Princeps Principes . pag. 516. l. 32. cum cura .
p. 527. l. 30. quam quam . p. 532. L. 22. supersitione superstitione , p.539.
l.25. alera altera . p.574 l. 20. consmat confirmat p. 588; l.12. periphrasibus periphrasibus p.621. l.16. deide deinde . p. 650. l. 29. alique aliique.

INDEX

INDEX

RERUM NOTABILIUM

TOMI VI.

A

mius ivit), juxta quam cum Jurisdictione utique, Imperioque
administrata ab ipsis Ecclesia est,
inque administrationis partem advocati passim Episcopi sunt; apud
quos perinde eadem ipsa Ecclesiæ
administrandæ forma deputata p.
481, seqq.

Apostolicæ Sedis Legati, aliique Ministri ubique profecto gentium ad-
mittendi sunt, qui secus impedimento sint, dira instigantur Anathemate p. 319.

Aquila genere Ponticus, quod post
Baptismum Ethnicis adhuc inhærere superstitionibus, diceretur
ergo excommunicatione ab Apostolis Ecclesia pulsus fertur apud S. Epiphanium, aliosque Scriptores p. 198.

S. Augustini celebris locus, quo videtur innuere, Principum legibus
. . . . adqui-
. . . . , ergo
. . . . p. 309; seq-
. . . . (cui post. loco 7, subrogan-
. . . . . . S) apud Ethnicos, Ju-
. . . . . atque Christianos, unde derivatum sit, ubi observatum, quo
ab Auctore acceptum, qua sub-
ætate inductum, & quorum illustrius olim haberetur p. 199, seqq.,
unde demum Asylum sic denominatum sit p. 202. Vide sis V. Tem-
plam. Asylorum jus a Tiberio
Imp. haud fuisse sublatum multis
ostendit Spanhemius p. 203. Ethnicis præterea Fana pro Asylo erant Imperatores vita functi, eorumque
Imagines, & Statuæ p. 204. Aquilæ item Romanæ, Romani quoque Populi, Græcorumque Legati, Tribuni Plebis, Ædiles,
Præcones, Quæstores, Vestalis-
les, Sacerdotes Jovis, Archontes
Athenienses, Urbes nonnullæ il-

lustres, Virorum celebrium Sepulcra ibid.

Asyli Sacri legem nedum inter Cæremoniales, & Forenses, sed inter Morales etiam computandam
adversus Covarruviam existimant
Ritterhusius, & Zepperus p. 205.
Ab iniquo Asyla delendi proposito
nonnulli Principes ab Episcopis
deterriti sunt p. 207, seqq. Asyli
Jus in Gallia usque ad Francifcum
I. illibatum obtinuit. ibid. Templis Asyli Jura vindicare Episcopis
jugiter tam officio crevit, quam
cordi fuit p. 205, seqq., & 209.
seqq. Idem Jus ad Ecclesiarum
Atria, & ad circumjacentes Areas
ad 30, vel 40, vel 60. passus olim
extendebatur p. 210, seq. Ad Cruces item, ad Cœmeteria, Hospi-
talia, Cœnobia p. 211, seqq. Asyli
beneficio privantur Agrorum de-
populatores, & Viarum prædones p.
212, seq. Item voluntarii Homicidæ, Sepulcrorum violatores, Raptores, Adulteri &c. p. 213, seq.
& 215. Templis Asyli Sacri Jus
suum, tectumque servare pro
virili parte satagere semper Rom.
Pontifices p. 214, seqq. Apostatis,
Hæreticis, Asyloque abutentibus
istius beneficium denegatum est p.
215, seq. Asyli Jure gaudent Epis-
copium, Parochi domus, domus-
que Cardinalium extra Urbem
ibid. Asylo demum indigni, flagitiosi alii a Rom. Pontificibus declarati sunt p. 216.

Asyli Jus, ac beneficium Ethnicorum
Fanis ab Ethnicis Principibus de-
tributum persæpe constat. Jam
Veræ Religionis initiis potiori
Templis Deo O. M. dicatis Asyli
Jus illibatum servare Christiani
Imperatores, Regesque officii lo-

effent, benigne permittendum Romani duxere Pontifices *p.* 260, *seq.* Bonorum Ecclefiasticorum Immunitati ubique locorum repetitis decretis profpicere, eamque in tuto pro viribus collocare Synodis quam maxime curæ fuit *pag.* 262, *seqq.* Quarum ideo cura, studioque effectum est demum, ut Gentium ubique, in Italia, Gallia, Hifpania, Anglia, Germania, Hungaria, Polonia &c. Bona Ecclefiastica peramplâ gavifa fint Immunitate *pag.* 264, *seq.* Talis autem, tanta, & tam arcte Imperatoribus erga bona Ecclefiarum religio perinde infedit, ut repetitis eam legibus, non conferre utique, fed confirmare, ferio studuerint *p.* 265, *seqq.* Siquæ vero Immunitati leges fubinfellæ vifæ deinde funt, eæ vel robore prorfus omni fruftratæ manferunt; vel eis nullum in Ecclefiastica propterea bona Principibus jus adcrevit *p.* 266. *seq.* Regum quoque tam beneficientia, quam religione bonis tam Ecclefiæ, quam Monafteria locupletata funt, publicifque ab oneribus prorfus exempta *pag.* 268, *seqq.*

Bonorum itaque Immunitatem Ecclefiis, ac Monafteriis vel adimere, vel Principum indulgentia dumtaxat adquifitam adftruere fruftra, quâ Proteftantes, quâ Pfeudopolitici defatigantur *p.* 272, *seqq.* Fruftra perinde bona adquirendi facultatem Principum legibus mox temperatam, mox abrogatam pugnant *p.* 275, *seqq.* Ex bonis Ecclefiasticis, juflis, multifque de caufis, aliquid in commune conferri Ecclefia ipfa confentit *pag.* 279, & 301. Lege Divina Sacerdotibus bona fuiffe propria ex S. fcriptu-

ra fit manifeftum *p.* 291, *seq.* Videfis V. *Decime.* Jam fub ipfa Apoftolorum Ætate Bona Ecclefiam dicari cœpiffe, eademque adipifcendi Jure donatam veterum Patrum teftimonia liquido oftenditur *pag.* 293, *seq.* Clericis, non Ecclefiis, bona reliquere Viduas prohibuit Valentinianus; quos tamen lex a Theodofio deinde temperata, a Marciano demum fublata omnino eft *p.* 298. *seq.*

Brachium feculare invocandi facultas, ad delicta Clericorum punienda, Jure Canonico cum Veteri, tum Novo Epifcopis fæpe facta conftat *p.* 242, *seq.* In quibus præfertim delictis Brachium invocandi fæculare non in Ecclefiam inductus fuerit, paucis indicatur. Nempe in delictis Seditionis, Invafionis, Hærefis, Schifmatis, Inobedientiæ, Rebellionis, aliifque atrocioribus, *Ibidem.*

Buderus vir Lutheranus obedientiæ Romano Pontifici ab Imperatoribus dependendæ morem non ante S. Gregorii VII. ætatem cœpiffe præpoftero de ingenio fuo, perverfoque commentus explodicur *p.* 401 *seqq.* A Maximiliano II. obfequium quidem Pio IV, non fecus atque Gregorio XIII. a Rodulpho II, oblatum fuiffe, non etiam obedientiam defponfam fubjungens refellitur *p.* 436. Carolum VI. item a voce obedientiæ caute abftinuiffe fplendide in verbo fuo mentitur *p.* 438.

C

CArolo M., quæ tribui Advocatiæ, obedientiæque facramentu Leoni III. defponfæ, quæque in Ordine Ro-

ad Sæculum V. e distributionibus mensualibus ali solebant; usque ad Sæculum VIII. deinde ex bonis Ecclesiarum in commune tributis; usque ad Sæculum XI. subinde certis ex fundis indivisis tamen;donec a Sæculo XII, ac deinceps e Benesiciis, sive Præbendis in titulos perpetuos distinctis alimenta capere cœpere p.363 seq. Vide V. Benesicia.

Cocceius uterque, Pater videlicet, & Filius intento, sed inaniter, sed inique, nervo in id incubuere toti, ut Jure Naturali, Divino, Gentium, Canonico, & Civili Laicæ potestati Clericos esse subjectos adstruerent, eorumque Bona publicis oneribus, ac tributis obnoxia facerent. Magno congesta in hanc rem ab ipsis apparatu documenta accurate excutiuntur, levique dissolvuntur brachio p. 172, seqq.

Constantini M. Apotheosis nulli ei prorsus vertenda crimini est, aut ignominiæ; utpote quæ vel ipsi ab Ethnicis suit exstructa; vel probo accipi a superstitione penitus libero significatu potest p. 106, seq. Ejusdem Imperatoris celebre dictum, quo semet Episcopum extra Ecclesiam inscribere delectatus est, a Protestantibus iniquum, perversumque in sensum intortum, quo probo, legitimo, rectoque demum accipi intellectu possit, ac debeat, multifarie demonstratur p. 170, seqq. Constantini vitæ Scriptor an Eusebius Cæsar., an vero Acacius Luscus fuerit, dubitant nonnulli; sed Eusebius verius existimatur p. 171. Ejus Legem de Episcopali Judicio contra paucos inficiantes vindicandam, & tanquam vere germanum ejus fœtum valide propugnandam sibi adsumpsere Viri Do-

ctiss. qua Catholici, qua Protestantes p. 523, seqq.

S. Cypriano quam temere, tam perperam insultat Pfaffius cum extra oleas vagatum obganniens, Episcopalisque dominii ab eo iam tum primum jacta semina obmurmurans, ideo quod Episcopos potestate, dignitateque longe supra Presbyteros explicitissime, nec uno in loco extulerit p. 501.

D

Decanicæ, sive Diaconicæ Carceres olim erant, ubi ad pœnitentiam agendam recludi Clerici flagitiis inquinati consuebant p. 635. Carceres ante Eugenium I, aliis II, haud instituto fuisse qui dicunt, in falso laborare oppido ostenduntur p. 651 seqq. In falso pedem item posuisse, qui a Carolo M. Jus carceris primum Ecclesiæ factum dicere somniarunt p. 652, seqq. Etsi vero denegari nequeat, quin Decanicarum nomine designari Ecclesiarum sacraria olim solerent, eadem tamen pro carceribus etiam ad punienda Clericorum flagitia deservisse tam certum est, quam quod certissimum p. 654.

Decimæ Sacerdotibus, ac Templis dependere solenne tam erat, quam sacrum apud Ethnicos, apud Hebræos, apud Christianos, quia plures imo in eadem conferre divitias p. 272, seq. Decimas Judæorum & Templo, & Levitis persolvi solitas discimus ex S. Paulo, ex Philone, ex Patribus, a quibus inde par,imoque potius easdem Sacerdotibus Evangelicæ Legis persolvendi debitum repetitum legitur p. 291, seq. Neque legem hancce de Decl-

Decimis mere Ceremonialem ex-
putandam fore , fed Moralem, quæ
ideo obtineat adhuc , Doctoribus
plerifque arcte perfuafum ivit *ibid.*
Turpi proinde in errore obverfa-
tum fe fe Sæpius oftendit , dum
non multo ante Caroli M. ætatem
inductam Decimarum ufum præpoftero de ingenio fuo effutiit p. 292.
Decretalium libris Ecclefiafticæ Di-
fciplinę capita inferta ubique gentium , atque figratim in Gallia obtinere , ac integra obfervari a Doctiff. Thomaffino , elufmodi rei cal-
lentiffimo , rite obfervatum eft
p. 652.
Defenfores Patrimoniorum Ecclefiæ
Judicum etiam partes , Juffu Pontificum , atque Principum voluntate , obire folebant , prohibitis a
cauffarum ad eos pertinentium cognitione laïcis quibufque Magiftratibus p. 218 , *feq.* Urbium Defenfores , Græcis *Syndici* , & in
Afia dicti *Agoral*, conftituendi vetus olim mos obtinuit : quorum
imitatione Defenfores Ecclefiæ
conftituti paffim leguntur , iique
in Oriente ex ordine plerumque
Ecclefiaftico , e Laïcis potiffimum
in Occidente deligi folebant ; quibus officio cederet ab Ecclefia , armis etiam, injurias propellere ; atque ubi impares ipfi effent , publici Judicis opem implorare p. 618 ,
feqq. Defenfores inter hos illuftriores audiebant , qui Romanæ Ecele-
fiæ defenfioni incumbebant , quibufve majoris rei momenti curandæ , fuftinendæque Romanis a
Pontificibus demandari confuebant ; atque præclaro ifto quidem
officio defungi Principibus ipfis
gloriæ religionique cedebat p. 640,
feqq.

Pars III. Tom. VI.

Devotus is olim hoc defignabatur nomine, qui diris cunctis ob delicta fe
dignum impeti exhibuiffet, eidemque ideo mala dicebantur exopta-
ri vel a Deo , vel ab Angelis , vel
ab Hominibus . Devotæ res etiam
dici , iftaque denotari voce folebant , quæ facro deftinatæ ufui effent; unde Devotum triplex diftinguere folemni erat in more pofitum , nempe *Devotum Sacerdotibus , Devotum Cœli , Devotum ex
Homine* p. 575. Vide-fis V. *Diræ.*
Diaconis olim in delicta inquirendi
demandari ab Epifcopis fparta folebat. In Romana idcirco Ecclefia inde dicti *Indices Primicerii* leguntur , quod Judiciis ad vindicanda
delicta indictis præfiderent p. 490.
S. Dionyfii Areopagitæ nomine , quæ
circumferuntur, Opera, an ejus germanus fint fœtus, varia eft Eruditorum opinio p. 177 , *feq.* Eorum facere auctorem Synefium ullo abfque fundamento fomniavit La Croze p. 468.
Diræ , exfecrationefque , queis idem
Dii flagitiofis , hoftibufque opta-
bantur irati , Græcis olim , Barbaris, Latinis, atque Chriftianis etiam
ufu frequentiffimo erant . Diverfas earum formulas ubertim nobis
fuppeditant Lapides , Scriptores ,
Supremæ Tabulæ &c , eæque adponi folebant Legibus, Statutis, Teftamentis , Sepulcris , Libris , Epiftolis &c. p. 366 , *feqq,* 605, *feq.*
& 634, *feq.*
Dodvellus Chriftianos olim Conventus ad Agapes dumtaxat celebrandas , non etiam ad Euchariftiam
conficiendam , fumendamque in-
ftitutos fuiffe , indicique confue-
fe imaginatus exploditur p. 289.
Dominica veteribus Chriftianis Tem-

P p p p   pla

pla erant Domini cultui erecta, quæ diverſis item aliis deſignari nominibus ſolebant *p.* 183. Vide VV. *Martyria*, *Memoria*, *Tituli*, *Trophæa &c.*

E

Eccleſiæ Res allæ ad Religionis ſubſtantiam, ad Religionis ſtatum aliæ dumtaxat pertinent, utræque tamen ſub Eccleſiæ degunt poteſtate, fatentibus ipſis Proteſtantium Doctioribus *p.* 79, *ſeqq.* Vide V. *Relligio*. In Eccleſia Civili Eccleſiaſticæ poteſtas ſubordinata ex fine, & ex forma dignoſcitur. Videſis V. *Poteſtas*. Eccleſia ſui proprio Regimini adminiſtrando, propriis ferendis legibus, ac propriis amplificandis rebus una ſibi ſolaque ſufficit, ullo Civilis abſque Poteſtatis interventu; quod ultro citroque Poteſtatibus ipſis Civilibus arcte perſuaſum exſtitit *p.* 151., *Seqq.* S.Optati Milev. celebris, totieſque objectus locus de Eccleſia in Republica conſtituta, non vice verſa ad incudem cum Albaſpinæo, & Balduino revocatur *p.* 163, *ſeq.* Jure Templa conſtruendi ad Dei O. M. cultum a Deo ipſo cumulata Eccleſia demonſtratur *p.* 175, *ſeqq.* In Eccleſiam Judaiſmi, vel Ethniciſmi imitatione Templorum uſum invectum commenti Hoſpinianus, & Midletonus haud audiendi *p.* 198. Videſis V. *Templa*.

Eccleſia Principum legibus non Juѕtique, inſtitutionemque adquiſivit, ſed uſum dumtaxat, liberumque Juris proprii exercitium adepta eſt *p.* 218. Sanguinis cauſſis immiſcere ſe ſe abhorruit ſemper, abſtinuitque *p.* 246, *ſeq.* Eadem leges

de rebus etiam temporalibus, quaɾum eſt domina, ferre legitime poteſt, laicaſque ideo eiſdem adverſas infringere *p.* 277, *ſeq.* Videſis V. *Leges*. Eccleſiam, atque Romanam quammaxime, aliaſque per Orbem, a prima ipſa ætate præliis, boniſque aliis potitas, divitiiſque pro Clericorum, Egenorum, Viduarum, Infirmorum &c. indigentiis redundaſſe documenta pleraque, monumentaque demonſtrant *p.* 294, *ſeqq.* Vide-ſis V. *Bona Eccleſiaſtica*. Ab omni ſemper avaritiæ ſpecie Eccleſia ſummopere abhorruit, Clericoſque alienos eſſe deſideravit *p.* 298. Eccleſiæ, ac Monaſteria ante Sæculum X. Caſtellis, & Civitatibus poteſtate Civili dominari cœpiſſe oſtendit Thomaſſinus *p.* 327. Ante ſæculum XI. Eccleſiarum bona in Beneficium concedi nondum cœperant *ibid.* Vide V. *Beneficia Eccleſiaſtica*.

Eccleſiæ Romanæ Patrimonia, quæ olim, & quot cum in Oriente, tum in Occidente *p.* 310, *ſeqq.* Horum nomine non fundi tantum, ſive prædia dumtaxat veniebant, uti falſo ſcripſit Jannonus, ſed Regiones integræ, quibus Curatorum, ac Defenſorum officio præfici ſolebant S. R. Eccleſiæ Subdiaconi, aut Diaconi, aut Presbyteri, ampla cum poteſtate in Epiſcopos ipſos etiam *ibid.* Ex Patrimoniis Orientis, præter annuas Aromatum, Balſami, Lini, &c. ſpecies, ac præter expenſas pro Miniſtris, annuatim Romæ auri talenta tria cum ſemiſſe præſtari ſolebant *p.* 311 Quæ deinde præſtatio cum Siciliæ, Calabriæ,& Apuliæ Patrimoniis commutata, demum a Leone Iſauro Fiſco adjudicata, ſub Nicolao II. de-

elefarum vacantium reditus, futuro Episcopo refervandi, mox Œconomis, mox Archidiaconis, mox Episcopis vicinioribus commendati leguntur p. 318. feq. In Africa custodia hæc uni Provinciæ Episcopo demandari folebat p. 349. feq. In Oriente Clericis, & Œconomis p. 350. Ita & in H Ispania. ibid. In Italia, Gallia, Anglia, Germania &c. viciniori nunc Episcopo, nunc Clericis Ecclesiæ, nunc Œconomis p. 373. feq.

Episcopi dignitatem In Ecclesia loco post Rom. Pontificem sublimiori, ac principi collocatam perpetui funt in prædicando; ejusque ab Imperiali, Principalique independente poteftate, quia & superiore in adftruenda difertiffimi funt Ecclesiæ Patres, Romani Pontifices, ac in Synodis Præfules ipsi p. 136. feqq. Voffius ob id S. Ignatii Interpolatorem follicitans; Bal samon item reprehendere illos asfus, qui Episcopalem Imperiali dignitatem anteferant; Bafnagius quoque Imperatori fuo adftruens manus in Episcopos injiciendi; ac Joh. Clericus ideirco Auctori Constitut. Apost. indignatus se gravi dignos reprehenfione præstant p. 136, feq., 139, & 142. Episcopo quin etiam a Principibus obedientiam deberi, obfequiumque toti funt in demonftrando Viri dignitate, numero, doctrinaque confpicui p. 147. feq. Episcoporum ad pedes rei provoluti ipforum intercesfione a pœna evadebant immunes p. 206. feq. Eorum tutelæ commisfæ Sanctimoniales, Viduæ, Pupilli &c. inde ad Sæcularia trahi judicia nequibant p. 225. Sine Episcopis non conftitui rite Principatus,

ac Reges egregium S. Stephani Hungariæ Regis eft apophthegma p. 241.

Episcoporum Electiones ut liberis Cleri, Populique fuffragiis fierent, indeque Principum vis prorfus omnis procul abeffet, nulli unquam parcitum eft operæ a Synodis, a Pontificibus, ab Episcopis, a Patribus p. 327. feqq., 329, feqq., ac 331, feqq. Easdem pro religione liberas relinquere Imperatoribus quoque, Regibufque perfuafum fuit. Siqui contra ufurpare tentarunt, eorum leges a Synodis abrogatæ funt p. 334. feqq. Juxta hæc igitur in Ecclesiis ubique Græca, Italica, Gallicana &c. Episcoporum Electiones liberis Cleri, Populique votis fieri folemne fuit semper ibid. In Africa p. 336; in Hispania p. 337. feq.; in Italia p. 338. feq. Ubi tamen plurium deinde Cathedralium collationes, uti Sardiniæ, Corficæ, Siciliæ &c. Romanis Pontificibus refervari cœperunt p. 339. In Anglia p. 340. feqq.; in Hibernia p. 341; in Germania ibid., feqq. Ubi demum Invefituras dimittere Imperatores Rom. Pontificibus adacti funt. ibid. In Polonia p. 344; in Svecia, & Norvegia ibid. Ad Electiones tamen Regum intervenire affenfum, justis ex caussis, perfæpe Rom. Pontifices aut expreffo voluere, aut tacite indulfere ut p. 345. feqq. Vide V. Regalia. Ad Ecclesias nominandi amplum Sabaudiæ Ducibus Jus factum a Pontificibus eft p. 346; factum & pridem Siciliæ Regibus abrogatum eft poftea, demumque coarctatum p. 347. feq. Factum Idem perinde Galliæ, Hispaniæ, Hungariæ &c. Regibus p. 348. feq.

Epil-

quædam fpecies Ethnicis olim, hodieque dum ufufrequenti venifſe
dignofcitur, Ita Græcis, Perſis,
Medis, Indis, Gallis veteribus,
Romanis, Germanis &c. p. 564,
ſeqq. Ejufdem quoque fpecimen
erant Diræ, Exſecrationeſque iifdem frequentes, quæ adponi paſſim folebant Legibus, Statuis, Se-
pukris, Teſtamentis, Libris &c.
p. 566, ſeqq. Inter Chriſtianos autem e Clericorum avaritia earumdem ufum manaſſe eſtutiens Eccaſ.
Jos non audiendus p. 567.
Excommunicationis uſus Judæis tam
vetus, quam frequens erat p. 568,
ſeqq. Recentem apud Judæos ejus
ritum adfirmantes Baſnagius, &
Seldenus rejiciuntur p. 570. Tres
Excommunicationis ſpecies Judæis
erant *Niddul, Schammatbd, &
Cberem* i Quas poſteriores duas in
unam, eamdemque confundere
nonnullis adlibuit p. 570, ſeqq. Excommunicandi vero cauſæ apud
Judæos 24. recenſeri vulgo folebant, quas omnes ad duas, Pecuniam, & Epicureifmum reſtrin-
gendas duxit Baſnagius pag. 571,
ſeqq. Excommunicationis effectum
apud Judæos non ſpiritualem, ſed
Civilem fuiſſe, a Sacris ideſt ſeparationem non induxiſſe, ſed a Civili dumtaxat Societate, Proteſtantes, qui adferunt, ne magno ii
obverfantur in errore p. 573, ſeqq.
Excommunicationis apud Chriſtianos
aliqualis in veteri Synagoga præfulſiſſe ſpecies Patribus aliquibus viſa
quidem eſt, ac in Scriptura Sacra
conſpicitur, longo tamen inter ſe
diſtare intervallo, ac Divinæ referri eam debere inſtitutioni &
Scriptura, & Patres docent p. 576,
ſeqq. Atque de Excommunicatione

utique Matthæi locum cap. 18. 4.
17, ſeqq. capiendum adverſus gentiles ſuos oſtendere neque dubitarunt Proteſtantium doctiores p. 578,
ſeqq. Ita etiam de Excommunicatione loquitur diſerte S. Paulus i.
ad Corinth. cap. 5, v. 2, ſeqq., quem
fruſtra locum vexant Proteſtantes
aliqui p. 580, ſeqq. Ita & ejuſdem
Apoſtoli, & S. Johannis Evangeli-
ſtæ loca alia de Excommunicatione
capienda Proteſtantes ipſi conſentiunt p. 581, ſeqq. Qui vero Excommunicatione Civilem dumtaxat ab-
rumpi Societatem, non etiam Sacram abdici cogitant, toto ii ostio
a veritate aberrant p. 584, ſeqq. In
hac Divina Excommunicationis o-
rigine adſtruenda perpetui ſunt,
conſentienteſque Eccleſiæ Patres
p. 585, ſeqq.
Excommunicatione in ferenda proprio Epiſcopos paſſim abuti jure,
atque æqui, juſtique extra limites
præcipites egredi calumniantes Heterodoxi caſtigantur p. 591. Vetu-
ſtiſſimi in Eccleſia Excommunicationis uſus teſtes accedunt locupletes Epiſcopi in Synodis congregati
p. 591, ſeqq. Quæ Excommunicatis interdicta eſſent late perſequitur Albaſpinæus p. 591. Crimino-
ſos e corpore ſuo ab Eccleſia re-
ſcindi oportere ſuadet ipſa ratio
Societatis, ac Naturæ lex p. 594.
Variæ Excommunicationis olim
uſurpatæ Formulæ, diverſique Ritus exhibentur p. 595. ſeqq. Sex
item Excommunicationis ſpecies
Eccleſiaſtica nobis paſſim documenta ſuppeditant p. 597. Neque vetera nobis defunt Excommunicationis in Hæreticos, Apoſtatas, Schiſmaticos, flagitioſos &c. ejiculatæ
ſæpius exempla p. 597, ſeqq.

Ex-

tifices Summi non dubitarunt p. 478. seqq.

S. Hieronymus tantum abest, ut Presbyteri cum Episcopo coæquaverit dignitatem, paremque fecerit potestatem, velut insignem per calumniam ei adpingere non veretur Heterodoxi, ut explicitissime potius Episcopum gradu supra Presbyterum longe superiori positum nec una simplici vice, nec uno adstruxit in loco p. 476. seqq. Ex S. Hieronymo igitur argumentum de lato discrimine Presbyterorum inter & Episcopum, deque istius supra illum præstantia rite desumpsit, valideque urfit Turrianus, cui haud satis a Blondello factum probe advertit Pearsonius p. 477.

Hincmarus Remensis inde laude valdequam dignam te præstitit, quod Episcoporum pro liberis Electionibus fortiter, egregieque pugnarit p. 331, seq. Item, quod ab Ecclesiarum vacantium fructibus percipiendis laicos Principes omnino submovendos, eorumdemque custodiam Ecclesiarum penes Oeconomos manere voluerit p. 357. seq.

Hobbesius quam impie, tam inepte statuit Christi D. regimen in hoc Mundo fuisse meri consilii, & doctrinæ, non etiam auctoritatis, & imperii: a Christo D. nullas editas leges, sed Sacramenta dumtaxat instituta: atque Civilis perinde Potestatis juri cedere Scripturas interpretari, Fidei controversias finire, Ritus, & Cæremonias stabilire &c. Quo plane deterrimo in errore pares ei deinde Protestantes alii stetere p. 376, seq.

I

Jannonæ distributæ S. Johannis 18, 36. locum interpretatus explodit ear p. 84, 162, & 285. Item cum Bodino &c. inficiatus Rempublicam absque Religione cohærere rite nequire p. 127. seqq. S. Gelasii loca turpiter abuti non veritus dignis vapulat p. 139. S. Pauli exemplum caussam apud Festum agitantis suam frustra prodit p. 166. Post Acatholicos nonnullos, persecutionibus obtinentibus, publica Christianis Templa defuisse, publico Religionis exercitio operam eos haud dedisse crocitans refellitur p. 176. Cum Sarpio, aliisque Heterodoxis Templorum Asyla Principum uni beneficio accepta referenda frustra contendit p. 199. seqq. Post Gothofredum Theodosii, & Arcadii legem de Episcopali Judicio, ceu subdititiam inficiatus exfibilatur p. 238. Principum legibus adquisitam Ecclesiæ Immunitatem, vel ademptam cum Dopisio falso contendit p. 243. seqq. Cum Coccejo frustra desudat, & fatigatur, ut Ecclesiasticis qua personis, qua bonis Immunitatem, qua personalem, qua realem aufert pag. 271, seqq. Crambem toties a Protestantibus obtrusam perperam recoquit Ecclesiæ bona adquirendi facultatem ab Imperatoribus factam, viciffimque abrogatam, atque temperatam obganniens p. 275. seqq., & 290, seqq. Valentiniani legem, qua bona Clericis, non etiam Ecclesiis, ille reliqui vetuit, insuaviter, iniqueque urget p. 298. Pluribus in Principum legibus plurimum, sed frustra vim facit, ut quæ vel nullæ fue-

eo inferenda Reipublicæ pernicie Tyranni procul abigerentur , tum ideo quod Imperatoris sit Ecclesiæ Advocatum , ac defensorem agere , cum quod a Pontifice instauratum fuerit Imperium p. 437, seq. Jus itaque illud perpetuo sibi vindicandum tam Pontifices adsumpse- re p. 438, seq. , quam in Pontifice agnoscere Imperatores ipsi non detrectarunt p. 440, seqq. Quin ideo fidei , obedientiæque sacramento , cujusce non una exhibetur formula , Pontifici M. semet obstringere religioni duxere p. 442, seqq.

Imperatorum Legibus , Pactis , & Capitulationibus sua Juri Canonica sarta , rectaque servata jugiter auctoritas sit , & sua item Episcopis integra manere Jurisdictio religiose jussa p. 505, seq. Imperatoribus Excommunicandi , & Excommunicatos absolvendi jus , idque Juris Ecclesiæ quin etiam attribuendi , vel ab ea auferendi facultatem amplam facere Seldeno haud verito obstat tam Jus Divinum , quo liquet Excommunicationes ferendi potestatem uni Ecclesiæ de mandatam , quam vetus , frequentataque in Ecclesia Disciplina , qua constat Ecclesiam nullo non tempore a distringendis in Imperatores , Regesque ipsos Excommunicationis jaculis abstinuisse p. 599, seqq. Hunc vero deterrimum esse abusum ab Ecclesia procul eliminandum obgarrire Protestantes non abstinentes profligantur p. 610.

Imperium in Cæsarem a Populo Romano , non jure proprietatis obtinendum deinceps , sed Jure dumtaxat administrationis tenendum fuisse transfusum receptior , verique opinio similior videtur , quam

potior Jurisconsultorum pars tuetur , propugnatque pag. 12. seqq. Quod ipsum per singulos obiter Imperatores discurrendo , solidis ostenditur documentis p. 21, seqq. Imperium cum Sacerdotio in eadem sæpe copulatum unaque personaGentes apud plerasque conspectum est p. 103, seq. Utraque dignitas Imperialis videlicet, & Pontificalis apud Latinos etsi a Numa discreta fuerit , ab Augusto tamen, aliisque deinceps ab Imperatoribus Pontificatus M. arrogari cœpit p. 104, seq. An etiam vero a Christianis Imperatoribus usurpatus idem Pontificis M. fuerit titulus , Iis est inter Eruditos , ac sunt , qui adfirment , vicissimque , qui verius negent p. 105, seq. Quo demum ritu Pontificatus M. arripi soleret , inirique , obiter describitur ibid.

Imperium Occidentis, quod an. 476. in Augustulo defecerat , in Carolo M. an. 780. a Leone III. instauratum est p. 433, seqq. Illud non Jure belli Carolo M. adcrevit , uti perperam multi ex Protestantibus quammaxime pugnant ; neque Græcis Imperatoribus ablatum in eundem Carolum ultro translatum est , ceu visum est aliis ; neque jure pacti cum Græcis initi Carolus illud obtinuit , ut quidam volunt ; neque demum Populi Romani Electione adquisivit, ceu alii creduntsed in Carolo M. unius Pontificis M. voluntate renovatum est p. 434, seqq. Eadem Pontificum voluntate a Francis deinde translatum in Langobardos Imperium est ; in Francos iterum transmigravit deinde , perindeque in Burgundiones , atque demum in Germanos p. 446, seqq. In Gallos iterato transfer-

absque piaculo Ecclesiæ denegari p. 550. seqq. Vide V. Pœnæ.

L

Lactantio Firmiano Librum de Mortibus Persecutorum, Ecclesiasticæ antiquitatis refertissimum, e Criticis sunt, qui abjudicant, eique suppositum autumant, & sunt vicissim, qui verius vindicant, ac legitimum ejus opus existimant p. 181. seq.

Lex Regia vulgo denominata, qua Populus Romanus fertur Imperii jus omne in Imperatores transfudisse, legitima ne sit, verecue a Populo profecta, an potius sporia, deque industria conficta, multas hinc illinc, ac diversas Scriptores in opiniones abeunt p. 21, seqq. Hujusce porro legis fragmentum e Tabula ænea Capitolina exhibetur ibid. & p. 24, seq. Leges a Regibus profectæ. Vide V. Reges.

Legumlatores apud Ethnicos Orientales imprimis quinam, & quot illustriores habiti sint: quas leges, quos apud Populos, & quo tempore leges protulerint: quibus, & qua de caussa latas ab se leges acceptas referre gestiverint p. 33. seqq. & 59. seq. Vide-sis V. Reges. Cum hisce Legibus Ethnicorum nonnullis æquiparare Christianas temere ausus nonnemo, video, ut dignis vapulet pro commento, & impudentia p. 44. Ab Hebræis, primis veluti Legum fontibus, leges ab Ethnicis haustæ videntur p. 33. 44. seq. Ethnicos apud Occidentales, atque Latinos præsertim, quinam omnium primi de legibus ferendis cogitationem induisse videri queant: quibus Populis,

& qua sub aure leges tulerint suas p. 48, seqq. Qui novis procudendis, rerum pro novitate insudarint p. 49, seq. Qui Legum item exercendarum diversas Actiones, Formulas, atque Notas excogitaverint, de iisque scripto egerint p. 34. seq. Quæ Legum, qualesque præcipuæ Collectiones antiquæ, a queis, & quo tempore confectæ p. 35. seqq.

Leges Civiles Ecclesiasticis adversæ, velut Ecclesiasticæ libertati, & immunitati, infractæ vice plus simplici legantur p. 226. Theodosii, & Arcadii lex de Episcop. Jud. legitimo haberi loco debet, nec inde vel leviter Gothofredi, & Junnoni adversa submovere dubia valent p. 238. Leges Ecclesiæ de rebus etiam temporalibus, quarum est Domina, ferre legitime potest, ipsisque adversas ideo Principum infringere leges p. 277, seq. Leges ipsæ Principum, siquæ Ecclesiasticis minus congruæ videantur, quo demum capi sensu possint, ac debeat p. 278. seq. Valentiniani legem Ecclesiasticæ libertati incommodam qua temperavit Theodosius, qua Marcianus demum abrogavit p. 298. Leges alias Ecclesiasticæ Immunitati, & libertati adversas vel rescindere Pontifices ipsi non dubitarunt, vel rescindendi Principibus auctores dedere se se p. 304, seqq. & 308, seq. Imperatorum etiam Leges sacris, liberisque Episcoporum electionibus infestas a Synodis, prout opus foret, sublatæ penitus sunt p. 334, seq.

Leges sibi congruas, beneque visas, non secus atque Respublica quælibet, sive bene constituta Societas, sic Ecclesia, Jure cum Naturali, tum Divi-

cujus id facinoris imputandum ostendens p. 445. Lothario rursus injuriam conflat Jannonus eumdem
idco redarguendum sibi temere su-
mens, quod Patrimoniorum Ecclesiæ Defensores eosdem Judices
pariter agere ukro permiserit pag.
528, seq.

Luciani Philoparides, ubi de Veteribus Christianorum Templis egregia occurrit mentio, quo tempore
fuerit elucubratus, diversa est Cri-
ticorum opinio; quæ veri haberi
possit similior proponitur p. 189,
seq.

Ludovici Pii Diploma apud Gratianum Can. 30. Ego Ludovicus dist.
63, quo amplissima a Pippino, &
Carolo M. S. Romanæ Ecclesiæ fa-
Ctæ Donationes confirmantur, a
Pseudo-Criticorum dubiis, ac censuris a iis doctiss. valide vindicatur, germanumque ejus opus multis ostenditur p. 287, seq.

M

MAgistratui Laico Ecclesiasticæ
potestatis copiam ab Ecclesia
ipsa fieri tam licite, quam legitime posse, penes quam integra
ut corpus est, non penes Episcopos, qua ejusdem sunt capita, eadem deposita fuerit potestas, dicere somniarunt Protestantes plerique p. 491.

Mamez Alexandri Severi Matri, erga Christianos animo haud iniquo
affectæ, valde acceptus Origenes
extitit, & cum ea litterarum commercium habuit p. 193.

Manus in Nummis, ac in Sigillis adponi solita Justitiæ exercendæ indicium erat, atque Symbolum Jurisdictionis. Signum item fidei, Ju-

ramenti, & hominii; quam idcirco Manus in Pontificiis denariis ad-
positionem haud rite pro Romanæ
Urbis denotatione interpretati sunt
Le Blanc, Pagius, & Muratorius
p. 425.

Maranatha Excommunicatio major
erat; vox aliis Syriaca, Arabica
aliis a voce Dominus venit desumpta, atque Devotum a spe Domini
denotans p. 571, seq.

Martyria, item Memoriæ &c. Veteribus Christianis Templa erant,
sive Aræ Dei cultui, reique Divinæ dedicata p. 181, seq. Alteram
apud Græcos voci huicce subesse
significationem dicere me alibi memini.

S. Matthæi cap. 18. v. 17, seq. locus
perperam Decemviris, queis coram, Juxta morem Judæis receptum, offensor veniam poscere
deberet, aptant Protestantes aliqui; de Ecclesia namque Præsidibus intelligi Patres illum jubent
p. 552, seq. Et qui de potestate remittendi peccata declarativa dumtaxat; quippe de potestate etiam
effective peccata remittendi, &
Censuras insuper infligendi capi
ille debet, veluti Protestantes alii
fateri non gravantur p. 553, seq. Et
qui eumdem locum de Magistratu
Laico, aut de Synedrio Judæorum,
aut de promiscuo Fidelium cœtu
intelligi debere contendunt, Protestantes alii si flamminantur p. 579.

Maximiliano II. Imperatori ægre,
molesteque ferenti, quod Cosmus
Medicæus Magni II. Etruriæ Ducis
titulo a S. Pio V. adauctus fuisset,
egregium Pontificis nomine res-
ponsum Commendonus Nuntius
reddidit p. 456, seq.

Mensurnæ, sic S. Cypriano dictæ,
non

non erant niſi diſtributiones , quæ
Clericis ſingulo quoque Menſe ab
Epiſcopo impertiri ſolebant . Cujus in voci intelligentia deceptum
Rigaltium , neque S. Cypriani re,
&c aſſequutum ſenſum , neque Pamelium ab eo merito redargutum
oſtendit Fell , p. 363, ſeq.
Militiæ ſive Togatæ , ſive Paludatæ
nomen uare ii olim prohibebantur,
qui Pœnitentiæ legibus addicti ſemel fuiſſent . Expliciti hacce de re
Veterum Conciliorum ſunt Canones , quos ſiniſtra aliqui interpretatione alterſum intorquentes ex-
ploduntur p. 627, ſeqq.
Monarchiæ formam a Chriſto D. in
Eccleſia Catholica inſtitutam, juxt-
ta quam Romano a Pontifice tan.
quam a ſupremo capite eamdem
adminiſtrari deinde voluerit , docet S. Scriptura p. 377, ſeqq. , ac
tradunt SS. Patres tam Græci ,
quam Latini p. 380, ſeqq.
Monetæ cudendæ jus , cum quo ſane
Imperii ſummam neceſſario conjungi nemo non videt , Pontificibus Romanis factum non utique
Græcis ab Imperatoribus fuit , velut ariolari ſuduit Muratorius , illud ſubinde in Francos Imperatores tranſmigraſſe imaginatus p. 418,
ſeq. , ſed eo pridem frui Pontifices cœpiſſe ſub S. Gregorio III , ac
deinceps , quod & ſibi vindicare
perinde , aliiſque benigne impartiri Epiſcopis Pontifices alii dignati
ſunt , tum certum eſt , quam quod
certiſſimum p. 425, ſeqq. , 428,
ſeqq. , & 431, ſ qq.
Morinus , vir alioquin Eccleſiaſticæ
peritiſſimus antiquitatis , a publica olim Pœnitentiæ uſu haud fuiſſe diſtinctum uſum Cenſurarum ,
nec ab interiori diſcretum Eccleſiæ

Forum exterius imaginatus enormiter deceptus eſt p. 630.
Moyſes an Sacerdotio , extraordinario ſaltem , etiam inſignis extite-
rit , non una Eruditorum opinio
eſt : nam alii negant , aſſirmanti-
bus verius aliis p. 225, ſeq. Moyſis
Principatum cum Aaronis Sacerdotio in Evangelicam fuiſſe translatum Eccleſiam teſtis eſt locuples
S. Paulus . Vide ſis V. Eccleſia .
Muratorius , ejuſque ex Sorore Nepos Clericorum cauſſis , qua Civilibus , qua Criminalibus Imperatores , Regeſque ſe paſſim immiſcuiſſe ex veteribus Chartis haud recte
deduxere : in quibus ut pote vis
ineſſe nulla facile demonſtratur p.
248 , ſeqq. Falſa item uterque in
opinione verſatus eſt , dum Eccleſiis Immunitatem Principum beneficio adquiſitam putavit pag. 268.
Feuda non ante Sæculum XI. inſtituta fuiſſe recte advertit p.325. Vide ſis V. Feuda . Fallitur iterum
ſplendide Urbis Romæ dominium
penes Imperatores uſque ad an.
1346. manſiſſe pugnans , ac jus
procudendæ Monetæ a Græcis Imperatoribus factum Pontificibus
tranſiiſſe deinde in Francos Imperatores p.418, ſeq. In eo tamen
laude dignum ſe præſtitit , quod
S. Ambroſium ab injuriis Crouſazii
redimendum adiumpſerit p. 602.

N

Aturaliſmum ex Atheiſmo, Epi-
cureiſmo , Pyrrhoniſmo, Ma-
nicheiſmo &c. conflatum , tot videlicet , ac tam nefandis ex mon-
ſtris abortum, in Rempublicam inducere ſcriptis qui non exhorruere , Bodinus , Gothofredus a Val-

dum Patris Imperatoris nomen, infignibus cum aliquibus conjunctum,
nihil præterea Juris, potestatisque
importabat p. 405.

Patricia dignitate omnium primi
Francorum Reges a Rom. Pontificibus, Inque hisce primo a S. Gregorio III. Carolus Martellus, &
ab aliis deinceps alii, exornati sunt
ut eos nempe qua Græcis, qua_
Langobardis, qua Romanis ipsis
sibi infestis objicere, iis reprimen-
dis imparcs ipsi, possent p. 405,
seqq. Eandem Patriciatus dignitate
perinde Reges alii plores ab Orientis Imperatoribus adaucti passim_
leguntur p. 406, seq. Quorum utique absque licentia, eandem conferri dignitatem Romano a Pontifice
Francorum Regibus potuisse nemini dubium esse debet p 407, seq.

Patriciatus dignitati adnexum fuisse
dumtaxat officium Defensoris S.
Romanæ Ecclesiæ, non etiam dominium aliquod in Urbem, Duca_
tum, aut Exarchatum, ut perperam visum est Petro de Marca,
Ducangio, Eccardo &c. multis
evincitur p. 410, seqq. Multo minus Imperatoriæ potestatis infigne
Patriciatum extitisse putandum est,
ceu falso Protestantibus aliquibus
persuasum fuit p. 412, seqq. Judi-
cit tamen partes objisse Patricios in
caussis præsertim Sanguinis indubitata res est p. 414, seqq. Ex quo
vero abuti deinde Patricii dignitate cœpere, Patriciatus abrogatus
Romanis a Pontificibus est p. 410,
seqq. Patriciatus denique officio
manifeste repugnat rei dominium
p. 412, seq.

S. Pauli ad Rom. cap. 23. v. 1, & S. Petri epist. 1. cap. 2. v. 13. locus, quo
probe accipi sensu debeat, ex SS.

Patrum interpretatione liquido exponitur p. 281. S. Pauli rursus 1.
ad Corinth. cap. 6. loco non is utique, quem appingunt Seldenus,
vicissimque Basnagius, ac Ligfootus, sed is sensus inest, quem in-
spexerunt SS. Patres, nec abnuunt
ex Protestantibus ipsis oculatiores,
cordatioresque p. 509, seqq. S. Pauli locus alter 1. ad Corinth. cap. 5.
v. 2, & ult. de Incestuoso vere Excommunicato capiendus est, con-
sentientibus adversus gregales suos
Protestantibus aliis pag. 580, seqq.
Ubi & luctus nomine Excommunicationem, & mali voce hominem
Excommunicatum intelligi debere
fatentur. De potestate item pœnas irrogandi corporales contra in-
scientes Protestantes aliquos accipi debere adfirmant Patres, ac
Scriptores p. 621, seqq.

Philippus Arabs, Pater, & Filius,
Imperatorum primi Christianæ Religioni nomen dedisse ferantur etsi
apud plerosque, utrumque tamen
Ethnica in sua ad obitum usque_
mansisse superstitione longe probabilius videtur, sique manifestum
imo veteribus ex Monumentis pag.
599, seqq.

Pœnas qua Spirituales, qua Corporales in flagitiosos decernere positum in Ecclesiæ potestate fuisse
Christifidelibus omnibus certum_
esse debet, & constans p. 550, seqq.
Constat id ex S. Scriptura, cui
concors adstipulatur SS. Patrum
cohors ita eam interpretantium_
p. 552, seq. Hæc duplex Ecclesiæ
potestas belle sub duplicis Gladii
specie', Claviumque ligandi, atque solvendi designata legitur, &
a Patribus descripta p. 555, seqq.
Pascendi quoque nomine magis ex-

Rrrr 2   pri-

res, loris, flagrisque armati, ad
vindictam de reis capiendam, &
propulsandas injurias p. 496. Complurium etiam Civilium Judex erat
caussarum, pœnasque infligere suarum transgressoribus legum poterat p. 508.

Pontifici M. apud Judæos eadem,
quæ Synedrio, potestas, quin etiam
prior inerat, ampliorque p. 520,
seqq. Sub ætate Judicum eum penes Imperii summa integra stabat;
cumque ad eundem, Captivitate
soluta, plena regressa est ibid. In
Reges ipsos, præsertim Judæ,
(nam e Pontificis M. jugo Reges
Israelis ex libris Talmudicis sub-
trahendos aliqui ducunt), Pontificis etiam potestas extendebatur p.
522, seqq. Fabellis deputanda est
tamen, quæ apud Seldenum, &
Salmasium ex Talmudicis scriptis
fertur traditio de Rege in Legem
delinquente flagellationi supponi
solito p. 524. Pontificis, ac Regia
officia ita deinceps apud Judæos
discreta fuere, ut supra Regiam
demum erecta Pontificia dignitas,
potestasque fuerit p. 525.

Pontificis M. apud Christianos dignitas, ac potestas superior!, præ
Imperiali, fastigio a Deo ipso posita est; quo sane post suam loca-
tam perinde fuisse Episcoporum dignitatem etiam, potestatemque testes ipsimet non explodendi utique accedunt p. 138, seqq. Atque
Pontificis M. imperio utique subjectos semet, Judicesque suppeda-
neos agnoscere Imperatores ipsi,
ac plerisque reverentiæ, obedientiæque officiis planum facere haud
detrectarunt p. 148. seqq. Enim vero in Moyse, & Aaron præfigura-
ta Rom. Pontificis videri persona

non tantum potest p. 378. seq, sed
imo de Pontifice ipso accipi dicta
de Christo Rege, & Sacerdote debent p. 379. In Melchisedecho rursus Sacerdote, & Rege Rom. Pontificis similiter prægessa reputatur
persona p. 380. Quare Rom. in
Pontificem potestatis utriusque Sacerdotalis, & Regiæ confluxisse
summam tam asserunt Patres, &
Scriptores p. 380. seqq., quam confirmant Pontifices ipsi, Principes-
que p. 383. seqq.

Pontificis Romani beneficio Regiis
Insuliis qui passim insigniri Reges
promeruere, quique vicissim in-
grati animi obsequium, aut ex
Pontificis auctoritate ut firmitudi-
nem Regnis adquirerent suis ampliorem, Romanæ Ecclesiæ Regna
sua aut facere vectigalia, aut fidei
sacramento obstringere se se non
dubitarunt, obiter recensentur p.
384. seqq., & 390. seqq. A Pontifice
Rom. Occidentis instauratum est
Imperium p. 434. seq. In Electione
Imperatoris Pontificis adprobatio
requiritur p. 437. seqq. Fidei, obedientiæque Sacramento Pontifici
devincire se se Imperatores religioni duxere p. 442. seqq. Vide V.
Imperatores. Pontificis Rom. Electio sive ut Imperatoris confirmaretur suffragio, sive ne absque Imperialium Missorum interventu celebraretur, ad avertenda Schismata, provido consilio a Pontificibus ipsis prospectum est p. 287.
Qui tamen mos & interceptus est
passim, atque postremo sublatus
penitus ibid. Pontificis M. adprobatione pro Imperio administrando Imperatorem haud indigere
falso jactavit quondam Ludovicus
Bavarus p. 289.

Pote-

Civilitate tantum, & cautela, uti Protestantes alii dicere somniarunt, sed ex necessitate Precum Jus a Romano Pontifice expetendum, expectandumque fore Imperatores ipsi agnovere *pag.* 366, *seqq.*

Precum Item primarum In ratione *Adventus ad Coronam* Galliarum Regibus legitimum, independenter a Pontificio Indulto, nullum competit. Publicistæ, & Regalistæ tam Jus Precum istud, quam Regaliæ Jus adstruentes non audiendi p. 369, *seqq.* A Pontificibus attamen facta passim Galliarum Regibus est facultas ad Beneficia vacantia, aut primo vacatura nominandi *ibid.* Primus, qui sui principio *Adventus ad Coronam* nominare ad Beneficia præsumpsit, fertur Henricus III. Cujus decreto tamen absque mora Gallicanus Clerus contradixisse legitur, non secus atque simili alteri Henrici IV. subinde intercessit p. 371, *seq.* Aliud haud absimile Caroli VI. decretum a Carolo VII. abrogatum constat *ibid.* Modo denique non nisi deprecatorio sibi utendum in nominandis ad Beneficia rati sunt Francorum Reges ipsi, atque ita plane fieri debere Galli ipsi Jurisperiti haud inficiantur p. 372, *seq.*

Protestantes Laicæ Potestati, ac Magistratui Politico in Ecclesiæ regimine, Religionisque sacris aut primas, aut pares adscribere partes quinam præcipui haud fuerint veriti p. 5, *seq.* Qui e Nostris eos pone turpi hoc in errore sequi non exhorruere p. 6, *seqq.* Qui Regiæ potestati Divinam tribuunt originem p 8, *seqq.* Vide-sis *V. Potestat.* Dictis, factisque Protestantes secum-

met pugnant, dum Laicam super Ecclesiasticam potestatem efferre ostentant, & contra Potestatem laicam ipsimet frequenter commovent rebellionem p. 74, *seqq.* Persecutionum tempore publica Christianis defuisse Templa crocitantes exsufflantur p. 176, *seqq.* Vide V. *Templa.* Primarum jus Precum Imperatoribus, Regibusque, independenter ab Ecclesiæ indulto, competere ex pari, qua ipsis Regaliæ jus adquisitum ratione persuasum habent, tam falso putant, quam frustra pugnant *pag.* 360, *seqq.*, & 366, *seqq.* Videsis VV. *Preces*, & *Regalia.*

Protestantes intento in id maxime incumbunt nervo, ut Ecclesiæ Jurisdictionem, & Imperium, sive Judiciariam, ac Legislativam auferant potestatem p. 374, *seqq.* In Societatis æqualis systemate adstruendo, & exponendo tam abnormiter ab vero abscedunt, quam atrociter secommet digladiantur p. 375, *seq.* Errant putantes Imperatoriæ potestatis specimen olim fuisse Patriciatum, sive cum Patriciatu copulatam Imperatoriam potestatem, atque insuper quidem in Pontificem ipsum p. 412, *seq.* Jure belli Carolo M. Imperium adquisitum contendentes non audiendi p. 433, *seq.* Fidem, obedientiamque Rom. Pontifici ab Imperatoribus desponderi consuevisse negantes splendidi redarguuntur mendacii *pag.* 441, *seq.* Ecclesiasticæ Hierarchiæ gradus, & officia subvertere, & Episcopos loco supra Presbyteros detrudere frustra conantur p. 460, *seqq.* Vide-sis VV. *Episcopi*, & *Hierararchia Ecclesiastica.*

Protestantes, ut eorum moris est dis-
sen-

sentire inter se se, in adstruenda
Ecclesiastica Jurisdictione non una
incedere sciunt via : nam indul-
gentiores alii justam, & amplam
faciunt, alii vero iniquiores aut
nimis arctant, aut omnino aufe-
runt p. 482, seq., 485, & 491. Inter hos injuria sane agunt, qui Ecclesiæ Forum, ac Territorium adi-
munt p. 498, seqq., & qui de Fidelium litibus cognoscendi facilita-
tem eripiunt p. 507. Vide VV. Forum, & Lites. Frustra vero de
Constantini M., & Caroli M. lege
de Episcopali Judicio litem aliqui
movent, contra quos ipsorum
e grege pugnant alii p. 523, seqq.
Perperam interpretantur Matthæi
locum 18. 17, seq., qui de Ecclesiæ
Præsidibus intelligi profecto debet, deque potestate tam effective absolvendi a peccatis, quam
ferendi Censuras, veluti sobrio-
res ex ipsismet conveniunt p. 521,
seqq., & 579, seq. Censuras iterum
alii ex Paganismo, ex Judaismo
alii in Ecclesiam profluxisse falso
imaginantur p. 559, seqq. Vide V.
Excommunicatio. Tam inepte,
quam impie Excommunicationis
usum ab Ecclesia prorsus elimian-
dum obgarriunt p. 610. Falluntur
oppido, qui S. Pauli locum 1. Corinth. 5, 5, seqq. ad pœnas dumtaxat spirituales referendum autumant, ut quem de corporalibus
etiam capi oportere ipsorum ex
grege oculatiores alii perspectum
habuere pag. 621, seq. Vide VV.
S. Matthæi, & S. Pauli.

Purgationis apud Ethnicos usitatæ
quinque dinumeravit gradus Theon Smyrnæus, quorum breve specimen exhibetur p. 595.

R

Regalia Jam ante Caroli M. ætatem Episcopos possedisse, ampliora deinde ab eodem Imperatore fuisse illis collata multis ostendunt Viri Docti p. 301. Regalium
nomine duo veniunt dumtaxat. 1.
Bona Feudalia Ecclesiis a Regibus
collata, quarum ideo vacantium
fructus Regum fiunt. 2. Beneficia
Juris Patronatus Regii, quibus
ideo vacantibus personas idoneas
præsentare ad Reges pertinet pag.
315, seq. Hinc Regalium Jure Regibus fas non esse sive vacantes
conferre Ecclesias, sive Ecclesiarum percipere vacantium fructus
contra Protestantes, Regalistas, &
Publicistas late demonstrandum ad-
sumpsimus p. 316, seqq.

Regaliæ itaque pretenso Juri, ab Ecclesiæ concessione independenter,
obstat imprimis Jus Naturale, ac
Gentium, quo propriis Ecclesia
bonis exspoliari : quopiam nequire
constat p. 317. § 4. Obstat quin insuper Divinum Jus, quo Beneficia
conferendi facultatem ad unam Ecclesiam ipsam pertinere certum est
p. 319. seqq. Neque porro Regaliæ
Jus fundat, validumque facit usus
aut Beneficia conferendi, aut Bona percipiendi vacantia : nam usus
ejusmodi aut dubius, aut illicitus,
aut damnatus, aut Ecclesiæ demum
indulgentia, si legitimus, inductus
ostenditur p. 322, seqq., 325, seqq.,
& 327. seqq.

Regaliæ Juri perinde, qua parte Ecclesiastica sacrarum Electionum libertas eodem infringitur, jugi studio, conatuque omni se se oppo-
suere ubique gentium Ecclesiæ.
Gal.

Gallicana p. 327, *seqq.* Romana p. 339, *seqq.* Græca p. 333, *seqq.* Afri. cana p. 336. Hispanica p. 337. Italica p. 338, *seqq.* Anglicana p. 340, *seqq.* Germanica p. 342, *seq.* Polonica p. 344. &c. Regaliæ Jus tamen five Regius adfensus in Beneficiorum collatione paffim obtinere deinde cœpit ex Ecclefiæ tolerantia, vel indulgentia ; cui tolerandi, vel indulgendi non una fane, juflaque fuit cauffa p. 345, *seqq.* ; fuit nempe Regum liberalitas in ditandis Ecclefiis ; fuit Imperii, & Sacerdotii concordia ; fuit & Seditionum evitandarum intuitus &c. *ibid.* Vide-fis V. *Epifcoporum Electiones* .

Regaliæ Jus rurfus, qua parte vacantium Ecclefiarum fructus refpicit, eofdem percipiendi Regibus, independenter a Pontificio indulto, nullum item competit p. 349, *seqq.* Eorum enim futuro Succefforl refervandorum cuftodia aut Epifcopo viciniori, aut Ecclefiæ Clero, aut Oeconomo commendari folebat, interdicta Potefate Laica qualibet eorumdem adminiftrationi fe ingerere *ibid.* Ita in Græcia, & Africa p. 350 ; in Hifpania, & Italia p. 351, *seqq.* ; in Gallia, & Germania pag. 353, *seqq.* Ubi Regaliæ abufum a Carolo Calvo primum occœpiffe auguratur Norifus, qui abufus perinde Lotharium, ac Ludovicum II. pervafit, & a quo poftea recedere, Ecclefifque ablata reftituere iifdem religio fuit p. 355, *seq.* In Anglia item p. 359, *seq.* ; in Germania rurfus p. 360. Denique Religionis intuitu Regaliæ Jure (titulo fundationis, ac legitimæ confuetudinis, Juxta Caput 11. Concilii Lugdunenfis II, deficien-

te) Galliarum Reges ipfi uti renuere p. 360, *seq.*

Reges in adeunda Regni adminiftratione pactis obligari, ac promiffa cum multis declaratur exemplis, tum gravium probatur rationum pondere p. 19, *seq.* Regis Jus a Samuele defcriptum 1. Reg. 8. an Deo, an Populo acceptum fit referendum non una Doctorum opinio eft p. 29, *seq.*, & 160. Veri eorum videtur fimilior, qui Populi fuffragiis illud deputant *ibid.* Et certe Regum inftitutionem apud Ethnicos Juris mere humani intra limites bæfiffe indubium eft p. 30, *seqq.* Inde fequitur a Regibus leges profectas nec humani extra Juris fines egredi ; quod ipfum per Legislatorum tam veterum, quam recentiorum feriem obiter difcurrendo liquido patefit p. 32, *seqq.* Regibus plus nimio tribuens, ideft crimina pro libitu definiendi poteftatem, ab iifque detinita ad naturæ leges pertinere adfirmans Hobbefius exfufflatur p. 61, *seqq.* Quæ de Regibus loquuntur, S. Scripturæ loca, & SS. Patrum, explicantur ita, ut fobriam reddant fententiam p. 65, *seqq.*

Regibus monita bonæ frugis plena, mandataque perfæpe data ab Epifcopis leguntur p. 146. Ipfis viciffim iugem, religiofamque Sacerdotali de poteftate, dignitateque exiftimationem infediffe, eximiamque erga Epifcopos, atque Leges Ecclefiafticas obfervantiam bæfiffe locupleti funt documento Sanctiones ab ipfis editæ paffim, de quibus fufe p. 153, *seqq.* Hinc Franc. Regum poteftate quammaxime leges plerumque Ecclefiafticas fuiffe conditas falfo adfirmaffe Prælæus,

p. 312, *feq.* Vide-fis VV. *Ecclefia Rom.* & *Rom. Pontifex.*

Romanæ Urbis, Ducatus, Exarchatufque Ravennatis dominium a tempore S. Gregorii II. unum penes Rom. Pontificem ftetiffe integrum, non penes Romanum Populum, uti Coiatio, & Carlio vifum, oftenditur ex litteris Stephani II, S. Pauli I., Hadriani I, Johannis VIII. &c. *p.* 408, *feq.* Nec apud Francorum Reges, veluti perfuafum fuit Ducangio, Petro de Marca, Eccardo &c., ex litteris fit manifeftum S. Gregorii III, Senatus, Populique Romani, Stephani III, Leonis III, Alcuini &c. *p.* 412, *feqq.* Ex Nummis item S. Gregorii III, S. Zachariæ, Hadriani I, Stephani IV, S. Nicolai I., Johannis VIII. &c. *p.* 415, *feqq.* Turpi propterea laborant errore Goldaftus Urbis Imperio potitos Imperatores ufque ad an. 1143. adfirmans; Le Blanc, & Pagius Urbis Imperium a Romanis ipfis Pontificibus in Francos Imperatores fuiffe transfufum autumantes; Fleurius, & Muratorius ejus Dominium penes Imperatores ufque ad an. 1346. manfiffe pugnantes, fe Nummos ideo præfatos Imperatorios fuiffe, non Pontificios opinati; Carlius etiam Nummos illos Senatorios, ideoque penes Senatum Urbis Imperium ftetiffe ufque ad an. 800, quo ad Francos demum transmigravit, & apud quos integrum manferit ufque ad an. 1198, exputans *p.* 417, *feqq.*

Romanæ Urbis Dominio Græcos Imperatores jam ab anno 900, circiter umnino decollaffe locuples accedit teftis, nihilque fufpectus Con-

ftantinus Porphyrogenneta: quo unius teftimonio liquet in falfo potuiffe fane fedem Auctores Ephemeridum Florent. ex falfis quibufdam Nummis arguentes Urbis Dominium apud Græcos ufque ad an. 1000. manfiffe integrum *p.* 431, *feq.* A Francis viciffim in Pontifices Urbis Dominium primo fuiffe translatum autumans Petrus de Marca recte fuggillator a Pagio; & Pagius viciffim exiftimans a Pontificibus in Francos transmiffum dignum fe præbuit, qui a Georgio vapularet *p.* 421, *feq.* Vide-fis V. *Nummi.* Abfolutiffimo rurfus Urbis imperio potitos unos Pontifices oftendit Jus cudendæ Monetæ; quo jam fub Pafchali I. faltem fruitos illos conftat *p.* 435, *feqq.* Vide V. *Moneta.*

Romanus Senatus anno 552. juxta Pagium, aut 553. juxta Norifium a Totila deletus Imperii fumma potiri deinceps ab anno 728, quo a Græcis Imperium decollavit, ufque ad an. 800, quo in Carolum M. transfufum fuit, uti dicere fomniavit Carlius, haud certe potuit *p.* 419, *feqq,* & 428, *feqq.* Ideo Nummi toto & temporis intervallo procufi, non Senatorii, fed Pontificii erant procul dubio *ibid.* Sub Innocentio II. fubinde inftaurari Senatus utique cœpit, quin forte pridem fub Agapito II. caput attollere videri jam potuit, fub Pontificis obedientia tamen, imperioque degere compulfus eft, ab eoque dignitatem, fide defponfa, fufcipere *p.* 428, *feq,* & 431, *feq.*

Sacer-

fo defudare non deſiniit, ut Imperatoribus, Regibuſque excommunicandi jus adſtruerer, excommunicatos item abſolvendi, idemque
Eccleſiæ his attribuendi, aut re-
trahendi p. 612, ſeqq. Et idem
paſſim in S Scripturę interpretatione hallucinatus, & SS. Patrum
liquidis teſtimoniis injurius evincitur. Videſis VV. SS. Matthai, &
Paull.

Severinbium, quæ circumfertur,
de Republica hiſtoria optimæ quidem Reipublicæ conſtituenda per-
bellum haberi poteſt exemplar, veritate tamen haud innititur, ſed
merum, atque ingenioſum eſt commentum, de quo, ejuſdemque Auctore diverſas abeunt in opiniones
Viri Eruditi p. 97, ſeqq.

Synagogæ veteris formam in Chriſtianam fuiſſe translatam Eccleſiam
minus probabilius adfirmant plerique p. 117, 379, & 463, ſeq. Quamvis Inficiari nequeat, quin hujus
in illa ſpecies præfulſerit aliqua, &
hæc juxta Melchiſedechi Sacerdotis inſimul, ac Regis ordinem fuerit inſtituta, illamque juxta cum
Regali Moyſis Aaronis dignitas in
hancce translata, ibid.

Synedrium a Moyſe primum, a Davide poſtea, & a Joſaphato perinde ſuum & exordium, & ſucceſ-
ſum, & incrementum fuiſſe nactum
plurimis videtur, aliis contra rem
fuiſſe puri nominis minus vere pu-
tantibus p. 109, ſeqq. A Synedrio
rurſum an diverſa Synagoga exti-
terit, & an hæc item in rerum unquam ſubtiliteris natura, diſputant
Viri docti, ac in diverſas ſcinduntur
opiniones p. 111, ſeq. Synedrii
tamen, ac Synagogæ duo præcipua

erant capita ibid. Cauſæ graviores
ſive ad Religionem, ſive ad Rempublicam reſpicientes deferri ad
illud debebant p. 110, & 118, ſeq.
Poteſtas ejus in res etiam, dignita-
teſque Civiles extendebatur, atque
pœnis ſpiritualibus nedum, ſed
etiam corporalibus diverſis exerce-
batur p. 116, ſeqq. Singulariter de
Tribu, de Propheta, de Pontifice,
addunt alii de Rege quoque, Synedrii erat judicium ferre p. 118,
ſeqq. Quod Judicii genus ademptum Regibus ipſis erat p. 123, ſeq.

T

Templum omnium primum apud
Sinenſes exſtructum, ac Deo
O. M. dedicatum ab Imperatore
Hoam-Ti eorum in Dynaſtia tertio
videtur p. 90. Ad Dei cultum Templa ædificandi jus a Deo Ipſo Eccleſia procul dubio obtinuit p. 175,
ſeq. Jam ſub ipſa Apoſtolorum
ætate Templa erecta contra Heterodoxos oſtenduntur p. 176. Nihilque frequentius priſcos apud Eccleſiæ Patres, quam Altarium,
Temploramque mentio p. 177,
ſeqq. Quæ viciſſim Patrum exag-
gerantur a Proteſtantibus, teſtimonia Templorum antiquitati haud
officiunt p. 179, ſeqq. Antiquitatem hanc præterea probant Imperatorum de iis ſolo æquandis Edicta p. 181, ſeqq. Probant & vetera
Eccleſiarum monumenta, quibus
liquet variis eadem fuiſſe nominibus decorata p. 183, ſeqq. Ante
motas in Noſtros vel a Judæis, vel
ab Ethnicis tempeſtates multa ubique Templa uſu Lm venerant p.
186.

rejicitur interpretatio *p.987, seq.*

Theodosii, & Arcadii celebris Lex de Episcopali Judicio, sive de Clericorum a Foro laico omnimoda exemptione, velut Indubia ab Iniqua Gothofredi, & Iannoni censura defenditur, atque legitima dubio procul omni demonstratur *p. 318.*

Trophæa loca erant olim, ubi & Martyres passi fuerant, & Martyrum peragi quotannis Festivitates solebant. Tituli quoque, nomine a Titulis Fiscalibus derivato, loca erant Sacra, vel Crucis signo, vel Martyrum Imaginibus designata, & Divino mancipata cultui *p 184 seq.* Titulos autem Fiscales prædiis, ad omnem procul usurpationem arcendam, imponere solenne erat. Quos prædiis Ecclesiarum perinde, nisi certo Ecclesiastici eadem Juris esse constaret, adponi districte prohibuit S. Gregorius M. *p.313, seq.*

V

Valentiniani III. Lex Ecclesiæ Forum abjudicans tum cum Imperialibus legibus aliis adversa pugnat fronte, tum aperte Juri Divino repugnat, & Canonico, tum a Patribus, & a Principibus ipsis diserte reprobata demum est *p. 305, seq.*

Van-Espenius Excommunicationem recens esse inventum, atque per decem Sæcula in Ecclesia ignotum temere crocitans dignis pro mendacio, audaciaque vapulat a Benedicto XIV. D. Aict. Pontifice *p. 563.* Eodem in errore turpiter versatus Dupinius pares dat pro temeritate pœnas *p. 608.*

Vassi olim non tam a Feudis, quæ possiderent, quam ab officiis, quæ Regibus, Ducibus, Comitibusque præstare solerent, ita denominati sunt *p. 336.*

Venetii quale cum Paulo V. de Immunitate Ecclesiastica dissidium Intercesserit, & quinam utrinque pro studio partium vicissim Scriptores præcipui steterint *p. 307.*

Vestales a Numa quatuor primum instituta, duabus a Tarquinio Prisco, vel a Servio Tullio deinde adauctæ sunt: eæque magno Romanis in honore habebantur *p. 231.*

Vestararius in Romana olim Ecclesia quatuor inter Palatinas insigniores dignitates adnumerabatur: ejusque munus erat Vestiarii, Thesauri, & Cimelii custodia *p.435.*

Viatores, atque Summotores olim apud Romanos etiam dicebantur Apparitores, & Lictores flagris, atque loris instructi ad propulsandas injurias, & ad Pontificis nutum paratissimi ad vindictam de flagitiosis, deque legum a Pontifice M. latarum transgressoribus acrium capiendam *p. 496.*

Vicedomini olim in Ecclesiis ea præstare consuebant vices, quæ in Regum Aulis præstare Majoribus Domus erat solenne, scilicet totius Episcopii curam administrare. Eorum frequentior Romana in Ecclesio occurri mentio *p.191.*

Virga in Jurisdictionis, sive potestatis Judiciariæ speciem, Imperiique symbolum egregie sæpius adsumpta legitur *p. 494. seq.* Et ita Virgæ nomine pœnas infligendi potestas designari visa Patribus est, queis adstipulari vulgo Interpretes haud ambigunt *p.558, seq.*

Vossi

Vossi temere Romanos in Pontifices jactata calumnia, quod Fidei quæstitoribus in Hæreticos inquirendi provinciam imposuerint , quam Ethnicis eripiendam Judicibus dederat Trajanus , excutitur , & expungitur p. 188, seq. Idem Presbyteris etsi dignitate superiores Epis-copos inficietur, a Presbyteris attamen jam Sæculi II. sub initio discriminatos cum Salmasio consentit ; quin imo secumet andabatarum more pugnans , jam a Sæculo I. unam dumtaxat in Urbibus Episcopi nomine auditum ex veteribus Ecclef. monumentis observat p. 461.